KB264527

새로운 스토리텔링의 모색을 중심으로

한국고대문학사상의 탐구 중

새로운 스토리텔링의 모색을 중심으로

한국고대문학사상의 탐구 중

윤경수 지음

KSI 한국학술정보㈜

한국인 의식의 총집합체라고 할 수 있는 단군교육 366사(事)(366가지 일)는 1년 366¼일(원칙으로 1년은 365일 5시간 46초)을 기준으로 하여 사람이 행할 바를 나타낸 내용인데, 환웅과 단군이 366사(事)를 백성들에게 가르침으로 인해 홍익인간[弘益人間, 널리 인간을 유익하게 함, the greatest service for the benefit humanity(안호상 박사 영역)]의 이화세계(理化世界)를 세워 동북아 일대 8천 리에 걸치는 강대한 나라를 세웠다. 따라서 단군교육 366사(事)는 한국사상과 문화의 시원이 된다라고 할 수 있다. 366사(事)는 366일의 날짜 수와 일치하고 인체의 366혈(血)과 366골(骨)과 체온이 36.5°인 천지이수(天地理數)와 너무나 잘 부합된다. 본고에서는 단군의 뿌리정신을 근본으로 하여 366가지[366사(事)] 각 조항마다 고전문학과 현대문학의 다양한 문장을 예로 들어 설명하였다.

근래(2008년) 경제협력개발기구(OECD)가 실시한 50개국 대상 국제학력평가(PISA)에서 핀란드가 두 번 연속 1위를 차지하면서, 교육 여행의 명소(hot spot)가 됐다는 신문보도가 났다. 핀란드의 중·고등 교육은 세계 최고이지만 각국이 저마다 다른 방법을 개발해야 최선의 결과를 얻을 수 있다는 외신보도가 있다. 따라서 우리는 반만년의 역사미(das geschichtlich Schöne)의 교육으로 체질화된 홍익인간 이화세계를 이룬 366사(事)를 배워야 할 것이다.

단군이 기원전 2333년에 고조선을 세운 후 366사(事)의 내용을 교육하여 동북아 일대에서 가장 훌륭한 나라를 세웠으니, 오늘날 그 형태를 배워 앞으로 청소년들이 꿈을 키우고 무한한 상상력을 발휘해야 할 책무가 있다.

고조선은 366사(事)인 뿌리의식의 교육내용으로 빛나게 되었는데, 오늘의 교육도 단군시대의 지덕체(智德體) 교육을 참고하거나, 아울러 문학의 원천을 찾는 내용을 기울이면 한국문학의 패러다임(a paradigm: 보기, 범례, 모범, 이론적인 틀)을 이해하는 데 도움이 될 것이다.

왜냐하면 366사(事)는 청동기 농경문화를 배경으로 한 것이므로 권선징악과 관계를 이루기 때문이다. 366사(事)는 농경문화의 유산이니, 농사를 잘 지으면 복(福)을, 그렇지 않을 경우 화(禍)를 당하게 되므로, 누구나 아는 인과응보와 권선징악의 의식이 들어 있다.

단군교육 366사(事)는 1년 366¼일 동안 농경에 힘써 많은 식량을 증산하는 내용으로 이뤄진 것이다. 366사(事)는 농경에 힘써 식량을 창고에 가득 저장하여 남을 돕는 내용이니, 생활이 풍족해야 남을 돕는 홍익인간(弘益人間)을 행할 수 있는 것이고, 이렇게 다스려진 사회가 이상적으로 다스려진 이화세계(理化世界)이다.

366사(事)는 홍익인간 이화세계를 세우는 교육이므로 오늘의 경제대국을 세워 남을 돕는 교육 형태인 것이다. 한국인이 이 유산으로 남을 돕는 일에 남다른 정을 보이는 것은 홍익인간의 수용이라 할 수 있다. 따라서 366사(事)는 친환경과 윤리도덕적인 권선징악과 경제적으로 부하게 되는 지덕체(智德體)의 내용이다.

『삼국유사』(三國遺事) 권1 고조선(古朝鮮) 조(條)에는 천상에서 환웅이 태백산(太白山=白頭山) 꼭대기 신단수(神檀樹)에 내려 신의 고을을 이루고, 삼상(三相)[① 풍백(風伯), ② 우사(雨師), ③ 운사(雲師)]과 오부(五部)[① 곡(穀), ② 명(命), ③ 병(病), ④ 형(刑), ⑤ 선악(善惡)]을 맡은 신하로 하여금 360여(餘) 가지(366事)를 맡아서 백성들에게 교화(敎化)하여 홍익인간의 재세이화(在世理化: 理化世界)를 세웠다고 하였다.

360여(餘) 가지 일, 즉 366사(事)는 오랜 역사를 통하여 농경과 관계를 이루어 내려왔기 때문에 권선징악이 한국문학에 널리 펼쳐져 있는 관계로 많이 읽혀져 이에 따라 친숙한 독서 맥락이 창출되어 가독성(可讀性)을 불러일으킨 것이다.

환웅시대는 청동기시대다. 이때는 수렵생활에서 농경으로 정착된 시기이므로 교육도 농경에 따라 실시했다. 농경은 춘하추동의 시기를 잘 선용하면 풍작을 기할 수 있고, 시기를 놓치면 흉작을 만나게 되므로 성실과 근면으로 경작에 힘써야 1년을 편히 지낸다. 예로부터 "농자는 천하지대본야"(農者天下之大本)란 말이 전하여 온 것은 농경이 모든 일에 근본이 됨을 일컫기 때문이다.

권선징악과 관련된 문학은 농경문화의 유산이므로 한국 문학의 주류를 형성하고 있는데, 본고의 경우 일일이 366사(事)의 내용을 문학과 관련시켜 예를 들었다. 한국의 고대설화나 고소설을 비롯하여 현대문학에 이르기까지 권선징악의 내용이 주류를 이루고 있는 것은 농경문화의 유산인 366사(事)에서 온 친연성과 관계가 깊다.

우리는 권선징악의 내용이 특히 고소설에서 주류를 이루었는데 그중 대하소설인『완월회맹연』(玩月會盟宴, 180권)의 여주인공 소교완은 후처로서 종주권을 차지하기 위해 입양한 정인성을 독살하려고 했으며, 그 부인, 자녀, 사위까지 독약을 먹이는 등 후처콤플렉스로 인해 강샘을 내어 악인이 되었으나, 후에 개과천선하여 여생을 편히 지냈다.

『명주보월빙』(明珠寶月聘, 100권)에 나타난 문양공주는 정진홍과 결혼했으나 위로 네 명이나 되는 처가 있고, 아래로 열 명이나 되는 첩을 두어 애정결핍으로 하극상의 악녀가 되었다. 그녀는 14명이나 되는 여인은 물론 자식까지도 해하려는 악녀였으나 개과천선으로 살았다.

연작형 삼대록계 국문장편소설로『현몽쌍용기』의 후편인『조씨삼대록』은 40권 40책의 내용에도 부덕의 내조와 절개를 지키는 여인과 추녀가 등장하지만 덕이 있는 여인, 악하고 투악한 여인을 책망하는 내용과 효자, 악한 형제를 벌해야 하는 내용을 중원(中原)의 전고(典故)를 인용한 것 또한 권선징악의 관념과 관계된다.

악행을 한 여인 중 개과천선하지 않고 악행을 계속하면『장화홍련전』의 계모 허씨나『사씨남정기』의 후실 교씨의 경우와 같이 화를 당하여 죽게 되니, 권선징악인 농경문화의 유산인 366사(事)에서 수용된 것이다.

　366사(事)는 농경을 배경으로 1년 사시절을 자연에 따른, 즉 천리에 맞춰 행하는 것을 말한다. 한민족은 예로부터 조상숭배와 천신숭배관념이 남달라 조상숭배가 곧 천신사상으로 이어졌는데, 각종 제천의식에서 알 수 있는 바와 같다.

　환웅이 신단수 아래에서 신의 고을을 이룬 것은 천군(天君)이 하느님께 제사 지내던 곳이지만 소도교육(蘇塗敎育)의 장으로서, 환웅과 단군시대의 정치·종교·교육의 중심지로 볼 수 있다.

　소도(蘇塗)란 소(蘇)자(字)는 '소생할 (소)'이고, 도(塗)는 '진흙 (도)'이니 진흙에서 소생하는 뜻을 지닌 관계로 성인식(成人式)과 같은 교육을 행하는 배움의 전당인 것이다.

　소도교육은 단군신화에서 곰이 웅녀로 환생한 입시식의 내용과 관계를 이루니, 한국문학 도처에 고난을 극복한 후 해피엔딩을 이루는 내용으로 점철되어 있는 것도 그 수용이라 할 수 있다.

　소도(蘇塗)는 속세와 격리된 신성한 곳이므로 일정기간 동안 절제하고 인내하는 교육을 받게 되니, 동물의 물격(物格)에서 벗어난 후 천신과 영합하는 참인간이 되는 교육을 하는 곳이다.

　웅녀가 인간으로 환생하기 전 곰의 상태에서 쑥과 마늘을 먹으며 3.7일간(21일) 지낸 후 사람으로 변신한 것은 그 시대 속성을 나타내 주는 것으로 농경문화의 유산으로 볼 수 있다.

　이는 무슨 뜻인가 하면 곡식의 낱알이 땅속에 들어가 썩어야 싹이 터 꽃도 피고 열매를 맺는 것이니, 웅녀가 행한 일과 부합된다. 웅녀는 곰에서 사람으로 환생한 후 신단수 밑에서 아들 낳기를 빌어 환웅이 웅녀의 지극한 정성으로 신성혼(神聖婚)을 이루어 단군을 낳았다.

　단군신화는 300자(字) 정도로 되어 있는데, 단군시대를 배경으로 제의식(祭儀式)을 거행한 내용으로 이해하면 신화와 역사의 시비가 없을 것으로 믿는다. 환인과 환웅 그리고 환검(단군)의 조부손(祖父孫)의 3대를 제의식을 거행할 때 연희(演戱)된 내용이 구전으로 또는 문자로 전한 것이『삼국유사』권1 고조선 조(條)인 것이다.

한국의 문학 중 기자(祈子) 정성으로 태어난 인물은 『춘향전』의 춘향을 위시해 『심청전』의 심청의 탄생과정도 단군신화의 수용이라 할 수 있다. 신화는 역사성과 관계된 것이니 신화를 거슬러 올라가면 역사도 보이게 된다.

단군은 환웅이 366사(事)로써 교화(敎化)를 이루어 마을사회를 훌륭히 이룬 것을 치화(治化)로 다스려 중원에서 군자국(君子國)이니, 동방예의지국(東方禮義之國)이라 했다.

단군시대 사람들은 환인(桓因), 환웅(桓雄)과 단군(檀君)이 이상적인 나라를 세우는 데 기여가 커 3대에 걸쳐 제의식(祭儀式)을 실연(實演)한 것이 오늘의 전하는 『삼국유사』(三國遺事) 권1 고조선(古朝鮮) 조(條)의 내용이라 할 수 있다. 3대에 걸친 내용 중 신화성과 역사성이 함유되어 있는 것은 제의식 때 연희(演戲)된 것을 전했기 때문이다. 따라서 곰이 사람으로 환생한 이야기는 이런 맥락으로 이해하면 문제될 것이 하나도 없는 것이다.

단군교육은 360여(餘) 가지라 했으니, 오늘에 전하는 366사(事)인데, 춘하추동의 농경과 관련되어 있으므로 천리를 본받아 행하는 교육내용이다. 천지자연의 이치는 음양조화를 이루는 데 있는 만큼 사계절의 이치로 보면 된다.

봄은 파종기이므로 싹이 트면 가꾸게 되니, 하늘의 ① 정성(精誠)과 하늘의 합쳐지는 ② 믿음(信)이 따라야 한다. 여름에 곡식이 자란 것을 자비로운 마음인 ③ 사랑(愛)으로 키워야 하고, 또 때를 놓치지 않고 곡식을 가꾸는 데 도움을 주어야 하니, 남을 돕는 ④ 제(濟)는 때를 놓치지 않아야 된다.

구제(救濟)는 덕(德)에다 착함을 더하고 도력에 힘입어 남에게 미치게 되는 내용이니 홍익인간을 실천하는 내용이다.

구제에 대한 문학은 많이 전해오나 덕진이란 처녀가 주막에서 일한 돈을 모아 덕진교 다리를 세워 사람들에게 편히 다닐 수 있게 해 『덕진교』 전설이 전남 영일군 덕진면과 영암 사이를 흐르고 있는 덕진천에 『덕진교』 전설을 예로 들었다.

⑤ 화(禍)의 교훈은 가을이 추수기이므로 1년 중 가장 바쁜 시기다. 이

때에 힘써 일하지 않으면 쥐·새·짐승들의 피해가 겹치므로 ⑤ 화(禍)를 당하게 된다. 제4장 ⑤ 화(禍)에서는 사람에게 교훈을 주는 내용으로 나타냈는데, 나쁜 마음을 먹거나 악한 행동을 하는 사람에게는 반드시 재앙이 따른다고 했다.

반대로 가을에 부지런히 곡식을 추수하면 ⑥ 행복(幸福)하게 살아간다는 내용을 나타냈는데, 착한 사람에게 돌아오는 몫이다.

⑤ 화(禍)를 당하거나 ⑥ 행복(幸福)하게 살아가는 내용은 『흥부전』에서의 놀부와 흥부의 경우로 이해하면 될 것이다.

겨울에는 인과응보에 의해 봄에서 가을까지 힘써 행한 ⑦ 갚음(報)으로 살아가게 된다. 악한 사람에게는 재앙이 내리고 착한 사람에게는 복록이 돌아오는 것이 천리이기 때문에 착하게 살아야 함을 나타냈다. 그리고 ⑧ 응(應)함에 대해서 말한 것은 사람이 행한 대로 하늘이 응하여 갚아줌을 가르치고 있으니, 인과응보로 이해하면 될 것이다.

⑦ 갚음(報)에는 『장화홍련전』의 계모 허씨로, 『김인향전』의 계모 정씨로, ⑧ 응(應)함의 경우 『구운몽』의 주인공 성진→양소유→성진의 생활상에서 극락왕생하게 된 내력과 관계된다.

366사(事)는 366¼일 동안 행하는 만큼 천리(天理)에 의해 살아가는 방식이나, 농경방식에서 생겨난 형태이므로 행한 대로의 몫이 돌아오는 것을 말한다. 즉 제1장~제8장까지의 내용인 366사(事)는 사계절을 천리에 의해 ① 성(誠), ② 신(信), ③ 애(愛), ④ 제(濟), ⑤ 화(禍), ⑥ 복(福), ⑦ 보(報), ⑧ 응(應)으로 나눈 것인데, 이를 구체적으로 이해하기 위해선 일 년 사계절을 음양조화에 의해 조명할 필요가 있으므로 아래와 같이 소개한 바를 간략하게 살펴보기로 한다.

제1장 ① 성(誠)은 초춘(初春)~중춘(仲春)이니, 양기가 발산하는 따듯함을 나타내는 계절이다. 이 계절은 1년 중 가장 추운 제8장 ⑧ 응(應)을 나타내는 중동(仲冬)~계동(季冬)과 조화를 이루는 것으로 보면 된다.

초봄은 힘써 파종하고 가꾸는 정성이니, 숭고미(das Erhabene Schöne)의 의식이다. 사람들은 그 보람으로 동절을 편히 지낼 수 있다. 봄날의 따듯한 양기와 관련은 하늘을 상징하는 건괘(乾卦☰)와 겨울을 나타내는 음양 상에서 음과 땅을 나타내는 곤괘(坤卦☷)와의 조화관계가 된다. 다시 말하면 음양조화의 결합을 짝수(die Gerde Zahl) 미학(Ästhetik)인 대성괘(大成卦)가 지천태괘(地天泰卦☷☰)를 이루는 과정으로 보면 지상낙원의 환상적인 태평세계를 맞이하는 것이다.

제2장 ② 믿음(信)인 중춘(仲春)~계춘(季春)은 만물이 자라는 녹음이 짙어가기 시작하는 때다. 제7장 ⑦ 보(報)의 계절인 초동(初冬)~중동(仲冬)과 추워지기 시작하는 절기와 조화를 이룬다.

중춘(仲春)~계춘(季春)은 사람들이 즐거워하는 시기로 태괘(兌卦☱)의 상징인 연못과 관계된다. 이 절기는 제7장 초동(初冬)~중동(仲冬)과 관계인 간괘(艮卦☶)인 산(山)과 조화를 나타내며 음양조화인 대성괘(大成卦)는 택산함괘(澤山咸卦☱☶)니, 사람들이 즐겁게 살아가는 것을 나타낸다.

봄에는 연못의 고기들이 유영하고 겨울에는 산의 나무가 무성하게 자란 결과로 새들이 즐긴다는 뜻이다. 이 봄날은 화풍난양(和風暖陽)한 계절이므로 신혼생활과 같이 즐겁게 살아가게 되니, 미의식(ästhetisches Bewußtscin)으론 신의미(信義美, das Redlichkeit Schöne, das Treuo Schöne)로서 살아간다.

제3장 ③ 애(愛)의 절기는 초하(初夏)~중하(仲夏)에 해당하므로 무더워지는 시기니, 불·태양·번개를 상징하는 이괘(離卦☲)와 제6장 ⑥ 복(福)은 중추(仲秋)~계추(季秋)인 서늘한 바람이 일어 추워지기 시작하는 절기이므로 물(水)을 상징하는 감괘(坎卦☵)와 관계된다. 이 두 괘의 대성괘(大成卦)는 수화기제괘(水火旣濟卦☵☲)를 이룬다. 이 괘의 물불(水火)의 음양조화는 물이 위에 있고 불이 밑에 있는 형상이다. 물을 지펴 구수한 국물을 끓이는 것으로 볼 수 있으니, 구수한 국 맛으로 행복이 되는 이치로 비유하면 된다.

③ 애(愛)는 애미(愛美, das Liebchen Schöne)의 승화된 의식으로 살아가면 되는 것이니, 사랑하는 마음으로써 살아가야 할 것이다. 제4장 ④ 제(濟)는 중하(仲夏)~계하(季夏)에 해당하므로 무더운 여름날이면서 더위가 한풀 꺾이는 진괘(震☳)로, 우레를 상징하는 제5장 ⑤ 화(禍)는 초추(初秋)~중추(仲秋)의 아침저녁으로 소슬한 바람이 일게 되는 절기니, 손괘(巽卦☴)에

해당한다. 이 두 괘(卦)가 음양조화의 조화미(調和美, das Harmonie Schöne)로 대성괘(大成卦)를 이루면 풍뢰익괘(風雷益卦☴☳)가 되어, 남을 구제할 경우 우레나 바람과 같이 신속 대응해야 한다. ④ 제(濟)는 남을 돕는 데 의의를 지니는 동시에 만물을 구제하는 구제미(救濟美, das Hilfe Schöne)로서 살아가야 할 것이다. 아울러 제5장 ⑤ 화(禍)는 천리에 어긋나는 행위로 재앙을 받는 것이지만, 그로 인해 권선징악의 교훈으로 받아들여 높은 가치를 부여하는 의식으로 살아가면 초복제화(招福除禍)하게 되어, 추(醜, das Häβliche)의 미로 거듭나게 된다.

제6장 ⑥ 복(福)은 행복하게 살아가는 것이나 세속에서의 행복주의(Eudämonismus)와는 무관한 것이며, 자기만이 아닌 남과 함께 공유하는 최대다수 최대행복(the greatest happines the greatest number)으로 나타날 때 의미가 주어진다.

제7장 보(報)는 착하게 살거나 악하게 살면 그 갚음을 받는 내용으로 되어 있으니, 미추(Schöne u Häβliche)관계로 나타냈다. 제8장 응(應)은 인과응보의 내용인데 덕선미(das die angehäufte Tugent Schöne)를 베풀면 상응하는 복을 유종의 미로 거두는 내용이다.

366사(事)는 천리에 의한 생활 방식이므로 천지인(天地人)과의 조화관계를 나타내면 홍익인간의 이화세계를 이루게 된다. 천지인(天地人)의 조화관계는 인류훈(人類訓)이라 일컫는 『천부경』(天符經)과 『지부경』(地符經), 『인부경』(人符經)의 이치와 『삼일신고』(三一神誥)의 내용으로 설명하면 원만하게 이해할 수 있게 다뤘다. 『천부경』(天符經)을 위시해 『지부경』(地符經)과 『인부경』(人符經)은 환웅이나 단군시대 이전부터 있었던 것으로 되어 있고, 366사(事)인 『참전계경』은 환웅이 마련하여 소도교육을 실시하여 활용한 것으로 볼 수 있다.

『지부경』(地符經) 100자(字)와 『인부경』(人符經) 108자(字)는 필자가 중국의 『신선통감』(神仙通鑑)과 『천기요』(天機要)의 수록되어 있는 것을 처음으로 소개하고 해석한 것이다. 『천부경』(天符經) 81자(字)는 고운(孤雲) 최치원(崔致遠)이 발견한 이후 1,000년이 지났지만 100% 해석은 이루지 못했다.

필자가 『지부경』(地符經) 100자(字)와 『인부경』(人符經) 108자(字) 도합 208자(字)를 해석하는 데 7년이라는 세월이 흘렀지만 80% 정도로 해석은 이뤄졌다고 본다. 그 해석과 해설은 하권(下卷)의 부록(附錄)을 참고하기 바라며 앞으로 완벽한 해석이 이뤄질 때까지 계속 힘쓸 것이다.

이 세 경전은 『천부경』(天符經) 81자(字)로 천지인(天地人)의 이치로 말할 수 있다. 따라서 『천부경』(天符經)은 동양학의 총본산이라 할 정도로 사상이 함유되어 있고, 특히 오늘날의 첨단과학·의료학·열역학(熱力學)의 개념인 제1법칙~제10법칙을 활용한 수학논리 등이 발견되고 있어 한민족의 자랑이며, 세계문화의 유산이라 할 만한 경전이다. 그런데도 한국인은 단군관계와 관련된 것이면 부인하는 관계로 강단학계에서는 연구를 하지 않고 재야학자들에 의해 해석에 매달리고 있는 실정이다.

환웅은 세 경전과 366사(事)와 『삼일신고』(三一神誥)를 삼상(三相) 오부(五部)에게 백성을 가르치도록 명하여 이들이 소도교육을 실시하여 홍익인간의 이상향인 마을사회를 세우게 된 것이다. 웅녀 또한 동굴에서 소도교육의 일환인 성인식을 통하여 인간으로 환생하여 천신 환웅과의 신성혼(神聖婚)을 이뤄 단군을 낳았는데, 단군도 웅녀의 교육을 받아 고조선을 이상적으로 다스렸다.

366사(事)는 환웅에 의한 교화(敎化)로 고을사회를 이루고, 단군이 치화(治化)로 나라를 다스리어 완성국가인 홍익인간(弘益人間)의 이화세계(理化世界)를 기원전 2333년에 세웠다.

366사(事)는 농경을 배경으로 도덕적으로나 경제적으로 문화적으로 나라를 완성단계에 이루는 것이므로 천지인(天地人)이 삼위일체를 이루는 내용으로 이해하면 될 것이다.

광복 후 1949년 12월 31일 법률 제86호로 교육법을 공포하면서 교육법 제1조 제1조항에 나라의 교육이 홍익인간 이념 아래 설정된 것을 볼 수 있다. 366사(事)는 천지자연의 이치와 부합하는 교육으로 교육부에서 단군의 뿌리교육을 참고하여 행했다면 한국의 교육이 빛났을 것이다.

광복 후 사람들은 단군의 시대 삼상(三相) 오부(五部)에 의해 교육을 베풀었던 366사(事)의 행함을 뒤로한 채 60여 년 가까이 교육을 행했으니, 단군이 행한 홍익인간의 교육이 이뤄질 리 없어 오늘의 시점에서 국민들로부터 외면당하고 있는 것이다.

교육을 담당한 당국자들은 366사(事)인 『참전계경』(參佺戒經)의 내용을 읽어보지도 않고 홍인인간의 교육을 세우려고 했으니, 교육이 성공할 리가 없었다. 홍익인간이 무엇인가는 366사(事)인 『참전계경』의 내용에 나타나 있는 바와 같다.

문학에서 홍익인간의 이상이 가장 잘 반영된 작품은 『흥부전』의 흥부의 생활이라 할 수 있다. 그는 움집과 수숫대 집에서 입사식의 고난을 겪었으나 천리에 따르는 홍익인간을 실천한 관계로 그 보응으로 천상의 보물이 창고에 가득 차 지상에서 가장 재물과 보물이 많은 부호가 되어 부귀영화를 누리며 신선생활을 하게 된 것이다.

그런데 오늘에는 366사(事)인 뿌리의식의 뒷받침이 없었던 것으로 인해 학계에서나 일반국민들이 홍악인간(弘惡人間)인 놀부를 홍익인간(弘益人間)을 실천한 흥부보다 더 선호하고 있다. 심지어 놀부에 대해선 장학회가 있고 홈페이지도 개설되고, 놀부 음식점이 많고 놀부보쌈이 흥부보쌈보다 더 비싼 상태다.

한국인들이 흥부보다 놀부를 더 선호하는 것은 한국교육의 현주소를 보여주는 실상이라고도 할 수 있는데, 앞으로 경제적으로 부를 누린 흥부를 놀부보다 더 선호해야 한다. 놀부는 악행을 한 사람이고 동식물에 무소불위로 행한 홍해인간(弘害人間)이고 천벌을 받아 패가망신하였다. 이에 반해 흥부는 놀부를 형제간의 우애(友愛)로써 패가한 형 놀부를 살게 도왔으니, 흥부를 본으로 삼아 경제적으로 부하게 살아가야 할 것이다.

2007년 3월 고등학교 역사교재에선 기원전 2333년 전에 단군이 나라를 세웠다는 것이 때늦게 인정되었다. 이런 인정을 하기까지는 숱한 수난이 있었다. 1905년 을사늑약과 1910년 한일 합방 이후 일제강점기 단군 말살운동으로 국민들이 보유한 고대 역사서 20만 권을 수탈해 불태웠다. 또 일제는 단군을 신화로 변조시켜 2007년 이전 단군을 부인하기까지 합치면,

100년이 넘는 기간에 걸친다. 이 기간 동안 국민들은 단군에 대한 교육을 받지 못하고 광복 후 이승만 대통령 친일정국에서 친일파·친일학자나 그 제자에게 배웠으니, 단군실존에 대해 부인하는 이들이 많게 됐다.

단군이 반만년 전에 나라를 세웠다는 것은 『삼국사기』, 『삼국유사』, 『제왕운기』, 『고려사』, 『조선왕조실록』과 중원의 『이십오사』(二十五史)와 경전(經典)과 사서오경(四書五經)에 나타나 있으니, 이에 대한 증거는 본고의 내용을 참고하면 이해될 것이다.

광복 후 정부는 1949년 개천절(開天節)을 4대 국경일에 하나로 선포하여 양력으로 매년 10월 3일을 개천절로 기념하게 되었으나, 역사교과서에서 친일파들이나 그 제자들이 교묘하게 단군을 "기원전 2333년에 세웠다고 한다"라고 기술하여 긍정이 아닌 쪽으로 실렸다. 심지어 개천절 기념식엔 대통령도 참석하지 않는 관례가 되었고, 오늘의 시점에서도 국민들이 대다수가 단군을 국조(國祖)라 하는 데 많은 의문을 지녀, 단군이 국조임을 부인하는 이들이 대부분이다.

일반 국민들에겐 오랫동안 단군 교육을 받지 못했던 것으로 인해 곰 이야기로 부인하니, 국조(國祖)를 인정하지 않는 경향이다. 여기에 한국인은 5천만 인구 중 1천만 이상이 개신교들이니, 이들이 또한 단군을 국조로 인정하지 않는 경향으로, 많은 어려움이 따른다. 그러나 이런 악조건 하에서도 2008년 오늘에 이르러 한국에선 단군연구에 관한 논문이 1,710여 편이나 되고, 작가들이 단군을 소재로 출간한 소설이 50권이 넘는다.

이런 가운데 국조를 인정하지 않는 나라는 지구상에 한국이 유일하다. 그러나 오늘에는 단군의 강역(疆域)인 중국 요하(遼河)문명권이 개발되고 황하문명보다 1,000년을 앞서는 가운데 그 일대에서 단군과 관계된 유물 유적이 발굴되어 단군연구에 활기를 더해주고 있다.

우리는 이럴 때 증산(甑山)의 어록의 "환부역조자(換父逆祖者: 아비를 바꾸고 조상을 거역하는 자는 다 죽으리라" 하였고, "자손이 선령을 박대하면 선령도 자손을 박대하노니, 큰 재난을 받으면 선령을 박대하는 자는 다 죽으리라"라고 한 것을 생각해 볼 필요도 있다. 필자는 증산교도가 아니지만 교당 안에 환인·환웅·단군의 신위(神位)를 모시는 액자가 걸려 있는 것을 보고, 민족의 뿌리를 생각한다는 뜻에서 깊은 감명을 받았다.

단군교육 366사(事)는 국가백년대계(國家百年大計)를 이루는 한민족 교육의 담론임을 인지하고 일독을 권한다. 본 저술에서 고전과 현대 한국문학작품의 전반의 예문을 각 조항마다 들었는데, 양반유자의 경우 순수하게 산 학자의 작품을 택했다. 그리고 현대문학의 경우 친일 문인의 작품은 인용하지 않았다. 그리고 광복 후는 혼란하고 국민들이 어렵게 살았을 때 영달을 위해 날뛴 어용문인의 작품도 자료로 활용하지 안았다. 이들은 비순수적이며 가추악(假醜惡)으로 살아온 홍악인간(弘惡人間)이기 때문이다.

결론적으로 366사(事)는 366¼일 동안 권선징악을 내용으로 일일일선(一日一善)을 행하면 인과응보에 의해서 물산이 풍부한 홍익인간(弘益人間) 이화세계(理化世界)를 세우게 된다는 것이다. 한국인의 의식 중 설화나 이야기는 거의 착하게 살아 부귀영화를 누리거나 승천하는 내용으로 되어 있는데 단군신화의 수용이라 할 수 있다.

단군신화에서의 곰이 웅녀로의 변신과 환웅과의 신성혼(神聖婚)으로 단군을 낳아 366사(事)로 홍익인간의 이화세계를 세웠으니, 경제대국을 세우는 것과 통하는 내용이므로 21세기 한국인이 본받아야 할 사항이다.

고난 많은 사바세계를 벗어나 홍익인간의 신선세계에서 사는 것은 이상향의 지향이다. 환웅과 단군은 366사(事)로써 백성을 교화(敎化)하고 치화(治化)하여 홍익인간의 이화세계를 세웠으니, 이 이상향을 모델로 한 상상력으로써 정치발전은 물론 한국문학을 재정립하는 데 힘써야 할 것이다.

끝으로 요즘 출판계 사정이 좋지 않음에도 한국학술정보(주)의 배려로 본 저서를 상·중·하 3권으로 출판하게 되어 진심으로 감사를 드리고, 출판사업부 이주은 양과 디자인편집부 김은정 양의 노고에 감사드린다. 그리고 독자들에게 아낌없는 성원과 건강을 빌면서 이만 줄인다.

단기 4344년(2011년) 1월 10일
용인 죽전 서재에서 윤경수 씀

Ⅲ. 나오며　　446

제4장

구께론(救濟論)

Ⅰ. 들어가며

366사(事) 중 구제(救濟)는 홍익인간(弘益人間)의 이화세계(理化世界)를 이루는 네 번째 단계라고 할 수 있다. 계절적으로 무더운 날씨와 비유되고, 30대에 해당해 경제적으로 자립할 수 있는 단계이다. 따라서 제4장 구제는 홍익인간의 이화세계를 이룰 수 있는 초석이 마련된 단계라고 할 수 있다. 늦여름은 성하(盛夏)의 날씨에 해당해 더운 열기와 같이 남을 구제할 때는 적극성을 띠라는 내용이다.

제4장 구제는 37사(事)로 이루어졌는데 네 가지 규칙과 서른두 가지 모형(4規32模)의 방법을 이루고 있으니, 작가는 제4장 구제를 활용하여 작품을 쓰는 것도 일반에게 알리는 방법이 될 것이다.

제4장 제(濟)는 37사(事)로 구성되어 있는데 인간만의 구제가 아니라 만물을 구제 대상으로 구성되어 있어 범우주적 구제미(das Hilfe Schöne)라 할 수 있다. 우주적 사랑은 하늘의 하나(一)의 마음으로 일시동인(一視同仁)하게 되므로 단군의 건국이념인 홍익인간 정신과 상통하는 의식이다.

21세기는 하루가 다르게 과학이 눈부시게 발달해 인간의 삶이 편리해져 가는 반면에 그 대신 자연이 훼손되는 관계로 후유증이 심각하게 인류를 향해 오고 있다. 지구 온난화문제로 이상기후 현상이 발생해 북극의 눈과 얼음이 녹아 지구촌 곳곳에서 홍수와 눈사태가 발생해 후유증이 심각한 실정이다.

한국 또한 예외지대가 아니어서 온대성 기후가 아열대로 바뀌는 조짐이 나타나고 있다. 열대야 현상으로 한여름 밤의 온도가 상승하여 잠을 이루지 못하고 있다. 2007년 9월에는 여름장마철이 지났는데도 전국 곳곳에서 사상 초유의 게릴라성 폭우가 산발적으로 쏟아지고 벼락 천둥이 유난히 많이 발생하고 있는 것도 그 한 현상이다. 지구촌은 시공간이 바뀌는 현상으로 인해 때아닌 천변지변(天變地變)이 발생하고 있으니 과학이 발달하면 그 후속 조치로 친환경으로 살아가도록 지구인들이 의식의 전환이 필요한 것이다.

일찍이 단군의 교육인 366사(事)는 친자연으로 살아가는 내용으로 되어 있는데, 그중 제4장 제(濟)는 단군의 건국이념인 홍익인간의 정신으로 살아가는 내용으로 되어 있다.

지구촌이 각종 공해로 자연이 훼손되어 가는 현실상에서 우주 중 하나밖에 없는 지구를 구제하는 방법을 단군의 교육인 366사(事)로 실천하면 후유증이 없이 홍익인간의 이화세계를 세우게 된다. 인간은 만물의 영장이므로 하늘의 마음으로 살아가면 지구촌 사람들과 만물이 공존공생으로 살아갈 것이다.

본 제4장 구제(救濟)는 사람과 만물인 자연을 돕는 것으로 되어 있다. 이 구제(救濟)는 일 년 중 계절적으로 중하(仲夏)(6월 21일 夏至)와 계하(季夏)(8월 7일)에 해당하는 관계로 무더운 날씨와 같이 더운 열기로 구제대상으로 삼아야 하니, 적극적인 대상으로 참여하는 것이다.

본 4장 구제는 336사(事)인 중 네 번째에 해당한다. 366사(事)를 여덟으로 나눈 『팔리훈』(八理訓) ― ① 성(誠), ② 신(信), ③ 애(愛), ④ 제(濟), ⑤ 화(禍), ⑥ 복(福), ⑦ 보(報), ⑧ 응(應) ― 중 네 번째 사리(四理)에 해당하고, 제리훈(濟理訓)이라고 하며, 37사(事) 조항으로 이루어졌다. 이 37사(事)는 계절상으로 무더운 여름날 중 가장 더운 때를 상징하고 인생의 나이로 장년기 초년~말년(30~39세)에 해당한다.

본 장(章) 구제는 홍익인간을 이루는 네 번째 단계로서 사람만의 대상만이 아닌, 우주 만물을 대상으로 하게 되니, 우주적이고 인류적인 것이다. 인간은 만물을 주관하는 관계로 중생이 사는 육대양오대주의 영역까지 미치니 범지구적인 범위로 확대해 볼 수 있다. 천지만물은 인간을 비롯한 동식물이 공생하는 관계로 자연을 보호하는 대상으로 삼지 않으면 안 될 것이다.

오늘에는 하루가 다르게 자연이 파괴되는 현실상에서 친자연적인 구제의 정신으로 대상을 삼지 않으면 인류가 살아갈 수 없게 되어 있으니, 인류가 살아가기 위해서도 만물을 구제하는 대상으로 삼지 않으면 안 될 상황이다. 제4장 제(濟)는 사람과 만물을 구원하는 것이니, 계절적으로 성하(盛夏)의 계절에 속하니, 적극적인 대상으로 구제활동을 펴야 한다. 이 기간 중에 만물은 최대한으로 성장하는 것을 마무리 짓게 된다. 곡식의 경우 성하(盛夏)는 열매를 맺기 시작하는 단계라 할 수 있다.

본 4장 구제는 『천부경』(天符經)의 "마음의 근본의 도는 태양의 광명과 같이 밝게 비침"(本心本太陽昻明)과 같이 광명의 열정으로 행하면 된다. 366사(事)는 홍익인간의 이화세계(理化世界)를 세우는 원형적 형태이므로, 한국문학의 권선징악과 미학이 이에서 수용된 것이다. 366사(事)는 한민족의 생활의 원형이 되는 총본산이라고 할 만큼 모든 의식이 들어 있다. 따라서 구제의 방법은 본 장 37사(事)의 조항에서 찾으면 원만하게 이루어질 것이라 믿는다.

366사(事)는 홍익인간(devotion to the welfare of mankind)의 이화세계를 세우는 원천이 되는 예절교훈이기에 제4제(濟)가 큰 비중을 차지한다. 남을 구제하는 일은 아름답고 좋은 일이니, 미학의 대상으로 살펴볼 필요가 있다.

미학(美學, Ästhetik)상의 구제(救濟)는 정의하기 쉽지가 않으나 정신적인 것과 물질적인 것으로 나뉘는데, 양자가 조화와 균형을 이루는 데 미적인 의미가 있게 된다. 흔히 구제 하면 물질적인 구제 대상으로 알고 있는 경향이 짙으나 정신적인 면이 먼저 우선해야 물질적인 구제가 원만하게 이루어질 수 있다.

미적인 구제(Hilfe)는 우미(優美, das Grazie Schöne, Anmut)에 해당하는데, 아름다운 혼(魂)(Schöne Seele)의 개념으로 설명할 수 있으므로 정신면이 우선돼야 한다. 그렇다고 착한 마음만으로는 구제라 할 수 없고 정신과 물질의 합일의식의 구제가 진정한 구제다운 구제가 구제미(das Hilfe

Schöne)로서의 의의를 지닌다.

구제(救濟)는 여름날 우레를 상징하는 진괘(震卦☳)와 상관되어 있다. 이 괘(卦)는 우레와 같은 신속성을 띤다. 특히 우레는 신속한 동작이니, 구제를 할 때 재빠르게 해야 죽어 가는 생명도 살릴 수 있다. 따라서 남을 구제할 때는 적극성과 빠르게 행해야 하는 당위성이 들어 있는 것이다. 더구나 팔괘(八卦)로 진행되는 64괘(卦) 중 진괘(震卦)는 바람을 상징하는 제5화(禍)를 상징하는 손괘(巽卦☴)와 상응해 대성괘(大成卦)를 이루어 큰 조화를 이룬다. 바람은 좋지 않은 대상으로 비유할 수 있지만 좋은 비유로 쓰는 경우도 있다. 그러나 우레와 바람은 상응하는 관계로 신속함으로 나타나는 것으로 보면 된다.

이 조화로 나타나는 이 두 괘(二卦)의 대성괘(大成卦)는 풍뢰익괘(風雷益卦☴☳)이니, 인간을 유익하게 하는 홍익인간의 정신과 상응한다. 이 괘(卦)는 인간을 유익하게 하는 것이니, 홍익인간 사상을 구현하는 데 있어서 가장 적합한 뜻이 들어 있는 내용이라 할 수 있다.

구제(救濟)는 화(禍)의 대상인 재앙을 만나는 일도 유익하게 할 수 있으니, 이 문제는 풍뢰익괘(風雷益卦☴☳)로 대처해 나가면 음양조화로 구제의 의의를 지닌다. 제4장 구제(救濟)는 진괘(震卦☳)의 우레와 같이 신속하게 구제활동을 펴면 죽어 가는 환자나 기아로 촌각을 다투는 사람을 구할 수 있다.

제5장 재앙은 손괘(巽卦☴)의 가을날의 바람을 상징하니, 숙살(肅殺)의 기운으로 오곡의 황금물결을 이루게 된다. 이 두 괘(卦)가 대성괘(大成卦)를 이루면 풍뢰익괘(風雷益卦☴☳)가 되어 홍익인간의 사회가 이루어지는 것이다. 이 익괘(益卦) 또한 물질이 풍부함을 이루니, 366사(事)는 농경생활에서 풍년이 들게 하는 교훈을 통해 경제성과 관계를 이룬다. 홍익인간의 생활은 물질이 풍부한 나라를 세우는 데 있으니, 농경문화에서 곡식생산과 통하는 의식이다. 물질의 풍요를 누리기 위해서는 남을 돕는 데는 착한 마음이 자리 잡아야 구제를 구제답게 승화시킬 수 있는 것이다. 따라서 구제는 물질적인 면이 우선하는 것같이 보이나 실상은 착한 마음이 육체를

운전하여 움직이게 하는 것이니, 음양조화와 같이 조화미로서의 의미를 지닌다.

본 4장 구제(救濟)는 37사(事)에 걸쳐 있어 남을 돕는 일에 대해서 알 수 있게 나타내 구제를 하는 사람들에게 도움이 되게 한다. 본 37사(事)의 조항은 서사문학과 미학과 밀접한 관계를 맺고 있는데, 미의식과 통해지는 것을 알 수 있다.

본고는 이를 미의식과 관련해 주로 구제미(救濟美)·덕선미(德善美, das Freunchaft Schöne)로써 조명하면 홍익인간의 정신과 관련해 범우주적 구제미로 나타남을 보게 된다. 따라서 작가들은 구제미로써 작품을 쓰면 독자들이 관심을 가지고 읽게 될 것이다.

Ⅱ. 제(濟)의 만물(萬物) 구제미(救濟美)

제146사(事) 제(濟: 구제) ─『덕진교 전설』─

구제(救濟)는 도덕에 따라 착한 마음으로 남을 돕는 것이니, 이에 대한 전설도 있게 된다. 따라서 작가들은 본 조항을 참고로 작품을 쓰면 본 조항을 널리 알리는 데 도움을 줄 것이다.

『덕진교(德津橋) 전설』은 전남 영암군 덕진면과 영암 사이를 흐르고 있는 덕진천 앞 주막에서 덕진이라는 처녀가 일한 돈을 저축하여 덕진교(德津橋)를 놓았는데 사람들은 덕진의 착한 행함을 기리기 위해 다리의 이름을 덕진교라 하고 마음과 내도 그 이름으로 전한 것이다. 이 전설은 남을 돕는 내용이니, 본 조항과 통하게 되므로 그 조항을 다음과 같이 그 내용을 소개한다.

제146사(事) 제(濟): (濟 4規 32模)(제, 4째 규칙, 32번째 모형)

濟者는 德之兼善이며 道之賴及이니 有四規三十二模니라.

해석: 구제는 덕을 갖춘 착함이며 도에 힘입어서 남에게 미치게 되는 것이니, 이에는 네 가지 규칙과 서른두 가지 본보기가 있느니라(1+4+32=37).

남을 구제하는 일은 좋은 일 중에 좋은 일이다. 사람뿐 아니라 만물을 구제하는 일은 구제대상의 범위가 넓어졌음을 의미한다. 인간의 구제는 첫째 조건으로 사람이 당연히 행할 일이고, 만물을 구제하는 것은 자연 보호까지 하게 되니, 먼 앞날을 내다본 구제이다. 만물의 영장인 인간은 자연을 자기 몸처럼 아낄 줄 알아야 한다. 인간이 만물 중 영장으로 태어난 행운아(幸運兒)니, 자연의 주인으로서 보호를 해야 할 것이다.

구제는 덕선미와 도에 힘입어서 남에게 미치는 것이니, 여기는 네 가지 기본 규모가 있다고 했는데, 때를 맞게 구제하는 ① 시(時), 구제의 바탕이 되는 ② 지(地), 구제를 하는데 차례를 지켜야 하는 ③ 서(序), 지혜로써 구제하는 ④ 지(智)가 있다. 남이나 만물을 구제할 때는 네 가지 규칙이 있으니, 이를 도표로 나타내면 다음과 같다.

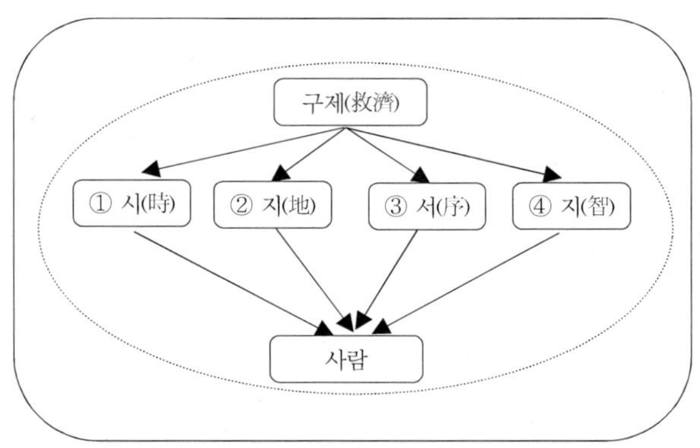

사람과 자연을 구제하는 일은 결국 자기를 돕는 일이니, 구제미의 승화라 할 수 있다. 이 구제는 나라마다 실천하고 있으니, 적극적인 구제활동에 앞장서야 할 것이다. 남을 구제하는 방법은 여러 가지가 있는데, 개인을 도와주는 것도, 여러 사람을 위하는 구제도 있다. 많은 사람을 위하는 구제는 바다와 하늘의 마음을 지녀야 한다. 만물을 구제하는 데는 자연을 친자연적으로 구제하면 된다.

덕진이란 처녀가 주막에서 일한 돈을 저축해서 다리를 놓아, 사시사철 편히 다닐 수 있게 사람들의 불편함을 덜어 준다. 사람들은 징검다리를 건너다녀야 하고 장마가 지면 다닐 수 없다. 또 추운 겨울에는 내가 얼어 건너다가 넘어지고 빠지는 것을 볼 때마다 안쓰럽게 생각하고 다리를 놓겠다는 마음을 가지고 덕진이 다리를 놓은 것이다.

홍익인간 정신은 인간을 유익하게 하는 것이니, 덕진의 행함은 본 조항의 덕을 갖춘 선으로 볼 수 있다.

1. 『덕진교 전설』 소개: 전남 영암군 덕진면과 영암 사이를 흐르는 덕진천에 『덕진교 전설』이 전한다. 제146사(事) 제(濟)는 덕에다 착함을 겸하고 도덕에 따라 착한 마음으로 남을 돕는 것이니, 홍익인간(the greatest service for the benefit of humanity: 안호상 박사 영역(英譯)) 사상과 통하는 의식이다. 이러한 내용은 『덕진교 전설』에서 그 편모를 볼 수가 있으니 그 내용을 인용하면 다음과 같이 요약된다.

1. 옛날 덕진이란 처녀가 덕진교 앞 주막에서 일하였는데, 손님을 친절하게 대할 뿐만 아니라, 돈이 떨어진 사람에게 돈을 받지 않고 재워 주고 먹여 주었으며, 노자를 주기도 하였다. 그녀는 덕진천에 다리를 놓겠다는 생각으로 저축하였다.
2. 영암 원님이 갑자기 죽어 저승에 가니, 염라대왕이 그에게 아직 수명이 다하지 않았으나 포악한 짓을 많이 해서 데려왔다고 하였다. 원이 이승으로 보내 주면 착한 일을 많이 하겠다고 하니, 염라대왕은 온 김에 인정이나 쓰고 가라고 하였다.
3. 원이 저승 창고에 가 보니, 그의 창고는 텅 비어 있고, 덕진의 창고

는 재물이 가득 차 있었다.

4. 원은 덕진의 저승 창고에서 재물을 꾸어 염라대왕에게 인정을 쓰고 이승으로 돌아왔다.
5. 이승으로 돌아온 원은 염라대왕과의 약속대로 덕진을 찾아가 저승에서 꾼 재물을 갚고, 착한 일을 많이 하였다.
6. 덕진은 원이 주는 돈을 사양하다가 받은 돈으로 덕진천에 다리를 놓았다.
7. 이로 인해서 덕진의 착하고 어진 마음을 기리기 위해서 다리의 이름을 덕진교라 하고 마을 이름을 덕진리라고 하였다.

최운식, 『한국서사의 전통과 설화문학』, 민속원, 2002, 234~238쪽

위의 『덕진교(德津橋) 전설』은 전남 영암군 덕진면과 영암 사이를 흐르고 있는 덕진천에 놓인 덕진교에 전하는 전설로서 교원대학교 최운식 교수가 수집한 것이다.

이 전설에는 제146사(事) 구제(救濟)의 내용이 어진 덕과 착한 마음으로 이루어져 덕선미로 승화되어 있으니, 본 조항의 내용과 홍익인간의 의식이 들어 있다고 할 수 있다.

이 전설은 덕진이란 처녀가 남을 돕는 구제니, 홍익인간의 정신과 의미를 같이하게 되어, 그 의의가 큰 것이다.

제146사(事) 구제(救濟)에는 네 가지 규모가 있는데 이를 도표로 나태내면 다음과 같다.

제사규(濟四規)

제사규 \ 내용	내용	대상	조항
1. 시(時)	만물을 구제함에는 때가 있음	구제	제147사(事)
2. 지(地)	땅의 이치에 부합하게 구제함	구제	제155사(事)
3. 서(序)	구제는 순서(順序)가 있음	구제	제164사(事)
4. 지(智)	철인은 사람을 지혜로써 구제함	구제	제172사(事)

이 제사규(濟四規)에는 사람뿐만 아니라 만물을 구제하는 방법이 잘 나

타나고 있다. 사람이 남을 돕는 마음을 가지고 실천하면 훌륭한 정신이고 위정자가 구제의 뜻으로 백성을 돌보고 나라를 잘 다스리면 나라가 잘 다스려질 것이다. 철인의 정치는 구제의 마음으로써 백성을 돕는 다스림이다.

단군이 고조선을 1500년 동안 이상적으로 다스려 동방예의지국(東方禮義之國)을 세운 것은 국토를 효율적으로 잘 관리하고 백성들을 덕선의 행함으로 인도했기 때문이다. 360여사(餘事)로써 다스린 데서 원인을 찾아볼 수 있다. 본 조항에서의 네 가지 구제(救濟)는 지구촌을 쾌적한 환경으로 살아가는 데 도움이 되는 교훈이며, 앞으로 참고할 가치가 있는 사항들이다. 구제는 사람만이 아닌 국토를 효율적으로 잘 관리하는 데 있으니, 오늘날 난개발로 국토가 훼손되고 있는 현실에선 본 네 가지 구제를 참고할 가치가 있다. 국토가 난개발로 훼손되는 사항에선 그 개발을 효율적으로 실행해야 사람들이 편안하고 안전하게 살아간다.

위정자는 국토를 잘 관리하면 관광자원으로 외화를 벌어들일 수 있고, 농산물을 비롯한 각종 산물이 풍부하게 생산되어 사람들이 풍족한 생활을 할 수 있게 된다. 경제자원이 풍족하면 인심도 후덕해 지는 것이니, 차례대로 구제해야 성과가 있다.

이런 맥락으로 『덕진교 전설』은 유사한 저승 재물 차용설화(借用說話)와 함께 권선징악의 관념으로 전해진 것이다. 본 조항의 네 가지 구제는 홍익인간 정신의 바탕으로 전개된 것이니, 국토를 구제할 때는 거친 땅을 비옥한 토지로 바꾸는 개토작업이 필요하고, 그 토질에 맞는 종자를 심어야 토질에 관리가 효율적으로 구제된다.

2. 친환경적인 만물 사랑: 만물 구제는 사랑정신으로 이어지는데 본 조항과 『덕진교 전설』의 내용을 작품으로 재구성하여 나타내면 독자들이 감명 깊게 읽을 것이다. 사람 구제는 사랑정신이 바탕을 이루어야 돕는 정신이 생기게 된다. 만물 구제는 동식물과 토지까지 이룬다. 구제 대상은 사람과 동식물, 토지에 이르기까지 걸치니 삼라만상을 대상으로 하게 된다.

말하자면 사람은 지상에 존재하는 모든 것을 잘 보존하고 보호를 하면 자원을 활용하고 이용하게 되어 화기애애(和氣靄靄)하게 살아갈 수 있다.

아울러 네 가지 규모는 사람과 만물을 구제대상으로 한 것이니, 이를 효율적으로 잘 관리하고 보호하면 친환경으로 살아간다. 남을 돕는 것은 친환경으로 만물을 사랑하면 자연보호가 이루어져 지구촌이 아름다운 환경에서 인간과 만물을 구제하며 살아갈 것이다.

작가들이 사람과 만물을 구제하는 내용으로 본 조항과 『덕진교 전설』을 작품으로 재구성하면, 독자들이 새로운 시각으로 착함을 깨닫게 하는 데 도움을 준다.

제147사(事) 시(時: 때) ─ 이어사(李御使)의 춘향 구제 ─

본 조항의 시(時)란 때를 놓치지 않고 시의적절하게 구제함을 이르는데, 때를 맞추는 것을 시중(時中)이라 할 수 있다. 인간생활은 남과의 약속을 실행해야 하는데 시간을 맞추지 아니하면 낭패를 당하는 수가 있으니 늦춰서도 안 된다.

인간생활에서 시간은 돈이다(time is money)고 황금이라 한 서양의 격언과 시간은 생명이다(time is life)는 동양의 격언을 상기하면 그 중요성은 알 수 있다. 고전문학에선 시기를 잘 이용하라는 내용이 있으니, 작가들 또한 시간의 중요함과 선용을 내용으로 하는 작품을 출간하면 독자들이 관심을 가지고 읽을 것이다.

춘향은 천상 선녀로 있을 때 선관(仙官)과 사랑을 하다가 시간이 늦은 죄로 지상의 인간계로 적강된 것이다. 시간은 천상이나 이승에서도 중하게 보내야 한다.

그리고 춘향은 천상 죄를 갚는 응보로 천기의 딸로 태어나 이몽룡과 약혼한 사이에도 미모가 뛰어나 남원 일대에 소문이 자자하였다. 변 부사는 남원의 부사로 부임하자 춘향을 데려다 수청을 청하는 문제로 고난을 겪게 된다.

춘향은 그 수청을 일언지하(一言之下)에 거절하는 의사를 보였다. 변 부사는 춘향이 수청을 거절하는 것을 여성으로서의 당연히 지켜야 하는 절개로 귀엽게 보고 더 호감을 가지게 되었다. 남원부사와 춘향과의 언쟁은 격하여 유부녀 겁탈하는 죄를 들먹이고 항변을 하였다. 변 부사는 항거의 죄를 춘향에게 적용하여 곤장으로 다스리고 말은 듣지 않자 하옥시켰다.

춘향이 아무 죄 없이 하옥된 것은 천상의 죄를 갚기 위한 응보이다. 춘향은 인간계에서 바르게 살아가는 것으로 인해 옥제가 이 어사(李御使)를 파송하여 시기적절한 때 변 부사가 하옥시킨 것을 구한 것이다. 이어사(李御使)가 춘향을 적기에 구하지 않았으면 춘향은 이 세상 사람이 아니고 저승으로 갔다. 이 어사(李御使)의 춘향구제는 본 조항과 관계되어 그 조항을 다음과 같이 인용한다.

제147사(事) 시(時): (때)(濟 1規)(제, 1째 규칙)

時는 濟物之時也라. 濟不以時면 燕鴻이 相違하고 水與山遠하며 毛甲이 不同이니라.

해석: 때(時)라 함은 물건을 구제하는 때이니라. 그 구제를 할 때 맞춰 하지 않으면 제비와 기러기가 봄·가을에 오고 가는 시기를 어김과 같고, 물과 산이 멀어지며, 털 짐승과 껍질 있는 동물이 서로 다른 것과 같으니라.

남을 돕는 일을 구제(救濟)라 한다면 시기를 놓치면 성과가 없다. 무슨 일이든지 시간에 맞추지 않으면 효과가 없게 되는 거와 같이 적절한 시기에 돕지 않으면 안 될 것이다.

시간을 잘 지키는 것은 약속을 위반하지 않는 것이니, 신용이 따른다. 신용이 없는 사람은 남과 더불어 화함을 이루지 못하고 외톨이가 된다. 신용이 없는 사람과 약속을 한들 무슨 소용이 있겠는가. 하늘은 한시라도 시간을 어긋나게 하지 않는 것을 알고 시간과 약속을 잘 지켜야 한다.

우리는 시간을 지키지 않는 사람을 죄인으로 간주하고 죄과를 받게 한 교훈을 『춘향전』에서 춘향의 경우에서 볼 수 있다. 춘향의 전생은 천상 선녀로서 『춘향전』본에 따라 다르긴 하지만, 천상에서 약속을 지키지 아니한 시만(時晩)한 죄로 옥제가 지상으로 적강시킨 것이다.

춘향은 천상선녀로서 시간을 지키지 아니한 관계로 현실세계의 월매의 딸로 태어나 고난을 겪은 후에 승상부인이 되었다. 하늘은 천상이건 현실이건 죄를 지었으면 그 죄과를 갚아야만 정상적으로 원만하게 살아갈 수 있다.

이와 같이 시간은 현실에서나 천상계에서도 중요한 자리를 차지하게 되니, 시간을 잘 지키며 살아가야 한다. 인생은 시간을 잘 활용하는 것이 성공의 비결이라면 시간을 잘 지키는 것이 바람직한 인간상이라 할 수 있다. 남을 돕는 구제(救濟) 또한 시간을 시의적절(時宜適切)하게 지켜야 하니, 때를 놓치는 구제는 시효가 지났기 때문에 아무런 소용이 없게 된다.

구제(救濟)는 때를 맞추는 시중(時中)과 관계되므로 시간관념이 투철해야 한다. 남을 구제할 때는 적기에 돕는 것이 구제 중에 구제이며 구제미라 할 수 있다.

1. 옥중의 춘향 구제한 이 어사(李御使): 시중(時中)과 관련된 구제로 춘향이 옥중에 있을 때 이몽룡인 이 어사(李御使)가 춘향을 구한 것은 시기적절했다. 만약에 이 어사(李御使)가 변 부사의 생일연에 참석하지 않았다면 변 부사가 주광이 났을 때 춘향이 화를 입어 살아남지 못했을 것이다. 이도령이 죽음에 임박한 춘향을 구제한 것은 이도령이 암행어사 신분으로 변 부사를 봉고파직 하였기 때문에 절묘하게 때를 잘 맞춘 데 있다. 춘향 자신은 변 부사의 생일연에 자신이 죽게 될 것이라 알고 있었는데, 그 내용을 소개하면 다음과 같다.

서방님 내 말씀 들으시오. 내일이 본관 사또생신이라, 취중에 주망 나

면 나를 올려 칠 것이니, 형문 맞은 다리 장독이 났으니 장폐(杖斃=
곤장으로 죽인 것) 죽거들랑, …… 한양으로 올려다가 선산발치에 묻
어 주고, 비문에 새기기를 수절원사춘향지묘(守節寃死春香之墓)라 여
덟 자만 새겨 주오. 망부석이 아니 될까.

변 부사는 조선조 남원의 부사에 재직 중이니, 그 고을에선 누가 감히
그를 나무랄 사람도 없고 사형권도 쥐고 있다. 변 부사는 감히 기생의 딸
이 항거를 하였으니, 괘씸죄로 명령불복정죄로 치죄(治罪)할 수 있는 권한
을 행사할 수 있다. 변 부사가 주광(酒狂)이 나서 연약한 춘향을 마구 때리
면 결국 장독(杖毒)으로 살기 어렵다.

변 부사는 춘향이 생각한 대로 생일연에 주광(酒狂)이 났다. 변 부사는
취기가 오를 대로 올랐다. 변부사의 생각은 기생의 딸인 주제에 자기의 수
청을 거부하고 유부녀 겁탈 죄 운운하고 한 말을 고깝게 여기고 취기에
노기가 충천해 참을 수 없었던 것 같다. 변 부사는 춘향이 자기를 능멸한
말에 취기(醉氣)에 분을 참지 못하여 "춘향을 급히 올려라"라고 분부를 내
렸으니, 가만히 두지 않겠다는 오기(傲氣)가 서린 말이다. 변 부사는 남원
에서 생사(生死)의 권리를 가졌으니, 누가 그의 명을 시행치 않을 것인가.

이런 급박한 상황에 암행어사 신분으로 이몽룡이 춘향에게 구호신과
같이 나타났다. 이에 앞서 이어사는 변 부사의 생일연(宴)을 진수성찬으로
차린 것을 보고 만백성의 고혈이라고 한시를 지어 읊었다. 이때 좌중에 있
었던 사람들은 양심의 가책을 받아 술렁이고 자리를 떠났다.

변 부사는 주광이 더 심해져 말릴 사람이 없다. 이 어사가 시의(時宜)적
절한 때에 나타나니, 서슬이 시퍼렇게 기승을 부리던 변 부사도 암행어사
출두라는 말에 기세가 꺾였다. 이때 변 부사는 봉고파직을 당하여 춘향이
기적적으로 살아나 봄날의 화기(和氣)를 띠며 이 어사를 만나게 되었다.
춘향이 살아날 수 있었던 것은 이 어사가 춘향이 변 부사에게 압송되기
직전에 나타나 암행어사로서의 직권으로 변 부사를 봉고파직 하였기 때문
이다. 이 내용을 도표로 나타내면 다음과 같다.

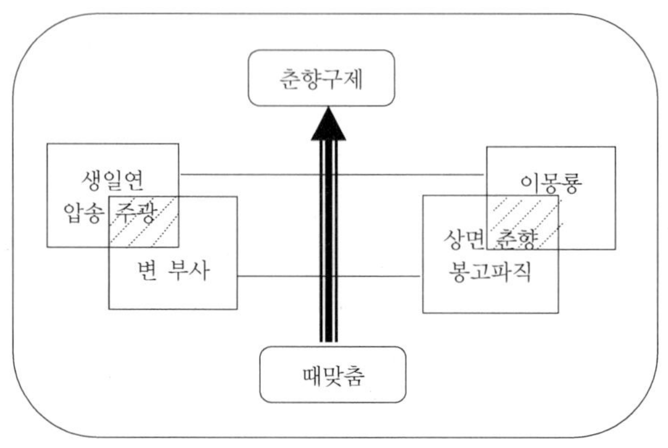

　춘향은 이 어사가 시의적절한 때 구제한 것이다. 따라서 구제는 시중(時中)의 미(美)로 승화시키는 데 의의를 지니게 되니, 제147사(事) 시(時)를 이해하는 데 도움을 준다. 때에 맞게 만물을 구제하는 데 있어 첫 번째 규모는 7개 모형으로 나누는데 이를 도표로 나타내면 다음과 같다.

시일규(時一規)

시일규＼내용	주요 내용	대상	조항
1. 농재(農災)	농사는 때를 잃지 않으면 재앙이 없음	시기(時期)	제148사(事)
2. 양괴(凉怪)	가을의 숙살(肅殺) 기운이 사람을 해침	시기(時期)	제149사(事)
3. 열염(熱染)	무더우면 삿된 기운이 사람을 해침	시기(時期)	제150사(事)
4. 동부(凍孚)	안일함을 즐기면 굶어서 얼어 죽음	시기(時期)	제151사(事)
5, 무시(無時)	적절한 방법으로 어려움을 도와줌	시기(時期)	제152사(事)
6. 왕시(往時)	병의 뿌리인 마음을 새롭게 하면 고침	시기(時期)	제153사(事)
7. 장지(將至)	철인의 큰 도는 만세사람의 법도가 됨	시기(時期)	제154사(事)

　위의 7가지는 때를 중시하는 것이라 할 수 있다. 세상의 모든 일은 때를 놓치면 그르치게 된다. 시중(時中)은 부지런한 데서 극복되고 구제에도 적용된다.

　때를 맞추는 구제는 죽어 가는 생명을 구하는 것이니, 시중(時中) 구제가 구제 중의 구제미라 할 수 있으니, 본 조항은 구제의 방법을 알려 준다.

366사(事)는 농경문화를 배경으로 한 것이니, 때를 놓쳐서는 안 된다. 사람이 하는 일도 마찬가지이니, 시기를 놓쳐서는 아무 일도 성사시키지 못한다. 특히 사람은 배우는 시기에 게을리하면 때를 놓쳐 머리가 쇠하게 되므로 때를 맞춰 행해야 의미를 지닌다. 더구나 본 조항은 남을 구제할 것에 시기를 놓쳐서는 안 됨을 내용으로 했으니 때를 놓치는 행위는 안 된다.

2. 작품을 통한 주인공의 구제: 작가는 작품 가운데 주인공을 등장시켜 위기에 처했을 때 적기에 구하는 내용을 작가 나름의 상상력으로 작품을 쓰면 특히 배우는 학생들에게 많은 도움을 준다.

그 대상은 주인공이 어린이를 납치하는 범인을 격투 끝에 붙잡아 어린이를 구하는 내용을 소재로 해도 된다. 만약에 주인공이 어린이 놀이터를 지나갈 때 이웃집 어린이를 감언이설로 달래어 승용차를 타기 직전에 수상하게 여겨 붙잡아 구하는 일이다. 또 애인이 괴한에게 납치당하는 현장을 보고 구하는 등 소재는 다양하다.

남을 구제할 때는 시의적절(時宜適切)하게 구제하는 것이 중요한 것이라는 것을 깨닫게 한다. 사람은 물론 구제함에는 적당한 때가 있다는 것을 작가는 최대한으로 활용하면 좋은 효과를 볼 수 있다.

제148사(事) 농재(農災): (농사의 재앙) ─ 『농가월령가』· 삼월령 (三月令) ─

본 조항의 농재(農災)는 '농사의 재앙'을 뜻하니, 절기에 맞춰 농사에 힘쓰지 않으면 인재를 만나게 되므로 부지런함을 내용으로 교훈하고 있는 것이다.

오늘날처럼 눈부시게 하루가 다르게 발전하는 시대에 천리에 의한 농경문화와의 조화는 의의가 있다. 작가는 뿌리의식을 나타내는 농경문화의 유산을 오늘날 과학화로 살아가는 시대에 접목하면 친자연의 생활을 하게 된다.

작가들은 친자연적인 삶은 오늘의 시점에서 재활용가치가 있다는 것을 작품에 나타내면 독자들의 생각을 새로이 하는 데 도움을 줄 것이다.

요즘은 산업사회이자 정보화 시대이다. 남보다 앞서려는 치열한 경쟁을 하는 시대에 농경생활을 반영한 『농가월령가』(農家月令歌)·삼월령(三月令)을 소개하는 것은 오늘의 사람에게 정신적, 육체적 도움을 준다고 할 수 있다.

오늘의 한국은 '빨리빨리'식에 속도로 달리다 보니, 윤리와 도덕을 뒷전으로 물리게 되게 수단과 방법을 가리지 않고 살다 보니, 자기 자신을 잃게 되었다.

이럴 때 현대인은 조금 여유로운 『농가월령가』(農家月令歌)·삼월령(三月令)에서와 같이 절기에 맞춰 부지런히 살아가는 것을 본받아 살아가는 방식도 필요하다.

요즘은 특히 한국인은 '빨리빨리'식으로 살아가는 관계로 너나 할 것 없이 속도전에 임하는 용사처럼 남보다 앞서려고 1분 1초를 가만있지 못할 정도로 바쁘다. 그럴 때 우리는 농경문화의 유산을 개발하여 천리에 의해 살아가는 부지런함을 요즘의 시대에 접목하여 경제적 부를 누리는 브랜드를 개발하는 것도 21세기 인류의 삶을 보다 잘 살아가는 방법이 될 것이다.

본 조항은 농경생활을 반영한 『농가월령가』(農家月令歌)와 상통하게 되므로 다음과 같이 소개한다.

제148사(事) 농재(農災): (濟 一規 1模)(제, 1째 규칙, 1번째 모형)

農災者는 不勤農而遭災也라. 農者는 天下之大本이며 四業之首也라. 敎化隆洽에 人無閑慵하여 健者農하며 聰者學하고 敏者商하며 巧者工이라. 工能窮理하며 商不徑貪하고 學能達道하며 農不失時니라. 農不失時則無人災하니라.

해석: 농사의 재앙(農災)이란 농사에 부지런하지 않아서 재앙을 만남이라. 농사는 천하의 큰 근본이요, 네 가지 직업의 으뜸이라. 교화가 널리 펴짐에 사람이 한가하거나 게으름이 없어 건강한 이는 농사를 짓고, 총명한 이는 글을 배우며, 민첩한 이는 장사를 하며, 재주 있는 이는 장인(匠人)이 되는지라. 공업은 이치를 궁구하며, 상업은 탐함을 빠른 길로 하지 않으며, 배움은 도를 통달하며, 농업은 때를 잃지 않아야 하느니라. 농사에 때를 잃지 않으면 사람에게 재앙이 없느니라.

만 가지 일을 이룸에는 '일근천하무난사'(一勤天下無難事)(한 번 부지런하면 천하의 일이 이루어지지 않음이 없다)는 말이 있듯이 근면의식이 전제되지 않고서는 목표를 달성할 수 없게 된다. 특히 농업의 경우 부지런함을 으뜸으로 삼는데, 예로부터 '농자천하지대본'(農者天下之大本)이라고 한 것은 농경과 관계된 것이다.

원래 농경은 다른 산업과는 달리 천지의 이치를 본받아 모법된 것이므로 부지런함을 본으로 삼는다.

농경은 부지런함을 으뜸으로 삼지만 때를 맞추는 것이 중요하다. 전 조항에서 시중(時中)의 예를 든 바와 같이 농업의 경우 때를 맞춰야 되니 절기에 따라 농사를 지어야 한다. 농사는 시기를 잘 맞추는, 즉 절기를 잘 맞추는 것이 으뜸 영농방식이다.

농사는 천리의 큰 근본을 이루기 때문에 총명한 이는 글을 배운다 하더라도 또 민첩한 이는 장사를, 재주 있는 이는 장인이 된다고 하더라도 부지런을 근본으로 하지 않으면 큰일을 이룰 수 없다.

농업은 때를 잃지 않고 절기에 맞춰 부지런하면 풍작을 이룬다. 농사는 곡식을 재배하게 되므로 천리를 따르지 않으면 풍작을 거둘 수 없으니, 사시사철 변화에 따라 힘써야 한다.

특히 농경은 자녀를 키우는 방법과 같고 정치가가 나라를 다스리는 것과 통한다. 그중에서 위정자는 농군과 같이 모든 직업 중에서 천리와 통하는 교화를 두루 펴게 되면, 사람들이 게으르거나 한가함을 즐기지 않고 근면성실하게 살아가는 본이 될 것이다.

정부 실세들이 금품 수수 관계로 검거되었을 때 우선 거짓말을 하고 탄로가 나면 국민에게 심려를 끼쳐 죄송하다고 사과 아닌 사과를 하는 것이 상투적이다. 국민들도 일단 어떤 사건에 연루되어 재판을 받을 때 처음에는 부인하다가 탄로가 나면 사과한다.

이런 상투적인 수법은 위정자가 농경에서와 같이 천리에 의해 살아가는 기본의식의 결여로 국민에게 본을 보이지 않기 때문에 국민들도 이들에게 배운 것이다.

천리의 마음은 366¼일 동안 사시(四時)에 걸쳐 자연의 이치를 본받는 366사(事)를 여덟으로 나눈 『팔리훈』(八理訓) ― ① 성(誠), ② 신(信), ③ 애(愛), ④ 제(濟), ⑤ 화(禍), ⑥ 복(福), ⑦ 보(報), ⑧ 응(應) ― 이 있다.

단군은 366사(事)인 『팔리훈』(八理訓)으로 백성을 삼상(三相) 오부(五部)로 가르치고 교훈한 관계로 백성들이 순박하게 살았다. 위정자나 국민들은 사시(四時)를 본으로 하는 친화적인 생활을 농심(農心)의 마음으로 살아가면 이중성향의 생활은 하지 않을 것이다.

1. 『농가월령가』(農家月令歌)·삼월령(三月令): 농경은 이른 봄부터 농사일 때문에 바쁜 가운데 삼월이 되면 농사철에 파종하고 가꾸는 과정이 『농가월령가』(農家月令歌)의 삼월령(三月令)에서 잘 나타나고 있다. 그 내용을 소개하면 다음과 같다.

> 농부의 힘든 일, 가래질 첫째로다. 점심밥 풍비하여, 때맞추어 배 불리소. 일군의 처자권속, 따라와 같이 먹새. 농촌의 후한 풍속, 두곡을 아낄쏘냐. ……
> 보리밭 매어 놓고 무논을 되어 주소. 들농사 하는 틈에, 치포를 안 할까. 울 밑에 호박이요, 처맛가에 박 심고. 담 근처에 동아 심어, 가자하여 심어보세.

『농가월령가』(農家月令歌)·삼월령(三月令)

예전에는 농경에서 음력을 사용했던 것으로 3월은 양력 4월에 해당한다. 농촌은 양력 4월이 돌아오면 중부지방의 경우 파종기에 이르며 그 전에 논갈이와 밭갈이, 가래질 등으로 눈코 뜰 새 없이 바쁘다.

농경은 봄부터 시작되는 것이니, 이 농번기에 부지런하면 농재(農災)도 미연에 방지할 수 있다. 농사는 농재(農災)를 막아야 풍성한 수확을 거둘 수 있는 것이다.

『농가월령가』(農家月令歌)·삼월령(三月令)은 부지런히 일하라는 권고가 담겨 있다. 요즘은 각종 병충해가 극성을 부려 농약을 살포하지 않으면 곡식을 생산할 수 정도로 농재(農災)의 피해가 극심하다. 농산물은 절기에 맞춰 농사에 힘쓰지 않으면 농재(農災)의 피해를 입게 되어 부지런해야 하며 게으르면 인재(人災)를 만나게 된다. 농사는 부지런하면 농재(農災)를 미연에 방지한다.

2. 작가들의 작중 주인공을 통한 하늘의 마음: 농경은 하늘의 마음으로 농사를 짓는데 농재(農災)를 예방하는 수단이 되고 있다. 하늘의 마음은 하늘의 한결같은 마음으로 언제나 쉬지 않고 만물을 사랑한다. 농경사회는 곡식을 부지런히 재배하기 위해 산업사회와는 치열한 경쟁을 하는 것과는 달리 사람뿐만 아니라 만물을 사랑하는 의식으로 본 조항에서 부지런함을 내용으로 나타낸다.

요즘의 산업사회는 농경문화를 압도하여 치열한 경쟁으로 치닫게 되어 인륜과 도덕보다는 물질을 우선시하게 된다.

경쟁사회는 남보다 뒤지지 않기 위해 몸과 마음을 다하게 되니, 피곤하다. 작가는 이런 시대에 하늘의 마음으로써 더불어 살아가는 마치 농부가 곡식을 재배하는 마음으로 부지런하게 키워 좋은 열매를 맺게 하는 것과 같이 사랑 정신을 가져야 한다.

농경사회는 부지런히 살면서 산업사회와는 달리 바쁘지는 않고 여유롭게 살아간다. 농경은 부지런함을, 재주 있는 사람이 공업을, 민첩한 사람이 상업을 해야 자기의 길이라 할 수 있다. 자기 본연의 길을 걸으면 공업의 경우 기술개발에 힘쓰게 되고, 상업의 경우 일확천금을 꿈꾸지 않게 된다.

이런 상황을 고려할 때 총명한 사람은 학문을 배워 도에 통달하고, 건강한 사람은 농사를 짓고, 절기인 때를 지켜야 하니, 농경의 경우 부지런함을 첫째로 한다.

작가들은 농경사회의 삶을 본으로 하여 산업사회를 살아가게 주인공을 나타내면 독자들이 성실과 근면의식으로 살아가는 풍토를 조성하는 데 기여가 클 것이다.

예전 농경사회는 부지런함을 우선시했으니, 산업사회에서의 지나친 경쟁을 하늘의 마음으로 살아가면 여유로우면서 창조적인 생활을 할 수 있으리라 생각한다.

작가들은 인간에게 이롭지 않은 해를 끼치는 행위를 추방하고 만인이 공생하는 내용으로 작품을 쓰면 독자들이 여유롭게 살아가게 하는 데 도움을 줄 것이다.

제149사(事) 양괴(凉怪): (서늘한 요기(妖氣)) — 춘향의 숙살의 한기(寒氣) —

양괴(凉怪)는 서늘한 요기(妖氣)를 뜻하니, 더운 여름날이라도 중하(仲夏)를 지나서 계하(季夏)에 이르면 조석 간에 찬 기운이 돌아 찬 기운이 몸에 숨어든다. 이런 때 본 조항은 마음을 바르게 하고 기운을 맑게 하여 흔들림이 없이 몸 관리를 잘하면 육신이 편안하여 요기가 침노하지 못한다는 내용을 가르치고 있다.

숙살(肅殺, 쌀쌀한 가을 기운)의 기운은 된서리로서 푸른 초목에 단풍이 들게 한다. 이런 때 사람에게도 숙살의 기운이 침노하면 감기로 고생하는데, 이 기운을 물리치기 위해선 마음을 바르게 기운을 맑게 뜻을 안정되게 정신무장으로 대처하면 물리칠 수 있다.

작가들은 숙살의 기운을 물리치는 정신력을 작중 주인공을 통해 나타내면 독자들이 그 의지로써 늦여름부터 가을과 겨울을 무난히 지낼 것이다.

춘향은 늦여름에 아침저녁으로 찬바람이 불어오는 가운데 변 부사의 수청을 거부한 것으로 인해 곤장으로 모진 매를 맞고 늦가을과 겨울날과 찬바람이 이는 봄날에 이르도록 옥살이를 했다. 그녀는 반년을 넘게 옥살이를 하는 동안에도 여성으로서 한 낭군을 섬기는 일편단심의 굳은 절개를 본 조항으로 마음을 바르게 지녀 – 사특함과 가운을 맑게 하여 – 흔들림과 뜻을 바로잡아 – 어지러움이 없이 지냈기 때문에 양기(凉怪)가 그의 몸을 접근하지 못하여 건강한 몸으로 만나 행복한 삶을 누리게 된 것이다. 그런 뜻에서 본 조항의 내용을 소개하면 다음과 같다.

제149사(事) 양괴(凉怪): (濟 1規 2模)(제, 1째 규칙, 2번째 모형)

凉怪者는 秋風肅氣에 妖怪가 害人也라. 正心而無邪하고 氣淸而無動하며 意定而無亂則妖怪가 不敢近이니라.

해석: 서늘한 괴이함(凉怪)이란 가을바람의 숙살한 기운에 요사하고 괴이함이 사람을 해치게 함이라. 마음이 바르면 사특이 없고, 기운이 맑으면 흔들림이 없으며, 뜻이 가지런하면 어지러움이 없으니 요사하고 괴이한 기운이 감히 가까이하지 못하니라.

우리는 매년 여름이 돌아오면 무더위가 맹위를 떨치어 피서를 가곤 한다. 더구나 오늘에는 온난화현상으로 20~30년 만에 무더위가 찾아왔다는 것이 뉴스감으로 등장한다. 연일 30° 이상 폭염이 내리쬐니 사람들은 더워 산과 바다로 피서를 떠나가고 해외로 나가 한여름 더위가 지나서야 돌아온다. 더구나 요즘은 도시화로 건물들이 빽빽하게 들어서 있어 시원한 바람이 별로 불어오지 않는다.

사람들은 무더위를 식히기 위해 에어컨을 가동시키나 부작용으로 여름 감기에 시달리고 있다. 예전에는 음력 오뉴월(5~6월) 감기는 개도 들지 않는다는 말이 유행되었는데, 요즘은 에어컨 후유증으로 여름 감기에 시달리는 사람이 많다.

그런 가운데 사람들은 늦여름이 돌아오면 낮에는 무덥고 아침저녁으로 소슬한 바람이 일어 건강한 노인도 환절기인 가을 문턱에 들어서기 전 늦여름과 가을을 맞게 되면 기온이 떨어져 감기증세로 지낸다. 가을 동안 감기로 시달리다가 겨울이 돌아오면 감기가 폐렴으로 악화되어 겨울에 세상을 떠나는 사람이 많이 발생한다.

이런 현상은 1970년대에도 많이 발생했는데, 노인을 만나 인사를 할 때 '밤새 안녕하셨어요'라는 말이 널리 행해졌던 것이 옛날 말이 되었지만, 요즘에도 노인들이 늦여름에 조석 간에 찬바람이 발생해 겨울에 세상을 떠나는 이가 1년 중에 많이 발생하는 것을 보게 된다.

제4장 제장(濟章)은 여름날 중 중하(仲夏)와 계하(季夏)에 해당되는 계절이다. 이때는 무더운 여름날도 조석 간에 한기로 한풀 꺾인 기세니, 8월 7일이나 8월 8일이면 입추가 돌아와 아침저녁으로 소슬한 바람이 일기 시작하니, 노인들은 특히 찬 요기(妖氣)가 몸에 침노할 때 조심해야 할 것이다.

1. 춘향의 수청과 일편단심: 춘향은 늦여름 무렵에 이몽룡(이도령)과 이별하여 근심으로 나날을 보내는 중 가을이 접어들 무렵 변 부사가 수청을 들라고 하여 거부하자 곤장을 맞고 겨울 동안 옥살이를 하게 되나 일편단심으로 절개를 지켜 고난의 길을 겪게 된다.

『춘향전』은 1년 사계절의 변화의식으로 나타난 점이 특징이다. 춘향은 늦여름에서 봄에 이르는 옥살이를 하면서도 일편단심으로 약혼자인 이몽룡을 생각하고 수청을 거부하여 절개를 고수한 것으로 인해 고된 옥살이를 하였다.

본 조항은 늦여름(季夏)을 나타내는 것으로 되어 있다. 늦여름이면 서늘한 숙살(肅殺)의 기운이 도래되어 무성했던 초목이 아침저녁의 소슬한 기운으로 나뭇잎의 녹색이 단풍들게 한다. 여기에 숙살의 주동적인 역할은 서리가 주로 하는데, 가을에 이르면 무성했던 나무숲에 단풍이 든다.

춘향은 늦여름에 숙살의 기운을 극복하여 가을의 한기(寒氣)와 겨울의 혹독한 추위를 이겨 낸다. 그녀는 마침내 한기가 물러나 화풍난양(和風暖陽)한 봄을 맞아 이몽룡과 다시 만나 영화로운 생활을 보내게 된다. 춘향이 봄날을 맞이하여 이몽룡을 만나 기뻐하는 장면에서 추절(秋節)을 음기로 좋지 않게 보고 있다. 그 장면은 다음과 같다.

> 얼씨구나 좋을시고 어사낭군 좋을시고. 남원 읍네 추절(秋節)들어 떨어지게 되었더니 객사에 봄이 들어 이화춘풍 날 살린다. 꿈이냐 생시냐, 꿈을 깰까 염려로다.

제149사(事) 양괴(凉怪)는 늦여름에 음기(陰氣)가 발동하기 시작해 가을이 되면 서풍이 불기 시작해 하루가 다르게 추워지기 시작한다. 늦여름이 가고 가을이 돌아올 무렵 비가 내리게 되면 기온이 차츰 내려가게 된다.

가을이 돌아오면 무성했던 나뭇잎들도 단풍이 들기 시작해 늦가을이 되면 낙엽이 들기 시작해 여름내 더위에 지친 사람들이 허약한 상태에서 감기 몸살을 앓는다. 노인들은 늦여름이나 가을 문턱에 들어서면 한기가 몸에 침노해 혈관이 수축되어 흔히 뇌졸중 환자가 발생해 겨울에 세상을 떠났다.

단군시대는 감기가 들면 자연요법에 의존했을 것이니, 노인들이 늦여름-가을-겨울 동안에 세상을 떠나는 일이 많이 발생해 본 조항을 마련한 것으로 볼 수 있다. 숙살의 기운은 만물에도 적용되어 수목(樹木)의 경우 단풍이 든다. 김천택은 "추풍에 물든 단풍이 봄꽃보다 아름답다"에서 읊은 것처럼, 노인들이 자연미(自然美)처럼 숙살의 기운을 조화미로 살면 동안(童顔)으로 살게 될 것이다. 노인을 우대하는 경로사상은 가정과 나라의 기풍을 화기애애(和氣靄靄)하게 살아가게 하는 근본이라 할 수 있으니, 온 가정이 건강하게 편안하게 살아갈 때 조화미(調和美)를 이루게 된다.

가정의 행복은 노부모와 자녀들이 건강하게 살아가는 삶에서 찾아볼 수 있다. 양괴(凉怪)가 침노하더라도 체온관리에 유념하면 건강미와 노경

미로 여생을 행복하게 살아갈 수 있다. 노인들은 늦여름부터 건강에 관심을 가지고 살아가면 따듯한 봄을 맞이하게 될 것이다.

본 조항에서 가을의 숙살기운인 요괴(妖怪)가 침노할 때 사람을 해치게 되니, 마음을 굳건히 뜻에 움직임이 없으면 요괴가 사람에게 접근하지 못할 것이라 그 치유방법을 말하였다.

춘향의 삶은 계절과 밀접한 관계를 맺고 있으니, 늦여름의 소슬한 바람과 가을의 숙살기운으로 겨울날 찬바람이 불어닥치는 가운데 옥살이를 했다. 그러나 춘향은 옥살이를 하는 가운데에도 일편단심의 굳은 마음을 바르게 하여 요기가 그의 몸에 접근하지 못하여 봄날의 이몽룡과 만나 해피엔딩을 이루어 본 조항과 통하는 생활을 하였다.

2. 주인공을 통한 바른 마음가짐: 작가들은 작중인물을 통해 주인공을 바른 마음으로 세상을 살아가게 내용으로 나타내야 한다. 사람은 건전한 마음을 지니고 살아가면 흔들림이 없이 정신소모를 하지 않는 관계로 요괴를 정신력으로 물리칠 수 있으므로 마음 건전 몸 건강으로 살아갈 수 있다. 작가들은 우선 늦여름이나 가을이 돌아오면 조석 간에 음기가 퍼져 사람의 몸을 해치는 관계로 체온관리에 마음을 나타내면 사람들이 건강하게 살아가는 길잡이가 된다.

사람의 몸은 정신과의 합일체로 이루어진 것이니, 이 중에 마음은 육체를 움직이는 영적 존재이므로 이를 바로잡아 어지러움이 없으면 병균이 감히 육체에 가까이하지 못한다.

옛날 도인들은 늦여름 – 가을 – 겨울의 바람이 불어오면 정신적으로 찬바람을 즐거운 음악으로 들으며 살았다고 할 수 있다. 사람의 육신을 건강하게 지니며 살다가 죽으면 신선으로 돌아가는 것으로 생각하고, 사람이 죽어도 돌아갔다고 하여 영생무궁으로 살아간 단군의 정신으로 살도록 작가들이 주인공을 통해 나타내면 된다.

제150사(事) 열염(熱染): (더위에 물들다)—『국포집』권3 혜자

(蕙子)—

본 조항의 열염(熱染)은 '더위에 물들다'의 뜻이니, 더위가 사람에게 옮기는 것이니 더위를 먹는다는 병에 걸린다는 말이다. 무더운 더위로 생기는 병은 여름 더위에 일하다가 생기는 병인데 요즘에는 사라진 병이다. 작가들은 예전에 있었던 정월보름에 더운 여름날 더위를 먹는 병에 걸리지 않기 위해 10대 소년들이 자기 또래 집에 정월보름날 해가 뜨기 전에 찾아가서 더위를 파는 풍속을 동화에다 재연하는 작품을 쓰면 소년소녀들이 흥미 있게 읽을 것이다.

이 풍속은 고장마다 다르게 나타나는데 경기도 일대에서는 위의 방법으로 더위를 팔았다. 이 풍속은 금기를 지키는 내용으로 나타냈으니, 단군신화에서 곰이 금기를 지킴으로써 웅녀로 변신했고 범은 금기를 지키지 않음으로써 동물로 살아가게 된 것이니, 더위를 파는 풍속을 단군신화의 금기관념으로 조명해 볼 필요가 있다.

18세기 강박(姜樸, 1690~1742)이『국포집』권3 혜자(蕙子)에서 더위를 파는 풍속을 소개했다. 더위를 파는 풍속이 있었던 것으로 미루어 여름에 더위 먹는 병이 무서웠다는 것을 알 수 있다.

이 풍속은 어른들이 더위를 사고파는 일이다. 원래 이 풍속은 10대 전후한 아이들이 행했다. 어떤 한 소년이 음력 정월보름 아침 해가 뜨기 전에 같은 또래의 집을 찾아가서 이름을 부른다. 대답을 하면 '내 더위 사가라' 하고 가 버리면 더위를 판 것이 된다. 그 더위를 정월보름 아침에 판 소년은 여름날 더위를 먹지 않고 지내게 된다는 희망으로 좋아한다. 또 다른 또래 집에 가서 부른다. 대답을 할 이가 없다. 또 다른 집으로 돌아다니며 더위를 팔면 여름이 지날 때까지 더위를 먹지 않는다는 마음으로 그 병마를 물리친다.

예전 사람은 영양부족에 더운 여름에 일을 하고 밤이면 모기에 물려 몸

이 쇠약해질 대로 쇠약했다. 1940년대와 1950년 초에 이 병은 농촌에 말라리아(학질)와 같이 많이 발생했다.

삼복더위에 요마가 침범하지 못하는 것을 본 조항에서 나타냈으니, 그 내용을 다음과 같이 인용해 본다.

제150사(事) 열염(熱染): (濟 1規 3模)(제, 1째 규칙, 3번째 모형)

熱染者는 酷暑烝熱에 妖魔害人也라. 六丁이 鑾天하고 三庚이 伏地하니 上感下凝하여 妖生其間이라. 淸心淨處하고 哈取金氣하며 不飽不飢則妖魔不感生이니라.

해석: 뜨거운 열염(熱染)이란 혹독하게 찌는 듯한 더위에 요마(妖魔)가 사람을 해치는 것이라. 여섯 가지의 불기운(六丁)이 하늘을 찌르고 세 가지 금(金)기운(三庚)이 땅에 엎드리니 위로 느끼고 아래로는 엉키어 요마가 그 사이에서 생기니라. 마음을 맑게 하고 거처를 깨끗이 하고 시원한 가을기운(金氣)을 들이마셔 배부르지 않고 배고프지 않게 하면 요마가 감히 생겨나지 못하니라.

여름날 더위는 찜통이라 할 정도로 무덥다. 60년대만 하더라도 사람들은 땀띠가 나는 일이 허다했다. 송풍기도 없었던 시절 부채를 부치며 더위를 시켜야만 했던 시절이다. 2000년 이후는 아파트에는 에어컨이 설치되어 더위를 모르고 살아가는 실정이다. 요즘 도시사람들은 더우면 에어컨을 가동시켜 덥게 살아가지 않는다. 무더울 때는 전력사용량이 사상 최대라고 매스컴에서는 매년 발표를 한다.

7월 중순경이나 8월 초 여름휴가 동안에는 해수욕장으로 떠나는 인파로 또는 외국여행으로 떠나는 이들로 1,000만 이상 사는 서울시의 거리가 한산할 정도다. 한국에 무더운 날씨는 30도 이상 기온이 올라가니, 찜통더위라 할 수 있다. 50년대는 보릿고개가 있었던 시절이라 특히 농촌사람들은 영양부족으로 허약했던 체질에 농사일을 하다가 더위를 먹는다는 병에 걸린다. 바로 제150사(事) 열염(熱染)이라 하는 요기(妖氣)가 몸에 침범하여 기운이 없고 맥이 풀리는 병이다. 이 병은 찌는 듯한 여름 더위에 일하다가 무더운 요기가 몸에 침범하여 더위를 먹는 병인데, 이 병에 걸리면 꾀병을 앓는 것과 같이 힘이 없는 것이 특징이다. 이 병명은 '더위 먹다'인데, 1960년대 초반까지 농촌에 흔히 있었던 병마(病魔)였다.

여름날 더위 먹는 병을 예방하기 위해 정월보름(15일) 이른 아침에 더위를 파는 풍속이 있었다. 대보름에 더위를 사고파는 민속은 상당히 오래 전부터 있어 왔다고 할 수 있다. 고장에 따라 풍속이 다르지만 경기도 일원에서는 1940년대 10대 전후한 아이들이 정월보름날 이른 아침에 자기 또래 집에 찾아가 이름을 부른다. 이때는 대답을 안 하는 것이 상책인데, 잠결에 무심중 대답을 하면 '내 더위를 사가라' 하고 떠나 버린다. 그 더위를 판 아이는 여름날 더위를 먹지 않는 것으로 알고 지낸다. 단군시대 위정자는 홍익인간으로 나라를 다스렸다는 배려에서도 농군을 사랑하는 마음에서 치료법을 마련한 것이라 할 수 있다.

여름에 더위를 먹는 기간은 일 년 중에 가장 더운 육정(六丁)과 삼경(三庚)이 이에 해당된다. 육정(六丁)은 하지(夏至) 후 육정(六丁)에 해당하는 60일 동안이 이에 해당하는데, 정축(丁丑), 정묘(丁卯), 정사(丁巳), 정미(丁未), 정유(丁酉), 정해(丁亥)를 이름하는데, 하지(夏至) 후 여섯 날의 정일(丁日), 즉 60일로 되어 있는 것을 참고하면 알 수 있다.

삼경(三庚)은 삼복(三伏)과 같은 의미이니, 하지 후 세 번의 경자(庚字)가 드는 날과 입추 후 초경일(初庚日)을 삼경이라 하는데, 혹서 중에 경일(庚日＝金日)은 금기(金氣)가 불에 녹아 버리는 모습이라 하여 가장 더워 견디기 어려워 더위를 이른다.

이때는 일 년 중 가장 더운 때이므로 논밭에 잡초가 무성하게 자랄 때이다. 농부들은 잡초를 제거하게 되니, 이때 더위를 먹는 병에 걸린다.

이때 더위는 오행상에 금이 녹는다는 무더위에 일을 하다가 더위를 먹게 되어 한동안 기운이 없어 일을 하지 못한다. 그렇지 않으면 무더운 여름에는 모기와 파리가 극성을 부려 무더위에 지친 몸의 피를 흡혈해 가니, 사람들은 영양부족에 더위를 먹게 되어 있다.

일단 이 병이 들면 식욕이 떨어지고 기운이 없어 먹지를 않아도 헛배가 부르다. 이 병에 걸리면 열흘 동안 기력이 떨어지는 것이 특징이다. 서늘한 곳에서 며칠 동안 쉬면 낫는 병인데 농촌에서 쉬게 되어 있지 않으니, 낫지를 않는다. 가장 신효한 약인 육류를 섭취하면 그냥 낫는 병이다. 보릿고개가 있었던 시절 이렇게 하기가 쉽지가 않았다. 봄에 병아리를 키워 삶아서 먹으면 그 이튿날 낫는 병인데 그 시절에 농촌에서 그런 것이 어려웠다.

1. **더위를 파는 풍속:** 더위를 파는 풍속은 고장에 따라 다르지만 전국적으로 보름날 해가 뜨기 전에 파는 것과는 달리 18세기 영조(英祖) 때는 대낮에 더위 파는 풍속이 있었다.

이런 보름날 더위를 파는 풍속과는 달리 대낮에 더위를 파는 풍속을 18세기 강박(姜樸)이 다음과 같이 한시(漢詩)에서 나타냈다.

길 어귀서 더위 파는데 먼저 팔려고 시비를 한다.	街頭賣暑賣爭先.
너니 내니 서로 부르는 소리 떠들썩하네.	爾汝相呼譁語顚.
겨울은 지났으나 추은 혜자(蕙子)는,	蕙子經寒餘冬在,
일심으로 사고 싶으나 돈이 없어 한(恨)이네.	一心要買恨無錢.

『국포집』 권3 혜자(蕙子)

이 칠언절구(七言絶句)에 나타난 혜자(蕙子)는 시적화자로서 국포(菊圃) 자신으로 보면 된다. 더위를 먹는 것은 양기가 성하여 음기와 조화를 이루지 못한 데서 나는 병이다. 그 실천의 방법은 무더운 더위를 음기와 조화시키는 일이니, 여름날 농사일을 할 때 몸을 생각하여 지치다시피 하는 일을 삼가면 더위를 먹지 않는다. 이 병은 천지조화의 조화미(調和美)를 염두에 두고 몸조리를 한 후 시원한 그늘에서 쉬면 낫는다.

50년대 이전에 더위를 판 풍속과 17~18세기 사고팔았던 풍속도는 역사의 뒤안길로 사라진 지 오래되었지만 가족식구끼리 더위를 파는 일이 있다. 수필가 윤숙자는 「내 더위를 팔던 소리」(『에세이 21』 제14호, 에세이 21사, 겨울 2007, 12월 10일, 60~62쪽)에서 보름날 아침에 더위 파는 일을 소개했다.

작자는 보름날 아침에 식구들에게 더위를 파는 일에 신경을 쓰게 된다고 했다. 정월보름날 아침이 되면 누나 형제들은 화난 사람처럼 입을 다물고 서로 눈을 마주치지 않으려 피해 다녔지만 작자는 더위를 제일 많이 샀다는 것이다. 그것은 세수를 할 때나 밥을 먹을 때 방심한 틈을 타서 오빠 언니가 느닷없이 부르면 그만 대답을 하는 탓이라고 했다.

그러나 작자는 신날 때가 있었는데 아버지에게 더위를 파는 일이라는 것이다. 아침신문을 갖다 드리며 "아버지" 하면 언제라도 "왜?" 할 때 "내 더위" 하고는 이층으로 도망쳤다는 것이다. 그럴 때 어머니는 저런 불효가 어디 있느냐고 혀를 찼다는 이야기를 소개하고 있는데, 신종 보름날 아침에 더위를 파는 풍속도라 할 만하다. 아버지는 다음 해도 그다음에도 자기와 동생들의 더위를 샀고 자기들도 팔았던 것을 소개했다. 정월보름 아침에 아이들이 더위를 팔기 위해 이름을 부를 때 대답을 하지 않는 금기를 지켜야 한다. 단군신화에서와 같이 곰이 삼칠일 동안 출굴(出窟)하지 않는 금기관념을 지켜야 하는 의식이다. 이를 지킨다는 것은 그만큼 사람이 약속을 지킨다는 신중성이 있어야 이행하게 된다.

1950년대 보릿고개가 있었던 시절 무더운 여름날 농군들은 일하는 데 지치고 밤에는 모기에 의해 피를 뜯기고 쇠약해질 대로 쇠약해진 몸이니, 더위를 먹는 병에 걸렸다. 요즘 같으면 삼계탕 한 그릇을 사 먹으면 곧 낫는 병인데 그 시절 어렵게 살았던 한 생활단면상임을 알 수 있는 풍속이다.

2. 정월보름 아침에 더위를 판 일: 요즘은 더위를 파는 일을 젊은 세대들은 까맣게 모른다. 작가는 50년대 있었던 일을 되살려 작품을 쓰면 예전 아이들의 생활에 낭만이 있었다는 것을 알려 주는 것이 된다.

요즘 아이들은 예전에 어렵게 살았다는 것을 알고는 있지만 실감하지 못한다. 그 당시 어렵게 살았다는 것은 모르는 사람이 없다. 그 어려움을 알리는 것은 어려움을 벗어나는 일에 힘을 다하여 훗날 경제대국을 세우는 데 기여가 되게 하는 데 있다.

작가가 1940년대 또는 50년대 초에 있었던 풍속도를 독자들에게 알리면 요즘 정신력과 몸 관리를 잘하면 건강하게 지낸다는 것을 알게 될 것이다. 삼복더위에는 혹독할 만큼 찌는 더위가 몰아닥치면 사람들은 여름더위에 지친다. 여름더위는 요사한 마귀로 둔갑해 몸을 해치는 만큼 이를 이겨 내는 방법과 슬기가 필요하다.

보릿고개가 존속했던 50년대 초에 사람들은 꽁보리밥만 먹고 힘든 일을 하니, 영양부족상태에 사람들이 더위를 먹는 병에 걸렸다. 더위를 파는 풍속은 정월보름이 아니더라도 17~18세기 『국포집』에서 볼 수 있는 바와 같이 더위를 사고파는 풍속이 있었으니, 예전 사람들이 영양부족으로 살았던 때 더위 먹는 병이 잘 걸렸다는 것을 알 수 있다. 그 당시 학질도 잘 걸려 한여름을 무사히 넘기기 어려웠다. 작가가 작중에 그런 실상을 나타내면, 지난날의 풍속을 이해하는 데 도움을 줄 것이다.

특히 정월보름날 해가 뜨기 전에 자기 또래가 와서 부르면 대답 안 하는 것이 상책인데, 무심결에 대답을 하면 '내 더위 사라'고 하면 더위를 산 것이 된다. 대답하면 금기를 지키지 않은 것이다. 단군신화에서 곰은 금기를 지켰던 것으로 웅녀로 환생하였다. 이로 미루어 안 할 일은 하지 않아야 하고 해야 될 일은 악착같이 해야 하는 것을 이 풍속에서 깨달을 수 있다.

제151사(事) 동표(凍莩: 얼어 굶어 죽음)―「금마별곡」에 나타낸 선정―

본 조항의 동표(凍莩)는 동(凍)이 '얼 (동)'이고 표(莩)는 '굶어 죽을 (표)' 자(字)이므로 '얼어 굶어 죽음'을 뜻하니, 먼저 이런 사람을 먼저 구해 주어야 하는 내용을 밝혀 놓았다.

남을 돕는 일에는 먼저 할 일과 후에 할 일이 있는데, 남을 돕는 일 중 굶어 죽는 일을 먼저 들었다. 사람의 생명은 지구보다 무거운 것인데, 죽어 가는 사람을 먼저 구해야 하는 것이 순리다.

21세기 한국은 식량문제가 완전히 해결되어 굶어서 죽는 사람이 없다. 그러나 어렵게 살아가는 사람이 많으니, 작가들이 작중에 돕는 내용을 나타내면 좋을 것이다.

18세기 석북(石北) 신광수(申光洙, 1712~1775)는 「금마별곡」(金馬別曲)에서 기한(飢寒)에 굶는 사람에 대해 구제에 힘쓴 내용이 보인다. 당시 익산 군수였던 남태보(南泰普)(1720年頃)는 청렴한 공직자였다.

그는 기민을 돕기 위해 절량농가를 세밀히 조사해 명단을 작성해 구호했다. 그에 반해서 전임(前任) 군수는 기민에게 줄 환상곡(還上穀)도 주지 않았으니, 아사자(餓死者)가 많이 발생했을 것이다. 탐관오리들은 부황 난 백성을 돕지 않고 사욕을 채우기 위해 아사자가 발생해도 아랑곳하지 않았으니 휼민(恤民)의 인정이 메마른 자들이다. 그에 비해서 후임 군수였던 남태보는 연민(憐憫)의 정이 도타워 많은 기민을 살렸다. 본 조항은 아사자가 발생하지 않도록 하는 내용이 담겨 있어 남태보를 이해하기 위해 그 조항을 소개한다.

제151사(事) 동표(凍莩): (濟 1規 4模)(제, 1째 규칙, 4번째 모형)

凍莩者는 凍餓死也라 四業之家에 有不霑敎化者는 擔賴無業하고 嗜逸訪閑하며 尊衣尙飮하니 其謀不長하여 至凍莩라. 哲人濟物에 必先于此니라.

해석: 동표(凍莩)란 굶주려 얼어 죽는 것이라. 네 가지 직업 중에서 교화를 받지 아니한 사람이 있어 어느 일을 담당하여 나아갈 만한 직업 없이 안일을 즐기고, 한가함을 찾으며, 귀한

옷과 좋은 음식을 높이 숭상하니, 그 꾀가 오래가지 못해 얼어 굶어 죽게 되니라. 그러므로 철인의 사물 구제는 반드시 이것 먼저 한다.

제4장 구제 중 제151사(事) 동표(凍莩)란 춥고 주려 죽음을 말한다. 제4장 제(濟)는 여름날에 속하는 조항이다. 그런데 여름날에 춥고 주려 죽는 예를 든 것은 무엇일까. 농사를 짓는 데는 시기가 중요하며, 때를 놓치면 가을에 추수량(量)이 적어 추운 겨울에 굶어 죽게 된다는 것으로 받아들이면 된다.

주지하는바 여름은 일 년 중 날씨가 무더워 곡식의 성장이 빠르게 진척되는 시기이다. 이런 시기에 곡식이 자라는 가운데 잡초가 무성하여 도리어 곡식보다 더 많이 자라 곡식의 성장을 방해하고 있는 시기니, 부지런하지 않으면 가을 추수를 제대로 할 수가 없다.

예전에는 농업이 과학화되지 않은 관계로 곡식의 생산양이 턱없이 부족하여 추운 겨울에 굶어 죽는 사람이 많았다. 그러나 21세기 한국은 기한으로 굶어 죽는 사람이 발생할 염려가 없게 되었으니 격세지감(隔世之感)이 아닐 수 없다. 한여름에 굶어서 죽는 일을 소개한 이유는 한참 일할 시기에 일을 하지 않으면 그 후유증으로 겨울에 굶어 죽는 것을 말한 것이라 할 수 있다.

남을 도울 줄 아는 사람은 굶어서 얼어 죽는 사람을 먼저 도와야 할 것이다. 위정자가 제1순위로 백성을 구제하는 일은 겨울에 동사(凍死)하는 사람을 먼저 돕는 일이라 할 수 있다.

농경생활 중 여름은 땀 흘려 작물 재배에 힘써야 하는데 일을 하지 않고 호의호식과 안일만을 일삼으면 추운 겨울에 먹을 것이 없어 굶어 죽으니 무의도식을 경계한 내용이다.

1. 석북(石北) 신광수(申光洙) 「금마별곡」(金馬別曲): 18세기 석북(石北) 신광수(申光洙)는 기한(飢寒)에 굶는 사람을 구제한 익산 군수였던 남태보(南泰普)(1720年頃)에 대해 소개했다.

요즘은 굶어서 얼어 죽는 사람이 없으나, 필자가 목격한 바로는 일제 식민지 통치시절에 걸인들이 겨울에, 1945년 광복 후에도 걸인이 동사한 것을 볼 수 있었다.

1950년대 초반 6·25전쟁이 일어나고 보릿고개가 존속해 걸인 중에 동사자가 발생했다. 예전에는 직업이 사농공상에 네 가지 종류에 한했으니, 일자리가 너무 없었고, 농경의 경우 소작인이 대부분이고 지주 이외는 빈곤에서 헤어나지 못하였다.

단군시대는 농경으로 인한 366사(事)의 예절교훈이 이루어져 시기를 놓치지 않고 농사를 지어 겨울에 굶어 죽는 자가 발생하지 않았다고 할 수 있는데, 『시경』(詩經) 대아(大雅) 한혁(韓奕)편에서 보는 바와 같이 물산이 풍부한 나라로 밝혀져 있다.

단군시대 물산이 풍부했다는 것은 국시(國是)와 건국이념이 홍익인간이었으니, 이상향의 나라를 세워 동사자가 발생하지 않았다.

18세기 조선조에는 탐관오리가 많았다. 그러나 익산 군수였던 남태보(南泰普)는 청렴결백한 관리로 석북(石北) 신광수(申光洙)가 그를 기리는 뜻에서 「금마별곡」(金馬別曲)을 지었다.

남태보(南泰普)는 당시 금마군수(익산)의 임기 6년 동안 기민 구제에 대해 온 힘을 기울였다. 그가 부임하기 전에 전임자는 탐관오리였음이 「금마별곡」(金馬別曲)에는 다음과 같이 나타났다.

貪官愛賑財,　　탐관은 기민 줄 재물을 아껴,
持錐刺浮黃.　　송곳으로 부황민을 찌르네.
案前飢民抄,　　안전께선 기민들 적은 명부가,
朱點百把長.　　붉은 점찍은 것이 백발이니 기네.

『石北文集』 卷4, 「金馬別曲」 其5

위의 시에서 기·승구(起·承句)의 내용은 전임군수의 행한 일에 대해서 쓴 내용이고, 전·결구(轉·結句)의 내용은 신임군수 남태보에 대한 치

적에 관한 것이다. 전임군수는 탐관오리로서 기민에게 줄 환상곡(還上穀)
도 가로채어 부황민에게 주지 않았다. 물론 당시 관리들은 권력을 남용하
는 일이 비일비재했으나 남태보는 공정하게 기민을 도왔다.

석북이 「금마별곡」(金馬別曲)에서 남태보(南泰普) 이전 전임자의 부정비
리는 사실적(寫實的)으로 나타냈다고 할 수 있다.

그러나 남태보에 대한 치적은 전임군수와는 전혀 상반적으로 나타냈다.
남태보는 기민에 대해 샅샅이 조사해 그 명단을 적어 놓아 고루 도왔다.
심지어 자신의 녹(祿) 월료미(月料米)도 기민(飢民) 구제를 도왔다.

남태보의 치적은 백성들을 구제하는 데 힘썼던 것으로 인해 재임 중에
아사자(餓死者)가 없게 하였으니, 본 조항과 일치하는 구제를 실천했다.

석북은 그의 치정(治政)을 한학자들이 창(唱)할 수 있게 「금마별곡」(金馬
別曲)에서 나타냈으니, 많은 사람들에게 선정을 전파(傳播)하는 데 기여를
했고, 다른 위정자에게도 모범을 보였다고 할 수 있다.

남태보가 6년의 임기 동안 유종의 미로써 선정을 베풀어 마치고 돌아갈
때 금마(익산) 백성들이 전송을 동헌(東軒)에서 만류하는 정경이 『금마지』
(金馬誌)에 나타난다. 이러한 전송 만류는 다산(茶山)의 『목민심서』 권14
원류(願留)에서도 보이는데, 탐관오류들에게 많은 교훈이 되었을 것이라
믿는다.

예전에 탐관오리들은 백성의 고혈을 짜서 부귀영화를 누렸는데, 오늘의
위정자와 비교될 수 없을 만큼 가혹하게 백성들의 재물을 뺏어 갔다.

이런 일은 오늘날에도 위정자들의 수뢰사건이 발생해 검찰에 소환되어
조사를 받는 일이 빈번하게 자주 발생하곤 하는데, 예전에는 관리들의 천
하(天下)였으니, 백성들의 생활상이 어떠하다는 것을 알 수 있다.

백성의 재물을 교묘한 방법으로 약탈한 탐관오리들은 추악(醜惡)의 인
간군상일 뿐만 아니라 홍악인간(弘惡人間)들이다.

위정자는 백성을 다스리는 목민관이니 백성의 어려움을 돕는 데 덕선
미(德善美)를 베풀어야 위정자답다고 할 수 있다.

남태보는 기민을 돕는 일에 헌신하였으니, 위정자다운 위정자상(爲政者

像)을 당시 백성들에게 보여 준 것이다.

제151사(事) 동표(凍莩)는 게으른 자의 말로가 어떻게 된다는 것을 나타 냈으니, 게으른 자도 구제대상을 삼아야 한다. 위정자는 매년 돌아오는 겨울 추위에 떨며 살아가는 이들이 없도록 시책을 잘 펴 나가면 될 것이다.

2. 탐관오리와 청렴공직자: 작가들은 여름에 힘써 농사를 짓지 아니하면 겨울에 굶어 죽게 된다는 것을 본 조항에서 말하고 있으니, 모든 일을 힘써 행하는 의식을 작품으로 나타내면 많은 사람을 본받게 하는 데 도움을 줄 것이다.

더구나 석북의 친우 남태보는 익산군수로 부임하여 전임(前任)군수가 기민을 돕지 않고 착복한 데 비해 기민을 고루 도왔으며, 군수의 급료도 기민을 위해 선정을 폈다는 일과 임기가 끝날 때 익산의 백성들이 사임을 만류하는 내용을 한시로 남겼다.

작가들은 남태보가 익산군수로서 선정을 펴 기민구제의 힘쓴 내력으로 시를 짓거나 소설을 지으면 전임군수가 기민에게 줄 양곡을 착복한 것과는 대조를 보이게 된다.

전임(前任)군수하에서는 아사자(餓死者)가 많이 발생했으니, 탐관오리(貪官汚吏)형으로, 신임구수 남태보는 청렴한 공직자상으로 석북이 「금마별곡」(金馬別曲)을 지어 당시 군민들 사이에 회자되었다.

작가는 남태보의 청렴결백을 『석북문집』을 참고하여 지으면 독자들의 호응이 있게 될 것이다.

제152사(事) 무시(無時)(때가 없음(항상))-성수침(成守琛)의 시조(時調)-

본 조항의 무시(無時)는 때가 없이 돕는 행위니, 항상 적절한 방법으로 어려움을 돕는 것을 말한다. 성군의 정치는 하늘의 무위(無爲)의 도(道)를 편 것이다. 하늘은 쉬지 않고 만물을 생육하고 있다. 하늘의 도와 같이 남을 돕는 일에는 언제나 남에게 도움을 주는 일에는 때가 없이 행하니, 작들이 남을 돕는 일에 작품을 쓰면 독자들에게 많은 감명을 줄 것이다.

성수침(成守琛, 1493∼1564)은 『대동풍아』(大東風雅) 309시조에서 요순(堯舜)의 덕치를 찬양했다. 덕치주의(德治主義)는 오늘의 법치주의(法治主義)와 상대적이라 할 수 있다. 법치주의에다 덕치주의를 겸하면 먼저 위에서 아래 부하들이나 국민에게 솔선수범을 보여 정치를 행하는 데 힘쓸 것이다.

순박했던 고대사회에서는 위정자가 백성에게 전범을 보이면 백성들이 따랐다. 고대의 성군이라 칭하는 이들은 먼저 솔선수범을 보였다.

그래서 덕치주의(德治主義)의 산물인 "윗물이 맑으면 아랫물도 맑다"라는 속담이 생겨난 것이다. 요순의 정치는 덕으로 다스려 그 덕풍(德風)이 사해(四海)에 퍼져 백성들이 태평성대에서 살게 되었음을 성수침의 시조에서 밝히고 있다. 덕으로 다스린 정치는 덕풍(德風)과 같으므로 본 조항의 훈훈한 바람이 따뜻한 봄볕과도 같아서 남은 얼음이 저절로 녹아내리는 것과 같다는 것이다.

사실상 얼어붙은 겨울추위는 따뜻한 봄바람만이 녹일 수 있는 것과 같이 성군의 정치는 봄바람의 덕풍과 같은 것으로 비유할 수 있다. 본 조항은 성군의 치적과 같으므로 요순의 정치를 이해하는 데 도움을 준다. 그 내용을 소개하면 다음과 같다.

제152사(事) 무시(無時): (濟 1規 5模)(제, 1째 규칙, 5번째 모형)

無時者는 常時也라. 哲人이 以德濟物에 準備良道하여 爲供
不時하니 薰若春煖에 殘氷自消니라.

해석: 때가 없다(無時) 함은 때가 항상 있는 것이라. 철인은 덕으로써 만물을 구제함에 어

진 도를 갖추어 때 없이 제공하니, 마치 따듯한 봄볕에 남은 얼음이 스스로 녹듯이 하느니라.

남을 돕는 것은 때가 없다는 말과 같이 시의적절하게 덕으로써 남을 돕는 것을 이른다. 본래 남을 도울 줄 아는 사람은 항상 적절한 방법으로 어려움을 해결해 주게 되니, 도울 일이 있으면 어느 날을 정해서 하는 일이 아니고 평상시와 같이 돕는 것이다. 남을 돕는 것은 언제나 덕풍과 같은 마음을 지니면 된다.

그런데 요즘의 정치는 옛날 성군의 치적과는 전혀 다르게 사람들에게 환심을 사기 위한 일회성이 대부분을 차지한다고 해도 지나친 말이 아니다. 더구나 국책사업은 나라에서 막대한 자금을 들여 시설물을 세우는 사업이다. 그런데 이런 시설물은 처음 얼마 동안은 잘되는 것 같으면서도 좀 시일이 지난 후 결국 쓸모없는 애물단지로 되는 경우가 2008년 이명박 대통령 이전에는 전국 각처에 산재했다.

그뿐인가. 매년 여름이면 폭우로 고속도로 수십 곳에서 도로변 비탈면에서, 절개지(切開地)가 붕괴돼 운전자들이 되돌아가는 일이 자주 발생한다. 일반 사람들은 매스컴에서 불가항력적 천재지변이라고 발표하면 비가 많아 온 것은 사실이니까 누구나 믿게 되나 원인 분석은 그런 것이 아니다.

전문가들에 의하면 폭우로 절개지가 자주 무너지는 것은 일차적으로 지질조사를 바탕으로 지반상태를 정확히 판단해 설계하지 않고 급경사로 절개했다는 것을 참고적으로 말할 수 있다. 그리고 시공과정에 문제점을 두고 있는데, 무너진 절개지 하나를 복구하려면 막대한 비용이 드는데 매년 이런 일이 발생하고 있다.

부끄러운 얘기지만 일제시대 절개지와 축대는 70년 이상 된 신작로 등에서 볼 수 있는 바와 같이 지금도 건재하고 있다. 그런데 해방 후 오늘에 와서 개통한 지 반년 남짓한(7개월) 통영-전주 고속도로가 5군데나 산사태가 발생해 하루 종일 불통했다. 특히 영동고속도로 원주-강릉 구간에서 무려 12군데나 산사태가 났으니, 만든 지 6년 된 구간이니(『조선일보』 26615호 2006년 7월 19일(수) 나 A31쪽 오피니언 시론, 이수곤 교수, 「도로붕괴, 문책만이 재발 막는다」이 한 것으로 미루어도 할 말이 없게 된다.

고속도로 산사태는 '빨리빨리'로 이루어진 후유증인 것이니, 졸속으로 처리하는 것은 좋은 면도 있으나 도(道)를 벗어나면 부작용이 많은 것을 지적하지 않을 수 없다.

오늘의 위정자는 어느 건설업자들에게 이익을 마련해 주는 일이 되었으니, 국민의 세금만 날리는 일이 행해져서는 안 될 것이다.

전국에는 애물단지의 시설이 산재해 있으니, 결국 시공업자만 돈 벌게 해 준 셈이고, 시공의 감독관청의 공무원들도 이들과 담합이 없다고 할 수는 없으니, 선량한 국민들이 세금만 물게 하는 일이 되었다. 이럴 때 우리는 성군의 정치를 그리워하게 되는데, 오늘의 위정자들에게 성군의 덕풍(德風)의 정치를 바랄 수는 없다 하더라도 국가일이 나의 일이라는 것을 염두에 두고 바르게 행하면, 그 한 예로 여름철 장마가 닥쳐오더라도 산사태가 발생하지 않을 것이다.

본 조항의 교훈은 우리가 본받아야 하는데, 남을 도울 경우 항시 다양하고 적절한 방법으로 평상시와 같이 언제라도 때를 가리지 않고 한결같이 도움을 주어야 하고, 정치적인 선심행위로 일시적인 미봉책으로 행해서는 안 될 것이다.

우리 선민들은 요순(堯舜)의 덕치를 칭송하여 왔다. 하지만 요순(堯舜)은 우리 동이족인 조상이나, 실상 한족(漢族)으로 아는 이가 대부분이다.

1945년 광복 이후 노무현 대통령 시대까지(2008년 2월) 전국의 애물단지가 많이 생겼다. 17대 이명박 대통령은 실용 위주이고 경제 살리기를 최우선 과제로 삼으니, 그런 애물단지는 생겨나지 않기를 학수고대(鶴首苦待)한다.

1. 성수침(成守琛, 1493~1564)의 『대동풍아』 309시조: 『대동풍아』 309시조에서 요순의 덕치를 찬양하고 천리에 의해 다스려져 백성들이 태평성대에서 살게 되었음을 밝히고 있다. 물론 그는 요순(堯舜)을 한족(漢族)의 성군으로 보았는데 한족이 아니고 한민족의 조상이다.

이 시조의 작가 성수침은 16세기 조선조 명종(明宗) 때 은사(隱士)로 살았기에 잘 알려지지 않았으나 그의 아들 혼(渾)이 우계(牛溪) 선생이다. 우계는 파주 우계(牛溪)에서 일생을 마치기로 하고, 은사(隱士)로 산 덕망 높은 분이다. 그가 죽은 후 좌의정에 추증되고 파산서원(坡山書院)에 제향(祭享)되었다.

성수침(成守琛)의 시조를 예를 들면 다음과 같다.

이리도 태평성대(太平聖代) 저리도 성대태평(聖代太平)
요지일월(堯之日月)이오 순지건곤(舜之乾坤)이로다
우리도 태평성대에 놀고 가려 하노라.

『大東風雅』 309

요순의 정치는 한마디로 덕풍으로 인한 인정(仁政)을 일컫게 되는데, 이에 대한 자세한 내용이 『서경』(書經) 요전(堯典)과 순전(舜典)에 나타나고 있다. 요순(堯舜)은 이상적으로 나라를 다스렸다. 요순의 덕치는 『인부경』(人符經)의 천지합덕인(天地合德人)과 통한다.

단군의 홍익인간 이화세계나 요순의 무위화(無爲化)는 서로 통하게 되는데, 요순이 동이족이라는 데 더욱 관련이 깊은 것으로 친숙미가 이루어진다.

이들 성군들의 정치는 덕선미로 실천했으니, 이를 본받으면 그것이 무위화(無爲化)의 인정(仁政)이고, 홍익인간의 이화세계이다.

2. 덕선미의 행함: 성군의 정치는 덕치로 다스리게 되므로 우리는 그 예를 요순(堯舜)의 덕치로 조명해 볼 수 있다. 요순의 정치는 덕선미의 승화이다. 요순의 정치는 천덕(天德)으로 다스려진 상태이므로 본 조항의 내용과 같이 시의적절(時宜適切)한 방법으로 다양하게 백성들을 편안하게 다스리는 덕치를 하는 것이다.

작가들은 요순의 무위화(無爲化)나 단군의 홍익인간의 덕치는 천리에 의한 덕치이므로 이들에 대해 쓸 때는 하늘의 이치를 본으로 쓰면 된다. 하늘의 이치는 우리가 아는 바와 같이 하늘은 세상만물을 생육할 때 쉬지 않고 일정한 때가 없이 항상 행하는 것을 이른다. 그 이치를 본으로 성군의 치적에 대해 쓰면 된다.

요순은 동이족이나 한민족(韓民族)의 조상이라 봄이 옳다. 요순의 덕치는 환상의 나라를 세운 것이니, 이 또한 백성을 돕는 데 있어 본 조항과 뜻을 같이한다. 이런 내용은 단군이 366사(事)로서 나라를 홍익인간의 이화세계로 다스린 것과 맥락을 같이한다. 작가는 요순이나 단군이 백성을 다스린 것은 천덕(天德)으로써 다스린 것이 되니, 이를 덕선미를 나타낸 것으로 작품을 쓰면 된다.

유교의 경전(經典)이나 중국 사서(史書)에서와 같이 단군의 정치는 요순보다 훨씬 잘 다스렸다는 것을 밝히고 있으니, 성군 중 성군으로서 진성인(眞聖人)의 정치를 폈음을 참고적으로 밝힌다.

제153사(事) 왕시(往時: 지나간 때) ─ 김수장(金壽長)의 시조 ─

본 조항에서 왕시(往時)는 이미 '지나간 때'를 말하니, 지나날 누적된 병폐를 제거해야만 사악한 뿌리가 없어져 새로운 기운을 살리고 새로운 도를 펼 수 있음을 내용으로 밝혔다.

시기를 놓치는 것은 기회를 잃는 것이니, 살아가는 데 막대한 지장을 가져온다. 그중 사람이 있을 시기를 놓친다는 것은 새로운 기운을 다시 살리지 못하는 의미이다. 그중 병으로 살다가 치료시기를 놓친다는 것은 결국 죽게 되는 운명을 맞게 되니, 모든 것을 잃게 된다.

작가들은 요즘도 병을 초기에 발견하여 고쳐 건강하게 살아가는 이가 있는가 하면 치료 시가를 놓쳐 죽어 가는 사람이 있는 것을 내용으로 작중에 나타내면 독자들이 시기를 놓치지 않게 하는 데 도움을 줄 것이다.

김수장(金壽長, 1690~?)은 『해동가요』(海東歌謠) 1763년 영조 39년에 편

집한 공로자이다. 그의 시조는 121수(首)가 『해동가요』(海東歌謠)에 전하는
데, 그 제484에 시간을 선용하라는 시조가 들어 있다.

　조선조 중기의 가인(歌人) 김두성(金斗性) 또한 숙종 때 김천택, 김수장
과 함께 경정산가단(敬亭山歌壇)에 들어 어울렸는데 그의 시조작품은 19수
(首)가 전한다. 그는 『청구가요』(靑丘歌謠) 제62에서 시간을 잘 관리해 허
송세월을 하지 말 것을 교훈하고 있다.

　본 조항은 시간을 헛되게 허송하지 말라는 교훈이 들어 있으니, 위의
시조를 이해하는 데 도움을 준다. 그 조항의 내용은 아래와 같다.

제153사(事) 왕시(往時): (濟 1規 6模)(제, 1째 규칙, 6번째 모형)

往時者는 過去時也라. 有病諸過時면 不能蘇新氣하고 未展以
正道라. 革其邪根이면 邪根卽除니라.

　해석: 간 때라(往時) 함은 시기를 놓치는 것이라. 병이 있음에 모든 때를 지나치면 새로운
기운을 살리지 못하고, 바른 도를 펴지 못하니라. 그 사악한 뿌리를 고쳐야 사악한 뿌리가 곧
없어지니라.

　제153사(事) 왕시(往時)는 때가 지나쳐 버림을 뜻하므로, 시기(始期)를 놓
쳐서는 안 될 것이다. 때를 놓친다는 것은 시간을 관리하지 못하는 데서
오는 것이니, 평상시 시간을 선용하면 때를 놓치는 일이 발생하지 않는다.
특히 병이 깊이 들었음에도 때를 지나치면 병이 깊어져 새로운 기운을 펴
지 못하게 되므로 시간을 잘 이용하여 치료하면 병도 퇴치할 수 있는 것
이다.

　하루 24시간은 누구에게나 공평하다. 시간을 잘 선용해 적시에 맞춰 일
을 행한다는 것은 쉬운 일이 아니고, 시간관념이 투철한 사람이라야 할 수
있다. 사람은 누구를 막론하고 시기를 놓치면 뜻한 바를 이룰 수 없는 것

이다. 이러한 교훈은 『춘추』(春秋) 곡양전(穀梁傳)의 "도에 귀중한 것은 때를 맞추는 것이며, 시대에 맞추어 실행하는 것이다"(道之貴者時, 其行勢也)고 한 말을 유의해 볼 필요가 있다.

시간을 선용하라는 교훈담은 동서양에 걸쳐 있다. 고대 그리스의 의학자 히포크라데스(Hippokrates, BC 460?~BC 375?)는 "인생은 짧고, 예술은 길다"고 그의 『잠언집』 첫머리에 썼는데, 사람의 짧은 인생을 값있게 보내라는 뜻이다.

이태백(701~762)은 『춘야연도이원서』(春夜宴桃李園序)에서 "대체로 천지는 만물의 숙소요, 세월은 영원히 쉬지 않고 천지의 사이를 지나가는 나그네와 같은 것이다"고 하여, 인간의 삶이 꿈같이 지나감을 아쉬워하는 내용으로 지었다. 동서의 석학들이 시간을 귀히 여겨 세월을 보내라는 것은 값있게 보내라고 한 교훈이니, 그 짧은 인생을 헛되이 보내서는 안 될 것이다.

1. **시간을 잘 관리하라는 시조의 교훈:** 시간을 잘 활용하라는 교훈을 남긴 문인 중 김수장(金壽長)은 『교주해동가요』(校注海東歌謠) 484에서 시간을 선용하라고 하였고, 조선조 중기의 가인(歌人) 김두성(金斗性) 또한 짧은 인생을 헛되이 보내서는 안 됨을 『청구가요』(靑丘歌謠) 62에서 읊었으니, 시간을 잘 관리해 허송세월을 하지 말 것을 경고하고 있다.

김수장(金壽長)은 시간이 덧없이 흘러감을 아쉬워하는 내용으로 시조를 지었으니, 그를 인용하면 다음과 같다.

> 곳 지고 봄이 저물고 술이 다하자 흥이 난다
> 역여(逆旅) 광음(光陰)은 백발을 재촉하는 데
> 어디서 망령 들린 사람들이 노지 말라 하느니

『校注海東歌謠』 484

위의 시조는 시간을 중히 여기고 놀지 말고 힘써 일하라는 내용이다.

사람들 모두가 세월이 빠르다고 하니, 작자 또한 시적화자를 통해서 세월이 하염없이 지나갔음을 경험한 바를 말하고 있다.

세월을 허송한 사람들에게 일침을 가하는 내용이니, 젊은 사람에게 짧은 인생을 헛되이 보내서는 안 됨을 시조를 통해서 다음과 같이 지었다.

> 알고 늙었는가 모르고 늙었노라
> 주색에 잠겼거든 늙은 줄 어이 알리
> 귀밑에 백발이 흩날리니 그를 슬퍼하노라.

『靑邱歌謠』 62

흔히 사람들은 한평생이 짧다고들 한다. 요즘은 80대 후반까지 사는데도 짧다고 하니, 50~60년대 환갑도 미처 살지 못했던 사람들은 더 말할 나위 없이 짧았다고 할 수 있다. 사람들은 짧은 세월을 유수와 같다고 한 말을 재음미하게 된다. 이 짧은 인생이기에 허송세월을 보냈다면, 대오 각성하여 촌음을 아껴 써야 할 것이다. 사람의 성공여부는 시간을 잘 관리하는 데 있으니, 시간을 소중하게 보내야 앞날을 약속할 수 있다.

위의 시조는 시간을 허송하는 일이 없도록 선용하라는 교훈적인 내용이니, 도표로 나타내면 다음과 같다.

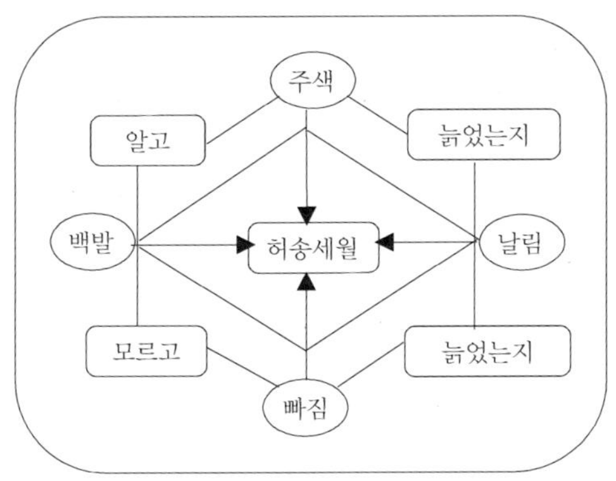

위의 두 시조는 세월을 허송하지 말라는 교훈이자 경고라고 할 수 있으니, 촌음을 아끼며 살아가야 할 것이다. 우리는 시간을 아껴 쓰라는 송나라의 주희(朱熹)의 교훈을 익히 보고 자랐다. 1940년대와 50년대는 학생들이 "소년(少年)은 이로(易老)하고 학난성(學難成)하니 일촌광음(一寸光陰)인들 불가경(不可輕)이라"의 구절을 외우고 그 뜻을 익히 알고 있었다. 그런데도 시간을 값있게 보낸 학생은 많지가 않았던 것을 감안하면 시간을 선용하는 문제는 쉽지가 않은 것이다.

이런 예를 미루어 볼 때 본 조항에서도 나타난 바지만 건강이 세상 무엇보다 중한 것이니, 병을 앓기 전에 그 병의 근원을 초기에 알아내면 시기를 선용한 것이다. 사람은 시기를 놓치지 않고 병의 뿌리를 제거해면 건강미(健康美, das Gesundheit Schöne)로 살아갈 수 있으니, 시간을 유효적절하게 선용해야 한다.

본 조항은 시기를 선용하는 문제를 몸에 병이 든 것을 초기에 찾아내는 것으로 비유했다. 사람이 시기를 놓치지 않는다는 것은 그만큼 중대한 의미를 지니는 것이니, 건강문제도 시간관리와 상관관계가 있다.

위의 교훈은 시기를 놓치지 않고 살아가면 보람 있게 인생을 보낼 수가 있음을 내용으로 한 것이니, 몸을 돌보는, 즉 구제할 줄도 알아야 한다.

본 조항은 시기를 놓치지 않고 살아가기 위해서는 자신의 건강을 잘 챙겨야 함을 내용으로 하고 있다. 사람은 일단 건강을 잃으면 세월을 아까운 시간을 병마에 시달리며 살아야 하니, 평시에 자신의 몸을 돌볼 줄 알아야 한다.

2. 작가들의 시간을 아끼는 내용의 작품 발표: 작가는 작중인물을 통해 시간을 잘 선용하고 건강을 돌보는 방법을 나타내면 독자들이 여생을 편히 살아갈 수 있으므로, 시간을 최대한으로 활용하여 좋은 일도 할 수 있는 내용으로 나타내야 할 것이다.

시간을 아껴 써야 하는 교훈은 선인들의 문학작품에서 볼 수 있으니, 그런 내용도 가미시켜 시간을 관리하는 작품을 지으면 많이 사람들이 본

받게 된다. 아울러 작가는 시간 관리를 잘하여 건강하고 건전한 정신으로 살아가는 문학작품을 출간하면 독자들이 건전한 의식으로 살아갈 것이다.

동서양의 격언에 시간은 돈(time is money)이니 생명(time is life)이라 한 것은 사람이 살아가는 데 중요한 교훈이 되므로, 유효적절하게 활용하면 늙음의 병도 물리쳐 편히 지낼 수 있다.

제154사(事) 장지(將至: 장차 이름)―연암(燕岩) 박지원의 『양반전』―

장지(將至)란 '장차 오는 것이라'는 뜻인데, 사람의 생활이 장차 나아져 오늘의 물질만능시대를 예견한 것인바 물질이 융성해지면 자연히 도덕이 쇠퇴하게 된다.

작가는 양반유자와 같이 도덕을 너무 중시해서도 안 되고, 오늘과 같이 물질을 위주로 치우쳐서는 안 되고, 균제미(均齊美)를 이루는 내용으로 작품을 독자에게 선보이면 인간다운 삶으로 살아가는 데 도움을 줄 것이다.

연암(燕岩) 박지원(朴趾源, 1737~1805)은 『양반전』에서 양반들이 시대착오적인 도덕만을 일삼는 폐단을 시정하기 위한 생활상을 풍자적으로 나타냈다.

『양반전』에서는 양반을 통해 물질생활을 경시하는 내용을 두루 다루었는 데 비해서, 제154사(事) 장지(將至)에서는 도덕을 경시하고 물질주의에 경도는 벗어나야 함을 경고한 내용이다.

『양반전』과 본 조항은 상반적인 내용이나 이 두 가지 길이 잘못된 길이라는 것을 시정하기 위해 중용의 도인 시중지도(時中之道)로 나타내 보고자 한다. 본 조항은 『양반전』의 물질주의를 경시한 내용을 조명하기 위한 일환으로 다음과 같이 인용한다.

제154사(事) 장지(將至): (濟 1規 7模)(제, 1째 규칙, 7번째 모형)

將至者는 將來也라. 哲人大道爲萬世人規니라. 然이나 物盛
則規衰하여 珍痼未完이니 祛爲福利니라.

해석: 장차 이룸(將至)이란 장차 앞으로 옴을 말함이라. 철인의 큰 도는 만세에 사람들의 법도가 되느니라. 그러나 물질이 성하면 법도가 쇠퇴하여 고질병을 쫓아내는 데 완전하지 못하니, 행복과 이익을 물리치게 되니라.

오늘의 세대는 물질만능주의로 극에 달한 것으로 물들어져 있다고 해도 과언이 아니다. 사람들이 흔히 달이 차면 기운다는 말을 한다. 세상의 모든 이치가 극에 달하면 쇠퇴하게 마련되어 있다. 현문명은 물질주의가 극에 달할 만큼 팽배해진 관계로 이에 따른 부작용이 심각한 지경에 이르렀다. 말하자면 사람들의 의식은 물질 위주로 살아가는 관계로 인륜 도덕이 뒷전으로 밀리었다는 것이다.

우리가 이를 증명하는 사회인식은 『흥부전』의 예를 들면 확연하게 드러난다. 흥부는 홍익인간이고, 놀부는 홍악인간(弘惡人間)임에도 흥부보다 더 선호하고 있는데, 물질주의로 되어 있다는 것을 보여 주는 한 단면상인 것이다. 사람의 삶은 인륜 도덕을 바탕으로 하여 살아가야 하는데 물질 위주가 되어서는 안 되고 당연히 고쳐져야 하는 사항이다.

제154사(事) 장지(將至)라 함은 장차 오게 되는 것을 이르니, 오늘의 세대를 예견해 물질만능주의를 인륜의 삶과 조화미로 살아가야 함을 일컫는 것으로 보인다. 오늘의 시대는 물질주의가 너무나 성행해 도덕이 쇠퇴해 황금만능 풍조에 빠져 각종 불미스런 일이 지위 고하를 막론하고 하루가 멀다 하고 발생하고 있다. 심지어 법을 준수해야 하는 담당자들의 경우 법을 어기며 자기의 이익과 행복을 추구하기 위해 사회의 물의를 다반사로 일으키고 있는 것이 현실 사회상이다.

본 조항은 물질주의에 너무 빠져들어서는 안 되고 참된 도덕적인 생활을 바탕으로 살아가야 함을 나타낸 것이니, 밝은이의 법도로 살아가며 사람들의 규범으로 살아갈 것을 교훈한 내용이다.

1. 연암(燕岩) 박지원(朴趾源)의 『양반전』: 연암(燕岩)은 『양반전』에서 양반의 생활상을 풍자적으로 나타냈다. 사람은 물질을 경시하면 궁핍한 생활을 하게 된다. 사실상 조선조 양반유자들은 인륜도덕만을 강조하고 금과옥조로 여기고 살아온 데서 시대착오적인 삶을 살아왔다.

연암(燕岩)이 18~19세기 양반들이 시대를 잘못 인식하고 살아가는데 시중지도(時中之道)로 대처해 앞을 내다보는 삶을 나타낸 것이 『양반전』이다. 이 시대는 산업사회로 접어들어 세상은 놀부와 같이 물질주의로 노예가 되어 살아가는데, 인륜만을 중시하고 물질을 경시하게 되어 문제가 따른다.

물질과 정신(인륜)은 사람이 살아가는 데 중요한 것이니, 이 두 가지를 결합하면 하나를 이룬다. 『천부경』에는 "하나로 시작하여 열까지 쌓으면 큰 것인데, 이 열(十)로 나아가면 천만가지 변화가 다함이 없다"고 해 무한이 진전되어 나아감을 이르고 있다.

연암의 의도는 양반들의 삶을 치유케 하는 일환으로 천부(賤夫)가 양반이 좋은 것으로 알고 양반이 되는 문권을 사려고 했다가 양반 되는 조건을 알리자 포기한 것이다. 『양반전』에서는 조선조 양반들이 시대를 인식하지 못하고 우물 안 개구리 식으로 살아가는 것을 넓은 세계를 내다보게 하려고 천부(賤夫)도 양반생활을 싫어하는 것으로 나타냈다.

정신과 물질의 조화미는 하나를 이루는 것이니, 한결같은 것이며 천리에 의한 삶의 방식이기도 하다. 천리는 만물을 시시각각으로 자라게 하면서 풍성함을 이룬다. 앞으로의 세대는 물질과 정신의 조화로운 삶이 바람직한 것이다. 그러나 양반들은 경제관념을 무관하게 사농공상(士農工商)만을 내세워 물질생활과는 무관하게 살았다.

물질생활에 초연하다는 것은 오늘의 입장에서 경제관념이 없는 생활방식이라 할 수 있다. 실제로 양반유학자들 중 선비 출신들은 물질과 무관하게 청렴결백하게 살았다. 연암 박지원은 『양반전』에서 양반이 되는 조건 중 그 한 가지를 소개하면 그들이 물질에 초연하게 살아가는 것을 다음과 나타냈다.

손에는 돈을 만지지 말고, 쌀값을 물어서는 안 된다(手毋執錢, 不問米價).

실제로 선비라는 말을 들으며 유교경전문을 숭상하며 배웠던 이들은 돈에 관심이 별로 없었고, 쌀값도 모르고 살았다. 이러한 물질 경시는 『예기』(禮記) 곡례편(曲禮篇)의 "재물을 대하면 구차히 얻으려고 하지 말며 나눌 때는 많이 차지하려 들지 않는다"고 한 것을 미루어 보아도 유자들의 생활상이 금전보다는 경전을 더 중히 여기며 살았다.

양반들은 경제적 관념과 무관한 생활을 오늘에도 쌀을 팔러 갔다는 말을 사러 갔다는 말을 노인 간에는 사용하고 있는 데서도 알 수 있다. 실지 이 말은 팔러 가는 것을 뜻하는 말이다. 양반들은 '사다'와 '팔다'를 구별 못하게 살아야 한다는 인식이 깔려 있는 데서 이런 말을 사용한 것이다.

『양반전』에서 천부(賤夫)는 양반이 좋다는 말을 듣고 양반이 되기 위해 쌀 천 석이나 주고 사려고 했다. 그런데 천부는 양반생활의 내막을 알고는 뒤도 돌아보지 않고 돌아갔다. 천부는 양반들의 경화(硬化)된 삶과 경제력이 없는 사람이라는 것과 양반들이 권력과 세도만을 일삼아 백성을 괴롭히는 무리라는 데 등을 돌렸다.

물질과 정신의 편중된 삶은 바람직하지 않으며, 중용미(中庸美, das der (goldene) Mittelweg Schöne)의 행위가 바람직한 것이다. 그런데 양반유자들은 물질을 너무나 경시했다.

양반유자들은 경전(經典)과 현실을 잘못 받아들인 데 있으니, 시대착오적인 생활을 한 것이다.

세상은 성인인 공자(孔子)를 폄하하여 심지어 『공자(孔子)가 죽어야 나라가 산다』는 책이 나와 유림(儒林)이나 성균관대학교 유도회본부에서 분노한 적이 있으나 작자에게 별도로 항의한 일이 없다.

일반사람들은 그 책의 말이 맞는다고 인식하고 있는 데 문제가 따른다. 중국에서도 한때 타쟈꿍즈(打倒孔子)라고 했으니, 한국에서도 그런 책이 많이 팔렸다. 그러나 조선이나 중국을 망하게 한 것은 유교가 아니고 이를 운용하는 유학자가 나라를 그르친 것으로 보면 될 것이다. 사람들은 유교와 유가를 잘못 인식하여 공자(孔子)를 좋지 않게 보았지만 잘못 판단한 착오였다. 앞으로 청년들은 물질과 정신이 합일된 조화미가 바람직한 생활태도라고 할 수 있다. 말하자면 21세기를 살아가기 위해서는 유학자나 오늘의 물질만능 위주로 생활방식을 과감하게 시정하고 중용적인 조화미의 생활이 바람직하다고 본다.

2. 사회를 바로잡는 주인공: 예로부터 한국은 동방예의지국(東方禮義之國)이라 중국인들이 칭찬하여 왔다. 그런데 우리는 서구의 물질주의로 인해 사람들의 의식이 전환되어 황금만능 풍조에 젖어들어 도덕관념이 실종되어 있는 현실을 치유하는 방법으로 나타내야 할 것이다.

오늘의 실상은 신문지상에 발표되는 바와 같이 고위공직자들이 법을 어기면서도 자신의 이익과 행복만을 추구하여 부정한 방법으로 뇌물을 챙기는 일들이 빈번하게 적발된다.

작가들은 이들의 뇌물수수관계가 도덕불감증에 젖어 든 인상을 받을 정도로 사회를 어지럽히고 있는 실정을 직시하고 고발하는 내용으로 작품을 지어야 한다. 작가들이 본 조항과 관련해 그 비리를 바로잡는 방향으로 작품 인물을 통해 나타내면 사회를 바로잡는 구제가 이루어질 것이다. 아울러 작가는 비리를 발본색원케 하는 내용으로 작품을 나타내면 투명한 미래사회를 여는 역할을 하는 데 공헌이 클 것이라 기대해 본다.

제155사(事) 지(地: 땅)—이창년의 시(詩)—

본 조항에서 '땅'이란 구제의 바탕이 되는 땅이라는 뜻이니, 하늘의 좋은 때를 만났다 하더라도 땅의 이로움만 못하다는 맹자(孟子)의 말과 같이 지리적 조건이 유리해야 구제할 수 있다.

한국의 농산물은 외국산에 비하여 맛이 있기로 알려져 있으므로, 현대인들이 기호에 맞는 신농산품을 개발하여 효자농산물로 선보이면 대지를 구하고 사람을 구하는 것이 될 것이다.

작가는 세계인들이 선호하는 농산물을 한 주인공이 새로운 농산물로 개발하여 수출품으로 외화 벌이를 하는 내용으로 선보이면 농촌을 구하는 일이다.

이창년의 시(詩)에는 세계문화유산으로 등재된 강화도 「강화 고인돌」에 대한 시가 있다. 이 유산은 3500년 전에 세워졌다고 전하는데, 단군조선 시대에 세워진 것이다. 단군이 나라를 기원전 2333년 전에 세운 후 1500년 간 존속했으니, 단군조선에 해당한다. 시인은 그 고인돌을 탐방(探訪)한 후 강화도의 특산물 인삼주를 마시고 순무김치를 안주로 한 것으로 그 담박미로 상쾌한 기분을 나타냈다.

강화인삼과 순무는 강화토질에 맞는 특산물로서 국내는 물론 인산의 경우 외국으로 수출하는 그 고장의 효자상품이다. 강화인들은 맹자(孟子)가 천시(天時)보다 지리적 조간이 유리하다(天時不如地利)고 한 말을 떠올린다. 위의 시를 이해하기 위해 본 조항을 인용한다.

제155사(事) 지(地): (濟 2規)(제, 2째 규칙)

地者는 濟物之地也라. 濟合於地理하고 地宜於濟質然後에 濟하니 理質이 若不應巨輪이면 行有曲岐니라.

해석: 대지(大地)라 함은 만물을 구제하는 땅이라. 구제가 땅의 이치에 부합하고, 땅은 구제의 바탕이 마땅한 연후에야 구제하게 되나니, 이치와 바탕이 만약 큰 바퀴를 적응하지 못하면 구제를 행함에 굽은 갈림길이 생기니라.

제155사(事) 지(地)라 함은 만물을 구제하는 땅으로 지리적 특성을 고려하여야 한다. 대지는 육대주와 200여 개 나라로 형성된 관계로 광활하니, 사람이 구제할 곳이 많다. 인간은 만물의 영장이므로, 지구상에 황무지를 개간하여 옥토로 조성해야 한다. 대지가 부드러우면 이를 보완해 주는 나무를 심으며 연약한 토질이 강성(剛性)으로 개토될 것이다. 선인들은 토질이 연약하면 대나무를 심으면 바뀐다고 했다. 그러나 대나무는 경기이북에는 자라는 데 적합하지 않으니, 대나무를 아무 곳에나 심어서는 안 될 것이다.

또 척박한 토질은 수양버들을 심으면 비옥한 토질이 된다고 하였다. 물론 이런 박토(薄土)가 옥토로 바뀌는 예를 든 것은 선인들이 직접 실험재배로 이루어진 것이니, 인정할 수 있다. 실제로 대나무나 수양버들이 자라는 곳은 연성의 토지가 강성의 토질로 박토가 옥토로 바뀐다.

대지는 고장마다 토질의 다르므로 그 특성을 잘 살려서 신토불이(身土不二)에 맞는 농산물을 생산해야 외국농산물이 대량으로 수입되더라도 당당히 우리의 농산물이 건전하게 이 땅에서 뿌리내린다. 이러한 관건은 지세(地勢)를 돋우는 조화미(das Harmonie Schöne)의 구제가 필요하니, 부실한 토지는 옥토로 토질을 바꿔 놓아야 한다. 물론 오늘에는 좋은 거름과 비료가 생산되어 곡식생산에는 아무 지장이 없다고 하더라도 화학성 비료를 많이 살포하는 관계로 토질이 산성화되고 각종 병충해로 인해 농사짓는 데 많은 장애가 따른다. 토박한 토질 구제하는 두 번째 규정인 여덟 가지 방법으로 나눈다.

지이규(地二規)

지이규 \ 내용	주요 내용	대상	조항
1. 무유(撫柔)	유약한 토질에는 대나무를 심음	지 질	제156사(事)
2. 해강(解剛)	억센 땅→버드나무→심어 유하게 함	지 질	제157사(事)
3. 비감(肥甘)	땅이 비옥→인성이 순후하고 두터움	지 질	제158사(事)
4. 조습(燥濕)	땅이 건조→인심 박약→욕심이 따름	지 질	제159사(事)
5. 이물(移物)	장소에 맞게 사물 옮김→하늘이치	지 질	제160사(事)
6. 역종(易種)	하늘만물 구제→성(盛)↔쇠(衰)로 함	지 질	제161사(事)
7. 척벽(拓闢)	창조주→사람→벽지→개척→염	지 질	제162사(事)
8. 수산(水山)	하늘이 바다↔육지 상호 구제함	지 질	제163사(事)

이와 같이 대지를 구제하는 방법은 여덟 가지로 나눴는데 박토를 옥토로 바뀌는 일은 오늘날에도 관심의 대상이 아닐 수 없다. 더구나 우리는 육지문화였는데 바다로 진출하여 일본의 해양문화를 꽃피게 하였고, 이 해양문화가 다시 우리에게로 수입되었다. 이제 다시 우리의 육지문화는 해양으로 진출하여 오대양 육대주로 발전하여 우리의 문화로써 이들의 문화를 발전시켜야 할 것이다. 현재 지구상에는 불모지가 많고 매년 토지가 사막화되어 가는 곳이 늘어가는 추세라 하니, 대지를 구제하는 데 관심의 대상이 된다.

대지를 구제하는 대상은 『지부경』(地符經)의 "지일관사팔"(地一貫四八)(대지는 일(一)로써 사방팔방을 뚫는다)라고 하면 "건곤배합"(乾坤配合)과 관련된다. 자연과 인간이 하나가 되는 길은 지구를 구제하는 대상이 된다는 것을 의미한다.

바로 이러한 원리는 『인부경』(人符經)에 "인천지십삼"(人天地十三)이라 함과 통하는 의식이다. 왜냐하면 인간이 천지와 완전하게 합일하는 경지를 말한 것이기 때문이다. 예로부터 우리의 국토는 삼천리금수강산이라 일컬어 왔으니, 그런 금수강산의 옥토를 녹색의 안식처가 되도록 토질에 맞게 구제할 필요가 있다.

우리는 편안하게 살 수 있도록 토질을 개량해 우량농산물을 생산해 건강하게 살아가도록 노력해야 할 것이다. 신토불이(身土不二)의 농산물은 전국 각처에서 대량으로 생산하고 있으나 그중 강화도의 경우로 예를 들어 보기로 한다.

예로부터 강화도는 토지가 비옥하여 농산물이 풍부한 고장으로 알려져 있다. 강화도민들은 오래전부터 특산물을 생산하여 많은 사람들에게 기호품이 되고 있으며, 외국인에게도 기호에 맞게 농산물을 생산해 수출을 한다.

더구나 강화도는 고인돌이 많이 있는 것으로 세계문화유산으로 등재되어 국내관광객들이 이 유적을 보기 위해 많이 찾고 있다. 고인돌의 주인공이 단군조선 시대에 해당한다고 할 때 강화도는 유서 깊은 곳이다. 이 고장은 고인돌을 비롯하여 마니산의 참성단과 전등사로 인해 많은 사람들이 관광하러 오는 곳이니, 그곳 특산물이 인기상품으로 각광을 받고 있다. 문인들은 이곳을 탐방(探訪)하여 시를 지었는데, 그중에 인삼주를 소개한 것을 인용하면 다음과 같다.

> 입춘 무렵,
> 임오년 봄볕이 한껏 쏟아 붓고 있는,
> 강화고인돌 곁에 서다. ……
> 삼천 오백 년을 무겁게 누워,
> 옛사람의 혼으로 숨쉬고,
> 우리와 마주한 옹골찬 모습,
> 강화 고인돌로 하여 볼 수 있었네. ……
> 강화 인삼 막걸리 한잔이,
> 상기된 해를,
> 뉘엿뉘엇 바다에 담그려 하더라.

이창년, 「강화 고인돌」, 『물 하는돌』, 세계거석문화협회 편, 2002, 212쪽

문인들은 임오년(2002년) 2월 2일에 강화도를 찾아 시와 수필을 세계거석문화협회 편으로 『물 하는 돌』을 2002년 도서출판 신세림에서 출판했다. 인삼주에는 인삼 향기가 사람들을 매혹시키고 목을 달래는 가운데 순무김치가 안주로 나아 그 담박미(淡泊美, das Freimütigkeit Schöne)에 빠져든다.

사람들은 이 맛에 매혹되어 그곳을 찾는 이에게 체험케 한다.

인삼을 비롯한 인삼주와 순무는 강화를 찾는 이에게 선물용으로 구입하는 그곳 특산물로서 오랫동안 기억에 남게 하고 있다.

강화도민은 그곳 토질의 특성을 살려 순무우 · 인삼을 많이 재배하여 내국인들에게 호감을 불러일으키고 수출도 하여 경제적으로 효자 상품으로 각광을 받게 하고 있으니, 고장마다의 특성을 살리는 것이 우리의 과제로 떠오른다.

요즘은 강화군 삼산면에서 토질에 맞게 개발한 쌀 '씨앤씨'는 사람들 구미에 맞게 맛이 있기로 유명하나 값이 비싼 관계로 널리 홍보하는 데 문제가 따른다. 강화도의 농산물이 국내외인에게 기호상품으로 떠오르게 된 것은 토지에 맞는 작물을 조화미(調和美)로 생산한 데 있는 것이다. 이제 우리 농촌은 외국농산물이 개방됨에 따라 우리의 농산물 판로가 순탄치가 않아 농산물을 보관하는 창고가 부족한 상태니, 고장에 맞는 작물을 생산하여야 한다.

위의 조항은 그 고장의 농산물을 생산하는 방법도 알려 주는 것이니, 훌륭한 농경법이라 할 수 있다. 작가들은 대지를 구하는 방법을 작품상에 나타내어 산성화되어 가는 이 강토에 모든 농토를 건강하게 회복시켜야 할 것이다. 우리의 삼천리강토는 예로부터 금수강산으로 일컬어 왔다. 그런데 오늘에는 무분별한 개발로 인해 훼손이 심각하고 그중 농토는 과도한 농약살포로 인해 각종 농산물에 병충해가 심각하다.

요즘은 비료와 농약살포를 하지 않는 유기농법으로 농사를 짓고 있다. 이 유기농법은 산성화된 토질을 원래대로 회복시켜 놓는 농사법이다. 박토를 비옥한 토지로 개토하는 데는 수양버들이 큰 역할을 하는데 버들잎이 워낙 가지에 많이 달려 있어 거름이 되기 때문이다. 만주는 한국의 토질보다 비옥하다는 말을 듣는다. 오늘에도 그곳 도로변에 수양버들이 많은 것으로 미루어 예전에는 곳곳에 많았다고 할 수 있다.

토지를 옥토로 개량함에는 친자연적인 방법이어야 한다. 그리고 그 지방 토질에 맞는 작물을 재배하여야 하는데, 여기에는 일차적으로 다른 지방에서 생산한 품종 등의 실험재배가 필요하다. 외국 품종의 곡물 재배도 마찬가지다.

한국의 농산물은 인구에 비해서 과잉생산으로 판매가 쉽지 않다. 이럴 때 새로운 작물을 개발하여야 농촌을 부흥시킬 것이다.

박토를 옥토로 새로운 품종의 농산물: 작가들은 작품상에 토지를 옥토로 개토하는 방법을 나타내면 농민들이 농사짓는 데 도움이 될 것이라 믿는다. 농부들은 비료와 농약을 쓰지 않는 유기농법의 영농으로 좋은 농산물을 생산하는 이들이 많아졌다. 그럴 때 작가들은 박토를 비옥한 토지로 개토하는 방법을 작품상에 나타내면 좋은 반응을 일으킬 것이다. 박토를 비옥하게 한 후에는 다른 지방이나 외국 품종의 작물을 재배하여 사람들 입맛에 맞는 농산물을 개발하여야 한다.

작가들은 모든 사람들이 기호(嗜好)하는 농산물을 생산한 내용으로 작중의 주인공을 나타내면 농민들도 새로운 활로를 찾는 데 도움을 줄 것이다.

제156사(事) 무유(撫柔: 유약함을 어루만짐) ―서견(徐甄)의 대나무 칭송―

본 조항의 무유(撫柔)는 '유약함을 어루만짐'이란 뜻이니, 땅의 성질이 유약한 것을 어루만져서 대나무를 심어 가꾸면 강성의 토질로 바뀌고 사람도 굳셈을 지닌다는 내용을 밝히고 있다. 대나무는 사시절 푸르면서 올곧게 자라게 하므로 예전에 선비집 주변에 대나무를 심거나 액자나 그림이 벽에 부착되어 있었다. 그런데 본 조항에서는 토질이 연약한 곳에 대나무를 심으면 강성(剛性)으로 변하게 한다는 내용으로 되어 있어 처음으로 알게 되었다.

작가는 대나무가 사람의 심성을 지조 있는 사람으로 변화시킬 뿐만 아니라 토질도 개토하는 것으로 대나무에 대해서 소설을 쓰거나 시를 지으면 독자들이 대나무를 지나쳐 보지 않을 것이다. 고려 말 서견(徐甄)은 1391년(공양왕 3년) 사헌부장령(司憲府掌令)으로 재직 중 정몽주가 살해되자 유배되었으나, 조선이 개국 후 풀려나 은거하였다. 그는 대나무를 본받아 시조 한 수를 남겼는데, 백이(伯夷) 숙제(叔齊)의 절개를 칭송하는 내용으로 지었다.

그의 시조는 사람들에게 지조 있는 인간이 되라는 내용을 대나무를 통해 본받으라는 것이니, 본 조항의 의미와 관계를 이르므로 성품이 유약한 사람은 대나무의 생태를 알고 지조를 지키는 사람이 돼야 한다. 그런 의미에서 본 조항을 인용한다.

제156사(事) 무유(撫柔): (濟 2規 8模)(제, 2째 규칙, 8번째 모형)

撫柔者는 撫地性之柔하여 挽回不廢也라. 地性이 柔則人心反覆하여 敎化不行하니 導水灌園하고 種竹樹하며 飮深井하니라.

해석: 유약(柔弱)함을 어루만진다(撫柔) 함은 땅의 성질의 유약함을 어루만져서 황폐하지 않도록 바로잡아 돌이키는 것이라. 땅의 성질이 유약하면 사람의 마음이 쉽게 바뀌어 교화가 행해지지 않나니, 이에 물을 이끌어 정원에 흐르게 하고 대나무를 심고 깊은 샘물을 마시게 한다.

대지는 광활하므로 토질에 따라 척박함과 유약한 곳이 많은데, 이런 토질을 사람의 힘으로 강성(剛性)으로 바꿔 놓게 되면 비옥해져 초목과 곡식이 잘 자라 풍성함을 이루니, 일석이조의 효과를 거두게 된다.

제156사(事) 무유(撫柔)는 토질을 개토하는 것이니, 이런 방법을 위정자가 백성에게 가르쳤다면 칭송하지 않을 수 없다. 단군시대는 청동기이므로 농경사회라고 할 수 있다. 농경사회는 식량생산에 온 힘을 기울여야 국가가 발전하게 되므로 식량을 생산할 수 있도록 연성의 박토를 옥토로 개토해야 한다. 토질은 지방마다 다르므로 비옥한 토지가 많이 분포되어 있는 반면에 연성(軟性)의 토질이 많다.

연성의 토질은 곡식의 재배도 할 수 없지만 그런데 사는 사람은 지세의 영향을 받아서 마음이 유약해 한결같은 마음을 지니지 못한다. 단군시대는 위정자가 국토를 효율적으로 이용하기 위해 휴경지가 없도록 한 것을 본 조항에서 볼 수 있다. 그뿐 아니라 연성의 토지에 사는 사람들을 위해 366사(事)의 교육을 베풀어 사람들을 교화했다. 연성의 토질은 농경지로서 적합하지 않으므로 개토해야 하고 그곳에 사는 사람들에게 교육을 실시했음은 본 조항의 내용에서도 나타난 바와 같다.

단군시대 백성들은 연성의 토질을 강성(剛性)으로 바꾸는 방법도 배워서 알게 되니, 옥토로 개량하였을 뿐만 아니라 사람들의 심성도 강성으로 살아가게 했다. 특히 연성의 토질에 사는 집터에는 대나무를 심고 정원에 물을 끌어들여 우물을 파서 그 물을 마시도록 하면 연성→강성으로 바뀐다는 것이다.

대개 예전에는 마을마다 사람들이 이용하는 공동우물이 있으니, 그 우물 주변에 대나무를 심으면 지기(地氣)가 강성으로 변해질 수 있다. 사람이 강성의 지기(地氣)로 변한 물을 마시거나 그 뿜어내는 산소를 마시면 심신이 영향을 받게 될 것이다. 전국에는 오늘에도 식물성장이나 곡식이 자라는 데 부적합한 토지가 부지기수로 방치되고 있다. 이런 연약토질은 친환경적으로 강성으로 바꿔 놓아야 하는데, 대나무와 같은 방법이 아닐지라도 개토를 하는 방향으로 연구를 하면 옥토로 변화시킨다. 아울러 요즘은 개토한 토질에는 독특한 농산물을 생산하면 외국산농산물이 수입되더라도 안심할 수 있다.

본 조항에서는 토질이 연약하면 대나무를 심으라고 했는데, 그 단단함으로 토질을 바꿔 놓는다는 것이다. 대나무는 땅의 기운과 통하게 되므로 지기(地氣)가 굳게 될 뿐만 아니라 사람의 심성을 굳세게 하는 역할도 하게 되므로 선인들이 그를 찬양했다.

고래로 "지령(地靈)은 인걸(人傑)이라" 했다. 사람의 인간성도 지세의 영

향을 받게 되어 있음은 인문지리학에서 두루 거론되어 온 바가 된다. 단군
이 훌륭한 나라를 세운 배경에는 훌륭한 인물을 배출한 데 있는 것이고,
오늘날도 인재를 키우는 데 나라마다 심혈을 기울이고 있다.

사람은 첫째, 둘째, 셋째도 사람다운 사람 곧 대나무와 같이 올곧고 강
직하고 바른 사람으로서 살아가야 하는 것이다. 선인들이 대나를 정원에
심거나 방 벽에 묵화를 부착한 것은 지조를 지키며 살아가라는 뜻이다.

1. **고려 말 서견(徐甄)의 지조**: 서견(徐甄)은 1391년(공양왕 3년) 사헌부
장령(司憲府掌令)이 되어 대사헌(大司憲) 강회백(姜淮伯) 등과 함께 정도전
(鄭道傳)을 탄핵하다. 정몽주가 살해되자 유형(流刑)되었다. 그는 조선이 개
국 후 풀려나 청백리에 녹선(錄選)되었으나 벼슬을 사절하고 은거하여 절
개를 지켰는데, 그의 인간됨은 그의 시조 한 수(首)가 전하는데 대나무기
질과 통한다.

그의 절개는 대나무가 사시에 푸름으로 인해 절개를 잃지 않는 뜻으로
받아들였는데, 눈 속에 외로이 절개를 지키는 대나무(雪中孤竹)를 반기며
백이(伯夷) 숙제(叔齊)의 아버지 고죽군(孤竹君)의 안부를 묻는다.

그의 아들 백이(伯夷) 숙제(叔齊)는 주(周)의 무왕(武王)이 주(紂)를 치려
고 할 때 말을 붙들고 말렸으나, 듣지 않자 수양산(首陽山)에 들어가 아사
(餓死)했다는 『사기』(史記)·「백이전」(伯夷傳)의 내용으로 지었다. 서견(徐
甄)은 백이(伯夷) 숙제(叔齊)의 절개를 만고의 빛이 나는 절개로 칭송하였
다. 그 시조를 소개하면 다음과 같다.

암반(岩畔) 설중고죽(雪中孤竹) 반갑도 반가왜라
묻노니 고죽(孤竹)아 고죽군(孤竹君)의 네 엇더닌
수양산 만고청풍(萬古淸風)에 이제(夷齊)를 본 듯하여라.

『珍本靑丘永言』 456

서견(徐甄)은 고려 공민왕 때 사헌부장령(司憲府掌令)에 있었던 고려 충

신 중 한 분이다. 이조개국(李朝開國)에 당하여 나오지 않고 절개를 지켰으니, 충신(忠臣)의 불사이군(不事二君)의 정신으로 조선조에 출사하지 않았으나, 그의 시조는 대나무의 생태로 절개가 닮아 있다.

그의 절개는 곧 언행일치를 이루는 내용으로 백이(伯夷)와 숙제(叔齊)를 칭송한 것이니, 대나무에서 기질을 닮아 나타낸 것이다.

고산(孤山) 윤선도(尹善道, 1587~1671) 또한 대나무에 대해 다음과 같이 시조를 지었다.

> 나무도 아닌 것이 풀도 아닌 것이,
> 곧기는 뉘 시키며 속은 어이 비었는가.
> 저렇게 사시에 푸르니 그를 좋아하노라.

『산중신곡』(山中新曲) · 오우가(五友歌) 중 「대」(竹)

대나무는 매(梅), 난(蘭), 국(菊)과 함께 사군자(四君子)의 하나로 널리 알려져 있지만, 천지의 음양의 기운을 조화미로 받아들여 사시에 푸름을 간직하여, 공급하게 되니, 지기(地氣)를 굳세게 하고, 사람들에게 교화를 이루게 한다고 볼 수 있다.

『인부경』(人符經)에는 "인천지십삼"(人天地十三)이라 했다. 십(十)은 완성을 나타내는 수(數)이고, 삼(三)은 삼일(三一) 체계를 이루어 이 수를 지켜 행하면 천지조화에 참여할 수 있는 완벽한 사람이 된다.

대나무는 사람의 심성을 굳세게 하는 데 있으니, 변화무쌍한 세파에서 지조를 지키는 사람으로서 사람다운 사람이 되게 하는 역할을 한다.

우리는 대나무가 절개를 나타내는 것으로 선비 집에서 대나무를 그린 묵화를 볼 수가 있었는데, 그 푸른 상징으로 지조 있는 사람이 되라는 뜻으로 받아들일 수 있다.

연약한 토질은 부실하여서 곡식을 생산하지 못한다. 이 토질은 대나무를 심으면 강성(剛性)으로 바뀐다고 했다. 물론 이 방법은 선인들이 실행했다고 본 조항에서 밝히고 있으나, 지금 이 방법으로 연약한 토질을 개량하는 사람이 없을 것이다. 그러나 대나무를 심으면 사시절 중 푸른 잎으로 변하지 않게 되어 지조 있는 사람이 된다는 데 모든 사람들이 인식을 같이하고 있다.

2. 대나무와 지조 있는 인간상 소개: 작가들은 작중의 한 주인공을 내세워 지조가 굳세고 여하한 경우에도 절개를 지키는 역사적 인물을 대상으로 작품을 쓰면 변화무상한 오늘의 시대에 지조를 지키는 사람이 많이 나타나게 될 것이라 믿는다.

지조를 지킨 집 주변에는 대나나무가 자라고 집 안에는 대나무를 그린 묵화가 액자로 걸려 있거나 집 안에 대나무를 칭송하는 글이 붙여지고 그 영향을 받은 내용으로 작품을 쓰면 요즘 젊은이들의 생각을 바꾸게 하는 데 도움을 줄 것이다.

요즘 친자연을 많이 거론하고 있는데 아파트에는 나무를 심는데, 대나무를 심지를 않고 소나무, 느티나무, 단풍나무, 향나무, 벚나무 등을 심는다. 대나무를 심는 것도 사람들의 정서에 도움이 되므로 권장할 사항이기도 하다.

작가들은 선인들이 집 주변에 대나무를 심거나 서예작품 중 대나무를 소재로 그린 작품이 집 안의 액자나 벽에 부착된 것을 감안하여 작품을 쓰면, 독자들에 대한 인식이 새로워질 것이다.

제157사(事) 해강(解綱: 억셈을 풂) ─ 신석정의 「향기(香氣) 있는 사람」 ─

본 조항의 해강(解綱)은 '억셈을 풂'이란 뜻이니, 강성(剛性)인 토질을 부드럽게 하는 버드나무를 심으면 바꿀 수 있다는 내용이다. 버드나무는 토질이 억센 것을 풀어 주는 역할을 하는 것으로 나타난다. 이 나무는 워낙 잎사귀가 많이 달려 있어 녹비(綠肥)가 되기 때문이다. 버드나무는 물가에서 자라게 되는데 물에 떨어진 잎사귀가 물에 떠내려가지 않게 됨에 따라 땅을 비옥하게 한다. 작가들은 버드나무 속성의 시를 독자에게 선보여도 좋을 것이다.

시인 신석정(辛夕汀, 1907~1974)은 「향기(香氣) 있는 사람에서」에서 노장사상(老莊思想)에 심취되고 도연명을 사숙하여 집 앞에 다섯 그루의 버드나무를 심어 오류선생(五柳先生)이라는 별명을 얻었다. 오류선생은 도연명을 가리키는 이름이니, 그가 도연명을 좋아했다. 아이들 등살에 다섯 그루 중 세 그루가 남아 삼류(三柳·三流)선생이란 말도 들었다고 한다.

본 조항에서 버드나무는 강성(剛性)의 토질을 부드럽게 하고, 토질이 강성이면 사람의 성격이 사나워져 거칠고 포악해서 남을 해치는 일이 많이 발생한다는 것이다.

버드나무는 줄기에 많은 잎사귀가 달려 있어 녹비(綠肥)의 구실을 하여 토지를 비옥하게 하여 농경에서 곡물을 유기농법으로 다수확을 하게 되므로 버드나무를 심으면 일석이조(一石二鳥)의 농경을 하게 된다. 그런 의미에서 본 조항을 소개한다.

제157사(事) 해강(解綱): (濟 2規 9模)(제, 2째 규칙, 9번째 모형)

解剛者는 解地性之剛하여 挽回和氣也라. 地性이 剛則人質强暴하여 私鬪多殘害하고 德化淹滯하니 飮流水하고 種楊柳하니라.

해석: 억셈을 푼다(解綱) 함은 땅의 성질의 억셈을 풀어 온화한 기운으로 돌이킴이라. 땅의 성질이 억세면 사람의 성질이 강하고, 사나워서 사사로이 싸우거나 잔인하게 해침이 많아서 덕화가 막히므로 흐르는 물을 마시고 버드나무를 심도록 하느니라.

해강(解剛)이란 굳셈을 풀어 준다는 뜻이니, 땅의 성질이 너무 강성(剛

性)하면 사람의 기질도 강하여 풀어 줘야 한다는 의미이다.

우리나라는 산이 평지보다 훨씬 많은 관계로 강성(剛性)의 토질이 많다고 할 수 있다. 대지의 성질이 거센 곳은 연성(軟性)으로 되돌리어 조화를 이루어야 할 것이다. 그 과정은 토질에 굳센 것과 부드러운 것이 중화적인 차원에서 조화로움이 필요하다. 대개 한국에서 강성의 토질은 강원도가 이에 해당한다고 볼 수 있다. 그렇다고 하여 강원도 사람들이 성질이 사나워서 잘 싸운다는 것은 아니다.

그곳 토질은 바위가 많아서 광물질이 함유된 것으로 인해 과학적인 분석이 필요하지만 군복무 중 냇물의 경우 겨울에 손을 씻으면 손이 튼 일을 경험했다. 또 모래땅은 연성이어서 찰기가 태부족 상태인 관계로 작물에 따라 재배가 잘 안 된다. 경기도 화성시 일대의 경우가 그러한데 토지가 토박하다. 그래서 그곳에선 요즘도 마늘 재배를 전연 하지 못하는 곳이 많다.

『지부경』(地符經)에서 이르는 "건곤배합"(乾坤配合)을 이루기 위해서는 음양조화가 이루어져야 만물을 풍요롭게 생산할 수 있다. 이에 대한 내용을 『지부경』(地符經)에서 보면 다음과 같다.

칠팔화중(七八化衆) 행삼팔정(行三八政) 건곤배합(乾坤配合)

칠수(七數)와 팔수(八數)로써 다스리면 많은 사람들로부터 인심을 얻고, 삼수(三數)로써 행하고 팔수(八數)로써 다스리면 천지의 짝을 이룬 정도로 조화를 이룬다.

위에 나타난 수는 천지인 삼수(三數)가 중요 역할을 하고 있다. 이 삼수(三數)에 각각 음양을 더하거나 삼수(三數)에 음양수 둘을 곱하면(2×3=6) 육수(六數)가 된다. 칠수(七數)는 노음수(老陰數) 육수(六數)에 양의 기수(起數) 하나(一)의 수(數)를 더한 수니, 만물이 그 형상을 처음으로 드러내는 양수(陽數)이다. 봄과 같은 날씨라고 할 수 있다. 팔수(八數)는 육수(六數)에 음양수 이수(二數)를 더한 수(數)니, 음양배합이 잘 이루어져 결실을 이룬 상태다. 이 삼수(三數)에 의해 음양조화를 이룬 수(數)가 팔수(八數)이니, 위정자가 조화를 이루면 많은 백성들로부터 인심을 얻는 것으로 된다.

또 동적(動的)인 양수(陽數)는 삼수(三數)이다. 이 수로써 행하면 만 가지 변화가 일어나고, 육생팔(六生八)인 팔수(八數)로 다스리면 만물의 풍성을 이루는 땅의 수(數)다. 『천부경』(天符經)의 "대삼육생칠팔구"(大三六生七八九)(대삼(大三)은 천지인(天地人)에서 각각 음양을 더한(3×2＝6) 수(數)니, 천(天)의 수 1을, 대지의 수 2를, 사람의 수 3을 더하면 7, 8, 9수를 이룬다)로 이해하면 된다.

3, 7, 8, 9수는 음양조화 관계를 이루니, 천지와 짝할 정도로 태평한 나라를 세운다는 뜻이다. 곧 이상미의 나라이니, 홍익인간의 이화세계를 의미한다.

음양조화를 이룬 토질은 강성(剛性)－연성(軟性)을 조화롭게 하므로 비옥하게 개토를 시킨다.

경성(剛性)의 토질을 부드럽게 바꾸기 위해서는 버드나무를 심어야 강성의 토질이 풀린다.

버드나무는 많은 줄기에 많은 잎이 달려 있어 바람이 불면 흐느적거리는 것으로 보아도 부드러움이 연상된다.

1. **신석정(1907~1974)의 「향기(香氣) 있는 사람」 중 버드나무:** 시인 신석정은 도연명을 사숙한 관계로 집 주변에 버드나무 다섯 그루를 심었다는 내력을 「향기(香氣) 있는 사람」에서 밝히고 있다. 신석정은 깨끗하게 산 관계로 노장사상에 심취되었으며 도연명을 사숙하여 집 앞에 다섯 그루의 버드나무를 심었는데 이에 대해서 지은 바를 인용하면 다음과 같다.

> 그래도 다섯 그루가 자랐더라면 택변(宅邊)에 오류(五柳)를 가꾸어
> …… 도연명의 풍모를 배우자 함이었더니, 세 그루가 남게 되어 짓궂
> 은 친구가 찾아올라 치면 숫제 삼류선생(三柳先生)이라 부르는 데는

긍정도 부정도 하지 않는 까닭은 고작 삼류선생(三流先生)을 살아가는 나에게 오류선생(五柳先生)은 못 될지언정, 삼류선생(三柳先生)의 칭호도 오히려 과분한 것만 같아 삼류선생(三流先生)이라 부르는 것은 아니겠지 하고 자위하기 때문인지도 모른다.

『난초(蘭草)잎에 어둠이 내리면』·「향기(香氣) 있는 사람」

석정은 도연명을 사숙한 관계로 버드나무 다섯 그루를 심은 것이다. 도연명은 노장사상(老莊思想)을 좋아하고, 석정 또한 노장철학에 심취되었다. 노장철학은 부드러움을 나타내기 때문에 부드럽게 산다는 의미에서 도연명과 석정이 부드러운 속성을 지닌 버드나무를 집 주변에 심은 것이다.

신석정이 버드나무를 좋아한 것은 도연명과 노장철학을 좋아한 것이지만 부드럽게 살아가는 것을 그를 체득한 것으로도 볼 수 있다. 부드럽게 살아간다는 것은 포악한 성질을 온화한 기운으로 되돌리게 하는 것이다. 일제 강점기나 광복 후의 정치나 군사정권 또한 강성을 띤 정치이다. 신석정 시인은 노장철학과 도연명을 좋아하고 사숙하게 되었는데, 원래 노장철학은 물과 관계가 깊다. 버드나무 또한 물과 습한 것을 좋아하는 수목이다. 이 나무는 줄기에 잎이 많이 달리는 관계로 경성의 토질을 연성으로 조화시키는 수종으로 땅을 비옥하게 한다. 물은 부드러운 성질을 지니고 있으므로, 노장철학의 바탕이 되고 있다.

버드나무는 토질이 억센 땅을 비옥하게 하므로 일종의 조화미를 이루는 나무이다. 본 조항에서 촉박한 토질에는 버드나무를 심으면 비옥하게 된다고 했으니, 금수강산을 아름답게 가꾸면 풍요로운 나라를 세우게 될 것이다.

신석정은 강성(强性)의 통치하에서 살아가는 관계로 부드럽게 살아가기 위해 친일문인이 되지 않았고 창씨개명도 거부하고 광복 후 강성에 대해 현실을 비판해 항상 부드럽게 살아가기를 원했다.

우리는 냇가에 버드나무를 많이 심어 토지를 비옥하게 해야 할 것이다. 버드나무 잎은 물에 가라앉으면 물결에 떠내려가지 않는 것으로 인해 토질을 비옥하게 한다. 토지를 비옥하게 하는 것은 풍요다산의 상징성과 함께 부드럽게 사는 나라를 세우는 데 의미가 있다.

신석정은 일제식민지 통치나 광복 후 부정비리가 만연한 시대에서 부드러움을 지니며 깨끗하게 살았다. 2007년 9월 14일 탄생 100주년을 맞아 기념행사를 행한 것도 부드럽게 살아온 데 있다.

우리의 국토는 아프리카나 몽고와 달리 사토지가 사막화되는 현상은 아직 먼 이야기로 들리지만 환경오염과 강도가 높은 비료와 농약으로 인해 토질이 산성화되어 가고 있다.

본 조항에서는 국토의 산성화의 방지를 위해 버드나무를 많이 심으면 버드나무 잎이 많이 달려 예전에는 녹비(綠肥)로 사용해 왔으니, 산성의 토질을 조화시켜 비옥한 땅으로 개토시키게 된다. 버드나무는 토지를 비옥하게 하므로 3월 말일과 4월 초에 버드나무를 전국적으로 심어야 한다.

2. **작가들의 버드나무의 좋은 점 홍보:** 작가들은 국토를 사랑하는 일환으로 버드나무를 심는 운동을 펼치면 강토를 비옥하게 하는 데 도움을 줄 것이다. 1970년에는 도시에도 더러 있었는데 버드나무 꽃송이가 날리게 되므로 호흡기에 좋지 않다는 것으로 인해 버드나무는 많이 없어졌다. 그러나 농사짓는 고장에는 토지를 비옥하게 하므로, 작가들이 작중 주인공을 통해 그 사실을 알리면 버드나무를 함부로 베지 않을 것이다.

특히 농촌에서 버드나무의 가지를 베어 거름으로 사용하면 녹비(綠肥) 역할을 하게 되어 화학성 비료를 사용하지 않아 산성화된 토지를 비옥하게 개토시킬 수 있다.

요즘 유기농법은 거름을 많이 하고 비료를 적게 사용하면 병충해도 없고 토질의 산성화를 막게 되는 일석이조의 성과를 거두게 되니, 작가들이 이에 대한 홍보를 작품 중에 펼치면 농민들의 인식도 새로워질 것이다.

이러한 일은 단군시대 버드나무를 녹비(綠肥)로 사용했으니, 그 후 그에 대해 잊었다. 작가들이 작품 중 주인공을 통해 버드나무 잎이 녹비(綠肥)가 된다는 것을 농사짓는 성공사례를 통해 농민들에게 알리면 버드나무를 베는 일이 없을 것이다.

제158사(事) 비감(肥甘: 비옥하고 감미로움)―학지촌의 『학지가』―

본 조항의 비감(肥甘)은 '비옥하고 감미로움'이란 뜻이니, 지질(地質)이 비옥하고 기름지고 지미(地味)가 감미로우면 사람의 상품도 순후(淳厚)하고 화락하게 된다는 것을 말한다.

지령(地靈)은 인걸(人傑)이라는 말은 예로부터 전해 오는 말이니, 농경사회를 배경으로 한 말이다. 땅이 비옥하면 많은 농산물이 풍족하여 인심도 각박하지 않고 후하고 성품이 순박하고 여유로워 천심을 길러서 교화를 펴고 베풀어 부근에 사는 사람들까지도 감복시킨다.

작가는 이 점을 살려서 작품을 쓰면 사람들이 경제적으로 풍부하게 살아야 된다는 것을 재삼 깨닫게 하고 힘써 살아가는 풍토를 조성케 하는 데 도움을 줄 것이다.

『학지가』(學之歌)는 지령(地靈)은 인걸(人傑)이라는 내용으로 나타냈는데, 요즘 많이 사용하는 신토불이(身土不二)는 말과 관계가 깊다. 이중환(李重煥 1690~?)은『택리지』(擇里志)에서 우리나라 전역에 걸친 지형·풍토·풍속·교통·각 지방의 고사(古事)·인물에 대해서 자세하게 기술하였는데, 그 내용이 신토불이(身土不二)와 관련되어 인걸(人傑)은 지령(地靈)에서 태어난다는 것을 밝혀냈다.

이러한 내용은『학지가』와 동학(東學)의 창시자 최제우(崔濟愚, 1824~1864)가 1861~62년 포교를 목적으로 지은『용담유사』(龍潭遺詞)·「몽중노소문답가」(夢中老少問答歌)에서 밝히고 있다. 본고에서는 본 조항과 관련해서『학지가』의 내용을 밝히기로 한다.

본 조항은 신토불이(身土不二)와 인걸(人傑)은 지령(地靈)에서 태어나는 관계의 내용을 밝히고 있으니, 그 내용을 소개하면 다음과 같다.

제158사(事) 비감(肥甘): (濟 2規 10模)(제, 2째 규칙, 10번째 모형)

肥甘者는 地質肥하고 地味甘也라. 地質肥味甘則人性淳厚和樂하니 布德施敎에 如風過健草하여 成其天性하며 養其天心하여 波及附近하느니라.

해석: 비감(肥甘)이란 지질(地質)이 기름지고 땅의 맛이 단 것이니라. 지질이 기름지고 맛이 달면 사람의 성품이 순박하고 화락(和樂)하여, 교화를 펴고 베풂에 있어 마치 바람이 싱싱한 풀을 스쳐 지나가는 것과 같아서, 그 타고난 성품을 이루며, 천심을 길러서 부근에까지 영향을 미치도록 하느니라.

요즘 사람들은 의식주의 문제 중 식생활 문제가 도시나 농촌 어디를 막론하고 풍족하여 맛이 있는 농산물을 선호하고 당도가 떨어질 경우 외면한다. 60년대 초반만 하더라도 요즘 젊은이들이 입에 대지도 않을 꽁보리밥을 꿀맛과 같이 맛있게 먹었다. 그 당시는 그런 밥도 없어서 먹지를 못했으니, 오늘의 음식과 비교를 하면 금석지감이란 말을 실감할 정도다.

제158사(事) 비감(肥甘)이란 영양가가 높고 당도가 높다는 뜻이니, 대지가 우선 비옥해야 음식물이 단맛을 내게 된다. 물론 토지가 비옥하다는 이유만으로 당도 높은 음식물을 내는 것은 아니지만 대개 토질이 박토보다 비옥한 땅에서 좋은 농산물이 생산된다.

한국의 토질은 비옥하고 지미(地味)가 감도는 두 가지를 공유하게 있는 것이 특징이다. 이런 토질로 인해 우리 농산물은 외국 농산물보다 선호도가 높고 우선 고가로 판매된다.

예로부터 우리의 국토는 금수강산이란 말이 전해 오듯이 토질이 비옥하고 물이 맑아 농산물이 깨끗하고 맛이 있기로 널리 정평이 나 있다. 대개 산수가 아름다운 곳에 사는 사람들은 마음이 너그럽고 화락(和樂)하다.

한국은 예로부터 지령이 인걸이란 말이 있어 왔듯이 고장마다 훌륭한 인물이 배출되었는데, 그런 내용이 『학지가』에 나타나고 있다.

대지가 살지고 달다 함은 비옥하다는 것을 의미하는데, 여기에서 생산되는 농산물 또한 감미롭다. 한국의 토질은 춘하추동에 의한 온대지대에 속하므로 농산물이 외국산에 비해 맛이 있기로 널리 알려졌다. 한국은 지리적 조건으로 말미암아 농산물의 맛이 있기로 유명하다. 여기에 집에서 사육하는 가축의 육질의 값이 외국산에 비해 값이 고가임에도 더 선호하고 있다.

외국농산물이 대량으로 수입이 된 현 상황에서 이들과 경쟁이 이루어지게 되었다. 미국의 쌀은 한국의 쌀에 비해 반값 정도로 저가임에도 맛이 한국산에 비해 떨어지는 관계로 팔리지 않는다는 보도가 있다.

앞으로 우리는 외국 농산물과 경쟁하기 위해서는 지미(地味)가 감도는 신토불이(身土不二)의 농산물을 생산하는 데 있는 것이다. 이런 농산물의 영농방식은 과학화가 이루어져야 외국인에게 유명상품으로 인정을 받게 된다.

한국에서 생산되는 농산물은 물론 해산물에 이르기까지 맛이 뛰어나다. 상인들은 외국산을 국산으로 속여 파는 이가 더러 있다.

사람은 먹음으로써 하늘을 삼는다고 했다. 육체에서 우러나오는 힘은 음식물의 영양에서 생기는 것이라 할 수 있다. 농산물과 건강미(健康美)는 함수관계(函數關係)를 이룬다. 건강한 몸은 음식 섭취가 관건이니, 건강식품이 건강미(健康美, das Gesundheit Schöne)를 지니게 하는 매체라고 할 수 있다.

1. 『학지가』의 신토불이(身土不二) 내용: 『학지가』(學之歌)는 토질과 인물이 이분법으로 분류할 수 없는 내용이다. 예로부터 사람은 지질의 영향을 받는다는 말은 널리 전해 오며, 이러한 실증적 내용은 이중환(李重煥 1690~?)의 『택리지』(擇里志)에 잘 반영되어 있다. 『학지가』는 충북 영동군 학지촌에서 수집한 노래인데, 이를 인용하면 다음과 같다.

　　고금세상 살펴보니 영웅호걸 절대가인
　　인걸은 지령이라 난데마다 유명하다 ……
　　신려하는 학생들아 수구안민 하자스라 ……
　　입신양명 되고 보면 예의염치 금침 속에
　　일춘 광경 어떡할고 평지신선 여기로다

　인걸(人傑)은 지령(地靈)이라는 말은『학지가』에서 나타내고 있는데, 인문지리학에서 밝히고 있는 바와 같다. 흔히 사람들은 명산이 있는 고장 근처에서 인물이 태어나면 명산명기로 태어났다고 이른다.

　선인들은 훌륭한 인물이 배출되면 으레 지세의 영향을 들고 있고, 오늘에도 그런 말이 인구에 회자될 정도다.

　고대인들은 풍수지리설을 믿었던 만큼 좋은 지세에서 훌륭한 인물이 태어난다고 금과옥조로 믿었다. 학지촌에서 부른『학지가』에는 땅이 비옥하고 기름진 데서 영웅호걸과 절대가인 및 효자와 충신이 태어남을 내용으로 했다. 이는 다름 아닌 지미(地味)의 음식물을 섭취한 데 원인 되는 것이다. 이 또한 본 조항을 이해하는 데 도움을 준다.

　위의『학지가』에서는 인걸지령의 내용에 대해서 노래했다. 이 노래의 내용은 고장마다 지미(地味)가 감도는 음식물을 생산하여 이를 섭취하고 자라면 고장마다의 특색 있는 인재가 배출될 것이라는 내용이니, 본 조항과 관련을 지으면 내 고장을 사랑하는 마음이 들게 하여 조국강산을 사랑하게 될 것이다.

　우리는 선인들로부터 우리의 국토가 금수강산이란 말을 들으며 살아왔다. 토질도 비교적 비옥한 편이다. 적당한 양의 거름을 하면 농산물이 기름지게 생산되었다.

　우리의 농산물이 다른 나라의 농산물보다 당도가 높아 맛이 있다는 것은 외국산이 대량 수입되면서 인정을 하게 되었다.

　외국 농산물은 저가임에도 외면하고 고가인 우리의 농산물을 사람들이 선호하게 된다. 그뿐인가 육류는 말할 것도 없고 바다 고기도 우리 해역에서 잡히는 해산물이 비싼데도 맛이 있는 관계로 외국해산물을 기피하고 있다. 한국의 농산물은 당도가 높은 관계로 맛이 있기로 정평이 나 있으므로 우리 국토가 금수강산이란 말이 헛된 말이 아닌 것이 실감된다.

2. 조국강산에 대한 찬양 작품: 작가들은 우리의 강토에서 나는 생산물이 외국산보다 질적으로 우수하다는 내용을 작품에 나타나면 조국강토에 대해 자연을 보호하는 데 도움을 줄 것이다. 대체로 한국인은 뛰어난 인물이 고장마다 많이 배출되었다.

한국의 인재는 대체로 토질이 토박하여 부지런히 살아 인재가 태어난 고장도 있음을 이중환(李重煥)의 『택리지』(擇里志)에서 밝히고 있지만, 대체로 훌륭한 인물은 지질이 비옥한 곳에서 탄생됐다.

작가는 고장마다 훌륭한 인물이 태어난 어떤 고장 출신을 선정해서 지리적 배경과 관련해서 작가 나름의 상상력으로 나타내면 그 고장의 사람들은 좋은 고장에서 태어나 산다는 자부심을 가지고 조국을 사랑하는 마음을 가지게 된다.

아울러 작가는 그 고장의 특징 있는 인물을 배출하는 내용과 농산물도 개발하는 것으로 힘쓰면 그 고장을 빛내는 것뿐만 아니라 훌륭한 나라를 세우는 데 도움을 줄 것이다.

제159사(事) 조습(燥濕: 건조하고 습함)-『초부가』(樵夫歌)의 내용-

제159사(事) 조습(燥濕)은 '건조하고 습함'이니, 지질(地質)이 메마르고 습하여 농산물의 수확이 잘 이루어지지 못해 인심이 박약하게 된다는 것이다. 그러므로 박약한 이들에게 좋은 지도자를 만나 너그러운 가르침을 받아 인간성을 회복시키면 평온한 마음을 갖게 하여 새사람이 된다는 내용이다.

건조하고 습한 땅에 사는 사람은 마음이 경박하고 악하다는 것은 먹고 사는 데 있어 악전고투로 일해야 살아가기 때문이다.

위정자는 이런 곳에 사는 사람에게 교화를 펴서 평온한 마음으로 살게 하거나 공장을 지어 일자리를 마련해 주어 부드럽게 살아가게 해야 할 것이다.

작가들은 촉박한 땅에 사는 사람들을 위해 일자리를 주는 일환으로 공장을 지어 살게 하여 미풍양속으로 살아가는 내용으로 작품을 선보이면 독자들이 흐뭇하게 생각할 것이다.

『초부가』(樵夫歌)의 내용은 천둥지기(天水畓)에 대한 정경에 대해 노래한 것이다. 예전에는 수리시설이 없었던 관계로 천수농경(天水農耕)으로 농사를 지었던 관계로 비가 자주 내리지 않으면 흉년이 찾아들게 된다.

『초부가』(樵夫歌)는 예산(禮山) 지방에서 나무꾼들은 나무하러 갈 때 천둥지기(天水畓)에 대한 정경에 대해 노래한 내용이다. 천수농경(天水農耕)은 하늘만 바라보며 농사를 지으니, 일 년 중 여름에 비가 오는 날이 많지 않아 흉년은 예고되어 있는 것이다.

흉년이 들면 인심은 각박해져 본 조항의 내용과 통하는 면이 있다. 그 내용은 다음과 같다.

제159사(事) 조습(燥濕): (濟 2規 11模)(제, 2째 규칙, 11번째 모형)

燥濕者는 地質이 有燥有濕也라. 地質이 燥濕則人心薄惡하여 謀利而不向義하며 縱慾而不知德이라. 寬敎沈性하고 順化平心하여 安以回之하니라.

해석: 조습(燥濕)이란 지질(地質)이 건조하거나 습한 것이다. 지질이 조습하면 인심이 박악하여, 이익을 꾀하고 의로움을 지향하지 않으며, 욕심을 따라 덕을 알지 못한다. 따라서 너그러이 가르쳐 성품을 가라앉히고 평온한 마음으로 순화하여 평안함으로 돌려주어야 하느니라.

제159사(事) 조습(燥濕)이라 함은 대지의 성질이 너무 건조하거나 메마르고 습함을 이르는데, 이런 땅에 사는 사람들의 마음은 지인상관(地人相關)에 의해 각박하고 사악하여 이로움만 챙기게 되어 덕을 베풀지 못한다.

곡식은 땅이 비옥해야 농산물을 생산할 수 있는 것인데, 메마르고 젖어 있으면 곡식을 생산하지 못하니 사람이 살아가기 부적합한 환경이다. 사람들은 의식주를 해결하지 못한 상태에서 살아가는 형편이므로 인심이 후하지 못하여 각박하게 살아간다.

위정자는 이러한 악조건의 환경을 개선하는 데 노력을 기울여야 할 것이다. 이런 토양을 개선하기 위해선 위정자는 백성을 돕는다는 의식으로 첫째 할 일이 개토(改土)와 수리시설을 갖추게 하는 일이다. 메마르고 습한 땅은 토질을 바꾸고 수리시설을 갖추면 땅의 기운이 북돋아져 농산물을 생산할 수 있다.

땅의 성질이 메마르거나 습기가 있는 곳은 넓은 지역에 걸친다. 사람들은 한두 평도 아닌 넓은 곳을 어떻게 하느냐고 반문할 것이나, 위정자가 앞장을 서면 행할 수 있는 것이다. 넓은 땅 전부를 개토하는 것이 아니고 논밭에 한해서 비옥한 토지 20~30% 정도만 섞으면 되고 여기에 적당한 양의 거름과 물을 공급해 주면 많은 농산물을 생산할 수 있다.

요즘 농촌을 돌아다보면 산성화된 농토에 비옥한 토양을 논밭에 살포된 것을 보게 된다. 개토작업은 논밭에 원기를 북돋아 주기 때문에 양질의 농산물을 생산한다. 토양(土壤)을 운반하는 장비가 없었던 옛날에 가능하다고 볼 수 있는가?

이런 토양에 사는 사람들을 어렵게 살아가는 관계로 이런 역사(役事)를 행하기는 어려우니, 국가사업으로 행하면 한 지역에 걸친 박토를 옥토로 개토할 수 있다. 지구상의 많은 나라 중에는 불모지를 옥토로 만든 나라가 있고, 수리시설을 하면 많은 농산물을 생산할 수 있음에도 위정자의 리더십 부재로 국민을 기아선상에서 헤매게 하는 나라도 많다.

주지하는 바와 같이 토질과 사람의 인성관계는 밀접한 것이다. 사람은 지리적 환경의 영향을 받게 되어 있는데 척박한 땅에 사는 사람과 비옥한 곳에서 사는 사람과의 관계는 요즘에도 나타난다.

사람은 환경의 지배를 받는 것으로 되어 있는데 척박한 곳에 살면 평생 살아도 가난을 벗어나지 못한다. 그와 연관해 사람의 인성 또한 가난에 찌들면 세상을 넓게 보지 못하여 견문이 좁아 세상일에 어두워 잘 모른다.

조습(燥濕)한 곳은 사람이 살아가는 데 부적합한 곳이니, 사람으로서 인격의 형성이 제대로 형성될 수가 없는 것이다.

예전에는 천수농경(天水農耕)이 대부분이었던 관계로 하늘만 내다보며 살아가는 사람이 많았다. 사람은 먹음으로써 하늘을 삼는다고 했듯이 메마른 땅에는 생산되는 곡물이 없으니, 평생 가난을 모면하지 못한다.

위정자는 백성들의 부모라 한다면 이들의 가난을 해결하는 데 앞장서 민생문제를 해결하는 데 힘을 다해야 할 것이다. 이런 곳에 사는 사람에게 평생 가난을 극복하게 하는 일은 이주를 시키든지 토질을 개량시키는 일이다.

조습(燥濕)한 곳에 사는 사람들은 하늘과 조상을 원망할 것이 아니라 수리시설과 수맥이 통하는 것을 찾아내야 한다. 주민들이 메마른 토질을 모두 나서 공사를 한다면 수질이 풍부한 옥토로 만들 수 있다. 위정자는 백성을 잘 다스리는 데 있으니, 무엇보다 먹고살게 하는 최소한의 책임의식이 따라야 한다. 그런 다음에 사람들이 도덕 교육을 펴면 바른 사람으로 살아갈 것이다.

오늘날에도 지국상에는 빈곤에서 헤어나지 못하는 나라가 많은데 빈곤국의 경우 정치 리더와 새로운 감성적 지성(emotional intelligence)을 갖춘 지도자를 만나 선진국으로 도약된 나라가 또한 많다.

단군치하에선 백성들이 박토에서 살아가는 곳이 있으면 관민 일체로 박토를 옥토로 바꿔 놓은 개토사업을 행하였다. 왜냐하면 단군시대부터 농경이 대대적으로 시작했기 때문이다.

단군은 삼상오부(三相五部)에게 360여사(餘事)를 백성들에게 교육을 받게 하였으니, 치수사업은 잘 이루어졌다고 할 수 있다.

오늘에는 국가에서 농사짓는 방법을 알려 주지 않아도 농민들이 알아서 잘 실행하고 있다. 그런데 1950년 초만 하더라도 굶는 사람이 워낙 많았기에 가난은 나라에서도 구제하지 못한다는 말이 나돌 정도로 나라에서 관심이 없었다. 그러나 민생문제는 국민을 잘 다스리는 위정자라면 우선 해결할 줄 알아야 하는데, 세금 독촉만 했으니, 오늘의 세대와 전연 다른 것이다.

1. 『초부가』(樵夫歌)의 내용: 예전에는 수리시설이 없었던 천수농경(天水農耕)에서 하늘만 바라보고 천둥지기(天水畓)이니, 그 정경이 나무꾼이 부른 『초부가』(樵夫歌)에서 나타난다.

> 올해도 가물 들어 지난해나 마찬가지,
> 한 봄이 다 가도록 우장(雨裝) 젖을 비도 없다.
> 구렁에다 첫 모 내고 높은 데는 다 말랐네.
> 온 들판이 묵어버려 마을까지 연 닿았네 …….
> 관청의 세금재촉 갈수록 심하여서,
> 동네의 구슬아치 와 고함친다.
>
> ─禮山─

위의 노래는 구전민요이다. 예전에는 충청도 예산 지방의 경우 수리시설이 잘 이루어지지 않았던 관계로 비가 내리지 않으면 흉년을 만날 수밖에 없었다. 나무꾼들은 나무하러 갈 때 천둥지기(天水畓)에 대한 정경에 대해 노래하니, 본 조항에 나타난 바와 같이 인심이 야박해진 것이다. 그 실상은 관리들의 세금재촉이 성화같아 백성들이 야반도주로 고향을 떠나게 된다는 내용인데 그 정경이 다음 노래에서 나타난다.

> 이리저리 흩어질 제 처자를 돌볼쏘냐?
> 어제한집 없어지고 오늘 한집 또 나간다. ……
> 잘 먹고 잘 입는 돈 잘 쓰는 양반임네.
> 우리네 고생살이 그들은 못 보는가?
>
> ─禮山─

현명한 위정자가 없었기 때문에 흉년을 만나 유민(流民)이 발생하게 되어 걸인이 된 것이다. 백성의 민생문제를 해결할 위정자는 자연의 예징(豫徵)으로 가뭄이 들 것을 짐작해 봄부터 치수사업을 기울여 농사에 대비해 극복할 수 있었다. 이런 가뭄의 감지(感知)는 오늘에도 촌로들이 자연현상으로 가뭄과 가뭄이 드는 것을 알아맞히는 이가 있는 것과 같다.

단군시대는 삼상(三相) 오부(五部)와 같은 현상들이 나라를 366사(事)로써 다스렸기 때문에 자연현상을 최대한으로 활용해 흉년에도 잘 살아갈 수 있다.

백성이 잘살고 못사는 것은 위정자의 정치 수완에 달려 있는 것이니, 그 책임이 막중함을 오늘날에도 마찬가지로 적용되는 바와 같다.

위정자는 낙후된 지역의 특별한 관심을 가지고 개토에 힘쓰면 박토도 옥토로 개토할 수 있으니, 인간의 박악(薄惡)함도 개선할 수 있으리라 믿는다.

2. 양극화 문제 해결의 작품화: 작가는 본 조항을 거울삼아 흉년과 풍년이 위정자의 정치력에 달려 있다는 내용을 작품상으로 나타내면 위정자가 힘써 일하게 될 것이다. 그렇다면 오늘에 위정자는 실업자문제와 소득격차가 심화된 양극화 현상을 해소할 책임이 주어진 만큼 민생문제에 힘을 기울어야 한다.

도(道)에는 지방마다의 특징을 살려 일자리를 창출하고 또 그 지방의 훌륭한 역사적 인물이 있으니, 그분들에 대해서 훌륭한 점에 대해 작중에 나타내면 고장사람들이 고장을 떠나는 사람이 줄어들거나 없게 될 것이다. 작가는 이런 일을 작품을 통해서 그 고장의 특징을 나타내고 일자리 창출의 아이디어를 내어 살아가는 내용으로 나타내면 자기 고장에서 살아가게 하는 데 도움을 준다.

아울러 단군이 366사(事)로써 홍익인간의 이화세계를 이룩한 것을 본으로 삼아 정치를 하면 오늘날에 양극화 현성도 해결될 수 있게 되리라 믿는다.

제160사(事) 이물(移物: 산물을 옮김) -『허생전』의 무역(貿易) -

본 조항의 이물(移物)은 농산물을 옮기는 것이니, 하늘이 사람을 부지런히 살게 하기 위해 이쪽이 풍년이 들면 저쪽에 흉년이 들게 하는 것을 내용으로 하고 있다.

오늘의 지구촌은 무역으로 국가를 나타내는 인상을 줄 정도로 경쟁적이다. 무역은 나라와의 교역을 하는 것이니, 이 땅에 나는 농산물을 저쪽에 수출하고 또 역으로 수입하고 수출하며 흉년이 들었을 때 교역관계로 살아간다.

작가들은 이런 교역관계를 잘 이용하여 외화를 벌어들이는 무역업을 하는 이를 작중에 주인공으로 나타내면 국익에 도움이 되게 하여 독자들이 그의 능력을 인정하고 사숙하는 사람도 있을 것이다.

연암(燕巖) 박지원(朴趾源, 1737~1805)의 『허생전』은 본 조항의 내용을 이해하는 작품이다. 허생은 내륙에서 생산되는 물품을 바다 건너 제주도로 가져가 많은 돈을 벌어 그 돈으로 죄인들을 무인공도(無人空島)로 데려갔다. 이들에게 농토를 개간하여 농사를 짓게 해 잉여농산물을 일본(日本) 장기도(長崎島)에 수출하여 백만금(百萬金)을 벌어들여 이상국을 세웠다. 허생은 그 많은 돈을 가지고 내륙에 돌아가 사람들을 도왔다.

허생의 행함은 이쪽 산물→저쪽에다 팔아 거금을 벌어들여→이상국 세움→하늘의 이물(移物)의 섭리임을 알 수 있게 했다.

하늘은 공평무사하므로 한쪽에만 치우치게 풍년이 들게 하지 않는다. 한번 풍년이 들면 어느 해에 흉년이 들게 한다. 본 조항은 이물(移物)과 관계되므로 그 내용을 다음과 같이 인용한다.

제160사(事) 이물(移物): (濟 2規 12模)(제, 1째 규칙, 12번째 모형)

> 移物者는 天이 移此地物於彼地也라. 天이 濟物에 無偏濟하
> 며 下物에 無偏下니라. 東豊西歉하며 南霖北旱者는 非偏乃轉
> 也라. 如人之氣血이 通或不通하여 身體健或不健이니라.

해석: 물건을 옮긴다(移物) 함은 하늘이 이쪽 땅의 사물을 저쪽 땅으로 옮김이라. 하늘이 사물을 구제함에 있어 치우치게 구제함이 없고 사물을 내릴 때에도 치우치게 내림이 없느니라. 동쪽에 풍년이 들고 서쪽에 흉년이 들며, 남쪽에 장마가 지고 북쪽에 가뭄은 치우침이 아니라 회전하는 것이라. 이는 마치 사람의 기혈(氣血)이 통하거나 혹은 통하지 않아서 신체가 건강하거나 혹은 건강하지 않기도 한 것과 같은 것이니라.

위의 내용은 하늘이 사람을 부지런히 살아가게 하는 일환으로 이쪽 땅에 풍년이 들게 한다. 그러면 이쪽 땅의 물건은 자연히 흉년이 든 저쪽 땅으로 옮기게 된다. 자연현상은 공평무사한 관계로 한쪽 땅에 풍년이 들면 사람들이 안이하게 살아가게 되어 저쪽 땅에 흉년이 들게 하여 부지런히 움직여 살게 하기 위함에 있는 것으로 본다.

농산물은 지역에 따라 흉작과 풍작을 이루게 되는 것을 자연현상이라 볼 수도 있지만 교역관계로 사람을 활동케 하는 문제로 보면 될 것이다.

자연현상은 공평무사한 것이지만 하늘의 뜻으로 골고루 흉년과 풍년을 만나게 한다는 내용은 세상이 돌고 도는 이치로 보면 된다. 마치 이는 음지가 양지될 때가 있다는 식으로 밝힌 내용이다.

이런 자연의 순환현상은 일 년에도 한국에서도 자주 접하는 일이다. 남쪽에 장마가 지면 북쪽 지방은 가뭄이 드는 경우도 있는데, 치우침이라 할 수 없고 우주의 변화인 것이다.

본 조항에서는 이런 현상은 조선조 이전은 말할 것도 없지만 그 이후만 하더라도 우리의 문화가 일본에 전하였다. 그런데 20세기에는 일본 문화

를 받아들이게 된 것은 시대가 변해 가는 현상이라 볼 수 있다.

앞으로 세계의 판세는 서양 중심에서 동양으로 기울어 가는 모습이 오늘에도 보이니, 이 또한 우주의 변화상인 것이다.

1. 연암(燕巖) 박지원(朴趾源)의 『허생전』: 연암(燕巖)은 장사를 하여 많은 돈을 벌어 섬으로 백성이주를 시켜 대일무역으로 백성을 구제한 작품이다. 다시 말하면 허생은 이쪽 땅에 산물을 매입하여 저쪽 땅에다 팔아 많은 돈을 번 후, 그 거금으로 죄인들을 무인공도(無人空島)로 데려와 개발하여 농사를 지어 살게 했다. 먹고 남은 곡식은 일본(日本) 장기도(長崎島)에 수출하여 백만금(百萬金)을 벌어들여 이상국을 세웠다.

연암(燕巖)의 생존 시는 18~19세기에 해당하므로 사농공상(士農工商)의 제도로 상업을 천시할 때다. 그럼에도 연암은 대일무역(對日貿易)으로써 나라를 부강케 해 이상국을 세웠으니, 앞을 내다보는 슬기와 혜안이 있었으니, 본 조항을 이해하는 데 도움을 준다.

연민(淵民) 이가원(李家源, 1917~2000)은 연암(燕巖)의 『허생전』을 실학의 이용후생(利用厚生) 방면으로 상업을 장려하는 데 주안을 두고 연구를 하였다.

연암이 허생을 통해 시도한 백성이주와 대일무역은 사농공상(士農工商)의 제도로써 기반(基盤)한 양반관료들에겐 새로운 발상으로 전환시키는 데 의미가 있다. 양반유자들은 사(士)를 으뜸인간으로 살아왔으며 이에 따라 상업을 천시하였다. 이런 상황에서 연암이 상업을 장려하고 무역을 행했으니, 근대사상을 일깨워 준 이용후생(利用厚生)의 실학파문인이라 할 수 있다.

허생은 이상국에서 백성들을 풍족하게 살게 하였을 뿐만 아니라, 그들 자손으로 하여금 예양(禮讓)의 법도(法道)를 세우며 살게 했으니, 동방예의지국(東方禮義之國)의 면모를 보인 것이다. 허생이 행한 일은 남을 돕고 구제하는 것이니 홍익인간의 정신이라 할 수 있다.

허생이 행한 구제와 개척정신과 무역으로 많은 외화를 벌어들여 백성들을 풍요(豊饒)를 누리며 살게 했으니, 훌륭한 농경과 경제정책을 편 것이 된다.

본 조항과 본 소설은 나라 안은 물론 국제간의 교역이 이루어져야 함을 나타낸 것이라 할 때 새로운 의미를 지닌다.

허생이 백성을 구제한 것은 물질을 풍족하게 한 후에 도덕교육을 폈으니, 단군이 홍익인간의 정신과 통한다. 『허생전』은 한국문학 중 『흥부전』과 더불어 홍익인간사상을 가장 잘 나타낸 문학이라 할 수 있으니, 본 조항의 의미를 더해 준다.

앞으로 미래로 향할 젊은이들은 홍익인간의 정신으로 살아가면 인간미가 풍기는 사람이 될 것이며, 가정과 나라도 잘 돌보고 다스려 나가리라 본다.

2. 작가의 민생문제 다룬 작품: 작가는 국민들이 잘살 수 있는 방법을 작품을 통하여 나타내면 독자들이 감명을 받게 될 것이다. 우리는 연암의 『허생전』을 통하여 나라에서 지명수배가 내려진 죄인들을 무인도로 이주시켜 농산물을 생산하여 이상국을 세운 것을 21세기 오늘에도 높이 평가할 수 있다.

우리는 작가가 쓴 작품을 재미있게 읽는 것을 넘어서서 작중 주인공의 활약으로 경제대국을 세우는 내용으로 나타내면 독자들이 깨닫는 바가 되게 할 것이다. 작가의 작품내용으로 이상국을 세우는 것은 가능한 일이니, 외국의 작품이나 한국의 경우도 지구상에 없는 유토피아를 세운 소설을 참고하면 쓸 수 있다.

작가들은 평소에 생각해 본 내용을 참고로 하여 작품을 쓰면 이색적인 창작품으로 평가받을 것이다.

제161사(事) 역종(易種: 농산물의 종자를 자리바꿈) ―『고금가곡』 83―

본 조항의 역종(易種)은 '종자를 바꿈'이라는 뜻이니, 하늘이 종자를 바꾸는 것은 우주변화의 현상으로 보면 된다. 고대인은 흥망성쇠의 경우 하늘이 바꿔 놓는 것으로 믿었다. 물론 하늘의 이치로 살면 부귀를 오랫동안 누리며 살게 되고, 천리에 반하는 행함으로 살면 오래가지 못하는 것이다.

우리는 단군조선과 고구려가 동북아일대를 2천 년간 또는 천 년 가까이 지배한 적이 있다. 조상님들은 또 외세에 지배를 받던 것도 천운(天運)에 의한 것으로 이해하여 왔지만 사람이 하기에 달려 있다. 작가는 천운도 천리를 여하히 지키느냐에 따라 결정하는 내용으로 작품을 쓰면 독자들이 천리에 순응하는 생활을 하는 데 도움을 줄 것이다.

고려는 500년 동안 나라를 다스렸다. 그런데 나라를 다스릴 때 부정이 심하여 위정자의 정신이 해이해져 부귀도 오래가지 못하고 결국 쇠망하게 멸망했다.

운곡(耘谷) 원천석(元天錫)은 고려 말의 은사(隱士)로서 고려의 정치가 문란함을 보고 치악산에 들어가 살면서 이색(李穡)과 사귀면서 시사(時事)를 한탄하였다고 전한다. 그는 고려왕조가 멸망해 개경의 궁터인 만월대가 왕업을 누리지 못하고 잡초만이 우거진 것을 보고,『고금가곡』(古今歌曲) 83에서 나타냈다. 500년의 왕궁 터가 잡초가 우거진 것은 본 조항의 내용과 통하는 바로 지었다. 이에 본 조항의 내용을 소개한다.

제161사(事) 역종(易種): (濟 2規 13模)(제, 2째 규칙, 13번째 모형)

易種者는 天易所産物種也라. 天이 濟物에 無極貴極盛하며 無極賤極衰니라. 凡物이 貴盛必賤衰하고 賤衰必盛者는 天이 易此産於彼하고 易彼産於此하여 換人性하고 達人知니라.

해석: 역종(易種)이란 하늘이 그 산물의 종자를 바꾸는 것이니라. 하늘이 만물을 구제함에 지극히 귀하고 성함이 없게 하며, 지극히 천하고 쇠함도 없게 함이니라. 무릇 만물이 귀하고 성하면 반드시 천하고 쇠하게 되며, 천하고 쇠하면 반드시 귀히 성하게 되는 것은 하늘이 이쪽 산물을 저쪽으로 옮기고, 저쪽 산물을 이쪽으로 옮기는 것이니, 이에 따라 사람의 성품도 이같이 바꾸어 놓고, 사람의 지혜를 통달하게 하느니라.

위의 내용은 우리가 생활 주변에서 부귀빈천과 흥망성쇠를 바꾸는 이치에서 볼 수 있는 바와 같다. 그래서 사람들은 부자가 삼대를 못 간다 하고, 부귀빈천이 물레바퀴가 도는 것과 같다는 말을 하고 있는 것이다.

하늘의 도는 『천부경』의 이치에서 잘 나타나고 있는데, 그중에 "일묘연만왕만래"(一妙衍萬往萬來, 일은 오묘하나 만 번 지난 과거나 만 번 올 미래에도 활동에는 변화가 있다)라고 한 말과 같이 세상은 변화하므로, 개인이나 국가의 흥망성쇠도 무상할 정도로 바뀐다.

천년 동안 내려오던 나라가 망하고 새나라가 대신해 세워지는 것을 역사에서 볼 수 있으니, 이를 사람들이 천운(天運)에 의해 바뀌는 것이라 말들을 한다. 지구는 태양을 중심으로 돌고 돌게 되니, 연년세세 돌아오는 새해는 지난해의 춘하추동이 아니니 변화하게 마련이다.

이런 맥락으로 인생이나 국가의 흥망성쇠(興亡盛衰)를 보면 하늘의 도로 바뀌는 현상으로 인해 인생의 삶을 무상(無常)하다고 이르는 것이다. 그러나 그 이면에는 사람들이 하기에 따라 달라지며, 사람들이 천리에 거역하면 지구상에 생존할 수 없는 운명을 맞게 된다.

1. **운곡(耘谷) 원천석(元天錫)의 시조:** 고려 말의 은사(隱士) 운곡(耘谷)은 왕조의 운명을 무상함으로 나타냈다. 그는 고려가 만월대에서 500년의 왕업을 누린 궁터가 멸망해 잡초만이 우거진 것을 보고, 상전벽해(桑田碧海)로 변했음을 다음과 같이 나타냈다.

흥망이 유수(有數)하니 만월대(滿月臺)도 추초(秋草)로다.

오백년(五百年) 왕업(王業)이 목적(牧笛)에 부쳐시니,
석양(夕陽)에 지나는 객(客)이 눈물겨워 하노라.

『고금가곡』(古今歌曲) 83

하늘이 부귀빈천을 바꿔 놓는 것은 사람들을 고루 살게 하는 일면으로 볼 수 있다. 이러한 천지의 변천상을 사람들은 인생무상이라 했다. 천리를 알고 부귀빈천이 돌고 도는 것은 알면 무상한 것이 아니고 정상한 것으로 받아들이게 된다.

운곡(耘谷)은 고려의 충신으로서 새 왕조 이성계에 협조하지 아니했다. 그는 홍무 25년(1392) 임신 7월 고려 왕조의 운이 다하자 새 왕조에 신복(臣伏)할 뜻을 갖지 않고, 새 왕조 섬기기를 거부하고 고려의 유신으로서 절개를 지켰다.

왕궁 터가 상전벽해(桑田碧海)로 변해 잡초가 우거졌으니, 어느 누군들 슬퍼하지 않겠는가! 이런 상황을 보고 석양에 지나는 나그네가 눈물겨워 한다는 내용이나, 우리 역사에서 그 무상이 여러 번 있어 왔다.

조선 후기 중인문학(中人文學)의 대가 홍세태(洪世泰, 1653~1725)는 고려멸망 후 그 궁터인 만월대(滿月臺)가 잡초로 우거진 모습을 인생무상이라는 내용을 시제로 하여 다음과 같이 오언율시(五言律詩)를 지었다.

고국의 산천은 푸르기만 한데,	故國靑山在,
헐어진 집터에 저녁 해가 기울고 있네.	荒臺落日斜.
고려 때는 한나라의 땅덩어리인데,	當時一統地,
옛 성터에는 몇 집이 있을 뿐이네.	殘郭幾人家.
숲 속에는 초동(樵童)의 노래 소리 들려오고,	玉樹飜樵唱,
말같이 생긴 돌 틈에 들꽃이 피어 있네.	銅駝隱野花.
천년의 한이 서린 버드나무에선,	千年有衰柳,
밤마다 까마귀가 울고 있네.	夜夜怨啼鴉.

위의 한시는 마운(麻韻)으로 슬픈 정서를 나타내, 비장미(悲壯美, das Tragische das Schöne)를 풍겨 준다. 고려는 500년을 지내 온 왕궁 터가 들

꽃이 피고 밤마다 까마귀 울음소리가 들려오니, 지난날 화려했던 날에는 있을 수 없는 일이다. 그러나 선인들은 나라가 흥하고 망하는 것을 천운에 의한 것이라고 받아들었다.

고려 말의 충신 야은(冶隱) 길재(吉再, 1453~1419)는 인생이 무상함을 더한층 고조시켰다.

> 오백년 도읍지를 필마(匹馬)로 돌아드니,
> 산천은 의구(依舊)하되 인걸은 간 데 없네.
> 어즈버 태평연월(太平煙月)이 꿈이런가 하노라.

『東歌選』16

야은은 새 왕조에 출사하지 않은 고려의 충신으로서 곧은 절개를 절개미로 승화시킨 분이다. 그는 필마(匹馬)로 멸망한 고려의 궁터를 돌아볼 때 왕궁 터가 잡초만이 우거지고 기라성 같은 인걸들은 찾아볼 수 없는 안타까움으로, 그 또한 감개 어린 탄식으로 읊은 것이다. 그러나 거시적으로 고려가 멸망해 왕궁 터가 잡초로 우거졌다는 것은 화려함이 극에 달해 하늘이 산물의 종자를 바꾸는 이치로 보면 슬퍼할 일도 아니다.

하늘은 대지를 골고루 차별 없이 구제하기 위해 부귀빈천과 흥망성쇠를 번갈아 돌아오게 하는 것이니, 하늘의 이치를 알면 본 조항의 뜻을 이해하게 된다. 물론 고려가 멸망한 것은 이성계의 쿠데타에 의한 것이지만, 5백 년 가까이 왕통을 지켜 왔던 고려가 망하니, 인상무상을 느끼게 된 것이다.

위의 시는 흥망성쇠의 무상함을 나타낸 시조니, 도표로써 그 내용을 다음과 같이 나타내 본다.

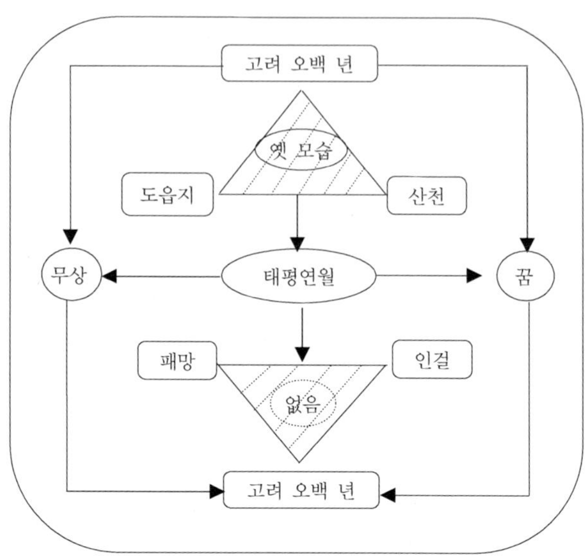

시대는 천운(天運)에 따라 변하는 것이라면 대우주 속에 소우주일 수밖에 없는 인간의 운명이지 않은가? 세상의 이치는 극에 달하면 다시 원상으로 돌아오는 이치를 매일같이 천지의 운행에서 볼 수 있는 바니, 천리에 따라 살아가면 슬퍼할 일도 아니다.

고려는 시대변화에 따라 정치를 잘하고 인재를 키웠으면 인과응보에 따라 단군조선이나 고구려를 이은 나라와 같이 오랜 세월 동안 존속했을 것이다.

2. 흥망성쇠의 바뀜: 작가들은 사람들이 인간과 국가의 운명이 천도에 의해 이루어지는 것이라 해도 사람들이 천도에 따라 살면 오래 세월을 지속 가능하게 이어지게 된다는 것을 독자들에게 환기시키면 좋은 교훈이 될 것이다.

흥망성쇠는 천운으로 돌릴 것이 아니라 자기가 하기에 달려 있다는 것을 독자들에게 주지시키면 운명에 좌우되지 않고 힘써 살아가는 데 도움이 되리라 믿는다.

오늘날은 정당의 명칭이 자주 바뀌는 것을 볼 수 있는데, 천도에 의한 정치를 하지 않는 데 문제가 따른다. 천리에 의한 정치를 베풀면 정당의 운명이 그리 쉽게 바뀌지는 않는다.

고려의 운명은 위정자들에 의한 치밀하지 않는 실정에 있었던 것이지, 천운에 의한 것은 아니다. 말하자면 인과응보에 의해 멸망의 길을 걸은 것으로 받아들일 수 있다.

작가들은 366사(事)에서와 같이 삶의 성패여부는 인과응보에 의한 것으로 보고 작품을 쓰면 많은 사람들이 깨닫게 된다. 사람들은 운명론에 사로잡혀서는 안 되고, 천리에 의해 살아가면 문제가 될 것이 없다. 하늘은 산물을 이곳→저곳으로 바꾸고, 저곳→이곳으로 바꿔 놓는다. 그 이유는 하늘이 순환작용을 공평하기 위함이다. 하늘이 사람의 운명을 바꿔 놓는 것은 새로운 마음가짐으로 새롭게 살라는 교훈으로 받아들이면 된다.

작가들은 주인공이 어려움을 극복하는 데 있어 천리로써 본분을 지키며 살아가면 독자들이 운명론에 사로잡히지 않고 살아가는 데 도움을 줄 것이다.

제162사(事) 척벽(拓闢: 황무지를 개척하여 엶)―김수장(金壽長)의 시조―

본 조항의 척벽(拓闢)은 척(拓)은 '개척할 (척)'이고, 벽(闢)은 '열 (벽)'이므로 '개척하여 엶'이란 말이다.

『삼국유사』 권1 고조선 조에 의하면 한국은 환인이 천지를 청조하고 아들 환웅이 마을사회를 세우고, 그 아들 단군이 고조선을 홍익인간으로 다스렸다는 것으로 되어 있다.

작가들은 이에 대해 많은 소설작품을 출판하였지만 워낙 단군에 대한 부인하는 인식이 국민 간에 널리 퍼져 있기 때문에 단군조선의 존재를 인정하지 않는 경향이다.

작가는 2007년 광복 후 처음으로 국사 교과서에 단군이 고조선을 세운 것을 정식으로 인정했으니, 단군이 세운 내력을 중원의 경전(經典)과 사서(史書)와 고고학적 내용으로 작품을 쓰면 독자들이 단군에 대한 인식이 달라질 것이다.

200개 나라 중 우리와 이웃한 나라도 국조(國祖)를 신화적으로 꾸민 나라도 부인하지 않고 있다. 그런데 우리의 경우는 엄연히 단군조선이 역사상에 나타나 있음에도 일제식민지 정책과 외세 종교에 의해 부인되고 있는 실정이다. 2600년이나 2000년 정도의 역사를 지닌 나라나 종교가 5000년의 역사를 부인하는 것은 누가 봐도 용인되지 않는 일이다.

이에 작가들은 고조선이 우리 역사에 존재하지 않는다면 2000년 역사가 공백기로 남은 문제, 나라가 있으면 통치자가 있게 마련인 점을 들면 국민들이 인식이 달라질 것이다. 특히 작가는 미물의 세계에서도 우두머리가 있는 점을 들어 설명하면 국민들이 단군을 국조로 섬기는 데 부인하지 않고 10월 3일 개천절을 뜻있게 보낼 것이라 믿는다.

노가재(老歌齋) 김수장(金壽長, 1690~?)은 이 땅에 처음에 대성인이 나시어 이 땅을 의리명정(義理明正)으로 다스렸다고 했으니, 단군을 일킨게 된다. 단군은 고조선을 동방예의지국(東方禮義之國)과 홍익인간으로 나라를 성통광명(性通光明)으로 다스려 이화세계(理化世界)를 세웠다. 노가재(老歌齋)의 『해동가요』(海東歌謠)463에 전하는 시조는 다음 본 조항의 의식과 통하므로 우선 그 조항을 다음과 같이 인용한다.

제162사(事) 척벽(拓闢): (濟 2規 14模)(제, 2째 규칙, 14번째 모형)

拓闢者는 拓僻闢荒也라. 天이 濟人에 先開物故로 爲僻地無人하며 荒地無物하시니라. 以神聖而始하며 賢智而補하고 愚昧而繼하며 敎化而終이니라.

해석: 개척하여 연다 함은 궁벽한 황무지를 개척함이라. 하늘이 사람을 구제함에 먼저 만물을 열기 때문에 벽지에는 사람이 살지 않도록 하며 거친 땅에 만물이 없게 하느니라. 태초에 신성한 분이 개척을 시작하게 하며 어진 슬기로 보완하게 하며, 우매한 사람을 밝게 이어 나아가게 하고, 교화를 힘써 마치게 하느니라.

천신은 천지를 창조한 후에 먼저 물자가 부족한 벽지(僻地)에는 사람을 살지 않도록 하였고, 사람이 없는 황무지에는 만물이 자라지 않도록 하였다. 그러나 사람은 인구가 늘어 감에 따라 사람이 살 수 없는 궁벽한 땅을 개간하여 살아야 했다. 제162사(事)는 벽지와 황무지를 개척한다는 뜻이니, 『삼국유사』권1 고조선 조(條)에 삼상(三相) 오부(五部)들이 366사(事)로 교화를 베풀고 환웅이 주관했다고 했다.

본 조항은 환인(桓因)이→환웅을, 환웅이→단군을 낳아 각각 교화와 치화를 베풀어 물질을 풍부히 한 후에 홍익인간의 나라를 세운 내용과 부합하는 내용이라 할 수 있다.

국조 단군은 농경지를 대대적으로 개발하여 물산이 풍부한 홍익인간의 나라를 세웠다. 반만년 전에 단군이 부족연맹국가를 탄생시켜 오늘에 7천만 겨레가 이 땅에서 살아오고 있는 것이다. 창조주가 우주를 창조하여 대지에 사람들이 살게 되었는데 나라마다 통치자가 다스렸다. 이 중에서 환웅이 마을사회를 세운 것을 단군이 마을마다 씨족의 촌장이 다스리는 것을 통일하여 동북아일대에서 가장 강대한 나라를 세웠다

그럼에도 이 땅에는 일제가 일제식민지 정책을 합리화하기 위해 단군의 실존을 부인하여 왔고, 오늘에는 외세종교가 부인하여 단군상(檀君像)을 파괴하는 촌극이 여러 차례 있었다.

요즘은 대통령도 외세종교를 믿거나 외세종교인들이 인구에 3분지 1이 넘게 되어 대선과 국회위원선거 등 투표를 의식하여 단군이 나라를 세운 10월 3일 개천절 행사에 참석하지 않고 있다. 그러나 대통령은 외세종교 교주탄생일에 영부인과 참석하여 TV에 비치고 있는 현실에선 한국인에 대통령인지 외국의 대통령인지 의문을 가지게 할 정도이다.

국회위원들도 개천절에는 참석하지 않다가 외세종교의 교주탄생일에는 열심히 참석하는 실정이니, 국조에 대해서 관심을 가질 리 없다. 이들은 광복 후 학교 교육에서 단군에 대해 배우지 않았거나 부인하는 교재내용으로 배운 바로 아직도 단군을 인정하지 않는 것일까? 다음 선거 때 재당선을 위하여 기피하는 것일까?

하기야 단군을 기리거나 개천절에 참석하면 외세종교 *教徒*들에게 다음 선거 때 표를 얻지 못하니, 단군이 국조임을 알면서 참석하지 않는 고충도 이해하지 못하는 바는 아니다. 이들은 자기 생존을 위해서 취하는 행함이니, 이들이 현실을 살아가는 처세를 한다고 볼 수밖에 없다.

분명한 것은 단군이 고조선을 부족연맹통일국가를 세워 홍익인간으로 다스려 동방예의지국(東方禮義之國)을 세웠다는 역사적 사실이다.

1. 김수장(金壽長)의 시조에 반영한 대성인: 노가재(老歌齋) 김수장(金壽長)은 이 땅에 대성인이 나시어 의리명정(義理明正)이 땅을 다스렸음을 나타냈다.

천지가 개벽한 후 훨씬 지나서 사람이 살았겠지만 배움이 없었던 것으로 사물에 대한 분별력이 없었던 때 단군이 나타나 366사(事)를 신하들에게 명하여 의리명정(義理明正)으로 백성들을 가르쳐 홍익인간의 이화세계를 세웠다. 곧 노가재(老歌齋)는 단군이 성통광명(性通光明)으로 백성을 다스렸음을 나타냈다는 내용으로 다음과 같은 시조를 나타냈고 할 수 있다.

> 천지개벽 후에 하늘이 말이 업셔
> 인신(人神)이 섞어 사물을 분별하지 못해
> 어즈버 대성인이 나오샤 의리명정(義理明正) 하도다.

『海東歌謠』 463

김수장(金壽長)은 영조 39년(1763)에 가집(歌集) 『해동가요』(海東歌謠)를 찬집한 공로자로 널리 알려졌다. 그는 이 땅에 천지개벽 후에 성인이 이 땅을 다스린 이를 단군에 대해서 나타내지는 않았으나 성인이 나타났다는 것은 환웅과 단군을 지칭하는 것으로 볼 수 있다.

왜냐하면 단군은 부신(父神) 환웅의 뜻을 이어 처음으로 부족연맹국가를 탄생시켰으니, 단군이 한민족의 국조(國祖)인 것이다. 단군은 반만년 동안 국조로 숭앙해 왔으니, 위의 시조에서 처음으로 의리명정(義理明正)을 밝히신 분이 곧 단군이라 할 수 있다.

단군의 치화(治化)는 덕선미(德善美)이었으니, 『천부경』의 '본심본태양앙명'(本心本太陽昂明, 사람의 본심은 태양에 근본함)과 같이 밝은 나라를 다스렸다고 할 수 있다.

우리는 단군의 숭고한 정신을 받아들여 오지를 개발하여 국민들이 도시로 몰려드는 일이 없이 중생을 구제하는 방향을 모색해야 할 것이다. 그 정신은 360여사(餘事)로써 치화하여 홍익인간 이화세계를 이룬 것을 들지 않을 수 없다. 이 세계는 농경문화와 관련이 있는 봄~가을 동안 힘써 일하여 겨울 동안 편안히 지내는 것을 말한다.

2. 국조 단군의 농경지 개척: 작가는 작품상에 본 조항의 의미와 시조의 의미도 조명하여 보면 국조가 이 땅에서 벽지와 황무지를 개간하여 오늘에 한국인이 있게 된 것을 깨닫게 하는 데 도움이 되리라 믿는다.

단군은 한민족의 국조(國祖)로서 국토를 금수강산으로 조성했다. 아울러 그는 물질개벽으로 금수강산을 세운 후 덕선미(德善美)로 나라를 다스려 중국에서 홍익인간의 성제(聖帝)로서 동방예의지국(東方禮義之國)을 세워 이화세계를 세웠다는 중국 측의 기록을 인지해야 한다.

작가는 단군이 통일연맹국가를 세운 역사적 사실을 참고하여 반만년 전에 농경지를 개척하여 물질이 풍부한 홍익인간의 나라를 세운 내력에 대해 작품으로 소개하면 국민들이 국조를 섬기는 숭조의식을 지니게 될 것이다. 작가들은 지구상에 국조를 숭상하지 않는 나라는 한국밖에 없다는 것을 염두에 두고 작품에 반영하면 단군을 이해하는 데 더할 수 없이 좋은 일이라 생각한다.

제163사(事) 수산(水山: 물과 산) ―『허생전』의 육지→해양문화―

본 조항의 수산(水山)은 '물과 산'을 뜻하니, 육지문화와 해양문화를 말하게 된다. 작가들은 동이족이 중원을 지배하고 육지문화에서 해양문화인 일본을 발전시킨 내력을 역사와 고고학적 유물을 근거로 작품을 쓰면 단군조선이 위대한 나라라는 것을 독자에게 알리는 데 도움을 줄 것이다.

연암(燕巖) 박지원(朴趾源, 1737~1805)은 『허생전』에서 허생을 주인공으로 하여 이상을 펴게 하여 무인도를 개발하여 많은 농산물을 일본의 장기도(長崎島)로 수출하여 많은 외화를 벌어들여 백성들이 편안하게 사는 이상향을 세웠다.

그는 장래 한국이 살아갈 수 있는 방법을 18~19세기에 펼쳐 당시 양반유자들이나 위정자들이 사농공상(士農工商)으로 자기네 신분인 사(士)만을 최고라고 여기고 글만 배우는 이들에게 일깨우기 위해서 『허생전』을 지은 것이다.

본 조항은 육지문화→해양문화로 또는 해양문화→육지문화로, 육지문화→해양문화로 발전해야 하는 내용으로 한 것이니, 『허생전』과도 상통하게 된다. 그런 의미에서 본 조항을 인용하면 다음과 같다.

제163사(事) 수산(水山): (濟 2規 15模)(제, 2째 규칙, 15번째 모형)

> 水山者는 海陸也라. 天이 濟海以陸하고 濟陸以海하니 敎自陸
> 而化于海하며 道自陸而德于海하니라. 敎化가 立則濟功이 明
> 하고 道德이 成則濟功이 揚이니라.

해석: 수산(水山)이란 바다와 육지이니라. 하늘이 바다를 구제함에 육지로써 하고 육지를 구제함에 바다로써 하니, 교화가 육지로부터 바다에 화하게 하며 도를 폄에 육지로부터 바다에까지 그 덕화가 미치게 하느니라. 교화가 세워지면 구제의 공이 밝아지고 도덕이 이루어지

면 구제의 공이 드날리게 되느니라.

　제163사(事) 수산(水山)이라 함은 바다와 육지를 이르는데, 바다와 육지
가 상호 구제함을 일컫는다. 한국은 삼면이 바다로 둘러싸여 육지와 바다
가 서로 떨어질 수 없는 지리적 배경으로 관계를 이루고 있다.
　본 조항은 바다와 육지가 서로 구제하는 원리를 말하고 있으니, 21세기
오늘날 육지문화가 해양문화로 꽃피어야 할 것이다. 단군조선의 강역(疆
域)은 주로 오늘의 만주와 한반도에 걸쳐 있었는데, 후세 부여·고구려 발
해도 주로 이 지역이 웅거지였다.
　단군조선의 넓은 강역은 육지문화라고 할 수 있는데, 중원고대 지리서
인『산해경』(山海經) 해외서경(海外西經)에는 한민족(漢民族)이 조상으로 숭
배하는 황제(黃帝)는 한민족(漢民族)의 조상이 아니라 동이족이었다는 것
을 증언하고 있다. 즉『산해경』(山海經) 해외서경(海外西經)의 대황지(大荒
地)에는 불함산(不咸山, 白頭山)이 있는데 그곳에는 동이(東夷) 숙신(肅愼)이
흰옷을 입고 사는 곳이라 하였다. 숙신은 웅(雄)이 다스렸는데 중국의 삼
황(三皇)인 복희, 신농, 황제와 오제(五帝)인 소호(小昊), 고양(高陽), 고신(高
辛), 당요(唐堯), 우순(虞舜)이 모두 웅(雄)이 배출한 인물이라 하였다.
　『사기』(史記) 권1 오제본기(五帝本紀)에서 황제(皇帝)의 경우 그의 출생
이 동이(東夷)의 활동중심지인 산동지방이었으며 또 여기에서 증언하기를
황제→순(舜)→우(禹)에 이르기까지 모두 성이 같은 동족(同族)이었으나 각
각 다른 나라를 세웠다고 했다. 그는 동이족인 것이다(皇帝至舜禹皆同姓而
異其國號).
　『삼국지』(三國志)「위지동이전」(魏志東夷傳)에는『서경』(書經) 우공편을
인용해 동해라는 황해 내륙과 서쪽 고비사막 사이를 동이족(東夷族)이 사는
구역이라 하였다. 이 광활한 영토는 동이족이 관할하였음을 알 수 있다.
　중국인들이 동북이(東北夷)를 숙신(肅愼)이라 한 것은 중원의 말로 조선
(朝鮮)의 발음(發音)과 비슷하게 표현한 것이다.
　실제로 환웅 이래 중원대륙은 동이가 다스린 종주국이었다는 것이 역

사적 사실로 나타나고, 중국 이전에 동이(東夷)가 중원을 다스렸다고 주장하고 있다. 그 증거는 중국 사학자들이 은인(殷人)이→동이(東夷)(殷人爲東夷), 한족(漢族)이 중국에 들어오기 전에→동이(東夷) 묘족(苗族)이었음을 밝혔다(當漢族未入中國 以前 湖北 湖南 江蘇等地 本爲苗族). 특히 동이족(族)의 국명이→구려(九黎)인 구이(九夷), 군왕이→치우(蚩尤)라고 했다(此族之國名 九黎(九夷) 君王蚩尤). 또 학자에 따라 동이족이 중원을 다스렸다는 증거는 4천여 년 전 은대(殷代) 이전이나 그 이후의 주(周)나라 이전까지→동이족이 차지해 다스렸다고 했다(殷周以前乃至 殷周之世的 東夷 其活動 …… 當四千餘年前 漢族未入中國以前 北部及南部已經由 苗族東夷占領 漢族侵入中國後 漸與接觸). 즉 중원은 환웅의 후예들이 중원을 다스렸음을 증명하게 된다(최재인, 『상고조선삼천년사』 제1절 우리 민족의 선민(先民)인 동이, 정신문화사, 1998, 13~40쪽).

이런 역사적 상황으로 인해 동이족인 복희(伏羲) 시대 황하에서 팔 척(八尺) 되는 용마(龍馬)가 55점의 음양의 그림을 지고 나온 것과 하(夏)나라 우(禹)임금 때 낙수(洛水)에서 거북의 등에 45점의 음양의 그림을 지고 나와 팔괘(八卦)와 홍범(洪範) 구주(九疇)를 이루는 데 근원이 되었음을 임완수(林完洙) 소장(所藏) 『천기대요』(天機大要) 권(卷)상(上)에서 상세하게 밝혔다.

동이족인 한민족(韓民族)이 중원의 문화와 문명을 창시한 것이다. 이때는 환웅시대와 단군시대로 밝혀진다. 그럼에도 우리 한민족은 서양의 학자들로부터 한국에 대해 '중국의 패러디'(이사벨라버드 비숍)니, 한국의 전통문화에 대해서 '중국문화의 일변용'(一變容)(라이샤워 패어뱅크)으로 간주하기에 이른 것이다.

심지어 우리의 고대문화문명이 중국과 일본을 여는 데 공이 컸음에도 세계의 8개 문명권에 빠져 있다. 즉 한국문명권은 중화문명권과 일본문화권이 들어 있음에도 한국은 그 안에 들어 있지 못하다(새뮤얼 헌팅턴).

이것은 무엇을 의미하는가. 우리의 선인들이 사대의식에 젖어 자국의 문화를 돌보지 않은 데 있다. 한반도는 물론 몽고 적봉지역 동북아시아 중원대륙 서쪽 고비사막에 이르는 지역을 환웅천자가 홍익인간으로 교화하고 다스렸음을 중원의 경전과 사서(史書)에서 밝히고 있다. 그럼에도 한국인은 단군조선과 단군에 대해 한국의 국조로 고조선에 대해 인정하려 들지 않고, 그 후유증으로 세계문명권에 빠져 있는 것이니, 누구를 원망할 수가 없게 되었다.

『삼국지』(三國志) 「위지동이전」(魏志東夷傳)과 『산해경』(山海經) 권18 해내경(海內經)에는 『서경』(書經) 하서(夏書) 우공(禹貢)의 내용인 "동으론 동해인 황해에, 서쪽에 고비사막에, 북녘과 남녘에 미쳐 성교(聲敎)가 사해(四海)에 이르니"(東漸於海 西被於流沙 朔南暨 聲敎訖於四海)라고 한 것으로 동이가 다스리는 강역이 고비사막에까지 이른 것이니, 한반도를 포함해 주로 육지문화에 기원을 두고 있다. 특히 요즘 중국은 신석기시대 앙소문화(仰韶文化)를 포함하여 황하문명보다 훨씬 앞선 기원전 5000년까지 올라가는 요하문명권(遼河文明圈)을 개발하여 세계최고(世界最古)의 문명권으로 만드는 작업을 국가의 전력으로 수행하고 있다는 보고를 접하게 된다.

요하유역(遼河流域)의 신석기문화는 기원전 7000~6500년에 이른다. 홍산문화(紅山文化)는 신석기시대까지 이르는데 기원전 4500~3500년이고 홍산문화 후기는 동석병용시대(銅石竝用時代)로 기원전 3500~3000년에 걸친다. 일찍이 이 일대에서는 만주와 한반도에서 보이는 빗살무늬토기, 고인돌, 비파형동검 등이 대량으로 발견되었다는 점에 대해 육지문화인 고조선과 관계를 맺고 있으니, 단군의 강역(疆域)이다.

4대 문명인 이집트문명, 메소포타미아문명, 인더스문명, 황하문명보다 더 이른 시기에 새로운 문명권이 발굴되어 요하지역의 신석기문화는 황하문명보다 1000년이 앞서는 것으로 단군학회는 흥분하고 있다.

중국학자들은 산동(山東)지역을 용산문화(龍山文化)라고 하는데, 이 지역 또한 동이계(東夷系) 문화로 보았는데 요하에서 사는 사람들이 남하하여 산동지역의 용산문화(龍山文化)·대문구문화(大汶口文化) 지역에서 대량으로 유물이 발굴되고 있는 실정이다.

그럼에도 오늘의 중국은 동이족이 다스렸던 지역이 거의 대부분인데,

한국인과 서양인들이 한국의 문화가 중국의 변두리라는 것으로 인식하고 있으니 안타까운 일이다. 단군조선의 강역이 넓었다는 것은 중국의 경전과 사서(史書)와 오늘의 중국 사학자들 학설에서 증명되고 있다.

우리의 육지문화의 터전을 이룬 환웅(桓雄)의 교화가 531년 일본에 전해져 일본 신도(神道)·수험도(受驗道)를 탄생시켰다. 오늘의 일본문화를 발전시켜 경제대국으로 부상한 원천이 환웅의 도가 해양문화를 구제한 것으로 된다.

1. 『허생전』의 허생: 문학방면에서는 허구적인 내용이라 할지라도 『허생전』의 경우 허생이 육지에서 해양국인 이상국을 세우고, 일본 장기도(長崎島)로 무역을 하여 물질과 정신을 전했다고 볼 수 있으니, 본 조항의 내용을 이해하는 데 도움을 준다.

고대에는 우리의 육지문화가 일본에 전해져 일본문화를 이루게 했다. 『허생전』의 주인공 허생은 일본 장기도(長崎島)에 농산물을 수출하였다면 가상적인 이야기이자만 한두 번만은 아닌 것이다.

허생은 무인도에서 백성들에게 인륜과 도덕교육을 가르친 것으로 되어 있으니, 우리의 정신문화를 은연중에 나타낸 것으로 볼 수 있다.

18~19세기 연암의 생존 당시는 우리의 문화가 일본보다 앞섰다는 것은 주지의 사실이다. 이들은 우리가 전해 준 문화를 바탕으로 서구문화를 받아들여 20세기에는 일본이 우리보다 문화가 앞서 일본문화를 수입하였다.

『허생전』의 허생은 이상국을 세웠는데 그 원인은 무인도를 개발하여 경제적인 부를 누린 데 있다. 여기에 허생은 인간형성의 기본이 되는 예양교육(禮讓敎育)을 가르쳐 바르게 살게 했다. 경제적 부는 개인의 생활을 윤택하게 할 뿐만 아니라 사회를 부드럽게 하고 국가도 부강하게 한다는 것이니, 이 시대 양반유자들의 생활을 각성케 했다.

허생은 사농공상 사회에서 해외무역을 통해 부국이민의 이상을 실현하는 내용으로 무인도를 개발하여 나선 것은 18~19세기에 실천할 내용이다. 허생은 내륙에선 그 이상을 양반유자의 고리타분한 관념하에선 펼 수가 없어 무인도에서 이상국을 편 것이다. 허생의 이상(理想)은 연암의 이상이라고 할 수 있다.

　2. **앞으로의 작가 과제:** 작가들은 연암의 실학정신을 본으로 하여 경제를 부흥하는 내용으로 주인공을 통해 나타내면 현실의 경제를 더욱 발전시키는 내용으로 국민들에게 알리는 계기가 이루어질 것이다. 국민들은 경제가 성장하면 생활이 윤택해진다. 앞으로는 연암이 허생을 통하여 자기의 이생을 나타낸 것과 같이 국내에선 생산한 물품을 해외무역을 통해 외화를 벌어들여야 좁은 국토에서 행복하게 살아갈 수 있다.

　단군은 366사(事)의 교육을 통하여 백성들을 철저하게 실천하는 정신으로 농경사회에서 많은 농산물을 생산하여 홍익인간의 이화세계를 세웠다. 현대 문명사회에선 경제적 부는 최고의 행복을 이루는 동력이라 생각하게 되니, 육지와 바다가 불가분적 관계를 이루고 있다. 현실 상황에선 물산(物産)을 풍부히 하여 외국에 수출하여 외화를 벌어들이는 것이 활로를 찾는 길이다. 이제 우리는 우리의 문화를 해양을 통해 많은 나라와 교역을 행하여 육지문화의 꽃을 피게 해야 한다.

　물질이 풍부한 나라를 세우는 홍익인간 정신은 한민족의 위대한 정신이라는 것에 대해 『25시』(時)의 작가 게오르기(Gheorghiu)가 "21세기 태평양시대를 주도할 세계의 지도사상"이라고 했으니, 육지문화에서 해양문화로 이행되어야 할 것이다.

　우리의 젊은이들은 남북이 분단된 현실에서 홍익인간의 정신으로 남북을 통일하고 태평양 시대를 열어야 할 과제를 안고 있다.

　우리의 육지문화는 오랜 역사의 전통을 지니고 있으니, 작가들은 우리 선조가 자리 잡은 육지문화가 세계 최고(最古)의 육지문화와 관련되었고, 앞으로 해양문화권을 선도할 수 있는 문화를 꽃피게 하는 것을 과제로 다뤄야 한다.

제164사(事) 서(序: 차례)―박경리(朴景利, 1926~2008)의 『토지』―

본 조항의 서(序)는 구제의 순서를 말하는 것이니, 구제를 하기 전 형세를 살펴서 마땅함을 헤아려 결정해야만 구제를 하는 데 차질이 생기지 않음을 내용으로 하고 있다.

남의 어려움을 구제하는 일은 좋은 일이다. 여기에 사람들이 구제하는 데 순서를 지키고 선후완급을 헤아려 구제를 하면 위급한 사람을 살리게 되므로 운용의 묘를 살려서 구제를 하면 금상첨화 격의 구제미가 된다. 작가들은 조선조와 일제시대를 배경으로 하든지 사적으로 급박한 상황에 처한 기민을 구제하여 한 사람도 아사자가 발생하지 않았다는 내용으로 작품을 쓰면, 순서와 차례를 지키는 일을 깨닫게 하는 데 도움을 줄 것이다.

박경리(朴景利, 1926~2008)의 『토지』는 많은 독자들이 읽은 수작으로 일컬어지고 있다. 그의 작품 중 구제(救濟)의 도를 지키지 않고 기민에게 주어야 하는데 양식걱정을 안 하는 사람에게 나눠 줘 아사자가 발생케 한 장면이 있다.

이와 반대적인 구제는 19세기 정조(正祖) 때 제주도의 기민을 구제할 때 급한 기민에게 양곡을 배급하여 많은 기민을 구휼한 내용이 심노숭(沈魯崇, 1762－1837)의 『효전산고』(孝田散稿) 제7책(第7册), 「계섬전」(桂纖傳)에 전한다. 김만덕은 많은 기민을 도운 것으로 정조(正祖)의 특명으로 그녀의 소원으로 금강산을 구경하였음이 『정조실록』(正祖實錄)에 기재되어 있다.

제164사(事) 서(序): (濟 3規)(제, 3째 규칙)

序는 濟物之道非無次序也라. 審勢而施하며 量宜而決하여 無再算하니 如有牙有頰이니라.

해석: 차례(序)를 나타내는 서(序)는 만물을 구제하는 도(道)에 차례가 없을 수 없다는 것이니라. 형세를 살펴 베풀고 마땅함을 헤아려 결정하면 다시 계산함이 없나니, 이는 어금니가 있고 또 이를 보호하는 뺨이 있는 것과 같으니라.

사람을 돕는 구제는 훌륭한 일이다. 그러나 그 구제에는 차례가 있다는 것을 잊어서는 안 될 것이다. 제164사(事) 서(序)는 사물을 구제하는 차서를 지키는 것과 그를 어기지 않고 행하라는 것을 가르치고 있다. 말하자면 구제는 1순위와 2순위 등 구제 대상에 정함이 있어야 한다는 것이다. 물론 1순위에 구제대상은 생명이 급박한 상황에 처한 사람이라 할 수 있다. 이런 사람을 구제할 때는 사심을 떠나 선공후사(先公後私)의 정신으로 임하여야 한다.

흔히 한국인은 혈연중심과 지역단위 등 자기와 가까운 일가친척이나 같은 값이면 동향의 사람의 편의를 돕는 경향이 짙은 관계로 돕는 일에 공정성이 결여되는 일이 많았다.

심노숭(沈魯崇, 1762~1837)은 본 조항의 내용과 같이 김만덕(金萬德)이 형제 중에 걸인도 있었으나, 죽어 가는 기민을 먼저 구휼(救恤)했다는 것이, 『효전산고』(孝田散稿) 제7책(第7冊), 「계섬전」(桂纖傳)에 전한다.

만덕의 구제는 사사로움을 떠난 도움이었다. 그 도움은 미적으로 승화되어 적선미(積善美, das die anghäufte Tugent Schöne) · 덕선미(德善美, das Sttlichkeit Schöne)의 실행이었다. 만덕이 많은 기민을 아사직전(餓死直前)에 도운 것은 구제 중에 구제였다. 그녀의 구제는 사사로운 정이 작용되지 않은 순수미적인 의식이니, 홍익인간사상의 발로라고 할 수 있다.

구제는 어려운 처지에 있는 사람을 구하는 데 의미가 있는 것이라면, 공평한 처사로 이루어져야 할 것이다. 구제는 남을 돕는 만큼 사사로운 정이 개입되면 구제의 순위가 바뀌는 것이니, 본 조항의 차례가 지켜지지 않는 것이니, 구제를 하는 의미가 무색하게 된다.

한민족은 예로부터 천리에 따라 살아온 만큼 차례를 지켜야 함은 말할 것도 없으나, 그 구제순위가 바뀌는 경우가 있다. 이는 구제순위가 긴박한 상황일 경우에 한한다. 당장 죽어 가는 사람일 경우에 의당히 제1순위로

하는 배려가 없으면 인간적인 정이 없는 것이니, 구제를 하는데도 운용의 묘가 따라야 한다.

사람이 급박한 상황이 아니면 차례를 지켜야 하는데 사심을 두고 엉뚱한 사람을 제1순위로 둔갑시키면 그만큼 차례가 실종되어 구제의 의미가 퇴색된 것이다.

1. **박경리(朴景利)의 『토지』(土地):** 박경리(朴景利)의 『토지』(土地) 중 한 장면에는 등장인물들이 구제의 차례를 지키지 않았다. 평사리 마을에는 호열자가 번져 많은 사람들이 죽어 갔다. 이 악의 병이 휩쓸고 간 다음 해에는 보리 흉작이 겹쳐 많은 기민(饑民)이 발생했다. 이들 기민에겐 기민미(饑民米)를 배급해야 하는데 오히려 기민미(饑民米)를 주지 않고 잘살아 가는 사람들에게 주어지는 아이러니한 일이 발생했다. 이런 구제는 기민구제의 도가 실종되었음을 의미한다.

우리는 이런 사람을 일컬어 질서의식과 일말에 양심이 없는 사람이라고 한다. 이런 소설적인 장면은 실제적인 일이 아니더라고 양식이 태부족이었던 시절에는 자기와 가까이 지내는 사람에게 환심을 사기 위해 기민미를 주는 일이 일어날 수 있다. 사리사욕에 사로잡힌 사람에겐 양심이 작용될 리 없다.

기민미를 주는 사람이나 받는 사람은 정상적인 사람이라 할 수 없으니, 칸트는 악에 대해 개인의 심성을 허약성·불순성·사악성으로 들었다. 기민미를 주고받은 이들은 자신의 이익을 위한 비도덕성이 홍악인간(弘惡人間)의 마음이 작용한 것이다.

이런 비인간적인 이들은 적선미(積善美)가 마음 한구석에 있지도 않은 인면수심(人面獸心)의 인간이라 할 수밖에 없다.

그에 비해서 제주도의 김만덕은 죽어 가는 생명을 홍익인간(弘益人間)의 정신으로 구휼했으니, 그녀의 적선미는 선(善)의 모티프로 다뤄야 한다. 양심과 비양심의 행함은 홍익인간과 홍악인간으로 나뉘게 되는데 인간에겐 도덕미의 생활이 바람직한 것이다.

만덕은 일가친척의 기민도 구제하였겠으나 먼저 죽어 가는 기민부터 구제하였으니, 본 조항의 내용을 실천한 이라 할 수 있다. 우리는 만덕을 평할 때 순수미적인 도덕미(道德美)로써 제주기민을 구제한 인간미질(人間美質)의 소유자이고 홍익인간의 실천자라고 한다.

심노숭(沈魯崇, 1762~1837)은 만덕이 기민(饑民)을 구제할 때 형제 중 걸인도 있었으나 본 조항과 같이 차례대로 구제하였음을 다음과 같이 나타냈다.

> 만덕은 제주에서 갑부가 되었다. 형제 중에 걸인도 있으나, 돌보지 않았고, 이에 섬에 기근이 들자 곡식을 바쳤다. …… 여러 학사들이 만덕에 대한 글을 지어 그를 칭찬하였다.

> 德富甲一島. 兄弟有丐食者不顧, 至是, 島飢納穀, …… 諸學士敍傳多稱之.

> 『효전산고』(孝田散稿) 제7책(第7冊), 「계섬전」(桂纖傳)

이와 같이 만덕은 구제하는 방법을 덕선미(德善美)로 실행해 그 사실이 『정조실록』(正祖實錄) 정조 20년 11월 25일 조에 게재되어 있어 역사적 인물로 부상하게 되었다.

남을 구제하는 세 번째 규모의 순서는 다음과 같이 7가지 방법을 들었다.

서삼규(序三規)

서삼규 \ 내용	주요 내용	대상	조항
1. 선원(先遠)	철인은 우선 먼 곳부터 챙겨 구제함	순서	제165사(事)
2. 수빈(首瀕)	위급한 상황에 처한 사람을 먼저 도움	순서	제166사(事)
3. 경중(輕重)	심히 고통을 받는 사람을 우선 구제함	순서	제167사(事)
4. 중과(衆寡)	곤란한 사람이 많고 적음에 따라 도움	순서	제168사(事)
5. 합동(合同)	정신과 물질을 함께 중하게 구제함	순서	제169사(事)
6. 노약(老弱)	노약자를 돕는 방법으로 도움	순서	제170사(事)
7. 장건(壯健)	교만함을 경계함이 자신을 돕는 일	순서	제171사(事)

본 조항은 남을 구제하는 규칙을 7가지로 나누는데, 그중 위정자가 백성을 구제할 때 벽촌(僻村)부터 먼저 구제하라고 한 것은 오늘의 위정자가 선심공세를 피워 인기를 얻으려는 것과는 판이하게 다르다.

요즘 위정자들은 강남에 주로 많이 살고 있다. 주택 하락을 노무현 대통령이 명을 걸고서 백성들에게 약속을 했으나 지켜지지 않고 2005년 어느 사이 주택 값이 치솟았다.

국민들은 노무현 대통령의 말을 믿지 않았다. 상식적으로 고위층이 사는데 주택의 값이 하락할 수가 없기 때문이다. 강남은 날이 갈수록 발전하고 시골 농촌은 퇴보를 거듭하고 떠나는 사람이 많다. 구석진 곳을 먼저 구제대상으로 삼는 것은 위정자의 바람직한 정치제도라고 할 수 있다.

구제는 중하(仲夏)와 계하(季夏)와 같은 무더운 계절에 해당하니, 뜨거운 열정을 지니고 실행해야 한다.

만덕은 제주기생이다. 그럼에도 그녀는 많은 기민을 구휼하였다. 제주는 원래 곡식을 내륙에서 들여와야 살아가는 곳이다. 뿐더러 제주도는 탐관오리들이 백성들을 괴롭혀 기민(饑民)이 늘어만 갔다. 그런 가운데 만덕은 내륙에서 쌀을 수입하여 많은 제주 기민을 구제했으니, 훌륭한 인물이다.

19세기 당시 유명한 학자들이 그녀의 인물됨에 대해 소개를 하였고, 정조(正祖)의 어명으로 금강산 유람도 했고, 『조선왕조실록』에도 그녀의 이름이 올라 있으니, 그녀의 인과응보의 과업이라 할 수 있다. 그녀의 구제는 덕선미를 지닌 여군자(女君子)였다고 할 수 있으니, 역사미를 지닌 빛나는 인물이다. 따라서 제주 하면 만덕을 연상하게 하고 만덕 하면 제주를 생각하게 되니, 홍익인간을 실천한 이라는 사실은 누구도 부인하지 못할 것이다.

2. 김만덕을 주인공으로 한 작품: 만덕은 굶어서 죽어 가는 제주도의 기민을 위해 내륙에서 쌀을 수입하여 구휼했다. 그녀는 기생이다. 그럼에도 그녀는 자신이 번 돈을 사회에다 환원하는 일환으로 목전에 죽어 가는 사람을 살렸으니, 한마디로 홍익인간을 실천한 인물이다.

작가는 만덕을 소재로 작품을 쓰면 제주도민은 물론 제주도를 여행하는 관광객들은 호기심으로 그녀에 대해 알려고 할 것이다.

작가는 만덕이 행한 일을 스토리텔링으로 나타내면 많은 사람들의 심금을 울릴 것이고, 더구나 자선사업가도 많아져 사회는 인정이 넘치게 된다.

구제는 좋은 일이니, 선후완급을 헤아려 구제를 베풀어야 구제다운 구제라 할 수 있다. 만약에 그 순서를 지키지 않고 사적으로 친밀하다고 역순으로 구제를 하면 그로 인해서 생명을 잃게 되니, 구제의 도를 알고 실천에 임해야 된다.

제165사(事) 선원(先遠)(먼 곳을 먼저 함)—『훈민정음』 서문—

본 조항의 선원(先遠)은 '먼 곳을 먼저 함'이란 뜻이니, 장기적인 안목에서 먼저 오지(奧地)부터 먼저 구제해야 함을 말한 것이다. 사람을 도울 줄 아는 사람은 먼저 오지(奧地)부터 먼저 구제하는 것으로 된다. 이와 관련해 단군은 360여사(餘事)로써 백성을 다스려 홍익인간의 이화세계를 세운 일과 세종대왕이 한글을 창제한 것은 먼저 백성을 생각한 것으로 받아들이면 된다. 당시 조선은 양반층이 어려운 한문을 배우고, 일반 우매한 백성들을 배울 수가 없는 것을 가엾게 여겨 쉽게 배우는 한글을 창제한 것이니, 특수계층을 배격하고 일반인에게 편 것은 좋은 예이다.

작가들은 단군이 360여사(餘事)로 나라를 다스린 일과 세종이 한문만을 숭상하는 시대에 배우기 쉬운 한글을 창제한 내력을 소설로 나타내면 성군이라는 것을 독자들에게 재확인케 하는 일이 된다고 할 수 있다.

세종대왕(世宗大王, 1397~1450)은 조선조 4대 왕으로서 재위(1418~1450) 32년 동안 조선조 역대 군주 중 가장 훌륭한 업적을 남겼다. 대왕의 업적은 여러 방면에 걸쳐 해동의 요순이라는 칭송을 받아 명군(名君)으로 알려져 있다.

세종대왕은 왕으로 즉위한 뒤(1443) 정음청(正音廳)을 두어 훈민정음을 창제하여 백성들이 편히 쓰게 하였다. 그 내력은『훈민정음』서문에 나타나 있는 바와 같다.

그 서문은 본 조항의 내용과 같이 통하여, 먼저 그 조항의 내용을 다음과 같이 소개한다.

제165사(事) 선원(先遠): (濟 3規 16模)(구제, 3가지 규모, 16번째 모형)

> 先遠者는 先于遠人也라. 哲人이 濟物敎化에 先于遐陬하니
> 愚胎自變하여 爲明哲하며 頑骨이 自覺하여 有禮節이니라.

해석: 선원(先遠)이란 멀리 있는 사람을 먼저 구제함이라. 철인이 만물을 구제하고 교화함에 먼 구석진 곳을 먼저 하니, 어리석은 이는 스스로 변하여 명철하게 되고 완악한 이는 스스로 깨달아 예절이 있게 되느니라.

제165사(事) 선원(先遠)이란 먼 곳을 먼저 구제함을 뜻한다. 이 말은 오지에 사는 사람뿐만 아니라 요즘 양극화 현상으로 어렵게 살아가는 사람들로부터 먼저 구제대상을 펴야 함을 이른 것도 된다.

성군(聖君) 정치의 구제는 백성을 사랑하는 관계로 오늘의 정치가들과의 구제와 방식이 다르다. 요즘 위정자의 구제는 선거 때 표를 얻기 위해 행하는 관계로 오지에 사람이 많이 살지 않아 민심을 사기 위한 일회용이다. 이에 대해서 성군의 치세(治世)는 천리에 의해 백성을 고루 다스리는 차별성이 없다.

요즘 전국에는 국책사업이란 사업을 실행해 놓고 많은 국고를 날리고 있는 일이 많다. 그 고장을 위해 큰 건물에다 시설을 하는 것은 그럴듯한 명분으로 하는데, 그 속셈은 엉뚱한 데 있다.

애초 이들은 성공을 거두지 못하는 것을 알면서도 막대한 금액을 투자해 국고에서 지불해 국민의 세금만 날리게 한다. 막대한 국고로 그 고장에

맞는 시설에 투자할 때는 사전에 전문가의 검증을 거친 후에 실행해야 하는데 그런 충분한 과정을 하지 않는 것이 문제이다.

그 후에는 그 사업이 제대로 될 리가 없다. 시공업자와 담합으로 그 책임자는 개인의 이익만 챙기고 그 후에 아랑곳하지 않는다.

그 시설은 TV에 방영한 것을 보니, 녹이 슬고 쓸모없는 애물단지가 되었다. 애물단지는 전국에 여러 곳에 세워져 있으니, 국민들의 세금만 날린 것이다.

이런 사실은 위정자가 선거 때 공약을 남발해 놓고 그 시설을 세우지 않으면 안 되겠기에 정권을 연장하기 위한 임시방편용이라 해도 지나친 말이 아니다.

그에 비해서 성군의 구제는 이와는 상대적으로 오지나 사람들로부터 소외를 당하는 사람들을 먼저 구제대상으로 하는 것을 볼 수가 있어 오늘날의 귀감이 되고 있다. 이명박 대통령 때는 세금만 날리는 애물단지는 생기지 않게 될 것이라 믿는다.

1. 『훈민정음』 서문: 세종대왕은 동방의 요순으로 일컬어진 분이다. 세종대왕이 이룬 업적은 한두 가지가 아니지만 그중 최고의 업적은 한문만을 쓰던 때 누구나 알기 쉽게 배울 수 있는 한글을 쓰게 한 일이다. 그에 대한 내용은 『훈민정음』 서문에 나타나 있다.

> 국어가 나라 안의 말과 달라 서로 통하지 않으므로, 이런 까닭에 어리석은 백성이 말하고자 하는 바가 있어도 자기의 뜻을 능히 나타내지 못하는 이가 많으니라. 내가 이론 사정을 딱하게 여겨 새로 28자를 만드나니, (이것은) 모든 사람에게 쉽게 익혀 날마다 사용하기에 편리하게 하고자 할 따름이니라.

> 『훈민정음』 서문

세종은 우매한 백성들을 위해 쉬운 한글을 사용케 했으니, 본 조항에 나타난 바와 같은 구제의 정신을 실행한 것으로 볼 수 있다.

세종대왕은 한글 사용을 널리 펴고자 먼저 궁중부터 실천했다. 당시 궁중은 한문 사용이 보편화되어 한글을 사용하지 않았다.

세종대왕의 한글 사용은 한문만을 사용하는 사대부양반들의 반대에 부딪혔으나 이를 슬기롭게 대처해 백성들을 널리 사용케 하였다.

한글은 오늘날 7천만 겨레가 누구나 쉽게 사용하고, 우수성이 널리 알려 있으니, 세종이 먼 곳부터 챙긴 것으로 구제의 손길이 멀리까지 뻗친 것이다. 세종대왕의 한글 창제와 그 사용은 우매한 백성들이 누구나 편히 쓰게 하기 위한 것으로 볼 때, 본 조항의 뜻과 상통하게 된다.

본 조항에서는 오지의 백성을 먼저 구제하는 예를 철인의 다스림으로 나타냈다. 이러한 뜻은 세종대왕이 어려운 한문만을 배우고 쓰는 시대 상황에서 한글을 창제하여 누구나 쉽게 배우고 쓰게 한 것으로 보았다. 세종대왕은『인부경』의 "천지합덕인"(天地合德人)과 통한다고 할 수 있는 성군이다.

2. 세종대왕의 업적 작중 반영: 작가들은 세종의 업적 중 한글을 창제한 것을 소개하여 성군의 행함을 본 조항의 먼 곳에 있는 사람을 먼저 구제하는 도리를 나타내면 국민들이 반길 것이다. 세종은『훈민정음』서문에서와 같이 어리석은 백성을 위해 날마다 사용하기 편리하게 하고자 창제한 것이니, 성군이라 할 수 있다.

세종은 문화정책뿐만 아니라 과학에도 관심을 기울여 우량계인 측우기(測雨器)를 친히 고안하는 등 많은 업적을 남겼다.

세종대왕에 대한 작품으로 월탄(月灘) 박종화(朴鍾和, 1901～1981)의『세종대왕』(世宗大王)의 역작을 들 수 있으나, 젊은 세대들이 새로운 시각으로 쓰는 것도 좋은 일이다.

작가들은 세종대왕의 업적은 많으나, 그중에서 한글을 창제하고 장려한 것을 작품을 통하여 재구성하여 소설을 선보인다면 본 조항을 새로이 조명하는 계기가 이루어지리라 본다.

작가는 세종대왕이 해동의 요순이라는 칭송하는 것을 입증하는 내용으로 문화사업에 대해서도 쓰면 독자들이 그 작품을 선호하여 읽을 것이다.

제166사(事) 수빈(首濱: 임박함을 먼저 함)―『숙향전』의 숙향―

제166사(事) 수빈(首濱)이란 수(首)는 '머리 (수)'이고, 빈(濱)은 자(字)로 나타내 물에 빠진 사람을 구제한다는 내용이 급하다 하나 이보다 불에 타 죽는 사람을 먼저 구제하는 것이 옳다고 하였다.

인간을 구제하는 데는 위급한 자를 먼저 구제하는 것이 인간의 도리다. 물에 빠진 자보다 불에 타 죽는 사람이 더 시급한 것을 교훈하고 있다.

작가는 그러한 내용으로 실천할 것을 작중에 나타내면 독자들이 먼저 할 일과 뒤에 할 일을 알게 하는 데 도움을 줄 것이다. 이러한 내용은 상식적이지만 급하지 않은 사람을 돕는 경향이 있기 때문에 본 조항에서 나타냈다.

『숙향전』은 작자연대 미상이나 김태준이 1932년 『조선소설사』에서 염정소설(艷情小說)로 소개하였다.

이 소설은 숙향이 천상의 선녀인 월궁소아였는데 선관인 태을성과 서로 희롱한 죄로 지상으로 적강되어 다섯 번의 액운을 겪게 되었다. 그중 숙향은 갈대밭에서 있을 때 화재를 만나 화덕진군이 구원해 주었다. 그녀는 다섯 번의 액으로 전생의 액을 씻은 후 헤어졌던 부모와 상봉하고 70세까지 산 후 천상으로 승천했다.

숙향은 천상에서 선녀로 있을 때 선관과 희롱한 것으로 인해 불에 타 죽는 화를 겪게 되었는데, 구혼자가 나타나 살아났다.

숙향은 갈대밭에서 있을 때 물길이 닥쳐오기 전에 미리 구혼자가 구해 주어 화를 피한 것이다. 본 조항과 숙향이 불에 타 죽게 되는 내용과 연관된다. 본 조항의 내용을 다음에서 소개한다.

제166사(事) 수빈(首濱): (濟 3規 17模)(구제, 3가지 규칙, 17번째 모형)

首濱者는 首先濟濱危之人也라. 濟有先後하니 倒懸雖急이나
溺水有矣요. 溺水雖急이나 焚火有矣라.

해석: 수빈(首濱)이란 제일 먼저 물가에 있는 위험에 임박한 사람을 구제함이라. 구제함에 있어서도 선후가 있으니, 거꾸로 매달림이 비록 급하나 물에 빠진 이가 있고, 물에 빠진 사람이 비록 급하나 불에 타는 이가 있느니라.

본 조항에서는 인명 구조의 순서를 밝힌 내용이다. 첫째는 거꾸로 매달린 자보다는, 둘째 물에 빠진 자가 더 급하나 이보다 더 급한 이는, 셋째로 불에 타 죽는 자이다.

이 셋 중에서 가장 급한 이를 구하는 것은 사심이 없이 정당히 판단하면 알 수 있는 일이다.

요즘 한국인은 '빨리빨리'하는 식으로 일을 서두르는 경향이 있는데, 인명 구조는 느리게 하면 문제가 있다.

사람을 구제(救濟)함에는 생명과 직결된 문제인 만큼 늦장을 피어서는 안 될 것이다. 그럼에도 우리 사회에선 공무원들이 신고를 접수받고도 늦장 출동으로 인명피해가 컸다는 것을 큰 사고가 있을 때마다 단골 용어로 매스컴에서 사용하는 것을 들을 수 있다.

외국인들은 한국인을 보고 너무 빨리 서둘러 바쁘게 살아간다고 하는데 인명구조는 늦장 대응을 하는 것이 문제이다. 공무원들이 근무에 태만한 것은 기강이 해이해진 것을 의미하는데 남의 생명도 자기의 생명이나 가족으로 생각하면 고쳐질 것이다.

이 문제는 여러 가지 원인이 있겠으나, 생명과 직결된 문제이니, 신고를 받으면 급히 현장으로 달려가 한 생명이라도 구하겠다는 사명의식을 가져야 한다.

공무원의 기강은 직장상사가 솔선수범을 보이면 해결될 간단한 문제이다. 말단공무원들이 사람의 생명을 구하러 사고 현장에 가게 되는데, 위에서 실천하지 않는데 자기가 먼저 나설 필요가 없다는 듯 늦게 도착하는 것이 아닐까.

이런 일은 대형 태풍이 온다는 소식을 듣고 외국여행을 떠난다든지 또 그 시간에 영화를 관람한다든지 골프를 치러 타지방으로 가는 일이 위정자와 고급공무원과 담당부서 공무원들이 있어 왔던 일이다. 이런 일이 노무현 대통령 시절과 그 이전에 많이 발생했던 일이나, 2008년 이명박 대통령 새 정부 이후에는 다급한 일을 먼저 처리하는 풍토가 조성돼야 할 것이다.

1. 『숙향전』의 숙향: 숙향은 전생의 죄로 인해 다섯 번의 액을 겪게 되었다. 그 다섯 번 액 중에는 불에 타 죽게 되는 것이 가장 위급한 액이었다. 숙향은 화덕진군을 만나게 됨으로써 타죽는 화를 모면하게 되었다.

이 『숙향전』은 대략 그 형성시기를 16세기 말로 볼 수 있는데, 20세기 동안 이본(異本)이 60여 종에 이를 만큼 많은 독자층을 이루었다.

본 소설의 주인공 숙향은 당시 사람들이 믿는 숙명론과 영합되어 많은 사람들이 애독하였던 것으로 본다.

오늘에는 사람의 운명을 타고난 팔자소관으로 돌리는 사람이 젊은 층에 별로 없으나 1960년대만 하더라도 천정(天定)을 정수(定數)로 여기고 살아왔다. 요즘도 자신의 운명은 타고난 것이라 하여 점을 잘 보는 점집이 문전성시를 이루는 것을 볼 수 있다.

한국인들은 1960년대만 하더라도 운명을 필자로 여겨 왔다. 『숙향전』의 숙향의 운명 또한 운명론으로 되어 있다.

숙향은 천상에서 지은 죄를 다섯 번 고락을 무사히 겪은 후 타임머신으로 우주를 여행하며 천상으로 돌아갔다. 숙향의 운명 전개는 천상－지상－천상으로의 3개의 모티프로 산 것으로 볼 수 있다.

숙향은 불에 타 죽는 액운이 다섯 번째 타 죽게 되는 죽음의 운명으로 정해진 것이다. 숙향은 위험에 처하는 죽음에 직면하였음에도 한 치의 어그러짐이 없이 운명을 따랐던 것으로 인해 화덕진군에 의해 살아났다.

선인들은『숙향전』에 나타난 숙향의 운명과 같이 전생에 업과로 타고날 때 정해진 것이라 믿고 살아왔던 것으로 인해 팔자소관으로 돌리며 위안을 삼았다. 사람이 운명은 팔자소관으로 여기며 살아온 것은 일종의 자기를 위로하는 차원으로 받아들일 수 있다. 사람을 구제할 때는 사무사(思無邪)의 마음으로 위급한 사람을 제1순위자로 대상을 삼아야 한다.

2. 구제의 도리: 작가들은 상상력이 풍부한 관계로 작중인물을 통해 차례를 지키는 것도 좋지만 더 급한 사람부터 구하는 일을 행하는 내용으로 작품을 쓰면 독자들이 잘한 일이라고 할 것이다. 작중의 주인공은 한 병원 의사로 나타내어 위급한 뇌졸중 환자가 병원에 도착했을 때 먼저 신속한 대응으로 완치할 경우 가족식구들로부터 생명을 구한 은인의 의사로 존경받게 된다.

늦여름에는 낮과 조석 간에는 기온의 차가 생기어 나이 든 노인들에게 뇌졸중 환자가 발생한다. 이럴 때 작가는 식구들이 환자를 대하는 일, 2~3시간 안으로 병원에 가는 등의 방법을 알려 주는 내용으로 작중에 나타내면 한 생명을 구하게 되니 이보다 더 중한 일이 없는 것이다.

늦여름이 되면 또는 환절기에는 몸의 온도와 일기에 의한 기온의 차로 환자가 늘게 된다. 작가들은 전문의와 의학 서적을 통해 치료방법을 스토리텔링의 작품으로 나타내면 독자들에게 참고가 될 것이다.

제167사(事) 경중(輕重: 가벼운 것과 무거움)-심청의 출천지효 (出天之孝)-

사람을 구제하는 데는 무거움과 가벼움의 차가 있으니, 당연히 급한 사람부터 구제대상 우선순위에다 두어야 한다. 조금 덜 곤란한 사람은 하루라도 빨리 도와주어야 할 것이다. 작가는 구제대상을 경중(輕重)에 따라 무거운 사람은 시각을 다투는 경우로 하고, 가벼운 사람은 날짜를 다투는 것으로 구제대상이 된다. 그리고 시간도 날도 다투지 않는 일은 다급하지 않으니 별도로 계획을 세워서 구제하면 될 것이다.

『심청전』하면 심청이 부친의 안맹을 개안하기 위해 공양미 삼백 석에 팔려 가 인당수에 제물이 된 출천지효(出天之孝)를 생각하게 된다. 물에 빠진 생명은 촌각을 다투는 일이다. 옥제는 출천효(出天之孝)를 구하기 위해 사해용왕에게 심청이 죽기 전에 빨리 구하라는 명을 내려 심청을 연꽃 속에 들어가 있게 한 후 인당수에 떠올리게 하였다. 이 연꽃은 히에로파니의 상징이고, 더 나아가 우주의 꽃으로 볼 수 있으니, 천상화(天上花)라고 할 수 있다. 황제에게 바쳐졌는데 그 꽃이 사람으로 변해 황제의 비가 되었다. 심황후가 맹인잔치를 베풀어 아버지 봉사를 만나게 된다. 심봉사는 죽은 줄만 알았던 자신의 딸 심청의 목소리를 들으니, 틀림없는 자기의 딸이라 놀라 눈을 뜨게 되었다는 내용이다.

심청이 인당수의 제물이 되었을 때 옥제가 사해용왕에게 내린 구하라는 명은 촌각을 다투는 일이기 때문이다. 본 조항과 내용이 통한다. 그런 점에서 본 조항을 인용한다.

제167사(事) 경중(輕重): (濟 3規 18模)(제, 3째 규칙, 18번째 모형)

人之困厄이 有重有經이라. 必欲濟之면 宜知重知經이라. 重
固時矣요 經固日矣라. 不時不日이면 無重無經이니라.

해석: 사람의 곤란과 재액에는 경중(輕重)이 있음이라. 반드시 구제하고자 하면 마땅히 무거움과 가벼움을 알아야 하느니라. 무거운 것은 본디 시간을 다투고, 가벼움은 본디 날짜를 다투는 것이니라. (만약에) 시간도 날짜도 다퉈 돕지 않는다면 무거운 것도 가벼움도 아니니라.

구제는 경중이 있게 되는데 이를 헤아려서 행하면 되는 것이다. 따라서 구제는 경중(輕重)문제로 대상을 삼아야 하는데 이를 지키지 아니하고 행하는 것을 경계하기 위해서 본 조항을 마련한 것으로 볼 수 있다.

제167사(事) 경중(輕重)은 사람이 살아감에 곤란함과 재액(災厄)이 각기 다르게 되는데, 여기에서 경중(輕重)의 문제를 중정인(中正人)의 처신으로 행하면 문제가 될 것이 없다.

구제는 경중에 따라 행하게 되는데 여기에 사사로운 정이 개입돼서는 안 된다는 것을 말하고 있다. 대개 한국인은 혈연, 지연(地緣), 학연(學緣)으로 연루되었기 때문에 구제의 경중을 가리지 아니하고 지인(知人)을 먼저 구제하는 일이 있어서는 안 될 것이다.

남을 구제하는 데는 차례가 있어야 하고 대상 또한 무거움과 가벼움을 가려야 하며, 여기에 경중에 따라 날짜와 시간을 정하는 문제가 따라야 한다.

만약에 시간이나 날짜를 다투는 일이라면 앞의 것을 구제대상을 삼아야 할 것이나, 이 또한 개인의 사사로운 이익에 따라 일을 행해서는 안 되는 것을 경계한 것이다.

1. **심청의 구제:** 우리는 본 조항과 같은 구제는 『심청전』에서의 심청의 출천지효녀(出天之孝女)에서 나타난다. 그녀는 부친의 안맹(眼盲)을 개안(開眼)하기 위해 인당수에 제물로 받쳐져 명이 떨어지기 전에 옥제(玉帝)가 사해용왕에게 명을 급히 내려 구한 것은 본 조항을 이해하는 데 참고 자료가 된다.

한림본에 의하면 심청은 전생에서 술을 도적질해 현실에 부(父)가 되는 심봉사(심학규)에게 준 것이 화근이 되어 지상에 적강되어 부녀관계로 태어났다. 천상의 규율은 엄격해 사소한 잘못도 용납을 안 해 이승에서 남경 상인에게 공양미 삼백 석에 인당수의 제물로 팔려 가는 벌을 받게 된 것이다.

인당수에 제물이 된 심청은 촌각을 다투는 문제가 되어, 옥제가 심청을 구제의 명을 서두르게 되었다. 옥제가 심청을 구제한 것은 심청이 어릴 때부터 안맹한 부친에게 효성을 행한 보상이라 할 수 있다.

젊은이들이 남을 구제할 때는 덕선미(德善美)로 행해야 그에 상응하는 보답을 받게 될 것이다. 이런 인물이 되기 위해서는 『인부경』의 "천지대본중정인"(天地大本中正人)이라고 했다. 남을 구제하기 위해서는 경중의 도로써 한 치의 어긋남이 있어서는 안 되는 중정인(中正人)으로서 행하면 될 것이다.

2. 작가들의 주인공을 통한 구제: 작가는 작품상에 본 조항을 거울삼아 남을 구제하면 사람들이 곤란과 재액에 경중에 따라 행하는 것을 나타내면 사람들에게 본을 보이게 될 것이다.

이러한 것을 본 조항에서는 상식적인 일이지만 과거 신분제도하에서의 경우 사회적인 지위자에 따라 구제의 대상을 무거움과 가벼움을 가리지 않고 삼았다고 할 수 있다. 만약에 오늘에 이런 차별대우로 치료행위를 행했다면 매스컴에서 뉴스감으로 망신을 당하게 될 것이다.

작가는 한 주인공을 통해 공정하게 처리하는 이와 선후완급을 헤아리지 않고 신분과 사는 차등으로 불공평하게 구제하면 사회인으로부터 비난을 받는 것이며, 사람을 구제하는 도를 알게 하는 데 도움을 줄 것이라 믿는다.

제168사(事) 중과(衆寡: 많고 적음)—『허생전』의 주인공 허생의 훈시—

본 조항의 중과(衆寡)는 '많고 적음'이니, 작가는 사람을 구제할 때는 적은 수보다 많은 수를 구제해야 할 것이니, 본 조항도 그러한 내용이므로 작중에 나타내면 된다.

『허생전』의 주인공 허생의 훈시는 사람은 우선 인간이 되는 가르침을 무인도 백성에게 훈시하였다. 그곳 사람은 본 조항의 내용과 같이 많은 사람에게 도덕으로써 자활할 수 있도록 한 내용과 상통하는 의미를 지닌다.

허생은 상업으로 많은 돈을 벌어들여 사복을 취하지 않고 많은 백성, 그것도 도둑으로 지명수배가 내려져 오갈 때가 없는 2천 명이나 되는 인간이기를 거부한 이들을 무인도로 데려가 농토를 개발케 하여 잉여농산물을 외국에 수출하여 이상국을 세웠다.

허생은 이들에게 도덕을 펴는 것을 훈시했으니, 예의지국의 면모를 보여 준 것이다. 단군이 홍익인간의 이화세계를 세운 것과 같이 지구상에 없는 이상향을 세웠다. 이런 의미에서 본 조항의 내용을 소개한다.

제168사(事) 중과(衆寡): (濟 3規 19模)(구제, 3가지 규모, 19번째 본보기)

千人에 八分其困하고 百人에 十分其困이면 其困而衆困이 勝寡困하니 十分이 多八分이니라. 其雙成者는 濟衆以德하며 濟寡以惠니라.

해석: 천 사람 중에 천분지 팔(여덟 사람)이 곤란하고, 백 사람 중에 백분지 십(열 사람)이 곤란하면 그 곤란엔 뭇 곤란함이 적은 곤란보다 크고, 열 사람은 여덟 사람보다 많으니라. (이러한) 두 가지 다 구제하려는 자는 뭇은 덕으로 구제하고 적음은 은혜로써 구제하느니라.

제168사(事) 중과(衆寡)의 구제는 많고 적음을 다 구제하는 방법을 나타냈다. 그러나 구제는 민주적인 방식이 아니더라도 수효가 많은 것을 구제 원칙으로 삼아야 하나 많은 인원의 곤란함은 덕으로써 하고 적은 수의 곤란함은 은혜로써 하는 구제방법을 제시하고 있다.

본 조항의 내용이 아니더라도 구제는 적은 수의 인원보다 많은 수의 인원을 구제하는 것이지만, 앞의 것은 시혜(施惠)를 통해 구제하지만 뒤의 것은 시혜로 베풀 수 없고 재활교육이나 직업교육 등으로 구제해야 할 것이다.

이런 경우는 도덕을 펴서 지속적으로 자활할 수 있는 토대를 마련하는 방편을 써야 한다. 적은 수를 구제하다 보면 큰 무리를 잃기 쉬우니, 큰 쪽에 비중을 두고 행해야 원칙이다.

이것 또한 사심이 없이 행하는 데서 이루어지는 것이고, 사심으로 대하다 보면, 즉 일가친척이나 친지라고 하여 적은 수를 구제하다 보면 여론에 어긋나는 일이므로 많은 이들을 돕는 편에 서야 할 것이다.

단군의 교육에서 적은 수보다 많은 수를 구제하는 방법을 쓴 것은 모르는 사람이 없는 일인데 구제방법을 내용으로 한 것은 사리사욕을 배제하는 교훈으로 받아들이게 된다. 특히 여기에서 곤란한 사람이 많은 경우→도덕을 펴→자활할 수 있도록→돕고, 곤란한 사람이 적은 경우→복지혜택→주어→구제 방법을 알리고 있다.

이런 관점에서 본 조항의 구제는 큰 무리를 적은 수보다 구제대상을 삼는 사소취대(捨小取大)의 방법이라고 해서 무조건 적은 수를 돌보지 않아서는 안 되는 일이다. 이런 행위가 바로 홍익인간의 정신이다.

1. 연암 박지원『허생전』의 주인공 허생: 연암은 소설을 통하여 조선조의 사농공상의 제도를 개혁하는 획기적인 소설을 지었다. 뿐더러 그는 한민족의 정통의 홍익인간의 정신을 나타냈다는 데 의미를 더해 준다.

『허생전』의 주인공 허생은 변산 지방에 수천 명의 도둑 떼가 노략질을 일삼다가 조정에서 체포령이 내려져 산중에 피신하였으나, 굶어 죽게 된 이들을 죽게 할 수는 없어 그들이 숨어 있는 곳을 찾아가 그들의 딱한 사정을 듣게 된다.

허생은 장사로 번 돈을 100냥씩 나누어 줄 때 조건을 제시했다. 그 조건은 도적들에게 계집 한 사람과 소 한 마리씩을 각기 구해 오라고 명하였다. 도적들은 허생이 제시한 약속을 기일에 모두 지켜 모였다. 허생은 2천 명의 식구가 1년 동안 먹을 양식을 준비하고 이들을 모두 배에 싣고서 무인도로 향하였다.

이 무인도는 사람이 살기에 기후가 알맞고 비옥한 땅이라 섬에 상륙한 이들은 나무를 베고 집을 지어 농사를 지어 31만 호나 되는 부호의 마을이 되었다. 허생은 이곳 주민들 2천 명을 모아 놓고 다음과 같이 훈시를 하였다.

> 너희들은 아이를 낳거든 오른손으로 숟가락을 쥐기를 가리치고 또 하루라도 먼저 났어도 먼저 서로 음식을 양보하는 따위에 덕을 길러야 한다(兒生執匙, 敎以右手, 一日之長, 讓之先食).

『熱河日記』·「玉匣夜話」

이 훈시는 장유유서(長幼有序)를 나타낸 것이나 도적으로 살아온 이들에게 바르고 옳게 살아가기 위한 내용이라 할 수 있다. 고래로 한민족은 동방예의지국(東方禮義之國)이니, 선후문제를 사람들에게 훈시한 것이다. 허생은 무인도에서 의식주가 풍족한 나라를 세웠으니, 홍익인간의 이화세계이라 이를 만하다.

허생은 내륙인 육지로 돌아와 온 나라 안을 두루 다니면서 가난한 사람을 구제하였으니, 이것 또한 홍익인간의 정신이라 할 수 있다.

위의 내용에서 허생은 소외집단인 군도(群盜)가 가정을 이루고 도적의 누명에서 해방된 삶을 누리게 하고, 이들에게 도덕을 펴 자활할 수 있도록 하고 내륙으로 돌아와 가난하고 의지할 곳 없는 사람을 구제했으니, 홍익인간을 이룬 것이다. 허생은 홍익인간 정신에 의해 백성을 구제했는데, 본 조항 내용과 통하므로 구제 중의 구제이며, 남을 돕는 미덕이 자연스러움(naturalness)으로 이루어져 순수미(das Reinschöne)에 해당한다고 할 수 있다.

허생은 많은 어려운 처지에 있는 사람을 구제하였는데, 본 조항과 통하는 내용이라 할 수 있다.

2. 작중 주인공을 통한 구제: 『허생전』의 허생은 홍익인간 정신으로 많은 돈을 벌어 군도(群盜)를 본 조항의 내용과 같이 도덕을 펴 자활할 수 있도록 도와 무인도를 개발하여 많은 농산물을 생산하여 일본 장기(長崎)에

수출하여 이상국을 세웠다.

작가는 작중 주인공이 위정자가 선정을 베풀고 인재를 키우고 젊은이들의 일자리를 마련해 주고 이들에게 능력을 발휘할 수 있도록 여건을 조성해 준다. 이들은 위정자의 힘입어 자기의 능력을 최대한 발휘하여 수출상품을 수출하여 경제대국을 세운 성공사례를 작중 주인공을 통해 나타내면 독자들이 위정자의 능력을 받아들여 감동을 받게 될 것이다.

이런 내용을 작가는 새로운 스토리텔링으로 나타내면 홍익인간 사상을 현대적으로 이해하는 길잡이가 된다.

제169사(事) 합동(合同)(모여서 함께함) ─흥부와 놀부의 생활─

제169사(事) 합동(合同)은 '모여서 함께함'이란 뜻이다. 본 조항에서는 정신과 물질을 합하여 하나로 만드는 것으로 이해하면 된다. 작가는 이 두 가지를 결집하는 내용으로 작품을 쓰면 독자들이 선호할 것이다. 그 예는 흥부가 패가망신한 놀부를 홍익인간의 정신으로 재산을 반분한 것은 동기간의 우애일 뿐만 아니라 도덕과 물질이 하나(H)로 결집한 홍익인간(H)의 실천이다.

사람의 육체는 정신과 육체로 이루어졌으니, 이 양자가 서로 분리되면 원만한 삶을 이룰 수 없다. 이런 맥락에서 『흥부전』에서 주인공 흥부는 정신과 물질이 혼연일체를 이루어 부호가 되었고, 놀부는 물질에 치우쳐 사람이 살아가는 도덕을 무시하고 산 결과 패가망신했다.

사람에겐 정신과 물질이 분리되어서는 안 된다. 하나(H)로 결합하면 홍익인간(H)의 삶으로 이어진다. 'H'의 정신은 건전한 관계로 건강한 몸을 지닌다.

본 조항은 'H'의 내용과 관계되므로 흥부와 놀부를 이해하는 데 도움이 되어 다음과 같이 인용한다.

제169사(事) 합동(合同): (濟 3規 20模)(제, 3째 규칙, 20번째 모형)

合同者는 擧世也라. 擧世尚德意면 無物理요 擧世尚物理면
합 동 자　거 세 야　　거 세 상 덕 의　　무 물 리　　거 세 상 물 리
無德意니 是以로 哲人이 濟人에 相德物하며 斟時하니라.
무 덕 의　시 이　철 인　제 인　상 덕 물　　짐 시

해석: 합동(合同)이란 온 세상이 다 같이 함이라. 온 세상이 도덕의 뜻만 숭상하면 물리(물질의 이치)가 없어질 것이고, 온 세상이 물리의 이치만 숭상하면 도덕의 뜻이 없어질 것이니, 그러므로 철인이 사람을 구제함에 있어서는 도덕의 뜻과 물리를 같이하여 그때를 참작해야 하느니라.

제169사(事) 합동(合同)은 다 모여서 함께한다는 뜻이니, 세상을 바르게 살아가는 길이 된다. 우리 선인들 특히 조선조 500년은 합동의 길을 제대로 걷지 못했다고 할 수 있다. 이 합동은 어떻게 살아가는 것인가. 이 길은 도덕과 물질이 따로 떨어져 있는 것이 아니고 조화로운 상태를 의미한다.

이 조화로운 삶의 형태는 건전한 의식의 삶이다. 그런데 조선조 유학자들은 물질을 경시하고 도덕만을 일삼아 살아왔다. 사람은 일차적으로 물질이 풍부한 후에 정신력도 건전해질 수가 있는 것인데, 도덕만을 일삼고 물질을 경시한 데서 백성들이 어려움에서 헤어나지 못하게 됐다. 조화로운 삶은 도덕과 물질을 분리하지 않고 커다란 하나(一)로 합동에서 이루어지는 것이라 할 수 있다. 『천부경』의 하나(一)로써 천지조화를 이루는 원리와 같은 이치다.

우리선인들은 조선조의 경우 윤리도덕만을 너무 금과옥조로 신봉했다고 볼 수 있다. 사람은 물질을 경시하면 살아가는 데 어려움을 모면하지 못한다.

오늘의 위정자 또한 세상을 다스리는 방법을 고르게 개명(開明)한다고 볼 수 없다. 요즘 세상은 물질을 숭상한 나머지 일륜의 질서가 흩어져 있는 경향이 짙다. 선조들은 정신적인 윤리도덕을 중시하고 요즘은 물질을

숭상하여 부작용이 사회 곳곳에서 불미스런 사건이 발생하고 있다.

본 조항에서는 정신과 물질이 조화로운 세상이 건전하고 건강한 세상임을 밝혔으니, 단군이 반만년쯤 벌써 나라의 앞날을 진단해 놓은 것이니, 선인들이 이를 따랐다면 훌륭한 나라를 세웠을 것이다.

1. 『흥부전』에서 흥부의 삶: 흥부는 도덕과 물질을 서로 합한 조화로운 하나(H)(HANA)의 정신으로서 한민족의 정통사상이라 할 수 있는 홍익인간(Hongikingan:Humanism)의 정신을 'H'로 나타냈다.

한민족의 의식은 단군에서 연원된 것이므로 한국(H)의 혼(H) 속에는 'H'로 시작하는 한(H)사상과 관련된 것이 많다. 그 예는 헤아릴 수 없이 많으나 그중 3화(3H, 조화(造化)·교화(敎化)·치화(治化)·3환(3H, 환인(桓因)·환웅(桓雄)·환검(桓儉))·현묘(H)지도·홍범(H)14조·화랑(H)정신·하느님(H) 등에서 하나(H) 됨의 의미가 담겨 있다.

사람은 정신적인 도덕만으로 살아갈 수 없다. 말하자면 정신과 물질이 합동하는 데서 조화롭게 'H'로 살아갈 수 있다.

정신문명과 물질문명은 우리 생활에서 하나라도 결해서는 안 되는 것이니, 원만한 생활을 이루기 위해서는 하나로 합동하는 것이 바람직한 것이다. 남을 구제할 때는 이에 맞게 한(H)사상과 관련해 홍익인간정신인 한(H) 사상과 관련해 맞춰 나가야 한다.

흥부는 홍익인간인 'H'의 정신으로 제비가 둥지에서 떨어져 다리가 부러진 것을 치료해 주었으며 패가한 놀부를 도와 형제간의 우애를 돈독히 행하였다. 흥부의 생활은 'H'의 정신을 실천하였으니, 그 행한 바를 도표로 나타내면 다음과 같다.

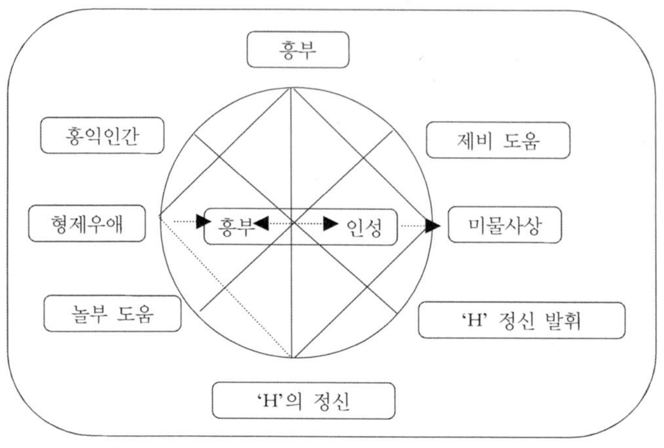

사람이 살아가는 데는 정신적인 도덕적인 면과 물질적인 면의 두 가지가 중요하다. 물질은 물질대로 정신도덕 또한 중요한 것이지만 성현들의 경우 도덕적인 인성문제를 상위개념으로 하였다.

맹자(孟子)는 양혜왕(梁惠王)이 나라를 다스리는 방법을 물었을 때 인의(仁義)로 다스려야 함을 일컫고 있다. 사람이 물질만을 위주로 하고 인의(仁義)를 멀리하고 이익을 추구하게 되면 국가사회가 무질서로 인해 위태로워져 도덕이 실종되어 이익만을 추구한다.

위정자들이 물질만을 숭상하고 각종 이익추구를 하다가 불명예로 공직에서 물러난 것을 보게 된다. 사람이 살아가는 데 있어 일차적으로는 물질이 어느 정도 필요한 것이지만 정신적인 도덕이 먼저 서지 않으면 안 되게 되어 있다.

덕의(德義)가 물질을 구제한다는 것은 『흥부전』에 흥부의 행함에서 나타나는 바와 같다. 흥부는 천의(天意)에 따라 성실·근면하게 살았다. 반면에 놀부는 물질만을 위주로 살다가 인사불성이 되어 천리와 인륜을 배역하는 삶을 살다가 패가망신을 하였다.

흥부는 춘하추동을 조상전래의 농경문화에 의한 삶으로 인해 인과응보로 부호가 되었다. 그뿐더러 흥부는 패가한 놀부에게 재산을 나눠 줘 살게 했으니, 단군이 366사(事)로서 홍익인간 정신을 살았다고 할 수 있다. 그와 반면에 놀부는 물질의 이익만을 추구 한 것으로 홍악인간(弘惡人間)의 전형으로 살아 패가한 것이다.

흥부와 놀부는 인과응보로 인해 부호와 패가의 운명으로 갈라졌으니, 농경문화를 유산으로 한 366사(事)는 한민족에게 길잡이라 할 수 있다. 단군은 366사(事)로써 백성을 다스렸던 것으로 인해 홍익인간의 이화세계를 이뤘다. 흥부와 놀부의 인간됨은 홍익인간과 홍악인간으로 나뉘었으나 흥부가 패가한 놀부에게 인륜도덕과 물질을 베풀어 하나(H)를 이루는 삶으로 놀부가 개과천선한 것이다.

물질과 정신은 인간이 살아가는 기본적인 공유(共有)하는 삶의 바탕이 되는 것이니, 이 중에서 하나라도 결해서는 원만한 삶을 누릴 수 없다.

홍익인간의 정신으로 구현된 삶은 물질과 도덕이 공유된 것을 이르는데 서사문학상에서 물질과 도덕으로 구제한 이로서는 흥부이다. 한국문학 중에서 권선징악의 관념으로 사람들에게 많은 교훈을 준 것은 『흥부전』이라고 해도 지나친 말이 아닐 것이다.

정신적인 도덕과 물질이 조화로운 삶을 이루기 위해서는 어느 것이라도 균형을 잃어서는 조화미를 이루지 못한다. 흥부는 한(H)사상의 수용으로 부호가 된 것과 같이, 21세기는 글로벌 시대(Global Era)에 맞게 'H'로 살아가야 발전을 도모할 것이라 믿는다.

2. **작가들의 'H' 정신 구현:** 작가는 독자들에게 흥부와 놀부가 홍익인간(弘益人間)과 홍악인간(弘惡人間)이 된 원인을 작품상에 나타내면 물질 위주의 폐단을 막게 할 수 있다고 본다.

요즘 신문지상에는 고위공직자들과 법을 바르게 선도하고 바른 판정을 할 인사들이 검은 돈의 유혹에 빠져 망신을 당하고 국민을 실망케 하는 일이 8·15광복 후 노무현 정권을 거치는 63년 동안 물질적인 유혹에 빠지는 일이 다반사로 발생했다.

작가들은 앞으로 2011년 이후 이명박 대통령 이후에 전 정권의 구태를 벗는 비리가 횡행하는 것을 불식시키는 내용으로 작중인물을 나타내면 독자들을 바른 길을 인도하게 될 것이다.

제170사(事) 노약(老弱: 노인과 약함 사람)―김영진의 『심청가』―

본 조항의 노약(老弱)은 노인과 약한 사람을 돕는 내용이니, 작가들이 부모가 자녀들을 정성껏 키워 헌신적으로 교육을 시키고, 부모가 늙어 병약해지면 봉양하는 내용을 모든 사람들이 본받게 작중에 나타내면 요즘 젊은 부부에게 본이 되게 할 것이다.

김영진의 『심청가』는 『심청전』을 내용으로 한 비가(悲歌)이다. 작자는 살신효행(殺身孝行)과 출천지효(出天之孝)를 나타낸 소설 내용을 시화(詩化)하여 민족의 가락과 정서를 나타내 정겹고 맛깔스런 토속어와 고유어를 적절히 맞추어 지었다.

원래 『심청전』은 효사상을 주제로 나타낸 관계로 만인에게 회자된 작품이다. 『심청전』은 판소리, 연극, 오페라, 무용, 희곡, 드라마, 만화, 코미디로까지 전 장르에 걸쳐 패러디되었지만, 시화한 작품이 전무하여 작가가 『심청가』를 지었다고 머리말에서 밝히고 있다.

『심청가』는 『심청전』을 시화한 내용으로 부녀관계가 본 조항과 상관관계를 이룬다. 그런 점에서 본 조항을 인용하면 다음과 같다.

제170사(事) 노약(老弱): (濟 3規 21模)(제, 3째 규칙, 21번째 모형)

濟老以恩하고 濟弱以方이니 恩可不易이요 方可無窮이라. 寧爲不恩不方이 언정 不可無不易無窮이니라.

해석: 노인은 은혜로써 구제하고 어린이를 구제함에는 방법으로써 할지니, 은혜는 바꿀 수 없는 것이고, 방법은 다함이 없느니라. 차라리 은혜로써 하지 않고 방법으로 하지 않을지언정

바꾸지 않고 다함이 있어서는 안 되니라.

　본 조항은 구제의 셋째 되는 차례로 구제대상을 설정했다. 즉 제170사(事) 노약(老弱)은 노인의 쇠약함과 어린이의 약함에 대해 전자는 은혜로써 하고, 후자는 자립하는 방도로써 도와주어야 함을 내용으로 하고 있다. 은혜로써의 구제는 물질적인 것이고, 방법으로써의 도움은 물질 이외의 교육과 취업 등을 이른다.

　노인은 쇠약한 관계로 은혜로써 도와야 하니 자손이 부모의 은혜로써 보답해야 도움을 갚는 길이다. 이에 대해 어린이는 유약한 관계로 돕는 방법이 많은 것이다.

　한국의 풍속은 서구화로 인해서 많은 변화를 했는데, 조상의 뿌리를 잇지 않는 전통은 한국인의 미풍양속이라 할 수 없다. 자손은 늙은 부모를 모시고 사는 것은 서구인들이 본받아야 할 일이다. 늙으면 자손이 받들어야 여생을 마칠 수가 있다. 거동이 불편한 노인은 자손이 돕지 않으면 여생을 편히 살아갈 수 없다. 어린이 도움은 앞길이 창창한 관계로 교육을 시키면 취업을 할 수 있으므로 생계문제는 걱정하지 않게 된다.

　한국의 가정은 어린이는 부모가 양육하고 부모가 병약해지면 자손의 도움을 받게 되어 있으니, 이 제도를 지속시키는 것이 한국인답게 살아가는 길이라 생각한다.

　1. 『심청전』에 나타난 부녀간의 정(情): 『심청전』의 부녀간은 본 조항의 의식이 담겨 있으므로 볼 수 있다. 김영진은 『심청전』을 한국효사상의 귀감이 되게 한민족의 가락과 정서를 기층민중의 판소리 장타령 조에 맞춰 『심청가』를 지었다.

　『심청가』는 『심청전』을 내용으로 한 소재이다. 심봉사는 앞을 보지 못하면서도 어린 심청을 키우기 위해 젖동냥을, 심청이 자라서는 심봉사를, 이들 부녀는 천륜(天倫)과 인륜(人倫)의 정으로 키우고 봉양한 것을 볼 수 있다.

이러한 상호 보살핌은 심봉사와 심청의 사이에서, 먼저 심봉사가 심청
을 키우는 장면을 소개한다.

아가아가 울지마라 젖달라고 울지마라
니가울면 나도 운다 이쁜아기 착한아가
자꾸울면 너의 엄니 저승에서 따라운다

날이새면 귀덕엄니 찾아가서 젖달란들
문전박대 할까부냐 죽창문밖 대닢네야
바람소리 내지마라 고명아기 잠못잔다

중략
암죽쑤어 먹여주니 잘도잘도 잘먹는다
밤도깊다 하냥깊다 도란도란 별님네야
동지섣달 눈서리에 썩는돌팍 있다더냐
달래같은 우리아기 얼른얼른 잘자라라

김영진, 『심청가』, 「심봉사 자장가」, 도서출판 태극, 2004년 7월
27~28쪽

위의 내용과 같이 심봉사가 홀로 어린 심청을 키우는 것은 천륜에 의한
정이니 당연한 일이다. 사람은 부모에 의한 보살핌의 과정을 거치게 되어
있는 것이다.

심청이 10살이 되어 사정이 달라져 심봉사의 수발을 들어야 할 형편이
되었다. 그리고 심청은 15세 때 맹인인 부친을 개안하기 위해 공양미 300
석에 팔려 인당수에 제물로 팔려 가니, 부녀의 정을 천륜으로 볼 수 있는
것이다.

위의 노래는 『심청전』을 소재로 한 노래이지만 심청의 효행을 현대적
인 감정으로 나타내 사람들에게 심청의 효행을 생각하게 하는 장면이다.

뱃머리 가생이에
치렁머리 물바람에 막춤을 춘다
강파른 흰꽃 바람에 가들댄다

두 손 모아 심청이 황천에 비네
눈먼 모아 심청이 아부지
천추 한을 풀어 주소서
광명천지 새롭게 보소서
비틀대며 사방에 큰절을 올린다.

중략

아번님 저는 갑니다 나는가요
외마디 소리 물농을 속에 자즈라져
가냐른 꽃! 물보라 나래 폈다.
아차차 하얀 꽃승아리
아람 나빌네라

위의 시집 「낙화」 69~70쪽

이러한 부녀간의 천륜과 인륜의 관계는 농경과 관계가 깊다. 어린 싹을 잘 가꾼 결과는 노경에 이른 노인을 편안히 지내게 하는 것과 관계가 깊은 보응관계이다.

한민족은 고대로부터 부모는 자녀를 사랑으로 키우고 자녀 또한 노부모를 정성껏 봉양해 왔다. 부모와 자녀는 상호 간의 구제인 동시에 자연발생적인 의식으로 되어 있는데, 농경과 관계가 깊다.

『심청전』에서의 부녀 상호 간의 구제는 한국인 의식을 나타낸 총집합체라고 볼 수 있다. 심봉사와 심청은 부녀관계로서 노약(老弱)관계이다. 유약(幼弱)·노약(老弱)은 노자(老子)『도덕경』(道德經)의 내용과 같이 강강(剛强)을 이기는 것으로 되니, 자연력·우주력(宇宙力)과 관계된다. 따라서 노약자와 유약자의 봉양과 보호는 사회를 미풍양속으로 사회를 순화시키는 계기가 될 것이며 무서운 동력으로 작용된다는 것을 알아야 할 것이다.

이 구제는 마침내 심청이 황후가 되고 심봉사가 개안이 되어 부원군에 이르렀으니, 유약이 천지의 우주력으로 승화된 놀라운 사실이다.

노약자의 상호구제는 우주로 향하는 동력의 역할을 하는 것이니, 노인과 어린이의 구제가 곧 사회와 나라를 발전시키는 보배가 된다는 것을 알아야 한다.

단군조선이 강대한 나라를 세운 것은 유약자를 잘 보살피는 홍익인간의 정신에서 볼 수 있다. 특히 소도(蘇塗) 교육은 어린이의 심신수련과 인간완성에 이르게 하는 지덕체(智德體)의 교육을 받게 되는 데 의미를 지닌다.

단군시대는 원래 하늘숭배가 조상숭배의 관념으로 이어졌는데, 노인의 봉양은 천리로 이어져 홍익인간의 이화세계를 이룬 것이다.

오늘날은 부모의 자녀 교육이 잘되어 있고, 경로사상이 예전과 같지 않으나 좀 아쉬운 점이 많은 것도 사실이다. 한국은 단군시대와 같이 노약자와 유약자를 잘 보살펴 동방예의지국(東方禮義之國)으로서의 위상을 되찾아야 한다.

2. 부모 자식 간의 도리: 한국의 부모는 자손을 키우며 공부시키는 일은 세계에서 으뜸을 차지한다. 1950년대의 6·25의 전쟁으로 인해 삶은 말할 수 없는 궁핍한 생활을 하였다. 그러면서도 한국의 부모들은 자손을 공부시키기 위해 논밭을 팔아 가며 학비를 댔다. 그 세대들은 부모들을 정성껏 섬겨 왔다.

작가들은 50~60년대 보릿고개가 있었던 시절 한 주인공이 자수성가(自手成家)를 이루어 부모를 편안히 모시는 과정을 작품에 나타내면 부자간의 윤리도덕이 꽃피는 가정이 이루어질 것이다. 또한 작가들은 유약자와 노약자를 보호하는 내용을 소설, 시, 만화 등으로도 독자들에게 알릴 수 있게 되므로 심청의 캐릭터를 새로 창안해 선보이면 좋은 호응을 받게 되리라 믿는다.

제171사(事) 장건(壯健: 씩씩하고 튼튼함) ―「양반전」의 양반생활―

제171사(事) 장건(壯健)한 사람은 몸이 튼튼하고 건강함을 이른다. 그런데 본 조항에서는 사람이 강건하다고 하여 이를 과신하고 체력을 함부로 소비하거나 오만한 행동을 행해서는 안 됨을 경계하고 있다. 조선조 양반들인 위정자들은 사농공상(士農工商)이란 제도로 백성을 불평등 관계로 다스려 부작용이 심각하였다. 유교는 도덕적인 인륜으로 살아가는 좋은 사상인데 너무나 도덕만을 중시하고 시대조류에 맞지 않은 관계로 딱딱하게 살았다.

작가들은 조선조 양반들이 권력을 남용하고 사농공상(士農工商)의 제도로 인해 시대에 역행하는 생활을 작중에 나타내면 양반들의 경화(硬化)된 삶을 이해하는 데 도움을 줄 것이다. 연암(燕巖) 박지원(朴趾源, 1737~1805)은 실학자로서 18~19세기 양반들이 근대의식을 알지 못하고 유교경전만을 금과옥조로 여기고 살아가는 실상에 대해 근대의식으로 풍자하였다. 시대는 변하는데 춘추시대 공자(孔子, B.C. 552~479)가 생존했던 경전 내용을 준칙으로 살아간다는 것은 시대착오적인 삶이다.

공자(孔子)는 춘추시대 사람들이 바르게 살아가게 하기 위해 윤리도덕을 편 것이다. 그런데 그 가르침은 기원전 5세기 이전의 것이니, 근대의식으로 살아가는 사람들에게 거리가 있다. 그래서 연암은 실학자로서 유교경전을 신봉하는 유자들을 근대의식으로 살아가게 하기 위해 실학을 주장하고 「양반전」을 지은 것이다.

「양반전」에 나타난 양반의 생활은 유교경전대로 살기 때문에 경화(硬化)된 삶이고 권력을 함부로 백성에게 행사하여 민심과 이반한다.

본고는 「양반전」을 바르게 이해하기 위해 본 조항을 아래와 같이 인용한다.

제171사(事) 장건(壯健): (濟 3規 22模)(제, 3째 규칙, 22번째 모형)

壯健者는 遭天敗하여 立絶地하면 雖欲筋力井匏나 無繩濟之
單恩이라. 可警其復을 不警이면 復非恩이니라.

해석: 몸이 튼튼한 사람(壯健)은 하늘의 벌을 받아 벼랑 끝에 서게 되면, 비록 힘들어 우물의 물을 바가지로 마시려고 해도 두레박줄의 건짐이 되는 한 가지의 은혜도 없는 것이니라. 그 반복되는 잘못을 경계하는 것이요, 만일 경계하지 않으면 다시는 은혜가 없느니라.

사람이 튼튼하고 건강하더라도 천리로 살지 않고 인심을 잃으면 안 되는 교훈이다. 사람이 딱딱하게 살면 생리적으로 고장을 일으켜 건강하지 못한 사람이다.

우리는 한때 법은 멀고 주먹이 가까울 정도로 힘과 권력이 지배하던 시대에 살아온 경험이 있다. 1950년대 이승만 자유당 정권은 힘과 권력으로 정치를 하여 인권이 유린당하는 일이 사회 전반에 만연했다.

세상의 이치는 극에 달하면 진리로 돌아오게 되어 있는 것과 같이, 4·19 혁명으로 자유당 정권이 무너졌다. 그 후 힘과 권력에 의한 부패정치는 그대로 이어졌다. 박정희 군부는 쿠데타를 일으켜 비록 독재정치를 행하였으나 이들 부패세력을 몰아냈다. 그러나 박정희 정부 또한 군부에 의한 부패가 심하였다. 그러나 민생치안은 불량배에게 괴로움을 당하는 일이 없었다.

『인부경』에는 '삼극삼신(三極三神) 회육귀이'(會六歸二)라고 하여 천지인(天地人)의 삼극(三極)을 나타내는 삼신(三神)이 만물을 생성하는 육(六)을 이루고 땅의 수(數)인 이(二)로 돌아오는 이치를 말하고 있다.

이(二)수는 땅의 수와 함께 음양을 나타낸다. 천지인(天地人) 삼재(三才)를 주관하는 삼신(三神)이 천지인(天地人)에 음양을 곱하면(3×2＝6) 6수가 되므로 음양의 수(數)인 이(二)로 돌아오면 대지는 풍성함을 이루게 된다.

대지는 음양조화를 이루게 되므로 부드러운 속성을 지닌다. 원칙으론 삼극(三極)인 천지인(天地人)에는 각기 음양이 조화를 이루게 되어 있다. 즉 하늘에는 해와 달의 음양적인 조화가 이루어지고 대지는 물과 불의 조화로 만물을 낳고 사람 또한 부부가 있어 자녀를 낳게 되니, 온 우주를 생성의 삶으로 음양조화를 이루어 부드럽게 살아가게 한다.

인간은 만물 중에 영장류이고 사람답게 살아야 하는데, 하늘의 벌을 받는 행동을 하면 인심을 잃어 천패(天敗)를 당하게 되어 벼랑 끝에 서게 되어 잘못을 경계하지 않으면 안 된다.

사람이 천지간에 만물의 영장류로 태어나고 건장하게 사는 것은 행운이다. 그런 행운의 도래는 우연한 것이 아니고, 하늘이 준 것으로 믿고 진리에 반하는 생활을 해서는 안 되고 천리에 맞는 생활을 해야 한다.

1. 연암 박지원의 양반의 삶 소개: 연암은 18세기 양반들이 경화된 삶으로 살게 됨을 치유하는 일환으로 「양반전」에서 양반의 무능을 풍자했다. 천부(賤富)는 양반들의 삶이 신선같이 살아가는 줄 알고 쌀 천 석을 주고 양반의 권리를 사기로 했다.

양반의 권리를 산 천부는 양반들의 생활이 좋은 것으로 알았다. 그러나 내면은 힘과 권력을 부려 가며 딱딱하게 살아가는 생활이다. 천부는 양반이 되는 절차를 밟게 되는데 13조항에 걸쳐 있다. 그중 11조항을 인용하면 다음과 같다.

> 1) 양반은 언제나 오경이면 일어나서 등불을 돋우고 정신을 가다듬어 눈으로 코끝을 슬며시 내려다보고, 두 발굽을 한곳에다 모아 볼기를 괴고 앉아서 동래박의처럼 어려운 글을 외우기를 얼음 위에 박 굴리 듯 해야 한다.
> 2) 아무리 배고프고 춥더라도 가난하다는 말을 입 밖에 내지 않는다.
> 3) 아래윗니를 딱 맞추고 손가락으로 뒤통수를 통겨 코 똥을 키잉하고 뀐다.
> 4) 가는 기침에 침을 뱉지 말고, 지근지근 씹어 삼킨다.
> 5) 갓의 먼지는 소맷자락으로 털 것이지 손으로 털지를 않는다.

6) 세수를 할 때 주먹을 비비지 말아야 한다. 양치질을 하되 너무 지나
   치게 말 것이다.
7) 여종을 부를 때는 긴 목소리로 아무개야 하고 불러야 하고 걸음은
   천천히 거닐어 신축을 딸딸 끌고 다닌다.
8) 고문진보 당시품휘 같은 책은 마치 깨알처럼 한 줄에 백자씩 베껴
   야 한다.
9) 손에 돈을 지니지 말고, 쌀값에 오르내림을 묻지 않는다.
10) 아무리 날씨가 덥더라도 버선을 벗지 말 것이다.
11) 밥 먹을 때는 상투가 움직이지 않도록 하고, 국을 먼저 마시지 말
    고, 혹시 물을 마시더라도 훌쩍훌쩍 흘림소리를 내지 말 것이며, 수
    저를 방아 찧듯이 요란스럽게 놀리지 말며, 생파를 씹어서 암내를
    풍기지 말 것이며, 막걸리를 마시거나 담배를 피우는데 볼이 오므
    라지지 않도록 해야 한다.

『연암집』(燕岩集) 권(卷)8, 방경각외전(放璃閣外傳), 「양반전」(兩班傳)

위의 11조항의 인용은 「양반전」에서만 볼 수 있는 것이 아니고 양반들
이 딱딱한 생활상을 나타낸 것이다. 실제로 양반들은 유교경전을 금과옥
조로 여기며 살게 되므로 딱딱하게 살았다.

위의 내용은 음식 예절에 대한 11조항의 모체가 된 내용을 인용하면 다
음과 같다.

1) 남과 함께 한 그릇에 담긴 국이나 밥을 먹을 때에는 자기만 배불리
   먹지 않도록 하며,
2) 함께 밥 먹을 때에는 손을 적시지 않도록 하고,
3) 밥을 뭉치지 말아야 하며,
4) 밥술을 크게 뜨지 말아야 하고,
5) 국물을 소리 내어 흘러 마시지 말며,
6) 음식을 쩝쩝 소리를 내어가면서 먹지 말고,
7) 음식에서 뼈가 달린 고기를 먹을 때에는 뼈까지 씹지 말아야 하며,
8) 먹다 남은 생선이나 고기를 그릇에 도로 넣지 말고,
9) 개에게 뼈를 던져 주지 말아야 하며,
10) 음식을 구태여 먼저 먹으려 하지 말고,
11) 더운 음식을 식히기 위하여 해적이지 말며,
12) 기장밥을 먹을 때 젓가락으로 먹지 말고,

13) 국속에 나물이 있으면 마시지 말며,

14) 국이 입에 맞지 않더라도 양념을 치지 말고,

15) 이 사이를 쑤시지 말고,

16) 젓국을 마시지 말고,

17) 손님이 국에다 양념을 치게 되면 주인은 국을 잘 끓이지 못하였노
라 사례하여야 하며,

18) 손님이 젓국을 마시면 주인은 가난하여 음식이 변변하지 못합니다.
라고 사과하고,

19) 젖은 고기는 이로 물어 끊고 말린 고기는 이로 물어 끊지 말고 손으
로 찢으며,

20) 구운 어육이 있으면 모두 한 입에 먹지 말 것이다.

『예기』(禮記) 권(卷)1 곡례(曲禮) 상(上)

원래 유가에서의 인간의 예(禮)는『예기』곡례편(曲禮篇)에 3,300에 이른
다고 하였다. 위의 20개 조항은 연암의「양반전」에서 11조항을 어느 정도
까지 포괄할 수 있는 내용이다. 양반들이 신봉하는 예규는 생물학적인 인
간이 지켜 가며 살아갈 때 불편한 것은 말할 것도 없고 딱딱하게 살아갈
수밖에 없는 준수사항이다.

사람은 음양이 조화를 이루며 하나의 진리를 지니며 살아가는 것인데
딱딱하게 살아가면 신체의 고장을 일으켜 건강하게 살아갈 수 없다.

이런 딱딱한 예의를 지키는 것으로 백성을 다스리면 원만하게 다스릴
수 없게 된다. 연암이「양반전」에서 양반의 생활을 수정하려는 것은 부드
럽게 살아가는 데 있다.

「양반전」의 제1문건은 딱딱한 내용이고, 제2문건은 양반들의 오만함을
나타냈다. 이 문건에는 과거 급제를 하면 권력을 행사하게 되므로 부귀영
화를 누려 신선같이 누린다는 것이다. 예전에는 하급관리가 되더라도 백
성들이 그들 앞에선 굽실거리며 살았다. 더구나 과거를 급제하면 높은 벼
슬을 하게 되니, 어느 백성이 그들의 명을 거역할 것인가.

유학자들이 딱딱하게 살아온 것은 18~19세기 연암 당시뿐만 아니다.
도리어 연암 당시는 근대화의 물결로 많이 완화된 시대이다. 연암 이전은

양반들의 삶이 더 경화된 삶이었다고 할 수 있다. 조선조 500년간은 관리들의 천하였다. 양반유가들이 벼슬을 하면 권력을 남용하여 백성을 가렴주구(苛斂誅求)로써 괴롭혀 왔는데 이들을 탐관오리(貪官汚吏)라고 하였다.

양반들의 실상은 시대를 반영한 고소설이나 민담 등에서 수없이 발견된다. 그중에서 양반유가의 부패를 풍자한 「양반전」에는 양반들의 경화(硬化)된 생활과 부패가 잘 나타나 있다. 특히 그들이 자랑하는 『조선왕조실록』과 『승정원일기』에도 양반들의 생활상이 잘 반영되어 있고, 다산시(茶山詩)에는 관리들이 가렴주구(苛斂誅求)로써 백성의 재물을 빼앗은 실상을 사실적으로 나타냈다. 특히 다산시(茶山詩)에는 양반들의 부정부패가 사실적(寫實的)으로 나타나 관리들의 실상을 알 수 있게 한다. 이러한 위정자의 비리 횡포는 제2문건에서 양반관료들이 백성들을 권력으로써 사람의 인권을 짓밟고 재물을 빼앗는 것에서 알 수 있다.

군수는 천부(賤富)에게 양반이 되는 조건을 제1문건과 제2문건에서 보인다. 이에 천부(賤富)는 문건을 접하게 된다. 그런데 그 문건에는 천부가 양반이 양반답게 살지를 않는 실상을 보고 경악하며 머리를 내젓는다. 천부는 군수에게 "나를 도적으로 만들 작정이요"라고 말하고 그 자리를 뒤로 돌아보지도 않고 떠났다.

딱딱한 삶과 부정비리로 살아가는 것은 추(醜)한 삶이다. 「양반전」에 나타난 양반들과 관료들의 생활상은 추(醜)한 미로 받아들여야 한다. 연암이 「양반전」에서 양반들의 생활을 비정상적인 생활방식으로 풍자한 것으로 그 추악한 삶의 형태를 미적으로 승화시켜 양반들의 생활을 바르게 살게 하는 데 주안을 두어야 하기 때문이다.

양반이나 관료들의 삶은 공맹(孔孟)의 도를 행하는 유자(儒者)이다. 그런데 유자들은 유교경전을 잘못 받아들이고 특히 변화하는 시대와 조화를 이루지 못하고 경전 그대로 살아왔다. 유교경전과 조선조의 시대는 시대적인 거리가 있게 되므로 맞지 않고 사농공상의 제도로 살았으니, 경색된 사회를 이룬 것이다.

『천부경』에는 하나(一)의 진리를 나타냈는데 하늘의 도로 살아가라는 의미이다. 하늘의 이치로 살아가면 음양조화를 이루게 되어 만물이 생육되는 것이니, 부드럽게 살아가게 된다.

본 조항과 「양반전」은 양반유자의 삶을 반영한 것이니, 미의식상으로 추악한 미로 받아들이면 될 것이다. 양반유가의 삶은 진정한 삶의 형태가 아니고 동맥경화증에 걸린 사람들과 같이 병적인 삶이다.

단군은 부드럽게 살아가는 가르침으로 본 조항을 백성들에게 가르친 것으로 인해 홍익인간사회를 이루게 된 것이다.

연암은 18~19세기 유자(儒者)들로 하여금 경화(硬化)된 삶을 치유하도록 하였으니, 앞을 내다보는 삶을 나타냈다. 외국인은 한국인의 인상을 보고 딱딱하게 보인다고 하는 데, 1988년 올림픽이 서울에서 개최되었을 때 일이다. 외국인들은 서울시민을 보고 얼굴에 웃음기가 없고 딱딱한 인상을 준다는 말을 하더라는 것이다. 그래서 TV에서 사람들을 모아 놓고 웃는 연습을 시킨 일이 있다.

한국은 역사적으로 외침을 받아온 데다 유학자들의 경화된 삶과 일제의 식민지 통치 해방 후에 혼란상 6·25전쟁, 4·19혁명으로 독재타도 군사독재로 인해 웃음기가 없이 살아왔다. 한국인은 역사적으로 딱딱하게 살아왔으니, 외국인들 눈에 얼굴이 굳은 표정으로 보였을 것이다. 유학자가 나라를 망친 것은 딱딱하게 산 데 있다고 해도 지나친 말이 아닐 것이다.

요즘은 외국여행을 많이 다녀온다. 복지국가라고 하는 나라사람들은 웃음기가 많다는 것을 보게 된다. 우리에겐 역사적으로 웃을 일이 별로 없었기에 얼굴이 납덩이같이 굳어 있었다고 할 수 있다. 연암의 「양반전」은 한국이 살아가는 데 있어 미래를 예시한 문학이었다. 양반유자들은 공맹(孔孟)의 가르침을 그르게 받아들여 심지어 『공자가 죽어야 나라가 산다』는 책이 나와 조선조 오백 년을 공자(孔子)가 나라를 망쳐 놓은 것으로 잘못 알고 있는 것이다. 조선조를 망쳐 놓은 것은 유교가 아니고 이를 신봉하는 양반유가들이 잘못 실천한 데 원인이 있다.

2. 유자(儒者)의 딱딱한 삶: 작가들은 유자(儒者)와 같은 딱딱한 삶을 살아서는 안 되는 것을 작품상으로 나타내면 독자들이 유교가 나라를 망친 것이 아니고 유자라는 것을 깨달을 것이다. 한국인은 물론 중국인도 공자(孔子)가 나라를 망친 것으로 알고 1960년대 후반기 홍위병들이 공자(孔子)의 비석(碑石)을 망치로 깨기도 했다.

작가들은 유교(儒敎)가 나라를 망친 것이 아니고 유자(儒者)가 시대변화를 인식하지 못하고 잘못 나라를 다스린 데 있다는 것을 작중에 나타내면 사람들이 잘못 알고 있는 것을 알게 하는 데 도움을 줄 것이다. 작가들이 단군의 홍익인간의 삶을 구현하는 한 방도로 본 조항과 연암의 「양반전」에서의 양반의 생활상을 바로잡는 것으로 작품의 줄거리를 펴면 정의사회를 구현하는 방법이 될 것이다.

제172사(事) 지(智: 지혜) ―『大東風雅』29―

지혜(智慧)는 사람이 살아가는 데 중요한 것이다. 사람은 지혜로 살아가야 바르게 살아갈 수 있으므로 앎과 재주의 스승이며 덕의 벗이 된다고 이른 것이다. 작가는 이러한 내용으로 작품을 쓰면 독자들이 세상을 슬기롭게 대처하며 살아갈 수 있다.

연대, 작자 미상의『대동풍아』29에서는 세상을 살아가는 데는 재지(才智)로써 살아가는 것을 나타냈다.

사람은 재주가 있으면 지혜로써 살아가야 하는데, 좋은 재주로써 태어났으면 사욕을 채우는 데 쓰지 말고 공익을 위하는 것으로 돌리면 자기도 사회를 위하는 것이 될 것이다.

『대동풍아』29의 시조에는 본 조항과 같은 뜻을 지니게 되므로 사람들에게 좋은 교훈이 되고 있다. 지혜는 재주의 스승이고 덕의 벗이 되므로 슬기로운 사람이면 지식과 재능과 덕을 베풀어 과학기술도 지혜의 덕을 본받아야 사람들을 돕게 된다. 본 조항은 지혜의 덕이 먼저 선 후에 재주를 발휘하면 좋은 결과를 얻을 수 있으므로, 그 내용을 다음과 같이 소개한다.

제172사(事) 지(智): (濟 4規)(제, 4째 규칙)

智者는 知之師也요 才之師也며 德之友也라. 知能通達하며
才能剖判하며 德能感化니 惟哲人智라야 用濟人하리라.

해석: 지혜(智)라 함은 앎의 스승이며 재주의 스승이고 덕의 벗이니라. 지식에 능하면 모든 일에 통달하고, 재주가 능하면 명확한 판단을 내리며, 덕이 능하면 모든 사람을 감화시킨다. 오직 철인의 지혜라야 사람을 구제하는 데 쓰이니라.

위에서 지(智)라 함은 지혜를 뜻하는데, 지식과 재주의 스승이라 했다. 현대는 과학기술의 시대이니만큼 이 두 가자는 필요한 것이다. 이 두 가지로 슬기롭게 사람들을 덕으로 구제해야 한다. 위정자와 백성들이 지식과 재주의 스승인 지혜와 덕을 본받으면 나라는 잘 다스려져 상하인들이 편안하게 살아갈 것이다. 고대사회는 농경이 원시적이므로 백성들이 식량이 부족한 상태에서 살아왔다. 위정자가 슬기롭게 나라를 다스리면 많은 백성을 어려움에서 구제하였음을 의미한다. 백성은 의식주의 생활에 구애받지 않고 살아가면 지식과 재주와 덕을 발휘하게 되어 지덕체(智德體)로 건전한 의식으로 살아갈 것이다. 고조선은 단군과 삼상(三相) 오부(五部)의 신하들이 지덕체(智德體)로써 다스렸기 때문에 홍익인간의 이화세계를 이룩했으니, 본 조항의 실천사항이라 할 수 있다.

세상을 살아가는 데는 지혜가 있어야 하는데 특히 위정자에겐 필수적인 것이다. 지혜로운 사람이나 위정자가 사람을 구제하는 일은 지식과 재능과 덕으로써 사람을 돕는 일에 앞장을 선다. 홍익인간이라 하는 사람은 지덕체를 갖춘 사람이다. 단군은 홍익인간으로 나라를 다스렸으니, 지덕체를 갖춘 인물이 홍익인간으로 나라를 다스릴 수 있는 요건을 갖춘 이라 할 수 있다.

지덕체는 홍익인간의 이화세계를 실현하는 요건이니, 남을 구제하는 네 번째 지혜의 규모는 다음과 같이 10가지 조항으로 나뉜다.

지사규(智四規)

지사규 \ 내용	주요 내용	대상	조항
1. 설비(設備)	만물 구제를 미리 준비해 귀감토록 함	지혜	제173사(事)
2. 금벽(禁辟)	사람의 고질적 나쁜 버릇을 고쳐 줌	지혜	제174사(事)
3. 요검(要儉)	사람을 먼저 검소한 생활에 힘쓰게 함	지혜	제175사(事)
4. 정식(精食)	과음·과식을 탐하지 않음	지혜	제176사(事)
5. 윤자(潤資)	소유한 자산을 바르게 써 어질게 불림	지혜	제177사(事)
6. 개속(改俗)	천박한 마음을 버려 자신을 도움	지혜	제178사(事)
7. 입본(立本)	큰 뜻과 지혜로써 뜻을 바로 함	지혜	제179사(事)
8. 수식(收殖)	인망을 귀하게 여기고 재물을 씀	지혜	제180사(事)
9. 조기(造器)	하늘이 사람을 살아가게 그릇을 만듦	지혜	제181사(事)
10. 예제(豫劑)	약으로써 예방이 슬기로운 행동임	지혜	제182사(事)

위와 같이 백성을 구제하는 방법은 10조항으로 나눴다. 위정자는 나라를 바르게 다스리는 것은 말할 것도 없고 만물과 사람들을 슬기롭게 구제해야 함을 이르고 있다. 특히 개인의 몸 건강을 관리하는 것을 돌보는 것으로 되어 있는 데 의의를 지닌다.

위 10개 조항은 자신과 남을 구제하는 덕목이나, 나라를 구하는 것으로 받아들이면 더욱 좋은 것이다. 이 10가지 유형의 구제를 홍익인간사상으로 베풀면 구제 중의 구제라 할 수 있다.

우리는 지혜를 겸비(지식·능력·재주·덕)한 사람을 철인이라고 하는데, 이런 이라야 사람을 구제할 수 있는 것이다. 철인은 천지인(天地人)의 진리를 통한 사람이니, 이런 이가 정치를 하면 내성외왕(內聖外王)의 철인정치가(哲人政治家)가 될 수 있다. 이러한 철인의 재질과 힘과 지혜를 본받아 나라를 다스리면 홍익인간의 이화세계를 이룰 수 있을 것이다.

1. 『대동풍아』 29 시조: 『대동풍아』 29 시조는 연대, 작자 미상의 시조로 알려지고 있는데 사람들에게 재주와 슬기로써 살아가라는 교훈이라 할 수 있다. 사람은 재주가 너무 승하면 사람을 속이게 되니, 여기에 지혜로움이 개입되면 남을 돕는 일이 된다.

우리는 생활 주변에서 머리가 비상하게 좋은 사람들을 많이 접견할 수 있다. 그런데 그런 좋은 재주와 머리를 타고났음에도 사회를 위하는 일은 커녕 사라사욕을 채우는 일로 인해 인간본연의 성품과는 거리가 있는 사람을 보게 된다.

본 시조에서는 재주와 슬기를 겸한 네 사람의 예를 들어 재지영웅(才智英雄)을 들었는데 이들의 인간됨을 다음과 같이 소개한다.

조자건(曹子建)의 칠보성장(七步成章) 소계자(蘇季子)의 육국종횡(六國縱橫),
오자서(伍子胥)의 거구정(擧九鼎)과 초패왕(楚覇王)의 개세기(盖世氣)라.
천고(千古)에 재지영웅(才智英雄)은 이뿐인가 하노라.

『大東風雅』 29

위의 시조에는 중원의 재지영웅(才智英雄)으로 네 사람을 들었는데, 곧 ① 조자건(曹子建)→칠보성장(七步成章), ② 소계자(蘇季子)→육국종횡(六國縱橫), ③ 오자서(伍子胥)→거구정(擧九鼎), ④ 초패왕(楚覇王)→개세기(盖世氣)로 나타냈다.

초장에서 ① 조자건(曹植의 字)은 일곱 걸음을 걷는 사이에 시를 지었다는 칠보성장(七步成章)으로 재주가 있는 이로 알려졌다. 그의 말 중 오해받을 일은 아예 하지를 말라는 유명한 명언이 오늘에도 사용되고 있다. 그는 「군지행」(君子行)에서 '참외밭에서는 신발 끈을 매지 말고, 오얏나무(자두나무) 아래에선 머리에 쓴 관을 바로잡지 말라'(瓜田不納履, 李下不整冠)라는 말이 만인에게 회자될 정도로 유명한 말을 남겨 글재주가 있는 사람인 것을 참고적으로 소개한다.

② 소계자(蘇季子)는 한두 나라도 아닌 육국(六國, 齊·楚·燕·趙·韓·魏)을 합종하는 능력을 발휘했으니, 보통 사람의 재지(才智)로는 이룰 수 없는 일이다. 그는 수완이 뛰어난 관계로 재상이 되었으니, 재지(才智)영웅이라 할 수 있다.

중장의 ③ 오자서(伍子胥)는 아버지와 형을 죽인 초(楚)의 평왕(平王)의 원수를 갚았으니 자손으로서 아우로서 효와 우애를 돈독히 실천한 사람이다. 곧 철천의 한을 갚고, 오(吳)의 중직(重職)에 있었다. 그의 구정(九鼎)은 천자의 보(寶)나 중직을 뜻하니, 재지(才智)영웅에 해당한다.

④ 초패왕(楚覇王)의 개세기(盖世氣)는 항우(패왕)가 한고조의 군사가 해하(垓下)를 포위하였을 때 패사(敗死)하기 직전에 역발산(力拔山) 기개세(氣盖世)(산을 뽑고 세상을 엎을 만한 기상이로다)라고 지은 시구(詩句)에서 온 것을 인용한 것이다. 그는 힘이 재지보다 승했으니 패사한 것이다. 사람은 누구를 막론하고 재주와 지혜로써 살아가야 잘 살아갈 수 있다.

위의 네 사람은 재지(才智)를 겸하여 후세 사람이 살아가는 데 도움을 주고 있다. 작자는 미상이지만 세상을 살아가는 데 있어 네 사람과 같이 재지(才智)로써 살아가야 함을 사람들에게 일깨우기 위해서 위의 내용을 지은 것이다.

2. **재지(才智)의 삶 소개:** 시조에 나타난 4인을 재지영웅(才智英雄)은 사람들에게 좋은 교훈이 되고 있다. 작가는 시조의 4인을 참고하여 재주 있는 사람은 사리사욕을 채우는 일을 하지 않았고, 항우의 경우 지혜보다 힘만 믿고 행한 것이 화근이 된 것을 작중인물 중에 나타내면 도움이 될 것이다.

사람은 지혜로써 살아가야 남에게 도움을 준다. 사람은 항우와 같이 힘만을 믿고, 요즘 같으면 권력이나 돈이 많다고 낭비벽이 심한 사람일 경우 권력과 재산을 오래가지 않고 잃게 될 것이다. 항우는 힘과 지혜를 중용적으로 겸비했다면 진정한 재지의 영웅이라 할 수 있는데, 힘만으로 세상을 살았기에 유비에게 나라를 빼앗겼다.

위의 네 사람은 천고에 재주와 지혜 그리고 힘이 뛰어난 영웅이라 할 수 있다. 이러한 재질과 지혜와 힘을 현대적으로 선용하면 양극화가 심화된 현 난국을 해결할 수 있으며, 남북통일을 이루는 방안을 생각해 내고, 200개 나라 중 상위권의 경제대국을 이루어 빛나는 나라를 세우게 될 것이다.

본 조항은 366사(事) 지(智)는 지덕미(智德美, das Kenntnisse Schöne)로 승화된 의식이니, 개인이나 남 그리고 나라와 만물을 구제하는 원동력이 될 것이라 믿고 기대해 본다.

제173사(事) 설비(設備: 갖추고 준비함) -「기전사가」(祈戰死歌) -

본 조항은 설비(設備)는 '갖추고 준비함'을 뜻하니, 하늘의 이치와 도리를 서술하는 것은 사람의 욕심을 제어하기 위해 미리 갖추어 몸을 닦을 수 있도록 미리 준비하는 것이다. 그 경전은 다름 아닌 홍익오경(弘益五經)인 ①『천부경』(天符經), ②『지부경』(地符經), ③『인부경』(人符經), ④『삼일신고』(三一神誥)에 의해 천지인의 진리를 밝히고, 366사(事)인, ⑤『참전계경』(參佺戒經)으로 계명(戒命)과 금언(金言)을 나타낸 것은 만물을 미리 구제하는 데 도움을 주는 것이니, 인류의 보감이라 할 수 있다.

작가들은 작중의 한 주인공이 홍익오경(弘益五經)의 내용으로 몸을 수양하면 심신일체가 건전하고 건강하게 되어 이 경전을 읽는 사람이 많게 될 것이다.

「기전사가」(祈戰死歌)는 만주 청산리 싸움을 앞두고 대장 이범석(李範奭, 1900~1972)이 독립군과 함께 부른 노래이다. 단군님께 성스럽게 전사하게 해 달라는 다짐은 단군이 천손(天孫)의 자손이니, 하느님께 소원을 비는 내용이라 할 수 있다.

「기전사가」(祈戰死歌)는 독립군의 비장한 결의가 나타나 한민족을 구해기 위해선 목숨을 바쳐야 하는 내용이다. 독립군의 정신무장은 죽음을 초월한 승화의식으로 나타낸 것이다.

청산리 전투에서 독립군의 초월정신은 조국을 구하는 일념으로 승화되어, 단군의 광명사상으로 일본군을 물리친 내용과 상통하니, 본 조항의 숭고한 정신과 일치되는 내용이라 할 수 있다.

제173사(事) 설비(設備): (濟 4規 23模)(제, 4째 규칙, 23번째 모형)

明天理하며 述天道者는 制人欲之預設也오. 編戒命하며 纂心銘
者는 修人身之準備也라. 代天設備는 爲萬世濟物之鑑이니라.

해석: 하늘의 이치를 밝히고, 하늘 도리를 글로 찬술한 것은 사람의 욕심을 제어하기 위해 미리 갖추는 것이니라. 경계할 명령을 엮고 마음에 새길 것을 편찬하는 것은 사람의 수신을 위한 준비이니라. 하늘을 대신하여 갖추고 준비하는 것은 만세를 위하여 만물을 구제하는 본보기이니라.

제173사(事) 설비(設備)는 갖추고 준비하는 것을 뜻한다. 위의 내용은 구제를 미리 준비하여 베풀면 하늘의 이치와 도리로써 사람의 욕심을 제어하는 데 도움이 된다는 것을 밝힌 것이다.

우리는 몸을 닦아 만세를 위하여 거울이 되는 보전이 있다. 곧 『천부경』, 『삼일신고』, 『성경팔리』(366事)이니, 미리 이들 내용을 읽고 구제를 미리 준비하고 실천하면 본 조항의 의미를 되새기는 계기가 될 것이다.

위의 세 경전은 단군 이전부터 있어 온 경전이다. 단군이 세 경전으로 나라를 다스리는 데 선용하여 홍익인간의 이화세계를 세웠다.

요즘은 『천부경』과 함께 『지부경』(地符經), 『인부경』(人符經)이 새로이 발견되어 대지와 사람의 이치를 밝혀 놓아 단군의 홍익인간의 이화세계를 이화하는 데 많은 도움을 주고 있다.

『지부경』(地符經), 『인부경』(人符經)은 『천부경』, 『삼일신고』, 『성경팔리』

(366事)와 함께 홍익오경(弘益五經)이라 일러 본다.

　이 홍익오경(弘益五經)은 앞으로『삼국유사』권1 고조선 조(條)를 이해하는 데 많은 도움을 줄 것이며, 21세기를 살아가는 데 있어 천지인 관계를 이해하는 데 도움을 줄 것이다.

　이런 점에서 홍익오경(弘益五經)은 본 조항의 내용과 같이 만물을 구제하는 데 있어 보감이 되게 한다. 단『지부경』(地符經)의 내용에는 낙서(洛書)에 대해 기록되어 있다. 낙서(洛書)는 중원의 우(禹)임금이 9년 홍수를 다스릴 때 낙수(洛水)에서 나온 신구(神龜)의 등에 45점의 음양의 그림이 그려져 나타났다는 것인데,『지부경』(地符經)이 단군 이전에 있었다는 것이 문제가 따른다. 이런 점으로 미루어 보면『지부경』(地符經)이 후대에 지어진 것이나 우(禹)임금 시대 거북의 등에 45점의 그림이 나왔다는 것이 설화적인 내용이고 실제로 그 이전부터 설화로 전하여 오던 것이 우임금 시대 나타났다고 할 수 있지 않을까.

　본 조항은 하늘을 대신하여 미리 준비하여 갖춤으로써 만물을 구제하는 내용이니, 조국과 민족을 구하는 일도 그 일환이다. 삼천리강토에는 만물이 살아가는데 일제의 억압으로 주인이 자리를 뺏어 마구잡이로 살아가지 못하고 있으니, 애국지사나 독립운동가가들이 강토를 찾으려고 만주 청산리 전투에서 일제를 물리친 것으로 이해하면 본 조항과 이어지는 내용이다.

　1. 독립군이 부른 성전가(聖戰歌)「기전사가」(祈戰死歌): 1920년 10월 만주 청산리 전쟁을 앞두고 철기(鐵驥) 이범석이 성전(聖戰)의 노래「기전사가」(祈戰死歌)를 독립군과 함께 불렀는데, 독립군에게 정신적인 무장을 시키기 위한 것이었다.

　그는 21세 때 북로군정서 연성대장이니, 막강한 일본군과 대적하여 싸우는 데는 열세에 놓여 있어 정신적이 뒤받침이 있어야 했다. 그는 정신력을 고취시키기 위해 조국을 위해 국조 단군에게 전사하게 해 달라는 소원의 노래를 불렀으니, 비장한 각오를 나타낸 것이다. 그 성전가(聖戰歌)의 내용은 다음과 같다.

「기전사가」(祈戰死歌)

> 하늘은 미어한다 배달민족의/ 자유를 억탈하는 왜적 놈들을/ 삼천리강
> 산에 열혈이 끓어/ 분연히 일어나는 우리 독립군
> 백두산 찬바람은 불어 거칠고/ 압록강 얼음 위에 은월이 밝아/ 고국에
> 서 전해오는 피비린 냄새/ 분하고 원통하다 우리 동족들
> 물어보자 동포들아 내 죄뿐이냐/ 네 죄도 있으려니 같이 나가자/ 정의
> 의 손과 칼을 손에다 들고/ 동족을 구하려면 목숨 바쳐라
> 겁 많고 창자 썩은 어리석은 놈/ 자유를 찾겠다는 표적만으로/ 죽기는
> 싫어해도 행복만 위해/ 우리가 죽거든 뒤나 이어라
> 한배님 저희들은 이후에라도/ 천만대 자손들의 행복을 위해/ 맹세코
> 이 한 목숨 바치겠으니/
> 성결한 전사를 하게 하소서.

독립군가보존회 편, 『독립군가곡집』(광복의 메아리), 교학사, 1982, 66쪽

위 노래는 한배님(단군)에게 자손만대 자손들의 행복을 위해 목숨을 바
치기를 원하니, 성결한 전사를 해 달라는 소원을 한 것이니, 성전가의 성
격임을 알 수 있다.

「기전사가」(祈戰死歌)의 내용은 독립을 쟁취하기 위해서 일제와 항전해
야 하는데 목숨을 바쳐야 독립을 쟁취할 수 있음을 나타냈다. 조국의 독립
은 구국구족의 사명의식이니, 목숨을 바쳐야 독립을 찾을 수 있다. 시적화
자는 한배검 님께 자손만대의 행복을 위해 왜적과 싸우겠으니, 성결한 죽
음을 해 달라는 소원을 나타냈다. 「기전사가」(祈戰死歌)는 이런 내용이니,
알기 쉽게 이해하기 위해 도표로써 나타내면 다음과 같다.

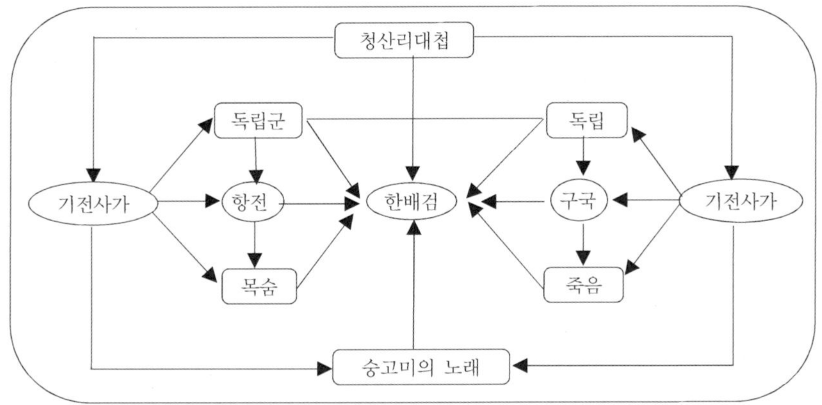

이 성전가(聖戰歌)는 이 단군정신을 통한 철기(鐵驥)의 군교일치(軍敎一致)와 싸움과 수행을 함께하는 수전병행(修戰竝行)의 모범을 보인 노래인 것이다.

원래 단군정신은 고난과 위기를 극복하여 광명을 찾는 데 있는 만큼 국가 위난에 처했을 때 찾아 행했다.

독립군들이 부른 성전가(聖戰歌)는 단군님께 죽게 해 달라고 빈 것이니, 단순한 죽음이 아니라 신화성과 관계가 깊은 것이다. 독립군은 이러한 각오로 싸웠기 때문에 청산리 전투에서 빛나는 전과를 이뤘다.

「기전사가」(祈戰死歌)는 자신의 목숨을 돌보지 않는 성전가이고, 몸소 조국을 위해 막강한 일본군과 정면 대결로 싸워 전과를 이루는 데 뒷받침이 된 노래이니, 본 조항과 통하는 순수미의 의식이다.

「기전사가」(祈戰死歌)는 일제하 독립군의 나라 사랑을 이해할 수 있으며, 신화와의 관련으로 의미를 찾게 되며, 청산리대첩을 이루기 전에 죽음으로써 조국을 찾겠다는 승전을 다짐하는 노래이다. 이 노래는 비극적인 상황에서 비장미(悲壯美, das Tragische Schöne)를 불러일으켜 본 조항의 의미를 되새기게 한다.

2. 청산리 전투: 작가들이 청산리 전투를 소설화한 작품을 필자가 발견

하지 못하였다. 1970년대에 라디오 방송드라마로 들은 적이 있지만 TV에서 방영한 이외에 소설작품을 접하지 못했으니, 아직 없는 것으로 볼 수 있다.

1920년 10월에 독립군은 일주일간 전투에서 일본군에 막대한 피해를 입혔다. 「기전사가」(祈戰死歌)는 청산리 전투를 앞두고 부른 노래다. 작가들은 독립군들이 나라를 찾기 위해 만주에서 일본군과 싸워 청산리대첩을 이루어 일본도 놀라고 세계인이 놀라게 한 것을 소재로 하여 작품을 쓰면 독자들이 관심을 가지고 읽을 것이다.

광복 이후 역사에서 청산리대첩을 이룬 것에 대해 구체적으로 이해할 기회가 주어지지 않았다. 그 이유는 광복 후에 친일세력들이 집권한 관계로 일제와 싸워 대첩을 이룬 것을 별로 달가워하지 않았기 때문이다. 더구나 청산리대첩은 대종교(大倧敎)가 주관했기 때문에 더욱 친일세력들이 좋아하지 않았다. 대종교는 원이름이 단군교이다. 단군은 일제가 역사를 왜곡하는 데 있어 제1호였다. 단군을 부정해야 식민지통치를 할 수 있기 때문이다. 단군이 나라를 세우는 것은 반만년인 데 비해서 일제는 2600년에 불과하기 때문에 식민지 통치상의 체면이 서지 않아 단군을 부인하였다.

이와 같은 역사적인 상황에서 작가가 청산리대첩에 대해서 작품을 쓰면 뜻있는 독자들이 즐겨 읽을 것이다.

독립군은 국가와 민족과 조국강토를 찾기 위해 일제식민지 치하에서 오래전부터 독립군을 모집하고 군자금과 전쟁무기를 구입하기 위해 준비를 했다. 하늘이 만물을 돕는 것으로 이해하면 본 조항과 청산리 싸움을 앞두고, 「기전사가」(祈戰死歌)를 부른 것을 알 수 있을 것이다.

제174사(事) 금벽(禁癖: 나쁜 버릇 금함)―『변강쇠전』의 호색한―

본 조항의 금벽(禁癖)은 '고질병과 나쁜 버릇 금함'을 뜻하는데 규칙을 정하여 반드시 고쳐야 사회를 바르게 살아갈 수 있다는 것이다. 작가들은 이런 나쁜 버릇이 있는 사람을 고치는 방안을 강구하는 내용으로 작품을 쓰면 독자들 중 그러한 병을 고치는 데 도움을 줄 것이다.

작품은 그 시대를 반영하는 거울이라 할 수 있다. 조선조는 사람들이 외부세계와 벽을 쌓을 만큼 왕래가 활발하지 못했다. 위정자에 따라서는 쇄국정책(鎖國政策)을 쓴 이도 있고 여성은 바깥출입이 자유롭지 못했고 순전히 도보로 다녔으니, 그 시대는 사람들이 어둡게 살았다고 할 수 있다.

오늘에 비하면 우물 안 개구리 식으로 살았으니, 세상 돌아가는 소식을 모르게 되니, 고집이 고질병이 될 정도로 자기만 옳다고 우겨대는 버릇이 있었다. 견문지식이 없으니, 고집 중에도 완고한 것이었다.

이런 생활 양상은 『변강쇠전』에서도 나타난다. 이 소설은 작자연대가 미상이지만 판소리 12마당 중의 하나로 불러졌으니 19세기 말 조선조에 지어진 것으로 볼 수 있다. 『변강쇠전』의 변강쇠가 호색한이 되고 고집불통으로 게으르게 산 것도 사람들이 외부의 사람들과 별로 접촉이 없이 살았던 데서 비롯된다. 그의 고질병은 본 조항을 보면 치유할 수 있다. 그런 점에서 본 조항을 인용한다.

제174사(事) 금벽(禁癖): (濟 4規 24模)(제, 4째 규칙, 24번째 모형)

禁癖者는 禁人之痼癖也라. 驕橫殘虐은 人之痼也오 諛讒譎謊은 人之癖也라. 定規箴하며 劃防間은 是分爲藥石이니라.

해석: 금벽(禁癖)이란 (버릇을 금한다) 사람의 고질과 나쁜 버릇을 금하는 것이라. 교만하고 횡포하고 잔인하고 포학한 것은 사람의 고질병이며, 아첨하고 참소하고 속이고 기만하는 짓은 사람의 나쁜 버릇이라. 법규의 경계함을 정하고 그 사이 틈을 그어 못 하게 막는 범위를 획정하는 것이 좋은 약이 되느니라.

위의 내용은 나쁜 버릇을 금한다는 뜻이니, 고질적인 나쁜 버릇을 고친다는 내용이다. 인간에겐 여러 층위와 유형이 있는 관계로 각기 다른 개성을 형성하게 된다. 이 중에는 만인에게 인격적으로나 인간성이 본받을 정도로 좋은 사람이 있는가 하면, 오래된 나쁜 버릇을 고쳐야 할 이도 있는 것을 보게 된다.

사람은 됨됨이가 천차만별이라는 말과 같이 개성이 각기 달라 장단점이 있게 마련인데, 그중에서 고질병과 나쁜 버릇이 있는 사람의 경우 그대로 방치해서는 안 될 것이다. 이런 두 가지 고질적인 나쁜 대상은 지켜야 할 규칙을 정하여 방책을 세워 고쳐 나가도록 하는 것이 사회를 바르게 하는 제도라고 할 수 있다.

이런 고질병과 나쁜 버릇이 있는 사람이 정상인으로 인간성이 바꿔졌을 경우 국가 사회는 질서가 바로잡히고 사람들이 마음 놓고 살아가게 된다. 사람들은 교만과 횡포와 잔학을 일삼는 고질병자들을 방치할 경우 사회에 파급되는 파장은 나쁜 영향을 미치게 된다. 여기에 또한 아첨과 참소와 속임 등에 나쁜 버릇을 일삼는 사람이 많을 경우 국가의 질서는 혼란에 빠진다.

원래 고질 병자와 나쁜 버릇을 일삼는 사람은 극소수에 불과하나 국가 사회가 혼란하면 이들이 활개를 치고 횡행하게 된다.

우리는 이러한 실상을 1950년대 자유당 정권에서 보아 왔다. 그때는 친일파들이 정치를 집권을 하게 되어 사회기강이 확립되지 못했다. 민족을 배반한 이들이 정치를 하니 제대로 행할 리가 없었다. 수도인 서울 시내 중심가 도로상에서 백주에 불량배들의 폭력이 난무하고 사기꾼들이 들끓었다. 이때 이승만 대통령은 1960년 3월 부정선거로 대통령에 4선 되면서 장기집권을 꾀하다가 4·19혁명으로 여당인 자유당 정권이 무너진 것이다.

본 조항과 같이 자유당 정권은 고질병자와 나쁜 버릇이 있는 자들은 법적으로 규제를 하지 않은 것으로 인해 부정부패와 폭력이 난무하여 결국 이승만 대통령이 하야(下野)하기에 이르렀다. 그런데 사람들 중에는 고집 불통으로 자기주장만이 옳다고 우겨대는 사람이 주변에 많다. 천지(天地)에는 음양의 이치가 있는 것과 같이 자신의 단점을 고치는 것이 현명한 처세술이다.

사람들 가운데는 여러 층위의 사람이 있으므로 좋은 점이 많은 이도 있게 마련이다. 만약에 사람됨이 천편일률적으로 개성이 같다면 무미건조한 삶일 것이다. 다만 나쁜 고질병과 같은 악습은 자기를 위해서 과감하게 고쳐야 한다.

한민족은 예로부터 권선징악의 신화·설화와 고소설이 부지기수로 많이 존재한다. 나쁜 고질적인 버릇을 고치지 않은 사람은 이런 교훈담을 거울삼아 자아를 개혁하는 방향으로 나아가지 않으면 원만한 인간이 되기 어렵다. 인간이 완성인간형이 되기 위해선 고질병과 나쁜 버릇을 고쳐야 할 것이다. 단군은 이런 악습의 폐단을 없애기 위해 삼상(三相) 오부(五部)의 신하들과 관리들이 366사(事)를 소도교육으로 이들의 악습을 구제하였던 것으로 볼 수 있다.

1. **고소설에 나타난 나쁜 행실:** 고질이 된 고질병과 악습은 추(醜)라 한다면 이를 우미(優美) 의식으로 고쳐야 할 것이다. 대개 구전설화나 고소설에 등장하는 인물 중 권선징악의 교훈을 이행한 사람은 잘 살았고 그렇지 않은 이는 징벌을 당하거나 패가망신하였다.

『춘향전』에서의 변 부사 - 여색과 탐관오리로 봉고파직당했고, 『유충렬전』의 정한담 - 간신의 전형으로 충신을 모함한 죄로 비참하게 죽었고, 『흥부전』의 놀부는 재물에 대한 욕심이 지나쳐 동기간에 우애를 저버려 패가망신하였고, 『변강쇠전』의 변강쇠는 호색함과 게으름으로 인해 벌을 받아 죽었다.

이들은 자신의 고질적인 병폐를 고치지 않았던 것으로 인해 수모와 패가망신과 죽어 가는 화를 입었다. 인생 실패는 비록 소설적인 허구적인 내용이긴 하나 인간완성의 길잡이인 366사(事)를 실천하면 화를 입는 생활을 면했을 것이다.

단군의 광명사상을 이행한 고구려, 신라는 어떠했나? 이들 나라는 강대한 나라를 세웠다. 그중 삼국을 통일한 신라는 단군신화의 민족의식이 자리 잡은 것으로 되어 있다. 신라의 화랑정신인 풍류(風流), 풍월(風月), 풍월주(風月主), 풍월도(風月道)는 밝음과 관계되므로 단군사상으로 이루어진 것이다.

요즘은 예전 사람들과 달리 매스컴이 발달하고 외국여행을 많이 하는 관계로 인해 견문이 넓어져 완고한 유학자와 같이 고집을 부리는 사람이 없게 되어 시대의 변천상을 읽을 수 있다.

오늘에는 예전에 비해서 생활이 여유롭고 지식수준이 높고 직장생활에서 많은 사람들과 접하게 된다. 상업을 하는 이나 사업하는 이들은 많은 사람을 만나 견문이 넓어 외곬으로 고집을 부리는 이는 별로 없다. 그러나 개중에는 변 부사나 정한담, 놀부나 변강쇠와 같은 사람이 간혹 있으나, 이들에 대해서 여러 사람이 대화를 나누면 고질병과 나쁜 버릇을 고치게 된다.

2. 고질병적인 사람과 나쁜 버릇 고침: 작가들은 고질병과 나쁜 버릇은 악습이니, 이를 고치는 방향으로 작품 중에 어떤 주인공을 중심으로 나타내면 독자들이 읽고 많은 깨달음이 있을 것이다.

사람은 나쁜 버릇을 고쳐야 가정과 사회, 나라가 사람들이 안전하게 살아갈 수 있다. 1997년 IMF(국제통화기금)를 만난 것은 김영삼 대통령이 완고한 고집불통으로 경제 각료들의 말을 듣지 않은 데 원인이 있다. 단군 이래 국가가 부도가 난 치욕스러움을 겪게 되었다. 역사적으로 선조(宣祖)가 고집불통으로 임진왜란이 일어났다. 사람은 고질병을 고치지 않으면 큰일을 겪게 되니, 작가들이 앞장서서 그 고질을 고치는 방법으로 작가 나름으로 쓰면 될 것이다. 조선조는 완고한 유학자들에 의해 백성들이 딱딱한 삶을 살았다면, 오늘의 경우 부드럽게 사는 방법을 찾아야 작가들이 기대가 크다 할 수 있다.

딱딱한 삶은 신체의 고장을 일으킬뿐더러 가정, 사회, 국가도 마찬가지니, 고집불통으로 사는 사람들을 치유하는 내용으로 작품을 쓰면 옆에서 겪는 사람들이 좋아할 것이다.

제175사(事) 요검(要儉: 검소함을 하고자 함)—『산중신곡』중「
만흥」(漫興)—

본 조항의 요검(要儉)은 '검소함에 힘씀' 또는 '검소함을 요함'의 뜻이
니, 검소함에 힘쓰면 사치스런 마음이 생기지 않아 평생토록 깨달아야 함
을 내용으로 말하였다.

사람은 검소하게 살아감을 본으로 해야 하는데, 일부 계층에서 사치스
럽게 살아가고 있다. 검소한 사람은 수수하게 살아가는 데 비해서 사치스
런 사람은 씀씀이가 큰 편이다. 이들 양인의 경우 사는 패턴이 다른 관계
로 별로 어울리지 않는다.

작가들은 본 조항의 내용과 같이 사치스런 사람은 괴상함이나 음란함
을 행하는 사람으로 나타내고, 검소하게 살아가는 사람의 경우 그러한 사
람이 없다는 것을 나타내면 눈에 거슬리게 살아가지 않게 하는 데 도움을
줄 것이다.

고산(孤山) 윤선도(1587~1671)의 안빈낙도의 생활은『산중신곡』(山中新
曲),「만흥」(漫興)에서 찾아볼 수 있다. 그는 강직한 성격으로 불의를 보면
참치 못하는 마음으로 권신(權臣)들이 불의를 행하면 상소(上疏)를 하니, 유
배생활을 하게 된다.『산중신곡』(山中新曲) 18수「만흥」(漫興) 6수는 그로
인해 유배에서 돌아와 지은 것이데, 1642년 인조 20년 56세 때의 작이다.

고산(孤山)은 요즘의 야당인 남인(南人)이다. 당시는 서인들이 집권할 때
니, 조금만 이들에게 마음이 맞지 않으면 유배를 가게 된다. 고산은 이런
파벌로 인해 3차례나 유배생활을 하였다.

고산은 불의를 보면 의분(義憤)으로 유배생활도 거리지 않고 순수의식
으로 주장을 하다가 여러 번의 유배생활을 했다.

고산의 생활은 검소하였는데 그의 작품『산중신곡』(山中新曲),「만흥」
(漫興)에 나타나 있다. 본 조항은 고산의「만흥」(漫興)을 이해하는 데 도움
을 주므로 그 내용을 소개한다.

제175사(事) 요검(要儉): (濟 4規 25模)(제, 4째 규칙, 25번째 모형)

要儉者는 爲務儉也라. 行乖生於奢하고, 淫亂도 生於奢하니
未有務儉而爲行乖淫亂者也라. 儉則無求니 儉爲終身之先覺
이니라.

해석: 요검(要儉)이란 검소하도록 힘쓰는 것이라. 어긋난 일을 행하는 것은 사치함에서 생기며, 음란함도 사치함에서 생기나니, 검소함에 힘쓰면서 행실이 어그러지고 음란한 자는 아직 있지 않았느니라. 검소하면 부족한 것이 없어 구하고자 하는 것도 없으리니, 검소하면 종신토록 먼저 깨달아야 하느니라.

사람은 검소하게 살아가는 것이 생활의 미덕이라 할 수 있다. 위의 내용은 바로 검소함을 필요로 한다는 것이다. 이 뜻은 행동에 어긋남이 없는 지침이니, 좋은 교훈이라 할 수 있다. 요즘 한국인은 국민소득이 2만 달러 시대에 살고 있지만 상류층 사람들의 소비경향은 3~4만 달러 시대에 살고 있는 이상으로 호화로운 생활을 누리는 실정이다.

이들과 위정자는 근검절약의 삶이 절실히 요구되는데, 이들에겐 이런 말이 귀에 들리지도 않고 소비계층이 있어야 살아갈 수 있다는 식의 말을 할 뿐이다. 하기야 김대중 대통령은 외국산 사치품이 백화점에서 불티나게 팔려 여론이 좋지 않자 사치품도 소비하는 사람이 있어야 경제가 살아간다는 내용으로 발표를 한 적이 있다. 또 박정희 대통령은 70년대 소비가 미덕이란 말을 한 적도 있다. 이런 말은 잘못돼도 크게 잘못된 대통령의 말이다.

외국산 사치품은 우리의 생산품이 아니기 때문에 나라경제를 일으키는 데 아무런 상관이 없고 상인들만 이익을 볼 뿐이다. 소비가 미덕이란 말로 인해 사람들은 휴지 한 장이라도 아끼지 않고 웬만하면 버리는 경향이 있었다. 자기가 벌어서 쓰는데 누가 말할 사람이 없지만 국민의 정서와 문제

가 따른다. 솔직히 말해서 돈을 물 쓰듯 하는 이들은 정당한 수단으로 돈을 번 사람들이 아니라는 데 대다수 국민들이 눈살을 찌푸리고 졸부라고 말한다.

한국사회는 2002년 노무현 대통령이 집권한 이후 부동산 대책의 실패로 인해 부자와 빈자 간의 소득 양극화 현상이 크게 벌어져 사회문제로 번졌다. 이 문제는 다양하고 다층적이지만 중앙과 지방 간의 지역양극화 등 양극화 현상이 심화되었다.

일찍이 이런 양극화 현상은 역사 이래 심화된 일이 없었던 일이다. 이런 원인이 발생한 것은 순수와 비순수로 수십 년을 살아온 데 원인이 되고 있다고 말할 수 있다. 전자는 법을 지키며 살아온 이들이고, 후자는 비순수로 살아온 데 양극화 현상이 발생한 것이다. 주로 후자의 계층은 대표적인 예로 부동산 투기로 재산을 모은 이들로서 대부분을 차지한다.

서울은 일천만 이상 인구가 살아가는 거대 도시이다. 그런데 서울이 한강을 기준으로 강북과 강남의 양극화 현상이 일어난 것이 문제다. 대개 강북은 빈자들이 사는 곳이고, 강남은 부자들이 사는 곳으로 인식이 되었다.

강북과 강남의 빈부격차는 80년대부터 있어 온 일이지만 김대중 정부와 노무현 참여정부 들어 날이 갈수록 심화되었는데 정부의 실세들이 거의 강남에 살았다. 이들 두 정부는 부동산 정책을 수십 번 폈으나 실패했다. 이들은 말로만 안정시키겠다고 장담을 했지만 순진한 국민들 대부분이 이들의 정책을 금석같이 믿어 손해만 보게 되었다. 손해만 본 것이 아니고 내 집 마련의 꿈을 이루지 못하게 앞뒤가 맞지 않는 정책을 폈다.

강남의 땅값과 아파트값을 안정시킨다고 정부정책이 발표되면 얼마 후에 천정부지로 올랐다. 수집 번 안정시키겠다는 부동산정책은 오른다는 신호였다고 해도 지나친 말이 아니었다. 왜냐하면 정부의 실세들이 강남에 거의 살고 있는데 떨어질 리가 없었다.

위정자들은 개발지역을 사전에 알고 부동산투기를 불러일으켰다. 이들은 개발소식을 먼저 알고 자기 일가친척이나 친구에게 미리 알리고, 심지어 사모님의 동창까지도 알려 매입해 놓으면 그 값은 천정부지로 올라 부자가 된 것이니, 대다수 국민들이 부자로 인정하지 않았다.

이들 위정자들은 본 조항의 요검(要儉)이란 말을 알면 그런 힘을 들이지 않고 하루아침에 벼락부자가 되어 졸부라는 말을 듣지 않았을 것이다.

1. 안빈낙도의 생활: 고산(孤山) 윤선도(1587~1671)는 성격이 대쪽같이 강직하였다고 볼 수 있다. 고산은 광해군 때 초야에 있을 때 권신(權臣) 이이첨(李爾瞻)이 국정을 어지르므로 의분하여 상소를 하여 조야(朝野)를 놀라게 했다. 그는 권신을 비방하는 내용으로 상소했으니, 후환으로 경원으로 유배되어 13년 만에 해배되었다. 그는 병자호란 때 효종을 호종(扈從)치 않았다는 이유로 영덕(盈德)에 유배되었다가 곧 풀려나 고향 금쇄동(金鎖洞)에서 『산중신곡』(山中新曲)을 지었다. 그중 「만흥」(漫興)에는 안빈낙도의 생활이 반영되어 있다.

> 보리밥 풋나물을 알 맞춰 먹은 후에
> 바위 끝 물가에 슬카치 노니노라
> 그 남은 여남은 일이야 불을 줄이 있으랴

『산중신곡』(山中新曲), 「만흥」(漫興)

위의 「만흥」(漫興)은 전남 해남에 경치 좋은 금쇄동에서 보리밥을 먹은 후에 싫도록 놀며 지낼 때가 가장 즐거웠음을 나타낸 것이다.

검소한 생활은 본 조항과 같이 평생토록 지켜야 할 덕목이다. 그런데 사치생활은 결국 자신의 재산을 좀먹는 행위라 할 수 있다.

아담 스미스는 경제인(homoeconomicus)이 되기 위해서는 "근면, 절약, 노력에 의한 부(富)에의 길이 도덕에 이르는 길이 된다"고 하였다. 본 조항의 요검(要儉)은 경제인이 되는 필수적인 교훈이라는 데 의미를 지닌다. 단군이 홍익인간의 이화세계를 이룬 것은 천리에 의한 자연의 삶이라 할 수 있으니, 위의 고산의 작품도 참고할 필요가 있다.

요즘은 검소하게 산다는 말을 사람들 정서에 달갑지 않게 여긴다. 대개 사람들은 의식주의 문제가 해결된 상태이고, 명품을 모방한 제품이 구별하기 어려울 정도로 염가로 판매되어 비슷하게 입고 다니고 식생활에 있어서 어디를 가든지 넉넉한 관계로 육류도 잘 먹지 않게 되니 가진 자를 부러워하지 않고 살아간다. 다만 주택문제는 시골에 집을 두고 도시에 몰려들기 때문에 신혼부부들이 집 장만을 하지 않고 사는 정도다.

우리 사회에 만연되고 있는 양극화 현상은 가진 자라 할지라도 국민의 정서에 맞지 않는 생활을 해서는 안 되고 선인들이 청빈하게 산 교훈도 참고하며 살아가야 할 것이다.

2. **고가의 사치품**: 한국은 한때 명품이란 고가의 사치품 옷을 걸치고 다니는 것을 자기의 위상을 남에게 돋보이게 하는 수단으로 유행을 이룬 적이 있다. 2002년 김대중 대통령 전후에 유행사조를 이룬 때도 있다.

작가들은 당시 졸부들이 사치품을 사재기하는 바람에 백화점에서 진풍경을 이룬 적이 있었던 일을 풍자적인 내용으로 나타내면, 사람들의 점잖게 살아가게 하는 데 도움을 줄 것이다. 물론 그 이전에는 옷을 잘 입고 다니는 것이 자랑이기도 했지만, 김대중 대통령 시절의 경우 외국산 명품을 입고 다니는 것이 가진 자들의 생활패턴이었다. 그러나 노무현 대통령 때는 가짜명품이 진품과 다름없게 만들어져 명품을 몸에 걸치는 것이 부러움을 사지 않게 되었다.

작가들은 한때 졸부 · 사모님 · 자녀들이 돈을 물 쓰듯 하는 일을 작중 주인공으로 나타내면 그들의 사치스런 생활을 반성케 할 것이다. 물론 승용차도 고급차나 외국산을 몰고 다니는 것이 남에게 잘사는 것으로 보였지만, 요즘은 너무나 흔해 부러움의 대상이 되지 않는다. 2008년 이명박 대통령은 전직 대통령의 전철을 밟지 않고 경제를 일으키는 데 우선적으로 국정을 운영하나, 2011년 들어 고유가와 야채 · 전세 삼대 물가고에 시달리고 있다.

제176사(事) 정식(精食: 잡곡밥) ─변 부사의 생일연의 한시─

제176사(事) 정식(精食)이란 말을 풀이해 볼 필요가 있다. 여기에서 '정'(精) 자(字)는 '쌀 찧을 (정)'이요, '식'(食)은 '밥 (식)'이므로 정미소(精米所)에서 찧은 쌀을 이르니, 우리가 평소에 먹는 잡곡밥이나 나물과 같은 소박하고 정결한 음식이다.

작가들은 한국인이 정식(精食)을 섭취해야만 정상적으로 살아갈 수 있다는 것을 작품을 통해서 나타내면, 비만으로 고생하지 않고, 미식(美食)을 취하면 본 조항의 내용과 같이 호랑이나 물고기가 이끼의 유혹에 빠져 죽는 것으로 나타내면 좋을 것이다.

장자(莊子)가 태종사(太宗師)에서 진인(眞人)은 "먹는데 맛에 끌리지 않는다"(其食不甘)라고 한 바와 같이 미식을 즐기면 몸의 기능을 퇴화시키는 것으로 되어 있다. 원래 도인들은 음식을 탐하지 아니하는 것으로 되어 있다. 요즘 한국은 식도락가(食道樂家)와 같이 기름진 음식을 너무 좋아하며 외식을 즐기고 음식점을 드나든다. TV에서는 기름진 음식은 성인병의 원인이 된다고 알리고 있어도 아랑곳하지 않는다. 한국은 비만인구가 늘고 있어 문제다.

366사(事)는 천리에 의한 교육과 교훈이 담긴 내용이므로 이에 벗어나는 내용을 주로 다루고 있다. 이에 따라 『춘향전』은 두 가지를 공유하고 있어 여러 번 인용하게 된다. 『춘향전』은 18~19세기 판소리가 성행한 후 지어진 것으로 볼 수 있는데, 『춘향전』의 경우 이때 세상에 선보인 것으로 본다.

이 시기는 조선조 때 삼정(三政)이 문란하여 위정자와 관리들이 부패가 도를 넘을 정도로 만연해 있었다. 『춘향전』에서의 남원고을의 변 부사는 시대적인 편승으로 탐관오리였다. 그 시대는 기민(饑民)이 많았는데도 변 부사는 백성의 민생고는 외면한 채 백성의 재물로써 호화판 생활을 하였다. 이몽룡(이도령)은 암행어사가 되어 변 부사의 생일연에 참석하여 호화판으로 차린 진수성찬을 보고 한시를 지었다.

이 어사(李御使)가 지은 한시는 본 조항의 의미와 통하는 것으로 인해 그 조항을 다음과 같이 인용한다.

제176사(事) 정식(精食): (濟 4規 26模)(제, 4째 규칙, 26번째 모형)

精食者는 不求重食也라. 虎陷肉穽하며 魚懸餌綸者는 貪口也라. 身失於口면 靈無所寄니 其濟之者는 精食乎인저.

해석: 정식(精食)이란 좋은 음식만을 구하지 않는 것이니라. 호랑이는 고기를 먹으려다 함정에 빠지고, 물고기는 미끼를 먹으려다 낚싯줄에 걸리는 것은 그 탐하는 입 때문이니라. 몸이 입에 잃음이 되면 영혼이 의지할 곳이 없으니, 그것을 구제하는 것이 정식이니라.

정식(精食)이란 평소에 먹는 잡곡밥이나 나물과 같은 소박한 음식이다. 미식(美食)은 오늘날 비만자들이 주로 맛있고 좋은 음식을 지나치게 섭취한 것이니, 이를 탐하면 신체에 이상이 생겨 병의 원인이 된다. 음식은 몸에 맞게 먹어야 하는데, 식탐을 부려 가며 먹으면 과식이다. 요즘은 먹는 문제가 해결되어 음식을 많이 먹으려 들지 않는다. 그러나 양식이 부족했던 시절에는 식탐으로 먹었다. 예전에는 음식이 부족했던 시절이니 먹어도 배가 부르지 않았기 때문에 배가 고팠다. 사람은 고가(高價)의 좋은 음식만을 탐하면 과식하게 되므로 각종 병에 걸리게 된다. 호랑이나 물고기가 미끼에 빠져 죽는 것은 탐내는 입 때문이니, 사람도 식탐을 내면 여러 가지 병이 발생한다.

요즘은 기름진 음식을 음식점에서 먹게 되는데 자주 먹으면 몸에 좋지 않다는 것은 이미 밝혀진 바이다. 한국인은 잡곡밥과 채소를 섭취해야 몸의 균형을 유지할 수 있다. 모든 병은 입으로 들어오는 음식으로 생긴다는 말이 있듯이 자신의 몸과 영혼을 구제하기 위해서는 식탐을 내서는 안 되는 것이다. 과식은 과체중을 하게 되므로 몸에 맞게 음식을 섭취해야 한다.

근래에는 영양가 높은 음식을 취하여 윤신(潤身)하는 사람이 많다. 그로 인해 많은 사람들은 성인병에 시달리는데, 한국인의 경우 평소에 먹는 오곡밥을 상식하는 것이 몸에 가장 좋은 것이다.

1. **백성의 재물인 진수성찬:** 『춘향전』에는 남원고을의 변 부사는 백성의 어려운 생활을 외면하고 재물을 빼앗아 진수성찬으로 생일잔치를 초호화판으로 차려 사람들과 즐겼다. 이럴 때 이몽룡은 암행어사의 신분을 숨기고 생일연에 참석하여 그의 생활상을 풍자시로 나타냈다. 이 시는 탐관오리들의 생활상을 알리는 데 좋은 교훈이 되는데, 소개하면 다음과 같다.

금동이의 아름다운 술은 일만 백성의 피요, 　　金樽美酒千人血,
옥소반에 아름다운 안주는 일만 백성의 기름이네. 　玉盤佳肴萬姓膏.
촛불 눈물 떨어질 때 백성 눈물 떨어지고, 　　燭淚落時民淚落,
노랫소리 높은 곳에 원망소리 높았다네. 　　歌聲高處怨聲高.

위의 시는 이어사가 변 부사의 생일연에 참석하여 진수성찬으로 차려진 것이『춘향전』에서 보인다. 이 어사(李御使)가 지은 한시(漢詩)의 내용은 그 시대 실상을 적중하리만큼, 아름다운 술→백성의 피, 안주→백성의 기름으로, 촛불의 기름→백성의 눈물로, 노랫소리→원망의 소리로 나타냈다.

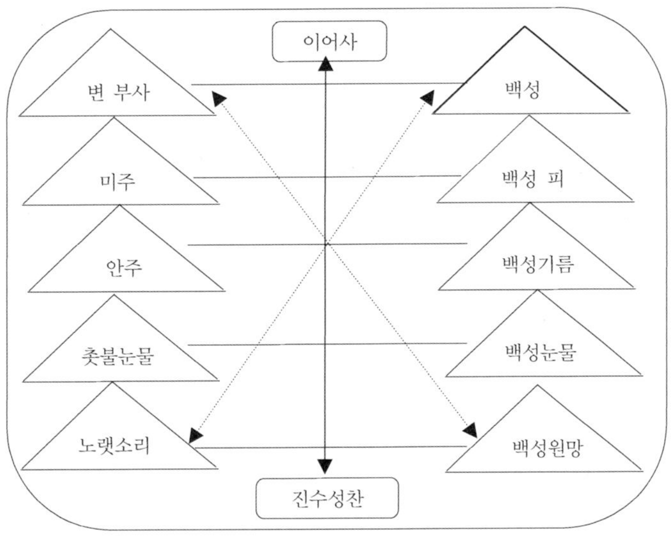

　이런 노래가 『춘향전』에 나타난 것은 우연의 일이 아니고, 문학이 그 시대의 반영이란 말이 있듯이 19세기 당시 위정자들이 생활을 나타냈다. 이때는 삼정(三政)이 문란한 때니, 관리들의 부패가 심해 이 어사(李御使)가 그 실상을 경계하기 위해 지은 것이다.

　변 부사가 생일연을 호화판으로 벌인 것은 그 시대 양반관료들의 실상을 총체적으로 보면 된다. 남원부사 중에는 춘향의 부친 성 부사와 같이 선정을 베푼 이도 있었겠으나 거의 백성들의 재물을 수탈하는 이들이었다.

　이 어사는 변 부사가 백성의 재물을 빼앗아 백성들의 원성이 높아 생일연에 나타나 사실 여부를 확인하여 사실적으로 시를 지었다. 이어사의 속셈은 백성의 재물을 약탈하는 것도 있지만 자기의 약혼자를 데려다 강압적으로 수청을 들게 하는 데에 있었다.

　이 어사는 백성들의 재물을 약탈하고 미색의 여인이면 권력으로 자신의 첩으로 삼는 엽색적인 일을 차단하기 위해 남원부사인 변 부사를 봉고파직한 것이다. 변 부사의 행위는 본 조항의 내용과 다름없다. 마치 변 부사의 운명은 호랑이가 먹이를 쫓다가 함정에 빠지고, 물고들이 낚싯줄 미끼에 걸려들어 화를 당하는 비유로 보면 적절하리라 믿는다.

본 조항의 내용뿐만 아니라 산중에 수도하는 이들은 맛있고 기름진 음식을 탐하지 않는 것으로 되어 있다. 또한 『삼일신고』·진리훈에는 촉각(觸角) 중에 맛(味)인 식탐에 빠지게 되면 건강을 해치게 된다고 했다. 이것은 몸의 균형을 조율하는 관계로 촉각에서 오는 기운을 덜기 위한 방법이다.

오늘에 많은 사람들은 단군예절교훈 중 본 조항을 실천하면 체중이 불어 만성병으로 고생하는 이들이 없을 것이다. 본 조항은 맛있는 음식을 탐하는 이에게 경고장이라 할 수 있는데, 맛있는 음식을 보면 식도락가와 같이 식탐을 내서는 안 된다는 내용이다. 오늘의 사람들이 과중으로 고생하는 이들이 늘어나는 것은 맛있는 음식을 과식하는 데 있으니, 음식을 중용의 도에 따라 섭취해야 할 것이다.

요즘 사람들은 영양가가 높은 음식이 맛이 있는 관계로 과식하다 보니, 비만 인구는 날로 늘어나 사회문제가 되고 있다. 변 부사는 분에 넘치는 일을 일삼았다. 남의 약혼자를 권력으로 후실을 삼으려 한 것과 백성의 재물을 쥐어짜듯이 갈취해 생일연을 차리고 또 그런 식으로 살아가니, 목민관으로서 자질의 문제가 되는 사람이다.

건강한 육체는 건전한 정신으로 살아야 지닐 수 있는 것과 같이, 중용의 도로써 실천하면 문제가 될 것이 없고 바람직한 것이다. 변 부사는 남원고을을 다스리는 위정자이다. 그는 남원고을의 원님답지 않게 벗어나는 일을 다반사로 행하고 백성을 괴롭혔다. 사람이 음식을 취식할 때는 맛있고 기름진 음식을 탐하면 신체에 부담을 준다는 것으로 이해하면 된다.

본 조항에서와 같이 사람은 평소에 먹는 잡곡밥으로 만족할 줄 알아야 하니, 기름진 음식물로써 식탐을 내서는 안 될 것이다. 의정자의 정치도 본 조항과 같이 정식을 섭취하는 것으로 행하면 탐욕이 생기지 않고 선정을 베푼다고 할 수 있다.

2. 과체중 해결과 건강: 작가들은 본 조항의 내용을 어떤 장르로 나타낼 것인가를 선정해야 하는 문제가 되는데, 소설로 작품을 구성하는 것이

좋은 방법이며, 소년소녀들의 앞날을 위해서 만화로 나타내면 장차 과체 중으로 고생하는 이가 없을 것이다. 과체중은 사람들이 보기에 외관상으로 좋지 않고 만병의 근원일 정도로 후유증이 많게 되므로 적당한 음식물과 운동을 하면 많은 도움이 된다.

작가들은 많은 독자층을 확보하기 위해 실생활과 건강문제를 주요 문제로 다뤄 주인공을 통해 나타내면 독자들이 선호하게 될 것이다. 특히 노인층은 건강문제가 제1순위를 차지할 정도니, 노인들을 위해 작품을 쓰는 것도 좋은 일이다.

제177사(事) 윤자(潤資: 재물을 불림)－고소설에서의 홍익인간 정신－

본 조항의 윤자(潤資)는 윤(潤) 자(字)가 부풀 (윤)이고, 자(資)가 재물(자)이니, '재물을 불림'을 말한다. 본 조항은 자산이 윤택하게 불어나는 것을 의미한다. 농경사회에선 농사에 의존했고, 산업사회에 접어들면서 상업으로 돈을 벌었다. 정당하게 벌어 부자가 된 사람은 자비로운 마음도 생기게 되어 남을 돕는 일에 나서기도 한다.

작가들은 19세기를 배경으로 하여 농경에 힘써 많은 농산물을 생산하고 또 상업으로 많은 수익으로 거부가 된 이들이 남을 돕는 일에 나서고, 국가경제에 활력을 불어넣는 내용으로 작품을 쓰면 독자들에게 홍익인간의 정신을 깨닫게 하는 데 도움을 줄 것이다.

고소설 중에는 홍익인간 정신이 나타나 있다. 그 예로『흥부전』에서 흥부는 농경문화를 바탕으로 부지런히 살아 부호가 되었다. 특히 미물과 패가한 형 놀부를 도왔으니, 홍익인간의 정신으로 살았고,『허생전』의 주인공 허생도 죄인들을 구제하여 이들을 데리고 무인도를 개발하여 이상국을 세웠으니, 홍익인간정신으로 살았음을 의미한다.

이들은 무일푼으로 출발하여 입지전 또는 자수성가형(自手成家型)으로 볼 수 있다. 이들 두 주인공은 경제적으로 성공한 이들이니, 본 조항과 관계된다. 그런 점에서 본 조항을 소개하면 다음과 같다.

제177사(事) 윤자(潤資): (濟 4規 27模)(제, 4째 규칙, 27번째 모형)

> 潤資者는 潤其資有也라. 人有資有則無苟願하고 長慈心이라.
> 資有는 成之於勤하고 失之於怠니 義則守요 仁則潤이니라.

해석: 재물을 불린다 함은 그 소유한 자산이 윤택하게 불어나는 것이니라. 사람이 소유한 자산이 있으면 구차히 원함이 없고 인자한 마음이 자라니라. 재물은 부지런하면 이루어지고 게으르게 되면 잃게 되니, 의로우면 지켜地고 어질면 윤택해지니라.

위의 내용은 재산을 불리는 방법을 말한 것이다. 예전에도 재산을 늘리는 집안이 번성해 왔다. 요즘은 문화생활을 하게 되므로 경제력의 뒷받침이 없이는 발전을 이룰 수 없게 되었다. 사람들의 삶은 자산을 불어나게 하는 생산적인 활동을 한다고 할 수 있다.

농경생활에서 재산을 불리는 데는 부지런함을 큰 근본으로 여겼다. 오늘날의 산업사회는 예전과는 달리 부지런한 것만으로 재산을 늘리지 못하고 많은 정보를 수집하여 치밀한 계획을 세우지 않으면 목적을 달성할 수 없다.

지구촌은 경제전쟁을 방불케 할 만큼 국가 간의 경쟁이 치열하여 개인 간에도 마찬가지로 경쟁에서 선두주자로 군림해야 한다. 요즘 들어 수십 년 전에 써 왔던 도전과 응전이란 말을 다시 쓰는 경향이 있다. 사람들은 치열한 경쟁에서 살아남기 위해 도전이란 말을 쓰기 시작한다.

노무현 대통령은 외국 순방을 하는 중 경제가 중요한 것을 깨달았다고 했는데, 국내시장의 대외 개방속도를 높일 생각임도 밝혔으나, 경제 활성화로 이루어지지 않고 내수경제가 꽁꽁 얼어붙었다고 할 정도로 경제가 침체되어 신임도는 날이 갈수록 하락되어 갔다. 여당인 열린우리당이 다음 정권과 승계되지 못하고 해체된다는 말이 국민들 사이에 이구동성으로 전하더니 해체되고, 대통합민주신당으로 창당하고 대선에 정동영 후보가 출마했으나 한나라당 이명박 후보에게 530만 표로 뒤지어 낙선되었다.

노무현 대통령은 해외 순방길에서 경제가 차지하는 비중을 절실히 깨달았으면 경제 각료들과 경제의 활성화에 대해서 총력을 기울였어야 하는데 그런 노력이 보이지 않았다. 이러한 노력은 한국보다 경제적 여건이 열악한 나라에서도 경제를 일군 사례도 있으니, 그 방법을 찾아 우리의 실정에 맞는 대책으로 선용하면 달성되었으리라 본다.

우리는 어려운 환경에서 재기의 꿈을 펼치는 신화와 이야기가 수두룩하게 많다. 우리가 잘 아는 단군신화의 경우에서도 환웅이 마을 사회를 이룰 수 있었던 것은 환웅과 삼상(三相) 오부(五部)와 같은 현신들의 피나는 노력과 이들 관리들의 능력에서 경제력을 이루는 홍익인간의 이화세계를 탄생시킨 것이다.

1. **고전소설에서의 어진 사랑**: 『흥부전』에서 흥부는 무일푼에서 부호가 된 예도 있다. 흥부는 26명의 자식을 낳아 몹시 가난하게 살았는데 옷을 입히지 못하고 벌거숭이 상태로 지냈다. 흥부는 주야로 궁리하다가 별 계책이 없다가 마침내 기발한 생각으로 궁리해 낸 것이 집단복이다. 집단복은 동네에서 버려진 헌 멍석을 얻어다 아이들 수대로 구멍을 내어 입힌 멍석 옷인데 세계사상 유래 없는 흥부가 착안해 낸 것이다. 그는 처절하게 살면서 부호가 될 수 있었던 것은 근면과 성실과 믿음과 사랑과 베풂을 지혜롭게 펼치고 행했기 때문이다.

『흥부전』의 바탕이 되는 의식은 민족의 원형적 심상인 민족 전래의 국조 단군신화가 수용되었고, 고유설화와 외래설화가 혼합된 것이라 볼 수 있다.

흥부는 덕선미(德善美, das Sitttlichkeit Schöne)로써 미물과 간악한 형 놀부를 구제했다. 흥부가 부호가 된 것은 부지런함과 어진 사랑의 삶으로 이루어진 것이라면, 본 조항의 의미와 상통하게 된다.

『허생전』의 허생은 내륙에서 장사를 하여 많은 돈을 벌었다. 그 돈을 천 명의 군도(群盜)들에게 각각 백 냥씩 나누어 주고 일부일우(一婦一牛)를 가져오게 하여 이들을 거느리고 무인도에 들어가 농지를 개발하여 많은 곡식을 생산하였다. 남는 곡식은 흉년이 든 일본 장기에 수출하여 많은 돈을 벌어들였다. 허생은 갈 곳 없이 굶어 죽게 된 군도(群盜)를 어진 사랑으로 구제하여 이상향에서 살게 했다.

허생이 무인공도(無人空島)를 개발하여 마치 『시경』(詩經) 대아(大雅) 한혁편(韓奕篇)에서 단군조선을 칭송하여 산야(山野)에는 "온갖 꽃이 피며 과일이 잘 익고 사슴이 떼를 이루고 고기가 유유히 유영하니"라고 한 것처럼 풍성한 나라를 세웠다. 뿐만 아니라 그는 대일무역으로 수익을 얻은 거금을 가지고 양반유가들이 다스리는 내륙으로 돌아와서 빈민을 구제하는 자선사업을 펼쳤으니, 홍익인간의 행함이다.

허생은 18세기 사농공상(士農工商)의 제도하에서 사(士)에만 치우쳐 비생산적인 양반들의 허례허식(虛禮虛飾)적인 생활을 과감히 탈피하고 특히 국제무역의 활로를 개시했다는 점에서 혁명적인 발상이라 할 수 있다. 따라서 연암은 상업을 천시하는 시대에서 상업으로 백성들을 구제했으니, 『허생전』에서 양반들의 생활방식을 근대적인 의식으로 인도한 것이다.

허생이 국제무역의 활로를 제시한 것은 연암의 실학의식에서 도래되었다. 양반유자의 제도적 개선은 양반유자들의 무능을 풍자적으로 나타낸 것이니, 근대적인 발상으로 그 시대상을 개혁해야 한다.

허생은 일본 장기(長崎)에 농산물을 수출하여 얻은 수익으로 육지로 돌아가 많은 돈을 사회사업에 투자하여 사람들을 잘살게 하였으니, 홍익인간의 실천자라 할 수 있다.

본 조항의 내용은 『흥부전』과 『허생전』의 내용과 통하는 의식이니, 홍익인간 정신을 이루는 내용이다. 이들은 물질적으로 부호가 된 후에 구제하였으니, 사람에게 물질적으로 풍부해야 남을 돕는 자비로운 마음이 생기게 된다는 홍익인간의 정신을 일깨워 준다.

홍익인간은 366사(事)를 실천하면 이루어지는 것이니, 일 년 366¼일 사시절을 부지런히 농경의 원리에서 찾으면 쉽게 이해할 수 있다.

2. 어진 사랑과 홍익인간 정신: 작가들은 주인공을 통해 홍익인간에 이르는 길을 작품상에 나타내면 독자들이 감명을 받아 단군정신이 훌륭하다는 것을 알게 되어 숭조의식을 높이는 데 도움이 되게 할 것이다. 흥부와 허생은 부지런히 행한 것으로 부호가 되었다. 흥부는 천리의 마음으로 힘써 일한 관계로 지구상에서 둘도 없는 부호가 되었고, 허생 또한 갈 곳 없는 죄인 2,000명에게 부인을 얻게 해 주고 이들을 이끌고 무인도를 개발하여 이상국을 세웠다. 이 양인은 농군과 장사꾼이었으나, 다 같이 홍익인간을 베푼 데는 뜻을 같이한 것이다

작가들은 주인공을 통해 부지런히 사는 내용을 소개하면 자선(資産)이 불어나 자비로운 마음이 생기게 하여 독자들이 작품을 읽고 어질게 살아가는 데 도움을 줄 것이라 믿는다.

제178사(事) 개속(改俗: 속됨을 버리고 고침) ―『완월회맹연』(玩月會盟宴) ―

본 조항의 개석(改俗)은 '속됨을 버리거나 고치는 행위'를 뜻하니, 자기가 먼저 속물근성을 고치는 것을 내용으로 하고 있다. 사람은 자기 스스로를 돕는 것은 자기의 성장을 위해서 좋은 일이다. 남이 도와주기를 바라는 것은 천박한 것이니, 개석(改俗)하는 데 힘써야 할 것이다.

작가들은 남을 돕는 것은 좋은 일이면서도 다른 사람이 도와주기를 바라지 않고, 성공하는 사례를 작중 주인공을 통해 나타내면 젊은이들이 앞날을 살아가는 데 도움이 될 것이다.

『완월회맹연』(玩月會盟宴)은 최장편 소설이다. 우리나라 최장편 대하소설로서 180권에 이른다. 여기에서 주목해야 할 대상은 여주인공 소교완인

데, 그는 후처로서 그 콤플렉스로 인해 견고하고 강열한 이중성격의 소유자인 천하의 악녀였다. 그러나 그녀가 개과천선이 허용된 것은 살인행위가 미수에 그쳤고 음란한 행위를 하지 않았기 때문이라고 소개한다.

소교완이 시집의 재산을 독차지하려는 야비한 마음을 가지고 전실의 소생을 살해할 음모를 행했으나, 뜻을 이루지 못했다. 그는 꿈속에서 죽은 친정어머니의 혼령을 만나 천상에서의 자기가 용녀(龍女)임을 알게 되어 회개한다. 본 조항은 소교완의 인간됨을 연구하는 데 참고가 되어 다음과 같이 인용한다.

제178사(事) 개속(改俗): (濟 4規 28模)(제, 4째 규칙, 28번째 모형)

改는 去也오, 俗은 野也라. 自濟完하고 人濟散하며 自濟時하고 人濟遲하니 完與時는 在我하고 散與遲는 在人이라. 是以로 待人濟者는 野也오. 欲自濟者는 文也니, 去野而就文이면 濟之智成이니라.

해석: 고친다(改) 함은 버리는 것이며, 속(俗)되다 함은 야비한 것이라. 스스로 구제하면 완전하고, 남이 구제하면 산만하며, 스스로 구제하면 제때에 하고 남이 구제하면 늦어지니, 완전함과 적시(適時)는 나에게 있고, 엉성하고 늦어짐은 남에게 있느니라. 그러므로 남이 구제하기를 기다리는 것은 야비함이며, 스스로 구제하는 것은 밝음이니, 야비함을 버리고, 밝음에 나아가면 구제의 지혜를 이루니라.

자신의 속된 체질을 개선한다는 것은 장한 일이다. 사람은 자신의 단점을 알면서도 고집이 있는 관계로 고치기가 어렵다. 위정자의 경우 자신의 속된 단점을 고치지 않고 밀어붙이기식으로 고집을 부리다가 결국 나라를 위기에 처하게 또는 발전하지 못하게 후퇴시킨 사람도 있다.

제178사(事) 개속(改俗)이라 함은 사리에 어두운 속됨을 버린다는 뜻이니, 자기 자신이 먼저 속물근성을 고쳐야 하는 것이다. 속됨을 버릴 때는 자신이 깨달아서 버리는 것이 상책이나 남의 권고에 의해 버리게 되면 한 발 늦은 것이니, 남의 장점도 볼 줄 알면 고치게 된다.

사람은 "제 잘난 맛에 산다"는 말이 있지만 젊은 사람의 경우고 남의 성공사례를 거울삼아 본받으면 젊은이라 할지라도 속물근성을 고칠 수 있다. 예전이나 지금이나 나이가 든 노인들은 고집이 있는데 택선으로 고집을 부리면 백번 고집을 부려도 좋은 것이다. 고집이 아집에 이르면 완고함에 이르러 고치기 어렵다. 그러나 주위 사람들의 춘하추동의 사시(四時)가 변화하는 것처럼 세상을 넓게 바라보면 고질에 젖은 아집(我執)이 강한 자라 할지라도 고칠 수 있는데, 시야를 넓혀 대명천지를 바라보는 슬기를 지니면 고집이 세기로 이름난 자라 할지라도 개과천선할 수 있다.

1. **악녀의 개과천선:** 우리 한국서사문학 가운데는 악녀가 수없이 등장한다. 이들 중 개과천선한 이들은 여생을 편히 지낸 이들이 많다. 악녀는 비참하게 죽을 이들인데 자신의 잘못을 더 늦기 전에 고쳐 여생을 편히 지낼 수가 있게 된 것이다. 그런데 악행을 계속한 이들은 악행에 빠져 결국 자가당착으로 비참하게 생을 마치었다.

우리 서사문학 가운데 악녀로『장화홍련전』(薔花紅蓮傳)의 허씨,『사씨남정기』(謝氏南征記)의 교씨,『완월회맹연』(玩月會盟宴)에서 여주인공 소교완을 떠올리게 되는데, 이들은 악녀의 전형을 이루는 이들이다. 그럼에도 전 이자(二者)는 개과천선할 기회를 놓쳤고, 후자인 일자(一者)는 천박하고 속된 마음을 버렸다. 그녀의 죄는 끔찍하였는데 전실의 자제를 죽이려는 살인미수죄에 해당하는 악녀였지만 개과천선하여 여생을 편히 보냈다.

세상사는 시시각각으로 변천을 거듭하는데 우물 안 개구리 식으로 살아간다면 자신의 존재를 변할 수가 없게 살아간다. 중국인들이 받드는 용(龍)은, 뱀이 변신을 한 것이다. 우리는 단군신화에서의 곰이 웅녀로의 변신을 하여 국모로 받들고 있다. 이들은 동물에서 자가를 개속하는 의지로 살았기에 천신(天神)과 지모신(地母神)에 이른 것이다.

이런 것은 천리에 의해 춘하추동이 바뀌듯이 자신의 인생관을 고치기 위해서 게으름과 전쟁을 벌여야 하며, 자의적인 개과천선을 하였다.

남의 도움을 받지 않고 천박하고 속된 습속을 버리는 것은 현명한 처세다. 사람은 만물의 영장이므로 육신에 천지인의 이치가 함유되어 있으니, 하나(一)의 진리인 순수미(純粹美)로 살아가면 개속(改俗)할 수 있는 것이다.

본 조항의 내용은 자신의 속된 단점을 고치고 자신을 구제하는 일을 지혜롭다고 했으니, 천리와 성공한 이들을 거울삼으면 된다. 사람이 지혜롭게 살아가면 노경(老境)에 이르러 이순(耳順)과 불유거(不踰矩)의 경지로 완성인간이 될 것이니, 일차적으로 개속(改俗)이 필요하다. 사람은 고집불통이 아집에 이르면 어떠한 사람의 권함도 막무가내(莫無可奈)로 자기가 옳다고 주장한다. 개속은 속물인간에서 문명인으로 바뀌는 것이라 할 수 있지 않을까 한다.

조선조 오백 년간 양반유자들이 외고집으로 나라를 일제에 넘기는 것이나 1997년 위정자의 외고집으로 IMF(국제통화기금) 한파를 겪게 한 사례의 경우가 그 좋은 예이다. 따라서 개속하지 못하는 이들은 야만성을 지닌 이라 해도 지나친 말이 아닐 것이다.

따라서 위의 예를 든 고소설의 경우 개과천선한 자는 잘살았고, 그렇지 않고 개속하지 않은 이는 비참하게 생을 마감했다. 그런데 개과천선은 아무나 되는 것은 아니다. 한국고소설에서 살인자는 개과천선을 할 수 없고, 여성의 경우 음란을 행한 자는 거의 제외되었다.

『완월회맹연』(玩月會盟宴)에서 여주인공 소교완은 천하의 악녀였지만 살인을 하지 않았고 음란한 행위를 하지 않았던 것으로 인해 구제된 것이다.

2. 개속(改俗)하는 주인공: 작가들은 개속(改俗)하지 못하는 이를 속물인간으로, 개속한 이를 문명인으로 작품을 전개시키면 사회를 밝게 하는 데 도움을 준다.

한국은 홍익인간을 건국이념으로 단군이 표방했으나, 살인자나 여성이 음란한 행위를 한 자의 경우 홍익인간 대열에서 제외되었다.

사람들은 아무나 홍익인간으로 구제받는 것은 아니다. 한때 악행을 하였더라도 살인을 하지 않으면 개과천선할 수 있고, 여성의 경우 음란한 행위를 안 한 자도 마찬가지로 적용된다. 속물인간이 다시는 이 땅에 나타나지 않게 하는 예방책이니, 작가는 이 점을 참고하여 작품을 쓰면 될 것이다.

제179사(事) 입본(立本: 근본을 세움)－심훈의 『그 날이 오면』－

본 조항의 입본(立本)은 '근본을 세움'이란 뜻이니, 바로 지혜의 근본을 세우는 것을 말한다. 사람은 우선 큰 뜻을 품고 지혜로써 할 것 같으면 자기를 구제한 연후에 남을 구제하는 것과 동시에 세상을 구할 수 있음을 교훈하고 있다.

작가들은 주인공을 통해 큰 뜻을 품고 지혜로써 행하면 남을 도울 수 있고, 나라와 세상도 구할 수 있음을 나타내면, 남을 위하고 나라를 위해 독립운동을 한 이들의 정신을 이해하는 데 도움을 줄 것이다.

심훈(沈薰, 본명 沈大燮, 1901∼1936)은 당시 2천만 동포가 일제강점기인 일제식민지 통치에서 피압박으로 살아가는 상황에서 한국의 독립을 찾겠다는 일념으로 독립운동에 가담하여 옥고를 치르기도 한 애국자이자 문인이다.

그는 1930년 3월 1일 자신이 1919년 독립운동에 참여했던 11주년을 맞아 『그 날이 오면』을 지었다. 그의 시는 육신의 소리로서 언행일치의 독립정신의 발로이며 실천이었다고 할 수 있다. 그의 소설 『상록수』(1934)는 한국인을 잘살게 하기 위해 우선 농촌의 농경을 부흥시키고 문맹자의 눈을 뜨게 하는 계몽소설이니, 근본을 세우는 내용이라 할 수 있다.

심훈의 문학은 한국인의 근본을 세우고 나＝남을 구제하는 대상이니, 거시적으론 홍익인간의 내용이다. 그의 문학은 본 조항의 내용을 소개하면 그 뜻을 이해할 수 있으므로 다음에서 소개한다.

제179사(事) 입본(立本): (濟 4規 29模)(제, 4째 규칙, 29번째 모형)

立本者는 立智本也라. 智之本은 志也니 帶志而智則濟하고
失志而智則不濟니 無自濟之智면 欠濟人之智니라.

해석: 입본(立本)이란 지혜의 근본을 세움이라. 지혜의 근본은 뜻이니라. 뜻을 대동할 지혜라면 구제할 수 있고, 뜻을 잃은 지혜는 구제하지 못하니, 자신을 구제할 지혜가 없으면 남을 구제하는 지혜도 결여되어 있음이라.

제179사(事) 입본(立本)이라 함은 근본을 바로 세운다는 말이다. 근본을 바로 세운다는 것은 바탕을 견고히 다지는 것과 같이 사람을 성실히 살아가게 하고 자강(自彊)할 수 있는 틀을 이루게 한다. 따라서 근본이란 말에 비중을 두지 않을 수 없다. 사람이 큰 뜻을 품고 지혜로써 건전하게 살아가기 위해선 근본의 기틀을 바로 세워야 하는 것이다. 근본은 식물에 비유하면 뿌리와 같은 것인데, 사람 또한 근본이 서지 못하면 살아가는 데 여러 가지 상서롭지 못한 일이 발생하게 된다.

본 조항은 근본을 바로 세운다는 것을 지혜로서 구제를 일컫는데, 결국 그러한 숭고한 뜻을 지니고 살면 세상도 구할 수 있는 사람인 것이다. 근본을 세운다는 것은 뿌리의식이 흔들리지 않는 사람으로 비유할 수 있으니, 예로부터 전하는 고유한 문화의 미풍양속의 전통을 이어 가며 현대인답게 조화미를 이루며 살아가는 사람이다. 그러나 우리의 현실생활의 풍속도는 서구식으로 생활이 무분별하게 바뀌어 아쉬운 감이 든다.

기강이 확립된 나라는 나라의 근본 바탕을 세워 외래문화의 장점을 살려 우리의 생활의식과 조화를 이루는 데 중점을 두어야 하는데 서구일변도로 기울어진 데 문제가 있다.

우리에겐 어떠한 고난과 외압에도 굴하지 않는 민족 특유의 단군사상의 전통이 이어 내려오고 있는데 외세문화만을 따라서는 안 될 것이다. 단군은 홍익인간의 이화세계를 세웠다. 이 환상적인 이상향의 나라는 지상 낙원을 의미한다. 이런 태평세계는 한민족이 고유한 전통문화에서 세워진 것이니, 외국의 것이 좋다고 해서 아무런 비판의식이 없이 받아들여서는 안 된다.

우리는 5천 년의 전통을 지키며 살아온 한민족이다. 그런데 2600년밖에 안 되는 일본이 식민지 정책을 펴기 위해 단군을 말살하는 식민지 정책을 폈다. 이들은 인권을 탄압하여 한국인을 피압박민으로 살아가게 하여, 애국지사들이 나라를 찾는 일에 나서게 됐는데, 이런 일이 나라의 근본을 세우게 하는 지혜로운 삶이라 할 수 있다.

1. 심훈(본명 沈大燮, 1901~1936)의 『그 날이 오면』(1930) : 심훈(沈薫)은 일제식민지 통치에서 세상을 구하겠다는 굳은 뜻을 품고 독립운동을 하였다.

즉 그는 3·1 운동(1919)이 일어났을 때 나라를 찾겠다는 일념으로 독립운동에 참여하여 영어(囹圄)생활을 겪었다. 그는 출옥한 후 독립운동을 적극적으로 실천하기 위해 중국 망명길에 올랐다. 그는 다시 귀국한 후 1930년 3월 1일 자신이 독립운동에 참여했던 11주년을 맞아 『그 날이 오면』(1930)을 지었다.

그의 육신의 소리는 독립정신의 발로이며 언행일치의 실천이었다고 할 수 있다. 그는 일제의 강경책으로 식민지 생활을 받으며 살아갈 때 조국을 구하겠다는 일념으로 그 운동에 참여한 것이다.

그는 일제를 이겨 내기 위해서 농촌을 부흥시키겠다는 일에 나서게 되는데, 그 실천을 『상록수』란 소설에 나타냈다. 그는 독립운동을 한 관계로 감옥생활을 하고 그 후 한민족의 독립을 쟁취하는 일환으로 농촌 운동을 계몽하는 소설을 지었다.

『상록수』는 당시 사람들에게 정신적인 지주역할을 하였다고 볼 수 있으니, 슬기로운 구제 활동을 실천하였다고 볼 수 있다. 심훈은 『그 날이 오면』(1930)이란 언행일치의 국민시를 지어 그의 참모습을 보여 주기도 했다.

『그 날이 오면』

그 날이 오면 그 날이 오며는/ 삼각산이 일어나 더덩실 춤이라도 추고
한강 물이 뒤집혀 용솟음 칠 그 날이/ 이 목숨이 끊지기 전에 와주기
만 하량이면
나는 밤하늘에 나는 까마귀와 같이/ 종로의 인경을 머리로 들이받아
울리오이다.
두개골은 깨어져 산산조각이 나도/ 기뻐서 죽사오매 오히려 무슨 한
이 남으오리까

그 날이 와서 오오 그 날이 와서/ 육조 앞 넓은 길을 울며 뛰며 딩굴어도
그래도 넘치는 기쁨에 가슴이 미어질 듯하거든/ 드는 칼로 이 몸의 가
죽이라도 벗겨서
커다란 북을 만들어 들쳐 메고는/ 여러분의 행렬에 앞장을 서오리다
우렁찬 그 소리를 한번이라도 듣기만 하면/ 그 자리에 거꾸러져도 눈
을 감겠소이다

위의 두 연의 시는 조국의 광복을 맞이하는 그날에 온다는 내용이니,
앞을 내다보는 언행일치의 모습을 진솔하게 나타냈다. 조국광복은 1945년
찾아왔으나 심훈이 10년 전에 고인이 되었다. 그의 조국애는 언행일치의
완성의 승화라고 할 수 있다.

본 조항에서 근본을 세운다는 것은 첫째 뿌리의식과 관계된 것이니, 일
제식민지하에서 나라를 찾는 일이다. 근본을 세우겠다는 생각은 큰 뜻을
품고 지혜로써 행하면 세상을 구할 수 있는 것이다. 심훈은 곧 본 조항의
내용과 같이 일제하 식민지 통치에서 나라를 구하겠다는 원대한 뜻을 지
니고 독립운동의 일환으로 농촌계몽을 선도하는 역할을 했다.

『그 날이 오면』은 일제하에서 독립을 염원한 언행일치를 보여 주는 국
민시이니, 『천부경』의 하나(一)의 진리를 실천한 이로서 애국충정(愛國衷
情)을 나타냈다고 할 수 있다. 그의 조국애에 대한 의지와 절조는 포은 정
몽주의 『단심가』(丹心歌)를 연상케 한다.

2. **민족문학의 수립**: 작가들은 본 조항과 관련해 근본을 세우는 일을 본받아 민족혼으로 시와 소설을 나타내면 특히 국조단군에 대해서 작품을 쓰면 근본을 세우고 나라를 바로 세우겠다는 뜻을 품고 실천하면 경제대국을 세울 수 있는 것이다.

특히 심훈은 국민시『그 날이 오면』과 농촌을 발전시키는 계몽소설『상록수』를 발표하여 많은 국민들에게 공명·공감하는 바로 애국혼을 불러 일으켜 놓았다.

그의 문학은 나라의 근본을 세워야 한다는 것이니, 본 조항의 내용과 일치한다. 소설가와 시인들은 심훈의 민족혼을 새로이 조명하는 내용을 본으로 삼아 경제대국을 세우는 작품을 국민들에게 선보이면 뿌리의식을 깨닫게 하는 데 도움이 되리라 믿는다.

단군의 홍익인간의 원뜻은 물산이 풍부한 나라를 세우는 데 있다. 단군은 농경문화를 배경으로 사시절인 366¼일 동안 하늘을 본으로 하여 힘써 행하면 그 애쓴 만큼에 대한 보응으로 수확을 걷을 수 있는 내용이다.

고대농경에서 양식이 넉넉한 것보다 더 행복할 수 없고 또 많아야 남을 구제할 수 있다. 인간세상에서 사람을 유익하게 하는 것이 홍익인간이다. 작가들을 홍익인간의 정신으로 작품을 내면 본 조항의 뜻과 심훈의 문학도 이해하는 데 도움을 줄 것이다.

제180사(事) 수식(收殖: 거두고 늘림) － 신광수(申光洙)의 「잠녀가」 －

수식(收殖)은 '거두고 늘림'을 뜻하니, 이를 이루기 위해서는 인망(人望)을 얻는 것이고, 재물을 베풀어 쓰는 것인데, 인망(人望)은 덕(德)에서 은혜는 구제에서 생기는 것이다. 사람들로부터 인망을 얻기 위해서는 남을 용서하고 남의 어려움을 이해해 주고 바르게 살아야 하며, 은혜를 남에게 베풀 때는 아끼지 아니하고 남을 위해 써야 한다.

작가는 주인공을 통해 남의 어려움을 이해해 주고 재물도 있으면 도울 줄 아는 사람과 본 장의 '거두고 늘림'이라 할 수 있는 내용으로 작품을 쓰면 독자들이 본받아 행하는 이도 있게 될 것이다.

18세기 후반기 석북(石北) 신광수(申光洙, 1712~1775)는 제주도 관리로 재직 중 해녀들이 물속에 들어가 해산물을 잡아 올리는 것을 보고 「잠녀가」(潛女歌＝海女歌)를 지었다.

석북은 해녀들이 깊은 바닷물 속에 들어가 한참 후에 물 위에 올라온 후 뒤웅박을 부둥켜안고 숨을 몰아쉬는 광경을 보고 휼민(恤民)의 정으로 바라보고 「잠녀가」(潛女歌＝海女歌)를 짓게 된 것을 밝혔다. 그는 「잠녀가」(潛女歌)를 통해 해녀들이 애써 잡은 해산물을 관리들에게 바치면 관리들이 그 생명을 담보로 한 해산물을 먹으면서 해녀들의 고통을 생각해 보라는 연민(憐憫)의 정을 나타낸 것이다.

그럴 때 양심 있는 관리라면 해녀들의 신고(辛苦)를 생각하고 당장 그 진상 제도를 폐지하고 사 먹어야 한다. 그런 점에서 본 조항은 관리들의 각성을 촉구하는 내용이라고 보고, 그 조항의 내용을 다음과 같이 소개한다.

제180사(事) 수식(收殖): (濟 4規 30模)(제, 4째 규칙, 30번째 모형)

收는 收人望也오 殖은 殖財用也라. 濟之以德에 非人望이면 不達이오 濟之以惠에 非財用이면 不信이라. 欲遂濟人之智者는 貴人望而賤財用이니라.

해석: 수(收)(거둠)는 남에게 인망을 거둠이며, 식(殖)(불린다)은 재물의 사용을 늘리는 것이니라. 덕으로써 구제함에 인망이 아니면 달성하지 못하고, 은혜로써 구제함에 재물을 베풀지 못하면 믿어 주지 않느니라. 남을 구제하는 지혜에 이르고자 하는 사람은 인망을 귀하게 여기고 재물의 베풂을 가볍게 여기니라.

제180사(事) 수식(收殖)이라 함은 농경과 관련해서 뜻을 풀이하면 쉽게 알 수 있다. 농사는 봄에 파종해서 봄과 여름 동안 잘 가꾸면 가을에 곡식을 거두어들이게 된다. 그와 같이 사람은 인망(人望)을 거두고 재물을 아낌없이 사람들을 위해 베푼다는 것이다.

사람의 구제는 인망(人望)을 거두는 일이니, 농경의 뜻으로 이해하면 될 것이고 은혜를 남에게 베푸는 일도 마찬가지다. 남을 돕는다는 것은 재물이 있어야 하니, 평소에 저축된 재산이 있어야 할 것이다. 슬기로운 위정자는 인망－재물－은혜를 베풀어야 선정을 기할 수 있다.

위정자는 백성으로부터 인망을 얻으면 그 위정자의 행함을 본받아 열심히 살아가게 되므로 재물을 풍족히 하며 살아갈 것이다.

위정자는 백성에게 도덕을 펴는 것이 기본이고 재물을 풍족히 하는 정치를 베풀고 어려운 사람을 구제하는데 이 중에서 재물을 베푸는 문제가 쉽지 않다. 본 조항의 뜻을 요약하면 사람을 구제하는 것은 슬기로우면 사람이 하고, 도덕－펴고, 인망－귀히 여김, 재물－아낌없이 씀을 나타냈다.

1. 「잠녀가」(潛女歌＝海女歌)의 내용: 18세기 후반기 석북(石北) 신광수(申光洙)는 제주도 관리로 재직 중 제주도 해녀들을 동정하는 내용으로 「잠녀가」(潛女歌＝海女歌)를 지었다.

석북은 해녀들이 깊고 푸른 바닷물에 몸을 던져, 한참 후에 물 위에 올라온 후 뒤웅박을 부둥켜안고 긴 휘파람 소리를 내며 물을 뿜어낸다. 해녀들이 숨을 몰아쉬는 이 광경을 보고 석북이 해녀들에 대해 휼민(恤民)의 정으로 바라보게 된다. 석북은 그 소리가 슬프게 아득히 수중으로 메아리쳐진다는 것으로 슬프게 바라본다.

직업은 다양하지만 물속에 들어가 숨을 4~7분 동안 쉬지 않고 해산물을 채취해 물 위로 올라와 긴 한숨을 쉬는 것을 보고 연민(憐民)의 정을 느끼지 않는 이는 없을 것이다.

석북은 연민(憐民)의 정으로 해녀들을 동정하고 있는데, 이 물속에 들어가 채취한 해산물에 대해 목숨을 담보로 한 것으로 보고 더욱 해녀들을 동정하고 있다.

　18세기 당시는 상어가 많아 해녀들의 피해도 많았을 것이니, 여성 직업 중에 가장 위험한 생활이다. 그런데 석북은 해녀가 위험을 무릅쓰고 채취(採取)한 해산물을 관리들에게 바쳐야 한다는 것에 대해, 우국휼민(憂國恤民)의 정으로 이들을 보고 있다. 해녀들이 채취한 해산물을 바치고 나면 벌이가 얼마나 되겠는가? 석북은 해녀들의 실상을 『잠녀가』에서 다음과 같이 알리고 있다.

　　　능한 여인은 물 속에 근 백 척이나 들어간다 하네.
　　　간혹 굶주린 고래 떼의 밥이 되기도 하네. ……
　　　팔도에 진봉하고 서울로 올려 보내면 남을 것인가?
　　　금옥은 고관의 푸주요, 기라(綺羅)는 공자(公子)의 자리로다.
　　　어찌 먹는 것이 신고하여 오는 줄 알 리 있으리오.
　　　겨우 한 입을 씹어보다 상을 물리겠네.
　　　잠녀 그대들 잠수하는 광경 하마 섧구나.
　　　어이 사람의 생명을 농락하여 배를 채우겠나.
　　　아서라 우리 같은 선비는 흔하데 흔한 생선도 못 먹네.
　　　조석 밥상에 부추나물만 올라도 흐뭇하네.

　　　能者深入近百尺. 往往又遭飢蛟食. ……
　　　八道進奉走京師, 一日幾馱生乾鰒.
　　　金玉達官庖, 綺羅公子席.
　　　豈知辛苦所從來, 纔經一嚼案已推.
　　　潛女潛女, 爾雖樂, 吾自哀.
　　　奈何戲人性命, 累吾口腹.
　　　嗟吾書生, 海州靑魚亦難喫, 但得朝夕一雍足雍凰.

『石北文集』卷7,「潛女歌」

　조선조의 부정비리는 한양에서 멀수록 심했는데, 18세기 후반에 제주도가 특히 부정이 심했다. 석북은 관리들의 실상을 고발했는데 백성의 목숨을 농락하여 구복(口腹)을 채워서는 안 되는 것을 「잠녀가」에 담았다.

석북은 「잠녀가」을 통해 위정자의 반성을 촉구하였다고 볼 수 있는데, 제주도의 관리들이 「잠녀가」를 보고 들으면 선정을 덕선미로 베풀어야 함을 깨닫는 일면도 있었으리라. 석북은 「잠녀가」에서 제주의 잠녀들의 그 참상을 우국휼민의 정으로 표출해 그 시대를 읽을 수 있게 했다는 데 의미가 있다. 위정자는 백성들의 실상을 파악해 그들의 아픔을 가다듬어 주어야 하는데 재물을 넉넉히 하는 일이다. 이렇게 하기 위해서는 18세기는 농경산업이 주산업이었으니, 농산물 증산에 대책을 세워 백성을 독려하면 재물을 일구는 한 방법일 것이다.

어촌마을에선 어민들의 해산물 특히 해녀들이 채취한 해산물의 판로에 대해서도 대책이 있어야 했을 것이나 위정자는 위정자대로 해녀들 해산물 진상에만 마음이 있었다고 할 수 있다.

2. 18세기 해녀들의 생활상: 작가들은 예전에 관리들이 백성의 재물을 권력으로 빼앗는 이들이 있었음을 상기하여 해녀에게도 그런 실상을 작품으로 나타내면 독자들이 읽고 특히 청소년소녀들이 읽고 훗날 선정을 생각할 것이다.

「잠녀가」에서 해녀들이 목숨을 담보로 채취한 해산물을 관리들에게 진상하는 당시 실상의 관행을 보고 연민의 정을 느끼지 않을 수 없게 된다. 작가들은 해녀들이 목숨을 담보로 채취한 해산물을 먹으면서 관리들의 도덕심이 실종되고 인정이 없고 무심한 사람으로 나타내면 독자들이 그런 관리를 증오할 것이다.

작가는 본 조항에서와 같이 위정자는 도덕을 펴고 인망을 얻고 남을 구제하는 내용에 대해 밝혔으니, 본 내용을 작품상에 소개하면, 위정자가 선정을 베풀어야 하는 의식을 깨닫게 되리라 믿는다.

제181사(事) 조기(造器: 그릇을 만듦)―『숙향전』의 운명―

본 조항의 조기(造器)는 '그릇을 만듦'을 뜻하니, 사람마다 그 기국(器局)이 다르게 창조되었으니, 큰 그릇이 되려면 마치 질그릇이 불에 달구어 연마하여 완성되듯이 큰 시련을 겪어야 완성하도록 창조되었음을 밝히고 있다.

작가들은 어려운 시련을 겪으면서 좌절하지 않고 뼈 빠지게 고생한 사람을 훌륭하고 장한 이로 나타내면 입지전의 인물로 사람들이 본받게 될 것이다.

흔히 사람들이 이르기를 큰 인물은 하늘이 낸다는 말을 한다. 또 우리의 설화와 고소설은 운명이 정해진 것으로 나타나 있다.

『숙향전』의 숙향의 운명 또한 천상선녀였는데 선관과 서로 희롱한 일로 지상의 인간계로 태어나 15년간 시련을 겪으며 살았다. 시련을 겪은 후에는 헤어졌던 가족과 만나고 지상에서 부귀영화를 누리고 천상선녀로 돌아갔다. 숙향의 운명은 천정(天定)으로 되어 있으나 인륜과 도덕에 어긋나지 않게 지상에서 살았던 관계로 원상대로 천상선녀로 복귀하였다.

본 조항은 한국인이 부귀빈천으로 살아가는 것은 하늘이 정해 놓은 것이 아니라 자기의 태어난 성품을 자기가 살아가는 틀에 맞추어 힘써 살아가야 함을 나타냈다. 본 조항의 내용을 소개한다.

제181사(事) 조기(造器): (濟 4規 31模)(제, 4째 규칙, 31번째 모형)

造器者는 天이 爲造人器也라. 造萬人一象하며 造萬性一品이라. 但造八異而九殊者는 濟質이 互相不同하여 必陶鎔磨鍊而成이라.

해석: 조기(造器)는 하늘이 사람됨의 그릇을 만듦이라. 만 사람을 한 형상으로 만들고 만

성품을 한 품격으로 만드는 것이라. 다만 그 만듦에 여덟 가지가 다르고, 아홉 가지가 특수한 것은 구제의 바탕이 서로 같지 않아서 반드시 질그릇처럼 녹이고 갈고 단련하여야 이루어지니라.

사람은 창조주가 자신의 형상대로 만들었다는 것이 각 종교 경전에 수록되어 있는 것을 보게 된다. 그래서 인간은 소우주란 말까지 나온 것이다. 제181사(事) 조기(造器)란 하늘이 사람됨의 그릇을 만들어 한 품성을 주었으나, 사람마다 여덟 가지인 생(生)·로(老)·병(病)·사(死)·화(災)·난(難)·이(離)·원(怨)이 다르고, 아홉 가지인 양이(兩耳)·양안(兩眼)·구(口)·양비공(兩鼻孔)·양변공(兩便孔)이 또한 다르게 72가지(8×9＝72)를 창조한 것이다. 사람의 체질과 모양을 다르게 한 것은 특성 있게 살게 하기 위함에 있다. 즉 조물주는 사람의 얼굴 형상이 똑같이 하면 혼란한 가운데 살아갈 것이므로 모든 사람을 다르게 태어나게 한 것이다. 그러나 서로 같지 않게 생기게 했더라도 사람으로서 원만하게 살아가기 위해서는 마치 질그릇을 불에 달구어 연마하여 완성하듯이 시련을 통하여 갈고 연마해야 사람다운 인격을 이루게 된다.

한민족의 조상들은 하늘이 사람의 운명을 정해 놓았다는 말까지 나오게 되어 운명론으로 살아왔다고 할 만큼 믿고 살아왔다. 오늘날은 운명론을 믿지 않으나, 대체로 태어날 때 운명이 정해졌다는 말을 믿고 있으나 실지로는 그렇지 않다.

지금도 사람은 부모를 잘 만나는 것도 행운이며, 벌써 장래의 성공여부가 정해진 것이나 다름없으니, 운명론을 금석같이 믿게 된다. 옛날에는 직업이 다양하지 않고 농업에 종사하게 되니, 가난하게 살면 여지없이 대물림이다. 소작인일 경우 70%를 병작으로 하게 되면 30%로써 살아간다. 반 이상을 농사지어 지주에게 바치게 되니, 가난에서 헤어나지를 못한다.

요즘은 양극화 현상이 심화되면서 가진 자와 못 가진 자의 격차는 그야말로 천양지차(天壤之差)니, 가난한 사람은 가난에서 벗어나기 힘든 것이다. 부모를 잘 만나면 자손들이 성공하게 되어 있고, 물질적인 뒷받침이 없으면 예나 지금이나 성공할 수 없게 된 것을 들어 운명론을 믿는 사람이 많아지게 되었다.

예전에는 농경생활이고 신분제도로 인해 양반자제가 아니면 출사할 수 없었고, 상민의 자제는 양반들 근처에 얼씬거리지도 못했으니, 상민의 자제는 출사가 없었다. 조선조 500년 동안 상민의 자제는 재주가 뛰어나도 관직에 오를 수 없으니, 타고난 운명을 한할 수밖에 없다.

한국인의 의식에는 1960대만 해도 잘되고 못되는 것을 팔자(八字)라는 것을 늘 대화 중에 했다. 1960년대 초까지 보릿고개가 있어 왔으니, 못사는 것도 팔자소관으로 여겨 왔다. 예전 사람은 운명대로 살아가는 것이라 믿어 왔다. 사람의 형상이 천지의 이치로 형성되었으니, 그 이치로 살아가면 성공하게 되고 그렇지 않으면 실패하게 되어 있으니, 운명을 천정(天定)으로 본 것이다.

1. **고소설 중 주인공의 운명**: 『춘향전』, 『심청전』, 『숙향전』 등의 주인공들의 운명은 천정(天定)으로 되어 있다. 사람은 천지의 이치로 형성되었다. 하늘이 둥근 것은 사람의 머리로, 땅의 동서남북은 가슴에서 복부 부위로, 사람의 양다리는 천지의 음양 관계로 나타낸 것이다.

본 조항은 팔이(八異)와 구수(九殊)가 다르게 태어났다고 했는데 사람을 고르게 살게 하기 위함이다. 사람이 천지의 형상대로 태어난 것도 운명이 정해진 요인 중에 하나다. 사람은 하늘의 형상대로 태어났으니, 진인사대천명(盡人事待天命)이라는 말이 어울리고, 『천부경』에서 1~10수(數)인 완성수에 이르는 것과 같이 완성의 인간이 될 것이다.

사람이 노력도 안 하고 운명을 팔자소관으로 돌려서는 안 되고, 힘써 행하는 사람이 성공을 기약할 수 있으며, 많은 사람을 구제할 수 있게 된다는 것을 잊어서는 안 된다.

2. **운명론에 좌우돼서는 안 됨을 배격**: 작가들은 하늘이 인간의 운명을 좌우하는 것이 아니라 자신의 노력여하에 따라 결정되는 것을 일깨워야

할 것이다. 하늘의 진리를 믿고 행하는 것은 좋은 일이나 하늘을 찾을 경우 진인사대천명(盡人事待天命)으로 행하는 것이 바람직한 행위다. 이직도 많은 사람들이 사람의 운명을 타고난 팔자소관을 믿는 사람이 많다. 언뜻 생각해 보면 그렇게 생각할 것이나 사람은 자신의 운명을 한 질그릇이 이루어지듯 갈고 연마하는데 있는 것이다.

결코 사람의 운명은 타고난 것으로 생각해서는 안 되고 자기가 하기에 달려 있으니, 운명론에 좌우돼서는 안 될 것이고, 자기의 운명을 과감하게 개척하는 방향으로 생각하고 살아야 한다. 작가는 본 조항과 같이 타고난 성품을 이루기 위해서 시련을 통해 갈고닦는 데서 이루어진다는 것을 독자들에게 환기시킬 필요가 있다. 다시 말해 하늘이 사람됨의 그릇을 만든다는 것은 마치 도공(陶工)들이 큰 질그릇을 불에 달구어 연마하여야만 완성하듯이 사람의 재능과 소질이 다르므로, 고통과 시련을 겪은 연후에 완성되도록 되어 있다는 것을 독자들에게 주지시키면 될 것이다.

제182사(事) 예제(預劑: 미리 약을 지음) -『임진록』-

본 조항의 예제(預劑)는 예(豫)는 '미리 (예)'이고, 제(劑)는 '약 지을 (제)'이니, 병이 나기 전에 미리 약을 달여 먹는 것을 말한다. 유비무환이란 말은 본 조항의 미리 약을 지음이란 말을 유효적절하게 나타낸 것이니, 미리 큰 일이 발생하기 전에 예방하는 것이 슬기로운 행동이라 할 수 있다.

우리는 유비무환(有備無患)이란 말을 잘 알면서도 실천하지 못하는 경우가 허다하다. 이러한 유형의 말은 격언에도 호미로 막을 것을 가래로 막게 된다는 것을 모르는 사람이 없으면서 병의 경우 조기에 진단하면 치료가 되는 것을 시기를 놓쳐 사망하는 이가 많이 발생한다. 작가들은 유비무환의 뜻을 작중에 나타내면 독자들이 큰일을 예방하는 일에 동참하게 되어 아무 일이 없이 편히 살아가는 데 도움을 줄 것이다.

『임진록』에는 선조(宣祖)가 왜란이 일어날 기미를 신하들이 알고 상주

(上奏)했는데도 무시했다. 이율곡은 왜란이 일어날 것을 예지하고 십만양병설(十萬養兵說)을 주장했는데 선조와 당시 위정자들이 태평시대에 전쟁이 일어나지 않을 것이라고 듣지 않았다.

『임진록』에 의하면 선조가 여인의 치마폭에 휩싸여 나라를 다스리는데 마음을 기울이지 않아 임진왜란이 일어났다고 했다. 당시 선조(宣祖)가 나라와 백성을 생각하고 충신의 말을 경청하고 유비무환의 경계대책으로 전쟁준비를 했다면, 왜군이 부산에 상륙하여 파죽지세(破竹之勢)로 한양이 19일 만에 함락되지 않았을 것이고, 신의주까지 몽진(蒙塵)하지 않았을 것이다. 당시는 도로로 한양을 왕래했는데 부산에서 한양까지 보통 15~20일이 걸리는데, 활과 조총과의 상대를 하게 되니, 상대가 되지 않는 전쟁이다.

사람은 만물의 영장이다. 그중에 임금은 온 백성을 다스리는 최고 지위에 있다. 미물인 개미나 땅강아지도 장마가 올 것을 미리 알고 집을 옮기거나 집 구멍을 막는데, 신하들이 목이 멜 정도로 상주했는데 무시했으니, 선조의 책임이 큰 것이다.

나라의 안위는 사람들 몸 관리와 같다고 할 수 있다. 병이 나기 전에 약으로 다스리면 부작용이 없이 낫는다. 나라의 다스림은 개인의 몸 관리와 같으니, 미리 서둘러야 할 것이니, 유비무환의 태세가 중요한 것이다. 그런 의미에서 본 조항을 인용한다.

제182사(事) 예제(預劑): (濟 4規 32模)(제, 4째 규칙, 32번째 모형)

預劑者는 病前煎藥也라. 殖墊而後扶하고 醉倒而後灌이니 是는 見物而濟之니 智不如微物乎아 地氣將濕에 蟻螻封穴이니라.

해석: 예제(預劑)란 미리 약 지음이란 뜻이니, 병이 나기 전에 약을 달여 먹음이라. 진흙 구덩이에 빠진 뒤에 붙들며, 술에 취하여 넘어진 뒤에 물을 끼얹는 것은 일이 일어난 것을 본

후에야 그것을 구제하는 것이니, 그 지혜가 미물만도 못한 것이니라. 땅의 기운이 장차 젖으려 할 때에 개미와 땅강아지는 미리 감지하여 집 구멍을 막느니라.

　지혜로운 사람과 자기 몸을 돌볼 줄 아는 사람은 사전에 병을 예방하는 것으로 되어 있다. 제182사(事) 예제(預劑)라 함은 자기의 몸의 이상이 생길 때 미리 약으로 다스려 건강을 돌봐야 하는 것이다. 자신의 몸을 돌볼 줄 아는 사람은 나라를 다스리는 위정자와 같은데 나라의 안위문제를 헤아릴 줄 아는 것과 같은 것이니, 특별히 관심을 기울이고 대처해야 한다.

　우리 역사는 조선조의 경우 나라의 안위문제를 책임질 임금이 전란이 닥쳐올 예징이 보였는데도 이를 감지하지 못하고 신하들의 상소를 묵살하여 누란(累卵)의 위기를 맞은 때가 있었으니, 임진왜란이 그 예다. 그래서 우리 역사에서 선조(宣祖)를 일컬어 슬기가 부족하고 무능한 이로 일컫게 되었다.

　『인부경』에는 천지의 완전한 수를 십수(十數)로 보고 있다. 이 중에서 대지의 경우 중심축을 오수(五數)에 해당한다고 했다. 사람은 또한 중심을 세워야 함을 "십건천오곤지"(十乾天五坤地) "십오진주"(十五眞主)라고 했으니, 십(十)과 오(五)로 행하는 이를 나라의 주인이라 했으니, 선조가 이런 이치를 깨달았다면 당쟁으로 인한 피해가 없어 임진왜란이 일어나지 않았을 것이다.

　우리는 『임진록』에 나타난 바와 같이 위정자는 나라의 주인답게 온전하게 흔들림이 없이 "십오진주"(十五眞主)라고 할 정도로 중심을 이루는 사람이 되어야 한다.

　본 조항은 자신의 몸을 미리 감지하여 병이 발병하기 전에 약을 복용하는 거와 같이 나라의 주인 되는 이는 나라를 유비무환으로 다스리는 혜안이 있어야 하니, 선조는 이런 앞을 바라보는 혜안이 없었다.

　우리는 임진왜란이 일어나기 전 신하들이 미구에 논쟁이 일어날 것을 예언했는데도 당파싸움으로 갑론을박으로 논쟁하는 일에 결단을 내리지 못하고 오판하여 역사상 미증유라 할 수 있는 임진왜란이 일어났다. 선조는 미구에 임진왜란이 일어나는 조짐이 보이고 있는데도 무사안일(無事安逸)로 세월을 보내면서 아무런 대책을 세우지 않았으니, 무능한 임금이라 할 수 있다.

왜군은 조선을 침략하려고 하던 차에 조선조정이 동인(東人)과 서인(西人) 간에 싸움을 일삼으니, 물실호기(勿失好機)로 그 틈을 이용해 선조 25년(1592)에 조선을 침입해 임진왜란이 발생한 것이다.

역사적으로도 전쟁이 일어날 것을 일본을 다녀온 통신사 황윤길이 풍신수길이 이끄는 왜군의 조선정벌이 있을 것이라 선조에게 상주(上奏)했는데 일축해 버렸다.

임진왜란은 일본이 조선을 침략한 전쟁이므로 조정에서 위난의 대비를 하지 못했던 것으로 인해 일어났으니, 왜군이 부산에 상륙한 이후 파죽지세로 한양을 19일 만에 함락하는 것을 볼 때 무방비상태였다. 교통이 발달하지 못했던 시절 사람들은 부산에서 한양까지는 천 리 길이라 흔히 말한다.

오늘날은 고속도로가 개통되었는데도 서울(한양)에서 부산까지 거리가 440㎞에 이르니, 16세기에 꼬부랑길이 많았던 때, 600～700㎞는 되었을 것이다. 이런 먼 길을 전쟁을 하면서 왜군이 한양에 19일 만에 당도했으니, 상대가 되지 않고 그냥 밀고 올라간 것이나 다름없는 전쟁이었다. 하기야 왜군은 조총을 사용하고 조선군의 경우 활로써 대적했으니, 상대할 수 없는 전쟁이었던 것이다.

일본을 다녀온 신하가 왜군의 낌새가 심상치 않아 미구에 전쟁이 일어날 것을 상주했는데 선조가 그의 측근들이 태평세대 운운하면서 전쟁이 일어나지 않는다고 신하의 충언을 묵살한 데 원인이 있다. 실수 중 큰 실수를 한 것이다.

1. 『임진록』에서의 선조의 무능: 『임진록』에는 선조가 여인의 치마폭에서 헤어나지 못하는 것으로 나타냈다. 선조는 나라와 백성보다 여인의 품 안에서 세월을 보내는 것을 낙으로 삼은 데 원인이 있다고 밝히고 있느니, 비록 허구적인 내용이라 할지라도 문제가 따른다.

임진왜란은 조선조정에서 전란에 대한 방비가 사전에 없었기 때문에 왜군은 파죽지세로 한양에서 신의주 방면으로 내달았다.

『임진록』은 임진왜란을 다룬 소설이다. 물론 이 소설은 '가공적인 역사'(the novel is the fictions history)로 다룬 역사군담이고 '산문으로 된 가공적인 이야기인' 픽션(fiction)이나 대략 그 시대를 반영한 것으로 볼 수 있다. 그렇지만 『임진록』은 역사적인 내용을 다룬 것이므로 자기반성과 민족자성의 내용을 문학적인 내용으로 나타냈다는 데 의미를 지닌다.

『임진록』은 비록 가공적인 군담소설이기는 하나 이 소설이 지닌 의의는 과거를 통하여 현재를 주시하고 미래를 투시하게 되므로 의정자의 반성을 하는 내용이라는 데 있다. 따라서 현실비판 의지가 담긴 소설이라 할 수 있으니, 이 소설의 의의는 자못 크다 아니할 수 없다.

16세기 조선의 조정은 동인(東人) 서인(西人)과의 당쟁으로 인해 선조가 해결하지 못하고 그대로 방치해 7년이란 장기전을 겪는 동안 많은 사람이 죽어 갔다. 이 동서의 분쟁으로 인해 많은 인명과 재산의 손실을 가져왔으니, 우리 역사에서 16세기 이전에 이런 전쟁이 일찍이 없었으니, 흔히들 역사상 미증유의 전란이라 일컫는 것이며, 후유증 또한 막대한 것이다.

선조는 충신들의 충언을 받아들이지 아니하고 당쟁을 해결하지 못하고 그대로 방치한 데서 문제가 심각하게 불거져 후유증이 심각했다. 선조는 황윤길이 일본에서 돌아와 전쟁이 미구에 일어날 것을 충신의 결의로 육신의 간청으로 상주했는데도 대수롭게 여기고, 이율곡의 십만양병설(十萬養兵說)을 받아들이지 않은 데 문제가 있다.

『임진록』에 나타난 위정자상은 나라를 다스리는 치국의 도가 확립되어 있지 않았기 때문에 미의식으로 볼 때 선조를 위시한 그의 측근들은 가추악(假醜惡)에 해당한다.

이상으로 366사(事)를 제1사(事)~제182사(事)까지니, ① 성(誠), ② 신(信), ③ 애(愛), ④ 제(濟)까지 마치게 된다. 366사(事)인 『팔리훈』(八理訓)은 팔괘(八卦)와 관계를 맺고 있어 관심의 대상이 된다.

이와 아울러 366사(事)인 『팔리훈』(八理訓)은 사시절(四時節) 춘하추동

(春夏秋冬)과 관계를 맺고 있다. 춘하추동(春夏秋冬)은 두 절기로 나누면 (4×2＝8) 여덟 절기로 되는데, 『팔리훈』과 팔괘(八卦)와 절묘하게 밀접한 관계를 맺는다.

위의 366사(事)인 『팔리훈』(八理訓)과 팔괘(八卦) 그리고 춘하추동(春夏秋冬)의 관계를 이해하기 위해 도표로 나타내면 다음과 같다.

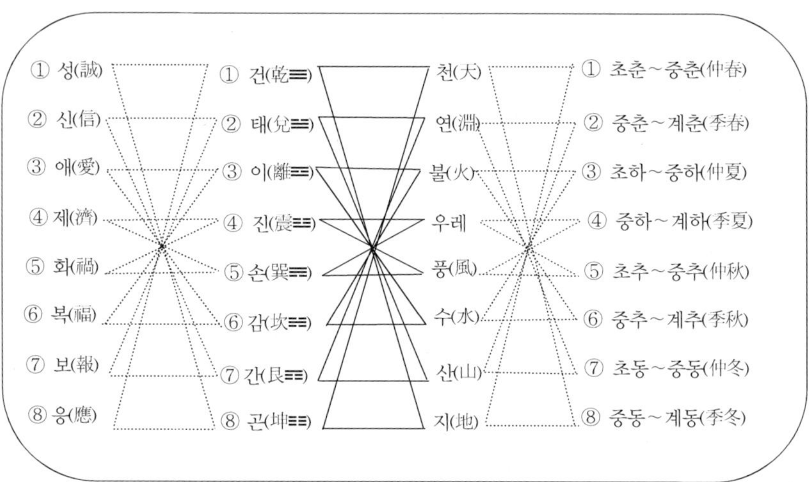

위의 점선과 선은 상응관계를 나타낸 것인데, ① 성(誠)은 건괘(乾卦☰)는 하늘을, ⑧ 곤괘(坤卦☷)는 대지와 상응관계를 나타내며 소성괘(小成卦)가 대성괘(大成卦)를 이루면 지천태괘(地天泰卦☷☰)가 된다. 이 괘는 태평세계(泰平世界)이니, 지상낙원이라 할 수 있다. 천(天)인 음(陰)과 조화를 이루면 광명천지를 맞이하게 된다. 더구나 하늘은 대지의 자리에 있다는 것은 임금이 신하의 입장에 서고, 신하는 또한 임금의 입장에 서게 되니, 상호 간 그 입장을 바꿔 생각하게 되니, 이상적인 나라로 다스려진다.

계절관계로 성(誠)은 초춘~중춘(仲春)에 해당하니, 따뜻한 양기(陽氣)가 온 누리에 퍼져 만물이 생육된다. 양기(陽氣)는 건괘(乾卦), 중동(仲冬)~계동(季冬)은 추운 날씨이니 음기인 곤괘(坤卦)와 관계를 이룬다. 봄날은 파종하여 만물이 낳고 자라는 시기이므로 찬 기운이 대지에 서려 있다. 이 두 계절이 음양조화를 이루면 만물이 잘 자란다. 그와 같이 태평시대 지상 낙원을 의미하니 편안히 살아갈 수 있다.

제4장 제(濟)는 계절적으로 중하(仲夏)(6월 21일 夏至)와 계하(季夏)(8월 7일)에 해당하니, 성하(盛夏)에 해당되니 무더운 날씨다. 더운 날씨의 의미는 남을 도룰 경우 더운 날씨의 열기와 같이 적극적이고 신속하게 구제대상을 삼아야 한다는 것으로 볼 수 있다. 이를 상징하는 『역경』의 팔괘 중 진괘(震卦☳)는 우레와 같이 신속하게 나타나는 의미이다.

천지의 이치는 음양조화로 이루어지는 것이다. 무더운 여름은 초가을의 찬바람과 조화를 이루게 되는데, 진괘(震卦☳)와 손괘(巽卦☴)가 음양조화를 이룬다. 그러나 두 괘인 소성괘(小成卦)인 손괘(巽卦☴)와 진괘(震卦☳)가 한곳에 짝을 이루는 대성괘(大成卦)의 미를 이루면 풍뢰익괘(風雷益卦☴☳)로 나타난다.

이 풍뢰익괘(風雷益卦☴☳)는 아래에서 우뢰가 움직이면 위에서 바람이 쫓는 것이다. 이 의미는 구제(救濟)에다 적용하면 신속하게 베풀어야 함을 나타내는 것이라 할 수 있다. 신속하게 구제를 베푸는 것은 죽어 가는 사람도 살린다. 이 괘상(卦象)으로 구제 활동을 펴면 많은 생명을 구제할 수 있다. 따라서 그 구제는 인간만이 아닌 만물을 이롭게 하는 것이니 홍익인간의 사상과 관계를 이룬다.

이 구제 활동은 풍뢰익괘(風雷益卦☴☳)에서 잘 나타나며, 『지부경』의 완성수 십(十)과 오(五)로 행하면 완전미와 같이 완전무결하게 된다. 이 완전미는 구제미로 승화되어 진선미의 경지에 이르러 홍익인간의 이화세계를 이룰 수 있는 것이다.

2. 유비무환(有備無患)의 마음가짐과 실천: 작가들은 미리 준비하는 내용으로 작품을 쓰면 독자들이 미리 준비하는 습관을 길들이게 한다. 『임진록』은 유비무환의 태세를 갖추지 못한 관계로 임진왜란이 반발되어 전 국토가 유린당하다시피 왜적의 수중에 들어갔다.

　7년 전쟁으로 인해 많은 인명과 재산의 피해를 입고 그 후유증으로 많은 백성들이 고난을 겪는 생활을 했으니, 본 조항과 『임진록』을 새로 조명하는 내용으로 작품을 쓴다면 많은 사람들의 깨닫는 계기가 될 것이다.

　유비무환의 낱말 뜻은 평범하지만 그 지닌 뜻은 자기의 운명을 결정하는 내용이 들어 있다. 사람들은 바쁘게 살아간다. 특히 한국인은 '빨리빨리'라는 풍조 가운데 바쁘게 나날을 보낸다. 그럴수록 작가들은 독자들에게 유비무환의 뜻을 일깨우게 하는 내용으로 작품을 통해 나타내면 좋을 것이다.

Ⅲ. 나오며

　본 장(章) 구제(救濟)는 무더운 여름날 더위가 절정에 이른 중하(仲夏)～계하(季夏)에 해당하니, 성하(盛夏)의 계절이다. 양력 6월 21일～8월 7일이고 인생의 나이는 30～39세이며 장년기(壯年期)에 해당한다. 입추가 그다음 날이 되고 말복도 이때니 더위가 맹위를 떨치다가 한풀 꺾이게 되어 아침저녁으로 소슬함을 느끼게 된다. 가을이 돌아오기 직전이니 더위가 32°～37°까지 오르게 되니, 피서지로 떠나는 자가용 행렬이 줄을 잇는다.

　작가들은 본 4장 구제를 내용으로 작중인물을 나타낼 때는 성하의 계절이 되면 무더위가 최고도에 달하게 되는 것과 같이, 적극적인 내용으로 구제를 행하는 것으로 나타내야 한다.

　제4장 구제(救濟)는 구제(救濟)의 미(美)로 승화되어 홍익인간 정신을 잘 나타냈다. 구제는 사람만을 돕는 것이 아니라 자연도 돕는 것이니, 홍익인간 정신을 나타내는 데 가장 좋은 사상이다.

　구제를 잘 펴면 많은 사람을 돕게 되니, 잘 이루어지면 환상적인 내용으로 승화시킬 수도 있으니, 제4장 구제 37사(事)를 잘 행하면 홍익인간정신을 발휘할 수 있는 것이다. 따라서 본 4장 구제는 상상력을 발휘하는 내용으로 읽으면 본 장의 의미가 무궁무진하게 의미가 함축되어 있다는 것을 알 수 있다. 작가들 또한 구제하면 37사(事)를 바탕으로 상상력으로 작품을 출간하면 좋은 의미로 독자들이 받아들일 수 있다는 것을 알린다. 요즘은 영화도 예전과 달리 상상의 내용을 실제와 같이 재현할 수 있으니, 소설의 경우 기발한 생각으로 상상력을 나타내면 독자들의 호응도가 높아질 것이다.

본문에서 인용한 바 있는 본 장에 부합되는 구제를 나타내는 문학은 『덕진교 전설』에서 볼 수 있는 거와 같이 남을 돕는 미담을 들려주고 있다. 또 암행어사 이몽룡이 변 부사가 생일연에서 주광(酒狂)이 나기 전 봉고파직시키고 춘향을 옥살이에서 구하였다. 그리고 제주 기생 김만덕이 기민을 돕는 데 앞장을 선 예들은 구제미를 보여 주는 본보기이다.

한국은 일제로부터 해방을 맞은 지 66년이란 세월이 흘렀고, 1949년 홍익인간 정신의 교육이념으로 제정된 이후 62년이란 반세기 이상의 세월이 흘러갔지만 그 이념에 상응하는 진전을 보지 못했다.

그 원인은 구제의 본뜻을 살리지 못한 데 있다. 교육은 실천이 문제인데 훌륭한 홍익인간의 교육이념이 있은들 무슨 성과가 있겠는가?

366사(事) 중의 한 분야인 본 장(章) 구제는 더운 여름날과 같이 남을 도울 때 적극적인 대상으로 행하는 데 의의가 주어진다. 이는 소극적인 대상이 아니라 적극적인 행함으로 덕선에다 도력(道力)을 미치게 하여 구제미(救濟美)·덕선미(德善美)로써 천하에 펼치는 일이다.

요즘 남을 구제할 때 말썽이 되고 항상 지적되는 것이 늦장 출동이다. 사고지점에는 빠르게 출동해야 생명을 구할 수 있는데 항상 늦게 출동해 생명을 잃게 하는 경우가 말썽이 된다.

매스컴에서는 그런 일이 있을 때마다 보도해도 여전하다. 구제는 어느 분야든 신속대응이 필요한 것이니, 『역경』(易經) 진괘(震卦)가 우레를 상징하는 것이어야 한다. 왜냐하면 구제(救濟)를 상징하는 진괘(震卦☳)는 우레를, 화(禍)를 상징하는 손괘(巽卦☴)의 경우 바람을 상징하는 조화 관계가 풍뢰익괘(風雷益卦☴☳)이기 때문이다. 이 익괘(益卦)는 바람과 우레가 되니 빠른 것을 의미한다.

남을 구제 할 때는 바람과 우뢰와 같이 빠르게 해야 실효를 거둘 수 있다. 구제 대상은 불우한 사람들 중 목숨이 경각에 달려 있는 대부분을 차지할 정도로 많기 때문이다.

특히 고대인들 중에는 구제대상으로 절량농가가 많았던 관계로 죽어가는 사람이 일보직전에 놓인 사람이 많았다. 생명은 지구보다 무겁기 때문에 한시바삐 구제를 하는 것은 구제 중 구제이며 홍익인간의 정신이라 할 수 있다.

이 제4장 제(濟)는 제5장 화(禍)와 상반적인 관계이면서 상응관계를 이룬다. 화(禍)는 인간이 좋지 못한 행위를 일삼는 것이라면 본 4장 제(濟)와 상반적이다. 그러면서도 음양조화를 이루는 것과 만물을 유익하게 하는 홍익인간의 정신과 통하게 된다. 여름의 더운 공기와 가을의 서늘한 기운과 조화관계를 이루면 유익함으로 돌아오게 되니 조화관계의 비중을 차지한다. 제4장 제(濟)와 제5장 화(禍)는 각각 좋고 나쁜 행위를 경계대상으로 나타냈다. 이 좋고 나쁜 대상의 경우 중용의 양극단으로 조화하면 양전기와 음전기가 합하면 환하게 무한한 동력으로 활용할 수 있듯이, 음양조화는 좋은 대상이 될 수 있다.

대개 제(濟)는 덕을 갖춘 선으로 도에 힘입어 사람을 구제한다면, 화(禍)는 사람의 심성을 어지럽게 하는 악하고 탁한 생각과 행동의 결과로 재앙을 불러들인다. 가을의 바람과 같은 대상이니, 남을 속임, 남의 재물을 빼앗음, 음란함으로 보게 되니, 바람을 상징하는 괘(卦)는 손괘(巽卦☴)로 대신할 수 있다.

이 손괘(巽卦)는 음행과 관계되는 바람이 났다고들 하는 것과 부합되는 말이다. 바람은 각종 질병을 몰고 오기 때문에 사람과 관련시킬 때 나쁜 대상으로 보았던 것이다.

그럼에도 제4장 제(濟)와 제5장 화(禍)의 경우 재앙을 입게 하는 음(陰)의 대상으로 볼 수 있는데, 조화 관계는 인간과 만물을 구제하는 유익함으로 나타난다.

이 두 괘(卦)가 조화상태로 이루어지는 것은 풍뢰익괘(風雷益卦☴☳)이니, 우레 같은 활동력의 움직임과 바람처럼 순응력이 호응되는 것으로 유익함으로 볼 수 있다.

제4장 제(濟)를 나타내는 데는 제5장 화(禍)와 관련시키면 선과 악의 대성이니, 음양조화의 관점으로 나타나 좋은 대상이 된다. 무슨 뜻인가? 제(濟)는 사람을 도울 때 우레와 같이 빠르게 해야 하고, 화(禍)는 악이 부르는 바니, 가을바람과 같은 것이다. 가을의 찬바람은 숙살의 기운으로 오곡백과를 익게 하는 것이니, 기민을 도울 때 곡식으로 빨리 구제하면 생명을 살리게 된다. 그 상징을 풍뢰익괘(風雷益卦☴☳)로 보면 인간에게 유익함이 돌아오는 내용이다.

21세기는 자연훼손이 날이 갈수록 훼손되어 지구가 온난화 현상으로 몸살을 앓고 있어 때아닌 홍수가 범람하고 가뭄으로 인류의 생존이 위협받는다. 제4장 구제와 제5장 화(禍)를 조화의 원리로 나타내면 풍뢰익괘(風雷益卦☴☳)와 같이 유익함이 돌아올 것이다.

자연의 법칙은 인과응보이므로 현 지구촌의 경우 CO_2(이산화탄소)가 다량으로 배출되어 이상기후가 도래되고 사막화되어 간다. 지구촌은 인간을 구제하는 것이 급한 일이지만 먼 장래를 내다볼 때 지구를 살리는 방향이 시급한 과제이다.

지구를 살리자는 국제회의는 열리고 있지만 급한 대상으로 삼지 않는 경향이다. 구제의 정신은 인간의 대상만이 아닌 만물에까지 걸쳐야 한다는 본 장의 내용은 오늘의 문제를 해결하는 데 도움을 준다. 그 정신은 홍익인간의 정신과 이어지므로 새로운 가치창출의 리더로서 디지털(digital, 자료를 수치로 바꾸어 처리하거나 숫자로 나타냄)과 글로벌(global, worldwider) 문화를 열어야 할 것이다.

구제는 여러 만민에게 혜택을 주는 정신이므로 새로운 문화를 이룩하는 데 힘써야 하고 앞장서는 데 의미가 있을 때 지구촌의 자연환경을 살리는 일이 시급한 과제이다. 인류는 자연의 재앙을 받지 않고 평화스럽게 살아갈 때 자신과 나라의 미래가 열리게 되며 국민 각자가 또한 자기 역량을 마음껏 발휘하고, 그 봉사 정신으로 어려운 사람들의 생활을 돕게도 된다. 그런 생활은 곧바로 홍익인간의 정신으로 이어진다고 할 수 있다.

위정자는 백성을 돕는 마음으로 나라를 다스려야 하고 백성 또한 위정자의 돕는 마음으로 상호 돕는 정신으로 나가면 위국충정(爲國衷情)이므로 서로를 돕는 것이다.

상하민이 서로를 이해하며 나라를 위해 충성을 다할 때 홍익인간의 이화세계인 이상미(理想美)의 세계가 이루어진다. 이상미의 의식은 숭고미·순수미·조화미·진선미의 의식이 내포되어 있으므로 우미(優美)와도 관계를 이룬다.

본 4장 제(濟)는 우미(優美)에 해당한다. 이 미(美)에는 고귀한 우미(hohe Anmut)와 아래로 향하는 우미(Iiebliche Anmut)가 있는데, 아름다운 혼이 위로 무한하게 향하는 것과 사랑이 아래로 행하게 되니, 홍익인간과도 관계된다.

본 4장의 구제는 덕선을 행하여 구제미로 승화시키면 홍익인간(humanitarianism)의 정신을 나타내는 데 도움을 준다.

홍익인간 정신은 인간을 돕는 데 있으니, 정치를 잘하는 것과 만물을 구제 대상으로 삼는 것이 지구촌을 살리는 길이다.

정치를 잘하는 것은 구제 중 구제인데, 그 구제는 어려운 처지에 있는 사람을 구원하는 데 있으니, 우선 풍족하게 살아야 남을 구제할 수 있다. 옛날 어려웠던 농경사회에서 굶지 않고 사는 자체만으로 행복한 삶이었다. 사람은 물질이 풍부하게 살아야 남을 도울 수 있다.

366사(事)는 홍익인간의 이화세계를 이루는 내용이다. 이 세계는 농경문화를 바탕으로 한 것이므로 366¼일 동안 사시절 동안에 걸쳐 있으므로 다수확으로 겨울을 편히 지내는 내용이니, 행복한 삶이다. 사람이 의식주가 해결되어 풍족하게 살아가면 기민(饑民)이 있으면 도와준다.

홍익인간의 이화세계는 물질이 풍부하게 살아가는 내용에서 세워진 이상향이니, 『천부경』 81자 중에 중심이 되는 수가 육(六)으로 되어 있는 것과 같다. 육수(六數)는 만물을 낳는 생성수니 생산성과 관련되어 있다. 즉 하늘에는 해와 달이, 대지에는 불과 물이 사람에겐 남녀가 있다. 천지인

(天地人)과 여기에 각각 음양의 수(數)가 겹쳐 있으니(3×2＝6), 생산과 관계된다.

『지부경』 또한 '六六大化'를, 『인부경』은 '六六'을 나타냈다. 육수(六數)는 노음수(老陰數)에 해당하며 만물을 생성하는 모태라는 수리성(數理性)과 관련되니, 생산과 관계되어 있다.

사람이 살아가는 데는 물질생산을 해야 여유 있는 생활로 인해 어려운 처지에 있는 사람을 구제한다.

이런 관점에서 구제(救濟)는 경제적으로 부유한 데서 덕선미가 이루어지는 것이며 또한 홍익인간의 이화세계를 세운다.

21세기는 나라마다 경제전쟁이라 할 만큼 그 경쟁이 치열하다. 그 나라의 국민수준의 척도 또한 경제와 관련되어 있으니, 단군조선이 현명한 정치를 했음을 알 수 있다.

홍익인간의 이화세계는 인류가 지향하는 이상향이며 진선미·이상미의 삶의 형태다. 그에 비해서 조선조는 물질생활과 먼 사농공상(土農工商)의 제도에 얽매였으니, 경제관념을 등한했다.

본 장의 구제는 홍익인간의 이화세계를 세우는 데 의미가 주어진다. 단군이 360여사(餘事)를 실천하여 물질이 풍부한 나라를 세웠으니, 인간 세상을 유익하는 데 의미가 있다. 단군의 홍익인간정신을 이어받아 경제대국을 세우는 일이 오늘의 과제다.

21세기는 본 4장 구제(救濟)의 정신을 실천하여 구제미(救濟美, das Hilfe Schöne)를 범우주적으로 실천하고 상상력을 발휘하여 홍익인간 정신을 한층 미학적으로 빛나게 승화시키면 이상미의 나라가 될 것이다.

본 4장 구제(救濟)는 37사(事)에 걸쳐 있는데, 풍뢰익괘(風雷益卦☴☳)와 관련되어 있으므로 홍익인간의 정신과 통한다.

홍익인간의 이화세계는 사람과 만물을 돕는 데 있는 만큼 한국문학의 만남과 구제 조항인 37사(事)를 관련시켜 본 것이다.

이와 관련해 작가들은 남을 돕는 구제의 정신인 홍익인간 사상으로 사람은 물론 만물을 돕는 내용으로 작품을 써야 한다.

　본 장 구제는 남을 돕는 일이니, 물질이 풍부하면 남을 돕게 된다. 오늘의 지구촌은 물질을 풍부히 하면 국가경쟁력을 키울 수 있다. 사람의 행복은 물질이 풍성한 가운데 인정도 피어오를 수 있으니, 정치가는 경제력을 키우는 데 힘써야 할 것이다.

　그런 의미에서 본 장은 366사(事) 중 홍익인간의 정신이 잘 반영되어 있으므로 본 장의 의미를 이해하기 위해선 상상력으로써 받아들이면 환생적인 지상낙원을 세울 수 있다. 작가들 또한 이일을 달성하기 위해 상상력으로 작품을 쓰면 홍익인간의 이화세계를 세우는 데 도움을 준다.

제5장

재앙론(災殃論)

Ⅰ. 들어가며

제5장 재앙론(災殃論)은 사람이 악하게 살면 화를 받게 되나 이 악함으로 도리어 착하게 살게 된다는 것이니, 도리어 좋은 교훈으로 삼을 수 있다는 것을 먼저 밝힌다. 따라서 악을 악의 대상으로 볼 것이 아니라 도리어 착함으로 되게 한다는 데 의미를 더한다.

악인은 개과천선케 함으로써 악화를 복을 받는 내용으로 되돌리게 하게 것으로 되어 있다. 이러한 내용은 권선징악의 내용이지만 악과 선을 음양조화 관계로 보면 쉽게 이해할 수 있다. 음양조화는 천지와 남녀관계가 이루어진다. 청춘남녀의 화합은 신혼생활과 같으니, 본 조항의 의미도 음양조화로 이해하면 악으로 인한 재앙이 유익함으로 되돌릴 수 있는 것이다. 그런 반전되는 상상으로 조명하고 작품도 그러한 내용으로 쓰면 독자들이 본 조항의 의미를 이해할 수 있을 것이다.

작가들은 악인이 화(禍)를 당하는 것으로 인생이 끝나는 것으로 나타낼 것이 아니라, 도리어 사람을 착하게 개과천선케 하여 착함의 가치를 더 드높이는 작품을 쓰면 제5장 화(禍)가 지닌 뜻을 반전시키는 내용이 될 것이다.

제5장 화(禍)는 천리에 어긋나는 행위를 한 것으로 인해 도리어 재앙이 끝나는 것으로 되어 있다. 본 5장은 사람이 반사회적인 행위를 하면 자가당착으로 재앙을 받게 되어 있는 것을 하늘이 내리는 것이라 했다. 우리는 예로부터 권선징악의 교훈이 보편화되어 있으므로 악인에게 하늘이 벌을 내리는 것으로 인식하여 왔다. 이 권선징악의 교훈은 악행을 한 사람이 벌이나 재앙을 받게 되나, 권선징악이나 음양조화의 이치로 되돌리면 도리어 높은 가치를 부여하게 된다. 그런 점에서 본 장의 화(禍)는 재앙을 받는

것으로 볼 것이 아니고 추(醜)한 미(美)로서의 관점으로 설정하게 됨을 밝힌다.

추(醜)는 사람이 기피하는 대상이지만 음양조화의 입장에서 보면 경시할 수 없는 것이다. 음양 관계에서 양(陽)만으로 천지의 이치가 이루어질 수 없는 것과 같이, 음(陰)과 양(陽)의 조화관계로 보면, 오늘날의 추(醜)도 예술상황으로 보아 경시할 수 없으니, 거시적으로 필요한 대상이다. 악하게 살면 화(禍)를 당하게 되어 있으므로, 사람들이 착하게 살아가게 한다는 것이니, 추(醜)함이 도리어 미적(美的)으로 바뀌게 한다는 것이다.

제5장 화(禍)는 49사(事)의 조항으로 형성되었는데, 천리에 의하지 않고 살아가면 하늘이 재앙을 내리는 것으로 되어 있다. 재앙은 인간이 두려워하는 대상이므로 천리에 어긋나는 생활을 하지 않게 된다.

서양인들은 우리와 다르게 악에서 비극이 발생하는 것으로 인해 중요한 예술형태로 보고 미학에서 왕성하게 연구대상을 삼았다. 말하자면 그들은 악한 행동이 많은 사람들에게 혐오하는 관계로 인해 악한 행동을 하지 않게 된다는 것으로 학설을 폈다.

한국문학에서 권선징악의 내용은『흥부전』의 흥부와 놀부에서, 다음으로『사씨남정기』에 나타난 악녀인 교씨와 선인(善人) 사씨부인의 예에서 나타난다. 제5장 화(禍)(재앙)는 49사(事)의 조항으로 형성되어 악행을 경계대상으로 하고 있다. 인간생활에서 악행을 하면 하늘이 재앙을 내리는 것으로 되어 있기도 하지만 자기도 모르게 화를 입게 되는 내용으로 되어 있다. 49사(事)에 걸치는 악은 나쁜 대상이지만 추(醜)를 미(美)로 승화시키는 것으로 받아들이면 좋은 교훈이 될 것이다.

이런 관점에서 제5장 화(禍)는 악행으로 인해 도리어 선인(善人)이 되게 하는 구실을 하게 된다. 따라서 추(醜)한 미(美)의 교훈이 들어 있는 것이다. 다시 말해 흔히 추(醜)(Das Häβiche)는 미적관조를 방해하는 것, 미의 소원(疏遠)한 부정으로밖에는 취급하지 않았지만 근대에 이르러 상황이 달라졌다. 원인은 근대에 이르러 사실주의나 자연주의 문예미술에서 미적 의의를 인정하게 되었기 때문이다.

앞서 음양 원리에서 보는 바와 같이 추(醜)는 긍정적인 것과 부정적인 것이 엉겨 있는, 즉 조화관계로 본 것이다. 이런 상호 보완관계로 보면 추(醜)는 미(美)를 추켜세우는 역할을 한다.

추(醜)한 미(美)는 『흥부전』에서의 놀부의 인간행위에서도 나타나는 바와 같다. 놀부는 홍악인간(弘惡人間)의 인간성으로 태어나 악하고 추한 행동을 일삼았다. 그러나 놀부는 흥부의 착한 덕에 감화되어 착한 사람이 되었다.

놀부는 극악하기 이를 데 없는 사람이었지만 착하게 살게 되었으니, 악하게 살아가는 사람에게 '추한 미'를 보여 준 것이다. 다시 말하면 놀부는 오장칠부(五臟七腑)일 정도로 심술이 많아 남이 잘되는 것을 싫어하고 훼방을 놓는 악한 사람이라 결국 패가망신하게 되어, 사람들이 악하게 살면 화(禍)를 받게 되어 선하게 살게 한다는 교훈을 준다. 악으로 인해 화(禍)를 받는 가르침은 사람들을 선하게 한다.

1년 중 화(禍)에 해당하는 계절은 가을에 속한다. 흔히 이 계절은 초추(初秋)(8월 8일 立秋)~중추(仲秋)(9월 23일 秋分)에 해당한다. 이때는 여름인 무더위의 기세가 꺾인 관계로 음기가 발동하기 시작해 생물들의 성장이 멈춘다. 제5장 화(禍)의 날씨는 초추(初秋)~중추(仲秋)이므로 인생의 나이로는 40~49세로 중년기 중반으로 젊은 혈기가 10년이 지난 상태이다.

가을은 찬바람으로 인해 숙살의 기운이 돌게 되므로 몸의 기온이 낮아져 우선 감기에 걸리기 쉬어 각종 병에 유발하는 단서가 된다.

본 5장 화(禍)는 가을의 숙살의 기운과 같은 것이다. 숙살의 기운이 몸에 침노하면 자신도 모르게 병약해져 겨울이 돌아오면 특히 노인들이 뇌졸중으로 세상을 떠나는 이가 많아진다. 가을바람은 곡식을 익게 하는 데 도움이 되지만 『역경』(易經)의 음풍을 상징하는 손괘(巽卦☴)로 나타난다.

제5장 화(禍)는 초가을의 찬바람과 같으므로 남녀 간에 저열한 애정을 나타내는 말에는 '바람 들었다'니, 중풍(中風)이 들었을 경우 '바람맞았다'라는 말을 듣는다. 중풍은 몸에 바람이 들어 있다는 병인데 현대의학으로 잘 고치지 못한다. 노인 중에는 중풍으로 여생을 고통으로 살아가는 이들

이 많다. 제5장 화(禍)는 366사(事)인 여덟 항목으로 나눈『팔리훈』(八理訓) 중 다섯 번째 오리(五理)에 해당되는데, 정당하게 살지 않으면 재앙을 받는 것으로 된다.

인간생활에서 화(禍)·재앙을 당한다는 것은 정당하지 않는 삶으로 산 데 원인이 있다. 놀부는 거부였는데, 흥악인간(弘惡人間)의 삶으로 살아 패가망신했다. 우리는 놀부의 삶에서와 같이 사람이 천리에 어긋나는 생활을 하면 화를 당하게 되어 있고, 천리에 맞는 생활을 하면 흥부와 같이 복을 누리게 되는데 인과응보의 결과라고 할 수 있다.

본 장의 인용되는 화복(禍福)을 만나는 삶은 단군신화에 나타난 곰과 범의 생활상에서 드러난 바와 같은데 권선징악의 두 가지 양상에서 나타나는 바와 같다. 권선징악의 교훈은 선을 권장하고 악한 대상을 가추악(假醜惡, 거짓·추함·악함)으로 삼았다. 사람이 악(惡)하게 살면 권선징악적인 차원에서 인과응보로 하늘이 재앙을 내리는 것으로 되어 있다. 이에 대해 사람이 악함을 멀리하고 천리의 이치로 살아가면 화(禍)를 유익함으로 돌이킬 수 있는 초복제화(招福除禍)하게 된다.

화(禍)는 초추(初秋)~중추(仲秋) 사이에 속하는 숙살의 기운이 돌기 시작하는 계절이므로 악의 대상으로 생각하면 될 것이다. 악은 인간생활의 적과 같은 대상이므로 설화, 민요, 고소설 등에서 경계대상으로 삼았다. 그러나 요즘은 예전과는 달리 의식주의 삶이 풍부한 관계로 악을 적대시만 할 것이 아니라 선과 조화를 하면 행복하게 살아간다. 가을은 화(禍)를 만나는 계절로서만 간주할 것이 아니라 찬 기운과 더운 열기로 배합을 하는 이치를 강구하면 체온을 알맞게 조절하며 살아갈 수 있다.

요즘 노인들은 가을 찬바람이 불면 겨울이 아니라도 체온을 일정하게 유지하기 위해 모자를 쓰고 다닌다. 건강관리를 잘한 노인은 80대 후반 이상을 살아가는 이들이 많기 때문이다.

제5장 화(禍)·화리훈(禍理訓)은 재앙에 대한 내용이나 유익함으로 돌이킬 수 있는 대상이다.

초가을에 냉기는 중하(仲夏)~계하(季夏)에 무더운 열기와 조화를 이루면, 가을의 오곡백과가 무르익기 시작하는 계절이 되어 풍성하게 살아갈 수 있다. 이 이치는 제5장 화(禍)가 가을의 음풍(陰風)을 손괘(巽卦☴), 무더운 여름날의 열기인 우레를 상징하는 진괘(震卦☳)로 보고, 이 두 괘(卦)가 대성괘(大成卦)를 이루면 풍뢰익괘(風雷益卦 ☴☳)와 같이 유익(有益)함을 나타낸다. 다시 말해 가을을 상징하는 제5장 화(禍)는 여름날 무더위를 나타내는 제4장 제(濟)와 상호 조화를 이루면 음양조화를 이루는 인간을 유익하게 하는 홍익인간(弘益人間) 할 수 있게 되는 이치와 같다.

제5장 화(禍)는 악한 대상으로 대할 것만이 아니고, 도리어 유익함으로 돌아오게 되니, 조화미의 관계로 의미를 지닌다. 화(禍)는 홍악인간(弘惡人間)에게 돌아오는 관계이지만 남을 돕는 일에 앞장선다면 홍익인간이 될 수 있는 관계가 이루어지는 의미를 지닌다.

주지하는 바와 같이 악(惡)행은 결국 화(禍)의 비극(Tragik des Übels)→악의 비극(Tragik des Bosen)으로 이어져 자가당착(自家撞着)에 빠져 재앙을 당한다. 흔히 재앙은 하늘의 징벌로서 두려움의 대상이니, 천리를 거스르면 비극적인 일이 생긴다. 천리에 의하지 않는 삶으로 살아가니 악행으로 인한 징벌이 따른다. 천벌을 받는 생활을 하게 되니, 인간에 의해서 악에 대한 징벌을 받는다. 사람이 살아가는 데 있어 화(禍)를 당하는 것은 무서운 일이다. 여기에 악으로 인해 비극적인 일이 생기면 끔찍한 화를 발생케 된다.

본 5장(章) 화(禍)는 화(禍)를 만나는 것에 대해 6개 조항으로 나타냈다. 이런 6가지 내용은 천리에 어긋나는 일을 행해서 생기는 것이다. 그러나 여기 가르침에는 천리에 어긋나는 행위를 하지 않으면 복을 받는 내용이 들어 있다. 본 5장은 두 가지 내용이 간직되어 있다는 것으로 이해하면 된다.

제5장 화(禍)는 두 가지 양상이 함축되어 있으니, 악인이라 할지라도 악을 초월하려는 마음을 지니고 살아가면 '아름다운 혼'(Schöne Seele)을 이루어 선(善)으로 바뀌어 마음의 영(靈)으로 되돌려 놓는다. 그런 마음의 영(靈)으로 되돌리게 하는 데는 한결같은 하나(一)의 마음을 지녀야 한다. 『천부경』의 '인일삼'(人一三)(사람의 근본인 하나(一)는 그 세 번째에 창조되

었느니라)에서와 같이, 사람의 창조과정이 천지 다음에 세 번째다. 하늘은 개벽 후 첫 번째로 생겼다. 하늘의 형성은 기본수 하나(一)로 이루어진 만큼 사람의 마음도 하나로 살아가면 하늘과 같이 한결같이 원시반본(元始返本)으로 되돌릴 수 있다.

대지는 하늘 다음에 생겨난 것이고, 다음에 사람이 생겨났다. 천지인 모두가 하나의 진리를 공유한 것으로 인해 소우주라고 한다. 악인은 소우주로서 대우주의 한 분자이므로 '인일삼'(人一三)이란 삼일사상으로 살아가면 천지인(天地人) 삼재(三才)의 한 인간으로 되돌릴 수 있다. 사람은 대우주와 같이 하나(一)의 의식으로 살아가면 영(靈)의 혼(魂)이 위로 향하는 고귀한 우미(hole Anmut)와 아래로 향하는 사랑스러운 우미(liebliche Anmut)의 마음을 지니게 되어 '아름다운 혼'(Schöne Seele)을 발휘하게 된다.

이 두 가지 우미(優美)는 진선미를 이루므로 홍익인간이란 이상미를 세우며, 악인의 경우라 할지라도 추(Das Häßlich, The sublime, Le sublime)의 형태에서 '인일삼'(人一三)(사람은 하나(一)로서 셋이다)의 마음을 지니고 실천하면 위와 아래의 두 가지 미(美)를 공유하게 된다. 신분이 고귀한 사람이나 낮은 사람이라 할지라도 사랑하는 마음으로 유익하게 하는 것이니, 홍익인간과 통한다.

세상의 이치는 음양 관계로 형성된 관계로 악인도 선인과 함께 어울리는 생활을 하면 제5장 화(禍)와 제4장 구제(救濟)와 상응관계를 이루면 풍뢰익괘(風雷益卦 ☴☳)와 유익(有益)함을 되돌릴 수 있다. 마치 이는 음전기와 양전기가 서로 조화를 이루면 어둠을 밝히는 것과 같은 이치로 보면 될 것이다.

제5장 화(禍)·재앙은 선악(善惡)·미추(美醜)의 관념이 들어 있으므로, 조화상태에선 홍익인간(弘益人間) 사상으로 되돌린다. 이런 의미에서 제5장은 풍뢰익괘(風雷益卦 ☴☳)로 조명하면 그 진의를 파악할 수 있다. 익괘(益卦)는 바람과 우레가 빠른 것과 같이 선함을 보면 선한 대로 하고 허물이 있으면 재빨리 그것을 고친다.

익괘(益卦)는 인간을 유익하게 하는 것인데, 원래는 윗사람이 가진 것을 덜어 아랫사람에게, 즉 임금이 신하와 백성에게 이익을 주는 것이니 한없이 기뻐하게 된다. 결국 위에서 아래를 돕는 것이나, 결국 아랫사람이 임금을 돕는 이치도 겸하게 된다.

이 괘(卦)는 인간의 유익함으로 되돌리게 하므로 이 뜻을 알면 제5장의 화(禍)도 재앙(災殃)을 받는 것으로 되어 있지만 행복으로 되돌리게 할 수 있다.

재앙은 악한 것으로 받는 인과응보이지만 음양조화의 이치로 되돌리면 도리어 인간을 유익하게 하는 홍익인간 사상과 관계를 이룬다. 말하자면 악이 선과 조화관계는 음양이치니, 풍뢰익괘(風雷益卦 ☴☳)는 상극적인 음양조화관계로 형성된 괘상(卦象)과 같은 대상이다. 음양 관계인 악과 선이 짝수로 미학을 이루면 인간을 이롭게 하는 익괘(益卦)이니, 진선미의 의식이다.

이러한 괘상(卦象)은 인간을 유익함과 관계를 이루니, 이상적인 삶이다. 이 환상은 상상력으로 조명하면 인간의 삶을 유익함으로 돌아오게 한다. 악은 악 그대로 볼 것이 아니고 선과 조화를 이루어 더 높은 경지로 승화시키는 데 의미가 주어진다.

제5장 화(禍) · 재앙은 49사(事)로 이루어져 그 내용은 초추(初秋)~중추(仲秋) 사이에 계절 의식과 그 나타난 바를 미학과 한국문학으로 나타내고 작가들 또한 그러한 내용으로 작품을 출간하면 전화위복(轉禍爲福)이 된다.

Ⅱ. 화장(禍章) 제183사(事) 화(禍), 미추(美醜)의 양면성

제183사(事) 화(禍: 재앙)―『사씨남정기』의 교씨―

제183사(事) 화(禍)는 악행에서 빚어지는 관계로 그 대가로 재앙을 받게 되어 이를 경계하기 위해 49가지 일(49事)에 걸쳐 있다. 고소설은 악(惡)을 경계하는 내용으로 구성되었다. 『흥부전』의 놀부는 악을 무소불위로 행하여 천벌을 받아 패가했다. 『유충렬전』의 정한담도 간신의 행위로 비참하게 죽었다. 『사씨남정기』의 교씨도 인과응보의 죄과로 세상을 떠났다.

이와 반대로 이들 소설의 주인공들, 흥부·충렬·사씨부인은 선행으로 부귀영화를 누리며 부호·대장군·승상(천상복귀)·승상부인(천상복귀)이 되었다. 반면에 놀부·정한담·교씨는 악행으로 화를 입어 패가망신하거나 비참하게 죽었다.

이들은 『삼일신고』(三一神誥)·진리훈(眞理訓)의 선복악화(善福惡禍)에 의해 운명이 결정된 것이니, 인과응보에 의해 화복(禍福)을 받았다고 할 수 있다.

작가들은 악인이 화(禍)를 받는 생활로 인해 착하게 사는 내용으로 작품을 쓰면 독자들이 악의 말로를 이해하는 것이 될 것이다.

화(禍)는 악에 의해 받는 것이니, 악을 경계하기 위해서 다음과 같이 소개했다.

제183사(事) 화(禍)(재앙): 5禍(제5장(章)의 화(禍)

> 禍者는 惡之所召니 有六條四十二目이니라.
> 화 자   악 지 소 소   유 육 조 사 십 이 목

해석: 화(禍)란 악이 부르는 바이니, 6조와 42목(目)이 있다(1＋6＋42＝49사(事)).

본 조항은 악행을 경계하는 내용이 49사(事)에 걸쳐 있다. 사람은 악한 일을 하면 연과응보에 의해 재앙을 받는 것으로 되어 있는데, 이로 인해 사람들이 악한 일을 하지 않게 처신을 하는 것이다. 악은 화를 불러들이게 되므로 그 교훈으로 행하지 않고 선행을 하면 복을 받는 것이 제5장 49사(事)의 내용이자, 본 조항 제183사(事) 화(禍)이다.

앞의 조항의 내용을 도표로 나타내면 다음과 같다.

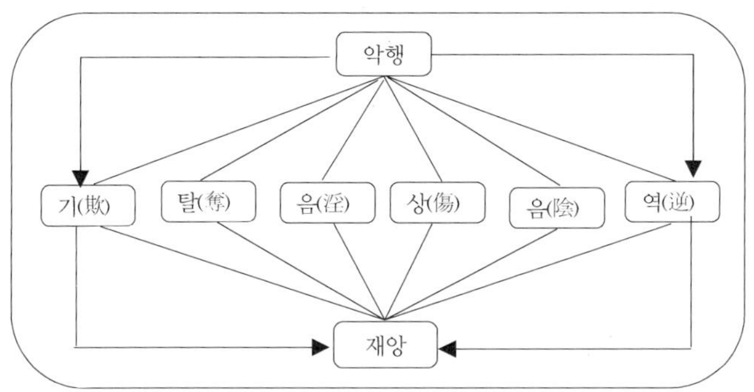

악행은 인류가 탄생 이래 여러 가지 통제로 규제해 왔음에도 근절되지 않고 있으니, 인류의 이름으로 근절시켜야 한다.

악은 농경민족에겐 농사를 지을 때 잡초와도 같은 존재이다. 전답에는 곡식보다 잡초가 더 무성하게 자란다. 농부는 부지런해야 하므로 잡초를 뽑아 쌓아 두면 퇴비가 되어 거름으로 쓸 수 있으니, 힘써 일하면 문제가 될 것이 없고, 도리어 복으로 돌아올 수 있게 된다.

사람들은 악행을 한 자에게 벌을 내리고 권선징악의 교훈과 교육을 실시했으나 생활 주변에서 기승을 부리고 있는 현상이 비일비재하게 발생하고 있다. 악은 음양상에서 음과 같은 존재니, 언제나 그림자 같이 따라붙게 되어 있는 것으로 보면 된다.

어느 사회에서나 화(禍)는 악으로 인해 발생되는 만큼 퇴치 대상으로 삼아야 할 것이니, 음양조화의 이치로 삼으면 악인에게도 선도되리라 본다.

고대인들은 악인의 재발방지를 권선징악으로 교훈했는데 사람을 근원적으로 감화시키는 역할을 한 것이다.

제183사(事) 화(禍)는 6가지의 형태로 설정했는데, 그 내용을 소개하면 다음과 같다.

화육조(禍六條)

화육조 \ 내용	의미 내용	대상	조항
1.기(欺)	허물은 속이는 데서 비롯됨	악 경계	제184사
2.탈(奪)	지나친 물욕은 염치가 없음	악 경계	제195사
3.음(淫)	음은 몸을 망치는 시작임	악 경계	제202사
4.상(傷)	사람을 해치면 대가를 받음	악 경계	제209사
5.음(陰)	음모로 이루어짐은 재앙이 옴	악 경계	제217사
6.역(逆)	천리를 역행하면 실패함	악 경계	제226사

위의 6가지 행함은 천리를 거역하는 것으로 인해 나타나는 것으로 되어 있는데, 이를 예방하면 화를 당하는 일이 발생하지 않는다. 사람이 화를 입는 생활은 『삼일신고』 제5장 진리훈의 "악(惡)하면 재앙을 받는다"라고 한 것이나, 『환단고기』·태백일사 「소도경전본훈」의 "화를 꾸짖음(責禍)이 덕을 다스리고 이보다 선한 일이 없다"라고 한 것을 보더라도 화를 유발하는 예방책이 필요한 것이다.

그런데 악(惡)은 인간생활에서 발을 붙이지 못할 정도로 국가마다 벌로써 제재(制裁)를 가함에도 불구하고 독버섯처럼 번지고 있다. 그 원인은 사람이 외물 작용으로 위의 6가지를 발본색원하지 못한 것이다. 화(禍)는 악으로부터 도래되는 것이니, 악행을 할 생각을 하지 않으면 화가 일어나지 않고 편안히 살아갈 수 있다. 그 잣대는 하늘의 진리를 본받아 인간의 욕심을 자제하면 손쉽게 이루어진다.

화(禍)는 초추(初秋)~중추(仲秋) 사이에 가을을 느끼게 하는 소슬한 바람과 같은 존재다. 이때 소슬한 바람이 일기 시작하면 무성하게 자란 식물의 잎에 단풍이 들기 시작한다. 말하자면 무성하게 자란 대지에는 숙살의 기운으로 산천초목이나 들판의 모든 작물을 전부 죽인다.

음풍은 초가을에 불기 시작해 날이 갈수록 조석 간에 날씨가 음산해져 인간을 해롭게 한다. 식물과 인간의 화는 음풍과 같으니, 이런 상서롭지 못한 찬바람에 해를 입지 않도록 특히 노인의 경우 방한의 대비를 하면 화를 면할 수 있다.

이 음풍이 일기 시작하면 매년 전령사처럼 감기가 찾아오는데 노인들이 이때 몸에 바람이 들어 한겨울에 세상을 떠나는 이가 많이 발생한다. 자연의 이치는 인간이 거역할 수 없는 것이나, 인간이 할 수 있는 그 길을 택하면 된다. 사람의 육체는 자기가 돌보게 되어 있는 것이니, 아침저녁으로 소슬한 바람이 불어 음풍이 몸에 침노할 때 체온을 일정한 상태로 유지시키면 숙살(肅殺)의 기운이 천하에 퍼질지라도 문제가 될 것이 없다.

요즘의 노인들은 초가을이 되면 외출할 때 모자를 쓰고 다니는 것을 볼 수 있는데 방한에 대한 대비책이라 할 수 있다. 초가을에 해당하는 나이는 장년기 초엽이다. 이 나이에는 불혹(不惑)에 접어든 나이니, 천리에 어긋나는 행위를 해서는 안 되는 것이다.

악이 화의 근원이 되는 것은 서사문학에는 어떠한 양상으로 나타났는가를 『사씨남정기』의 유한림의 첩 교씨를 대상으로 살펴보기로 한다.

1. **『사씨남정기』의 교씨**: 우리는 악인의 행동을 『사씨남정기』의 교씨의 행위에서 볼 수 있다. 유한림(劉翰林)의 첩 교씨는 간악한 행동으로 사씨부인을 내쫓아 유씨 가문의 종주권을 차지하기 위한 목적에서 가악추(假醜惡)의 행동을 일삼았다.

원래 『사씨남정기』는 장희빈을 교씨로, 인현왕후는 사씨부인으로 비유한 것이지만, 전자는 악의 화신들로서 화를 입게 되어 비참하게 죽었고, 후자는 착하게 살아 환상적인 진선미를 누리며 살았다.

이 소설의 배경은 장희빈(張禧嬪, ?~1701)의 소생 경종(景宗)의 세자 책봉 문제로 서인(西人)들이 숙종의 뜻을 송시열 등이 반대하자 남인(南人)들이 서인들을 탄핵하여 송시열을 비롯하여 김수흥(金壽興), 김수항(金壽恒) 등이 유배 또는 죽음을 당하여 남인에게 정권이 넘어갔다. 이 사건을 기사환국(己巳換局)이라 한다. 이 사건을 계기로 장희빈(張禧嬪, ?~1701)의 무고로 숙종의 계비 인현왕후(仁顯王后, 1557~1701)가 폐위당하였다.

서포 김만중(1637~1692)은 이 사건을 『사씨남정기』에서 다뤄 숙종을 유한림으로, 장희빈을 교씨로, 인현왕후를 사씨부인으로 풍자하여 남해

배소(配所)에서 1689~1692년간에 본 소설을 지은 것이다. 교씨의 죄는 악인악과(惡因惡果)이고, 사씨부인은 선인선과(善因善果)에 의해 살다 간 주인공이라 할 수 있다.

교씨와 놀부는 악의 화신들이지만 놀부는 악에 대한 죄를 받아 패가망신하였지만 흥부의 덕화로 개과천선하여 선인이 되어 잘살게 되었다. 그러나 교씨는 악을 제어하지 않았고 악행을 일삼아 개과천선의 길을 행하지 않는 악인악과(惡因惡果)로 비참하게 죽어 갔다.

교씨는 자기의 소생 인아도 결국 죽인 셈이다. 그녀는 사씨부인을 유문(劉門)에서 축출하기 위한 수단으로 아들도 죽인 것으로 볼 수 있다. 교씨는 후처 콤플렉스로 인해 재산과 종주권(宗主權)을 차지하기 위해 수단과 방법을 가리지 않았다.

2. 선행과 악행의 응보: 악인(惡人)은 추악한 행위니, 인간이나 신(神)이 미워한다. 반면에 선자(善者)는 인간이나 신이 좋아하게 된다. 미적으론 우미(優美)에 해당한다.

작가들은 악인이나 선자가 화(禍)와 복(福)을 받는 주인공과 등장인물을 작중에 전자의 경우 가추악(假醜惡)의 행동으로, 후자를 우미(優美)의 행함으로 나타내면 독자들이 악행을 하지 않고 선행을 하는 데 도움을 줄 것이다.

원래 인간의 착함과 악함은 그 행함에 떠라 그 보응을 받는다. 예로부터 인과응보는 말이 전해 왔듯이 작중 주인공과 등장인물들이 그 행함에 따라 화복이 따랐다. 작가들이 선행을 문학적인 스토리텔링으로 전개시키면 독자들이 그 주인공을 닮는 이가 많을 것이라 믿는다.

제184사(事) 기(欺: 속임) ―「화왕계」(花王戒)의 교훈―

본 조항의 기(欺)는 사람의 허물과 죄를 낳는 것이니, 권선하는 내용으로 교훈한 내용이다. 작가는 본 조항에 대해 글을 쓸 때 남을 속이면 모든 죄와 허물로 인한 재앙이 그림자처럼 따라 다니니, 악을 경계하는 대상으로 작품을 쓰면 독자들이 선호할 것이다.

「화왕계」(花王戒)는『삼국사기』권46, 열전, 6 설총조(薛聰條)에 실려 있는 내용이다. 신라 31대 신문왕(神文王, ?~692)은 여름날 설총(薛聰)더러 "오늘은 비도 개고 바람도 시원하게 부니, 나에게 한 이야기를 들려 달라" 청하거늘 설총이 미인을 경계하는 내용으로 이야기를 들려준다. 그 작품이 「화왕계」(花王戒)이다.

이 내용의 요지는 꽃 중의 모란이 화왕(花王)으로 등장하고, 장미가 화왕에게 수청 들기를 간청한다. 이에 할미꽃이 등장하여 장미가 한말을 물리치게 한 내용이다.

장미는 화왕에게 감언이설로 높으신 덕이 있다고 운운하고 향기로운 침소에서 모실까 하여 찾아왔다고 간청을 한 것은 가추악(假醜惡)의 위장한 위인화한 요녀(妖女)이다.

설총은 신라의 석학으로서 3문장(强首 · 薛聰 · 崔致遠) 중 한 사람이니, 「화왕계」(花王戒)를 임금에게 구연(口演)하여 임금이 궁녀를 가까이한 것을 경계한 내용이다.

「화왕계」(花王戒)에서 장미가 화왕을 속이는 요녀로 보고, 본 조항을 다음과 같이 인용한다.

제184사(事) 기(欺): (禍1條)(화, 1째 가지)

人之過戾無不由欺하니 欺者는 燒性之爐요 伐身之斧也라. 自
인 지 과 려 무 불 유 기　　　　기 자　　소 성 지 로　　벌 신 지 부 야　　자
行欺覺則不再故로 行欺는 誰警이나 無滌이니라.
행 기 각 즉 부 재 고　　행 기　　수 경　　　　무 척

해석: 사람의 허물과 그릇됨은 속이는 것에서 말미암지 없는 것이 없으니, 속이는 것은 성품을 태우는 화로이고 몸을 베는 도끼와 같으니라. 스스로 속이는 것을 깨달으면 다시는 하지

않게 되므로 속이는 것을 비록 경계할 수는 있지만 씻을 수는 없느니라.

남을 속이는 행위를 기(欺)라 한다. 속임수는 남의 생활을 멍들게 하게 되니, 당연히 근절돼야 마땅하다. 속임수는 그럴 듯하게 남을 속이는 행위이므로 말만을 앞세우는 사람들에게 속지 말아야 한다.

사람들은 남을 속이는 사람을 일컬어 사기꾼이라 하는데 1950년 자유당 정권 때에 사기꾼이 특히 많았다. 이들 사기꾼들은 그럴듯하게 속이기 위해 교언영색(巧言令色)으로 화술에 능했다. 이들은 순진한 사람들을 속이기 위해 다방에서 만난다. 이 사기꾼은 언행 모두가 일치하지 않고 사기꾼의 행세인데 가추악(假醜惡)의 행위를 일삼았다.

1950년대 어려웠던 시절 다방에서 이들은 먹지도 않은 고기를 먹었다는 듯 요지(이쑤시개)로써 이를 쑤시며 그럴듯하게 말을 한다. 이 광경은 다방마다 있었던 진풍경이었다. 일반인들도 다방에 앉아 차를 마시기 전후에 이런 행위를 덩달아 했다. 6·25 동란 후 취직난이 심각했던 터라 취직을 시켜 준다는 감언이설로 인해 많은 사람들이 속아 넘어갔다.

본 조항은 사람이 속임수를 행하면 죄와 허물이 생기고, 재앙이 그림자처럼 따라다닌다고 했으니, 이 속임수의 불신을 불식시켜야 장래도 밝음이 돌아온다.

더구나 남을 속이는 사람은 속임이 나쁜 행위를 깨달아 다시 하지 않게 되더라도 지난날의 잘못을 씻을 수 없으니 자성해야 할 것이다.

속임은 결국 죄를 낳는 것으로 본 조항은 다음과 같이 열 가지로 나타냈다.

기일조(欺一條)

기일조＼내용	주요 내용	대상	조항
1. 익심(匿心)	허물과 그릇됨은 속이는 것에서 비롯됨	속임	제185사(事)
2. 만천(慢天)	하늘이 사람을 거울처럼 밝게 비추어 봄	속임	제186사(事)
3. 신독(信獨)	남을 속이면 신이 해의 밝음으로 보살핌	속임	제187사(事)
4. 멸친(蔑親)	친족을 멸시하고 속이면 몸에 병이 생김	속임	제188사(事)
5. 구운(驅殞)	약한 자를 다치게 하면 천둥으로 경계함	속임	제189사(事)
6. 척경(踢傾)	남을 탄압하면 동료들에게 제거당함	속임	제190사(事)
7. 가장(假章)	문장을 꾸며 속이면 하늘이 용납하지 않음	속임	제191사(事)
8. 무종(無終)	처음부터 거짓말은 일을 끝마칠 수 없음	속임	제192사(事)
9. 호은(怙恩)	은인을 배반하는 이는 속임수의 행위임	속임	제193사(事)
10. 시총(恃籠)	총애하는 이를 속이면 하늘이 벌을 내림	속임	제194사(事)

　이와 같이 사람의 허물과 그릇됨은 속임수에서 비롯되는 것이니, 근절시켜야 함을 나타냈다. 심지어 속임수는 남을 속이는 것이 관습이 되어 골육지친(骨肉之親)인 부모 형제를 속이게 된다. 이렇게 속임수가 어느 누구에게도 행하면 세상이 끝이 간 곳까지 이른 것이다. 이런 행위는 인륜의 강상이 어지럽혀진 것이니, 집안이 화평해질 수가 없다.

　재앙이 닥쳐옴을 미연에 방지하기 위해서는 속임수를 근절시켜야 하고, 골육지친(骨肉之親)을 속이는 자가 근절돼야 할 것이다. 이런 자는 신하가 되었을 경우 간신이 되어 나라를 어지럽히는 자가 되고도 남음이 있다. 사람들은 교언영색(巧言令色)하는 이들을 각별히 요주인 인물로 간주하고 이들에게 속지 않도록 경계해야 할 것이다.

　위의 열 가지는 사기꾼이 남을 속이는 것을 경계하기 위해 예를 든 것이니, 먼저 사기꾼에게 속지 말아야 한다. 우리 사회는 악인악과(惡因惡果)가 아닌 선인선과(善因善果)에 의한 좋은 뜻으로 종과득과(種瓜得瓜) 종두득두(種豆得豆)가 되는 사회가 이루어져야 할 것이다.

1. 「화왕계」(花王戒)의 교훈: 남을 속이는 행위는 화(禍)가 닥치게 되므로 우선 남에게 속지 않도록 하는 방비책을 마련해야 할 것이다. 「화왕계」(花王

戒)는 감언이설로써 속이는 일에 휘말리지 않도록 하는 교훈이 들어 있다.

하루는 신문왕이 한갓져서 설총을 불러 오늘은 오랜 비도 개고 훈풍
이 서늘하게 불어오니 울적한 마음을 풀어 주는 이야기를 들려주지
않겠는가 하므로 설총은 화왕(花王)의 이야기를 들려주게 된다.
옛날에 화왕이 처음 오게 되어 꽃씨를 향원(香園)에 심었더니 삼춘가
절을 당하여 예쁜 꽃을 피워, 온갖 꽃보다 유달리 아름다웠다. 이에
가까운 곳이나 먼 곳에서부터 예쁜 꽃들이 화왕(모란)을 뵈러 달려오
지 않는 이가 없을 정도였다. 온갖 교태를 부리며 장미가 찾아왔다.
자기는 화왕님의 높으신 덕이 있음을 듣고 향기로운 침소에서 모실까
하여 찾아온 것이니, 자기를 맞이해 달라는 부탁을 하였다.

위의 내용은 설총이 왕에게 충간하고자 의인화(擬人化)의 수법으로 즉
석에서 지은 것인지는 알 수 없으나 화중왕(花中王)인 모란(牧丹)에게 장미
꽃이 달려와 수청 들기를 자원한다는 것으로 서두를 나타냈다.

장미꽃은 꽃 중에서 아름다운 것으로 꼽히게 되는데, 그 미인의 용모로
써 화왕(花王)과 잠자리를 같이하여 자신의 이익을 챙기겠다는 불순한 의
도가 들어 있다. 생각하건데 설총은 신문왕에게 간신을 경계하라는 뜻에
서 장미꽃과 같은 여인을 가까이하지 말고 국사에 힘쓰라는 것을 비유적
으로 나타낸 것이다.

옛날의 왕들은 거의 장미꽃과 같은 미인에게 유혹되어 나라를 그르치
기도 하였다. 이러한 예는 당나라 현종(玄宗)이 양귀비와의 관계에서도 여
실히 드러난다. 이에 충신이라 할 할미꽃이 바른말을 다음과 같이 한다.

이에 또한 장부가 검소하게 옷차림을 하고 백발을 휘날리며 허리를
굽히며 화왕(모란)에게 자기는 백두옹(白頭翁＝할미꽃)이라고 밝히며
바른말을 하는 것이다.
화왕님은 좌우에서 온갖 물건을 충족하게 공급하여 고량진미로써 배
를 부르게 하고 차와 술로써 정신을 맑게 한다 하더라도 좋은 약으로
원기를 돋우고 독소를 제거해야 합니다. 그런 까닭으로 비록 명주나
삼베로 만든 신이 있더라도 베 짚과 완골로 만든 신을 버리는 일이 없
으니, 모든 군자가 나를 구해 두지 않는 이가 없으니, 왕은 또한 어떠

한가에 대해 의향을 물었다.

이때 할미꽃은 화중왕인 모란에게 장미꽃의 유혹에 말려들지 않게 하려고 충언을 한 것이다. 왕 주변에는 모든 신하들과 종자들이 또한 왕을 받들고 있고 미인들이 궁중에는 많다. 할미꽃이 "명주나 삼베로 만든 신이 있더라도 베 짚과 완골로 만든 신을 버리는 일이 없으니"라고 한 것에서 왕비를 가까이하라는 것을 내용으로 하고 있다.

명주나 삼베로 만든 신발은 궁중의 온갖 미인들을 비유한 것이고, 짚과 완골로 만든 신발은 왕비를 의인화한 표현이다. 설총이 신문왕에게 할미꽃을 등장시켜 미인들에게 현혹되는 것을 경계한 내용이니, 요녀인 장미꽃을 가까이하지 말고 장부인 할미꽃의 말을 택해 줄 것을 바라는 마음에서 말을 한다.

> 그때 한 신하가 두 신하가 왔는데 화왕님은 누구를 취하고 누구를 버리겠습니까? 화왕은 말했다. 장부인 할미꽃의 말이 옳기는 하지만 가인은 얻기 어려우니 앞으로 어찌할꼬?

왕은 신하의 묻는 말에 장부인 할미꽃의 말이 옳기는 해도 미인을 멀리하지 못하는 말을 하였다. 설총은 신문왕이 미녀를 멀리할 수 없는 심중을 꿰뚫어 말을 한 것이다. 궁중에는 꽃과 같은 미인이 많았을 것이니, 신문왕이 이들을 멀리하기에는 어려웠다고 볼 수 있다. 장부인 할미꽃이 임금의 비위를 거스른 위국충정의 말을 다음과 같이 하였다.

> 장부가 앞으로 나와 입을 열었다. 제가 이렇게 온 것은 전하의 총명이 모든 사리를 잘 판단한다고 들었기 때문입니다. 하지만 무릇 임금 된 분으로서 간사하고 아첨하는 자를 친근하게 하고, 정직한 자를 멀리하지 않은 분이 드뭅니다. 그러므로 맹자(孟子)는 불우하게 평생을 마쳤습니다. 옛날부터 이러하니 전들 어떻게 하겠습니까? 그제야 화왕은 깨달은 듯이 말했다. 잘못했다. 내가 잘못했다.

『삼국사기』 권46, 열전, 6 설총조(薛聰條)

장부인 할미꽃은 임금에게 충성어린 말로써 왕을 충고하여 결국 요녀의 유혹에서 벗어나게 했다. 할미꽃이 충신의 전형이라면 장미꽃이 간신의 전형이라 할 수 있다. 만약에 화왕(花王)이 할미꽃의 충언을 받아들이지 않는다면 나라는 간신과 요녀들이 들끓게 될 것이다. 왕은 향기로운 침소에 미인을 두고 잠자리를 같이하면 나라가 어지럽게 된다. 사실상 역대 왕들은 여인의 치마폭에서 헤어나지 못하고 결국 요녀와 간신을 가까이하여 국사를 그르친 임금이 수없이 많았다. 설총은 신문왕도 미인을 가까이하여 충성어린 충언을 한 것이다.

할미꽃으로 분장한 장부(丈夫)는 사리에 옳은 말을 하여 화왕을 위기에서 구해 낸 충신이다. 역대 충신들은 왕이 올바른 길을 가지 않으면 죽음으로써 지조를 지키며 바른말을 하였다. 충신들은 임금을 충간할 때 죽을 각오를 해야 했으니, 조선조만 하더라도 이러한 충신이 많았다. 임금은 모든 신하와 백성들이 절대 복정하는데 듣기 싫은 말을 감히 임금에게 하면, 잘못하다간 불경과 불손의 죄목으로 지목된다. 임금은 백성을 다스리는 지존한 절대 권력자이므로 충신이라 할지라도 노여움을 사게 되면 생명도 부지할 수 없고, 죄인이나 다름없이 취급당하였다. 충신들은 도끼에 맞아 죽고 끓는 가마솥에 들어가는 형벌을 받을지언정 죽는 것을 두려워하지 않고 올바른 도리로 임금을 충간하였다는 것을 우리 역사에서 찾아볼 수 있다. 충신과 간신은 완연히 다른 것인데, 간신의 경우 임금에게 듣기 좋은 말을 일삼아 호감을 사는 그림자가 되었다.

설총이 「화왕계」(花王戒)를 신문왕에게 들려준 것은 충신의 충언이었다. 만약에 신문왕이 「화왕계」(花王戒)의 내용을 듣고 자기를 풍간하기 위한 것으로 보고 괘씸하게 여길 수도 있는 것이다. 하여튼 설총이 신문왕에게 정치를 바르게 하는 수단으로 그 득실을 과감하게 풍간한 그 자세를 높이 평가할 수 있다.

설총은 신문왕의 권함으로 화왕(모란)을 주인공으로 하여 간신형인 장미꽃과 충신형인 할미꽃으로 등장시켜 들려주었는데, 왕이 미인들을 가까이하는 것을 경계하기 위함인 것이다.

　설총이 신문왕에게 들려준 화용계는 가전체(假傳體)의 효시가 되는 작품으로 알려져 왔으니, 이를 이해하기 위해 도표로 나타내면 다음과 같다.

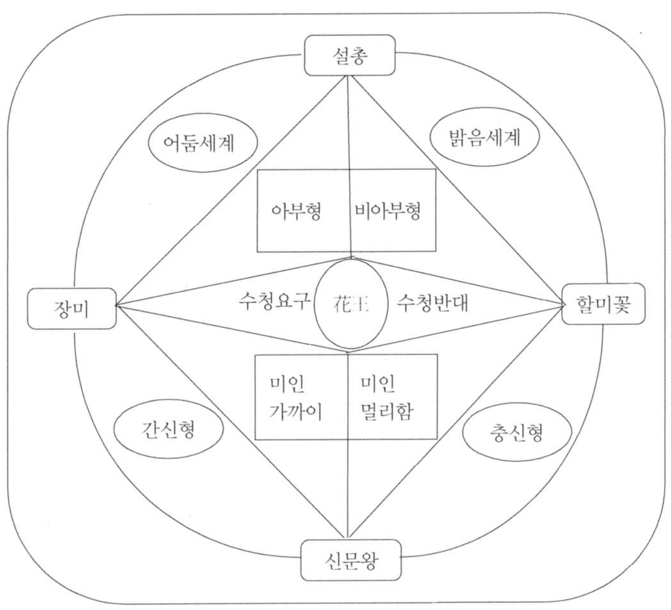

　이 작품은 신문왕을 풍간(諷諫)한 가전체(假傳體)를 통한 패관문학(稗官文學)에 속한 통일신라시대 문학의 백미이다. 이 「화왕계」는 왕들에게 좋은 교훈이 되는 문학이라 할 수 있다. 이 「화왕계」는 신하인 충신이 왕을 바른 길로 인도하는 데 높은 가치를 지니게 되어 고려 말의 의인소설(擬人小說)인 가전체(假傳體)의 남상(濫觴)이 되었다.

　「화왕계」(花王戒)는 조선조의 임제(林悌, 1549~1587)의 『화사』(花史)와 이이순(李頤淳, 1754~1832)의 『화왕전』(花王傳) 등에 영향을 미쳤다. 여기에서 임제의 『화사』(花史)는 후대 노긍(盧兢, 1738~1790)의 작품으로 알려진다. 하여튼 「화왕계」(花王戒)로 인해서 후세문학에 영향을 주고 왕들에게 훌륭한 교훈이 되는 설화라는 데 가치가 있다.

　이 「화왕계」은 후일의 설화문학을 일보 진보시켰다고 할 정도로 정평이 나 있으니, 설총이 신문왕에게 들려준 설화는 문학사적으로 의의가 자 못 큰 것이다. 나라에선 간신을 경계하고 충신의 말에 귀를 기울이면 악인 들이 설 자리를 잃게 되어 온 나라가 태평해진다.

이러한 사회는 곧 『천부경』에서의 "본태양앙명"(本太陽昻明)(우주계의 근본은 태양의 밝음이다)과 같은 광명사회가 이루어지리라 믿는다. 나라 가 태평하고 광명사회가 이루어지면 이것 또한 홍익인간세계라고 할 수 있으니, 임금이 바르게 나라를 다스리면 이루어진다.

2. 속지 않게 작중인물을 통해 나타냄: 작가들은 본 조항의 내용을 「화 왕계」로써 새로운 스토리텔링으로 전개시키면 독자들에게 흥미를 유발하 게 되어 위정자로 하여금 선정을 베푸는 계기가 될 것이다.

위정자는 먼저 측근을 경계하는 마음을 가져야 한다. 이런 경우는 일반 인도 마찬가진데 가까이하는 사람들의 마음을 잘 헤아려야 이익과 손해를 가릴 줄 알게 된다.

작가들은 사람들이 감언이설로 가까이하는 사람을 경계하는 내용으로 작중인물을 나타내면 사람을 가까이한다고 덮어놓고 믿지는 않을 것이다. 대개 측근은 두 가지로 분류된다. 한 가지는 측근에 의해서 일이 잘되는 경우와 그릇되게 하는 일이다.

작가는 측근의 동태를 잘 살펴서 사람을 대하는 내용으로 나타내면 독 자들이 속는 일이 없을 것이다. 광복 후에는 살기가 어려워 윗사람을 가까 이하면 취직을 할 수가 있었다. 그 점을 이용하여 취직하지 못한 사람에게 친면이 있는 것을 이용해 여러 번 돈을 뜯는 일이 많이 발생했다.

측근은 좋은 사람이 있는 반면에 너무 신임하면 해를 당해 심지어는 생 명을 잃는 경우도 있다. 사람을 너무 의심하는 것도 문제이고 너무 믿어서 도 안 되니, 상황에 따라 처신하는 것이 바람직하다. 작가는 이런 상황을 잘 헤아려서 주인공이나 등장인물을 통해서 나타내면 독자들이 그 작품을 읽고 속는 일이 없을 것이다.

이 「화왕계」(花王戒)는 화왕인 모란이 할미꽃의 권유로 장미꽃을 가까이하지 않은데 왕들을 경계하기 위한 작품으로 높이 평가받아 후세문학인 가전체(假傳體)의 효시(嚆矢)가 되었다.

제185사(事) 익심(匿心) ─최치원의 「고의」(故意)─

익심(匿心)은 익(匿)이 '숨길 (익)' 자(字)니 마음을 감추는 것을 말한다. 사람이 마음으로 마음을 감추고 마음으로 마음을 속이면 마음은 빈껍데기와 같아 흙에 뿌리내린 나무, 계속 행하면 산송장과 다름없어, 그런 사람을 따를 수 없다는 내용이다. 17대 이명박 대통령 이전의 위정자들은 백성을 믿을 수 있게 따르게 하였는가?

작가들은 위정자들이 말로만 국민을 현혹한 내용을 작중인물로 나타내면 독자들이 위정자들의 이중성향을 이해하는 데 도움이 될 것이다.

고운(孤雲) 최치원(857~?)은 한문학의 비조(鼻祖)로서 12세에 당나라에 유학하여 18세에 장원급제하여 벼슬을 거쳐 고병(高騈)의 막하(幕下)에서 문관을 지냈다. 고운은 황소(黃巢)의 난이 일어나 『토황소격문』(討黃巢檄文)은 명문(名文)으로 적(敵)을 항복시킬 정도로 문명이 높았다. 그는 당(唐)나라에서 벼슬을 한 후 신라로 귀국하여 49대 헌강왕(憲康王)과 50대 정강왕(定康王)을 섬겼다. 고은은 51대 진성여왕(眞聖女王) 때 재위 11년간(887~887) 소행이 좋지 못하여 나라의 기강이 해이해져 도적이 발호하고 망국의 길로 들어섰을 때 고운이 가야산에 숨어 살았다.

고운의 시 「고의」(故意)는 위정자들의 행위를 여우는 미인으로 살쾡이로 우위기법(寓意技法)으로 시를 지었던 것으로 본 조항과 통하는 면이 있다. 본 조항의 내용을 소개하면 다음과 같다.

제185사(事) 익심(匿心): (禍 1條 1目)(화, 1째 가지, 1번째 항목)

> 匿은 藏也니 藏心於心하며 欺心於心이면 心已空矣라. 止則土
> 木이요 行則肉尸니라. 土木而能論事나 肉尸而能追人乎아.

해석: 익(匿)은 감춤이니, 마음에 마음을 감추고 마음에 마음을 속이면, 마음은 이미 허황하게 되니라. 멈추면 토목이요, 행하면 시체이니, 토목으로는 일을 논의할 수 있으나, 송장이 사람을 따를 수 있겠는가!

사람이 자신의 마음을 속인다는 것은 자기 자신을 속이는 결과가 된다. 제185사(事) 익심(匿心)이라 함은 마음에 마음을 감춘다는 뜻이니, 결국 자기를 속이는 결과라 할 수 있다. 자기 본심을 속인다는 것은 자기를 부정하는 것과 같은 행위이니, 양심을 속이는 것으로 자기를 부끄럽게 하는 행위로 자괴감(自愧感)에 빠져든다.

사람의 육체는 정신과 육체로 형성되었다면 정신이 순수함을 지녀야 육체를 바르게 인도하게 된다. 자신의 양심을 속이는 것은 부끄러운 일이다. 그런데 남을 속이는 행위는 겉으로 드러나는 가추악(假醜惡)의 행위이니, 발본색원돼야 마땅하고 이심전심(以心傳心)으로 서로 소통이 이루어져야 사람다운 사람의 행위라 할 수 있다.

사람의 육체는 마음에 따라 움직이게 되므로 마음을 바르게 지니면 바르게 살아가게 된다. 마음은 육체를 운전하는 것이므로 사악한 마음을 지니면 가추악(假醜惡)의 행동을 일삼게 된다. 육체는 마음을 움직이는 허수아비이므로 마음에 따라 무소불위의 행위를 한다. 마음을 속이는 것은 마음을 속이는 결과가 되므로 자기를 부정한 것이다. 이러한 부정적인 행동은 가추악(假醜惡)의 모습으로 나타난다.

사람의 본심은 양심인데 양심을 속이는 것은 자기를 부정하는 것이니, 목석이나 시체와 다를 바가 없다. 본심을 속이는 것은 인간으로서 존재의

미가 없다. 그런데 나라를 다스리는 위정자가 백성을 속이는 경우가 발생하면 결국 백성들이 여러 번 속지를 않아 결국 위정자가 불신의 늪에 빠져들어 정치체제의 공동화를 가져와 후유증을 감당할 수 없게 된다.

우리는 광복 후 9분의 대통령을 맞이했다. 이들은 정권말기가 되면 국민의 지지율이 떨어지곤 하는데 본심이 다른 데 있기 때문이다. 대표적인 예는 김영삼 대통령과 김대중 대통령의 경우인데 자제들의 엄청난 부정이 탄로되고 국정에 힘쓰지 않게 되어 국민의 지지율이 말할 수 없어 떨어져 20% 조금 넘었다.

노무현 대통령의 경우 낙하산 인사가 많이 기용되는 등 갈수록 국민경제가 하양곡선을 그리게 되어 국민의 지지율이 10% 남짓했다. 그럼에도 노무현 대통령은 경제가 아무런 문제가 없다고 하여 신문지상에서 국민의 체감경제를 의식하지 않고 보도한 적이 있다. 특히 위정자는 유종의 미를 거두는 것이 바람직한 것이다. 그 후 집권당 열린우리당의 국회의원 수십 명이 탈당하고 다시 노무현 대통령도 당에서 탈당했다. 국민의 지지를 받지 못한 원인은 경제 침체를 몰고 온 데 있다.

열린우리당은 대통합민주신당으로 2007년 12월 19일(수) 대선에 정동영이 출마했으나 한나라당 이명박 후보가 압도적으로 대승을 거두어 대통령에 당선되었다. 노무현 대통령의 실정은 처음에는 서민층이 지지했는데, 부동산 값이 천정부지로 치솟은 관계로 서민들의 내 집 마련 꿈을 이루지 못하게 하고 실업자를 양산하고 특히 경기침체를 가중시킨 가운데 많은 국민들이 외면하였다.

노무현 정부의 실정은 농촌과 도시와 가진 자와 못 가진 자, 교육의 양극화 현상이 전에 없이 격차가 벌어지는 등으로 국민들이 등을 돌렸다. 이에 대해 한나라당은 반사이익으로 신임도가 높은 원인이 되었다.

위정자는 국민에게 믿음을 주는 정치를 펴야 하는데 예전과 같이 임시방편으로 국민을 속이는 것은 통하지 않는다. 예전에는 사람들 교육이 낮은 것으로 윗사람의 말을 믿었으나, 오늘에는 국민수준이 높고 매스컴이 발달해 세상이 돌아가는 것을 훤히 알고 있는 관계로 이전과 같이 대통령이 국민을 속이면 국민들이 전적으로 믿지 않는다.

1. 고운(孤雲)이 우의기법(寓意技法)으로 쓴 「고의」(故意): 고운(孤雲)은 당(唐)나라에서 벼슬을 한 후 신라로 돌아왔다. 특히 신라는 진성여왕 때 말기 현상에 젖어 들어 나라가 어수선해 벼슬하지 않고 가야산에 들어 세상을 등지고 나오지 않았다. 그는 위정자들의 가추악(假醜惡)의 행위를 보고 다음과 같이 우위기법(寓意技法)으로 시를 지었다.

「고의」(故意)

여우는 미인으로 변신을 이룰 수 있고,	狐能化美女,
살쾡이 또한 서생이 될 수 있다네.	狸亦作書生.
뉘 이물들의 심산을 알리요?	雖知異類物,
인형으로 둔갑해서 속이고 현혹하네.	幻惑同人形.
몸체 바꾸기는 언제나 쉽지만,	變化常非艱,
마음 지키긴 진실로 어렵다네.	操心良獨難.
참과 거짓 가리려면,	欲辨眞與僞,
마음의 거울 닦고 보길 바라네.	願磨心鏡看.

『孤雲先生文集』, 「故意」

위의 시는 고운(孤雲)이 신라가 기울어져 가는 운명을 직시해 위정자들이 본심을 속이는 행위를 우의기법(寓意技法)으로 쓴 것이다. 신라는 이미 저무는 해와 같이 쇠망의 운명을 걷고 있을 때 위정자를 여우, 간신을 살쾡이로 나타냈다.

고운(孤雲)이 신라의 위정자와 간신을 동물로 우의기법(寓意技法)으로 「고의」(故意)를 지었는데 그 내용을 도표로 다음과 같이 나타내 본다.

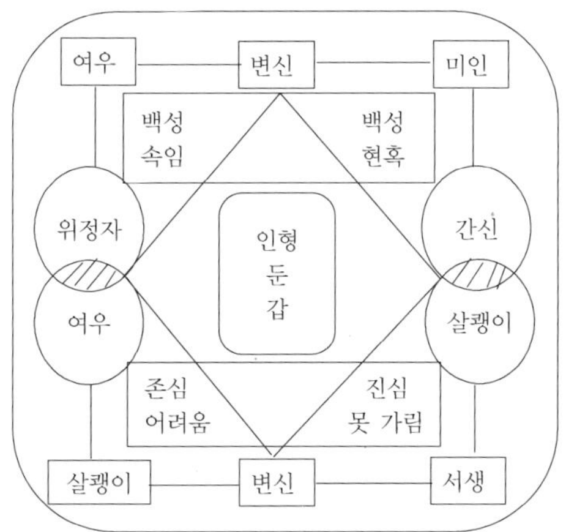

　원래 고운(孤雲)은 당(唐)에서 신라에 돌아와 이상정치의 실현을 꿈꾸었다. 그런데 신라의 위정자는 무사안일에 젖어 이들과 뜻을 같이할 수가 없어 해인사에 머무르면서 속세를 멀리했다. 그는 당시 위정자를 요망한 동물의 탈로 본 것은 가추악(假醜惡)의 생활로 양심을 속이는 일을 일삼았기 때문에 「고의」(故意)에서 이들 위정자들을 동물로 나타냈다.

　고운(孤雲)은 『천부경』을 후세에 전한 분으로 알려지고 있다. 『천부경』에는 하나(一)의 진리로 기준을 삼아 천심으로 살아갈 것을 나타냈으니, 백성을 속이는 신라의 관리들을 동물로 비유해서 시를 지었다.

　고운은 신라의 관리가 말기적인 현상을 다반사로 일삼았기 때문에 요망한 동물의 탈을 가악추(假惡醜)의 인간으로 보고 「고의」(故意)를 지은 것이다.

　이와 같이 고운이 「고의」(故意)를 우의기법(寓意技法)으로 지은 것은 간신들의 이중인격을 경계하기 위한 데 있다.

　고운이 위정자를 동물로 비유해 시를 지은 것은 신라의 신하들이 정권말기 현상이 다반사로 일어나, 자기의 목소리를 우국충정으로 나타냈다.

　이와 같이 마음의 양심을 속이는 이중인격자는 인간의 본심을 저버린 가추악의 인간상이니, 고운이 신라의 위정자들을 동물에 빗대어 「고의」

(故意)를 지은 것은 그 의미가 있다.

 2. 이중인격자를 경계하는 작품: 작가들은 본심을 속이는 자를 경계하기 위해 본 조항을 바탕으로 하여 작품을 쓰면 독자들이 이중인격자의 본심을 알게 하는 데 도움을 주게 된다.

 특히 작가들이 고운 최치원을 소재로 작품을 쓰면 독자들이 그의 문명(文名)이 떨친 바로 놀랄 것이다. 그는 반란을 일으킨 황소(黃巢)에게 『토황소격문』(討黃巢檄文)을 지어 보내 그가 읽고 항복하였다는 것을 소개하면 정말 그럴까 독자들이 반심반의하게 된다. 그러나 그 내력이 『신당서』(新唐書)·예문지(藝文志)에 전하니, 그를 소개하면 독자들이 고운의 문재(文才)에 대해서 감탄할 것이다.

 그는 당에서 돌아왔을 때 위정자가 위정자답지 않고 부정비리만을 일삼아 실망한 나머지 가야산에 은거하여 속세의 소리를 듣기 싫어했다는 내용이 한시(漢詩) 『제가야산독서당』(題伽倻山讀書堂)에서 전한다.

 신라는 고운과 같은 인재를 기용해 국사를 맡겨야 하는데 은거하여 세상에 나오지도 않았으니, 신라가 망하게 된 것이다.

 작가는 고운이 은거한 내용을 작품으로 선보이면 신라가 망하는 원인을 알 수 있게 되어 본 조항과 같이 마음에 마음을 감추고 마음으로 마음을 속이는 이들로 볼 것이다. 독자들은 이런 이중성향의 위정자들로 인해서 나라를 망한 이들이라고 하고, 고운이 그런 가추악(假醜惡)의 인간과 상대하기 싫어 가야산에서 은거의 원인이 되었다고 나름대로 판단하리라 믿는다.

 독자들은 작가들이 고운이 은거한 내력에 대해 쓴 작품을 읽으면 신라가 위정자의 실정(失政)으로 망하게 된 원인을 알 수 있으리라 본다.

제186사(事) 만천(慢天: 하늘을 업신여김)―『유충렬전』의 정한담―

만천(慢天)은 '하늘을 업신여긴다'는 말이니, '하늘을 두려워하지 않음'과 같은 뜻이다. 인간은 소우주라고 하면 하늘은 대우주라고 할 수 있는데, 인간의 육신과 정신체계가 모두 천지에서 온 것이다. 사람의 윤리도덕도 하늘에서 본받았고, 더구나 한민족의 조상인 환인(桓因)·환웅(桓雄)·환검(桓儉, 檀君)을 하늘로 숭배해 왔다.

이런 우주관이나 하늘·조상숭배 과정으로 보거나 인간이 하늘을 업신여기면 안 되게 되었으니, 작가는 하늘과 조상을 숭배하는 내용으로 작품을 쓰면 독자들이 뿌리조상을 이해하는 데 도움을 주리라 믿는다.

하늘을 업신여기는 사람은 사람도 비하하여 보게 되므로 자만해져 악행도 행하게 되어 하늘의 힘으로 실패하게 된다.

『유충렬전』은 작자 미상이고 창작연대는 19세기로 추정된다. 이 소설의 내용은 병자호란을 배경으로 전개되고 있다. 이 호란을 배경으로 한 관계로 군담소설의 일종이며, 주인공 충렬이 간신들과 대립하여 싸우는 과정을 영웅의 활약으로 나타내 영웅소설에 속한다.

충렬은 간신 정한담과 싸워 그의 목을 베워 나라를 안정케 하여 대장군 겸 승상에 올라 일가 화락하며 100세까지 장수하다가가 하늘로 올라갔다.

여기에서 간신 정한담은 하늘을 두려워하지 않고 악행을 행한 것으로 인해 결국 충렬에게 잡혀 죽었다. 정한담은 본 조항과 같이 하늘이 거울처럼 밝게 비추어 보고 있음을 알지 못한 것으로 인해 화(禍)를 만나게 되었다. 그런 점에서 본 조항을 아래와 같이 인용한다.

제186사(事) 만천(慢天): (禍 1條 2目)(화, 1째 가지, 2번째 항목)

> 慢天者는 不知有天之鑑也라. 行善而成도 亦天力也오 行惡而
> 敗도 亦天力也며 行險而中도 亦天力也라. 濛者行善이면 天
> 力成之하며 智者行惡이면 天力敗之하고 巧者行險이면 天縱
> 試而力收之니라.

해석: 하늘에 방자하는 것(만천자(慢天者))은 하늘이 거울처럼 밝게 비침을 알지 못하는 것
이라. 착함을 행하여 이룸도 또한 하늘의 힘이요, 악함을 행하여 패함도 또한 하늘의 힘이며,
모험을 행하여 적중함도 또한 하늘의 힘이니라. 어리석은 사람이라도 착함을 행하면 하늘의
힘으로 이루게 되며, 지혜로운 사람이라도 악함을 행하면 하늘의 힘으로 패하고, 재주 있는
사람이라도 모험을 행하면 하늘이 시험해 보고 이를 거두게 하니라.

본 조항에서의 만천(慢天)의 뜻을 알아볼 필요가 있다. 만(慢)은 '업신여
길 (만)' 자(字)이고, 천(天)은 '하늘 (천)' 자이므로 하늘을 업신여긴다는
뜻이니 하늘을 두려워하지 않음으로도 쓴다.

상고시대인들은 단군이 하늘의 진리로 나라를 다스렸으므로 하늘을 공
경하는 관념으로 순수하게 믿고 살았다. 더구나 단군은 환인, 환웅을 조상
과 하늘로 동일시했던 관계로 조상의 숭배관념이 곧 경천(敬天) 관념으로
이어진 것이다.

환인과 환웅, 환검(단군)은 조부손(祖父孫)의 관계이며, 천제(天帝), 천신
(天神)과 천인(天人) 관계로 이어졌으니, 조상숭배와 경천관념(敬天觀念)으
로 살아왔다.

한민족은 대대로 조상과 하늘을 공경하는 관념으로 살아왔으니, 천리를
거역하는 일을 하지 않게 된다. 천리를 거역하는 방자스런 사람들은 하늘
이 사람들의 행동을 일일이 살피는 것을 모른다는 것이다.

제186사(事) 만천(慢天)이라 함은 하늘이 위에서 내려다보고 있음을 모

르고 하늘을 업신여긴다는 뜻이다. 사람들은 하늘이 사람을 감찰하는 것을 알지 모르는 것으로 알고 있다는 것을 예를 들어 설명했다.

즉 어리석은 사람의 경우 착함을 행하면 하늘의 힘으로 이루어지고, 지혜로운 사람도 악하면 하늘의 힘으로 막아 버린다는 것이다.

하늘의 이치는 공평하고 타당한 것이므로 이를 행하면 성공하게 되고 거역하면 실패하게 된다. 하늘은 만물을 주관하고 만물을 생육하는 힘이 있는 절대자이기 때문에 인간이 선악을 행하는 여하에 따라 성패가 좌우되는 것으로 보고 있다.

본 조항은 천손민족으로서 당연한 교훈이므로 창조주 하느님을 두려워할 줄 알아야 함을 교훈한 내용이다.

1. 『유충렬전』의 간신 정한담: 『유충렬전』에서 간신 정한담은 정권을 잡기 위해 수단과 방법을 가리지 않고 악행을 무소불위로 행했다. 그는 하늘이 감찰하는 것을 모르고 충신을 모함한다. 그 첫 희생자는 충신 충렬의 아버지 유심을 억울하게 귀양 보낸 일이다. 여기에 정한담은 후환이 두려워 충렬이 신동이라는 말을 전해 듣고 모자(母子)만이 사는 틈을 타서 한밤중에 집을 불태우는 등 천인공노할 일을 자행했다.

충렬은 정한담 무리에게 잡히지 않고 구사일생으로 살아나 나이가 어렸지만 지혜가 있어 이들 간신을 조정에서 물리치기 위해 무술을 연마한 후 정한담을 물리쳐 승상에 올랐다.

충렬이 승상에 오른 것은 하늘이 그의 행동을 감찰한 결과라 할 수 있다. 그는 나라를 바로잡기 위해 불철주야로 무술을 연마한 관계로 부친의 원수를 갚고 승상에 오른 것이다.

충렬은 하늘에 운명을 맡겨 힘써 응한 바로 인해 고난을 극복하여 지상에서 더할 수 없는 부귀영화를 누리고 승천했다. 이는 그가 옳고 바른 행함을 실천한 데 상응하는 복을 받은 것이다.

이에 반해서 간신 정한담은 본 조항의 내용과 같이 하늘이 자신의 행동을 감찰하는 것을 알지 못하고 방자한 행동을 일삼는데 그 응함으로 화를 당해 죽었다.

고대인들은 전능한 하늘의 존재를 믿으며 천명을 순응하고 거역하는 일을 삼갔다. 본 소설에서는 화복의 양면성이 잘 드러나, 충렬은 천명의 순응하는 일에 힘쓰고 정한담은 천명을 거역하는 일을 행하여 그 보응의 길을 걷게 된 것이다. 하늘의 이치에 따르면 흥하고 거역하면 망한다는 것은 이들 양인의 경우에서도 나타났다.

『천부경』에서 하나(一)의 길을 실천하라는 것은 본 조항과『유충렬전』의 충신과 간신을 경계하는 교훈이라 할 수 있다.

2. 성공의 열쇠: 작가들은 본 조항과『유충렬전』을 스토리텔링으로 재구성하면 독자들이 하늘이 감찰하는 것을 알게 되어 악을 함부로 행하지 않게 된다.

본 조항이나『유충렬전』에서의 정한담과 같은 행함을 일삼을 경우 자가당착으로 법망에 걸려들게 되어 있으니, 천리대로 살아가야 할 것이다.

작가들이 천리대로 살아가면 유충렬과 같이 부귀영화를 누리고 승천하여 천궁에서 살게 된다는 것을 일깨운다면 독자들이 무의식적으로 선인(仙人)이 되는 길을 택한다.

물론 요즘의 사람들은 하늘이 직접 벌을 내린다는 것을 믿지 않을 것이나, 하늘이 이미 악하게 살면 벌을 받게 마련되어 있으므로 하늘이 내리는 것으로 알면 된다. 사람의 윤리도덕은 천리를 본으로 하여 제정한 것이니, 천리를 거역하면 하는 일에 실패하게 되어 있다. 자세히 말하면 소우주인 인간이 대우주인 하늘을 업신여기고 살면 자가당착하게 되는 길이니, 천리를 거역하고 살아가면 안 될 것이다.

작가들은 하늘을 업신여기는 사람들에게 경계하는 내용으로 작품을 쓰면 독자들이 천리대로 살아가는 데 길잡이가 되어 장차 성공하는 사람이 많게 된다.

제187사(事) 신독(信獨: 홀로 믿음) -『흥부전』의 놀부-

신독(信獨)이란 홀로 믿는다는 뜻이니, 아는 사람이 없다고 혼자서 믿고 있는 것을 말한다. 작가는 독자들에게 양심을 속이고 악행을 일삼는 이에게 경계하는 내용으로 작중인물을 혼자만이 알고 아무도 모를 것이라 생각한 것이 세인들이 아는 내용으로 쓰면 독자들이 신기하다는 듯 흥미진진하게 읽을 것이다.

『흥부전』은 작자 미상의 판소리계 고소설로서 민간설화가 결합하여 소설화된 것으로 받아들일 수 있다.

『흥부전』의 근원설화는 몽고의 『박타는 처녀』, 인도설화인 『현우경』, 고유설화와 외래설화와의 혼합설, 일본의 『혀 잘린 참새』 설화로도 볼 수 있다.

『흥부전』은 여러 가지 설화가 혼합된 것이겠지만 조선 후기의 산업경제가 자생적으로 성장하던 18~19세기에 형성된 것으로 인해, 놀부와 같은 극악한 인간이 등정하게 된 것이다.

놀부는 산업사회를 과도기에서 도의보다 물질을 중시하게 되어 부를 이루기 위해 천륜인륜을 어기면서 살았다. 흥부는 제비 둥지에서 새끼제비가 떨어져 다리가 부러진 것을 정성껏 치료해 주었다. 다음 해 박 씨를 전한 것을 심어 가꾸어 가을에 박을 탈 때 금은보화가 나와 부호가 됐다.

놀부는 한 해가 바뀌어 흥부가 부자가 된 일을 모방해 둥지에 새끼제비 다리를 일부러 부러뜨리고 치료하는 척했다. 그다음 해에 제비는 강남에서 박 씨를 물고 와 놀부에게 전해 주었다. 놀부는 그 보수 박 씨인 줄 모르고 심고 가꾸어 가을에 타니 불량배가 나와 재물을 뺏어가 패가망신했다.

놀부는 자기가 한 일을 아무도 모를 것이라 생각했으나, 그 제비는 천신의 사자였던 것으로 인해 놀부의 죄상이 탄로 난 것이다. 놀부의 죄상은 본 조항의 내용으로 밝히는 데 좋은 자료라고 생각하고, 그 조항을 인용하면 다음과 같다.

제187사(事) 신독(信獨): (禍 1條 3目)(화, 1째 가지, 3번째 항목)

> 信獨者는 謂無人知覺也라. 獨自做欺하여 雖謂無知者나 靈已
> 告心하고 心已告天하고 天已命神하니 神已照臨하여 日月燭
> 其上이니라.

해석: 홀로 믿음(信獨)이란 남이 자각할 수 없다고 일컬음이니라. 혼자서 스스로 속임수를 만들어 비록 아무도 알지 못한다고 여기더라도, 영(靈)이 이미 마음에 알리고 마음이 이미 하늘에 알리고, 하늘이 이미 신에게 명하니, 신이 이미 밝게 비치어 해와 달이 그 위에서 빛나느니라.

하늘은 높은 데 있으므로 사람이 하는 일을 거울을 들여다보듯이 감찰하게 된다. 하늘이라 함은 하느님이 거하는 곳이다. 과연 그럴까. 남을 속이는 사람은 귀신도 모르게 감쪽같이 했지만 얼마 뒤에 소문이 난다. 이때 남을 속인 사람은 어떻게 알게 된 것인가를 모른다.

제87사(事) 신독(信獨)이란 혼자서 믿는다는 뜻이나, 세상 사람들이 하늘의 감찰을 모를 것으로 여기고 남을 속이는 행위를 행한다. 그러나 사람들은 자기 혼자만이 아는 일이라고 착각하게 되나, 과신이며 이미 남들이 알고 있는 것이다.

속담에 "발 없는 말이 천 리를 간다"는 말과 "하늘이 알고 땅이 알고 사람이 안다"는 말이 전해 오듯이 남모르게 하는 행동도 자연히 알게 되는 것은 본 조항의 내용과 같은 연유로 알 수 있다. 세상에는 비밀도 많다. 그러나 그 비밀은 거의 탄로가 나게 마련이다. 사람들이 세상엔 비밀이 없다는 말을 하는 이유도 여기에 있다.

사람은 남이 보지 않는다고 혼자서 속임수를 행하면 영(靈)이→마음에 알리고→마음이→하늘에 알리고→하늘이→신명에게 명하여→신명이→해와 달의 밝음으로→잘못된 사람의 속마음→훤히 비추어 본다.

이러한 관계로 인해서 남을 속이는 행위는 자신이 먼저 스스로 속고 있는 것이다. 사람은 혼자서 남을 속이면 아무도 모를 것이라고 생각하고 있으나, 자기의 양심은 신명에게 고하는 것이니, 남을 속이는 행위를 하면 결국 자가당착에 빠지게 된다는 것을 일깨워 준다.

 1. 『흥부전』의 놀부: 『흥부전』에서 놀부 하면 악인의 대명사로 떠올린다. 놀부는 본 조항에서와 같이 신독(愼獨)을 과신했다. 놀부는 흥부가 부자가 되었다는 말을 듣고 흥부가 한 행위와는 전혀 다르게 역으로 모방하였다. 흥부는 제비둥지에서 떨어진 새끼제비가 다리가 부러진 것을 정성껏 치료해 주어 그 이듬해 봄 그 제비가 돌아와 보은 박 씨를 전해 그 박 씨를 심어 가을에 켜 박 속에서 보물이 나와 부호가 되었다.

 놀부는 다음 해 일부러 새끼제비의 다리를 부러뜨리고 치료를 하는 척 내숭을 떨었다. 그 이듬해 봄 그 제비가 박 씨를 놀부에게 떨어뜨려 놀부가 심고 가꾸었다. 놀부가 제비가 건네준 박을 심고 가꾸어 박 10통이 열렸다. 놀부는 박이 커 그 박을 탔는데 그 박 속에서 불량배들이 나와 놀부의 재산을 모두 빼앗아 패가망신을 했다.

 놀부는 새끼제비가 제비왕의 사자(使者)인 줄 모르고 전형적인 홍악인간(弘惡人間)의 위계사(black trickster)로 행한 결과 화를 만나게 되었으니, 본 조항의 의미를 되새기게 한다.

 놀부는 구렁이를 잡아다 새끼제비 둥지에 넣었으나 건드리지 않자 일부러 두 발목을 부러뜨리고 내숭을 떠는 말을 독백조로 하였다.

 불쌍하다 이 제비야! 어떤 몹쓸 대망(大蟒)이가 네 다리를 분질렀소?
 가련하고 불쌍하다.

 놀부의 죄과(罪過)는 혼자만 알 것이라고 과신한 관계로 미물을 속이는 행동을 했지만 그 제비는 세상에서 이르는 제비가 아니라 천신의 사자였다. 말하자면 그 제비는 삼족오(三足烏)의 변형이었다.

놀부는 창조주를 속이는 행위를 하였기 때문에 그와 상응하는 벌을 받은 것이다. 본 조항은 놀부의 인간상을 이해하는 데 도움을 주고 있으니, 남을 속이는 행위는 금기의 대상으로 삼아야 한다.

세상에는 아무도 모르게 한 행동이 탄로 나지 않을 것이라고 믿는 사람이 너무나 많다. 요즘은 고위공직자들이 십 년 전에 업자와 뇌물을 챙긴 것이 알려져 매스컴에 널리 전파되니, 그의 일가친척들과 친지들 보기에도 망신이고, 호화주택에 사는 것이 부끄럽게 되고 사람들로부터 빈축을 산다. 고위공직자들의 뇌물 수수관계가 자주 발표되니, 본 조항의 의미를 깊이 깨달으면 이런 뇌물수수로 인한 부정이 발생하지 않게 될 것이다.

2. 홍익인간 정신 실천 방법: 작가들은 본 조항과 홍부와 놀부에 대해 작품상에 나타내면 자라나는 청소년이 인과응보라는 하늘의 이치를 깨달아 홍악인간(弘惡人間)의 길을 걷지 않고 홍익인간(弘益人間)의 대도를 행하는 데 기여가 클 것이다.

한국인은 단군의 개국정신(開國精神)인 홍익인간의 뜻, 널리 인간을 유익하게 하는 것을 알고 있다. 그러나 심층적인 그 내용을 알지 못한다. 왜냐하면 그것은 단군이 366사(事)를 일 년 사시절 366¼일 동안 농경문화의 유산으로 곡식을 심고 재배하여 ① 성(誠)→② 신(信)→③ 애(愛)→④ 제(濟)→⑤ 화(禍)→⑥ 복(福)→⑦ 보(報)→⑧ 응(應)으로 돌아오는 과정으로 밝혀야 하기 때문이다. 봄의 경우 ① 초춘(初春)과 중춘(仲春), ② 중춘(仲春)과 계춘(季春) 등을 나누는 관계이다. 그와 같이 여름, 가을, 겨울도 각각 2절기로 나누면(4×2＝8) 인과응보의 천지자연의 이치로 보면 여덟 가지인 『팔리훈』(八理訓)으로 밝혀야 그 이치를 알 수 있게 된다.

또 그 이치는 8절기이니, 『역경』(易經)의 8괘(卦)인 ① 건(乾)→② 태(兌)→③ 이(離)→④ 진(震)→⑤ 손(巽)→⑥ 감(坎)→⑦ 간(艮)→⑧ 곤(坤)과 관련으로 고찰하면 천지인(天地人)의 삼일일치의 이치가 일목요연(一目瞭然)하게 나타나게 되므로 사람이 행할 바가 나타난다.

먼저 하늘은 대지에 햇빛과 비를 내린다. 대지는 이를 잘 받아 만물을 낳는다. 사람은 천지의 중간자가 되어 만물을 366¼일 힘써 366사(事)를 행하면 홍익인간(弘益人間) 사회를 이룰 수 있다.

홍익인간(弘益人間)이란 하늘이 지상으로 먼저 햇빛과 비를 내리는 것과 같이 위정자가 백성에게 덕을 베푸는 것으로 되어 있으니, 겸손의 덕을 지니는 데 있다. 백성은 위정자를 존경하게 되니, 상하인(上下人)이 서로 돕는 것이다.

홍익인간은 먼저 위정자가 백성을 돕는 것으로 볼 수 있으니, 작가들이 이런 이치로 홍익인간 정신을 펴면 위정자 또한 국민들로부터 존경을 받게 된다.

한국인이 홍익인간을 실천하는 방법은 하늘과 같이 먼저 위정자나 높은 사람이 아랫사람에게 덕을 베푸는 것으로 이해하면 그 뜻을 무난하게 이해하리라 믿는다.

제188사(事) 멸친(蔑親: 육친을 속임)―『흥부전』의 파렴치한 놀부―

멸친(蔑親)은 '육친을 속임'이란 뜻이니, 골육을 속이는 것을 말하는데, 결국 이익다툼으로 골육지친(骨肉之親) 간의 싸움으로 전개되어 법정소송까지 이르게 되어 세상을 소란케 한다.

작가는 한때 재벌의 자손들이 법정소송으로 세상을 시끄럽게 하여 국민들이 왕자의 난으로 비유해 말해기도 했으니, 그러한 내용을 작품으로 쓰면 독자들이 흥미롭게 읽을 것이다.

『흥부전』 하면 박을 생각하게 된다. 흥부는 박으로 인해 부자가 되었고 놀부는 박으로 인해 패가했다. 놀부는 재산이 많은 부자였는데 욕심이 많아 동생 흥부에게 재산을 분배하지 않고 독차지했다. 원래 놀부가 부자가 된 것은 흥부가 농사를 잘 지어 곡식을 광에다 많이 저장해 두었기 때문이다. 놀부는 원래 고리대금업자였으나 사람들에게 인심을 잃어 고리대금

업도 잘되지 않았다.

원칙으로 형제간이 한집안에 살다가 동생이 세간을 나게 되면 재산을 분배해 주게 되어 있다. 그런데도 놀부는 흥부가 자식이 많다는 이유로 먹는 것이 아까워 추운 겨울에 내쫓았으니, 의리부동한 인간이다.

놀부는 조선조 법전에도 형제간이 같이 살다가 세간을 나게 되면 경우에 따라 30% 정도는 주게 되어 있다. 그런데도 놀부는 흥부에게 무일푼으로 내쫓았으니 골육을 속인 것이다.

오늘날 같으면 법정소송으로 번져 시끄러울 것이나 법이 없이도 살 흥부는 참고 움막에서 살다가 수숫대 집에서 살게 되었다. 놀부는 의리부동한 인간이므로 본 조항의 내용을 다음과 같이 인용한다.

제188사(事) 멸친(蔑親): (禍 1條 4目)(화, 1째 가지, 4번째 항목)

蔑親者는 欺骨肉之親也라. 以骨肉으로 欺骨肉者는 其爭利歟
멸 친 자   기 골 육 지 친 야   이 골 육   기 골 육 자   기 쟁 리 여
아 鬪義歟아 若謀心不合하면 上禁止下하고 下諫諍上而已라.
투 의 여   약 모 심 불 합   상 금 지 하   하 간 쟁 상 이 이
欺骨肉而成私者는 其家必亂하니라.
기 골 육 이 성 사 자   기 가 필 란

해석: 친척을 멸시한다 함(蔑親者)은 골육의 친족을 속이는 것이라. 골육으로서 골육을 속이는 것은 그 이익 다툼인가? 의리 싸움인가? 만약 도모하고자 하는 마음이 서로 맞지 않는다면 위에서 금하고 아래에서 그치면, 아래에서 간하고 위에서 충고할 따름이니라. 골육을 속여서 사사로움을 이루려 한다면 그 집안은 반드시 어지럽게 되니라.

골육의 친족을 속인다는 것은 속임수가 끝까지 간 것을 의미한다. 이런 사기한(詐欺漢)은 일반사람에게 많은 피해를 안겨 주었을 것이다. 자기 혈족까지 속이니 타인에게는 말할 수 없을 정도로 속임수를 행했다고 할 수 있다.

제188사(事) 멸친(蔑親)이라 함은 골육을 업신여김을 뜻하는데, 같은 피

를 나눈 친족을 속이는 행위를 이른다. 자기 친족을 속이는 것은 인륜이 땅에 떨어진 것을 의미하니, 타락한 사회라고 할 수 있다. 속임에는 여러 유형이 있겠으나, 같은 피를 나눈 골육지친(骨肉之親)을 속이는 집안이라면 윤리가 실종된 가정이다.

남을 속이는 것은 사회를 어지럽히는 행위이다. 자기 혈족을 속인다는 것은 남을 속일대로 속여 속일 데가 없어서 자기 혈족을 속이는 것이다. 이런 속임수가 행해진다면 사회악 중의 사회악을 조성시키는 행위라고 할 수 있다. 그런데 혈족 간에 속이는 것은 인륜의 도리가 볼 것이 없게 된 것이나 다름없다.

같은 피를 나눈 친족을 멸시한 것은 예전이나 오늘에도 종종 일어나는 일이다. 조선왕조의 경우는 왕권 다툼으로 형제간 갈라서서 이익과 욕심이 지나쳐 이전투구(泥田鬪狗)를 벌이는 왕자의 난도 있었다.

왕자의 난 이외에도 왕권 다툼으로 친형제 간에도 살육을 일삼은 예도 있었으니, 수치스런 일이다. 요즘에는 형제간에 이익다툼으로 재벌 형제가 법정싸움까지 벌이는 것을 신문지상으로 가끔가다 접하게 된다.

형제간에 재산문제로 서민들 사이에도 법정 소송이 일어나는 것을 신문지상에서 볼 수 있는데, 집안이 조용히 해결할 문제이다. 그런데 이들은 하찮은 재산문제로 사회를 떠들썩하게 하는데 최소한 같은 피를 나눈 골육지친 간에 타협이 있어야 했을 것이다.

한민족은 예로부터 양보하는 미덕이 있어 왔는데, 같은 혈육의 정이 이익으로 싸움과 법정소송까지 행한다는 것은 반성할 여지가 있다.

이와 같이 왕자나 재벌 간이나 일반 서민들의 형제들이 자신들의 이익으로 사회를 어지럽히는 일이 발생한다는 것은 윤리가 그만큼 실정되어 상하의 개념이 끝이 간 데까지 간 것을 의미한다.

1. 『흥부전』의 놀부 행위: 우리는 『흥부전』 하면 놀부의 파렴치한 행위를 연상케 된다. 흥부는 양식이 떨어져 곡식을 얻으러 놀부에게 갔으나 아랑곳하지 않고 도리어 흥부를 몽둥이로 법고를 치듯 때렸으니 흥악인간의

행위이다. 그리고 형수는 흥부를 밥주걱으로 뺨을 때리고 부지깽이로 후려치는 촌극이 벌어졌으니 한민족에게 일어나선 안 되는 일이 일어난 것이다. 이들의 행동은 동기간의 의리가 실종된 파렴치한 행위라고 할 수 있다.

『흥부전』에 나타난 놀부의 인간성은 형제간 우애를 저버린 윤리도덕이 실종된 사람이다. 이런 사람은 인륜을 저버린 비속한 것(das Gemeine)이니, 사회인으로부터 혐오하여야 할(das Widrige) 대상이다.

놀부의 파렴치한 행위는 18세기 근대자본주의가 이행되는 과도기 현상에서 윤리도덕보다 부(富)를 획득하는 사회적인 병리현상에서 빚어진 행위로 간주할 수 있다. 놀부의 인간성은 반인륜적 행위로 홍악인간에 속하므로 의리와 정도(正道)를 아랑곳하지 않는 무뢰한(無賴漢)이니, 당연히 이 땅에 발붙여서는 안 되고 근절되어야 마땅하다.

놀부는 흥부의 진선미와 상반되는 가추악(假醜惡)의 관념으로 살았기 때문에 인과응보로 인한 천벌을 받은 것인데, 본 조항을 이해하는 데 도움을 준다.

본 조항의 내용 중 같은 피를 나눈 골육을 속이고 자기의 이익을 도모하는 자는 몸에 화(禍)가 미치게 되어 있는 것이다.

이와 관련해 『흥부전』은 반인륜적 생활을 경계하기 위해 지어진 것이라 할 수 있으니, 본 조항의 내용을 교훈으로 삼아 골육지친(骨肉之親)을 속이는 일을 배제하고 화목하게 살아가면 상부상조(相扶相助)로 타의 모범이 된다.

위의 내용은 오늘에도 신문지상에 형제간 재산문제로 심지어 사냥총으로 쏘아 중상을 입히는 사례가 일어나고 있다. 예전이나 오늘에나 재산으로 골육지친들이 그것도 형제간 법정소송으로 세상을 어지럽히는 일이 일어나고 있으니, 본 조항이나 『흥부전』의 놀부의 반인륜적 행위를 깊이 인식하면 형제간에 살인이나 법정소송이 생기지 않을 것이다.

2. 골육지친 간의 재산권 다툼: 작가들은 골육지친들이 재산문제로 다투는 것을 소재로 하여 집안간이 조용히 해결하는 방향과 방법까지를 나

타낸다면 독자들이 흥미 있게 읽게 된다. 한국의 가정에는 장자와 차자들과의 재산문제로 법정소송이 가끔 발생하고 있다. 선친의 재산이 많으면 집안에서 조용히 해결해야 하는데 법정에까지 나가 세상을 시끄럽게 한다.

이것은 선친이 세상을 하직하기 전에 장자와 차자에게 재산을 미리 정해 주면 법정소송에 이르지 않게 되는데, 미처 재산문제를 처리하지 않은데 문제가 따른다. 여기에 출가한 딸까지 재산분배를 요구하고 있으니, 문제가 복잡해진다.

작가는 자손들이 선친이 남겨 놓은 재산권문제로 골육지친들이 의리가 상하는 일을 미연에 방지하는 내용으로 작품을 쓰면 될 것이다.

제189사(事) 구운(驅殞: 몰아 떨어뜨림) ―다산시(茶山詩) 「애절양」(哀絶陽) ―

본 조항의 구운(驅殞)은 구(驅)는 '몰 (구)'이고 운(殞) 자(字)가 '죽을 (운)' 또는 '떨어질 (운)'이니, '몰아 떨어뜨림'을 뜻하므로 남을 궁지에 몰아넣는 것을 말하니, 비인간적인 행위이고 재앙을 받는다는 내용이다. 19세기 관리들은 백성의 재물을 권력으로 빼앗는 일이 발생했다. 작가들은 삼정(三政)이 문란했던 시대에 관리가 백성의 재물을 함부로 빼앗아 간 일, 그중의 다산(茶山) 정약용(丁若鏞, 1762~1836)의 「애절양」(哀絶陽)을 근거로 작품을 쓰면 독자들이 슬퍼하고 관리들도 선정을 펴는 데 힘쓸 것이다.

다산(茶山) 정약용(丁若鏞, 1762~1836)은 실학파(實學派) 문인(文人)으로서 사회시(社會詩) 「애절양」(哀絶陽)에서 19세기 조선 후기 사회의 문란상을 사실적으로 나타냈다.

「애절양」(哀絶陽)은 19세기 조선 후기 초(1803)에 삼정이 문란했던 때 지은 것인데, 이때로 말하면 죽은 이의 세금을 부과하는 백골징포(白骨徵布)와 아이를 낳으면 군정(軍政)에 올리어 베 두 필을 내는 황구첨정(黃口簽政)이 횡행했다. 그래서 민초의 생활고는 극심한 상황에 놓여 있었다. 다산(茶山)이 「애절양」(哀絶陽)을 지은 배경은 1801년 신유사옥(辛酉邪獄) 때 장기(長鬐)로 유배된 후 황사용(黃嗣永) 백서사건(帛書事件)으로 강진(康津)에 유배되었을 때(1803) 지었다. 그 내용은 갈밭마을(蘆田)에 한 백성이 아이를 낳은 지 사흘 만에 이정(里正)이 군포(軍布)를 내지 않는다고 호통을 치며 소를 빼앗아 간 일로 촌부(村夫)가 자기의 남근(男根)을 잘라 버린 일을 소재로 지은 내력을 『여유당전서』(與猶堂全書)Ⅴ-23 「목민심서」(牧民心書) 권(卷)8 첨정(簽丁)에서 밝히고 있다. 「애절양」(哀絶陽)은 강자의 횡포가 반영되어 있으니, 본 조항의 내용을 조명해 보기로 한다.

제189사(事) 구운(驅殞): (禍 1條 5目)(화, 1째 가지, 5번째 항목)

驅殞者는 驅人於絶地也라 强者는 凌弱하며 謀者는 弄痴하여 或所求不至하며 所言不從이면 暗驅網罕하여 羽肉이 狼藉하니 天不復弱痴者로 聲其大欺也라.

해석: 몰아 떨어뜨린다 함(구운자(驅殞者))은 남을 궁지에 몰아넣는 것이라. 강자는 약한 이를 능멸하고 꾀 있는 이는 우매한 이를 희롱하여 혹 구하는 바에 이르지 못하거나 또 말하는 바에 좇지 않으면, 몰래 (새나 짐승이) 그물과 함정에 걸리어(몰아넣어) 깃털과 살점이 어지러이 흩어지듯이 해치느니라. 하늘이 다시 약하고 어리석은 이를 크게 속였다는 소리가 없게 하리라.

제189사(事) 구운(驅殞)이란 막다른 곳에 몰아 떨어뜨린다는 말이니, 약하고 어리석은 자를 강자가 힘과 꾀로 우롱하거나 다치게 하는 행위를 말한다. 상부상조의 정신이란 강자가 약자를 돕는 것을 이른다. 강자가 약자를 돕는 사회는 인정이 흐르게 되어 안정된 사회가 형성되지만 강자가 약자를 힘으로 대하면 폭력이 난무하는 시대가 도래된다.

이런 강자 중심의 사회상을 20세기 후반기에서도 많이 보아 왔다. 그렇다면 19세기 이전에는 강자중심, 즉 권력이 있는 사람의 중심사회였다.

이런 약육강식에 사회상은 널리 알려진 18~19세기 삼정(三政)이 문란했던 시대에 다반사로 일어났는데, 권력자 중심사회에 한 단면상을 다산이 고발하고 있다. 그는 「애절양」(哀絶陽)에서 관리들의 부패상을 나타냈는데 누구든지 그 시를 보면 아무리 권력중심에 사회였다고 하지만 사람이 살아가는 세상에 그런 끔찍한 일이 일어날까 놀랄 것이다.

다산이 생존했던 시대는 삼정(三政)인 전정(田政)·군정(軍政)·환곡(還穀)이 극도로 문란했으니, 관리들의 부정비리가 하늘에 닿을 정도에 이르러 백성들의 원성이 높았다.

당시 관리들은 강자로서 군림하여 약하고 어리석은 백성들을 능멸하고 희롱할 정도로 함정에 몰아넣어 꼼작 못하게 하고 시리사욕을 취했다. 다산은 당사 관리들의 부패상을 「애절양」(哀絶陽)에서 다시는 그런 참상이 발생하지 않게 고발했다.

1. 「애절양」(哀絶陽)**에 나타난 강자들의 횡포:** 「애절양」(哀絶陽)은 강자중심에 권력자들의 인권유린의 모습을 보여 주는 한 단면이라 할 수 있다. 「애절양」(哀絶陽)의 시를 소개하기에 앞서 18~19세기 사회에 권력이 법보다 앞선 사회상을 나타내 보기로 한다.

18세기의 경우는 국가재정의 삼대요소인 전정(田政), 군정(軍政), 환곡(還穀)을 삼정(三政)이라 하는데, 이 세 가지가 극히 문란(紊亂)하여, 백골징포(白骨徵布)라 하여 죽은 조상의 세금도 걷었다. 뿐더러 공지세(空地稅)도 징수했다. 또 백성들이 아이를 낳으면 군정(軍政)인 군포세(軍布稅)라고 하여 베 두 필을 냈다. 그런데 이 시대는 권력만 있으면 인권은 안중에도 없었다. 그런데 다산이 유배해 있을 때 강진군 갈밭마을에 희귀한 사건이 벌어졌다. 한 농부가 아이를 낳은 지 삼 일 만에 세금을 내지 않는다고 이정(里正)이란 관리가 소를 끌고 갔다. 이런 세금제도는 세상에 없는 일이라고 누가 말하지 않겠는가.

그 당시 농촌에서 소 한 필은 재산목록 제1호다. 농부는 소를 뺏긴 것을 억울하게 생각한 나머지 그 울분을 참지 못하고 아들 낳은 죄로 간주하고 칼을 갈아 방 안에 들어가 자기의 남근을 잘랐다. 자른 내력을 나타낸 것이 「애절양」(哀絶陽)이다. 여기에 농부의 부인은 남편의 남근을 보에 싸 가지고 억울함을 호소하기 위해 관청에 갔으나 문지기가 면회를 거절해 남편의 남근을 쥐고 대성통곡을 하였다. 다산이 여러 사람들에게 절양(絶陽)한 사연을 듣고 「애절양」(哀絶陽)을 지은 것이다.

다산(茶山)은 위정자의 횡포로 백성들이 고난으로 살아가는 참상에 대해서 목민관들이 백성을 인정으로 다스리지 아니하고 백성의 고혈을 짜내는 실상에 대해서 고발하고 있다. 당시 목민관의 실상을 소개하면 「애절양」(哀絶陽)이 지어진 것을 이해할 수 있으리라고 믿고, 다음과 같이 인용해 본다.

> 백성을 위해서 목(牧＝統治者)이 존재하는가, 백성이 목(牧)을 위해서 있는가? 백성은 곡식과 피륙을 내어 목을 섬기고, 백성들은 수레와 말을 내어 따르면서 목(牧)을 맞으며, 백성은 고혈을 짜내어 목(牧)을 살찌게 하니, 백성이 목(牧)을 위해서 태어난 것인가? 절대 그렇지 아니하다. 목(牧)이 백성을 위해서 존재하는 것이다. …… 곡식과 피륙을 바치고 섬기지 않으면 곤장을 때리고 하여 피를 흘리게 한 후에 그친다. 날마다 착취하여 빼앗은 돈 꾸러미를 세고 낱낱이 세고 …… 전지(田地)와 주택을 장만하고, 권세 있는 집에 뇌물을 보내어 후일을 기약해 둔다.
> 이런 목민관은 백성을 위해서 존재한다고 할 수 없고, 백성이 그를 위해서 태어났다고 하는 것이 옳은 것이다.

『여유당전서』, 원목(原牧)

목민관은 백성을 위해 존재하는 것이지만 탐관오리의 경우 18～19세기 당시만 하더라도 백성의 목을 죄었다. 다산은 당시 백성들이 위정자들의 횡포를 좌시할 수 없어 우국휼민(憂國恤民)의 정으로써 목민관상에 대해서 진솔하게 나타낸 것이다.

특히 다산의 사회시(社會詩)는 18～19세기 위정자들의 부패상을 적나라

하게 파헤쳐 당대 사회를 이해하는 데 많은 도움을 주고 있다. 그중 다산의 사회시 「애절양」(哀絶陽)은 한 농부가 군포세(軍布稅)를 내지 않았다고 소를 빼앗겨 억울함을 호소할 길이 없어 마침내 절양(絶陽)하는 일까지 발생하게 된 것이다. 아이를 낳은 지 3일 만에 세금을 내지 않는다고 소를 끌고 가는 비정한 세계는 백성의 재물을 권력으로 뺏어가는 실상을 나타냈다. 이러한 횡포는 한 농부에 국한된 것이지만 당대의 사회를 반영한 것이나 다름없는 것이다. 말하자면 18~19세기 사회는 관리들의 천하였으니, 백성의 인권은 안중에도 없었다고 할 수 있다.

당시 농촌에서 재산목록 제1호라 할 수 있는 소를 빼앗아 갔다. 이때 이정(里正)은 아이를 낳은 지 삼 일 만에 세금을 내지 않았다는 이유로 소를 끌고 가니, 권리남용의 한 단면상이라 할 수 있다.

촌부는 관리를 원망하기에 앞서 그 시대 관리들이 권력으로 사람의 인권을 함부로 짓밟은 비정한 제도에 대해서 울분으로 소를 빼앗긴 한을 아이 낳은 것으로 보고 남근을 자른 것이다. 그의 아내 또한 아이를 낳은 지 삼 일 만에 남편이 남근을 자른 청천벽력과도 같이 예상치 않았던 일을 당해 피로 얼룩진 남근을 가지고 관청에 가서 울면서 억울함을 하소연했다.

당시 관리들이 촌부의 아내의 억울한 사연을 들어 알았던들 그 하소연을 들어줄 리가 없다. 19세기 사회는 권력중심 사회였던 관계로 하층민의 인권은 안중에도 없었다고 볼 수 있다. 요즘 같으면 이런 기막힌 상황이 벌어진 사건이라면 소를 끌고 간 당자와 그의 상관도 책임을 묻게 될 것이고, 인터넷에 글을 올려 많은 사람들에게 알릴 것이다. 그런데 문지기는 촌부의 아내가 관청에 들어가지 못하게 막았으니, 그 이상 관리들에게 말할 수 없게 되었다.

촌부의 아내는 주저앉아 비정한 사회를 원망하는 대성통곡을 하니, 어느 누군들 그 여인의 정경을 보고 동정하지 않을 사람이 있겠는가!

사람은 하늘의 이치로 짝을 만나 살게 마련된 것인데, 절양하는 사회를 만났으니, 그의 아내가 하늘의 무정함과 관리들의 횡포를 원망한 것이다. 18세기는 군포(軍布)뿐만이 아니다. 죽은 조상에 대해 세금을 내는 백골징포(白骨徵布)가 있었다는 것을 「애절양」(哀絶陽)의 촌부의 아내의 원성에서 나타냈으니, 법은 멀고 주먹이 가까웠던 시대였다. 다산이 생존했던 시대는 공지세(空地稅)가 엄연히 존재했으니, 가혹한 세금으로 백성들이 시달렸음을 알 수 있다.

다산이 「애절양」(哀絶陽)을 지을 수 있었던 것은 강진군에 유배생활을 할 때 그 촌부의 슬픈 사건이 발생한 데 소재가 되었다. 다산은 촌부의 기막힌 사연을 듣고 우국휼민(憂國恤民)의 정을 5연으로 지었다. 그중 제1연을 소개하면 다음과 같다.

갈밭 마을 젊은 아낙 오래도록 우는 소리 서럽네.　　蘆田少婦哭聲長.
현문 향해 울부짖다 하늘 우러러 호곡하네.　　哭向懸門號穹蒼.
군인 나간 남편 못 들어옴은 있을 법도 한 일이지만,　夫征不復尚可有,
예로부터 스스로 남근 잘랐던 일 들어보지 못했네.　自古未聞男絶陽.

『여유당전서』 권1～4, 30장(張), 75쪽, 『목민심서』 권8 장(張)14, 476쪽

이 「애절양」(哀絶陽)을 지은 19세기(1803)는 순조 3년이니, 정조 다음에 임금에 오른 때니, 영정(英正)시대로서 문예 부흥기를 갓 넘긴 시대이다. 영조 - 정조 - 순조는 조부손(祖父孫)의 관계다.

이러한 시대에 절양(絶陽)하는 일이 발생했다는 것은 삼정(三政) 중 군정(軍政)이 극도로 문란한 것을 나타냈는데 영조로부터 세월이 흐를수록 정치는 극도로 문란해졌다.

다산은 당시 위정자들의 행위를 감사를 대도(大盜)라 규정했다. 그는 심지어 이러한 "큰 도둑들이 사라지지 않으면 백성들을 전부 죽인다"(大盜不去 民劉)라고 『여유당전서』, 제1집 권10, 원목(原牧)에서 밝히고 있으니, 위정자의 부정이 결국 말단관리들에 미치게 한 장본이 되게 했다. 나라의 기강 확립은 먼저 위정자에게 달린 것이라 할 수 있다.

다산이 말하는 큰 도둑은 감사를 지칭하니, 그 밑에 관리들의 생활상은 더 홍악인간(弘惡人間)이며 가악추(假惡醜)의 인간에 불과했다. 오늘날에도

이러한 고위공직자의 부정비리는 사회를 어지럽히는 일이 행해지고 있으니, 자성이 있어야 하겠다.

위정자가 백성을 막다른 곳으로 몰아넣으면 백성은 낭떠러지로 떨어져 죽을 수밖에 없는 것이다. 이런 위정자는 다름 아닌 홍악인간(弘惡人間)이라 할 수 있다.

홍익인간(弘益人間)은 선(善)이 존재하는 완성국가이니, 백성을 옳은 것으로 인도하는 것이 위정자의 역할이다.

다산(茶山)은 19세기 초에 사회시「애절양」(哀絶陽)을 지어 당시 사회상을 전했다는 데 의미를 더하게 된다. 그런 뜻에서 위의 시를 알기 쉽게 이해하기 위해 도표로 다음과 같이 나타내 본다.

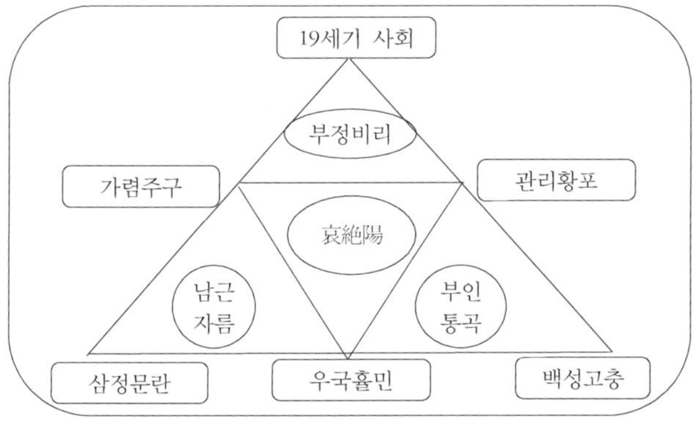

다산(茶山)은 1803년 강진군 갈밭마을에서 촌부(村夫)가 아이를 낳았는데 삼 일 만에 군포세(軍布稅)를 내지 않는다고 이정(里正)이란 관리가 소를 끌고 가 너무나 충격을 받아 아이를 낳은 죄로 소를 뺏기게 되었다고 남근을 자른 일을 소재로 시를 지었다. 부인이 남근을 싸 들고 관청에 갔으나 문지기에 의해 거절당하여 노상에서 비정의 사회를 통고한 내용인데, 다산이 이 소문을 듣고 5단으로 지었는데 제1단만을 소개한 것이다.

본 조항에는 약하고 어리석은 자를 암암리에 그물과 함정에 몰아넣어 상처를 입히면 하늘이 무심히 넘기지 않고 재앙을 내린다고 한 말을 깨달아야 할 것이다.

조선조는 삼정(三政)이 문란하여 민란이 일어나는 등 쇠운(衰運)으로 나라는 어지럽게 되어 마침내 외국이 속국으로 종말을 맞게 되었다.

2. 「애절양」(哀絶陽)을 소재로 한 작품: 작가들은 지난 역사가 위정자와 강자중심으로 인권을 탄압했으니, 이런 사회현실을 발생하는 일을 내용으로 작품을 나타내면 사람들이 너무 심하게 백성을 괴롭혔다고 할 것이다. 19세기가 삼정(三政)의 문란으로 인권사각지대의 상황에 놓였다고 하더라도 부정부리가 심했다고 하지 않을 수 없다.

다산시 「애절양」(哀絶陽)은 삼정이 문란했던 때에 일어났던 만큼 작품상에 인권 유린상을 나타내면 독자들이 19세기 사회상을 알 수 있는 계기가 되리라 믿고, 위정자와 관리들이 선정을 베푸는 데 힘을 다하게 될 것이다.

조선조는 삼정(三政)이 문란하여 민란이 일어나게 됐다. 작가들이 그 시대 실상을 생생하게 작품으로 나타내면 독자들이 당시 역사적 배경과 백성들의 삶을 이해하는 데 도움을 줄 것이다. 관리들 중에는 예전의 관리들과는 달리 청렴결백한 공직자가 되려고 하는 이도 있으리라 생각한다.

제190사(事) 척경(踢傾: 차서 넘어뜨림) — 이항복(李恒福)의 시조(時調) —

제190사(事) 척경(踢傾)의 의미를 자의(字意)로 풀어 보기로 한다. 척경(踢傾)에서 척(踢) 자는 '찰 (척)'이고 경(傾)은 '넘어뜨릴 (경)' 자이니, 사람을 발로 '차서 넘어뜨림'이란 뜻의 말이다. 척경(踢傾)은 차서 쓰러지게 하는 것이니, 강자가 약자를 힘으로써, 위정자나 관리가 백성을 권력으로 대하는 것이 된다.

작가들을 오늘에도 힘이 센 자가 약한 사람을 폭력으로 대하는 일과 권력으로 약자의 인권을 유린하는 실상을 작중에 나타내면 이들의 행위를 깨닫게 하는 데 도움을 줄 것이다.

백사(白沙) 이항복(李恒福, 1556~1618)은 당쟁의 피해에 대해 개탄하는 시조를 『진본청구영언』(珍本靑丘永言) 101에서 나타냈다. 그는 조정에서 40년 동안 당쟁에서 초연하려고 애쓴 정치가이다. 그러한 면모는 『진본청구영언』(珍本靑丘永言) 101의 시조에서 당쟁의 초연하려는 의식으로 위국 충신임을 알게 된다. 그는 당파로 인해 애매하게 죄를 받게 되는 이를 구제하려고 변호하다가 영의정의 자리를 내놓기도 한 충신이다. 그는 광해군 때 임해군(臨海君)을 변호하다가 탄핵을 받았으며, 영창대군(永昌大君)을 구원하려고 힘썼으며, 영창대군(永昌大君)의 어머니이며 선조(宣祖)의 계비(繼妃) 인목대비(仁穆大妃)의 폐모론(廢母論)을 반대하다가 북청(北靑)에 귀양, 그곳에서 사망했다.

그는 강자 앞에서 약자가 억울하게 당하는 일을 위해 힘쓰다가 결국 자기도 희생된 것이다. 그는 서인(西人)으로서 동인과 갈등관계에서도 당쟁을 초월하는 생활을 하였으니, 본 조항과 통하는 면이 있다. 그는 시호가 문충(文忠)으로서 그의 글은 후세의 귀감이 된다. 그런 점에서 본 조항과 상통하는 면이 있어, 그 조항을 다음과 같이 인용한다.

제190사(事) 척경(踢傾): (禍 1條 6目)(화, 첫가지, 6번째 항목)

踢傾者는 踢傾人也라. 和健同謀하여 踢下傾殘하니 所欲者는 阿附也라. 爲東人而踢西人하면 東人은 反疑之하고 西人은 刻痛之하나니 崎哉라. 欺也여 竟使東人으로 踢相傾者하느니라.

해석: 차서 기울어지게(踢傾) 한다는 말은 사람을 차서 쓰러지게 하는 것이니라. 강한 이들은 어울려서 함께 도모하여 아랫사람을 쳐서 잔인하게 넘어뜨리니, 이를 이루고자 함은 아부함이라. 동인이 서인을 차면 동인은 도리어 의심하고 서인은 이를 아프게 여기나니, 기이하다

속임이여! 하늘은 동인으로 하여금 서로 걷어차서 쓰러지게 하느니라.

과거 권위주의 시대는 강자나 지위가 높은 이들이 약자나 아랫사람에게 횡포를 가하는 일이 있어 왔다. 요즘에는 강자가 약자를 괴롭히는 일이 학생들 간에 '왕따'를 당하게 하는 일이 전국에 초ㆍ중ㆍ고등에서 비일비재하게 일어났다. 이런 현상은 당연히 근절돼야 하는데 좀처럼 시정되지 않는 실정이다.

현실에선 이를 방지하기 위해 학교에 따라서는 CC(폐쇄회로)TV를 설치해야 한다는 발표도 있으나 그 후에 발표를 하지 않아 알 길이 없다. 정부나 학교 당국에서 불량학생들의 소행을 근절시키겠다는 의지로 실천하면 깨끗이 청산될 일이나 이에 대한 적극적인 의지가 문제가 된다. 당국은 피해학생을 위해 경찰이 보호한다는 정책도 발표를 했지만 실행에 옮길지는 두고 봐야 하겠지만 흐지부지한 감이 없지 않고 선심성인 것에 불과하고 용두사미가 된 인상을 준다. 앞으로 2011년 이후 재임 중 이명박 대통령 때는 잘되리라 믿고 있지만 앞으로가 문제가 되나 모든 국민들이 이명박 대통령이 잘할 것이라 믿고 있다.

본 조항은 강자의 위치에서 약자를 괴롭히는 폐단을 일소하기 위한 것이다. 홍익인간을 이념으로 나라를 다스리는 단군시대에도 위정자와 백성 간에 또는 강자가 약자를 괴롭히는 일이 있어 왔던 관계로 본 조항이 마련된 것으로 볼 수 있다.

1. 성호(星湖) 이익(李瀷, 1681~1763)의 「붕당론」과 백사 이항복의 시조

조선조 위정자는 홍익인간의 정신으로 국사에 임해야 되는데, 당쟁이 생사문제로 휘말리어 상대 당에 당하지 않게 되어 갖은 모략과 술수로써 대했다. 이런 붕당 정치의 이전투구(泥田鬪狗)는 국론이 사분오열(四分五裂) 되는 결과를 빚어 왔다. 성호(星湖) 이익(李瀷, 1681~1763)은 붕당에 대한 대책을 다음과 같이 나타냈다.

붕당은 싸움에서 생기고, 그 싸움은 이익에서 발생된다. 이해가 깊을수록 당파는 심해지고, 이해가 오래될수록 당파는 굳어진다. 이것은 그 주변의 형세가 만드는 것이다. …… 우리나라는 선조(宣祖) 이래로 하나가 둘로 갈리고 또 그것이 넷이 되고, 그것이 여덟이 되었으며, 대대로 이어져 구름처럼 불어났다. 원수를 혹 죽이기도 하고 혹 한가지로 조정에 나아가 벼슬하고, 한동네에 살면서 왕래가 없다. …… 당파를 위해서 꺾이지 않는 이는 절개 있고 이름 있는 사람이며, 애증(愛憎)이 기분에 따라 영예와 곤욕이 갑자기 변하니 어찌하여 사람들이 붕(朋)을 지어 싸우지 않겠는가?

『성호선생문집』, (星湖先生文集)권(卷)30, 잡저(雜著) 곽우록(藿憂錄),
「붕당론」(朋黨論)

위의 논지는 붕당의 원인을 이기심에서 발생된다고 하였다. 이기심은 도의심이 결여로 생기는 것이니, 천리의 마음으로 살아가면 자신만을 생각하는 마음이 일지 않을 것이다. 물론 이런 이기심 근절은 실지와 거리를 넘어선 무대책에 불과한 것이지만 나라를 다스리는 임금이 특단에 대책을 세우고 실천하면 감히 붕당정치가 일어나지 않는다.

조선조와 같이 임금이 당쟁을 미온적으로 대처하면 세월이 흐를수록 물불을 가리지 않는 싸움의 장이 되어 임진왜란과 같은 소용돌이치는 난리가 일어나게 된다.

선조(宣祖) 당시 백사(白沙) 이항복(李恒福)은 당쟁의 피해에 대해 개탄하는 시조를 다음과 같이 지었다.

시절도 저러하니 인사도 이러하다.
이러하거늘 어이 저러 아닐쏘냐.
이런 자 저런 자 하니 한숨 겨워하노라.

『진본청구영언』(珍本靑丘永言) 101

위의 노래는 임진, 정유(丁酉)의 대란으로 붕당을 일삼는 것을 은유한 것이니, 순수미(das Idealschöne)와 정반대의 위치에 놓인 홍악인간(弘惡人

間)들의 추악(醜惡)의 모습을 나타냈다.

우리는 임란 당시 14대 선조(宣祖, 재위 1552~1608)의 행함은 위기관리 능력에 심각한 문제가 있었던 군주임이 『임진록』에서 나타나 있다. 물론 이 내용은 소설적인 허구적인 것이 많이 들어 있는 것이나 아무 근거 없이 비하해서 쓴 것이 아니다.

한때 방송드라마 『불멸의 이순신』(2004. 9. 4.~2005. 8. 28. KBS1 TV 매주 토 · 일요일 밤 9시 30분 방영)에서와 같이 선조의 행함은 청취자가 화가 치밀 정도로 무능으로 방영되었다. 선조의 무능은 유성룡의 『징비록』에서도 밝혀진다. 그는 당파로 얼룩진 상황을 불편부당(不偏不黨)으로 대처하지 못하여 7년간이란 임진왜란으로 백성들이 어려움을 겪게 되었다.

이강우는 『선조 조선의 난세를 넘다』(해냄, 2007. 3, 422쪽)에서 선조는 무능한 군주가 아니었다고 내용을 폈다. 그는 『선조실록』을 텍스트를 바탕 삼아 선조가 뜻밖에도 '조선 최악의 위기를 넘긴 탁월한 군주'라고 했다. 뿐더러 선조는 인재 관리능력 또한 남다르게 뛰어나 유성룡, 이항복, 이순신 등을 중용했던 것은 임금의 리더십이 있었기에 가능하다고 밝혔다.

선조는 『선조실록』으로 그 시대를 조명하면 탁월한 군주로 나타나지만 후세인들이 선조를 바라본 시각은 무능한 군주로 보고 있다. 본 조항은 강자를 경계한 것이니, 임금이 충신들의 말을 들을 것이고 간신들의 당리당략적인 말에 대해서는 일언지하로 배제시켜야 한다. 선조는 충신들의 충성어린 말을 듣지 않고 앞을 내다보지 못한 것으로 마침내 백성들이 미증유의 전란을 겪으며 살았다. 선조가 당쟁을 평정하고 충신들의 마음을 이해했다면 전쟁은 반발하지 않았다.

2. 당쟁의 피해: 작가들이 바라본 강자중심으로 인한 피해를 나타냄과 동시에 임진왜란 당시 동인(東人)과 서인(西人)의 당파로 인해 임진왜란이 일어난 것에 대해 새로운 스토리텔링으로 작품을 쓰면 독자들이 새롭게 인식하게 될 것이다. 당쟁이 수화(水火)를 가리지 않는 이기심으로 번지면 그 여파는 만백성에게 피해를 입히게 된다는 것을 알 수 있다.

충신들은 임란이 반발하기 전 미구에 왜(倭)가 침벌할 것이라고 상주(上奏)했는데도 선조를 위시한 위정자들이 충신들의 말을 듣지 않은 것은 다분히 당쟁으로 인한 때문으로 자기들의 당의 위치가 흔들릴 것을 우려한 때문으로 볼 수 있다.

그럴 때 서인(西人) 황윤길(黃允吉, 1536~?)이 통신정사(通信正使)로서 일본에 가서 도요토미 히데요시(豊臣秀吉)를 만나 보고 미구에 전쟁을 일으킬 위인이라고 했는데도 동인(東人)인 김성일(金誠一, 1538~1593)의 말을 듣고 태평세월에 전쟁이 없다고 보고하니, 서인의 보고가 묵살당했다. 당시 조정은 동인의 세력권이어서 서인의 의견을 받아들이지 않았다. 더구나 황윤길은 풍신수길의 내심을 살피고 그 이듬해인 1591년(선조 24년) 귀국할 때 소요시토모(宗義智)로부터 처음으로 조총(鳥銃) 2정을 선사받아 장차 반드시 내침이 있을 것이라고 보고했으나 조총을 실용화하지도 않았다.

활과 조총과의 싸움은 상대가 되지 않는 전쟁이다. 그 결과 왜군은 부산에 상륙한 지 19일 만에 한양에 당도했으니, 당시 도로사정이 좋지 않고 도로로 걸어와도 보름 이상 걸리는 행로인 점을 감안하면 싸우지 않고 한양을 그냥 올라온 것으로 볼 수 있다.

작가들은 위정자들의 무사안일과 유비무환의 태세가 결여된 것을 내용으로 임진왜란이 일어난 내력을 새로운 시각으로 작품을 나타내면 독자들이 그 실상을 알게 하는 데 도움을 줄 것이다. 독자들은 새로운 아이디어로 젊은 지성의 날카로운 지적을 희구하고 있으니, 이런 때 작가의 역량을 발휘하는 것도 좋은 일이다.

제191사(事) 가장(假章)－도요토미 히데요시의 국서(國書)－

가장(假章)은 문장을 거짓으로 꾸며 속이는 일인데, 이런 일의 경우 생활 주변에서 일어나서도 안 되며, 국서(國書)에서 발생하면 역사의 씻을 수 없는 오점을 후손에게 알리는 것이다. 곧 임진왜란이 일이나기 전 도요토미 히데요시(豊臣秀吉, 1536~1598)는 우리의 국서(國書)에 대한 답서에 "명나라를 침략하기 위함이니, 조선은 길을 내어 달라"(정명가도(征明假道))라고 속임수를 썼다.

작가들은 지금부터 400년이 지난 일이지만 이런 거짓의 국서를 보냈다는 것은 그들은 조선을 침략하기 위한 책략에 불과한 행위를 국서에서 볼 수 있으니, 오늘날 일본인들도 자기 조상들이 너무 심했다는 자책감에 빠질 것이다.

일본은 독도를 자기네 영토라고 주장하고 있는데, 그들의 근성이 오늘에만 한한 것이 아니고 국서에서와 같이 그들의 근성이 오랜 옛날부터 전수된 것으로 헤아려 볼 수 있다.

그들의 인간성은 오늘에 한할 것이 아니고 임진란 이전으로 올라갈 수 있으니, 오늘의 한일(韓日) 관계가 역사를 속이는 것을 행하면 선린관계를 맺을 수 없다. 특히 그들은 식민지 통치를 합리화하기 위해 단군과 단군조선을 부인했던 이들이니, 그들의 민족성이 본래부터 속임수를 잘 부리는 민족임을 알 수 있다. 일본인들은 자기 조상들이 위선의 행위를 행했으므로 앞으로 시정하고 우호관계로 지내야 한다.

도요토미 히데요시(豊臣秀吉)는 일본의 정치가·무장으로서 1592년(선조 25) 명나라를 친다는 이유로 조선을 공격, 일본 큐슈(九州)에서 군대를 지휘했다. 1593년 심유경(沈惟敬)과 코니시(小西行長) 간의 강화가 성립되어 일단 군대를 철수를 했으나 속은 줄 알고, 1597년(선조 30)에 다시 조선에 침입하였다. 그는 병을 앓아 철병하라는 유언을 남기고 죽었다. 그는 국서를 거짓으로 꾸며 자기도 속았고 7년간 전쟁을 했으나 패퇴를 자인하고 가추악(假醜惡)의 죄로 죽었으니, 본 조항과 통하는 바로 그 조항을 다음과 같이 인용한다.

제191사(事) 가장(假章): (禍 1條 7目)(화, 1째 가지, 7번째 항목)

假章者는 假托文章而欺也라. 秉筆者는 弄文換墨하여 捏陷賢
良하며 慫慂凶獰하여 善惡을 顚倒하니 吉凶이 易地라. 欺一
人과 欺一世도 天必不容이거늘 況于斯哉아.

해석: 가장(假章)이란 문장을 거짓으로 꾸며 속이는 것이라. 붓을 잡은 사람이 남의 글을 희롱하고 글씨를 바꾸어 어진 이를 모함하고 영악하게 졸라서 착함을 악함으로 바꾸니 길함과 흉함이 자리를 바꾸는지라. 한 사람을 속이고 한 세상을 속이는 것으로 하늘이 반드시 용납하지 않으리니 하물며 이를 행하겠는가?

제191사(事) 가장(假章)은 문장을 거짓으로 윤색하여 남을 속이는 것을 뜻한다. 이 조항에 의하면 단군시대에 문자가 있었다는 것을 의미한다.

단군시대는 가림토(加臨土) 문자가 있었다는 학설도 있다. 그러나 이 학설은 학계에서 이를 뒷받침할 만한 자료가 불충분한 관계로 인정하지 않는다. 그러나 고문헌이나 북한 학자들은 단군시대 문자가 존재해 있었다는 주장을 펴고 있는데, 앞으로 이 문제에 대해선 학계의 숙제로 남겨 둘 일이다.

위 조항은 말이나 글로써 없는 사실을 있는 것같이 거짓으로 속여 어진 이를 모함하는 것을 하늘이 절대로 용납하지 않는다는 것이다.

1. **도요토미의 위서(僞書):** 임진왜란을 일으킨 도요토미는 어떠한가? 그는 우리의 국서(國書)에 대한 답서 중에 속임수를 행했다. 그 속임수는 "명나라를 침략하기 위함이니, 조선은 길을 내어 달라"(征明假道)라고 하는 내용이다. 그는 조선을 치기 위한 변명을 그럴듯하게 거짓으로 국서에 답했으니, 속임수에 해당한다. 그 결과 그는 임진왜란을 일으켰으나 실패하고 전쟁 중에 죽고 성과 없이 끝났다. 그의 죄는 천인공노(天人共怒)할 일

이며, 본 조항의 내용과 같이 하늘이 용납할 일이 아니다.

그는 거짓으로 1592년 4월 14일에 고시니 유끼나가(小西行長)를 선봉장으로 15만 대군으로 조선을 침략하게 해 7년간 전쟁을 치렀지만 조명(朝明)연합군에 의해 패색이 짙어지는 가운데 전쟁 중에 죽었다. 왜군은 1598년 도요토미의 유언으로 조선에서 철군하라고 명을 내리니, 7년간(1592～1598)을 노이무공(勞而無功)으로 치렀으니, 실패한 전쟁이다.

도요토미의 행위는 국서를 속였으니, 양심도 속이고 체면도 구긴 것이다. 일본의 후세대들은 이런 파렴치한 가추악(假醜惡)의 죄과를 생각하면 창피하게 생각할 것이며, 역사의 죄인으로 천추만대의 오욕의 사건으로 인지하게 될 것이다. 우리는 그들의 역사적인 대형사건을 가장의 문장으로 거짓으로 꾸몄으니, 하늘이 용서하지 않는다는 것을 본 조항의 내용에서 깨닫게 된다.

2. 일본의 억지 주장 고발: 작가들은 본 조항의 내용과 임진왜란이 일어나기 전에 도요토미가 거짓된 문장으로 조선은 '길을 내어 달라'라고 하는 국서를 조선조정에 보냈다는 것은 일본인의 근성을 나타낸 내용이기도 하다.

이런 일본인의 이중성을 독도가 자기네 영토라고 우겨대는 것이나 일군(日軍) 위안부 동원에 일영사관이 개입한 사실이 이미 나타나 있는데도 부인하는 경우를 작품상으로 나타내면 그들의 거짓은 백일하에 드러나게 되리라 믿는다.

2007년 일본 총리 아베신조(安倍晉三)는 위안부 문제에 대해 "일본 정부가 개입했다는 것을 증명하는 증거가 없다"(『조선일보』 제26809호 2007년 3월 6일(화) 다 A3쪽)고 하는 것도 그 근성에서 온 것으로 볼 수밖에 없다.

미국뉴욕타임스(NYT)의 사설에서는 '위안이 아니다(No comfort)'라는 제목에서 "일본군 '위안부' 동원에 일본군이 관여했고, 이는 일본 정부의 국방문서에도 기록돼 있다"며 "일본군 '위안부'가 있는 곳에서 이루어진 행위는 상업적 성매매가 아니라 일련의 성폭행이었다"고 비판했음을 6일

(2007년 3월) 밝혔다(『조선일보』 제26811호 2007년 3월 8일(목) 라 A1쪽).

NYT 사실에서는 아베신조의 발언이 거짓임을 시정하는 내용이니, 한나라의 총리로서 전 세계인의 이목이 집중된 가운데 체면이 손상된 것이다. 그의 발언은 구만리장천(九萬里長天)을 손바닥으로 가리는 격이 되었다.

일본인들은 세계의 경제대국을 건설했음에도 가끔가다 총리나 장관들이 납득하기 어려운 발언을 하는 데 대해 의아하게 생각할 때가 한두 번이 아니다. 왜 그럴까. 이것은 자국의 이익을 위하는 일에 수단과 방법을 가리지 않기 때문이다.

작가들은 오역의 역사로 우겨대는 것을 고발하여 한국인이 역사 지키기에 대해서 작품을 쓰면 문장으로 속이는 일이 일어나지 않게 될 것이다.

제192사(事) 무종(無終: 끝이 없음)－『사씨남정기』에 나타난 교씨－

무종(無終)이라 함은 '끝이 없음'이란 말인데 시작할 때부터 마치지 않을 생각을 품고 속이는 행위를 하는 것이다.

사기한들은 우선 달변인 것이 특징이다. 어느 일에나 말을 잘하는 사람은 실천력이 부족한 경향이 있는데 이들과 접근하는 데 있어서는 친구 간이라도 조심을 해야 한다. 남들로부터 말 잘한다는 말을 들을 경우 상대방의 눈치를 봐 가면서 없는 말도 꾸며서 한다. 곁에서 듣는 사람은 그런 내막을 전혀 눈치 채지 못하는 경향이 짙다.

예로부터 교언영색(巧言令色, 달콤하고 감미로운 말, 좋은 얼굴빛을 꾸밈)은 감언이설(甘言利說)로써 사람을 속이는 이들이다.

작가들은 사기한(詐欺漢)들이 허식과 기만을 은폐하기 위해 상대방을 정신적인 유토피아의 경지로 몰입시키는 일에 현혹되지 않도록 작중에 나타내면 독자들이 이들의 수법을 알고 이들 능란한 화술에 넘어가는 일이 없게 하는 데 도움을 줄 것이다.

『사씨남정기』에 등장하는 유한림의 첩 교씨는 동청이란 자에 의해 한 가정을 파탄케 할 정도로 속았다. 교씨는 본 조항의 '끝이 없음'(無終)을 무색할 정도로 간부의 말을 듣고 무소불위로 악행을 하게 된다. 심지어 교씨는 유한림(劉翰林)이 외지에 나가 있을 때는 동청과 부부와 같이 지냈으며, 유한림의 본처 사씨부인을 문중인 유문(劉門)에서 축출하기 위해 공작을 꾸민다. 심지어 동청은 측천무후가 당고종의 당황후를 참소한 『사기』(史記)의 일을 실행에 옮겨 교씨의 아들 장주를 시비(侍婢) 납매에게 눌러 죽이게 했다. 이때 교씨는 자기의 아들 장주를 죽이는 것을 알고도 모르는 척하고 사씨부인이 시킨 것으로 꾸몄다. 사씨부인은 유문에서 쫓겨났다. 무능한 유한림은 이런 내막을 모르고 교씨를 정실로 맞아들였다.

서포(西浦) 김만중(金萬重)은 『사씨남정기』에서 교씨를 장희빈으로 나타낸 것이라고 소개한 바 없으나, 이에 대해서 풍간한 것으로 전해 오고 있다. 본고는 교씨가 무종(無終)의 악함을 행하여 그를 이해하기 위해 제192사(事)를 다음과 같이 소개한다.

제192사(事) 무종(無終): (禍 1條 8目)(화, 1째 가지, 8번째 항목)

無終者는 始懷無終而欺也라. 人於處事에 有克始無終者이고 有善始善終者이며 有無奈半停者이니 皆行後知之라. 有此無終은 始誘也니 遠理를 謂之近理라하고 歹做를 謂之好做라하여 極其私慾則必反之니라. 歹 대로 音을

해석: 마침이 없다는 무종(無終)은 시작할 때부터 마치지 않을 생각을 품고 속임이라. 사람이 일을 처리함에 시작을 잘하고, 마침이 없는 이도 있고, 잘 시작하여 잘 마치는 이도 있으며, 어쩔 수 없이 그 절반에서 멈추는 이도 있으니, 이는 다 행한 후에 앎이라. 오직 마침이 없음은 일을 시작하여 이끌어 가는데, 먼 이치를 가까운 이치라 하고 좋지 못하게 지음을 좋게 지음이라 하여 그 사사로운 욕심이 극에 달하면 반드시 뒤집어지니라.

제192사(事) 무종(無終)은 끝맺음이 없음을 뜻하는데, 거짓말을 끝맺음이 없이 한다는 것이다. 원래 사람을 속이는 사람은 그럴듯하게 환심을 산 후 한없이 속이니, 이에 말려들면 가산을 탕진하게 된다.

우리는 한없이 속이는 사기한들에게 속지 않기 위해서는 공자(孔子)가 "교언영색(巧言令色)이 선의인(鮮矣仁)이니라"(『논어』 권1 학이편)라는 말과 『논어』 권17 양화편(陽貨篇)에서 다시 이 말이 기재된 것이라 보아 그만큼 '교언영색(巧言令色)'하는 이들에게 속지 말 것을 경계한 내용이라 할 수 있다. 이에 대해서는 제224사(事) 송절(送絶)에서 소개하기로 한다.

사람은 일생을 살아오는 동안 말을 잘하는 사람에게 속은 경험도 있을 것이라 믿는데, 그 후 말을 잘하는 사람에겐 주의를 하면 문제가 될 것이 없다. 사실상 사회에서 말을 잘하는 사람은 주변의 형편을 헤아려서 수식이 많고 거짓말도 잘한다. 사기꾼들은 하나같이 말을 잘한다. 그들의 말을 들으면 안 되는 일이 없을 정도로 상대방을 속이는 재주가 있다.

우리는 생활 주변에서 무종(無終)의 악함을 행한 사람을 보게 되는데 결국 자가당착으로 악의 소굴로 빠져들어 여러 차례 전과자가 되는 것도 그 하나의 예이다. 무종(無終)의 악함에 도취되면 결국 죽음을 가져오게 되니, 단호하게 남을 억울하게 하는 일의 경우 가차 없이 단행(斷行)해야 할 것이다. 개과천선은 많은 사람들이 밟아 온 길이니, 이를 실천하는 자(者)는 새 인간의 길을 밟은 이라 생각한다.

한민족은 홍익인간의 이념으로 살아왔기 때문에 개과천선한 이들을 새 사람의 길을 밟은 이로 받아들였다. 자연의 이치는 시시각각으로 변하고 있다. 사람 또한 자연의 이치와 같이 변하는 가운데, 변할 때는 『천부경』의 하나(一)의 이치로 변하면 무종의 악함을 물리칠 것이다.

1. **『사씨남정기』의 교씨**: 우리는 능란한 말씨에 속고 속는 예를 『사씨남정기』에 등장하는 유한림의 첩 교씨의 경우에서 볼 수 있다. 교씨는 인간성이 좋지 못했지만 유한림의 서기(書記) 동청의 능란한 화술에 농락당했다. 그 농락은 자기 소생인 아들을 죽이는 일에 묵인하는 엄청난 일을

당하니, 천인공노할 일이다. 그녀는 유한림의 본부인인 사씨부인을 유문에서 축출하기 위해 자신이 낳은 아들을 시녀들이 죽이게 하고 그를 사씨부인이 사주한 것처럼 꾸며 덮어씌우기 위해서 엄청난 일을 알고서도 묵인했다. 그뿐인가. 그녀는 간부 동청과 간통하고 부군 유한림을 죽이려는 등 그의 죄는 간부에게 유혹되어 끝이 없을 정도로 번져만 갔다. 결국 그녀는 갈수록 죄가 커져 결국 그 죄과로 인해 비참하게 죽었다.

본 조항의 결말에는 자연의 이치가 '극에 이르면 반드시 진리의 길로 돌아온다'(極則必反)고 했다. 교씨의 악행은 극에 달해 그 죄로 인해 죽었으니, 인과응보의 죄과다.

악행을 끝없이 행하는 이는 미적 기본 형태(ästhetische Grundgrestalten)와는 전연 다른 반미적(widerästhetisch)으로 살아감으로 인해 하늘이 화를 내리게 되어 있다.

하늘이 벌을 내린다는 것은 너무 현실적으로 막연하여 종교적인 교훈으로 받아들이게 되어 현실적이지 못한 감이 있으나, 인심이 천심인 것과 같이 무종(無終)의 속임수를 행하는 사람들을 용납하지 않기 때문에 자연스럽게 이해하게 될 것이다.

교씨와 동청이 죽은 후 사씨부인은 가족과 만나 승상 부인에 오르고 자손도 높은 벼슬에 올라 80세에 이르도록 여한이 없게 살았다.

사씨부인의 일생은 교씨를 첩으로 맞아들이게 한 후 '불행→역경→불행→극복→행복'의 5단계로 이루어져 해피엔딩으로 살게 된 것이다.

그에 비해 교씨는 유한림의 첩이 되어 후처 콤플렉스로 인해 사씨부인을 모함했지만 그런 것은 젊은 나이에 씨앗의 샘으로 볼 수 있어 개과천선할 수 있는 문제다. 그러나 그는 첫째, 유한림의 서사인 동청과 음행을 한 것, 둘째, 사씨부인을 유문에서 축출하기 위해 동청이 교씨의 시비 납매를 시켜 자기의 아들 장주를 눌러 죽이는 일에 눈감아 준 것으로 죄가 극에 이르렀다. 교씨는 두 가지 점으로 악의 늪에 빠져 개과천선할 수 없는 홍악인간(弘惡人間)이다.

2. 사기꾼들의 교언영색의 행위: 작가들은 세상에 많고 많은 무종(無終)의 무리들이 선량한 사람을 속이는 이들을 경계하는 차원으로 속지 말 것을 작품 중에 나타내면 사기한들이 발붙이지 못하게 될 것이다.

작가들은 남을 속이는 사기꾼들에게 속지 않기 위해 '교언영색(巧言令色)'하는 이들에게 우선적으로 주의를 환기시키는 일이다. 사기꾼들은 첫째 인물로도 어느 정도 생기고 달변인 것이 특징이다. 사기꾼들은 말을 유창하게 잘하는 관계로 상대방을 그럴듯하게 속이니, 이성교제나 돈거래는 끊어야 한다.

요즘은 인터넷으로 사람을 속이는 행위가 많아졌다. 한때는 이러한 보도가 하루가 멀지 않게 뉴스로 알리고 있으나 피해자가 속출하고 있는데, 워낙 달변이기 때문에 전화로도 속는다.

무종(無終)으로 사람을 속이는 사기한들은 많은 사람을 속이는 관계로 피해가 속출하여 TV에서 알려 이들을 발붙이지 못하게 하고 있다.

작가들은 사기 행각을 일삼아 이들에게 속지 않도록 작중 주인공을 통해 나타내면 독자들이 이들에게 속는 일이 없을 것이다.

제193사(事) 호은(怙恩: 은혜를 믿음) −『삼국사기』 중 설씨녀 설화−

호은(怙恩)은 호(怙) 자(字)가 '믿을 (호)'이고, 은(恩)은 '은혜 (은)' 자(字)이므로 '은혜를 믿음'이란 뜻이다. 예전에는 약혼자들에겐 오늘의 반지 대신 신표(信標)를 주고받았다. 신표는 단군신화에 나타난 천부인(天符印) 3개를 뜻하게 되는데, 거울, 방울, 칼을 이른다. 신라설화에는 남녀 간이 약혼자인 경우 거울 조각을 주고받은 것으로 나타난다. 거울은 태양과 관계되니, 태양의 밝음을 두고 변치 않겠다는 뜻으로 받아들인 것으로 보인다.

작가들은 요즘 약혼할 때 반지를 주고받는데, 옛날과 같은 신표(信標)로 생각하고 변치 않고 백년해로를 하는 내용으로 작중의 한 주인공을 등장시키면 이혼율이 높아진 오늘날 결혼한 젊은 남녀들에게 도움이 될 것이다.

『삼국사기』 권48 설씨녀 조(條)의 가실(嘉實)은 설씨녀(薛氏女)를 사모하게 되었다. 가실은 그녀의 아버지가 종군(從軍)하게 된다는 말을 듣고 병역을 대신하겠다고 하여, 사위로 삼기로 하여 두 남녀 간의 약속을 거울 조각으로 나눠 가졌다.

그런데 가실이 종군 후 임기가 지나 6년이 되어도 돌아오지 않자 90세에 이른 노부(老父)가 딸이 나이가 들어 다른 남자에게 출가시키기로 했다. 설씨녀는 결혼을 앞두고 도망치기도 했으나 뜻을 이루지 못하였다.

마침 결혼을 앞두고 가실이 돌아와 전에 모습과 달리 변상을 해 거울 조각을 보인 후 결혼하였다는 내용이다. 거울 조각은 신표(信標)이다. 거울은 태양과 같이 밝음을 나타내는 상징물로서 하늘과 같이 변치 않는 사랑의 징표라고 할 수 있다.

설씨녀는 가실이 노부를 위해 병역을 대신 마쳤으니, 은인이다. 더구나 가실과 혼인을 약속했으니, 은혜를 잊어서는 안 되어 다른 데 출가를 안 하가로 마음먹고 도망치기까지 하고 눈물만 흘리고 지냈다. 그럴 때 설씨녀에겐 천우신조로 가실이 나타나 혼인하게 되었으니, 본 조항과 상통하는 면이 있어 그 조항을 다음과 같이 인용한다.

제193사(事) 호은(怙恩): (禍 1條 9目)(화, 1째 가지, 9번째 항목)

怙는 倚也라. 人이 恩己에 宜思報恩이나 恩己之深을 反輕之하고 恩人恩衰에 又負之하고 又妨之하니 其可乎아.

해석: 호(怙)는 의지하는 것이라. 남이 자기에게 은혜를 베풀면 마땅히 보은을 생각할지니, 자기에게 은혜로운 깊음을 도리어 가볍게 여기고, 은인의 은혜가 쇠해짐에 또한 이를 등지고 방해하니 그것이 옳다 하겠는가!

세상에는 은인에게 배신하는 사람도 있다. 본 조항에서는 배신하는 이들에게 경계하는 내용으로 지었다. 사람이 믿는다는 것은 신용사회를 이루게 되는 길이니 바람직한 일이다. 그러나 본 조항은 은혜를 등진다는 것으로 되어 있다. 그 내용은 은혜를 가볍게 여기고 은혜가 약해지면 등지기 때문이다.

사람이 무지하면 사리를 판단할 줄 모르게 되는데, 인간성의 문제가 따른다. 무지한 사람은 인간성이 결여되어 있는 관계로 무식해서 은혜를 모르게 되는 수도 있다. 이들은 세상물정을 헤아릴 줄 모르기 때문에 총애를 받은 것으로 인해 교만해지고 방자해져서 탐욕이 자리 잡으면 무지해져서 은혜를 모른다.

사람이 무지하면 은혜를 모르게 되는 것은 인정하지만 배신을 할 때 은혜를 베푼 자가 허탈해져 인간을 구제하겠다는 마음이 들지 않게 된다. 예로부터 사람들은 은혜를 배신하는 이를 두고 "머리가 검은 짐승은 구제하지 말라"는 말이 전하는 것도 배신자의 행위를 두고 일컫는 것이다.

사람의 마음은 얼굴과 같아서 천차만별이다. 최소한 사람은 남의 은혜를 입으면 배은망덕(背恩忘德)하는 일을 행해서는 안 된다. 사람됨은 크게 홍익인간(弘益人間)과 홍악인간(弘惡人間)의 두 갈래 길로 나눌 수 있다. 전자는 아름다운 혼(Schöne Seele)인 인간미질인 우미(anmut, Grazie), 후자는 가추악(假醜惡)의 마음을 지니는 추악(醜惡)으로 나눈다고 할 수 있다.

사람은 은혜를 갚는 아름다운 마음씨로 살아갈 때 의의가 주어지며, 반대로 추악한 마음씨로 은혜를 잊고 본의 아니게 험담을 하며 살아가면 배신자이다.

1. **설씨녀의 약속**: 『삼국사기』 권48 설씨녀 조(條)의 가실이라는 청년이 설씨녀를 사모하게 되었다. 그런데 그녀의 아버지가 종군(從軍)하게 되었다. 가실은 그 말을 듣고 병역을 대신하겠다고 하니, 그 대신 사위로 삼겠다고 하였다. 이에 설씨녀는 가실과의 약속으로 거울 조각으로 나눠 가진다.

이 신표는 훗날에 변치 않는다는 상징물이다. 말하자면 가실이 군복무를 마치고 돌아오면 나눠 가졌던 거울 조각을 서로 확인하면 결혼을 한다는 것이니, 사랑의 징표라고 할 수 있다. 이 사랑의 징표에 대한 이야기가 다음과 같이 전한다.

설씨녀는 신라 진평왕 때 민가에 여자로 늙고 병들고 쇠약한 아버지를 모시고 살게 되었는데, 이때 아버지는 정곡(正谷)을 방위하는 당번으로 가게 되었다.
이때 지금에 경주에 사는 가실(嘉實)이란 청년이 일찍부터 설씨녀의 아름다음을 좋아하였다. 그는 설씨녀의 노부(老父)가 종군한다는 말을 듣고, 설씨녀를 찾아가서 병역을 대신하겠다고 하니, 설씨녀는 기쁜 마음에 노부에게 알리니, 노부는 가실에게 '병역을 대신한다 하니 기쁘고 그대의 소원대로 은혜를 갚을 생각이다. 내 어린 딸(설씨녀)을 아내로 맞으면 어떻겠느냐?'라고 물으니, 가실이 '그것이 진실로 원하는 바입니다'라고 대답하자 설씨녀는 노부의 의견을 따르겠다고 하면서 방어하는 임기를 마치고 돌아오면 성례를 하겠다고 하고 곧 거울을 꺼내어 반을 갈라서 각각 한 조각씩을 나눠 가지며 뒷날에 이를 합치자고 하였다.

가실은 노부와 설씨녀와의 약속을 철석같이 하고 노부를 대신하여 종군하였다. 가실과 설씨녀는 단군신화에 나타나는 천부인(天符印) 세 개 중하나인 거울로 약속을 했으니, 밝은 태양을 상징하는 변하지 않겠다는 믿음으로 나눠 가진 것이다. 이 신표는 하늘이 두 조각이 나도 약속을 지켜야 하는 당위성이 함유되어 있다.

그런데 가실은 종군 임기가 지났는데도 돌아오지 않자 설씨녀에게 문제가 생겼다. 노부는 돌아오지 않는 가실을 무작정 기다릴 수 없다는 것이다.

그런데 국가에서는 연고가 있어 교대시키지 못하므로 가실은 6년이나 복무해도 돌아오지 않았다.
노부는 90세 이르고 죽기 전에 사위를 맞이하려고 딸 몰래 마을 사람과 약혼을 하여 잔칫날을 정하였다. 설씨녀는 도망하려다가 뜻을 이루지 못하고 탄식하며 눈물을 흘리고 있었다.

노부는 90살에 이르고 생전에 딸을 시집보내려는 마음에 다른 데로 혼처를 정했다. 설씨녀는 약속을 깨고 다른 신랑과 결혼을 할 수 없어 집을 몰래 나갔으나 뜻을 못 이루고 결혼날이 다가올 때 마음을 태우며 지내게 되었다.

결혼을 앞든 어느 날 가실이 돌아왔으나 설씨녀가 가실을 알아볼 수 없었다. 가실이 신표를 설씨녀에게 보이니, 가실임이 확인되어 결혼을 한 것이다.

> 이럴 때 천우신조로 가실이 돌아왔으나, 고생을 많이 한 관계로 알아보지 못 하였다.
> 가실은 앞으로 나가서 거울을 던지니, 설씨녀가 이를 받아들고 기쁨에 넘쳐 소리를 내어 울었다. 드디어 날을 가려 결혼하고 백년해로하였다.
>
> 『삼국사기』 권48, 열전, 제8 설씨녀(薛氏女)

설씨녀와 가실이 거울 조각을 나눠 가졌다는 것은 거울이 남자를 상징하는 신성물이라고 할 수 있다. 거울은 태양의 광명을 상징하는 것으로 보기 때문이다. 태양은 "사람의 마음을 밝게 비추는 것"이라고 『천부경』에서 밝힌 바와 같은 것이니, 마음이 변할 수 없다.

설치녀의 행함은 본 조항에서의 은혜를 저버리는 행위에 대해 각성시켜 주는 역할을 하고 있다. 우리 사회는 은혜를 저버리는 사람이 더러 있는데, 은혜를 원수로 갚아서는 안 되고 또 배신을 해서도 안 될 것이다.

2. 가실의 설화를 새로운 시각으로 재창작: 작가들은 본 조항과 설씨녀의 설화를 본으로 삼아 작품을 내면 은혜를 헌신짝같이 버리는 사람에게 많은 깨달음을 줄 것이라 믿는다. 더구나 요즘은 이혼율이 높다. 설씨녀 설화는 이혼하는 이들에게 경각심을 불러일으켜 주는 내용이라 할 수 있다.

1950년대 후반부터 약혼을 하면 남자 측에선 신부가 될 약혼자에게 금반지를, 여자 측에선 시계를 선물하는 것이 80년대부터는 금반지 대신 다

이아반지로 바꿔졌다.

그런데 2000년대 들어 이혼율이 세계에서 높아져 다이아반지도 약혼할 때 주고받는 형식에 불과한 것이 되었다.

작가는 이혼율을 최소화하기 위해 신라시대의 가실의 설화를 새로운 스토리텔링으로 작품을 선보이면 좋은 반응을 불러일으킬 것이다.

제194사(事) 시총(恃寵: 총애를 믿음) 『사씨남정기』의 요부(妖婦) 교씨

시총(恃寵)이란 시(恃) 자(字)는 '믿을 (시)'이고 총(寵)은 '은혜 (총), 사랑 (총)' 자(字)이므로 총애(寵愛)를 믿는 것을 말한다.

본 조항에서는 자기를 총애하는 사람을 속이거나 해코지하면 마음 가운데 탐욕의 좀이 크게 슬어 총애하던 사람의 마음이 식어져서 자연히 멀어지게 된다는 뜻이니, 배신하지 말라는 교훈이 담겨 있다.

작가들은 자기의 이익을 도모하기 위해 수혜자를 모함하고 배신한 사람을 소재로 하여 이들을 개과천선하는 내용으로 작품을 지으면 배신자들이 대오 각성하고 은인을 은인으로 대하는 데 도움을 줄 것이다.

『사씨남정기』의 교씨는 유한림의 첩으로서 처음에 사랑을 독차지하기 위해 가면의 탈을 쓰고 유한림과 유한림의 본처 사씨부인을 섬겨 칭찬과 총애를 독차지할 정도였다. 그러나 그는 원래 인간성이 총명교힐(聰明狡黠)한 관계로 유한림과 사씨부인의 뜻을 맞추고 사씨부인을 극진히 섬겨 사랑을 받았으나 갈수록 교활해져 유종의 미를 거두지 못하고 최후를 마쳤다.

사람은 처음에 칭찬을 받고 총애를 받았다고 하더라도 시종일관으로 행할 수가 있느냐가 문제이다. 본 조항은 이중적인 인간의 탈을 경계하기 위해 다음과 같이 나타냈다.

제194사(事) 시총(恃寵): (禍 1條 10目)(화, 1째 가지, 10번째 항목)

> 恃는 賴也라. 蒙人存寵이면 殘葉靑秀니, 敢懷恣肆리요. 專用瞞害하여 蠧於中心이면 存寵者가 冷하여 自去之니라.

해석: 믿는다는 한자 시(恃)는 신뢰하는 것이니라. 몽매한 사람이 남에게 총애를 입으면 마치 바짝 마른 나뭇잎이 푸르게 빼어남과 같으니, 과감히 방자한 생각을 품을 수 있겠는가! 오로지 속임과 해치려는 마음을 써서, 속마음에 좀이 슬면 총애하던 사람의 마음이 차가워져서 저절로 물러가느니라.

제194사(事) 시총(恃寵)이라 함은 총애받는 것을 힘입어 방자한 행동으로 배은망덕을 일삼는 것을 이른다. 흔히 소인(小人)의 마음가짐은 기량이 넓지 못해서 총애를 입으면 점잖아야 하는데 그를 힘입어 도리어 총애한 이를 속이거나 해치는 행위를 일삼는 일도 생긴다.

사람은 누구나 자기를 총애한 사람을 속이거나 해코지하는 사람이 있다면 의아하게 생각할 것이나 사람 중이는 여러 층위에 사람이 있는 관계로 그런 무뢰한도 있다는 것을 간과해서는 안 된다.

소위 사람 중에는 배은망덕한 이가 사회에는 많은데, 그 원인은 첫째, 사람됨이 못났기 때문이고, 둘째, 마음이 좁아 자기밖에 모르고, 셋째, 욕심을 제어하지 못함 때문으로 볼 수 있다. 소인은 높은 사람으로부터 칭찬을 받거나 총애를 받으면 교만이 생기고 방자해지는 경향이 많다. 그뿐만 아니라 소인들은 하늘이 높은 줄 모르고 자기가 잘난 체하고 살아가는 것으로 인해 사람들로부터 외면을 당하게 된다. 그런 가운데 칭찬과 총애받는 것을 기화(奇貨)로 하여 남을 속여 사리를 취하는 것이 문제가 된다.

이런 자의 생리는 윗사람으로부터 칭찬을 받으면 좋은 사람이 되어야 사람들이 인정을 해 주는데, 건방지게 행동을 하니, 탐욕의 좀이 마음속에 도사리고 있기 때문이라 할 수 있다. 배은망덕한 사람은 총애하던 사람도 마음이 식어져 멀어질 수밖에 없다.

1. 『사씨남정기』에 나타난 요부(妖婦) 교씨: 『사씨남정기』에 등장한 교씨(喬氏)는 원이름이 채란(彩鸞)이다. 사씨부인은 유한림과 결혼한 지 10년이 넘고 나이 30이 가까웠으나 자녀를 생산하지 못하여 사씨부인이 유한림을 설득하여 16세인 첩 교씨를 맞아들였다. 교씨는 겉으로 봐서 사람됨이 총명하고 썩 약음으로 유한림의 뜻을 잘 맞추며 사씨부인 섬김이 극진하여 집안사람이 모두 칭찬하였다.

그런데 교씨는 세월이 흘러 아들 장주(掌珠)를 낳아 사씨부인이 교씨를 칭찬하였다. 사씨부인은 교씨가 자기를 대신해서 가문의 혈통을 잇게 하여 교씨를 사랑하고 유한림 또한 그녀를 사랑하여 살아가는 데 아무런 연고가 없었다.

교씨는 날이 갈수록 본색이 드러나 후처 콤플렉스로 인해 유씨 가문의 재산을 치지하려는 것은 물론 유한림을 움직여 사씨부인을 출거(黜去)하는 데 앞장을 서게 된다. 사씨부인은 교씨가 물 샐 틈이 없이 간부와 짜고 계획대로 일을 행하니 사씨부인이 유문에서 쫓겨난다.

교씨는 간부 동청과 살기 위해 유한림을 귀양 보내고 살해하고자 했으니, 천인공노할 일을 거침없이 행하고자 한 것이다. 그러나 교씨의 행위는 유한림을 해치고자 하는 뜻을 이루지 못하고 자기가 한 대가로 죽었다.

배은망덕을 행하는 이는 다른 일에도 배신을 하게 되니, 한두 번은 자기가 계획한 일이 이루어질 수 있으나 자가당착에 빠져들게 되어 있는 것이 현실상이다. 세상 사람들이 살아가는 법도는 선인이 살아가도록 마련되었으니, 홍악인간으로 살아가는 악인이 설자리를 잃게 된다.

교씨의 악행은 천벌을 받는 행위를 아무 거리낌 없이 행했으므로 자기가 행한 죄과로 인해 유한림이 만인이 보는 저잣거리에서 교씨를 타살케 하였다.

교씨의 비극(das Tragische)은 사씨부인과 유한림에게 총애받는 것을 기화로 하여 교만이 생기고 방자해져서 배은망덕을 일삼은 것이다. 그녀는 사씨부인을 출거케 하기 위해 자신의 아들을 죽이는 일을 묵인한 악녀이고, 간부와 짜고 부군 유한림을 귀양 보내고 살해하여 유문의 재산을 차지하고 살려고 했으니, 그 죄과(罪過)로 비참하게 죽은 것이다.

배은망덕은 사람이 살아가는 도리 중 인간미가 없는 행위이니, 최소한 은혜를 입으면 갚지는 못하더라도 배신행위를 행해서는 안 되는 일이다. 단테의 『신곡』에선 배신행위가 죄가 가장 중벌로 되어 있다. 배신하는 인간성은 경우에 따라 여건이 주어지면 상상하지 못할 악행도 일삼을 것이라는데 그런 사람을 일컬어 요주의 인물이라고 할 수 있는데, 교씨가 바로 그런 인물이다.

2. 배은망덕한 사람 경계: 작가들은 작중인물을 통해 은혜를 베푼 사람에게 해를 끼치는 예를 들면서 작품을 쓰면 독자들이 관심을 가지고 읽을 것이다.

본 조항과 『사씨남정기』의 교씨는 사씨부인에게 칭찬과 총애를 받을 정도로 처음에는 칭찬을 받았다. 그런데 사람의 행위는 결과가 문제가 되는데 교씨는 악인으로 돌변해 탐욕이 악행을 불러들여 결국 악의 대가로 죽어 갔다.

작가는 처음에 칭찬과 총애를 받는 사람일지라도 중도에 이르러 교활하게 행동해 결과에 이르러 남을 속인 것으로 인해 실패하는 경위를 나타내면, 독자들이 재미있게 읽을 것이다. 유종의 미는 모든 사람들이 본받아야 할 대상이므로 그를 나타내는 내용으로 작품을 나타내면 교훈적인 면에서 바람직한 행위이다.

제195사(事) 탈(奪: 빼앗음)—다산시(茶山詩) 「장기농가」(長鬐農歌)—

탈(奪)은 '빼앗을 (탈)' 자(字)이니, 남의 물건을 빼앗는 행위를 이른다.

물욕이 강하면 몸에 있는 아홉 개의 구멍—눈2·콧구멍2·귀2·입1·생식기1·항문1—이 모두 막힌다는 것이다. 작가들은 남의 물건을 힘과 권력으로 빼앗는 이들에 대해 작품을 쓰면 독자들이 이색적으로 받아들일 것이다.

조선조 19세기 초 다산(茶山) 정약용(丁若鏞, 1762~1836)은 실학파(實學派) 문인(文人)으로서 당시 사회에서 일어나는 사회시(社會詩)를 지었는데 그중 관리들에 의해 백성들이 피해를 당하는 실상을 반영하는 시를 많이 지었다.

「장기농가」(長鬐農歌)는 규장각본(奎章閣本) 권(卷)4~29장(張)과 『여유당전서』(與猶堂全書) 권(卷)1~4장 70쪽에 게재(揭載)되어 있는 사회시(社會詩)로서 다산이 40세 때 1801년 신유년(辛酉年)에 신유사옥(辛酉邪獄)으로 경상도 장기(長鬐)로 유배된 후 늦은 봄날에 장기농촌(長鬐農村)의 정경을 10장(章)으로 묘사했다. 그때는 삼정(三政)이 문란하여 세금을 내지 않으면 이정(里正)이 소를 몰고 가는 것이 으레 있었던 일이다.

농촌에서 바쁠 때는 미처 세금 납부가 지체될 수 있는데, 소를 끌고 가니, 관리들의 인정이 없음을 나타낸 것이니, 1803년에 「애절양」(哀絶陽)과 같은 일이 일어났다. 18세기 당시는 사내아이를 낳으면 군포세(軍布稅)로 베 두 필을 바치게 되어 있다. 그런데 농부는 아이를 낳은 지 3일 만에 세금을 내지 않았다고 소를 끌고 가니, 어이가 없어 아이를 낳은 죄 때문에 남근(男根)을 자른 사건이 발생했다.

관리들은 세금을 미처 못 내면 소를 끌고 가면 베 두 필 값보다 수백 배 이익을 얻게 된다. 이들은 이런 점을 노려 하루라도 지체하면 소를 끌고 가 팔아 금전을 챙겼다. 그때는 죽은 조부의 세금을 부과하는 백골징포(白骨徵布)와 농민과는 아무런 관련이 없는 공지(空地)에 세금을 부과하는 공지세(空地稅)가 성행했던 때니, 관리들의 행패는 극에 달했다. 그래서 민초의 생활은 피폐되어 살아갈 수 없어 유민(流民)이 대거 발생해 길가에서 죽어 가는 사람이 많았고 민란이 일어나는 계기가 되었다. 「장기농가」(長鬐農歌)에 나타난 관리들의 행패는 본 조항의 내용과 통하게 되므로 먼저 그 조항을 인용하면 다음과 같다.

제195사(事) 탈(奪): (禍 2條)(화, 2째 가지)

物慾이 蔽靈하면 竅塞하니 九竅가 盡塞하면 與禽獸相似하여
只有食奪之慾而已요. 未有廉恥及畏㤼이니라.

해석: 물욕이 심령(靈臺)을 가리면 구멍이 막히나니, 몸에 있는 아홉 개의 구멍이 다 막히면 금수와 같아져 단지 음식을 빼앗는 욕심만 있을 뿐이요 염치와 두려워하는 마음도 없게 되느라.

물욕이 마음을 가리면 욕심이 생겨 '구규(九竅)가 진색(盡塞)하면'(아홉 개의 구멍이 다 막히면)에서 아홉 구멍인 귀·눈·코(3×2＝6)·입·대소변 구멍(3×1＝3) 9개가 모두 막히면 예의염치도 없게 되어 금수와 같이 된다는 것이다.

남의 재물을 빼앗는 자는 물욕이 심령을 가리어 인간이 기본적으로 살아가는 예절인 염치도 없으니, 홍악인간(弘惡人間)의 군상(群像)들이다. 재물은 사람이 살아가는 데 필요한 것이므로 힘든 대가에 의해 취하는 것이 바람직한 것이다.

홍익인간(弘惡人間)들은 그런 바람직한 신성한 보람을 아랑곳하지 않고 권력과 힘으로 빼앗아 호의호식으로 살아가는 것을 예전이나 오늘의 위정자들에게서도 볼 수 있다. 남의 물건을 빼앗는 것은 본 조항으로 비쳐 보면 금수와 같다 할 것이니, 사람이 어찌 금수와 같이 먹이를 빼앗는 욕심만 있는 금수에 비해서야 되겠는가.

제195사(事) 탈(奪)이라 함은 물욕이 지나쳐 남의 재물을 등쳐 먹는 불량배들이나, 지난날 왕정시대나 제왕적인 대통령 때 권력으로 순진한 백성과 국민들의 재물을 빼앗던 자들이다. 이들은 한마디로 인면수심에 탐

관오리들이나 부정한 고위공직자에게나 있었던 행위이니, 앞으로 2008년 이명박 대통령 시절부터는 뿌리 뽑아야 할 대상이다.

오늘날과 같이 감시가 물 샐 틈이 없는 정보화 시대에도 수뢰행위를 행위를 하는 이들이 있는 것을 볼 때 본 조항의 내용을 생각하게 된다. 본 조항의 내용대로 이들은 금수와 같은 가추악(假醜惡)의 삼박자를 치며 행하는 흉악인간들이라 아니할 수 없다.

우리는 이러한 가추악(假醜惡)의 인간 군상들의 위정자들을 19세기 다산(茶山)의 사회시에서 그 부패상을 찾아볼 수 있다. 다산은 실사구시(實事求是)를 바탕으로 사회상에서 일어나는 일을 진솔하게 나타냈다는데 오늘에 의미를 더해 준다.

다산(茶山)의 사회시에 의하면 관리들은 오늘에 입장에서 도저히 상식이 통하지 않을 정도로 백성에 재물을 빼앗아 갔다. 삼정(三政)이 문란했던 18~19세기에 위정자와 관리들은 심하게 말하면 동물세계에서나 볼 수 있는 약육강식의 군상(群像)들이라고 할 수 있다.

1. **다산시(茶山詩) 「장기농가」(長鬐農歌)의 약탈상:** 19세기 관리들의 실상은 앞서 소개한 바 있는 다산시 「애절양」(哀絶陽)에서 보아 온 바와 같이, 농촌에서 소를 뺏기 위해 아이 낳은 지 3일 만에 군포세(軍布稅)를 내지 않는다고 소를 끌고 간 일이 일어났다.

이런 비정한 사건으로 인해 농부는 억울함을 가눌 길 없어 아이 낳은 죄로 인해 소를 뺏겨 남근(男根)을 자르는 일이 일어났다. 19세기에 절양(絶陽)하는 사태가 발생했다는 것은 본 조항과 다를 바 없는 내용이었다고 할 수 있다.

이러한 「애절양」(哀絶陽)과 비슷한 관리들의 부패상은 다산시(茶山詩)『여유당전서』(與猶堂全書) 권(卷)1~4 · 「장기농가」(長鬐農歌)에서도 나타난다.

사람이 남의 재물을 빼앗는 방법은 여러 가지가 있으나 본 조항의 두 번째 가지는 6개의 잔가지를 다음과 같이 나타냈다.

탈이조(奪二條)

탈이조 ＼ 내용	주요 내용	대상	조항
1. 멸산(滅産)	남의 산업을 망하게 하여 가로챔	빼앗음	제196사(事)
2. 역사(易祀)	남의 집 제사를 바꾸어 지냄	빼앗음	제197사(事)
3. 노금(擄金)	남의 돈을 강탈함	빼앗음	제198사(事)
4 .모권(謀權)	남의 권리를 모략으로 빼앗음	빼앗음	제199사(事)
5. 투권(偸券)	남의 작품이나 문서를 위조함	빼앗음	제200사(事)
6. 취인(取人)	남의 공이나 베푼 은혜를 가로챔	빼앗음	제201사(事)

위의 6가지 조항은 남의 재물과 권리를 모략이나 속여 빼앗는 일을 들은 것인데 조선조에 비일비재하게 발생했던 일이다. 더구나 18~19세기 삼정(三政)이 문란했던 시대에는 백성의 재물은 위정자와 관리들의 약탈대상이었다. 남의 소를 강제로 강탈해 가는 일이 다산시 「애절양」(哀絶陽)과 「장기농가」(長鬐農歌)에서도 나타났으니, 그 시대 실상을 가늠하는 계기가 된다. 『장기농가』에서 소를 빼앗아 간 실상을 예로 들면 다음과 같다.

새로 솟은 호박순 두 잎 자라 　　　　新吐南瓜兩葉肥.
밤사이에 넝쿨이 담장에 걸쳤네. 　　夜來抽蔓絡柴扉.
평생 안 심을 맛 좋은 수박이라, 　　平生不種西瓜子,
아전들 트집 뉘라 두렵지 않겠는가? 　剛怕官奴恣是非.

황송아지 외밭에 드는 버릇 고치기 위해 　不敎黃犢入瓜田.
서편 뜰 맷돌에 옮겨 매었네. 　　　移繫西庭碌碡邊.
새벽녘에 이정(里正)이 코 꿰어 가고, 　里正曉來穿鼻去,
동래 하납 배오더니 짐 싣노라 법석이네. 　東萊下納始裝船

『與猶堂全書』· 卷1~4 18(張) · 「長鬐農歌 8章」

위의 시는 다산이 19세기(1801년) 경상도 장기(長鬐)에서 유배생활을 할 때 관리들의 행패를 직접 듣고 나타낸 것이니, 사실적인 실상이라 할 수 있다. 당시 관리들은 백성들이 사육하는 소를 트집을 잡아 빼앗아 갔으니,

가추악(假醜惡)의 인간이라 할 때 '구규(九竅)가 진색(盡塞)하면'에서와 같이 인간의 9개의 구멍이 막힌 자들이니, 예의염치가 없는 홍악인간(弘惡人間)들이다. 나라에 예의염치가 없으면 어지럽혀지게 된다. 19세기는 삼정이 심히 문란했던 것은 관리들이 백성의 재물을 빼앗는 데 혈안이 되었기 때문이다.

예전에 농촌에서 소는 재산목록 제1호임을 감안하면 큰 재물에 속한다. 오늘날 공직자들의 뇌물수수액수는 수천만 원에서 억대의 거금이다. 더구나 고위공직자들의 뇌물 수수방법은 교묘해서 여간해서 적발되지 않는다. 이들의 뇌물 수뢰 방법은 지능적으로 행해지기 때문에 재수가 없어서 걸려든다고 이른다.

위의 시 「장기농가」(長鬐農歌)는 본 조항과 같이 가추악(假醜惡)의 행위를 보여 준 것이라 할 때, 공직자가 청렴한 공직자상을 보이면 사람들에게 존경받게 될 것이다.

1. **19세기 관리들의 부패상**: 작가들은 본 조항과 19세기 조선조 삼정(三政)이 문란했을 때의 관리들의 내용으로 작품을 내면 사람들이 부정한 생각을 가지 않게 하는 데 도움을 준다. 왜냐하면 사람은 물욕이 심령을 가로막으면 아홉 구멍이 다 막히게 되어 보지도 듣지도 맡지도 못하는 결과로 사리를 올바로 분별 못하게 되는 인간이 되기 때문이다. 작가들은 욕심이 지나치면 짐승과 다를 바 없는 사람으로 나타내면 다산시(茶山詩)에서와 같은 부정한 공직자가 되고 청렴한 공직자상을 잃게 될 것이다.

사람은 본 조항의 내용과 같이 욕심이 지나쳐 마음을 가리면 몸에 있는 아홉 개의 구멍이 다 막혀 버린다고 했다. 귀는 세상의 바른 소리를, 눈은 사물을, 입은 바른말 그른 말을, 코는 냄새를, 생식기·항문은 대소변 등 제구실을 하지 못하니, 욕심을 자제해야 사리를 올바로 이해하고 살아갈 수 있다.

작가들은 욕심이 마음을 가리면 아홉 개의 구멍이 막히는 내용으로 19세기 사회상을 작품에 반영하면 독자들이 깨닫는 바가 있을 것이다.

제196사(事) 멸산(滅産: 산업을 망하게 함)—김산의 『아리랑』 고개—

멸산(滅産)은 남의 재물을 빼앗아 산업을 망하게 함을 말하니, 이런 자를 일러 홍악인간(弘惡人間)·홍해인간(弘害人間)이라 할 수 있다.

우리 생활 주변에는 사회를 어지럽히는 홍악인간(弘惡人間)이 많다. 일제(日帝) 또한 우리의 강토를 강압적으로 빼앗아 많은 사람을 희생케 했으며, 피압박민족으로 살게 했다. 대개 폭력으로 나라를 빼앗는 자는 적수(敵手)가 나타나 넋을 흐리게 하는 원망의 머리를 주어 파멸케 하는 내용으로 작품을 쓰면 독자들이 흥미롭게 읽을 것이다.

김산(金山)의 『아리랑』은 일제 식민지 생활의 실정을 잘 반영해 놓은 노래다. 일제는 한국인의 생활을 목을 조이는 한 계책으로 농토를 빼앗아 제 것으로 만들어 농토를 잃은 농민들은 만주로 시베리아로 살길을 찾아 헤맸다.

36년간 일제는 가혹한 식민지 정책을 펴 한국인은 피압박민족으로 살아야 했으니, 하루도 편안하게 살지를 못했다.

김산은 일제가 우리의 국토를 강제로 빼앗고 국민들의 생존권을 박탈해 날이 갈수록 근심과 고통으로 살아가는 가운데 일제는 마지막 기승을 부려 패망할 날이 머지않았음을 "아리랑 고개는 열두 구비, / 마지막 고개를 넘어간다"고 했다. 일제는 남의 나라와 강제로 1905년에 을사늑약(乙巳勒約)을 체결하고, 1910년 한일합방을 강행했으니, 한국을 강제로 빼앗은 것이다.

일제는 강압적으로 한국을 빼앗은 장본인이니, 농사를 지으면 공출로 바치게 하여 편안히 살아갈 수 없었다. 이에 하늘은 무심하지 않아 연합군을 적수로 두어 이들을 패망케 하여 1945년 8월 15일 항복하여 패전국이 되었다.

본 조항은 일제의 패망을 알 수 있게 해 그 조항의 내용을 다음과 같이 인용한다.

제196사(事) 멸산(減産): (禍 2條 11目)(화, 2째 가지, 11번째 항목)

해석: 산업을 멸한다(減産) 함은 남의 산업을 파멸시키는 것이라. 남의 산업을 파멸시켜서 자기 소유로 하면 편안함을 누릴 것인가? 오래가겠는가? 하늘이 그 혼백을 빼앗아 그에게 적수를 줄 것이니라.

남의 재산을 빼앗아 망하게 한다는 것은 한마디로 홍악인간(弘惡人間)의 소행이다. 제196사(事) 멸산(減産)이란 남의 재산을 빼앗아 파멸케 하고 그를 제 소유로 가로채는 것이다. 이런 강탈자는 본 조항에서 그런 재산을 오랫동안 지니고 살 수 있겠느냐고 의문을 나타내고, 하늘이 무심하지 않게 이런 자에게 적수를 두어 자가당착으로 빠지게 한다고 밝혔다.

예전에는 산업이 농업인 관계로 순 육체노동이었다. 쌀 한 톨 생산하기 위해선 땀 한 방울이라는 말이 나돌 정도로 힘이 들었다. 1980년대 초만 하더라도 한국농촌은 기계화되지 않았다. 하루의 육체노동은 다섯 번을 먹어야 일을 감당해 낼 수 있을 정도였으니, 농촌생활이 얼마나 힘들었는가를 짐작할 수 있다. 농부의 손마디에는 못이 박여 거칠었다. 손에는 굵은 힘줄이 보였음이 현 70대 이상의 노인들 손에서 흔히 볼 수 있었다. 손에 힘줄이 늘어나게 보이는 것은 일한 징표이다.

오늘날 시골의 노인들은 힘든 일과 지게로 무거운 짐을 운반한 후유증으로 잘 걷지 못하여 쑥 찜으로 뜸을 뜨는 이들이 대부분이고 도시로 이사 온 노인들은 침을 맞으러 다니는 것을 주변에서 흔히 볼 수 있다.

오늘에는 기계화로 인해 힘이 예전과 같지 않지만 예전에는 순전히 육체노동이었으니, 고생이 많았다고 할 때 오늘에는 과학화로 농사를 짓고 있다.

흔히 말하기를 쌀 한 톨 생산하는데 미(米) 자(字)의 자획에서 보는 바와 같이 여든여덟(八十八) 번이라는 공력(功力)이 들게 된다는 것이라 한다. 그러나 실제에 있어서는 그 이상의 보살핌이 있어야 곡식을 생산할 수 있다.

오늘날에는 88번까지 보살피지는 않아도 되지만 예전에는 그 이상의 공력(功力)이 들었다. 산간지방에는 숲이 우거져 산돼지가 나타나 주야로 살피는 것을 감안하면 쌀을 비롯한 농산물을 생산하기까지의 공정은 더 품이 든다고 할 수 있다.

1. 일제 식민지 시절 김산(金山)의 『아리랑』을 부른 사연: 일제식민지 시절에는 육체노동으로 농사를 지었다. 농민들은 그런 힘든 농사를 마다 하지 아니하고 살아가는데, 일제에 농토를 빼앗겨 많은 유민이 발생했다. 우리 선인들은 그 슬픈 사연을 김산(金山)의 『아리랑』으로 불러 식민지시대 한을 풀었는데, 그 일부를 소개하면 다음과 같다.

> 문전에 옥답을 다 뺏기고, / 거러지 생활이 웬 말이냐?
> 아리랑 아리랑 아라리요, / 아리랑 고개는 왜 그리 머나.[1]
>
> 밭 잃고 길 잃은 동포들아, / 어 데로 가야만 좋을께나.[2]

[1] 박지함 편, 『구전민요집』, 제2집, 국립예술서적 출판사, 1960년
[2] 임동권, 『한국민요집』 II, 집문당, 1974, 726쪽

김산(金山)의 『아리랑』은 일제에 농토를 뺏기고 유민이 된 실상을 민족의 애상(哀傷)으로 담은 노래라고 할 수 있다.

김산(金山)의 『아리랑』 고개는 단순히 유민들의 애상을 넘어서서 민족해방의 고개, 혁명활동의 공간으로 인식하고 있는 것이 다르다. 아리랑 고개는 험난한 고개 넘기 힘든 고개이나 열두 구비인 절정에 이르렀으니, 힘든 고개를 넘게 되어 일제로부터 해방될 날이 가까웠음을 시사한 것이다. 그의 『아리랑』을 인용하면 다음과 같다.

아리랑 아리랑 아라리요, / 아리랑 고개를 넘어간다.
아리랑 고개는 열두 구비, / 마지막 고개를 넘어간다.

작가는 『아리랑』의 마지막 고개를 넘는 것을 천리에 의한 것으로 앞날을 내다본 것이다. 모든 것이 극에 이르면 원상태로 돌아오게 되어 있는 이치를 그의 『아리랑』에서 나타냈다.

일제는 식민지정책으로 한민족을 압박했다. 마지막 기승을 부리는 것으로 본 것이다. 이 노래는 조금만 그들의 압박을 참아내면 그들의 패망은 머지않았으니, 아리랑 고개를 넘어가게 되는 날이 도래된다는 내용이다.

『아리랑』에 대한 해석은 구구하지만 알에서 나온 주인공으로 볼 수 있다는 것이 필자의 사견이다. 따라서 『아리랑』은 알에서 나온 사나이라는 뜻으로 밝혀진다. 고구려의 주몽과 신라의 박혁거세는 알에서 나오는 고개를 넘지 못하고 제삼자의 도움이 있어 알을 껍데기를 깨고 세상에 태어났다. 우리는 병아리의 경우 어미 닭이 21일을 품어야 알을 깨고 나오게 되는데 그 과정이 순탄하지 않고 사력을 다하여야 탄생하는 것을 볼 수 있다.

『아리랑』은 알에서 나온 사나이니 입사식의 고난을 넘긴다는 뜻으로 보면 아리랑 고개의 의미를 알 수 있게 된다. 한민족의 시조는 알에서 탄생되었던 점을 감안하면 단군도 태양조(太陽鳥)인 자웅의 삼족오(三足鳥)에서 태어났다고 할 수 있다.

단군은 웅녀 혼자서 키웠고 마을사회를 부족연맹국가로 통일시켰으니, 입사식의 고난을 극복한 것이다. 물론 환웅이 수컷의 삼족오라고 하면 웅녀 또한 암컷의 삼족오의 화신으로 볼 수 있다.

단군조선의 전통을 이은 고구려니 신라의 시조가 새의 알에서 태어난 것은 우연이 아닌 것이다. 『아리랑』이 어려운 고개를 넘긴 인물로 보아도 무방하리라 믿으며, 입사식의 고난을 겪는 인물로 볼 수 있다.

위와 같은 탄생신화와 관련하여 김산은 열두 번의 고비를 넘어간다고 한 것을 보면 온갖 풍상과 죽음의 고비를 벗어난다는 의미이다. 그는 그 내용을 다음과 같이 밝혔다.

> 1910년 조국이 식민지로 전락하는 것을 보았고, 해마다 백만 명 이상
> 이 압록강을 건너 만주로, 시베리아로, 중국으로 유랑하는 것도 보았
> 다. 1919년 3·1민족운동. …… 1923년의 관동 대지진 때 학살 …… 이
> 미 열두 고개 이상의 아리랑고개를 고통스럽게 넘어왔다. …… 지금
> 우리는 마지막 아리랑 고개를 넘어가고 있다.

김산, 『아리랑』, 동녘, 1984, 30쪽

김산이 말하는 『아리랑』이 담긴 뜻은 일제가 극성을 피우는 것으로 보
아 막바지에 이르렀으니, 일제하에 피압박민족으로 살아갈지라도 아리랑
고개를 넘게 되어 머지않아 조국광복이 돌아온다는 희망이 나타난다는 의
미다.

일제는 침략의 마수로 선전포고도 없이 제2차 세계대전을 일으켰다. 일
제는 욕심이 너무 지나쳐 천리를 거역하는 일을 다반사로 행해 식민지정
책을 무자비하게 자행했다. 극에 달한 것은 근본으로 돌아오게 되었으니,
아리랑 고개를 넘게 되었다는 내용이다. 힘든 고개를 넘게 된다는 것은 일
제가 패망하게 된다는 것을 말했다. 이는 본 조항의 내용과 같이 하늘이
무심할 수가 없어 하늘이 그들의 넋을 빼앗아 망하게 한다는 것이다.

일제는 식민지정책으로 극에 달하는 일을 수없이 하게 되어 하늘이 이
들의 넋을 빼앗아 허물을 원망하며 살게 하기 위해 연합군이라는 적수를
맞게 하였다.

그들은 한반도에서 식민지 정책으로 백성들의 토지를 빼앗아 유랑민이
되게 했다. 동포들은 삶의 터전을 잃어, 만주, 시베리아로 떠나게 된다. 낯
선 곳에서 풍상을 겪으며 살게 되니, 이들 동포가 오늘날까지 그곳에서 가
난을 벗어나지 못하고 한평생을 살고 있는 것이다.

결국 일본제국주의는 하늘이 적수를 두어 패망하여 36년간의 통치는
막을 내리게 되었다. 김산의 『아리랑』 정신은 본 조항과 통하는 내용이라

할 수 있다.

한민족에게 있어『아리랑』정신은 미의식으로 비장미를 나타내 준다. 비장미는 슬픔이 오히려 가치감정을 강화시키는 역할을 하는 것으로 볼 수 있다. 이는 마치 비장의 결의를 앙양케 함으로써 인간적 위대성(die Menschliche gröβe)을 발현시키는 적극적 가치를 나타내 주게 되니, 아리랑 정신이 우리에겐 필요한 것이다.

우리는 강대국 사이에 놓여 있어 역사적으로 아리랑 정신으로 살아가야 하는 숙명을 지녔다고 할 때 그 정신이 곧 우리가 삶의 지표이기도 하다.

아리랑은 단군신화에서 단군을 비롯하여 주몽신화, 박혁거세신화에서의 주인공과 같이 신화성과 관계를 이루니, 위기를 극복하는 내용으로 받아들이면 김산의 아리랑을 이해하게 된다.

본 조항은 40대에 해당되는 나이에 해당하니, 본 조항의 의미를 깊이 새겨 남에게 원망하는 일을 해서는 안 되고,『아리랑』정신으로 살아가면 광명의 세계를 맞이하게 될 것이다.

2.『아리랑』정신 발휘: 우리는『아리랑』을 부를 때 그 뜻을 잘 모르고 흔히 부른다. 작가들은『아리랑』정신이 우리 건국신화의 주인공들과 관계되는 내용으로 작품을 구성하면 새로운 지평을 여는 세계를 맞을 수 있게 되리라 본다.

『아리랑』의 정신은 새가 알에서 나올 때 사력을 다하여야 알껍데기를 벗기고 나오는 것과 같이 우리 민족은 강대국 사이에 놓여 고난을 극복하기 위해 힘써야 살아남을 수 있다는 숙명으로 살아가야 하는 내용이 들어 있다고 할 수 있다.

작가들이『아리랑』정신으로 민족이 처한 운명을 개척해 나가는 내용으로 작품을 쓰면 다른 작가들이 쓴 내용과 다르게 짓는 것이다. 아리랑 정신에 의한 작품이 출간하면 국민들이 그 정신을 받들고 살아갈 때 21세기 한국이 러시아, 중국과 일본 사이에서 이들보다 더 잘 살아갈 수 있게 되리라 믿는다.

제197사(事) 역사(易祀: 제사를 바꿈)—『창선감의록』의 심씨(沈氏)—

역사(易祀)란 '제사를 바꿈'이란 뜻인데 남의 집 제사를 바꾸어 지내는 것을 말한다. 사람들은 이런 일이 일어날 수 있는가를 의아하게 생각할 것이다. 실제로 이런 일은 꾀를 부려 남의 재산을 빼앗고 남의 종손을 바꾸어 제사를 몰래 지내는 일이 과거시대에는 있었다.

작가들은 한집안 간에도 재산을 차지하기 위해 종손을 바꿔 제사를 바꾸어 지내는 가문도 있어 왔고, 일제시대에 남산의 국사당을 헐고 신사(神社)를 세워 참배하게 한 것은 제사를 바꿔 지내게 한 것으로 볼 수 있으니, 이런 내용을 소재로 작품을 지으면 독자들이 흥미 있게 읽게 될 것이다.

『창선감의록』(彰善感義錄)은 졸수재(拙修齋) 조성기(趙聖期, 1638~1689)의 작으로 보는 설이 가장 유력시되고 있다. 이 내용은 소설제목으로 나타나 있는 바와 같이 착함을 밝히고 의(義)를 생각하는 내용이니, 권선징악의 부류(部類)에 속한다.

화육은 명나라 세종 때 병부상서 겸 여양후로 봉해져 심씨(沈氏)를 원비로 하고 두 비를 두었다. 그런데 심씨는 아들 춘(瑃)이 도량이 좁고 불량배이니, 두 비의 소생과는 너무나 못나 시기질투로 이들 소생을 죽이려고 했으나 미수에 그친다. 아들 춘(瑃)은 불량배를 시켜 화를 미치게 했으나 후에 잘못을 깨닫고 개과천선하여 일가족이 일가단락하고 부귀영화를 누리며 살았다는 내용이다.

위의 소설 중 ①『김인향전』, ②『장화홍련전』, ③『사씨남정기』는 후실로서 종주권을 차지하기 위해 살인을 행하는 악인들로서 구제를 받지 못하고 죽었다. 반면에 ④『창선감의록』, ⑤『명주보월빙』, ⑥『완월회맹연』(玩月會盟宴)에서는 죽지 않았다.

④『창선감의록』의 심씨(沈氏)는 아들 춘(瑃)이 후비의 자녀들보다 못난 관계로 이들을 해하려고 하였으나 개과천선하여 여생을 잘 지냈다.

⑤『명주보월빙』(100卷 100冊)에 등장하는 문양공주는 남편 정천흥이 처첩을 거느리는 관계로 애정결핍으로 처첩과 자녀들까지 해하려 했으니, 개과천선하였다.

⑥『완월회맹연』(玩月會盟宴)(180卷)의 소교완은 양자로 들어온 정인성을 비롯하여 부인과 자녀들을 해하려 했으나 개과천선하여 여생을 편히 지냈다.

고소설에서의 후처들은 본처소생을 해하려 드는 것은 종주권을 차지하는 데 있었다. 이는 본 조항과 통하므로 먼저 그 조항의 내용을 다음과 같이 소개한다.

제197사(事) 역사(易祀): (禍 2條 12目)(화, 2째 가지, 12번째 항목)

易祠者는 換人家祀也라. 謀奪人財하여 換人宗子하고 陰易其祠하면 倫理轉矣하니 自有冥冥하니라.

해석: 제사를 바꾼다(역사(易祀)) 함은 남의 집 제사를 바꿔 지내는 것이니라. 남의 재산을 꾀를 부려 빼앗고 남의 집 종손을 바꾸어 몰래 그 제사까지 바꾸어 지내면 윤리가 땅에 떨어지니, 저절로 어둡고 어두어지리라.

한민족은 예로부터 조상을 숭배하는 전통 관념이 세계 어떤 민족보다 강렬하였다. 그런데 조상의 제사를 바꾸어 지내게 되면 보통 문제가 아니다. 흉악인간들은 남의 재산을 뺏기 위한 수단으로 제197사(事) 역사(易祀)의 내용과 같이 남의 제사를 바꿔 지낸다는 것이다.

남의 제사를 바꿔 지내는 것은 천륜을 어기는 행동일 뿐만 아니라 한민족의 전통 관념을 부정하는 결과니, 마땅히 근절돼야 한다. 남의 제사를 바꿔 지내는 것은 문중에 따라 재산을 차지하기 위한 수단과 목적에서 혹 천륜을 어기는 일도 있지만 그보다는 일제 때를 생각하면 본 조항의 내용을 이해할 수 있으리라 본다.

일제는 한민족의 전통을 말살시키기 위해 한민족의 조상인 단군을 모신 서울 남산의 국사당을 헐고 신사(神社)를 세워 일본의 시조를 숭배했다. 일본인들의 신사참배는 기본이지만 한국의 어린 학생들까지 동원해 일본의 시조를 숭배케 하였다. 일본은 제2차 세계대전 시 연합군의 승세로 기울어지지자 미영격파(米英擊破)를 기원하기 위해 일본 신에게 참배하는 이들이 조선인도 많았다. 학생들은 일제의 실체를 모른다. 학교에서 배우는 대로 단체로 신사참배를 하니 거절할 수 없다. 일제말기에는 일반인들도 일본인들이 시키는 대로 했다.

일본인은 남산의 국조단군을 모신 사당을 헐고 일본인 신사를 세우고 강제적으로 참배케 한 것이다. 세상은 바뀌어 일본이 패망하자 다시 헐어 없앴으니, 그 장소가 지금 남산의 식물원 자리이다.

제사를 바꿔 지내는 예는 고소설에서 나타나 있는데 후처들이 본처의 종주권(宗主權)을 빼앗으려고 갖은 수단과 방법을 가리지 않는다. 대개 이들은 성공하지 못하고 실패한 것으로 나타나 있는데, 권선징악의 교훈을 내용으로 한 것이지만 본 조항과 밀접한 관련을 맺고 있다.

가문에서 조상의 제사를 바꾸어 지내는 것은 용서받을 수 없는 문제이다. 본 조항의 내용과 같이 남의 재산을 빼앗기를 꾀하여 종손(宗孫)을 바꾸어 제사 지내는 것은 사람은 죄가 커 인과응보로 눈과 정신이 차차 어두워짐이 있으리라 하였다.

1. **고소설에서의 후처들과 전처의 행함:** 문학상에서 후실이 종중의 재산을 차지하기 위한 예는 ①『김인향전』, ②『장화홍련전』, ③『사씨남정기』의 여주인공에서 드러나고, 본처가 남편 이후 여러 명을 두어 시샘으로 후처들의 자손을 살해하려다가 미수에 그치는 예는 ④『창선감의록』, ⑤『명주보월빙』, ⑥『완월회맹연』(玩月會盟宴)에서 찾아볼 수 있다.

전자의 경우 후처들은 후처 콤플렉스로 인해 악녀로 등장해 실패하는 것으로 끝을 맺는다. 그 원인은 욕심이 과하여 천륜에 어긋나는 일을 행한 데 있다.

우리 서사문학에 나타난 바에 의하면 여성은 살인자와 음행을 행한 자는 개과천선의 기회가 주어지지 않는다. ①『김인향전』의 경우 주인공 정씨는 전실의 자녀와 모녀모자의 관계를 맺었으므로 나＝너로 생각하고 살아야 하는데 나≠너로 여기고 박대하고 죽였으니, 천인공노할 살인자다.

②『장화홍련전』의 허씨는 전실의 장화를 호수에 빠져 죽이는 살인자이므로 죽었고, ③『사씨남정기』의 교씨는 자기의 아들을 죽이는 것으로 인해 죽었다. 이들은 후처 콤플렉스로 종주권을 차지하려고 전처소생을 죽인 극악무도한 악녀였다. 종주권을 차지하면 조상의 제사도 이들에 의해 지내게 된 것이다. 주인을 몰아내고 나그네가 재산을 차지하고 제사도 지내는 격이 된다.

이와 반대로 ④『창선감의록』(彰善感義錄)은 남편이 여러 명의 첩을 두어 질투심으로 첩의 소생을 죽이려는 음모가 미수에 그쳐 개과천선하는 일이 있다.

화욱은 명나라 세종 가정(嘉靖) 시절에 병부상서에 이르고 여양후가 되어 원비 심씨(沈氏), 차비 요씨(姚氏), 셋째 비(妃) 정씨(鄭氏)를 두었다. 심씨(沈氏)는 말을 잘하고 자색이 절등(絶等)하고 심씨의 아들 춘(瑃)은 성격이 용렬하여 화욱도 귀여워하지 않았다.

차비 요씨(姚氏)는 일찍 죽고 그의 소생 태강소저(太姜小姐)가 있었는데, 셋째 비 정씨(鄭氏)가 기르고 친자식같이 잘 가르쳐 화욱도 소저의 현숙함을 보고 칭찬하였다.

정씨(鄭氏)의 아들 진(珍)은 용모가 출중하고 말과 글공부도 잘하여 문호를 빛낼 것이라고 화욱이 칭찬했다. 호사다마라 할까 정씨(鄭氏)는 이들 태강소저(太姜小姐)와 진(珍)의 자매를 약혼만 하여 놓고 세상을 떠났다.

심씨(沈氏)는 이들 자매가 효성이 지극함에도 날로 자신의 소생 춘(瑃)이 열등한 관계로 시기와 질투로 이들 자매를 해하려고 했으나 화욱의 누이 성씨(成氏)가 만류하여 뜻을 이루지 못했다. 심씨는 이들 남매의 남편에게도 시기를 하였다. 심씨의 아들 춘(瑃)은 불량배와 교유하여 자기의 처 임씨(林氏)를 내치고, 조녀(趙女)를 정실로 맞았다. 춘(瑃)은 불량배를 시켜 조정에서 진(珍)을 몰아내는 데 성공을 하고 귀양을 보냈으나 무죄로 석방되어 개과천선케 했다. 심씨나 춘(瑃)이 개과천선한 것은 살인을 하지 않은 데 있다.

⑤『명주보월빙』(明珠寶月聘)에 등장하는 문양공주는 정진홍에게 매혹되어 혼인하였다. 남편 정진홍은 처첩을 두어 불화한 가운데 지냈다. 위로 네 명이나 되는 처가 있고, 아래로 10명의 첩을 두어 애정결핍으로 하극상(下剋上)을 범한 악녀이다. 그녀는 이들의 자식까지 해하려고 했으나, 정진홍의 처인 윤명하의 만류로 개과천선하게 된다. 문양공주의 악녀 역은 제30권에서 제54권에 실려 있음을 밝힌다.

⑥『완월회맹연』(玩月會盟宴)(180卷)의 주인공 소교완은 정잠의 후처로서 자기가 낳은 쌍둥이 형제가 종통을 잇지 못하고 입양 온 정인성이 차지하게 되자 종통을 치지 못한 화풀이로 정인성과 부인 아들도 독살하려고 했다. 소교완은 양자로 정인성 일족을 죽이려 했으나 미수에 그친 악녀였지만 개과천선하여 여생을 편히 지냈다.

위의 여섯 편의 고소설은 악인일지라도 살인이나 여성의 경우 음란한 행위를 했을 경우 개과천선을 하지 못하는 것으로 나타난다. 그런데 남성의 경우 외도를 하는 경우 구제받는데『흥부전』의 놀부가 그 경우에 속한다.

여섯 편의 고소설 중 ①~③에는 주인공들이 윤리 강상을 어지럽히는 이들이니, 홍악인간(弘惡人間)이니, 미(das Schöne)와 너무나 거리가 있는 가추악(假醜惡)의 반미적(反美的)(widerästhetisch) 행위자들이라 죄의 보답으로 죽은 것이다.

남의 재산을 빼앗는 방법 중에 제사를 바꿔 지내는 것은 한민족의 전통 관념과 너무나 동떨어진 패륜적인 행위이기에 서사문학상에 나타난 악녀들이 실패한 인생으로 끝을 맺었다. 물론 후에 개과천선하는 이들은 악녀일지라도 벌을 받지는 않았지만 그렇지 않고 살아가 이는 극형에 처하는 죽음을 당하였다.

여성의 경우 극악무도한 일을 행했더라도 살인이나 음행을 하지 않으면 개과천선하게 된다는 것을 알 수 있다.

　2. 남의 재산을 빼앗는 악인: 작가들은 악녀를 소재로 하여 작품을 내면 많은 독자들이 이들에 관심을 가지고 읽게 된다. 그럴 때 인과응보로 인해 벌을 받는 것으로 나타내면 악행을 미연에 방지하는 데 도움을 주리라 믿는다. 더구나 악녀들이 종주권인 재산을 차지하기 위해 악행을 행하는 이들에 대해 벌을 받는 내용으로 스토리를 전개하면 악의 말로가 비참하다는 것을 깨닫고 개과천선하게 될 것이다.

　일제가 남산에 단군사당을 헐고 신사를 세워 사람들을 동원시켜 참배케 해 이들이 패망한 후 다시 헐어 일본 신사가 흔적도 없이 사라진 것을 내용으로 작품을 써도 좋은 예이며, 악을 경계하는 대상이 될 수 있다.

제198사(事)　노금(擄金: 돈을 빼앗음)－이곡(李穀), 『가정집』(稼亭集)－

　노금(擄金)이란 노(擄) 자(字)가 '노략질 (노)' 자이니, 남의 돈을 빼앗는 행위를 말한다. 강도짓은 일하는 이상의 정신소모가 되므로 더 어렵다는 것을 알면 힘써 일하는 것을 택할 것이다.

　작가들은 노략질로 남의 돈을 빼앗는 행위가 사농공상(士農工商)의 노력보다 더 힘들고, 설혹 얻었다고 해도 오래가지 못하고 탕진하게 된다. 이들은 마음고생으로 병까지 얻어 병객으로 살아야 한다.

　작가들은 노략질을 예방하는 방책으로 힘써 일하며 살아가는 내용으로 작품을 쓰면 그런 인간답지 않은 행위를 버리게 될 것이다. 그리고 위정자나 관리들은 백성들이나 업자로부터 뇌물을 챙기면 탄로가 나지 않을까 마음고생을 하게 되니, 정당한 월급으로 살아가야 할 것이다.

　이곡(李穀, 1298~1351)은 고려 말의 학자로서 호는 가정(稼亭), 목은(牧隱) 이색(李穡)의 아버지로서 『가정집』(稼亭集) 20권이 전하며, 일찍이 원(元)나라 제과(制科)에 급제하고 중원의 학자들과 교류하고 귀국하였다. 그는 문장이 유창·아담하고 뜻이 오묘하여 중원의 학자들도 탄복했다고 한다.

본고에서 소개하는 한시 또한 문장이 물 흐르듯이 유창하고 말쑥하고 담담하여 깊숙하고 미묘함을 풍긴다. 마치 고려시대 관리들이 권리로써 백성 재물을 빼앗는 정경이 눈에 선하게 나타나는 듯하게 지었다.

당시 백성들은 관리들의 과중한 세전(稅錢)을 납부하라는 소장으로 납부할 수 없어 살던 고장을 떠난 일이 『고려사』에도 십공일실(十空一室)일 정도로 일치하게 지었다. 그는 14세기에 고려시대 관리들이 백성들의 재물을 가옥하게 약탈하여 유민(流民)이 대거 발생했다는 내용을 사실적으로 나타내 주어 관리들의 부패가 심했다는 것을 시 한 편으로 알 수 있다.

본고에서 인용하는 한시는 고려시대 관리들의 실상을 한눈으로 알 수 있게 나타내 본 조항의 의미를 되새기게 하여 그 조항의 내용을 다음과 같이 인용한다.

제198사(事) 노금(擄金): (禍 2條 13目)(화, 2째 가지, 13번째 항목)

擄金者는 刲人之金也라. 農有歲金하고 學有晦金하며 商有暮金하고 工有朝金하며 役有時金이라. 何事로 擄而後에 取金이리요. 擄之力은 重於農하고 勞於學이며 强於商이고 猛於工이며 苦於役이라. 重擄强盟苦라도 且不得金이니 無身而有인가.

해석: 돈을 노략질한다(擄金)는 것은 남의 돈을 빼앗는 것이라. 농사는 일 년 단위로 그해에 돈이 있고, 학자는 월수입의 그믐에 돈이 있고, 장사는 그날 저녁에 돈이 있고, 공인(工人)은 그날 아침에 돈이 있고, 노역(勞役)에는 시간 수입에 돈이 있으니, 무슨 일로 노략질하여 돈을 취하려 하는가? 노략질의 힘듦이 노역보다 무겁고, 학자보다 수고로우며, 상업보다 힘들며, 공인보다 사나우며, 노역보다 고통스럽다. 무겁고 수고로우며 힘들고 사납고 고통스러울지라도 또한 돈을 얻을 수 없으니, 몸의 수고로움이 없이 행여 돈을 얻을 수 있겠는가?

제198사(事) 노금(擄金)이라 함은 돈을 빼앗는 행위이니 비인도적인 행위이다. 남의 돈을 빼앗는 것은 현대사회에선 일어나서는 안 되는 일이다. 이런 행동은 과거 관리들이나 불량자가 행했던 일이다. 과거 권위주의 시대에선 권력이나 힘만 있으면 남의 재산을 빼앗은 일이 있어 왔지만 요즘에 이런 행위가 발생하면 곧바로 세상에 알려진다. 더구나 요즘은 인터넷에 올리면 많은 사람들이 알게 되어 낙명하게 되어 남의 재산이나 돈을 가로채지 못한다.

노략질은 강압적인 힘으로 남의 돈이나 재물을 빼앗는 행위이니 과거 권위주의 시대 행해졌던 악습이다. 요즘은 남의 재산을 빼앗는 자가 있으면 법정에서 가려 엄한 벌을 내리고 손해배상을 하게 되어 예전과는 사뭇 다르다.

50년대 자유당정권 시절에는 백주에 깡패들이 금품을 빼앗고 무고한 사람에게 주먹을 휘두르며 서울 시내 한복판에서도 활개를 치고 다녔다. 그러나 이들은 법은 멀고 주먹이 가까웠던 시절이라도 사람에겐 양심이라는 것이 있어 마음속으론 괴로웠을 것이다.

남의 재물을 권력이나 폭력으로 빼앗는 이들의 마음고생은 사농공상의 노력으로 벌어들이는 것보다 더 힘이 든다. 그뿐인가. 이들의 마음은 언제나 꺼림칙한 일이 뇌리에서 떠나지 않아 개운치가 않고 평생을 번민 속에 살아간다.

요즘은 예전에 암울했던 시절과는 달리 억울한 일을 당하면 정보매체를 이용해 자기의 권리를 주장하여 찾게 되니, 함부로 남의 재물을 빼앗는 일이 좀처럼 일어나지 않는다. 세상은 법이 있어 불법을 저질은 사람을 그대로 놔두고 넘어가지 않는다.

범법자들은 남의 재산을 도적질하거나 강탈했을 경우 수사망이 차차 좁혀짐에 따라 마음고생이 커진다. 이들은 마음속에 조여 오는 고통을 풀기 위해 음주로 나날을 보내야 하니, 몸은 쇠약해지니, 이보다 더 중한 손실이 더 있는가.

1. 이곡(李穀)의 『가정집』稼亭集: 고려시대 관리들은 백성들에게 가혹하게 재물을 빼앗아 착복하였다. 이곡(李穀)은 『가정집』(稼亭集)에서 다음과 같이 밝히고 있다.

<table>
<tr><td>십리 오리를 가는 사이에,</td><td>十里五里間,</td></tr>
<tr><td>역마 달리는 관리 많아 놀랍네.</td><td>馳傳紛可傾.</td></tr>
<tr><td>말에서 내려 길가에 섰노라면,</td><td>下馬立道側,</td></tr>
<tr><td>흐르는 별같이 앞을 지나네.</td><td>過眼如流星.</td></tr>
<tr><td>혹시 임금의 덕음(德音)을 가져와,</td><td>吾疑將德音,</td></tr>
<tr><td>농민에 펴러 오는가 했네.</td><td>布茲南畝民.</td></tr>
<tr><td>집 간수(間數)와 식구 수를 헤아려,</td><td>或云算間口,</td></tr>
<tr><td>고아와 독신에게 세전(稅錢)을 뽑아간단
말이 있네.</td><td>抽錢及孤惸.</td></tr>
<tr><td>산과 들이 온통 그대로,</td><td>或云籠山野,</td></tr>
<tr><td>권문세가의 하나로 합쳐 소유한다는 말도 있네</td><td>割地歸兼併.</td></tr>
<tr><td>소장(訴狀)은 바야흐로 쉴 새 없이 나오고,</td><td>訟牒方組織,</td></tr>
<tr><td>도망간 빈집은 연달아 쓰러지네.</td><td>逃戶連欹傾.</td></tr>
</table>

李穀, 『稼亭集』, 「紀行一首贈淸州參軍」

유교경전에는 백성이 나라의 근본이라고 했지만 관리들의 경우 백성의 재물을 빼앗는 일에 혈안이 되었다. 농민들은 관리들의 공출양이 과중하게 부과되면 농사를 지어도 남은 것이 없어 유민이 되어 걸인으로 살아간다.

위의 시에서는 백성들이 과중한 세전(稅錢)을 납부하라는 소장이 날아올 때 그를 부과할 수 없어 살던 고장을 떠나야만 했다.

문학은 그 시대에 거울과 같은 역할을 하게 되므로, 이곡의 이런 사회시가 아니면 고려시대 위정자들의 행패를 알 수 없으니, 본 조항을 이해하는 데 도움을 준다.

이곡의 시(詩)뿐만 아니라 『고려사』에도 십공일실(十空一室)의 내용이 전하는데, 관리들의 과중한 세금의 행패로 백성들이 고장에서 살지 못하고 많은 유민(流民)이 발생했다.

18세기 영조(英祖) 때 조선조는 삼정(三政)의 문란으로 유민이 많이 발생했는데 똑같은 기사가 『승정원일기』(承政院日記)에서 100집 중 10집이 남고 열 집에 한 집이 남았다는 기록이 있으니, 백성들이 위정자들에게 가혹할 정도로 시달렸음을 알 수 있다.

본 조항은 남의 재물을 빼앗는 것을 경계하기 위해 설정된 것이나, 21세기 위정자의 경우 물론 이런 전철을 밟아서는 안 될 것이다.

이곡의 시는 고려시대 또한 조선조와 같이 위정자가 백성을 돌보지 않고 가혹한 세금 징수로 백성들이 유민하게 되었다는 것을 알려 주어 오늘의 위정자에게 산 교훈이 되게 한다.

2. 이곡의 시와 본 조항을 조명하여 작가들의 새롭게 살아가는 작품:
작가들은 본 조항과 위의 이곡(李穀)의 『가정집』(稼亭集)을 참고로 하여 고려시대를 나타나면 위정자나 불량배들이 함부로 남의 재산을 함부로 빼앗는 일이 발생하지는 않을 것이다. 남의 돈을 빼앗는 마음고생은 사농공상(士農工商)의 수고로움보다 더 괴로운 것이니, 몸을 움직여 일하지 않고 협잡하여 남의 돈을 빼앗는 것은 인간임을 포기한 자의 행위다.

노략질은 사농공상의 노력보다 더 힘들다는 것은 본 조항에서 밝힌 바와 같다. 설혹 남의 돈을 노략질해서 얻었다고 하더라도 사람에겐 양심이 있어서 죄책감으로 마음이 괴로울 것이다.

마음은 몸을 운전하는 영(靈)이니, 마음이 괴로우면 몸에 병이 생기게 된다. 사람이 살아가는데 병을 얻고 얻은들 무슨 소용이 있는가.

작가들은 강도짓으로 돈을 빼앗는 행위는 일하는 것보다 마음을 고생을 더하게 된다는 내용으로 작품을 출간하면 독자들 중에는 깨닫는 이가 있을 것이다. 더구나 사람에겐 양심이 있으므로 강도행위를 한 자는 잊으려고 마음으로 시달리다가 일생을 마치는 이들이 많다. 작가는 본 조항을 내용으로 전날의 잘못을 뉘우치고 살아가면 작품을 출간하면 남의 재물을 함부로 빼앗는 일을 하지 않고 살아가게 하는 풍토를 조성하게 되리라 믿는다.

제199사(事) 모권(謀權: 권리를 배앗음) ―「상률가」(橡栗歌)의 권리 남용―

모권(謀權), '권리를 도모함'이란 남의 권리를 꾀하여 빼앗는 것을 말한다. 남의 권리를 구차한 욕심으로 빼앗는 것은 마치 돌 위에 뿌린 씨앗이 뿌리를 내리지 못하는 것과 같아 그 자리를 지탱하지 못하는 것으로 볼 수 있다.

요즘 2007년 11월 대선주자들 12명 출마자들이 12월 19일 선거를 앞두고 대통령이 되겠다고 유세를 할 때 앞으로 정치를 잘하겠다는 것보다 남의 인권을 헐뜯는 내용과 장밋빛 선심공세를 펴는 이들이 대부분이다. 작가는 이들에 대해 시를 발표하거나 작품을 나타내면 독자들이 반겨 읽을 것이다.

고위공직자가 승진을 미끼로 거액을 바치면 승진이 되고 정년도 연장되는 것을 이용해 거액을 바치게 하는 것은 남의 재물을 지능적으로 약탈하는 행위다. 이들 중 몇 사람은 구속되었지만 관행으로 되었다면 큰 문제이다.

노무현 정부는 뇌물을 받는 일에 대해 뿌리 뽑아 놓고 임기를 마쳐야 하는데 그런 결단력이 없이 임기를 마치고 물러나니 아쉬울 뿐이고, 2008년 2월 25일(월) 이명박 대통령이 취임한 이후에 그런 일이 없을 것이고, 국민들이 정치를 잘할 것이라 믿고 있다.

고려 말의 윤여형(尹汝衡)에 대해 전하는 문헌이 없어 「상률가」(橡栗歌) 이외는 알 길이 없다. 그는 익재(益齋) 이제현(李齊賢, 1287~1367)과 교유가 있었던 것으로 미루어 시를 잘 지은 것으로 보인다.

그는 관직에 있었다고 하더라도 높은 관직엔 있지 않았고, 강호에서 세월을 보냈던 것으로 인해 백성들이 권력자의 사슬에서 살아가는 참상을 「상률가」(橡栗歌)에서 나타냈다고 할 수 있다.

「상률가」(橡栗歌)는 백성들이 관리들이 백성의 토지를 함부로 빼앗는 정경과 분에 넘치는 생활을 나타내 그 시대 백성들의 실상을 알 수 있게 지었다. 고려 말은 말기 현상으로 위정자의 생활상을 알 수 있게 작가가 나타냈다는 데 의미가 주어지며, 본 조항과 관련해 그 시대를 조명해 보기로 한다. 그런 의미에서 본 조항의 내용을 소개한다.

제199사(事) 모권(謀權): (禍 2條 14目) (화, 2째 가지, 14번째 항목)

謀權者는 謀奪人之權也라. 人之應權을 苟欲謀奪이면 石上種苗가 不可托根이라. 雖成이나 峽人駕舟요 嶋人御馬니라.

해석: 권세를 꾀한다(謀權) 함은 남의 권리를 모략으로 빼앗는 것이니라. 사람의 응당 맡은 권리를 구차한 욕심으로 모략으로써 빼앗으려는 것은 돌 위에 뿌린 씨앗이 뿌리를 내리지 못함과 같으니라. 비록 이루더라도 산골짝 사람이 배에 멍에를 매고 작은 섬 사람이 말을 모는 것과 같으니라.

민주주의가 정착하기 전에는 남의 권리를 빼앗는 일이 비일비재했다. 제199사(事) 모권(謀權)이라 함은 권리를 모략으로써 빼앗는 것을 경계하는 내용으로 뜻을 밝혔으니, 좋은 교훈이 아닐 수 없다.

위의 제199사(事) 모권(謀權)의 내용을 이해하기 쉽게 도표로써 나타내면 다음과 같다.

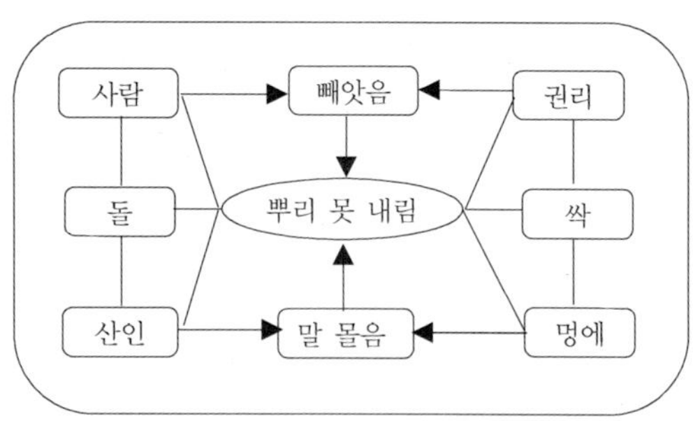

고려시대의 경우 이곡의 시에서 나타난 바와 같이 위장자의 권력 남용으로 백성의 침탈이 심했다. 고려시대 위정자는 백성에게 권력을 남용해 과한 세금을 부과했으니, 힘이 없는 백성이 믿고 의지할 곳이 없게 되었다.

백성들이 살 곳은 없으니, 고향을 떠나 유민이 되는 길이다. 유민은 정해진 곳이 없이 전국을 떠돌며 걸식하게 되니, 백성을 돌봐야 할 위정자가 도리어 백성을 괴롭히니, 비정상적인 세계인 것이다.

단군시대는 어떠했나? 이 시대 또한 왕권시대니, 관리들 천하라고 할 수 있다. 왕권으로 백성을 다스리니, 관리가 백성들보다 우위에 있으니, 왕권이 크게 작용하였을 것이다.

단군이 홍익인간으로 백성을 다스렸다는 것은 왕권의 권력이 막강해 위정자나 관리들의 권력이 비례관계를 이뤘다고 할 수 있다. 그 시대는 교통체계가 정비하지 못했으니 오지의 경우 관리들의 세도가 높아 이들에 의한 많은 피해가 발생했을 것이다.

단군은 권력자의 부정을 심한 폐단을 막기 위한 방도로 360여(餘) 가지 일로 나라를 다스렸다. 위정자가 백성을 잘 다스려 태평세계를 이뤘다면 홍익인간이란 말도 생기지 않았을 것이다. 청동기시대 사람들은 순박했지만 민도가 낮고 위정자나 관리들이 권력을 남용하는 무리들이 있어 왔던 간계로 본 조항이 마련된 것이라 할 수 있다.

1. 윤여형(尹汝衡)의 「상률가」(橡栗歌): 위정자의 권리남용은 고려 말의 윤여형(尹汝衡)의 시에서 찾아볼 수 있는데, 위정자의 노략질로 인해 백성들이 먹을 것이 없어 상수리로 끼니를 때우며 살아가는 참상을 찾아볼 수 있다.

(전략(前略))
밤이 깊어지자 온몸이 서리가 덮이고
이슬에 젖어,   夜深霜露滿咬肌,
남자여자 앓는 소리 너무나 구슬프네.   男呻女吟苦悽咽
내 촌가에 들려 늙은 농부에게 물으니,   試向村家問老農,

늙은 농부 자세히 나보러 얘기하네.　　老農丁寧爲予說.
요사이 세력 있는 사람들 농민의 토지를
빼앗아,　　近來權勢奪民田,

산이며 내로써 한계 지어 공문서 만들었네.　　標以山川作公案.
어쩌면 토지에 주인이 여럿이라,　　或於一田田主多,
곡식을 받은 뒤 또 받아 가기 쉴 새 없네.　　徵後還徵無間斷.
혹은 수한(水旱)을 당하여 흉작일 때에는　　或權水旱年不登,
해묵은 타작마당엔 풀만 엉성하네.　　場圃年深草蕭索.
살을 긁고 뼈를 쳐도 아무 것도 없으니,　　剝膚槌髓掃地空,
나라의 조세는 어떻게 낼꼬?　　官家租稅奚由出,
몇 천 명의 장정은 다 흩어져 나가고,　　壯者散之知幾千,
노약자만 남아서 거꾸로 달린 종처럼
빈집을 지키네.　　老弱獨守懸磬室.

차마 몸을 시궁창에 박고 죽을 수 없어,　　未忍將身轉溝壑,
마음을 비우고 산에 올라 도토리며 밤이며
줍네.　　空巷登山拾橡栗.

그 말이 처량하여 간략해도 자세해,　　其言悽惋略而盡,
듣고 나니 가슴이 미어질 것 같네.　　聽終辭絕心如熱.
그대 보지 않았는가, 고관 집 하루 먹는
것이 만전 어치,　　君不見侯家一日食萬錢,

맛있는 음식이 별처럼 벌려져 있고 다섯
솥이 널려 있네.　　珍羞星羅五鼎列.

하인도 술 취해 비단 요에 토하고,　　馭吏沈酒吐今茵,
말은 배불러 금마판(金埒)에서 소리치네.　　肥馬厭穀鳴金埒.
그들이 어찌 알기나 하랴 그 좋은 반위에
음식들이,　　焉知彼美盤上餐,

모두 다 촌 늙은이 눈 밑의 피인 줄을
알아야 하네.　　盡是村翁眼底血.

『동문선』, (東文選) 권(卷)7, 「상률가」(橡栗歌)

　　고려 말의 윤여형(尹汝衡)은 익재(益齋) 이제현과 교유가 있었고 관직에
있지 않았다는 것이 전하는 정도일 뿐, 그에 대해 전하는 것이 발견되지
않아 알 길이 없다. 그러나 익재와 교류가 있었다는 것으로 미루어 시를
잘 지은 것으로 볼 수 있다. 그는 관직에 있지 않고 강호에서 세월을 보냈

던 것으로 인해 백성들이 권력자의 사슬에서 살아가는 참상을 시로 지을 수 있었다.

위의 내용과 같이 위정자들은 백성들의 재산을 빼앗고 과한 세금으로 농사를 지어도 남는 것이 없어 상수리를 주워 연명한다는 내용이니, 우국휼민(憂國恤民)의 정을 나타낸 것이다.

윤여정의 시는 위정자가 백성을 덕선미(德善美, das Sttlichkeit Schöne)로 다스려야 하는데 현실은 그와 상반되어 백성들이 관리들의 가렴주구(苛斂誅求)의 상황에서 살게 했음을 시로써 고발했다.

백성들의 재산은 관리들이 약탈해 갔으니, 관리들의 세력이 하늘에 닿았다고 할 수 있다. 이들은 백성들의 재물과 농산물을 빼앗아 살았으니, 추(Das Häβiche)의 생활을 한 홍악인간(弘惡人間)의 군상들이다.

고려 말의 위정자의 부정은 극에 달해 윤여정의 사회시 「상률가」(橡栗歌)에 나타난 바와 같다. 고려는 그 여파로 인해 34대 475년을 누리다가 (918~1392년) 역사 속으로 사라졌는데 본 조항의 의식과 통한다고 할 수 있다.

위정자는 백성을 사랑하는 의식으로 백성을 다스려야 하는데, 도리어 백성의 재물을 빼앗는다면, 본 조항과 같이 나라의 기강을 흔드는 것이 된다. 그런 의미에서 「상률가」(橡栗歌)는 본 조항의 의미를 조명해 보는 좋은 자료라고 할 수 있다.

2. 스토리텔링의 작품: 작가들은 위정자의 부정을 본 조항과 「상률가」(橡栗歌)의 내용으로 어떤 인물을 설정하여 작품을 나타내면 독자들이 감명을 받아 위정자의 부정을 견제하는 역할을 할 것이라 믿는다.

우리는 조선조 양반유가들이 백성의 재물을 약탈하는 실상을 보고 과연 그랬을까 하고 경악했는데 고려시대도 또한 관리들의 권력에서 백성들이 재물을 뺏기며 살았다는 것을 알 수 있다. 작가들은 고려시대 역사와 고려문인들의 시에서 위정자의 하수인이라 하는 관리들의 실상을 한 주인공으로 하여 작품을 발표하면, 고려시대 백성들의 실상도 19세기 조선 후기와 같이 부정이 심한 것을 알 수 있으리라 믿는다.

작가들은 고려시대 관리들의 실상을 알게 함으로써 앞으로 부정부패가 없는 사회에서 살아갈 수 있게 하는 데 의미가 있다.

제200사(事) 투권(偸券: 문건을 훔침) —『삼국유사』탈해왕(脫解王) —

투권(偸券), 투(偸)는 '도둑질할 (투)'이고, 권(券)은 '책 (권)' 자(字)이므로 남의 책을 표절을 하거나 문건을 훔치는 것을 말한다. 오늘이나 예전이나 남의 책이나 문건을 모방하는 이들이 있어 왔는데 이를 경계하는 내용으로 본 조항이 설정된 것이다.

작가들은 남의 문권(文券)인 땅 · 집의 등기문서를 위조해 제삼자에게 버젓이 팔아 호화롭게 지내는 이들이 꼬리가 잡혀 법망에 걸려드는 작품을 쓰면 독자들이 등기문서에 관심을 가져 위조범의 손에 들어가지 않게 하는 데 도움을 줄 것이라 믿는다. 특히 노인들만이 사는 집안은 자손들이 특별히 챙겨야 한다.

『삼국유사』탈해왕(脫解王) 조(條)에는 탈해는 궤를 풀고 알에서 나왔으므로 이름을 탈해라고 하였다. 탈해(?~80)에 대한 자세한 내용은『삼국유사』권1 기이1 제4 탈해왕 조(條)에 기술되어 있다. 그의 성(姓)은 석(昔), 다바나국(多婆那國, 耽羅國?)의 왕과 여인국(女人國)의 왕녀(王女) 사이에 알로 태어났다. 알은 궤짝에 넣어져 표류하던 중 진한(辰韓) 아진포 영일(阿珍浦, 迎日)에서 한 노파에게 발견되어 궤짝 속에서 나와 탈해(脫解)라는 이름이 붙여져 설화로 전하는 인물이다.

그는 토함산에 올라가 살 만한 호공(瓠公)의 집을 발견하고 그 집 옆에 숯과 숫돌을 묻고 조상 때 살던 자기 집이라고 하고 호공과 송사문제로 승소하여 그 집을 빼앗았다. 탈해는 모방범죄인이자 도덕성이 결여된 사기한이다. 남해왕은 그런 자를 부마로 삼고 임금에 올렸으니, 설화적인 내용이라도 그 설화가 잘못된 것이다. 하여튼 설화는 본 조항에 해당하는 사람이므로, 그를 알기 위해 본 조항을 다음과 같이 인용한다.

제200사(事) 투권(偸券): (禍 2條 15目)(화, 2째 가지, 15번째 항목)

> 偸券者는 倣人之券也라. 欲偸實하여 有粧之假質이면 牛畵龍文이
> 오 犬冒虎皮니 百步之內에 牛顚犬仰하나니라.

해석: 문권을 훔친다(偸券) 함은 남의 문권을 모방(위조)하는 것이라. 실물을 훔치고자 거짓 바탕으로 꾸밈이 있으면, 이는 소를 그린 그림에 용무늬를 그리고, 개에게 호랑이 가죽을 씌운 것과 같으니, 백 걸음 안에 소는 넘어지고, 개는 뒤집어질 것이니라.

남의 문건을 몰래 위조함에는 문권(文券)을 위조하거나 책을 표절하는 두 가지로 나뉜다. 오늘에는 두 가지로 시비가 벌어지고 있는데 정당한 방법이 아니고 남을 속이는 것으로 되어 있다. 천리는 인과에 의해 화복이 좌우되는데 문권과 책을 표절하는 여하에 따라 벌(罰)의 중과(衆寡)가 결정된다.

특히 요즘은 노인인구가 증가함에 따라 노인이 많은 토지를 소유하면 노인이 모를 것이라고 등기문서를 위조하는 일이 일어나고 있다. 노인에게는 자손이 있고 일가친척이 있어 법정소성을 통해 진위를 가려 곧 원상대로 돌려놓는다. 그리고 작가와 교수들에겐 작품과 논문표절문제도 일어나고 있다.

이 두 가지 사건은 요즘에도 간혹 발생하는데, 남의 문건을 모방하여 진실인 것처럼 꾸며 사리를 취해 그 사실이 탄로되어 망신을 당하는 일이 일어나고 있다. 더구나 요즘은 학자의 양심을 제쳐 두고 남의 논문을 표절하는 일이 발생하여 사회적으로 학자의 위상이 하루아침에 실추되는 것을 보고 안타까운 생각이 든다.

논문을 작성할 때 인용자는 주(註)를 달면 문제가 될 것이 없다. 도리어

논문을 쓴 당사자는 주(註)에서 인용해 놓으면 고맙게 여긴다. 요즘은 학자들이 연구열이 높아 표절하면 금방 누구의 논문을 인용한 것을 알게 된다. 남의 작품을 인용하면 본 조항의 내용에서와 같이 소가죽에 용의 무늬를 그리는 것과 같이 웃음거리에 지나지 않는다. 그뿐인가. 개에게 호랑이 가죽을 씌우는 것과 같이 되어 탄로가 나게 마련이다.

표절은 금물이란 것이 상식이지만 뜻하지 않게 같은 것으로 인해 오해를 사는 일도 있음을 알린다. 예전에도 이런 일은 우연히 부합하는 일로 불모이동(不謀而同)하는 일이 있어 왔다는 것을 참고적으로 소개해 둔다.

1. 『삼국유사』 권1 기이1 제4 탈해왕(脫解王) 조(條): 탈해는 토함산에 올라가 호공(瓠公)의 집 주변을 살핀 후 살기 좋은 터전을 차지하고 뺏을 욕심으로 꾀를 냈다. 그의 위장과 위선은 몰래 숯과 숫돌을 그 집 옆에 묻고, 소송을 제기하는 일이다. 법관이 탈해에게 물으니, 그는 조상 때부터 살던 자기 집이라고 하니, 그 증거가 있느냐고 묻는다. 그는 태연스럽게 집 근처에 묻어 둔 숯과 숫돌이 있다고 했다. 과연 집 주변을 파니 그 실물이 나왔다. 법관들이 탈해에게 승소판결을 내려 탈해는 호공의 집을 빼앗았다.

예전에는 이런 방법을 많이 쓴 것으로 된다. 물론 숫돌에는 조상의 이름과 생년열일, 사망일시, 행적들을 적어 후손들이 찾기 쉽게 하기 위해 묘소 근처에 파묻어 놓는데 이를 지석(誌石)이라 말한다.

탈해는 호공의 집을 차지하기 위해 대장장이로 위장하고 남의 집을 빼앗으니 범죄 중에도 모방범죄다. 이 위장된 행위는 사기죄에 해당한다. 신라 남해왕은 이런 사기한을 부마로 삼고 대보로 국정을 맡기고 임금에 오르게 했으니, 설화로 전하는 내용이라도 신라의 수치이다.

이런 흉악인간이 임금이 되었다는 것은 신라 왕조를 먹칠하는 행위이니, 미적 개념(Begriffe des Schönen)으론 가추악(假醜惡)에 해당한다.

탈해가 왕위에 올랐다는 것은 정치가의 경우 권모술수가 능해야 된다는 것을 인정하는 것이 된다. 물론 옛날에 왕이 되기 위해서는 오늘날과 같이 추대 형식이 아닌 힘으로 상대방을 넘어뜨려야 했으니, 탈해도 그러한 수법으로 남의 집을 빼앗은 것이다.

1990년 후반에 등기소에서 있었던 일이지만 열람을 가장하고 손에 고무인을 지참하고 집문서에 찍고 재산권 행사를 한 이들이 있어 물의를 빚은 적이 있다. 이들은 적발되어 법망에 걸려들었지만 문서를 속이는 죄는 금존 문제와는 다르게 재산을 뺏는 행위니, 중죄인에 해당한다. 그럼에도 탈해는 남의 재산을 빼앗고 왕위에 올랐으니, 오늘의 상식적으론 용납할 수 없는 일이다. 고대에는 왕이 되기 위해 권모술수도 능해야 큰 자리에 오를 수 있는 것을 인정하는 것으로 볼 수 있다. 그런 술수가 능해야 나라도 잘 다스리는 것을 인정하는 설화다.

한국의 설화는 대개 권선징악으로 되어 있는 데 반해서 홍익인간이 도리어 왕위까지 이르게 한 것은 있어서는 안 될 설화다. 더구나 후에 화랑도 정신으로 삼국통일의 위업을 달성한 나라에 있어서는 안 될 설화지만, 고대인이 왕이 되어서는 그런 일도 허용되는 일로 받아들인 것이니, 숨김없이 전해진 설화라는 데 무게를 둘 필요가 있다.

2. **위선(僞善)·위조(僞造) 방지:** 작가들은 본 조항을 모델로 한 인물을 설정하여 작품을 쓰거나, 탈해가 호공의 집을 뺏는 식에 글을 써서는 안 될 것이다. 오늘날에는 문서를 위조하는 이들이 고도의 지능으로 남의 재산을 가로채는 사람이 있는 것을 감안할 때 작가들의 책임이 중하다는 것을 느끼게 된다.

탈해 설화는 왕위에 오르기 위해서 수단과 방법을 행사하여 목적을 이룬 것을 나타낸 것이지만 작품상에는 그런 내용과는 상반된 내용으로 나타내야 할 것이다. 작가는 허구적인 내용이라 할지라도 위선과 위조행위를 행하여 탈해와 같이 재물을 탈취해서는 안 될 것이니, 정당한 관계로 매매계약을 하여 토지를 매입하는 것으로 나타내야 한다.

한때 남의 토지를 차지하기 위해 등기문서를 위조해 자기의 토지로 등재한 것이 말썽을 일으킨 사건이 발생해 사회적인 물의를 일으킨 일도 있

다. 탈해 설화는 신라 왕조를 욕되게 한 행위니 작가들이 그 위선을 밝히
는 내용으로 작품을 써도 좋을 것이다.

제201사(事) 취인(取人: 남의 물건을 빼앗음)―유성룡의『징비록』―

취인(取人), 취(取)는 '빼앗을 (취)' 인(人)은 '사람 (인)·다른 사람 (인)'
이니 남의 물건을 절취함이니, 곧 남의 물건을 도둑질하는 것이다. 작가는
남의 공이나 은혜를 가로채는 소재로 하여 작품을 그 공과 은혜도 헛되어
불명예스런 것으로 나타내면 많은 독자들이 읽을 것이다. 서애(西厓) 유성
룡(柳成龍, 1542~1607)의『징비록』(懲毖錄)에는 이순신(李舜臣, 1545~1598)
과 원균(元均, ?~1597)에 대해서 밝혀 놓았다. 서애는 조선의 명상(名相)으
로서 선조(宣祖)가 명장을 천거하라고 했을 때 권율(權慄, 1537~1599)·이
순신(李舜臣) 등을 천거하여 임진왜란이 반발하였을 때 국가의 간성이 되
게 했다. 또 그는 임난 때 조선을 위해 명(明)의 장군 이여송(李如松, ?~
1598)을 만나 평양의 지도를 주어서 전투상의 편의를 제공했다고 한다. 그
는 임란 시 삼남(三南) 도체찰사(都體察使)로 있을 때 이여송이 왜군과 싸
울 때 후퇴를 강력히 막아 전진케 하는 등 임난 시 공이 많다.

특히 그는 임진왜란 당시 유성룡을 싫어하는 무리들이 이순신을 공격
하여 옥살이를 시키고 백의종군하게 한 것이라 밝힐 수 있다. 유성룡을 싫
어하는 무리들은 본 조항과 부합하는 면이 있어 그 조항의 내용을 다음과
같이 소개한다.

제201사(事) 취인(取人): (禍 2條 16目)(화, 2째 가지, 16번째 항목)

取人者는 窃人之名也라. 人功을 爲己之功하며 人惠로 爲己
之惠者는 非師之며 又非媚之라. 乃偸利竊譽也니 虛功沒利하
며 虛惠無譽니라.

해석: 남을 취한다(取人) 함은 남의 이름을 도둑질함이라. 남의 공을 자기의 공으로 삼으며, 남의 은혜를 자기의 은혜로 하는 것은 본받을 것이 아니요, 시샘할 일도 못 되니라. 이는 이로움과 명예를 도둑질함이니, 공이 헛되어 이로움이 될 것이 없고 은혜가 헛되어 명예로울 것이 없느니라.

악행 중에는 남의 이름을 훔치고 명예를 가로채는 이들이 있다. 제201사(事) 취인(取人)이라 함은 남의 이름을 훔친다는 뜻이다. 남의 이름을 도용하는 자는 제삼자가 훌륭한 공을 이룬 이름을 훔치고 명예를 가로채 이익과 명예를 얻는 일이니, 사기범죄에 속한다.

이런 일은 생활 주변과 역사적인 사건에서도 찾아볼 수 있다. 결국 남의 이름을 도용한 이는 천리의 원칙에 의하지 않고 얻는 것이니, 결국 노이무공(勞而無功)이 되어 버린다. 남의 공과 은혜를 가로채는 것은 시간과 역사가 해결해 주는 문제가 되니, 헛되고 헛된 일이다.

역사상에 당리당략으로 남의 공을 인정하지 않고 거짓으로 행한 인물들이 많으나 역사의 죄인이 되어 천추만대의 오점을 남겼으니, 부귀하게 살고 높은 벼슬을 한들 소용이 없는 것이다.

이러한 예는 이순신의 경우에 잘 반영되어 있다. 임란 당시 이순신은 자기의 임무를 차질 없이 수행했는데도 옥고를 치르고 백의종군했으니, 이런 일이 있었다는 것이 한국역사상의 오점이다. 이순신은 왜선을 섬멸하는 데 탁월한 공적을 이루었는데도 옥고를 치르게 하고 장군을 계급장이 없는 무등병(無等兵)으로 출전시켰으니, 잘못된 판단이라고 할 수 있다. 과연 이순신을 죄인으로 만들고 공을 가로챈 이들이 남는 것이 무엇인가. 남은 것은 아무것도 없다. 후인들의 질책을 받는 역사의 죄인으로 남는 오명뿐이다.

그런 점에서 본 조항이나 유성룡의 『징비록』은 남의 공이나 명예를 도용하는 이들에게 경각심을 불러일으켜 준다.

1. 유성룡의 『징비록』: 우리는 역사적인 관점에서 고찰할 때 임진왜란

(壬辰倭亂) 당시 이순신(1545~1598)과 원균(元均, ?~1597)의 관계를 유성룡의 『징비록』(懲毖錄) 권(卷)2로 조명하면 확실히 드러난다.

> 이때 조정은 두 갈래로 나누어져서 그 주장하는 바가 달랐다. 이순신을 추천한 사람은 나(유성룡)였기 때문에 나를 좋아하지 않는 사람은 원균과 도모하여 이순신을 공격함이 매우 강력하였다. 오직 우상(右相) 이원익(李元翼)은 그것은 그렇지 않다는 것을 밝히며 말하기를 이순신과 원균은 그 지키는 지역이 있었으니, 순신이 구원하지 않았다 해도 잘못이라고 할 수 없다고 하였다(惟右相李元翼, 明其不然, 且曰舜臣與元均, 各有分守之地, 初不卽進, 未定深非).

『징비록』(懲毖錄) 권2

이순신은 임란 당시 왜적을 격파하지 않아 고문을 당하고 백의종군하는 수모를 겪게 되었는데 그 주된 원인을 찾아보면 선조(宣祖, 1552~1608)가 당리당략에 치우친 당파의 알력을 정리하지 않는 관계로 이순신을 모함하는 측에서 공격대상으로 삼은 것이다.

실지 선조는 정치를 잘못한 것으로 인해 전에 없이 당쟁이 심해졌음을 느끼게 된다.『임진록』에 의하면 선조가 여인의 치마폭에 싸여 임진왜란을 겪게 됐다고 나타나 있다. 임진왜란의 실상 중 이순신에 대한 기록은 유성룡의 『징비록』에 서술되어 있으니, 참고하면 될 것이다. 이러한 예는 2005년 8월 중에 KBS1 TV 방송드라마『불멸의 이순신』에서 방영된 바와 같이 이순신의 전략을 알지 못하고 왜적의 선단을 격파하지 않았다는 것으로 죄인으로 취급해 고문을 가하였을 때 시청자들의 울분을 터뜨리게 하였다. 물론 그 장면은 방송극인 관계로 이순신을 영웅화하기 위해 위기에 처하게 한 일면도 있다.

임란 당시 우상(右相) 이원익(1547~1634)은 이순신의 죄를 논죄할 때 이순신의 전략을 잘 파악하여 말한 데서도 나타난다. 간단히 말해서 이순신의 전담지역은 호남해안이다. 그런데 원균이 관할하게 되어 있는 경상도지역의 해안에 나타난 적선을 격파하지 않았다는 이유로 대역죄인으로 고문을 행했다.

이원익은 그 당시 이순신의 전략에 대해 "그 분담지역이 다른 곳인데, 왜선이 왔는데 돕지 않는다고 비방하는 것은 이순신의 전략을 모르는 무지에서 이순신을 하옥하게 한 것이라"고 하였다. 그 무지와 무능은 선조에게 있는 것이다.

선조는 임금으로서 이순신을 하옥시키고 가혹한 고문을 행하고 백의종군하게 한 책임 소재를 면하기 어렵다. 이순신이 하옥되고 백의종군하게 되니, 이순신이 없는 바다의 수비는 방비가 제대로 될 리가 없어 왜선이 바다를 차지하였다.

임진왜란(壬辰倭亂) 당시 이순신과 원균(元均 ?~1597)의 관계는 라이벌 관계로 의견이 엇갈린 것으로 볼 수 있다. 이러한 관계로 조정대신들은 당파에 휘말려 만고의 충신 이순신을 죄인으로 취급하게 된 것이다. 이럴 때 선조는 신하들에 엇갈린 주장을 펼 때 불편부당(不偏不黨)한 판단을 내려 이순신의 전략을 인지해야 했다. 방송드라마에서 선조의 무능을 볼 때 만백성을 다스리는 임금으로서 그토록 우둔할 수가 있을까? 당시 시청자들은 저절로 한탄이 나왔을 것이다.

요즘은 현충사 소장(所藏) 『충무공유사』(忠武公遺事)에서 『난중일기』(亂中日記)에 빠진 32일치가 새로 공포되었다. 그중 1595년 11월 1일에는 "천지 사이에는 원균처럼 흉패하고 망령된 이가 없다"고 했다(天地間無有如此元之兇妄). 물론 이순신과 원균은 사이가 좋지 않았다는 것은 기존 『난중일기』에서도 드러난 바지만 『충무공유사』(忠武公遺事)의 경우 원균의 인간성이 흉망했음이 드러나 당시 상황을 짐작할 수 있는 자료이다.

한마디로 이 양인의 미의식은 이순신을 미(Das Schön), 원균을 추(Das Häβliche) 관계로 보면 된다. 한편 원균은 임진왜란 당시 왜군과 싸워 전사했으니, 그에 대한 평가에 대해 『선조실록』을 참고하면 『징비록』과는 다르게 나타나 대조를 이루게 된다. 임란 당시 이순신과 원균과의 관계에서 누가 옳고 그른가는 독자들이 알아서 판가름할 문제다.

위정자는 본 조항의 내용과 같이 남의 이름을 도용하거나 명예를 가로

채는 일이 발생하지 않도록 기강을 세워야 할 것이다. 본 조항은 천리를 거역하는 자는 결국 헛된 일이 된다는 것을 교훈하고 있으니, 그러한 교훈을 금과옥조로 여겨야 한다.

2. **이순신을 다룬 작품:** 작가들은 본 조항을 거울삼아 임진왜란 당시 이순신에 대해서 새로운 모델로 하여 작품을 나타내면 그에 대해서 알게 된다. 과거 우리의 역사적인 사실에 대해 자상하게 알게 되어 역사를 바로잡는 인물을 배출하는 데 기여가 될 것이다.

월탄(月灘) 박종화(朴鍾和, 1902~1981)는 역작『이순신』을 지어 많은 사랑을 받았다. 그의 역사소설은 사실에 입각하여 쓰는 것으로 정평이 나 있다. 그는『이순신』을 쓸 때 다섯 번을 고치며 썼다고 하며 집필을 미친 후 죽어도 원이 없다고 술회한 적이 있다. 월탄이 세상을 떠난 지 30년이 되었다. 작가들은 21세기에 맞는 작품을 쓰면 독자들이 관심을 가지고 읽게 된다.

이순신은 백의종군하는 수모를 겪었으나 역사적 진실로 밝히면 그의 공을 더한층 빛나게 하는 데 도움을 줄 것이다.

제202사(事) 음(淫: 음란함)─규장각본(奎章閣本)『가곡원류』 634의 시조─

음(淫)은 음란함을 말하는 것이다. 사람이 음탕하게 살면 개인은 말할 것도 없고 가정과 사회를 어지럽힌다. 작가는 음란하게 사는 주인공을 작중에 등장시켜 가정과 사회와 국가를 좀먹는 경계대상으로 나타내면 음란 행위는 근절되어 미풍양속으로 살아가는 기풍을 이룰 것이다.

규장각본(奎章閣本), 『가곡원류』(歌曲源流) 634와『진본청구영언』(珍本靑丘永言) 547에 나타난 시조는 연대와 작자 미상으로 되어 있다. 여기에는 음란한 사람을 삼축(三畜) 중 개의 색정(色情)에 대해서 쓴 것이지만 아부하는 무리를 경계하기 위해 지은 것이다.

조선조 18세기는 산업시대로 접어들면서 전과 같이 예의도덕과는 좀 거리가 있는, 즉 물질주의에 매료되어 이익이 되는 일이라면 개와 같이 아양을 떠는 것도 마다하지 않았다.

작자는 인간의 본성과는 달리 짐승의 속성으로 살아가는 이에게 깨달음을 주기 위해 짐승인 개와 비견해서 지은 것이라 할 수 있다. 본 시조는 본 조항과 통하는 면이 있어 그 조항을 인용한다.

제202사(事) 음(淫): (禍 3條)(화, 3째 가지)

淫은 敗身之始며 混倫之源이요 亂家之本也라. 猪也는 性淫하고 狗也는 色淫하고 羊也는 氣淫故로 淫人은 謂三畜이니라.

해석: 음란(淫亂)한 것은 몸을 무너뜨리는 시작이고, 윤리를 혼탁하게 하는 근원이며, 가정을 어지럽히는 근본이라. 돼지는 성정이 음란하고, 개는 색정이 음탕하며, 양은 기운이 음란하므로 음란한 사람을 세 가축(三畜)이라 이르니라.

인간은 만물의 영장류이므로 동물과는 달리 천지(天地)의 이치가 함유되어 있기 때문에 함부로 살아서는 안 될 것이다.

천지의 도는 어떻게 이행할 것인가. 천지의 이치는 『천부경』(天符經)에서의 인중천지일(人中天地一)(사람 가운데 천지가 있어 하나가 됨)과 같이 천지인은 삼위일체이므로 하늘과 같이 밝게 대지와 같이 중심을 잡아 행하면 되는 것이다. 그런데 사람은 천지가 대우주(大宇宙)라면 소우주라고 하는 것과 같이 대우주의 원리에 따라 살아가면 된다.

흔히 천지는 거시적으로 음양이라 한다. 음양은 일대일로써 조화를 이루어 만물을 생육하고 있다. 마찬가지로 인간은 남녀관계로 살아간다.

남녀가 음란함으로 살아가면 하늘의 밝음과 대지의 중심을 이루는 원칙이 무너지는 것과 같이 윤리가 어지럽게 된다. 음란 행위는 인류의 공적(公敵)이라 해도 지나친 말이 아니다.

음란으로 인해서 가정은 물론 나라를 망친 사례가 우리 역사에는 수없이 나타난 것을 들 수 있다. 이 음란은 미적 의식으론 추(醜, Das Hä*β*liche)에 해당하는 관계로 퇴치대상으로 삼아야 할 것이다. 인간은 만물의 영장인 관계로 삼축(三畜)인 돼지(猪), 개(狗), 양(羊)의 본성과는 다르게 살아야 한다.

1. **개의 색정 소재**: 규장각본(奎章閣本), 『가곡원류』(歌曲源流) 634에서는 삼축(三畜) 중 개(狗)의 색정에 대해서 지었다. 작자는 미상이나, 삼축의 하나인 개에 대해서 지은 것은 개 자체의 행동을 못마땅해한 것이 아니고, 교언영색(巧言令色)하는 무리를 일깨우기 위해 지은 것이라 할 수 있다. 그 대상은 여인일 수도 있고 관직의 승진을 위해 상관에게 아부하는 자의 행위를 비유해서 나타낸 것이다.

그리고 조선조는 종이나 시비들이 주인에게 아양을 떨어야 먹고살게 되는 시대라 하더라도 사람은 만물의 영장이니, 짐승과는 달리 처신해야 한다. 작자는 아마도 이런 점에 유의하여 개의 행함을 못마땅하게 여기고 다음과 같이 지은 것이다.

> 개를 열 넘게 기르되 요 개같이 얄미우랴./ 미운 님 오면 꼬리를 회회 치며 뛰며 내리뛰며 반겨서 내닫고,/ 고운님이 오면 뒷발을 버둥거리며 물러났다 나아갔다 하며, 캉캉 짖어 돌아가게 한다./ 쉰밥이 그릇마다 남은들 너에게 주지 않겠다.

奎章閣本, 『歌曲源流』 634

삼축(三畜) 중 개는 음란함을 본능으로 살아가기 때문에 작자는 못마땅하게 여기고 있다. 음란함으로 살아가는 사람에게 경종이 되는 내용이다. 사람들은 인륜의 도리로 살아가지 않는 사람을 일컬어 삼축이라 비유해서 말한다.

사람들은 부귀한 생활을 하거나 지위가 높으면 여인들을 가까이하는 것으로 되어 있다. 여색은 남자가 멀리해야 될 첫째 조건이다. 나라를 다스리는 임금 또한 여인을 가까이하면 나라를 망하게 하거나 외침을 당하게 하여 백성들이 고난을 겪은 일도 역사에는 전하니, 음란함을 경계대상으로 삼아야 함을 본 조항에서 깨닫는다.

본 5장 화(禍)는 음란한 행위를 경계대상으로 삼았는데, 그 세 번째 가지 음삼조(淫三條)는 6개 잔가지로 나타냈는데 소개하면 아래와 같다.

음삼조(淫三條)

음삼조 \ 내용	주요 내용	내용	조항
1. 황사(荒邪)	음행은 몸과 소명을 잊고 환난이 뒤따름	음란	제203사(事)
2. 장주(戕主)	음란한 부인은 남편의 몸을 상하게 함	음란	제204사(事)
3. 장자(藏子)	음란하게 낳은 아이를 숨겨 두고 기름	음란	제205사(事)
4. 유태(流胎)	불륜으로 생긴 아이를 낳아 기름이 천리임	음란	제206사(事)
5. 강륵(强勒)	남의 부녀자를 간음하면 재앙을 받음	음란	제207사(事)
6. 절종(絶種)	유복자를 밴 과부와 정을 통하면 벌이 따름	음란	제208사(事)

위의 6가지 남녀 간의 음란한 행위는 재앙에 이르는 길이므로 퇴치대상으로 삼아야 할 것이다. 인간은 만물의 영장이고 대우주에 비해 소우주이므로 천리에 의한 순수미의 미적 기본 형태(ästhetische Grundgestalten)로 살아가는 것이 가장 보람을 찾는 일이다.

젊은이들은 음란 행위가 가정 나아가서는 나라를 혼란케 하는 홍악인간(弘惡人間)의 대상이므로 홍익인간으로 살아가는 것으로 삶의 의미를 찾아야 한다.

2. 바른 기풍: 작가들은 음란으로 인한 피해가 크다는 것을 역사적인 인물을 모델로 하여 작품을 전개시키면 된다. 바른 기풍을 세우면 음란으로 인한 피해가 없게 되어 모든 사람들이 바르게 살아가게 되는 기풍을

이루며 살아갈 것이다.

옛날은 관직에서 승진하기 위해 갖은 아양을 떠는 사람이 많았다고 할 수 있는데, 21세기 오늘에도 상관에게 잘 보이기 위해 아부를 하는 이들이 없지는 않다.

작가는 지나치게 아부하는 이들의 행위를 발본색원하기 위해 작품상에 나타내면 독자들이 즐겨 읽어 아부족속들이 자중하는 풍토가 이루어질 것이다.

제203사(事) 황사(荒邪: 음란을 즐김)―『임진록』에서 본 선조(宣祖)―

황사(荒邪)에서 황(荒)은 '거칠 (황)' 자(字)이고, 사(邪)는 '간사할 (사), 치우칠 (사)'이므로 음란함에 빠지는 것을 말한다. 음란에 빠지는 사람은 지위고하를 막론하고 가정, 사회, 국가를 망치는 것으로 되어 있어 몸도 소명도 잊는 것으로 된다.

작가들은 음란함을 즐겨 몸을 잊을 정도로 빠지면 사람의 도리를 뒤엎는 것으로, 그 후에 환란이 연이어 뒤따르게 되는 내용으로 작품을 쓰면 사람들이 각성하게 될 것이다. 『임진록』에는 선조(宣祖)가 여인을 가까이 한 것이 임진왜란이 발생하는 원인이 되었다고 나타냈다.

조선조 위정자는 양반유자들이다. 그들은 유교경전과 더불어 살아가는 이들이다. 그런데도 선조는 왜가 침범할 것이라는 충신들의 충언을 묵살하고 임진왜란이란 7년 전쟁을 겪게 했다. 『임진록』에는 선조가 여인의 치마폭에 휩싸여 유비무환으로 나라를 다스리지 못했다는 것으로 나타나 있다.

본 조항에서 낙음(樂淫)은 몸을 무너뜨리는 것이라 했고, 목숨을 잃으면 환난이 뒤따르게 됨을 이르고 있다. 더구나 유자(儒者)는 공자(孔子)의 학문을 금과옥조로 신봉한다. 일찍이 공자(孔子)는 『시경』(詩經) 권(卷)1 주남

(周南)의 첫머리에 숙녀도 군자와 짝하기를 좋아한다고 소개하여 「관저」(關雎)를 모르는 이가 없을 정도로 널리 알려졌다. 그 내용은 공자(孔子)가 『논어』(論語) 권(卷)3 팔일편(八佾篇)에 「관저」(關雎)를 상기시켜 낙이불음(樂而不淫)이라고 찬미했다.

선조는 여인과 가까이할 때 낙이불음(樂而不淫)으로 지내지 않았기 때문에 임진왜란이 일어나 동아시아 세계를 뒤흔들어 놓은 16세기 이전에는 없었던 최대의 전쟁이 일어난 것이다. 이에 따라 백성들은 미증유의 전쟁으로 백성들이 7년 동안 고난을 겼으며 살았다.

본 조항은 『임진록』에서 선조의 생활을 조명하게 되어 그 내용을 다음과 같이 인용한다.

제203사(事) 황사(荒邪): (禍 3條 17目)(화, 3째 가지, 17번째 조목)

荒은 樂淫而忘身也오. 邪는 見淫而忘命也라. 樂淫而忘身이면 道理顚覆하고 見淫이 忘命이면 患難接踵하니라.

해석: 거칠다(荒) 함은 음란을 즐겨 몸을 잊는 것이요(몸을 돌보지 않음), 간사하다 함은 음탕함을 보고 목숨을 잃음이라. 음탕함을 즐겨 몸을 잃으면 사람의 도리가 뒤엎어지고, 음탕함을 보고 목숨을 잃으면 환난이 발꿈치에서 떠나지 않을 것이니라(연이어 뒤따르게 된다).

제203사(事) 황사(荒邪)라 함은 음탕함으로 자신의 몸을 돌보지 않음을 일컫는다. 사람의 몸은 지구보다 무거운 것이니, 음행을 즐기는 사람의 경우 몸을 망칠 뿐만 아니라 남들이 부러워하는 부귀하게 살아도 낙명을 하게 된다. 낙명 후에는 인륜에 어긋난 행동을 한 사람으로 간주하여, 하는 일보다 실패하며 환란이 연이어 뒤따라 부귀를 누리더라도 사람들이 멀리한다.

위정자의 경우 음행을 즐기면 일반인보다 그 후유증으로 나라의 기강이 해이해져 어지러워진다. 왜 그럴까. 우주 공간에서 음양 관계는 해와 대지로 비유해 볼 수 있다. 이 천체가 제 위치를 지키지 않으면 우주공간에서 소멸해 버린다. 남녀도 해와 대지로 비유하면 된다. 따라서 남성은 태양과 같이 여성은 대지와 같이 상도(常道)를 잃지 않아야 천장지구(天長地久)와 같이 오래도록 살아갈 수 있는 것이다.

『인부경』(人符經)에서 "천지대본(天地大本) 중정인(中正人)"이라고 했으니, 천지 상행의 도를 본받아 행하면 되는데, 그 길이 다름 아닌 중정(中正)이다. 중정인(中正人)은 천지의 상도를 지키는 사람이니, 이 길로 행하면 황음에 빠지는 일이 없을 것이다.

중정인(中正人)은 바른 행위를 하는 사람이므로 황음방탕의 길을 걷지 않는다. 중정인은 중용의 도를 행하는 관계로 음탕한 마음이 작용할 수 없기 때문이다.

1. 문학과 관련: 문학상에 나타난 위정자가 황음을 즐겨 나라를 위급존망에 이르게 하고 백성을 도탄에 빠지게 한 사례는 『임진록』에 나타난 바와 같다. 선조임금은 나라를 다스리는 데 힘을 기울이지 않고 궁녀들과 가까이 지내는 일로 7년간이란 난리 속에서 백성들이 고초를 겪으며 살아가게 했다. 16세기 당시 선조 이전에는 이런 큰 전란이 없었으며 당시로서는 역사상 미증유의 전란인 것이다.

숙종은 나라를 다스리는 데 힘쓰지 않고 전란이 일어날 것이라는 일본에 다녀온 통신사의 간곡한 충언도 받아들이지 않았다. 한 나라의 임금으로서 여인들의 치마폭에서 헤어나지 못한 것으로 인해 백성들이 전란 속에서 고초를 겪으며 살아가게 했다.

젊은 세대들이 올바른 행함은 『인부경』(人符經)에 나타난 바와 같이 중정(中正)의 길을 걸으면 삿된 기운이 제거되어 황음에 빠져드는 일이 없을 것이다. 중정인(中正人)이라 함은 중용의 도로 행하는 사람이다. 『인부경』에는 "천지합덕인"(天地合德人)·"지천합도인"(地天合道人)과 같이 천인합일의 경지에 이른 완벽한 인물로 거듭나야 할 것이다.

『임진록』에 의하면 선조는 중정인의 길을 밟지 않은 관계로 임진왜란을 겪게 했다. 선조를 비롯한 조정의 신하들이 본 조항의 내용을 실천했다면 전란의 어려움에서 살지는 않았을 것이다.

2. **스토리텔링과 환상**: 작가들이 본 조항과『임진록』을 대상으로 작품을 쓰면 독자들이 외면하게 되므로 새로운 인물을 설정하여 작품을 전개시키면 독자들이 관심을 가지고 읽게 된다. 아울러 그 대상은『임진록』에 등장하는 선조를 대상으로 스토리텔링으로 나타내도 상관없다.

선조는 무능한 임금이지만 문학상에는 유능한 선조로 나타내기 위해서는『선조실록』을 내용으로 전개시키면 될 것이다. 문학은 작가의 상상력으로 쓰는 관계로 어느 정도 역사와 부합하는 내용으로 전개시켜도 상관없다.

열녀『춘향전』은 숙종대왕을 요순과 같은 성군으로 나타낸 것과 같이 예전이나 오늘에도 반드시 역사적 근거로 쓰지 않아도 된다.

월탄(月灘) 박종화(朴鍾和, 1902~1981)는 소설『이순신』에서 이순신이 왜적의 총탄으로 숨진 내용과는 달리 자결하는 내용으로 쓴 것과 같이 반드시 역사적인 사실로 짓지 않아도 문제가 되지 않는다. 소설은 경우에 따라 픽션(fiction)과 논픽션(nonfiction)으로 쓸 수도 있기 때문이다.

제204사(事) 장주(戕主: 남편을 해침)—『진본청구영언』의 음행—

장주(戕主)에서 장(戕)은 '죽일 (장)' 자(字)이고, 주(主)는 '주인 (주)'이니, 음란한 부인은 남편의 몸을 상하게 하는 것을 말한다.

작가는 음부가 남편의 몸을 해친 일을 조선조 조혼(早婚)으로 신부가 신랑보다 나이가 더 많아 어린 신랑을 죽게 하여 부모들이 합궁하는 날짜를 정한 것을 예로 들어 설명하면 독자들이 흥미 있게 읽을 것이다.

본 조항의 해석은 첫머리에 두 가지로 해석한다. 아내가 음행을 즐겨 남편의 몸을 해롭게 하는 것과 또 다른 해석은 아내를 간음하고 그 남편을 해치는 것으로 해석할 수 있으나 본고에서는 앞의 것에 따르기도 했다.

『진본청구영언』(珍本靑丘永言) 519, 508의 시조에는 남성들이 여성과의 음행을 즐기는 것으로『교주해동가요』(校注海東歌謠) 383의 시조에는 여성이 남성과의 상열(相悅)을 나타냈다. 청춘남녀들의 지나친 상열은 특히 여성이 음행을 즐기면 남성들 몸에 지나친 해를 끼치므로 생명을 단축시키게 된다. 그런 점에서 남성들은 상열만을 좋아할 것이 아니라, 생명에 지나친 손상이 된다는 것을 생각하고 경계대상을 삼아야 할 것이다. 그런 점에서 본 조항의 내용을 다음과 같이 소개한다.

제204사(事) 장주(戕主): (禍 3條 18目)(화, 3째 가지, 18번째 항목)

戕主者는 淫其婦而害其夫也라. 淫無智愚하니 智戕也는 鬼神質其謀하고 愚戕也는 日月質其頑하나니 風吹草動하여 聲色自顯하나라.

해석: 주인을 해한다(戕主) 함은 그 아내가 음탕하여 그 남편에게 해를 끼침이라. 음탕함에는 지혜와 어리석음이 없으나 지혜로 해함에는 귀신같이 그 꾀함을 이루는 것이고, 어리석음으로 해치는 자는 밤낮으로 그 본바탕을 고집스럽게 욕심을 탐하느니라. 바람이 불면 초목이 동하는 이치로 말소리와 형색에 음심이 자연히 나타나느니라.

제204사(事) 장주(戕主)라 함은 음란한 부인이 남편의 몸을 상하게 함을 뜻하는데, 음부의 경우 두 가지를 예로 지혜로운 음부와 어리석은 음부로 나누고 있다. 전자는 남편의 몸을 해침에 꾀가 귀신같다고 했으며, 후자는 밤낮을 자기의 욕구를 채우기 위해 남편의 몸을 해치는 방식이다.

남자는 음부를 만나면 불행한 것이다. 건장한 체질의 남자일지라도 음부의 성욕을 이겨 내지 못한다. 조선조는 대가족제도이다. 가정에서 많은 식구와 육체노동의 많은 일을 가정의 부녀자가 뒷바라지를 감당해야 하므로 신부가 신랑보다 나이가 많았다. 신랑이 10대 초반이면 신부의 경우 10대 후반이니, 사춘기에 해당한다. 어린 신랑은 사춘기에 접어든 신부의 성욕을 감당하지 못하게 되니, 몸의 건강을 지탱하지 못하여 결국 세상을 떠나는 이들이 많이 발생했다. 신랑의 부모들은 아들을 구하기 위해 합궁하는 날짜를 정해 놓은 것이다.

노인들에 의하면 신부의 나이가 3~5세 많았다고 한다. 어린 신랑을 신부가 등에 업고 다녔다는 일화도 전하니, 당연히 있을 수 있는 일이다.

이런 것을 미루어 볼 때 조선조의 신랑들은 나이가 어리니, 성욕이 강한 음부의 경우 남편의 몸을 상하게 하는 관계로 조선조 조혼(早婚) 제도 하에서 합궁하는 날이 정해져 있었다는 사실에선 본 조항을 재음미할 필요가 있다.

1. **문학과 관련:** 『진본청구영언』(珍本靑丘永言)에 나타난 작품으로 남성과 여성이 상열하는 내용을 소개하면 다음과 같다.

드립더 바득 안으니 셰허리지 자늑자늑.
홍상(紅裳)을 거두치니 셜부지풍부(雪膚之豊富)하고 거각준좌(擧脚蹲坐)하니
반개(半開)한 홍목단(紅牧丹)이 발욱어춘풍(發郁於春風)이로다.
진진(進進)코 우퇴퇴(又退退)하니 무림산중(茂林山中)에 수용성(水舂聲)인가 하노라

『珍本靑丘永言』519

위와 같이 남성들은 여인과의 성교를 하게 되니, 자신도 모르게 육체는 쇠약하게 된다. 이 사설시조에 나타난 성교의 장면은 문장으로 묘사한 내용이다. 시적화자인 한 남성은 초장에서 여성의 가볍고 부드러운 여인의 허리를 끌어안고 홍상(紅裳)을 걷어 올려 그 육체미가 눈같이 흰 풍만한 살결이 나타남을 그렸다. 중장에서는 여인의 음부를 봄바람에 활짝 핀 홍

목단(紅牧丹)과 같이 묘사하여 남성의 강렬한 성적 자극을 유발시켜 놓았다. 종장에는 여인과 교정(交情)의 절정 장면의 율동을 숲이 우거진 산중에 물방아 찧는 소리와 같이 들린다고 묘사하고 있다.

남성들은 이런 쾌락에 빠져 자신과 가정과 심지어 제왕의 경우 나라도 망치는 결과가 되게 한다. 이러한 예로 당나라의 현종(玄宗)이 양귀비(楊貴妃)에게 현혹되어 안녹산의 난이 일어나 8년 전쟁으로 백성들이 도탄에 빠지기도 했다.

우리의 경우 백제(百濟)의 의자왕이 삼천궁녀와 놀아나 결국 나라를 멸망케 했다. 조선조의 경우『임진록』에 나타난 바와 같이 선조가 여인과 가까이 지낸 것으로 인해 임진왜란이 일어나 백성들이 7년 동안 고난을 겪으며 살아야만 했다.

실제 남성들은 남녀율기가 엄격한 조선조 유가제도하에서 양반유자들 간에도 육체긍정의 노래가 지어져 구가되기도 했다. 조선조의 양반들의 생활은 겉으로 점잖았고, 내심으론 이성의 본능을 숨기고 살았는데 가면적인 면이 너무나 드러난 것이다.

조선조 유가들은 외도를 공공연하게 행했던 것이나 중원과 조선의 왕들이 삼천궁녀를 거느려 나라를 망하게 하는 요인이 되게 했다. 이런 것은 여인과의 운우지정(雲雨之情) 때문으로 볼 수 있다. 이들뿐만 아니라 일반 남성들도 여인과의 육체의 정을 쾌락(快樂)의 절정으로 찬양한 노래가 전하니, 여인과의 교정에서 헤어나기는 어려운 것이다. 남성들이 여인과의 상열을 노래한 장면을 소개하면 다음과 같다.

> 반여든에 첫계집을 하니 어렷두렷 우벅주벅
> 주글번 살번 하다가 와당탕 드리다라 이리져리 하니 노도령의 마음
> 흥글항글
> 진실로 이 자미(滋味) 아돗던들 길적부터 할랏다.

『珍本靑丘永言』 508

위의 성적 장면은 초장의 경우 결혼도 안 한 40세에 이른 노도령(老都
令)이 처음으로 여인과 교정(交情)을 나누는 장면을 그린 것이다. 중장에
노도령은 여인과의 첫 성경험이니, 상열에 빠져 어리둥절할 뿐 일을 급하
게 서두른다.

노도령은 성적 충동이 절정에 이르러 허겁지겁 일을 처리하고 들떠 있
는 모양을 나타내 너무나 직설적으로 솔직하게 나타냈다. 만약에 오늘날
이런 시를 지었다면 음란물로 취급을 받을 것이다. 조선조 남녀율기가 엄
격한 양반제도에서 성행위 장면이『진본청구영언』(珍本靑丘永言) 508에 게
재되어 있다는 자체가 획기적인 일이다.

종장에서는 노도령이 육체의 정을 누리고 난 후 소년 시부터 이 재미를
알았다면 기어 다닐 적부터 행할 것을 후회한다고 하였다.

남녀율기는 어느 사회에서도 금기시하여 왔는데 양반들의 세계에서 남녀
의 정을 솔직하게 나타냈으나, 이들의 실상이기도 하다. 양반유가들은 술자
리가 잦은 편이다. 이들은 한 잔 두 잔 기울이다 보면 음담이 오고 가게 마
련이다. 이런 생활상에서 남녀상열의 노래를 부르거나 말하기도 했다.

조선조 양반들은 남성들이 여인과의 교정(交情)을 즐기는 대상으로 여
기고 있는데, 예술적으로 나타내지 못하고 음탕한 욕정을 발하는 것으로
그렸다는 데 문제가 있다.

여인들은 남성과의 교정을 어떻게 보았는가. 여인들 또한 남성들과 같
이 쾌락으로 일관하고 있는데 그 찬양하는 노래를 들면 다음과 같다.

간밤에 자고 간 그 놈 아마도 못 잊겠노라
기와장이 놈의 아들인지 진흙 이기듯이, 두더지 자식인지 꾹꾹 뒤지듯
이, 사공이 상앗대를 지르듯이 평생에 처음이오, 음흉하게도 야릇해라.
전후에 나도 무던히 격어시되 참말로 간밤에 그놈은 차마 못 잊을까
하노라

『校注海東歌謠』 383

이 작품은 여인이 지은 것이 아니고 남성의 작이다. 예조판서(禮曹判書)에 오른 이정보(李鼎輔, 1693~1766)의 작으로 되어 있다. 이런 상열의 노래가 그가 지은 것으로 되어 있으니, 의문이 앞선다. 이에 대한 것은 사대부 사이에 음탕한 노래가 노골적으로 불렸다고 할 수 있다.

제5장 화(禍)는 계절적으로 초추(初秋)(8월 8일 立秋)~중추(仲秋)(9월 23일 秋分)에 해당하니 인생의 나이로는 40~49세로 중년기 중반이나 후반으로 나타난다. 40대에 이른 나이에는 부부간의 금슬이 좋을 때니 성생활을 중정(中正)의 도로 행해야 건강미(das Gesundheit Schöne, das *ß*efinden Schöne)로 살아갈 수 있다.

본 조항의 교훈은 예전에 조혼제도에만이 아닌 현대인에게도 좋은 교훈이 되리라 믿는데, 중정인(中正人)으로 살아가면 부인이 남편의 몸을 해치지 않을 것이다.

2. 스토리텔링과 환상: 본 조항에서는 음부를 만나면 남성들의 명을 재촉하는 결과가 됨을 이루고 있다. 이런 내용을 작가들이 어떤 한 인물을 설정하여 스토리텔링으로 전개시키면 독자들의 흥미를 유발시키게 될 것이다. 이 내용은 소설로 구성하면 많은 독자를 확보하게 될 것이라 믿는다. 성욕은 음부뿐만 아니라 남성들이 지나치다 보면 몸을 망치는 경우를 과거 제왕이나 임금의 생활상에서 볼 수 있는 바와 같다.

중국의 경우 제왕들의 수명이 평균 30대였고 조선의 임금의 경우 40대로 되어 있으니, 성욕에 의한 남녀의 상열에 집착하게 되면 수명이 단축되는 것을 나타내면 젊은이들이 자신의 몸을 생각하게 된다.

남녀의 정은 천지음양의 조화에서 보듯이 조화미로 살아가면 천지와 같이 오랫동안 금슬을 누리며 살아갈 것이다. 이것이 곧 환상적인 부부지락이라 할 수 있다. 작가들은 이상적인 부부상을 누리는 내용으로 나타내면 음녀들이 성욕을 자제하는 데 도움을 주리라 믿는다.

제205사(事) 장자(藏子: 자식을 감춤) — 연암(燕岩)의 『호질』 (虎叱) —

장자(藏子)에서의 장(藏)은 '감출 (장)' 자(字)이고, 자(子)는 '아들 (자)'이 므로 자식을 감춤이란 뜻이니, 음부(淫婦)가 음란 행위로 낳은 아이를 숨 기는 것을 말한다. 음부는 남편과 같이 살면서 오늘에도 정부와의 관계로 낳은 자식을 키우는 일이 있다. 사람들은 남편을 닮지 않았다고 하여 종전 에는 혈액형으로 검사했으나 요즘은 머리카락 하나로 정확하게 검사를 하 여 알아낼 수 있는데, 생김새를 보아도 닮고 안 닮고를 구별해 낸다. 작가 는 음부가 닮지 않은 아이를 키우는 관계로 자신과 관계가 없는 아이로 인해 가정이 분란이 일어나 발가락이나 손금을 보고 친자식이라는 것이 가려지면 독자들이 흥미 있게 읽을 것이다.

연암(燕岩)의 『호질』(虎叱)은 19세기 양반유자들의 생활을 풍자한 작품 이다. 양반유자들은 가식적인 생활을 한 관계로 당시 사회를 바로잡기 위 해 그들의 가식적이고 허위적이고 추악한 가추악(假醜惡)의 생활을 폭로하 여 이들의 생활을 바로잡기 위한 것이다.

본 소설에 등장하는 북곽선생은 사람들로부터 존경받는 학자이다. 그럼 에도 불구하고 열녀라고 하는 과부 동리자(東里子)는 북곽선생과 야밤중에 만나는 장면이 성이 다른 동리자의 다섯 명의 아들에게 탄로가 나 도망을 가다가 인분구덩이에 빠졌다. 그는 밖에 나오니 범이 잡아먹으려고 기다 리고 있다. 북곽선생은 범에게 갖은 아부를 하니, 범이 유자(儒者)는 아첨 꾼이라고 말했다.

이들 두 사람은 가식적인 생활로 겉으로는 점잖은 체하고 음란한 행위 를 일삼은 유학자이다. 열녀들의 생활상을 가추악(假惡醜)으로 고발한 것 이다.

이러한 유학자와 열녀의 허위에 찬 생활을 경계하기 위해 본 조항을 다 음과 같이 인용한다.

제205사(事) 장자(藏子): (禍 3條 19目)(화, 3째 가지, 19번째 항목)

> 藏子者는 匿淫胎也라 淫産을 藏也하여 名雖避나 難避며 愛
> 雖絶이나 不絶하여 猶望他救하니 豈期幸也리오. 淫必有種이
> 니라.

해석: 자식을 감춘다(藏子) 함은 음란한 잉태를 숨기는 것이라. 음란하여 낳은 아이를 몰래 감추면, 자신의 이름을 피하려 하나 피하기 어렵고 사랑을 끊으려 하나 끊지 못하여 오히려 남의 구원을 바라게 되니, 어찌 다행함을 기약하겠는가? 음란함이란 반드시 종자가 있느니라.

음란하게 낳은 아이를 숨겨 기른다는 것은 언젠가 탄로가 나게 된다. 여인은 남의 가정에서 남편의 혈통을 이어야 함에도 불구하고 잘못된 마음을 지니고 불륜을 저질러 낳은 아이를 몰래 숨겨 기르니 탄로가 나게 마련이다.

한국사회는 예로부터 여인의 불륜은 금기시해 왔던 관계로 숨기면 숨길수록 소문이 퍼져 나간다. 제205사(事) 장자(藏子)란 자식을 숨긴다는 뜻이니, 여성이 정부와 음행을 자행하여 아이를 낳아 숨겨 기르게 되니, 일시적으로 남을 속일 수 있으나 자신의 양심을 속일 수 없다.

숨긴 자식은 언젠가 남에게 알려져, 인륜의 강상(綱常)을 어지럽힌 장본인으로 사회에서 지탄을 받게 된다.

이런 여성은 불륜의 씨를 남겼기 때문에 사회악을 조성시킨 장본인이 되었다고 할 수 있다. 불륜으로 낳은 아이는 대개 그 낳은 모성(母性)을 닮게 되어 또한 불륜의 행동을 잇는 일로 나타난다. 아이는 가정에서 모친의 행동을 무의식으로 닮게 되니, 그 어미의 그 자식이 떠도는 것도 헛되지 않은 말이다.

한국사회에서 파렴치범은 대개 부모의 행한 바를 그대로 닮는 것으로 인해 가정교육이 인간형성의 첫째 조건임을 들고 있다. 남편이 살아 있는

데도 간부를 만나 음행을 자행하니, 그런 어미에게 배울 것이 없는 것이다. 그 어미는 자식이 자라 각종 범죄를 행할 때 그 파장은 너무 커 평생 후회한다.

불행의 씨는 자라는 과정과 자라서도 골칫거리가 되고 있다. 그 자식은 같은 또래들로부터 놀림을 당하여 외톨이가 되어 비정상적인 성장을 하게 되어 문제아로 자란다. 그 아이는 유년시절과 소년시절을 고립된 환경에서 살아가니, 모든 면에서 떨어지게 되어 스스로 소외된다.

불륜의 자식은 어미의 불륜으로 밝은 하늘 아래 얼굴을 들고 살아가기 부끄러운 것이다. 그 자식은 불륜의 어미그늘에서 자라게 되니 무의식적으로 닮아 자라서도 어미의 행동을 답습하게 되어 그 파장이 커 사회문제를 일으킨다.

음란하게 낳은 자식은 어미를 닮게 되니, 음행이 대대로 이어져 사회를 문란케 하는 장본인이 된다. 사회에서 범죄자는 대개 부모의 영향과 결손 가정에서 자라온 아이들이 대부분을 차지하고 있는 것도 가정환경의 영향이 크게 좌우되니, 특히 그 교육에 힘써야 할 것이다.

1. **문학과 관련:** 사람들은 유학자 하면 점잖은 사람으로 일컫고 있다. 또한 열녀라 하면 절개를 지키는 여성으로 인식하고 있는 것이 일반적인 상식인데 이들 인물들이 위선적인 행동을 하는 것으로 풍자한 작품이 있다. 연암(燕岩) 박지원(朴趾源, 1737~1805)은 『호질』(虎叱)에서 이들 양인의 행동이 가면임을 나타냈다.

『호질』(虎叱)에 나타난 이들 두 주인공은 가면적인 행동으로 모든 사람들이 속이며 살았다. 소설에 등장하는 인물은 남주인공인 북곽선생과 여주인공인 동리자인데 이 양 주인공은 조선조를 대표하는 유학자이며 열녀이다. 그러나 이들은 가악추(假惡醜)의 생활로 살았다. 먼저 북곽선생은 어떠한 분인가. 『호질』(虎叱)에서는 북곽선생이 학덕이 풍부한 유학자임을 다음과 같이 밝히고 있다.

정(鄭)의 고을에 벼슬을 좋아하지 않은 척하는 선비가 있었는데, 그분
이 바로 북곽선생이다. 나이 40세에 손수 교정을 본 책이 1만 권이나
되었고, 구경의 뜻을 부연하여 지은 책이 1만 5천 권이나 되었다. 천
자까지도 그 의(義)를 아름답게 여기고, 제후들은 그를 사모하였다.

북곽선생은 천자가 사모할 정도로 학식과 그 의(義)의 행함을 아름답게
여기고 사모할 정도로 학덕이 높아, 모든 사람들이 그를 훌륭한 학자로서
존경했다.

후자인 동리자라는 과부는 임금이 열녀라고 일컬을 정도로 절개가 높
은 여인이라 알려졌는데, 이 여인이 각기 성(姓)이 다른 아이를 다섯이나
낳았으니, 가악추(假惡醜)의 여인임을 알 수 있다. 이 여인은 다름 아닌 본
조항과 관련되는 음란하게 낳은 아이를 숨겨 기른 것이다.

열녀인 그녀의 음행은 조선조 사회에서 용납할 수 없는 가악추(假惡醜)의
홍악인간(弘惡人間)이다. 그럼에도 그녀는 인간미질(人間美質)의 순수미의 여
인으로 알려졌다. 그런데 어느 날 여인은 북곽선생과 동침하려다가 다섯 아
이에게 들통이 났으니, 그녀의 행함은 미적 범주(Ästhetische Kategorian)로
추(醜, das Häßliche)에 해당하니, 사회악을 조성시킨 추악(醜惡)의 여인이다.

북곽선생은 남이 모르게 동리자를 찾아와 동침하려다가 성(姓)이 다른
다섯 아이에게 탄로가 났으니, 도망가는 것이 상책이었다. 그는 허겁지겁
달아나다 인분구덩이에 빠졌다. 구덩이에서 나왔을 때 범이 잡아먹으려고
한다.

북곽선생은 진토양난의 기로에 서게 된다. 그는 우선 살기 위해 범에게
아첨의 말을 늘어놓으니, 범이 '유자유야'(儒者諛也)(유란 아첨꾼이라)이라
일갈(一喝)한다.

물론 『호질』(虎叱)은 연암이 실학자인 데서 조선조의 유학자들 중에 위
선적인 생활을 하는 이들이 많았기에 풍자하기 위해서 지은 것이지만, 본
조항의 음녀를 이해하는 데 도움을 주는데, 이들이 호색의 주인공들이다.
호색문학(好色文學은 거짓으로 숨기는 것을 말하고 있다면, 그들이 진짜
그 주인공들이라 할 수 있다.

연암은 유학자들이 겉으로는 점잖은 체하고 속으로는 그와는 상반적인 행동을 일삼는 것을 풍자한 것이니, 실제로 양반유자들에겐 북곽선생과 같은 가면적인 인물이 많았다. 열녀라고 일컫는 동리자는 허위적인 생활을 풍자하기 위한 것으로 보면 된다.

본 조항에서 음녀가 낳은 아이는 불륜과 앙화의 씨이니, 모전(母傳) 자전(子傳)으로 이어지게 되어 사회에 해독을 끼치는 사람이다. 젊은이들은 연암이 지적하는 바와 같이 북곽선생이니, 동리자와 같이 가식적이고 위선으로 살아가서는 안 될 것이다. 한민족은 단군이 홍익인간으로 살기 좋은 나라를 세워 공자(孔子)도 조선이 예의 나라임을 칭송했다.

단군이 동방예의지국(東方禮義之國)을 세웠으니, 홍익인간의 정신으로 살아가면 사회기강이 확립되어 남녀의 율기도 바로 서게 된다. 조선조 유학자들은 겉으로 점잖은 체했지만 내면에선 엉뚱하게 달랐다.

연암(燕岩)의 『호질』(虎叱)은 18~19세기 양반유자의 사회를 풍자한 작품이지만 당대 사회를 바르게 나타낸 것이라 할 수 있다. 그런 점에서 본 조항은 연암의 『호질』(虎叱)로 그 사회를 조명하여 본 것이다.

2. 새로운 문학의 지향: 본 조항은 사람들에게 흥미로운 소재이다. 오늘에는 음녀들이 인터넷으로 음부와 만나는 일이 자주 발생한다. 이들이 만나는 장소는 여러 형태이다. 작가들은 새로운 내용으로 이들이 음란함을 문학적으로 형상화하면 에로틱한 모습에서 에로티즘으로 부각시키면 사람들에게 본받는 일이 될 것이다.

한국의 현대소설은 음란을 소재로 한 작품이 많았지만 오늘엔 그런 작품에 관심을 기울이지 않는다. 앞으로 작가들은 음녀·음부를 다루더라도 문학적 형상화로 작품을 선보인다면 이들에게 각성이 될 것이다. 작가들은 이들을 바른길로 살아가게 이끌어 주어야 한다.

제206사(事) 유태(流胎: 태아를 유산시킴) —『장화홍련전』의 계모—

유태(流胎)는 달이 차기 전에 태아가 죽어서 나오는 것을 말하는데 음부가 음란한 잉태에 약을 써서 유산시킨 것을 말한다.

작가는 음부가 정부와의 관계로 잉태한 태아를 유산시켜 그 후유증으로 병이 생겨 고생하다가 유명한 의사를 만나 완쾌되어 살아가는 경우와 청춘과부가 정부와의 불륜으로 음란한 잉태를 소재로 작품을 쓸 수 있다. 전자는 오늘날 법에서도 어느 정도 허용되고 있으니, 행동이 불륜관계이다. 후자는 그 아이를 잘 길러 살아가는 내용으로 작품을 써도 독자들이 고운 시선으로 보지는 않지만 유산시키는 것보다는 낫다는 아량으로 보게 될 것이다.

『장화홍련전』은 조선 후기의 가정소설로서 작자 미상의 소설로 전해온다. 소설은 계모형 소설로 널리 알려지고 있는데, 1960년대 연구가 시작되어 1970~1990년대에 이르러 그 연구는 더해졌다.

『장화홍련전』은 필사본·신활자본까지 40여 종이 현존하고 있다. 내용은 계모 허씨가 장화를 모함하기 위해 쥐의 껍질을 벗겨 낙태했다고 모함을 하고 끝내 죽음에 이르게 했다.

본 소설은 허씨가 장화가 불륜관계로 잉태하여 유신시킨 것으로 모함하여 장화가 덥고 자는 이불 속에 쥐의 껍질을 벗겨 낙태한 것으로 꾸몄다.

허씨는 천리를 거역한 관계로 타살되어 최후를 마쳐, 교훈적인 의미에서 본 조항을 소개한다.

제206사(事) 유태(流胎): (禍 3條 20目)(화, 3째 가지, 20번째 항목)

流胎者는 藥於淫孕也라. 天落惡種에 地必受生하고 雨露長之
하여 猶以薰傍이라. 若違天理라도 理有所歸니라.

해석: 잉태를 유산함이란 음란한 잉태에 약을 써서 유산시킴이라. 하늘이 악한 종자를 떨어 뜨려도 땅은 반드시 받아 낳고 비와 이슬로 자라게 하여 썩은 풀이 향기로운 풀 곁에 있게 하니라. 만일 하늘의 이치를 어기더라도 그 이치대로 돌아가느니라.

제206사(事) 유태(流胎)는 불륜으로 생긴 아이를 유산시키는 문제에 대해 하늘과 땅의 이치를 본받아 길러야 함을 교훈하고 있다. 오늘날에 유태(流胎)는 어느 정도 공공연하게 행해지고 있는 양상이 현저하다. 대개 부유층이 사는 곳에는 남녀의 성비가 맞지 않는 신문보도가 발표한 적이 있었는데, 대개 남자아이들이 많고 여자아이들이 적다는 통계로 알 수 있다. 대개 서민층이 사는 곳에는 남녀의 성비가 옛날과 같이 나타나고 부유층이 사는 데는 낙태수술이 불법적으로 공공연하게 행해지는 것으로 나타난다. 그러나 이 통계는 한때 초등학교 취학아동 수의 경우 부유층이 사는 학군에 남자 학동들이 여자 학동들보다 많은 데 대해 보도한 적이 있지만 이것으로 문제가 되지 않고 넘어갔다.

요즘은 의학의 발달로 아이가 태내에 있을 때 남녀를 구별할 수 있어 여아가 생겼을 경우 유산시키는 것으로 볼 수 있다. 그러나 여아가 생겼을지라도 가능한 낳아서 길러야 할 것이다.

특히 여인이 불륜관계로 잉태를 하였다면 오늘의 경우 대개 유산을 시키는 것으로 되어 있다. 그러나 의료시설이 발달하지 않았던 50년대의 경우에는 불륜으로 생긴 태아를 민간요법에 의존해 약으로써 유산시켜 이에 대한 후유증이 심각했다. 이런 인공유산은 큰 죄가 됨을 밝히고 있는데 살인자로 보게 된다.

주지하는 바와 같이 인공유산은 약물을 복용함으로써 태아가 죽어서 태어나기 때문에 살인행위로 간주할 수 있는 것이다. 인공유산은 오늘날 의학의 발달로 간단하게 행할 수 있지만 원칙으로 천리에 어긋나는 행위이지만 임산부가 원하면 병원에서 얼마든지 행했던 때도 있었다.

그러나 여인이 불륜관계로 잉태한 생명을 사산(死産)시키면 윤리적으로 문제가 큰 것이니, 정상적인 부부관계로 자손을 낳아야 한다. 불륜관계로 아이를 낳는 것은 사회악을 조성시키는 것이지만, 유산시킬 것이 아니라 낳아서 키우는 과정에 따라 훌륭한 사람이 될 수도 있는 것이다. 본 조항에서는 천지의 도에 의해서 키울 것을 교훈하고 있다. 하늘의 순리를 어기는 자의 행위는 도덕미(das Sittlich schöne)가 결여된 사람이니, 악녀이자 홍악인간(弘惡人間)이다.

1. **문학과 관련**: 낙태모티프는 설화나 고소설에서 볼 수 있는데, 흔히 『장화홍련전』에 나타난다. 이 소설에는 장화와 홍련이 주인공으로 등장하는데, 배좌수는 상처를 당해 후처 허씨를 맞았다. 계모 허씨는 전처소생인 장화를 모함하기 위해 가죽 벗긴 쥐를 남편 배좌수에게 보이며, 장화가 낙태한 것으로 누명을 씌운다.

무능한 배좌수는 허씨의 감언이설에 넘어가 그대로 믿는데 사태가 악화되어 갔다. 배좌수는 세상물정을 너무나 모르고 허씨의 말을 철석같이 믿어 가문을 망신시켰다는 이유로 비밀히 죽여 버리라고 말하니, 허씨가 기회를 만난 것이다.

허씨는 아들 장쇠에게 한밤중에 장화를 깊은 산중의 연못으로 데려가 못에 밀쳐 죽게 했다.

남녀율기를 엄하게 여겼던 조선조에는 여성이 불륜을 행했을 경우 조상의 혈통을 욕되게 하는 것으로 엄히 다스렸다. 허씨는 그 점을 이용해 장화가 낙태를 한 증거물을 배좌수에게 보여 비밀리 죽이라는 허락을 받아 낸 것이다.

조선조의 계모들은 후처 콤플렉스로 말미암아 전처의 소생을 모함하여 심하면 죽음에 이르게 하였다.

장화의 여동생 홍련은 언니의 원혼(冤魂)을 달래기 위해 연못에 투신자살하였다. 원귀(冤鬼)가 된 홍련은 언니의 억울한 누명을 벗게 하기 위해 밤중에 철산부사 정동우에게 찾아가 사건의 전모를 알려 사건을 엄히 처리하겠다는 확답을 받아 냈다. 그런데 다음 날 부사가 허씨를 잡아다 문초를 하니, 임시응변에 능해 부사 또한 처벌하지 못하고 허씨를 방면했다.

홍련은 허씨가 무죄로 방면됐다는 소식을 듣고 분노를 참을 수 없어 다시 밤중에 부사를 찾아가 홍련이 억울하게 죽은 경황을 자세히 알렸다. 부사는 원귀가 알려 준 대로 허씨를 다시 소환하여 쥐의 배를 가르니, 쥐똥이 나와 허씨의 흉계가 드러나 허씨를 능지처참하고 장쇠는 교수형에 처했다.

정동우 부사는 명관이다. 조선조는 권력만 있으면 권력을 쥔 사람이 마음대로 하는 경향이었으나 그는 원귀의 말을 들어줄 정도로 백성에게 억울함이 없도록 철산 고을을 다스렸으니, 훌륭한 목민관이라 할 수 있다.

조선조의 낙태 모티프는 『한국구비문학대계』 권5-2를 비롯하여 구비 설화나 민간의 이야기가 전하는데, 후처에 의한 모함으로 전실 소생들과 알력이 생겨 가정이 편안하지 않았다. 후처는 후처 콤플렉스로 인해 전처 소생을 박대하게 되어 억울한 누명을 씌우는 일이 빈번하였다.

계모 허씨는 도덕미(das Sittlich schöne)가 결여된 추악(醜惡)의 인간이다. 후처를 맞은 가장은 후처의 말이면 무조건 믿는 경향이 있었는데, 가장이 가장으로서 구실을 하지 못한 관계로 비극적인 일이 발생하게 된 것이다.

허씨는 전실을 모함하기 위해 추악한 불륜의 관계를 쥐의 가죽을 벗겨 낙태한 것으로 위장해 한 생명을 자기가 낳은 아들 장쇠를 시켜 물에 빠져 죽였다. 그 결과 허씨 또한 죄의 업보로 죽어 갔다.

본 조항에서는 여인이 한때 잘못 생각으로 불륜으로 낳은 아이를 유산시키지 말고 천지와 같이 넓은 사랑으로 키워야 함을 밝히고 있다.

1940년대만 하더라도 계모는 전실을 으레 박대하였는데, 한 밥상에서 전실과 후처의 자손 간에는 차별이 현저했다. 이런 일은 광복한 후에도 밥상에서 전처소생을 차별로 키웠다. 남편은 후처에게 끼니마다 "왜 애들을 강물 질을 해 뼈만 남게 키우느냐"라고 하니, 후처가 "내가 무슨 강물질로 애들을 키웠냐"고 언쟁을 하는 것을 본 일이 있다. 강물질이란 전처소생에게 맨 국물만 먹이고 자기가 낳은 자식에겐 건더기를 먹인다는 말로 들은 적이 있는데 신조어로 처음으로 소개하는 언어다.

필자가 본 견해는 계모는 전처의 자손을 박대하는 것을 여러 가정에서 보았는데 그런 현상이 풍조인 듯이 행해졌다.『장화홍련전』또한 조선조 후기 사회에서 계모가 전실을 박대하는 풍조에서 반영된 소설이다.

2. 새로운 스토리텔링 지향: 불륜으로 생긴 아이를 유산시키는 일은 천리를 거역하는 행위로 간주하였는데 천지의 이치를 본받으면 불륜으로 생긴 아이라도 잘 키워야 한다.

『장화홍련전』은 소설적인 내용이나, 조선조 후기 사회를 나타낸 것으로 볼 수 있다. 작가들은 본 조항의 내용으로 작품의 줄거리를 구성하면 새로운 방향의 스토리텔링의 작품이 될 것이다.

『장화홍련전』은 계모가 전실 자손을 박대하고 물에 빠져 죽이는 교사를 했으니, 전 시대는 그런 사회상식과 통하지 않는 내용으로 지을 수 있다.

21세기는 계모가 전실을 박대하는 것은 생활정서에도 맞지 않으므로 친자식과 같이 사랑하여 훌륭히 키워 딸일 경우 출가를 한 후 친어머니같이 대하는 것으로 나타내야 한다. 사람들은 계모와 전실이라는 것을 전연 모를 정도로 살아가게 주인공과 등장인물로 나타내면 독자들이 좋아할 것이다.

소설은 허구적인 일이라도 현실적인 상황을 시대상황과 맞추어 만인이 공감할 수 있는 내용을 전개시키면 현대사회를 보다 밝게 살아갈 수 있게 하는 데 도움을 준다.

오늘에도 사회이면에는 이혼율이 높은 관계로 갈등관계가 전처소생과 새어머니와 가정불화가 심화되어 있는 경향이나 이런 때 가장인 부(父)의 역할이 크다는 것을 인지하고 선후관계를 잘하면 원만하게 지낼 수 있다.

작가는 이런 일에도 잘 신경을 기울여 예로부터 전실과 계모관계도 잘 나타내면 원만하게 해결할 수 있을 것이라 믿는다.

제207사(事) 강륵(强勒: 강제로 욕보임)—「박문수 설화」의 누명 벗기기—

강륵(强勒)에서 강(强) 자(字)는 '강할 (강)'이고, 륵(勒)은 '억지로 할 (륵)'에서와 같이 반강제적이고 강압적인 힘으로 하는 것이니, 강간을 이른다. 작가는 요즘 도시화로 인구가 많아짐에 따라 일부 치한(癡漢)들이 남의 부인이나 처녀를 강간하는 자에 대해 하늘과 사람이 용서할 수 없는 큰 죄로 다룬다. 마치 이들 치한은 여름밤 등잔불을 보고 부나비가 날아들어 그 불에 부딪쳐 자기의 몸을 불꽃으로 태워 버리는 신세로 다루면, 인면수심(人面獸心)의 인간이라도 비참하게 죽는 일을 행하지는 않을 것이다.

박문수(朴文秀, 1691~1756)는 조선의 정치가로서 도승지·병조판서 등을 지냈다. 그는 1730년 호서어사(湖西御使)로 나가 굶주린 백성구제에 힘쓴 것으로 전한다. 그는 암행어사로서 활약하여 많은 일화로 유명하다. 그는 조선조 500년 동안 배출된 암행어사 중 가장 훌륭한 암행어사로 알려졌다.

「박문수 설화」은 중이 진사 며느리를 겁탈하고 증거를 없애려고 시아버지의 행동으로 퍼뜨렸다. 어사 박문수는 현장에 나가 조사를 하여 죽은 진사 며느리와 시아버지의 누명을 벗기고 중을 처벌하였다. 그는 오리무중에 가리어 있는 대형사건의 진상을 끝까지 추적해 해결해 그가 명암행어사임을 이 설화에서 밝혀내고 있는 것이다.

「박문수 설화」에서 중이 진사 며느리를 겁탈하고 살해한 것은 본 조항에서의 부나비가 등불에 부딪쳐서 몸이 타는 것과 같이 벌을 받는다. 그런 의미에서 본 조항을 인용한다.

제207사(事) 강륵(强勒): (禍 3條 21目)(화, 3째 가지, 21번째 항목)

强勒者는 欲淫人之妻妾하야 强之勒之也니라. 和濃은 淫之奸
也오 强勒은 淫之賊也니라. 和濃도 天且不赦건만 强勒을 赦
乎아. 飛蛾撲燈에 有焰燒身이니라.

해석: 강제로 욕보임(强勒)이란 남의 처첩을 강제로 하고 억지로 함이라. 순순히 어울리게 함(和姦)은 음탕함의 간사함이요, 강제로 하는 것(强勒)은 음탕함의 도둑이라. 순순히 어울림도 하늘이 또한 용서치 않거늘 강간을 용서하겠는가! 이는 날아드는 부나비가 등불을 쳐서 제 몸을 태워 버리는 것이니라.

강간은 한 남자가 남의 처첩을 강압적인 힘으로 성행위를 하는 행위이다. 음란 행위는 두 가지로 나뉘게 되는데 남녀가 순순히 어울리는 화간(和姦)과 남의 부인이나 처녀를 강제로 욕보이는 강간(强姦)이 있다. 두 가지는 옛날 방식으로 인륜문제로 비춰 볼 때 허용되지 않았던 일이다. 전자는 음란의 간사함을 후자는 음란의 도둑질이라 할 수 있기 때문이다.

매스컴에 전달되는 바에 의하면 불량배들이 밤에 혼자 다니는 여성들을 납치하여 정조를 강압적으로 유린하는 일이 발생하는데 이러한 사건을 강륵(强勒)이라 할 수 있다. 화간은 요즘 청춘남녀들이 어울려 상열하는 것을 이른다.

강간을 자행한 자는 자기의 정체가 탄로가 나면 사회적으로 매장되는 것을 두려워하고 살인을 행한다. 하늘은 화간도 용서하지 않는 행위인데 음란의 도둑질이라 하는 강간을 용서하지 않는다.

한민족은 예로부터 혈통을 중시하는 단일민족의 전통으로 내려와 예의를 중시하는 동방예의지국이니, 두 가지 중 한 가지도 남녀율기문제를 엄격하게 다뤄 용납하지 않았다. 설화나 고소설상에 나타난 바로는 음란 행위 자체를 금기시했던 관계로 개과천선의 기회도 일부를 제외하고는 주어지지 않았다. 등장인물 중 악녀일지라도 음란 행위를 하지 않았을 경우 개과천선의 기회가 주어져 선녀(善女)가 되곤 했다.

요즘 세상은 도덕관념이 결여되어 강륵(强勒)으로 여성의 정조를 유린하고 탄로가 나면 후환이 두려워 살인 행위를 하는 것이 문제가 되고 있다.

본 조항에서 강간을 하는 자는 날아드는 부나비가 등잔불에 부딪쳐 그 불꽃에 제 몸이 타 버리는 것으로 나타냈다. 이 비유는 아주 적절하다고 보고, 그와 같이 재앙을 받는 것이다. 대개 치한들은 강간을 한 후 살인을 하거나 금품을 빼앗는 일이 빈번하다. 대개 요즘은 카드를 지니고 다니기 때문에 은행에서 거액을 인출한다. 약자인 여성은 수십 시간 감금을 당했다가 탈출하여 인면수심(人面獸心)의 인간들을 신고하여 이들이 은행에서 돈을 인출해 갈 때 CCTV에 나타나 범인이 체포되는 경우를 종종 뉴스에서 듣곤 한다. 이들은 체포되어 중형이 선고되니, 이를 하늘이 내린 천벌이자 재앙이라 여겨도 된다. 마치 이는 본 조항에서 밝힌 바와 같이 부나비의 신세인 것이나 다름없다.

1. 문학상에 나타난 강간자의 최후: 강간을 하고 살인까지 행한 자는 사람과 하늘이 용서할 수 없는 큰 죄에 해당하니, 그 예를 어사 「박문수 설화」에서 보기로 한다.

이 설화에는 강간을 하는 자의 말로가 순탄하지 않고 죄의 업보를 받는 것으로 나타나 본 조항의 내용을 새롭게 이해하는 데 도움을 준다.

예전에는 강간을 한 후 살인까지 행한 자를 극형에 처했는데, 오늘에는 이런 파렴치범(破廉恥犯)이 많다 보니, 무기징역에 처하는 이들이 많다. 그러나 「박문수 설화」에서는 이런 범죄자를 사형에 처하였다. 그 내용을 소개하면 다음과 같다.

어사 박문수는 중과 동행하고 동숙하면서 어느 마을의 진사 며느리를 겁탈하고 살해한 사실을 알고, 진사의 집을 찾아서 알아본다. 그러나 엉뚱하게도 시아버지가 며느리를 겁탈하고 죽인 것으로 소문이 나 있었으므로 해서 관심을 더 가지게 되었다. 중이 소문을 퍼뜨리어 엉뚱한 시아버지를 무고로 사형집행을 하게 된 것이다. 이에 박문수는 중을 잡아서 중을 처형하고 시아버지를 구해 냈다.

한국구비문학회 편, 『한국구비문학선집』, 일조각, 1980 중 「박문수 설화」

암행어사인 박문수는 중이 진사 며느리를 겁탈하고 살해한 사실을 호도하기 위해 시아버지의 행동으로 소문을 낸 것을 알아내 중을 붙잡아 자초지종을 고백받아 중의 행위임을 밝혀내고 중을 처형했다.

박문수가 명암행어사로 이름난 것은 현장에 가서 억울한 이들을 위해 누명을 벗겨 주는 데 있다. 조선조의 중들이 여인을 겁탈하는 연정담(戀情譚)의 설화가 등장되는 것은 파계승의 엽색 행각에서 드러난 행태이다. 「박문수 설화」은 파계승의 역점을 두고 진실을 밝혀 놓은 것으로 볼 수 있다.

어사 박문수는 인간미(das menschlich Schöne)가 풍기는 암행어사이다. 그는 앉아 서적이나 뒤적이며 판결을 내리는 암행어사가 아니고 현장을 누비며 자초지종을 알아낸 후 신중에 신중을 기하고 결정을 내려 무고한 자의 한을 풀어 준다.

어사 박문수 설화는 본 조항을 새롭게 이해하는 데 도움을 주고 있다. 천인공노할 죄를 범하고 세상을 활보하는 범죄자를 방치하는 것은 어사로서의 직무유기다. 파계승은 겁탈과 살인까지 자행했으니, 죗값을 받게 되어 있는 자이다. 파계승은 천인공노할 죄를 지어 스스로 불나비가 불구덩이에 들어간 것이나 다름없다. 흔히 사람들은 인과응보로 인한 업보를 받는 것을 하늘이 내리는 천벌이나 재앙이라고 하는데 스스로 지은 죄는 받게 되어 있다.

본 조항은 간음하고 살인자는 부나비가 등불에 부딪쳐서 몸이 타는 것으로 비유한 것과 같이 박문수설화에 나타난 파계승 또한 부나비의 신세로 처형된 것이다.

2. 문학적인 작품으로 승화: 본 조항의 내용과 관련해 「박문수 설화」를

조명했다. 그 결과는 자신이 지은 죄는 받게 되어 있는 것을 알 수 있다.

작가는 박문수와 같은 가상인물을 등장시켜 국민들이 억울함을 당하는 일을 탐문하고 현장에 나가 조사를 하여 죄인을 처벌하는 명판관의 행위로 나타내면, 예전에 박문수와 같은 명관이 나왔다는 말을 들을 것이다.

국민들은 그런 위정자상과 호흡을 같이하는 공명·공감하는 작품을 원하고 있다. 요즘 작가들은 매스컴이 발달하고 견문지식이 넓고 여행도 하는 관계로 관심을 기울이면 좋은 작품의 출현도 기대해 볼 만하다.

작품의 소재는 무궁무진하다고 할 수 있으니, 현장으로 달려가 국민들의 목소리를 듣는 실지 체험화로 승화된 작품을 쓰면 독자들이 반길 것이다.

제208사(事) 절종(絶種: 씨를 끊음)－『삼국유사』 권2 후백제 견훤－

절종(絶種)은 '씨를 끊음'이란 말인데, 본 조항에서의 경우 유복자를 밴 남의 집 과부를 간음하면 배 속에 있는 아이가 온전할 수가 없어 집안의 대를 끊는 행위이니, 천벌을 받게 된다는 내용이다.

작가는 유복자를 밴 남의 집 과부와 관계를 가지는 치한(癡漢)을 가추악(假醜惡)의 홍악인간으로서 작중에 등장인물로 나타내면 독자들이 그런 사람을 천벌을 받아 마땅한 인물이라고 공감하게 될 것이다.

후백제 견훤(甄萱, 재위 900~935)은 신라가 혼란한 틈을 타 892년 반기를 들고 여러 성을 공략한 후 무진주(武珍州, 光州)를 점령하고, 900년 완산주(完山州, 全州)에 입성하여 후백제왕(後百濟王)이라 일컬었다. 926년 신라 수도 경주(慶州)를 점령하고 경애왕(景哀王)을 죽게 한 후 김부(金傅)를 왕으로 삼고 철수하여 신라인의 원한을 샀다. 특히 그는 경애왕의 왕비를 겁탈한 내력이 『삼국사기』 권50 열전 견훤 조와 『삼국유사』 권2 후백제 견훤 조에 전해지고 있으니, 신라인이 싫어했을 것이다. 견훤의 행함은 본 조항의 의미를 깨닫게 하는 데 의미를 주게 되어 그 조항을 인용한다.

제208사(事) 절종(絶種): (禍 3條 22目)(화, 3째 가지, 22번째 항목)

絶種者는 淫人寡女而絶其嗣也라. 稚子近井에 人必遠徙하고
筍芽始生에 人必不踏이라. 旣歡其母하고 寧忍其子리요. 寂寞
暗室에 天眼이 如輪니라.

해석: 종자를 끊는다(絶種) 함은 남의 집 과부를 간음하여 그 집의 대를 이어 갈 후손을 끊음이라. 어린아이가 우물에 가까이 가면 사람이 반드시 멀리 옮겨 주고, 죽순(竹筍)이 싹 트면 사람이 반드시 밟지 않느니라. 이미 그 어미와 즐기니, 어찌 그 배 속의 아이에게 못 할 일을 차마 하겠는가! 적막한 어두운 방이라도 하늘의 눈은 내려다보니라.

본 조항에서 절종(絶種)이라 함은 간음하면 인륜적으로도 어긋나는 행위로 하늘이 무심하지 않는다는 것을 내용으로 하고 있다. 이 또한 한민족의 혈통을 중시하는 것에서 유래된 것이다.

과부는 부군이 세상을 떠나 홀로 선대의 대를 이어 가는 만큼 여기에 치한이 그 여인을 겁탈하여 잉태했을 경우 그 시집의 대를 끊게 하는 요인이 된다. 그 치한인 겁탈자는 부군의 씨와 아무런 관계가 없기 때문에 남의 대를 끊는 것이다. 남의 대를 끊어 놓는 것은 인간이 차마 해서는 안 되는 행위이다.

고대 한민족은 자식이 없으면 조상의 혼령을 모시는 제사를 받들지 못한다고 하여 큰 죄를 짓는다고 여겨 왔다. 그런데 과부는 시집의 대를 이으며 살아가는데 겁탈을 당하여 잉태를 하면 성이 다른 자식이 태어나 시집의 가문과는 아무 상관 없는 아이가 태어나 집안을 어지럽히게 된다. 이런 치한은 남모르게 행한 간음일지라도 하늘의 눈이 꿰뚫어 보게 되어 천벌을 받게 된다는 것이 본 조항의 내용이다.

『삼국유사』 권2 기이(紀異) 후백제 견훤 조에는 후백제를 세운 견훤이 신라 경주를 공략하고 점령한 후 경애왕을 살해하고 왕비를 겁탈한 것으로 되어 있다. 견훤은 후백제를 세웠으니, 왕이다. 왕이 신라의 왕을 살해하고 겁탈을 행했다는 것은 왕의 체통으로 보나 행해서는 안 될 천인공노할 일이다.

이러한 행위를 견훤이 행했으니, 천추만대에 남을 오욕이며 추악(醜惡)한 사건이다. 본고에서는 본 조항과 관련하여 견훤에 대해 설명하여 보기로 한다.

1. **견훤의 행위**: 『삼국사기』 권50 열전 견훤 조와 『삼국유사』 권2 후백제 견훤 조에는 신라를 공략하고 경애왕을 살해하고 왕비를 겁탈하였다는 기록이 전해지고 있으니, 후백제의 부하들에게 왕으로서의 권위를 실추(失墜)시켰고 백성들에게도 치한이란 오명으로 체면이 땅에 떨어지게 했다.

견훤은 신라의 비장(裨將)으로서 신라의 반기를 들고 백제 의자왕(義慈王)의 원한을 풀어 준다는 미명 아래 후백제를 세웠지만 그 명분을 잃어 나라는 점점 망해 가는 징조가 나타나게 된다.

『삼국사기』에 의하면 견훤은 아들 간의 싸움으로 고려 왕건의 치하로 들어갔다. 여러 아들의 싸움이 발생했다는 것은 견훤의 행실이 원만하지 못한 데 있는 것이다. 왕자의 난이 일어났으니 후백제가 그대로 존속하기 어려운 상황이다. 그 상대는 왕건이 자리하고 있기 때문이다. 그는 또 저질(疽疾＝등창)이 악화되어 황산(黃山＝金山)의 불사(佛舍)에 들어가 죽었는데, 그의 인간됨이 추(醜)한 관계로 악독한 병으로 비참하게 생을 마치니, 후백제가 끝을 맺었다.

견훤은 경애왕을 살해하고 그 왕비를 겁탈하는 행위를 행했으니, 왕으로서 천추만대의 죄를 지었다. 하나를 보면 열을 알 수 있다는 밀이 있듯이 그 신하들이나 백성들이 그를 속으론 좋아하지 않았을 것이다. 그가 등창을 앓아 운신을 못하고 죽은 것은 홍악인간의 대가로 볼 수 있다.

견훤은 역사상 해서는 안 될 일을 행했다. 후백제군은 신라의 수도 경주를 점령한 후 견훤이 신라왕을 죽이고 왕비를 겁탈을 할 정도니, 신하들이 그 행함을 보고 견훤을 사람답지 않게 취급하고 신하들 또한 그러한 일을 궁녀를 데려다 음란을 행했을 것이다. 후백제가 신라왕궁을 점령하고 많은 궁녀들을 데리고 갔다고 했으니, 이미 그 죄업이 하늘에 닿아 망한 것으로 볼 수 있다.

2. 문학적인 내용과 그 지향: 본 조항은 잉태한 과부와 정을 통하면 남의 대를 끊는 것으로 인해 행해서는 안 될 일임을 내용으로 하고 있다. 반인륜적인 일을 행하는 사람은 가까이 지내는 사람이라 할지라도 멀리할 뿐만 아니라 하늘도 싫어하는 행위이다.

작가들은 견훤에 대해 작품을 구성하면『삼국사기』와『삼국유사』견훤조를 참고하여 그의 반인륜적 행위로 작품을 쓰면 본 조항의 의미를 되새기게 할 것이다.

견훤은 경애왕을 살해하고 그 비(妃)를 겁탈하였으니, 씻을 수 없는 죄를 지었다. 작품상에는 그 죄를 천벌로 간주하고 전개하면 본 조항의 내용을 이해하는 데 도움이 될 것이다. 역사적으로 인륜도덕을 거스르는 자는 역사적인 심판대에 올라 그 벌을 받아 왔다.

본 5장의 화(禍)는 가을날의 상징으로 나타냈다. 남성의 기질 발휘는 천고마비의 힘찬 기상으로 대처하여 인륜을 어기는 패륜자를 가려내어 엄히 다스려 정의사회를 이루는 데 작가의 역량을 기울여야 한다.

작가들은 사회를 어지럽히는 일이 없도록 기풍을 세우는 작품을 독자에게 선보여야 할 것이다.

제209사(事) 상(傷: 해침) ─영조(英祖)를 낳은 구비전승의 설화─

상(傷)은 상하게 하는 것이니, 남을 이유 없이 해치는 행위를 말한다. 남을 해치는 행위는 자기의 이익과 관계되는 일에서 주로 일어난다.

작가들은 이욕에 눈이 어두우면 남을 이유 없이 모함하고 그것이 통하지 않으면 해하려는 행동을 불사하게 되는데, 그런 행위를 경계하는 내용으로 작중인물로서 등장시키면 남을 해하려는 행동을 삼갈 것이다.

숙종(肅宗)은 무수리 출신의 최 여인을 가까이하여 영조를 낳았다. 장희빈(張禧嬪, ?~1701)은 민비 인현왕후를 민가로 내쫓고 숙종비에 올랐는데 최 여인이 임신을 했다는 말을 듣고 가만둘 리가 없었다. 장희빈은 궁궐 마당에 독을 엎어 놓고 그 속에 최 여인을 집어넣었으니, 임산부가 질식사 할 상황에 놓였다.

이때 숙종이 낮잠을 자고 있었는데, 용 한 마리가 독에 갇혀 질식사하 게 되는 꿈을 꾸었다. 숙종은 내전을 보니, 독이 엎어져 있는 것을 보고 독 을 들어 보니, 최 여인이 들어 있어 구해 냈다. 그 후 숙종은 궁중에서 영 조를 낳게 하였다.

본 조항은 장희빈이 시샘이 있었던 구비전승의 설화와 내용이 통하므 로 본 조항을 다음과 같이 인용한다.

제209사(事) 상(傷): (禍 4條)(화, 4째 가지)

傷은 傷人也라. 天이 怒惡人傷人하여 雷霆警之하고 霹靂威之
하니 惡之不回頭於利嫌界하여 行不仁手段이면 其陽傷陰傷
에 罰有輕重이라.

해석: 상해(傷害)란 사람을 상하게 하는 것이라. 하늘은 악인이 남을 해치는 것을 노엽게 여겨 뇌성으로 경계하며 벼락으로 위협하나니라. 그 악인이 이욕과 혐오의 세계에서 머리 돌 리지 못하고 어질지 못한 수단으로 악을 행한다면 그 양적(陽的)인 해침과 음적(陰的)인 해침 만큼 각각 가볍고 무거운 벌이 있게 되느니라.

제209사(事) 상(傷)의 내용은 두 가지가 거론된다. 육체적인 것과 정신적 인 방법이 있다. 전자는 몸을 다치게 하는 것이니, 사상(死傷)과 부상(負傷) 이고, 후자는 마음을 애태우게 하는 상심(傷心)과 상탄(傷歎)을 이른다. 남 을 상하게 하면 하늘이 무심하지 않아 위엄(威嚴)을 뇌성벽력으로 악행을 경계해 왔다. 실지 예전의 죄를 진 사람들은 천둥과 벼락이 치면 두려워했다. 흔히 1940년대 이전 사람들은 뇌성벽력이 온 천지를 흔들면 혹시 자기에게 벼락이 떨어지지 않을까 두려워했다. 죄를 짓지 않은 사람도 무서움에 떨었는데 죄지은 자는 안절부절못했다.

요즘은 높은 건물에 피뢰침이 설치되어 뇌성벽력이 온 천지를 요동케 하더라도 벼락을 치지 않는다. 그러나 반세기 이전에는 큰 건물이 없고 대부분 민가가 초가집이었던 시절 뇌성벽력이 치면 천지가 요란했다. 그런 요동이 있은 후 몇십 리 안에 어떤 사람이 벼락을 맞아 죽었다는 소문이 무성하게 들려오곤 했다. 벼락을 맞아 죽은 사람에 대해 논의가 있게 마련이다. 그 사람에 대한 평가는 과거를 들추고 조상에 대해 설왕설래하게 된다.

대개 벼락을 맞는 사람은 벼락에 대한 상식이 없었던 노인들이다. 벼락이 치는 가운데 긴 곰방대를 허리춤에 꽂고 다니니 그 곰방대에 있는 놋쇠에 벼락이 유인되어 벼락을 맞아 몸은 찢기어 죽어 갔다. 또 벼락이 요동을 치고 비가 쏟아질 때 들판에 삽을 들고 논밭을 살피러 나가거나 큰 나무 밑에 있게 되니, 벼락을 맞게 되어 있다.

오늘에는 벼락이 칠 때 쇠붙이를 가까이하거나 외로이 들판에 가면 벼락을 맞게 된다는 과학적인 상식을 학교교육에서 배워 알지만 예전 촌로들이 그런 상식만 알았더라면 그런 끔찍한 일이 일어나지 않았다. 고대인에게 뇌성벽력은 위엄미(威嚴美, das Ernabenheit Schöne)로 승화되어 많은 사람에게 착하게 살아가는 역할이 되어 왔고 효과도 있어 왔다.

정신적인 고통은 남을 성가시게 하여 스트레스를 받게 하는 일이다. 사람은 남보다 뛰어나거나 잘살면 시기질투를 받게 된다. 한국인의 단점은 시기심이 많다고 했으니, 정신적인 고통을 받으면 몸을 피로케 하여 상심케 한다.

사람의 몸은 괴로움이 심하면 병이 생겨 치료를 받게 되니, 남을 까닭 없이 괴롭혀 애태우게 하면, 자가당착으로 인하여 어떤 사람에게 걸려들어 자기가 그런 일을 당하게 된다. 이런 것은 하늘이 적수를 두어 벌을 내리는 것으로 볼 수 있다.

1. 영조를 낳은 구비전승의 설화: 사람은 정신적 · 육체적으로 이루어졌다고 할 때 남에게 마음과 육체적으로 해침을 당하면 살아가는 데 막대한 지장을 초래한다.

이러한 예는 영조를 낳은 무수리 출신의 최 여인의 경우를 들 수 있다. 역사적으로 숙종은 무수리 최 여인을 가까이하여 임신 중에 있었다. 장희빈이 최 여인을 가만둘 리가 없다.

일찍이 장희빈은 일개 궁녀이었는데, 숙종의 후궁이 되고 인현왕후를 몰아냈다. 그녀의 미모는 『숙종실록』 12년 12월 조에 기재될 정도로 빼어나 숙종이 가까이하게 된 것이며, 이에 아들 경종(景宗, 1688~1724)을 낳아(숙종 14년) 숙종의 세자로 책봉되어(숙종 16년) 총애는 극에 달해 막강한 권력을 행사할 수 있었다.

숙종의 총애를 독차지한 장희빈은 부귀영화를 누리게 되었는데 천한 무수리 출신이 임금과 상관하여 임신을 했다. 설화상에 나타난 바로는 정신적 · 육체적 고통을 주어 낙태케 하는 일환으로 독에 가둔 것이다.

이때 숙종이 낮잠을 자고 있을 때 천우신조로 비몽사몽간에 용(龍)이 독에 갇혀 나오지 못하는 꿈을 꾸게 된다. 숙종은 임금을 상징하는 용(龍)이 독에 갇힌 상서롭지 못한 불길한 꿈을 꾸어 순시 중 독이 엎어져 있어 이상하다는 생각으로 들어 보니, 최 여인이 들어 있었다. 숙종은 최 여인이 임신 중인 것을 알아 장차 임금이 될 아들이 태어날 것을 성몽으로 예시한 것으로 명꿈을 꾼 것을 알았다.

숙종은 몽중 계시로 임금이 될 태몽을 꾸었으니 최 여인이 비(妃)로 대우를 받게 되는 가운데 본궁(本宮)인 육상궁(毓祥宮)에서 영조를 낳으니, 더없이 기뻐하게 된다.

> 숙종은 최씨를 위하여 육상궁(毓祥宮)을 그녀의 본궁(本宮)으로 정하였다. 최씨는 이 궁전에서 영조(英祖)를 낳았다. 이로부터 이 궁에는 후궁에 신위를 안치하는 곳으로 되었고, 궁정동(宮井洞) 칠궁(七宮)이 있었다.

위의 설화는 실지 역사적 내용을 나타낸 것이다. 최 여인은 무수리 출신이었지만 숙종의 배려로 육상궁(毓祥宮)을 본궁으로 정해 영조(英祖)를 낳게 했다. 영조(英祖)는 1725년 그의 모친 최숙빈(崔淑嬪)을 육상묘(毓祥廟)에 모셨다. 그는 또 다른 후궁의 신위를 안치하는 것으로 인해 궁정동칠궁(宮井洞七宮)이 생긴 것이다. 이 칠궁은 정궁(正宮)이 아닌 군주의 사친(私親)을 모신 사당(祠堂)으로 보면 된다. 설화의 냉용을 추적하면 역사가 나타나게 되는 것을 위의 구비설화에서 알 수 있다.

설화적인 내용이긴 하나 하늘은 최 여인이 독에 갇혀 질식사하게 되는 경황에 숙종의 몽중 계시로 살아났으니, 성몽(聖夢)에 해당되는 태몽이었다.

설화상에선 장희빈은 최 여인을 독에 가둔 것으로 인해 약사발을 받아 비참하게 죽었으니, 본 조항을 이해하는 데 도움을 준다. 네 번째 단계인 해침은 7가지로 나눴는데 그 내용은 다음과 같다.

상사조(傷四條)

상사조 \ 내용	주요 내용	대상	조항
1. 흉기(凶器)	쇠붙이로 사람을 해하면 벌을 받음	해침	제210사(事)
2. 짐독(鴆毒)	짐새의 독은 사람을 죽게 함	해침	제211사(事)
3. 간계(奸計)	간사한 계략으로 사람을 해침	해침	제212사(事)
4. 최잔(摧殘)	미운 사람도 다치게 해서는 안 됨	해침	제213사(事)
5. 필도(必圖)	해치려는 마음은 천성을 소멸시킴	해침	제214사(事)
6. 위사(委唆)	폭행을 청탁하여 사람을 해침	해침	제215사(事)
7. 흉모(凶謀)	사람을 괴롭히면 화가 미침	해침	제216사(事)

위와 같이 남에게 가하는 상해(傷害)에는 정신적·육체적 7종류로 나눴는데 이를 행하면 하늘이 벌을 내리는 것으로 되어 있다. 하늘이 벌을 내린다는 것은 사람이 곧 하늘이라는 것으로 되니, 인간세상에서 죄를 짓고 살면 법망에 걸려드는 것으로 되어 있는 것으로 보면 된다.

2. 새로운 문학의 지향: 작가들은 예전과 같이 권선징악의 내용으로 작

품을 쓸 수만은 없다. 현실적인 상황에 입각하여 남을 이유 없이 괴롭히면 괴롭히는 자를 만나 그 원인을 밝혀내고 그 대처방안을 세워야 한다.

인간생활에서 공연히 남을 정신적으로나 육체적으로 괴롭히는 것은 남을 생각하지 않는 일이다. 이런 예는 자기의 입장을 바꿔서 생각하면 그런 괴로움을 당하였을 경우 심각한 일이 아닌가.

지금 초중고 학생들은 '왕따'를 당하여 정신적·육체적 고통 속에서 학교생활을 하는 이들이 전국 학교에서 벌어져 이제는 경찰이 보호하는 지경에 이르렀다. 2008년 이후 이명박 대통령 재임 시는 이런 일이 일어나지 않기를 바란다.

이럴 때 해방 후 홍익인간의 교육이념을 교육법으로 내세웠으나, 실천하지 못하는 가운데 오늘에 이르러 '왕따'로 인한 후유증으로 치료를 받는 학생이 있게 되었다.

이러한 현실에서 작가들은 본 조항의 내용과 관련해 어린 학생과 소년소녀들을 위해 홍익인간의 정신을 내용으로 하는 만화로 선보이면 선도할 수 있으리라 본다.

청소년들이 남을 괴롭히는 것으로 학창세월을 보내면 이 다음에 자라서 폭력을 행사하는 사람이 될 것이다. 이제는 작가들이 그 책임의식을 지니고 청소년소녀를 선도하는 내용으로 작품을 단군의 예절교훈으로 선보이면 성과가 있으리라 본다.

제210사(事) 흉기(凶器: 흉구(凶具))－최치원(崔致遠) 『토황소격문』－

흉기(凶器)는 쇠붙이로 만든 흉구(凶具)이다. 흉기로써 사람을 해하는 것은 호생지덕(好生之德)을 위반하고 있으니, 인류의 장래를 위해서도 대량 살상무기는 만들지 말아야 한다.

작가들은 흉기는 사람을 살상하는 무기이므로 국제협약으로 군축회담을 열어서 인류를 멸망케 하는 살상무기를 생산하지 않도록 인류에게 호소하는 내용으로 작품을 쓰면 도움을 줄 것이다. 고운(孤雲) 최치원(崔致遠, 857~?)은 고병(高騈) 막하(幕下)의 종사로 있을 때 산동에서의 반도(叛徒) 황소(黃巢)가 난을 일으켜 『토황소격문』(討黃巢檄文)을 지어 그가 항복했다는 내용이 기재되어 있다.

황소(黃巢)는 난을 일으켜 도성을 포위할 정도로 세력이 막강하여 고운이 그와 전쟁을 벌이면 막대한 인명이 살생될 것을 염려하여 『토황소격문』(討黃巢檄文)을 지어 보낸 것이다. 그런데 황소(黃巢)가 항복했다는 것은 고운(孤雲)의 글을 읽고 양심에 꺼렸기 때문이다.

전쟁은 흉기로 많은 사람을 살상하는 관계로 일으켜서는 안 된다. 그럴 때 『토황소격문』(討黃巢檄文)은 본 조항과 통하는 일면이 있어, 그 조항을 다음과 같이 인용한다.

제210사(事) 흉기(凶器): (禍 4條 23目)(화, 4째 가지)

凶器者는 金鐵之屬也라. 以金鐵로 敢傷人乎아 傷人者는 人也오. 被傷者도 亦人也라. 人之身體는 受於父母하고 育於父母하니 傷人者는 獨無父母乎아.

해석: 흉기란 쇠붙이로 만든 기구이니라. 쇠붙이로써 어찌 감히 인간을 상하게 할 수 있겠는가! 사람을 상하게 하는 자도 사람이고, 상함을 입는 자도 또한 사람이다. 사람의 몸은 부모로부터 받고 부모에게서 키워지니, 사람을 상하게 하는 자는 자기 홀로 부모가 없단 말인가!

제210사(事) 흉기(凶器)는 쇠붙이로 만든 도구로서 사람을 상하게 한다. 그 도구는 시대가 흐를수록 발달해 오늘에는 대량살상무기로 등장하였다. 본 조항에서는 개인 간에 살인한 것보다는 전쟁에서 사용하는 흉기에 대해서 설명하기로 한다.

흉기(凶器)는 사람을 살상하는 무기이니, 현 200개 나라에서 전쟁무기를 만들지 않는 나라는 별로 없는 것 같다. 대표적인 나라로 미국, 러시아, 중국 등을 들 수 있는데, 제2차 세계대전이 끝난 후 60여 년 동안 군축회담도 있었지만 큰 실효를 거두지 못하고 대량무기를 생산하고 있다.

전쟁을 도발하는 자는 원인이 있겠지만 홍악인간(弘惡人間)의 군상들이다. 제2차 세계대전을 일으킨 장본인들은 많은 사람을 살상케 하여 이들 또한 제명으로 죽지 못하고 자살하거나 형장에서 처형당했다.

요즘은 200개 나라 중 중동지역에서 전쟁이 자주 일어나는 외는 평온한 편이다. 사람들은 전쟁을 하지 않고 잘 살아갈 수 있는 길이 있는데도 불구하고 남의 나라를 빼앗으려 드는 것은 20세기 이전의 생활에 불과하다. 21세기는 강대국이 약소국을 함부로 침략하지 않음에 따라 사람들이 전쟁의 위협으로 살아가지 않고 있다.

단군은 본 조항의 내용으로 백성을 교화하여 홍익인간으로 나라를 세웠던 이면에는 삼상(三相) 오부(五部)의 신하들이 정치를 잘하여 흉기를 함부로 만들지 않게 하고 백성들이 안심하고 살아갈 수 있게 정책을 편 관계로 홍익인간의 이화세계를 이룬 것이다.

1. **전쟁을 방지한 고운(孤雲)의 『토황소격문』(討黃巢檄文):** 고운(孤雲) 최치원(崔致遠, 857~?)은 한문의 비조로 알려진 분이다. 12세에 당나라에 유학하여 18세(874)에 빈공과(賓貢科)에 장원해 고병(高駢) 막하(幕下)의 종사로 있을 때 산동에서의 반도(叛徒) 황소(黃巢)가 난을 일으켜 『토황소격문』(討黃巢檄文)을 지어 보냈다.

황소(黃巢)는 본 조항의 내용과 같이 깊이 깨달은 바 있어 항복하여 전쟁으로 인해 많은 인명이 살상되는 일이 발생하지 않게 하였다.

반도(叛徒) 황소(黃巢)가 고운(孤雲)의 『토황소격문』(討黃巢檄文)을 읽고 항복했다는 것은 현실세상에서는 일어날 수 없는 일이고 허구적인 소설 속에서나 있을 수 있는 일이다. 황소(黃巢)가 고운(孤雲)의 『토황소격문』(討黃巢檄文)을 읽고 난을 일으키지 않았다는 것은 그 글 내용이 고운의 육신의 소리로 쓴 것이 그의 마음을 감동시켰기 때문이다. 이런 일은 가상적인 허구적인 내용으로 쓴 소설에서 일어날 수 있는 신기하고 기적에 가까운 일이니, 본 조항과 관련하여 보기로 한다.

반도 황소(黃巢)는 명분이 서지 않은 전쟁을 일으켰다. 고운은 반도(叛徒)인 주제에 당나라에 도전하는 것은 성과가 없을뿐더러 많은 인명의 손실만 보게 되어 황소와 당나라를 위해 『토황소격문』(討黃巢檄文)을 지어 황소에게 보낸 것이다.

황소(黃巢)는 자신이 거느리는 군대가 당의 정병과 전쟁을 한다는 것은 중과부족이고 군비 면에서도 역부족 상태이고 자신을 알았던지 『토황소격문』(討黃巢檄文)을 읽고 항복했는데, 그 내용을 알기 쉽게 풀이하면 다음과 같다.

> 너는 시골 농사꾼으로 갑자기 도덕 떼가 되어, 못된 마음을 품고 신령스런 무기를 희롱하여, 반도들로 하여금 성곽을 침범하고 대궐을 둘러싸는 바람에 임금은 먼 곳으로 순행하게 되었다. 너는 어찌 죄가 하늘만큼 달한 줄을 모르느냐? 너는 하늘의 죄가 높아 반드시 패망하여 진흙구덩이에 빠져 죽을 것이 분명하다. ……
> 일찍이 너는 덕과 의를 돌아올 줄 모르고, 다만 완강하고 흉악한 짓만 감행하여도, 임금은 너에게 죄를 사면해 줄 은혜를 베풀었도다. 너는 나라의 중죄를 지었으니 반드시 며칠 안에 죽음을 당할 것이니, 어찌 하늘을 무서워하지 않는가? ……

이 격문은 제210사(事) 흉기(凶器)에서의 "쇠붙이로써 어찌 감히 인간을 상하게 할 수 있겠는가? 사람을 상하게 하는 자는 자기 홀로 부모가 없단 말인가?"와 비교할 수 있는 내용이다. 그 다음에는 고병에게 엄준한 경고문이다.

오로지 내가 바라는 것은 반드시 장수의 법도를 찾아 돌아설 것을 부
탁하고, 여우같이 의심으로 쓸데없이 의심하지 말 것이다. 고병은 너
에게 고하노라.

황소는 고운의 문명을 잘 알고 있었을 것이고 양심에 가책을 받아 항복
하게 된 것이다. 이 사화(史話)는『당서』(唐書)에 고병이 황소를 싸우지 않
고 이겼다는 기록이다. 당(唐) 희종(僖宗) 6년(879)의 일이다.

고운이 황소에게 하늘의 호생지덕(好生之德)으로 황소의 잘못을 격문으
로 뉘우치게 하여 항복하게 했다는 전승담은 인류역사상 없는 일이다. 고
운의 문장은 황소뿐만 아니라『당서』(唐書)에 기재되어 있으니, 그의 격문
은 한민족의 자랑이 아닐 수 없다. 이런 격문은 우리의 역사서에 게재되어
야 하는데 외국 사서(史書)에만 있는가. 우리는 고운의『토황소격문』(討黃
巢檄文)을 문화재로 보호해야 한다.

부산 동백섬은 그의 공적을 기리는 비문과 여름철 피서인파가 수백만
명이 찾아드는 해운대가 있다. 해운은 고운과 같이 최치원의 별호이다. 그
를 기리기 위해 해운대라고 한 것인데 그의 문명이 당(唐)에서 떨친 바라
생긴 것이다.

요즘 청소년들이 해외에서 국위를 선양하는 이들이 많지만 1100여 년
이 지난 고운과 같이 나라의 명예를 빛낸 이가 과연 얼마이겠는가?

우리는 한국인의 위상을 빛내는 고운과 같이 훌륭한 인물이 배출되기
를 학수고대할 뿐이다.

2. 고운을 소재로 한 문학: 고운의『토황소격문』(討黃巢檄文)은 본 조항
과 내용을 같이하는 호생지덕을 다룬 작품이다. 전쟁은 비참한 것이다. 전
쟁은 아비규환(阿鼻叫喚)하는 가운데 지옥으로 비유할 수 있으니, 당연히
도발해서는 안 되는 일이다.

문인들은 최치원을 소재로 한 작품이 고전소설에서도 등장하여 문명이
뛰어난 것으로 나타났지만,『토황소격문』(討黃巢檄文)으로 반군의 가슴을

서늘하게 한 내용을 다룬 작품은 없었다. 황소(黃巢)의 반란을 고운이 문장으로 진압했다는 것이 신라에는 아무런 이익이 되지 않는다고 도외시해서는 안 된다.

신라인이 당나라의 문장가를 제치고 명문으로 반도들을 항복하게 하여 문명을 드날렸으니, 오늘의 입장에서 그의 문재를 되살펴야 할 것이다.

작가들은 본 조항과 『토황소격문』(討黃巢檄文)을 이전의 작품과는 달리 새로운 스토리텔링으로 작품을 구성하면 고운의 재질을 닮으려고 힘써 노력하는 사람들이 많이 나타나리라 믿는다.

제211사(事) 짐독(鴆毒: 짐새의 독)－『한국구비문학대계』 개안 설화－

짐새(鴆鳥)는 가공할 만한 독성을 지닌 새로 전하는 중원에 광동성(廣東省)에 전하는 설화인데, 부모에게 밥상에 정갈한 상보로 덮은 음식을 봉양하라는 교훈에서 짐독이 생겨난 것이다.

오늘에는 음식을 잘 보관하는 냉장고가 있어 상보로 덮는 번거로움이 해결되었다. 작가들은 자부가 시부모에게 드리는 음식을 정갈히 하고, 절기에 따른 음식과 과실도 조석 간으로 잘 차려 드려 건강과 풍신이 좋아 다른 집의 자부에게도 좋은 본이 되는 내용으로 작품을 쓰면 된다.

예전에는 공기는 환경오염이 없는 관계로 물과 공기기 맑았지만 비포장도로인 관계로 바람이 불면 집 안에 먼지가 끼었다. 그리고 파리가 집 안에 많아 음식을 잘 간수하지 않으면 파리 떼가 음식물에 앉아 즙을 빨아 먹게 된다.

상에 음식물을 차려놓으면 금방 파리 떼가 음식에 달라붙는 것은 70년대까지만 해도 흔한 일이었다. 60년대는 파리 떼가 극성을 피웠는데 요즘 젊은이들은 그때 실상을 보지 않아 이해가 되지 않을 것이다. 1945년 광복 후에 서울에는 많은 미군이 주둔하였는데 파리가 너무나 많아 그들이 파리약을 청량리 인분구덩이에 살포하여 그 때가 많이 줄어들었던 일이 있다. 특히 서울 종로 일대에 인분은 왕십리 인분구덩이로 옮겨졌는데 그 일대가 배추밭이었다. 오늘에는 그 일대에 주택가가 들어섰는데 상전벽해(桑田碧海)란 말이 실감할 정도로 변한 것이다.

짐독(鴆毒)이 생긴 것은 특히 부모에게 음식봉양을 할 때 정갈하게 하라는 교훈으로 짐독(鴆毒)의 설화가 전해진 것이라 할 수 있다.

본 조항의 내용을 인용하면 다음과 같다.

제211사(事) 짐독(鴆毒): (禍 4條 24目)(화, 4째 가지, 24번째 항목)

鴆毒者는 鴆藥也라. 鴆毒이 毒於器하니 金鐵加人은 或有可保나 鴆水灌人은 合無餘命이라. 孝於父母者는 喜其全歸歟니 孝子는 無受鴆之天이니라.

해석: 짐독(鴆毒)이란 짐새에서 나온 독약이니라. 짐독은 흉기보다 더 독하니, 쇠붙이로 상해를 입은 사람은 혹 목숨을 보존할 수 있지만 이 짐새의 독물을 마신 사람은 다 목숨이 남지 못하니라. 부모에게 효도하는 사람은 몸을 온전히 하여 돌아감을 기뻐하리니, 효자는 짐독을 하늘로부터 받은 일이 없느니라.

제211사(事) 짐독(鴆毒)이라 함은 전설적인 짐새에서 나온 독을 이른다. 이 독조(毒鳥)는 중국 광동성(廣東省)에 전설로 전해 오는데 생김새가 올빼미 비슷하게 생겼다고 한다.

이 짐새는 뱀을 잡아먹고 살기 때문에 맹금류(猛禽類) 중에 속하는 새로 전해 온다. 일설에는 천 년 동안 뱀을 먹고 사는 관계로 독기를 간직한 새로 전하는데, 깃에 독이 있어 그 새가 날아갈 때에 물그릇에 그림자가 비치는 것을 사람이 마시면 죽는다는 것이다.

이 전설적인 새가 비유하는 것은 무엇일까? 효자효부가 부모봉양을 정성껏 정갈하게 하라는 교훈이 들어 있다.

예전에는 여름날 파리가 극성을 피웠다. 밥상에 앉으면 파리가 까맣게 날아와 음식의 즙을 빨아 먹는 것을 흔히 볼 수 있다. 예전에는 파리의 배설이 그릇에 달라붙어 마르면 잘 지워지지 않는 것을 흔히 볼 수 있었다. 또 옛날에는 비포장도로인 관계로 풍세가 사나우면 먼지가 심히 날아온다. 그러한 가운데 집집마다 상보로 밥상을 덮어 놨다.

이 짐새의 독은 무서운 것으로 되어 있는데 이 구비전승의 설화를 그대로 받아들여서는 안 되는 것이다. 효부가 시부모님께 드리는 음식을 상보로 덮어 깨끗한 음식으로 봉양하라는 교훈적인 비유가 담긴 것으로 이해하면 된다.

음식봉양은 정결하게 하라는 교훈적인 내용이니, 비단 부모봉양만은 아니고 온 식구가 먹는 음식은 정결하게 간직했다가 때가 되면 먹게 해야 할 것이다. 오늘이나 예전에나 비위생적인 음식은 깨끗하게 정결을 유지하는 것이 우선이다.

예전에도 깨끗하지 못한 음식을 먹으면 토사곽란(吐瀉癨亂)을 일으키는 일이 간혹 있었다. 대가족 사회에서 비위생적인 음식을 잘못 먹어 식중독을 일으키면 온 집안이 앓아눕게 되니, 치료시설이 열악했던 시절에 큰 문젯거리가 아닐 수 없었다. 더구나 비위생적인 음식은 위를 상하게 해 위장병에서 위암을 유발하게 되니, 가장 무서운 병으로 번지게 된다는 것을 생각할 때 짐독의 설화가 생긴 것을 알 수 있다.

오늘에는 어떠한가. 초중고생들은 점심을 학교에서 먹는다. 식중독사고가 빈번하게 발생하고 있다. 또 음식점에서도 음식을 먹고 식중독을 일으키고 군부대에서도 이런 일이 일어나고 있는 것을 감안할 때 음식을 요리할 때나 보관할 때 특별한 관심을 기울여야 할 것이다.

한국의 가정에서는 효부들이 시부모를 정성껏 봉양하게 되므로 식중독사고는 거의 일어나지 않고 있다. 가정마다 냉장고가 있고 음식물에는 유효기간이 있어 가정에서는 식중독사고가 별로 일어나지 않는다. 또 약국과 병원이 곳곳마다 있고 시골에선 자가용이 있어 예전과는 다르게 대처할 수 있으나 음식을 잘못 먹고 복통으로 약국을 찾는 이들도 있는 것을 감안할 때 음식은 정결하게 간직하는 것이 우선임을 생각하지 않을 수 없다. 그런 점에서 짐새의 독이 무섭다는 설화가 구비로 전하여 온 것이다.

우리는 진수성찬과 소찬(素饌)과의 관계를 생각할 때 정성과 정결한 음식인가를 염두에 둘 필요가 있다. 본 조항의 교훈은 음식 공양의 방법을 가르쳐 준 내용이니, 이와 관련해 음식을 보관할 때 깨끗하게 보관해야 한다. 음식은 온 식구의 건강문제와 직결되어 있으니, 정결 중에 정결함이 우선이라는 것을 본 조항에서 일깨울 수 있다.

1. 개안이적(開眼異蹟)의 설화: 한민족은 예로부터 효를 백 가지 행실의 근본으로 하여 살아온 관계로 오늘날까지 효행상이 전국 곳곳에서 수여된다. 예로부터 동방예의지국이라 일컬어진 것도 효사상이 으뜸으로 자리 잡은 데 있다.

특히 한민족은 개안(開眼)에 대한 설화와 그에 대한 문학작품도 전해 내려와 효의 발상지(發祥地)라 할 만하다.

본고에서는 효부가 장님이 된 시모의 눈을 뜨게 한 설화를 다음과 같이 소개한다.

남편이 집을 나간 틈을 타서 자부(子婦)는 장님인 시모에게 드릴 것이 없어 지렁이를 잡아 조리해 드리니, 시모는 맛이 있다고 좋아하며, 그것을 아들에게 보이려고 하나씩 자리 밑에 두었다.
아들이 출타 중에 돌아오자 시모는 아들에게 봉양 잘한 자부를 칭찬하며, 지렁이를 보이니, 아들이 놀라면서 지렁이를 어떻게 조리해 드렸냐며 소리치자 장님인 모친이 개안하여 대명천지를 보게 되었다.

『한국구비문학대계』 권5-1 개안 설화, 정신문화연구원, 1980

이 설화는 심봉사의 개안이적(開眼異蹟)을 연상케 한다. 심봉사는 딸 심청이 공양미 삼백 석에 팔려 인당수에 제물이 된 것으로 알고 살아왔는데,

살아 있는 딸의 목소리를 듣고 환상적인 경이로움에 놀라 눈을 뜨게 된 이야기와 상통하는 내용이라 할 수 있다.

아들은 아내가 시모에게 지렁이를 음식으로 들게 하여 불효막심하다는 이유로 놀라워 아내에게 소리를 친 것이 개안이적(開眼異蹟)을 이룬 것이다.

시모는 아들이 더럽고 징그러운 지렁이를 먹었다는 데 소리치는 놀라움에 눈을 뜬 기적이 일어났다. 아들의 소리침은 불효부에 대한 원성이나 하느님이 감동하여 하늘의 소리가 눈을 뚫어 기적이 일어났다. 아들은 불효부인 아내가 효부로서 격상되었으니, 설화적인 이야기이지만 온 식구가 즐거워했을 것이다. 예로부터 지성(至誠)은 하늘을 감동한다는 것을 이런 개안이적(開眼異蹟)에서 보여 준다.

지렁이 국은 징그러운 생각을 들게 한다. 아들은 모친이 맛있게 먹었다는 지렁이를 보이자 아내가 천하의 불효부라는 생각으로 큰 야단을 친 것이다. 모친도 지렁이 국을 먹었다는 징그러운 생각에 놀라 개안하여 대명천지를 보게 되었다. 자부는 불효부에서 효부로서 인정을 받게 되었는데, 지렁이 국이 사람에게 좋다는 생각으로 국물로 올린 것이다.

이 감동적인 개안이적(開眼異蹟)의 설화를 독자에게 이해하기 쉽게 도표로 나타내 보기로 한다.

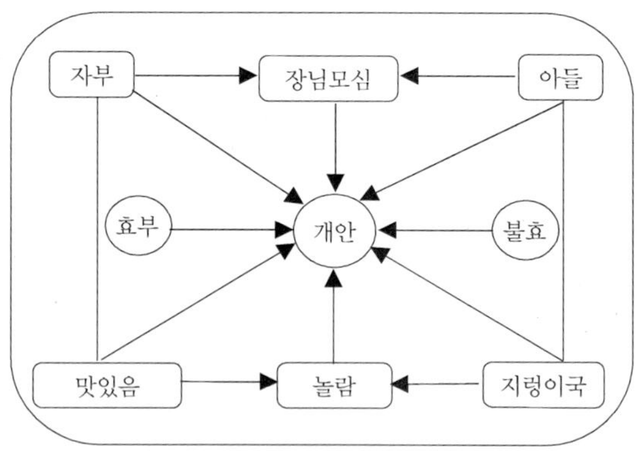

효부가 지렁이 국으로 봉양한 것은 효심의 발로였다. 예전에는 식량이

태부족이고 더구나 고기를 먹는다는 것은 명절에나 먹는 것이 일반적인 생활이었다. 효부는 시모가 상상할 정도로 고기를 먹고 싶다는 타령을 하니, 효부는 예전부터 지렁이가 사람에게 보양이 된다는 말을 언뜻 들은 이야기로 지렁이를 잡아 고기로 속여 봉양한 것으로 볼 수 있다. 아들은 그런 민간에서 전하는 내용을 모르고 불효막심한 아내라고 소리를 친 것이고, 시모 또한 그런 내막을 모르고 징그러운 지렁이를 먹었다는 놀라움에 눈을 뜬 것이다.

『지부경』(地符經)에는 "인일관육구"(人一貫六九)(사람은 하나(一)의 수(數)로써 육수(六數)와 구수(九數)를 꿰뚫는다)라고 하였다.

이 이치는 천지조화를 이루는 내용으로 되어 있다. 사람은 하늘의 한결같은 하늘의 수인 하나(一)의 수(數)로써 음양조화를 이룰 때 천지조화에 참여하는 것으로 되어 있다. "인일관육구"(人一貫六九)에서 육수(六數)는 노음수(老陰數)이다. 음의 속성을 지닌 것이니, 사계절 중 겨울을 나타내는 수이다. 구수(九數)는 노양수(老陽數)이니, 더운 여름 날씨에 해당한다.

이 두 수는 음양조화를 이상적으로 이루는 수라고 할 때 시모가 눈을 뜬 것은 몸의 조화를 이룬 것으로 볼 수 있다. 아들의 소리는 노모에게 음양조화에 해당하는 천지조화의 소리이다. 집안은 화기애애한 가운데 살아가게 되니, 음양조화를 이룬 것으로 볼 수 있다. 신화학에서 지렁이는 달동물로서 생생력(生生力)을 지닌다. 지렁이 설화는 개안할 수 있는 설화로 전개될 수 있는 충분한 내용이 함유되어 있다.

지렁이는 환충류(環蟲類)에 딸린 연형동물(軟形動物)로서 설화에는 달동물로 등장한다. 지렁이는 토양을 비옥하게 하는 생생력(生生力)을 지닌 동물이다.

일찍이 수메르인이 "지렁이가 토양을 비옥하게 해 준다"고 화석에 기록한 것이나, 진화론자 찰스 다윈이 "흙은 지렁이에 의해 옥토로 변했다"고 한 데서도 알 수 있듯이, 농토를 비옥하게 한다.

지렁이는 대지를 비옥하게 하여 농산물 생산에 기여가 되게 하여 풍요다산하게 하니 인류에게 이로운 동물이다. 요즘은 지렁이에 대한 인식이 새로이 부각되는데 환경보전에 기여한 공으로 인정되어 천주교 주교로부터 상을 받았다. 2007년부터 '하늘·땅·물·벗 상(賞)'을 제정하고 첫 수상자로 지렁이를 선정하여 6월 3일 서울명동성당의 '환경의 날 기념 미사'에서 환경동아리 '아름다운 세상' 학생들이 지렁이를 대신해 상을 받았다(조선일보 제26879호 2007년 5월 26일(토) 라 A10쪽). 지렁이는 토양을 비옥하게 하여 대지를 풍요다산하게 하는 이로운 동물이다.

지렁이는 대지를 비옥하게 하여 풍요다산하게 하는 외에 영양식품으로 알려지고 있는데, 뉴기니와 뉴질랜드 마오리족에게 영양가 있는 기호식품으로 전해지고 있다.

미 캘리포니아 주 남부도시 온타리오에서는 1997년 상표까지 내건 '지렁이 요리대회'가 열렸는데, 예로부터 지렁이가 사람에게 좋다는 말이 서양에도 있어 온 것이다.

서울에는 1970년대 후반 1980년도 초반에 가정에서 지렁이를 사육하는 일이 더러 있었고 지금도 일부 시골에는 지렁이 사육하는 농가가 있다.

1980년대 서울 시내에는 지렁이 국을 파는 음식점이 있었다. 입맛이 좋지 않거나 잠을 이루지 못할 때 먹으면 효험을 본다는 시민들이 방송대담에서 한 말이 지금도 생생하게 떠오르지만, 그런 음식점이 없어진 지 수십 년이 되었다.

오늘에는 지렁이에게 상을 줄 정도로 환경을 풍요롭게 하고 영양식품으로 평가받는 데 그 의미가 주어진다.

2. 본 조항과 지렁이 설화 소재: 문학작품으로 효심을 나타내는 데 여러 소재가 있겠으나 효의 소재로 다루면 색다르게 받아들일 수 있다.

효부가 시모에게 지렁이 국을 봉양하여 개안했다는 것을 소재로 다루면 이색적인 내용이라서 흥미 있게 볼 것이다. 이 내용은 애니메이션으로 발표하거나 소설작품으로 선보여도 좋은 반응을 보일 것이 예상된다.

본 조항은 부모에게 정성과 깨끗한 것으로 정갈하게 봉양하라는 교훈적인 내용이니, 순수미의 의식으로 받아들이면 된다.

제212사(事) 간계(奸計: 간사한 계략)-『정수정전』에서의 간신
진량-

간계(奸計)는 '간사한 계략'이니, 간사한 계책으로 사람을 해치는 것이다. 오늘에도 간사한 무리들이 직장마다 없다고 할 수 없으나 이들은 대개 처세에 능하고 선한 사람들에게 해를 입힌다.

작가는 간사한 무리들이 사회에서 활동을 하지 못하도록 이들의 책동을 발본색원(拔本塞源)하는 방안을 작중인물에 나타내면 독자들이 재미있게 읽을 것이다.

『정수정전』은 작자와 연대가 미상인 여성영웅·군담소설로 전해져 왔는데, 조선 후기에 지어진 소설로 짐작할 수 있다. 이본(異本)이 20여 종 전하는데 그만큼 독자들이 많았음을 알 수 있다.

조선조 가부장제도하의 남성우위 사회에서 조정에서 세력이 막강한 간신 진량이 주인공의 부친 정흠을 유배시켜 죽게 하였다. 이에 주인공 정수정은 남장을 하고 과거시험에 급제하여 벼슬에 오른 후 간신 진량을 유배시키고 장군으로 출정해 호적을 무찔렀다. 돌아오는 길에 간신 진량을 사형시켰다.

정수정은 그 공으로 인해 임금으로부터 이부상서 겸 도총부 청주후로 봉해졌다. 『정수정전』에 대해서는 필자가 『정수정전』의 환상(環狀) 모티프와 신화적 의미 분석에서 3개의 모티프로 설정해 발표한 바 있다(『연민학지』(淵民學志) 제3집(第3輯) 2001年 연민학회(淵民學會) 225~259쪽). 자세한 것은 이를 참고하면 알 수 있고, 본고에서는 본 조항과 관련하여 밝히고자 한다. 본 조항의 내용을 인용한다.

제212사(事) 간계(奸計)O: (禍 4條 25目)(화, 4째 가지, 25번째 항목)

奸計者는 奸計로 傷人也라. 奸은 妖邪之技能也니, 奸於事면
未有不患者요,
奸於物이면 未有不敗者니라. 況以奸傷은 其計가 能丹靑於雪
이니 而不消乎라.

해석: 간교(奸計)란 간사한 계략으로 사람을 해치(傷害)는 것이라. 간사함은 요사함의 능한 재주이니, 일에 간사하면 근심하지 않음이 없고, 물건에 간사함은 실패하지 않음이 없음이라. 하물며 간사함으로써 상해하려는 그 꾀가 눈 위에 단청을 붉고 푸른 물감을 입힘과 같으니, 어찌 사라지지 않겠는가!

사람은 좋은 사람이 많은 반면에 사회에서 일어나는 각종 사건이 일어나는 것을 볼 때 험악하고 나쁜 사람이 많다는 것을 느낀다. 그러나 선량한 사람이 나쁜 사람보다 많다는 것을 누구나 알고 있지만 매스컴이 발달한 요즘에는 강력한 범죄자의 사건만 보도하여 마치 악인의 천지가 된 것과 같은 착각에 젖어든다.

제212사(事) 간계(奸計)라 함은 간악한 꾀로 정신과 육체적으로 상하게 함을 이른다. 그러나 간사스러움으로 남에게 손해를 끼치는 자는 벌을 받게 되어 있는 것이 하늘의 이치로 되어 있다.

본 조항에서 남을 해롭게 한 자는 마치 눈 위에 붉고 푸른 단청을 한 격으로 비유했다. 눈 위에 햇빛이 비치면 단청이 녹아 없어지듯이 그 본색이 밝혀져 죄과를 받게 된다.

이러한 간악한 행위를 하는 자는 계략이 뛰어나기 때문에 순진한 사람이 말려든다. 일단 간악한 자가 마음만 먹으면 그 간교에 얽혀 그 망을 헤쳐 나올 수 없다. 역사상 충신열사들이 간신에 의해 귀양을 가거나 무수히 죽어 간 사례에서도 나타나는 바와 같다.

우리는 이러한 예는 조선조에서의 충신들이 간신들에게 억울함으로 삭탈관직은 물론 먼 유배지에서 쓸쓸히 죽어 간 것을 볼 수 있다. 충신은 대개 생전에 간신에 의한 책동에 의해 벼슬이 삭탈관직하거나 유배를 당하고 그곳에서 죽거나 시달리다가 사후에 인정을 받고 벼슬이 증직되는 사례도 간신에 의한 계략에 의해 충신이 억울하게 산 것이다. 한 나라의 충신이 간신들 계략에 의해 좌지우지되었다는 것은 슬픈 일이다.

조선조의 경우 충신들이 하찮은 일인데도 귀양을 간 것을 보면 일부러 귀양을 보내기 위한 수단으로 귀양을 보낸 것으로 의문이 든다. 말하자면 충신들이 대개 귀양을 간 경력이 있는데 조선왕조가 왕권연장을 꾀하기 위해 복정케 하기 위한 수단에서 그런 계책을 쓴 것이 아닌가 하는 생각을 들 때가 있다. 충신이 유배 후 다시 그 억울함을 풀어 주는 양 해배시키는 사례가 너무나 빈번했다. 이런 미덥지 않은 일은 본 조항에서와 같이 눈 위에 단청을 하는 격으로 볼 수 있다.

반대파가 조정에서 득세하면 충신이라 할지라도 꼬투리가 잡히니 옷을 털면 먼지 안 날 사람이 없듯이 요즘의 상식으론 귀양 갈 일이 아닌데도 사지로 보내어 죽게 한 사례가 많이 발생했다. 이런 때 임금이 중개자가 되어 충신을 귀양을 보내 죽게 해서는 안 된다.

하기야 임금 또한 등극하는 데 어느 당이 힘써 주었으니, 그 당의 의견을 들어주지 않을 수 없어 충신임을 알면서 살아 돌아오지 못하는 것으로 귀양을 보냈다. 이들은 충신을 귀양을 보냈다가 해배를 시키는 일도 빈번했으니, 충신이 소신껏 일을 할 수 없고 피라미드 밑의 돌과 같이 정점에 있는 돌을 받쳐 주는 것에 불과하다. 충신이 귀양을 간 것은 하찮은 일로 오지로 갔으니, 오늘날 사고방식으론 이해할 수 없는 일이다.

그러나 그런 간사한 책동은 본 조항에서의 눈(雪) 위에 붉고 푸른 단청을 입히면 햇살이 비칠 때 눈이 녹아 사라지듯이 오래갈 수 없는 운명이다. 절대 왕정이 무너진 것은 피라미드 밑에 돌이 받쳐 주지 않은 데 있다.

1. 『정수정전』의 간신의 음모: 서사문학에는 간신의 간계로 충신이 모

함에 빠져 유배당하여 죽는 일이 발견되는데『정수정전』에서도 나타난다. 주인공 수정은 아버지 정흠이 간신 진량의 무고로 유배지에서 병사하고, 어머니 양씨도 그 화로 세상을 떠나 홀로 살아간다.

수정은 불구대천(不俱戴天)의 원수를 갚기 위해 여성이면서도 여화위남(女化爲男, 여자가 남자로 바꿈)으로 남복으로 개착하고 과거를 보게 된다.

그녀는 남자의 신분으로 위장해 급제하는 영광을 누리고 한림학사에 올라 진량의 간악함을 임금께 알리어 유배시켰다. 그러나 수정은 간신들에 의해 위기에 닥친다.

수정은 여자신분을 속이고 과거를 보아 급제를 하였다는 것이 탄로가 난 것이다. 그러나 조정에서는 임금을 속인 죄로 다스리지 않고 용서를 받는다. 그녀는 호병이 침입했을 때 당당하게 여장군으로 출전해 승리를 했다.

회군할 때는 진량의 목을 베었다. 진량은 본 조항의 내용과 같이 눈 위에 단청을 한 것과 다를 바 없어 진량을 모함한 책임을 면할 수가 없게 되었다.

진량은 충신 정흠을 죄인으로 다스려 유배를 시켜 죽게 했으니, 그 죄에 대가를 받아 죽은 것이다. 진량은 홍악인간(弘惡人間)의 행함으로 충신을 모함하여 죽였다. 여성이 불구대천(不俱戴天)의 원수를 갚았으니, 남을 간사한 계략으로 함부로 해치는 행위를 해서는 안 된다.

2. 스토리텔링의 작품: 수정은 간신의 모략으로 부모를 잃었다. 수정이 자신의 신분을 위장하고 남성으로 행사하며 과거에 급제했다는 스토리는 미화시킨 내용이다. 문학은 허구적인 내용일지라도 사실적으로 전개시켜 나가면 아무런 문제가 될 것이 없다.

『정수정전』의 주인공 수정의 활약은 소설적인 내용이니, 현실에서 있을 수 없는 작품을 썼다는 것으로 보면 안 된다.

부모의 원수를 갚는 예는『유충렬전』에서 충렬이 간신 정함담의 목을 벤 것에서도 나타난다. 정한담은 권좌에 있을 때 자신의 욕심을 채우기 위해 충신을 모함한 죄로 충렬에 의해 죽었다.

이들 간신들은 충신을 모함한 것으로 인해 해를 당하게 했으니, 눈 위에 단청을 한 것처럼 스르르 녹아 없어진 것처럼 죽어 갔다. 이들 간신들은 가추악(假醜惡)의 벌을 받아 죽어 갔으니 자가당착(自家撞着)의 운명의 죄라고 할 수밖에 없다.

작가들은 젊은이들의 생각을 정정당당하게 살아가는 내용으로 작품을 구성하면 독자들이 선호할 것이다.

요즘은 문명화된 세계이다. 잘못된 일을 묵과하고 살아가면 인터넷에 글이 실리어 창피를 당한다. 예전과 같은 사고방식으로 살아가는 방식은 불식되어야 한다.

작품상에 주인공은 본 조항과 같이 간사한 계략으로 살아가면 실패형의 인간으로, 그렇지 않고 정의대로 살아가는 이에겐 성공형의 인간으로 나타내면 바른 사회를 여는 역할을 할 것이다.

본 조항의 내용 중 남을 해치는 자는 따뜻한 봄날에 눈이 스르르 녹듯이 천리에 의해 젊은 나이에 시름시름 앓다가 세상을 마감하는 인생으로 나타내면 본 조항의 의미를 되새기게 될 것이다.

본 조항과 연관되는 작품을 구성해도 된다. 『정수정전』이나 『유충렬전』의 주인공과 같이 여장부와 대장부의 기개로 살아가는 소재를 취하여도 상관없다.

오늘날은 여성이 남복으로 갈아입고 행세하면 법에 걸릴 수도 있으나 한때 여성국회의원이 남장하고 행세한 이도 있다는 것을 생각하면 문제가 될 것이 없을 것이다. 살인자는 기회기 주어지면 계속 살인행위를 하므로 이를 방지하기 위한, 즉 정의 사회를 구현하기 위해서도 범인은 체포돼야 한다.

제213사(事) 최잔(摧殘: 잔인하게 꺾음)―설화 '내 덕으로 산다'―

최잔(摧殘)에서 최(摧)는 '꺾을 (최)'이고, 잔(殘)이 '잔인할 (잔)' 자(字)이므로 썩은 가지를 꺾음이란 말이니, 사람을 잔인하게 대하는 것이다. 비록 사람은 혐의(嫌疑)와 원한이 있어도 어진 마음으로 상대방을 대해야 인정 간의 도리이다.

작가는 전국적으로 전해진 "내 덕으로 산다"는 설화를 새로운 시각으로 작품을 쓰면 본 조항의 의미를 이해하는 데 도움을 줄 것이다. 그런 의미 에서 본 조항을 인용하면 다음과 같다.

제213사(事) 최잔(摧殘): (禍 4條 26目)(화, 4째 가지, 26번째 항목)

催殘者는 拉朽枝也라. 雖有嫌怨이나 不忍於殘者는 仁界也니
최 잔 자　　　납 후 지 야　　　　수 유 혐 원　　　불 인 어 잔 자　　　인 계 야
蹈仁界則嫌怨이 自解하고 福利自至라. 若以拉朽之易로 飜然
도 인 계 즉 혐 원　　　자 해　　　　복 리 자 지　　　약 이 랍 후 지 이　　　번 연
下抉之면 未年春根復至니라.
하 결 지　　　미 년 춘 근 부 지

해석: 쇠잔(摧殘)이란 썩은 가지를 꺾음이라. 비록 혐의와 원한이 있어도 차마 잔인하게 못 하는 것은 어짊의 경계이니, 그 경계를 밟으면 혐의와 원한이 스스로 풀어지고, 행복과 이로움 이 저절로 이르니라. 만일 썩은 가지를 꺾듯이 쉽게 뒤치어 아래를 잘라 낸다 하더라도 해가 못 되어 봄에 그 뿌리가 다시 돋아나느니라.

제213사(事) 최잔(摧殘)이라 함은 썩은 가지를 꺾는 것이다. 자신이 권세 를 부리는 높은 자리나 힘이 있다고 썩은 나무 꺾듯이 사람을 다치게 해 서는 안 된다. 사람이 용서할 수 있는 일은 용서해야 인정의 세계라고 할 수 있다. 사람이 세상을 살다 보면 인간인 이상 잘못한 일을 할 때가 있으 므로 용서하는 마음이 있어야 할 것이다.

그럼에도 너무 잔인하게 썩은 나무 꺾듯이 잔인하게 대하면 세상이 삭 막해져 인정이 메마르게 된다. 썩은 나무는 한 해가 채 못 가서 새 뿌리는 돋아나게 되어 있으니, 어진 마음으로 살아가야 함을 가르치고 있다. 만일 에 몰인정하게 사람을 매장시키면 언젠가 자신도 그렇게 당하게 될 것이

니, 남을 배려하는 마음으로 사람을 대해야 한다.

한국인은 단군 이래 홍익인간의 정신으로 살아온 관계로 남을 돕는 의식이 투철하다. 남을 돕는 정신은 결국 나를 돕는 일이며, 자신의 미래를 위한 투자인 것이니, 도덕미(das Moralisch Schöne)로 살아가야 할 것이다.

한민족이 예의지국이라 일컫는 것은 서로 간에 인정미와 관계된다고 할 수 있다. 사람이 박절하게 살아가면 인정이 없는 행위이다. 성인의 교훈이나 넓은 도량이 있는 사람은 박절하지 않다는 것을 소개할 필요가 있다. 박절하다는 것은 매정함을 일컫는데, 공자(孔子)는 인(仁)을 애인(愛人)이라고 했다. 또 서(恕)라고 하여 용서하는 마음을 들었다. 용서한다는 말은 인정이 오가는 내용이니, 대인의 금도(襟度)라고 할 수 있다. 썩은 나뭇가지 꺾어 버리듯 사람을 대하는 것은 소인의 통량이다.

본 조항은 소인(小人)과 대인(大人)의 금도(襟度)가 다르다는 것을 나타냈는데, 소인은 현실적인 일에 집착한다면 대인은 미래를 생각한다고 보면 될 것이다.

1. "내 덕으로 산다" 라는 설화: 딸이 7명이나 되는 설화가 있다. 7명이나 되는 딸을 낳았으니 딸부자 집으로 통한다. 아버지가 어느 날 7명이나 되는 딸에게 누구 덕에 먹고사느냐고 물었는데, 첫째 딸에서 여섯째 딸은 부모 덕에 산다고 대답했다. 막내딸만은 "내 덕으로 산다"라고 하여 내쫓아냈다.

위의 설화에서 막내딸은 "내 덕으로 산다"에서 자신의 운명은 자기가 개척한다는 넓은 마음씨가 담긴 내용이다.

이 설화는 구연자에 따라 다르기는 하지만 줄거리는 같은 내용으로 전국적으로 널리 퍼져 있 다. 그 내용을 소개하면 다음과 같다.

> 옛날에 거부(巨富) 내외가 딸 일곱 자매를 데리고 살았다. 한가한 어느
> 날 아버지가 큰딸부터 불러다가 '너는 뉘 덕으로 사느냐?'라고 물었다.
> 위로부터 여섯 자매는 한결같이 부모의 덕에 산다고 대답했다. 그러나

오직 막내딸만이 '내 덕에 산다' 하였다. 아버지로서는 일곱 명이나
되는 딸을 애지중지 키워 왔고, 그중에 막내딸을 제일 많이 귀여움으
로 키웠는데, 엉뚱한 대답을 하여 괘씸하게 생각한 나머지 키우는데
괘씸하게 생각하여 해가 저물 무렵 내쫓아 버렸다.

이 설화는 위로 여섯 명의 딸의 대답이 맞는 것같이 생각이 든다. 그러
나 이는 "내 덕으로 산다"는 막내딸의 대답이 맞다. 그럼에도 아버지는 괘
씸하게 여겨 집안에서 막내딸을 내쫓아 냈다. 사람은 각자 자기의 운명으
로 태어나 남에 의지하지 않고 살아가게 되어 있다.

막내딸이 말하는 것은 자립정신으로 살아가는 것을 밝힌 내용이다.

막내딸은 야속하게 생각했으나, 사람은 자기 덕으로 살게 되므로, 유
랑 끝에 어느 깊은 산골 숯장수와 동거하게 되었다. 숯 구덩이를 파낸
흙 속에 묻힌 돌짝들이 황금인 것을 발견했다. 그녀는 부군에게 장에
갖다 팔아 오라고 하여 일시에 거부가 되었다.

이와 같이 막내딸은 내쫓겨 정처 없이 유랑길에 나섰으나 자기의 덕으
로 산다는 희망을 잃지 않아 횡재를 하여 거부가 된 것이다.

이런 경황에 그녀의 부모는 딸을 내쫓고 나서 거지가 되어 곳곳을 다
니며 얻어먹으며 지낸다. 그런데 공교롭게도 막내딸의 집에 와서 밥을
빌다 만났다. 막내딸은 그 전에 해질 무렵에 내쫓겨 난 생각을 하지
않고, 거지가 된 부모를 잘 모시고 살았다 한다.

김태곤, 『황천무가연구』, 창우사, 1966, 152쪽.

막내딸이 거부가 되어 걸인이 된 부모를 모시고 살았으니, 넓은 금도로
살았다고 할 수 있다. 그에 비해서 아버지 덕에 산다는 여섯 명의 딸들은
잘살지 못하고 더구나 동가식서가숙(東家食西家宿)하는 부모를 돌볼 형편
이 못 되었다.

2. 딸부자 집의 문학적인 소재: "내 덕으로 산다"란 딸부자 집 설화는 자기의 운명을 개척한다는 내용이 들어 있다. 청소년소녀들은 개척정신으로 살아가야 한다. 이 소재는 21세기를 살아가는 데 의미를 지니는 내용이다.

이 소재는 만화로 전개해도 흥미 있는 내용이다. 자신의 운명은 남에게 의존하지 않고 개척해 나간다는 사명의식으로 살아가면 미래에 행복과 이익이 돌아오는 투자라는 것을 잊어서는 안 될 것이다. 이 설화는 청소년소녀에게 귀감이 되는 작품이니, 작가들의 미래지향적인 작품을 기대한다.

제214사(事) 필도(必圖: 반드시 도모함) —『경북민담』의 한 장면—

필도(必圖)란 '반드시 도모함'이란 말인데, 도모하는 뜻을 마음에 새기는 것이다. 본 조항에선 남을 해치겠다는 의도를 가슴에 새겨 둔다는 것이니, 그런 마음을 품는 것은 천성이 소멸된 사람으로 보고 있다.

사람은 마음먹기에 달렸다는 내용을 본 조항에서 나타냈다. 천성의 마음을 지니는 마음으로 실천하면 성실한 사람이 될 수 있고, 믿음직한 사람과 사랑을 베푸는 사람과 남을 도울 수 있는 사람이 되고, 천리에 반하는 사람이 되면 천성이 소멸되어 무소불위로써 행하게 된다.

작가는 남을 해하려는 마음으로 악행을 하는 사람의 경우 이들에게 마음을 되돌리는 행함을 보이게 하여 천성으로 되돌려진 내용으로 작중에 보이면 독자들이 그 작품을 선호하며 읽을 것이다.

『경북민담』의 한 장면에도 본 조항과 같은 내용이 들어 있어 계모가 전실 자손에게 악한 마음가짐으로 키우는 내용이나, 개과천선하는 내용이 소개되어 있다. 본 조항의 내용 또한 천성이 파멸된 사람을 각성하는 데 있으므로 그 내용을 다음과 인용한다.

제214사(事) 필도(必圖): (禍 4條 27目)(화, 4째 가지, 27번째 종목)

必圖者는 刻意圖之也라. 於誠에 有必守오, 於信에 有必踐이
며, 於愛에 有必恕오, 於濟에 有必智니, 此는 人之天性也라.
反此하여 於微嫌에 有必圖傷人之心하여 覓謀尋險하면 不傷
不忘하니, 天性이 滅矣라. 開戶視之에 黑雲滿天이니라.

해석: 반드시 도모한다(必圖) 함은 도모함을 뜻에 새김이라. 정성에는 반드시 지킴이 있고, 신의에는 반드시 실천이 있고, 사랑에는 반드시 용서가 있고, 구제(救濟)에는 반드시 지혜가 있으니, 이는 사람의 천성이라. 이와 반대로 적은 혐의에 반드시 사람을 해하려는 마음을 도모하며 모략과 험함을 찾으면, 해치거나 잊지도 못하니, 천성이 소멸될 것이다. 문을 열고 보니 먹구름이 하늘에 가득하니라.

제214사(事) 필도(必圖)란 반드시 누구를 해치겠다는 마음을 새겨 둔다는 뜻을 지니고 있으니, 앞날을 걱정하지 않을 수 없다. 이런 마음을 지닌 사람은 실천에 옮기게 되어, 인성이 자기도 모르게 포악해진다.

본 조항의 내용은 뜻을 도모함에 천성으로 살아가는 방법과 천성에 위배되는 두 가지 생활로 나타냈다. 전자는 밝은 세계를 후자는 어두운 밤에 헤매는 생활로 나타냈는데, 본 조항의 주요 내용은 후자에 중점을 두었다.

위의 조항은 전자의 경우 도모하는 뜻을 마음에 새기라고 했으니, 첫째, 정성(精誠)→어기지 않고 지키고, 둘째, 믿음(信)→신의를 지키고, 셋째, 사랑(愛)→용서하고, 넷째, 구제(救濟)→지혜로써 돕는 네 가지는 천성(天性)이라는 것이니 천리를 실천하는 일이다.

후자의 경우 천성을 거역하는 사람은 사람 간에 자기와 마음에 들지 않는다고 하여 적은 혐의(嫌疑)에도 험악한 방법으로써 남을 상해할 마음을 두고서 행하려 한다면 천성이 파멸됨을 의미한다. 이런 사람의 앞날은 타고난 천성이 검은 구름에 캄캄하게 가리어 없어지게 됨을 나타냈다.

그러므로 후자의 좁은 소견으로 살아가면 인성이 파멸되어 천리를 거역하는 일을 행하여 사회에서 각종 불미스런 일을 행한다.

때문에 사람은 남을 생각하는 마음으로 살아가야 하며, 반대로 남을 해하려는 마음을 품고 살면 재앙을 부르게 되는 것이니, 밝은 마음으로 살아야 한다.

1. **설화에 나타난 전실 자손 학대**: 우리의 설화와 고소설 내용에는 권선징악과 개과천선의 내용이 많다. 조선조에는 전실 자손과 계모 간에 갈등을 다룬 작품이 전하는데, 재산을 차지하려는 욕심이 원인이 되고 있다. 다시 말해 종주권을 차지하려는 데 있는 것이니, 앞서 후처 콤플렉스로 다룬 적이 있어 자세한 설명은 생략하기로 한다. 전실 자손을 박대한 내용을 경북에 전하는 민담에서 소개하면 다음과 같다.

> 부모의 사랑을 받으며 행복하게 살던 소년이 어머니를 여의었다. 아버지는 계모를 맞아 살게 되니, 소년은 계모가 데리고 들어온 자식과는 달리 차별을 받는다. 그 예로 계모가 데리고 온 자식은 서당에 보내 공부하게 하면서, 소년은 학대하면서 일만 시킨다. 그러나 관가에 다니는 아버지는 이를 알지 못한다.
> 이복동생은 소년을 좋아하며, 몰래 먹을 것을 가져준다. 그 동생은 소년이 나무하는 곳에 따라와 호랑이에게 물려 죽게 되었을 때, 호랑이와 싸워 이복동생을 구해 살려냈다.
> 계모는 자기의 아들이 호랑이에게 죽게 되었을 때 구해준 것을 고맙게 여기고, 지난날에 박대함을 크게 뉘우치고 소년을 사랑하며, 행복하게 살았다.
>
> — 김광순, 『경북민담』, 형설출판사, 1978, 67~68쪽

위의 내용은 계모가 전실 자식이 호랑이와 싸워 이복동생을 살려 낸 것으로 인해 고맙게 생각하고 행복하게 살았다는 내용이다. 계모는 후에 자기의 욕심을 배제하고 전실 자식을 친자식과 같이 하나(一)가 되는 마음으로 키운 것으로 인해 집안이 평안하게 살게 되었다는 것이다. 이럴 때 『천

부경』의 천지인(天地人)이 하나의 진리를 지니면 하나가 된다는 것이 연상된다. 즉 "천일일 지일이 인일삼"(天—— 地—二 人—三)(하늘은 하나(一)로써 하나이고, 땅은 하나(一)로써 둘이며, 사람은 하나(一)로써 셋이다)이라고 했으니 천지인(天地人) 일체를 나타내는 것이라 할 수 있다.

이『천부경』의 명언은 소우주인 인간과 대우주인의 관계를 알려 주는 것이니, 천지와 같이 높고 넓은 마음을 지니면 차별을 하지 않게 된다. 이런 이치를 계모들이 인지했다면 전실 자손을 차별했던 조선조의 풍속도(風俗圖)가 180°로 달라졌을 것이다.

2. 행복이 돌아오는 사랑: 작가들은 오늘에도 일부 가정에서는 전실 자식에 대한 계모의 학대가 심각하다는 것을 TV로 시청할 때 나타난다. 작가들이 계모가 전실 자식을 차별하지 않는 작품을 쓰면 도움을 주리라 믿는다. 작가의 역량은 이들 계모를 개과천선할 수 있게 스토리텔링으로 구성하면 독자들이 공명공감하게 될 것이다.

사람이란 인과응보에 의해 자신에게 복이 돌아오게 되어 있다. 계모가 전실 자손에게 잘하면 훗날에 잘한 만큼의 복이 돌아오게 된다. 본 조항에서와 같이 천성의 마음으로써 정성과 믿음과 사랑과 구제를 행하면 전실 자손도 인간이라 어찌 그 공을 모르겠는가?

앞을 내다보는 시각으로 전실 자손도 친자식같이 키우면 그 응보로 복이 돌아온다.

제215사(事) 위사(委唆: 교사하여 맡김)—주세붕(周世鵬)의 「지선가」—

위사(委唆)에서 위(委)는 '맡길 (위)'이고, 사(唆)는 '꾀어지킬 (사)'이므로, '교사(敎唆)하여 맡김'이란 뜻이다. 즉 남에게 부탁하여 맡긴다는 것이니, 남에게 옳지 못한 것을 부탁한다는 말이다.

작가들은 작품을 남에게 옳지 못한 일을 청탁하여 사적인 감정을 풀려다가 잘못하여 도리어 법망에 걸려들어 철창신세를 지는 내용으로 작품을 쓰면, 그런 목숨이 위태로운 행위는 하지 않을 것이다.

16세기 신재(愼齋) 주세붕(周世鵬, 1495~1554)은 1522년에 별시(別試)에 급제하여 예문관검열(藝文館檢閱)·정자(正字)·부수찬(副修撰)을 역임했다. 1543년 풍기군수(豊基郡守)로 있을 때 오늘에 경상북도 영주시(榮州市) 풍기읍 순흥면 내죽리에 고적 55호로 지정되어 있는 백운동서원(白雲洞書院)을 세워 우리나라 최초의 서원(書院)을 세웠다는 것은 널리 알려진 일이다. 그 후로 그는 호조참판(戶曹參判)·관찰사(觀察使)·대사성(大司成) 등을 지냈다. 시조작품으론 14수(首)가 전하는데 주로 인륜도덕에 관한 것이며, 본고에서는 「지선가」(至善歌)를 소개하기로 한다. 이 시조는 시비선악(是非善惡)을 헤아려서 취사선택하여 살아가야 함을 밝힌 내용이니, 본 조항과 상통하는 면이 있어, 그 조항의 내용을 다음에서 소개한다.

제215사(事) 위사(委唆): (禍 4條 28目)(화, 4째 가지, 28번째 항목)

委唆者는 托囑於人也라. 事輪不轉에 請人助力은 誠也오, 信河難挽에 求人扶翼은 義也라. 欲報私怨하여 托於人은 不仁之甚이요, 欲爲人解怨하여 受非常之囑은 不智也라. 指者는 危하고 領者는 亡이니라.

해석: 불러 맡긴다(委唆) 함은 남에게 부탁하여 맡기는 것이라. 일이 잘 돌아가지 않음에 남에게 청해서 돕는 힘은 정성이요, 믿는 강에서 끌기 어려움에 남이 붙들어 도와줄 것을 청하는 것은 의로움이니라. 사사로운 은혜를 갚기 위하여 남에게 부탁하는 것은 심히 어질지 못함이며, 남의 원한을 풀고자 하여 떳떳하지 못한 부탁을 받는 것은 지혜로움이 아니니라. 지시한 자는 위험하고 부탁받은 사람은 망하느니라.

제215사(事) 위사(委唆)는 남에게 옳지 못한 것을 부탁하여 맡기는 것이다. 사람의 삶은 단순하지 않은 관계로 개인적인 원한을 금존 거래로 사주하는 것은 어질지 못한 행위이다. 사람이 의로운 일에 청탁을 사절하면 인정상 안 되는 일이지만 불의(不義)의 청탁은 가차 없이 거절해야 한다.

2007년 노무현 정부 때 경우를 들면 개인 간에 원한이나 재산을 빼앗고자 하여 심부름센터에 거금 거래로 살인까지 자행하는 일이 신문지상에 보도되곤 한다. 물론 이런 심부름센터는 노무현 정부 훨씬 이전부터 있어 왔지만 더 불어난 것이다. 이런 일은 2010년 이명박 정권 때도 마찬가지로 발생하고 있다.

남의 청탁으로 살인하는 것은 물질주의에 경도된 인륜의 도리를 넘어선 행위라 할 수 있다. 개인의 사욕을 채우기 위해 살인을 교사하고 또 행하는 것은 폭력적이라 할 수 있다.

전국적으로 폭력적인 심부름센터가 전국에 2,000여 곳이 있다고 신문지상에 발표가 있어 충격을 주고 있다. 한 생명을 희생시킨다는 것은 돈의 유혹을 물리치지 못한 것이니, 그런 유혹을 극복하고 정당하게 살아가야 할 것이다.

2007년 10월 8일(월) 국정감사 자료에 따르면 검찰이 관리하고 있는 국내 조직폭력단은 모두 471개 파 1만 5천 명 가까이 되고, 이 중에 범죄단체로 확정판결을 받은 조직은 167개라고 밝혔다(『조선일보』제26993호 다 사회 2007년 10월 9일 12A쪽).

그러나 이런 폭력은 얼마 되지 않아 체포되고 검거율이 99%에 이른다고 하니, 완전 범죄는 없다는 발표가 있으므로, 법망에 걸려들면 사람이 망하는 길에 들어선 것이나 다름없다.

사람은 시비선악(是非善惡)을 취사선택하여 중용의 도로 살아가면, 불의의 청탁을 받지 않고 불편부당(不偏不黨)으로 살아간다. 폭력을 교사하는 자나 살인자는 중용의 도로 살아가면 유혹도 살인도 가담하지 않게 될 것이다.

2008년 2월 이후 이명박 대통령 시절에는 폭력조직이 뿌리 뽑혀야 국민들이 안심하고 살아갈 것이다. 물론 정부에서 확고한 의지만 보이고 실천하면 근절될 것이라 믿는다. 1960년대 군사정권 때는 자유당정권 때 기승을 부리던 폭력배들이 검거되어 거의 활동을 하지 못했던 것으로 국민들이 안심하고 살았다.

1. 시조의 반영된 취사선택 문제: 조선조에서 최초의 사원을 세웠고 청백리로서 이름이 높았던 16세기 주세붕(周世鵬, 1495~1554)은 「지선가」(至善歌)를 지어 살아갈 것을 다음과 같이 나타냈다.

> 지선(至善)의 겨신 땅을 진실로 알으소서.
> 인심(人心)과 천명(天命)의 본연(本然)을 살피사,
> 나는 것 드는 것이 망(妄)을 업시 하소서.

『竹溪舊志』

사람이 바르게 살아가기 위해선 시비선악을 가려서 살아가는 지혜가 있어야 함을 밝힌 내용이다.

본 조항의 내용과 같이 폭행을 교사하는 자나 폭행을 행하는 자는 법망에 걸려들어 철창신세를 지게 되니, 자신도 무사하지 못한 것이라 했으니 취사선택의 문제는 중요한 것이다.

사람은 본래 착한 본성을 타고 태어났으니 본성대로 살아 나가야 한다. 사람이 착한 본성대로 착하게 살아가면 인간미질의 순수미적인 태도(ästhetisches Verhaltten)의 생활이라 할 수 있다.

위의 시조는 중용적인 취사선택(取捨選擇)을 일깨우는 내용이니, 본 조항과 관계된다.

2. 중용적인 행실의 모티프: 세상은 많은 사람을 대하며 살아가게 된다. 사람에 따라서는 자신의 욕심을 채우기 위해 폭행을 교사하는 자에 의해 거액을 받고 폭행과 살인하는 자가 있다. 이런 행위는 인간의 착한 본성과 역행하는 행위니 취사선택의 문제가 바람직하다.

작가는 세상을 바로잡는 일에 앞장서야 하므로 작품의 소재를 중용적인 행실을 나타내면 사람들이 유혹에 현혹되는 일이 일어나지 않을 것이다. 사람이 행실이 바르게 살아가는 중용의 행함을 하면 본 조항과 같이 남에게 옳지 못한 일을 부탁하지 않게 되어 폭행사건이나 목숨을 잃게 하는 살인사건이 일어나지 않게 된다.

사람은 하늘이 준 천성으로 살아가면 모든 사람들이 마음 놓고 살아가게 될 것이다. 위정자가 바르게 살아가는 수범을 보여야 하는데, 신문지상에는 뇌물을 받아 이익을 챙기는 기사가 나타나니, 윗물이 먼저 맑아야 아랫물이 맑을 것이 아닌가?

작가는 독자들에게 위정자가 국민에게 수범을 보이는 내용으로 쓴 작품으로 선보이면 폭력조직도 자연히 줄어들 것이다.

제216사(事) 흉모(兇謀: 흉악한 모략)－『흥부전』의 놀부의 만행－

흉모(兇謀)는 '흉악한 모략'이란 말이니, 정상적인 인륜에서 벗어난 야만스런 행위를 뜻한다. 작가는 아무런 이유도 없이 사람이 야만스런 일을 일삼으면 앙화가 서서히 몰아닥치는 경황으로 나타내면 그 행위자 또한 사람이 살아가는 방식과 하늘의 도리를 따르며 살아가게 될 것이다.

사람은 환경의 지배를 받게 되어 있다. 좋은 가문에 태어나 가정교육을 바르게 배우면 악을 행해지 않게 되나 그렇지 못하면 나쁜 사람과 사귀어 물들어 악의 늪에 빠져 인생을 망친다.

『흥부전』의 놀부는 야만행위를 일삼았다. 놀부는 부모가 종살이를 하는 관계로 돌보지 못한 관계로 악인이 되었다. 그의 부모는 흥부를 맏자식인 놀부와 같이 키우지 않게 하기 위해 가정교육을 시켜 선인으로 키웠다고 할 수 있다.

놀부는 악함을 행한 응보로 인해 패가망신하였다. 놀부의 행함은 사람들이 놀랄 정도로 악행을 일삼았으니, 본 조항과 통하는 일면이 있다. 그 조항을 인용한다.

제216사(事) 흉모(兇謀): (禍 4條 29目)(화, 4째 가지, 29번째 항목)

兇謀者는 蠻行也라. 人有蠻行則怒善人하고 咬良人이라. 無何而惡戮物理하고 無何而頑滅天道하니 禍不驟라도 乃長夜雨漫이라.

해석: 흉악한 꾀(兇謀)란 야만스런 행위이니라. 사람이 야만스러운 행위를 계속하게 되면 착한 이를 노하게 하고 어진 사람을 소리치게(어진 사람을 헐뜯게) 하니라. 아무 까닭 없이 사물의 이치를 죽이고, 까닭 없이 천도(天道)를 멸하니, 앙화가 몰아치지 않아도 긴 밤에 비가 질펀함과 같으니라.

제216사(事) 흉모(兇謀)란 야만스런 행동이니 흉악한 모략을 이른다. 사람은 여러 층위에 사람이 있는 관계로 의인(義人)이 있는가 하면 악인이 더러 있게 마련이다. 하늘에도 음양의 이치가 있듯이 별난 사람이 있게 마련이지만 흉악한 사람이 되어서는 안 된다.

한국인은 반만년 동안 예의(禮義)를 숭상하고 살아왔으니, 인간답지 못한 행위를 해서는 안 되고, 동방예의지국(東方禮義之國)이란 칭호를 받아와 예의(禮義)를 숭상해 왔다는 마음가짐으로 살아야 한다.

우리에겐 마을마다 향약(鄕約)이 있어 사람들이 규약에 어긋나는 행위를 함부로 했을 시에는 제재를 가하고, 심지어 큰 죄를 지었을 경우 마을에서 추방시켰다.

인구가 많지 않았던 시절 마을 단위의 사람들의 생활상은 상호 간 거울과 같이 들여다보게 된다. 여기에 향약(鄕約)이 마을마다 있다. 만약에 누구라도 어긋나는 행위를 하면 마을의 어른들이 용서하지 않고, 다시 그런 일이 일어나지 않게 주의를 준다. 여러 번 어긋날 시는 북을 메게 하고 어른들이 죄인이라는 표시로 북을 치며 동리를 한 바퀴 돈다. 이런 절차를 행했음에도 또 개과천선하지 않으면 극단의 경우 마을을 떠나게 한다.

곳곳에는 마을마다 향약이 있으니, 사람을 이유 없이 착한 사람을 헐뜯고 천도를 거역하는 사람이 있다고 할 때 마을 사람들이 수수방관하고 있지는 않는다. 흉악한 행위를 일삼는 이는 사람이 용사하지 않을뿐더러 마을에서 추방시켰다. 천도를 유린하는 대가로 재앙을 받게 된다는 것이 본 조항의 내용이다.

1. 흉악을 선도하는 문학의 내용: 민담이나 고전소설의 내용은 거의 권선징악의 내용으로 구성되어 있다. 본 조항과 내용이 통하는 문학은 악인이 선인이 된 『흥부전』에서의 놀부가 그 예가 될 것이다. 그는 심술이 사나워 남이 잘되는 것을 시기해 못된 일만 하는 관계로 오장칠부(五臟七腑)를 지닌 이라 했으니, 홍익인간(弘惡人間)에 속하는 무뢰배이다.

그의 악행은 무려 40가지가 되는데, 『흥부전』의 본(本)에 따라 100가지를 상습적으로 하는 홍악인간이니, 본 조항과 통하는 야만인이다. 그는 악행을 일삼았기 때문에 박을 탈 때 박 속에서 불량배가 나와 패가망신을 했다. 놀부는 악행을 일삼았던 것으로 인해 많은 재산을 불량배에게 뺏겨 걸인신세가 되었다. 놀부는 악행으로 인해 걸인이 되었으나 흥부의 배려로 착한 사람이 되고 형제우애를 지키며 사람답게 살았다.

그는 원래 개과천선할 수 없는 인간이다. 고리대금을 할 때 빚을 갚지 못하는 부녀자를 데려다가 겁탈하는 행위를 일삼는 홍악인간이기 때문이다.

한민족은 예로부터 동방예의지국(東方禮義之國)으로 일컬어져 왔기 때문에 인간윤리에 벗어나는 행위를 했을 경우 버려진 인간으로 취급하여 구제를 받지 못한다.

우리는 반만년 동안 단군의 건국이념인 홍익인간으로 살아왔음에도 누구나 사랑을 베풀어 구제하는 것은 아니다. 극악한 행위를 일삼은 자는 구제대상에서 제외시켰으며, 개과천선에도 들지 못했다. 그러나 구원자의 행함이 크면 그 배려로 개과천선할 수 있으며, 남성에겐 약간 외도를 허용하는 것으로 나타나 있으나, 여성의 음란은 구제대상에서 제외되었다. 참고적으로 여성의 음행을 행한 이가 구제를 받은 것은 『창선감의록』(彰善感義錄)의 조씨(趙氏)이다. 그녀의 경우는 구원자의 간곡한 청원으로 구제받은 것이다. 놀부의 극악은 남성이지만 흥부의 선행으로 구제를 받아 선인(善人)이 되었다.

 2. **개과천선의 문학작품**: 문학은 악인을 경계하여 선인으로 유도하는 내용이 함유되어 있게 마련되었다고 할 수 있다. 작가는 악인을 선도하는 작품을 현대적 인식을 가미시켜 스토리텔링으로 나타내면 악인일지라도 개과천선하는 계기를 이루게 될 것이다.

 요즘 사람들은 전화로 인터넷으로 사기성의 행함이 너무나 많이 발생해 피해자들이 속출하여 뉴스에서도 주의를 당부하였지만 여전히 속는 이들이 많다. 작가들은 이들 사기한들이 검거되어 감옥살이를 하고 다시는 그런 일을 하지 않고 어려운 처지에 있는 사람을 구제하는 봉사자가 되는 내용을 담은 작품을 쓰면 남의 유혹에 빠지는 사람이 없게 하는 데 도움을 줄 것이다. 추악(醜惡)을 행함에서 우미(優美)로의 전환은 당자의 모든 삶을 환골탈태하는 결심이 선행하지 않고서는 어려운 일이다. 이럴 경우 작가는 악인에서 선인이 되는 방법을 찾아내야 할 것이니, 우리의 국조신화에서의 곰이 웅녀로 변신하는 환생과정으로 그 당장의 운명으로 바꿔놓으면 된다. 짐승에서 미인으로의 전환은 악인에서 선인이 되는 동굴 모티프를 수용하여 작중의 인물로 나타내면 될 것이다.

제217사(事) 음(陰: 음모)―『한국구비문학대계』 권7~10의 계모 만행―

 음(陰)은 음성적인 음모로써 남모르게 꾀하는 것을 말한다. 이 행동은 정당한 방법과 계책이 아니므로 남을 음해하는 술책이므로 인과응보에 의해서 결국 앙화를 받게 됨을 가르친 내용이다. 작가들은 남을 정상적인 방법으로 승산이 없을 때 욕심으로 남을 모함하고 비방하면 제삼자가 알게 되는 내용으로 그 끝이 인과응보에 의해 화를 만나는 내용으로 작품을 쓰면, 독자들에게 착하게 살아가는 데 도움을 줄 것이다.

조선조는 계모가 전실의 자손을 박대하는 풍조로 인해 사람들이 계모하면 그런 사람으로 취급받았다. 이런 일이 발생하는 일은 후처 콤플렉스와 종주권을 차지하기 위해 전실 자손보다 잘되게 함에 있다.

『한국구비문학대계』 권7-10의 계모 만행은 상상을 초월하는 일을 전실 자손에게 시킨 것이다. 이런 일은 계모가 전실에 대해 구박이 심했다는 것을 의미한다. 그런데 계모는 겨울철인데도 여름에 나는 나물을 그것도 산에서 나지도 않는 미나리, 상추를 구해 가지고 오라 했다. 물론 이런 이야기는 전실의 딸이 구박을 받고 살아가는 것을 비유적으로 나타낸 것이다.

그런데 그녀는 구원자인 총각을 만나 구해다 계모에게 드렸다. 계모는 딸 모르게 총각을 죽였다. 처녀는 환생초를 구해 총각을 살리고 결혼하여 행복하게 살고 계모는 천벌을 받아 죽었다는 내용인데, 욕심이 지나친 행위로 죽은 것이다.

이 설화는 본 조항과 통하므로 그 조항의 내용을 인용한다.

제217사(事) 음(陰): (禍 5條)(화, 5째 가지)

陰은 陰謀也라. 義窮에 歸陰謀하고 術盡에 生陰謀하며 慾極에 立陰謀하니 陰謀而成者는 禍也니라.

해석: 음(陰)이란 남모르게 꾀하는 것이니라. 의로움이 궁하면 음한 꾀로 돌아가고, 술책이 다하면 음흉한 꾀가 생겨나며, 욕심이 지나치면 음모를 꾸미게 되니, 그 음모로 이루어지는 것은 앙화뿐이니라.

제217사(事) 음(陰)이란 정당한 방법이 아니고 수단과 방법을 가리지 않고 남모르게 꾀함을 뜻한다. 극에 달한 욕심은 탄로가 나게 되어 있다. 음성적(陰性的) 행위는 남모르게 꾀로 행하니 사람들에게 신임을 받지 못한다. 그럼에도 악인들은 음성적으로 선인들에게 접근하여 속이려 든다.

악인의 생각은 자신의 욕심을 음흉한 꾀로 채우려고 하니, 설사 일시적인 방편으로 이뤘다고 하더라도 그에 따르는 부작용으로 재앙이 따른다.

인류역사는 광명 천지에 방향으로 흘러왔으니, 음모(陰謀)로써 자신의 목적만을 세우는 일에 집착하게 되면 천리와 인류역사를 거스르는 것이 된다. 설사 음모로써 성사되었다고 하더라도 종국에 가서 탄로가 나게 되어 화를 만난다.

음성적인 음모는 일시적인 것일 뿐 긴 안목에선 재앙을 받게 되어 있는 것이 역사적인 예이니, 결과적인 면에서 비극적인 것이다. 이런 상황은 사람들을 깨닫게 하고 교훈을 주므로 비극미(Tragik Bösen Schöne)라 할 수 있다.

본 조항은 비밀스럽게 꾀하는 실행이니 탄로가 나게 되어 재앙을 받게 된다. 사람은 음모로써 행하는 일을 멀리하고 정당하게 살아가는 것이 최선책이라 할 수 있다.

음모는 남을 음해하는 행위이므로 어두운 일에 속한다. 어둠은 어리석음의 어머니이고 행복의 무덤이라는 말이 있듯이 재앙이 따르게 되어 있으니, 그 죄가 크다는 것을 알 수 있다. 그 죄의 다섯 가지 중에 잔가지(條)를 다음과 같이 여덟으로 나눈다.

음오조(陰五條)

음오조 \ 내용	주요 내용	대상	조항
1. 흑전(黑箭)	어두운 곳에서 몰래 사람을 쏨	음모	제218사(事)
2. 귀염(鬼焰)	취한 사람에 마귀의 불꽃이 생김	음모	제219사(事)
3. 투현(妬賢)	어진 이를 시기하고 훼방을 놓음	음모	제220사(事)
4. 질능(嫉能)	사람을 질투하면 응함을 받게 됨	음모	제221사(事)
5. 간륜(間倫)	남의 윤리를 이간질하면 화를 당함	음모	제222사(事)

음오조 \ 내용	주요 내용	대상	조항
6. 투질(投質)	착한 이를 음해하면 벌을 받음	음모	제223사(事)
7. 송절(送絶)	이중적인 표리부동한 자를 경계함	음모	제224사(事)
8. 비산(誹訕)	소인은 착한 체하는 것이 본색임	음모	제225사(事)

한민족의 예로부터 시기심이 많다고 알려지고 있으니, 단군시대에도 또한 그런 마음이 많았다고 할 수 있다. 이런 단점을 시정하기 위해 위 조항을 설정해 놓은 것이다.

위의 여덟 가지를 시정하기 위해선 단군의 광명의식으로 살아가는 길이 최선책의 하나라고 할 수 있다.

1. 문학적인 음모: 계모가 전실 자식을 학대하는 것은 한국에만 있었던 일이 아니고 세계적인 현상인데, 우리의 경우가 더 심한 편이다. 조선조의 대가족제도는 어린 신부가 감당하기에 역부족이었다. 여기에 시모에 대한 시집살이는 오늘의 상식으로 이해하기 어려운 일이 많았다. 한참 자랄 시기에 중노동은 어린 신부를 단명케 하는 원인이 되었다.

가장은 아내 없이 살 수 없게 되니, 계모를 맞아들여 학대하여 가정이 순탄치 못하게 되는 것이다. 어두웠던 조선조의 생활을 나타낸 계모형의 설화에서 실상을 찾아보기로 한다.

> 계모는 의붓딸을 몹시 학대하고 때 아닌 겨울철에 산나물과 산에 자라지도 않는 미나리 상추를 산에 가서 뜯어 와야 밥을 준다고 하였다. 처녀는 계모의 말을 지키기 위해 산으로 나물을 찾았지만 철이 아닌 데서 나물을 구할 수가 없었다. 처녀가 나물을 찾으려고 산을 헤매다가 지쳐서 울고 있을 때, 한 총각을 만나, 그의 도움으로 나물을 뜯게 되어 처녀는 한결 가벼운 마음으로 계모에게 드렸다.
> 계모는 딸 모르게 총각을 죽였다. 처녀는 총각을 살리기 위해 환생화(還生化)를 구하여 총각을 살리고, 그와 결혼하여 행복하게 살았고, 계모는 천벌을 받아 죽었다.

『한국구비문학대계』 권7~10, 한국정신문화연구원, 1984

이와 같이 계모는 교묘한 술책을 써서 총각을 살인까지 하고 그 사실이 탄로되어 천벌을 받아 죽었다. 이 내용이 시사하는 바는 본 조항과 관계되는 내용과 통한다.

계모는 전실의 딸을 죽이려다 뜻을 이룰 수 없자 그의 남편이 될 총각을 죽였으니, 악녀인 것이다. 그는 가추악(假醜惡)의 비미적(auβerästhetisch)인 행함으로 천벌을 받아 죽었다.

이 설화는 권선징악의 교훈으로서 비실제적인 가상적인 일이나 조선조의 경우 전실 자식을 박대하는 일이 있어 전실 딸의 남편이 될 후보자를 살인했다. 이 이유는 죽은 총각이 잘났기 때문에 전실 자식이 잘되는 것을 시기한 데 원인이 있다.

여인의 시샘은 시구질투로 나아가서는 안 되고 선의적인 샘이 필요한 것이니, 중용적으로 대책이 필요하다.

2. 본 조항과 본 설화의 개선책: 본 조항은 네 가지 내용으로 요약할 수 있다. ① 신의가 다함, ② 잔꾀가 다함, ③ 욕심이 극에 달함, ④ 음모로써 이룬 일로 나타냈는데, 이 네 가지 일이 발생되는 것은 욕심의 발동으로 볼 수 있다. 욕심의 자제는 자기의 마음과 몸으로 행하면 음적인 일이 일어나지 않는다.

본 설화 또한 지나친 욕심으로 시기질투가 발생해 본 조항과 비교적인 대상으로 보면 문제가 해결된다. 작가는 본 조항과 본 설화를 개선하는 차원으로 시기심을 자제하고 선의(善意)의 경쟁을 하는 내용으로 작품을 선보이면 욕심이 지나치지 않게 하는 데 도움을 줄 것이다.

제218사(事) 흑전(黑箭: 검은 화살) ─『임진록』의 선사자(善射者)─

제218사(事) 흑전(黑箭)의 흑(黑)은 '검은 (흑)'이고 전(箭)이 '화살 (전)'이니, '검은 화살'이란 뜻이다. 검은 화살은 어두운 밤에 사람을 쏘는 행위니 건전치 못한 행위다. 전쟁을 할 때도 선전포고를 한다.

공자(孔子)는 고기는 낚싯대로 고기를 한 마리씩 잡았고, 새는 잠자는 새나 앉아 있는 새를 쏘지 않았고, 공중에 나는 새를 쏘아 잡았다는 기록이 『논어』(論語) 권(卷)7 술지편(述志篇)에 전한다.

공자(孔子)는 제사(祭祀)나 내객(來客)을 위해 때로 고기를 잡고 사냥하는 일이 있었는데, 잠자거나 앉아 있는 새를 쏘지 않았고 공중에 나는 새를 쏘아 잡았으니, 흑전(黑箭)과는 전연 다른 뜻이다.

작가들은 어두운 곳에서 남을 쏘는 범행에 대해 사람의 도리상 할 수 없는 내용으로 작품을 쓰면 독자들이 어질지 못한 일을 하지 않게 하는 데 도움을 줄 것이다.

흑전(黑箭)은 인간행위 중 비겁한 행위임을 일깨워 주기 위해 본 조항을 다음과 같이 인용한다.

제218사(事) 흑전(黑箭): (禍 5條 30目)(화, 5째 가지, 30번째 항목)

黑箭者는 暗地射人也라. 智箭은 或兼人하나 謀箭은 必由己니 寧可智언정 不可謀라. 獵不殺宿은 仁也니 人而不仁이면 貶人道라. 貶人道者는 其禍仰噴이니라.

해석: 검은 화살(黑箭)이란 어두운 곳에서 사람을 쏘는 것이니라. 지혜의 활쏘기는 혹 남과 같이 하지만, 모략으로 쏘는 화살은 반드시 자기에게 말미암으니, 차라리 지혜로 쏠 수는 있으나 모략으로 쏘아서는 안 되니라. 사냥할 때 잠자는 짐승을 죽이지 않음은 어짊이니, 사람이 어질지 못하면 사람의 도리를 깎느니라. 사람의 도리를 깎는 것은 그 화가 치솟을 것이니라.

제218사(事) 흑전(黑箭)이란 어두운 곳에서 화살을 쏘는 것이니, 모략이 들어 있고 비열한 행위에 속한다. 밝은 날에 일대일로 대결하는 것은 떳떳한 일이고, 오늘날 신사도(紳士道)에 해당하는 것이니, 어두운 곳에서 남을 해코자 화살을 쏘는 행위야말로 사람의 도리가 아니다.

일찍이 공자(孔子)는 『논어』(論語) 권(卷)7 술지편(述志篇)에 의하면 '익불사숙'(弋不射宿)이라고 하여 주살로 나는 새를 잡기는 했으나 잠자는 새나 앉아 있는 새를 쏘지는 않았다. 그는 미물인 날짐승이라도 도리에 어긋나게 잡지는 않았으니, 오늘의 자연보호인 동물보호를 한 것이다.

사람은 욕심을 자제해야 하는데 자신의 욕심을 채우기 위해 남을 해코지하면 악인악과에 의해서 재앙을 받는 것으로 되어 있다. 이러한 범행은 추악(醜惡)에 속하게 되므로 홍악인간에 해당한다.

신라 세속오계(世俗五戒)에는 살생유택(殺生有擇)이라 했다. 신라화랑들이 짐승을 함부로 죽이지 않았으니, 자연보호 차원에서 동물보호를 한 것이다. 어두운 곳에서 사람을 해치기 위해 화살을 쏘는 것은 자신의 욕심을 불리기 위한 행위니, 벌을 받는다. 화는 지나친 욕심에서 초래되는 것이니, 자는 새를 쏘아 잡아서는 안 될 것이다.

그런데 오늘에는 포수들이 예전과는 달리 탐조등을 비추면서 무자비하게 잡는다. 공자(孔子)가 잠자는 새를 쏘지 않는다고 한 것과는 달리 오늘의 포수들은 자는 새를 가리지 않고 잡으니 금석지감이란 말이 떠오른다. 본 조항은 오늘의 세태를 예언하는 듯한 인상을 풍긴다.

1. 『임진록』의 선사자(善射者): 활을 잘 쏘았다는 것은 단군시대 호피를 중원에 수출하였다는 기록이 전하고 있다. 한민족이 활을 잘 쏘았다는 것은 주몽설화나 수렵도(狩獵圖)에서 보는 바와 같다. 한국인은 이런 전통의 수용으로 말미암아 오늘날 올림픽 양궁 분야에서 금메달을 휩쓸고 있는 것 또한 그 수용으로 받아들일 수 있다. 『임진록』에 의하면 임진왜란 때 선사자(善射者) 200명을 선발하여 선조가 송도로 몽진(蒙塵)을 무사하게 했다는 기록이 있다.

임진왜란 당시 활은 왜군의 조총(鳥銃)에 비하면 구식 무기이지만 왜군의 북진을 저지하는 데 막대한 피해를 입혀 선조가 송도(松都)로 무사히 몽진(蒙塵)하는 데 도움을 주었다. 『임진록』으로 당시 상황을 살펴보면 다음과 같다.

> 조정에서는 활 잘 쏘는 사람 200명을 뽑아서 대궐을 방비하게 하고 사대부(士大夫)로서 죄를 지고 파직된 사람과 호반으로서 부모의 상을 당하여 집에 들어앉은 사람들을 모두 기복(起復)하여 쓰라는 명을 내렸다.

임진왜란은 조총으로 무장한 왜군 30만 대군이 파죽지세로 내닫는 바람에 명궁들의 활약으로 궁궐을 사수하였기 때문에 송도~평양~의주로 몽진하는 데 지장이 없게 되었다.

명궁들의 조국수호는 홍익인간 정신의 발휘라 할 수 있으니, 홍악인간의 흑전(黑箭)과는 전연 다른 내용과 통하는 의식이다.

서울을 사수하기 위해 선사자 200명을 뽑아서 왜적과 싸우게 했다는 것은 비록 소설적인 내용이라도 실제로 있을 수 있는 일이다.

2. 문학상의 지향의식: 흑전(黑箭)은 문명인이 행함이 아니고 야만인의 행함이라 할 수 있다. 왜군은 거짓의 국서를 조선조정에 보내왔는데 "명(明)을 치기 위함이니 길을 빌리라"라고 하였으니, 조선을 치기 위한 거짓이었다.

왜군은 임진왜란을 거짓으로 명분이 서지 않은 조선을 침략했으니, 본 조항으로 밝혀 보아야 할 것이다.

작가들은 왜군이 임진왜란 당시 흑전(黑箭) 행위로 비겁한 행위로 조선 침략을 했으니 홍악인간으로 나타내면 조선에서 7년 전쟁을 일으킨 것이 성과 없이 실패로 끝나게 했음을 이해하는 데 도움을 준다.

도요토미 히데요시(豊臣秀吉)는 조선군에 비해 막강한 군대로 가추악(假醜惡)으로 국서(國書)를 꾸며 전쟁을 일으켰으니, 사람의 도리를 잃은 홍악인간에 속한다.

작가들은 본 조항과 관련해 임진왜란 당시 조선군의 활약으로 왜군의 패전상을 가추악(假醜惡)의 실체로 드러내면, 그 응보가 크다는 것을 일깨

우게 되니, 인간의 도리로 살아가는 데 도움이 될 것이다. 따라서 작가들
은 왜군이 패퇴한 전쟁의 실상에 대해서 본 조항의 흑전(黑箭)의 내용을
가미시켜 다루면 가추악(假醜惡)의 실체가 어떠하다는 것을 독자들이 깨달
을 것이라 믿는다.

제219사(事) 귀염(鬼焰: 귀신의 불꽃)—현진건(玄鎭健)의 『불』—

귀염(鬼焰)은 '귀신의 불꽃'이란 말이니, 만취상태에 이르면 정신이 황
홀경에 이르는 것을 말한다. 요즘은 만취상태에서 운전을 하는 이들이 큰
사고를 일으키는 것 또한 귀염(鬼焰) 상태인 것으로 볼 수 있다.

한국은 경제협력개발기구(OECD) 국가 중 술을 많이 하는 나라에 속한
다. 술에 취하면 몸은 가누기 어렵고 정신이 오락가락하는 가운데 기분을
내게 되어 실수를 한다.

작가들은 술로 인해 각종 사고가 발생하게 됨을 미연에 방지하기 위해
작중인물을 통해 과음하는 병폐를 시정하는 내용으로 작품을 쓰면 새로운
음주문화가 정착하는 데 도움을 줄 것이다.

소설가 빙허(憑虛) 현진건(玄鎭健, 1900~1943)은 단편소설의 명수로 알
려졌다. 그의 소설의 특징은 기교의 가치를 최초로 보여 주고 있다. 단편
소설 『불』(1925)도 그러한 작품 가운데 하나이다.

한국소설 중에 시집온 새색시가 사가에 불을 놓은 것은 구제도의 폐습을
타파하는 데 있었다. 1920년대는 조기결혼으로 십대 새색시들이 육체적·
정신적 고통은 감내하기 어려웠다. 주인공 순(順)이는 술을 들지 않은 상
태에서 시가의 집에 불을 놓은 것이다.

요즘은 간혹 부부싸움 끝에 방화를 하기도 하고, 정신이상자가 방화하
기도 한다. 그런데 취객이 남의 집에 일부러 방화하는 것을 다룬 작품을
필자는 접하지 못했다.

본 조항의 내용과 취객이 남의 집에 불을 놓을 때는 제정신에 아니고,

깬 후에 혼이 나 봐야 정신을 차리게 될 것이다. 취객이 남의 집에 방화를 하면 손해보상을 해야 함은 물론 방화범으로 처벌받게 되고, 가문의 망신이고 살아가는 데 많은 지장이 따른다. 본 조항의 내용을 인용한다.

제219사(事) 귀염(鬼焰): (禍 5條 31目)(화, 5째 가지, 31번째 항목)

鬼焰者는 放火於醉人之家也라. 火之發은 物之自然之理也오,
醉之昏은 人之自然之理也라. 縱自然之物하여 害自然之人이
니 大火反及醒이니라.

해석: 귀신의 불꽃(鬼焰)이란 술에 취하여 남의 집에 불을 지름이라. 불이 일어남은 물건의 자연스런 이치요, 취하여 혼미함은 사람의 자연스런 이치니라. 자연스럽게 있는 물건에 불을 놓아서 자연히 있는 사람의 물질을 해치려 하면, 큰불이 도리어 술을 깨우느니라.

한국인은 대체로 술을 많이 하는 것으로 되어 있다. 농경사회에서 음주문화는 성행하게 마련이다. 힘든 노동으로 술을 들게 되는데, 한국이 세계에서 으뜸을 차지할 정도로 술을 소비하는 것으로 되어 있다.

술은 사람을 취하게 하므로 술이 술을 취하게 하는 말이 있듯이 술을 들면 들수록 많이 들게 되어 정신이 혼미해진다. 한국의 음주는 그 도가 지나친 감이 있다. 술은 알맞게 들면 몸에도 좋은 것인데 술자리에 들면 서로 권하는 바람에 많이 들게 된다. 음주는 많이 하면 취하는 것을 알면서도 서로 권하게 되어 경우에 따라 몸을 가누지 못한다.

과음은 각종 사고를 일으키기 때문에 우리의 음주문화를 개선할 필요가 있다. 특히 연말이 되면 망년회 때 직장 동료나 친지나 친구와 자리를 같이하면 술을 많이 든다. 이로 인해 교통사고를 비롯한 각종 불미스런 일이 생긴다.

마귀의 불꽃은 만취상태에 이르면 정신을 황홀경으로 몰아넣어 제정신

이 아닐 정도로 혼미상태에 이른다. 이런 상태에서 마음에 품고 있는 욕망을 숨김없이 발하게 되어 실수를 한다.

원래 술은 마시고 또 마셔 황홀경에 빠지게 된다. 이쯤 되면 '음주인생지낙야'(飮酒人生之樂也)라는 말이 있듯이 '주불취인인자취'(酒不醉人人自醉, 술이 사람을 취하게 하는 것이 아니라 사람이 스스로 취하는 것)라는 말이 있듯이 술에 빠져든다.

술에 취한 사람은 평소에 나쁜 감정을 가진 사람의 집에 방화를 하는 일이 일어날 수도 있다. 요즘에는 방화가 많이 발생하는데, 취한의 소행도 없지는 않으나 대형 화재사건은 정신이상자의 경우가 많다.

취객의 불은 본의 아니게 담배를 피울 때 일어나는 수도 있다. 산불의 대부분은 실화로 일어나는 것인데, 취객의 실수도 있다. 취객으로 인한 대형사건이 일어난 현장은 술을 많이 하는 사람에게 경각심을 불러일으켜 지나친 음주를 하지 않는 교훈이 되게 한다.

현진건(玄鎭健)의 『불』: 한국문학에는 술에 취한 상태에서 방화하는 일이 발견되지 않는다. 음주문화는 잘 이루어진 것이다. 만약에 음주를 한 취객이 남의 집에 방화를 했을 경우 그대로 사람들이 방관하거나 방치하지 않는다. 취객이 담배를 피울 때 잘못해 불이 날 수 있지만 일부러 방화하는 일은 거의 없다. 방화사건을 다룬 작품으론 『유충렬전』과 『금령전』이 있는데, 빙허(憑虛) 현진건(玄鎭健)의 단편소설 『불』에서 찾아보기로 한다.

새색시 순(順)이가 시댁에 방화를 한 것은 조기결혼에 대한 구습을 타파하는 데 있다. 순(順)이는 조혼으로 말미암아 밤낮으로 겪는 고통을 견디기 어려워 그런 풍습을 철폐해야 된다는 관념에서 방화를 한 것이지만, 방화를 한 것으로 여론이 좋지가 않다. 그러나 한국의 고질적인 조기결혼의 병폐를 없앤다는 빙허의 뜻이 들어 있으니, 주인공의 행위가 병적이 아니고 구제도에 대한 타파였다는 데 중점을 두어 작품을 살펴야 한다.

『불』이 발표된 것은 1925년이다. 이때는 신경향파 문학운동이 등장하여 기성의 문학세계를 비판하게 되니, 현진건의 『불』도 그러한 배경에서 이루어진 것이다.

이렇게 볼 때 빙허의『불』에 나타난 주인공이 시가(媤家)에 방화를 한 것은 시집살이와 밤마다 장성한 남편에게 어린 색시가 겪는 고통을 철폐해야 한다는 의도로 보면 된다.

순이가 시댁에 방화를 한 것은 조기결혼의 제도를 없애자는 것으로 이해하면 순이의 행동이 맹목적이 아니고, 그 시대 당연한 소명으로 받아들일 수 있다.

시대는 시시각각으로 변해 가는 것이니, 구제도를 철폐해야 하는 당위성을『불』에다 나타낸 것이다. 순이의 행함은 미래사회를 바르게 하는 데 의도가 있으니, 빙허의『불』은 시대를 바로잡기 위한 중대한 의미를 지닌다.

1. **지하철 방화사건**: 우리는 몇 년 전 대구지하철 방화사건이 뇌리에 가시지 않고 있다. 한 정신이상자의 방화사건으로 많은 인명이 희생된 것이다. 2008년 2월 10일(일요일) 오후 8시 45분쯤 정신이상자에 의해 국보 제1호 남대문(숭례문)이 소실되었다. 이뿐만 아니라 부부간 싸움으로 인해 화를 이기지 못하고 방화를 하는 이들도 종종 있다. 이 두 사건은 제138사(事) 역수(力收)에서 밝힌 바를 참고하면 된다.

특히 한국은 OECD 국가 중 술을 많이 하는 나라로 꼽히고 있으니, 술로 인해 크고 작은 일이 하루가 멀다 하고 일어나고 있다. 대개 자기 집에 방화를 하는 이들은 그 현장에 술병이 있는 것으로 술김에 방화하는 것을 알 수 있다.

작가들은 음주로 인한 사고를 미연에 방지하기 위해 한 주인공을 대상으로 작품을 쓰면 독자들이 각성하여 과음을 하지 않게 될 것이다. 청소년 소녀들이 많이 접하는 만화로 나타내면 이들이 훗날 과음을 하지 않게 되는 효과도 거둘 수 있으리라 본다.

제220사(事) 투현(妬賢: 어진 이를 질투함)-『완월회맹연』의 소교완-

투현(妬賢)에서의 투(妬)는 '질투할 (투)'이고, 현(賢)은 '어질 (현)'이니 소인배가 어진 사람을 시기·질투하는 것을 말한다. 흔히 여자는 남자에 비해서 샘이 많다고 하는데, 여자가 다른 여자를 질투하는 것으로 연상해서 생각하면 투현(妬賢)의 내용을 이해하게 될 것이다.

작가는 여성의 경우로 남을 시기하고 질투하는 내용을 작중인물을 통해서 나타내면 독자들이 자성하는 계기로 삼을 것이다. 예전에는 계모가 종중의 자산을 차지하기 위해 전실이 자신의 소생보다 뛰어나다고 생각하면 시샘으로 박대를 하는 경향이 있어 왔다.

『완월회맹연』(玩月會盟宴)의 여주인공 소교완은 자기 소생 쌍둥이가 종중의 재산을 차지할 것이라 믿었는데 양자로 들어온 사람으로 인해 재산을 자기 소생에게 물려주기 위해 그와 부인, 아들, 사위도 죽이려고 하였다. 다행히 개과천선하여 가장이 순탄하게 살게 되었지만, 소교완은 소견이 좁아 재산을 차지할 양으로 인사불성이 되었다.

그녀는 제삼자의 권유로 가정부인으로 돌아왔지만 그가 시기질투로 사람을 죽이려 한 것은 본 조항과 통하는 의식이므로 그 내용을 소개한다.

제220사(事) 투현(妬賢): (禍 5條 32目)(화, 5째 가지, 32번째 항목)

妬賢者는 小人惡賢人이 如女妬女也라. 將己短으로 妬人長하니 短能距長否아 翼殘蛛網者는 蛛之禍也니라.

해석: 어진 이를 투기한다(妬賢者) 함은 소인배가 어진 이를 미워하는 것이 마치 여자가 여자를 투기함과 같으니라. 자기의 단점으로 남의 장점을 투기하니, 짧음으로 어찌 긴 것에

겨룰 수 있겠느냐! 날개 돋친 벌레가 거미줄을 해침은 거미의 재앙이라.

　사람은 크게 소인과 현인으로 대별되는데 전자는 의당히 후자를 본받아야 하는데 시기와 질투를 한다. 이는 죄를 낳는 결과라 할 수 있다. 제 220사(事) 투현(妬賢)이란 현인을 질투한다는 뜻이니, 곧 소인의 행위를 가리키는 것이다. 원래 시기·질투는 여인과 여인 사이에 발생하는 경향이 많다. 본 조항은 거미가 지은 거미줄이 큰 새에 의하여 망가지는 것으로 나타냈는데, 여기에서 거미줄은 소인의 시기·질투로, 큰 새는 현인으로 볼 수 있다. 이는 오히려 거미줄이 큰 새에 의해 망가지는 것이니, 거미의 재앙이 된다. 소인의 시기·질투는 결국 자신의 꾀에 자기가 넘어간 격이 되어 재앙을 만나게 된 것이다.

　본 조항의 내용을 알기 쉽게 이해하기 위해 도표로써 나타내면 다음과 같다.

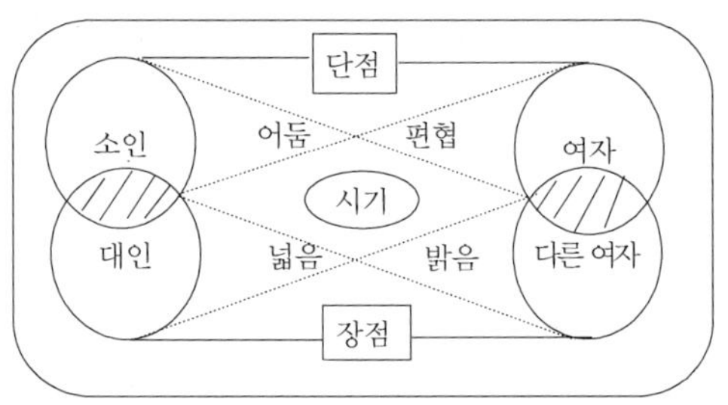

　본 조항의 교훈은 단점이 많은 소인이 장점을 가진 군자나 대인을 시기하는 것과 같다. 소인은 대인을 자기가 얽어 놓은 투기의 그물에 얽어매려는 책동을 하고 있으나, 대인은 지혜가 있기 때문에 바위에다 계란을 치는 것에 불과하여 오히려 스스로 다치게 될 것이다.

　도리어 소인은 대인의 행함을 시기하고 미워할 것이 아니라 지혜가 짧으므로 가까이하고 본받아야 한다. 거미가 자기가 친 거미줄로 새를 잡으려고 하면 거미줄이 망가지게 되니, 결국 자가당착에 빠지는 격이다.

소인이 대인을 시기질투하는 것은 남의 정서에도 좋지 않고 자기 체면만 손상되는 것이니, 곧 개과천선만이 자기를 살리는 길이다.

1. 문학과 관련 이해: 고소설 중에는 여인의 질투로 인해 재앙이 발생하는 경우가 대부분을 차지한다. 대개 후처는 욕심이 과하여 종통(宗統)의 재산을 차지하기 위해 전처의 소생을 죽이려 든다.

한국 전래의 장편대하소설에는 『완월회맹연』(玩月會盟宴)(180권)·『명주보월빙』(明珠寶月騁)(100권)·『윤하정삼문취록』(尹河鄭三門聚錄)(105권)·『조씨삼대록』·『엄씨효문청행록』(嚴氏孝門淸行錄)(30권) 등이 있다.

이 중 가장 긴 소설은 『완월회맹연』이다. 여주인공 소교완은 후처로서 양자로 들어온 정인성과 갈등양상이 나타나 있다. 소교완은 후처로서 정인성의 내외와 자녀들을 죽이려 드는 악녀이다. 대개 악녀들은 이중성을 띠게 되는데, 누구든지 여중군자(女中君子)형으로 처신하는데, 악녀라는 것을 눈치 채지 못한다. 그는 자신의 소생에게 종주권을 물려주어 잘살게 하려고 악행을 불사하지 않고 시기·질투를 행한다.

소교완은 후처로 인해 욕심이 지나쳐 입양 온 정인성이 종통을 잇게 되자 그와 부인, 아들, 사위까지 음식물에 독약을 넣어 독살하려는 극악무도한 악녀이다. 이와 같이 소교완은 종통을 계승하지 못하자 여러 사람을 독살시키려 했으니, 여성의 강샘인 욕심이 원인이 되었다고 할 수 있다.

『완월회맹연』(玩月會盟宴)에는 악녀 소교완으로 인해 가정이 평지풍파가 일어난 것이다. 소교완은 후처로서 재산을 차지하기 위해 욕심이 지나쳐 정인성과 그의 자녀를 죽이려 했으나, 자신의 죄를 깊이 뉘우쳐 개과천선하였다.

2. 악녀의 개과천선: 여성은 샘이 많다고 한다. 샘이 강샘이면 문제가 따른다. 요즘 젊은 여인들은 자녀교육의 샘이 높은 편이다. 선의(善意)의 샘은 무한경쟁 시대에 바람직한 삶의 방식이다. 문제가 되는 것은 시기·질투로 도를 넘는 것이다.

작가들은 여인의 금도를 넓이는 방법으로 홍익인간의 마음을 지니는 방향으로 나타내면 시기·질투와 강샘은 선의의 경쟁을 유도하는 방향으로 선도되리라 믿는다.

작가들은 여성의 강샘을 선의(善意) 경쟁으로 돌리게 하여 디지털 무한 경쟁 시대에 맞춰 남과 함께 홍익인간으로 살아가는 풍토를 조성하는 내용으로 나타내면 중용미의 실천이 되는 작품이 된다고 할 수 있다. 여성의 강샘을 선의의 경쟁을 스토리텔링으로 선보이면 독자들이 흥미 있게 읽게 될 것이다.

제221사(事) 질능(嫉能: 능함을 투기함) ―『진본청구영언』 564―

질능(嫉能)은 덕과 재능이 부족한 사람이 도리어 덕과 재능 있는 사람을 투기하는 것이다. 이러한 행위는 하루속히 시정해야 할 사항이다. 소인(小人)은 대인(大人)이 하는 일에 도움을 주는 일을 해야 함에도 도리어 방해를 하고 헐뜯으면 제삼자가 볼 때 가소로운 일이다.

작가들은 질능(嫉能)은 죄가 큼을 주지시키고 세상에 살아야 할 가치가 없는 자로서 작중에 나타내면 깊이 뉘우쳐 새사람이 되게 하는 데 도움을 줄 것이다.

『진본청구영언』(珍本靑丘永言) 564는 처첩 간에 씨앗의 샘으로 주고받는 대화가 앙숙으로 나타나 있다. 옛말에 "아내와 첩이 싸우면 석불도 돌아앉는다"(妻妾之戰 石佛反面)는 말이 있다. 또 "여인의 함원(含怨)은 오뉴월 염천(五六月炎天)에도 서리가 내린다"는 격언이 있는 것과 같이 처첩이 싸우면 집안이 잘될 리가 없다.

『진본청구영언』 564에 나타난 씨앗의 시샘은 처첩이 한 지아비의 사랑을 뺏기지 않으려고 철천지원수(徹天之怨讐)가 만나 죽기 살기 식으로 혈전을 하는 것으로 나타나 있다. 이들은 혈전만 하는 것이 아니라 때에 따라 만나면 멱살잡이로 마치 진흙탕 싸움을 벌이곤 한다.

이런 싸움은 제삼자가 볼 때 볼썽사나운 것이니, 본 조항의 양보의 미덕을 참고하면 좋을 것이다.

제221사(事) 질능(嫉能): (禍 5條 33目)(화, 5째 가지, 33번째 항목)

嫉能者는 無德으로 妨有德하고 無才로 毁有才也라. 旣不如면 可讓이오 旣不讓이면 可後니 不知讓하고 不知後하며 獨欲先 陰害德才者는 人族之大盜也라. 盜能脫羅나 無餘世니라.

해석: 능함을 투기함(嫉能)이란 덕이 없음으로 덕이 있음을 방해하며 덕이 없음으로 재주 있음을 헐뜯음이라. 이미 그와 같지 않으면 양보함이 옳고 이미 양보하지 못했으면 뒤에 있음이 옳거늘 양보함을 알지 못하며, 뒤에 함을 알지 못하고 홀로 먼저 덕과 재주 있는 이를 음해하고자 하는 이는 인간 족속의 큰 도둑이라. 도둑이 그물을 벗어날 수 있으나 세상에서 오래 가지 못하니라.

경쟁은 인간만이 아닌 자연현상에서도 예외가 아닐 정도로 나타난다. 봄날 피로한 것은 식물들이 먼저 자라기 위해 경쟁을 벌이기 때문에 사람들이 피로해진다는 말이 있다.

이들의 경쟁은 생존이냐 도태되느냐의 두 가지 갈림길에서 죽고 살기 식이니 치열한 것이다. 이들은 상대방을 앞서기 위해서 눈에 보이지 않는 시기·질투도 작용할 것이라 생각도 해 본다.

자연현상은 시기·질투하는 것이 눈에 띄지 않지만 현상적으로 너무나 잘 나타나 있다. 그 예는 높이 자란 나무의 경우 바람의 저항을 받아 특히 태풍이 몰아닥치면 가지가 꺾이는 현상에서도 흔히 볼 수 있는 바와 같다.

사람 또한 남보다 재주가 뛰어난 사람의 경우 뭇사람들로부터 시기·질투를 받아 위협은 물론 생명을 잃는다.

요즘 아프리카에서는 코끼리가 밀렵꾼에 의해 수난을 겪게 되어 그 수가 줄어든다는 내용이 TV 화면에 몇 차례 비친 적이 있다. 이 코끼리가 멸종위기에 처해 죽어 가는 것은 그의 어금니인 상아(象牙) 때문이다. 상아는 다른 동물이 지니지 않은 코끼리만이 지닌 보물이나 이로 인해 재앙을 불러와 생명을 단축시키는 요인이 되고 있다.

일찍이 『좌전』(左傳) 양공(襄公) 24년 조(條)에는 자산(子産)이 이르기를 "코끼리는 상아가 있는 까닭에 제 몸을 잃는다"(象有齒以焚其身)라고 한 것을 음미해 보면 본 조항을 이해하는 데 도움을 준다.

위와 같은 이치는 인간사회만이 아닌 자연현상에 이르기까지 시기 · 질투로 연관되어 있는 것을 알 수 있다.

제221사(事) 질능(嫉能)이란 유능한 사람을 무능한 자가 시기 · 질투함을 뜻하는 것은 인간사와 함께 자연현상에 이르기까지 총망라되어 있다는 대상으로 적용된다.

우리 민족은 예로부터 시기심이 많다고 했다. 속담에는 "사촌이 땅을 사면 배가 아파한다"는 격언이 전할 정도이니, 남이 잘되는 것을 시기 · 질투의 대상으로 삼는다.

본 조항은 무능하고 어리석은 사람이 도리어 유능하고 현명한 사람에게 양보하여야 함에도 불구하고 음해(陰害)하고 하는 일에 훼방을 놓고 앞서려 하는 사람을 양심불량자인 큰 도둑으로 간주하고 있다. 이런 도둑은 큰 죄인이므로 우리 사회에서 홍해인간(弘害人間)으로 취급하여 개과천선케 해야 할 것이다. 우리는 오랜 옛날에 중원으로부터 군자국(君子國), 동방예의지국(東方禮儀之國)으로 칭송되어 왔다.

공자(孔子)의 『논어』(論語) 권9 자한편(子罕篇)과 『후한서』(後漢書) 동이전(東夷傳) · 지리지(地理志)에서 조선(九夷)에서 살고 싶다고 한 내용이 적혀 있다. 이러한 전통은 단군시대 단군이 366사(事)로 백성들을 교훈한 것으로 중원에서 칭찬한 것으로 볼 수 있다. 그런데 한민족은 단군시대 이래 좋은 전통이 후대에 내려올수록 시기심이 많은 민족으로 변질되었다.

한민족은 단군시대 순박함으로 돌아오면 순수미를 되찾게 되어 시기심을 자제하고 서로 양보하는 풍토가 조성될 것이다.

1. **시조에 나타난 씨앗의 샘:** 씨앗의 샘은 돌부처도 돌아선다는 말이 있듯이 극도에 오르게 마련인데 서로 헐뜯는 예를 들면 다음과 같다.

저 건너 월앙바위 우에 밤중마다 부엉이 울면,
옛사람 이른 말이 남의 씨앗 되어 밉고 얄미워,
환심을 사려 애쓰는 젊은 첩년이 급살마자 죽는다 하네.
첩이 대답하되 안내님께서(본처) 망년된 말 마오.
나는 듣자오니 가옹(家翁: 남편)을 박대하고 첩 샘
심히 하시는 늙은 안내님 먼저 죽는다네.

『珍本靑丘永言』564

위의 시조에는 처첩 간에 주고받는 대화가 예사롭지 않고 서로 앙숙이 되어 급사하는 것으로 나타냈으니, 철천지원수(徹天之怨讎)가 만난 것으로 볼 수 있다. 처첩 간에 한 지아비의 사랑을 뺏기지 않고 독차지하려고 맞대결을 하니, 한 발자국도 물러설 수 없는 기세다.

21세기는 세계화 시대다. 좁은 국토에서 덕과 재능 있는 사람에게 격려하기는커녕 훼방을 놓아서는 국제경쟁력에서 뒤지는 행위이고, 처첩 간의 씨앗의 샘의 경우도 개선되어 사이좋게 지내야 할 것이다. 처첩 간의 갈등은 예로부터 심각한 문제로 되어 있다. 서로 시기ㆍ질투는 소모적인 것에 불과하다. 처는 남편과 처음으로 결혼한 사이고 첩은 남편과 눈이 맞아 살게 되니, 잘못은 남편에게 있다. 남편의 잘못으로 첩은 남편과 살게 되니, 원수같이 싸움해도 이미 때는 늦은 것이다. 여기에는 양자 간의 대화가 필요하다. 처첩 간은 음양이 조화를 이루듯이 견원지간(犬猿之間)으로 지낼 것이 아니라 중화미(中和美)로 화목하게 지내는 것이 바람직한 해결책이다.

이 해결은 양자가 타협을 이루는 것이므로 서로 얼굴을 붉히지 않고 살아가는 이상적인 해결책이라 할 수 있다. 험악한 말은 양자만이 아니라 주변의 사람들 특히 자라나는 세대가 듣게 되어 정서적으로 사회에 해독을 끼치게 되므로 삼가야 할 것이다.

부부는 당연히 금슬이 좋게 살아가야 하지만 첩과도 의좋게 살아가야 하는 당위성을 교훈하여 준다. 그 화합의 돌파구는 남편의 중개역할도 중요하지만 처첩이 만나 싸우지 않고 지내기로 합의를 하면 된다. 처첩 간의 시샘과 질투는 가문이 창피를 당하는 일이니, 처첩 간이라도 서로 양보하면 화목하게 살아갈 수 있다.

그런 의미에서 위의 시조에 나타난 처첩 간의 대결은 역으로 원수같이 지낼 것이 아니라 화목하게 지내는 것으로 바뀐다. 첩과 본처의 사이는 소모적이고 비생산적인 것에서 탈피해 생산적으로 힘을 합치게 되면 경제성으로 이익을 도모하는 생활을 할 수 있다.

2. 작가의 역량: 작가들은 처첩 간에 갈등을 본 조항에 맞추어 서로 화합하는 내용으로 작품을 선보이면 상호 간 생산적인 활동을 하게 되어 타인의 모범이 되게 할 것이다.

처첩 간의 갈등은 음양조화와 같이 중화미(中和美)가 요구되는 만큼 작가가 그 역량을 보여 주어야 한다.

예전에는 처첩 간에 시샘이 대단했는데 요즘은 서로 만나 구경도 다니며 내왕하고 시기질투는 하지 않는다. 이럴 때 부군이 중개 역할을 잘하면 잘잘못을 떠나 음해하지는 않을 것이다. 특히 집안에 큰일이 있을 경우 청해 일을 함께하여 돕게 되면 사이좋게 지내게 될 것이다. 작가들은 처첩 간에 사이좋게 지내는 방법을 수합해서 작품을 쓰면 사이좋게 지내게 하는 데 도움을 줄 것이다.

제222사(事) 간륜(間倫: 인륜을 이간함)—KBS1 드라마 『불멸의 이순신』—

간륜(間倫)은 인륜(人倫)을 이간질하는 것을 말한다. 이간질하는 사람은 자기의 욕심을 얻기 위해 인륜을 끊는 것도 아랑곳하지 않는다. 작가들은 이들의 행함을 자연의 질서를 어지럽히는 것으로 보고 재앙이 따른다는 것을 작중에 나타내면 이들의 행함을 고치게 하는 데 도움을 줄 것이다.

2004~2005년 밤에 방영된 KBS1 드라마『불멸의 이순신』은 임진왜란 당시 이순신의 전공을 시샘하는 자들이 이순신을 모함하여 옥살이를 시키고 백의종군케 했으니, 당시 조정의 대신들이 당파 간에 알력이 심했다는 것을 보여 준 것이다.

이순신의 해전은 임진왜란 당시뿐만 아니라 우리 역사상 공전절후의 공을 이뤘다. 그럼에도 조정의 신하들은 이순신과 관계없는 모함으로 옥고를 치르게 하고 백의종군으로 출전케 했으니, 할 말을 잊는다.

이순신은 호남지방 해역을 맡아 싸우기로 했고 경상도 해역은 원균이 맡아 싸우기로 했는데 분담지역이 다른 것을 트집 잡아 이순신을 모함했다. 이 사실은 유성룡의『징비록』(懲毖錄)을 참고하면 그 당시 실상이 소상하게 드러난다.

물론 이순신이 경상도 해역을 왜군선단이 침입한 것을 돕지 않았다는 것에 대해 조정에서 치밀한 조사를 한 것이지만 왜적 첩자의 말을 듣고 경상도 지역에 침입한다는 것을 알려 준 것이 발단이 되었다. 짐작건대 그 첩자의 말을 듣고 이순신이 출전했다면 그들 전술에 말려들어 패전하게 되어 출전하지 않은 것으로 볼 수 있다.

당시 이순신을 선조에게 추천한 유성룡을 시기하는 조정신하가 이순신이 해전에서 연전연승하는 전승을 시샘하여 자기들 욕심을 채우기 위해 모함한 것이다.

이순신을 모함한 이간자들의 책동은 본 조항을 연상케 하므로 본 조항을 소개한다.

제222사(事) 간륜(間倫): (禍 5條 34目)(화, 5째 가지, 34번째 항목)

間倫者는 離間人倫也라. 見冬煖而喜者는 愚하고 見春寒而畏
者는 亦愚니 爲己贅慾하여 謀絶人倫則冬長煖乎며 春長寒乎
아 聽間者는 冬煖也오 受間者는 春寒也라. 冬煖이 更寒하고
春寒이 更煖하니 禍旋至者는 天理也니라.

해석: 윤리를 이간한다(間倫) 함은 인륜을 이간시킴이라. 겨울이 따뜻함을 보고 기뻐하는 자는 어리석고, 봄추위를 보고 두려워하는 자도 또한 어리석으니, 자기 몸에 욕심을 붙여 인륜의 끊음을 꾀하면 겨울이 어찌 길게 따뜻하며 봄이 어찌 길게 추울 것인가? 이간을 듣는 자는 겨울이 따뜻함을 아는 것이고, 이간을 받는 자는 봄이 추운 줄로 아는 것이라. 겨울의 따뜻함이 다시 추어지고, 봄의 추위가 다시 따듯해지는 것은 재앙이 돌아 이른 것이니, 이는 하늘의 이치이니라.

제222사(事) 간윤(間倫)이라 함은 인륜(人倫)을 이간시키는 것인데, 사람 간의 불화를 조성케 하는 원인이 된다. 원래 윤리란 하늘에서 온 말인데 사람이 살아가는 질서의식과 관계를 이룬다. 인륜을 이간하는 사람은 미적 도덕의 비조화로움에 해당하니, 도덕미(das Moralisch Schöne)의 결여를 의미한다. 따라서 인륜을 이간시키는 자는 도덕적으로나 미적의식에선 추(das Häβliche, Ugliness)에 해당하는 인물이다. 따라서 이들은 추(醜)뿐만 아니라 가추악(假醜惡)을 겸해 비속한 것(das Gemeine) · 혐오하여야 할 것(das Widrige)에 해당하므로 간악함이 내재되어 비난의 대상이 된다.

사람과 사람을 이간시키는 것은 이중성향의 인격자들이므로 가정 · 사회 · 나라를 어지럽히는 장본인이다. 가추악(假醜惡)의 이중인격자들에겐 사시사철이 순환하듯 이간질한 사람에게 재앙이 찬 서리가 눈보라 치듯이 몰아쳐 되돌아온다는 것이 본 조항의 의미이다.

눈서리가 내리면 무성한 초목의 잎이 단풍이 들어 떨어지는 것이니, 하

늘의 재앙을 무서워할 줄 알아야 한다.

1. 『임진록』에서의 이간자들: 『임진록』은 임진왜란의 전란상을 나타낸 문학이다. 소설적인 내용이므로 허구적이고 미화적인 내용이 많이 가미되어 있지만 이순신이 왜선과의 수전(水戰)에서 23전 23승이라는 해전사상 공전절후(空前絶後)의 불멸의 공적을 남겼다.

KBS1 드라마 『불멸의 이순신』(2004~2005년)에서 그의 업적에 대해 역사성과 관련시켜 방영함으로써 다시금 불멸의 전공을 확인시켜 5000년 사상 해전의 영웅으로 떠올리게 했다.

이순신은 전쟁 영웅이고 충신임에도 불구하고 이간자들의 책동으로 말미암아 감옥생활을 하게 되었고 백의종군을 했으니, 당시 조정의 실정이 너무나 어두운 면을 실감하게 된다. 그뿐인가. 조정은 적장(敵將) 소서행장(小西行長)의 첩자(諜者) 요시라(要時羅)의 말을 믿고 이순신이 수군을 움직이지 않았다는 것으로, 죄목을 뒤집어씌워 나라의 죄인으로 몰았으니, 임금이나 신료(臣僚)들이 이간자에게 현혹되었다는 것을 오늘에 이르러 실감하게 된다.

이순신이 없는 수군은 왜적의 선단(船團)과의 수전에서 무력화되니, 조정에서 이순신에게 할 말이 없다고 하고 이순신을 삼도수군절도사로 임명하여 세계 수전(水戰)사상 유례없는 전과를 올렸다.

유성룡은 『징비록』(懲毖錄)에서 일인의 첩자 요시라(要時羅)의 말을 도원수 권율도 믿었다고 하니, 이중성향의 간계가 치밀하다는 것을 짐작하게 하지만 충신들이 간신에 의해 유배를 당하거나 희생되는 것을 역사를 통해서 짐작하게 된다.

이순신은 충신이므로 왜적의 첩자 요시라(要時羅)의 말을 묵살하고 군대를 움직이지 않았는데 그것이 빌미가 되어 투옥되고 백의종군하게 되었다. 만약에 이순신이 요시라의 속임수에 말려들어 선단을 움직였다면 무사하지 못해 23전 23승이라는 신화를 이루지 못했을 것이다.

선조나 조정대신들이 수전에 대한 상식이 있었다면, 이순신을 투옥시키지 않았고 백의종군하게 하지도 않았어야 했다. 이순신이 수군을 움직이지 않았다고 하여 조선수군이 왜적 선단에 아무런 피해도 없고 건재했는데 장군을 옥살이를 시키고 백의종군케 했으니, 『임진록』, 『징비록』을 읽거나 『불멸의 이순신』을 시청할 때 울화가 치밀게 한다.

본 조항은 이간하는 자의 말을 경계해야 하는 것으로 되어 있으니, 타인의 말만을 듣고 믿어서는 안 되고 사실여부를 가려서 판단하는 것이 변화무쌍한 현실을 살아가는 지혜라고 할 수 있다.

2. 새로운 내용의 작품: 작가들은 이순신을 소재로 작품을 쓸 때 이전의 내용과는 다르게 간신들을 가추악(假醜惡)의 홍해인간(弘害人間)으로 스토리를 전개시키고, 이순신을 순수미의 화신인 홍익인간으로 작품의 내용을 나타내면 새로운 작품으로 형상화될 것이다.

왜적의 첩자 요시라(要時羅)는 조선을 위하는 사람이 아니다. 또 원균 장군은 이순신과 라이벌관계에 있었으니, 그쪽의 말을 믿어서도 안 되는 것이다. 상식적으로 원균은 경상도 해역을, 이순신은 호해지역(湖海地域)을 담당하게 되어 그 분담지역이 다른데 왜 선단이 경상도 지역에 나타나게 된다는 것을 첩자가 알려 준 것을 싸우지 않았다는 이유로 투옥시켜서는 안 된다.

작가들은 본 조항의 내용이나 이순신과 적대자와의 관계를 스토리텔링으로 나타내면 이중인격자들에게 각성이 되게 할 것이라 믿는다.

제223사(事) 투질(投質: 바탕을 떨어뜨림) -『유충렬전』의 간신 정한담-

투질(投質)은 투(投) 자가 '던질 (투)'이고, 질(質) 자는 '바탕 (질)'이니, '바탕을 떨어뜨림'이란 말이니, 남의 좋은 천성을 팽개쳐 버림을 뜻하게 되는 내용이니, 작가들이 이런 자를 경계하는 내용으로 작품을 쓰면 그런 사회정의를 실현하는 데 도움을 줄 것이다.

『유충렬전』에 나타난 충렬과 간신 정한담과의 관계는 숙적으로서 숙명적인 대결을 하게 된다. 충렬의 아버지 유심은 개국공신이었는데 간신 정한단의 무고로 귀양을 보내고, 충렬모자가 자는 밤중에 방화를 하여 이들 모자는 헤어져 살았다.

충렬은 백룡사에서 무술연마 중 간신 정한담이 호적을 치는 척 그들과 내통하고 명의 황제를 쳐 금산성에 피신했던 황제가 항복하려 할 때 백룡사의 도승의 지시를 받고 갑옷과 칼과 명마를 얻어서 금산성에 도착하여 도술을 발휘해 황제를 구했다. 물론 충렬은 정한담의 반군과 일승일패(一勝一敗)하는 싸움을 거듭하는 가운데 승리하여 정한담의 목을 벴다.

충렬은 백룡사에서 무술을 연마하고 기다리고 있다가 황제가 항복할 즈음에 단기(單騎)로 달려가 도승으로부터 연마한 병술로 이들을 무찔러 항복을 받아 냈으니, 정확히 타이밍을 잘 맞추어(in exact timing with) 티핑 포인트(Tipping point)를 잘 선용했기 때문으로 볼 수 있다.

간신 정한담은 충신 유심을 모함하여 결국 비참하게 죽었으니, 본 조항을 연상케 하여, 그 조항의 내용을 소개한다.

제223사(事) 투질(投質): (禍 5條 35目)(화, 5째 가지, 35번째 항목)

投質者는 投下可質也라. 爲呵嫌嚨하고 謀人實過하여 投之質物하고 堡其活路者는 天破其隱이니 鳴得雉跡이니라.

해석: 바탕을 떨어뜨리는 것은(投質者) 좋은 바탕을 낮게 평하여 내림이라. 언짢은 목소리로 책망하고 남의 결실(진실)을 그르치게 꾀하여 바탕과 재물을 내버리게 하고, 살아갈 길을 막는 사람은 하늘이 그 숨겨진 의도를 깨뜨릴 것이니, 꿩의 소리를 듣고 그 자취를 아는 것과 같으니라.

남을 헐뜯는 행위는 도덕적으로나 인간적으로 인간미가 결여되어 있음을 의미한다. 제223사(事) 투질(投質)이란 바탕을 떨어뜨림을 뜻하는데, 착한 사람을 까닭 없이 헐뜯어 자신의 이익을 도모하고자 한다. 소인들은 통량이 좁아 자신보다 위에 있으면 배워야 할 터인데 헐뜯어 이익을 챙기려 든다.

사람들은 이런 소인배의 파렴치한 행위를 좋아하지 않고 만나기를 꺼리고 멀리한다. 소인은 대인의 품격(品格)과는 천양지차(天壤之差)가 나기 때문에 착한 본성이 결여되어 있다.

이러한 자는 가추악(假醜惡)으로 남을 해롭게 하여 자신의 이익을 보려는 홍악인간(弘惡人間)이므로 수단과 방법을 가리지 않는다. 하늘은 이들에게 무심할 수 없어 재앙을 내리는 것으로 되어 있는데, 인과응보에 대한 과업이다.

이러한 현상은 남을 헐뜯기 위해 현실에서도 비일비재하게 일어난다. 대개 요즘은 다방이나 술자리에서 남을 괜스레 묵묵히 일만 하는 착한 사람을 음해하는 일이 있는데, 사람 중에는 사리가 정당한 사람이 있어 남을 비방하는 자를 깨우쳐 주기 위해 좋지 않게 여기고 바른말을 해 주는 이도 있다.

본 조항에서는 하늘이 남을 음해하는 자의 숨은 꾀를 깨뜨려 버리는 예를 마치 포수가 꿩이 우는 소리를 듣고 그 자취를 아는 것으로 나타냈다.

1. **문학상에 나타낸 죄업:** 고소설에는 권선징악적인 내용이 주류를 이루고 있기 때문에 홍익인간과 홍악인간(弘惡人間)의 인간상이 자주 등장하는 것을 발견할 수 있다. 본고에서 여러 번 소개한 바 있는『유충렬전』에서의 간신 정한담의 행함에서 인면수심의 추악상을 홍악인간(弘惡人間)으로 보고 살펴보기로 한다.

우리는 고소설 중『유충렬전』에서 정한담의 인간됨에서 홍악인간의 면모를, 충렬의 인간됨에서 홍익인간의 인간다움을 보았다. 충렬의 부친 유심은 간신 정한담의 모략에 의해 귀양을 가게 된다.

충렬은 조정을 바로잡으려고 백룡사에서 무술을 연마하였다. 이럴 즈음 간신 정한담은 호국과 밀통하여 황성을 공격한다. 마침내 천자가 항복하게 되는 급박한 상황에 이른다.

이때 충렬은 백룡사에서 천자를 구하기 위해 용마를 타고 황성을 향해 달려 정한담의 군진에 이르러 용호상박(龍虎相搏)으로 싸우니 전세는 충렬이 기세를 잡아 정한담이 죽어 승리를 하였다.

충렬은 호왕에게 항복을 받고 천자를 구하고 돌아오는 길에 가족을 만나고, 나라에선 그를 대장군 겸 승상의 벼슬을 하사한다. 충렬은 100세까지 장수하고 승천하니, 더 말할 나위 없는 부귀영화를 누렸다. 충렬이 조정의 간신들을 몰아내는 일에 위국충성을 다했으니, 홍익인간상이라고 할 수 있다. 그런 인간성의 행위를 한 것으로 인해 지상에서 영화를 누리고 승천하게 된 것이다.

정한담은 본 조항에 나타난 바와 같이 자신의 목적을 위해 충신 유심을 귀양 보내고 충렬 모자가 사는 집을 나졸들에게 방화를 지시하고 국가모반의 죄를 행하였다. 간신 정한담은 홍악인간으로 천리에 반하는 벌을 받아 죽었으니, 본 조항의 의미를 되새기게 된다.

2. 문학상에 나타낸 이상미와 타이밍(timing)의 실현자: 정한담은 국가 반란의 죄를 자행했으니, 천추만대의 불충의 죄인이며 홍해인간(弘害人間)이다. 그에 반해서 충렬은 충신으로 나라를 바로잡는 일을 홀로 이뤘으니, 홍익인간의 덕선(德善)이며 이상미(Das Idealschöne)의 실현자라고 할 수 있다.

충렬은 의기의 대장부이다. 문학상의 내용이기는 하지만 호군과 정한담의 반군을 혼자 무찔렀으니, 그 행함으로 이상적인 생활을 하게 된 것이다.

이들 양자 중 충렬은 타이밍이 좋게(be well timed), 정한담은 타이밍이 나쁘게(not well timed) 이용했다고 할 수 있다. 말하자면 충렬은 적기적시에 티핑 포인트(Tipping point)가 되는 타이밍을 선용한 데 있으니, 작가들이 그를 이용하는 방법을 작중에 나타내면 독자들이 좋아할 것이다.

작가들은 본 조항과 충렬을 소재로 하든 이중성향의 인간을 우리 사회에서 발붙이지 못하도록 하는 인물을 주인공으로 나타내면 독자들이 그를 본받아 살아갈 것이다.

홍익인간은 단군의 건국이념이니, 그 인간상으로 홍해인간(弘害人間)·홍악인간(弘惡人間)을 발붙이지 못하도록 힘써야 한다. 충렬은 시기를 잘 선용해 홍악인간이 들끓는 조정 대신들을 몰아내고 홍익인간의 나라를 세웠으니, 시기를 선용한, 즉 티핑 포인트가 되는 타이밍의 실현자라고 할 수 있다.

제224사(事) 송절(送絶: 거절하여 보냄)－신석정 『난초 잎에 어둠이 내리면』－

송절(送絶)의 송(送)은 '보낼 (송)'이고, 절(絶)은 '끊을 (절)' 자(字)이므로 '거절하여 보냄'이란 말이니, 단절의 뜻이다. 작가들은 행동과 속마음이 다른 이들의 표리부동한 이들에 대해서 경계하는 내용으로 작품을 통해서 나타내면 지조를 잃지 않게 하는 데 도움을 줄 것이다.

신석정(辛夕汀, 1907~1974)은 전원시인이라 일컫게 되는데, 그는 전원에서 산 관계로 자연과 일치하는 순수성을 지녔다. 그는 일제강점기와 광복 후에도 지조를 지킨 바로 전북 문인들이 그의 탄생 100주년기념행사를 기념관에서 기리게 된 것이라 본다.

특히 그는 난초의 기질과 부합하여 『난초 잎에 어둠이 내리면』이라는 수상집을 상재하였다. 그는 실제로 난초의 기질로 깨끗하고 정갈하게 살았던 관계로 일제강점기나 광복 후 친일문인이나 어용문인이 되지 않고 향리에서 자연을 벗 삼고 시작생활을 한 것이다.

그의 삶은 본 조항과 같은 이중인격자적인 위선으로 산 것과는 달리 지조를 잃지 않은 관계로 사람들의 경계로 삼기 위해 본 조항의 내용을 소개한다.

제224사(事) 송절(送絶)(禍 5條 36目)(화, 5째 가지, 36번째 항목)

送絶者는 陽惠陰仇也라. 惠不仇하며 仇不惠는 人理也라. 非
有所欲이면 咋爲惠而謀害深하니 其所欲爲必亂人家라. 血痕
이 未乾에 隣鷄迭唱이니라.

해석: 끊어서 보냄(送絶)이란 겉으로는 은혜롭게 생각하지만 속으로는 원수로 여기는 것이니라. 은혜는 원수같이 못하며 은혜를 원수같이 못하는 것은 사람의 이치이니라. 자기가 하고자 하는 바가 아니라서 잠깐 은혜로이 하다가 해치려는 꾀가 심하면, 그 하고자 하는 바가 반드시 남의 집안을 어지럽히게 되니라. 피 흔적이 마르지도 않아서 이웃집 닭들이 번갈아 울어대느니라.

제224사(事) 송절(送絶)이란 끊어서 보낸다는 뜻이니 단절을 의미한다. 이 의미는 이중성향의 사람을 경계하기 위해서다.

주지하는 바와 같이 이런 이중인격자들은 겉으로 좋은 척 사람을 웃음으로 대하나, 이들의 마음속에 무서운 비수가 들어 있다는 것을 모두 알아야 한다. 이런 인격자들이 결정적 시기에 배신을 하는 것을 사회에서 볼 수 있다. 이들의 행위는 사람으로서의 품위손상은 물론 재산상에 막대한 손해를 끼치니, 멀리하는 것이 상책이다.

사람은 누구나 이중인간을 경계하고 있으나 이들은 대개 화술에 능란해 본의 아니게 넘어가는 수가 있다. 사회인들은 지금도 이중인격자들에 의해 속는 이들이 많다. 그 원인은 이들의 이중성 화술 때문이다. 요즘도 사회실정에 어두운 사람들은 이들의 감언이설에 속는다. 또 순진한 사람들은 사기한들이 인터넷 사이트에 글을 올려 유혹하여 속는 피해가 속출하고 있다.

이런 피해는 TV 화면에서도 여러 차례 방영하여 전국적으로 알림에도 피해자들이 줄지 않고 있으며, 사기전화도 가정집에 걸려오고 또 사람들이 가끔씩 온다고 말들을 한다.

일찍이 공자(孔子)는 "교언영색 선의인"(巧言令色 鮮矣仁)(달콤하고 감미로운 말이나 아첨하는 좋은 얼굴빛을 반질하게 꾸민 사람은 사랑스러움이 많지 않으리라)이라고 했다. 공자(孔子)가 이 말을 강조하기 위해 '선의인'(鮮矣仁)을 '인선의'(仁鮮矣)라고 도치시킨 것은 소인의 감언이설을 경계하기 위함에 있다.

더구나 이 말은 『논어』(論語) 제1학이편(學而篇)과 제17양화편(陽貨篇)에도 기재되어 있어 차지하는 비중이 크다는 것을 알 수 있다. 2500년 전 공자 시대 이런 말을 구사하면서 사람을 속이는 일이 발생해 피해가 컸음을 시사해 주는 것이다. 유교권에 들었던 한국인은 공자(孔子)의 교육과 교훈으로 살아왔는데도 아직까지 근절되지 않는 것은 이들 이중성향의 인간들이 화술에 능한 자들이기 때문이다.

이중인간의 행실은 겉으로 은혜롭게 대하고, 속은 무서운 음모가 들어 있으니, 조심하고 삼가야 할 사람이다.

그러나 세상 사람들은 이중성향의 사람들의 처서에 속고만 살아가지는 않는다. 사람들은 이들에게 한두 번은 손해를 보지만, 그 이후에는 사람들에게 이중적인 사람이라는 것이 알려서 그들의 마수에 넘어가지 않는다.

본 조항에 이중적인 사람의 음모는 천하 사람들에게 알려지게 되는데, 새벽이 돌아오면 모든 닭들이 번갈아 울어 잘못이 백일하에 드러나게 된다는 것을 비유적으로 나타냈다.

이중적인 사람은 우리 건국이념에도 어긋나는 홍악인간(弘惡人間)들이니 요주의 인물로 주시하며 살아가야 할 것이다. 그런 점에서 사람들은 본 조항의 의미를 되새겨볼 필요가 있다.

1. 지조를 지닌 시인 신석정: 우리는 전원시인 하면 신석정을 떠올리게 된다. 전원에서 살게 되면 자연과 벗이 되니, 인간의 욕망이 자연과 일치하는 순수성을 지닌다.

일제강점기에는 친일문인들이 민족을 배반하고 일제를 찬양하는 이들이 많았는데 물욕과 권력으로 남보다 잘살아 보자는 욕심이 원인이 되었다.

그러면 전원시인 신석정은 일제시대나 광복 후 전원시인답게 살았는가를 『난초 잎에 어둠이 내리면』에서 알아보기로 한다.

그는 3대가 일제강점기에 관직에 나아가지 않았음이 그의 수상집 『난초 잎에 어둠이 내리면』「빈루기」(貧陋記)에서 나타난다.

석정이 전원생활 중 난초를 좋아하고 여기에 노장철학과 도연명을 사숙했으니, 선비답게 청렴하게 살아가는 정신적 유산으로 일제와 협조하지 않고 지조를 지킨 바가 되었다. 그는 지조를 헌신짝같이 버린 사람을 증오했는데, 첫째, 조선조의 경우 세조에게 반기를 든 성삼문(成三問)을 찬양하고 신숙주(申叔舟)는 지조를 지키지 않은 배신자라고 했다.

둘째, 그는 세계적 명성을 한 몸에 지닌 독일의 시인인 괴테도 혹평했다. 그 이유는 나폴레옹이 바이마르에 진공해 온 그에게 달려가서 송시(頌詩)를 봉정했다는 이유로 지조를 지니지 못한 것으로 보았다.

석정의 생각은 괴테를 인간됨의 잣대로 재어 본 것인데 지조를 상실한 시인으로 본 것이다. 그는 괴테에 대해 정복왕인 나폴레옹의 마제하(馬蹄下)에 어찌 송시(頌詩)를 바칠 수 있느냐고 반문했다.

석정의 정신적인 연령은 괴테 이상으로 높았음을 알 수 있다. 지조가 결여된 인간은 석정의 안목으로 보면 본 조항에서의 이중인격자에 지나지 않는다.

셋째, 지조 없는 인간으론 헤겔도 마찬가지로 보았다. 나폴레옹은 독일을 점령했다. 그는 나폴레옹이 전승으로 백마를 타고 달려오는 웅자(雄姿)한 모습을 바라보고 세계의 정신이라고 환호를 올렸다는 것으로 한국의 친일파와 같은 무리로 비하해서 본 것이다.

넷째, 석정은 일제 시 총독의 문학상을 받은 친일 문인에 대해서도 양심과 지조가 없는 범죄자로 보았다.

다섯째, 광복 후에 우남찬가(雩南讚歌)에서 혁혁한 공적을 세운 모(某) 시인도 지조 없음을 혹평했다.

그 시인은 우남(雩南) 이승만 박사의 귀만 보아도 배가 부르다고 시를 지었기 때문이다. 석정은 이 사실을 증명하기 위해 분서갱유(焚書坑儒)로 수선을 피우던 지록위마(指鹿爲馬)로 그 유래를 밝혀 놓았는데, 사슴과 말은 올바로 가리켜야 하는데 사슴을 말이라 하는 것과 같은 식으로 시를 지었기 때문이다. 시인은 시인다워야 하는데 아부와 관련된 내용으로 글을 지은 것을 지적한 것이라 할 수 있다.

주지하는 바와 같이 우남(雩南)은 상해 임시정부에서 요직을 맡았다. 그는 미국으로 건너가 해방이 될 때까지 편히 있다가 미국의 배후로 대통령이 되었는데, 백범 김구와 같이 일제에 항거하는 독립운동을 했어야 했다. 그는 일본의 세력이 동남아 일대에서 막강해지자 도미한 것이 아닐까?

그는 해방 후 대통령이 된 후 친일파를 전부 기용하고 자유당정권의 기반을 세우고 장기집권을 획책하기 위해 부정선거로 대통령에 오른 후 하야(下野)해 다시 하와이로 갔다.

우남이 한국을 친일파천국이 되게 한 것도 자신의 기반이 없음으로 대통령이 되기 위해 이들 반민족 행위자들을 기용한 데 있다. 이로 인해 해방정국은 이승만 정책으로 해외에서 일본군과 싸우던 애국자나 독립군들이 고국으로 돌아와 핍박을 받아야 했다. 그의 통치수난은 근본바탕이 잘못되었다.

그의 통치스타일은 수단과 방법을 가리지 않아 급기야 민족을 배반한 친일파들을 우대하여 이들이 정치를 하여 부정을 일삼아 시회 혼란을 야기한 데 있다.

광복 후 아직까지 친일파들은 사욕을 취했던 것으로 인해 지금도 잘 지내고 있고 요직을 그 자손이 차지한 관계로 친일문인들은 재정이 풍부해 친일문인상(賞)을 만들어 막대한 상금을 주면서 수여했다. 요즘도 그 제도는 이어져 내려오고 있다. 그러나 애국자나 독립운동을 한 이들의 상 제도는 별로 없다.

그의 지조는 『난초 잎에 어둠이 내리면』에서와 같이 난초의 기질로 살았던 것으로 인해 일제시대 이래 박정희 군사독재자하에서도 협조하지 않았다.

본고에서 석정시인이 예를 든 것 중 다섯 번째로 예를 든 이들은 본 조항과 통하는 인간들이라는 것으로 이해하면 된다.

석정시인과 같이 혼탁한 세상에서도 자연과 더불어 살아가면 순수미(das Reinschöne)로 살아갈 수 있다.

본 조항은 이중인간들이 표리부동(表裏不同)으로 살아감을 경계한 것이니, 표리상응(表裏相應)으로 살아가는 풍토를 조성해야 한다.

2. 문학상의 과제: 우리는 이중성의 인간들로 인해 사회를 어지럽히는 결과가 되어 왔다. 문인들의 과제는 작품의 주인공을 통하여 순수미(das Reinschöne)의 마음을 지녀 바르게 살아가는 내용으로 작품을 선보이면 작품으로서의 진가를 발휘할 것이다.

요즘은 독자들이 책을 잘 읽지 않는 것으로 되어 있지만 사람을 착한 것으로 인도하는 내용으로 출간을 하여 홈페이지에 올려놓으면 사람들이 읽을 것이라 믿는다.

독자들은 새로운 시각으로 쓴 이색적인 작품을 요구하고 있으니, 디지털 스토리텔링으로 작품을 지으면 좋은 반응을 일으킬 것이 예상된다.

제225사(事) 비산(誹訕: 헐뜯음) —『삼국사기』의『고시』(古詩) —

제225사(事) 비산(誹訕)은 비(誹) 자(字)가 '헐뜯을 비'이고, 산(訕) 또한 '헐뜯을 산'이니, 소인배가 남을 까닭 없이 꾸짖거나 헐뜯음을 말한다. 작가는 소인배들이 겉으로 착한 체하고 속마음은 악질 중병보다 독하니, 독자들에게 이런 간악한 인간에게 상처받지 않게 주의를 기울여야 함을 내용으로 작품을 써야 할 것이다.

『삼국사기』의『고시』(古詩)는 궁예(弓裔, ?~918)가 장차 망할 것이고 왕건이 나라를 차지하게 된다는 내용을 은유법으로 지었다. 궁예는 자랄 때 모성애를 받지 못한 결핍증으로 정신분열증세로 인해 사람을 의심하고 자기를 미륵불이라 자처하고 신통법으로 사람의 마음을 알아낼 수 있다고 하여 그 법으로 비추어 보면 자기를 해할 사람이라고 판단해 무고한 사람들이 죽어 갔다. 그의 앞에는 측근도 아내도 일당 신통법으로 내다보고 사실과 거리가 먼 죄인으로 죽였다.

궁예는 태봉국의 왕이니, 그에게 바른말을 하면 신통법으로 비추어 보고 죽어 가니, 나라는 멸망할 징조를 『고시』(古詩)에서 나타낸 것이다.

궁예는 겉으로는 미륵불이지만 속마음은 날카로운 비수가 간직되어 있는 것이다. 그런 점에서 궁예의 행함을 본 조항과 관련하여 조명해 보기로 하고 그 조항을 인용한다.

제225사(事) 비산(誹訕): (禍 5條 37目)(화, 5째 가지, 37번째 항목)

誹訕者는 小人之善口也라. 全心則毒于惡疾하여 困人軟呼吸하며 割人不見刀니, 其刀는 利柄奸鞘니라.

해석: 비방(誹訕)이란 소인배가 입으로만 착함이라. 그 남을 헐뜯고 비방하는 마음을 다 쓰면 독하기가 악질(惡疾)보다 독하여, 남의 부드러운 호흡을 곤란하게 하고, 남을 베는 그 칼은 보이지 않지만 그 칼날 같은 혀의 칼자루는 날카롭고 칼집은 간악하니라.

소인배는 입으로 착한 체하지만 인간됨이 못되었기 때문에 이중적인 인간성으로 살아가는 관계로 보이지 않는 곳에서 중상모략을 한다. 그 극악함은 악질보다 더 독하다고 할 정도이다.

소인배는 으레 자기보다 잘난 사람을 중상모략을 하게 되는데, 그 당하는 사람의 입장을 보면 치명적인 피해로 곤경에 처하게 된다. 그러나 소인배는 자신에게 이익이 돌아오는 일이라면 물불을 헤아리지 않을 정도로 헐뜯어 재미를 본다. 가해자인 소인배는 처세술에 능란하다. 피해자는 착한 사람이므로 가해자인 소인배에 능란한 언변에 약점을 과장해서 사람들에게 발설하면 당하게 된다.

우리는 이러한 중상모략의 추악상을 정쟁(政爭)에서 흔히 본다. 옛날 조선시대 당파 간에 알력은 말할 것도 없지만 2007년 대통합민주신당(전 열린우리당)과 한나라당은 대선을 앞두고 전보다 상대당의 약점을 들어 비방하는 모습이 역력함을 볼 수 있다. 대선 결과 한나라당 이명박 후보가 대통합민주신당 정동영 후보보다 압도적인 차로 당선되었다.

우리는 이 두 당이 상생의 정치를 펴겠다고 국민에게 철옹성같이 했지만 그 약속의 기미는 언제 그런 약속을 했느냐는 듯 상호비방을 일삼았다. 여당에서 잘하는 일이면 야당에서 칭찬해야 되고, 마찬가지로 야당인 한나라당에서 잘하면 여당인 대통합민주신당에서 칭찬해 서로 협조하는 것이 상생의 정치다. 그런데 서로 어떤 정책을 주장하면 네거티브(negative)식으로 헐뜯기 일쑤다.

우리는 지나간 조선조 당쟁에서 서로 비방하는 것을 보아서 아는 바와 같이 당쟁하면 거부반응을 보이게 되는데, 21세기 오늘에도 그런 정치풍도가 가시지 않는 것이 아쉽다. 그럴 때 본 조항의 내용으로 오늘의 정치를 되돌아보게 된다.

과거 역사에서는 당쟁으로 많은 사람들이 희생당하고 그렇지 않으면 많은 피해를 입었다. 우리는 임진왜란도 유비무환으로 대처할 수 있었는데 당쟁의 소용돌이치는 가운데 갑론을박을 주장하다가 미증유의 전란을 맞아 백성들이 7년간 고통으로 살아온 것이다. 정쟁을 일삼는 정치는 추(Das Häβliche)에 해당하므로 상생의 청치는 우미(優美, das Anmut Schöne)에 속하는 정치이라고 할 수 있다.

이런 것을 거울삼아 남의 약점을 과장해서 헐뜯는 행위는 소인배이니, 대장부답게 넓은 마음을 지니며 살아가야 할 것이다. 그런 점에서 본 조항을 재음미할 가치를 지닌다.

1. 문학상에 나타난 추악상: 소인배의 간악함은 악질보다 더 독하다고 할 수 있다. 우리는 이런 표리부동한 인간상을 궁예(弓裔)에서 다음과 같

이 찾아보기로 한다.

신라 효공왕15년(911)에 궁예(弓裔)는 연호를 수덕만세(水德萬歲) 원년
으로 하고, 국호를 고쳐 태봉(泰封)이라 하였다. ……
이때 선종 궁예는 스스로 미륵불(彌勒佛)이라 칭하고, 머리에는 금책
(金幘)을 쓰고 몸에는 방포(方袍)를 입었다. 맏아들을 청광보살(靑光菩
薩)이라 하고, 끝 아들을 신광보살(神光菩薩)이라했다. 외출할 때는 항
상 백마를 타고 비단으로써 말머리와 꼬리를 장식하였다. ……
석총(釋聰)은 말하기를 이는 모두 바르지 못한 설(說)과 괴이한 얘기이
므로 세상 사람에게 가르칠 것이 아니다 라고 하니, 선종 궁예는 이
말을 듣고 크게 노하여 쇠몽둥이로 그를 때려 죽였다. …… 신덕왕 4
년(915)에 부인 강씨(康氏)는 왕의 모든 정사가 법도에 어긋난 일이 많
으므로 정색(正色)하여 간하니, 궁예는 이를 싫어하여 말하였다.
'네가 다른 사람과 간음했다니 웬 말이냐?'
강씨는 말하였다.
'어찌 그런 일이 있겠습니까?'
궁예가 말했다.
'내 신통법으로 이를 보는 것이다.'
궁예는 뜨거운 불에 쇠방망이를 달궈 가지고 그녀의 음부를 지져서
죽이고 그 두 아들까지 죽였다. 그 뒤부터 궁예는 의심이 많고 성을
잘 내어, 위로는 모든 관료 장군으로부터 아래로는 평민에 이르기까지
무고하게 죽음을 당하는 사람이 빈번히 있었다.
부양과 철원 사람들은 혹독한 폭정에 견딜 수가 없었다. 이에 태조 왕
건은 궁예의 폭정을 좌시할 수 없어 부하들의 권유에 못 이겨 궁예에
의기(義旗)를 들었다.
궁예는 이 소식을 듣고 변복을 하고 궁중을 빠져나와 산림으로 도망 해
들어갔다가 얼마 아니 하여 부양(扶養)의 백성에게 잡혀 살해되었다.

궁예는 태봉국의 왕이지만 의처증에다 정신분열증에 걸려 있었다. 자신
은 미륵불이라고 자처하고 많은 사람을 죽였다. 그의 속마음은 본 조항의
내용과 같이 보이지 않는 비수가 되어 그 칼로 사람들을 베는 것이나 다
름없었다.

그는 신통법으로 자신의 마음으로 남의 마음을 거울과 같이 들여다볼
수 있다고 자처하고 아무 죄도 없는 사람을 마구 죽였다. 『고시』(古詩)에

는 다음과 같은 글이 쓰여 있었는데 소개하면 다음과 같다.

> 하늘이 아들을 진마(辰馬)에 내리시니,/ 먼저 닭을 잡고 뒤에는 오리를
> 잡으리라./ 사년(巳年) 사이에 두 용이 나타날 것이니,/ 하나는 몸을 푸른
> 나무속에 감추고,/ 하나는 형체를 검은 금(黑金)이 동쪽에 나타내리라./

이 시는 궁예가 죽기 전에 백성이 구입한 거울에 적혀 있었다고 전한다.
궁예는 문인에게 해석할 것을 명하여, 시에 담긴 내용대로 궁예가 망하고
태조 왕건이 세상이 된다는 내용을 말을 할 수가 없어 꾸며서 알리었다.
그러나 『삼국사기』 「궁예」 조에는 『고시』(古詩)에 담긴 원뜻을 다음과 같
이 전하고 있다.

> 하늘이 아들을 진마(辰馬)에 내렸다는 것은 진한과 마한을 이름하고,
> 두 용(龍) 중 하나는 몸을 푸른 나무에 숨기고, 다른 하나는 형체를 검
> 은 금에 나타냈다는 것은 푸른 나무는 소나무(松)이므로 송악군(松嶽
> 郡) 사람을 뜻한다. 용은 왕을 상징하게 되므로 왕건을 이름 한다. 검
> 은 금은 쇠(鐵)이므로 지금 도읍한 철원(鐵圓)을 말하는 것이니, 궁예
> 를 가리킨다.
> 지금 궁예는 이곳에서 일어났다가 마침내 이곳에서 멸망한다는 징조
> 이다. 먼저 닭(鷄)을 잡고 후에 오리를 잡는다는 것은 먼저 왕건이 계
> 림(鷄林)을 먼저 얻고, 후에 압록강(鴨綠江) 지역을 거둔다는 뜻이다.

『삼국사기』 권50 · 열전10, 49 「궁예」 조

궁예는 미륵불이라 자처하고 신통법으로 사람의 마음을 헤아린다는 망
상에 젖어 자신의 생각에 맞지 않거나, 자신에 대해서 바른말을 해 주는
사람을 살해했다.

그는 정신질환에 걸려 있었던 관계로 뜨거운 쇠방망이를 달궈 가지고
자기 부인의 음부를 찔러 죽이고, 그녀에게서 난 자신의 두 아들을 죽였다.

그의 정신적 질환은 어릴 때 젖종(乳婢)에 의해 자랐기 때문에 사랑 결
핍에 의한 콤플렉스에 의해 생긴 증상이라고 원인을 밝힐 수도 있지만 왕

으로서 이런 흉한 일이 행해졌으니, 정신이상자의 행위로 볼 수 있다.

궁예는 태봉국의 왕으로서 정신이상자의 상태로 백성을 다스렸던 관계로『고시』(古詩)와 같은 내용이 민심으로 전해진 것이다. 그는 재위 901년에서 918년 동안 왕위에 있다가 철원 지방의 백성들에게 잡혀 비참하게 생을 마감하였는데, 본 조항의 의미와 비슷하게 전개되었다.

본 조항은 간악한 자의 행위를 나타낸 것이나 본 5장의 화(禍)에 관련된 내용이므로 천리를 거역하면 재앙이 내린다는 의미를 나타냈다. 궁예는 심한 정신분열증으로 정상인이 생각하기에는 상상도 하지 못할 많은 백성을 가혹하게 해친 행위로 하늘이 죄를 내려 그 과업을 받게 한 것으로 볼 수 있다.

궁예는 말기에 정신분열증의 증세가 심하여 천리를 거스르는 정치를 행했던 것으로 인해 거울에 새긴『고시』(古詩)와 같이 백성의 원성이 나타나 결국 민심이반으로 인해 왕건의 천하가 되었다.

2. **임금의 선정:** 임금은 만백성의 거울과 같은 존재이므로 맑아야 백성들이 그 본을 보고 살아가게 된다. 그와 반면에 임금이 좋은 본을 보여 주지 않으면 백성들 또한 그 행함으로 살아가 갖가지 비리가 난무하게 된다.

작가들은 이런 두 가지 내용으로 선정과 악정의 예를 역사상의 인물로 새롭게 부각시키면 독자들의 반응이 좋아질 것이고 선정을 펴는 데도 기여가 될 것이다.

요즘은 도시화로 인해 많은 사람들이 살게 되니, 개중에는 간혹 범조행위를 하는 이가 있어 시민들을 불안에 떨게 하고 있다.

작가들은 이들의 간악함을 작품에 나타내면 이들에게 피해를 당하는 사람들이 줄어들 것이다. 또한 작가는 이들이 착하게 마음을 돌려 도시에서도 잘살아 농촌에 노인을 위해 돕는 일을 하는 내용으로 나타내면 본 조항과 상대적으로 나타낸 것이 된다.

궁예는 정신병자로서 많은 백성에게 피해를 입혀 결국 자신도 비참하게 생을 마쳤으니, 전국적으로 정신병 환자들을 특별히 치료하는 요양소가 있어야 한다.

　작가들은 요양소에서 치료를 받아 정신병이 완쾌된 후 정신병자를 돕는 일에 봉사하는 활동을 하는 내용으로 작품을 쓰면 독자들이 정신병자를 정상인으로 대할 것이다.

제226사(事) 역(逆: 거스름)—『징비록』에서의 풍신수길(豊臣秀吉) 죄상—

　역(逆)은 '거스를 (역)'이니, 순리를 거역하는 것이다. 곧 천리(天理)와 인리(人理)를 극도로 거스른 것을 말한다. 사람이 살아가는 윤리는 천리에서 모법된 것인데, 이를 거역하면 화를 받는다. 특히 2008년 1월 이명박 대통령 당선자가 2월 취임을 앞두고 신년사를 발표하는 내용 중 "선진화의 시작은 법과 질서 지키기"를 발표를 하여 본 조항의 의미를 되새기게 한다.

　그는 2월 25(월)일 여의도 국회의사당 광장에서 국내외 귀빈과 일반국민 등 5만여 명이 참석한 가운데 열린 제17대 대통령 취임식에서 '선진일류국가의 꿈' 실현을 내용으로 경제를 발전시키고, 사회를 통합하겠다는 내용으로 시작하여 '발전의 엔진'을 다시 불붙이자는 내용으로 끝을 맺었다. 그가 신화를 창조하는 나라로 세우는 데는 법과 질서를 지키는 내용과 맞물려지는 내용이다.

　작가는 천리와 인륜을 거역하며 살면 순탄한 삶을 살아갈 수 없는 내용을 작품에 나타내면 작가들이 이 두 가지 이치를 거스르면서 살아가는 것을 경계할 것이다.

　풍신수길(豊臣秀吉, 도요토미 히데요시)은 임진왜란을 일으킨 장본인이다. 그는 전쟁을 일으키기 전부터 거짓으로 국서를 보내었고, 전사자는 물론 산 사람의 귀와 코를 잘라 전리품으로 가져갔다. 또 그는 일본에다 자기들의 전승을 기념하기 위해 귀 무덤과 코 무덤을 만들었다.

　그는 임진왜란을 일으키고도 승리하지 못하고 죽을 때 조선에서 군대를 본국으로 철수시키라고 유언을 남기고 세상을 떠났다. 그는 죽은 시체에서 구더기가 나와 시체에 소금을 뿌렸다고 한다. 산 사람의 귀와 코를 잘라 소금에 절여서 보낸 것에 대한 인과응보의 죄과(罪過)라고 할 수 있다. 그는 하늘의 순리를 거역한 것으로 마치 이는 입구가 하나인 굴속에 있는 토끼가 그 안에서 잡혀 죽을 줄 모르는 것과 같다.

풍신수길의 죄상은 본 조항과 통하므로 그 조항의 내용을 다음과 같이 인용한다.

제226사(事) 역(逆): (禍 6條)(화, 6째 가지)

逆은 不順之極也라. 人之百行은 成于順하고 失于逆이니 逆而求大福大利者는 兎止一窟이니라

해석: 거스른다 함(逆)은 순리를 극도로 거스르는 것이니라. 사람의 백가지 행함이 순리를 따르면 성공하고 거스르면 실패하니, 거스르면서 큰 행복과 큰 이로움을 구하는 것은 토끼가 한 굴속에서만 사는 것과 같으니라.

순리(順理)를 거역한다는 것은 천리(天理)와 인리(人理)를 거역하는 생활이라고 할 수 있다. 우리는 운동경기에서 규칙을 위반하면 반칙(反則)이란 말을 사용한다. 인간의 질서는 사시절의 차례와 같은 것이니, 어기면 그와 상응하는 재앙이 돌아온다. 인리(人理)를 거역하는 것도 죄가 돌아오게 되는데 천리를 거역하는 것은 자기뿐만 아니라 인류의 큰 재앙이 닥쳐오게 된다.

오늘에는 자동차의 배기가스나 각종 오염이 주원이 되어 환경파괴로 인한 엄청난 재앙이 지구촌 곳곳에서 발생하고 있다. 예전과는 다르게 지구온난화 현상으로 폭설과 폭우로 인해 많은 인명과 재산의 손실을 가져온다.

‘세계 기상의 날’인 2007년 3월 23일을 맞아 지구온난화와 환경파괴에 관한 보고가 발표되었는데, 석탄을 연료로 쓰는 화력발전소가 증설되면서

앞으로 5년간 매년 이산화탄소(CO_2)가 추가로 배출될 전망이라고 밝혔다.

2006년 9월 24일에 의한 남극의 오존 구멍의 범위는 사상최대인 남극대륙면적의 1.8배(3,000㎢)로 커져 60개국의 과학자 5만여 명이 사상 최대 규모의 물리·생물·사회학적 연구를 2007~2008년 동안 실시한다는 것을 밝혔다(조선일보 제26824호 2007년 3월 23일(금) A2쪽).

한편 인도네시아 발리에서 개막한 유엔기후변화회의(UNFCCC)에서 온실가스 감축에 대해서 2007년 12월 3일(월) 논의했으나 200개 나라 중 온실가스를 가장 많이 배출하는 미국과 중국이 여하히 실천하느냐에 달려 있으니 앞으로 두고 볼 일이다.

지구환경문제가 하늘의 구멍이 뚫릴 정도로 환경오염이 심각하게 이른 것은 인과응보에 의한 업보인 것이다. 여기에 남극의 눈이 녹아 1992년 이래 해수면이 3.2㎜씩 상승하고 있다는 것 또한 인간이 무제한적으로 자연환경을 훼손한 데 원인이 있다.

하늘의 재앙은 인간이 행한 대로 내려지는 것이니, 천리에 어긋나는 행위를 행하면 그 대가를 받게 되어 있는 것이다. 이와 관련해 역사적인 관계나 주변에서 천리에 거역하는 이들은 거의 악인악과에 의해 벌을 받았다는 데 관심을 가지지 않을 수 없다. 천리의 의한 악보는 결코 무심하지 않고 그 행한 바에 의해 받는다는 것으로 보면 될 것이다.

한민족은 천손민족이라고 일컬어 왔던 관계로 하느님 숭배의 관념이 투철했다. 그런 만큼 우리는 천리를 거역하는 행위를 자행해서는 안 되고, 하늘의 광명을 본받아야 할 것이다.

일찍이 『천부경』(天符經)에는 태양의 광명의식을 본받아야 한다는 내용이 "본심본태양앙명"(本心本太陽昂明)(사람의 근본은 마음이요, 태양의 근본은 밝음임)에 나타나 있다. 하늘 숭배는 곧 밝음과 관계되는 것이 천리(天理)요 인리(人理)이며 순리(順理)인 것이다.

노무현 대통령은 국민들이 신중성이 결여된 말을 하는 것으로 인식되고 있는데, 2005년 5월 15일(일) 불기 2549년 4월 초팔일을 맞아 부처님 오신 날 봉축 법요식 메시지에서 '원칙이 반칙에 의해 좌절되고 상식이 특권에 의해 좌절되는 사회에서는 신뢰가 피어나지 않는다'고 했는데 본 조항을 이해하는 데 도움을 주는 말이다.

본 조항의 역(逆)은 사회생활에서의 반칙에 해당해 비미적(非美的, auβ lerästherisch) 행위이다. 천리를 어기는 나라나 개인이 잘되는 일이 없는 것은 오늘의 후진국의 예에서도 증명되는 바와 같다. 천리의 원칙이 반칙에 의해 좌절되는 나라가 잘살기를 바라는 것은 연목구어(緣木求魚) 격이라 하는 것이 적절한 표현이다.

본 조항에서는 천리를 거역하고서 죄를 지은 자는 토기가 한쪽이 막힌 굴로 숨어 들어가 잡히지 않기를 바라는 것과 같으니, 강한 짐승의 표적이 될 것은 당연하다. 그와 같이 천리와 인리를 거역한 자가 국가나 사회에서 용서할 리가 없어 철창신세로 살아갈 수밖에 없다.

본 조항은 천리를 거역하면 그에 대한 화(禍)를 받게 되므로, 천리를 준수하며 살아가는 것이 천손민족에게 당연한 의무라고 할 수 있다.

1. 천리를 거역한 풍신수길(豐臣秀吉): 임진왜란은 일으킨 풍신수길(도요토미 히데요시)은 천리를 거역했다. 국서(國書)를 위조해 가며 조선을 침략했기 때문이다. 그는 명(明)나라를 치기 위해 조선의 길을 빌린다는 것이니, 사실과 다른 조선을 치기 위해 전쟁을 일으켰다.

그는 전쟁을 일으켜 천인공노(天人共怒)할 야만의 행동을 일삼았는데, 임란 중에 우리 선인들의 귀와 코를 베어다 소금에 절여 일본으로 가져가 무덤을 만든 죄인이다. 1940년대는 촌로들이 사랑방에서 이야기꽃으로 보내었는데 임진란 당시에 귀와 코를 잘린 사람들이 많았다는 말을 들은 적이 있다. 왜적들은 죽은 병사의 귀와 코를 자른 것이 아니라 산 사람의 것도 잘랐다는 것이다.

원칙으로 왜군은 죽은 조선 병정들의 코와 귀를 베어 소금에 절여 일본에 보내면 그 부대의 대장이 상을 받도록 되어 있었는데, 악용한 것이다. 풍신수길의 제도가 이러하니, 왜군들이 자기들의 공을 인정받기 위해 산 사람의 코와 귀를 베어 갔다.

조선인의 귀는 적어도 18만 개쯤 된다고 왜장 히데모토(大河內秀元)가 밝혔으니, 당시 인구로 보아 많은 수에 이른다.

실제 일본 내에 코 무덤이 메이지기(明治期)의 역사학자 호시노 히사시(星野恒)는 12만쯤 된다고 밝혔다. 이 코 무덤은 일본 오카야마 비젠시(岡山縣 備前市)의 향등(香登)이란 농촌에 있으니, 촌로들이 들려주는 구전과 일치되는 내용이다. 귀와 코가 잘린 사람이 많았다는 것은 충분히 있을 수 있는 일이다.

왜병들은 죽은 병사나 생사람의 귀와 코를 잘라 소금에 절여 전리품으로 가져가 일본 내 무덤을 만들었으니, 천리와 인리를 거역한 죄가 된다.

『징비록』에 의하면 풍신수길은 전쟁 중에 죽었는데 그의 시신은 악취가 풍겨 소금을 뿌려 부패방지를 했다고 기록되어 있다. 그는 천리를 거역한 것으로 인해 그 죄과를 그대로 받은 것이다. 도요토미 히데요시는 천리와 인륜을 어기는 일을 행했으므로 인과응보에 의해 불법필벌(不法必罰) 원칙에 의해 벌을 받았다.

그의 죄과는 인면수심의 거짓과 추악한 행위를 일삼았던 죄과로 인해 그 죄과를 받고 세상을 떠났으니, 본 조항의 의미를 되새기게 한다.

우리는 천손민족의 후예이므로 천리를 거역하는 행위를 해서는 안 될 것이다. 본 조항의 거슬림에는 6번째 가지를 5개 잔가지로 나누었다. 그 조항을 알기 쉽게 도표로 나타내면 아래와 같다.

역육조(逆六條)

역육조＼내용	주요 내용	대상	조항
1. 설신(褻神)	하느님을 욕되게 하고 업신여김	거스름	제227사(事)
2. 독례(瀆禮)	예의범절을 모조리 없앰	거스름	제228사(事)
3. 패리(敗理)	하늘의 이치를 위배해 어지럽힘	거스름	제229사(事)
4. 범상(犯上)	도리를 위배하여 죄를 지음	거스름	제230사(事)
5. 역구(逆詬)	천리를 어기며 인륜을 손상시킴	거스름	제231사(事)

위의 5조항은 천리를 거역하는 일환으로 하느님을 경외(敬畏)하는 것으로 되어 있다. 천리는 인간 윤리의 바탕이 되는 것이니, 이를 거역해서는 그만큼의 재앙을 받는 것으로 나타난다.

천리의 거역은 결국 벌을 받는 것으로 되어 있으니, 천리를 순행하는 생활이 가장 안정되고 보람이 되는 길이다. 인리를 거스르는 것은 비미적(非美的 auβerästherisch) 행위이니, 자신을 위해서도 좋은 일이라 생각한다.

2. **작가들의 고발의식**: 악인악과는 재앙을 낳게 되는데 임진왜란을 일으킨 도요토미 히데요시는 비겁하게도 국서를 속이면서 전쟁을 7년간이나 했다. 그 결과는 막대한 인명과 재물의 손실만 가져왔으니, 아무 쓸모 없는 전쟁을 일으킨 것이다. 전쟁 중에 무고한 백성의 귀와 코를 잘라 갔다. 여기에서 귀를 잘라 간 것은 이전에 잘 알려진 일이지만 코 무덤을 발견한 것은 그리 오래지 않다.

작가들은 일본인들이 제2차 세계대전도 선전포고도 없이 하와이 진주만을 그것도 일요일 폭격한 것을 미루어 임진왜란도 비겁한 전쟁을 일으킨 것이다.

작가들은 일본의 야만적인 전쟁을 고발하는 내용으로 작품을 쓰면 그들의 국민성을 이해하게 될 것이다. 요즘도 일본 각료들은 독도를 자기들의 영토라고 하고 제2차 세계대전 시 일본군 위안부 문제도 세계인이 인정하는데도 부인하니, 그들의 국민성을 헤아리게 된다.

사람은 만물의 영장이므로 일본인들과 같이 천리와 인리를 거역하는 일은 행해서는 안 되며 일체 삼가야 할 것이다.

제227사 설신(褻神: 하느님을 업신여김) ─『호질』의 북곽선생─

제227사(事) 설신(褻神)에서 설(褻)은 '업신여길 (설)' 자(字)이니 신(神)은 하느님을 가리키니, 곧 하느님을 업신여긴다는 내용이다. 하느님은 대우주이고 만물을 주관하는 절대자이고 인간은 소우주이므로 사람이 불경스런 언어로 절대자인 하느님을 능멸하면 죄를 받는 행위이다.

작가는 인간이 작중에서 하늘을 욕되게 하거나 원망하는 것은 하늘의 도와 이치를 모르는 데 있으므로 작중 주인공을 통해서 알려 주면 하느님을 능멸하지 않게 되고 천리대로 살아가는 데 도움을 줄 것이다.

연암(燕巖) 박지원(朴趾源, 1737~1805)은 조선의 실학자이자 소설가이다. 실학파문인으로서 양반 유학자들의 위정자상과는 전연 다른 인생관으로 살았다. 조선의 위정자들이 시대의 변천을 하지 않고 유교경전대로 살아가니, 사대착오적인 생활을 하고 있는 것이다.

연암이 청나라에 갔을 때 이들이 이용후생(利用厚生)하는 실생활을 보고 실학에 뜻을 두고 유교를 더 좋은 방향으로 개혁하는 데 주안을 두었다.

흔히 실학이라 하면 유교를 반동적으로 행하는 것으로 아는 경향이 있는데, 실사구시(實事求是)에 맞게 개혁하는 데 있는 것이다. 연암이 북학파의 영수로서 21대 영조와 22대 정조 때 청나라의 진보된 문물제도 및 생활양식을 본받아 우리나라의 후진성을 탈피하고자 학풍을 내세웠으나, 연암의 학풍을 받아들이지 않았다.

연암의 학설이 받아들여졌으면 조선이 근대국가로 도약하는 데 도움을 주었을 것이다. 도리어 연암은 보수파인 유자들로부터 청나라의 선진문물을 소개한 『열하일기』(熱河日記)에 대해 비난을 받게 되었다.

『호질』에 등장하는 인물들은 유자와는 다르게 살았다. 유학자인 북관선생과 열녀라고 하는 과부 동리자는 성(姓)이 각각 다른 다섯 아이를 두고 북곽선생과 밀애를 하다가 아이들에게 탄로가 났다.

이들은 인륜도덕을 누구보다도 철석같이 지켜야 함에도 인리와 천리를 거역한 사람이라 본 조항으로 이들의 삶을 조명하여 볼 필요가 있어 다음과 같이 그 조항의 내용을 소개한다.

제227사 설신(藝神): (禍 6條 38目)(화, 6째 가지, 38번째 항목)

藝神者는 以不敬言語로 藝天神也라. 知天道者는 不凌天이며
知天理者는 不怨天이라. 是以로 藝天者는 無道無理니라.

해석: 신에게 버릇없음(藝神)이란 불경스런 언어로 하늘을 욕되게 함이라. 하늘의 도를 아는 사람은 하늘을 능멸치 않으며, 하늘의 이치를 아는 사람은 하늘을 원망치 않느니라. 그러므로 하늘을 업신여기는 자는 도(道)와 이치가 없느니라.

지금 지구촌 사람들은 자연을 파괴하는 생활을 하기 때문에 재앙을 받는 일이 곳곳에서 일어나 홍수, 가뭄, 폭설, 허리케이 등으로 괴로운 생활을 하고 있다.

한민족은 천손민족으로서 하늘을 공경하는 의식으로 천지를 부모와 같이 섬겨 왔다. 곧 우리는 천지를 대우주로 자신을 소우주로 여기며 반만년을 살아왔으니, 『천부경』에 "인중천지일"(人中天地一)(사람 가운데 천지가 있어 하나가 됨)로, 곧 "사람의 근본은 천지의 하나 됨과 같다"라고 할 수 있다. 인간의 육체에는 대우주인 천지의 이치가 들어 있으므로 만물의 영장이라 하는 것이다.

『삼일신고』(三一神誥)의 신훈(神訓)에는 "하늘은 허울도 바탕도 없으면서 어디나 있지 않는 데가 없고, 무엇이나 싸지 않는 것이 없다"라고 했으니, 인간이 그중에서 하늘의 이치가 가장 많이 함유되어 있다.

인간이 만물의 영장이란 육체 안에 천지의 이치가 들어 있기 때문이니, 영장류답게 살아가야 할 것이다. 따라서 본 조항은 천지인이 삼위일체 되는 경지로 살아가면 하느님을 원망치 않으며 능멸하지 않게 된다. 하늘을 업신여기는 자는 도와 이치가 없어 구제불능의 인간이다.

1. 서사문학 중 천리를 거역한 등장인물: 고소설 중 천리를 거역한 등

장인물은 재앙이 따랐다. 『춘향전』에서의 변 부사는 목민관으로 선정을 펴야 하는데 탐관오리였고 유부녀를 겁탈하려 들었으니, 천리를 거역한 대역 죄인이다.

『흥부전』에서의 놀부는 형제간의 우애를 저버린 극악한 인간이고, 『심청전』에서의 뺑덕어멈은 재물을 탐하고 불륜을 행하는 추악한 악녀이다. 『사씨남정기』의 교씨는 천륜을 어기는 간악한 여성으로서 불륜을 행하고 살인자라고 할 수 있다. 심지어 그녀는 자신의 아들은 죽이는 일에 동조자라고 할 수 있다. 『호질』의 북곽선생은 이중적인 인간성으로 사람들을 속여 동리자라는 과부와의 불륜을 행하였으니, 천리를 거역하였다.

고소설 중에는 천리를 거역한 이들이 부지기수로 등장한다. 이들은 개과천선하지 아니하고 천리를 거스른 자는 천벌을 받았다.

2. 문학적 이상 지향: 작가들의 작품소재는 등장인물을 선한 자와 악한 자로 등장시키면 자연히 갈등이 야기된다. 전자는 후자에게 궁지에 몰리는 생활을 하게 되지만 종국에 이르러 전자가 후자 위에 군림하게 되는 것이 상식이라면 상식선에서 일반인들이 와 닿게 작품을 새롭게 스토리텔링으로 작중인물을 나타내면 독자들이 이색적으로 받아들일 수 있다.

옛날이나 오늘에나 천리를 거역하며 사는 자는 사회를 어지럽히게 되니, 바르게 살아가는 길을 찾게 작가가 작중인물로 나타내야 할 것이다. 현재 작가들은 격변하는 시대의식으로 등장인물의 행함을 나타내야 시대에 부흥하는 작가라고 할 수 있다.

작중인물을 시대성에 맞게 창조적으로 묘사하면 독자들의 호응을 불러일으키게 될 것이다. 작가는 독자의 반응이 좋으면 그 자체가 성공이니, 이상형의 인간상의 인물 설정의 여부가 관건을 쥐고 있다.

제228사(事) 독례(瀆禮: 예의를 모독함) —윤선도의 『파연곡』
(罷筵曲)—

제228사(事) 독례(瀆禮)는 독(瀆)이 '더럽힐 (독)' 자(字)인 관계로 예의를 모독한다는 말이다. 작가들은 인륜을 훼손하는 패륜행위를 행하는 이들에게 개과천선하는 내용으로 나타내면 이들에게 바르게 살아가는 교훈이 되리라 믿는다.

고산(孤山) 윤선도(尹善道, 1587~1671)는 조선의 시조작가로서 뛰어났다. 그는 31세 때 남인(南人)으로서 서인들의 실세들이 나라를 그르치는 장본이라고 상소를 올려 조정을 놀라게 했다. 그는 그런 강직한 성품으로 인해 경원(慶源)에 8년간 유배생활을 하였고, 효종(孝宗)이 즉위하여 승지(承旨)·병조참의(兵曹參議)를 내렸으나 서인(西人)들에 의해 몰려나 고향 해남으로 내려갔다.

인조(仁祖) 6년(1628)에는 봉림(鳳林·孝宗)·인평(麟坪) 양 대군(大君)의 사부가 되어 훈도한 공이 많아 인조 13(1635)년 호조정랑(戶曹正郞)·한성서윤(漢城庶尹)·세자시강(世子侍講)·성주현감(星州縣監)으로 많은 공적을 남기고 귀향했다.

그는 인조 14년(1636) 병자호란 때 인조를 호종(扈從)치 않았다는 이유로 인조 16년(1638) 영덕(盈德)으로 귀양, 곧 풀려나 고향 금쇄동(金鎖洞)에 들어가 1642년 56세 시 『산중신곡』(山中新曲) 18수(首)를 지었다.

효종(孝宗) 10년(1659) 효종이 승하(昇遐)한 후에는 조대비(趙大妃) 복제(服制) 문제로 논쟁하다가 서인(西人)들에게 몰려 삼수(三水)에서 광양(光陽)으로 귀양하여 현종 8년(1667)에 풀려나와 해남(海南)으로 돌아와 부용동(芙蓉洞)에 들어가 시작생활을 즐겼다.

고산은 유배(流配)·사환(仕宦)·은거(隱居)가 거듭되는 복잡한 생활에서 시조작품을 썼는데 그중 『파연곡』(罷筵曲)은 1645년(인조) 59세 때 지었는데, 놀이문화에서도 예절에 맞도록 행할 것을 나타냈으니, 본 조항과 관계되어 그 조항을 인용한다.

제228사(事) 독례(瀆禮)(禍 6條 39目)(화, 6째 가지, 39번째 항목)

> 瀆禮者는 撲滅禮行也라. 禮於人에 如體之手脚이며 室之門戶
> 라. 不動手脚而運體者는 未有也며 不由門戶而達室者는 未有
> 也라. 撲滅禮行하고 區成惡俗者는 其比類之首悖乎라.

해석: 예를 흐리게 한다는 것(瀆禮者)은 예절의 행함을 쳐서 모조리 없애 버리는 것이니라.
사람의 예절은 몸의 손발과 같고, 집에 드나드는 지게문과 같으니, 수족을 움직이지 않고 몸을
움직일 수 없으며, 지게문을 열지 않고 방에 들어가는 사람은 없느니라. 예절의 행함을 모두
없애고 나쁜 풍속을 나누어 이루는 자는 그 부류의 차례에서 으뜸가는 패악(悖惡)이 될 것이
니라.

예로부터 한국은 예의를 숭상하는 나라로 알려졌으니, 예의를 모독하며
살아가면 한민족의 정체성을 잃는 것이 된다.

한민족은 예로부터 천리(天理)를 인륜의 원칙으로 삼았으니, 예절을 쳐
서 없애 버리게 되면 패악(悖惡)의 우두머리라 할 수 있다. 이런 패륜행위
를 자행하는 자는 화를 받게 될 것이다.

사람에게 있어서 예의는 몸의 손발이나 집의 출입문과 같아서 예절 없
이는 하나의 행동도 할 수 없음을 나타냈다. 사람은 손발을 움직이지 않고
서는 몸을 움직일 수 없고, 대문을 통하지 않고서는 방에 들어갈 수 없듯
이 예의가 없으면 사람이 살 수 없는 것은 적절한 비유라고 할 수 있다.

그런데 예절은 사람이 살아가는 데 불가결한 것인데도 불구하고 예절
을 박멸하고 구구하게 나쁜 풍속을 이루려는 자는 그 부류들 중 패악의
우두머리가 될 것이니, 큰 앙화를 받게 될 것이다.

1. **문학상에 나타난 예절**: 사람이 살아가는 데는 예의가 그지없이 중요하다. 고산 윤선도는 놀이문화에서도 예의가 없으면 난잡하게 된다는 것을 『파연곡』(罷筵曲) 제2수에서 다음과 같이 밝혔다.

> 먹으려니와 덕 없으면 난(亂)하나니,
> 춤도 추려니와 예 없으면 잡되나니,
> 아마도 덕례(德禮)를 지키면 만수무강하리라.

『고산유고』(孤山遺稿), 『파연곡』(罷筵曲)

선인들은 반드시 놀이문화에서도 술을 먹고 즐기는 데 있어서도 예의가 따라야 함을 노래한 것이니, 음주문화가 제대로 이루어져야 한다. 오늘의 음주문화는 고산의 노래에서 본받아야 할 것이다.

고산은 위의 시조에서 순수미의 도덕미·조화미와 관계되는 내용인데, 우리의 음주문화가 오랜 역사를 거쳐 오는 동안 덕례(德禮)를 잃은 감이 없지 않다.

요즘 한국은 술 소비량이 세계 으뜸을 차지할 정도로 잘못된 음주문화로 인해서 부작용이 많이 발생한다. 그중 자동차 사고로 많은 인명이 죽어가고 있는데 음주문화가 선인들과는 달리 그릇 변질된 것이다.

음주로 인한 자동차 사고는 매일같이 TV 화면에서 볼 수 있는데 정상적인 음주문화가 정착되었어야 한다. 그리고 춤도 서구화로 인해 춤바람으로 탈선이 되는 경우가 많이 발생했는데, 1954년 정비석(鄭飛石)의 『자유부인』에서도 나타난 바와 같다.

음주와 춤의 폐단은 덕례(德禮)를 지키지 않은 데 원인이 있는 것으로 보면 된다. 이런 잘못된 생활은 선인들의 절도 있는 생활이 제대로 전해지지 않은 데 있다.

고래로 한민족은 단군이 홍익인간으로 나라를 다스린 관계로 공자(孔子)도 구이(九夷), 즉 동이(東夷)인 한국에서 살고 싶다고 했다. 한국이 예전에는 예의를 숭상하는 나라로 칭찬을 받게 된 것은 예의를 지키며 살아온 데 원인이 있다.

이런 실례는 『후한서』(後漢書) 권28 지리지(地理志)·同書 권115 동이전 (東夷傳)과 『논어』(論語) 권9 자한(子罕)에 기록되어 있으니, 선인들의 행함을 본받아야 할 과제를 남긴다. 앞으로의 과제는 지구촌예의지국(地球村禮 義之國)을 세워야 한다.

우리는 서양의 물질문명을 선인들의 정신문화와 조합시키면 한동안 실종된 예의를 되찾게 될 것이다. 그런 의미에서 우리는 예의문화를 되찾아야 한다. 그런 의미에서 본 조항의 의미는 되새겨볼 필요가 있다.

2. 작가의 사명: 외국인들에게 비친 한국인의 인상은 부정적인 면으로 나타나 있는데, 작가들이 좋은 이미지 제고에 힘써야 할 것이다. 예의를 지키는 것은 질서의식을 의미하니, 작가들이 작품상에 예의를 지키는 나라로 나타내면 많은 사람들에게 호응을 받게 된다.

단군시대는 홍익인간으로 훌륭한 나라를 세워 예의를 지키는 나라를 세웠으니, 지구촌에서 가장 이상향의 나라를 세우는 내용으로 작품을 선보여야 한다.

작가의 책임은 그 시대는 물론 앞을 내다보는 나라를 세워야 하니, 과음하는 음주문화를 개선하는 방향으로 작품을 쓰면 된다. 그 방법은 작가의 혜안으로 대처하면 그 묘안이 나올 것이다. 술이 취했을 때 약품을 개발하여 먹게 하면 술기운이 싹 가시게 하는 것이 가장 좋은 방법이니, 그 개발이 시급하다.

제229사(事) 패리(敗理: 천리를 무너뜨림)—다산(茶山)의 「이로행」(貍奴行)—

제229사(事) 패리(敗理)란 하늘의 이치를 무너뜨려 어지럽게 함을 뜻한다. 세상을 어지럽게 하는 것은 천리를 거역하는 데서 오게 되어 있다.

사람들이 천리를 거스르는 것은 곧 인륜의 강상을 어지럽히는 것을 뜻
하는데 그 업보를 받게 된다. 인간은 행한 일로 선악에 의한 업보를 받게
되어 있다. 그 업보 중 악과(惡果)는 재앙을 받게 되는데 오늘날에 그 현상
이 자연현상에서 찾아보면 쉽게 이해되는 일이다. 인간은 대우주인 공간
안에서 살게 되는데 하늘의 재앙을 받게 되는 것은 무서운 것이다.

오늘날 지구 온난화 현상으로 온도 상승으로 인해 지구촌 곳곳에서 홍
수와 가뭄이 발생하고 있다. 작가는 독자들이 CO_2(이산화탄소) 발생량을
줄이는 방법을 친환경으로 살아가는 생활로 나타내면 그 피해를 줄이게
될 것이다.

다산(茶山) 정약용(丁若鏞, 1762~1836)은 조선의 실학자로서 그의 시는
양반유자의 시와는 성격이 사뭇 다르다. 대개 양반유자의 한시는 백성들
이 관리들에게 시달리며 살아가는 실상에 대해서 짓는 것을 외면하고 일
상적인 생활 주변에서 소재를 취했다.

그러나 다산시(茶山詩)는 음풍농월(吟風弄月)식의 소재와는 사뭇 다르고
백성들이 관리들로부터 약탈을 당하는 내용으로 사회를 바로잡기 위한 시
라고 할 수 있다.

그중에 『여유당전서』(與猶堂全書) 권(卷)5, 「이노행」(狸奴行)은 위정자의
실상을 우화시(寓話詩)로 우국휼민의 정을 나타냈으니, 백성의 편에 서서
쓴 것이다. 그래서 다산은 19세기 위정자를 큰 도둑이라 매도하였다.

19세기 위정자들은 천리를 거스르고 악을 행한 자들이니, 다산시 「이노
행」(狸奴行)을 본 조항의 내용과 관련하여 조명하기로 하고, 본 조항을 다
음과 같이 인용한다.

제229사(事) 패리(敗理): (禍 6條 40目)(화, 6째 가지, 40번째 항목)

敗理者는 壞亂天理也라. 捨善而做惡하며 棄正而行邪는 違天
理也오 做惡而反伐善하며 邪而反貶正은 敗天理也라.

해석: 이치를 패한다(敗理) 함은 천리를 무너뜨려 어지럽게 함이라. 착함을 버리고 악함을 지으며 올바름을 버리고, 사악함을 행함은 하늘의 이치를 어기는 것이고, 악함을 지으며 도리어 착함을 베고 사악을 행하면서 올바름을 꺾는 것은 도리어 하늘의 이치를 무너뜨리는 것이니라.

사람은 지구상에서 살아가는데, 천리를 거스르는 죄를 범해서는 안 되며, 자기의 목적과 이익을 위하는 생활을 하면 하늘의 죄를 짓게 된다. 인간생활에서 극에 달한 생활을 하는 것은 자기의 죄만 커져 가게 되는데, 이럴 때 사람은 지혜로운 선택이 필요한 것이다.

공자(孔子)는 현실에 충실하게 살아가라고 교훈했는데 그중 "하늘의 죄를 지으면 빌 바가 없다"고 했다. 하늘은 우주를 총괄하는 절대자라고 하면 악이 천상에 이를 정도라면 찾을 것이 없으니, 천벌을 받게 되어 있다.

하늘의 이치를 거역하는 사람은 인간사회의 질서를 어지럽게 한 자니, 벌을 받게 된다. 지구상에는 200개 이상의 나라가 있는데 나라마다 법이 있다. 그 법은 사회윤리에 반하는 행동을 하면 법으로 다스려 벌을 받게 된다. 그 법은 악인악과에 의해 벌을 받게 되어 있으므로 당사자는 곧 재앙으로 이어진다. 재앙을 만나는 생활은 본인뿐만 아니라 부모, 형제, 자손들도 근심으로 나날을 보내어 편안하게 살아갈 수 없다. 그 당사자는 사람들의 인심에도 좋지 않게 비쳐 소외되어 불행하게 살아간다.

본 조항은 이런 화(禍)의 도래를 미연에 방지하기 위해 사악함에 젖어 올바름을 버리고 사악함을 행하는 것에 대해 올바르게 살아가야 함을 교훈한 것으로 본다.

1. 다산의 사회시: 19세기 위정자들은 일부를 제외하고 부정을 일삼았으니, 천리를 무너뜨리고 어지럽힌 자니, 본 조항과 같이 하늘의 재앙을 받을 자이다.

그런 의미에서 본고는 본 조항과 관련하여 논지를 전개하기로 한다. 다산은 사회에서 일어나는 일을 사실적으로 나타냈다. 남들은 임금은혜와 덕화를 칭송하는 내용으로 짓는 데 반해서 위정자의 비리에 대해서 썼다.

위정자의 비리를 숨김없이 시에서 고발한 것은 그 시대 형편상 어려운 일이다. 만약에 18~19세기에 그런 사회시를 쓴다는 것은 생명을 담보하는 것이 될 수도 있기 때문이다. 그럼에도 다산은 당시 위정자의 부정비리에 대해서 시에서 고발했다.

일찍이 다산(茶山)은 위정자의 부패상에 대해 "지방관은 공인된 도적이라 하고 아전과 수령을 좀도둑으로, 감사를 큰 도둑이라 하고 이런 도둑이 없어지지 않으면 백성을 모두 죽는다"(大盜不去 民劉)(『與猶堂全書』詩文集 第1집(集) 12권(卷) 監司論)고 했다. 다산이 위정자를 큰 도둑이라 했으니, 위험을 무릅쓰고 쓴 것이라 볼 수 있다. 이들 도둑이 바로 천리를 거역하는 탐관오리(貪官汚吏)인 것이다.

다산의 우화시(寓話詩)라 일컫는 「이로행」(貍奴行)에서 위정자와 관리들을 고양이와 쥐로 비유해서 나타냈다. 사람을 고양이로 나타난 것은 천리, 즉 순리를 거역하는 것으로 볼 수 있다.

주지하는 바와 같이 고양이는 쥐를 먹이사슬로 살아가게 마련되었는데, 다산의 우화시 「이로행」(貍奴行)에서는 고양이와 쥐가 한 패거리로 등장한다.

이 시는 다산이 생존했던 18~19세기 관리들의 부패상을 고양이와 쥐를 등장시켜 우화기법(寓話技法)으로 풍자한 사회시로 널리 알려져 왔다. 특히 시대 관리들은 삼정(三政)이 문란했던 시대니, 관리들이 백성들의 재물을 쥐어짜듯이 빼앗아 착복했으니, 순리를 거역한 이들이다. 자세한 것은 제308사(事) 연속(連續)에서 시의 원문을 소개하기로 한다.

「이노행」(貍奴行)에서 고양이는 지위가 높은 관리, 쥐는 지위가 낮은 관리라고 비유된 것으로 볼 수 있는데, 19세기는 관리들의 행패가 극에 달한 삼정(三政)의 문란했던 시대이다.

주지하는 바와 같이 19세기는 삼정(三政)이 극히 문란했던 때이다. 삼정(三政)은 전정(田政), 군정(軍政), 양정(糧政)을 이른다. 이 세 가지는 국가재정의 삼대요소인데, 곧 세무행정, 병사행정, 양곡행정을 이른다.

다산의 「이노행」(貍奴行)은 지위가 높은 관리와 하급관리가 서로 짜고 백성의 재물을 챙기는 것에 대해서 목민관의 부패상을 풍자한 사회시(社會詩)이다. 「이노행」(貍奴行)은 도둑을 감시하여야 할 감사의 무책임성에 대해서 고발한 시라고 볼 수 있다. 이 시(詩)는 고양이를 높은 관리, 쥐를 낮은 관리로 비유했다. 다산은 훔쳐 온 뇌물을 상납을 받고 있는 현실에 대해서 지었으니, 백성들 세금만 가중시키는 부정상을 좌시할 수 없어 우국휼민(憂國恤民)의 정으로 지은 것이다.

다산은 위의 시 결말에서 고양이와 쥐를 죽여 없애 버리는 단안을 내놓는데 활로써 또는 사나운 개를 불러들여 제거하는 방법을 나타냈다.

내 이젠 큰 활과 살로써 너의 무리 쏘겠고,   我今彤弓大箭手射汝,

만약에 쥐 싸다니면 차라리 사나운 개 불러대겠네. 若鼠橫行寧嗾盧.

『與猶堂全書』 卷5, 貍奴行

다산은 관리들의 뇌물수수(賂物授受) 관계는 백성의 생활을 어렵게 가중시키는 것이라 보고, 「이노행」(貍奴行)을 지은 것인데 위정자의 실덕을 의미한다.

「이노행」(貍奴行)은 노인이 고양이를 오래도록 키웠는데 요망한 여우로 나타남을 1)에서, 2)에서는 고양이는 쥐와 한 패거리로, 3)에서는 쥐가 고양이에게 상납함을 4)에서는 3)의 행위는 하급관리가 상급관리에게 상납하는 것으로, 5)에서는 고양이를 활로써 쏘겠다고 하고 쥐 또한 사나운 개를 불러 혼내 주겠다고 한 것이다.

위의 「이노행」(貍奴行)의 내용을 알기 쉽게 이해하기 위해 도표로써 나타내면 다음과 같다.

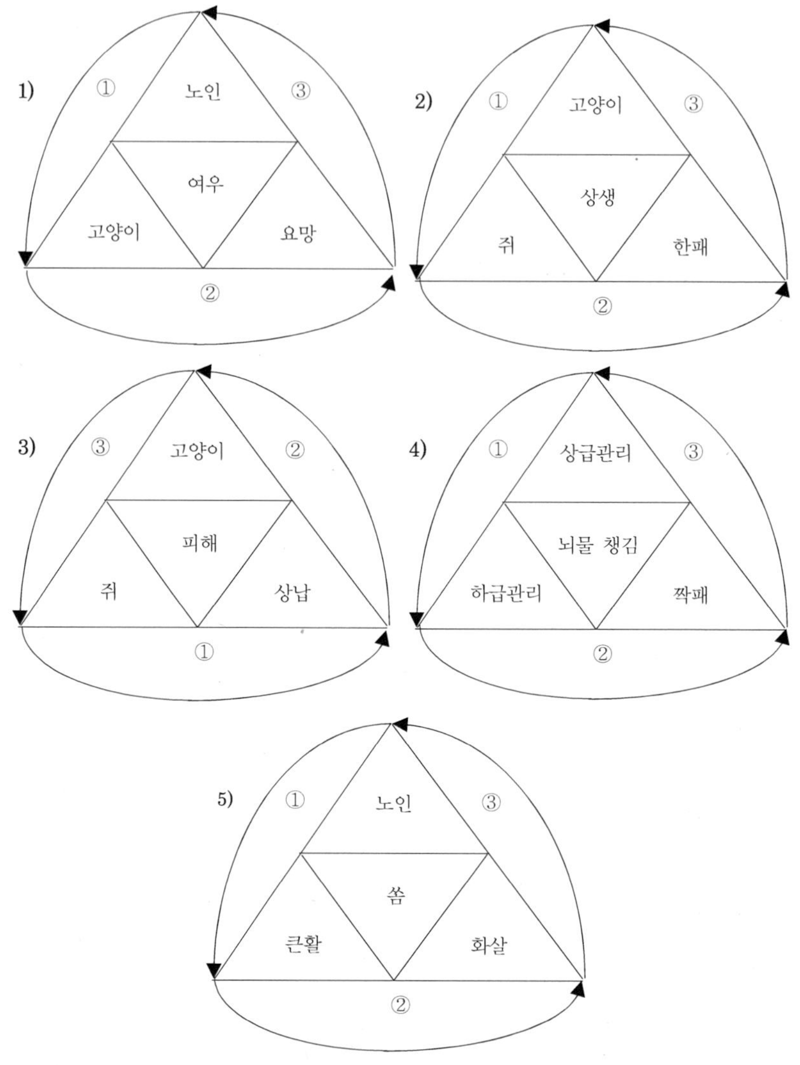

　위정자가 도덕성이 서지 않고서는 백성의 뇌물을 챙기는 추(Das Häβ
liche)한 생활로 살아갈 것이니, 도덕미가 구현하지 못할 것이라 믿는다.
고양이와 쥐로 비유된 관리들은 홍악인간(弘惡人間)의 삶이니, 그들의 삶
자체가 가추악(假醜惡)이었다고 할 수 있다. 후손들이 자기 조상들이 탐관

오리인 것을 알면 부끄러울 것이다.

본 조항에서는 이런 사람을 일컬어 하늘의 이치를 무너뜨린 사람이라 했으니, 한민족이 가장 금기하는 인간이다.

1. **새로운 인간형**: 작가들은 21세기 한국인이 잘 살아가는 내용으로 작품을 써야 할 것이다. 요즘 독서계를 일별하면 일본 문학 바람이 거세다. 순수문학과 대중문화 사이에 '중간문학'이 많은 독자층을 확보하고 있는 것으로 된다. 너무 순수한 문학내용과 속된 문학의 내용으로 작품을 쓴 것으로 보는데, 그만큼 내용을 잘 다뤘다는 것으로 볼 수 있다.

본 조항이나 다산의 우화시 「이노행」(貍奴行)의 내용은 사회와 나라의 질서를 세우는 데 좋은 내용이다. 사람들과 위정자의 반성을 바라는 내용이니, 이를 소재로 영화, 드라마, 소설, 만화에 이르기까지 새로운 문화콘텐츠(내용)로 선보이면 좋은 반응을 불러일으킬 것이라 예상된다.

앞으로 작가들은 독자를 의식해서 내용이 알차게 들어 있는 문화 콘텐츠가 바람직한 소재이니, 본 조항과 「이노행」(貍奴行)을 현대인의 의식으로 내용을 선보이면 사회를 바로잡는 데 큰 기여를 하게 될 것이다.

제230사(事) 범상(犯上: 위를 범함)─『명주보월빙』의 문양공주─

제230사(事) 범상(犯上)은 윗사람을 범한다는 뜻인데, 하극상(下剋上)의 형태이다. 아랫사람은 윗사람의 행위를 따라야 하는데 일일이 따르지 않는다면 나라와 사회질서는 정성적으로 이루어질 수 없다. 한마디로 이런 형태는 온갖 재앙의 뿌리가 되는 것임을 의미한다.

본 조항은 위를 범해서는 안 되는 것을 다섯 가지로 예를 들었다. ① 자식-불효, ② 신하(臣下)-불충(不忠), ③ 제자-스승 훈계, ④ 형제-불목(不睦), ⑤ 부부-불화(不和)의 원인은 일차적으로 가정에서의 부부의 가르침에 있다.

자식의 인간형성은 부모의 가정교육에 있는 것이니, 위를 범하는 자는 대개 부모에게도 마찬가지로 행했다.

작가들은 위계질서가 없으면 가정·사회·국가의 질서가 붕괴되고 말 것이니, 재하자는 상위자를 존경하고 잘 받들어야 천리에 따르고 인륜을 따르는 길임을 작중에 나타내면, 윗사람의 방침을 따르는 길이라고 할 수 있다.

『명주보월빙』(明珠寶月聘)의 등장인물 문양공주는 위를 범하는 일을 행하였는데, 문양공주의 인간됨은 본 조항과 통하는 데 문제가 따른다.

본 항은 인간의 도리를 어긋나게 하면 하늘의 죄를 짓는 것이니, 우선 하극상의 일을 자행해서는 안 되는 내용으로 나타나 그 내용을 소개한다.

제230사(事) 범상(犯上): (禍 6條 41目)(화, 6째 가지, 41번째 항목)

犯上者는 犯上科過戾也라. 子而不孝하며 臣而不職하고 弟子而反訓하며 兄弟而不睦하고 夫婦而荒亂不和는 皆上科過戾니 百禍根於玆니라.

해석: 위를 범한다(犯上) 함은 위를 범하여 허물을 씌우는 것이라. 아들이 효도하지 않으며, 신하로서 직분을 다하지 않으며, 제자가 되어 가르침에 따르지 않고, 형제간에 화목하지 않고, 부부가 거칠고 어지러우며, 화목하지 못하는 것은 모두 윗사람에게 허물과 죄를 씌우는 것이니, 백 가지 앙화가 이에서 뿌리가 나느니라.

위의 조항에서 밝힌 바와 같이 ① 자식이 부모에게 불효하면 가정의 분란이 그치지 않을 것이고, ② 신하로서 임금에게 불충하면 군신 간의 위계질서를 뒤바꾸는 식이니, 불화로 나라가 망할 것이고, ③ 제자가 스승의 가르침에 따르지 않으면 교육의 부재현상이 일어나 국가장래가 위태로워진다. ④ 형제간에 우애가 없으면 의리가 없어 혈육이라는 개념이 없어 가정에서 화목을 모르고 지내니, 그 반응 또한 사회와 국가에까지 인화(人和)

를 이룰 줄 모른다. ⑤ 부부가 주색에 빠지면 온 집안사람들에게 나쁜 본을 보이게 되어 편안하게 살지 못한다.

위의 다섯 가지를 정상적으로 해결하지 않으면 가정, 사회, 나라에 이르기까지 혼란이 일어나 해체되는 위기를 맞게 된다.

국가와 개인에겐 엄연히 지켜야 할 도리가 존재하는데 이를 지키지 아니하고 살아가면 혼란이 야기하게 되어 파탄지경에 이르러 남는 것이 없다.

본 조항에서의 다섯 가지 일은 암적 존재이므로 사회 전반에 걸쳐 독버섯같이 번지면 온갖 재앙의 근원이 되는 것이다.

1. 『명주보월빙』에 나타난 문양공주의 위를 범한 사례: 『명주보월빙』은 100권이 되는 장편대하소설이다. 문양공주는 부군 정진홍의 첩으로서 부군이 처첩을 거느린 데 대한 반감으로 악녀가 되었다. 그녀는 정진홍이 네 명이나 되는 처와 10명이나 되는 첩을 두었으니, 첩으로서 후처 콤플렉스로 인해 그들을 제거하려 든다.

『명주보월빙』 중에 문양공주에 대한 악녀에 대한 내력은 제30권에서 54권에 걸쳐 실려 있는데, 살인을 하지 않는 관계로 개과천선할 수 있었다. 부군 정진홍에 대한 반감으로 여러 처첩을 독살하려고 했으니, 하극상(下剋上)에 대한 도전이라 할 수 있다.

본 조항에서 다섯 가지의 폐단의 후유증은 엄청나게 큰 것이다. 그중 부부간의 불화는 오늘날의 이혼문제로 이어져 그 자손들의 양육문제가 따른다. 이 자손들은 모성애를 받지 못해 애정결핍으로 자라서 사회를 어지럽히는 경향이 있다.

문양공주는 부군이 처첩을 거느려 그에 대한 반감으로 악녀가 되어 집안이 혼란을 일으킨 것이다. 정진홍은 부군으로서 책임을 다하지 않은 것으로 인해 가정의 분란이 일어난 것이니, 가화만사성(家和萬事成)이란 말이 떠올리게 된다.

앞으로 본 조항과 본 소설의 등장인물들의 인간성을 이해하고 불화의 원인을 제거하면 불화의 씨는 뿌리내리지 못할 것이다.

2. 문학상의 새로운 스토리 지향: 본 조항은 가정, 사회, 나라에 이르기까지 불합리한 내용을 제거하는 데 도움을 준다. 이에 대해 작가는 악인을 등장시키되 처첩 간에 갈등을 소재로 하여 악인의 말로가 비참한 내용으로 다루면 독자들이 착한 일에 힘쓰게 될 것이다.

독자는 독자들을 올바른 방향으로 이끌어 훌륭한 인간을 이루는 데 그 사명감이 주어진다고 할 때 그 의미는 있다고 본다.

요즘은 외국인들이 국내로 들어와 악한 일을 하고 있다. 작가들은 외국인이나 국내인이 각종 사건을 일으키는 것은 일차적으로 가정환경에 있는 것을 대상으로 삼아 작품을 쓰면 윗사람을 범하지 않게 될 것이다.

하극상(下剋上)의 원인은 일차적으로 부모의 가정교육에 달려 있다. 자식이 부모에게 불효하면 자라서 신하가 되어도 임금을 섬기지 않으며, 제자가 도리어 스승을 훈계하려 들고, 형제간에 우애를 하지 않는 원인이 되는 것이다.

작가들은 주인공을 설정할 때 하극상이 일어나는 일을 소재로 쓰되 가정교육에서 원인되는 것으로 줄거리를 전개하고, 훌륭한 스승을 만나 전날의 잘못을 회개하고 잘 살아가는 내용을 다루면 된다.

제231사(事) 역구(逆詬: 도리를 거슬러 꾸짖음) —『인현왕후전』의 장희빈—

제231사(事) 역구(逆詬)란 역(逆)은 '거스를 (역)'이요, 구(詬)는 '꾸짖을 (구)'이니 역리로 꾸짖음이라는 뜻이니, 거슬러 어른을 꾸짖음이라는 말이다. 이는 재하자(在下者)가 상관들이나 어른들이 꾸짖는 것이니, 윤리를 좀먹는 하극상(下剋上)의 형태이다.

재하자(在下者)가 상위자(上位者)를 질책하며 위계질서를 흐트러트리는 자는 하극상(下剋上)의 장본인이라 할 수 있으니, 작가들이 그러한 인물을 질책하는 내용으로 작중에 나타내면 좋은 반응을 일으키게 될 것이다.

『인현왕후전』(仁顯王后傳)은 전기체 소설로서 22대 정조(正祖) 때 어느 궁녀가 쓴 것으로 생각되는데, 19대 숙종(肅宗) 때 궁중 생활을 아는 데에 좋은 자료라고 한다. 내용은 숙종이 인형왕후(閔妃)를 폐위시키고 장희빈(張禧嬪)을 맞아들였다가 다시 인형왕후(閔妃)를 맞아들인 궁중의 비극을 나타낸 고소설이다.

장희빈은 숙종의 총애로 인형왕후(閔妃)를 축출하였으니, 하극상의 모습이다. 이 소설은 본 조항과 내용을 같이하게 되어 그 조항의 내용을 다음과 같이 소개한다.

제231사(事) 역구(逆詬): (禍 6條 42目)(화, 6째 가지, 42번째 항목)

逆詬者는 以逆理로 叱官德老長하여 傷倫革次하니 爲子弟螟蛉之賊이니라.

해석: 거슬러 꾸짖는다(逆詬) 함은 역리로써 덕 있는 관장과 웃어른을 꾸짖어 윤리를 손상하고 차례를 뒤바꾸는 것이니, 이는 자식과 형제를 좀먹은 나나니벌과 같은 도적이이니라.

덕이 있고 착한 사람을 꾸짖어 어지럽히는 자는 마치 나나니벌과 같은 도적의 무리에 속한다. 원래 나나니벌은 배추벌레를 잡아다가 자기 벌집에다 넣고 독침으로 마취시키고, 자신의 알을 배추벌레의 몸속에 낳아 배추벌레 몸통에서 피와 살을 파먹고 자라게 하는 곤충이다. 이때 나나니벌의 유충이 자랄 때 '날 닮아라, 닮아라' 한다는 유래에서 사람들은 나나니벌이라고 이름을 붙인 것인데, 실제 나나니벌은 꽃에 앉기 전 날갯짓으로 날 때 '날 닮아라, 날 닮아라'라고 소리를 내는 양 들린다.

본 조항에서 하극상의 인물을 나나니벌과 같은 인생으로 비유한 것은 윤리를 좀먹는 도적과 같은 무리들을 일컫게 된다.

나나니벌과 같은 인생은 역사적으로나 생활 주변에서 흔히 볼 수가 있는데 이들은 자신의 목적을 합리화하기 위해 수단과 방법을 가리지 않고 살아가니, 천리와 인륜의 강상이 통할 리 없다. 이런 인간은 나라에선 불충의 신하일 것이고 친구 간에는 배신지가 되는 등 국가사회를 어지럽히는 자가 된다.

더구나 일제는 한국의 국조(國祖) 단군의 존재를 부인하였다. 이들은 식민지 통치를 합리화하기 위해 역사를 왜곡하여 단군을 신화적인 인물로 주장하였다. 그런데 친일파들은 일제의 역사왜곡을 그대로 이었다.

친일 학자의 제자들은 광복 후 63년이 지난 2007년 양심 있는 역사가들이나 학자들이 역사를 바로 세워 단군이 고조선을 '세웠다'고 수정했다. 이에 일부 단체는 환영한다는 내용이 신문지상에 발표되었다.

1945년 광복 후 63년 만에 수정되었다는 것은 다행한 일이나 아직도 일부 학자들은 단군의 존재를 인정하려 들지 않고 있다. 이들의 생리는 한국 고유문화를 말살시키고 외래문화에 중독이 된 이들이라 할 때 "자식과 형제를 배추벌레가 되게 하는 나나니벌과 같은 도적이니라"와 다름없는 인간이라 할 수 있다.

하극상의 생활은 하늘의 기본수인 하나(一)의 길을 벗어난 행위로서 『천부경』의 "일묘연만왕만래용변부동본"(一妙衍萬往萬來用變不動本)(一은 묘하게 퍼져 만 번 지난 과거나 만 번 올 미래에도 쓰임은 변해도 근본은 움직이지 않는다)이라고 한 것을 생각하게 한다.

하늘의 기본수 1은 우주 전체를 존재케 하는 진리의 정체이다. 기본수 1은 태양이나 북극성과 같이 움직이지 않고 한결같은 존재다.

실상 하늘의 도는 노자(老子) 37장에 "자연의 힘인 도는 항상 하는 것이 없으면서 하지 않는 것이 없다"(道常無爲而無不爲)라고 한 것과 같이 소극적이 아닌 적극성을 띤다. 실상 태양은 하나(一)의 진리를 구현하고 있어 땅도 인간도 하나(一)의 성질을 지니고 있다.

인간은 하나(一)의 진리로 살아가야 하기 때문에 대인이나 충신들이 한결같은 마음과 변하지 않는 지조로 살아간다. 그러나 소인들은 하늘의 한결같은 마음으로 살지 않는 까닭에 이욕에 따라 나나니벌과 같은 생리로 살아간다.

  1. 문학상에 나타난 하극상: 우리는 하극상의 면모를 지나간 역사적 사건과 현실사회에서 발생되는 것을 무수히 보아 왔는데, 문학상에서도 주인공이나 등장인물 중에 흔한 소재로 다루어지고 있다.

고소설 중의 『인현왕후전』(仁顯王后傳)과 『사씨남정기』는 그 대표적 그 예가 되는 작품이다. 전자는 19대 숙종이 인현왕후를 폐위시킨 사건이다. 그의 의도는 장희빈을 총애한 데서 하극상이 발생한 내용이다. 그녀는 궁녀이었는데 숙종이 그의 미모에 현혹되어 총애한 후유증으로 인현왕후를 폐위시켰다. 그녀는 숙정의 총애를 빌미로 방자한 행위로 인해 죽었다. 다시 숙정은 인현왕후를 맞아들였다. 『인현왕후전』은 궁중의 비극을 묘사하여 궁중의 비사를 이해하는 데 좋은 자료가 되고 있다.

후자는 숙종과 민비(인현왕후)와 장희빈과의 삼각관계로 다룬 것으로 보면 된다. 이 소설은 서포 김만중이 숙종을 유한림으로, 민비(인현왕후)를 사씨부인으로, 장희빈을 교씨로 나타냈는데, 유한림의 첩 교씨를 장희빈으로 보면 본 조항의 하극상을 이해하게 된다.

사씨부인은 시집온 지 10년이 지나도 아들을 생산하지 못한다. 사씨부인은 자기가 자녀를 낳지 못하는 것으로 알고 유씨 가문의 종통을 잇게 하려고 교씨를 유한림의 첩으로 맞아들이게 했다. 그런데 적반하장(賊反荷杖) 격으로 교씨는 아들을 낳자 사씨부인을 축출한다.

이런 일은 장희빈이 아들 경종(景宗)을 낳아 왕자 책봉문제로 기사환국(己巳換局)이 일어날 때 인현왕후 민비가 폐위당하는 것과 유사한 사건이니, 하극상이라 할 수 있다. 민비는 1694년(숙종 20년) 갑술옥사(甲戌獄事)가 일어나 장희빈이 몰락되자 복위되었는데, 장희빈의 사주로 인해 너무나 혹독한 고생과 시달림을 받아 오래 살지 못하고 세상을 떠났다. 장희빈은 민비가 복위되기 전 약사발을 받고 비참하게 죽었다.

이러한 사건은 유한림이 사씨부인과 만나 악녀 교씨를 죽이고 사는 것과 너무나 같다. 이에 대한 자세한 내용은 앞서 누차 소개한 바로 대체(代

替)로 보면 알 수 있을 것이라 믿는다.

장희빈이나 교씨의 행위는 본 조항에 나타나 있는 나나니벌과 같은 행위자이므로 천벌을 받아 비참하게 생을 마감한 것이다. 이 또한 인과응보의 죄상의 결과로 규정짓게 된다.

2. 문학상의 악인과 선인: 작가는 악인의 경우 남을 해롭게 하는 자로, 선인은 착하게 살아가는 이로 나타낸다. 단군의 건국이념에 의하면 전자는 홍해인간(弘害人間)·홍악인간(弘惡人間)에 속한다. 후자는 홍익인간(弘益人間)이다.

작가들은 홍악인간이나 홍익인간의 두 소재를 역사적인 내용들이 소설의 내용으로 다루면 독자들이 악인과 선인의 말로가 어떠하다는 것을 인지하는 데 도움을 줄 것이다.

하극상의 인물은 자신의 이익을 도모하기 위한 비순수적인 인물이다. 하급자는 아름다운 혼(Schöne Seele)의 미적인 순수미로 상급자를 대하면 상하관계가 잘 이루어져 인화단결을 도모하는 데 도움을 준다.

작가들은 하극상의 인물을 본 조항의 내용에서와 같이 나나니벌과 같은 생리로 나타내면 독자들이 호감을 가지고 읽어 그 자체만으로 성공작이 될 것이다.

Ⅲ. 나오며

제5장 화(禍)는 일 년 중 초가을이니 소슬한 바람이 일어나는 계절이니, 손괘(巽卦☴)와 관계로 인해 49사(事)는 하늘의 바른 도리로 살아가는 내용과 상반되게 나타나 있다. 그러나 더운 여름날의 늦더위의 계절인 제4장 제(濟)는 우레를 상징하는 진괘(震卦☳)와 조화를 이루면 대성괘(大成卦)를 이루면 풍뢰익괘(風雷益卦☴☳)가 되어 세상을 이롭게 한다. 찬 것과 더운 것이 조화를 이루면 음양조화를 이루어 만물의 번성으로 풍요를 누린다.

물질이 풍부하면 남을 유익하게 하는 익괘(益卦)가 그 이치다. 남을 유익하게 하는 내용은 홍익인간의 이화세계를 이루는 초석이 되므로 상상력과 관련해 생각하면 좋은 일이다.

작가는 제5장 화(禍)는 재앙을 받는 내용으로 볼 것이 아니라 화(禍)를 도리어 복을 받는 내용으로 되돌리면 익괘(益卦)가 되는 내용의 작품을 쓰면 좋은 대상이 되는 것을 독자들이 인지하게 된다. 따라서 제5장 화(禍)는 악한 일을 경계하고 재앙을 받는 내용이니, 선을 행하면 복을 받는 것으로 되돌려진다.

제5장 화(禍)는 재앙을 받는 내용이므로 49사(事)에 걸쳐 있다. 인간의 재앙을 받는 것은 인과응보에 받는 것이므로 오늘날 지구촌이 온난화현상으로 몰살을 앓고 있는 것은 대부분 지구촌의 많은 사람들이 자연의 이치에 반하는 생활을 하고 있기 때문이다.

자연의 이치에 맞는 생활을 하면 복을, 이에 반해서 어긋나는 생활을 하면 화(禍)를 불러들이므로 인과응보로 그 대가를 받는 양면성을 지닌다. 본 장에서는 천리에 어긋나면 화를 받는 것으로 나타내 있으면서 의미상으론 어긋나지 않고 잘하면 복을 받는 내용이다.

본고에서는 한국고전문학은 대체적으로 권선징악과 관련된 문학이 많으므로 본 재앙론을 다룸에 있어 두 가지 양면성을 주로 다루었다. 천리(天理)와 인리(人理)는 악행은 재앙을, 선행은 복을 받는다. 『흥부전』의 놀부와 흥부, 『심청전』의 심청과 뺑덕어멈, 『춘향전』의 변 부사와 춘향은 그 예라고 할 수 있다.

본고는 49사(事)를 다룸에 있어 우리나라 판소리 고소설인 이 세 소설을 간헐적으로 인용하였음을 밝힌다. 더구나 이 삼대소설은 단군사상과 연계되어 있는 관계로 여러 곳에서 인용하였다. 제5장 재앙론은 계절적으로 다섯 번째에 해당하므로 가을 중 초추(初秋)와 중추(仲秋) 사이가 된다. 이때는 조석 간의 음기가 발동하기 시작하는 계절이므로 숙살의 기운으로 무성했던 초목도 단풍이 들기 시작한다.

제5장 화(禍)는 가을의 숙살의 기운과 같으므로 식물의 성장에는 심각

한 타격을 준다. 조석 간에 중추(仲秋)에 이르면 찬바람이 일게 되므로,『역경』의 손괘(巽卦═)에 관계된 바람과 관계된다. 가을의 숙살(肅殺)은 식물의 성장을 멈추게 하니 이롭지 못한 것이지만 겨울이 다가오게 되므로 열매를 맺게 하기 위해선 찬바람이 역할이 필요하며 자연의 이치로 서리가 내려 단풍이 들게 하는 것이다.

제4장 제(濟)는 세상의 고통받는 자를 구제하는 데 있으니, 제5장 화(禍)에서 사람들이 잘못 살아 재앙을 받는 사람을 구제해야 한다. 제4장 구제는 죽어 가는 사람을 신속하게 도와야 생명을 살릴 수 있으므로 진괘(震卦═)와 같은 속성을 지닌다.

자연의 이치는 상호 음양조화를 이루는 데 있으므로 여름날은 우레가 천지를 뒤흔드는 진괘(震卦═)와 가을은 찬바람을 나타내는 손괘(巽卦═)와 짝이 되게 대성괘(大成卦)를 이루면 풍뢰익괘(風雷益卦═ ═)가 되어 세상을 이롭게 한다.

제5장 손괘(巽卦)는 바람을 나타내는 경우도 있지만, 진괘(震卦═)와 조화를 이루면 신속하게 사람을 이롭게 하는 뜻으로 받아들여져 홍익인간정신과 통한다.

본 제5장 화(禍)는 악을 짓는 행동을 하면 사람의 건강을 해치는 숙살의 기운과 같이 재앙을 만나 죽게 된다.

재앙은 만나는 일은 사전에 예방이 필요하다. 그 예방은 악한 일을 하기 전에 변하야 새사람이 될 수 있다. 혼자의 결단으론 변하기가 어렵지만 훌륭한 사람을 만나면 180°로 인생관이 달라진다. 풍뢰익괘(風雷益卦)의 가름침은 음양조화의 원리다. 바람은 음풍이고 우레는 불덩어리니 음기와 양기가 조화를 이루니, 해로움이 닥쳐오더라도 유익함으로 돌릴 수 있는 것이다.

한때 나쁜 사람의 속임수에 빠져 화를 만나 사회에서 지탄을 받아 얼굴을 들고 다닐 수 없을 때 좋은 사람을 만나 착함을 행하는 사람이 사회에는 많다.

제5장 화(禍)에서 재앙을 당하지 않으려면 환골탈태하는 마음가짐으로

하늘의 변함을 본받으면『천부경』의 하나 됨으로 조화를 이루어 재앙→행복으로 살아갈 수 있다.『인부경』은 사람의 행함을 나타냈으니, 천지의 큰 근본을 이르는 이를 중정인(中正人)이라 했다(天地大本中正人). 천지의 이치는 음양조화이므로 조화상태인 중정(中正)의 도로써 조화를 이루면 화(禍)를 행복으로 바꿀 수 있다.

제5장 재앙론은 49사(事)에 걸쳐 악한 일을 하게 되면 화(禍)를 만나는 것으로 된다. 그러나 화(禍)는 악함을 행하지 않으면 미연에 방지할 수 있으므로 나쁜 대상으로 볼 것만은 아니다. 여기에는 양면성이 함축되어 악인도 개과천선하면 선인이 되어 복을 누릴 수 있다.

제5장 화(禍)는 악을 행하면 화를 만나게 되지만 선(善)을 행할 시는 이보다 더 강한 유익한 뜻이 들어 있어 표리양면성의 교훈이 풍뢰익괘(風雷益卦☴☳)에는 함축되어 나타난다.

제5장 재앙론은 풍뢰익괘(風雷益卦☴☳)에서 볼 수 있는 바와 같이 초복제화(招福除禍)가 차지하는 비중이 크게 작용되어 있다는 것을 알 수 있다.

이러한 교훈은 앞서 소개한 고소설의 주인공과 부주인공의 행함에서 볼 수 있는 바와 같이 미추(美醜) 관계에서 드러난 바와 같다. 그중 부주인공 격인 악(惡)을 행한 이들은 화(禍)의 비극(Tragik des Übels)으로 하늘로부터 재앙을 받아 죽거나 개과천선하면 행복하게 살았다.

제5장 화(禍)는 재앙을 상징한다고 하여 무조건 나쁜 대상은 아니다. 가을 숙살의 기운은 가을의 따듯한 열기와 조화를 이루면 천고마비(天高馬肥)의 계절로서 오곡이 무르익는 황금의 계절과 초목을 단풍으로 물들게 하여 아름다운 가경을 이룬다.

본 5장의 화(禍)는 천리로 살아가면 악함을 얼마든지 퇴치하여 복됨으로 바꾸는 교훈을 하고 있다.

제5장 재앙(災殃)은 제4장 구제(救濟)와 상응관계를 이루면 사람을 유익하게 하는 홍익인간으로 변신이 가능해진다. 현대는 하루가 다르게 사회가 발전하고 과학도 눈부시게 발달해 가고 있으니, 기술미(技術美, das Technischschöne)를 발휘하여 효과미학(wirkung ästhetik)과 가치미학(wertä stertik)으로 승화시켜 인간을 유익하게 하는 효용가치를 나타내야 한다.

한국문학은 이전과는 달리 디지털 환경 속에서 디지털 스토리텔링의 새 장을 여는 효용가치를 창작미학(schaffensästhetik)과 예술가미학(kÜnstlerästhetik)으로 발전시키는 데 빛을 발휘할 수 있다. 인간을 유익하게 하는 홍익인간은 이화세계를 세우는 데 있는 것이니, 일 년 366¼일 동안 경제적 부를 이루어 놓아야 한다. 단군의 교육 366사(事) 중 제5장 화(禍)는 가을 중 초가을과 중추의 계절에 해당하므로 결실기에 해당하니 경제성을 이루는 데 의미를 더해 준다.

본 5장 재앙은 악으로 행하면 재앙이 따르지만 개과천선하면 훌륭한 사람이 된다는 것으로 받아들이게 되어 이중적인 내용이 들어 있다는 것을 알 수 있다.

제5장 재앙인 49사(事)는 그 자체로 보면 안 되고, 그 뜻이 내포되어 있는 의미연관으로 보거나, 제일 좋은 이해는 제4장 구제와 조화미의 합일체계를 이루는 관계로 보면, 홍익인간의 이화세계를 이루는 계기가 함축되어 있다.

366사(事)는 하루에 한 가지씩 366¼일 동안 실천 덕목이므로 1년 사계절(四季節)을 각각 춘하추동을 두 절기로 나누면(4×2=8) 여덟 절기를 이루므로 366사(事)를 여덟 가지 교훈인 팔『팔리훈』(八理訓)인 성(誠) · 신(信) · 애(愛) · 제(濟) · 화(禍) · 복(福) · 보(報) · 응(應)으로 본 것과 관계된다. 따라서 『팔리훈』(八理訓)은 팔괘(八卦)와 8절기와 관련시키면 이상미를 이르는 내용이다.

제5장 화(禍) 또한 위와 같은 내용으로 조명하면 도리어 재앙을 유익하게 바꿔 놓아 그 상징이 풍뢰익괘(風雷益卦☴☳)로 나타나 있다. 따라서 이 상징적인 내용은 홍악인간(弘惡人間)→홍익인간(弘益人間)할 수 있는 사람이라는 것을 일깨운다.

화(禍)를 도리어 복(福)을 받게 하는 일은 음양조화에서 이루어지는 것이다. 우리는 이러한 내용을 『천부경』(天符經)의 6수(數)에서 하늘, 땅, 사람에게 각각 음양이 있어 풍요다산을 이루어 결국 사람이 행복하게 살아가게 하는 것으로 되돌려 놓는다.

화(禍)인 음적인 요소가 복(福)인 양성과 조화를 이루면 인간이나 만물을 유익하게 하는 풍뢰익괘(風雷益卦≡≡)가 마련되는 것을 알 수 있다. 사람이 남에게 좋은 일로써 어려운 처지에 있는 사람을 도우면 복을 받아 상상력을 발휘할 수 있는 꿈같은 생활을 하게 된다.

제5장 화(禍)는 재앙을 받는 내용을 순리에 따르는 생활을 하면 행복하게 살아가는 홍익인간의 사회를 세우는 내용이다. 작가들은 제5장 화(禍)의 내용을 풍뢰익괘(風雷益卦≡≡)와 홍익인간과의 내용과 통하는 바를 상상력으로 작품을 쓰면 독자들이 선호할 것이다.

제6장

행복론(幸福論)

I. 들어가기

제6장 복(福)은 곧 행복이니, 착함으로 받게 되는 경사(慶事)이다. 여기에는 6개의 큰 문과 45개의 작은 문(6門45戶)이 있는데, 모두 52가지 일(52事) 곧 52조항이 있다. 계절적으로는 만추(晚秋)의 계절에 해당한다. 이때는 의식주(衣食住) 중에서 식생활에 구애를 받지 않는 오곡백과가 들녘에 널려 있으니, 일 년 중 가장 좋은 계절이다. 본 6장은 이러한 계절의 풍요 다산을 나타내게 되므로 상상력과 관련해 이해하면 좋은 결과를 생각해 낼 수 있다.

작가는 만추의 계절과 관련해 작중의 주인공을 통해 천리에 따라 살아가야 하는 일이 잘 이루어져, 사람들이 전국각처로 관광을 다니며 즐거움을 만끽하며 살아가는 내용으로 작품을 쓰면 독자들이 흥미롭게 읽을 것이다. 더구나 한반도는 온대지방에 속하여 춘하추동이 있게 되어 음과 양이 조화를 이루어 농산물과 가축 및 해산물이 다른 나라의 것과 비교될 수 없을 만큼 맛이 있기로 유명하다.

이런 가운데 음양의 조화는 유종의 미를 거두는 황금의 계절을 맞으니, 농경문화에서 가을은 경제적으로 부(富)를 누리는 풍성한 계절이다. 예전에는 먹는 것이 해결되지 않았던 때니, 풍년이 들면 만추(晚秋)의 황금물결로 불어오는 바람만 쐬어도 풍족함을 느끼었다.

조상들은 9월이면 오곡이 풍성하게 익어 가는 들녘에서 여름날 더위에 지친 몸을 풀어 주어 위안이 되었다. 이때는 추수기니 눈코 뜰 새 없이 바쁘더라도 바쁜 줄 모르고 가을걷이에 나선다. 가을 중 만추(晚秋)는 풍요로워 일 년 중 가장 풍성한 계절이다. 만추에는 먹을 것이 산야에 널려 있으니, 어려웠던 시절 가장 좋은 계절에 해당한다. 『국부론』(國富論)의 저자 애덤 스미스(Smith)가 한 나라의 국민이 가장 행복하게 느낄 때 그 나라의 국부(國富)가 가장 증진한 때라고 한 바와 같이, 가을이 풍요의 계절이니, 일 년 중 가장 좋은 계절이다.

제6장 복(福)은 만추(晚秋)에 해당하니, 인생이 노경에 이른 나이이다. 이때는 노년기 초년에 해당하니 인생의 나이로 50~59세가 된다. 이때는 공자(孔子)가 지천명(知天命)이라고 한 바와 같이 하늘이 자기에게 맡겨진 것을 알게 되는 나이이다.

인생 황혼기 직전에 접어든 나이에 복(福)되고 행복하게 산다는 것은 좋은 일이고 복받은 인생이다. 더구나 한국은 만추(晚秋)의 계절인 10월 말경이 되면 먹을 것이 풍성하여 일 년 중 생기가 돋우는 계절이다. 더구나 농산물이 맛있기로 유명한 나라에서 살게 되니, 행복한 인생이다.

제6장 행(幸)은 50대에 해당한다. 이때는 인생 황혼기 직전의 나이에 부귀영화를 누리는 것으로 비유되니, 생을 다하는 날까지 지속적으로 행복을 누려야 할 것이다. 인생은 노년기에 접어들기 직전부터 의식주에 걱정 없이 건강하게 살아가면 행복한 삶이다. 한국의 농산물은 영향가가 높고 맛이 있기로 유명하니, 그런 음식을 먹고 섭취하고 살면 행복한 삶이라 할 수 있다.

50대들은 천고마비의 만추의 계절을 맞아 좋은 음식물을 섭취하며 영원한 미(aeterna pulchritudo)로 살아가도록 힘써야 할 것이다.

한국문학은 행복을 다룬 작품이 많은데 대개 초년에는 고생하고 절정과 결말 장면에 부귀영화를 누리는 것으로 나타나 있는데 계절과 관계가 깊은 것이다. 결말은 해피엔드로 나타나 행복한 삶으로 마무리를 장식하고 있다.

제6장 복(福)은 52사(事)에 걸쳐 있는데 한국문학과의 만남으로 다루어 보기로 한다. 본 장에 해당하는 계절은 양력 9월 23일인 중추(仲秋)에서 11월 6일인 계추(季秋)에 속하니 황금의 계절에 속한다.

이 계절은 들녘에 오곡백과가 무루 익을 때니, 어려웠던 시절에 더 좋을 수 없는 계절이다. 여기에 날씨도 쾌청하여 한국의 가을 하늘은 높고 맑기로 유명하여 천고마비(天高馬肥)라는 말을 실감케 한다. 산야의 초목은 단풍이 들어 세계에서 으뜸을 차지할 정도로 이름나 있다. 들녘에는 황금물결을 이루니, 풍만한 계절이다.

요즘 단풍이 들면 사람들은 내장산, 설악산, 금강산으로 관광을 다니고 있고, 경치 좋은 곳이면 사람들로 북새통을 이룬다.

가을의 풍성은 하늘도 땅도 하루도 쉬지 않고 햇빛을 내리고 비도 내려주어 땅이 이 기운을 받아 생육한 데 있다. 특히 가을 추수기의 풍성한 수확은 농부들이 이른 봄날에 파종하여 싹을 잘 키우고, 더운 여름날에도 쉬지 않고 생육에 힘쓴 결과다.

가을의 풍성한 계절인 황금물결을 이루기까지는 제3장 애(愛)와 같은 사랑이 제6장 복(福)을 이루는 계기가 된다.

원래 농경의 풍성한 수확은 사시절에 맞춰 일해야 가을에 수확을 얻으니, 일 년 내 일해야 수확할 수 있는 것이다.

1960년대 이전에는 먹는 것이 태부족했던 시절 추수기에 이르면 농부들이 흡족했다. 음력 8월, 즉 양력 9월인 가을은 서풍(西風)이 불기 시작하여 무더위에 지친 몸을 아침저녁으로 불어오는 소슬한 바람으로 몸에 생기가 돋아나는 계절이다.

본 장 52사(事)는 행복을 6개의 큰 문(大門)으로 들어오는 것으로 나타냈다. 첫째, 어짐(仁)을, 둘째, 착함(善)을, 셋째, 순응(順)을, 넷째, 조화(和)를, 다섯째, 너그러움(寬)을, 여섯째, 엄(嚴)을 들고 있으니, 이 6개의 종합된 뜻은 천리로 착하게 살면 복(福)을 이루는 것으로 밝혔다.

공자(孔子) 또한 "선(善)한 일을 하는 자는 하늘이 복으로써 갚아 준다"고 하여 복을 받는 일이 착함에서 이루어지는 것이라 했으니, 천리로 살아가면 이루어진다. 그런데 요즘의 행복은 천리로 살아가는 것과는 천양의 차가 생기는 것을 볼 수 있는데, 세속화된 것을 찾아볼 수 있다.

세속화는 자기만이 행복하게 사는 소위 미학적으로 쾌락주의(Hedonismus, Algedonismus) · 행복주의(Eudämonismus)로 살아가는 경향이 짙다. 물론 이런 행복은 제6장 행복과 무관한 것이나, 자기만이 아닌 남과 함께 공유하는 데서 의의가 주어지니, 천리를 본으로 살아가야 한다.

행복은 앞서 행복의 여섯 개의 문으로 살아가면 참다운 행복이라 할 수 있는데, 사람의 행함이 천리와 혼연일체를 이루면 미적 태도(ästhetische Einstellung)가 조화미로 나타나면 미적 효과(ästhetische Wirkung)의 의미가 주어진다.

사람은 대우주 속의 소우주이므로 천지자연의 이치로 살아가면 행복하게 살아갈 수 있는데, 『지부경』(地符經)에는 만물생육의 경지로 돌아오는 삶을 바른 의식의 삶이라 한 것과 부합된다.

제6장 행복은 풍요를 누리는 데 있으니 물(水)과 관계를 이룬다. 물(水)-여(女)-달(月)은 생성력(生成力)과 관계되므로 물을 상징하는 감괘(坎卦☵)로 나타낸다. 제3장 애(愛)는 여름날과 같은 뜨거운 열기인 불과 같은 것이니, 불을 상징하는 이괘(離卦☲)로 볼 수 있다.

이 두 괘(卦)는 상호 조화를 이루어야 명실 공히 괘(卦)로서 면모를 나타낸다. 하나의 소성괘(小成卦)는 기능을 발휘할 수 없으므로 대성괘(大成卦)를 이루면 수화기제괘(水火旣濟卦☵☲)를 이룬다.

물과 불의 조화를 이루는 수화기제괘(水火旣濟卦☵☲)는 완전무결한 이룸을 나타내는 괘(卦)이니, 마치 음전기와 양전기가 조합하여 밝기가 보름달과 같이 완성미(das Ausfuhrung Schöne)에 이른 상태이다. 물과 불은 따로 분리되어 있으면 큰 의미를 지닐 수 없고 음양상의 조화미를 이루면 무궁한 조화를 이루어 행복을 이루게 된다.

이 수화기제괘(水火旣濟卦☵☲)가 오묘한 맛을 느낌을 주는 것은 물이 위에 있고 불이 아래 있는 경우가 된다. 솥 안에 있는 국물은 밑에서 불을 지펴야 위에 걸려 있는 솥 안의 국거리가 끓어 맛있는 국물이 이루어지는 이치다.

이 괘(卦)는 물과 불이 조화미(das Harmonie Schöne)를 이루는 구수한 국물과 같은 것으로 이해하면 된다.

본 장의 행복은 수화기제괘(水火旣濟卦☵☲)의 이치로 조명하면 무난하게 이루어진다. 이 괘상(卦象)은 음기(陰氣)와 양기(陽氣)가 이상적으로 이루어져 있다. 『역경』(易經) 64괘(卦) 중에서 63번째 해당되는 괘(卦)는 완성 상태에 이른 것이다.

불과 물의 조화는 수화기제괘(水火旣濟卦☲☵)에서 볼 수 있는 바와 같이 조화를 이루면 행복 중의 행복이니, 이를 영원한 미로 승화시켜야 한다.

본 장에 나타난 행복은 52사(事)로 구성되었는데 한국문학으로 조명하기로 하고, 아울러 작가 또한 스토리텔링으로 작가 나름의 상상력을 발휘하여 작품을 써야 할 것이다.

Ⅱ. 제6장 복(福): 승화의식

제232사(事) 복(福: 행복) – 고산(孤山)의 「초연곡」(初筵曲) –

복(福)은 행복한 삶이 구수한 국 맛과 같다고 할 수 있다. 행복은 착한 사람에게 돌아오는 것이니, 작가는 행복이 돌아오는 일을『역경』(易經) 문언전(文言傳)의 "적선지가(積善之家) 필유여경(必有餘慶)"이라 하여 본문과 상통하는 바를 알 수 있게 하고, 『삼일신고』(三一神誥) 제5장(章) 진리훈(眞理訓)의 "심의성 유선악 선복악화"(心依性 有善惡 善福惡禍)(마음은 성(性)에 의지하여 선과 악이 있으니, 착하면 복이 되고 악하면 화가 됨)의 가르침을 내용으로 복을 받는 경위로 작품을 쓰면 독자들이 즐겨 읽을 것이다.

일찍이 고산(孤山) 윤선도(尹善道, 1587~1671)는『고산유고』(孤山遺稿)의 「초연곡」(初筵曲)에서 구수한 국물을 만들기 위해서는 물과 염매(鹽梅)를 적당히 섞으면 좋은 국물을 낼 수 있다고 했다. 이 작품은 인조 23년(1645 乙酉) 고산(孤山)이 59세 때 지은 것이다.

고산(孤山)은 남인(南人) 출신인 관계로 서인(西人)들이 집권세력인 관계로 정계에선 순탄치가 않고 거듭되는 유배(流配)·은거(隱居) 생활을 하였다. 고산(孤山)이 생각하는 것은 「초연곡」(初筵曲)에서 임금님이 어진 신하의 충언을 잘 받아들여 선정을 베풀라는 당부를 비유적으로 나타낸 것으로 볼 수 있다.

국 맛을 잘 내기 위해서는 밑에서 불을 잘 지펴야 한다. 다시 말하면 물과 불이 조화미(das Harmonie Schöne)를 이루었을 때 국 맛다운 맛을 내게 되니, 상하관계가 조화를 이루어야 선정(善政)이 이루어진다는 뜻이다.

따라서 고산(孤山)의 「초연곡」(初筵曲)의 상하관계는 근신관계로 보아야 작자의 의도를 파악할 수 있으니, 본 장의 착함으로 인한 선정으로 이어진다. 결국 「초연곡」(初筵曲)은 수화기제괘(水火旣濟卦☰ ☵)의 의미와 일맥상통한다고 할 수 있다.

행복은 세족주의자들이 이르는 부귀한 가운데 즐겁게 살아가는 것이 아닌, 착하게 살아가는 것을 의미하므로 구수한 국 맛으로 나타내면 될 것이다.

제232사(事) 복(福): (福 6門 45戶)(복, 6째 문, 45번째 지계문)

> 福者는 善之餘慶이니 有六門四十五戶니라.

내용: 복(福)이란 착함으로 받게 되는 남은 경사이니 여섯 문과 마흔 다섯의 지계문이 있느니라(1＋6＋45＝52).

예로부터 선인들은 착하게 살면 복을 받아 경사스러운 일이 있게 된다고 자손들에게 구전심수(口傳心授)하였다.

본 조항의 내용도 선인들이 전하던 그 범주에 관한 것인데 구체적으로 그 방법을 나타냈는데 이를 구체적으로 이해하기 위해 도표로써 다음과 같이 나타내 본다.

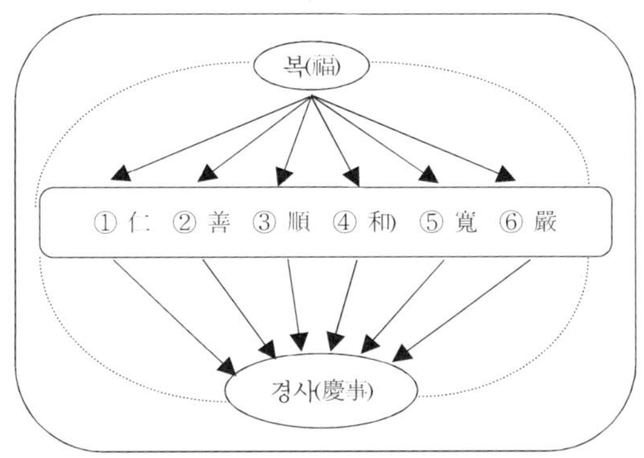

제6장 복(福)과 관계된 계절은 추절(秋節) 중 중추(仲秋)와 계추(季秋)에 해당한다. 이때는 천고마비(天高馬肥)의 계절이니, 들녘에는 오곡이 황금물결로 풍성함을 이룬다. 산에는 울긋불긋한 단풍으로 풍광이 아름다운 계절이다. 날씨는 쾌청한 날씨에 풍광이 빼어나고 풍요로운 계절이니, 금수강산(錦繡江山)이란 말이 저절로 발할 정도이다.

사람이 행복하게 산다는 것은 가을과 같이 좋은 날씨에 생산된 오곡백과를 먹으며 건강하게 오래 사는 데 있다. 건강의 정의는 세계보건기구(WHO)에서 신체적·정신적·사회적 안녕을 들고 있는데, 이러한 안정된 기반은 가을날과 같은 풍성함이 마련되어야 한다. 세상의 어떤 행복의 정의도 경제적 자산이 뒷받침되는 생활양식(life style)이 이루어지지 않으면 행복한 삶이라 할 수 없다.

행복한 삶은 육체를 건강하게 관리하는 영적안녕(Spiritual well－being)의 균형과 관계가 이루어져야 한다. 이 균형은 착함으로써 본성을 트고 공덕을 쌓아 받게 되는 경사로 이루어져야 명실상부한 행복한 삶을 누린다고 할 수 있다.

『인부경』(人符經)은 인간문제를 다뤘는데 "천지합십일(天地合十一)이 천지합덕인(天地合德人)"으로 나타냈다. 이 육체적 정신적 균형이 잡힌 삶이 행복한 삶인 것이다.

십(十)은 완성수이다. 이 십(十)의 자형은 동서남북의 중앙을, 일(一)은 양(陽)의 기수(起數)를 나타낸다. 이 기수(起數)는 태양(太陽)에 무한한 에너지의 근원이 된다고 할 때 양(陽)의 함축성을 내포한 수이다.

이러한 완전무결한 십수(十數)와 양의 수(數) 일(一)의 경지에 이른 수(數)의 인물이 천지와 더불어 덕인(德人)과 짝하니, 완전한 미에 이룬 행복한 삶을 살아간다고 할 수 있다. 제6장 복(福)은 행복을 추구하는 덕목이니, 실천하면 자연적으로 이루어진다.

위정자는 이러한 자연환경에 어울리게 선정(善政)을 베풀면 홍익인간의 이화세계를 이룰 수 있는 것이다. 따라서 홍익인간은 진선미와 통하는 미의식이다.

선(善)을 쌓는 것은 경사스러움으로 돌아오는 것이니, 곧 경제적 부(富)로 부귀영화를 누리는 것이다. 실상 사람이 유익하게 살기 위해서는 경제적으로 부하지 않으면 성과를 이룰 수 없다. 경제적인 부가 따르는 삶은 사람들의 의식까지 여유가 있게 하는 것이니, 행복의 여건이 따르기 위해선 경제적인 뒷받침이 선행돼야 한다.

단군은 360여사(餘事)로 홍익인간(弘益人間)의 이화세계(理化世界)를 세웠다고 한 것도 366¼일인 일 년 사계절(四季節) 동안 366사(事)를 실천한 데서 이루어진 것이다.

하늘은 착한 이에게 복을, 악한 이에게는 화를 내린다고 했다. 선인들은 후손들에게 "착한 끝은 있고 악한 끝은 없다"라고 구전심수(口傳心授)로 교훈하였다. 따라서 착함은 사랑과 함께 복과 경사스러움을 이루는 구심점이라 할 수 있으니, 착하게 살아야 한다.

사람이 경제적으로 여유 있게 살아가기 위해서는 우선 착하게 살아야 한다. 사람이 착하게 산다는 것은 하늘의 뜻을 본받아 성실하고 근면의식으로 살아감을 뜻하니, 경제적으로 부를 누리게 되어 있다. 그런 점에서 본 조항은 중대한 의미를 지닌다.

1. **문학작품의 조화미(調和美)**: 사람이 경제적으로 부를 누리며 착함을 쌓고 남에게 너그러운 사랑을 베풀며 살아가는 사람이 행복한 삶이라 할

수 있다. 고산(孤山) 윤선도(尹善道)는 『고산유고』(孤山遺稿) 초연곡(初筵曲)
에서 구수한 맛이 나는 국물을 만드는 방법을 다음과 같이 나타냈다.

> 술은 어이하야 좋으니 누룩 섞을 탓이러라.
> 국은 어이하야 좋으니 염매(鹽梅) 탈 타시러라.
> 이 음식 이 뜻을 알면 만수무강(萬壽無疆) 하리라.

『고산유고』(孤山遺稿) 초연곡(初筵曲)

위에서와 같이 고산(孤山)은 술맛을 좋게 내기 위해선 적당량의 누룩을
물과 섞어야 맛 좋은 술이 된다고 나타냈으니 조화미와 관계된다. 조화미
는 천지조화와 관계되는 것이니, 착하게 살아가는 사람에게서 얻어질 수
있다. 착하게 산다는 것은 천리를 따르는 사람을 이른다. 천리에서 얻을
수 있는 것은 사람이 살아가는 데 기본 원칙인 중용의 도와 조화미를 터
득하는 데 있다.

행복한 삶은 고산의 초연곡(初筵曲)에서와 같이 물·불·양념의 조화로
움에 있다는 것을 일깨워 주는데, 행복의 이미지 또한 조화미에서 얻어야
한다. 『인부경』에는 하늘의 뜻을 본받아 살아가는 사람을 일컬어 '천지합
덕인(天地合德人)'과 '지천합도인(地天合道人)'이라 했다.

불과 물의 조화는 중용의 상태에서 이루어져야 한다. 불의 상징은 흔히
이괘(離卦 ☲)로 나타낸다. 물의 상징은 감괘(坎卦 ☵)로 나타내게 되는데,
이 두 괘(卦)가 대성괘(大成卦)를 이루면 수화기제괘(水火旣濟卦)가 이루어
진다. 이 괘(卦)는 불과 물의 조화가 완성미에 이른 상태이다.

사람의 행복은 중용의 상태인 조화미로 보면 은근한 맛을 느끼게 되는
그 맛으로 보면 될 것이다. 복은 6개의 큰 문으로 나누는데, 그를 소개하
면 다음과 같다.

복육문(福六門)

복육문＼내용	의미 내용	대상	조항
1. 인(仁)	어짊은 저울추와 같이 고루 생기를 줌	착함	제233사(事)
2. 선(善)	선한 이는 사랑의 밭에 씨를 뿌림	착함	제141사(事)
3. 순(順)	천리에 따르고 인리를 따르면 복이 따름	천리	제251사(事)
4. 화(和)	하늘은 해와 바람을 고르게 내림	천리	제258사(事)
5. 관(寬)	관대한 마음·모습을 함께 지니면 도인임	관대	제267사(事)
6. 엄(嚴)	정직하고 청렴결백한 이는 위엄이 있음	위엄	제276사(事)

복(福)에는 6개의 큰 문이 있는데 착함으로 바탕이 이루어졌다. 선을 쌓는다는 것은 사랑의 바다를 이루는 것이니, 결국 자신에게 돌아온다. 선을 실천하는 이는 천리와 합치되는 생활이라 할 수 있다.

1. **문학에 나타난 복**: 하늘의 복을 받는 사람은 천리대로 살아가는 것을 의미한다. 천리는 순수미에서 얻어지는 것이니, 사람의 본성으로 착하게 살아가는 데서 얻어진다. 작가는 주인공을 선인과 악인으로 분류해서 나타내면 행과 불행과 관계를 이루게 된다. 착하게 살아가는 사람은 매사에 성실 근면으로 살아가니, 천리를 본받은 삶의 형태이다. 반면에 악하게 사는 주인공은 천리를 거역하게 되므로 불행해진다.

이 양자의 주인공은 현시대에 맞는 내용으로 나타내면 독자들이 천리에 의한 생활을 깨닫게 되어 착하게 살아갈 것이다. 흔히 우리 사회에선 착하게 살면 손해를 본다고들 한다. 그렇지만 일시적으론 그렇게 볼 수 있지만 장기적인 안목에선 이익이 돌아온다는 내용을 작품에서 나타내면 진리의 길이 외로우면서 보람을 느낀다.

작가는 착하게 살아가는 사람이 많은 관계로 사람이 복되게 살아가고 있는 것을 소재로 하여 작중 주인공을 나타내면 모든 사람들이 착하게 산 사람들이 복을 받았다는 것을 실감하리라 믿는다.

제233사(事) 인(仁: 어짊)―『명주보월빙』(明珠寶月聘)의 성난화―

인(仁)은 곧 '어짊'이란 사랑의 저울추라는 뜻이니, 어질지 못하면 중심을 잡을 수 없으니, 봄 날씨처럼 온화하게 만물에 생기를 고루 불어넣어 주는 것과 같아 공평한 사랑을 베풀어야 하는 내용이 함유되어 있다.

작가는 어느 주인공이 세계적인 명성과 부호로 살면서 사람을 인간적인 정으로 인간답게 대해 주는 내용으로 나타내면 독자들이 그 주인공을 존경하고 사숙하는 이도 있을 것이다.

『명주보월빙』(明珠寶月聘)(100권)은 고소설 중『완월회맹연(玩月會盟宴)』(180권)에 다음가는 대하소설(大河小說)이다.

제230사(事) 범상(犯上)에서는『명주보월빙』의 문양공주에 대해서 소개했는데, 그녀는 성난화보다 악녀(惡女)였다. 그는 음란한 행위를 하지 않았던 관계로 극형에 처해지지 않았다. 성난화 또한 악녀였지만 문양공주보다 악행은 덜한 편이다. 그럼에도 그녀는 극형에 처한 것은 음란한 행위를 하였기 때문이다.

사람이 어진 마음을 가지면 음란 행위를 할 수 없게 된다. 본 조항은 어짊에 대해서 말하고 있으니, 사람들에게 사랑을 베풀라는 교훈으로 받아들이게 된다. 그런 점에서 본 조항을 그릇된 생각과 행하는 이들에게 교훈이 되고 각성시키게 되어 다음과 같이 인용한다.

제233사(事) 인(仁): (福 1門)(복 1째 큰 문)

仁은 愛之鎚也라. 愛는 無不愛故로 或有偏愛私愛하니 非仁이면 莫能執中이라. 仁은 如春氣溫和하여 物物이 發生하니라.

해석: 어짊(仁)이라 함은 사랑의 저울추니라. 사랑은 무엇이든 사랑하지 않음이 없기 때문

에 혹 치우친 사랑과 사사로운 사랑이 있으니, 어짊이 아니면 그 중심을 잡지 못할지라. 어짊은 봄기운의 어짊과 같아서 만물이 생겨나느니라.

일찍이 공자(孔子)는 인(仁)에 대해 광범위하게 나타냈는데 그중에서 사람을 사랑하는 내용이 본 조항과 관계가 깊다. 사람의 행복한 삶은 사람을 사랑하는 데서 이루어지는 것이니, 사랑이 없으면 행복하다고 할 수 없다. 때문에 사랑은 사람 간에 보이지 않는 가운데 이심전심으로 전해져야 사랑다운 사랑이라 할 수 있다.

한자의 인(仁)은 어짊의 뜻이나 공자(孔子)가 『논어』 권12 안연편(顔淵篇)에서 사람을 사랑하는(愛人) 내용으로 밝혔으니, 사랑에 대한 비중이 크게 작용된다. 애인(愛人) 정신은 홍익인간과 관계되므로 인류애와 우주애(das Kosnos Schöne, das Universum Schöne)까지 걸친다. 따라서 인(仁)은 애미(愛美, das Liebchen Schöne) 의식으로 승화되어 진선미와 통한다고 할 수 있다.

사랑의 승화는 홍익인간 정신과 통한다. 본래 홍익인간이란 두 가지 뜻으로 해석된다. 첫째는 널리 인간을 유익하게 하는 것, 둘째는 인간세상을 유익하게 하는 것이다. 그렇다면 사랑은 사람만의 대상이 아닌 만물에까지 걸치게 된다. 사랑은 넓은 입장으로 보면 어짊에 척도를 두어야 한다. 본 조항에서 어짊은 봄기운과 같아서 만물까지 걸치는 대상으로 보았으니, 두 가지 홍익인간의 대상으로 보면 된다.

1. **어짊의 사랑**: 『흥부전』에서의 흥부는 자식을 희생적으로 사랑했고 미물도 남다르게 사랑하였으니, 어진 사랑이라 할 수 있다. 그러나 본고에서의 『흥부전』은 여러 번 인용했던 관계로 『명주보월빙』(明珠寶月聘)을 대상으로 살펴보기로 한다. 앞서 29권에서 53권 사이에 문양공주가 악행을 행한 것으로 나타냈으나 개과천선함으로써 구제를 받는 내용을 소개한 바 있다.

한국의 설화와 고소설은 주로 권선징악의 내용으로 이루어졌다. 그런데

작품에 나타난 주인공이 살인이나 음란한 행위를 하지 않았을 경우 또는
미수에 그친 자는 개과천선할 수 있다. 만약에 여성의 경우 살인과 음란을
행한다면 개과천선하지 못하는 것이 한국서사문학의 거의 공통적인 내용
이다. 악인이 악행을 했을 경우 인과응보에 따라 벌을 받게 되어 있다.

이러한 선악의 보응은 앞서 소개한 문양공주와 다른 『명주보월빙』의
내용 중 76~100권에 등장하는 악녀 성난화의 경우에서 들기로 한다.

성난화는 사랑의 대상자가 옥인영걸(玉人英傑)이면 어느 남성이든 무관
하게 정교(情交)를 맺는다. 그녀는 정세홍을 발견하고 결혼하여 정부(程府)
에 들어온 후 사랑을 독차지하기 위해 정세홍의 정실인 양씨를 참소하고
익사케 하였으나 미수에 그친다. 그는 남편이 예뻐하는 소염난도 머리를
밀고(깎음) 살을 지져 죽이려 했다. 그녀는 정신이상자와 같이 악행을 일
삼아 정부(程府)에서 출거(黜去)시키고 가둔다.

성난화는 정부에서 출거 후 요승 묘화의 도움으로 옥에서 탈출하고 조
흠의 재취로 들어갔다. 조흠이 죽자 오왕의 양녀가 되고 하원창과 결혼한
다. 그녀는 하원창의 형 하원상에게 구애한다. 하원상이 그녀의 청을 거절
하니 모해하다가 죄상이 탄로되어 처형을 받는다.

그가 앞서 문양공주보다 죄가 가벼우면서 처형된 것을 무슨 이유일까.
그 이유는 예로부터 한민족은 조상관념에 의한 혈통을 중시하여 음란 행
위를 금기시한 데 있다. 한민족의 여성들이 절개를 목숨보다 중시해 온 것
은 단군의 조상숭배 관념의 수용이다.

사랑은 어짊이 없으면 절개를 지킬 수 없다. 성난화는 인간됨이 어질지
못한 관계로 음란 행위를 쾌락주의자와 같이 사랑의 대상자를 즐겼다. 한
민족의 건국이념은 넓고 높은 홍익인간의 이상이니, 조화미의 화합이 바
람직한 것이다. 성난화는 성윤리가 문란하여 사회적인 정화 차원에서 처
형되었다.

그의 죽음은 자신이 한 일에 의해 죽은 것이니, 누구를 한해도 안 되는
결과이니 인과응보란 진리를 깨닫게 된다.

단군의 366사(事)의 교훈도 자신이 한 공과에 따라 복과 화가 돌아오는

것을 나타냈으니, 잘못 살았으면 복이 돌아오게 자신의 과오를 고칠 줄 알아야 할 것이다. 선인들이 권선징악의 교훈을 후손들에게 구전심수(口傳心授)로 교훈한 것은 그 뜻이 있다. 사람은 시대변화에 따라 변함을 감지해야 되고 또 잘못을 방치하지 말고 개과천선이 할 줄 아는 이가 어진 사람이다. 복이 돌아오게 하는 방법은 여러 가지로 들 수 있겠으나 자신이 한만큼 돌아온다는 것도 잊어서는 안 될 것이다.

복이 들어오는 어짊(仁)의 첫째 문(門)은 아래와 같이 7개의 작은 문으로 나뉘어 있는데 이를 도표로 나타내면 다음과 같다.

인일문(仁一門)

인일문 ＼ 내용	주요 내용	대상	조항
1. 애인(愛人)	어진 이는 선악인 모두를 사랑함	어짊	제234사(事)
2. 호물(護物)	어진 이는 만물을 아끼고 보호해 줌	어짊	제235사(事)
3. 체측(替惻)	남의 괴로움을 딱하게 여기고 위로함	어짊	제236사(事)
4. 희구(喜救)	위급한 상황에 빠진 사람을 구원해 줌	어짊	제237사(事)
5. 불교(不驕)	어진 사람은 교만하지 않고 덕을 베풂	어짊	제238사(事)
6. 자겸(自謙)	어진 이는 재능이 있어도 자랑하지 않음	어짊	제239사(事)
7. 양렬(讓劣)	공(功)과 상(賞)을 남에게 사양함	어짊	제240사(事)

위와 같이 어짊의 문은 7개 부분으로 나누어져 있는데 만물을 사랑하는 홍익인간의 정신이라 할 수 있다. 그 어짊의 첫째 문은 선악인 모두를 사랑해야 되고, 둘째, 자연을 보호하고 셋째, 남의 근심을 풀어 주는 아량을, 넷째, 위급한 상황에 처한 사람을 기꺼이 구조해 주고, 다섯째, 교만하지 아니하고 따뜻하게 대해 주고, 여섯째, 재주가 있어도 물 자맥질하지 말고 겸손하며, 일곱째, 남에게 양보하는 미덕 등 철인의 처세로 살아갈 것을 교훈한 내용이다. 복을 누리며 살아가는 데는 범애적인 어짊을 실천하면 복을 누리며 살게 된다는 것을 가르치고 있다.

복을 누리며 사는 방법은 자신이 그 좋은 일을 베푼 만큼 돌아온다는 것을 세상의 이치로 깨닫게 한다. 따지고 보면 세상의 온가지 일은 주고받는 것으로 볼 수 있다.

누구든지 복을 누리며 살기 위해서는 자연이나 인간에게 어진 사랑을 베풀어야 함을 진리로 받아들일 줄 아는 것이 어진 사람이다.

2. 새로운 애정은 어짊의 척도가 좌우: 사랑은 어진 마음을 지녀야 절개를 지킬 수도 있다. 문학작품은 주로 사랑을 다룬다. 사랑 관계를 음란의 대상으로 하는 이들은 어질지 못함을 발견할 수 있다. 작가들은 주인공과 등장인물을 작품상에 성격을 나타낼 때 어짊의 정도에 따라 사랑의 농도를 정해야 할 것이다. 어진 마음이 없으면 사람을 편애하거나 공평한 사랑을 못한다. 이에 대해 어진 사람은 사랑을 저울추와 같이 공평하게 하여 차별성이 배제된다. 본 조항의 내용을 주인공이나 등장인물을 실천하면 너그러운 사랑을 베풀게 되어 사회를 윤택하게 한다. 사랑은 봄 날씨처럼 온화해야 많은 사람에게 생기를 불어넣어 희망을 부풀게 하여 활기차게 살아가게 하는 역할을 하고 있으니, 작품상에 나타난 주인공도 어진 사랑으로 나타내야 할 것이다.

작품상에 나타난 주인공이나 등장된 인물이 건전한 의식으로 살아가느냐에 대한 척도는 어짊에다 두고 작품에 나타나면 좋을 것이라 믿는다.

제234사(事) 애인(愛人: 사람을 사랑함) ―『흥부전』의 인류애적인 사랑―

애인(愛人)은 사람을 사랑하는 것이니, 홍익인간 정신의 발로인 것이다. 홍익인간 정신은 착한 사람도 악한 사람도 사랑하는 것으로 되어 있다.

작가는 애인(愛人) 정신인 홍익인간으로 작품을 쓰면 독자들이 그 뜻을 폭넓게 하는 데 도움을 줄 것이다.

『흥부전』은 단군신화에 나타난 동굴 모티프가 수용되어 고난을 극복하여 부호로 변신, 부호 중 부호가 되었다.

흥부의 인간됨은 한국의 농경민족의 순박함을 나타내 주었다고 할 수 있다. 악인의 대명사라 불릴 만큼 악한인 형 놀부가 패가망신을 당하였을 때 재산을 반으로 나누고 이웃에 살게 한 우애(友愛)다. 그는 홍익인간의 정신에 의한 사랑→우애(友愛)를 베풀었다.

흥부가 악한인 형 놀부에게 우애를 베푼 것은 홍익인간의 정신에 의한 숭고미의 승화였다. 그의 사랑 정신은 구렁이가 둥지를 덮쳐 제비새끼가 떨어져 다리가 부러져 발발 떠는 것을 보고 차마 참지 못하는 마음으로 치료해 주어 완쾌했다. 그는 또 자손에게 대하는 헌신적인 사랑과 자기를 박대한 홍악인간(弘惡人間)인 패가망신한 형(兄) 놀부에게 집과 전답을 주어 살게 했다. 흥부는 동기간의 우애로 인류애로 살았다고 할 수 있다. 왜냐하면 오늘에도 놀부가 흥부에게 행했다면 형제간이라도 의절(義絶)하고 살아갈 것이다.

흥부의 사랑은 본 조항과 연관이 되어 그 조항을 다음과 같이 인용한다.

제234사(事) 애인(愛人): (福 1門 1戶)(복, 1째 큰 문, 1번째 지게문＝외짝문)

哲人之愛人은 愛善人하고 亦愛惡人하여 勸去惡就善하니라.
철인지애인　애선인　　역애악인　　권거악취선
平人慍하여 勿結嫌於人하며 決人惑하여 勿轉致於人하고 導
평인온　　물결혐어인　　결인혹　　물전치어인　　도
人迷하여 自得於己니라.
인미　　자득어기

해석: 철인이 사람을 사랑함은 착한 사람도 사랑하고 또한 악한 사람도 사랑하여 악을 버리고 선에 나가도록 권한다. 사람의 성냄을 가라앉혀 남에게 미움을 가지지 않도록 하고 사람의 의혹을 풀어 주어 남에게 이르지 않게 하며, 사람들의 미혹을 인도해서 스스로 깨닫게 한다.

제234사(事) 애인(愛人)이라 함은 세속인의 사랑이 아닌 인인(仁人)의 사랑을 가리킨다. 인인(仁人)이란 철인과도 통하는 사람이다. 단군예절교훈 366사(事)의 원본인『성경팔리』에는 인인(仁人)이라 기록되어 있는데 후인들이 위의 조항에서와 같이 철인(哲人)이라 수정한 것이다.

내용상의 의미는 별로 차이가 없지만 앞 조항의 연결로 보는 것이 마땅하고, 이를 떠나서 사람들의 의식을 강조하고 폭넓게 강한 의미로 와 닿게 하기 위해선 철인이 더 효과적이라 할 수 있다.

인인(仁人)이나 철인(哲人)이 공유하고 있는 의미는 같으니, 이에 대해 거론을 하지 않고, 다 같이 이들의 사랑은 우주적인 것이다. 우주적이란 천지인(天地人)의 뜻이 함유되어 있다는 것을 의미하는데,『천부경』의 "천일일(天一一) 지일이(地一二) 인일삼(人一三)" 의미로 밝힐 필요가 있다.

이 말의 뜻을 의역(意譯)으로 풀어 보면 하늘은 기본수가 일(一)인 관계로 창조과정이 첫 번째이고, 대지의 경우 그 과정이 두 번째이고 사람의 경우 세 번째로 보고 이해하면 그 의미를 이해할 수 있으리라 본다.

즉 천(天)→1, 대지→2, 사람→3이니, 1+2+3=6이라는 답이 도출된다. 또 천지인(天地人)에는 음양이 함유되어 있는 관계로(3×2=6) 6의 수(數)를 알아내기도 한다. 결국 6수는『천부경』의 "대삼합육"(大三合六)(천지인의 음양을 합하면 육이 됨)으로 이어진다.

하늘에는 해와 달이 있어 밝음을 나타내 땅에는 물과 불로 만물이 생성되고 사람에겐 남녀의 존재로 자손이 번성하게 되니, 생성의 관계로 이어진다. 생성의 관계는 음양의 조화에서와 같이 사랑이 바탕을 이루고 있는 것이다.

이 사랑의 철학인 육수(六數)는 만물을 기하급수적으로 낳는 데 의미가 주어지게 되므로 이로 인해 육수(六數)를 이르러 생산과 관계로 인해 모태(母胎), 모육(母六)으로 만물을 낳은 근원이 되는 수이다.

철인(哲人)이나 어진이(仁人)의 사랑은 선악을 음양의 조화와 같이 가리지 않고 관용으로 포용하여 착한 사람으로 이끌어 가는 이를 가리키게 되니, 차별화는 철폐된다.

이와 같은 음양조화의 이치로 보면 악(惡)은 선(善)과 적합하게 어울리어 적합(aptum)하게 어울리(decorum)게 된다. 음양이란 상극적인 존재이면서 만물조화라는 거창한 적합성(bienséance)으로 받아들이면 생성이란 풍요를 상징하는 것으로 나타난다.

이런 조화미(調和美)는 진선진미(盡善盡美)하며, 적합미(das decorum Schöne)로 어울려지면 온 인류가 갈망하고 있는 생성을 이루는 것이니, 6수(數)의 의미는 거시적인 의미를 지니고 있다. 따라서 이 수는 인류애적인 것이다. 인류애 하면 범애적(汎愛的)이며, 홍익인간과 통하는 의식이라 할 수 있다.

젊은이들은 본 조항에서와 같이 악인을 어진이의 사람으로 받아들이면 착한 사람이 될 것이며 홍익인간 할 수 있는 인물로 거듭날 것이라 믿는다. 뿐만 아니라 인인(仁人)이나 철인(哲人)의 행함을 본받으면 물질적으로 여유로운 사람이 되어 남을 도울 수도 있게 된다.

우리는 문학작품에서 범인류애(汎人類愛)를 발휘한 사람으로 『흥부전』의 흥부를 거론하지 않을 수 없다. 흥부에 대한 인간성은 홍악인간(弘惡人間)이나 미물도 사랑미(das Liebchen schöne)로써 대해였다는 데 의미를 지니며, 인인(仁人)·철인(哲人)이라는 데 의미를 부여할 수 있다.

1. 선인의 흥부와 악인의 놀부: 우리에게 너무나 잘 알려진 『흥부전』은 흥부가 악인 놀부를 개과천선케 한 작품으로 되어 있다. 우리의 국조신화에 의해 흥부와 놀부를 조명하여 보면 전자가 홍익인간이라면 놀부는 홍악인간의 전형으로 볼 수 있게 된다. 흥부는 그러한 놀부를 개과천선케 하여 선인이 되게 했다. 사람은 악인이라 할지라도 인인(仁人)의 감화에 의해 선인이 될 수 있다는 것을 알 수 있다.

놀부는 흥부에게 형제간의 우애를 저버리고 냉혹하였다. 흥부는 놀부가 한겨울에 쫓아내는 바람에 움집과 수숫대 집에서 아이들이 옷이 없이 벌거숭이로 지내고 먹지 못해 들피져 있었다. 흥부는 부자로 사는 놀부한데 양식을 꾸러 갔다. 그런데 놀부는 흥부에게 약만 올리고 막무가내로 거절했으니, 물론 소설적인 내용이지만 놀부는 인정사정이 없는 냉혈동물과 같은 인면수심(人面獸心)의 인간이다.

동기간의 정을 생각하여 양식을 꾸어 달라고 해도 듣기 싫다는 듯 몰인 정하게도 몽둥이로 마구 때리며 빨리 나가라고 내쫓았다. 흥부는 놀부에 게 법고(法鼓) 치듯 매를 맞고, 이왕 형님 댁에 왔으니 형수나 뵙고 가려고 밥 짓는 부엌에 들어가니, 형수 또한 놀부보다 더 나쁘게 밥을 푸던 주걱 으로 흥부의 뺨을 때렸다.

흥부는 뺨에 붙은 밥을 혀로 핥아 먹으니, 형수의 매는 실수를 한 것이 나 다름없게 되었다. 흥부는 형수를 약을 올리듯 이쪽 뺨도 주걱으로 때려 달라고 내미니, 형수의 행동은 더 사나워져 밥이 아까워 부지깽이로 빨리 나가라고 후려치는 바람에 흥부는 쫓겨나는 촌극이 벌어진 것이다.

독자들은 이 촌극의 장면을 보고 골계의 장면이라고 재미있어 한다. 그 러나 이 장면은 소설적인 골계미를 자아내는 장면이라고 보기에는 출력적 인 내용으로 전개된 것이다.

한민족은 고래로 예의를 숭상하는 나라이다. 그런데 형수가 시동생에게 매를 드는 것은 전고에 없는 일이다. 이 전고에 없는 행위는 홍악인간(弘 惡人間)의 행위이므로 홍익인간의 이념으로 살아온 우리에게 소재로 다뤄 서는 안 될 장면이다.

흥부는 집에 돌아와 아이들이 먹는 타령만 하고 들퍼져 있는 것을 보고 자신이 매를 맞아 불구자나 죽는 한이 있더라도 매품을 팔기로 하였다. 그 런데 흥부는 매품이 취소되어 아이들을 살리겠다는 마음에서 궂은일을 마 다하지 않고 맡아 하며 아이들이 굶어 죽지 않고 살아갈 수 있었다.

여름이 돌아와 수숫대 집에 제비가 둥지를 틀어 새끼를 낳아 키운다. 그런데 어느 날 구렁이가 제비둥지를 덮치어 그중 새끼 한 마리가 떨어져 다리가 부러졌다. 흥부는 새끼가 아파하는 정경을 보고 불인지심(不忍之 心)으로 정성껏 치료해 날아다니는 데 지장이 없이 완쾌되었다. 그 새끼는 여름내 잘 자라 가을에 강남으로 돌아갔다.

세월은 바뀌어 봄이 돌아왔다. 그 제비는 제비왕이 조선국에 돌아가서 흥부에게 보은 박 씨(報恩瓢)를 전해라고 하여 흥부에게 전했다. 흥부는 그 박 씨를 심어 박 다섯 통이 열려 가을에 박을 탔다. 흥부는 그 박 속에서 금은보화가 나와 부호가 되었다.

놀부는 원래 심술이 사나워 흥부가 부자가 되었다는 자초지종의 내력을 들은 후 다음 해 여름에 제비 둥지에 구렁이를 잡아다가 새끼제비를 덮치는 위장전술을 펴고, 새끼제비의 다리를 일부러 부러뜨려 치료하는 척 수선을 피웠다.

새끼제비는 가을이 되어 강남으로 돌아갔다. 그 제비가 제비왕을 뵐 때 왕이 다리를 저는 연유를 묻는다. 제비는 놀부가 행한 일의 자초지종(自初至終)에 대해 말하니 제비왕이 노한다. 다시 봄이 돌아와 그 제비는 제비왕의 명으로 조선국 놀부 집에 보수 박 씨(報讎瓢)를 전하였다.

놀부는 자신의 죄를 갚게 하는 박 씨인 줄 모르고 좋아하며 심고 가꿔 가을에 박 10통이 열렸다. 놀부는 그 10통을 탈 때마다 그 박 속에서 잡배(雜輩)들이 나와 놀부가 부자인 것을 알고 돈을 뜯어냈다. 10통을 탈 때마다 보화(寶貨) 나올 것을 기대했으나 잡배들이 나와 놀부의 재산을 전부 강탈해 패가망신하였다.

이 흥부와 놀부에게 나타난 제비는 예사제비가 아니고 천신(天神)의 사자(使者)로 볼 수 있다. 신화적인 분석에서 이들 제비는 삼족오(三足烏)의 변신인 것이다.

흥부는 놀부가 걸인이 되었다는 말을 듣고 자기 집 옆에 집을 짓고 재산도 반으로 나눴다. 사람들은 흥부의 인덕(仁德)으로 극악했던 놀부가 착한 사람이 되었다고 칭송이 자자(藉藉)하였다. 흥부는 동기간의 우애로 살아가는 것은 천륜에 의한 정에서 우러난 것이다. 이를 거역하게 되면 인륜에 어긋나는 일이다. 흥부는 인의(仁義)에 의해 형제간의 우애로 살아간 것이다.

2. 문학의 수용: 현대는 디지털 글로벌 시대를 맞아 기존의 모든 패러다임이 순식간에 바뀌는 요즘 옛날의 권선징악의 내용을 소재로 하면 독자들이 진부한 면으로 받아들여 거부감을 가진다.

우리에게는 『흥부전』이 많은 사람들에게 친숙해졌던 만큼 이 소재를 바탕으로 새로운 스토리텔링으로 작품을 이루면 문제가 될 것이 없고 바람직하다고 본다.

그리고 아이들에게 동화나 만화로 『흥부전』에 나타난 제비를 하느님의 사자로 보고 지으면 흥미 있는 관심거리가 될 것이다. 아직까지 문단에서 『흥부전』에 나타난 제비를 삼족오(三足烏)의 변신으로 보고 쓴 작품이 없기 때문이다.

이상에서와 같이 놀부는 형이라고 할 수 없을 만큼 극악하여 홍악인간의 대명사라 할 만큼 일컬어 왔다. 그런데 그러한 인간도 흥부의 홍익인간의 정신으로 그를 구제하여 형제의 우애를 지키며 살았으니, 인간애의 발로라 아니할 수 없다.

따라서 흥부는 본 조항과 통하는 철인(哲人)이나 인인(仁人)의 인간됨을 지녔다고 할 수 있다. 그는 한마디로 『천부경』에서와 같이 그의 "마음은 태양과 같이 밝게"(本心本太陽昂明) 비친 인인(仁人)·철인(哲人) 같은 사람이다.

제235사(事) 호물(護物: 만물을 보호함) — 김광욱의 「율리유곡」 (栗里遺曲) —

호물(護物)은 '만물을 보호함'이란 뜻이니, 자연을 사랑하고 보호하는 것을 말한다. 작가들은 작중에 친자연적 내용으로 나타내면 널리 홍보가 되어 독자들이 실천하게 될 것이다. 예전 선인들은 강호가도(江湖歌道)를 이루는 내용으로 작품을 지어 후인들에게 많은 교훈이 되어 왔다.

죽소(竹所) 김광욱(金光煜, 1580~1656)은 1615년 인목대비(仁穆大妃)의 폐모(廢母)의 난이 일어났을 때 협조하지 않았다는 것으로 인해 벼슬을 사퇴하게 되었다. 그는 만년(晚年)에 고양(高陽) 행주(幸州)로 돌아와 10년간 은거하였을 때 시조 14수(首)를 지어 이를 「율리유곡」(栗里遺曲)이라 한 것이다.

그는 강호에서의 생활은 삼공(三公)이나 만석꾼을 부러워하지 않는 것이라 했다. 그러나 그는 1623년 인조반정(仁祖反正) 뒤에 보관 우참찬(右參贊)을 거쳐 좌참찬(左參贊)에 이르렀으니, 그의 강호에서의 생활은 관념에 불과한 시조로 볼 수밖에 없다. 그의 말과 같이 강호에서의 생활이 삼공(三公)보다 낫다고 한다면 세속에서의 벼슬을 하지 말아야 한다.

하여튼 본 조항은 조선조 강호가도(江湖歌道)를 이른 이들이 물아일체의 생활을 찬미한 점으로 자연을 사랑하고 보호해야 할 것이다. 그런 점에서 본 조항을 인용한다.

제235사(事) 호물(護物): (福 1門 2戶)(복, 1째 큰 문, 2번째 지게문)

護物者는 愛物而護也라. 凡於天地間에 人固自人이오 物固自物이면 必無人無物이라. 哲人은 包萬物하여 獨有之心이니 人之所有를 若我所有하며 人之有失을 若我有失하니라.

해석: 물건을 보호한다(護物) 함은 만물을 사랑하고 보호함이라. 무릇 천지간에 사람은 제 사람대로 굳게 있고, 물건이 제 물건대로 굳어져 그대로 있으면, 반드시 사람도 없고 물건도 없을 것이니라. 철인은 만물을 품는 남다른 마음이 있음이니, 남이 가진 바를 내가 가진 듯하며, 남이 잃은 것을 내가 잃은 것같이 하니라.

제235사(事) 호물(護物)이란 만물을 사랑하고 보호하는 것이니, 자연보호란 뜻이 들어 있게 된다. 자연보호는 현 지구인 모두가 참여하여야 할 과제라고 한다면, 여기에 사랑이 개입되어 있는 것이다.

하늘과 대지는 차별하지 않고 만물을 낳아 키운다. 사람은 어떠한가. 소인들은 사람을 차별하지만 철인(哲人)·인인(仁人)의 만물관은 무차별적이니, 천지와 일치된다고 할 수 있다.

철인은 천지의 도를 통달했기 때문에 만물을 자기의 것처럼 아끼고 사랑한다. 오늘날 사람들은 자연을 무차별적으로 훼손하고 있는데, 철인의 만물관을 우리 범인들이 본받아야 할 것이다. 흔히 사람들은 사람을 일컬어 만물의 영장이라고 한다. 그러나 자연을 파괴하는 것은 사람이다. 만물 중에서 사람이 으뜸이 되는 존재라면 주인의식으로 만물을 사랑하고 보호해야 하는데, 자연을 무자비하게 훼손하는 데 문제가 있다고 생각한다.

지구인 모두가 자연을 아끼고 사랑하는 마음으로 살아간다면 오늘날과 같이 지구촌 곳곳에서 이변이 발생하지 않을 것이다.

사람들은 나라를 발전시키기 위해 불가피하게 자연을 훼손하게 되지만 여기엔 보완하면 해결할 수 있으니, 실천이 문제이다.

자연보호는 누구든지 실천해야 되는 것을 알면서도 행하지 않고 미온적으로 대처하고 있을 뿐이다. 그 방법은 국제협약으로 그 방안을 내놓고 있지만 본 조항의 내용에서와 같이 철인·인인(仁人)의 만물관을 본받으면 오늘의 친자연적으로 살아갈 수 있으리라 믿는다.

철인·인인(仁人)의 친자연관은 물아일체(物我一體)를 이루는 경지이니, 본 조항의 내용에서와 같이 남의 물건도 자기의 물건처럼 아끼고, 남의 소유와 내 소유를 구별함이 없이 사랑하고 보호하는 의식을 본받으면 될 것이다.

철인·인인(仁人)의 만물관은 천지인(天地人)이 하나 되는 일체감에 조성이니, 나＝남이라는 등식으로 보면 알기 쉽게 이해된다.

오늘날 자연보호는 국제적 또는 거국적으로 실천해야 되는 문제인데, 개개인 모두가 자연과 나는 천지(天地)의 한 자손(子孫)이라는 생각으로 살아가면 될 것이다. 사람들 모두가 자연이 훼손되면 사람도 재앙을 입는다는 것을 인지하고, 한 공동 운명체로 대하면 자연은 우리 곁에서 생생하게 살아간다.

일찍이 환웅과 단군이 동식물과 공생하는 홍익인간의 이화세계를 이룬 것은 철인·인인(仁人)의 의식으로 만물을 대했기 때문으로 볼 수 있다.

1. 강호가도(江湖歌道)의 문학: 선인들은 당쟁이 치열하거나 치사한객

(致仕閑客)이 강호에서 세월을 보내면서 친자연적 문학으로 나타냈다. 이들은 친자연의 만물관으로 강호가도를 이뤘다. 철인·인인(仁人)은 자연을 내 몸과 같이 아끼고 사랑하는 관계로 적합하게 어울리(decorum)는 조화미를 이룬다. 조화미를 이루니, 서로 협조하고 사랑하는 마음을 지니게 된다.

주지하는 바와 같이 철인·인인(仁人)은 일시동인(一視同仁)의 무심(無心)의 경지로 대하는 관계로 남의 물건도 나의 물건과 같이 여긴다.

이런 무심(無心)과 철인·인인(仁人)의 경지는 자연과 적합하게 어울리는 적합미(decorum)에 있는 것이다. 사람이 자연과 적당한 거리에서 조화미를 이루면 합일의 경지를 이루어 어울리게 된다. 사람들은 요즘 공해에 찌든 도시생활에서도 집 안에서 화분과 대화를 하는 사람들이 있다. 특히 이들은 난초와 가까이하며 지내는데 꽃향기기 온 집안을 감싸고 이웃집에까지 퍼지면 더욱 가까워진다는 말을 해 준다. 그럴수록 난초와 가까이하며 세속의 번뇌를 잊는다고 하니, 자연과 함께하는 생활도 도시생활에선 필요하다.

선인들은 명철보신(明哲保身)의 일환으로 당쟁이 심할 때 벼슬을 사퇴하고 강호에서 보낸 것도 세속의 일을 자연에서 잊게 한 수단이 되었다. 그런가 하면 선인들 중에는 치사(致仕) 후 자연과 함께하는 한객(閑客)으로 여생을 보낸 이도 있다.

자연은 인간에게 마음을 편히 해 주고 새로운 활기를 되찾게 해 주는 안식처이다. 조정에서의 당쟁이 격화될 때는 상대당과의 생사문제를 다투는 현장이다. 이때는 죽기 아니면 살기 식으로 서로 헐뜯고 모함하는 관계로 심성이 황폐화된다.

이럴 때 치사한객(致仕閑客)이나 강호가도(江湖歌道)들은 산수 맑은 강호에서 자연과 더불어 살면서 자연에 몸을 맡기고 위로하면서 세월을 보내는 가운데 훌륭한 작품도 탄생되어 한국의 문학을 한층 격상시키기도 했다. 이들은 강호에서 한객이 되어 청정(淸靜)의 세계에서 편안히 살게 되어 정승의 생활보다 낫다고 한 것이다.

강호에 묻혀 세속의 일을 잊고 풍진을 떠나 자연과 합일하게 되니, 인간의 시비관계에 좌우되지 않고 구애받지도 않으니, 더 좋을 수가 없는 생활이다. 선인들은 강호에서 스스로 자연과 더불어 살면서 나름대로 강호가도(江湖歌道)를 이루어 오늘날 훌륭한 문학작품으로 평가를 받는다.

강호에서 세상사를 잊고 강호가도(江湖歌道)를 이룬 죽소(竹所) 김광욱(金光煜)은 「율리유곡」(栗里遺曲)을 남겨 강호문학을 한층 발전시키는 역할을 했다. 그 작품을 인용하면 다음과 같다.

> 강산 한아한 풍경 다 주어 맡아 있어,
> 내 혼자 임자여니 뉘라서 다툴소냐.
> 남이야 심술궂다 여긴들 나눠 볼 줄 있으랴.

『珍本靑丘永言』149

죽소(竹所)는 『오륜가』(五倫歌) 5수(首)와 『훈계자손가』(訓戒子孫歌) 9수(首)를 지은 김상용(金尙容, 1561~1636)의 재종질(再從姪)로서 1615년 인목대비(仁穆大妃)의 폐모(廢母)의 난이 일어났을 때 협조하지 않았다는 것으로 면직되었다.

그는 아무런 죄도 없이 벼슬을 사퇴하게 되어 세사(世事)를 잊고 만년(晚年) 고양(高陽) 행주(幸州)로 돌아와 세상의 복잡한 일을 잊고 자연의 풍광미에 젖어 10년간 은거하였을 때 「율리유곡」(栗里遺曲)을 지었다.

이 율리(栗里)는 진(晉)나라 도연명이 벼슬을 버리고 율리(栗里)라는 마을에서 살았던 것을 본으로 「율리유곡」(栗里遺曲)을 지은 바라 볼 수 있다.

죽소(竹所)는 강호생활의 즐거움을 다음과 같이 노래하였다.

> 삼공이 귀(貴)타 한들 이 강산과 바꿀소냐.
> 편주(扁舟)에 달을 싣고 낚대를 흩던질 제,
> 이 몸이 청흥(淸興) 가지고 만호후인들 불우랴.

『珍本靑丘永言』153

그는 강호에서의 즐거움이 삼공(三公)의 벼슬이나 만호후(萬戶侯)의 부귀영화를 부러워하지 않는다고 하였으니, 자연과 더불어 사는 세계를 숨김없이 나타낸 것이라 할 수 있다.

죽소(竹所)는 강호에서 자연을 벗으로 여기고 조용하게 지내니, 헐뜯는 소리가 들리지 않아 삼공(三公)의 벼슬보다 낫다고 한 것이다.

강호에서의 생활은 천지자연의 이치로 만물을 사랑하고 자연과 적합하게 어울리는 적합미(decorum)에 있는 것이니, 조화미와 관계를 이룬다. 이 조화미는 자연과 물아일체(物我一體)의 경지에서 체득되는 것이다.

조선조의 당쟁은 살얼음판과 같은 판세였으니, 옳고 그름을 판별할 수 없을 정도로 정적(政敵) 간의 싸움이었다. 정적이 득세하면 옳은 것이 문제가 아니고 미움을 사게 되어 죽소와 같이 면직을 당하기 일쑤였다. 당파 간에 정적은 생명을 담보하는 소용돌이라고 할 수 있다. 이런 혼란의 와중에 휩쓸리면 유배되거나 목숨을 잃었다.

죽소는 벼슬을 잃어 강호에서 10년간 보내는 가운데 시조를 지어 오늘의 14수(首)가 전한다. 광해군(光海君)이 물러나고 인조가 왕위에 오르게 되고 인목대비도 서궁(西宮) 유폐에서 풀려나 대왕대비(大王大妃)에 올랐다. 1623년 인조반정(仁祖反正) 뒤에 반정을 한 신하들에게 논공행상(論功行賞)이 이루어져 이때 죽소도 복관하여 판서에 이르렀다고 볼 수 있다.

뜻있는 신하들은 당쟁이 심할 때도 정의(正義)의 편에 서서 절개를 지킨 이들을 본받으면 앞날에 좋은 일이 생길 것이다.

2. **친자연의 문학, 작가가 작중에 나타냄**: 본 조항의 내용은 친자연을 나타냈다. 그를 실천한 이는 철인·인인(仁人)의 만물관이다.

요즘 자연은 날이 갈수록 황폐화되어 가고 있다. 작가들은 자연의 무차별적 파괴는 결국 자기에게 화(禍)로 돌아온다는 내용으로 독자들에게 인식시키는 내용으로 나타내면 좋을 것이다. 심하면 남극의 하늘에 구멍이 났을 정도니 이가 더 커지면 인류에 재앙이 미치게 될 것을 인지시켜야 한다.

아직은 자연파괴에 따른 심각성이 사회 전반에 나타나지 않았지만 날과 해가 지남에 따라 확산되면 인류가 지구상에서 살아갈 수 없는 단계에 이를 것이다.

작가들은 자연과 더불어 살아가는 철인·인인(仁人)의 만물관을 인식시키고 자연에서의 생활이 세상에 어떤 부귀영화보다 낫다는 것을 나타나면 자연의 소중함을 깨달아 자연보호를 하는 데 도움이 된다. 현 인류의 당면한 과정은 환경문제의 하나인 자연보호를 하는 데 있다.

자연보호는 오래전부터 외쳤으나 구호에만 그치고 실천이 되지 않은 데 문제가 있으니, 작가가 앞장서야 할 과제이다.

제236사(事) 체측(替惻: 남의 근심을 대신해 줌) — 신광수의 『관산융마』 —

체측(替惻)이란 체(替)가 '바꿀 (체)'이고, 측(惻)이 '불쌍할 (측)'이니, 남의 근심이나 괴로움을 대신하는 것을 말한다.

작가는 남의 근심과 어려움을 대신해 주는 내용으로 작품을 쓰면 독자들이 관심 있게 읽을 것이다.

본 조항에 나타난 내용은 철인·인인(仁人)은 내의 마음을 헤아려 행하면 참됨에 이른다고 했다. 위정자가 진정으로 백성의 근심이나 어려운 일을 딱하게 여기면 측은하게 여기는 마음이 생겨 돕게 된다. 그런데 요즘은 말만 앞세우고 실천을 하지 않는 것이 문제니 언행일치의 실천이 바람직한 것이다.

영조 때인 18세기 석북(石北) 신광수(申光洙, 1712~1775)는 『관산융마』(關山戎馬)에서 위정자를 각성케 하기 위해 우국휼민(憂國恤民)의 정을 나타내 선정하는 데 기여를 했다.

본고에서는 석북(石北)의 『관산융마』(關山戎馬)의 창(唱)이 200년간 전국 곳곳에서 애창되어 선정하는 데 많은 영향을 끼였다. 이 『관산융마』(關山戎

馬)의 내용은 위국여민(爲國憐憫)의 정이 아롱져 있으므로, 본 조항과 관련하여 18세기를 조명하기 위해 본 조항의 내용을 다음과 같이 인용한다.

제236사(事) 체측(替惻): (福 1門 3戸)(복, 1째 큰 문, 3번째 지게문)

替惻者는 人於當憫人之憂를 不憫하나 惟哲人憫之하며 人於當憐之困을 不憐하나 惟哲人憐之하니라. 憫之有實이며 憐之致眞이니라.

해석: 측은함을 대신한다(替惻)란 사람들이 남의 딱한 근심당함을 보고도 딱하게 여기지 않고, 오직 철인(哲人)만이 이를 딱하게 생각하고, 마땅히 불쌍히 여겨야 할 남의 고통을 불쌍히 여기지 않는데, 오직 철인(哲人)만이 이를 불쌍히 여기는 것이다. 딱하게 여김은 성실함이 있으며, 불쌍하게 여김에 참됨에 이르니라.

제236사(事) 체측(替惻)이란 불쌍히 여김을 바꾼다는 뜻이다. 이 뜻을 좀 더 알기 쉽게 해석하면 남의 근심을 자신의 것으로 여기게 되니, 남의 딱한 형편을 알아서 정을 베푸는 홍익인간 정신과 통한다.

주지하는 바와 같이 홍익인간의 정신은 남을 유익하게 하는 해석과 인간세상을 유익하게 하는 두 가지 뜻으로 보게 되는데 후자의 것이 훨씬 전자보다 높고 넓은 뜻이 들어 있다.

철인·인인(仁人)은 남의 근심걱정을 딱하게 여기는데, 그런 마음이 있으면 몸을 운전하게 되어 있는 것이다.

이 조항의 요지는 남의 근심과 어려움을 자신이 처한 것처럼 딱하게 여기게 되어 실천궁행(實踐躬行)하게 된다. 홍익인간의 정신은 마음이 움직여 몸이 실천한 바로 이루어진 것이니, 본 조항의 내용을 이해하는 데 도움을 준다.

철인·인인(仁人)은 남의 어려움을 바라볼 것만은 아니고 자신의 것으

로 여기고 인간적인 도움을 펴야 명실 공히 홍익인간의 사회를 이루는 사람인 것이다

말만으로의 위로는 고맙고 용기를 북돋아 주는 효과가 있지만, 언행일치의 차원에서 물질적인 도움이 있어야 효과를 거둘 수 있다.

철인·인인(仁人)은 남의 근심이나 괴로움을 딱하게 여기는 것은 인정이지만, 실천을 보이는 것이 바람직한 것이다. 물론 물질적인 도움은 정신적인 위로의 마음이 들어 있게 마련이니, 정신과 물질이 들어 있는 행함이 따라야 한다.

1. 언행일치의 한시 작품 소개: 18세기 석북(石北) 신광수(申光洙)는『관산융마』(關山戎馬)에서 당파싸움을 일삼았던 위정자를 각성케 하기 위해 우국휼민(憂國恤民)의 정을 나타내 위정자뿐만 아니라 백성들이 애국심을 참여케 하여 본 조항의 내용을 실천하는 데 도움을 주었다.

주지하는 바와 같이 18세기 영조(英祖) 때는 사색당쟁으로 영조가 탕평책(蕩平策)을 펼칠 정도로 치열하였다. 조선조 5백 년 과시(科詩) 중 가장 유명하고 중원에서도 불리고 오늘에도 노인 간이나 가창부문 인간문화재들이 창하고 있는데도 서인(西人)들이 집권층인 관계로 남인(南人)인 석북(石北)의『관산융마』(關山戎馬)는 장원(壯元)이 아닌 2등 당선작이 된 것이다.

석북은 두보의 운명을 빌려 비장미(das Tragische Schöne)로 우국연민(憂國憐民)의 정을 나타내 200여 년간 한학자 간에 창으로 전해 온다.『관산융마』(關山戎馬)는 과시(科詩)의 제목이『등악양루탄관산융마』(登岳陽樓歎關山戎馬)인 관계로 두보시(杜甫詩)의『등악양루』(登岳陽樓)를 체로 하여 짓게 되었는데, 뜻은 북쪽 관산(關山)지방의 전쟁을 한탄하는 내용이다. 흔히 줄여서『관산융마』(關山戎馬)라 이르는 것이다.

『관산융마』(關山戎馬)는『등악양루』(登岳陽樓)의 기련(起聯)·함련(頷聯)·경련(頸聯)·미련(尾聯)의 4단(段)으로 이루어졌다. 두보시(杜甫詩)『등악양루』(登岳陽樓)를 기본으로 하여 지었는데 200년간 한시창으로 회자(膾炙)되었다. 본『관산융마』(關山戎馬)는『등악양루』(登岳陽樓)와의 관계를 이해하

기 위해 도표로써 나타내면 다음과 같다.

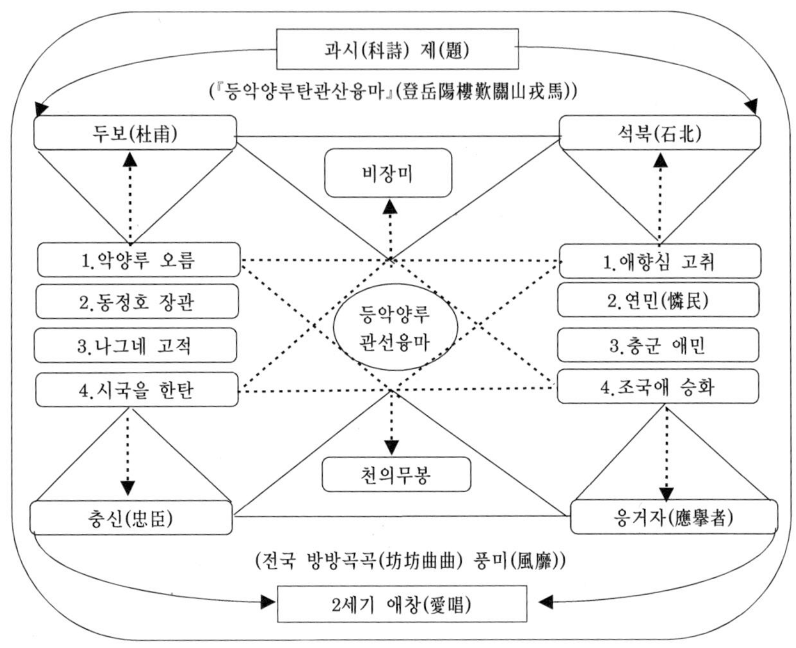

위의 도표는 『관산융마』(關山戎馬)를 이해하는 데 도움이 되리라 믿는다. 먼저 전 44구 중 제1단은 『등악양루』(登岳陽樓) 기련(起聯)을 소재로 12구(句)가 형성되었는데 소개하면 다음과 같다.

예로부터 동정호의 장관을 들어오다,　　　　昔聞同庭水,
오늘따라 악양루에 올라 장관을 보게 되었네.　今上岳陽樓

석북은 위의 시 누운(樓韻)과 내용의 기조로 「관산융마」 제1단 12구(句)를 지었는데 다음과 같이 두보시의 집구(集句)로 천의무봉(天衣無縫)하게 지었다.

가을 가람 쓸쓸하고 어룡도 천데,　　　　秋江寂寞魚龍冷,
서녘바람이 부는 바람 사람이 악양루를　　人在西風仲宣樓.

올랐노라.
매화곡이 모든 나라에 퍼지고 저녁
피리소리를 듣도다.

梅花萬國聽暮笛,

도죽장을 짚고 늙은 몸 백구 따라 다니네.

桃竹殘年隨白鷗.

오만 땅으로 지는 저녁노을 난간에 의지하여
한탄 해도다.

烏蠻落照倚檻恨.

북녘에 전쟁은 어느 날에나 그치겠는가.

直北兵塵何日休.

봄꽃 피는 고국 땅에 심히 눈물을 뿌린 뒤,

春花故國濺淚後,

어느 곳 강산이 내 시름 아니겠느냐.

何處江山非我愁.

햇부들 가는 버들 곡강의 동산,

新蒲細柳曲江苑,

옥 이슬 푸른 단풍 기자고을

玉露靑楓夔子州.

푸른 도포로 한번 만리 배에 올라타니.

靑袍一上萬里船,

동정호는 하늘같아 물결이 가을을 비롯하네.

洞庭如天波始秋.

이 작품은 두보가 안녹산의 난리로 동정호에 피난 온 소회를 편 것이다. 이때 두보가 영양실조로 병세가 악화되어 죽게 되는 극한상황에서 지은 것이 오언율시 『등악양루』(登岳陽樓)이다. 석북은 두보의 『등악양루』(登岳陽樓)를 집구로 조국강산에 아름다웠던 풍경을 나타낸 것이다. 석북은 두보가 안녹산의 난리로 겪은 바를 우국휼민(憂國恤民)의 정으로 나타냈으니, 본 조항과 통하는 내용이다.

『관산융마』(關山戎馬)의 위의 내용은 아름다운 조국 강산이 전란으로 인해 피로 물들게 됨을 한탄하는 내용이다. 석북은 두보가 천하의 절경 동정호의 물결을 보고 온갖 근심이 사라져 천상세계에 오른 것 같은 경지로 나타냈다.

석북은 두보로 하여금 당의 현종(玄宗)이 일개 여인 양귀비를 총애하여 국사를 소홀히 한 것으로 인해 백성들이 8년간이란 전란으로 도탄에 빠지는 한탄을 동정호를 바라보고 시정을 발한 것이다.

18세기 석북이 처한 시대상황은 위정자의 실정으로 백성이 고생하는 가운데 위정자의 각성을 요구하는 내용으로 『관산융마』(關山戎馬)를 지었다. 『관산융마』(關山戎馬)는 위국충성(爲國忠誠)하는 내용으로 인해 전국 곳곳에서 200년간 불려, 오늘에 서도소리 29호로 지정되어 만인을 경탄시키는 창이다.

석북은 18세기 사회를 당쟁 없는 사회를 이루는 데 의미가 있으니, 오늘에 위정자가 당리당략에 의해 나라를 다스리고 있는 현실에서 『관산융마』(關山戎馬)의 창을 들으면 숙연해질 것이다. 일제시대 노인들은 나라 잃은 슬픔을 『관산융마』(關山戎馬)를 창하면서 눈물을 흘리는 정경을 볼 수 있었다. 석북은 두보가 안녹산의 난리로 죽게 되는 운명 앞에 천하의 절경 동정호를 바라보고 느낀 바를 조국애로 애국심을 나타냈으니, 본 조항의 의미를 되새기게 된다.

요즘 젊은이들은 두보가 겪은 내력과 18세기 사회와 『관산융마』(關山戎馬)의 창을 이해하면 석북의 우국연민(憂國憐民)의 정을 나타낸 의도를 알 수 있으리라 본다.

『관산융마』(關山戎馬)의 가치는 두보의 슬픈 운명으로 조국애를 그린 것으로 인해 사람들의 심금을 울리고 한시창의 전형으로 불려 왔다. 『관산융마』(關山戎馬)는 두보의 슬픈 운명을 비장미로 나타내 인간적 위대성(die menschliche Gröβe)을 숭고미의 의식으로 승화시켜 조국애를 그렸다는 데 가치와 의의를 지닌다.

본 조항은 남의 근심이나 어려움을 딱하게 생각해 주고 풀어 주는 이를 철인이나 인인(仁人)이라 했다. 이런 고매한 인격을 지니지 않은 범인일지라도 자기만이 아닌 남도 생각하고 도와주는 인정미(人情美, das der Wunsch Schöne, das Menschen Schöne)가 있는 사람이 되어야 할 것이다.

위의 12구는 『관산융마』(關山戎馬)의 4단 중 44구 중 제1단 12구에 해당한다. 조국강산의 아름다움이 위정자의 잘못으로 전흔의 상처를 입게 되고 백성을 도탄에 빠지게 함을 한탄하고 위국충성을 나타냈다. 신하의 입장에서 위국충성은 애국심의 발로이니, 『관산융마』(關山戎馬)를 그런 맥락으로 이해하면 될 것이다.

『관산융마』(關山戎馬) 2단(段)은 두보시 『등악양루』(登岳陽樓)의 함련(頷聯)의 시상과 우운(尤韻)인 '부'(浮)와 시상(詩想)으로 기조(基調)를 이루고, 「추흥」(秋興) 및 여타의 두시로써 제2단(13구(句)~26구(句))을 지었다. 제2

단의 원천이 되는 「등악양루」의 함련(頷聯)을 소개하면 다음과 같다.

오(吳)나라와 초(楚)나라를 동·남으로 갈라놓고　　　　　吳楚東南坼,
수면은 끝없이 넓어 하늘과 땅도 밤낮으로 떠있네　　　　乾坤日夜浮.

「관산융마」의 제2단은 두보시 「등악양루」의 함련(頷聯)의 상조(商調)인
우운(尤韻)으로 시상을 전개시켰기에 특히 창으로 들으면 애조(哀調)를 띠
어 슬퍼하게 된다. 석북은 두보가 안녹산의 난으로 동남쪽으로 정처 없이
떠돌아다니는 신세를 탄하게 되는 내용을 다음과 같이 나타냈다.

끝없는 초나라 칠백 리에 걸치고나,　　　　　　　　無邊楚色七百里,
예 이제 높은 다락은 호수위에 떠 있네.　　　　　　自古高樓湖上浮.
가을 하늘은 나뭇잎 뒹구는 소리로 슬프고,　　　　秋聲徒倚落木天,
저편 청초호 기슭 바라보니 아득하네.　　　　　　　眼力初窮靑草洲.
바람 안개 눈 가득 비치어 오건만,　　　　　　　　風煙非不滿目來,
애달프다 동남으로 떠돌이 신세네.　　　　　　　　不幸東南飄泊遊.
중원 여러 곳에 전고소리 요란하니,　　　　　　　　中州幾處戰高多,
신 두보가 먼저 천하를 시름하네.　　　　　　　　臣甫先爲天下憂.
푸른 산 흰 물가에는 과부가 울고,　　　　　　　　靑山白水寡婦哭,
거여목과 포도가 우거진 곳에 호마가 우네.　　　　苜蓿葡萄胡騎啾.
개원의 꽃과 새는 수령궁이 닫히고,　　　　　　　　開元花鳥鎖繡嶺,
강남에서 홍두의 노래를 울면서 듣고 있네.　　　　泣聽江南紅荳謳.
서원의 오죽 울창했던 곳 옛날 습유 벼슬로　　　　西垣梧竹舊拾遺,
있었네.
초나라 서리 찬 다듬이 소리 옛 습유　　　　　　　楚戶霜砧餘白頭.
백발만 남네.

석북은 동정호가 오(吳)나라와 초(楚)나라를 갈라놓은 정도로 7백 리에
걸쳐 있고, 수면이 밤낮으로 출렁이는 절경을 바라보며 병든 두보가 한때
벼슬을 했던 일도 회상하게 된다.

　두보는 관군과 안녹산군이 서로 밀리고 이기는 소용돌이치는 전란으로
백성들이 고생하는 참상을 삼별(三別)이라 하는 『신혼별』(新婚別)·『수로
별』(垂老別)·『무가별』(無家別)을 지었다. 세 가지 이별은 신혼부부를 비롯

한·노인·집 없이 살아가야 하는 그 시대 비극적 사회상을 반영해 놓았
다. 삼리(三吏)인 『석호리』(石豪吏)·『신안리』(新安吏)·『동관리』(潼關吏)는
관리들의 생활상을 나타냈다.

이 삼리(三吏) 중 석북은 『관산융마』 제21구(句)에서 '청산백수과부곡'
(靑山白水寡婦哭)(푸른 산 흰 물가에는 과부가 운다)으로 지었다. 이 구절은
두보시의 『신안리』(新安吏)의 '백수모동류'(白水暮東流), '청산독곡성'(靑山
獨哭聲)(해는 저물어 강물은 흰 빛을 띠며 홀로 자랑하듯 동쪽으로 흐르며,
산에는 곡성이 들리네)에서의 수용으로 보면 된다.

이 『신안리』(新安吏)는 두보가 낙양(洛陽)에서 화주(華州)로 갈 때 신안
을 지나가는데 관리들이 그곳 젊은이들을 병정으로 데려갈 때 부모들과
부인들이 통곡하는 정경을 보고 시를 지은 것이다. 이곳 사람들은 관리들
이 젊은이들을 전에도 병정으로 끌어갔는데 이번에 또 데려가니, 가족들
이 자식·남편 가는 곳을 따라가며 우는 비극적 상황을 두보가 지었다.

『관산융마』 제26구(句)에는 두보의 슬픈 정경을 '초호상침여백두'(楚戶
霜砧餘白頭)(초나라 집집에선 겨울옷 마련에 서리 찬 다듬이 소리(옛 습유:
두보) 백발만 남네)로 나타냈다. 이 구절은 두보의 『추흥』(秋興)의 '한의처
처최도척 백제성고급모침'(寒衣處處催刀尺 白帝城高急暮砧)(겨울옷 마련하
라 재촉이나 하는 듯이 백제성 높은 곳에 저녁 다듬이 소리 급하게 들려
오네)에서 온 것인데 그 시대 여인들의 실상을 나타낸 것이다.

겨울이 돌아오게 되니 집집마다 겨울옷 준비로 다듬이 소리가 한창이
다. 두보는 걸인 행세로 지내게 되어 겨울옷 장만도 할 수 없어 그 '하소연
이 안 나올 수 없다'(이병주, 『두보추흥시요해』 동국대학교 논문집, 1964,
131쪽)고 했다. 두보는 다듬이 소리를 듣고 마음이 상했다.

전쟁 중에 다듬이 소리가 높은 것은 남편과 자식들이 전쟁에 나가 죽었
거나 홀로 살게 되니, 그 고통의 해소를 다듬이 소리로 발산시키기 때문이
다. 『관산융마』의 제2단 또한 슬픔이 최고도에 이른 것이니, 나라를 사랑
하는 내용이 담긴 노래로 받아들일 수 있다. 보국안민(輔國安民)에선 여인
들의 다듬이 소리도 높지 않고 장단이 어울리는 민족의 풍속이 풍기는 정

겨운 소리로 울려 퍼질 것이다. 제2단 또한 위정자는 우국휼민(憂國恤民)의
정으로 나라를 잘 다스리라는 홍익인간사상을 나타냈다고 할 수 있다.

『관산융마』의 제3단(段)은 제27구(句)~제36구(句)를 이른다. 발신자인
두보의 『등악양루』의 경련(頸聯)을 인용해 본다.

| 친척과 친구에선 한자 소식도 없고, | 親朋無一字, |
| 늙은 이 몸엔 외론 배만 물 위에 떠있네. | 老病有孤舟. |

『관산융마』의 제3단(段)은 위의 시를 근간으로 10구(句)가 지어진 것이다.
석북은 수용자의 입장에서 『관산융마』의 제3단을 다음과 같이 소개한다.

쓸쓸한 돛대 하나 백만으로 떠가노니,	蕭蕭孤棹犯百蠻,
백년인생 삼협의 한 잎 배만 같네.	百年生涯三峽舟.
풍진속의 오누이는 눈물이 마르려 하고,	風塵弟妹淚欲枯,
사방에 친척과 친구들 편지마저 전할 길 없네.	湖海親朋書不投.
뜬구름 같은 천지 속에 다락에 올라,	如萍天地此樓高,
어지러운 때에 초수를 슬퍼하네.	亂代登臨悲楚人.
서경만사가 장기 바둑판인가,	西京萬事奕棋場,
북녘을 바라본다. 임금님 평안하신가.	北望皇屋平安否.
파릉 봄 술에도 취할 수 없으니,	巴陵春酒不成醉,
금낭에다 풍물을 담을 마음이 없네.	錦囊無心風物收.

석북은 제29구(句)~제30구(句)에서 '풍진속의 오누이는 눈물이 마르려
하고'(風塵弟妹淚欲枯), '사방에 친척과 친구들 편지마저 전할 길 없네'(湖海
親朋書不投)라고 했다. 두보는 맑은 정신으론 자신이 처한 전란의 고뇌를
나타낼 수 없다는 것이다.

이『관산융마』 3단은 슬픔이 최고도에 이른 장면을 창으로 들으면 전쟁
이 없는 태평세계를 세워야 하는 염원으로 감상되니, 홍익인간의 이화세
계를 나타낸 것이라 할 수 있다.

『관산융마』(關山戎馬)의 4단(段)은 『등악양루』의 결련을 내용으로 전개

된 것인데, 두보가 난리 중에 동정호 악양루에 올라 고향 하늘을 바라보고 가지 못하는 한탄을 누각 난간에 기대어 눈물을 흘린다는 애절한 내용으로 다음과 같이 지었다.

고향 산 북쪽은 난리라 돌아갈 아득하니,	戎馬關山北
누각 난간에 기대어 눈물만 흘리네.	憑軒涕泗流

두보는 병객이라 고향에서 죽지 못하는 한을 결연에서 나타내 슬프게 된다. 석북은 두보의 극한 상황의 모습을 조국애로 승화시켜 놓았는데, 그 내용을 소개하면 다음과 같다.

조종(朝宗) 강한(江漢)이 어느 땅이기에,	朝宗江漢此何地,
다락아래 소상물만 무심히 흐르네,	等閒瀟湘樓下流.
교룡은 물에 있고 범은 있나니,	蛟龍在水虎在山,
궁궐에서 조회는 몇 해나 지났는가.	靑珥朝班年幾周.
군산에 어린 기운 아득한데,	君山元氣莽蒼邊,
발아래 비낀 해는 뉘엿뉘엿 지네.	一簾斜陽不滿鉤.
초나라 원숭이 세 마디소리 슬픈데,	三聲楚猿喚愁生,
두우성 서울 하늘 뚫어지게 바라보네.	眼穿京華倚斗牛.

석북(石北)의 과시(科詩) 『관산융마』(關山戎馬)

주지하는 바와 같이 중국에서 양자강과 한수(漢水)는 긴 강이다. 그러나 동정호는 이들 강의 수량을 조절하게 되는데 이 강물들이 다락 아래로 흐르고 있다. 조종(朝宗)은 제후가 임금을 배알할 때 봄에는 조(朝), 여름에는 종(宗)이라고 했으니, 동정호와 양자강·한수를 군신관계로 비유한 것이다.

제4단은 두보가 고향하늘을 그리는 것으로 나타냈다. 이 의미는 18세기와 같은 반목질시(反目嫉視)와 같은 세상이 아닌 조국애로써 홍익인간사상을 여운으로 풍겨 놓는다.

위의 내용과 같이 『관산융마』(關山戎馬)는 18세기 당시 남인과 서인과의 갈등에서 우국연민의 내용으로 지어 나아갈 길을 담은 관계로 만구(萬口)

에 회자되었는데, 우선 문장이 두시의 집구로 형성된 것을 인정하면서 천의무봉(天衣無縫, göttlichen Ursprung das; Vorn Genius aingegeben)으로 나타난 데 의미를 지닌다.

천의무봉(天衣無縫)이란 한자풀이로 '하늘의 옷은 꿰맨 자국이 없다'는 뜻이니, 『관산융마』를 이해하는 천금의 가치를 지니는 말이다. 『관산융마』(關山戎馬)의 완벽한 경지에 이른 작품이라는 것은 앞서 여러 차례 인용한 바 있는 『천부경』(天符經)의 내용으로 밝히면 그 경지를 알 수 있게 된다. 그 구절을 인용하면 다음과 같다.

天一一 地一二 人一三 一積十鉅 無匱化三
천일일　지일이　인일삼　일적십거　무궤화삼

하늘은 일차 창조로 첫 번째 모습이며, 땅은 일차 창조로 기본수가 두 번째 모습, 사람은 일차 창조로 기본수가 세 번째 모습이다. 하나를 쌓아 십(十)으로 커지지만 다함이 없는 삼태극으로 환원되니라.

첫 단계의 구조는 하늘의 하나(一)의 이치로 되어 있으니, 하나 또한 삼태극(三太極)으로 나뉜다. 천지인(天地人) 중 사람은 세 번째로 우주 간에 창조되었으니, 삼태극인 일즉삼(一卽三)을 본받아야 함을 나타낸 것이다.

하늘의 기본수는 하나(一)는 완성수 십(十)수로 커진다. 십(十)수는 10차원 공간에 이르는 것이니, 대우주와 합일되는 경지다. 따라서 천의무봉(天衣無縫)이란 선녀와 선관의 옷과 같이 재봉한 흔적이 없이 완전무결한 것이다.

연민(淵民) 이가원(李家源, 1917~2000)은 『관산융마』의 가치를 다음과 같이 소개했다.

「관산융마」의 참된 가치는 그 원제가 당 두보의 고사(故事)였고, 석북 시의 전편이 거의 두시의 집구(集句)로서 이룩되었으나, 아무런 부착(斧鑿)의 흔(痕)이 없음은 …… 두시 중에 전구(全句) 또는 반구(半句)를 그대로 쓰자 **천의무봉(天衣無縫)**이고, …… 천여년(千餘年) 이래로 두

(杜)를 배우는 이가 하한(何限)이리오마는 과연 석북을 능가할 자가 몇
몇 사람이 있겠는가.

이가원, 「석북문학연구」, 『동방학지』 제4집, 연세대학교, 1958, 175쪽

『관산융마』는 두보시의 집구로 형성되었다고 하더라도 천의무봉(天衣無
縫)으로 나타냈다는 데 의미를 더한다. 완성수 십(十)수는 하늘의 기본수
하나(一)에서 출발한 수(數)이니, 십(十)수인 10차원 공간에 이르는 대아(大
我)와 합일되는 것으로 볼 수 있다.

요즘에는 재야학자뿐만 아니라 강단학회에서 「천부경」에 관심을 가지
고 연구를 하니, 본고에서 천의무봉(天衣無縫) 이해에 도움을 주게 되므로
도표로 나타내면 다음과 같다.

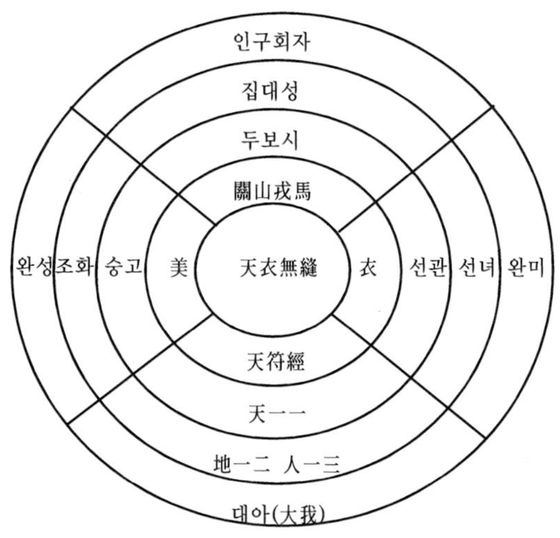

천의무봉(天衣無縫)이란 선녀·선관의 의상(衣裳)과 같이 완전미에 이른
것을 의미한다. 석북은 두보의 숭고한 정신으로 자신의 시정신과의 합일
로 『관산융마』의 시구를 「천부경」의 10수(數)인 완전미로 지은 것이다. 「천
부경」에서의 10수(數)는 하나에서 시작하여 쌓은 공든 탑과 같다. 다시 말

하면 태아는 배 속에서 10달을 크면 더 클 수가 없어 삼차원 세계로 태어나 자녀를 낳아 살아가는 것을 삼수(三數)인 삼극(三極)의 진화관계로 볼 수 있다.

이런 관점으로 미루어 「천부경」은 『관산융마』를 이해하는 데 도움을 준다. 석북은 숭고미의 의식으로 두보의 사향의식을 조국애로 승화시켜 홍익인간(弘益人間)의 이화세계(理化世界, 천리로 다스려진 세상)를 천의무봉의 완전미로 나타낸 데 의미를 지닌다.

2. 애국심 고양: 일제시대의 작가들은 애국심을 나타내는 작품도 있지만 대개 친일학자들이 일제를 찬양하는 작품이 많았는데 이들은 세상을 떠났다. 친일작가들은 조국을 배반하는 작품을 썼으니 자손만대의 죄를 짓고 일생을 마친 불쌍한 인간들이다. 그런 가운데 일제와 항거하는 내용으로 쓴 작가도 있으니, 이들의 애국심 발휘를 고양은 항일 문학에 길이 남을 것이다.

오늘의 입장에서 작가들을 조국애를 나타내는 데 있어 어떻게 하는 것일까. 일제시대와 같은 항일문학도 아니고 해방을 전후에 농촌을 부흥시키는 계몽하는 내용도 때가 지났으니, 국가의 당면과제인 경제를 활성화하는 내용이 절실히 요구되는 일이다.

세상은 요즘 가진 자와 못 가진 자의 양극화 현상이 벌어졌다. 본 조항과 같이 철인·인인(仁人)의 마음으로 위정자는 가진 자는 못 가진 자의 마음을 헤아리는 배려로 정지를 해야 할 것이다.

작가들 또한 양극화 심화현상을 해결하는 방안으로 주인공의 활동을 나타내면 모든 사람들이 그를 본받아 경제를 일으키는 데 도움이 된다. 요즘은 경제대국을 이루는 것이 애국이며, 홍익인간을 이루는 길이다. 작가들의 기발한 아이디어로 경제를 일으키는 방향으로 작품을 써야 할 것이다.

제237사(事) 희구(喜救: 기쁘게 구함) ―매헌 윤봉길 의사의 시―

희구(喜救)란 '기쁘게 구함'이란 뜻이니, 위급한 상황에 처한 사람을 기꺼이 구해 주는 것을 말한다. 여기에는 간혹 공명심으로, 사양하기 어려운 인연으로 하는 수도 있으나, 철인들에게는 무관하고 무조건 적으로 기꺼이 구해 준다.

작가들은 남의 어려움을 도울 때는 희구(喜救)의 마음가짐으로 물질이 곤궁한 것을 보면, 무조건적으로 즐거이 베풀어야 함을 나타내면 독자들이 그 정신을 본받는 데 도움을 줄 것이다.

매헌(梅軒) 윤봉길(尹奉吉, 1908~1932) 항일의사(抗日義士)는 26년 18세에 이국 땅 상하이에 건너가 모직공장 직공으로 일하다가 1931년 김구(金九) 선생의 한인애국단(韓人愛國團)에 들어가 32년 4월 29일 천장절(天長節, 일왕 생일) 기념식장에 폭탄을 투척(投擲)해 일본 군부와 각료들을 여럿 죽이고 10여 명에게 중경상을 입히었다.

그는 거사 직전 4월 28일 상하이 홍커우 공원(虹口公園)을 찾아 명년에 청청(靑靑)한 방초(芳草)에 춘색이 이르거든 고려 강간에도 다녀가라고 비장한 각오가 담긴 시 『홍커우 공원을 답청하며』를 지었다.

그의 시에는 한국이 피압박의 사슬에서 독립을 찾기 위해 방초(芳草)와 대화를 나누며 거사의 성공을 비는 염원이 담겨 있으니, 본 조항과 통하는 것으로 그 조항의 내용을 소개하면 다음과 같다.

제237사(事) 희구(喜救): (福 1門 4戶)(복, 1째 큰 문, 4번째 지게문)

喜救者는 好救人之急難也라. 救人之急難에 或有功救焉하며 或緣難辭焉이라. 惟哲人이라야 無功救하며 無難辭하니라. 聞人之急에 輒喜救之하며 見物之困에 輒喜施之하니 力殘則思요 程遠則望이니라.

해석: 구원함을 기뻐한다는 것(喜救)은 남이 위급한 어려움에 처함을 기꺼이 구하는 것이라. 남의 급한 어려움을 구원함에 혹 공명심으로 하기도 하고 혹 사양하기 어려운 인연으로 하니라. 오직 철인(哲人)은 공적 있는 구함도 없고, 사양하기 곤란함도 없느니라. 남의 위급함을 들음에 문득 구원하기를 기뻐하고, 사물에 곤란을 보면, 문득 베풀기를 기뻐하며, 힘이 쇠잔하면 생각하고, 길이 멀면 바라보니라.

제237사(事) 희구(喜救)란 남의 급한 어려움을 구제함을 좋아한다는 뜻이니, 인(仁)의 정신과 관계된다. 남의 어려움을 돕는 것은 쉬운 것같이 생각되지만 어려운 일이다. 그러나 인(仁)의 마음은 애인정신(愛人精神)으로 이어지는 관계로 어려운 처지에 있는 사람을 보면 돕게 된다. 이 정신은 누가 시켜서도 아니고 사람의 착한 본성으로 태어난 관계로 돕는 것이다.

남의 긴급한 어려움을 돕는 것은 죽어 가는 생명도 구할 수 있게 되므로 장하고 훌륭한 일이다. 본 조항에서는 이러한 사람을 철인이라고 하였다. 철인의 위정자가 정치를 하면 철인정치를 하게 되어 나라를 훌륭하게 통치를 행한다.

나라의 운명은 통치자가 철인정치를 행하는 여부에 따라 행·불행이 좌우된다고 할 수 있다. 철인 정치가는 안으로는 성인이고 밖으론 왕이 되는 위정자를 뜻한다. 역사적으로 이런 위정자는 동이족(東夷族)인 요순(堯舜)을 들 수 있고, 고조선에 환웅·단군을 들 수 있다. 단군의 통치는 요순보다 훨씬 잘 다스린 것으로 중원의 경전과 사서(史書)에서 나타난다.

단군은 환웅의 다스림은 인간만이 아닌 만물과 더불어 사는 공생의 정치를 폈다. 그 공생의 정치는 다름 아닌 남의 어려움을 돕는 애인정신에서 싹텄다고 할 수 있다. 위정자가 백성을 도우면 백성들 또한 위정자가 행하는 일에 협조를 하여 상부상조하는 가운데 나라는 저절로 잘 다스려졌다. 나라를 잘 다스려 백성이 행복해지는 조건은 위정자의 리더십에 달려 있는 것이니, 21세기 오늘의 상황에서도 마찬가지 현상으로 이어진다.

국가의 융성한 발전은 철인이 많아야 이루어진다고 할 수 있으니, 오늘날 한국의 발전을 도모하기 위해선 철인정치가의 출현이 기대된다.

우리는 철인(哲人)·인인(仁人)이 아니더라도 남의 어려움을 도울 때 누구나 기쁜 일이며, 미(美) 중에 진선미(眞善美)에 해당한다. 한민족은 남의 어려움을 돕는 일에 적극적이다. 그 원천은 홍익인간의 정신이 오랜 옛날부터 머릿속에 각인되어 집단무의식으로 전해진 것에서 유래를 찾아볼 수 있다.

1. **매헌 윤봉길 의사의 조국혼:** 매헌 윤봉길 의사는 조국의 독립을 찾기 위해 이국 땅 상하이에서 1932년 4월 29일 천장절(天長節, 일왕 생일) 기념식장에 폭탄을 투척(投擲)해 일본 군부와 각료들을 여럿 죽였다.

매헌은 홍커우 의거 때 삼엄한 경계망을 뚫고 단상 뒤쪽 왼편 19m 지점 군중 1만 명 이상이 모인 데 있었다. 매헌 앞에는 일본 헌병 15명이 제1경계선을 지키고, 11m 지점에는 기마헌병 6명이 제2경계선을 이루고 폈다.

매헌은 단상 5m 지점까지 그 경계선을 뚫고 폭탄을 던졌다. 매헌은 단상 뒤쪽으로 거사 장소를 정한 것이 성공을 했다. 단상 앞쪽에는 일본군 약 1만 명 이상이 도열해 있고 단상 앞에는 국민 학생과 의용대 재향군인이 있었기에 뒤쪽을 택한 것으로 본다. 이 거사는 일내무성 자료에 의해 윤봉길 의사기념사업회에서 발표를 한 것을 참고한 것이다(『조선일보』 제26852호 2007년 4월 25일(수) 라 종합 A 2쪽 참고).

매헌은 침략자의 우두머리를 남겨 두면 동양평화를 위협받게 되어 폭탄으로 희생시키게 되었다. 당시 중국은 우리보다 수십 배 되는 인구였지만 일본 침략자들에 대해 바라만 보고 감히 이런 큰 거사를 할 엄두도 내지 못했을 때 매헌이 분연히 침략자들 제거에 앞장을 선 것이다.

매헌 윤봉길은 일제식민지 통치가 날이 갈수록 가혹해지자 한민족이 겪는 어려움을 참을 수 없어 조국을 떠나 상하이 백범 김구 선생하에서 이들을 제거하기로 하고 의거를 감행했다. 그의 의거는 일제식민지 통치로 한민족이 겪는 괴로움에서 벗어나기 위한 일환으로 거사를 한 것이니, 본 조항의 의미와 부합하게 된다.

일제시대(日帝時代) 안중근·이봉창·윤봉길 의사(義士)는 가혹한 식민지통치로 인해 자신의 목숨을 던져 일제의 괴수들이라 할 수 있는 이또오(伊藤博文)·일황(日皇) 히로히또(裕仁) 상해파견군 사령관 히라가와(白川義則)를 각각 권총·수류탄·폭탄으로 죽이거나 미수에 그친 일도 발생케 했다. 이들 세 의사는 이천만 민중이 일제의 마수에서 벗어나기 위해 자신의 몸을 조국 앞에 던진 것이다.

이 세 의사는 일제의 사슬에서 벗어나기 위해 만주, 중국, 일본으로 가서 거사를 행하였으니, 본 조항의 철인의 행함으로 남 돕는 일을 감행했다.

안중근 의사는 만주 하얼빈에서 한일합방을 주도한 이또오 히로부미(伊藤博文)를 권총으로 사살(射殺)했고, 이봉창 의사는 도일하여 일황(日皇)이 지나갈 때 수류탄 두 발을 투척(投擲)했다. 그러나 그의 수류탄 투척은 조금 시간이 지나 뜻을 이루지 못했다. 민족이 겪는 아픔을 좌시할 수 없어 일황(日皇)을 죽이려 했던 것이다.

윤봉길 의사의 의거는 상하이 훙커우(虹口) 공원에서 일왕 생일(天長節)을 기하여 일본이 상해사변에서 승리한 전승 축하회가 열려 기념식장 정면에 투척해 폭발시켜 일제의 간담을 서늘케 한 거사였다. 중국인은 조선인을 삼류로 대했는데 이 의거로 인해서 대우를 받게 되었다고 한다.

윤 의사의 의거는 세계만방에 알려졌는데 상하이 거류민단장 가와바타 사다쓰구(河端貞次)는 다음 날 사망했다. 주중 일본 공사 시게미쓰 마모루(重光葵)는 다리 중상을 당하였다. 일본 제3함대사령관 노무라 기치사브로(野村吉三郎)는 오른쪽 눈이 실명당했다. 상하이 파견군 대장 시라카와 요시노리(白川義則)는 전신의 24개 처에 파편을 맞고 1개월 후 사망하고, 제9사단장 우에다 겐키치(植田謙吉)는 부상을 당하였다. 이 외에도 10여 명의 일본인들이 중상을 입었다.

윤 의사의 의거는 24세 젊은 나이에 중국을 점령한 일본군 수뇌부 대장들을 죽였으니, 우리보다 인구가 훨씬 많은 중국인들도 의거를 하지 못한 것을 조선인에 의해 이뤘다. 장제스(蔣介石) 총통이 말했 듯 "중국 100만 대군도 못 할 일을 조선 한 청년이 해낸 셈"·"중국 4억 인이 못한 일을 조선인이 해냈다"라고 극찬을 아끼지 않았다.

루쉰(魯迅)은 윤 의사의 의거에 앞서 1909년 10월 안중근 의사가 하얼빈에서 이토 히로부미(伊藤博文)를 사살했다는 소식을 듣고 "중국 4억 인은 부끄럽게 여기고 죽어야 한다"고 했다.

중국인들은 1937년 일제에 의해 남경 30만 명이나 대학살을 당하였다. 그럼에도 이들은 우리와 같은 애국심의 결여로 세 의사와 같이 큰 의거를 실행하지 못했다. 그 원인은 한국인이 단군의 홍익인간 건국이념이 전래되어 애국애족의 사상이 남다른 민족이었기 때문이라 할 수 있다. 단군의 집단적 무의식에 대한 열의는 본 조항의 내용에서의 철인·인인(仁人)의 기개를 발휘한 때문으로 본다.

세 의사의 희생정신은 국가민족을 위해 자신의 몸을 초개와 같이 던진 거사였으니, 아름다운 우미(優美)의 정신이라고 할 수 있다. 매헌은 거사 전날 4월 28일 상하이 홍커우 공원을 찾아 시를 지었는데 그 시를 소개하기로 한다.

『홍커우 공원을 답청하며』

처처(凄凄)한 방초여/ 명년에 춘색(春色)이 이르거든 왕손(王孫)으로 더불어 같이오세//
청청(靑靑)한 방초여/ 명년에 춘색이 이르거든 고려 강산에도 다녀가오//
다정한 방초여/ 금년 4월 29일에/ 방포일성(放砲一聲)으로 맹세하세//

『조선일보』, 제25925호, 다, 2004년 4월 29일(목) A25쪽. 시인 윤봉길

매헌은 싱그러운 신록의 따듯한 계절을 맞았다. 그런데 매헌은 초장에서 녹음방초가 난만한 계절에 찬 기운이 있고 쓸쓸하다고 심회를 편 바는 다름 아닌 일제 밑에서 암울한 현실상을 나타냈기 때문이리라.

중장의 시적화자는 매헌 자신이다. 내일 거사 이후는 이 세상 사람이 아닌 것을 나타내 자연의 품으로 돌아간다. 매헌은 자연의 한 분자로 돌아가게 되는 방초(芳草)와 대화를 한 것이다. 명년 이맘 때 춘색에 이르거든

방초와 함께 고려 강산에 다녀오자고 당부하였으니, 매헌의 방초는 자신의 청춘과 동일시한 것이니, 명년에도 온 천하를 초록으로 물들일 것이기 때문이다.

초록은 희망을 나타낸 것이니, 매헌의 독립의지가 자신의 희생으로 조국강산에도 일어 일제를 몰아내야 하는 의지를 나타낸 것이다. 그는 자기의 몸이 산화하여 초록의 봄을 수놓는 정경이니 비장미의 의식이라 할 수 있다.

종장에서 매헌 자신은 시적화자로 무언의 방초와 대화를 나눴으니 결연한 의지의 맹세를 한 것이다. 그 거사는 대포소리와 같이 널리 알리게 될 것이라 방초와 맹세를 했다.

위의 시를 통해서 볼 때 매헌은 청청한 자연과의 약속을 빌고 명년에 그 푸름으로 고려 강산에도 다녀오라고 부탁한 것이다.

이 시(詩) 속에 담긴 화자의 목소리는 왜적(倭賊)의 우두머리를 제거하겠다는 결연한 의지가 나타나 있다. 매헌이 방초와 결연한 의지로 약속을 한 것은 자연이 거짓이 없는 것에서 약속을 한 것이다

해방 후 매헌에 대한 무성영화가 상영되어 많은 국민들로부터 박수갈채를 받았다. 그는 수통형 폭탄과 도시락폭탄 두 가지를 지니고 먼저 수통형 폭탄을 연단에 던져 이들 우두머리들이 사망 또는 부상케 하는 데 성공하였다. 매헌은 그 거사가 감격적으로 성공하여 만세를 부르다가 자신의 생명을 끊기로 되어 있는 도시락폭탄을 던지지 못하고 체포되어 1932년 12월 19일에 순국했다.

요즘 매헌이 끌려가는 사진이 매헌과 다르게 보여 김구 선생과 촬영한 사진으로 매헌의 진영(眞影)으로 정한다는 것이다. 그런데 매헌이 체포되어 끌려갈 때에 사진이 제삼자가 보기에도 같지 않아 해방 후에도 이의를 제기해 그 사진을 부인에게 보이니, 매헌의 진영(眞影)이 틀림없다고 하는데, 제삼자가 볼 때 전연 다른 모습이다. 해방 후 무성영화를 상연할 때 변사의 애국심의 고취는 많은 사람들로 하여금 눈물을 흘리게 하였다. 그 당시 식장에는 도시락을 지참하기로 되어 있었다고 전한다. 매헌이 식장으

로 들어갈 때 일본군 검색원이 수통병 폭탄과 도시락폭탄을 검사할 때 매헌이 조마조마하면서도 의연하게 대처한 장면은 60여 년이 지난 오늘에도 잊을 수 없다.

매헌이 거사를 앞두고 상하이 홍커우 공원을 답청하여 실행하겠다는 의지를 보인 그의 시는 애국심을 고양하는 것이므로 문학사적 의의를 지닌다.

매헌이 외국에 가서 일제 침략자들을 제거한 것은 피압박민족으로서 조국을 찾기 위한 일환이다. 매헌의 의거는 나라를 구하는 일이니, 본 조항의 애인정신을 되새겨볼 필요가 있다.

젊은이들은 애국선열의 정신을 받들어 살아가면 홍익인간 정신이라 할 수 있으니, 그 실천이 바람직한 것이다.

더구나 윤봉길 의사 의거(1932년 4월 29일) 76주년 기념식이 4월 29일 한국·중국에서 처음으로 동시에 개최된다는 신문보도(『조선일보』제27165호 2008년 4월 29(화요일) 다 A30쪽)가 있으니 감회가 깊다. 2008년 6월 21일(토)에 윤 의사 탄신 100주년 행사가 풍성하게 열린다는 신문보도가 있다(『조선일보』제27207호 2008년 6월 17(화요일) 라 A19쪽).

2. 새로운 문학정신: 우리는 36년간 일제의 압박을 받아 왔다. 그로 인해 일제를 저항하는 문학도 나타냈다. 그런데 일제의 문학이 우리보다 앞섰다고 하여 무작위로 모방하고 베끼는 일이 성행해 부끄러운 점이 없잖아 있다.

그런 의미에서 작가들은 우리의 고유한 홍익인간 정신으로 작품을 쓰면 한민족문학의 앞날을 위해서도 바람직한 일이 될 것이다.

요즘 젊은이들은 영어에 능통하여 서양의 문학을 받아들이는 것이 어렵지 않게 되었다. 그런데도 오늘에도 일본의 작품을 그대로 답습하는 것은 민족의 정서에도 맞지 않고 눈에 거슬리는 행위다. 한때 한류(韓流)의 열풍이 일본인을 감동시켰다.

우리는 일본의 작품을 모방해서는 안 되는 일이다. 문학작품뿐만 아니라 만화, 드라마, 영화에 이르기까지 베끼는 것은 삼가야 할 대상이다.

우리는 본 조항이나 순국선열에 대한 소재로 다룰 내용이 많으니, 모방작의 범람이 행해져서는 안 될 것이다. 그런 의미에서 홍익인간을 소재로 작품을 쓰면 놀랄 만한 작품이 이루어질 것이고 정신의 발휘 자체만으로 훌륭한 소재거리가 된다.

본 조항에서와 같이 철인은 남의 어려움을 기꺼이 도와주는 이니, 미의식으론 우미(優美, das Grazio Schöne, Anmut)에 해당하며 홍익인간의 정신을 실천자라고 할 수 있다. 작가들은 우리의 홍익인간의 정신을 찾아서 작품소재로 활용하면 남의 작품을 베낀다는 핀잔을 듣지 않을 것이다.

대다수 국민들은 홍익인간을 작품소재로 활용한 이가 없는 줄 알고 있으니, 이를 스토리텔링으로 활용해 작품을 쓰면 이색적인 작품이 되리라 믿는다.

제238사(事) 불교(不驕: 교만하지 않음) ―『금화사몽유록』의 교만―

불교(不驕)란 교만하지 않은 것을 말하니, 겸손하게 살아야 함을 교훈한 것이다. 사람이 교만하면 사람들이 멀리한다. 21세기는 20세기와 같이 부하거나 권세가 있다 하더라도 교만하지 않고 자기를 낮추는 경향으로 겸손하게 사람을 대하는 것이 달라진 양상이다. 작가는 한 주인공이 교만하게 사람을 대한 것으로 인해 사람이 기피하게 되어 인격을 격하시키는 것으로 등장시키면 교만하게 사는 이들에게 교훈을 줄 것이다.

17세기에 지어졌다고 하는 『금화사몽유록』(金華寺夢遊錄)은 한문소설로서 작자 미상이다. 이 내용에는 진시황(秦始皇)이 오만불손하게 살았던 것으로 제갈공명(諸葛孔明, 181~234)에 의해 창업연(創業宴)에 참석하지 못하게 되었음을 밝혔다.

그는 중원천하를 통일했음에도 겸손의 미덕으로 살지 않고 교만으로 일관되게 살아 그 공업을 인정받지 못한 것이다.

그는 중원천하를 통일하는 위업을 달성했음에도 창업연에 참석하지 못하는 이유는 분서갱유(焚書坑儒)라는 천인공노할 일을 자행했던 이유만으로 창업주로서 자격을 상실했다. 그는 이 외에 다른 일에도 오만불손으로 인해 창업연에 제지를 당하였다.

우리는 이럴 때 노자(老子)가 이른 바와 같이 바다는 낮을수록 대양(大洋)의 구실을 하는 것과 지산겸괘(地山謙卦≡≡≡≡)의 괘상(卦象)에서 겸손의 미덕을 배울 수 있는 것과 비슷한 내용이 본 조항이다. 본 조항은 또한 진시황이 겸손하게 살지 못함을 이해하고 깨닫게 하는 데 도움을 주므로 본 조항을 다음과 같이 인용한다.

제238사(事) 불교(不驕): (福 1門 5戶)(복, 1째 큰 문, 5번째 지게문)

仁者는 德不驕愚며 富不驕貧하고 尊不驕卑라. 慮人者迷하여
色近而和하고 言正而溫하니라.

해석: 어진 사람은 덕이 있어도 어리석은 이에게 교만하지 않으며, 부자라도 가난한 이에게 교만하지 않으며, 존귀해도 낮은 이에게 교만하지 않으며, 남이 스스로 미워함을 염려하여 낯빛을 가까이하여 화목하게 하며, 말을 바르게 하여 온화하게 하느니라.

제238사(事) 불교(不驕)란 교만하지 않음을 뜻한다. 사람이 교만하면 자신의 인격을 격하시킨다고 할 수 있다. 21세기 오늘에는 일부사람을 제외하고 교만하게 살아가는 사람이 별로 없는 줄 안다.

20세기에는 교만하게 살아가는 이들도 있었으나 후반기에 이르러 거의 없을 정도로 사람들이 달라졌다. 오늘에 이르러 사람들은 어렵게 살거나 배우지 못하거나 지위가 낮아도 이들에게 교만을 피우는 사람이 없을 정도로 바뀌었다.

예전에는 못살던 시절이니, 가진 자에게 무조건 잘 보여야 했기 때문에

무시당했다. 그런데 오늘에는 한때 교만하게 살아가던 사람도 교만하지 않은 것으로 되어 있다. 교만한 사람은 자신이 잘난 체하는 우월의식에 사로잡혀 상대방이 가까이하기 싫어한다. 오늘엔 이런 자라 할지라도 입지전의 인물이 워낙 많은 관계도 있고 외국여행을 하는 관계로 우물 안 개구리 식으로 살지 않게 되어 자신의 우월의식에 도취되어 교만하게 사는 사람이 거의 없다고 할 수 있다.

사람은 교만하게 살면 사람들이 그 사람을 멀리하게 되어, 자기의 인격을 격하시키게 되니, 자신을 낮추는 것이 바람직한 생활 태도라고 본다. 겸손하게 살아가면 복이 돌아온다는 것을 우리는 자연의 이치에서 알 수 있다. 강물이나 바다는 낮을수록 많은 용량의 물을 담을 수 있는 것을 알면 될 것이다. 따라서 겸손의 미덕으로 살아가야 함을 우리는 『역경』의 지산겸괘(地山謙卦☰☰)의 괘상(卦象)에서 알 수 있다. 이 괘상(卦象)은 다섯 개의 음기(--) 가운데 하나의 양기(―)에 중심축을 이루는 형상으로 되어 있다. 이는 땅에 산(山)이 있는 형상이니, 많은 백성 가운데 높은 자리에 있는 것이다.

높은 자리에 있는 사람은 많은 것에서 덜어다가 적은 것에 보태 주어야 덕망이 있게 되니, 자기 몸을 낮추어 처세해야 유종의 미를 거둘 수 있는 비유이다.

유독 자기만이 혼자 돌출한 상태로 살아가면 겸손의 미덕으로 살아가는 것이 아니니, 도리어 자신의 몸을 낮추는 데서 모든 인망을 얻게 되어 존경의 대상이 된다. 위의 조항은 겸손의 미덕을 나타낸 것이니, 교만하게 살아가서는 안 되는 것을 나타낸 것이다.

1. 교만으로 얼룩진 불선한 진시황: 서사문학에서 겸손하게 살아야 하는 원칙은 17세기 이후 지어졌다고 하는 작자 미상의 『금화사몽유록』(金華寺夢遊錄)에 나타나는데, 그중 진시황은 오만불손한 자로 되어 있다.

역사상에서 진시황은 포악무도한 일을 행하였는데 그중 분서갱유(焚書坑儒)는 너무나 잘 알려진 일이다. 그는 많은 전적(典籍)을 불사르고 유학자들을 생매장한 천하의 무도한 제황(帝皇)이었다. 그는 중원 천하를 통일했음에도 포악무도한 전과자(前科者)로 낙인이 찍혀 창업연(創業宴)에 초대받지 못했다. 천리와 거리가 먼 오만불손으로 말미암아 천하를 통일하고도 온당한 평가를 받지 못하게 된 것이다. 그는 본 조항과 지산겸괘(地山謙卦 ☷☶)의 내용으로 보면 애석하게도 창업주로서 존경받을 수 없다. 그는 도리어 『금화사몽유록』에 의하면 수모를 당하고 홀대를 받는 것으로 되어 있다. 그 원인은 겸손하지 못한 데 있으니, 그 내용을 소개하면 다음과 같다.

> 진시황이 바로 법당으로 들어가려 하자, 공명이 앞을 가로막으며 간(諫)하였다. '이것은 창업주(創業主)의 잔치이니, 나라를 세운 군주가 아니면 법당에 들어갈 수 없습니다'
> 진시황이 노하여 말하였다. '과인은 온 천하를 나의 영토로 만들어 그 위세가 온 세상에 떨쳤거늘, 어찌 창업을 이룬 것이 아니겠는가?' 이에 공명이 대답하였다. '예전에 듣건대 폐하께서는 고업(古業)에 의지하여 전인(前人)이 남긴 계책을 끌어다 동서주(東西周)를 삼키어 여섯 나라를 멸망시켰습니다. 공업이 비록 크지만 사리로써 의론 한다면 중흥(中興)의 군주가 되실 만합니다. 소신이 어찌 감히 막겠습니까?'
> 이사(李斯)가 말했다. '공명의 말이 맞습니다. 전하께서는 창업의 공을 선주(先主)께 돌리시고 중흥군주로 자처 하십시오'
> 진시황이 그 마음을 드러내지 않고 참으며 동루로 갔다(李斯曰, 孔明之言是矣, 殿下功歸先生, 自處中興, 始皇隱忍而去束樓).

진시황은 중국을 통일하는 대업을 이뤘지만 분서갱유焚書坑儒)라는 전무후무한 일을 저지른 장본인으로 홍해인간(弘害人間)이므로 창업주로서 창업연(創業宴)에 초대받지 못하게 된 것이다.

진시황은 촉한의 정치가로서 탁월한 지략과 지성(至誠) 충의(忠義)한 이로 존경받아 오는 제갈공명(諸葛孔明)이 창업연에 나가지 못하게 제지하니 돌아갈 수밖에 없게 된다.

진시황은 겸손의 미덕으로 살지 않고 오만불손으로 살았던 관계로 민심에 이반되는 행동을 행한 데서 창업주로서 자격을 잃었다.

본 소설에 나타난 진시황의 행위는 오만불손을 경계한 것이니, 본 조항과 연계됨으로써 인용해 본 것이다. 그는 아무런 양심의 가책도 받지 않고 많은 사람을 생매장했으니, 천하를 통일하고도 창업주로서 초대받지 못했다. 진시황은 천하를 통일하고도 창업주로서 창업연(創業宴)에 참석할 자격을 잃고 수모를 당하였다. 이는 겸손(謙遜)하지 않은 데 원인되는 것이다.

오만불손은 제6장 복(福)을 더는 행위이다. 복의 도래는 대양(大洋)과 같이 자신을 낮추는 데 있는 것이니, 겸손하게 살아가야 할 것이다.

본 조항의 교훈은 교만하게 살지 않고 겸의 미덕을 지니면 행복하게 살아가는 것을 나타냈다. 이런 교훈은 『금화사몽유록』(金華寺夢遊錄)에서도 볼 수 있으니, 오만불손의 행위를 행하지 않도록 겸손의 미덕을 인인(仁人)이나 자연의 이치에서 배우면 된다.

2. **겸손의 미덕 찬양**: 우리의 설화와 고소설류는 대개 권선징악의 내용으로 되어 있다. 오늘의 문학은 그런 내용을 어느 정도 수용하겠지만 독자들의 학력이 높아진 가운데 너무 겉으로 드러나게 작품을 쓰면 안 되고, 21세기를 살아가는 데 도움이 되는 인간상으로 제시해야 할 것이다.

작품의 주인공이 겸손한 자와 오민불손한 자의 행위로 행·불행의 관계로 등장인물을 나타내면 독자들이 겸손하게 살아가는 것을 깨달아 인정이 넘치는 생활을 하게 된다. 사람은 자기가 잘난 것으로 상대방을 무시하면 인화단결을 해치는 것이 되니, 겸손의 원칙을 큰 강이나 큰 바다에서 배우면 된다. 즉 강이나 바다는 낮을수록 대양(大洋)의 구실을 하기 때문이다.

제239사(事) 자겸(自謙: 스스로 겸손)—규장각본 『가곡원류』 520—

자겸(自謙)은 '스스로 겸손'이란 뜻이나 재주와 덕이 있어도 자랑하지 않는 것을 말한다. 자연 현상은 스스로 자가를 낮추는 것으로 인해 큰 가치를 지니는 것으로 나타난다. 사람도 마찬가지인데 자기를 낮추어 겸손하게 살아가는 것이 자기 인격을 높이는 것이다.

작가는 독자들에게 스스로 자기를 낮추며 살아가는 겸손의 미덕을 작중 주인공을 통해 나타내면 독자들이 본받게 하는 데 도움을 준다. 문학상에 겸양의 미덕은 18세기 영조 때 이정보(李鼎輔, 1693~1766)가 규장각본(奎章閣本)『가곡원류』(歌曲源流) 520에서와 같이 유방(劉邦, B.C. 247~195)과 항우(項羽, B.C. 232~202)와의 관계를 나타냈다.

이들 양인에 대한 내력은 전한(前漢)의 유방과 초(楚)나라의 숙명적인 싸움에서 유방이 승리한 것을 보면 겸양의 덕으로 살아가는 것이 승리의 비결이라 한 것을 깨닫게 하는 데 도움을 준다.

항우는 힘이 세기로 이름나 있고, 유방은 겸손으로 살아가는 이로 알려졌는데, 누구든지 싸우면 항우가 이길 것이라 믿을 것이다. 그러나 힘만으로 살아가는 것은 오만불손하기 때문에 천지인(天地人)의 이치에 반하는 행동이다. 힘만을 믿고 남과의 경쟁은 지혜로 살아가는 사람을 따를 수 없어 자멸의 운명을 맞게 된다. 항우는 도량이 재략(才略)이 부족하여 인재를 얻지 못하여 유방에게 크게 패하여 오강(烏江)에서 자살하였다. 항우는 힘만으로 살고 꾀가 없는 사람을 일컬을 만큼 전설적인 이야기를 남겼다.

힘만을 믿고 살아가는 것은 천지자연의 이치와 인간의 어긋나는 행위이므로 오래가지 못하고 쇠멸(衰滅)하게 된다. 이와 관련하여 유비가 항우와 싸워 이긴 비결은 겸양의 덕에 원인이 있다. 그 원인은 유방이 겸양의 덕으로 살았던 관계로 신하나 사람으로부터 신망을 얻게 되어 이들이 성취의 욕구를 가지고 일을 하여 승리할 수 있게 된 것이다. 이에 비해 항우는 교만하여 자기의 힘만 믿고 부하 장수들을 대해 그 곁을 떠나 나라가 망한다. 본 조항은 유방과 항우의 인생관이 잘 나타낸 관계로 다음과 같이 그 내용을 소개한다.

제239사(事) 자겸(自謙): (福 1門 6戶)(복, 1째 큰 문, 6번째 지게문)

自謙者는 雖有才德이나 不自長也라. 衆人은 有微才薄德이면
自色焉이며 唆揚焉하여 惟恐單曇不徹宇內하나니라. 健者之才
는 潛而不泳하며 健者之德은 烈而不炎이니라.

해설: 스스로 겸손하다(自謙) 함은 비록 재주와 덕망이 있어도 스스로 그 장점을 말하지 않느니라. 중인은 작은 재주와 얄팍한 덕만 있어도 스스로 낯빛으로 드러내고 뽐내기를 꾀하니, 오직 엷은 햇빛이 온 집안에 통하지 않을까 두려워하니라. 건실한 사람의 재주는 잠겨서 허우적거리지 않으며, 건실한 사람의 덕은 더워도 불꽃을 내지 않느니라.

제239사(事) 자겸(自謙)은 스스로 겸양(謙讓)함을 뜻한다. 이 겸손의 도는 천지인(天地人) 어디에나 통하는 것으로 되어 있는데 가득 차 있음을 싫어하기 때문이다. 겸손의 도는 천지에서 마련된 것인데 성인이 범인을 교훈하기 위해 생활에 본받게 한 것이다. 겸손은 자랑하지 않는 것이니, 내심으로 간직하고, 금(金)과 같이 스스로 그 빛을 발하지 않는 것으로 이해하면 된다.

겸손의 도는 전 조항에서 말한 바 있는 지산겸괘(地山謙卦☷☶)에서 찾으면 원만하게 이해되리라 믿는다. 이 괘(卦)는 대지에 하나의 큰 산이 있는 형상이니, 덕이 높은 한 사람이 있는 것을 의미한다.

높은 자리에 있는 사람은 많은 것에서 덜어다가 적은 것에 보태 주어야 덕망이 있게 되니, 자기 몸을 낮추면 낮출수록 명망이 상대적으로 높아지게 된다. 이 비유는 바다가 낮을수록 많은 양의 물이 담겨 대양(大洋)의 구실을 하는 것과 같기 때문이다.

우리는 자연이나 세상 사람들이 사는 이치가 가득 차 있음을 싫어하기 때문에 덜어서 보태 주는 지혜가 있어야 인인(仁人)이라 할 수 있다. 우주 공간에 떠 있는 해와 달도 정점에 이르면 기울게 되고 대지의 경우도 가

득한 것을 변하여 겸손한 것으로 흐르게 하고, 사람의 인심 또한 가득 차 있음을 시기하니, 가득 찬 것을 덜어서 덜 찬 데로 안배를 잘해야 세상을 살아가는 처세이자 생활교훈이다.

사람은 자신이 남보다 잘하는 장기가 있다 하더라도 남에게 자랑하면 시기와 질투를 당하게 되어 있다. 자신의 장기는 내장해 두고 겉으로 나타내는 일을 삼가야 된다. 본 조항은 이런 교훈으로 처세해야 복을 받는 길을 나타낸 것이다.

1. **문학상에 나타난 겸양:** 문학상에 겸양의 미덕을 규장각본(奎章閣本) 『가곡원류』(歌曲源流) 520에서 소개하기로 한다. 여기에 겸손을 나타낸 이는 겸손의 미덕으로 천하를 차지한 유방을 생각하면 좋을 것이다. 그에 대한 내력은 한(漢)나라의 유방과 강국인 초(楚)나라의 항우와의 싸움에서 승리한 것을 보면 알 수 있으리라 본다.

18세기 영조 때 이정보(李鼎輔)는 그의 시조에서 유방이 항우를 물리친 내력에 대해서 다음과 같이 나타냈다.

> 한고조(유방)의 모신맹장(謀臣猛將＝꾀가 많은 신하와 용맹한 장수)을 이제 와 의논하면 소하(蕭何)가 만민을 애무하고 병량(兵糧)을 공급하여 굶기지 않은 일과 장량(張良)이 본영(本營)에서 작전계획을 잘 세우고, 한신(韓信)이 싸우면 반드시 이기고 공격하면 반드시 얻음의 전술을 삼걸(三傑)이라 하려니와 진평(陳平)의 여섯 가지 기계(奇計)가 아니런들 흉노에게 7일 동안 포위되었던 성은 뉘라서 풀어주며, 항우의 범아부(范亞父)를 뉘라서 이간할까.
> 아마도 유방이 한나라를 처음으로 세운 공은 사걸(四傑)인가 하노라.

奎章閣本 『歌曲源流』 520

유방이 항우와 싸워 이긴 비결은 자신을 스스로 낮추는 겸양의 덕으로 말미암은 것이다. 그는 겸손의 미덕으로 인망을 얻은 것으로 인해 항우와 싸워 이겼다.

겸손의 미덕은 여러 사람으로부터 신망을 얻는 것이니, 소하(蕭何), 장량(張良), 한신(韓信), 진평(陳平) 같은 사걸(四傑)을 신하로 두었기에 승리할 수 있었다. 그에 비해 항우는 자기의 힘만 믿고 전장에서 부하들이 공을 이루면 신상필벌에 의해 상이 주어져야 하는데 자기의 거만함으로 실시하지 않아 사기저하로 패한 것이다.

위의 시조의 내용을 도표로써 나타내면 다음과 같다.

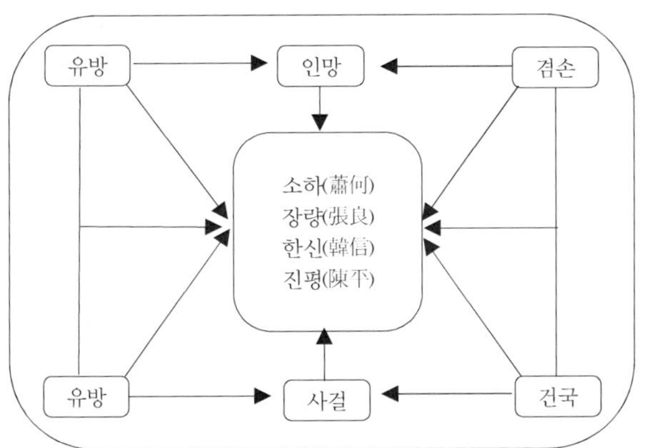

우리는 천지인(天地人)의 도에서 겸손을 자연스러움(naturalness)으로 받아들여야 한다. 하늘과 대지는 만물을 낳아 생육하는데도 자랑하지 않는다. 그에 비해서 소우주인 인간이 하는 일에 대해 자랑하는 것은 천지에 비해 보잘 것 없다. 그런데 인간의 행함을 자랑한다는 것은 대우주인 천지의 행함에 미미하기 그지없는 것이다.

그러나 현세는 자기 피아르의 시대라고 일컬으니, 너무 자기가 하는 일을 숨겨 두고만 있어도 남이 알아주지 않으니 적당한 선에서 알려야 한다.

2. 문학상에 나타난 주인공의 처세: 문학작품에는 여러 종류에 주인공들이 등장하는데 자신을 치켜세우거나 그렇지 않은 등의 인물이 등장한다. 그러나 작가는 이들 인물의 성격을 나타내는 데 성공하면 될 것이나

성공하기는 쉽지 않다.

그 등장인물의 성격을 나타내는 데는 작가의 역량에 달린 것이니, 겸손의 미덕을 지닌 주인공의 인간미가 풍기면 된다. 거만한 자는 독자의 정서에도 좋지 않으니, 작품의 흐름에 따라 그의 인간됨을 나타내는 방향이 좋은 방법이라 할 수 있다.

현대는 자기선전의 시대라고 하지만 남에게 자기의 자랑을 늘어놓으면 좋아할 사람이 아무도 없다. 작가는 이 두 종류의 사람을 주인공과 등장인물로 나타낼 때 물론 겸손한 주인공이 얄팍한 덕으로써 자기의 자랑을 하는 등장인물과는 달리 무게 있는 사람으로 나타내면 독자들이 겸손한 주인공을 선호하게 될 것이라 믿는다.

독자는 겸손하게 사는 주인공이 성공하는 유방(劉邦)을 떠올릴 것이고, 불손(不遜)을 일삼는 항우(項羽)를 생각하며, 겸손하게 사는 자연의 이치를 깨닫는 데 도움을 줄 것이다.

겸양의 미덕은 맹자(孟子)도 사양지심(辭讓之心)은 예(禮)의 단서(端緖)라고 했으니, 예의(禮義)를 모르는 사람과는 뜻을 같이할 수 없으므로, 그 곁을 떠나 외톨이 신세를 자초해 무리를 당할 수 없게 된다.

제240사(事) 양렬(讓劣: 용렬한 이에게 양보함) ―『교주해동가요』 379―

양렬(讓劣)은 자기보다 못한(庸劣) 사람에게 양보하는 것을 뜻한다. 양보의 미덕을 나타내는 세계는 성인의 치하에서 볼 수 있는 것이다. 왜냐하면 명예를 구하는 것은 비루(鄙陋)하고 추하기 때문에 명예를 손상시킨다는 뜻이다.

작가들은 겸양(謙讓)의 미덕으로 상을 받지 않아도 높은 지위에 있고, 명예도 높은데 상을 받아도 신분이 상승되는 일도 아닌 유명인사를 예를 들어 후인들에게 양보하는 미덕으로 쓰면 겸손의 미덕을 나타내는 작품이 될 것이다.

삼주(三洲) 이정보(李鼎輔, 1693~1766)는 『교주해동가요』 379에서 유비가 제갈공명(諸葛孔明＝제갈양(諸葛亮, 181~234))을 세 번 찾아간 삼고초려(三顧草廬)에 대해 겸손의 고사를 인용해 인간미(das menschllic Schöne)를 나타내는 시조(時調)를 남겼다.

촉한(蜀漢)의 초대왕 유비(劉備, 160~223)는 겸손한 것으로 인해 지략과 덕망이 뛰어난 제갈공명과의 만남이 이루어졌다. 그는 제갈공명을 군수(軍帥)로 삼아 힘과 지력이 앞선 장비와 관우와의 싸움에서 승리하여 쓰러져 가는 한(漢)을 재건하고 천하를 차지하는 공을 세웠으니, 천재일우(千載一遇)라고 할 수 있다.

유비는 겸손의 미덕으로 제갈공명의 마음을 움직여 신하로 모셔 공을 이뤘다. 유비가 인재를 얻기 위해 왕이란 권위를 떠나 재야인사를 만나기 위해 머리 숙여 제갈공명을 만남은 다름 아닌 본 조항과 관련을 맺게 된다. 그런 점에서 본 조항을 인용한다.

제240사(事) 양렬(讓劣): (福) 1門 7戶)(복, 1째 큰 문, 7번째 지게문)

讓劣者는 優讓於劣也라. 求譽는 陋而反損譽하며 釣名은 譁而反傷名이라. 是以로 仁人은 有可功에 讓於無功하며 有可賞에 讓於不賞이니라.

해석: 못한 이에게 사양한다(讓劣) 함은 뛰어난 이가 못한 이에게 사양함이라. 명예를 구함은 추하여 도리어 훼손시키며 명예를 구함은 시끄러워져 오히려 이름을 손상시키느니라. 그러므로 어진 사람은 공적이 있어도 공적이 없는 이에게 양보하고, 상을 받을 수 있어도 상을 받지 않는 이에게 양보하느니라.

　제240사(事) 양렬(讓劣)이라 함은 자기보다 못한 사람에게 양보하는 것을 말한다. 한민족은 예로부터 양보심이 강한 민족으로 알려져 왔다. 요즘은 상을 받는 일이 많은데, 광복 후 상제도가 남별되었다고 할 수 있는데, 그중 문학인에게 수여되는 문학상이 있는데 독립운동가에게는 문학상이 수여되지 않았다. 근래에는 만해 한용운의 문학상이 생겨날 정도이다.

　이에 반해 친일문학상은 우후죽순처럼 흔해졌다. 이 친일문학상을 받으려고 애쓴 사람도 없지 않았다고 보면 오늘날 친일문인이 발표되면서 그 수상자들은 낯이 뜨거워져 남들 대하기가 민망할 정도다. 친일문학상의 대상이 되는 친일문인은 한마디로 식민지통치를 찬양했으니, 천추만대의 죄를 지은 민족의 반역자이다. 그런 분이 상을 받으면 무엇을 하겠는가? 도리어 이런 상을 수여받은 것은 가문에 먹칠을 한 것이나 다름없다. 친일파의 상을 수상한 문인은 하루빨리 반납하여야 할 것이다.

　친일문학상은 좋은 작품을 출간했다고 해서 주어지는 것이 아니다. 나름대로 상을 타려는 노력이 있는 자에게 주어지는 것이니, 앞으로 친일문학상을 거부해야 한다. 실제로 양심 있는 문인 중에는 거부한 이도 있다. 친일문학상을 받으려고 줄을 서고 있는데 상을 거부한 것은 훌륭한 용단이라 생각한다. 상을 수여받는 것은 명예를 구하는 일인데 추하여 명예를 훼손시키면 이름을 손상시키게 되니, 그런 상은 안 받는 것이 더 좋은 것이다.

　어진 사람은 세속인과 달라서 공과 상(賞)을 모두 덕 있는 사람에게 양보해야 됨을 말하고 있는데, 이것이 도리어 세속인들이 말하는 명예욕에 사로잡힌 추한 사람에게 주어져서는 안 되는 일이다.

　오늘날 한국인은 인인(仁人)의 행위와는 동떨어진 생활을 하는 경향이 농후해 반성을 요하게 하는 것이 본 조항이다. 솔직히 말해서 광복 후 얼마 전까지 주어진 상(賞) 제도는 너무나 문제점이 많았다. 대개 수상자 중에는 상은 받을 만한 사람이 많았겠지만, 많은 사람들의 공론에 의하면 상을 받아야 할 사람이 받지 못했다는 것이 공통된 여론이다. 사람에 따라서는 흥분하면서 천하의 잡놈들에게 상이 돌아갔다고 말하는 사람도 있다.

친일문인들은 일제 36년간 많은 혜택을 받아 그로 인해서 상승세를 타고 이름이 있게 되어 경제력도 있게 되어 그 자손들이나 제자들이 상 제도를 제정한 것이다. 그에 비해서 일제에 항거하는 문인은 36년간 호구지책도 어려운 정도로 살았으니, 상 제도를 마련할 여유도 없이 살았다. 일제 때 독립운동을 한 집안은 3대가 망한다는 말이 있다. 이에 비해 일제에 협조한 문인들은 상대적으로 많은 협조로 인해서 수십 대까지 잘살게 되었다.

이와 같은 현실상에서 본 조항이 시사하는 바는 후세인들이 귀감으로 삼을 교훈이므로, 세속적인 명예욕에 사로잡혀서는 안 될 것이다.

1. **겸손의 문학:** 천지의 진리는 겸손이라 할 수 있는데, 하늘의 공간에 있는 해와 달과 지상의 자연의 도는 겸손하게 살아가는 이치를 사람들에게 교훈하고 있다.

이 때문에 겸손의 도(道)로 남에게 양보하는 것은 천리에 순응하는 길이다. 천리에 순응하는 것은 한 치 어긋남이 없으니, 모든 사람이 이 자연의 도로 살아가면 질서가 잡힌 세상에서 살게 된다.

남에게 양보하는 생활은 인간미가 넘치는 미덕이라 할 수 있다. 우리 선인들은 중원에서 군자국(君子國)이란 평을 받아 왔는데 남에게 사양하는 미덕 때문이다.

삼주(三洲) 이정보(李鼎輔, 1693~1766)는 그의 시조에서 겸손의 인간미(das menschllic Schöne)를 다음과 같이 나타냈다.

> 한소열(漢昭烈＝劉備)과 제갈공명(諸葛孔明)이 전에 없던 군신의 뜻이
> 잘 맞음은 용이 바람과 구름을 만나 기운을 얻는 것처럼 영명한 군주
> 가 현신을 만나듯이, 주문왕(周文王)이 강태공인들 더할 것인가.
> 아마도 천에 하나나 있을까 말까 한 만남을 못내 부러워하노라.

『校注海東歌謠』379

위의 내용 중 이정보(李鼎輔)는 촉한(蜀漢)의 초대왕 유비(劉備)가 제갈공명(諸葛孔明)과의 만남에 대해서 천에 있을까 말까 한 것으로 나타냈으니, 천재일우(千載一遇)라고 할 정도로 시조를 지었는데, 삼고초려(三顧草廬)에 대한 내용으로 지었다.

주지하는 바와 같이 삼고초려(三顧草廬)는 『삼국촉지』(三國蜀志)·제갈양전(諸葛亮傳)에 기록되어 있는데, 유비(劉備)가 겸손한 것으로 인해 제갈공명(181~234)의 마음을 움직였다는 내력에서 유래되었다.

유비(劉備)는 공명(孔明)이 야인으로 있으나 지략과 덕망이 뛰어나다는 말을 듣고 공명의 초가집을 찾았다. 유비는 면회를 거절당하였다. 공명(孔明)은 유비가 겸손함의 결여로 면회를 사절한 것이다. 유비는 돌아갔다. 두 번째도 또한 면회가 이루어지지 못했다. 유비는 자신을 반성하고 덕 있는 이를 찾을 때는 자신의 몸가짐을 낮추는 것으로 하고 세 번째 찾아갔다. 그럴 때 공명은 유비를 반갑게 맞은 것이다. 이때 유비는 자기의 몸을 낮추는 겸손으로 말미암아 그를 스승으로 모시는 예의를 표하자 공명이 허락하여, 천하를 자지하게 되는 영광을 누리게 되었다.

당시 유비는 장비와 관우와 상대하여 싸우게 되는데, 그에 비해서 힘도 없고 지력도 떨어져 인재를 구하는 데 힘쓰던 궁리 끝에 제갈공명을 찾아갔다. 그는 제갈공명에게 겸손의 미가 흡인력으로 작용되어 쓰러져 가는 한(漢)을 재건하고 천하의 삼분의 일을 차지할 정도로 공을 세운 것은 겸손함에 원인이 있었다.

유비는 자신의 몸을 낮추어 공명에게 삼고초려(三顧草廬)를 한 것으로 인하여 한(漢)나라를 반석 위에 올려놓게 되었으니, 겸손의 미덕을 새삼 깨닫게 되며 본 조항의 교훈을 되새긴다.

2. 문학상의 겸손의 미덕 발휘: 요즘 작품들은 주인공이 겸손의 미덕을 나타낸 것이 없고 주로 현시대의 생활을 반영한 관계로 예전의 전통 관념을 어디에나 찾아볼 수 없다.

겸손의 미덕은 현시대에 맞지 않는 대상으로 볼 수 있지만 천지의 진리인 바에는 어찌 소홀히 볼 수만은 없다. 현실생활에서도 이러한 미덕은 도리어 높은 가치로 살아가는 이들이 많다는 것을 알면 된다.

작가들은 이러한 본 조항의 내용과 관련하여 주인공과 등장인물로 내세우면 친근감으로 독자들이 많이 읽게 될 것이다. 요즘의 생활은 독자들이 잘 알고 있기 때문에 새로운 내용을 선인들의 생활관에서 찾으면 된다.

이정보(李鼎輔)는 겸손의 미덕을 알리기 위해 『교주해동가요』 379에서 유비의 삼고초려(三顧草廬)의 고사의 예를 든 것이니, 그 의도를 살펴보면 될 것이다.

제241사(事) 선(善: 착함)—『손 없는 색시』—

선(善)은 착하게 살아가는 데 의의가 있으며, 착함이 쌓이면 반드시 경사가 있음을 가르치고 있다. 사람이 착하게 살면 바르게 사는 도덕미(道德美 das Sittlich Schöne)의 응함으로 사랑이 어린아이와 같이 자라고 커지므로 집안에 좋은 일이 돌아오게 된다.

작가들 또한 작중의 주인공이 사람들로부터 본이 되는 내용을 덕선미(德善美, das Freunelschaft Schöne)의 응함이 있어 성공하는 내용으로 나타내면 독자들이 읽을거리가 될 것이다. 『손 없는 색시』의 주인공인 색시는 계모가 양손을 자르고 집안에서 쫓아냈다. 색시의 잘린 손은 새매가 물어갔다.

색시는 감나무에서 부잣집 아들과 사랑하게 되어 결혼을 하고 득남을 한다. 색시는 샘물에 빠지려는 아들을 잡으려다 손이 재생하고 한편 과거에 급제한 부군이 색시와 만나 계모를 죽이고, 행복하게 살았다는 것이 설화의 내용이다.

이 설화는 물론 권선징악의 내용이나 이 유형의 설화가 동서양의 비슷한 내용으로 전해 온다.

이 『손 없는 색시』의 내용은 너무나 평범한 내용이나 여기에는 생성적인 '여자→새매→감나무→물'의 신화적인 매체가 들어 있어 해피엔딩으로 나타나 있다.

색시는 착하게 살아 감나무에서 부잣집 남자와 사랑을 하여 결혼하고 아들을 낳았다. 아들을 낳았으니, 사랑의 씨는 넓은 바다에 뿌려져 그 열매는 기하급수적으로 늘어날 것이다.『손 없는 색시』의 내용은 본 조항과 의미가 통하므로 그 조항을 다음과 같이 인용한다.

제241사(事) 선(善): (福 2門)(복, 2째 문)

善은 愛之波流也며 仁之童稚也라. 種於愛故로 發心必善하며
선 애 지 파 류 야   인 지 동 치 야   종 어 애 고   발 심 필 선
學於仁故로 行事必善이니라.
학 어 인 고   행 사 필 선

해석: 착함(善)이란 사랑의 한 갈래이며, 어짊의 어린싹이니라. 사랑에서 심은 까닭에 일어나는 마음이 반드시 착하며, 어짊을 배우면 그 행하는 일이 반드시 착하니라.

제241사(事) 선(善)이라 함은 착함을 이른다. 착함은 남에게 피해를 주지 않고 돕는 일을 행하는 일이다. 그래서 예로부터 착함을 쌓은 집안은 경사스러움이 돌아오게 된다. 착하게 산 사람들은 어려움이 발생하더라도 주위 사람들이 돕게 되어 외롭지가 않은 것이다. 그것은 공자(孔子)가 일렀듯이 "덕불고(德不孤)는 필유인(必有隣)이니라"(덕이 잇는 사람은 외롭지 않고 반드시 이웃이 있다)(이인편(里仁篇 第4)에서와 같이 인과(因果)에 의한 것인데, 착함의 흐름이 크면 큰 만큼의 덕선미로 승화되어 복이 돌아오게 된다.

사람은 착하게 살아야 되는데 현실은 그렇지 아니하다. 도리어 악한 무리들이 이용하려 들고 있으나 이용하려 드는 사람에겐 좋지 않은 일이 생겨 화를 당하게 된다. 남에게 괴로움을 주지 않고 자기가 할 일만 하고 지내는 사람에게 괴로움을 주고 살면, 정당하게 살지 않는 행위니, 자가당착

에 빠져 화를 만난다.

원래 사람의 본성은 착하다고 한다. 창조주이자 절대선의 극치인 하늘이 사람에게 착한 본성을 준 것이니, 착하게 살면 복이 돌아오게 된다. 이런 교훈은 『역경』(易經)에 "적불선지가(積不善之家) 필유여앙(必有餘殃)"(불선을 쌓은 집안은 반드시 재앙이 남아 있다)(坤卦文言傳)이라고 한 것에서 알 수 있는 바와 같다.

인간의 본성은 천도의 선가치(善價値)를 발휘하는 것이니, 사람의 본성대로 착하게 살아야 복을 받고 살아갈 수 있는 것이다.

복을 받는 일은 착하게 살아야 이루어지게 된다. 착함은 사람들이 바르게 일을 잘하게 되어 있기 때문이다.

모든 사람들이 바르게 살고 일을 그와 비례해서 행하면 정의사회가 이루어지게 되어 있으니, 본 조항의 의미와 홍익인간의 이화세계의 실현도 착하게 살아가는 데서 이루어지는 것이다.

1. 착한 행실의 열매: 우리에겐 설화와 고소설에서 권선징악의 주인공을 흔히 접하게 되는데, 그중에 동서양에 전해오는 유형의 『손 없는 색시』 설화에서 그 내용을 찾아보기로 한다.

> 처녀가 어머니를 여의고 계모가 들어오니, 그 아들들과 함께 색시를 학대하기 시작한다. 이들 모자(母子)들이 색시의 양손을 자르고, 쫓아냈다. 그 색시의 잘린 손은 새매가 물어갔다.
> 색시가 나무 위에서 감을 따먹으려할 때 부잣집 아들이 발견하고 결혼한다. 남편은 과거보러 상경한 후에 색시가 득남하고 계모에 의해 편지가 조작되어 색시모자(母子)가 함께 쫓겨난다.
> 색시는 샘물에 빠지려는 아이를 잡으려다 손이 재생되는 기쁜 일이 생긴다. 이들 모자는 주막에서 기식하며 지낼 때, 과거에 급제한 남편이 색시를 찾아다닌다.
> 남편은 이들 모자와 만나게 되어 색시가 남편과 함께 친정으로 돌아가 계모를 죽인다. 이들 부부는 아들과 행복하게 잘 산다.

이 설화는 전국적으로 분포되어 있는 권선징악의 내용이다. 전실 자손들은 계모에게 순종하는 색시를 학대한다.

색시 모자(母子)는 착하게 살았지만 계모가 전실의 색시의 양손을 자르고 쫓아내는 등 악행을 자행하여 그 벌로 죽었다. 계모가 색시 내외에게 죽은 것은 인과응보의 죽음이다.

본 조항은 착하게 살아야 하는 내용이다. 예전에는 대가족제도에서 조기혼인으로 인해 어린 신부가 시집살이가 고된 관계로 힘에 부치어 일찍 죽어 가는 일이 많았다. 계모들은 전실 자손을 학대하는 일이 빈번하자 그를 경계대상으로『손 없는 색시』설화가 생겨난 것이다. 착함의 둘째 문은 9개 조항으로 이루어졌는데 이를 소개하면 다음과 같다.

선이문(善二門)

선이문＼내용	주요 내용	대상	조항
1. 강개(慷慨)	착한 사람의 의분이므로 활기참	착함	제242사(事)
2. 불구(不苟)	착한 사람의 결단은 과감히 행함	착함	제243사(事)
3. 원혐(遠嫌)	남에게 혐의를 받지 않게 착함	착함	제244사(事)
4. 명백(明白)	천리와 인사가 뚜렷함을 가리킴	착함	제245사(事)
5. 계물(繼物)	빈민에게 물질적 도움을 계속 베풂	착함	제246사(事)
6. 존물(存物)	사람은 만물이 존재함을 즐김	착함	제247사(事)
7. 공아(空我)	철인은 자기보다 남을 생각하며 삶	착함	제248사(事)
8. 양능(揚能)	능력 있는 이를 분발하도록 격려해 줌	착함	제249사(事)
9. 은건(隱愆)	남의 허물을 감싸 주고 새지 않게 함	착함	제250사(事)

이 9개 조항은 착한 사람의 행함에 대해서 나타낸 것이다. 인간사회는 착하게 살아가면 사랑과 어짊의 조건이 어우러지면 도덕미(das Sittlich Schöne)로 살아가면 덕선미(das Freunelschaft Schöne)에 응함으로 행복하게 살아갈 수 있다. 사람이 착하게 살아가면 '착한 끝은 있다'는 속담과 같이 집안의 경사로움과 행복이 찾아오는 천리이다.

2. 문학상의 선(善) 지향: 문학의 주인공은 바르게 살아가는 것으로 나

타내는 데에는 이의가 없을 것이다. 더구나 한민족은 예의지국(禮儀之國)인 만큼 악한 주인공이 선한 이보다 잘사는 내용으로 끝을 맺어서는 안되는 일이다.

문학의 주인공은 참되게 살아가는 사람이 성공하는 내용으로 이루어져야 하는 데는 이의가 있을 수 없다. 작가들은 착한 이의 캐릭터를 개발하여 나타내면 독자들에게 좋은 반응을 불러일으킬 것이다.

제242사(事) 강개(慷慨: 착함의 의로운 분개)―『봉기가』(蜂起歌)―

제242사(事) 강개(慷慨)라 함은 '착함의 의로운 분개'라는 뜻인데 한자풀이에서 온 말이다. 즉 강개(慷慨)란 자의(字意)상으로 '강개 (강)'(慷) 또는 '슬퍼할 (강)'이요, '분격할 (개)'(慨)이므로 의기가 북받치어 원통하고 슬퍼함을 분탄(憤嘆)하게 여기는 내용이니 착한 사람의 의로운 분함을 나타낼 때 쓰인다.

작가들은 1905년 을사늑약(乙巳勒約)을 내용으로 시를 짓거나 작품을 '착함의 의로운 분개'로 나타내면 온 국민이 그 분개를 느끼게 되어 100년이 지났는데도 공분(公憤)하게 될 것이다.

조선은 1905년 일제에 을사늑약(乙巳勒約)으로 외교권이 박탈되자 그를 규탄하는 저항가사(抵抗歌詞)가 발표되었다. 우리는 꿈에도 잊을 수 없는 1910년 8월 29일 한일합병으로 나라를 잃은 후 일제에 의한 강압적인 식민지 생활을 하게 되니, 온 민족이 총궐기하자는 『봉기가』(蜂起歌)가 불렸다.

『봉기가』(蜂起歌)는 이천만 민중의 한 맺힌 설원(雪冤)이 들어 있으니, 본 조항의 착한 사람의 분개로써 발산하면 속이 시원할 것이다.

『봉기가』(蜂起歌)의 분개는 폭포수가 평지로 떨어지면 콸콸 흐르고 백번 담금질한 칼이 물건을 단번에 베어 버리는 것과 같이 자신에게 이해를 가리지 않고 일제에 항거하는 내용이다.

이 『봉기가』(蜂起歌)의 항거의식은 본 조항과 통하는 의식이므로 그 조항을 다음과 같이 소개한다.

제242사(事) 강개(慷慨): (福 2門 8戶)(복, 2째 문, 8번째 지게문)

慷慨者는 善之義也라. 瀑布之湍은 落地偏流하고 百鍊之鐵은
臨物便切이라. 其尚且快나 人所不快는 不擇在己利害니라.

해석: 슬프게 흥분함(慷慨)은 착함의 의분(義憤)이니라. 폭포의 여울은 땅에 떨어지면 바로 흐르고, 백번 녹인 쇠는 물건에 닿으면 바로 자르느니라. 그것이 가상하고 또 명쾌할 일이나, 남이 상쾌하지 않는 것은 몸에 있는 이와 해가 있음을 가리지 않음이라.

착한 사람의 의로운 분개는 자기에게 이해를 가리지 않고 행하게 되므로 순수의식의 발로라 할 수 있다. 본 조항에서는 그 비유를 콸콸 흐르는 폭포수와 날카로운 칼날처럼 속 시원하게 행동하는 것으로 나타냈으니, 선의(善意)의 의분도 이처럼 높일 만하고 상쾌한 것이다.

이러한 의로운 분개는 애국지사들이 일제 36년간에 탄압 통치에 항거해 애국운동을 전개할 때의 의로운 분개를 나타낸 것과 같다. 이 강개(慷慨)는 애국지사들이 일제의 항거로 일경에게 피체되어 옥살이를 각오하면서 애국운동을 펼친 것과 같은 뜻을 함유하고 있다.

1. **의로운 분개를 나타낸 노래:** 우리는 1910년 8월 29일 한일합병으로 나라를 잃었다. 일제에 의해 강압적인 식민지 생활을 하게 되니, 뜻있는 분의 의로움을 분개하는 노래가 나오게 되었다. 그 노래는 일제에 항거하자는 『봉기가』(蜂起歌)인데, 당시 많은 국민들이 이 노래를 불렀으니, 이 노래를 소개하면 다음과 같다.

　　1. 이천만 동포야 일어나거라.
　　　 일어나서 총을 메고 칼을 잡아라.
　　　 잃었던 내 조국과 너의 자유를,
　　　 원수의 손에서 피로 찾아라.

　　2. 한산의 우로(雨露) 받은 송백까지도,
　　　 무덤 속 누워있는 영혼까지도,
　　　 노소를 막론하고 남이나 여나,
　　　 어린아이까지라도 일어나거라.

　　3. 끓는 피로 청산을 고루 적시고,
　　　 흘린 피로 강수를 붉게 하여라.
　　　 섬나라 원수들을 쓸어버리고,
　　　 평화의 종소리가 울릴 때까지.

『한국사상대계』, 6권, 정문연, 1993, 523쪽

위 노래는 의병가라고 할 수 있는데, 온 국민이 총궐기하자는 분탄(憤嘆)이 구구절절에 서려 있다. 그 의로운 분개(憤慨)는 온 국민의 소원이 결집되어 있으므로 본 조항의 내용과 같이 폭포수의 물결과 같이 세차게 울려 퍼지는 듯한 소리로 들려오는 인상이다.

일제 강점기에 항거는 많은 국민의 피를 흘려야 하는 희생이 따르지 않으면 소기의 목적을 달성할 수 없다. 그럼에도 『봉기가』는 이를 감수하면도 총봉기하자는 것이니, 본 조항과 같은 맥락의 뜻이 담긴 노래이다. 이 노래의 화자가 곧 작자의 의식이자 국민들의 염원이라 할 때 그 의의는 자못 큰 것이 아닐 수 없다.

이 노래는 국민의 염원이 결집된 내용이니, 일제강점기에 무장독립군의 행동지침과도 부합되는데 이를 소개하면 다음과 같다.

기(起)하라 독립군 일제히, 독립군은 천지를 강(綱)한다. 일사(一死)는 인(人)의 면(免)할 수 없는 바이므로 견돈(犬豚)과도 같은 일생을 누가 구도(苟圖)할 것이냐? 살신성인(殺身成仁)하면 이천만 동포(二千萬同

胞)는 동체(同體)를 부활할 것이다. 일신 어찌 아낄 것이냐?

국사편찬위원회 편, 『독립운동사』, 3권, 1967, 158쪽

위의 내용은 살신성인의 정신으로 무장된 독립군이 조국을 찾기 위해 목숨을 바치며 행한다는 실천 강령이다. 이러한 살신성인의 격렬미(feuerig Schöne)는 무장혈전주의(武裝血戰主義)에서 독립군들이 일군과 싸운 혈전에서도 나타난 바가 된다.

이런 정신의 실천은 자신의 이해를 떠나 조국을 찾겠다는 숭고한 정신이므로 숭고미(das Erhabene Schöne)에의 승화의식으로 받아들이면 독립운동가들의 의분을 이해할 수 있다.

우리는 일제에 의해 1905년 을사늑약으로 인해 외교권이 박탈당하고 이어 1910년 한일합방으로 조국이 일제에 넘어갔지만 이를 되찾기 위해 독립운동가들이 앞장을 섰다.

모든 국민들이 나라를 빼앗긴 것을 되찾기 위해선 민족의 철천지원수(徹天之怨讐)인 일제(日帝)를 쓸어버리자는 데 우선순위를 둔 것이다. 애국지사들은 나라를 되찾기 위해 무수한 혈전도 벌였지만 물러나지 않아『봉기가』(蜂起歌)는 거세게 전국적으로 울려 퍼졌다.

조국을 되찾는 기세는 폭포수의 힘찬 물결과 같은 기세가 사람들의 마음을 움직여 1919년 삼일(三一)운동과 1920년 만주에서의 청산리 싸움에서의 대첩에서 나타났다고 할 수 있다.

우리는 1945년 8월 15일을 기해 일제로부터 조국을 되찾았다. 36년간 일제의 압박 속에서 독립을 하였으니, 단군의 정신으로 살아가면 광명의 세계를 맞게 될 것이다. 단군의 광명세계의 도래는 위기를 극복하는 데서 이루어지는 것이니, 선인들이 살신성인의 정신으로 나라를 되찾은 얼로 살아가면 새로운 세계가 돌아오게 된다. 단군이 세운 홍익인간의 이화세계는 광명세계를 의미한다.

우리는 일제의 식민지 생활을 청산한 지 60여 년의 세월이 흘러갔으니,

자주국가로서 자유미(freie Schönbeit/ pulchritudo vaga)를 누리며 앞날을 장
식해야 할 것이다.

　2. **의기분출의 주인공**: 문학상에 등장하는 인물은 다양하다. 그런데 작
품상에 의로운 사람이 윤리적으로 혼란한 사회를 바로잡는 이가 등장했다
면 독자들이 그 인물의 행함을 본받게 된다. 작가는 사회를 바로잡는 데
일익을 담당해야 되므로 등장인물의 행동에 각별히 신경을 기울여야 할
것이다.

　불의를 보면 참지 못하는 의기 분출하는 이는 어느 사회든 있게 마련이
다. 작중 등장인물 중에는 본 조항과 같은 선의의 의분하는 사람이 있어야
사회를 바로잡게 되니, 그러한 사람의 행위를 작중에 나타내야 한다.

　단군의 정신은 위기를 극복하는 내용이니, 선열들이 36년 동안 일제하
에서 나라를 위해 목숨을 바친 정신을 되살려 살아가면, 단군과 같이 홍익
인간의 이화세계를 세울 것이다.

제243사(事)　불구(不苟: 구차하지 않음)—이육사(李陸史)의 「편복」(蝙蝠)—

　제243사(事) 불구(不苟)라 함은 자의(字意)로 보면 '아니 불'(不), '구차할
구'(苟)이니, 구차스럽지 않음을 일컫는다. 즉 본 조항은 남에게 구차스럽
게 여기지 않는 행함을 일컬으니, 착한 사람의 결단력을 말한다.

　작가들은 대인의 지조로 작중인물을 통해 선의(善意)로 송곳 같은 확고
한 결단으로 구차하게 살아가지 않는 행함을 작중 주인공을 통해 보이면,
독자들이 그의 행함을 본받게 하는 데 도움을 줄 것이다.

　시인 이활(李活, 1905～1944, 李陸史)은 피압박민족의 정치적 울분의 토
로를 「편복」(蝙蝠)에서 시적화자를 통해서 나타냈다. 「편복」(蝙蝠)은 박쥐
의 한자말이다. 몸과 대가리는 영락없는 쥐의 몸꼴이고 앞다리와 날개가

달려 낮에는 어두운 곳에 있다가 땅거미 때부터 나돌아 다니는 짐승이다. 육사(陸史)는 박쥐가 어두운 동굴에서 서식하는 것으로 어둠의 왕자라고 보고 있다.

그는 독립운동을 한 혐의로 체포된 것으로 보아 박쥐와 같이 대낮에는 일본 형사를 피해 다니고 밤에 다니는 자화상을 박쥐로 나타냈다.

독립운동가들은 제대로 한시도 편히 지낼 수 없다. 육사는 식민지 생활에서 북경대학을 졸업한 최고의 지식인이니, 가만히 앉아서 지낼 수 없었다. 그는 자기의 삶을 앵무새와 같이 종알대 보지도, 딱따구리처럼 고목을 쪼아 울지도 못한 공산에 달린 달을 향해 울어 대는 두견새 모양 피 흘리는 신세였다.

그는 일제강점기에 독립운동을 한 혐의로 1942년 일본 영사관 형사에게 체포되어 투옥, 북경감옥에서 옥사하였으니, 체포되기 전까지 영일(寧日)도 없었다고 할 수 있으니, 자기의 심정을 박쥐로 나타낸 것이다.

「편복」(蝙蝠)의 시상은 그의 시에서 풍기는 것과 같이 · 상징주의 경향이 짙게 풍긴다. 한민족은 나라를 잃은 식민지 백성임을 '영원한 보해미안의 넋이여' 또는 '아이누의 가계와도 같이' 나타낸 것이다.

시인(詩人) 이육사(李陸史)는 박쥐는 어둠의 왕자라고 했으니, 일제하 친일파들처럼 일제 밑에서 기생하는 쥐와 같이 부잣집 곡간으로 도망가 걱정 없이 살지를 못했다. 육사는 박쥐와 같이 어두운 동굴에서 지내게 되니, '한 토막 꿈조차 못 꾸고'라고 절망적으로 나타낸 것이다. 그러나 절망적인 내용에는 상징적인 이미지로 조국광복의 날이 돌아올 것이라는 함축성이 들어 있다.

본 조항에서 착한 사람의 결단은 구차하지 않게 살아가니, 송곳과 같이 확고한 결단의 실천자라 할 수 있다. 육사는 독립이 돌아오는 내용을 본 조항의 내용과 같이 착한 사람이 구차하지 않게 송곳과 같이 확고한 결단의 실천자라 할 수 있다. 그런 점에서 본 조항을 인용한다.

제243사(事) 불구(不苟): (福 2門 9戸)(복, 2째 문, 9번째 지계문)

不苟者는 善有決而不苟且也라. 性善者는 無決則柔하여 頴斷
이 遂滯니 善之決은 欲行必行하며 欲施에 無所苟且니라.

해석: 구차하지 않다 함(不苟)은 착함으로 결단하여 구차하지 않은 것이니라. 성품이 착한 사람은 결단력이 없으면 유약하여 영단을 내림에 머뭇거리니, 착함으로 내린 결단은 행하고자 하면 반드시 행하며, 베풀고자 함에 구차함이 없느니라.

착하다는 것은 하늘의 본성대로 행하는 것이니, 천리에 의해 살아가는 사람이다. 이런 사람은 바르고 옳게 살아가는 것이니 일점의 의혹도 지니지 않는다고 할 수 있다. 착한 사람은 천리에 의한 결단이므로 구차스럽지 않고 확실하게 영단을 내려 행한다.

그 결단력은 어떤 큰일을 이룸에 있어서도 구차하지 않고 대쪽과 같은 곧은 실천을 의미하니, 호리지차(毫釐之差)도 없는 대인(大人)과 같은 행함인 것이다.

착함과 옳은 판단의 결행은 대인의 결단력이 필요하다. 대인의 풍도는 하늘과 같은 높고 넓은 지혜가 있어야 하니, 소인과 대칭적인 관계로 보면 무난하게 이해할 수 있으리라 본다.

일제하 강점기에 36년 동안 애국지사들은 조국의 독립을 쟁취하기 위해 싸운 이들의 살신성인의 행함은 대인과 같은 풍도였다고 할 수 있다. 이때에 많은 애국지사들은 조국의 독립을 위해 생명을 바쳐 가며 일제와 싸웠으니, 대인의 풍모를 지닌 이들이다. 이때에 친일파들은 구차스럽게 일제와 야합하여 자신의 영달을 위해 오로지 이욕을 구하기 위해 조국과 민족을 헌신짝같이 버려 소인이 된다.

애국지사들은 조국과 민족을 구하는 일념으로 재산과 생명도 바쳤으니, 대인의 풍도로 국가민족을 구하는 데 앞장을 섰으니, 본 조항과 일치하는 인물이다.

1. 시인 이활(李活, 1905~1944, 李陸史)의 확고한 신념: 암울했던 일제 강점기는 조국의 앞날의 절망적인 상황이었다고 할 수 있다. 이런 암흑기에 이육사(李陸史)는 빼앗긴 나라를 되찾기 위해 일제에 항거하며 독립운동을 하던 중 1942년 체포되어 조국광복을 보지 못하고 세상을 떠났다.

이러한 독립운동가들의 실천은 일제의 억압에도 굴하지 않고 독립운동을 행했으니, 본 조항에 나타나는 바의 같이 구차하지 않게 살아가는 송곳과 같이 확고한 결단의 실천자라 할 수 있다. 시인(詩人)인 이육사(李陸史)는 일제하 조국의 현실과 자신이 처한 상황을 「편복」(蝙蝠)에서 다음과 같이 나타냈다.

> 광명을 배반한 아득한 동굴에서/ 다 썩은 들보라 무너진 성채 위 너 홀로 돌아다니는 가없은 박쥐여! 어둠의 왕자여!/ 쥐는 너를 버리고 부잣집 고간으로 도망했고, 대붕도 북해로 날려간 지 이미 오래거늘/ 검은 세기에 상장이 갈가리 찢어질 긴 동안 비달이 같은 사랑을 한번도 속삭여 보지도 못한/ 가없은 박쥐여! 고독한 유령이여!
> 앵무와 함께 종알대며 보지도 못하고/ 딱따구리처럼 고목을 쪼아 울지도 못하거나. …… 가없은 박쥐여! 영원한 보해미안의 넋이여! ……
> 제 정열에 못 이겨 타서 죽는 불사조는 안일망정/ 공산 잠긴 달에 울어 새는 두견새 흘리는 피는 …… 이제는 아이누이 가계와도 같이 서러워라/ 가없은 박쥐여/ 멸망하는 겨레여! ……
> 한 토막 꿈조차 못 꾸고 다시 동굴로 돌아가거니? 가없은 박쥐여! 검은 화석의 요정이여!

위의 시에서는 박쥐로 시적화자의 처지를 나타낸 것이다. 육사 자신은 박쥐와 같이 대낮에 동굴에서 살 수밖에 없는 신세니, 일본 관헌을 피해 다니는 자신의 몸꼴을 박쥐의 신세로 비유했다.

육사는 일제하 암울했던 식민지 통치하에서 자신이 정착할 수 없는 정신적인 고향이 없음을 「노정기」에서 '깨어진 배 조각'·'삭아빠진 소라 껍질'이라고 비유적으로 나타냈다. 시 전편에 나타난 정서는 조국광복의 의지를 잃지 않았으므로 독립운동을 언행일치로 감행한 실천자였다.

위의 시들은 조국광복의 열의를 나타내 독자로 하여금 적개심을 불러일으키는 여운을 감돌게 하는 역할이 되게 했으니, 육사 자신의 육신의 소리라고 할 수 있다.

본 6장 복(福)은 노년기 50대에 해당하는 조항이다. 그중 본 조항과 같은 구차하게 살지 않고 바르게 확고한 결단력을 가지고 살아가면 모든 사람들이 본받을 것이다.

2. 작가들의 문학정신: 작중인물 중에는 성품이 착한 사람과 악한 사람이 나타난다. 전자는 바르고 옳은 판단을 하는 관계로 하는 일에 실패가 없을 것이다. 이에 대해 후자는 이욕에 따라 행하는 관계로 표리양면이 상치되는 관계로 결과에 이르러서는 성공하지 못한다.

우리는 이러한 예를 일제강점기에 독립투사와 친일파에서 흔히 보아왔던 사실이다. 작중인물에는 이러한 두 인물일 경우 전자에 비중을 두고 전개함이 독자들 인식에 좋은 반응을 나타날 것이다.

소설 작품에는 청춘남녀들이 등장하여 속된 사랑을 하는 경향이 대부분을 차지하고 있는데, 이런 값싼 인물의 등장은 지양하고 본 조항과 같은 인물의 주인공이 바람직하다. 착한 사람의 결단은 대인의 풍도이므로 모든 사람들이 본받아 구차하지 않게 확실히 결행하는 것을 작품상에 나타내야 한다.

제244사(事) 원혐(遠嫌: 꺼림을 멀리함)―『근화악부』(槿花樂府) 52―

제244사(事) 원혐(遠嫌)은 자의(字意)상으로 '멀 원'(遠)이고 '혐오할 혐'(嫌)이므로 혐오감을 물리친다는 것이니, 꺼림을 멀리한다는 뜻이다. 즉 남에게 혐오감을 주거나 원한을 맺지 않는 것을 말한다.

작가들은 사람들이 사회생활을 할 때 서로 싫어서 생기는 틈이 없게 착한 사람이 살아가는 내용으로 작중인물로 나타내면, 갈등 관계로 살아가는 독자들에게 좋은 가르침이 될 것이다.

백사(白沙) 이항복(李恒福, 1556~1618)은 당쟁으로 희생되었다. 그는 40여 년간 조정에서 벼슬생활을 공평무사하게 처리한 이로 후세 사가들이 그에 대해서 기록하고 있다. 그는 대소북파(大小北派)의 갈등이 첨예함에도 어느 파에 치우치지 않고 일을 올곧게 해냈다.

그의 공적은 많은데 그중 광해군(光海君, 1575~1641) 때 선조(宣祖)의 계비(繼妃)로서 영창대군(永昌大君)의 어머니 인목대비(仁穆大妃, 1584~1632)의 폐모론(廢母論)이 일자 반대하다가 화(禍)가 미치어 관직을 삭탈당하고 북청(北靑)으로 귀양을 갔다. 그가 철령을 넘을 때 지은 애절한 사연의 시조가 『근화악부』(槿花樂府) 52에 전하는데, 자기의 억울한 사연을 고신원루(孤臣冤淚)를 비로 띄워다가 임금님 계신 구중궁궐(九重宮闕)에 뿌려달라는 설원을 읊었던 것으로 미루어 죄가 없음을 나타낸 것이다.

백사는 광해군의 계비 인목대비가 선친 선조의 계비일자라도 친모(親母)로 섬겨야 한다. 그럼에도 그는 폐모(廢母)를 운운한다는 처사에 대해 인간윤리 도덕에 어긋나는 처사로 참을 수 없는 분개로 폐모론에 적극 반대하다가 살아 돌아올 수 없는 곳으로 유배를 당한 것이다. 그가 마지막 원통함을 철령 고개를 넘으면서 읊은 것이 오늘에 전하는 『근화악부』(槿花樂府) 52의 시조다.

백사의 행함은 본 조항의 내용과 의식이 통하므로 본 조항을 인용하면 다음과 같다.

제244사(事) 원혐(遠嫌): (福 2門 10戶)(복, 2째 문, 10번째 지게문)

遠嫌者는 無嫌隙也라. 哲人接物에 寧智疎短이언정 誠無不足하며 寧言訥焉이언정 心無詐僞니라. 故로 無嫌無隙이니 不知其善者는 反不善이니라.

해석: 혐의를 멀리한다 함(遠嫌)은 혐의할 틈이 없느니라. 철인은 사물을 접근함에 차라리 지혜가 치밀지 못하고 짧더라도 정성이 부족함이 없으며, 차라리 말을 더듬을지언정 마음에는 속임과 거짓이 없느니라. 그러므로 꺼림도 없고 틈도 없으니, 그 착함을 알지 못하는 사람은 오히려 착하지 못할 것이니라.

일상생활에서 선인(善人)이나 철인(哲人)은 착하게 거짓이 없이 살아가는 관계로 남에게 원한을 받을 틈이 없이 성실하게 살아간다. 철인의 행위는 천리대로 살아가는 관계로 속임과 거짓됨이 없이 실천을 한다. 철인은 유교경전에 군자와 비슷한 인간성을 지녔다. 군자(君子)의 도는 오늘의 신사도와 통하는 진실한 사람이다.

철인이나 군자는 천리대로 살아가는 관계로 남에게 혐오감을 주거나 남과 원한을 맺지 않는다. 이들은 순수한 인간의 도리로 처신하므로 남을 헐뜯을 줄도 모르거니와 그러한 틈도 없는 것이다. 이들은 성실하게 살아가므로 남에게 원한을 품지 않는다.

철인이나 군자형의 사람들은 하늘의 이치로 살아가게 되므로 소인들은 그들의 사람됨을 알지 못하고 있으니, 실속이 없는 말만을 앞세우는 사람들과는 질적으로 다른 것이다. 이들은 매사에 성실하고 거짓과 속임이 없는 관계로 남에게 혐오감이나 원한을 받을 틈이 없다. 이런 사람을 몰라보는 것은 소인인 자기를 기준 삼은 것이니, 착하지 못한 사람이다.

1. 선인(善人)의 착함의 본 백사(白沙) 이항복(李恒福): 조선조의 당쟁은 수단과 방법을 가리지 않고 상대당과 치열한 싸움이니, 이 소용돌이치는 틈에 억울하게 많은 충신들이 죽어 갔다.

그중 백사(白沙) 이항복(李恒福, 1556~1618)은 광해군(光海君, 1575~1641) 때 불의와 맞서 옳은 처신으로 관직을 삭탈당하고 귀양을 갔다. 백사는 자신에 대해 아무런 잘못도 아닌 상태에서 한번 가면 돌아오지 못하는 오지인 북청(北靑)으로 귀양을 갈 때 철령을 넘으며 지은 애절한 사연의 시조가 『槿花樂府』 52에 전한다.

철령 높은 봉에 쉬어 넘는 저 구름아,
고신원루(孤臣寃淚)를 비삼아 띄워다가,
님 계신 구중심처(九重深處)에 뿌려본들 어떠리.

『槿花樂府』 52

이 시조는 백사(白沙)가 억울하게 귀양 갈 때 구름도 쉬어 넘는다는 철령 높은 고개에서 쉬면서 자신의 심경을 토로하였는데 그의 솔직한 심정이 나타나 있다. 이 시조로 인해 역사의 아이러니를 새삼 성찰하게 되는데 홍해인간(弘害人間)들이 홍익인간을 몰아내고 득세한 것을 알 수 있다. 백사는 홍해인간(弘害人間)들에 의해 억울하게 귀양지에서 목숨을 거두었다.

백사는 옳지 않은 일을 행한 광해군에게 원통함을 고신원루(孤臣寃淚)의 위국충정을 시조에 담았다. 광해군은 백사가 억울하게 귀양을 가게 된 유래에 대해서 만인이 공감하는 바인데 충신을 귀양지에서 죽게 했으니, 후안무치한 암군(暗君)이다.

광해군은 양심이 있었는지 훗날 궁인들이 이 노래를 부를 때 백사가 지은 것을 알고는 자신도 눈물을 흘렸다는 내용이 『연려실기술』(練藜室記述) 권20에 전한다. 광해군은 백사가 인륜에 어긋나는 일을 행한 것을 바로잡기 위해 자신의 의견을 전한 것을 자기의 주장과 상치된다는 것으로 매도하여 귀영지에서 죽게 했다. 수단과 방법을 가리지 않은 당시 대소북파(大小北派)의 당쟁으로 백사가 억울하게 희생된 것이다.

광해군은 백사의 억울한 내력을 알면서 죽음의 현장으로 강제로 보냈으니, 백사가 그것에서 죽음을 당하는 괴로운 생활을 하였던 것이 틀림없다. 광해군과 그의 일파는 상대당의 우두머리를 희생시키겠다는 것 이외는 없었다. 백사는 옳은 주장이고 만인이 그렇게 생각한 바를 편 것일 뿐 다른 의도는 없었다. 당시 백사는 우의정이이니 무엇을 바라겠는가. 충신의 억울함을 알았으면 괘씸죄로 여겼다가도 소환하여야 했을 것이나 몰인정한 처사였다고 할 수 있다.

백사(白沙)는 임진왜란 당시 선조의 서행을 호위한 공로로 오성군(鰲城

君)에 책봉되고 병조판서(兵曹判書) 등을 역임한 충신이다. 백사는 그런 충신인데 자기들의 마음에 들지 않는 발언을 했다고 국가지신을 함부로 죽음으로 내몰아서는 인륜강상에 어긋난다.

광해군은 충신을 애매하게 죽게 하였다. 자신은 어떤가. 그는 임금 자리에서 폐위당해 강화 교동(喬洞)과 제주도 등지로 쫓겨 다니다가 제주도에서 사망하였으니 인과응보의 죽음이었다고 할 수 있다.

백사와 광해군의 행적은 상반된 길을 걷고 있었다. 전자가 정의(正義)의 길을 걸었다면 후자는 불의(不義)의 길을 걸었다.

우리나라에서 삼한(三韓)의 갑족(甲族) 하면 10명의 재상을 배출했던 경주 이씨 백사공파(白沙公派)의 후손을 꼽는다. 백사(白沙) 이항복(李恒福) 후손들 중 여러 명의 재상이 배출되었는데, 조상의 가르침으로 남에게 거짓이나 속임이 없이 살아온 인과응보로 인해 복을 받은 것이다. 이런 고결한 인품을 지닌 분을 귀양을 보내 죽게 했으니, 광해군은 착하지 않은 암군이 된다.

광해군은 사람을 죽이기를 인륜강상도 모를 정도로 행했다. 그는 선조의 첫째 서자 임해군(1574~1609)이 성품이 사나워서 아우 광해군이 세자로 책봉되었다. 그런 그가 착하게 형제를 우애로 대하고 신하도 다스려야 하는데 임해군을 죽였으니 천인공노할 일을 행하였다고 할 수 있다.

광해군 때는 대북파(大北派)와 소북파(小北派)와의 갈등이 심화되어 대북파의 말을 들어 많은 시행착오를 일으키는 실정을 일삼았다. 1606년 소북파(小北派)는 선조의 계비 인목왕후(仁穆王后)에게서 영창대군(永昌大君, 1606~1614)이 탄생하자 서자이며 둘째 아들이라는 결함이 있음에도 영창대군을 옹립하였다. 그런 관계로 인해 백사(白沙)는 소북파(小北派)의 편을 든 것이 화근이 되어 귀양지에서 죽게 되었다.

광해군은 1609년 임해군, 1614년 영창대군을 죽였다. 또 대북파는 1617년 폐모론을 건의하고 이듬해 광해군의 계모 인목대비(仁穆大妃)를 서궁(西宮)에 유폐(幽閉)시키니, 이들은 정권을 잡기 위해 눈에 보이는 것이 없을 정도로 행하였다. 백사는 인목대비의 폐모론의 논의가 일어나자 이를 극력 반대한 것으로 우의정의 관직이 삭탈되고 이듬해 북청(北靑)에 유배되어 그곳에서 죽었다.

주지하는 바와 같이 계모는 모친으로 대우해야 한다. 그럼에도 인목대비를 서궁에서 마음대로 활동을 하지 못하게 하고 위협하니, 나라를 다스리는 임금의 예의에 벗어나는 행위이다. 광해군은 임금의 형제와 인목대비의 아버지 연흥(延興) 부원군을 살해했다. 그는 인목대비를 생으로 죽이려고 서궁에 유폐시켜 출입도 자유롭지 못하게 하고 밤낮으로 놀라게 위협하였으니, 광해군의 인간됨을 알 수 있다.

백사는 『인부경』의 "인천지십삼"(人天地十三)과 같이 완성수 십(十)과 천지인(天地人)인 삼(三)수(數)와 일체를 이루는 중정인(中正人)의 삶으로 올곧게 살다가 일생을 마쳤다.

그는 본 조항의 선인(善人)과 상통하며 죽어서도 역사에 길이 남을 순수미의 화신의 인물이 되었다. 그의 11세손 시형(始瑩, 1869~1953)을 비롯한 4형제들은 일제강점기에 가산을 정리해 만주로 망명해 독립운동으로 나라를 찾는 일에 헌신하였다. 이들이 만주에 신흥무관학교를 세워 청산리 전투에서 청사에 빛날 업적을 이루었으니, 선조(先祖)의 올곧은 유훈이 후세 내려온 것이다.

백사는 위국충정의 신하였다. 임금의 잘못을 올바로 지적했으니, 군주제도에서 괘씸죄에 해당하지만 임금이 천리 윤리강상에 어긋나는 행동을 알면서도 모르는 척하고 임금의 비위를 맞추는 것은 충신이 아니고 이중인간이다.

백사는 억울하게 세상을 떠났다. 그러나 그 의기는 역사의 빛나는 충신의 기개였으니, 후손들과 젊은이들에게 좋은 본이 되게 했다. 그의 기개는 본 조항과 관계되는 인물인 데서 그의 행적을 살펴본 것이다. 따라서 백사는 억울하게 북청(北靑)으로 갈 때 철령 높은 고개에서 읊은 시조는 그의 한을 나타낸 육신의 소리였다고 할 수 있다.

2. 전형의 인물을 캐릭터로 등장: 조선조 오백 년 동안 백사와 같은 인물이 탄생되었다는 것은 모든 사람들에게 본이 되는 인물이다. 이러한 인물은 본 조항과 관련되므로 문학작품에서 그를 본으로 하여 새로운 인물로서 부각시켜도 좋은 본이 된다.

오늘의 위정자는 백사와 같은 올곧은 기개로 국사를 처리하면 국민들이 본을 받아 나라발전에 도움이 될 것인데, 여야 간 사사건건 트집조로 논쟁을 벌이고 있다. 작가는 작중인물을 설정하는 데 있어 백사를 본으로 하여 새 시대에 맞는 인물을 전형으로 하면 독자들이 닮으려고 힘쓰게 된다.

오늘의 소설작품은 독자들을 끌어모으기 위해 값싼 남녀의 삼각관계를 나타내고 있는데, 앞으로 역사상에 인물됨과 같이 배울 바가 있어야 할 것이다.

제245사(事) 명백(明白: 분명함)―삼학사 충절 『교주해동가요』 389―

명백(明白)은 '아주 뚜렷함·분명함'이라는 뜻인데, 성품이 착하면 일을 판단하며 틀림이 없고 그 결행이 분명한 것을 말한다. 작가들은 선인들이 일의 판단과 결행을 하늘의 이치와 맞게 살아온 이들의 행적을 내용으로 작품을 쓰면 독자들이 명백(明白)한 일로 살아가게 하는 데 도움을 줄 것이다.

삼학사(三學士)란 병자호란 당시 충절의 척화파(斥和派)인 홍익한(洪翼漢, 1586~1637) 윤집(尹集, 1606~1637), 오달제(吳達濟, 1609~1637)를 일컫는다. 이들은 1636년(인조 14) 청(淸)이 조선을 속국으로 보는 모욕적인 조건으로 사신을 보내왔을 때 이들을 죽임으로써 모욕을 씻자고 주장한 척화파(斥和派)이다. 당시 조선 조정은 최명길(崔鳴吉) 등의 화의론(和議論)을 주장하는 이들이 있었으나 삼학사(三學士)는 극구 반대했다. 인조가 남한산성에서 화의를 하자 청에 끌려가 굽히지 않고 죽음을 당한 충절의 신하다.

삼주(三洲) 이정보(李鼎輔, 1693~1766)는 『교주해동가요』(校注海東歌謠) 389에서 삼학사에 대해 충의(忠義)와 대의(大義)를 기렸다.

삼학사는 청국에 끌려가서도 결사항전으로 굳히지 않은 까닭에 회유책을 썼으나 듣지 않자 모진 고문을 행하고 사형을 당했으니, 본 조항의 명명백백한 결행과 일치되므로 그 조항을 다음과 같이 인용한다.

제245사(事) 명백(明白): (福) 2門 11戶)(복, 2째 문, 11번째 지계문)

性善則剖截丁寧하며 行決的歷하여 無猶豫進退하고 無疑似
左右하여 天理人事가 明白乎自然之間이니라.

해석: 사람의 본바탕이 착하면 틀림없이 판단이 분명하고 행동을 결정함에 확실하며, 나아가고 물러남에 미루거나 태만함이 없으며, 좌우를 의심함이 없으며, 하늘의 이치와 사람의 일이 자연스런 가운데 명백해지니라.

제245사(事) 명백(明白)은 의심할 것 없이 밝다는 뜻이니, 선인(善人)의 행함과 판단의 결행이 천리에 의한 것이므로 분명한 것을 말한다. 위의 내용을 자세하게 알게 위해 도표로써 나타내면 다음과 같다.

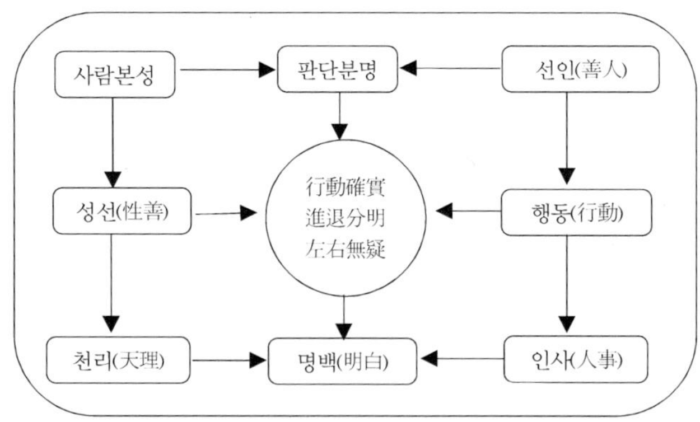

한민족은 삼신(三神)인 환인, 환웅, 환검(단군)의 자손으로 볼 수 있다면

태양의 밝음과 관계되는 민족이다. 선인(善人)과 철인은 천리를 바탕으로 살아가는 사람이니, 태양처럼 밝음과 관계된다. 밝음이란 조금도 어둡지 않고 모든 움직임에 중심이 되어 한 치의 오차도 없고 하는 일이 어긋남이 없는 것을 말한다.

선인(善人)이 사리판단과 진퇴좌우의 문제가 분명한 것은 태양을 상징하는 국조(國祖)를 섬기는 민족으로 내려오기 때문이다. 한민족은 반만년 이전부터 태양을 숭배하는 토착민으로 살아왔기 때문에 진퇴와 좌우를 결행함에 의심이 없이 명백하게 살아왔다고 할 수 있다.

우리 역사에는 의인이 많이 나타나 목숨까지도 나라를 위해 바친 분들이 많았다. 이는 역사가 증명하는 엄연한 사실이니, 그중에서 병자호란 당시 삼학사(三學士)의 충절을 찾아보기로 한다.

1. **충절의 삼학사(三學士)**: 삼학사는 병자호란 당시 청나라에 끌려가 충절을 지키다 사형을 당한 척화파(斥和派)인 홍익한(洪翼漢)·윤집(尹集)·오달제(吳達濟)이다. 이들 삼학사는 척화파(斥和派)로서 충의(忠義)의 대의(大義)를 지킨 분인데, 삼주(三洲) 이정보(李鼎輔)는 『교주해동가요』(校注海東歌謠) 389에서 이들의 충절을 중국 역대의 충신과 비교해서 다음과 같이 나타냈다.

> 하(夏)·은(殷)·주(周) 세 왕조 이후 한(漢)·당(唐)·송(宋) 때에 충신 의사를 세워보니 백이 숙제의 맑은 기풍과 용봉(龍逢)·비간(比干)의 충성은 말할 것도 없거니와 노련(魯連)의 고풍(高風)과 주운(朱雲)의 직기(直氣)와 도잠(陶潛)·남제운(南霽雲)·악무목(岳武穆)의 순수한 충성은 천추에 길이 누가 사모하지 않겠는가?
> 아마도 아동(我東) 삼백년에 현충숭절(顯忠崇節)하사 당당한 삼학사의 만고대의(萬古大義)는 짝 없을까 하노라.

『校注海東歌謠』389

삼학사는 척화파로 인해 청국과 결사항전으로 굳힌 까닭에 청국에서

모진 고문을 행하면서 회유책을 썼으나 본 조항의 내용과 같이 결연한 의
지를 흔들림이 없이 충절을 지키다 사형을 당하였다. 본 조항과 삼학사의
죽음은 의인(義人)의 결행이었으므로, 이런 의인의 애국충절의 기개를 본
받으면 어떠한 일이라도 분명하게 해낼 것이다.

　2. **문학상의 애국충절:** 현대인은 조국과 민족을 위하는 일에 대해 공감
하면서 살아가는데 눈코 뜰 새가 없이 바쁘게 살아간다. 삼학사나 의사들
의 생각은 청국과 일제에 저항했던, 옛날의 일로 여기고 있다.
　나라사랑의 길은 여러 형태가 있으니, 현대인이 할 일이 있다면 경제를
부흥시키는 일이 될 것이다. 애국선열의 위국충정의 일을 본받아 그 정신
으로 머뭇거림이 없이 앞으로 나아가면 애국자라 할 수 있다.
　애국자들이 자신의 목숨을 희생하면서 나라를 지켜 온 정신으로 경제
를 일으키는 것이 나라를 위하는 길이다. 오늘에는 경제를 부흥시키는 것
이 국가나 모든 사람들의 과제로 되어 있다. 작품상에 주인공이 본 조항과
같이 결연한 의지로 진퇴와 좌우가 분명하여 하늘의 이치와 사람의 일이
자연히 명백해져야 할 것이다.
　현재는 나라마다 경제를 일으키는 데 무한경쟁으로 총력을 기울이고
있다. 홍익인간의 건국이념 또한 360여사(餘事)로 일 년 동안 농경에 힘써
다산하는 데 있었으니, 인간이 사는 세상을 유익하게 하는 데 물질이 풍부
해야 남을 도울 수 있는 것이다.
　작자는 애국선열의 정신을 이어받아 오늘을 살아가는 동력인 경제를
일으키는 데 있다. 단군의 정신은 홍익인간의 이화세계를 세우는 데 있으
니, 그 정신이 바로 물질을 풍요롭게 하는 길이다.

제246사(事) 계물(繼物: 물자를 이어 줌)―연암의 『허생전』―

　계물(繼物)은 '물자를 이어 줌'이란 뜻이니, 어려운 이를 위해 물자를 공급

해 주는 것이니, 오늘날 복지정책을 뜻한다. 지구상에는 아직도 굶어 죽는 사람이 많은 가운데, 이들에게 물자가 끊이지 않게 잘 보살펴 주어야 할 것이다.

작가는 어렵게 사는 사람들이 도움을 받아야 할 사람이 많은 것을 참작하여 휼민(恤民)의 정으로 위정자를 대상으로 물자가 끊이지 않게 잘 보살펴 주는 내용으로 작품에 나타내면 독자들의 인식이 달라질 것이다

연암(燕巖) 박지원(朴趾源, 1737~1805)의 『허생전』(許生傳)은 주인공 허생을 통하여 양반의 사농공상(士農工商) 제도의 모순을 개혁하기 위해 쓴 작품이다. 그는 남산골샌님으로서 10년 동안 책만 읽고 집안 살림을 돌보지 않아 그 아내가 품팔이로 살아온 것으로 앙탈을 부렸다.

양반유자들은 사(士)만이 으뜸이란 관념 아래 허생 또한 사(士)가 되기 위해 사서삼경(四書三經)을 배우는 데 세월을 보냈다. 허생의 아내의 말과 같이 책만 읽고 세월을 낚아 봤자 민생문제가 해결되는 것은 아니다.

허생은 돈을 빌려다가 상업을 하여 많은 돈을 벌어들였다. 허생의 행함은 바로 연암의 생각으로 보면 될 것이다. 허생은 양반유자들이 상업을 천시하는 것과는 달리 상업으로 돈을 벌어 전국의 수천 명의 도적들이 지명수배령이 내려져 오도 가도 못할 정도로 굶어 죽게 되자 이들을 무인도로 데리고 가서 농경지를 개발하여 농경에 힘쓰게 하여 잉여농산물을 일본 장기(長崎)에 수출하여 많은 외화를 벌어들였다.

허생은 무인도를 개발하여 『홍길동전』에 나타난 율도국과 같은 지구상에 없는 이상국을 세운 것이다. 무인도는 본 조항의 내용과 같은 뜻이 들어 있어 그 조항을 다음과 같이 소개한다.

제246사(事) 계물(繼物): (福 2門 12戶)(복, 2째 문, 12번째 지계문)

善은 善於恤人繼物이라. 人事之將廢에 安人父母妻子之倫하며 定人背井離廚之蹤이니라.

해석: 착함(善)은 남을 불쌍히 여겨 생활의 물자가 이어지게 잘 보살펴 주는 것이니라. 남이 하는 일이 장차 패망하려 하면 남의 아버지와 처자의 인륜을 편안하게 해 주고, 남이 우물을 등지고 부엌을 떠나는 식구들의 행방을 정하여(계속 잘살 수 있도록 도와) 주느니라.

제246사(事) 계물(繼物)이란 착한 이들이 어려운 처지에 있는 사람들에게 계속 생활 물자를 이어 준다는 뜻이다. 이 내용은 단순히 어려운 빈민이나 이재민을 돕는 차원을 넘어 재기할 수 있도록 지속적으로 도와주는 것이니, 아름답고 장하고 착한 일이다.

예전에는 생활 물자와 식량이 태부족한 상태에서 살았다. 여기에 관리들의 세금독촉이 빗발치듯하여 백성들이 정든 고향을 떠나 유민(流民)이 된다.

본 조항에서 선인들은 이러한 딱한 사정을 알아내고 집을 버리고 간 사람들의 사정을 접하고 도와준다. 집안이 못 살 정도로 가정이 파탄지경에 이르면 가정불화가 일게 된다. 선인들은 이런 경황에 처한 사람들로 하여금 불화가 없도록 위로해 주고 살아갈 수 있도록 도와주는 역할을 한다. 그리고 집을 떠나는 사람들에게는 행방을 정해 주어 살아갈 수 있도록 해 준다.

유민이 되어 정처 없이 떠나는 사람에게 굶어 죽지 않게 살 만한 곳을 알려 주는 것 또한 성인의 마음이라 할 수 있다.

요즘 농촌은 농사를 지어도 생산비도 못 미치는 관계로 사람들이 농촌을 아무 미련이 없이 떠나는 사람이 많아 젊은이들이 거의 없는 실정이다. 농촌에서 도시로 이주한 이들은 자기를 아는 사람에게 청탁하여 일자리를 구해 살게 하는 것과 같은 상황이다.

사람은 부모를 잘 만나는 것이 행운인데 사람을 만나는 경황에 따라 성공여부가 결정된다. 오늘에도 부인은 남편을, 학생은 스승을, 국민은 위정자를 여하히 만나는 상황에 따라 잘살고 못살게 되며 성공의 열쇄도 또한 국민경제도 좌우하게 된다.

한국은 1960년대 초기에 보리 고개가 있어 춘궁기에 살아가기 어려운 형편에 걸인들이 많았다. 그러나 오늘에는 걸인들이 없어졌다. 오늘에는 식생활문제는 해결되어 외국의 이재민이 발생하면 도울 정도로 생활이 풍부해졌으니, 금석지간(今昔之間)이란 말이 떠올려진다.

한국인은 어려운 처지에 있는 사람을 돕는 일에 너무나 열성적이다. 이러한 것은 중국인들의 경전과 사서(史書)에서도 밝혀져 있다. 한국인은 홍익인간의 정신이 투철한 관계로 불우한 가정과 노인이 발생할 경우 너도나도 돕는 이들이 쇄도할 정도로 많다. 오늘에는 사회단체에서 복지정책도 마련되어 있으니, 본 조항을 이해함으로써 한국인의 인정어린 모습을 알 수 있다.

1. 남을 돕는 『허생전』(許生傳)의 주인공 허생: 연암 박지원의 『허생전』(許生傳)은 주인공 허생을 통하여 양반제도의 모순을 개혁하기 위해 쓴 작품이다. 그는 남산골샌님으로서 10년 동안 책만 읽고 집안 살림에는 관심이 없이 살았다.

허생은 그 아내가 품팔이로 살아왔으나 화가 나서 앙탈을 부려, 그 말이 옳다고 생각하고 장안의 큰 부자인 변(卞)씨를 찾아가 돈 만 냥을 차용해서 경기도 안성으로 내려가 전국의 과실을 사들였다.

허생은 그 과실이 10배로 오른 후에 팔아 그 돈으로 농기구와 옷가지를 사들여 제주도로 건너가 팔아 그곳의 특산물 말총을 사들여 수십 배로 이윤을 남겼다. 그는 양반유가들이 사농공상만으로 살아가는 관념에 사로잡혀 상업을 천시한 것과는 달리 돈을 버는 사업을 했으니, 유가제도에서 상상도 못할 정도로 경제장책으로 돈을 벌어들였다. 연암은 상품을 매점매석으로 많은 돈을 벌고 다시 그 돈을 어려운 처지에 있는 사람을 구하는 데 쓰게 된다.

연암은 자신의 생각을 허생을 통하여 나타낸 것으로 보면 된다. 허생은 조정에서 수천 명의 도둑을 잡기 위해 소탕령을 내려진 가운데 오도 가도 못하는 도둑들을 구제하였다. 이들을 사문(沙門)과 장기(長崎) 사이에 있는 무인도에 데려다 농토를 개발하고 곡식을 생산하여 남은 곡식을 일본 장기에 수출하여 100만 냥을 벌었다. 곡식이 남아돌아 매년 수출을 하니, 사람들이 풍요를 누리며 살게 된다.

허생은 무인도를 개발하고 이들에게 도의 교육을 펴 이상적으로 다스렸다. 허생은 내륙으로 돌아와 변씨에게 차용한 돈을 갚고 빈민을 구제하는 데 힘썼다. 그는 18~19세기 유가들이 사농공상(士農工商)이란 고정관념으로 살아가는 구태를 벗어던지는 한 방책으로 상업을 장려해 실천했으니, 앞을 내다보는 지혜가 있었다고 볼 수 있다.

허생의 실천은 장사로 많은 돈을 벌어들여 오도 가도 못하는 굶어 죽게 된 죄인을 무인도로 데려다가 살리고 예양(禮讓)의 교육을 실시해 예의(禮義)의 나라를 세웠다는 데 의미가 있다. 그는 무인도에서 중농(重農)·중상주의(重商主義)를 실천했으니, 18세기 당시로선 파격적인 전환이다. 연암은 허생을 빌려 내륙에선 양반유가들이 의식을 고치기 어려워 그 돌파구를 무인도에서 실천한 것이다.

본 소설은 18세기 위정자의 근시안적 무능으로 사농공상(士農工商) 제도를 과감하게 탈피하고 상업을 하였다. 연암은 빈곤과 범죄를 해결하지 못하는 현실 상황에서 무인도를 개간하여 많은 농산물을 개간하여 일본 장기에 수출하여 많은 외화를 벌어들였다.

연암은 본 소설에서 허생을 통하여 위정자에게 사농공상의 틀을 깨는 방법으로 상업과 국가 간에 무역이 나라를 부흥시키는 일을 나타내 국리민복(國利民福)을 해결하려 했다. 허생은 무인도에서 부국안민(富國安民)으로 윤리와 도덕이 꽃피는 낙원을 세웠으니, 단군이 고을사회를 부족연맹국가를 탄생한 후 어려운 여건하에서 홍익인간의 이화세계를 세웠다는 건국이념과 통한다.

연임은 주인공 허생을 통하여 실학정신으로 나라발전에 기여가 되는 중농(重農)·중상정책(重商政策)을 폈으니, 오늘의 문제와 너무나 부합되는 면이 많다.

이런 연암의 주장은 연암 이전의 『계담야담』(溪西野談)에서 허생이 등장하는 것으로 미루어 연암의 독창적인 것이 아닌 것으로 볼 수 있다. 그러나 하나의 독창적인 방안이 나오는 데는 사회현실이 그런 방향으로 가고 있는 것을 작자가 포착해서 나타낸다는 것을 잊어서는 안 될 것이다.

연암은 허생을 통하여 18~19세기 사회를 개획하려는 의도는 탁월한 발상이니, 『허생전』에서 허생이 농산물을 일본 장기에 수출한 것은 해외무역을 통해 잘살게 한 예이다. 그는 사농공상의 틀을 깨고 상업을 중시하여 해외무역을 폈으니, 21세기 오늘의 의미를 생각하게 하는 발상을 실천한 것과 통하는 데 의미가 있다.

2. 작가의 기발한 경제관: 오늘의 경제를 바르게 세우기 위해서는 국내뿐만 아니라, 국제간의 무역에 의해서 이루어진다. 작가들은 사람들이 잘 살게 하는 방안으로 국내생산을 많이 하여 해외무역을 통하여 외화를 벌어들이는 방법을 강구하는 주인공을 내세워야 한다.

오늘에는 해외 무역에 의존도가 높은 만큼 수출을 하는 방안으로 한 주인공을 글로벌 스탠더드에 맞게 스토리텔링으로 나타내면 될 것이다.

만약에 광복 후 위정자들 중 연암과 같은 앞을 내다보는 경제인이 있었다면 오늘의 경제가 성장해 국민총생산(GDP)과 무역규모가 커졌을 것이다.

작가들은 홍익인간의 정신을 갖춘 인물의 주인공을 작중에 나타내 경제대국을 이루는 것으로 선보이면 오늘의 의미를 되새기게 된다. 그런 의미에서 『허생전』(許生傳)의 주인공 허생은 오늘의 본이 되게 하였다고 볼 수 있다.

제247사(事) 존물(存物: 만물을 보존함)―『동국악부』「왕무거」(王毋去)―

제247사(事) 존물(存物)이란 '만물의 존재함'을 뜻이니, '만물을 보존함'을 말하므로 호생지덕(好生之德)으로 멸종해 가는 동식물을 살려야 할 것이다. 작가들은 멸종되어 가는 동식물을 다 같은 천지의 자손이라는 것을 작중에 홍익인간 정신으로 나타내면 멸종되는 동식물을 보호하는 데 도움을 줄 것이라 믿는다.

우리 역사에서 사냥을 가장 즐겨 행한 왕으로 14세기 고려 제25대 충렬왕(忠烈王, 1236~1308)과 7세기 신라의 진평왕(眞平王, 579~632)을 들 수 있다. 전자는 충렬왕 3년 응방도감(鷹坊都監)을 설치하여 매사냥을 즐겼는데, 민간의 닭과 개까지 씨를 말리는 지경에까지 사냥에 탐닉되었다.

후자는 6~7세기경 신라 진평왕인데, 18세기 조선조 이광사(李匡師, 1705~1777)는 신라의 김후직(金后稷)이 진평왕의 사냥을 경계한 설화에 대해서 한시를 지었다.

그의 한시는 왕이 사냥하지 말라는 내용으로 시종일관되어 있다. 왜냐하면 임금이 사냥을 즐기면 한 번 사냥하는 데 천여 명이 동원되고 사냥을 마친 후 막사에서 황음방탕으로 여러 날을 보내게 되니 국가의 재정상은 말할 것도 없고 윤리도덕적인 차원에서도 문제가 되기 때문이다.

이광사(李匡師)는 김후직의 「간렵문」(諫獵文)을 참고하여 「왕무거」(王毋去)를 지었다. 이 한시는 본 조항과 통하는 의식이므로 본 조항의 내용을 인용하면 다음과 같다.

제247사(事) 존물(存物): (福) 2門 13戶)(복, 2째 문, 13번째 지게문)

善은 善物存而惡物亡이라. 羅而放之하며 獵而悲之라. 放之者는 見其拂翼于雲宵하며 悲之者는 不見其展脚于丘陵이라.

해석: 착함(善)은 만물이 살리는 것을 기뻐하고 만물이 망하는 것을 싫어하느라. 그물로 잡은 것을 놓아주고 사냥하여 잡힌 것을 불쌍히 여기는 것이니라. 이것을 놓아주는 것은 하늘에 날개를 펼치는 것을 보려 함이고, 그것을 불쌍히 여기는 것은 언덕에 다리를 펴는 것을 보지 못하기 때문이니라.

제247사(事) 존물(存物)이란 만물이 존재함을 뜻하니 '만물을 보존함'을 말한다. 사람은 호생지덕(好生之德)을 지니고 태어난 만큼 누구든지 인지상정(人之常情)으로 살리는 것을 기뻐하고 죽이는 것을 슬퍼하게 된다. 요즘은 자연이 날이 갈수록 훼손되어 멸종되는 동식물이 늘어 가고 있다.

자연이 훼손되어 가는 것은 장차 인류의 생존권의 문제가 되는 만큼 착한 사람이나 비록 착하지 않은 사람일지라도 좋아하지 않게 된다. 지구촌은 자연이 훼손되어 가는 현실에 대해 마음속으로 걱정을 하면서 아직은 심각하지 않은 것으로 관심을 기울이지 않고 심각함을 알리는 정도로 보도되고 있다.

요즘은 사람들이 건강문제에 관심이 많아 어느 지방에 서식하는 동물이 몸에 좋다는 말이 나돌기 무섭게 그 지역에 가서 동물을 멸종시키다시피 마구잡이를 한다. 그런 관계로 희귀종인 어느 동물이 어느 산에 나타났다고 보도하면 그 산에 덫을 설치해 잡거나 엽총을 휴대하고 가서 밤에 탐조등을 비추면서 포획한다. 그래서 사람들은 TV에 희귀종의 동물이 나타난 것을 알리는 것을 걱정하고 있다.

삼국을 통일한 화랑도 정신인 『오계』(五戒)에는 살생유택(殺生有擇)이란 말이 있어 오늘에도 산 교육이 되고 있지만, 아랑곳하지 않는다.

본 조항에서 선인(善人)은 만물이 온전히 있는 것을 기뻐하고 사냥하여 잡힌 짐승을 슬퍼하는 내용으로 나타나 있으니, 오늘날의 자연보호라는 구호를 떠올린다. 동식물은 사람과 같이 천지가 낳은 것이니, 거시적으로 보면 인간이나 동식물이 천지의 자손이다. 동식물이 다 같은 천지의 자손이라면 공존·공생하는 정신으로 살아가야 하는데 함부로 남획을 해서는 안 되는 것이다.

요즘은 동물애호단체가 있어 짐승을 함부로 사냥할 수 없게 되었는데, 최신장비로 동물사냥을 하는 사람이 많아 멸종 위기에 놓인 동물이 많아졌다. 사람은 만물의 영장이라 한다면 이들 동물을 보호해야 하는데 만나면 무자비하게 살생한다.

사람은 동물을 대할 때 아름다운 사랑의 혼이 아래로 향하는 사랑스런 우미(liebliche Anmut)의 정신으로 살아가야 짐승을 함부로 포획하지 않을 것이다.

더구나 동물을 함부로 포획하면 법적으로 안 되게 되어 있다. 그런데도 불구하고 일부 사람들은 멸종상태의 동물을 사냥하고 있으니, 양심과 사랑이 결여된 홍해인간(弘害人間)이다. 요즘 비만인구가 늘어나 채소류를 선호하는 관계로 육류의 음식을 기피하게 됨에 따라 식생활개선이 이루어지고 있으니, 동물사냥을 하지 말아야 할 것이다.

본 조항에 나타난 바와 같이 사냥당한 짐승들을 슬퍼하는 것은 이들이 언덕에서 힘차게 달리는 것을 보지 못하는 것으로 이유를 들고 있다.

1. **사냥금지의 「왕무거」(王毋去)**: 우리 역사에는 사냥에 탐닉된 임금이 있는데 7세기 신라의 진평왕을 위시해 14세기 고려시대 충렬왕이다. 이 중에 충렬왕은 사냥에 도취되었음이 사서(史書)에 전한다. 그가 얼마나 사냥을 즐겨했느냐는『고려사』권31 ·『고려사절요』권21 충렬왕, 3년 조(條)와『고려사』권77, 백관지, 응방(鷹坊) 조(條)에 소상히 나타나 있다. 그는 충렬왕 3년 응방도감(鷹坊都監)을 설치할 정도로 매사냥을 즐겼는데, 관리들이 매의 사육을 빙자로 민간의 닭과 개까지 씨를 말리는 지경에까지 이르렀다는 기록을 접할 때 놀라지 않을 수 없게 된다. 이에 세자 재상 국사승(國師僧)이 충렬왕에게 매 사냥을 중지할 것을 권한 것을 미루어, 그가 국사에는 관심이 별로 없었고 사냥에 치중하였던 기록이『동국통감』권38~40, 충렬왕, 9~22년 조(條)에 전한다.

주지하는 바와 같이 충렬왕은 어렸을 때 몽고에서 인질로 자랐다. 그는 몽고인들이 사냥하는 것을 보고 자랐던 것으로 인해 왕이 되어서도 그 습속으로 사냥을 좋아했는데, 역대 왕 중에서 가장 좋아했던 것으로 볼 수 있다.

충렬왕 때 남녀상열(男女相悅)의 노래인『쌍화점』이 불린 것을 보아도 그가 매사냥을 한 후 막사(幕舍)에서 궁녀들과 황음방탕으로 즐겼음을 알 수 있다. 실지 충렬왕은『고려사』권125 열전 간신 오잠 조에 의하면『쌍화점』을 부를 때 궁녀들과 음란 행위를 자행했던 것으로 나타난다.

충렬왕이 남녀상열의 노래를 즐기게 되어『고려사』권21 충렬왕 14년 정월 조에 의하면 왕비가 말릴 정도이니, 그의 변태적인 생활을 알 수 있다.

본고에서는 충렬왕과『쌍화점』과의 관계를 예로 들려고 했으나, 필자의 논문을 참고하면 된다(『향가·여요(麗謠)의 현대성연구』, 제2부「쌍화점에 나타난 인간상에 대한 연구」, 집문당, 1993, 393~449쪽).

사냥에 탐닉한 임금은 신라 진평왕을 들 수 있는데 7세기경 22대 지증왕(智證王)의 증손(曾孫) 김후직(金后稷)이「간렵문」(諫獵文)을 지었다. 18세기 조선조 이광사(李匡師)는 신라의 김후직이 진평왕의 사냥을 경계한 설화에 대해서『동국악부』(東國樂府)「왕무거」(王毋去)에서 사냥을 경계한 설화에 대해서 다음과 같이 노래를 지었다.

왕이여 가지 마시오.
왕이여 가지 마시오.
눈을 느려 봐도 사람은 보이지 않네.
왕이여 가지 마시오.
들판에는 싸리 개암나무뿐이네.
왕이여 가지 마시오.
쓸쓸한 무덤 위로 무지개 길게 나타냈네.
살아서 간함은 오히려 막을 수 있으나,
죽어서 외침을 어찌 잊겠소.
이제부터 사냥을 가지 않으리라.
나라는 태평하고 즐겁도다.
신하의 뼈는 황금처럼 향기롭네.

王毋去.
王毋去.
延目不見人.
王毋去.
原埜衹荊榛.
王毋去.
孤墳虹氣長.
生諫尙可梗,
死嘑詎可忘.
從今以往毋從獸荒.
王國太平樂.
臣骨黃金香.

『東國樂府』, 王毋去

이 노래의 자세한 내용은『삼국사기』김후직 조에 나타나 있는 바로 보면 사냥을 하지 말 것을 경계한 내용임을 알 수 있다. 왕이 사냥을 하게 되면 많은 사람들이 동원되고, 막사에서 음란 행위를 하게 되니, 국고의 손실과 폐륜하는 일로 신하들이 간하게 된다.

작자 이광사는 김후직의 「간렵문」으로 진평왕을 깨우치게 한 내용이 끝 이구(二句)에 나타나 있다. 왕의 사냥은 비용도 많이 소비되지만 윤리적인 해이도 문제가 된다. 많은 동물을 포획하는 것은 본 조항에서 볼 수 있는 바니, 짐승이라도 함부로 살생(殺生)해서는 안 되는 것이다.

동물을 보호하는 사랑도 홍익인간의 정신이니, 다 같은 천지의 자손임을 잊지 말아야 공생하는 사회가 이루어진다. 젊은이들은 자연보호 차원에서 야생동물을 보호해야 할 것이니, 많은 동물의 살생을 자행해서는 자연과의 공존공영(共存共榮)의 차원에서 바람직한 일이 아니다.

2. 자연보호의 주인공: 21세기는 자연을 함부로 훼손해서는 안 되는 시점에 이르렀으니, 멸종되어 가는 동식물을 보호해야 한다. 우리는 오늘에 시점에서 이들 동식물을 보호하고 멸종된 것을 복원하는 시기에 이르렀으니 중대한 시기를 맞이한 것이다.

작가들은 작품 중에 동식물을 자연보호를 하는 이를 주인공으로 나타내면 자연히 훼손을 입지 않게 되고 또 작중인물 중에는 자연을 보호하고 육성하는 홍보대사로 등장시키면 사람들의 의식이 달라질 것이라 믿는다. 자연보호는 앞으로의 인류의 생존과 관계되니 전 국민의 홍보가 필요하고 바람직한 일이다.

작가들이 작중인물을 통해 나타내면 많은 사람들이 호응하게 되어 개미 한 마리도 함부로 밟고 다니는 것을 삼갈 것이다.

제248사(事) 공아(空我: 나를 비움)-'○'과 나-

공아(空我)는 '나를 비움'이란 뜻이니, 나를 생각하지 않고 남을 생각하는 멸사봉공(滅私奉公)의 정신이니, '○'의 자세로 살아가는 것을 의미한다.

작가들은 이런 홍익인간의 정신으로 살아온 이들의 내력을 작품으로 나타내면 독자들이 그러한 멸사봉공의 정신을 '○'로 체득하는 데 도움을 줄 것이다.

나를 비우고 산다는 것은 사리사욕을 떠난 '○'으로 살아가는 삶의 자세이다. 이러한 생활을 실천한 이는 독립운동을 펼친 애국지사들이다. 이들이 자기의 몸을 희생하면서 나라의 독립을 쟁취하기 위해 일제와 투쟁하다 옥고를 치르거나 옥사를 한 것은 자기의 마음을 '○'에 둔 것이다. 우리는 유림(儒林)을 대표하여 옥고를 치른 심산(心山) 김창숙(金昌淑, 1879~1962)을 들어 보기로 한다.

그는 1909년 을사오적매국성토상서사건(乙巳五賊賣國聲討上疏事件)으로 체포되어 혹독한 고문을 당하였다. 그는 출옥 후 1920년 독립운동 자금을 모금하다가 유림단사건(儒林團事件)으로 체포되어 형기를 마친 후 다시 상하이에서 1927년 상해주재 일본영사관원에게 피체(被逮)되었다. 그는 본국으로 압송되어 14년 형을 선고받고 대구경찰서 복옥 중 「매질이 웬 말이냐?」(何須刑訊)에서와 같이 원시적인 고문을 받았다. 그는 15년 이상 조국의 독립을 위해 헌신하였으니, 본 조항의 내용과 뜻이 통하게 되므로 그 조항의 내용을 다음과 같이 인용한다.

제248사(事) 공아(空我): (福) 2門 14戶)(복, 2째 문, 14번째 지계문)

空我者는 我不念我也라. 善人은 處衆에 逸衆而勞我하며 分衆에 厚衆而薄我하여 同憂以衆이나 有若獨當이니라.

해석: 나를 비움이라 함(空我者)은 내가 나를 생각하지 않음이라. 선인이 무리에 있음에는 그 무리를 편안히 하고 나를 수고로이 하며, 무리와 나누어지면 무리를 후하게 하고, 자신에게는 박하게 하며, 무리로 근심을 같이하면 홀로 당한 것 같이 하느니라.

제284사(事) 공아(空我)란 나를 비운다는 뜻이니, 남을 배려하는 정신이다. 본 조항에 등장한 선인(善人)의 삶과 통하는데, 멸사봉공(滅私奉公)의 정신으로 살아가는 것이다. 선인은 천리로 살아가는 이를 이르니, 자신보다 남을 먼저 배려하는 마음으로 살아가는 이를 말한다.

남을 배려하는 정신으로 살아가는 것은 홍익인간과 통하는 의식이다. 이 정신은 인간세상을 높고 넓게 유익하게 하는 것이니, 자신의 이익을 뛰어넘는 삶의 방식이라 할 수 있다.

본 조항은 나를 비우는 '○'의 상태로 살아가라는 것이니, 남을 먼저 생각하라는 삶이다. 우리는 이 조항의 실천하여 자신의 이익을 너무 챙기지 말고 무리를 생각하라는 교훈으로 받아들이고 살아가야 할 것이다.

한민족은 예로부터 자신의 욕구보다는 나를 비우는 '○'의 마음으로 살아왔다. 자신의 마음을 비우며 산다는 것은 남에게 양보하는 생활과도 관계된다. 중원의 고문헌에는 남에게 양보를 하는 민족으로 기록되어 있다. 그런데 오늘에는 외침으로 또는 외래사조로 말미암아 양보하는 마음의 행함이 실종된 듯한 일이 너무나 사회 곳곳에서 다반사로 일어난다.

이런 일은 오랜 세월을 거치는 동안 변화된 양상이기도 하다. 그러나 대다수 국민들은 남을 배려하며 살아가는 사람이 많은 편이며, 선인의 마음으로 남을 배려하는 마음으로 살아가는 이들이 또한 많다.

한국은 예로부터 단군이 실천했던 홍익인간의 정신이 면면히 이어져 내려왔기 때문에 남을 배려하며 살아가는 많은 사람이 있다.

이러한 정신은 일제식민지 통치시대 나라를 되찾기 위해 자신의 생명을 돌보지 않고 몸을 바친 분이나 모진 악형을 받으면서 불구자로 평생을 보낸 이도 많기 때문이다.

1. 애국지사들의 행함: 일제시대 식민지 사슬에서 한국인은 압박을 받으며 살아왔다. 이런 피압박을 벗어나기 위해 애국지사들은 멸사봉공의 정신을 되살려 독립운동에 몸을 던졌다.

그분은 다름 아닌 심산(心山) 김창숙(金昌淑)이다. 그는 일경에 수차례 검거되어 형기를 채우고 나왔으면서도 많은 동포들이 식민지 통치에서 사는 그 고통을 탈피하기 위해 다시 독립운동을 했다.

심산은 1909년 을사오적매국성토상서사건(乙巳五賊賣國聲討上疏事件)으로 체포되어 고문을 받고 출옥한 후 유림단사건(儒林團事件)으로 체포되어 형기를 마친 후 적극적으로 독립운동을 하기 위해 중국으로 망명하였다.

상하이는 상해임시정부의 본부가 있으므로 일경의 경계망이 물 샐 틈 없이 삼엄하여 그 망을 피하는 데 한계가 있어 1927년 상해주재 일본영사 관원에게 피체(被逮)되었다. 그는 워낙 독립운동에 중책을 맡은 관계로 본국으로 압송되어 14년 형을 선고받았다. 일제는 심산을 편히 놔두지 않고 심문과 고문으로 괴롭혔다. 그는 복역 중 1945년 8·15 광복을 맞아 출소되어 불구된 몸을 치료하여 앉은뱅이가 된 상태에서 회복되어 부축을 받으며 다닐 수 있었다. 그는 1927년 6월 49세 때 대구경찰서의 혹독한 고문에 대해서 다음과 같이 한시를 남겼다.

독립을 위해 애쓴 지 10년 동안,
나의 몸과 나의 집은 돌보지 않았도다.
내 평생 사소한 대낮같이 살아 왔지만,
어찌하여 형틀에다 매질만 하느냐?

籌謀光復十年間,
性命身家摠不關.
磊落平生如白日,
何須刑訊苦多端.

『심산유고』(心山遺稿) 하수형신(何須刑訊)

위의 한시 「매질이 웬 말이냐?」(何須刑訊)에서 보는 바와 같이 그의 형틀에서 고문을 당할 때 피맺힌 절규를 한 것이다. 그는 10년 동안 조국의 독립을 위해 자기를 돌보지 않고 독립운동에 헌신하였으니, 본 조항에 나타난 의인의 기질과 통하는 정신의 소유자라 할 수 있다.

그는 친일파같이 사리사욕으로 사는 소인배들과는 달리 조국을 찾겠다는 숭고한 정신을 지녔기에 위와 같은 육신의 소리를 한시에 나타냈다.

심산(心山)의 한시는 멸사봉공(滅私奉公)의 정신이 승화된 숭고미의 정화라 할 수 있는 내용이다. 우리의 애국지사들은 일제하 독립운동을 행하여 고문을 당하고 세상을 떠났다.

일제하 애국지사는 남과 같이 하는 'ㅇ'으로 나를 비운 것을 실천한 분들이니, 이분들의 본으로 살아가면 남을 위해 살아가는 사람이 될 것이다.

한민족은 예로부터 사람의 본심을 태양의 밝음을 근본으로 살아왔음을 『천부경』의 "본심본태양앙명"(本心本太陽昻明)(사람의 근본은 마음이요 태양의 근본은 밝음이니라)에서 볼 수 있는 바와 같다.

태양의 밝은 정신은 단군정신과 관계되므로 단군이 홍익인간의 이화세계를 세운 것은 광명의 정신으로 인간을 유익하는 정치를 편 데서 이루어진 것이다. 본 조항의 내용이 의인(義人)과 관계되는 것은 홍익인간의 정신을 실천하는 한 부분이라는 것으로 이해하면 된다.

우리의 전통문화는 단군에서 비롯되었다고 할 수 있는데, 중원의 역사서에 의하면 예의를 숭상하는 나라라고 했다. 단군이 이룬 홍익인간(an extension of human welfare)은 남을 배려하며 살아가는 정신이자 우리의 사상인 것이다.

심산(心山)은 독립운동을 하다가 체포되어 감옥살이로 불구가 되었다. 그가 1955년 성균관대학 초대학장을 역임할 때 감옥살이로 인한 후유증으로 허리가 굽어 부축을 받으며 다니는 것을 볼 수가 있었다. 누구를 위해 불구생활로 여생을 보냈던가. 이는 본 조항과 상통하는 정신이자 홍익인간의 실천이라 할 수 있다.

2. 문학상에 의인(義人)과 홍익인간 캐릭터: 문학에는 다양한 인물이 등장된다. 작품상에 홍익인간의 주인공으로 등장하면 더없는 의미를 지니는 주인공일 것이다. 남을 위해 멸사봉공의 정신으로 살아가면 인간됨됨이 중 만점의 인간이다. 작가들은 애국선열의 정신을 이어받는 정신으로 어려운 처지에 있는 사람을 배려하며 사는 이들의 행적을 거울삼아 작품상에 나타나면 많은 사람들이 닮으려고 할 것이다.

물론 요즘은 애국지사의 행적으로 작품을 쓰면 좋은 것이지만 현실에 와 닿는 내용으로 작품을 구성하면 된다. 홍익인간의 전형이 되는 캐릭터를 나타내면 많은 사람들의 공감을 불러일으킬 것이라 믿는다.

우리에겐 홍익인간의 정신과 행함이 앞으로 21세기 태평양 시대를 주도할 사상이라고 루마니아 「25시」의 작가 게으르규는 극찬한 바 있으니, 이 인간상의 캐릭터를 작품상에 나타내야 할 것이다.

제249사(事) 양능(揚能: 능력을 칭찬함)—석북의 「관서악부」(關西樂府)—

제249사(事) 양능(揚能)이란 양(揚)이 '칭찬할 (양)'이고, 능(能)이 '능할 (능)' 자(字)이므로 능력 있는 사람을 능하다고 칭찬함을 이른다. 본 조항의 내용은 남이 잘하는 일이면 칭찬을 아끼지 말라는 가르침이다.

작가들은 사람은 어렸을 때 주위 사람들이나 스승으로부터 칭찬을 받아 고무가 되어 신이 나서 열심히 일을 한 경험도 기억에 떠올릴 수 있다.

문인 중에는 칭찬바람으로 일세를 풍미한 시인이 있으니, 18세기 석북(石北) 신광수(申光洙, 1712~1775)를 예로 들 수 있다.

그는 문명동일국(文名動一國)의 시인으로 알려졌는데 조선조 500년간 악부(樂府)와 과거시(科擧詩) 방면의 제일인자이다.

조선조 과거에 급제한 문인 중 신동이 아닌 사람이 없는 것으로 나타나 있지만 석북의 경우 어려서부터 유명한 분들로부터 격려와 칭찬을 받았다. 그는 칭찬을 받은 것으로 인해 시작에 전념해 약관(弱冠)에 온 나라를 움직일 정도로 유명한 시인이 되었다.

석북은 그의 아우 진택(震澤) 신광하(申光河, 1729~1796)의 『진택집』(震澤集)(寫本) 권10, 「제백씨석북선생문」(祭伯氏石北先生文)에 의하면 어려서 천재와 신동으로 나라 안에 알려져 남북 머나먼 데서 많은 사람들이 그를 보려고 구름떼같이 몰려들었다고 한다. 그의 아우 신광하(申光河)는 정조(正祖) 때 10장원(壯元)을 한 이로 알려졌다. 율곡(栗谷) 이이(李珥, 1535~1584)가 구도장원(九度壯元)한 바 있지만 10장원을 한 이는 조선조에서 신광하(申光河) 외는 없는 줄 안다.

석북(石北)의 과시(科詩) 「관산융마」(關山戎馬)는 200년 전국적으로 만구

(萬口)에 회자(膾炙)되었고, 오늘에도 서도소리 29호로 지정되어 가악부문 (歌樂部門) 무형문화재들이 창(唱)하고 있다. 한시(漢詩) 사상(史上) 「관산융마」(關山戎馬)와 같이 오랫동안 애창된 일이 없고 오늘에도 80대 이상의 노인들이 창(唱)한다.

그의 대표작은 『석북문집』(石北文集) 권10 「관서악부」(關西樂府)이다. 악부(樂府) 또한 조선조 500년간 제일인자로 꼽히고 있다. 「관서악부」(關西樂府)는 미옥(美玉)을 다듬은 듯 108곡으로 이루어졌다.

한문학에서 석북이 과거시(科擧詩)와 악부(樂府) 방면에 으뜸인 것은 어려서 칭찬을 받은 것으로 가일층 노력한 것으로 볼 수 있다. 석북이 시명으로 유명하게 된 것은 본 조항의 의미와 상통하는 면이 있어, 그 조항을 아래와 같이 인용한다.

제249사(事) 양능(揚能): (福 2門 15戸)(복, 2째 문, 15번째 지게문)

揚能者는 揚能人之所能也라. 善人이 見人之能하고 心先喜悅하여 說輒揚言者는 使能者로 勉能하고 不能者로 效則이니라.

해석: 능함을 드날린다 함(揚能者)은 남의 능한 바를 드러내어 하는 것이니라. 선인(善人)이 남의 능력을 보고 마음으로 먼저 기뻐하여 찬양하는 말로 설득하는 것은, 능한 자로 하여금 능함에 힘쓰게 하고, 능하지 않는 자에게는 본받게 하느니라.

어른들이 어린이의 뛰어난 재주를 발휘할 때면 칭찬을 해 주면 능한 바를 분발하여 좋은 결과를 이룬다. 어렸을 때 주위 사람들이나 특히 스승이 칭찬을 받은 것으로 전공을 하는 이들이 많다. 대개 학교 다닐 때 점수를 잘 받은 과목으로 전공을 하는 이들이 거의 대부분인 것도 칭찬의 일종이다. 좋은 점수를 받으면 스승으로부터 칭찬을 받은 것이고, 동료들이나 부모에게 잘했다는 칭찬을 받을 것이다.

역사상 학교성적이 나쁜 과목을 전공으로 택하는 사람은 거의 없는 줄 안다. 스승은 될 수 있으면 의욕을 돋우는 의미에 좋은 점수를 주도록 해야 할 것이다. 사람이 좋은 점수를 받으면 더욱 분발케 되니, 이런 분발을 미학적으로 앙양적(昂揚的) 앙양미(das Ästhetische der niederdrückenden Art)라고 할 수 있다.

아이들이나 청소년소녀들 중에는 능한 재능을 발휘하여 훗날 크게 대성한 이들이 부지기수로 많다. 의욕을 돋우는 앙양미(昂揚美)는 어린이들에게 효과제(效果劑) 구실을 한다고 할 수 있다.

사람 중에는 비록 능하지 못한 사람일지라도 의욕을 돋우는 일환으로 성실하면 대성할 수 있다는 위로를 해 주면 성취의 목적을 가지고 열심히 행하여 훗날 칭찬을 받은 일을 이루는 이들도 또한 많다. 사람은 자신이 하는 일에 힘써 노력하고 분발하면 대성하게 되어 있다.

우리 사회는 암암리에 능한 자를 견제하고 시기하는 일이 있는데 하루속히 사라져야 할 악습이다. 능한 이를 시기하는 것은 악습이니, 과감하게 버리고, 그 대신 격려와 채찍이 필요하다. 우리 사회는 일찍부터 능한 자를 우대하여 능력을 발휘하도록 키웠으면 훌륭한 인재들이 많이 배출되어 나라의 판도를 바꿔 놓았을 것이다.

어릴 때의 칭찬은 의욕을 불러일으켜 주는 관계로 칭찬을 먹고 큰다는 말이 무색하지 않고, 실제로 그런 경우가 사회곳곳에서 많이 일어나므로 인간의 운명을 바꿔 놓는 매개체이기도 하다.

칭찬바람은 신바람을 불러일으키는 계기가 되므로, 어려서 잘하는 일이 있으면 어른과 스승의 입장에서 진실 어린 마음으로 칭찬을 하면 장래 인생의 판도를 바꿔 놓은 훌륭한 사람이 될 것이다.

그에 비해서 남을 시기하고 모해하는 이는 비열하며 추악한 행위다. 능하지 못한 이는 능한 이를 따를 수 없을 경우 시기(猜忌)를 할 것이 아니라, 가일층의 노력을 기울여 칭찬받는 일에 힘쓰면 능한 이와 같이 칭찬으로 커 갈 것이다.

능하지 못한 이의 시기는 비열한 행동이며, 능한 이에게 칭찬과 격려를 해 주어야 바람직한 인간미를 지닌 사람이라 할 수 있다.

　1. **일세를 풍미한 석북(石北) 신광수(申光洙)**: 문인 중에는 어려서 칭찬을 받아 일세를 풍미한 시인이 있다. 그는 석북(石北) 신광수(申光洙)인데, 어려서 칭찬바람으로 문명동일국(文名動一國)의 시인으로 알려져 악부(樂府)와 과거시(科擧詩)에 조선조 500년간 제일인자가 되었다. 석북(石北)은 18세기 칭찬바람으로 일세를 풍미한 시인이 된 사례도 있으니, 이에 대해서 소개해 보기로 한다.

　『석북문집』 권16 부록·행장에 의하면 석북은 5세에 글짓기에 능하여 경인(驚人)의 글귀를 내어 대가들을 놀라게 했다는 말이 있는데, 국포(菊圃) 강박(姜樸, 1690~?)과 하정(荷亭) 이덕주(李德胄, 1696~1751)는 석북시를 보고 칭찬하고 격려한 분이다.

　전자는 18세기 시명으로 유명했던 분인데 "문명(文名)을 지닌 선비로서 다른 사람들의 시를 저울질하더니, 석북의 시를 보고 크게 놀라며 감탄하고, 어린 석북을 찾아보고 격려하였다"고 전한다. 후자는 문장이 심히 높은 분으로서 석북의 시문을 보고 흔연히 웃으면서 "천재로다. 동방에만 국한된 인물이 아니로다" 하면서 칭찬을 했다고 한다.

　그 후 석북이 조선 500년간에 걸쳐 과시(科詩)와 악부(樂府) 방면에 공전절후의 공적을 남긴 것은 훌륭한 분의 격려와 칭찬으로 볼 수 있다.

　석북은 어려서 유명한 분들로부터 격려와 칭찬을 받았던 것으로 인해 가일층 시작에 전념해 더욱 정진하여 약관(弱冠)에 온 나라를 움직일 정도로 일세를 풍미했다

　일찍이 석북은 어려서 신동이란 말이 나라 안에 퍼져 남북 머나먼 데서 많은 사람들이 그를 보려고 몰려들었다고 그의 아우의 『진택집』(震澤集)(寫本) 권10, 「제백씨석북선생문」(祭伯氏石北先生文)에 전하고 있다.

　석북(石北)의 과시(科詩) 「관산융마」(關山戎馬)는 전국 곳곳에서 200년 동안 애창되었으며, 오늘에도 서도소리 29호로 지정되어 가악부문 무형문화재들이 부르고 있다. 한시(漢詩) 사상(史上) 「관산융마」(關山戎馬)와 같이

전국 곳곳에서 오랫동안 애창된 일이 없다. 오늘에는 80대 이상의 노인들이 창(唱)하고 있다.

그의 대표작은 『석북문집』(石北文集) 권10 「관서악부」(關西樂府)이다. 신문학 이전에 구학문인 한문을 배웠던 시절에는 그의 악부가 한학자 간에 불리기도 했다. 그의 악부 특히 「관서악부」(關西樂府)는 미옥(美玉)을 다듬은 듯 서도(平壤)의 경치를 그려 내어 악부 108곡을 지었는데, 그중에 몇 수를 인용하여 본다.

생모시 치마에 흰모시 적삼 받쳐 입고,　　青苧裙和白苧衣,
단오 옷차림 밝고 고우네.　　　　　　　　一時端午着生輝
오동 꽃 피는 별원 속에 그넷줄 오락가락,　桐花別院鞦韆索,
꽃 여인을 반공중에 밀어 올려 몸 붙여 나네.　推送空中貼體飛.

申光洙, 『石北文集』, 卷10, 關西樂府, 第38曲, 木活字本, 1906

복사꽃 댕기머리 분홍색 비단치마 이마엔　　桃鬟鶴額粉紅裳,
학첩지,
번 드는 기생들 모두 시체에 맞도록 치장했네.　列侍輕盈時體粧.
하얀 나비처럼 홀리게 따라다녀,　　　　　　爭趁雙飛白胡蝶,
석류꽃 아래 숨바꼭질하네.　　　　　　　　石榴花下促迷藏.

위의 책, 第40曲

이와 같이 석북은 빼어난 문장으로 주옥같은 시를 지었는데, 어려서 칭찬에 의해 고무되어 힘써 노력한 것으로 볼 수 있다. 석북이 훌륭한 시인이 되었던 것은 칭찬바람과 관계가 있다.

석북의 문학적인 재질은 칭찬바람으로 꽃피운 우미(優美)에 해당하니, 어린이들이 능한 재주를 보일 경우 칭찬과 격려를 아끼지 말아야 한다.

요즘은 칭찬에 대한 책이 쏟아져 나와 호평을 받고 있는 것도 눈여겨볼 만한 일이다. 동물들도 칭찬을 하면 춤춘다는 말이 있듯이 자라나는 어린이에게도 칭찬을 해 주면 좋은 일이다.

2. 칭찬에 대한 캐릭터 개발: 우리는 한때 어린이들이 예능이나 체육 방면에 놀라운 재주를 발휘해 세인들을 놀라게 한 일을 생각하게 된다. 이 것은 어려서 부모나 스승들의 칭찬과 고무가 있어 그 칭찬바람을 먹고 자 란 것으로 알려져 칭찬이 어린이들의 운명을 바꿔 놓게 된다는 것을 알 수 있다.

작가들은 작중인물 중 탁월한 재주를 보이는 어린이를 주인공으로 하 여 스승으로부터 칭찬을 받아 훗날 훌륭한 대가가 되는 일을 나타내면 많 은 사람들이 칭찬을 하는 일이 많을 것이다.

작가들이 할 일은 많은 어린이들이 재능을 발휘할 수 있도록 칭찬에 대 한 어떤 어린이를 대상으로 캐릭터를 개발하는 일을 착수할 필요가 있다.

제250사(事) 은건(隱愆: 허물을 숨김) —『백범 김구』—

제250사(事) 은건(隱愆)이란 자의(字意)상으로 '감출 은(隱)' 자(字)이고, '허물 건(愆)' 자(字)이므로 허물을 숨겨 줌을 이른다. 작가들은 옳은 일을 한 사람이 간혹 허물이 있을 경우 들추지 말고 남에게 발설하지 않는 내 용으로 작품을 쓰면 독자들이 그렇다는 것을 시인하고 다름 사람들도 또 한 그렇게 살아갈 것이다. 이런 인간미는 한 사람을 잃을 경우 천하 사람 을 잃는 것 같이 생각하기 때문이다

백범(白凡) 김구(金九, 1876~1949)는 일제에 의해 옥고를 치르고, 한국 과 중국을 침략한 원흉들을 죽이게 했으니, 한국독립운동사에 거두(巨頭) 로 절세(絶世)의 애국자이다.

일제(日帝)는 김구를 체포하기 위해 백방으로 힘썼으나 본 조항의 내용 에서 볼 수 있는 바와 같이 숨겨 주는 의인(義人)·은인(恩人)이 나타나 14 년간 무사히 지낼 수가 있었다. 그 은인은 절강성(浙江省)의 성장(省長) 주 푸청(褚輔成)인데 그의 배려로 가흥(嘉興)에 피신하여 일제는 김구를 체포 하기 위해 갖은 책동을 폈으나 노이무공(勞而無功)이 되었다.

더구나 김구가 피신했던 주푸청(褚輔成)의 주택이 2006년 5월 26일(토) 기념관으로 개관했으니 좋은 일이다(『조선일보』 제26571호 2006년 5월 28일(월) 종합 라 A4쪽).

김구는 중국의 주푸청(褚輔成)의 배려로 무사하게 지냈으니, 본 조항의 의미를 되새기게 한다. 본 조항의 내용을 인용하면 다음과 같다.

제250사(事) 은건(隱愆): (福 2門 16戶)(복, 2째 문, 16번째 지계문)

隱愆者는 隱人之做愆也라. 哲人이 聞人之愆하고 直隱而不泄者는 先自愧焉하며 先自驚焉하고 又恐聯於人하여 失一人을 如失天下之人하니라.

해석: 허물을 숨긴다 함(隱愆者)은 남이 지은 허물을 숨기는 것이니라. 철인(哲人)·선인(善人)·인인(仁人)이 남의 허물을 듣고 곧바로 숨겨서 새어 나가지 않게 하는 것은 먼저 스스로 부끄러워하고, 먼저 스스로 경계하며 또한 남에게 이어질까 두려워하며, 한 사람의 잃음을 천하사람 잃는 것같이 함이니라.

남의 허물을 들추는 것은 인간미가 없는 사람이고, 허물을 숨겨 주는 것은 미덕을 지닌 이라 할 수 있다. 남의 허물을 덮어 주는 것은 다른 사람의 허물을 모방하지 않기 위함이고 사람마다 허물이 있기 때문이다.

한 사람의 인권은 하찮은 허물로 유린될 일이 아니므로 남의 허물을 들추어 여러 사람에게 알리면 한 인간을 매장시키는 일이 되므로 허물을 일부러 들추는 것은 인간답지 못한 행위이다.

남의 허물을 숨겨 주고 허물을 감싸 주는 것은 인간의 미덕이며 홍익인간이라 할 수 있다. 반면에 남의 허물을 들추는 사람은 홍악인간(弘惡人間)에 속하니, 함부로 남의 인권을 짓밟는 일을 행해서는 안 될 것이다.

본 조항은 일인생명귀우주(一人生命貴宇宙)(한 사람의 생명은 우주보다 귀하다)라는 말이 있듯이 착한 한 사람을 잃은 것은 마치 천하의 모든 사람을 잃는 것처럼 생각한다는 것이니, 제삼자의 허물을 들춰서는 안 되고 감싸 주어야 한다.

1. 백범(白凡) 김구(金九)를 숨겨 준 중국인 주푸청(褚輔成): 백범(白凡) 김구(金九, 1876~1949)는 우리 독립운동사에 길이 남을 애국자이다. 그는 1932년 이봉창 의사를 일본에 보내어 일본천황에게 수류탄을 투척하게 하고, 이해 4월에 상해 홍구공원(虹口公園)에 윤봉길 의사를 시켜 폭탄을 투척하게 하여 일본군 대장과 각료들을 죽게 했다.

김구가 이들을 제거하려 든 것은 남의 나라를 빼앗아 가혹한 식민지 정책으로 나라사람의 인권을 탄압하는 데 있다. 또 이들은 침략의 마수를 동양 여러 나라에 뻗치려 식민지 정책을 펴려 했기 때문이다.

일본 측에서는 김구를 체포하기 위해 거금의 현상금을 내걸었다. 그러나 김구는 절강성(浙江省)의 성장(省長) 주푸청(褚輔成)의 배려로 가흥(嘉興)에 피신하여 일반사람들이 눈치를 채지 못해 현상금도 의미가 없게 되었다.

김구는 해방 후 조국으로 돌아와 자서전 『백범 김구』를 지었다. 당시 사람들은 『백범 김구』를 읽고 훌륭한 애국자라는 것을 알게 되었다. 당시는 책을 사면 돌려 보게 되는데, 시골의 경우 장날에 구입할 수 있었다. 당시 농촌의 남자들은 사랑방에서 지내게 되는데 많은 사람들이 권선징악의 이야기 속에서 밤이 가는 줄 모르고 지냈다. 여기에 『백범 김구』는 사람들에게 회자되어 농촌에서도 훌륭한 애국자라고 여겼다. 얼마 후 이승만의 전기도 나왔는데 백범과 같이 좋은 반응을 일으키지 못했다.

이때 백범은 일본이 알아보지 못할 만큼 중국인 복장을 하고 지냈는데, 사람들이 전연 눈치 채지 못했다고 자서전에서 밝히고 있다.

김구는 주푸청(褚輔成)의 배려로 15년 가까이 숨어 지냈으니, 불안한 가운데 세월을 보냈을 것이다.

주푸청(褚輔成)은 본 조항과 같은 착한 사람이다. 그는 김구를 체포되지 않게 세심한 배려를 하였으니, 만약에 김구가 체포되면 천하의 모든 사람을 잃는 것처럼 생각했다.

그에 비해 한국인은 어떠했던가. 독립운동가의 대부분은 거의 한국인의 밀고와 한국인 형사에 의해 체포되었다.

우리의 독립운동가의 거두(巨頭) 김구는 중국인이 숨겨 주었다. 그럴 때 우리는 주푸청(褚輔成)을 떠올리지 않을 수 없다.

독립운동가들은 한국인이 체포하고 고문도 한국인이 자행했는데, 많은 애국자가 희생되었다. 친일파들은 애국자라면 알고도 모르는 척해야 하는 아량과 지혜가 있어야 했는데, 남 먼저 밀고를 하는 사례가 빈번했으니, 흉악인간이다.

일본 측에서는 김구를 체포하기 위하여 60만 원의 현상금을 내걸었다. 한국에서 김구가 숨어 있었다면 현상금에 개의치 않았을까. 여기에 조선인 형사와 친일파들이 가만히 있을 리가 없었을 것이다. 김구는 절강성(浙江省) 가흥(嘉興)에 피신하고, 중국인의 복장을 입고 중국인 행세를 하며 살아서 일반사람들이 알아차리지 못했다고 할 수 있다. 그러나 주푸청(褚輔成)의 가족이나 주변 친척들이 용모를 보고 김구임을 아는 이도 있었을 것이다.

요소요소에 김구의 사진이 나붙어 있어 김구를 알아차린 사람도 있었을 것이니, 물질을 초월하여 순수미의 의식으로 산 이들이라 할 때 우리를 반성케 한다.

김구가 숨어 지낸 내력은 『백범 김구』를 참고하면 소상하게 알 수 있다. 이 자서전은 김구의 육신의 소리를 담은 것으로 인해 해방 후에 많은 사람들이 읽었고 오늘에도 출판되어 많은 사람들이 애독하고 있다.

2. **작중인물**: 사람들은 책을 읽고 있다. 주인공 중에 착한 한 주인공의 인물을 나타내는 데 성공했다면 성공작이라 할 수 있다. 요즘 서점에는 많은 책이 서가에 꽂혀 있다. 그런데 그 작중 주인공이 착한 사람과 같이 인간미가 넘치는 것으로 묘사되었는지 의문이다.

본 조항의 내용과 같이 남의 단점을 숨겨 주는 인간다운 인간미가 풍겨야 한다. 우리는 남의 허물을 듣더라도 모르는 척하며 다른 사람에게 발설하지 않는 그러한 인간미가 풍기는 주인공을 원한다. 착한 사람은 천하의 모든 사람들의 본이 되기 때문에 한국문학에선 이런 홍익인간의 주인공을 원하고 있다.

작중의 주인공은 타인의 본이 되는 사람이어야 하므로 작중의 주인공과 등장인물을 홍익인간 하는 인물의 캐릭터를 발굴해 내야 한다.

제251사(事) 순(順: 법도에 따름) -『교주해동가요』(校注海東歌謠) 426-

제251사(事) 순(順)이라 함은 도수를 어기지 않음을 이르니, 『천부경』의 천지인(天地人) 삼위일체로 살아가는 사람이다. 사람은 자연의 이치에 따라 자연미(das Naturschöne/ das Naturästhetische)로 살아가면 순리에 따르는 삶이라 할 수 있다. 행복한 삶은 자연의 이치에 따라 순수미로서 살아가는 데서 천리(天理)와 인리(人理)로 살아가는 삶이 이루어진다.

작가들은 순리에 따르는 삶으로 살아가는 내용으로 작품을 쓰면 부작용이 없게 살아가는 데 도움을 줄 것이다. 오늘의 공해는 날로 심해 가고 자연 또한 파괴되어 가고 있다. 유엔환경계획(UNEF)은 2007년 10월 26일(금)에 지금까지 5번의 지구상에서 생물의 대멸종을 잇는 6번째 대멸종을 낳게 될 것이라 밝혔는데 양서류 30%, 포유류 23%, 조류 12%가 사라질 위기에 직면해 있다고 밝혔다(『조선일보』 제27009호 2007년 10월 27일(토) 다 종합 A2쪽). 한편 인도네시아 발리에서 개막한 유엔기후변화회의(UNFCCC)에서는 온실가스 감축에 대해서 2007년 12월 3일(월) 논의했으나, 가스를 가장 많이 배출하는 미국이 반대하고 있는 관계로 전처럼 큰 진전을 보지 못하였다(『조선일보』 제27042호 2007년 10월 5일(수) 라 국제 A18쪽).

한국도 올해 과학기술 분야의 최대이슈는 지구온난화였다. 이대로 가면 금세기 안에, 즉 2080년경 인간을 제외한 지구상 거의 모든 생물이 사라진다는 IPCC(유엔산하 기후변화에 관한 정부간 협의체)가 지난 2월 내놓은 보고서를 충격으로 받아들인 것이다(『조선일보』 제27042호 2007년 10월 5일(수) 가 기업과 비즈니스 조선경제 B6쪽).

이런 자연재화로 인해 치타슬로(cittaslow · slowcity · 느리게 살기 마음) 국제연맹이 한국의 전남 네 곳(담양군 창평면, 신안군 증도, 완도군 청산도, 장흥군 유치면)을 치타슬로 마을로 인증한 것은 갈수록 환경공해를 완화시키는 데 의의가 있다고 할 수 있다(『조선알보』 제27042호 2007년 12월 5일(수) 라 종합 A2쪽).

요즘은 친환경이란 말을 자주 사용하는데, 개발을 이룬다는 명목 아래 많은 자연을 훼손하여, 이에 따른 지구온난화로 인해 세계 도처에서 재앙이 발생하고 있다. 지구는 더워져 생태계가 파괴되고 아프리카 일부지방에 사막화가 늘어나고 중국의 황사현상과 세계 도처에서 폭우, 폭설이 인류의 생존을 위협하고 있는 실정이다.

그럴 때 인간은 자연의 순리를 따르며 살아가야 인간답게 살아갈 수 있으므로, 본 조항에서의 천리와 인리에 순응하는 의인(義人) · 철인(哲人)다운 처신이 오늘을 살아가는 지혜라고 할 수 있다.

본고는 18세기 영조 때 가인 남파(南坡) 김천택(金天澤)이 『교주해동가요』(校注海東歌謠)426에서 순리에 맞는 생활을 하라는 교훈으로 나타냈으니, 본 조항과 통하는 내용이다.

남파(南坡)의 시조를 보다 심도 있게 이해하기 위해선 본 조항의 내용을 인용하여 밝히면 도움이 되리라 믿고, 다음과 같이 본 조항을 인한다.

제251사(事) 순(順): (福 3門)(복, 3째 문)

順은 不逆度也라. 貧不强取하며, 困不强免은 順天理也오. 答恩에 不之諛하며 枉威에 不之屈은 順人理也니라.

해석: 순(順)하다 함은 법도를 거스르지 않는 것이다. 가난해도 억지로 취하려 하지 않고, 곤궁해도 억지로 모면하려 하지 않는 것은 하늘의 이치에 따르려 함이요, 은혜를 보답함에 아첨하지 아니하며, 왜곡의 위엄 앞에 굴하지 않는 것은 사람의 이치에 따르는 것이니라.

자연의 이치를 거스른 삶은 본 조항에서도 밝힌 바 있지만 강자에게 체신(體身)을 떨어뜨리는 처신으로 살아가서는 비굴한 삶이다. 사람에게는 천지의 형상이 몸 안에 들어 있는 만큼 왜곡된 위세에 굴하지 않아야 한다. 따라서 사람은 사람의 도리에 순응하는 이치로 살아가는 것이 영장류답게 살아가는 길이다.

요즘은 친환경적이라는 말을 많이 사용하고 있다. 친환경적이란 자연의 이치 그대로의 조성된 것을 의미하니, 인위적 것과는 상대적인 관계다. 인위적인 조성물은 부작용이 많이 발생하지만 자연적인 환경에선 사람에게 유익함이 돌아온다.

본 조항은 천리에 따르고 인리(人理)를 다하는 두 가지 내용으로 지켜나가면 복이 돌아옴을 나타냈다. 전자의 행함은 가난하더라도 억지로 취하려 하지 않고 곤궁해도 억지로 모면하려 하지 않는 것이라 했다.

후자는 은혜를 보답함에 아첨하지 않으며 남의 위엄에 굴하지 않는 것을 사람의 도리에 따르는 길이라 밝혔다.

1. 안빈낙도의 삶 노래: 18세기 영조 때 가인 남파(南坡) 김천택(金天澤)은 순리에 맞게 살아가야 함을 『교주해동가요』(校注海東歌謠) 426에서 밝혔다. 그 내용은 본 조항에서 이른 바와 같이 부귀와 빈천을 순리에 맞는 생활을 하라는 내용으로 다음과 같이 읊었다.

안빈을 싫어하여 손을 내젓는다고 물러가며,
부귀를 부러워하여 손뼉 친다고 부귀가 나아오랴.
아마도 빈이무원(貧而無怨)이 긔 옳은가 하노라.

『교주해동가요』(校注海東歌謠) 426

위의 시조는 천리에 순응하며 살아가는 내용으로 안빈낙도(安貧樂道)의 경지를 나타낸 것이다. 사람은 천리와 인간의 도리에 따라 살아가야 하고, 권력이 있는 사람이나 부귀한 사람에게 자기를 비하하는 태도를 보여서도 안 되고, 더구나 천리와 인리를 거스르는 삶을 살아서는 안 되는 이치가 삶의 방식이라 할 수 있다.

위의 시는 유가에서 '안빈낙도'(安貧樂道)의 내용을, 불가에서는 이런 경지를 '소욕지족'(少欲知足), 도가에서는 '지족상락'(知足常樂)이라 밝혔다. 이 유불도의 의식은 순리에 따라 살아가는 것을 나타냈다.

사람은 순리에 따라 살아가면 되니 자기를 너무 낮춰서는 안 될 것이다. 요즘은 사람마다 인권이 부여되어 있으니, 위세 있은 사람 앞에서라도 너무 굽히는 자세를 취해서는 제삼자가 보기에 좋지 않다.

남아가 태어나서 남에게 비굴하게 살아가는 것은 떳떳하지 않은 자세이며, 대장부답게 살아가면 된다. 예전 권위주의 시대에는 권세가 있는 사람에게 굽실거려야 살아갈 수 있었지만 오늘에는 그런 시대착오적인 삶을 살아서는 안 될 것이다.

본 조항 첫머리에는 순리의 삶을 도수(度數)를 어기지 않는다고 했다. 이 도수는 중용(中庸)의 상태를 의미한다. 중용은 천지음양의 조화된 상태니, 때를 맞추는 시중지도(時中之道)로 살아가면 시대와 부합되는 순수미적인 자연미의 삶이라 할 수 있다. 『인부경』(人符經)에서는 천지의 수(數)로 살아야 함을 다음과 같이 나타냈다.

천십지삼(天十地三) 지구천사(地九天四) 천팔지오(天八地五) 지칠천육(地七天六) 인지천십삼(人地天十三)

하늘이 지수(地數) 십수(十數)와 땅이 천수(天數) 삼수(三數), 즉 10+3=13수를 이른다. 땅이 천수(天數)인 구수(九數)와 하늘이 음수(陰數)인 사수(四數)니, 9+4=13수를, 하늘이 지수(地數) 팔수(八數)와 땅이 천수(天數) 오수(五數)니, 8+5=13수를, 땅이 천수(天數) 칠수(七數)와 하늘이 지수(地數) 육수(六數)니, 7+6=13수를 이른다.

사람과 땅과 하늘이 지수(地數) 십수(十數)와 양(陽)의 수(數) 삼수(三數)니, 10+3=13수를 지니면 천지의 덕과 도와 일치하는 완성인(完成人)이 된다.

위의 수의 개념은 서로 입장을 바꿔서 나타낸 것이니, 하늘이 땅의 입장으로, 땅이 하늘의 입장으로 되는 이치니, 앞에서 누차 설명한 바가 있다. 덕인과 도인이 천지와 함께하는 이가 되려면 상호 간 입장을 바꿔서 살아야 하는 것도 바람직하다. 『역경』(易經)의 이치는 그러한 삶의 법칙으로 되어 있음을 간과해서는 안 될 것이다. 십삼(十三)수도 그런 이치로 대하면 천지음양이 조화를 이루는 이치를 알아낼 수 있다.

천지조화는 치우쳐진 것이 아닌 조화미로 살아가는 것을 의미한다. 이런 조화로운 삶이 지천태괘(地天泰卦)에서 나타나는 바와 같은 이치이다. 즉 하늘의 위치를 땅이 차지하고 있는 것이니, 상호 간에 입장을 바꿔서 생각하고 살게 되는 데서 태평세계를 이룰 수 있다. 임금은 신하의 입장을 신하는 백성의 입장을 상호 간 바꿔서 살아가면 업신여기지 않게 되며 또 굽실거릴 필요도 없이 순리에 따르는 삶이다.

본 조항은 복이 들어오는 세 번째 대문(大門)을 아래와 같이 6개의 지게문으로 나눴다.

순삼문(順三門)

순삼문 \ 내용	주요 내용	대상	조항
1. 안정(安定)	마음을 차분히 하고 성내지 않음	천리를 따름	제252사(事)
2. 침묵(沈黙)	성품이 참되면 말이 없이 과묵해짐	천리를 따름	제253사(事)
3. 예모(禮貌)	예절 바르게 행동하면 분란이 없음	천리를 따름	제254사(事)
4. 주공(主恭)	공손함을 주로 처신하면 덕을 이룸	천리를 따름	제255사(事)
5. 소사(所思)	생각의 지표를 가지면 도리에 통달함	천리를 따름	제256사(事)
6. 지분(知分)	자기의 분수를 알면 즐겁게 살아감	천리를 따름	제257사(事)

위와 같이 천리에 순응하는 삶을 살아야 자연미와 합치하는 생활을 할 수 있음을 6개의 지게문으로 나타낸 것이다. 위 6개 부문은 사람이 살아가는 예절교훈이니, 이를 지키고 살아가면 올바르게 살아간다고 할 수 있다.

요즘 젊은이들은 노인이나 직장상사에게 위의 내용으로 순수하게 대하면 문제가 될 것이 없는 것이다. 따라서 아부성과 굴하지 않게 살아가게 된다. 더구나 요즘은 직장상사에게 잘못 보이면 승진에 지장이 있고 퇴출대상이 되니, 그럴수록 위의 6개의 내용으로 처신하면 문제가 될 것이 없다.

재하자는 상사에게 너무 아부하고 굽실대면 동료들에게 거슬리니, 꾸밈이 없는 자연스런 행동을 하면 하자가 없는 인물로 평가받을 수 있다. 우리에겐 자연미의 풍토조성으로 살아가는 것이 가장 무난한 삶의 방식인 것이다.

2. 자연스런 삶 지향: 사람의 삶은 자연스런 방식으로 살아가는 것이 가장 안전한 방법이다. 천리를 거역하며 살아가는 것은 옳은 방법이 아닌 것이니, 부작용이 생기게 마련이다. 진리에 반하는 삶이니 옳은 삶이라 할 수 없다.

작가들은 작중인물을 설정할 때 자연의 이치를 거스르는 등장인물을 도태시키는 것으로 나타내면 독자들이 깨닫는 바가 될 것이다. 작가는 독자들에게 무엇을 생각하는 방향으로 작중인물을 설정해야 하므로, 자연의 이치로 행하는 것이 행복한 삶이다. 진리에 반하는 삶은 불행하다고 할 수 있으니, 본 조항의 이치를 본받아 행하면 행복이 찾아들 것이다.

제252사(事) 안정(安定: 마음을 편안히 함)-『용재집』(容齋集) 안정기(安亭記)-

제252사(事) 안정(安定)이란 마음을 편안히 하여 동요하지 않으면 격분할 일을 당하여도 천덕(天德)을 따르게 되므로 흥분하지 않고 저주하지 않게 되므로 인덕(人德)을 이룰 수 있다.

작가들은 사람의 마음이 인정되면 편안히 살 수 있으므로, 먼저 하늘의 마음을 지니면 사람의 덕이 밖으로 이루어진다는 것을 작중의 인물로 나타내면 이에 호응하는 독자가 있을 것이다.

선인들은 자연에서의 생활이 삼공(三公)이나 만석꾼의 생활을 부러워하지 않는다고 했을 정도로 선호했다. 사람의 본성은 자연에서 본받으면 어질고 겸손하면서도 건전하게 살아갈 수 있다.

16세기 중종 때 이행(李荇, 1478~1534)은 정치가로서 조정에서 무고를 받아 대사헌(大司憲)을 버리고 면천(沔川)에 숨어 살기도 하고, 1519년 기묘사화(己卯士禍) 이후 1520년 공조참판 · 대제학에 임명되고, 1527년 우의정, 1530년 좌의정에 이르렀다. 1331년 김안로(金安老, 1481~1553)를 공격하다가 오히려 1532년 함종(咸從)에 귀양 가서 병사한 것으로 되어 있다.

그는 『용재집』(容齋集) · 「안정기」(安亭記)에서 천지와 강산이 본성을 지니고 있으므로 사람도 자연의 이치에서 본받아야 함을 나타냈으니, 본 조항을 인용하면 그의 인간됨을 알 수 있다.

제252사(事) 안정(安定): (福 3門 17戶)(복, 3째 문, 17번째 지계문)

安心而心不動하여 受詆毁而不慍하고 定氣而氣不亂하여 逢忿
激而不作者는 順天德也라. 天德이 內立則人德이 外成이니라.

해석: 마음을 편안히 하여 마음이 동요되지 않아서 꾸짖음과 헐뜯음을 받아도 성내지 않고, 기운을 안정시켜 기운이 어지럽지 않아서 분격할 일을 당하여도 저주하지 않는 것이 하늘의 덕에 순종함이라. 하늘의 덕이 안으로 서면 사람의 덕이 밖에서 이루어지니라.

제252사(事) 안정(安定)이라 함은 평안하게 마음이 정하여짐을 이르는데, 마음이란 몸을 움직이는 운전기사와 같은 역할을 하는 매체라고 할 수 있다. 사람의 육체는 마음에 따라 움직이게 되므로 마음을 편안히 지니는 것이 상책이다.

마음의 편안은 하늘이 준 본성을 다하면 편안히 지닐 수 있다. 사람의 마음은 천덕(天德)을 고이 간직하면 안심정기(安心定氣)로 살아갈 수 있는데, 그를 이해하기가 범인으로서는 어려운 것이다. 그러나 그 체득은 천지의 운행으로 만물이 생육되고 휴지 상태에 있다가 다시 변천상을 보면 그 신비스러움으로 알 수 있다.

이 천지자연의 변화상의 이치를 터득한 사람은 천인합일의 경지에 이르렀으므로 남이 성내거나 비방을 해도 흥분하지 않게 된다. 인덕(人德)과 천덕의 합일을 이룬 사람은 대인 · 철인이 아니더라도 세인들이 헐뜯어도 초연하다. 사람의 덕이 안으로 서면 밖으로 이루어지게 된다. 그 내용을 본 조항이 밝히고 있는 것이다.

특히 오늘은 하루가 다르게 격동하는 시대이므로 자연과 가까이하여 마음을 차분하게 가다듬고 기운을 고르게 하면 화를 내거나 흥분하지 않게 되므로, 하늘의 덕(德)이 안으로 서면 사람의 덕이 밖으로 서게 된다.

1. 자연의 이치와 본성: 선인들은 자연의 이치에서 사람의 본성을 본받아야 함을 주장했는데, 그중 16세기 중종 때 이행(李荇, 1478~1524)은 「안정기」(安亭記)에서 천지와 강산이 본성을 지니고 있으므로 사람도 자연의 이치에서 본받아야 함을 다음과 같이 주장하였다.

> 편안한 것은 만물의 본성이니, 하늘은 위에서, 땅은 아래에서, 바다는 움직임에서, 산악은 고요함에서 편안함이니, 이것이 다 본성의 자연이니라.
> 오직 사람은 만물의 본성을 갖추어서 그 경우에 따라 편안함을 삼는 것이니라. 즉 위에 있어서는 하늘과 같이, 아래에 있어서는 땅과 같이 편안하니라.
> 움직이고 고요함에 이르러서도 다 그렇지 아니하는 것이 없음이니, 이는 사람의 본성을 다하는 까닭이니라.
> 安者物之性, 天安於上, 地安於下, 江海安於動, 山岳安於静, 此皆性之白

然. 惟人具物之性, 而隨其所遇, 以爲安, 其在上也. 安乎天, 在下也, 安
乎地, 至乎動也靜也, 無不皆然, 是所以盡人之性也.

『容齋集』, 卷9, 安亭記

이행(李荇)은 『용재집』(容齋集) · 「안정기」(安亭記)에서 천지자연에서 본
성을 체득하는 구체적인 방법을 제거하였다. 즉 위로는 하늘에서 아래에
선 땅이나 강과 산의 미관(美觀)을 바라보고 본받으면 인성도 그와 같이
마음을 편안히 가질 수 있음을 밝혔으니, 그 체득방법을 쉽게 알아낼 수
있게 한 것이다.

인간은 대우주 안에 살게 되므로 마음속에 천덕(天德)을 지니면 밖으로
인덕이 나타나게 되어 마음의 동요가 일어나는 일이 없이 안심정기(安心定
氣)로 살아간다. 이런 관계에서 사람은 일차적으로 천리에 의해 살아가는
이치를 깨달으면 이차적으로 그 내심의 덕이 몸에 축적되어 언행일치로
나타나게 되어 있다.

본 조항 끝에 "천덕(天德)이 내립즉입덕(內立則人德)이 외성(外成)이니라"
란 구절은 인간은 대우주(大宇宙) 가운데 소우주인 관계로 진리에 의해 살
아가면 천리를 자연적으로 알게 된다. 『천부경』(天符經)에는 "인중천지
일"(人中天地一, 사람 가운데 천지가 하나 됨)이라고 한 말과 통하니, 내심
의 덕을 만세불변의 진리에서 본받아 행하면 동요됨이 없이 안심정기(安
心定氣)로 편안히 살아갈 수 있다.

2. 안심정기(安心定氣): 21세기는 물질문명이 고도로 발달한 시대에서
사람들의 의식이 들떠 있는 기분에 휩쓸리어 살아가는 듯한 인상이 떠올
려진다. 우리는 이런 세태인심 속에서 안심하고 편히 살아갈 수 있음을 구
하게 되지만 어디에서 찾을지 선뜻 답이 떠오르지 않는다.

작가들을 본 조항이나 이행(李荇)의 『용재집』(容齋集) · 「안정기」(安亭記)
에서 만물의 본성대로 안심정기(安心定氣)로 마음을 편히 하는 방법으로

주인공의 활동을 나타내면 좋을 것이다. 물론 그 행함은 오늘의 삶과 맞추기는 쉽지 않을 것이나 자연의 이치로 살아가는 것을 나타내면 격동하는 현시대 사람들이 편히 살아가는 데 도움을 준다.

작가는 주인공이나 작중인물을 순수미인 자연의 행동반경으로 행하면 격동하는 세태 속에서 편히 살아갈 수 있다.

오늘날과 같이 격동하는 시대에서 자연미를 예찬하며 살아가는 것은 정신건강에도 좋은 것이니, 작가들은 그런 인물의 전형이 되는 캐릭터를 만들어 내면 독자들이 그런 생활의 체험을 해 보고 싶을 정도로 선호한다.

제253사(事) 침묵(靜黙: 고요하고 잠잠함) —『구운몽』의 육관대사—

침묵(靜黙)이란 '고요하고 잠잠하다'는 뜻이니, 정(靜)은 편안함을, 묵(黙)은 침묵하게 되어 있다. 사람의 지혜는 고요하고 잠잠한 데서 지혜를 이루면 마음과 영이 관통하여 남의 스승이 구비될 자격여건이 충분하다. 작가가 스승이 되는 길을 작중에 소개하면 독자들이 스승에 대해 존경하는 생각을 가지게 될 것이다.

서포 김만중(1637～1692)이 지은『구운몽』의 주인공 성진(性眞)의 스승 육관대사는 본 조항과 통하는 과묵한 성격의 소유자이다.

성진은 약관의 나이에 육관대사의 수제자가 되었다. 그런데 성진은 용왕을 만나고 석교에서 팔선녀(八仙女)를 만나고 돌아와 자기가 비구승이 된 것을 후회막급으로 생각하고 있었다.

성진의 생각은 젊은 청년기에 한 번 깊은 적막한 산중에 들어 비구승으로서 꽃다운 선녀들과 살지 못하고 한평생을 마치는 허무의식에 사로잡혔다.

그가 승려가 된 것을 후회하는 것은 공맹(孔孟)의 도를 닦고 과거에 급제하면 높은 벼슬에 올라 선녀와 같은 아내를 맞아 자녀를 낳고 부귀영화를 누리는 상념에 사로잡혔기 때문이다.

이럴 때 육관대사는 도력으로 성진의 마음을 알아내 그가 원하는 대로

유교의 집안에 태어나 과거급제하고 팔선녀와 같이 살게 하고 출장입상
(出將入相)의 부귀영화를 누리게 선몽(禪夢)에 들게 했다.

성진은 육관대사의 도력에 의해 성진이 원하는 생활을 몸소 체험하는
꿈을 꾸게 했다. 그러나 선녀들과의 엽색적인 생활의 탐닉은 타락의 생활
에 불과할 뿐 헛된 일이다.

성진은 꿈속에서 환갑나이에 이르도록 선녀들과 향락의 생활을 했으나,
후회만이 남음을 깨닫고 깨어났다. 그는 인생의 부귀영화는 일장춘몽임을
깨닫고 불교의 교리를 닦는 일에 정진하여 극락에 돌아갔다는 것으로 끝
을 맺었다

육관대사는 성진의 흐트러진 마음가짐으로 속세의 마음을 품고 불교의
본심을 잃고 방황할 때 선몽(禪夢)에 들게 하여 성진의 마음속을 관통하여
불교의 대도를 깨닫게 했으니, 본 조항과 통하는 내용이다. 그런 점에서
본 조항을 다음과 같이 인용한다.

제253사(事) 침묵(靜黙): (福 3門 18戶)(복, 3째 문, 18번째 지계문)

性眞則靜하고 知遂則黙이라. 靜能成達하고 黙能鎭紊者이니
此는 順人智也라. 人智定則心靈이 貫通하여 可爲人師니라.

해석: 성품이 참되면 고요하고 지식을 이루면 잠잠해진다. 고요하면 통달함을 이룰 수 있
고, 잠잠하면 어지러움을 진정시킬 수 있느니라. 이것이 사람 지혜를 따르는 것이니라. 사람지
혜가 안정되면 마음속에 영혼을 꿰뚫어서 남의 스승이 될 수 있느니라.

본 조항에서는 고요하고 잠잠함에서 이루어진 지식이 참된 지혜를 이
루어 인류의 스승이 될 수 있다고 했다. 이런 지혜는 자연의 진리에서 얻
는 것이니, 이 지혜가 정착되면 심령이 관통하여 남의 스승이 될 수 있다.

사람이 영통했다는 것은 편인하고 고요함에서 이루어진 것이니, 곧 천

리를 터득하는 경지에서 이루어진 것을 의미한다.

사람의 지혜는 마음이 편안하고 잠잠함에서 이루어지게 되니, 성품이 참되면 이 두 가지가 하나로 통합되어 영통의 경지에 이루면 남의 스승이 될 수 있다.

남의 스승이 된다는 것은 쉬운 일이 아니다. 첫째, 마음이 안정되고 둘째, 과묵과 지혜를 이루어야 한다는 것을 본 조항에서 밝혔다. 전자는 성품이 참됨에서 이루어지는 것이고, 후자는 지식을 이루면 잠잠해진다. 성품이 참되면 고요하고 지식을 이루면 잠잠해지고, 마음이 안정되어 통달할 수 있는 것이고, 과묵하면 어지러운 일을 진정시킬 수 있다.

사람은 이 두 가지가 영의 경지에 이르면 마음의 신령이 영의 경지를 관통하면 영의 뜻을 느끼고 들을 수 있어 철인의 경지에 이르러 남의 스승이나 인류의 스승이 될 수 있음을 본 조항이 나타냈다.

위의 내용은 복잡하게 되어 있으나 지식을 자연의 정관(靜觀)에서 익히고 배우면 대인의 금도(襟度)를 지니게 되어 스승이 될 수 있는 것이다.

1. 훌륭한 스승의 귀감: 스승상은 서포 김만중(1637~1692)이 지은『구운몽』의 주인공 성진의 스승인 육관대사를 들 수 있다. 대사는 자신의 수제자 성진이 속세의 마음을 품고 불교의 본심을 잃고 방황할 때 선몽(禪夢)에 들게 하였다.

스승의 입장에서 성진은 불교에서 으뜸으로 경계하는 술을 들었고 미인에게 현혹되어 마음의 갈피를 못 잡고 있었을 때 그를 깨닫게 하기 위해 꿈속에서 깨닫게 한다.

성진이 젊은 나이에 유가의 마음을 가진다. 유가에서 젊은 나이에 과거급제를 하면 미인들의 치마폭에 휩싸여 즐겁게 세월을 보내는데 산중에서 비구승으로 보내는 생활을 후회하고 있는 것이 대사에게 감지되었다.

대사는 성진을 유가의 집안 자제로 환생케 한다. 그의 이름은 전세의 성진에서 양소유로 바뀐 것이다. 그는 유가의 집안에 태어나 과거에 급제하여 미인들과 만나 누리게 하고 후에 개과천선케 하는 내용으로 한다.

양소유는 젊어서 환갑이 되는 나이까지 미인들과 엽색하는 일만 했으니, 남는 것이 없으므로 꿈속에서 깨달은 것이다. 그럴 때 양소유는 대사의 도력으로 깨어났다. 그는 꿈속에서 61년 동안 여덟 미인들과 여한이 없게 유가의 생활로 부귀영화로 보냈으나 꿈에서 깨어나니 일장춘몽에 지나지 않는 것을 뉘우친다.

육관대사는 자신의 제자가 유가의 마음으로 타락하는 제자를 구하기 위해 선몽(禪夢)에 들게 하여 유가인 속세의 부귀영화가 덧없음을 구원해 준 것이다.

성진은 스승이 자기를 선몽에 들게 하여 타락의 늪에서 구한 것을 깨닫고 부처의 교리를 더욱 공부하여 대사의 제자로 거듭나 후에 극락 왕생케 했다는 것이 『구운몽』의 결말장면이다.

대사는 속세인 유가의 마음으로 여덟 미인을 엽색하는 타락의 생활을 누리게 하고 개과천선케 했으니, 본 조항의 내용과 같이 참스승인 것이다.

스승은 예로부터 군사부일체(君師父一體)라는 말과 같이 존경의 대상이 되었다. 제자는 스승을 잘 만나면 타락한 사람들도 착한 사람이 되게 감화시킨다. 또 성공하게도 된다. 대개 스승은 제자를 옳은 것으로 인도하는 역할을 하여 존경의 대상이 되어, 예로부터 스승의 그림자는 밟지 않는다는 말이 전하여 온 것이다.

대사는 성진의 지혜를 영과 통하는 선몽에 들게 하여 참된 불제자가 되게 했다. 대사가 순수미(純粹美)의 의식으로 성진을 구한 것은 스승의 역할이 중대하다는 데 의의가 있다.

본 조항에 나타난 스승상은 영과 통하는 지혜를 이루는 내용이었으니, 훌륭한 제자로 키워야 할 것이다.

2. 참된 스승의 캐릭터 개발: 학생의 진로는 스승의 지도력에 달려 있다. 작품 중에 주인공은 본 조항과 통하는 스승으로 나타내면 독자들이 그와 가까이하는 생활을 하게 된다.

요즘 화제가 되고 있는 것은 충남 공주시의 한일고등학교이다. 이 학교는 주변이 논밭과 산으로 둘러싸여 있어 주변엔 서점이나 학원도 하나 없는 전형적인 시골학교다. 그런데 이런 학교에서 학교 교장과 선생님들이 정성어린 헌신의 노력으로 공부를 가르쳐 스카이(Sky)대학인 명문대에 150명 중 119명이 합격하고 지방 명문대에 합격한 학생까지 합하면 141명에 달한다는 내용이 신문지상에 발표되었는데, 그 원인은 학생들이 선생님만 믿었기 때문이다.

이들은 선생님들을 훌륭한 스승상으로 믿은 관계로 학원도 안 다니고 졸업생 88%가 명문대에 합격한 것이다(『조선일보』 제26834호 2007년 4월 4일(수) 다 A11쪽).

서울과 대도시에는 학교수업을 끝내고 고액 과외를 하는 학교도 이런 진학률을 달성하기 어려운데 학원도 다니지 않고 학교수업만으로 기적을 낳았다. 이들은 공부만 하는 것이 아니라 주말엔 봉사활동도 하는 것으로 되어 있다. 이 학교는 순수학교 수업만으로 기적을 이룬 것이다.

서울 강남에 집값이 천정부지(天井不知)로 앙등한 것은 주변에 교육시설이 잘 갖춰진 데 있다. 이에 비해 한일고등학교는 열악한 시골환경에서 놀라운 성과를 거둔 것이다. 그 원인은 훌륭한 스승의 교육관에서 이루어졌으니, 스승을 잘 만나는 것도 행운의 하나다.

요즘 급여 생활자 중 교사를 비롯한 교육계 종사자의 신용도가 가장 높은 것으로 되어 있다. 그 수는 42만에 이르고 있다. 오래전부터 직장인 신용도는 선생님이 최고인 것으로 나타나 있는데, 그 이유에 대해선 여러 요인이 있지만 62세까지 정년을 맞을 수 있다는 것을 우선적으로 꼽을 수 있다.

이에 대해 다른 직장은 30대에서 40대에서 퇴출되거나 길어야 50대이니 안정된 직업이라는 점에 비하면 교사의 직업이 안정적이다. 교육계의 종사하는 선생님들은 고요하고 잠잠한 배움의 전당에서 많은 지식을 쌓으면 영통의 경지에 이르러 남의 스승이 될 수 있다.

작가들은 작가 나름의 훌륭한 스승상의 캐릭터를 개발하면 많은 선생님과 학생들의 본이 될 것이다.

본 조항의 스승관은 단군이 366사(事)로 홍익인간의 이화세계를 이룬한 내용이나 요즘도 이런 교육관으로 열악한 교육환경에서 기적을 낳았다. 단군이 환상적인 홍익인간의 나라를 세운 것은 삼상(三相) 오부(五部)와 같은 훌륭한 신하이자 스승에서 이루어진 것이다.

작가들은 단군이 환상적인 진선미의 나라를 세운 것을 소재로 하여 훌륭한 스승상을 나타내면 오늘날 기적을 낳는 학교 이상으로 이름이 거듭나게 될 것이라 기대한다.

제254사(事) 예모(禮貌: 예절에 맞는 모습)—연암의 『열하일기』(熱河日記)—

제254사(事) 예모(禮貌)란 예법을 갖춘 모양을 이르니, 사람이 살아가는 기본 교양이라 할 수 있다. 예모(禮貌)는 예절바른 모습이니 예절에 맞는 태도를 이른다.

작가들은 작중인물이 사람으로서 예의 바르게 행동하면 분란을 막을 수 있고, 완악하거나 도리에서 벗어나 방자하지 않으며, 어질고 착한 이들이 스스로 찾아오는 내용으로 나타내면 독자들이 흥미 있게 읽고 그런 인간상을 사숙할 것이다.

사람이 예절을 지키고 바르게 살아가면 누구에게나 대우를 받는다. 연암(燕巖) 박지원(朴趾源, 1737~1805)은 1780년 청(淸)의 건융제(乾隆帝)의 7순절(七旬節)에 가는 도중 열하를 갔다가 연경을 찾았을 때 그곳 문사들에게 들은 말을 『열하일기』(熱河日記)에서 소개했다. 그 소개된 내용은 청(淸)태조(太祖)가 조선을 예의라고 칭송한 내용이다.

청인들은 자기네 사람들과 같이 머리를 깎게 하는 것이 좋겠다고 할 때, 청태조는 "조선은 본래 예의나라로 불려서, 머리털 사랑하기를 목숨보다 더 심히 한다"고 하여 머리를 깎게 해서는 안 된다고 했다.

청(淸)태조(太祖)가 한 말은 조선이 예로부터 동방예의지국(東方禮義之

國)임을 아는 까닭에 함부로 대하면 안 된다는 것을 나타냈다.

본 조항의 내용과 같이 예의 바르게 살아가면 상대자가 완악하거나 방자하게 대하지 못할 것이며, 도리어 어질고 착한 이들이 스스로 찾아오게 되어 존경을 받게 된다.

일찍이 중원의 경전(經傳)과 사서(史書)에서는 조선을 일러 동방예의지국(東方禮義之國)임을 밝혀 그 예로 공자(孔子)도 『논어』(論語) 권(卷)9 자한편(子罕篇)에서 중원 천하에서 실종된 예의를 조선에서 찾을 수 있고 살고자 했으니, 본 조항과 통하는 내용이 함축되어 있는 것이다. 이와 같은 관계에서 조선이 예의지국(禮儀之國)임을 밝히기 위해 본 조항을 다음과 같이 인용한다.

제254사(事) 예모(禮貌): (福 3門 19戶)(복, 3째 문, 19번째 지계문)

動有禮貌者는 順人事也라. 人有禮貌則不言而可解紛하야, 頑悖不敢肆하고 賢良自遠至하리라.

해석: 행동에 예절을 갖추는 것은 사람의 일에 순응함이라. 사람이 예절에 모습을 갖추면 말을 하지 않아도 어지러움을 풀고, 완강하고 사리에 어긋난 것이 감히 방자하지 못하고, 어진 이들이 멀리서 찾아오게 되느니라.

예절이 바른 사람은 누구에게 사리가 분명한 관계로 누구에게나 괄시를 받지 않고 예우를 받게 된다. 그뿐만 아니라 그 앞에서는 방자한 행동을 할 수 없고, 도리어 착하고 어진 이들이 멀리서 찾아와 예절문화(禮節文化)를 배운다.

예절은 사람이 살아가는 데 있어 사람으로서 지녀야 할 도리이므로 문화의 향기를 널리 펴는 역할을 하는 이로 존경의 대상이 된다.

예절은 천리에서 온 것이므로 천리를 체득한 사람이니, 그 사람을 무시하고 괄시할 수 없는 것이다. 예절 바른 모습이 나타나는 것은 마음속에 천리가 몸에 지녔음에서 이루어지는 것이니, 오랜 세월에 걸친 천리의 결정체라고 보아도 무방하다.

예절 있는 사람 앞에선 예모가 몸에 배 있으므로 말 없이도 사람을 감동시키는 관계로 존경을 한다. 예전에는 어질고 착한 이들이 스스로 찾아들어 예절을 배웠다. 오늘에는 이런 예절문화가 실종되었다고 하더라도 예절을 갖춘 이에게 예우를 표하고 함부로 대하지 못한다.

1. 『열하일기』(熱河日記)에서의 청태조(淸太祖): 연암(燕巖) 박지원(朴趾源, 1737~1805)은 『열하일기』(熱河日記)에서 청(淸)태조(太祖)가 우리나라를 예의의 나라라고 칭찬한 것에 대해 소개했다. 청태조는 한민족의 정서를 알고 나타냈는데 부하장수가 청나라 사람같이 머리를 깎게 하는 것이 어떠냐고 묻자 청태조는 머리털 하나라도 부모로부터 받은 것이라 귀히 여기는 나라라고 하여 머리를 깎게 해서는 안 된다고 타일렀다.

본고에서는 청(淸)태조(太祖)가 훌륭한 위정다운 말을 한 것에 대해 본 조항과 관련해 소개하기로 한다.

한민족은 고조선 이래 예의를 지키며 살았던 것으로 인해 중원에서 동방예의지국(東方禮義之國)이라 칭찬하였다.

우리는 조상 때부터 반만년 동안 예의를 지키며 살아왔던 관계로 앞으로 예절문화를 발전시켜 살아가야 할 과제를 남긴다.

일찍이 중원의 경전(經傳)과 사서(史書)에서는 예의의 나라임을 밝혔는데 그중 『논어』(論語) 권9 자한편(子罕篇)에서 공자(孔子)가 자신이 사는 나라의 예의가 실종된 현실에 실망하여 동방에 가서 살고 싶다고 했다. 그는 이국(異國)인 동방으로 이민하려고 했던 것을 보더라도 우리나라가 예의지국(禮儀之國)이었음을 알 수 있다.

연암(燕巖) 박지원(朴趾源)은 1780년 청의 건융제(乾隆帝)의 7순절(七旬節)에 가는 도중 열하를 갔다가 연경을 찾았을 때 그곳 문사들에게 들은 말을 『열하일기』(熱河日記)에서 소개했다. 청태조(淸太祖)가 조선을 예의의 나라라고 예찬한 것을 다음과 같이 소개했다.

> 세상에서 말하기를 청인(淸人)들이 많이 한(汗＝淸太祖)에게 권하여
> 우리나라 사람들에게 머리를 깎게 하라(청나라 사람의 머리 모양) 하
> 니, 한(汗)이 잠잠히 있어 대답하지 않으면서 은밀히 패륵(貝勒＝부장
> (部將)에게 말하기를 조선은 본래 예의나라로 불려서, 머리털 사랑하
> 기를 목숨보다 더 심히 한다. 이제 억지로 감정을 거스르면 군대를 되
> 돌린 후에 반드시 서로 반복할 것이니(칠 것이니), 풍속을 따라 예의로
> 써 구속하는 것만 못하니라.
> 조선인들이 만약 도리어 우리 청인의 풍속을 익혀서 말 타고 활쏘기
> 에 편리하게 되면 우리의 이익이 아니라 하니 드디어 그쳤다.

위의 내용과 같이 청태조가 조선이 예의의 나라임을 밝혔는데 머리털
사랑하기를 목숨보다 더 중히 여긴다고 했으니, 우리의 생활 정서를 꿰뚫
어 본 말이다.

이러한 역사적 실상은 1895년(高宗32) 김홍집(金弘集) 내각이 건양 원년
1월 1일에 단발령(斷髮令)을 내리자 전국 유생들이 의병을 일으킬 정도로
단발령 사건이 격화되었다. 정부에서는 친위대를 파견하여 진압하기에 이
르러 친일 내각이었던 김홍집이 피살되고 그 내각이 무너진 것을 미루어
청태조의 말이 적중되었음을 알 수 있다.

19세기 조선조는 국시(國是)가 유교였으니, 부모가 물려준 모발(毛髮)을
훼손하는 단발령이 내려졌으니, 청천벽력과 같은 일이다.

이 단발령 사건은 당시유가들의 상식으로 기상천외(奇想天外)의 일로 받
아들였던 것이다. 청태조가 남의 나라의 풍속을 억지로 버리게 하면 역효
과가 난다고 한 말을 주의 깊게 생각할 금언이니, 시중(時中)의 도에 따라
살아가야 한다.

우리의 조상숭배는 유교의식 이전에 단군조선에서 온 것을 젊은이들은
알아야 할 것이다. 그 단적인 증거는 단군시대 전후해 고인돌에서 조상숭
배관념을 찾아볼 수 있으니, 효는 오랜 역사성을 지닌다. 다만 조선의 조
상숭배는 단군의식과 유교의식이 혼합되어 모발을 부모로부터 받을 것이

라 하여 단발령이 내려졌을 때 항거한 것이다.

  2. 한민족의 예절: 예로부터 우리나라는 예의도덕을 중시하여 왔기 때문에 동방예의지국이라 중원에서 칭찬하였다. 실지 우리 조상들은 조상숭배관념으로 살아왔는데 그 전통이 오늘에 전해져 명절 때 국민이 대이동을 할 만큼 고향에 내려가 조상을 기리게 된 것이다.

  작가들은 이런 예절문화를 작품 중에 내세워 나타내면 독자들도 공감하게 된다. 작중인물 중 한국예절의 전형을 이루는 주인공을 새로운 시대에 맞게 나타내면 동서방예의지국의 중심지로 널리 알려진다.

제255사(事) 주공(主恭: 공손함을 위주로) ―「맹아득안가」의 청원(請願)―

  제255사(事) 주공(主恭)은 공손함을 위주로 하는 것이니, 공손하고 온순하게 처신하라는 교훈으로 받아들이면 된다. 사람이 겸손하게 살면 사람들로부터 점찬하게 인식되어 신망을 얻어 명예를 이룰 수 있는 것이다. 남에게 신망을 얻는 것은 값진 보배이다. 이런 보배가 없다면 거만함이 꽉 차 하룻강아지 범 무서운 줄 모르는 식으로 사람을 대하여 낙명을 하게 된다.

  작가들은 젊은이에게 공손하고 겸손하게 살아가면 신의와 명예, 덕을 이룰 수 있는 내용으로 작중인물을 나타내면 젊은이들이 공손과 겸손을 위주로 처신할 것이다.

  「맹아득안가」(盲兒得眼歌)는 신라 경덕왕 때 5세 되는 맹아가 천수대비(千手大悲)에 나아가 눈 하나를 달라는 청원의 노래다. 『삼국유사』권3, 분황사 천수대비(千手大悲) 맹아득안(盲兒得眼) 조(條)에는 한기리(漢岐里)의 여자 희명(希明)의 아이가 난 지 5년에 갑자기 눈이 멀어, 분황사 좌전(左殿) 북벽에 그림인 천수대비(千手大悲)에 나아가 「맹아득안가」(盲兒得眼歌)

를 지어 불렀더니, 눈을 뜨게 되었다는 배경설화를 접하게 된다.

신라인은 불교가 국교인 관계로 부처님께 청원하면 모든 소원이 이루어진다는 관념으로 살았기에 5세 되는 아이가 천수대비(千手大悲) 앞에서 빈 것이다.

더구나 신라인의 의식은 향가의 주력(呪力)이 천지귀신을 감동케 한다고 했으니, 그 아이는 눈을 뜨게 될 것이라 믿었다. 믿음의 소망은 장차 이루어지는 것으로 확신하니, 본 노래는 신라인의 신앙관과 향가의 주력(呪力)을 나타냈다.

5세 아이가 천수대비(千手大悲) 앞에 나아가 「맹아득안가」(盲兒得眼歌)를 부르는 내용이 겸손과 공손함이 구구절절(句句節節)이 온통 나타났으니, 천수대비(千手大悲)가 듣고 소원을 들어준 것이다.

「맹아득안가」(盲兒得眼歌)는 겸손과 공손함으로 소원을 빌었으니, 본 조항과 상통하여, 그 조항을 다음과 같이 인용한다.

제255사(事) 주공(主恭): (福 3門 20戶)(복, 3째 문, 20번째 항목)

主恭者는 主恭順也라. 一動一靜에 必主恭順하여 視事如擧溢
주공자　　주공순야　　　일동일정　　필주공순　　　시사여거일
하고 接人如佩重하니 謹愼成信德하고 就收成譽德이니라.
　　접인여패중　　　　근신성신덕　　　취수성예덕

해석: 주공(主恭)이란 공손함을 위주로 하는 것이니라. 한 번 움직이고 한 번 고요함에 반드시 공손함을 위주로 하여, 일을 맡아볼 때는 넘치는 물그릇을 드는 것같이 하고, 사람을 대함에 귀중품을 몸에 찬 듯하여 삼가 조심스럽게 믿음의 덕을 이루고 거두어 나감에 영예의 덕을 이루게 되니라.

사람은 천리를 본받아 겸손하게 살아가면 자연의 이치와 순응하게도 되니, 사람과 신도 좋아하게 되므로 자신을 유익하게 하는 생활철학이기도 하다.

신은 인간과 같이 오만(傲慢)하고 불손한 자를 싫어하게 되니, 겸손한 사람이 행하는 이에게 복이 돌아오게 된다. 신을 공손하게 대하면 자연의 이치로 살아간다. 자연의 이치는 사람에게 성실과 믿음을 배우게 하고 사랑을 베풀어 그 응함으로 복을 받게 된다.

공손은 미(美)의 양태(Modifikationen des Schöen) 중 도덕미(das Sittlich Schöne)와 관계되므로, 본 조항의 내용과 같이 인망을 거두어 명예와 덕울 이루어 행복하게 살아간다.

위의 내용과 같이 남에게 공손한 예의를 다하면 자신에게 신의와 명예가 돌아오게 되므로 겸손을 원칙으로 삼는 지산겸괘(地山謙卦☷☶)와 상통한다.

이 괘(卦)의 괘상(卦象 ☷☶)은 일양(一陽) 오음(五陰)으로 되어 있으니, 다섯 개의 음기(--)가 하나의 양기(一)에 종속되어 있으니, 겸손하면 발전한다는 형태로 이루어졌다. 이 겸양의 도는 형통하는 것이다. 이런 현상은 천도의 경우 아래로 내려와서 밝게 빛나고, 지도(地道)의 경우 가득 차 있는 것을 덜어서 낮은 데로 유전(流轉)하게 된다. 귀신 또한 가득 차 있는 물건을 시기하여 방해를 하고 겸손한 물건을 행복하게 하고, 인도(人道)도 겸손한 것을 좋아하니, 가득 찬 것을 싫어하는 것이다. 『천부경』(天符經)의 이치도 10수에 이르면 11로 바뀐다. 세상의 모든 이치가 차면 다시 원점으로 돌아온다. 그럴수록 사람은 겸손의 도로 행하면 천지인의 정위치에서 살아가게 되어 천장지구(天長地久)와 같이 신의와 명예를 이루고 영원한 복락을 누리게 된다.

따라서 자연현상에서 가득 찬 것은 기울게 마련되어 있으니, 사람의 길 또한 공손하게 살면 신의와 명예를 얻을 수 있으니, 본 조항의 내용을 이해하고 살아가면 복을 누리며 살아간다.

1. **겸손의 미덕을 나타낸 문학:** 정성과 겸손은 향가(鄕歌 · 詞腦歌) 중 「맹아득안가」(盲兒得眼歌)에서 나타나 있다. 이 노래는 맹아(盲兒)가 눈 하나를 달라는 소원을 빈 노래인데, 그 노래를 이해하기 위해 『삼국유사』 맹아득

안(盲兒得眼) 조(條)에서 그 배경 설화를 소개하면 다음과 같다.

> 경덕왕 때 한기리(漢岐里)의 여자 희명(希明)의 아이가 난지 5년에 갑자기 눈이 멀었다. 어느 날 그 어미가 그 아이를 안고 분황사 좌전(左殿) 북벽에 그림인 천수대비(千手大悲)에 나아가 아이로 하여금 노래를 지어 불러 빌었더니 드디어 눈이 뜨였다.
>
> 『삼국유사』 권3, 분황사 천수대비(千手大悲) 맹아득안(盲兒得眼) 조(條)

고대인의 관념은 인간 자체가 신이나 부처님과 같이 완전하지 못하므로 소원할 일이 있으면 이들 절대자에게 청원하였다. 이런 청원은 향가 중 「맹아득안가」(盲兒得眼歌)에서 맹아(盲兒)가 천수대비(千手大悲)에게 눈 하나를 달라는 정성이 나타나 있다.

신라인의 의식은 향가가 천지귀신을 감동케 하는 것으로 믿었으므로 눈먼 5세 아이가 천수대비(千手大悲) 앞에서 청원했다. 천수대비(千手大悲)는 좌우 손바닥에 눈이 달린 천 개의 손을 가진 관세음보살이다. 맹아는 천수대비(千手大悲)에게 천 개의 눈을 가졌으니, 이 중에 둘만 주면 눈을 뜰 수 있다고 발원을 한 것이다. 신라인은 국시(國是)가 불교이므로 소원을 부처님에게 빌어 눈을 떴다고 했는데, 신라인의 정서를 나타냈다.

불교는 중생을 제도(濟度)하는 교리이다. 천수대비(千手大悲)는 2천 개의 눈을 지니고 있으니, 그중 둘을 주어 어둠에서 헤매는 어린애를 광명으로 인도해 주는 은혜를 베푸는 것이다.

이 관세음보살은 어린애가 앞을 보지 못하는 고통을 많은 눈을 통해 꿰뚫어 본 것으로 인해 소원을 빌어 맹아를 위해 눈 두 개를 떼어 주어 광명 천지를 볼 수 있게 되었다. 이런 노래의 효험으로 신라인은 「맹아득안가」(盲兒得眼歌)라 하였다.

희명(希明)은 향가의 주원력(呪願力)을 믿어 아이를 데리고 빌게 하고 아이가 지어 불렀다. 그런데 5세 아이가 노래를 지었다고 보기는 어려운 것이지만 어린이가 개안하기 위한 간절한 소망이 담겨 있으므로 그의 육신의 소리로 보고, 공손함을 노래에서 보기로 한다.

> 무릎을 곧추며/ 두 손바닥 모으와/ 천구관음 전에/ 두옴을 두노이다./
> 일천 손, 일천 눈을/ 하나를 버리소서, 하나를 빼소서./ 둘 없는 내라/
> 하나야 슬그머니 꽂고 있더라.
> 아아! 내게 끼쳐주시면/ 버림에도 쓰는 자비여 얼마나 큰 것이랴!

『삼국유사』 권3, 「맹아득안가」(盲兒得眼歌)

아이는 관음 앞에 공손히 청원을 하여 득안(得眼)으로 앞을 보게 된 것이다. 아이의 공손은 '무릎을 꼿꼿이 하며, 두 손 바닥을 모으는' 자세에서도 나타났다. 위의 「맹아득안가」(盲兒得眼歌)를 도표로써 나타내면 다음과 같다.

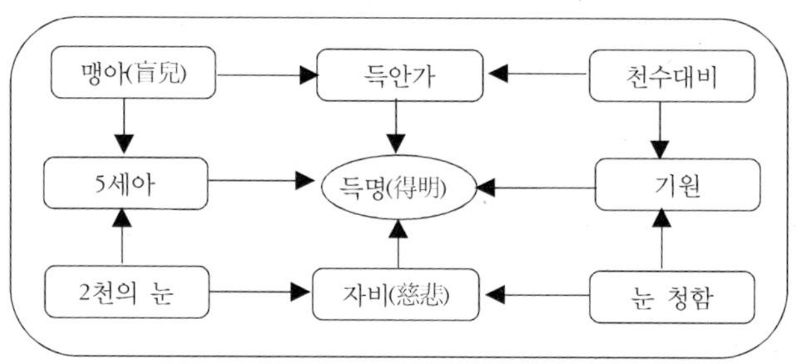

위의 노래는 무불습합(巫佛習合)에 의한 면모가 풍긴다. 흔히 무속에서의 청원은 ① 청신(請神), ② 기원(祈願), ③ 송신(送神)의 단계로 분석할 수 있으니, 노래의 내용이 이와 관계된다.

「맹아득안가」(盲兒得眼歌)의 득안(得眼)은 겸손미에서 효험을 봤으니, 본 조항과 지산겸괘(地山謙卦)의 원칙으로 조명하여 볼 수 있다.

겸손과 공손은 자신을 일보 엿보하게 되지만, 그 결과는 득이 되어 복이 돌아오게 된다. 사람이 자신의 겸양으로 득이 되는 일로 복락을 이룰 수 있다면, 누구든지 불원간천리(不遠間千里)로 행해야 할 것이다. 겸양의 미덕은 광명에서 살게 하는 의식이니, 본 조항이나 「맹아득안가」(盲兒得眼歌)에서 찾아도 원만하게 이해된다.

공손한 사람은 본 조항의 내용에서와 같이 자기를 공손히 함으로써 도리어 인망(人望)과 신뢰를 얻게 되어, 영예스런 공덕을 이룰 수 있음을 교훈한다.

2. 문학상에 나타난 주인공의 겸손(謙遜): 작가는 주인공을 겸손한 인물과 그렇지 않은 인물로 등장시키면 흥미로 이끌 수 있다. 그리고 이들이 최후에는 상호협조함으로써 겸손미의 가치를 드높이는 역할을 할 것이다.

주인공은 독자들이 겸손미로 인해 주인공이 돋보여 인망을 얻어 행복을 누리게 되면 독자에겐 좋은 선물이 된다. 작품의 결말은 물론 해피엔딩을 나타나는 것으로 이루어져야 한다.

겸손한 자는 주인공으로, 교만한 자는 부주인공으로 생활 모습을 나타내면 상호가 의견이 맞지 않아 갈등양상을 불러일으키면 독자들이 그 모습에 흥미로울 것이다. 겸손한 사람은 절정과 결말 장면에 이르면 성공하고 교만한 자는 신망을 잃어 사업이 실패하는 것으로 전개시킨다. 이 장면에서 교만하게 산 부주인공은 겸손하게 산 주인공의 도움을 받아 재기하여, 겸손하게 살아가는 이의 본을 받는 것으로 전개시키면 독자들의 호응이 있을 것이다.

제256사(事) 지념(持念: 마음을 가짐)―『구운몽』에서 성진의 길표―

제256사(事) 지념(持念)은 생각의 표준을 지킨다는 뜻이다. 사람이 생각의 푯대를 가지면 마음이 안정되어 차분해지고 기운이 순화되어 진리를 찾는 데 쉽게 통달하며 덕에 순종하여 아름다움을 이룰 수 있다. 그에 대해서 신념에 지표를 정하지 못하면 마음이 안정되지 못하여 행동이 종잡을 수 없게 된다. 생각의 푯대가 있다는 것은 생각함이 있는 마음의 표출이므로 뜻이 선 지혜임을 알 수 있다.

작가는 독자를 위하여 진리를 안내하는 길표를 작중에 나타내면 젊은 이들이나 사람들에게 인도자가 될 것이니, 그 길은 마음의 지표이니, 『천부경』(天符經)에서의 사람의 마음을 태양의 밝음으로, 하늘의 기본수 하나(H)인 건전(H)한 정신을 지니면 된다.

서포(西浦) 김만중(金萬重, 1637~1692)은 남해 적소(謫所)인 남해에서 1689년 53세 때 『구운몽』(九雲夢)을 지었는데, 주인공 성진의 길표를 '① 성진→② 양소유→③ 성진'으로 나타냈는데, 성진이 꿈속 생활에선 ② 양소유로 태어나 엽색에 빠져들었다. 그러나 그는 타락한 생활을 하다가 몽유공간(夢遊空間)에서 자기의 엽색적인 생활을 깨달아 ② 양소유에서 ③ 성진으로 돌아와 불도를 닦아 극락왕생하는 내용으로 끝을 맺었다.

조선 19대 숙종(肅宗)은 궁녀인 장희빈(張禧嬪, ?~1701)의 품계로는 소의(昭儀)를 총애하였다. 소의(昭儀)는 아들 경종(景宗)을 낳아 더욱 총애하여 세자(世子) 책봉문제로 일이 커졌다. 숙종 15년(1689)이 소의(昭儀)의 아들로 원자를 심으려는 숙종에 반대한 송시열 등 이를 지지한 남인에 의해 유배되고 정권이 서인(西人)→남인(南人)에게 넘어간 일을 기사환국(己巳換局)이라 한다. 이로 인해 서인(西人)들이 실각한 사건으로 민비 인현왕후(仁顯王后, 1667~1701)가 폐위당하였다. 민비가 폐위당한 것은 소의(昭儀)로 인한 무고가 작용했다고 보인다.

서포는 이런 와중에 숙종이 장희빈의 아들 경종(景宗)을 책봉하려고 할 때 숙종에게 반대의사를 표한 송시열(宋時烈, 1607~1689)·김수흥(金壽興, 1626~1696)·김수항(金壽恒, 1629~1689)의 형제와 뜻을 같이하게 되어 남해로 귀양 간 것이다. 이들 3인은 적소에서 살아 돌아오지 못하고 김만중 또한 죽었으니, 남인(南人)의 책동에 의해 서인(西人)들이 죽어 갔다.

숙종은 궁중의 장희빈을 총애하게 되어 민비(閔妃) 인현왕후를 폐위시키니, 인륜상으로 임금으로서 할 일이 아니다. 서포는 숙종의 노여움을 산 것으로 남해로 귀양을 보낸 것이지만 서포는 서인이고 장희빈은 남인들이 옹호했으므로 배소에서 죽으라고 위리안치(圍籬安置)라는 혹독한 귀양살이를 하게 된 것이다. 그는 3년간 귀양생활 중『구운몽』·『정경부인 해평 윤씨 행장』·『사씨남정기』를 썼다.

『구운몽』·『사씨남정기』는 숙종의 마음을 돌리기 위해 쓴 것으로 볼 수 있는데,『사씨남정기』는 숙종→유한림, 인형왕후→사씨부인, 장희빈→교씨로 보는 것은 주지의 사실이고,『구운몽』의 주인공 성진(性眞)의 생활이 착한 성품을 지닌 성진이 선녀들을 보고, 꿈을 꿀 때 유가의 집안에서 태어나 이름을 양소유라 하고 벼슬살이를 할 때 여덟 명의 미녀들과 세월을 보내는 타락의 생활을 했다. 그 가운데 양소유는 몽유공간에서 자기의 생활이 타락된 생활임을 깨달을 때 꿈에서 깨어났다. 그는 다시 성진으로 돌아와 전날을 뉘우치고 불도를 잘 닦아 후에 극락왕생하였다.

서포는 성진을 숙종으로 비유적으로 쓴 것이라면, 숙종이 폐위시킨 민비 인형왕후를 사씨 부인으로 비유해서 쓴 것이다. 민비는 1694년(숙종 20년) 갑술옥사(甲戌獄事)가 일어나 장희빈이 몰락되자 복위되었는데, 민비는 너무나 혹독한 고생과 시달림을 받아 오래 살지 못하고 세상을 떠났다.

성진의 생활상과 숙종이 개과천선한 일이 너무나 잘 부합된다.『사씨남정기』에서 유한림은 무능하여 첩 교씨의 흉계로 사씨부인을 유씨가문에서 축출시켰다가 교씨를 능지처참하고 본부인을 맞아들여 행복한 생활을 하는 것과 너무나 잘 들어맞는다.

서포는 당당하게 바른말을 했는데도 억울하게 위리안치라는 귀양살이로 불귀의 객이 된 것이다. 그는 본 조항과 일치되게 살았으니,『구운몽』에서 인간이 갈 길표를 내용으로 한 것으로 보고 이와 연관된 본 조항을 다음과 같이 소개한다.

제256사(事) 지념(持念): (福 3門 21戶)(복, 3째 문, 21번째 항목)

> 持念者는 持念標而有所思也라. 夫人이 心不定이면 氣亦不順
> 하고 心定氣順則自有所思하여 於尋理覓道에 容易通達하고
> 順德成美하니라.

해석: 지념(持念)이란 마음의 지표를 가지고 사고하는 바가 있음이라. 무릇 사람이 마음이 안정되지 못하면 기도 또한 순하지 못하고, 마음이 정하고 기운이 순하면 스스로 생각하는 바 있어, 진리와 정도를 찾음에 쉽게 통달하고 덕에 순종이 아름답게 이루어지니라.

뜻이 있는 올바른 지표는 천리를 기준으로 한 것이니, 생활의 준칙으로 삼으면 아름다움을 이룰 수 있는 것이다. 사람은 누구나 생각의 지표를 가지고 살아가도 뜻을 이루지 못하는 수가 허다하다. 그럴 때 의인(義人)을 만나 의론하는 것이 상책이다. 그럼에도 독단에 흘러 올바른 지표를 지닌 바 없이 행하는 사람은 뜻이 서지 못하여 본 조항의 내용과 같이 뜻을 이루지 못한다.

본 조항에서의 신념의 지표는 진리에 의한 정도를 마음의 길잡이로 삼으면 뜻한 바를 이루게 될 것이라 믿는다. 그 진리는 『천부경』(天符經)의 '본심본태양앙명인중천지일'(本心本太陽昻明人中天地一)(사람의 근본은 마음이요, 태양의 근본은 밝게 비추는 것이다. 사람 가운데 천지가 있어 하나가 된다)이라 함과 『인부경』(人符經)에 '천지대본중정인'(天地大本中正人)(천지의 큰 근본은 중정인이다)이라고 한 것을 길표로 삼으면 본 조항의 내용을 실천하는 바라 할 수 있다. 따라서 본 조항은 생각의 길표를 정해 놓고 행하면 마음이 안정되고 기운이 순화되므로 도리에 통달하여 아름다운 행실을 이루고 하나(H)의 건전(H)한 정신으로 살아가게 될 것이다.

1. **『구운몽』의 길표:** 우리는『구운몽』에서 성진이 팔선녀를 보고 길표를 잡지 못하고 방황하는 것을 스승 육관대사가 몽유공간에서 깨닫게 하여 올바르게 인도를 한 것을 들 수 있다.

성진은 젊은 나이에 산중에서 비구승(比丘僧)으로 살다가 죽으면 허무하다는 생각을 한다. 성진은 자기가 신동이고 유가(儒家)에서 태어나 과거에 급제해 높은 자리에 오르게 되면 미인들을 처첩으로 거느리며 살 것이라는 상념에 빠져 있었다.

육관대사는 성진이 속세에 마음이 젖어 부처의 교리와 어긋나는 마음을 바로잡아 주기 위해 몽유공간에서 유가의 가정에 태어나 과거급제를 하여 전생에 만났던 팔선녀들의 환생과 마음껏 이들과 엽색하게 했다. 엽색은 타락의 삶이니, 꿈속 생활에서 헛된 일임을 깨닫게 된다. 대사가 몽유공간에서 진리의 길표를 마련해 주어 올바른 불제자가 되게 한다.

불자로서 유가적인 생활을 동경하는 파계승이 되는 길이니, 육관대사로서는 성진으로 하여금 바른 길표를 마련해 주기 위해 도력으로 꿈속 생활에서 유가가문에서 탄생케 했다. 육관대사는 몽유공간에서 양소유란 이름으로 살아가게 인도한 것이다. 곧 그는 신동인 양소유로 태어나→과거급제→출장입상(出將入相) 팔선녀와 환생한 여인과 만나 화락하는 삶으로→60년 동안 부귀공명을 누리며 살았으나 꿈속에서→인생의 무상함을 깨닫고→꿈에서 깨어나→성진으로 돌아와→불도에 정진하여→인생도정에 바른 길표를 밟게 되어 진리의 길을 걷고→극락왕생하였다.

성진의 마음의 지표는 올바름(correctness)을 지닌 데 있으니, 올바른 마음을 지닌 것은 대사의 인도였다.

『구운몽』에서 성진(性眞)은 몽유공간에서 유가의 가문에 양소유로 환생해 유가들의 생활 모습인 여인들의 품안에서 살았으므로 유가들을 각성케 하는 데 서포의 의도가 들어 있다고 할 수 있다.

실지 17세기 숙종은 인현왕후를 폐위시키고 궁녀 중 장소의를 비로 삼았고 조정대신들은 당파로 서인들을 몰아내고 여인들과 같이 세월을 보내는 것을 서포가 당시 위정자를 번성케 하기 위해『구운몽』을 남해의 유배지에서 지었다고 할 수도 있다. 서포는 그 반성을 성진→양소유→성진으로 돌아오게 나타낸 것이다.

서포는 모친을 위로하기 위해 남해 귀양지에서 17세기 양반 위정자들의 생활상과 같은 진리에 반하는 행동을 하지 않겠다는 의지를 나타낸 것이라 할 수 있다.

조선조의 임금을 비롯한 양반유가들 특히 위정자들은 여인들과의 생활이 정상을 벗어난 상태였으므로 이들을 개과천선케 하기 위해 지은 것이 『구운몽』이라면, 작품의 가치와 의의는 드높아질 것이다.

사람이 살아가는 사회는 마음의 길표가 없이 살아가는 사람도 많으나, 본 조항의 내용과 『구운몽』의 내용에 담긴 길표는 바른 마음으로 육체를 바른길로 인도했으니, 불교의 청정심(淸淨心)을 깨닫게 된다.

2. 작품의 인도 역할: 본 조항이나 『구운몽』의 길표는 작가들이 주인공의 활동을 이해하는 데 도움을 준다. 요즘은 많은 책이 출판된다. 주인공이 『구운몽』 성진이 환생한 양소유와 같이 남녀상열에 치우친 작품도 있으나 주인공이 좋은 일을 하거나 착한 사람으로 돌아오게 하는 작품도 많다.

작품 중 주인공의 활동은 독자들을 올바른 방향으로 인도하여 사회를 바르게 하는 데 의미가 있으니, 『구운몽』에서의 성진→양소유→성진으로 돌아오게 하는 작품을 쓴다면 작품다운 작품으로 평가받을 수 있다.

작가는 한 시대를 앞서는 내용으로 앞을 내다보는 미래제시를 작중 주인공을 통해 나타내면 좋을 것이다. 숙종은 인현왕후를 폐출한 후에 다시 왕후로 복귀하였다. 숙종의 삶은 처음에 정치도 잘했으니, 산중에서의 도를 닦는 성진으로, 성진이 미인을 보고 타락의 생활을 한 것은 궁중의 장소의의 생활로, 후에 깨달아 진리의 길을 밟게 된 것을 인현왕후 복귀로 볼 수도 있다. 그렇게 보면 서포는 앞을 내다보는 작품을 쓴 것이다. 숙종과 인현왕후 그리고 장희빈의 역사적 관계는 『사씨남정기』에서 앞을 내다보는 작품을 남해의 배소(配所)에서 썼으니, 관심을 기울여 볼 만하다.

작가들을 기발한 상상력으로 서포와 같이 앞을 내다보는 작품을 써야 할 것이다.

제257사(事) 지분(知分: 분수를 앎)―김천택의『진본청구영언』263―

제257사(事) 지분(知分)은 분수를 앎이니, 욕심을 자제하는 삶이다. 사람의 욕심은 한이 없는 관계로 자연의 이치에 맞춰 살아가면 근심 없이 편안히 살아갈 수 있다. 분수를 알고 살아가기 위해서는 친자연으로 살아가는 데서 이루어진다. 자연과 더불어 살아가는 것은 물아일체의 경지니 물질 위주의 생활에선 실천하기 어려운 것이다.

분수를 앎이란 자연의 이치와 사람의 도리와 합치되는 삶이니, 지구환경보존의 차원뿐만 아니라 현실을 살아가는 데 도움을 준다.

작가는 독자에게 분수를 지키라는 작중의 인물을 주지시키기 위해 마땅히 해야 할 것과 하지 말아야 할 것을 아는 내용으로 하면 자기의 본분을 알게 하는 데 도움을 줄 것이다.

18세기 영조(英祖) 때 가인(歌人) 김천택(金天澤)은『진본청구영언』(珍本靑丘永言) 263의 시조에서 욕심을 자제하고 춘하추동(春夏秋冬)에 맞추어 살아갈 것을 나타냈다. 중장(中章)에서의 공성명수(功成名遂)가 그 이치다. 사람은 공을 이루고 이름을 이루면 물러나야 천리의 이치다.

이승만과 박정희 대통령 두 분이 공과 이름을 얻어 최고 권좌에 올랐으면 물러나야 화(禍)를 당하지 않았을 것이다. 천도는 춘하추동(春夏秋冬)의 이치를 마련해 놓아 봄은 여름에 여름은 가을에 가을은 겨울에 양보로 물려주게 이치적으로 정해 놓았으니, 이름이 최고조에 이르면 권좌에서 물러나야 하는 것이다.

김천택(金天澤)은『진본청구영언』263의 시조에서 욕심이 하늘의 하나(一)의 도를 넘어서는 안 되는 것을 나타냈다.

성인의 교훈은 대체로 욕심을 자제하는 것으로 되어 있다. 욕심은 한없이 없으므로 이를 자제하게 되는데 자연에서 구하면 된다.

자연은 우리 주변에 특히 하늘의 일월성신(日月星辰)과 산야의 초목에 무수히 널려 있다. 이들에게 욕심이 작용되는 것을 어떻게 알 수 있는가. 이들 자연은 하늘의 하나 되는 이치로 한결같이 이행하고 있는 관계로 욕심이 개재되어 있지 않고 천리에 순행한다. 지구는 태양을 하나의 이치로 한결같이 일사불란하게 운행하고 있으며, 천지인(天地人) 또한 하나의 행함으로 또한 둘이 될 수 없다.

『천부경』(天符經)의 "천일일(天一一) 지일이(地一二) 인일삼(人一三)"에서와 같이 하늘의 기본수는 일(一)이다. 따라서 하늘은 창조과정이 첫 번째이고 땅은 두 번째이며 기본수는 둘(二)이다. 사람은 창조과정이 세 번째이니, 그 기본수가 삼(三)이다. 그러면서 천지인(天地人)은 한결같은 하늘의 기본수 일(一)을 지녀야 우주 간에 존재할 수 있다. 이 때문에 욕심도 천지인(天地人)의 하늘의 하나(一)를 지나 둘 이상이면 안 되는 것이다.

하늘의 천체는 수천억 개 이상이 존재하지만 지구는 태양을, 무수한 별은 북극성을 중심으로 한결같은 하나의 도로 돌고 있다. 한국은 온대지방이므로 춘하추동이 찾아오게 되며, 인간도 이에 따라 순행원리에 맞추어 분수대로 살아가야 한다.

김천택의 『진본청구영언』 263의 시조는 분수를 알라는 내용이니, 본 조항과 밀접한 관계를 맺고 있다. 그 조항을 다음과 같이 인용한다.

제257사(事) 지분(知分): (福 3門 22戸)(복, 3째 문, 22번째 항목)

知分者는 知當爲者하고 知不當爲者하며 知天道與人事相合하고 知物理與人理相對也라. 知分則萬理順하고 百事和하니 如夜海月上이니라.

해석: 분수를 앎이란 마땅히 해야 할 것과 하지 말아야 할 것을 알며, 천도와 인사가 서로 합함을 알고, 물리(物理)와 인리(人理)가 상대되는 것을 아는 것이라. 분수를 알면 만 가지 이

치가 순하고, 백 가지 일이 화평하여 밤바다의 달이 떠오름과 같으니라.

자연은 인간이 살아가는 보금자리 역할을 하고 있는데 자연을 훼손하면 인류가 살아갈 터전을 잃는다. 뿐만 아니라 자연은 사람들에게 분수를 지키며 살아가는 무언의 교훈을 하고 있다.

분수를 안다는 것은 자연의 이치대로 살아가는 길이니, 무한경쟁시대에 접어든 오늘에 사람들의 의식을 자연의 도인 만물의 어머니로 모시고 살아야 할 것이다.

고구려의 을지문덕(乙支文德)이 수(隋)나라 우중문(于仲文)에게 "싸움에 이겨 공이 이미 높으니/ 만족함을 알고 그만두기 바라노라"(戰勝功旣高/知足願云止)라고 지은 것은 유명하다.

일찍이 노자(老子)는 무위자연으로 돌아가 삶의 지표를 삼아야 함을 주장했고, 루소 또한 "자연으로 돌아가라"라고 한 것은 사람에게 무언의 교훈을 주는 안식처가 되기 때문이다.

우리는 조선조의 당쟁사화가 격화될 때 충신들이 환해(宦海) 풍파(風波)에 휩쓸리지 않고 벼슬을 내던지고 강호에서 자연과 벗을 삼고 살았다. 이들은 강호에 늦게 돌아옴을 후회한 것을 보더라도 자연이 인간에게 주는 모체적(母體的)인 역할을 하고 있다. 더구나 오늘에는 공해가 격심하여 심신의 안정을 기하기 위해 조용한 자연에서 살아가는 이들이 많아진 것 또한 자연이 인간에게 주는 혜택을 경시할 수 없다.

현 지구촌인들은 자연을 훼손하지 않고 보호해야 한다는 목소리가 높다. 심지어 유엔 안장보장이사회가 기후안보(climate security)도 국제적 첫 의제로 지구온난화로 인해 동식물 30%가 금세기 내 멸종 위기를 맞아 논의하는 등 심각성을 경고하고 있다. 지구촌 사람들이 자연을 가까이하고 분수를 지키며 살아가면 건강하게 살아간다.

인간의 생은 유한(有限)하고 대우주는 무한하여 자연의 이치로 더불어 살아가면 자신의 분수를 알고 편안히 살아갈 것이다. 사람은 자연에서 살게 되면 마음이 편안하고 육신이 즐거워 삶의 보람을 찾을 수 있다. 자연은 자연의 섭리에 따라 줄기차게 자라고 사람들에게 무한한 자원을 공급해 주는 활력을 불어넣어 준다.

사람의 분수를 아는 진리를 자연에서 찾는 것은 중대한 의미를 지닌다고 할 수 있다. 노자(老子)는 분수를 알아야 함에 대해 "족(足)함을 아는 족(足)함은 항상 족(足)하다"(『道德經』第46章)고 한 것은 무위자연대로 분수를 알며 살아가는 적절한 내용이다.

본 조항은 하늘의 도를 알아 사람의 일과 합치시키고 만물의 이치를 알아 서로 짝수 미학으로 살아가면 밤마다 달이 떠오르는 것처럼 가슴이 후련해져 즐겁게 살아간다. 이에 따라 사람은 자연을 모체(母體)처럼 알고 살아가야 할 것이다.

1. 문학상에 나타난 사람의 분수: 영조 때 가인 남파(南坡) 김천택(金天澤)은 분수를 지키며 살아갈 것을 『진본청구영언』(珍本靑丘永言) 263에서 시조를 다음과 같이 남겼다.

> 지족(知足)이면 불욕(不辱)이오 지지(知止)면 불태(不殆)라 하니,
> 공성명수(功成名遂)하면 마는 것이 그 옳으니,
> 어즈버 환해(宦海) 제군자(諸君子)는 모두 조심하시소.

『진본청구영언』(珍本靑丘永言) 263

남파(南坡)는 족함을 알고 행하라는 내용이니, 사람이 세상에 태어나서 입신출세(立身出世)로 높은 벼슬자리에 오르는 것 또한 좋은 일이나, 과욕해서는 안 될 것이다.

조선조는 당파 간에 알력이 극심했다. 한번 반대당이 득세를 할 경우 생명도 무사할 수 없다. 사람은 운수가 불길하여 생명의 위협을 도래될 심각한 상황이면 입신출세도 저버리고 벼슬자리를 내놓고 강호에서 살아가는 것이 가장 안전한 생활이다.

종장에는 여러 군자(君子)들은 환해풍파(宦海風波)를 조심하라고 경고한

내용을 보더라도 조선조의 당파가 심한 것을 알 수 있다.

사람의 욕심은 한이 없지만 벼슬자리에서 공을 이루면 분수를 지켜 족함을 알고 물러나야(身退) 당쟁이 격심할 때 후환이 없어 죽음을 당하는 일이 없다.

우리는 이러한 일을 자연현상에서 볼 수 있는데 곧 춘하추동의 원리에서 봄은 여름으로 다시 가을, 겨울로 옮겨 가는 것과 같이 양보의 미덕이 있어야 한다.

우리는 장기집권으로 권좌에서 물러날 줄 모르는 예를 볼 수 있는데, 초대 대통령 이승만과 박정희의 경우가 이를 대변해 주고 있다. 전자는 장기집권을 꾀하다가 하야(下野)를 하게 되었고, 후자는 군사 쿠데타로 정권을 잡은 후 장기집권하려다가 결국 권총에 맞아 죽었다. 이들은 천지자연의 이치를 모르고 불행한 일을 당하였다.

사람의 욕심은 한이 없으므로 자연의 진리와 같이 물러날 때 물러나야 화가 닥쳐오지 않는다. 젊은이들은 분수를 자연의 진리에서 찾아 욕심을 자제하면 가화만사성(家和萬事成)을 이루며 살아갈 것이다.

2. 욕심을 자제하는 주인공: 문학상에도 욕심을 자제하며 살아가는 주인공을 새로운 스토리텔링으로 나타내면 독자들의 호응으로 과욕을 치유하는 데 도움을 줄 것이다. 요즘도 공직자들의 부정비리에 고리를 끊지 못하는 많은 이들이 TV방송과 신문지상에 발표되는 것을 보게 된다. 위정자들이 도덕적인 기강을 솔선수범으로 보여야 일반 공무원이 부정비리를 행하지 않을 것이다.

위정자의 비리는 하급관리에게로 전파되는 것이니, 위에서 솔선수범을 보이면 곧 사라지게 된다. 작가들은 이러한 내용을 소재로 작품을 선보이면 부정부패가 척결되어 국민들이 안심하고 살아가는 데 도움을 줄 것이다.

분수를 아는 것은 자연의 이치에서 본받아 주인공을 설정하면 욕심을 자제하는 데 도움이 되리라 믿는다.

제258사(事) 화(和: 조화)—성수침(成守琛)의 『화원악보』 65—

제258사(事) 화(和)는 음양조화에서 찾으면 그 본뜻이 나타난다. 만물의 생육은 천지조화의 기운에서 이루어지고, 태평성대 또한 천지인(天地人)의 조화(調和)와 밀접한 관계를 이루니, 중대한 의미를 지닌다.

작가들은 화(和)의 사상을 토대로 단군의 치적을 나타내면 한국문학의 근원을 나타내는 것이 될 것이다. 실상 단군의 홍익인간의 이화세계(理化世界)는 천지인(天地人)이 하나로 이루어지는 천지조화·음양조화의 조화미 (das Harmonie Schöne)와 온화미(das Milde Schöne)에서 지천태괘(地天泰卦☷ ☰)를 이룬다. 작가들이 하늘의 조화와 사람의 조화를 이루는 내용으로 곧 부부(夫婦)의 화(和)를 이루는 작품을 쓴다면 독자들이 즐겨 읽게 된다.

동양에서 성군하면 요순(堯舜)을 생각한다. 요순은 동이족이었으니, 좋은 현상이다. 16세기 성수침(成守琛, 1493~1564)은『화원악보』 65의 시조에서 요순시대를 찬양하고 있다.

그는 요순의 다스림을 일월(日月)과 같이 그 밝음의 덕화가 사람과 짐승들에게도 미쳤다고 했다. 요순의 정치는 무위자연(無爲自然)의 덕화로 백성을 다스려 태평성대를 이루었다고 밝히고 있다. 이런 내성외왕(內聖外王)의 철인정치는 천지인(天地人)의 이치를 하나로 꿰뚫어 왕도정치의 이상을 구현한 것이다. 요순의 태평성대는 단군의 통치인 홍익인간의 이화세계와 통하는 일면이 있다.

주지하는 바와 같이 단군 이전에 환웅(桓雄)이 홍익인간으로 마을사회를 이루어 짐승들도 환웅을 찾아와 환웅과 같은 훌륭한 사람이 되고 싶어 사람이 되는 길을 물었다.

곰은 환웅이 가르쳐 주는 내용으로 실행해 웅녀(熊女)로 변신하는 데 성공하여 환웅과 신단수 아래에서 감격적인 만남으로 신성혼(神性婚)을 이루어 단군을 낳았다.

환웅은 천신적(天神的)인 존재요 웅녀(熊女)는 국모인 동시에 지모신의 존재가 되었다. 단군은 환웅의 통치를 가일층 발전시켜 홍익인간 이화세계를 짐승과 공생하는 세계를 세웠다.

성수침(成守琛)은 요순(堯舜)의 치적을 일월(日月)과 같이 밝은 세상임을 세웠음을 다음과 같이 밝혔다.

16세기 조선조는 유교를 신봉하는 나라이므로 단군보다 요순으로 나타냈다. 원칙으로 조선조는 중원을 섬겨야 하므로 단군을 거론하면 사대교린(事大交隣)상 지장이 되므로 요순을 거론해야만 했다.

원칙으로 단군이 요순보다 훨씬 정치를 잘 다스렸다는 것을 이 기회에 독자들이 알아야 한다. 단군은 천지인의 진리로 다스렸으니, 단군의 홍익인간의 이화세계를 이해하기 위해선 본 조항을 되새겨볼 필요가 있다. 그런 의미에서 본 조항을 인용하면 다음과 같다.

제258사(事) 화(和): (조화): (福 4門)(복, 4째 문)

日之和風之和는 天和也오, 氣之和聲之和는 人和也라. 日和風和則禎祥이 時降하여 歲功이 遂하고 氣和聲和則靈神이 精暢하여 昭德이 著하니라.

해석: 해와 바람의 조화는 하늘의 조화요, 기운이 화하고 말소리가 화함은 사람의 화함이라. 해와 바람이 고르면, 상서로움이 때맞춰 내려 그해의 공을 이루고, 기운과 소리가 고르면, 신령이 정밀하게 화창하여 밝은 덕이 나타나느니라.

사람은 천지조화를 본으로 살아가면 지천태괘(地天泰卦☷☰)와 같은 화평을 이루게 된다. 천지조화는 음양조화와 부부조화와 같은 뜻이니, 조화미(das Harmonie Schöne)와 온화미(das Milde Schöne)로 나라를 세우면 태평성대와 지상낙원 신성세계를 이루게 된다고 할 때 화(和)의 사상을 개발할 필요가 있다.

우리는 자연의 조화나 예술품을 비롯하여 조화로운 음악을 들으면 몸과 마음이 조화를 이루어 상쾌한 기쁨을 느낀다.

본 조항은 하늘의 조화와 사람의 조화를 나타냈는데, 이 양자의 조화로움을 고루 나타내면 밝은 덕이 나타나 행복하게 산다는 것으로 된다. 사람의 다정한 기색과 따뜻한 말은 사람의 조화에 해당하는데 하늘의 조화로움과 일체를 이루면 인간생활이 훨씬 밝아질 것이다.

화(和)의 네 번째 대문(大門)은 8개의 지게문이 있음을 다음과 같이 나눈다.

화사문(和四門)

내용 화사문	주요 내용	대상	조항
1. 수교(修敎)	수도자는 사람을 가리지 않고 가르침	조화	제259사(事)
2. 준계(遵戒)	366사(事)는 도리에 통달할 수 있게 함	조화	제260사(事)
3. 온지(溫至)	온화한 기운은 사람들이 모여듦	조화	제261사(事)
4. 물의(物疑)	남을 믿음으로 대하면 상대도 믿음	조화	제262사(事)
5. 생사(省事)	철인은 일을 잘 풀리게 간략하게 함	조화	제263사(事)
6. 진노(鎭怒)	덕망이 있으면 분노를 가라앉힘	조화	제264사(事)
7. 자취(自取)	화합과 덕이 있으면 자연히 뜻을 이룸	조화	제265사(事)
8. 불모(不謀)	화목은 꾀하지 않고 남과 화합함	조화	제266사(事)

이 8개 부분은 조화미와 온화미를 나타낸다. 전자의 미(美)는 천지음양의 조화에서, 후자의 미는 사람들이 화목하게 살아가는 데 도움을 줄 것이다. 이 양자의 미가 조화를 이루면 제6장 복(福)의 내용과 같이 행복한 삶으로 살아가게 된다.

1. **문학상에 나타난 조화의 덕치**: 천지인의 조화의 덕치는 태평천국을 세울 것이다. 우리는 흔히 성군 하면 요순(堯舜)을 떠올린다. 성수침(成守琛, 1493~1564)은 『화원악보』 65의 시조에서 요순시대를 일컬어 일월(日月)과 같이 밝아 그 덕화가 사람은 물론 짐승들에게도 미쳤다고 했다. 요순은 무위자연(無爲自然)의 덕화로 백성을 일월의 광명으로 다스려 태평성

대를 이루었다. 요순의 덕치는 단군의 통치인 홍익인간의 이화세계와 통하는 것이다. 요순은 동이족이니, 태평성대를 이뤘다는 데선 통한다고 할 수 있다. 성수침(成守琛)은 요순(堯舜)의 치적을 일월(日月)과 같이 밝은 세상을 세웠음을 다음과 같이 밝혔다.

> 천지대(天地大) 일월명(日月明)하신 우리의 요순성주(堯舜聖主),
> 보토생령(普土生靈＝온나라 백성)을 수역(壽域＝장수하는 고장)에 거느리서.
> 우로(雨露＝은총)에 패연홍은(霈然鴻恩＝넓고 큰 은혜를 입음)이
> 급금수(及禽獸＝짐승들에게까지 두루 미침)를 하샷다.

『花源樂譜』 65

요순(堯舜)의 덕치(德治)는 일월의 밝음으로 다스려 예악법도가 찬란하게 빛나 온 나라 백성이 그 은총을 입고 짐승들에게 미쳤음을 나타냈다. 요순의 덕치는 천지인의 조화로움과 온정미를 실천한 것으로 인해 짐승과 공존공영(共存共榮)의 나라를 세웠으니, 단군의 치적과 통한다고 할 수 있다.

그러나 실제로 단군의 치화(治化)는 요순의 덕치보다 훨씬 잘 다스려졌다. 그러나 한국인은 단군의 존재 자체를 부인하는 이들이 많으니, 누가 이 말을 믿을 것인가. 맹자(孟子)는 고자(告子) 하편(下篇)에서 단군조선과 관계있는 예족(濊族)이 요순보다 훨씬 잘 다스렸다고 했으니, 단군조선에 대해서 관심을 기울여 홍익인간의 건국이념을 염두에 두고 살아가야 할 것이다.

단군이 훌륭한 나라를 세웠다는 것은 중원의 사서오경(四書五經)과 사서(史書)에 기록되어 있지만, 8·15 광복 이후 역대 대통령들이 단군에 대해서 관심을 기울이지 않았다. 우리는 이런 한국인의 정서에서 지내 왔으니, 국민들이 단군을 국조로서 인정하지 않게 된 것이다.

2007년 2월 23일(금)에 교육부는 기존의 역사관을 뒤집는 획기적인 발표를 함으로써 3월 신학기부터 일선 고등학교에서 단군을 정식으로 가르

치게 되었으니, 반가운 일이다. 일제강점기 36년과 62년을 합산하면 근 100여년 만에 단군을 실존 인물로 새로이 여기게 되었으니, 본 조항을 역시인식으로 새로이 조명해 볼 필요가 있다.

앞으로 우리는 요순도 성군으로 받드는 것과 같이 단군을 국조로 숭배해야 할 것이다.

2. 작가들의 역사인식: 작가들은 단군을 국조로 나타냈으니, 장한 일이다. 단군의 존재는 국사교과서에서도 단군을 국조로 기술하지 않은 것을 작가들이 소설과 시, 만화에서 역사적인 실존인물로 나타냈으니, 우리 역사를 지켜 온 분들의 공이라 할 수 있다. 작가들은 교육을 담당한 교육부에서도 60여 년 동안 부인한 역사를 국조로 작품상에 나타냈으니, 훌륭한 업적을 남긴 것이다. 그 작품들은 한국역사에 남을 기념비적인 작품이라 할 수 있다.

사학계에서 단군을 일제식민지 정책을 계승한 신화적인 인물로 기술한 저서는 2007년 3월 이후 쓸모없게 되었다. 작가들은 본 조항과 단군의 홍익인간의 정신을 주인공을 통해서 작중인물에 나타내면 아직까지 단군의 존재를 부인했던 친일학자와 그 제자, 위정자와 개신교도들이 단군에 대해 부인하지 않게 될 것이다. 앞으로 작가의 임무가 중차대함을 기대한다. 특히 학자들은 그동안 단군을 부인하는 가운데 일제시대 이래 2007년까지 1,710편의 논문이 발표되었는데 단군을 국조로 인정하는 증거물이다.

제259사(事) 수교(修敎: 가르쳐 닦음)—고산의 「오우가」(五友歌)—

제259사(事) 수덕(修敎)이란 가르쳐 닦음을 뜻한다. 본 조항에서의 바른 수도자의 자세에 대해서 하늘의 도를 닦는 이는 세 가지 방법으로 나눴다. 첫째는 어두운 사람을, 둘째는 악한 사람을 가르치고, 셋째는 착한 사람을 가르쳐서 사람의 도리에 따르게 하면 그 공로가 크다는 것을 나타냈다.

작가는 작품을 통하여 바른 수도자의 역할을 하는 것으로 비유할 수 있으니, 몽매한 사람·악한 사람·착한 사람을 가리지 않고 가르치면 인도(人道)를 따르게 되어 그 공덕은 가뭄에 단비보다 더 낫다는 것이니, 작중 인물이 되도록 나타내면 사람들을 바르게 인도하게 된다.

고산(孤山) 윤선도(尹善道, 1587~1671)의 「오우가」(五友歌)는 『고산유고』(孤山遺稿) 중 산중신곡(山中新曲) 18수(首) 중 6수로 되어 있다. 「오우가」(五友歌) 중 달(月)은 어둠을 밝혀 주는 내용이니, 성군이 몽매한 사람을 밝은 도리로 인도하는 것으로 볼 수 있다.

이 「오우가」(五友歌)는 물(水), 돌(石), 솔(松), 대(竹), 달(月)의 다섯 가지 자연물에 대하여 각기 1장에 읊고 서장(序章)의 한 수를 곁들여 여섯 수가 산중신곡(山中新曲)에 전한다.

고산(孤山)이 「오우가」(五友歌)를 지은 연대는 인조 20년, 즉 1642년 56세에 보길도(甫吉島)와 고향인 금쇄동(金鎖洞)을 오가면서 시가생활을 하는 중 「오우가」(五友歌)를 지었다.

고산이 보길도(甫吉島)와 고향인 금쇄동(金鎖洞)에서 산중신곡(山中新曲) 18수를 지은 것은 병자호란 때문이다

인조(仁祖, 1593~1649)는 남한산성(南漢山城)에서 내려와 삼전도(三田渡)에서 청의(淸衣)를 입고 치욕적인 항복을 군신(君臣)의 의(義)로 맺고 인조의 맏아들 소현세자(昭顯世子)와 둘째 아들 봉림대군(鳳林大君, 효종(孝宗))을 심양(瀋陽)의 인질로 보내는 조건으로 청(淸)에 항복하였다. 고산은 그 사실을 모르고 강화도에 인조가 피난 갔다는 소식을 듣고 항해를 했으나 청군에 함락당하여, 인조가 영남으로 피난 갔다는 소식을 듣고 해남으로 돌아왔다.

이때 고산은 인조가 남한산성(南漢山城)에서 내려와 치욕적으로 항복했다는 소식을 듣고, 그 치욕을 견디지 못하였다.

주지하는 바와 같이 임금 인조(仁祖)가 남한산성에서 청나라 군사에게 포위되어 항복을 하였는데, 삼전도에서 치욕적으로 수모를 겪었으니, 단군조선의 전통성으로 동방예의국의 임금이 미증유의 치욕의 역사를 남겼

다. 더구나 많은 백성들이 포로로 잡혀갔으니, 고산이 청에 적개심이 응결되어 참을 수 없었다.

그뿐인가. 청병이 지나간 곳은 그들의 잔혹한 행패로 말미암아 황폐화되었으니, 일찍이 정의감으로 살아왔던 고산이 배를 탐라(耽羅＝濟州道)로 항해(航海) 도중에 수석(水石)이 수려한 보길도(甫吉島)를 보고, 그곳을 부용동(芙蓉洞)이라 이름 짓고 그곳에서 금쇄동(金鎖洞)을 오가며 「오우가」(五友歌)를 지었다.

본고는 「오우가」(五友歌) 중 '달'에 대해서 소개하기로 한다. '달'은 어둠을 밝혀 주는 역할을 하므로 성군이 우매한 백성을 밝은 도리로 인도하는 치세로 받아들일 수 있다.

성군의 치세는 '달'의 불언(不言)과 같이 무언(無言)으로 행하는 내용으로 달을 벗으로 시조를 지었는데 본 조항과 내용과 통한다. 이에 본 조항을 다음과 같이 소개한다.

제259사(事) 수교(修敎): (福 4門 23戸)(복, 4째 문, 23번째 항목)

修者는 自修도 修也오 修人도 亦修也라. 修天道之道者는 敎昏人하며 見明道하며 敎惡人하여 歸善道하고 敎善人하여 遷遷人道則功過於甘霈니라.

해석: 닦음(修)에는 스스로 닦는 것도 닦음(修道)이며, 남을 닦아 주는 것 또한 닦음(修道)이니라. 하늘의 도를 닦는 길은 어두운 이를 가르쳐서 밝은 도를 보게 하고, 악한 이를 가르쳐서 착한 근원으로 돌아오게 하고, 착한 이를 가르쳐서 사람의 도리에 따르게 하면 그 공덕은 가뭄에 내리는 단비보다 더 나은 것이니라.

위의 내용은 세 가지 부류의 사람들을 사람답게 바르게 가르쳐 살아가기 위한 방도를 나타낸 것이라 할 수 있다.

이 내용은 다름 아닌 천도를 본받아 착함으로 돌아오게 하는 데 의미가 있는 것이니, 이런 행위가 복을 이루는 계기가 된다고 할 수 있다. 위정자가 본 조항의 내용과 같이 세 가지 내용으로 밝고 착하게 바르게 살아가게 하면 백성들이 행복하게 살아간다.

이런 가르침과 같은 조항이 마련되었다는 것은 홍익인간 할 수 있는 이를 만나 행복하게 살아갈 수 있게 한 것이나 다름없다.

본래 홍익인간은 『삼국유사』 권1 고조선 조에서와 같이 360여사(餘事)로 이화세계를 이뤘다. 홍익인간은 일 년 사시절에 따라 농경에 힘써 풍요를 누리게 하는 것이니, 오늘에 경제정책을 잘 세워 국민들이 복지를 누리며 살아가는 것과 같은 정치를 말한다.

백성은 위정자를 잘 만나면 풍요롭게 살아갈 수 있으니, 그 저력이 백성들로부터 나온다. 그렇기 때문에 의인(義人)이나 대인(大人)다운 위정자의 정치는 백성들을 바르게 인도하여 훌륭한 나라를 세운다. 단군은 삼상(三相) 오부(五部)의 신하들에게 백성들을 366사(事)로 가르쳐서 홍익인간 이화세계를 세운 것은 그런 의미로 받아들일 수 있다. 366사(事)는 단군이 천리에 의해 사람을 다스린 관계로 홍익인간의 이화세계를 세워 백성들이 편히 살아가게 한 것이다.

위정자는 천도를 본받아 하늘과 대지가 곡식이나 잡초를 차별하지 않고 고르게 키우는 것과 같이, 악한 사람을 선도하면 바른 사람이 된다. 선인들이 후손들을 권선징악의 담론으로 선도하였던 것은 그 이유가 있다.

따라서 본 조항은 천도를 닦는 수도자가 도리에 어둡고 몽매한 사람, 악한 사람, 착한 사람을 가리지 않고 밝은 도리, 착한 길, 인도(人道)에 따르게 지도하여 주면, 그 공덕은 가뭄에 내라는 단비보다 더 낫다는 것을 밝혔다.

1. **고산(孤山) 『오우가』의 '달':** 고산(孤山) 윤선도(尹善道)가 지은 『오우가』는 『고산유고』(孤山遺稿) 중의 산중신곡(山中新曲)에 물(水), 돌(石), 솔(松), 대(竹), 달(月)의 다섯 가지 자연물에 대하여 각각 1장에 읊고 서장(序

章)의 한 수를 곁들여 여섯 수가 수록되어 있다.

달은 어두운 밤하늘을 밝혀 주어 길손에게 인도의 역할을 한다. '달'은 본 조항 중 '하늘의 도를 닦는 길은 어두운 사람을 가르쳐서 밝은 도를 밝게 하는 것'과 관련되어 있는데, 성군(聖君)이 우매한 백성을 가르쳐 밝은 도리를 지도하여 주는 치세로 받아들일 수 있다.

성군의 치세는 '달'의 불언(不言)과 같이 무언(無言)으로 행한다. 고산이 달을 벗으로 삼는 이유는 불언(不言)의 교훈에 있는 것이다. 따라서 성군은 자연의 도에 의해 다스려지는 치세로 받아들일 수 있다.

고산의 『오우가』(五友歌) 중 '달'을 벗으로 삼는 이유를 다음과 같이 나타냈다.

작은 것이 높이 떠서 만물을 다 비추니,
밤중의 광명이 너 만한 이 또 있느냐.
보고도 말 아니 하니 내 벗인가 하노라.

『오우가』(五友歌), '月'

위의 내용은 달이 어두운 천지를 밝혀 주면서도 무언(無言)으로 행하는 데 있음을 밝혀 놓았다. 성군의 치세는 자연의 도에서 무위(無爲)의 도로 받아들인 데 있다. 우리는 요순의 치세를 말하지 않고 행함에서 온 것으로 받아들인다. 그의 치세는 옷깃만 바로잡고 있어도 천하가 잘 다스려졌다고 했으니, '달'에서의 불언(不言)과 일치하는 무언(無言)의 교훈이다.

본 조항은 미적 범주로서 우미(優美) · 숭고미와 관련되니, 일월과 같은 밝음으로 이해하면 성군의 숭고한 치적을 이해할 수 있다.

성군의 치적은 달과 같이 불언(不言)으로 어두운 밤을 밝게 비춰 주는 것과 같다. 옛날에는 사람들이 순박했으므로 덕치주의로 다스려도 정치가 잘 이루어졌다. 그러나 오늘의 정치는 법치주의로 다스리는데, 솔선수범을 보이면 법치주의가 빛나게 된다.

예로부터 정치는 위정자의 역할이 크게 작용되어 왔으므로 국민들을 여하히 다스리느냐에 달려 있다. 오늘의 법치주의하에서도 덕치주의는 겸해야 할 것이다. 그런 의미에서 '달'에서의 불언(不言)은 위정자와 일반사람들에게 좋은 교훈이 되고 있으므로 솔선수범의 생활이 필요하다.

본 조항의 의미나 '달'에서의 불언(不言)의 교훈은 위정자나 모든 사람들이 행할 준칙으로 받아들일 필요가 있다.

2. 문학에서의 솔선수범을 보이는 주인공: 오늘의 문학은 주인공이나 등장인물이 다양하게 등장한다. 작가들은 주인공의 행함을 나타내는 것으로 인해 독자들이 본받게 수범을 보이면 모든 현장에서 그 정신을 본받게 하는 데 도움이 될 것이다.

덕치주의의 수범은 요순만이 아닌 환웅이 366사(事)로 교화를 백성에게 베풀고, 단군 또한 환웅의 교화(敎化)를 치화(治化)로 발전시켜 환상적인 이상미의 나라를 1500년간 다스렸다.

세계 정치사상 천장지구(天長地久)와 같은 나라를 세운 것은 단군과 같이 1500년간 천리에 의한 다스림에 있으니, 그 행함을 본받음이 마땅하다. 작가들은 오늘의 경우에서도 수범의 정치가 주요 역할이 된다는 것을 주인공을 통해 나타내면 된다.

오늘에는 법치주의로 다스려야 되나 위정자의 부정비리가 비일비재하게 적발되므로 국민들에게 덕치주의의 한 형태로 솔선수범을 겸하면 국민들이 따를 것이다.

작가들은 독자들이 윗물이 맑으면 아랫물이 맑다는 격언을 알고 있으므로 위정자가 몸소 깨끗한 위정자다운 전형을 보이는 내용으로 주인공을 통해 작품을 쓰면 독자들 중 위정자의 인식이 전보다 달라질 것이라 믿는다.

제260사(事) 준계(遵戒: 계율을 지킴)―『유충렬전』의 주인공 충렬―

제260사(事) 준계(遵戒)는 계율(戒律)을 준수한다는 뜻이니 366사(事)의 8계(戒)를 가리킨다. 8계(戒)는 366사(事)를 여덟 가지로 나눈 것인데 일명『팔리훈』(八理訓)이라고도 한다. 즉 ① 정성(誠)·② 믿음(信)·③ 사랑(愛)·④ 구제(濟)·⑤ 재앙(禍)·⑥ 행복(福)·⑦ 갚음(報)·⑧ 응(應)함을 일컫는다.

환웅은 천상에서 태백산 신단수에 내려 신(神)의 고을을 열고, 인간세상을 360여(餘) 가지로 다스려 홍익인간의 이화세계를 이뤘다. 단군은 환웅의 신의 고을을 발전시켜 환상적인 이상미(理想美)의 부족연맹국가를 탄생시켰다.

『유충렬전』의 주인공 충렬이 혼자 많은 군사를 물리치고 정한담의 목을 벨 수 있었던 것은 어디에서 그런 초능력의 발휘가 이루어졌는가는 타고난 운명을 인화(人和)→신화(神和)→천화(天和)할 정도로 백룡사에서 도인에게 무술을 배우고 연마했기 때문에 가능했다. 이 점은 본 조항과 통하게 되므로 그 조항을 인용하면 다음과 같다.

제260사(事) 준계(遵戒): (福 4門 24戶)(복, 4째 문, 24번째 항목)

遵은 守也니라. 戒는 參佺八戒也라. 新衣者는 主整하여 惟恐襤褸하고 新浴者는 主潔하여 惟恐汚穢니라. 遵戒를 如主整主潔하여 顧勤而無放怠면 人和神亦和하고 神和天亦和하니라.

해석: 좇는다(遵) 함은 지키는 것이요, 경계는 참전(參佺)의 팔계(八戒)이다. 새 옷을 입은 사람은 가지런히 함을 지켜 남루해질까 두려워하고, 새로 목욕한 이는 깨끗함을 지켜 더럽혀질까 염려하느니라. 팔리(八理)의 계율을 지키기를 옷을 가지런히 함과 옷을 깨끗이 하는 것

처럼 부지런히 돌아보고, 태만함이 없으면 사람이 화(和)함에 신도 또한 화하고 신이 화함에 하늘도 또한 화하니라.

366사(事)는 1900년 초엽에 백봉(白峰)이 소장한 것을 1921년 정훈모(鄭薰模)에게 전한『성경팔리』(聖經八理) 일명『단군교팔리』(檀君教八理)를 발행해 오늘에 전해져 그 이후 이본이 여러 종류에 이른다. 그중『참전계경』(366事)은『성경팔리』(聖經八理)를 보완하여 널리 이용되고 있다.

이에 근거하여『참전계경』중 제260사(事) 준계(遵戒)에는 자신의 행동을 부지런히 돌아보며 방종과 태만이 없게 하면 사람의 화목함이 신화(神和)와 하늘과 화동할 것이라 밝혔다.『참전계경』중 제260사(事) 준계(遵戒)는 인화(人和)→신화(神和)→천화(天和)에 이르게 되어 길하게 됨을 나타냈으니, 행복하게 살게 되는 원인을 밝힌 내용이다.

환웅과 단군이 홍익인간의 이상적인 이화세계를 이룬 배경에는 삼상(三相) 오부(五部)의 신하들이 소도(蘇塗)교육을 통해 백성들로 하여금 8계(戒)인『팔리훈』(八理訓)을 준수한 데서 신선사상(神仙思想)의 종주국이 된 것으로 볼 수 있다.

366사(事)인『팔리훈』(八理訓)은 춘하추동 4계절로 나누면 봄일 경우 초춘과 중춘을 ① 정성(誠)으로 · 중춘과 계춘을 ② 믿음(信)의 두 장(章)이 포함되므로 4×2＝8로 보면 된다. 이『팔리훈』(八理訓)을 실천하고 지켜 나가기 위해서는 마치 새 옷을 입은 사람과 목욕한 사람이 정결(淨潔)함을 지키는 것처럼 부지런하게 살아가면 행복하게 살아갈 수 있다.

환웅과 단군이 홍익인간의 이화세계를 세워 지상을 낙원으로 신선의 나라를 세워 단군조선이 신선의 나라를 세운 유래로 신선국의 종주국이 되게 했다.

사람들이『참전계경』(366事)을 실천하면 천인합일(天人合一)이나 신선의 경지에 이르게 하는 교훈이 담겨 있는 내용으로 이해하면 된다.

본 조항은『참전계경』을 실천하면 행복하게 살아가는 내용을 밝힌 것이라 할 수 있다. 이로 비추어 제6장 복(福)은 계절적으로 중추(仲秋)와 계추(季秋)에 해당되는 계절이므로 농경에 해당한다. 가을 추수(秋收)는 봄과 여름 동안 파종하고 가꾼 것으로 말미암게 되니, 풍요를 누리며 행복하게 살아갈 수 있다.

고대농경사회에서 풍요를 누리는 삶이 태평천국이고 지상낙원이며 신선세계라고 하면 『참전계경』에서의 제6장 복(福)이 인생의 가장 중요한 부분을 차지한다.

1. 『유충렬전』에 나타난 충렬의 천인일체관(天人一體觀): 『유충렬전』에서 간신 정한담 무리가 북적(北狄)과 야합하여 당(唐)의 황제가 위기에 처해 항복하게 되었다. 충렬은 도승으로부터 연마한 도술로 간신들이 이끄는 군대를 혼자서 무찔러 당(唐)의 황제를 위기에서 구했다.

충렬은 간신들을 물리치고 항복을 받아 당(唐)을 구한 공로로 황제로부터 벼슬을 하사받아 승상에 오르고 100세까지 장수하다가 하늘로 올라가 신선이 되었으니, 본 조항과 통하는 의식이다.

충렬의 인물됨은 천인합일(天人合一)의 경지에 이른『인부경』(人符經)의 "천지합도인"(天地合道人)이라 할 수 있다.

본고에서는 충렬이 천인합일(天人合一)의 경지에 이르기까지의 과정을 알아보면 본 조항의 내용을 이해할 수 있으리라 본다.

충렬의 출생은 그의 부모가 중국 형산의 신령전에 빌어 낳은 아들이니, 천인합일할 수 인물임을 예시한 것이다. 그는 신동으로 알려서 세인의 부러움을 받으며 자랐다. 그러나 충렬은 부친인 유심의 정적 정한담의 후환거리가 되었다.

당(唐)의 조정은 정한담 일파가 권좌를 차지하여 혼란에 빠지게 된다. 정한담은 혼란한 틈새를 이용해 남흉노(南匈奴) 선우(單于)가 북적(北狄)과 야합하여 정권을 차지하기 위해 반란을 일으켰다. 나라에 충신이 없으니, 정한담 일파들이 황제를 위협하여 항복할 상황에 놓인다.

이때 충렬은 조정이 위기에 놓인 상황을 천문으로 살핀 후 백룡사에서 용마를 타고 단신으로 달려가 혼자서 수십만 대군과 싸워 이기는 개가를 이룬다. 충렬은 신이 부여한 사람으로 태어나 신통력으로 혼자 이들의 많은 군사를 물리치고 정한담을 사로잡아 죽였다.

충렬은 혼자 황제를 구한 후 가족과 재회하여 단란하게 살아간다. 여기에 충렬은 금상첨화 격으로 벼슬이 승상에 오르고, 100살까지 장수한 후 하늘로 올라갔으니, 본 조항과 충렬의 행함이 일치한 것이다.

2. 문학의 주인공: 작가들은 주인공의 행함을 나타낼 때 성격과 관련해서 전개시킨다. 그 운명은 타고난 재질과 부합시키고 그 행함에 따라 성공 여부는 결정된다고 볼 수 있다.

그 열쇠는 본 조항과 같이 일 년 사계절을 여하히 보냈는가에 달려 있으니, 방종과 태만이 없게 살아가야 한다. 그 행함은 천인합일에 이를 정도로 행하는 데서 성공적으로 이루어진다. 충렬의 행함은 타이밍을 놓치지 않고 행한 데 있으니, 작가들도 충렬과 같이 순간을 잘 이용하는 시점을 포착하여 정확히 타이밍을 맞추어(in exact timing with) 행하면 성공할 수 있게 주인공을 나타낼 수 있다. 반면에 간신 정한담은 타이밍을 그르쳐(upset the timing) 실패했다.

주인공은 디지털과 글로벌 시대에 맞는 인물로 등장시키면 독자들이 새롭게 느끼고 그의 행함을 닮으려 노력할 것이다. 현대는 옛날과 같은 사고관념과는 다르게 살아가는 시대가 아니고, 직접 생산성과 관련이 필요하기 때문이다.

인간은 신인과 같이 초능력을 발휘할 수 없다고 하지만 힘써 행하면 인화(人和)가 신화(神和)에 이르고, 다시 신화(神和)가 천화(天和)에 이르게 되면 길한 일이 생기게 되므로 주인공의 설정도 그와 같이 나타내야 할 것이다.

제261사(事) 온지(溫至: 온화함에 이름)―이복휴의 「형제투금」(兄弟投金)―

제261사(事) 온지(溫至)는 온화함에 이름을 뜻하니, 온화한 기운이 사람에게 이르는 것이 된다. 사람이 온화하다 함은 남을 따듯하게 맞으면서 부드러운 인상으로 대하는 것이니, 인정이 감도는 것을 말한다. 따라서 온화한 사람은 온후돈후(溫厚敦厚)한 인간미(人間美)와 인간성(人間性)을 지닌이라 할 수 있다.

작가는 선인(善人) 역할을 하는 주인공을 작중에 따뜻하면서도 부드러운 인간상으로 나타내고 인간미가 풍기는 사람으로 나타내면 독자들이 작품을 읽을 때 그 인상을 연상적으로며 실감하면서 읽을 것이다.

이복휴(李福休)는 『해동악부』(海東樂府) 「투금강」(投金江) 조(條)에서 『고려사』 권34, 열전, 효우(孝友) 조(條)와 『신증동국여지승람』 권10, 양천현(陽川縣)·산천(山川)·공암진(孔岩津) 조(條)에 실려 있는 「형제투금」(兄弟投金) 설화에 대해 노래를 지었다.

후인들인 형제가 황금 두 덩어리를 나눠 가진 후 자기들의 마음을 훼손하지 않기 위해 형제가 그 황금덩어리를 강물에 던졌다는 내용이다. 이들 형제에 대한 기사는 설화 형식의 내용이지만 형제간의 재산문제로 다투는 일일 없도록 한 감계적(鑑戒的)인 것이라는 데는 이의가 없을 것이다.

이들 형제는 세속의 사람과는 다른 물질을 초월한 사람들이니, 동양적인 인간적인 군자(君子)·대인(大人)·철인(哲人)·의인(義人)·인인(仁人) 등으로 볼 수 있다. 이들의 인간됨은 한마디로 사람의 마음을 따뜻하게 대하는 사람이라 할 수 있으므로, 본 조항의 내용과 통하는 것으로 보고, 본 조항을 다음과 같이 인용한다.

제261사(事) 온지(溫至): (福 4門 25戶)(복, 4째 문, 25번째 항목)

溫은 溫和也오 至는 臨也라. 夫哲人은 和人語溫하며 和事氣
溫하고 和財義溫하니 若春日之溫臨而人不離溫也라.

해석: 따스하다 함(溫)은 온화함(따스함)이며, 이른다 함은 다다름이라. 무릇 철인(哲人)·
인인(仁人)은 사람들과 어울릴 때는 말을 따스하게 하고, 일에 어울릴 때에 기운에 따스하며,
재물에 어울릴 때에 의리에 따스하니, 봄날의 따스함이 다다른 듯하여, 사람이 그 따뜻함을
떠나지 않는 것과 같으니라.

사람이 온화하게 산다는 것은 남을 따뜻하게 대해 주어 부드럽게 살아
가는 것을 의미한다. 온화한 사람은 남과의 대화에서 말을 따듯하면서도
부드러운 인상과 즐거운 낯으로 대하는 것을 이른다.

온화한 사람은 한마디로 철인이나 의인의 높고 넓은 마음으로 사람을
대하는 것으로 이해하면 될 것이다.

온화한 사람은 의인(義人)이므로 사람들과 어울릴 때에 말의 정을 느끼
게 하고 일을 할 때에 기운을 온화하게 하여 주어 친밀감을 감돌게 한다.
재물을 대할 때는 의리를 온화하게 하니, 홍익인간 할 수 있는 사람을 대하
는 것과 같이 하여 사람과 사람을 대하는 것으로 나타낸다. 마치 이는 춘삼
월의 햇살이 내리는 곳에 사람들이 모여드는 것과 같아 그 온화미(溫和美)
는 공자(孔子)의 이른바 "덕불고(德不孤) 필유인(必有隣)"과 같은 인상을 풍
긴다.

의인(義人)은 사람을 따뜻하게 대해 주는 관계로 그의 곁에 사람들이 모
여 떠나려 하지 않게 된다. 의인(義人)이나 철인(哲人)은 사람들과 같이 더
불어 사니, 이들이 위정자일 경우 여민동락(與民同樂)으로 만백성의 지극
한 존경을 받을 것이다.

단군이 홍익인간의 이화세계를 세운 것은 본 조항의 내용과 같이 여민

동락(與民同樂)으로 백성을 다스린 데 있다.

1. 「형제투금」(兄弟投金)의 설화와 악부(樂府): 『고려사』 권34, 열전, 효우(孝友) 조(條)에 나타난 「형제투금」(兄弟投金)의 설화는 물욕을 초월해 형제간의 우애를 다지며 청빈낙도(淸貧樂道)로 즐겁고 멋있게 살아가는 것을 나타낸 것이다.

형제간에는 금전보다 형제간의 우애를 지키며 살아왔던 것으로 재산문제로 의리가 상하는 일이 별로 없었다. 그런데 요즘에는 재산문제로 형제들이 다투어 살인사건이 일어나는가 하면 재벌들의 자손들이 재산문제로 세상을 시끄럽게 한다. 형제간의 재산 다툼은 선인들이 형제간의 정을 저버린 행위다. 세인들은 재벌들 형제들이 재산문제로 소송으로 이어진 것을 왕자의 난으로 비유하는데, 우애(友愛)가 실종되었음을 의미한다.

형제간 우애를 나타낸 설화는 『고려사』 권34, 열전, 효우(孝友) 조(條)와 『신증동국여지승람』 권10, 양천현(陽川縣)·산천(山川)·공암진(孔岩津) 조(條)에 실려 있는데 후세인들이 「형제투금」(兄弟投金)의 문헌전승 자료로 소개하고 있다.

이 설화는 오늘날 상황과는 전연 상반적인 내용이 들어 있어 세인들이 재산문제로 다툴 때 예를 들어 말하기도 한다. 이 두 문헌에는 고려 공민왕 21년에 형제간에 일어난 일을 소재로 다루고 있는데 교훈적인 이야기라 할 수 있다. 이 우화는 형제가 함께 길을 가다가 아우가 황금 두 덩이를 얻어 그중 한 덩이를 형에게 준 것에서 발단된다. 동생은 양천강에 이르자 갑자기 금덩어리를 물에 던지자 형이 동생에게 그 연유를 묻는다. 동생은 아무렇지도 않은 듯 금덩어리를 나누어 갖게 되니, 형을 꺼리는 마음이 싹터 버린 것이라고 대답한다. 형 또한 동생의 말이 맞다고 금덩어리를 물에 던졌다. 물론 이 설화는 형제간에 우애로 살아야 함을 교훈적으로 나타낸 교훈이다.

이 「형제투금」(兄弟投金) 설화를 곧이곧대로 믿고 김포에 있는 양천강에 던졌다는 금덩어리를 찾겠다고 배를 타고 강바닥까지 잠수한 일이 신문기사에 실린 적이 있다. 물론 이들은 금덩어리를 찾지 못했지만 설화를 실화로 잘못 이해한 것이다.

「형제투금」(兄弟投金)은 형제간에 물질보다 우애로 살아가야 함을 교훈한 내용이라 하더라도 오늘의 사람들이 이들 형제를 바르게 보지 않고 어리석은 형제라고 본다. 혹자는 금덩어리를 버리기보다는 그 금덩어리를 팔아서 어려운 사람을 돕는 것이 낫다고 말들을 한다. 그러나 이 설화는 오늘의 타산적인 생각과는 전혀 다른 의식으로 생각해야 된다.

형제간에는 우애가 물질보다 우선한다. 고려시대 형제의 생각은 물질적인 욕망보다는 형제간의 정을 먼저 생각한 것이다. 선인들의 형제우애는 물질보다 예의를 더 중시하였던 관계로 조선조 후기 이복휴(李福休)는 「형제투금」(兄弟投金) 설화에 대해 노래를 지었다.

형이여! 금을 연연해하지 마오./ 아우여! 금을 탐하지 마시오.
금은 인심을 변하게 할 수 있지만,/ 나의 마음을 훼손하지는 못하리라.
나의 마음은 담박하기 물과 같아,/ 맑은 물결처럼 깊고 깊다네.
어찌 강신(江神)에게 주는 것이 낫지 않겠나?
다만 강신(江神)도 탐하지 않을까 저어하네.

『海東樂府』「投金江」條

작자는 형제우애를 금보다 중히 여기는 내용으로 나타냈다. 형제투금의 설화는 물질과는 비교할 수 없을 만큼 형제간의 의리를 온화미(溫和美)로 지켜야 함을 교훈한 것이므로, 『고려사』권34, 열전 효우(孝友) 조(條)·『신증동국여지승람』·『海東樂府』에서 형제투금에 대해 재음미할 필요가 있다.

위의 『해동악부』(海東樂府)「투금강」(投金江)의 내용을 도표로써 나타내면 다음과 같다.

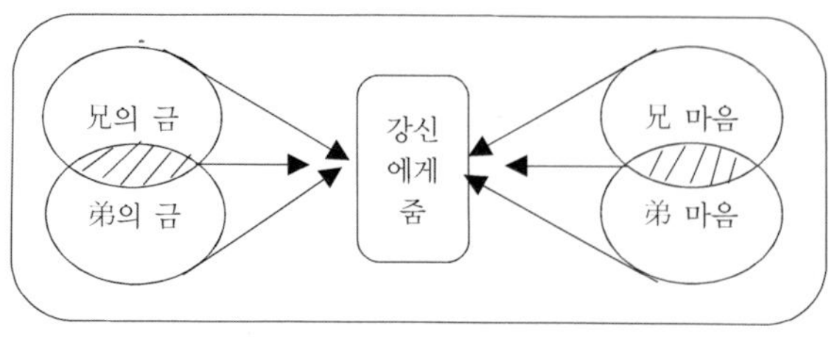

인간사회는 어느 사회를 물을 것 없이 따뜻함(warmth)으로 맞이해야 인간정을 느낄 수 있다. 인간미가 풍기는 삶은 부드럽게 화(和)한 기운으로 살아가는 생활 태도니, 「형제투금」(兄弟投金) 설화도 그런 화(和)의 내용으로 받아들이면 된다.

2. 문학상에 나타난 중화(中和)와 우애: 가정에는 화목하게 지내야 식구 간에 평온하게 살아갈 수 있다. 형제간의 의리도 중화(中和)에서 온 것이니, 가화만사성(家和萬事成)을 이루는 근원이 된다고 할 때 의인(義人)이나 철인의 태도가 바람직한 것이다.

사람이 부드럽게 살아가기 위해선 중화(中和)의 생활이 오늘의 경화(硬化)된 삶을 치유하게 된다.

작품상에 주인공을 오늘의 사람들이 물질을 우선하는 것보다는 중화(中和)의 사상을 기저로 하여 형제간에 우애를 돈독히 하는 인간상으로 나타내면 독자들이 새로운 인간상으로 보게 될 것이다.

물질적 욕망으론『고려사』권34, 열전, 효우(孝友) 조(條)와『신증동국여지승람』권10, 양천현(陽川縣)·산천(山川)·공암진(孔岩津) 조(條)에 실려 있는 「형제투금」(兄弟投金)을 설명할 수 없다.

이 설화는 물질적인 욕망으로 의리가 상하는 일이 없도록 하기 위해 교훈을 주기 위한 것으로 이해할 문제이지 그 이상과 이하로 봐서는 안 된다.

오늘에는 물질만능주의에 현혹되어 부모, 형제, 부부간에 살인행위가 빈번하게 발생하고 있다. 고려시대와 조선조와 오늘에 이르게까지 부모가 자손에게 재산의 상속문제를 할 때 집안 간에 분쟁이 빈번하게 발생했다고 본다.

형제간은 부모의 재산상속문제로 첨예하게 대립해 사회를 시끄럽게 해서는 안 되는 윤리의식을 작가들이 작중에 나타내면, 독자들이 그 주인공의 의견이 옳다고 판단을 하여 재산권상속문제에 대해 해결사 역할을 했다고 할 수 있다.

제262사(事) 물의(勿疑: 의심하지 않음)―『신단실기』(神壇實記)의 단군어진―

제262사(事) 물의(勿疑)는 '의심하지 않음'이란 뜻인데, 남을 까닭 없이 의심하지 말라는 말이다. 사람이 의심받을 일도 하지 않았는데, 제삼자로부터 의심을 받은 일이 있어서는 안 될 것이다. 만약에 의심을 받게 되면 그보다 허망한 일이 없으니, 이를 경계하기 위해 본 조항이 설정되었다.

작가들은 사람을 의심하지 않는 방법으로 작중의 인물을 중화(中和)의 마음으로써 남을 대하면 남도 나를 의심하지 않는 내용으로 나타내면, 의심을 하거나 받지 않을 것이다. 그리고 사람들이 중화의 마음으로 정성을 기울여 힘써 행하면 성공하게 되어 있으니, 그 예를 명공(名工)의 경우로 들어 보기로 한다.

우리는 신라의 명공 하면 솔거(率居, 560~?)를 생각하게 될 것이다. 솔거가 명공(名工)이 된 것은 그림을 그리는데, "지성(至誠)이면 감천(感天)한다"는 격언을 철옹성같이 믿은 데 있다. 그 내력은 『삼국사기』 권48, 열전 8, 솔거(率居) 조(條)에 나타난 바와 같으나 그가 명공이 되기 위해서는 피나는 노력을 기울였다.

그는 단군의 어진(御眞)을 그린 것으로 되어 있다. 구한말에 독립운동가 김교헌(金敎獻, 1808~1923)은 『신단실기』(神壇實記)에서 『동사유고』(東史類考)를 인용하여 솔거가 단군의 어진(御眞)을 그린 것을 밝혔다. 사실상 단군의 어진은 대종교(大倧敎) 소장(所藏)과 현정회(顯正會) 소장의 두 가지가 있는데 다르다.

솔거가 어진을 그리기까지 정성을 다하여 마침내 그의 꿈에 단군이 나타나 단군의 어진을 그렸다는 것이 전한다. 그는 명공이 되기 위해 어려서부터 칡뿌리 즙으로 바위에다 그리는 등의 각고의 노력을 기울여 신라의 명공이 됐다.

솔거가 단군 어진(御眞)을 그려 오늘에 전하는 것은 본 조항과 같이 의심을 하지 않은 데 있다. 솔거는 꿈에서 본 단군을 의심하지 않은 것으로 인해 중화(中和)의 기운이 중화미로 그 조화로움이 화기(和氣)로 응결되어 흩어지지 않아 그를 바탕으로 단군 어진을 그린 것이다. 솔거가 단군(檀君) 어진(御眞)을 그리기까지는 본 조항과 통하는 의식으로 볼 수 있으므로, 본 조항의 내용을 다음과 같이 인용한다.

제262사(事) 물의(勿疑): (福 4門 26戶)(복, 4째 문, 26번째 항목)

勿疑者는 勿我疑人하여 勿人疑我也라. 我以中和로 接人하면
人亦以中和로 遇我하여 此誠彼信하고 彼誠此信하여 和氣凝
而不散이니라.

해석: 의심하지 말라(勿疑) 함은 내가 남을 의심하지 않으면 남이 나를 의심하지 않음이니라. 내가 중화로 남을 접하면, 남도 또한 중화로 나를 만나니, 이쪽이 정성스러우면 저쪽이 믿고, 저쪽이 정성스러우면 이쪽이 믿어, 화기로 엉기어 흩어지지 않느니라.

위의 내용은 거울을 생각하게 된다. 거울은 비춤에 따라 나타내기 때문이다. 거울의 반사는 이쪽에서 웃으면 저쪽에서도 웃게 되는 것과 같이 보이게 되는데, 사람이 남에게 좋은 뜻을 보이면 상대방도 그런 반응을 보이는 것과 다름이 없다. 마찬가지로 사람이 신에게 지성으로 대하면 신도 인간에게 그렇게 대해 주어 지성감천이란 말이 생겨나게 된 것이라 할 수

있다.

본 조항 물의(勿疑)는 의심하지 말라는 교훈이니, 중화(中和)의 기로 살아가면 의심을 품지 않게 된다.

중화(中和)는 천지의 조화로운 기운이니, 사람이 이 기운을 지니면 균형 잡힌 생각을 가지게 될 것이다. 위정자 또한 자신이 중화의 기를 지니고 살면 백성이 반사작용으로 의심하지 않고 믿어 훌륭한 정치를 펴게 된다.

이런 피차간에 상호 믿음은 인간 사회에서 보편적으로 일어나는 일이며, 동식물에서도 마찬가지 현상이다. 인과응보라는 업과에 의해서 상응하는 대가를 받게 된다. 사람이 천지의 조화인 중화의 마음을 지니면, 의심하는 마음이 생기지 않아 남을 의심하지 않는다.

사람이 남과 더불어 중화미의 승화된 경지로 살아가면 의심을 하지 않게 되어 화기애애(和氣靄靄)한 가운데 살아간다.

우리는 남과 중화미의 경지로 살아가는 사람을 생활 주변에서 쉽게 찾아볼 수 있으니, 가까이 지내면 무의식으로 배우게 되어 의심하는 일이 없게 된다. 제262사(事) 물의(勿疑)란 의심하지 않음을 말한다. 남을 지나치게 의심하는 것은 정신병에 해당하는 의심증이다. 의처증(疑妻症)은 아내가 의심을 받을 일도 하지 않았는데 의심을 받게 되어 심할 경우 이혼을 하는 것도 주변에서 볼 수 있다.

중화의 기운을 지닌 사람은 중화의 기운이 마음 가운데 서려 있어 남을 배려하는 마음이 생긴다. 중화의 기는 천지의 조화에서 생기는 것이므로 이를 마음속에 지니면 천지참여의 길이 된다. 이러한 신인합일의 경지에 이른 이는 철인의 마음을 지닌 관계로 우유부단(優柔不斷)한 것이 아닌 온화미(溫和美)·중화미(中和美)로 살아가게 되어 의심을 하지 않는다.

성격이 온화하고 원만한 사람은 인간관계에서 절대로 의심하는 것은 금물이며 또한 자기도 삼자로부터 의심을 받지 않는다. 사람이 남으로부터 의심을 받으면 마음이 안잖아 기분이 상해 그런 사람과는 멀어질 수밖에 없다. 아무 잘못도 없는데 여러 사람과 집으로 간 일로 도둑의 누명을 씌우면 어떻겠는가?

내가 중화의 덕으로 대하여 주면 남들 또한 그 덕으로 나를 대하여 주리니, 서로 믿어 주면 온화한 중화미의 기운이 엉겨서 흩어지지 않을 것이다. 솔거(率居)는 자기의 정성을 하늘이 믿어 주어 온화의 기운이 엉겨서 흩어지지 않은 것으로 인해 명공이 된 것이라 볼 수 있다.

1. 솔거(率居)가 그린 단군어진(檀君御眞): 상호 간 신뢰가 쌓이는 생활은 중화미로 살아가게 되니, 천리에 의해 살아갈 뿐이다. 천리에 의한 생활은 성심성의를 다하는 삶이니, 천지참여의 경지에 이르게 된다.

우리는 솔거(560~?)가 명공이 된 것은 그림을 그리는 데 지성을 다한 결과로 볼 수 있다. 그 내력은 『삼국사기』 권48, 열전8, 솔거(率居) 조(條)에 나타난 바와 같다. 그가 단군의 어진(御眞)을 그린 것은 거울의 반사작용과 같은 이치에서 참된 정성의 반영으로 볼 수 있다.

솔거는 황룡사의 벽에 노송(老松)을 그렸는데, 새들이 날아와서 앉지 못하고 떨어졌다는 것은 그가 그림을 그리는 명공이 되기까지 참된 노력이 있었기에 이루어진 것이다. 솔거가 그린 벽화에 새가 날아와서 앉으려고 한 것은 과장되었다고 할 것이나 이 표현은 사실로 받아들여야 한다.

1960년 초에는 벽보에 수를 놓아 걸쳐 놓는 일이 유행이었다. 처녀들이 있는 집은 꽃과 나비를 수놓아 벽보에 친 것을 보게 되는데, 오늘에 60~70대들이 주로 한 것이다. 이 벽보를 세탁해 빨랫줄에 말릴 때 나비가 꽃에 앉으려고 한 것을 필자도 본 적이 있다. 그때 솔거를 떠올려 신기해서 부녀자들 있는데 벽보에 나비가 앉으려고 한다고 하니, 그들이 대수롭지 않다는 듯이 여긴다. 이런 것으로 미루어 솔거가 그린 황룡사의 노송에 새가 앉으려고 했던 것을 미루어 알 수 있다.

구한말에 독립운동가 김교헌(金敎獻, 1808~1923)은 1010년 대종교에 입교 이후 『신단실기』(神壇實記)에서 작자 미상의 『동사유고』(東史類考)를 인용하여 솔거가 단군의 어진을 그린 내용을 소개하였다.

솔거는 산에 나무를 하러 가면 칡뿌리로 바위에 그림을 그렸고, 밭을 갈면 호미 끝으로 모래바닥에 그림을 그렸다. 어느 날 솔거는 "신의 가르침이 있게 하여 주소서"라고 밤낮으로 천신에게 빌었다. 그러던 어느 해 한 노인이 꿈속에 나타나서 "나는 신인 단군인데 너의 지극한 정성에 감동되어 신호를 주노라"하였다. 잠에서 깬 솔거는 한참동안 황홀하더니 졸지에 명공이 되었다.

솔거가 명공이 되기까지는 피나는 노력을 경주하였음을 볼 수 있다. 그는 꿈속에서 단군을 본 것을 상상해 단군의 어진(御眞) 천여 장을 그렸다. 고려 때 이규보(李奎報)는 단군어진(檀君御眞)을 칭찬하여 시를 지었다.

고개 밖에 집집에 모신 단군의 화상은 절반이 명공(名工) 솔거의 그림이네.

솔거는 명공이 되기까지 정성을 기울여 그림을 그리는 일에 힘써 하늘이 감동하여 꿈속에 단군이 나타나게 된 것을 그린 것이 오늘에 전하는 단군의 어진(御眞)이다. 대종교(大倧敎) 교당에는 솔거가 단군의 어진(御眞)을 그린 것이 액자에 걸려 있다. 사람들은 하늘의 정성을 다하면 솔거와 같이 신인합일의 경지에 이르게 된다는 것으로 이해하면 될 것이다.

사람이 하늘의 정성을 기울이면 뜻을 이루게 된다는 것을 의심하면 안되니, 본 조항의 내용으로 조명하면 의심하지 않고 믿게 된다.

2. 문학상의 주인공: 문학에는 다양한 인물이 등장하게 되는데, 의심하지 않고 자기의 뜻을 이루는 사람을 주인공으로 작중에 나타내면 독자들이 그러한 사람이 되려고 노력할 것이다.

이에 반해서 의심을 하는 등장인물은 사람들이 기피하게 되어 고독하게 지내게 되어 아무 일도 이루지 못하는 것으로 나타내면 독자들이 의심하지 않는 주인공을 선호하게 될 것은 당연하다.

사람은 사회적 동물이므로 많은 사람과 접촉을 해야 인맥이 형성되어 사회진출을 성공적으로 이룬다. 이 문제는 처세술과 관계되니, 작가의 역

량을 주인공의 무대로 돌려 입지전의 인물로 나타내면 많은 독자들이 그
주인공을 본받으려고 할 것이다.

제263사(事) 생사(省事: 일을 간략히 함)—융천사의 「혜성가」
(彗星歌) —

제263사(事) 생사(省事)는 일을 간략하게 처리하는 것을 말한다. 중인(衆
人)과 철인(哲人)이 하는 일이 천양(天壤)의 차가 생기는 것은 욕심의 유무
에서 갈린다. 작가들은 사람이 하는 일의 경우 둘로 나뉘게 되는데, 첫째,
욕망의 투영으로 일을 하면 어려움과 장애가 많이 발생해 재주를 다한다
해도 그 일을 덜지 못하고, 둘째, 욕심을 발하지 않은 철인과 같이 행하면
일의 진행이 순조롭게 되는 내용으로 작품을 쓰면, 독자들이 편히 살아가
게 하는 풍토를 조성케 하는 데 도움을 줄 것이다.
고대에는 혜성(彗星)이 나타나면 나라의 불길한 징조가 나타난다고 했
다. 그런데 7세기경 신라 진평왕(眞平王, 579~632) 때 나타났다. 그런데 천
지조화를 융화하는 융천사(融天師)가 힘을 들이지 않고 혜성을 이성(利星)
으로 바꿔 놓았다는 내용이『삼국유사』(三國遺事) 권(卷)5, 융천사(融天師),
「혜성가」(彗星歌), 진평왕조(眞平王條)에 보인다.
더구나 혜성이 심대성(心大星)을 범하였다(彗星犯心大星). 심대성(心大星)
은 별 셋이 정립(鼎立)으로 밤하늘에 나타나는 별인데, 그중 가운데 색깔
이 가장 밝게 발하는 별을 혜성이 침범하여 빛을 발할 수 없는 변고가 발
생했으니, 신라인들이 불안하게 지내게 된다.
신라인은 혜성이 가운데 있는 큰 별이 혜성이 침범했으니, 신라의 수도
경주가 왜군에 의해 침략당하는 일이 일어날 조짐으로 여기고 있다.
그런데 낭승(朗僧) 융천사(融天師)가 「혜성가」(彗星歌)를 지어 주력(呪力)
으로 혜성을 무력화시켜 도리어 이성(利星)이 되게 했다. 그는 불길한 조
짐을 나타나는 혜성을 이성(利星)으로 바꿔 놓아 복경(福慶)이 돌아오게 했

으니, 여기에는 융천사(融天師)가 한자식 이름 그대로 하늘의 질서를 조화 있게 운행과 통제를 융화하는 인물이라 할 수 있다.

원래 신라의 향가는 천지귀신을 감동케 하는 주력을 지닌 것으로 인해 융천사가 하늘의 조화를 부리는 낭승(朗僧)을 혜성을 물리치기 위해 제의식(祭儀式)을 거행하고, 「혜성가」(彗星歌)를 불러 혜성을 이성(利星)으로 바꿔 놓았다.

융천사(融天師)가 제의식(祭儀式)을 거행할 때는 참된 정성을 발해 혜성을 물리친 것이니, 본 조항의 내용과 통해 그 조항을 다음과 같이 인용한다.

제263사(事) 생사(省事): (福 4門 27戶)(복, 4째 문, 27번째 항목)

省事者는 事之劇에 自去也라. 衆人은 曲路多岐하며 險路多石하여 雖窮術이라도 不能省事니라. 惟哲人은 執事에 如太陽이 臨殘雪하여 不見其消而自消니라.

해석: 일을 던다 함(省事)은 일의 어려움이 저절로 버림이라. 뭇사람이 하는 일은 굽은 길에 갈래가 많고 험한 길에 돌이 많아서, 비록 극진한 재주가 있어도 일을 간략히 하지 못하느니라. 오직 군자는 일을 잡음에 태양이 잔설에 다다름 같아 그 사라짐을 보지 못하더라도 저절로 사라지느니라.

신라인은 혜성이 나타났으니, 불안하게 여기고 편안하게 살지를 못한다. 그러나 하늘의 조화를 부리는 융천사(融天師)가 나타나 불길한 혜성을 이성(利星)으로 바꿔 놓은 것이니, 일을 힘들이지 않고 해결해 놓았다.

과한 욕심은 일을 집행하는 과정에서 번잡하게 하고 어려움을 따르게 한다. 그러나 욕심이 없는 군자(君子)는 한결같은 마음을 지니고 하는 일에 임하기 때문에 일을 잘한다. 중인(衆人)·소인(小人)은 끝없는 욕심이 생기어 하는 일이 복잡다단하여 일을 많이 늘어만 놓고 마무리를 제대로 하지 못한다. 군자(君子) · 철인(哲人)이 하는 일은 번잡함이 없게 되어 어려움이 없이 잘 풀린다. 그 이유는『천부경』의 천일일(天一一)(하늘은 창조과정이 첫 번째이고 기본수가 일이므로 한결같다)인 하늘의 한결같은 마음을 지니고 행하기 때문이다.

사람이 하는 일은 욕심을 버리느냐 못 버리느냐에 따라 좌우된다. 철인은 마음이 크고 넓어서 하늘의 마음을 지니고, 소인 · 중인(衆人)이라 하는 이들은 우물 안 개구리 식으로 견문과 도량이 좁아서 욕심을 버리지 못하는 집착으로 인해 재주를 다하여도 일을 간략히 하지 못한다.

본 조항은 철인(哲人)과 중인(衆人)과 관계되는 내용이므로 무욕과 유욕에 따라 일의 능률이 결정된다고 할 수 있다. 욕심이 눈앞을 가리면 쉽게 하는 일도 어렵게 이루어진다. 욕심을 버리면 앞이 훤히 트인 대로와 같아서 힘을 들이지 않고 일을 해낸다. 그러나 욕심이 가득한 소인에 앞길에는 마치 굽은 길에 갈래가 많고 험한 길에 돌이 많은 것과 같아서 일을 잘 해내지 못한다. 사람은 욕심에 껍질이 눈을 가리면 앞을 잘 갈 수가 없게 되니, 그 욕심의 장막을 걷어내야 순조롭게 탄탄대로를 빨리 갈 수 있다.

1. 「혜성가」(彗星歌) 출현의 징조: 신라인은 혜성이 나타나 불안하게 여기므로, 낭승(朗僧) 융천사(融天師)가 「혜성가」(彗星歌)를 지어 불길의 징조를 해소시켰다는 내용이『삼국유사』(三國遺事) 권(卷)5, 융천사(融天師), 「혜성가」(彗星歌), 진평왕조(眞平王條)에 나타나 있다.

그는 천지의 조화를 이루는 낭승이므로 「혜성가」(彗星歌)의 주력(呪力)으로 인해 도리어 이성(利星)이 되게 해 신라인들이 복경(福慶)을 누리게 했다는 내용을 본 조항과 관련하여 서술키로 한다.

사건의 발단은 혜성의 출현으로 말미암게 된다. 고대에는 하늘에 혜성이 나타나면 인간 세상에는 큰 변고가 일어난다고 하여 몹시 꺼렸다. 그런데 신라 진평왕(579~632) 때 이 별이 나타났다. 혜성이 심대성(心大星)을 범한 사실이 있어(彗星犯心大星) 나라의 불길한 징조로 신라인들이 경주가 외침이 있을 조짐으로 마음을 조이며 불안한 나날을 보내게 된다.

심대성(心大星)은 밤하늘에 별 셋이 정립(鼎立)으로 나타나는 별이다. 그 중 가운데 색깔이 가장 밝게 나타나는 별이 혜성이 침범하여 빛을 발할 수 없게 되었다.

신라인은 이 별을 혜성이 침범했으니, 신라의 수도 경주가 왜군에 의해 침략당하는 일이 일어날 것이라고 불안해하고 있는 것이다.

융천사(融天師)는 한자식 이름 그대로 하늘의 질서를 조화 있게 운행과 통제를 융화하는 인물이기에 향가를 지어 혜성을 물리치려고 했다. 원래 신라의 향가는 천지귀신을 감동시키는 주력을 지니고 있으므로, 그가 그 변고를 해결하기 위해 제의식(祭儀式)을 거행한다. 그 결과 혜성이 이로움을 주는 이성(利星)이 되게 했다는 것이 배경 설화이다.

제5거열랑 제6실처랑 제7보동랑 등 세 화랑이 풍악에 유람하려 했더니 혜성이 중심이 되는 큰 별을 범한 일이 있었다. 낭도들이 의아하여 가기를 그만 두었다. 그 때에 융천사가 노래를 지어 부르니 혜성의 변괴가 곧 사라지고 때마침 일본의 군대도 돌아가 도리어 복이 되니 왕이 기뻐하며 낭도를 풍악에 보내서 유람하게 했다.

『三國遺事』, 卷5, 融天師, 彗星歌, 眞平王條

고대인들에게 혜성은 요성(妖星)으로 보았던 관계로 이 별이 출현하면 전쟁·질병·천재지변 등 흉조가 발생하는 것으로 보았던 금기의 대상이었다. 융천사는 혜성으로 인한 변고를 물리치기 위해 제의식(祭儀式)에서 「혜성가」을 지어 부르니, 혜성이 소멸되고 일병(日兵)이 퇴각하게 된다. 이때 왕은 혜성이 도리어 이성(利星)으로 복이 되니, 기뻐하여 세 화랑을 풍악에 유람케 했다는 것이다.

융천사가 지은 「혜성가」(彗星歌)는 천지귀신을 감동케 하여 초자연의 주술적(呪術的) 힘으로 불길의 상징이라 할 수 있는 혜성을 이성(利星)이 되게 했다. 신라인은 융천사가 천지조화를 통제하는 인물이고 향가가 영험한 주술력이 있는 관계로 융천사가 제의식에서 부른 「혜성가」의 주력을 믿어 혜성이 퇴치될 것을 믿었다.

융천사가 행한 제의식은 불교적이면서 재래 무속적인 요소가 가미되어 이성(利星)이 되게 했다. 여기에서 무적(巫的)인 영험력은 천신과 교통으로 치병에 효과 있는 것으로 많은 사람들이 믿어 왔다. 융천사도 그 주력을 발휘하여 혜성을 물리쳤다.

이런 관점으로 보면 융천사의 「혜성가」은 주력으로 인해 혜성과 일병(日兵)이 물러나 복경(福慶)을 이루었으니, 무불습합(巫佛習合)으로 본 의식이다. 「혜성가」을 인용하면 다음과 같다.

> (가) 예전 동해물가/ 건달바의 논 성을 바라보고/ 왜군도 왔다고/ 봉화를 든 변방이 있어라.
> (나) 세 화랑의 산 구경 오심을 듣고/ 달도 부지런히 등불을 켜는데/ 길쓸별 바라고/ 혜성이여 사뢴 사람이 있구나.
> (다) 아으, 달은 저 아래로 떠갔더라/ 이 보아 무슨 혜성이 있을까

「혜성가」은 무불습합의 주술력으로 복경이 돌아오도록 바꿔 놓았으니, 본 조항의 철인·군자와 같은 행위로 인해 융천사도 어려움이 없이 일병을 물러나게 했다. 융천사(融天師)는 하늘의 조화를 부리는 인물이고 향가의 주력으로 혜성을 퇴치하고 일병이 일본으로 되돌아가게 했다는 것이니, 천인합일에 이른 인물이다.

「혜성가」에 대한 내력은 어윤적(魚允迪)의 『동사연표』(東史年表)에서 "하늘의 이치를 조화 융합하는 융천사는 혜성가를 지었다"(融天下之大師作彗星歌)고 하였으니, 천인(天人) 일체(一體)의 인물이다. 융천사는 『인부경』(人符經)의 "천지합덕인(天地合德人) 천지합도인(天地合道人)"(천지는 덕인과 합하니, 물아이체(物我一體)를 이룬 사람이고, 천지는 도인과 합하니, 천지의 도와 같이하는 사람이다)과 통하는 인물이다.

위의 『인부경』의 말은 『역경』 문언전(文言傳)에 있는 대인(大人)의 행함을 떠올리게 한다. 즉 대인은 "천지의 덕이 합하고 일월과 더불어 밝음을 같이하고 사계절과 함께 그 질서를 같이하고 ……"와 같이 천지와 합일하

는 사람이니, 융천사와 통하는 인물이다.

융천사는 본 조항의 철인(哲人)·군자(君子)와 통하는 인물이다. 융천사는 천지의 조화미를 이루는 인물인 관계로, 흉사(凶事)를 물리치고 복경(福慶)으로 돌아오게 한 것이다.

철인·군자·대인(大人)이란 동양인의 전형적인 귀감이 되는 인물이다. 이들의 인간됨은 도를 닦고 덕을 세우는 사람(修道立德之人)이니, 하는 일이 어려움 없이 잘 이루어진다.

철인은 본 조항의 내용과 같이 태양이 비치는 잔설(殘雪)이 저절로 녹듯이 일을 어렵지 않게 처리하는 것으로 되어 있으니, 융천사의 통하는 인물이다. 철인이나 융천사는 천지의 조화미로 일을 행하니, 실타래에 감긴 실과 같이 일이 잘 풀려 요성(妖星)이라 하는 혜성(彗星)을 이성(利星)으로 바꾸고 경주를 침범하려는 일군을 본국으로 돌아가게 했다.

2. 문학상에 나타난 철인: 문학상의 주인공을 설정함에 있어 소인과는 달리 대인이나 철인과 같은 위대한 인간상을 나타내면 독자들이 그 주인공의 행함을 본받으려고 할 것이다. 특히 우리는 21세기를 주도해 나갈 수 있는 주인공을 나타내면 독자들이 호감을 가지고 읽게 될 것이기 때문이다.

문학작품 중에 주인공과 부주인공을 등장시킬 때 전자를 욕심을 배제한 인물로, 후자는 욕심을 버리지 못하고 집착한 사람으로 나타날 때 이들이 이루는 성과를 본 조항의 내용으로 나타내면 좋을 것이다.

군자와 소인이 하는 일의 성과는 자명하게 드러나는 데 쉽고 어렵게 이루는 방법은 욕심을 버리는 여하에 달려 있다. 이럴 때 소인이라 할지라도 미련 없이 욕심을 버리는 것이 상책이다.

군자는 소인과 달리 순수한 마음가짐으로 일을 집행하게 되므로 태양이 잔설(殘雪)에 내리비침과 같이 스르르 녹듯이 모든 일을 순조롭게 끝낼 수 있다. 작가는 일을 쉽게 또는 어렵게 이루는 문제는 욕심과 관련으로 주인공을 설정하면 될 것이다.

제264사(事) 진노(鎭怒: 노여움을 진정함) ― 「정과정곡」의 억울
함 호소 ―

　제264사(事) 진노(鎭怒)는 '노여움을 진정함'을 뜻한다. 사람이 노여움을
풀지 않으면 마음의 화기(和氣)가 흔들리게 되므로 일을 정상으로 해결할
수 없다. 남에게 분노를 사게 되면 마음이 진정되지 않아 하고자 하는 일
이 헷갈리게 되는데, 공연한 분노를 사게 해서는 안 될 것이다.

　작가는 남에게 억울하게 죄를 뒤집어쓰게 해서는 안 되는 일을 작중에
나타내면 억울한 처지에서 누명을 벗지 못하고 살아가는 사람에게 위안이
되고, 독자들도 억울하게 누명을 벗지 못하는 사람도 많다는 것을 알게 하
는 데 도움을 주게 된다.

　「정과정곡」(鄭瓜亭曲)은 12세기경 문신(文臣) 정서(鄭敍)가 고려 17대 인
종(仁宗)의 총애를 받아 내시랑중(內侍郎中) 벼슬을 하였다. 18대 의종(毅
宗)이 즉위한 후 권신(權臣) 김존중(金存中)·정성(鄭誠) 등의 시기로 인해
고향 동래(東萊)로 귀양 보냈다. 그때 의종(毅宗)이 정서에게 말하기를 "오
늘은 조의(朝議)에 어떻게 할 수 없어 이렇게 되었으니, 오래지 않아 소환
될 것이니 돌아가 있어라"(今日之行 追於朝議也 不久當召還)고 한 것으로 억
울하게 귀양 간 것을 알 수 있다. 그러나 정서는 의종의 소명을 기다리며
5년, 거제도에서 13년 귀양살이를 해도 그에겐 아무런 소식이 없었다. 의
정은 권신들과 더불어 향락에 빠져 1124년에 무신 정중부(鄭仲夫) 일파에
게 추방당하여 거제도에서 생애를 마쳤다.

　「정과정곡」(鄭瓜亭曲)이 지어진 연대는 의종 연간으로 1151~1170년(의
종 5~24년) 사이라 할 수 있다. 그러나 미루어 보건대 그는 동래에서 5년
간 유배생활을 할 때 자기의 무죄를 호소하기 위해 지은 것이다.

　이 노래는 고려시대~조선시대에 걸쳐 궁중에서 충신연군지사(忠臣戀君
之祠)로 사대부 간에 널리 애송되었는데 형태는 향가체, 고려가요로 10구
체 비연시(非聯詩)이다.

정서는 억울함이 가슴의 응어리로 남게 되어 노래로 마음을 푼 것이다. 그 노래가 알려져 의종의 아우 19대 명종(明宗)이 정서를 불러올렸다.「정과정곡」(鄭瓜亭曲)은 억울함을 노래로써 나타냈으니, 본 조항을 생각하게 된다. 그런 점에서 본 조항을 다음과 같이 인용한다.

제264사(事) 진노(鎭怒): (福 4門 28戶)(복, 4째 문, 28번째 항목)

鎭怒者는 嗔怪不及於己也라. 有不善不信이면 人必責己하고
或無不善不信이라도 錯怒有至니라. 有和德則無不善不信하
고 人且信之하여 錯怒亦不至니라.

해석: 성냄을 진정한다(鎭怒) 함은 성내는 괴이함이 몸에 미치지 않음을 말함이라. 착하지 않고 믿지 않음이 있으면 남이 반드시 나를 책망하고 혹 착하지 않음과 믿지 않음이 없어도 잘못된 성냄이 이를 수도 있나니, 화평한 덕이 있으면 착하지 않음과 믿지 않음이 없게 되고, 남이 또한 그를 믿어 잘못 성냄도 이르지 않게 되니라.

군자(君子)는 『논어』(論語)에서 여러 형태의 인물로 나타나고 있지만, 덕망이 있는 사람으로 나타나 있는 것이 대부분을 차지한다. 사람이 덕을 지니면 노여움을 밖에 나타내지 않는다. 군자는 덕망이 있는 사람이니, 사람을 온화한 낯으로 대한다. 뿐더러 군자는 사람을 온화미로 대하므로 남에게 공연한 분노를 사지 않는다.

군자(君子)는 원만한 인격의 수양을 지닌 인물로서 불선불신(不善不信)하는 일을 행하지 않으므로 남에게 의심을 받는 일이 없고 존경의 대상이 되어 왔다. 사람들이 군자 하면 인격적으로나 도덕적으로 점잖은 사람의 대명사로 여긴다.

군자는 동양의 이상형의 인물이기 때문에 사람들이 그의 온화한 덕과 그의 품도(品度)를 지니고 살아가면 진실한 사람으로 인정받게 될 것이다.

본 조항의 내용은 군자의 덕망으로 이해하면 사람들이 착하고 믿음성 있게 살아가는 교훈을 본받게 된다. 사람이 화평한 덕을 지니고 살아가면 남자일 경우 도덕군자(道德君子)로, 여성일 경우 여군자(女君子)로 일컬어진다.

사람은 도덕군자(道德君子)나 여군자(女君子)가 아니더라도 평소의 언행에 믿음이 있으면 혹 남에게 실수로 꾸지람과 노여움을 살 수 있으나, 평소의 덕망으로 덮어져 사람들이 크게 문제 삼지 않고 착오로 인한 잘못으로 지나간다.

사람은 평소에 언행을 조심하여 신뢰를 받아야 하니, 너무 세심하면 남의 공연한 분노를 살 수 있다. 그러나 사람은 살다 보면 신이 아닌 이상 실수를 할 때가 있으니, 원만한 사람이 되어야 할 것이다. 따라서 사람은 천지의 이치를 본받아 조화를 이루는 중용미로 살아가면 모나지 않은 사람이다.

1. 정서(鄭叙)의 「정과정곡」(鄭瓜亭曲): 억울한 누명은 평생 동안 가슴의 응어리로 남게 되어 풀리지 않는 일이다. 옛날 군주제도하에서의 신하들은 간신들이 참소(讒訴)하면 아무런 잘못도 없이 유배를 당하거나 감옥살이를 하는 사람도 많고 사형을 당한 이도 있다.

고려시대 12세기경 정서(鄭叙)는 아무런 잘못도 없이 유배를 당해 유배지에서 억울한 죄명을 문학으로 승화시킨 작품이 「정과정곡」이다. 그의 억울한 내력은 『고려사』 권71 악지(樂志)·『동국통감』 권24 정과정 조(條)에 전한다. 이 「정과정곡」은 조선 성종 24년(1493)에 간행된 『악학궤범』(樂學軌範) 권5 「삼진작」(三眞勺)에 실려 있는 내용을 소개하면 다음과 같다.

> 내 임을 그리워하여 울고 지내니,/ 산에 사는 두견새와 비슷하옵니다.
> 참소의 말이 사실이 아니며 거짓이라는 것을 아아!
> 새벽하늘의 달과 별은 알고 계실 것입니다./ 넋이라도 임과 함께 살고
> 싶구나, 아아!
> 고집하던 사람이 누구입니까?/ 잘못도 허물도 천만 없습니다.
> 뭇 사람의 참언(讒言)이었습니다./ 슬프구나, 아아!/ 임께서 나를 잊으

섰습니까?
맙소사, 임이시여! 마음을 돌려 다시 사랑해 주소서.

『악학궤범』(樂學軌範) 권5, 「삼진작」(三眞勺)

　　정서(鄭敍)는 억울하게 유배생활을 하게 되어 육신이 담긴 내용의 노래를 한역(漢譯)된 것을 훈민정음(正音)의 사용으로 『악학궤범』에 수록되어 오늘의 전하게 된 것이다.

　　이 노래의 작자인 정서(鄭敍)는 억울한 참언으로 인해 유배를 당한 까닭에 자신의 목소리를 거문고에 실어 나타낸 것인데,『동국통감』에는 "성품은 경박하나 재주가 있음"(性輕薄有才藝)이라고 하였다. 그러나 정서는 성격이 경박한 것으로 보면 안 되고, 억울한 참언으로 유배를 당했으니, 자신의 입지를 노래에 담아 부른 것이다. 더구나 의종(毅宗)은 그가 무죄인 것을 알면서도 해배시키지 않았으니, 나라를 다스리는 임금의 잘못이다.

　　정서(鄭敍)는 문신으로서 17대 인종(仁宗)의 총애를 받아 내시랑중(內侍郎中) 벼슬을 하였다. 그러나 18대 의종(毅宗)이 즉위한 후 권신들의 말만 믿고 정서를 동래로 유배를 시켰다. 정서는 동래에서 5년간 유배생활을 하는 동안 의종을 그리고 자신의 무죄를 호소한 노래 「정과정곡」을 지었다. 이 노래는 충신연군지사(忠臣戀君之祠)로 고려시대, 조선시대에 걸쳐 특히 궁중에서나 사대부 간에 널리 애송되었다.

　　정서는 의종이 곧 다시 불러올리겠다는 소명을 기다리며 동래에서 5년간 유배생활을 하는 동안 아무런 소식이 없자 자신의 심정을 「정과정곡」에 담은 것이다. 그는 다시 13년간 거제도로 유배를 당하였으니, 왕의 약속은 기다릴 수 없게 되었다.

　　그는 동래에서 5년간, 거제도에서 13년을 기다려도 소식이 없자 자신의 입장을 펴는 일환으로 변해야 되겠다는 생각을 가지고 예술미－순수미의 노래로 승화시켜 억울함을 달랬다. 그의 변함은 궁즉통(窮則通)에서 얻는 지혜를 궁즉변(窮則變)→변즉통(變則通)으로 변화의 계획을 세워「정과정곡」

이 널리 불리게 된 것이다.

의종은 신하와의 약속을 지키지 않고 행신(幸臣)과 더불어 향락에 빠져 무신 정중부 일파에게 추방당하여 거제도에서 비참한 최후를 마쳤다.

정서는 명종의 초청으로 벼슬길에 복구되었지만 「정과정곡」이 그 몫을 해낸 것이다. 만약에 그가 「정과정곡」으로 억울한 의사표시를 하지 않고 있었다면 다시 벼슬길에 진출할지 여부도 문제가 된다. 「정과정곡」에 담긴 내용은 워낙 자신의 목소리를 진솔하게 나타낸 것으로 인해 명종이 그의 재질을 인정해 벼슬길로 나아가게 된 것이다.

위정자는 신하나 백성의 고충을 알아야 하니, 억울함이 이들에게 있으면 잘잘못을 가려내야 임금이 임금다운 정치를 한다고 할 수 있다. 더구나 의종은 정서의 억울한 유배를 알면서 다시 해배시키겠다는 약속을 했으면서도 아무런 조처를 취하지 않았다. 의종은 정서로 인해 당리당략에 휘말린 신하들의 말만 믿고 정서의 억울한 누명을 해결해 주지 않는 과오를 범했으니, 임금답지 않게 정치를 한 것이다.

의종은 억울하게 정서(鄭叙)를 해배시키지 않았지만 명종이 등극함에 해배되어 벼슬길에 진출하였다. 나라를 다스리는 최고 권력자가 부하를 보살피지 않으면 관리와 백성도 올바르게 정치를 한다고 할 수 없다.

정서(鄭叙)는 현군(賢君)을 만났으면 억울한 유배생활을 하지 않았을 것이다. 이 때문에 윗자리에 있는 위정자나 도덕군자는 덕망과 신뢰를 겸유해야 사람을 억울함이 없게 살아가게 한다.

2. **문학상의 주인공:** 사람은 억울한 누명을 당하면 평생 한이 서리게 되는데, 작가가 사람들의 억울함을 풀어 주는 역할을 작중에 나타내야 할 것이다. 작중의 주인공은 다양하게 등장하지만 누명을 쓰고 한을 간직하는 사람들이 많다. 또 억울한 누명으로 사형을 당한 사람도 있다.

한국은 물론 세계 여러 나라에서도 사형을 폐지한 나라가 ⅔를 자지한다고 전한다. 그런데 선진국에서는 치안이 잘된 상태이므로 사형제도가 폐지되어도 범죄율이 줄어든다고 하는데, 한국의 경우 강력범죄가 줄어들지 않고 극성을 피우고 있다.

2008년 대통령이 취임 후에도 안양 두 어린이(자매)가 실종되는 사건이 발생하여 그 살해범이 체포되어 3월 한 달 동안 어수선했다. 그런데 다시 3월 26일 일산 초등학교 10세 납치 미수사건이 발생했다. 10세 어린이가 자기 집 아파트 엘리베이터에서 도살장 끌려가는 짐승처럼 끌려갈 때 1층에 사는 여대생이 매를 맞고 살려 달라는 비명을 듣고 3층으로 달려오지 않았더라면 안양에 사는 두 어린이와 같이 화를 당하였을 것이다. 신고를 받은 경찰관은 CCTV(動影像)를 보고도 27일에야 일산경찰서에 단순폭행으로 보고했다. 이에 그 초등학생의 학부모는 경찰서에 아무 소식이 없자 CCTV 화면의 범인모습을 프린트해서 아파트 단지 게시판에 붙이고 경찰서에 보냈다. 이명박 대통령이 31일(월) 일산경찰서를 방문해 질책한 지 4시간 30분 만에 범인을 검거한 일로 미루어 그전부터 만성이 된 늦장대응이 문제이다. 『조선일보』 사설에는 "경찰, 무능(無能)한 건가 넋이 나간 건가"(『조선일보』 제27141호, 2008년 4월 1일 화요일 라 A35쪽)라고 했다.

이런 유사사건이 그 이후에도 여러 번 발생했다. 정부는 13세 미만의 아동을 성폭행한 뒤 살해한 범죄자에 대해선 그동안 사형제도를 폐지한 관례를 고쳐 사형이나 무기징역에 처하도록 관련 법령을 바꾸기로 했다(『조선일보』 제27142호 2008년 4월 2일 수요일 라㉮).

한민족은 평화를 사랑하는 민족으로서 평화를 해치는 경우에는 강력히 응징해 왔음은 고조선의 팔조금법이나 향약에서도 밝혀진다. 그중 팔조금법에는 살인자는 즉시 사형에 처하고, 남의 신체를 상한 자는 곡물로써 보상하며, 도둑질한 자는 소유자의 집에 잡혀가 노예가 되도록 했다.

고조선시대에는 이런 금법을 수행할 수밖에 없었다. 넓은 강역에 치안상태가 잘 이루어지지 않았기 때문이다. 한국의 경우도 어린이 납치 사건이 자주 발생하는 원인은 치안상태가 제대로 갖추어지지 않았기 때문이다.

선진국에서는 영국의 경우 위성으로 감시하고 미국에선 최저 성폭행범에게 25년 형을 선고하고 평생전자위치추적장치(전자팔찌)를 부착하도록 했기 때문에 사형제도를 폐지해도 성범죄는 줄어드는 추세라고 한다. 그러나 한국에선 이런 제도가 마련되지 않은 상황에서 수년간 형기를 마친 후 다시 재범하는 재범죄자들로 인해 성범죄는 줄어들지 않고 있다.

작가들은 주인공을 등장시켜 억울한 사람의 한을 풀어 주는 내용으로 작품을 출간하면 독자들이 작품을 읽을 것이다.

21세기는 투명한 사회이다. 그럼에도 오늘날은 억울하게 옥살이를 하는 사람이 있는 것을 감안하면, 옛날 당파 간에 알력이 심했던 때 잘못이 아닌 것을 알면서 유배를 당하는 일이 많았다. 이런 폐단은 군주제도에서 있었던 일이나 오늘에 그런 억울한 일이 없도록 작가들이 작중의 한 주인공의 억울함을 나타내면 누명을 벗게 하는 데 도움을 줄 것이다.

사견이긴 하나 필자도 고등학교 1학년 때 억울하게 부정행위자로 몰리어 생활기록부에 품행이 최하점으로 기록된 일이 있다. 6·25전쟁이 끝나지 않은 가운데 건물을 빌려 책상도 없이 책받침으로 공부할 때다. 시험문제도 알려 주고 시험을 볼 때 정리한 것을 옆에 학생이 빌려 갔다. 답안지를 쓰고 있는 중에 그 학생이 나에게 준 것인지 책상도 없이 걸상에 앉아 책받침에 넣고 답안지 작성을 할 때 그 작성한 것이 밑에 있었다. 나는 전현 모르는 일이다. 그런데 감독교사는 부정행위자로 내몰고 공고를 붙였다.

시험문제를 담당한 선생님이 알려 준 관계로 부정행위를 할 필요가 없었다. 학생들이 부정행위자가 아닌 것을 인정해 그 학과 담당교사를 찾아가 변호도 해 주었다. 그때 부정행위자로 잘못 처리한 그 교사의 이름은 잊었으나 60년 가까이 지난 오늘날 그 억울함이 가시지 않고 꿈속에서도 놀란다. 그때 그 시험감독교사가 자초지종의 사정을 알고 처리했다면 어린 나에게 깊은 상처를 주지 않았을 것이다.

우리 사회는 억울하게 누명을 쓰고 살아가는 사람들이 부지기수로 많다. 작가들은 억울한 일을 소재로 하여 누명을 벗는 작품도 쓰면 누명으로 가슴앓이를 하는 사람에게 위로가 될 것이다.

법정에서도 억울하게 감옥생활을 하는 이들이 간혹 있는데, 진범이 다른 사건과 연루되어 취조를 받는 가운데 밝혀지어 수년에서 십여 년 감옥살이를 한 이들이 석방되는 사례가 있는 것을 종종 발표하는 것을 보게 된다.

진범으로 알고 사형시킨 후 오랜 세월이 지난 후 진범이 체포되어 양심의 가책으로 스님이 된 전직판사도 있으니, 남에게 벌을 내릴 때는 신중하게 처리하여 진실 여부를 밝혀내야 한다.

우리 사회는 죄가 없이 옥살이를 하는 이도 또 하찮은 일로 다른 사람으로부터 오해를 받아 억울한 누명으로 평생을 살아가는 사람도 많을 것이다. 작가들도 소수자를 위해 억울함을 작중인물을 통해 풀어 주는 내용으로 나타내면 억울한 한을 풀어 주는 일이다.

제265사(事) 자취(自就: 저절로 이루어짐)－김인후(金麟厚)의 「절로」－

제265사(事) 자취(自就)는 저절로 성취됨을 이른다. 자연의 이치는 무위이화(無爲而化)니, 인위적인 요소가 가미되지 않은 상태이다. 그렇다고 하여 노력을 하지 않고 저절로 이루어지는 것으로 착각해서는 안 될 것이다. 하늘은 만물을 생육할 때 힘을 안 들이는 것으로 볼 수 있지만 일 년 사시절 동안 하루도 쉼이 없이 활동을 하는 것으로 되어 있다. 다만 저절로 이루어진다는 것은 천리를 본받으라는 뜻이다. 천지자연은 만물을 생육하는 일을 하면서도 인간과 같이 공을 내세우지도 않는다.

작가들은 자연의 절로 되는 이치를 사람들이 본받게 작중에 나타내면 독자들이 친자연으로 공해에 시달림에 없이 살아가는 데 많은 도움을 줄 것이다.

사람들이 자연의 이치로 살아가면 욕심을 자제하고 자연의 본성대로 살아가는 풍토를 조성하여 편히 살아갈 것이다. 오늘날 지구촌은 곳곳에서 호우와 가뭄이 빈번하게 발생하는 것도 자연의 이치를 거스르기 때문이다.

16세기 김인후(金麟厚, 1510~1560)의 「절로」라는 시조의 경우 본 조항의 내용을 이해하는 데 도움을 준다. 그는 조선의 문관으로서 1540년(중종 35) 문과에 급제, 승문원정자(承文院正字)가 되고 부수찬(副修撰)을 거쳐 부모의 봉양을 위해 옥과현령(玉果縣令)에 나갔다가 을사사화(乙巳士禍)로 인하여 어수선한 관직을 사임하고 향리 장성(長城)에 돌아와 성리학을 연구하고 강호가도를 이뤘다.

그는 고향에서 자기의 일신을 대자연의 한 분자가 되어 자연의 이치로 살아가겠다는 뜻으로 「절로」을 지은 것이다. 자연의 뜻에 맞춰 살아가니, 본 조항에서와 같이 욕심을 내지 않고 온화미로 살아가야 됨을 나타냈다. 본 조항은 무욕의 상태로 살아가는 내용이니, 다음과 같이 인용한다.

제265사(事) 자취(自就): (福 4門 29戸)(복, 4째 문, 29번째 항목)

自就者는 自然成就也라. 人有所欲이면 必奔忙하며 人有所求면 必哀憐이라. 奔忙而不得은 不如無欲이오 哀憐而不得은 不如無求라. 有和德則如烘爐在室하여 不爨而自薰이니라.

해석: 스스로 나아간다(自就) 함은 자연히 성취됨이라. 사람이 욕심을 내게 되면 반드시 분주하고 바쁘며, 사람이 욕심으로 구하는 바가 있으면 (애써도) 반드시 애처롭고 가련하게 되니라. 분주하고 바빠도 얻지 못함은 욕심 없는 것만 못하고, 애처롭고 가련하더라도 얻지 못함은 구하는 바가 없는 것만 못하니라. 온화한 덕이 있으면 화로를 방 안에 놓은 듯하여 불을 때지 않아도 저절로 훈훈해지는 것과 같으니라.

자연의 이치는 저절로 이루어지는 것이지만 쉼이 없이 주야로 움직인다. 자연은 인간과 같이 대가를 바라지 않고 저절로 행할 뿐이다. 이 자연의 이치에서 인간과 같은 욕심은 찾아볼 수 없다.

인간은 자연의 이치를 본받으면 저절로 잘 살아간다. 사람이 욕심이 없으면 화평한 덕을 지닌 사람이 되어 절로 순조롭게 잘 이루어져 애를 쓰지 않아도 남과 화합이 잘 이루어진다는 것이 본 조항의 내용이다.

성인의 교육은 자연에서 이루어진 올바른 잣대니 이를 가로막는 것이 있다면 욕심이다. 이 욕심은 저절로 이루어지는 자연의 이치를 떠올리지 않으면 애쓰지 않아도 저절로 살아가는 느낌을 준다.

지나친 욕심이 개입되면 자연의 절로의 이치를 이루지 못한다. 말하자면 지나친 욕심은 사람들이 애쓴 만큼의 소득이 없게 되니, 자연의 이치와 같이 저절로 되는 이치를 본받아야 한다. 저절로 이루어지는 이치를 깨닫는 이는 천리를 깨달은 이라 할 수 있으니, 지나친 욕심을 내세우지 말라는 교훈으로 받아들이면 된다.

본 조항은 욕심을 내게 되면 되는 일이 없이 부산하고 힘써도 이루지 못하니, 천지화합으로 만물을 이루는 것과 같이 친자연적으로 살아가면 온화한 덕을 지니게 된다. 그와 같이 사람은 남과 화합의 덕을 기르면 화로에서 불씨가 스스로 타 절로 훈훈해진다는 본 조항의 요지를 음미할 가치가 있다.

1. **강호가도(江湖歌道)를 이룬 김인후의 절로의 생활:** 조선조는 당쟁이 심한 때니, 벼슬을 사임하고 향리로 돌아와 자연과 더불어 살아가는 사람이 많았다. 그중 16세기 김인후(金麟厚, 1510~1560)는 을사사화(乙巳士禍)로 인하여 옥과현령(玉果縣令)을 사임하고 향리 장성(長城)에 돌아와 성리학을 연구하고 강호가도를 이뤘다.

작자의 시대적 배경은 소윤(小尹) 윤형원(尹衡元)과 대윤(大尹) 윤임(尹任)의 반목으로 엎치락뒤치락하는 권력다툼을 벌일 때 여기에 휘말리기 싫어 강호에 돌아온 것이다. 그는 「절로」라는 시조에서와 같이 자연에서의 생활이 풍진세계와는 전연 다른 별세계에서 살아가는 것을 나타냈다. 욕심이 없이 살아간다는 것은 물아일체의 조화미를 이루며 살아가는 것을 의미한다.

그는 조정에서 벼슬을 사임하고 향리로 돌아왔으니, 그가 가까이하는 것은 자연미를 완상(玩賞)하고 살아가는 것이 그의 일과였다고 할 수 있다.

강호에서의 생활은 무욕이니, 자연에 맡기는 것이 속세에 욕심을 물리치는 것이 되는 만큼 물아일체의 경지로 나타낸 「절로」라는 시조를 지었다.

조선조는 당쟁과 사화가 격화되었을 때 강호가도를 이루어 문학을 한층 발전시키는 계기가 되었다. 자연에서의 생활은 욕심을 무욕으로 순화시키는 것이니, 본 조항과의 관계로 조명해 볼 필요가 있다. 조선 인종 때에 명신 하서(河西) 김인후(金麟厚)는 향리로 돌아와 다음과 같이 시조를 지었다.

> 청산(靑山)도 절로절로 녹수(綠水)라도 절로절로,
> 산(山) 절로절로 수(水) 절로절로 산수간에 절로절로,
> 그 중에 절로 자란 몸이 늙기도 절로절로 늙으리라.

『女唱歌謠錄』 121

위의 시조는 「절로」라는 말이 들어 있는 관계로 「자연가」(自然歌)라고 한다. 이의 한역은 '靑山自然自然 綠水自然自然 山自然水自然 山水間我亦自然已矣哉 自然生來人生 將自然自然老'이니, 순자연(順自然)의 이치로 보면 될 것이다. 「절로」이 하는 「자연가」(自然歌)에는 풍진세상과는 전연 다른 자연의 이치 그대로이다. 이런 물아일체의 경지에서 무슨 욕심이 생기겠는가?

하서(河西)는 벼슬을 사임하고 자연과 더불어 살았으니, 위의 시조는 그의 생활관이 숨김없이 나타난 것이다. 사람은 자연의 이치에 맞추어 살아가면 속세의 욕심이 무욕으로 승화되어 사시절에 따라 살아가는 것을 의미하니, 하서(河西)의 「절로」과 부합되어 순자연(順自然)으로 살아가게 된다.

하서(河西)의 「절로」는 본 조항의 의미를 되새기게 되는데 자연의 조화로운 물아일체의 온화한 덕으로 살아가면 인위적인 애를 쓰지 않아도 자연히 이루어진다. 이 때문에 그는 자연을 본받아 살아가는 것을 자신의 삶으로 나타낸 것이다.

하서(河西)의 자연에서의 생활은 자신의 명철보신(明哲保身)을 위해 격랑이 심한 환계(宦界)를 떠나 강호에 파묻혀 독서삼매로 유유자적하며 보

낸 것이다. 따라서 「절로」는 자신의 삶과 합일시킨 정화(精華)라고 할 수 있는 작품이라 할 수 있다.

자연과 합일체계를 이룬 작품은 한시에서도 전하는데 인용하면 다음과 같다.

술에 취해 고송(古松) 아래누워,
하늘위의 구름을 보네.
산바람에 솔방울 떨어지니,
하나하나 가을소리 절로 들리네.

醉臥古松下.
仰看天上雲.
山風松子落,
一一秋聲聞.

『石北文集』 卷1 손장귀로취음(孫庄歸路醉吟) 張43

석북 신광수(1712~1775)는 술에 취해 고송 아래 누워 푸른 하늘을 바라본다. 맑은 가을 하늘에는 흰 구름이 눈 가득히 자연과 어우러진 풍경이 안중에 들어온 것이다. 여기에 가을의 서늘한 산바람이 솔솔 불어오니, 상쾌한 기분에 젖는다. 그에게는 솔방울 떨어지는 소리가 절로 귀에 들려온다.

사람은 기분이 좋을 때 술에 취하게 되면 술기운이 즐거움으로 도취되어 기분이 상쾌해진다. 석북은 취한 상태에서 자연의 아름다움과 자연의 소리를 듣게 되니, 취한 것→누운 것→보는 것→들리는 것이→절로 된 것이니, 시유신경(詩有神境)에 이른다.

석북의 시경은 하늘의 변화→수직선상과 가을 산→수평성상이 어울리어 절로 절로의 신비로움을 깨닫게 된다. 그는 18세기 영조 때 남인(南人)과 서인(西人)의 알력이 심할 때 남인이니 벼슬길에 오를 수 없어 향리에서 강호가도를 이룬 시인이니, 물아일체의 생활을 남다르게 선호했다고 할 수 있다.

조선조의 당파가 심할 때 명철보신을 위해 강호에서 절로의 자연의 이치에 맞추어 살아가는 것은 현명한 처세이다. 자연의 이치로 살아가는 것은 가장 완전하고 완벽한 삶이다. 조선조 당쟁과 사화로 인해 많은 사람들이 강호로 들어와 자연과 더불어 산 것은 가장 안전하고 완벽한 삶이기 때문이다.

자연에 이르는 이치는 진리에 이르는 길이니, 자아실현을 이루는 데 가장 안전하고 완전무결한 길이라고 생각하여 선인들이 환해(宦海)의 풍랑(風浪)이 심할 때 강호에 돌아온 뜻을 헤아려 볼 수 있게 된다.

2. 문학과 자연: 자연은 사람들의 마음을 편안하게 해 주고 이로 인해 삶의 활기를 불어넣어 주기도 한다. 문학상에 주인공은 친자연적으로 살아가는 것을 나타내면 오늘날 자연이 훼손되어 가는 것을 보호하는 계기가 마련된다고 할 수 있다.

자연을 보호하는 주인공은 지구촌을 되살리는 막중한 책임이 부과된 것이니, 본 조항과 절로의 자연의 이치로 살아가면 참고가 될 것이다.

자연의 품 안은 모성의식과 관계되니, 자연을 사랑하고 보호하는 작중의 주인공을 나타내면 독자들이 자연을 사랑하는 이가 많아진다.

독자들은 자연의 진리를 나타내는 삶이 인류를 구하는 것으로 인식되는 만큼 그런 인간상을 바라고 있다.

자연을 보호하고 사랑하는 것은 결국 자기를 위하는 일이라는 모르는 일이 없으면서도 실천이 문제니 범국가적으로 또는 범인류적으로 이루어져야 할 것이다.

제266사(事) 불모(不謀: 꾀하지 않음) ─다산(茶山)의 「술지(述志)」─

제266사(事) 불모(不謀)란 꾀하지 않는 것을 뜻한다. 본 조항에서 철인(哲人)의 처신은 맑은 하늘의 구름으로 비유했다. 맑은 하늘의 구름은 스스로 퍼지고 합해 막힘과 걸림이 없이 떠다닌다. 철인은 남과 화합을 잘 이룸을 맑은 하늘의 구름으로 비유한 것이다.

작가들은 작중인물을 철인과 같이 맑은 하늘의 상서로운 구름이 자유로이 스스로 흩어지고 모이는 것과 같이 막히거나 걸림이 없이 나타내면,

독자들이 구름과 같이 주위 사람들과 격이 없이 화목하게 지내게 하는 데 도움이 되리라 믿는다.

다산(茶山) 정약용(丁若鏞, 1762~1836)은 공리공론을 배격하는 데 일익을 담당한 실학자이다. 그는 사람들이 조선의 정신으로 살지 않고 중원의 사상문화에 젖어 주체성 없이 살아감을 안타깝게 생각하고, 차라리 단군시대를 동경한다는 내용으로 규장각본(奎章閣本)『여유당집』(與猶堂集) 1시(詩) 1「술지」(述志)에서 소신을 밝혔다.

문학의 경우 자기 문화로 사상 감정을 나타내야 하는데, 당시(唐詩)를 모방하여 음풍농월식으로 신변에 일어나는 일로 시를 짓는 것을 바로잡기 위해「술지」(述志)를 지은 것이다. 다산이 단군시대를 동경한 것은 단군이 360여사(餘事)로 백성들을 교훈하고 가르쳐 천지자연의 이치인 일 년 366¼일 동안 366가지 일(366事)을 배우고 실천해 이상적인 나라를 세운 데 있다.

즉 단군시대는 천지자연대로의 순수미적으로 살아가는 시대라고 할 수 있다. 단군은 순수한 단군정신에 의해 홍익인간의 이화세계(理化世界)를 세워 백성들을 동방예의지국으로 살아가게 했다. 그런데 조선조는 조선의 정신으로 살아야 하는데, 중원의 사상문화만을 모방하고 문학의 경우 그들 문인의 시를 본받아야 유식하다는 버릇을 버리게 하기 위해「술지」(述志)에서 그 내용을 나타냈다.

다산은 그들의 문화를 우리 문화와 조화하는 내용으로 그들의 문학을 덮어놓고 모방하는 것을 금기시한 것이다.

그런 의미에서 조화의 4번째 큰 문으로 들어가는 여덟 번째 한 부분인 본 조항을 인용한다.

제266사(事) 불모(不謀): (福 4門 30戶)(복, 4째 문, 30번째 항목)

해석: 꾀하지 않는다(不謀) 함은 꾀하지 않고도 남과 화합하는 것이라. 상서로운 구름이 하늘에 저절로 펼쳐지고 합하여 막힘과 엉킴도 없음은 철인(哲人)의 몸 처세함이니라. 남과 화합하지 않음이 없으므로 꾀하지 않고도 화하니라.

철인(哲人)은 인인(仁人)과 같으므로 꾀하지 않아도 하늘의 구름과 같이 불화하는 기운이 없으므로 주위 사람들과 잘 어울려 화목하게 지낸다. 꾀로 살아가는 사회는 권모술수가 횡행한다. 복지국가에서는 권모술수가 잘 통하지 않는다. 철인은 어진 마음을 지니고 살아가면 행복하게 살아갈 수 있다.

성군의 치하에서는 꾀가 통하지 않는다. 단군시대는 청동기이므로 농경시대다. 농경은 일 년 사계절에 맞추어 힘써 근면성실로 살아가게 되므로 일하지 않고 꾀로 살아갈 수 없다.

홍익인간은 높게 널리 인간을 유익하게 하므로 순리대로 살아가는 것을 원칙으로 삼고 있으니, 꾀로 살아가는 것이 통하지 않고 힘써 살아가게 되므로 이화세계를 이뤘다. 본 조항에서는 철인을 맑은 하늘의 상서로운 구름으로 비유했으니, 자연의 이치대로 살아가는 것을 뜻하니, 인위적인 권모술수가 통하지 않는다.

단군이 366사(事)로 홍익인간의 이화세계를 세운 것은 농경문화를 바탕으로 한 것이니, 순수 육체적인 노동으로 사는 관계로 꾀가 발붙이지 못한다. 단군시대 사람들은 사계절에 맞추어 농경으로 살았던 것으로 인해 순박하게 살았다. 더구나 단군은 백성을 360여사(餘事)로 다스려 홍익인간의 이화세계를 세웠으니, 자연의 이치대로 살았다고 할 수 있다. 본 조항은 철인을 하늘의 구름으로 비유해 자연의 이치대로의 처신을 나타냈다. 철인이 주위 사람들과 화목하게 지내는 것은 맑은 하늘의 구름을 본받은 것이 철인이라 할 수 있다.

1. **단군의 순박함을 칭송한 다산(茶山)**: 고조선시대는 단군이 360여사(餘事)로 다스렸던 관계로 사람들이 순박했다. 지금으로부터 반만년에 가까운 시대니, 순수자연대로의 이치로 순수하게 살았다. 다산(茶山) 정약용(丁若鏞, 1762~1836)은 단군시대를 일러 순박했던 시대라고 규장각본(奎章閣本) 『여유당집』(與猶堂集) 1시(詩) 1술지(述志)에서 나타냈다.

철인인 천리에 의해 살아가는 사람이니, 자연의 순리에 의해 살아가는 사람을 일컫게 되어 본 조항과 관련해 서술하기로 한다. 다산은 실학문학을 주장한 문인인 관계로 근대의식인 사실주의적인 경향으로 작품을 짓는 관계로 고문파(古文派)들의 작품과는 사뭇 다르다.

다산이 단군시대에 순박함을 시에서 칭송한 것은 그가 생존했던 18~19세기에 고문파들이 사대주사상의 영향으로 중원의 작품만을 흉내 내기에 급급하였던 관계로 순수한 문학정신이 결여되었다.

다산이 「술지」(述志)에서 순박했던 단군시대를 나타낸 것은 19세기 성리학자들이나 고문파들이 중원의 사상과 문학만을 숭상하고 그들의 흉내만 내고 자주적인 사상과 문화를 펴지 않은 데 있다. 다산이 「술지」(述志)에서 단군이 자연의 이치대로 홍익인간의 나라를 다스려 백성들이 순박한 인심으로 산 것에 대해 다음과 같이 나타냈다.

> 안타깝다!/ 우리 민족이여/ 좁은 우리 속에 갇혀 있구나. / 삼면은 바다로 싸이고/
> 북쪽은 높은 산이 주름잡아/ 사지를 늘 꼬부리고 있어야 하니/ 어찌 큰 뜻을 펼 수 있으랴/성인은 참으로 만리에 있으니/ 누가 이 어둠을 열어 주리오./ 머리 들고 온 누리 바라보아도 보이는 건 없어 정신만 아득하여라/ 남을 섬겨 흉내만을 일삼으니/ 제정신으로 내 것 만들 틈이 없구나./ 어리석은 자는 한 천지를 떠받들고/ 큰 소리로 함께 절을 하잔다.

차라리 순박했던 단군시대의 고풍스러운 시절만 못하구나.

奎章閣本, 『與猶堂集』, 1詩, 1述志

고조선은 단군이 360여사(餘事)로 나라를 다스렸던 것으로 천리에 의해 홍익인간의 세계를 이뤘으니, 순박했던 시대라고 할 수 있다. 이에 대해 다산이 살았던 18~19세기는 사대의식에 젖어 자각하지 못하는 것으로 인해 "차라리 고풍스런 단군이 다스리던 시절이 더 그립다"(未若檀君世, 質朴有古風)고 한 것이다.

단군은 사계절의 의식을 반영한 360여사(餘事)로 백성을 순박하게 살게 했으니, 단군시대를 동경하게 된다. 단군은 삼상(三相) 오부(五部)의 신하로 하여금 360여사(餘事)로 백성을 다스려 홍익인간의 이화세계를 세웠으니, 본 조항의 철인과 같이 상서로운 구름에 비유되는 것과 같이 화목하게 살았다고 할 수 있다.

단군시대는 농경사회이고 단군이 홍익인간으로 다스렸던 관계로 백성들이 박미(樸美)로 순화되어 순박했다. 본 조항의 의미는 철인을 본받게 하여 자연의 순수미적인 의식과 함께 조화미로 살아가는 것을 나타낸 것이니, 인위적이고 가식적인 생활을 배격했으니, 오늘의 입장을 조명하게 된다.

2. **권모술수가 통하는 사람과 안 통하는 사람:** 작중인물은 상대적인 인물, 즉 대립되는 인물을 나타내야 독자들이 호감을 가지고 작품을 읽게 된다. 권모술수를 행하는 사람은 처음엔 잘되지만 후에는 실패하는 것으로 나타내고, 그와 상대적인 인물은 성공하는 것으로 그리면 될 것이다.

이러한 인간상은 본 조항의 철인이나 단군시대 삼상(三相) 오부(五部)와 같은 인물을 대상으로 참고하면 될 것이다. 반대로 인생에 실패하는 이는 본 5장 화(禍)를 본으로 대상을 삼으면 도움이 되리라 본다.

철인의 삶은 자연의 이치대로 살아가는 만큼 남에게 잘 보이기 위해 인의적인 가식을 하지 않고, 오직 자연의 이치로 살아가기 때문에 애써 화목을 도모할 필요가 없다. 이는 자연대로의 삶으로 살아가기 때문에 평상시에 남과 불화하게 살아가지 않는 데 있다.

작가들은 자연대로 살아가는 주인공을 작중에 나타내면 독자들이 자연에서의 생활을 새로이 알게 하는 데 도움을 줄 것이다. 한국인은 한국인의 정신으로 살아가야 주체의식으로 살아갈 수 있다. 다만 선진문화는 배워야 하지만 우리의 것으로 조화시켜야 한다.

작가들은 우리의 전통문화를 발전시키기 위해 선진문화를 배우되 우리의 의식을 살리는 데 있어 작중인물을 통해 나타내면 한국인다운 생활을 할 것이다. 그러나 현 한국인 문화는 서구화되어 우리 문화의 토전 위에서 받아들여야 한국인다운 생활을 한다고 할 수 있다.

제267사(事) 관(寬: 너그러움)―『여유당전서』(與猶堂全書) 권1, 시(詩)―

제267사(事) 관(寬)이란 너그러움을 뜻하는데 봄에 꽃을 심고 성장기간을 기다려야 꽃이 향기롭게 피는 것을 보는 것은 너그러움의 이치이다. 자연은 기다림의 미가 전제되어 있는데 세상의 하는 일 또한 기다림이 없이 졸속으로 행하면 이에 따른 부작용이 많이 발생하여 그 후유증이 큰 것이다.

작가는 작중인물을 자연이치와 형상에서 볼 수 있는 바와 같이 너그럽게 기다려 뜻을 이루는 내용으로 나타내면 독자들이 그 이치를 본받아 행한다.

다산의 문장 수업은 고문파인 양반유가와는 다른 것이다. 그의 문장수업은 자연의 이치와 관계에서 본 조항과 상통하게 된다.

다산의 문장수업은『여유당전서』(與猶堂全書) 권(卷)1 「양덕인 변지의(邊知意)에게 주는 글」(爲陽德人邊知意贈言)에서 보여 주는 바와 같이 자연의 이치로 나타냈다.

그는 변지의(邊知意)가 문학을 전공하겠다고 물은 데 대해 꽃나무나 나무에 꽃이 피는 이치로 가르쳐 주었다. 한 꽃나무나 나무가 꽃이 피기까지는 이들이 자랄 수 있도록 가꾸고 살펴야 할 것이다. 꽃이 탐스럽게 피면 꽃향기가 사방에 퍼지고 나비와 벌도 날아와 사람들의 마음을 환하게 한다.

자연의 도를 아는 철인들은 남의 마음을 편하게 해 주니, 그에게 인간미가 풍기고 관대한 마음을 느낄 수 있게 해 준다. 철인의 마음은 꽃처럼 향기롭고 태양처럼 환한 인상을 풍긴다. 문장수업을 원만하게 이루기 위해서는 본 조항의 내용과 같이 꽃나무처럼 꽃향기를 사방으로 펼치는 이치와 태양처럼 빛나는 모습을 함께 지니면 훌륭한 문장가가 될 수 있을 것이다. 본 조항의 내용을 인용하면 다음과 같다.

제267사(事) 관(寬): (福 5門)(복, 5째 문)

裁培春花하여 訊于見花者는 寬之理也오, 日在中天에 四海通明者는 寬之形也라. 理形이 俱成이면 哲人之道近焉이니라.

해석: 봄에 꽃나무를 심고 가꾸어 빨리 꽃을 보고자 하는 것은 너그러움의 이치요, 해가 중천에 있어 천하가 다 통하여 밝음은 너그러움의 모습이라. 이치와 모습이 함께 이루어지면 철인의 도가 가까워지느니라.

본 조항에서는 빨리 일을 서두르는 것을 미연에 예방하기 위해 두 가지 예를 들었다. 첫째, 봄에 꽃을 심어 가꾸어서 빨리 꽃을 보는 것은 너그러움의 이치이다. 꽃씨를 파종하고 가꾼 후에 꽃이 피니, 성장기간을 경과한 데서 이루어진 것이니, 너그러움과 관계된다. 둘째, 중천의 해가 뜨는 것은 오시(午時)가 되어야 온 누리가 밝게 비추니, 너그러움의 형상을 나타낸다.

자연의 이치와 형상이 함께하면 철인의 경지가 이루어지는데 기다림이 전제되지 않고서는 이루어지지 못한다. 자연의 이치와 형상은 사람이 관용미(寬容美, das toleranz Schöne)를 지니는 역할을 한다.

요즘 한국인은 '빨리빨리'로 일을 처리하는 관계로 세계인들이 알고 있다. 그러나 이들은 너무 빨리 서두르는 것을 좋지 않게 보고 있는 것이다. 물론 디지털시대를 맞아 아날로그식의 방식으로 살아가서는 안 되지만 천리를 거역하는 선에 이르러서는 안 되고 삼가야 한다.

이런 관점에서 자연의 이치와 형상은 좋은 교훈이며 사람들이 본받아 행해야 할 대상이다. 본 조항의 의미는 사람의 품성을 원만하게 이루는 데 도움이 되는 교훈이라 할 수 있다.

1. 다산(茶山)의 문장수업: 다산의 문장 수업은 본 조항과 밀접한 관계를 이룬다. 이러한 문장수업은 다산에게 어떤 사람이 작품을 쓰는 방법을 물었을 때 알려 주었는데, 그 내용을 풀이나 나무에 꽃이 피는 것으로 비유해 준 것과 통하기 때문이다.

다산은 『여유당전서』(與猶堂全書) 권(卷)1, 「양덕인 변지의(邊知意)에게 주는 글」(爲陽德人邊知意贈言)에서 작품을 쓰는 비유를 풀이나 나무에 꽃이 피는 것과 같은 것으로 다음과 같이 나타냈다.

> 이 이치를 깨달으면 집으로 돌아가 탐구하더라도 자기 자신에게 훌륭한 스승이 될 것이다.
>
> 以襲取之也, 子以是歸而求之, 有餘師矣.
>
> 『(與猶堂全書』 卷1, 詩, 「爲陽德人邊知意贈言」

다산은 변지의(邊知意)에게 문장의 수업을 초목이 열매를 맺기까지의 과정으로 가르쳐 준 것이다. 나무나 화초를 심고 돌보지 않으면 제대로 자랄 수 없다. 다산은 자연의 이치로 문장수업의 도를 임할 것을 그에게 권한 것이다. 다산이 말하는 문장은 화초를 태양과 같은 밝은 모습으로 잘 살피는 마음가짐으로 문장에 임하면 그것을 문장수업의 도임을 나타냈다. 이 과정은 본 조항의 화초를 키우는 것과 유사한 것이다.

다산의 문학관은 화초나 나무를 키우는 과정으로 변지의(邊知意)에게 문장수업을 가르쳐 준 것이니, 자연의 이치와 형상으로 이해하면 된다. 다산의 문장수업의 도는 화초 나무를 키워 열매를 맺게 하는 과정과 너무나 같다. 화초나 나무를 심어 놓고 보살핌이 없으면 좋은 꽃이 피울 수 없거니와 좋은 열매도 열리지 못할 것은 너무나 분명한 사실이다. 문장수업의 도 또한 한번 써 놓는 데 있는 것이 아니고, 그 후에 계속적인 수정 보완이 이루어져야 훌륭한 작품이 이루어진다.

요즘의 화초나 나무를 재배하는 데 날짜를 정하여 물을 공급해 주어야 하고, 전지(剪枝)도, 병충에 방제도 해야 하는 등 정성이 수반되지 않으면 화초나 나무를 잘 키우지 못한다. 다산의 문장수업은 화초나 나무를 가꾸는 마음의 자세로 임하면 꽃처럼 향기롭고 태양처럼 빛나는 문장을 쓰게 될 것이다. 따라서 다산의 문장수업의 도는 본 조항에 나타낸 철인의 행함을 본받아 문장을 이루면 명문을 이르게 될 것이라 믿는다.

철인의 경지는 자연에서의 자연스러움(naturalness)과의 관계를 이루는 관용미(寬容美)와 관계를 이룬다. 복(福)이 들어오는 것은 너그러움을 지니는 데 있으니 자연에서 본받은 것이다. 본 조항에 5째 대문(大門)인 너그러움은 8개의 지게문을 통해 복을 맞이하는 것으로 되어 있는데 그를 소개하면 다음과 같다.

관오문(寬五門)

관오문 \ 내용	주요 내용	대상	조항
1. 홍량(弘量)	도량이 큰 인물이 대기만성을 이룸	너그러움	제268사(事)
2. 불린(不吝)	형편에 따라 물심양면으로 도와줌	너그러움	제269사(事)
3. 위비(慰悲)	사람들의 슬픔을 위로해 주면 기뻐함	너그러움	제270사(事)
4. 보궁(保窮)	너그러움은 자신과 남의 어려움을 도움	너그러움	제271사(事)
5. 용부(勇赴)	착한 일에는 나아가 만족을 얻음	너그러움	제272사(事)
6. 정선(正旋)	중심이 확고하면 어긋남이 없어 바름	너그러움	제273사(事)
7. 능인(能忍)	어려움을 참는 것은 인간의 미덕임	너그러움	제274사(事)
8. 장가(藏呵)	너그럽고 책망할 것을 숨기고 감춤	너그러움	제275사(事)

이와 같이 본 조항은 8개의 지계문을 나타냈다. 이 8개의 문을 통하여 너그러움을 행하면 복이 도래됨을 말하고, 자연의 이치와 형상에서 구하면 행복한 삶을 이루게 되어 있다. 자연의 이치와 형상은 사람들이 본받을 대상이다. 이런 진리를 터득한 철인은 남을 하늘과 같이 넓은 마음으로 대하여 복을 받게 하는 가르침을 많은 사람들에게 교훈을 베푼다.

다산의 문장수업은 초목이 꽃을 피우거나 열매를 맺는 자연의 이치로 가르쳐 주고 있으니, 행하면 훌륭한 작가가 될 수 있다.

2. 작품 중 주인공: 작품 중에 주인공의 활동을 나타낼 때는 현실적인 삶과 관련시켜야 하겠지만 그의 인간성은 자연의 도에서 구하면 좋은 인상을 풍긴다.

자연은 말이 없으면서도 사람들에게 이치와 형상으로 보여 주는 관계로 작중에 주인공을 나타낼 때는 꽃향기가 휘날리는 것과 같이 인정이 감도는 내용으로 나타내야 할 것이다.

작품은 주인공의 인물묘사에 관건이 있는 만큼 자연에서 풍기는 관용미(寬容美)를 나타내는 인물이어야 인간다운 미가 풍긴다.

본 조항과 다산의 문장수업을 아울러 나타내면 훌륭한 문장수업을 한 것으로 볼 수 있다. 그 수련방법은 본 조항과 같은 내용으로 수련하면 훌륭한 문장가가 될 것이다. 마치 이는 꽃나무를 심고 가꾸고 잘 보살피고 탐스런 꽃이 피는 과정과 그 꽃이 피면 향기를 사방으로 펼치는 이치를 본받고, 태양이 중천에 떠올라 온 세상을 비추는 모습을 본받아 문장수업에 임하면 훌륭한 작품을 쓸 수 있다.

제268사(事) 홍량(弘量: 도량이 큼)-『찬기파랑사뇌가』의 기파랑(耆婆郞)-

본 조항에서 홍량(弘量)이란 성품 쓰임의 도량이 큼을 내용으로 나타냈

다. 이런 인물은 외유내강하여 끝과 가장자리가 굽어짐이 없어 헤아리기
어려우니, 큰 그릇이므로 대기만성형으로 많은 사람을 포용하는 철인과
같은 존재이다.

작가는 작중의 주인공을 넓은 도량으로 많은 사람을 포용하는 즉 외유
내강의 인물로 나타내면 독자들이 사숙하게 될 것이다 이러한 인물을 신
라 경덕왕 때 충담사(忠談師)는『찬기파랑사뇌가』에서 기파랑을 찬미했음
이『삼국유사』(三國遺事) 권(卷)2 충담사(忠談師) 표훈대덕(表訓大德) 조(條)
에 실려 있다.

『찬기파랑사뇌가』(讚耆婆郎詞腦歌)(이하『찬가』(讚歌)라 약칭함)에는 기
파랑(耆婆郎)의 인물됨을 외유내강과 대기만성의 인물로 나타냈다.『찬가』
(讚歌)는 향가(鄕歌) 중의 백미라 일컫는데 기파랑(耆婆郎)의 인물됨이 본
조항과 통하므로 그 인물됨으로 본 조항을 조명해 보기로 하고 그 조항을
다음과 같이 인용한다.

제268사(事) 홍량(弘量): (福 5門 31戶)(복, 4째 문, 31번째 항목)

弘量者는 性用之大度也라. 柔中有剛而不見剛하며 和中有毅
而不見毅라. 測之柔에 不似柔하며 測之和에 不似和하여 無際
涯屈曲이니라.

해석: 큰 도량(弘量)이란 성품 쓰는 법도가 큰 것이라. 부드러운 가운데 강함이 있으면 그
강함을 보지 못하며, 온화한 가운데 굳셈이 있으면 그 굳셈을 보지 못하니라. 부드러움을 측량
함에 부드러움과 같지 않으며, 온화함을 측량함에 온화한 것 같지 않아야 끝과 가장자리와 구
부러지거나 꺾임도 없게 되느니라.

제268사(事) 홍량(弘量)이란 큰 도량을 이른다. 도량이 큰 인물은 외유내
강의 성품을 지녀야 대기만성(大器晚成)에 이르는 인물이다. 대기만성(大器

晩成)은 큰 그릇은 늦게 이루어진다는 것이니, 흔히 큰 그릇의 인물임을 말한다.

본 조항 홍량(弘量)에는 강(剛)과 유(柔)를 겸하면 도량이 큰 그릇의 인물이 될 수 있음을 나타냈다. 이러한 인물은 외유내강과 대기만성(大器晩成)의 인물이다. 대개 외유내강(外柔內剛)의 인물은 철인(哲人)의 인품에서 볼 수 있는데, 부드러우면서도 내심으론 굳셈이 있게 되어 중인(衆人)과는 전혀 다른 이를 일컫는다. 이런 인물은 오랜 세월을 통해 이루어지게 되니 대기만성과도 관계된다.

강과 유를 겸한 인물은, 굳센 가운데 부드럽고, 부드러운 가운데 굳세니, 끝과 굴곡이 없어 중인들이 헤아리기 어려워 큰 그릇은 많은 물건을 담을 수 있는 것과 같이, 곧 대기만성의 인물이다. 통량이 넓은 사람은 많은 사람을 포용할 수 있으니, 이런 인물은 흔히 내성외왕(內聖外王)의 철인정치가(哲人政治家)이다.

이런 인물은 성인(聖人)이며 성군(聖君)이라 할 수 있으니, 단군이라 보아도 된다. 단군은 홍익인간으로 나라를 다스려 부족연맹국가를 탄생시키고 그 강역(疆域)이 8천 리에 걸치는 국토를 다스렸기 때문이다.

1. 신라의 명장 기파랑(耆婆郎)의 인물됨: 외유내강과 대기만성의 인물은 향가의 백미라 할 수 있는 『찬기파랑사뇌가』(讚耆婆郎詞腦歌)(이하 『찬가』(讚歌)라 약칭함)에 나타나는 기파랑(耆婆郎)에서 볼 수 있다. 『찬가』(讚歌)는 신라 경덕왕 때 충담사가 지었는데, 기파랑을 찬미하였다. 그 외유내강의 인물됨을 충담사는 다음과 같이 지었다.

> 열치며 나타난 달이 흰 구름 좇아 떠가는 아래에,
> 새파란 냇가에 기파랑에 모습이 있어라. 일로강가에
> 낭이 지니신 마음의 끝을 좇고 싶어라.
> 아으 잣 가지 높아 서리 모를 화판(화랑 장(長))이여

『三國遺事』 卷2 忠談 表訓大德 條

『찬가』(讚歌)는 경덕왕이 노래의 뜻이 심히 높다고 한 점으로 미루어 널리 불린 노래이다. 기파랑은 문무왕 8년(668년)에 삼국통일을 이룬 장군이니, 공훈이 많은 장수이다.

위의 『찬가』(讚歌)의 내용에선 기파랑(기랑)을 '화판'이라 해석하게 되니, 화랑의 장을 뜻하니, 신라 화랑의 장이자 명장(名將)임을 알 수 있다. 충담사가 그를 기려 『찬가』를 지은 것은 삼국통일에 공이 많았기 때문이다.

충담사는 기파랑의 인물됨을 잣나무로 비유하였으니, 그 인물됨이 훌륭하다는 것을 의미한다. 이 잣나무는 신수(神樹)니, 기파랑을 신으로 나타낸 것이다. 단군신화에서 신단수로 비유될 수 있는 인물이니, 신라를 상징하는 충신이다.

신단수는 단군신화에 나오는 신목(神木)이니, 고대로부터 내려오는 무속 관념과 애니미즘 관념이 관류되었는데, 천신 환웅을 상징한 것이다. 『찬가』에서 잣나무가 기파랑을 상징적으로 나타낸 것은 단군신화에서 유래된 것으로 볼 수 있다. 고래(古來)로 한국은 마을마다 당목(唐木)이 있어 왔는데 신수(神樹)이니, 곧 신으로 보아 온 것이다. 신수가 있으니, 신에게 불경(不敬)하는 일을 자행해서는 안 된다. 불경(佛經) 중 『능엄경』(楞嚴經) 2에는 기파(耆婆)를 장명천신(長命天神)이라 했다.

충담사는 기파랑의 인물됨을 달·조약돌·잣나무·냇물·서리·구름으로 나타냈다. 이는 오늘의 신화원형 상징으로 그 인물됨이 고체＋액체＋기체로 나타냈으니, 외유내강의 인물과 관계된다. 그의 인물됨은 도표로써 나타내면 다음과 같다.

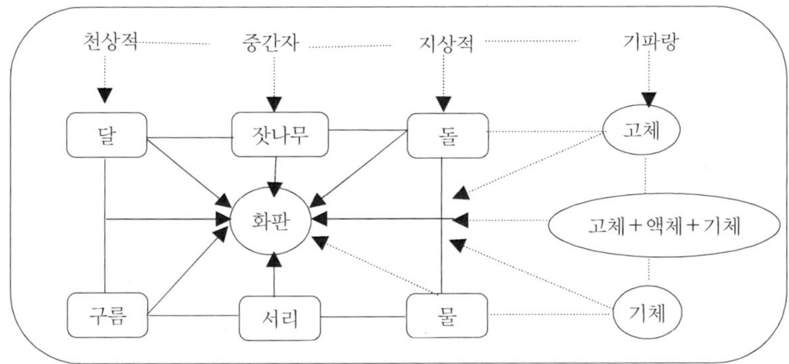

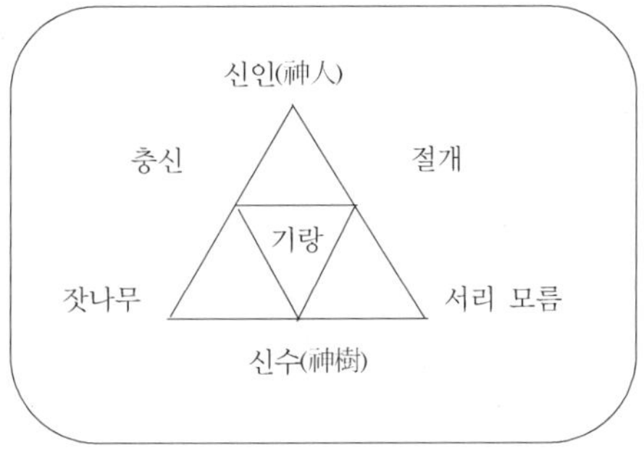

이러한 인물은 천상관념과 지상 관념이 상응하는 조화미와 관계되니, 신인(神人)으로 볼 수 있다. 단군신화에서의 환웅은 천신(天神)의 존재요 단군은 천인(天人)이다.

천신(天神), 천인(天人)은 하늘에선 신(神)이요 지상에선 신이면 백성을 다스리는 사람으로 보면 된다. 이들은 천지인의 삼일일체를 이룬 조화미를 지닌 신(神)의 완전성을 반영한 범미주의(汎美主義)(Panästhetizismus)의 인물로 볼 수 있다. 또 노래의 내용은 번성·번영을 누리는 것으로 나타나니 유감주술(Homoeopathic Magic)이 내포되어 있는 것이다.

본 조항의 내용은 외유내강을 주요 내용으로 나타낸 점으로 미루어 기파랑의 인물됨을 이해하는 데 많은 도움을 준다. 또 기파랑은 삼국통일을 이루기 위해 평생 동안 무술을 연마한 장군이니 대기만성형의 인물로서,

이 또한 본 조항과 관계가 깊다.

우리는 외유내강과 대기만성의 인물형을 본 조항과 기파랑에서 찾아 행하면 좋을 것이다. 속성으로 이루어진 인물은 혜성과 같은 인물에 불과하고, 오랜 세월에 걸쳐 인격을 닦은 인물이 천지인의 조화미를 이루는 사람이다. 천지와 같이 외유내강과 대기만성의 인물됨이 참된 인간상이라 할 수 있다. 이런 인물이 곧 완성의 인물이니, 『찬가』(讚歌)에 나타난 기파랑을 천신의 존재로 이해하면 된다.

2. 문학상의 인물: 우리는 본 조항과 기파랑(耆婆郎)이 외유내강과 대기만성의 인물됨을 볼 수 있다. 외유내강은 지덕체를 겸유한 사람이라 할 수 있으니, 이런 인간상을 작품에 주인공으로 나타내면 독자들이 그런 인물을 사숙하게 되어 훌륭한 인물을 나타내는 데 도움을 준다.

우리는 훌륭한 인간상을 지닌 인물을 만나기를 바란다. 그런 인물은 교육에서 이루는 것도 좋지만 작품의 주인공에서 나타내는 데도 도움이 되니 작가의 역량이 크다는 것을 알 수 있다.

훌륭한 인물은 자기만이 아닌 나라에도 큰 도움을 주므로 큰 나무와 같은 존재인 것이다. 큰 나무는 길손에게 안식처가 될 뿐만 아니라 조류들의 서식처가 되고 꽃이 피면 나무와 벌이 날아들고 열매가 열면 동물들에게 먹이가 되고 집을 짓는 재료로도 활용되는 등 유익함이 한두 가지가 아니다.

작가는 나라의 인재를 동량지재(棟樑之材)로 나타내면 독자들이 훌륭한 인물이 대기만성의 인물을 이루기 위해선 오랜 세월이 경과한 후에 이루어진다는 것을 알 수 있다. 우리는 신라를 통일하는 데 공이 많은 기파랑의 인물됨을 잣나무로 나타냈다는 것은 신화원형비평적인 것을 상징하므로 특히 불전에 나오는 신적인 인물로 나타낸 것이다.

이것은 일찍이 M. 엘리아드가 천상의 관념이 지상의 관념과 상응하는 것으로 나타낸 것으로 볼 수 있다. 충담사가 달 밝은 가을날에 기파랑을 묘소에서 제의식을 거행할 때 주변의 잣나무를 보고 기파랑의 인물됨을 달·냇물·조약돌·잣나무로 나타낸 것이다. 특히 잣나무는 서리기 내려도 독야청청(獨也靑靑)하는 것으로 지조와 절개가 굳은 외유내강한 인물이다.

작가들은 위대한 인물을 그릴 때는 기파랑(耆婆郞)과 같은 위대한 인물을 주인공으로 나타내면 독자들이 흥미 있게 읽을 것이다.

제269사(事) 불린(不吝: 인색하지 않음) -『삼국유사』의 빈녀양모(貧女養母) -

제269사(事) 불린(不吝)은 인색하지 않음을 이르며, 어려운 처지에 있는 사람을 형편에 따라 돕는 방법을 내용으로 하고 있다. 남을 돕는 방법은 오늘에도 잘 시행되고 있으며, 남을 도울 때는 경제적 여건이 허락하는 형편에 따라 도우면 될 것이다.

작가는 남을 도울 때는 물심양면으로 돕는 내용으로 작중인물을 나타내면 된다. 독자들도 있으면 있는 성의로 도우면 되고 또한 없는 대로 성의를 다하면 남들로부터 인색하다는 말을 듣지 않는다.

『삼국유사』의 「빈녀양모」(貧女養母)의 설화는 본 조항의 내용과 같이 사는 형편과 신분에 걸맞게 도왔음을 나타냈다. 남을 도울 때는 형편에 따라 구제하면 되는데 어렵게 살아도 남을 도울 때는 자기의 씀씀이를 줄여서 돕는 것이 바람직한 도움이라 할 수 있다.

한민족은 예로부터 어렵게 살아가는 사람을 도울 때 십시일반(十匙一飯)이라는 말이 있듯이 남을 돕는 데 인색하지 않았다.『삼국유사』(三國遺事) 권(卷)5, 효선(孝善), 제(第)9, 「빈녀양모」(貧女養母) 설화는 신라 52대 효공왕(孝恭王, 재위 897~912) 때 효종왕 1년(897)에 신라 화랑인 효종랑(孝宗朗)이 가난하면서도 효성이 지극한 빈녀양모(貧女養母)의 말을 전해 듣고, 조 100석을 주고, 그의 부하들도 곡식 1천 석을 모아 보냈다. 51대 진성여왕(眞聖女王, 재위 887~897) 또한 조 500석과 집 한 채를 지어 주고 동네에 정문(旌門)을 세우고 모녀가 사는 마을을 효양리(孝養里)라고 하였다.

이 설화는『삼국사기』(三國史記) 권(卷)48 열전(列傳) 제(第)8 효녀(孝女)

지은(知恩) 조(條)에서 수용된 것인데, 효녀의 이름을 지은(知恩)이라고 하
였음을 참고적으로 밝힌다. 효종랑을 비롯하여 빈녀양모(貧女養母)를 도운
것은 본 조항의 의식과 통하므로 본 조항을 인용하면 다음과 같다.

제269사(事) 불린(不吝): (福 5門 32戶)(복, 4째 문, 32번째 항목)

> 吝은 惜也라. 可與之短而與之長하며 可假之經而假之重하여
> 能使洽存하고 見人乏에 莫我贍하며 見人愁에 莫我歡하여 能
> 使逸免이니라.

해석: 인색하다(吝) 함은 아낌이라. 짧은 것을 주려거든 긴 것을 줄 것이며, 가벼운 것을 빌
려 주려거든 무거운 것을 빌려 주어서 흡족히 갖게 하고 남의 궁핍함을 보고 나만 넉넉하지 말
것이며, 남의 근심을 보면서 나만 즐거워하지 말아야 안일함을 면할 수 있느니라(편안해진다).

불린(不吝)은 인색하지 않음을 말한다. 본 조항은 남을 돕는 정신이므로,
물질과 정신의 양면성이 나타나 있다. 남을 도울 때는 일차적으로 어려운
처지에 있는 사람을 돕게 되므로 물질이 선행돼야 함은 말할 것도 없지만,
이치적으로 정신적인 면도 중요한 것이다.

세상 사람들 중에는 남을 돕고도 빈축을 사는 일이 있는데, 물질에 대
해 너무 인색하기 때문이다. 이왕 어려운 처지에 있는 사람을 도울 바에는
욕을 먹을 것이 아니라 사는 형편에 따라 도우면 된다.

한민족은 예로부터 남을 돕는 의식이 투철하다. 이 상조(相助)의 정신은
단군의 홍익인간의 정신이 집단적 무의식에 의해 전수된 것으로 볼 수 있다.

이러한 예는 여름철에 홍수로 이재민이 발생했을 때 자발적인 국민의
식으로 돕는 데도 나타나는 바와 같다. 한국인은 예로부터 남의 궁핍이나
근심을 나누는 미덕의 가르침으로 특히 이웃에 대한 정이 오늘에도 이어
지고 있다. 이런 전통은 단군이 홍익인간으로 나라를 세운 그 발현으로 그

맥이 오랜 전통으로 전수된 것이다. 따라서 본 조항의 내용은 남의 궁핍함이나 근심을 보면 자기가 처한 것과 같이 생각하고 물심양면으로 돕는 내용이라 할 수 있다.

1. 『삼국유사』의 「빈녀양모」(貧女養母)의 설화: 신라인들의 의식은 오늘날과 같이 어려운 처지에 있는 사람을 구제한 설화가 『삼국유사』(三國遺事) 권(卷)5, 효선(孝善), 제(第)9, 「빈녀양모」(貧女養母)에 전한다. 이 설화는 어렵게 살아가는 말을 전해 듣고 돕는 사람들이 신분에 맞게 도왔음을 볼 수 있는데, 본 조항의 의미와 통하는 내용이라 할 수 있다. 『삼국유사』의 「빈녀양모」에는 여식이 노모를 잘 모셔 효양리(孝養里)라는 마을이 생긴 유래에 대한 설화를 소개하면 다음과 같다.

> 효종랑이 남산 포석정에서 놀 때 문객 두 사람이 뒤늦게 달려와 그 까닭을 묻자, 이렇게 대답했다.
> 분황사 동쪽 마을에 한 20살 내외된 여자가 눈먼 어머니를 껴안고 소리쳐 울고 있기에 연고를 알고 왔기에 늦었다고 이렇게 말하는 것이다. 그 여자는 집이 빈한해서 구걸로 어머니를 몇 해 동안 봉양했으나, 마침 흉년을 만났다는 것이다. 살길이 막막하여 그녀는 남의 집에 품팔이로 곡식 30석을 얻어 큰 부자 집에 맡겨두고 일을 하였다.
> 날이 저물면 쌀을 싸 가지고 집에 와서 밥을 지어먹고는 같이 자고, 새벽이 되면 그 부잣집에 가서 일을 수일 동안 하였다는 것이다. 어느 날 그 어머니가 전에 먹던 음식은 거칠어도 마음이 편안하더니 요사이의 좋은 음식은 속을 찌르는 것 같아 마음이 편안치 않으니, 어찌된 일이냐? 여자가 사실대로 말하니, 어머니가 통곡하였다. 딸은 입만을 봉양할 줄 알고 마음을 편케 못했음을 알고 탄식하며 서로 붙들고 우는 것입니다.
> 두 사람은 이것을 보느라고 늦었다는 사연을 말하였다.
> 효종랑은 이 말을 듣고 측은히 여겨 곡식 1백 곡(斛)을, 그 양친이 의복 한 벌을 보냈으며, 화랑의 무리들이 조(租) 1천 석을 진성왕은 곡식 오백 석과 집 한 채를 하사하고, 그 마을에 정문(旌門)을 세우고, 효양리(孝養里)라고 하였다.

『三國遺事』, 卷5, 孝善, 第9, 貧女養母

위의 내용에서와 같이 효녀는 눈먼 어머니를 봉양하기 위해 품을 팔아 봉양을 하였는데, 노모를 편안히 하여 드리지 못하는 부족함을 한탄하고 통곡하였다.

효종랑(孝宗郎)과 화랑(花郎)의 무리들 그리고 진성여왕(眞聖女王)이 모녀(母女)에게 많은 곡식을 보냈다고 했는데, 형편에 따라 도운 것이다.

진성여왕은 왕답게 모녀가 살던 마을을 효양리(孝養里)라고 이름 지었다고 한 것도 왕의 신분에 어울리는 지명의 지정이었다고 할 수 있다.

한국은 예로부터 효를 으뜸으로 삼아 온 것은 단군의 조상숭배의 수용이었다고 할 수 있다. 한국의 효의식은 유교의식으로 효사상으로 보기도 하였지만 근원적인 것이라고 할 수 없다. 이미 훨씬 유교 이전에 단군 때부터 조상숭배관념이 민족의식으로 전승되었기 때문이다.

본 조항이나 『삼국유사』에 전해진 빈녀양모(貧女養母)의 경우에서와 같이 형편과 신분에 걸맞게 물심양면으로 도우면 진선미(das Wahre Herz Schöne)에 해당하는 미적인 의식의 도움이라 할 수 있다.

2. 물심양면으로 돕는 작중 주인공: 오늘에는 경제가 어려운 가운데 많은 사람들이 남을 돕는 일에 나서고 있다. 그 돕는 대상은 독거노인들이다. 자손이 없거나 돌보지 않는 가운데 홀로 살아가게 되니, 남이 돕지 않으면 살아가기 어려운 형편이다.

작가들은 많은 사람들이 돕는 현장을 찾아서 작가 나름대로 주인공이 독거노인들을 문학적으로 나타내면 독자들이 감명을 받아 남을 돕는 일에 동참하게 될 것이다. 한국은 단군시대 이래 홍익인간 정신이 면면히 내려오기 때문에 작가들이 무의탁노인들을 돕는 일에 나서면 경로사상이 저절로 이루어지리라 본다.

사람의 예절 중 경로사상을 제1순위로 볼 수 있으니, 이런 일에 작가들이 앞장서 주인공을 예절을 지키는 사람으로 나타내면 단군시대에서 이룬 동방예의지국을 되찾는 데 도움을 줄 것이다. 21세기 오늘에도 효사상이 투철해 전국적으로 효행상이 주어져 있는 것은 한민족의 오랜 뿌리의식의 미풍양속이라 할 수 있다.

제270사(事) 위비(慰悲: 슬픔을 위로함) —석북(石北)의 「한벽당 십이곡」—

위비(慰悲)는 슬픔을 위로한다는 뜻이니, 남의 슬픔을 위로해 준다는 것을 말한다. 작가는 관리들의 부정비리를 작품을 통해 발본색원케 하는 내용으로 작품을 쓰면 국민들이 정부에 대해 적극 협조할 것이다.

18세기 영조 때 시인 석북(石北) 신광수(申光洙, 1712~1775)는 35세 때 『관산융마』(關山戎馬)로 일세를 풍미한 시인이다. 석북은 18세기 문명이 높아 임실(任實) 사군(使君=사신(使臣))이던 한기언(韓基彦)의 초청으로 전주에 있는 한벽당(寒碧堂)에서 신임 전라감사가 도임하는 초청연에 참석하여, 관리들이 뇌물을 바치는 광경을 보고 「한벽당십이곡」(寒碧堂十二曲)을 지었다.

석북이 한벽당에 참석한 해는 기사년(己巳年=1749) 38세 때이니, 한창 시상이 분수처럼 떠도는 중년에 접어든 나이니, 사실적으로 당시 사회제도를 알 수 있게 지었다. 18세기 당시 감사 도임 시 하급관리들이 뇌물을 바치는 것은 관례로 되어 있었다고 할 수 있다. 그렇지만 백성 편에서는 그 장면은 탐관오리의 행태라고 하지 않을 수 없다. 그렇다고 유자들 중에는 그런 관행에 대해서 일종의 뇌물수수 관계로 시를 짓지 않았다.

만약에 집권층 사람들에게 잘못 보이면 유배를 당하거나 관직을 떠나야 하므로 임금님의 덕이나 칭송하는 내용으로 시를 지었다. 그러나 석북은 남인(南人)이라 집권층이 서인(西人)들이었던 관계로 야당계라 출사할 수 없었다. 남인들은 실권층(失權層)이라 고문파들인 양반유학자와는 또 다른 실학파에 가까웠던 관계로 신임 전라감사가 도임할 축하연에서 노골적으로 뇌물을 바치는 광경을 「한벽당십이곡」(寒碧堂十二曲)에다 담은 것이다.

관리들이 뇌물을 바치는 것은 모두 백성들의 혈세에서 비롯되는 것이니, 이 곡(曲)을 창하는 내용으로 지었으니, 백성들의 슬픔을 위로하는 것이 되므로 본 조항을 인용하면 다음과 같다.

제270사(事) 위비(慰悲): (福 5門 33戶)(복, 5째 문, 33번째 항목)

慰悲者는 慰人之可悲也라. 政愆은 必失人하고 貨愆은 當留人하니 反慰之後에 愆經於前愆이면 喜之하고 無愆이면 任之니라.

해석: 슬픔을 위로(慰悲) 함이란 남의 슬픔을 위로함이라. 정치상의 허물은 반드시 사람을 잃게 하고, 재물의 허물은 마땅히 사람을 구류(拘留)해야 함이니, (이와 같이 민심을 수습한 연후에) 도리어 위로한 후에 (관리들의) 허물이 그 전의 허물보다 줄어들면 (백성들은) 기뻐하고, (관리들의) 허물이 없어지면 일을 맡길 일이니라.

제270사(事) 위비(慰悲)란 남의 슬픔을 위로한다는 뜻이다. 사람이 슬픔에 젖어 있을 때 위로해 주면 마음이 편안해져 새로운 일에 대한 활력을 불어넣어 준다. 그렇지 않고 슬픔에 빠지면 마음이 편치 못하여 몸을 상하게 하니, 위로의 한마디는 그의 몸을 회생시켜 주는 것이다.

공자(孔子)는 "시경(詩經)의 관저시(關雎詩)는 즐거우나 음탕하지 않고 애처로우나 감상에 젖지 않게 된다"(『논어』 권3 팔일편(八佾篇)고 하였다. 사람이 너무 슬퍼하게 되면 마음의 상처를 입게 되어 몸의 건강을 잃게 된다는 말로 받아들일 수 있으니, 찾아가 위로의 말을 해 주면 기사회생(起死回生)을 한 것이 된다.

위정자가 정치를 하다가 허물을 지을 때는 정계를 떠나게 해야 한다. 그리고 뇌물수수자를 구류하여 그 액수를 환수하면, 밝은 사회를 이루어 배성들의 위로가 될 것이다.

1. **18세기 사회시**: 석북(石北) 신광수(申光洙, 1712~1775)는 18세기 사회의 비리를 고발하였다. 그중 사람들이 창하는 악부체(樂府體)로 지어 당시 사회의 실상을 나타냈다. 그 현장은 전주(全州)에 있는 정자(亭子) 한벽당(寒碧堂)에 신임 전라감사가 도임하는 연회(宴會)가 열리는 곳에서 직접 본 광경을 「한벽당십이곡」(寒碧堂十二曲)으로 지었다.

석북이 한벽당에 참석한 해는 38세 때 기사년(己巳年＝1749)이다. 이때는 석북이 『관산융마』(關山戎馬)로 문명동일국(文名動一國)의 시인으로 알려진 관계로 사람들로부터 예우를 받을 때다.

석북은 이때 임실(任實) 사군(使君＝사신(使臣))이던 한기언(韓基彦)의 초청으로 참석하여 당시 일반화된 관리들의 뇌물 수수관계를 직접 목도한 바를 「한벽당십이곡」(寒碧堂十二曲)에 담았다. 이 12곡은 당시뿐만 아니라 후세에도 창한 것으로 전한다. 설사 신임감사가 이 창에서 뇌물 바치는 것을 못마땅하게 여길 수도 있으나 당시 감사가 부임하는 연회에서 일반화된 관행이니, 못마땅하게 여길 계제가 되지 않는다. 도리어 감사는 석북과 같은 대시인이 자신에 대해 지은 것으로 행복하게 생각했을 것이다.

석북은 감사 도임 시 일반화된 관행으로 뇌물을 바치는 광경을 시에 나타냈으나, 한벽당에서 이 12곡을 부르면 백성들에게도 창이 일파만파로 전하게 된다. 18세기 영조 때 시인 석북(石北) 신광수(申光洙)는 「한벽당십이곡」(寒碧堂十二曲)에서 하급관리들이 노골적으로 뇌물을 바치는 장면을 우국연민(憂國憐憫)의 정을 나타냈으니, 백성들에게 위비(慰悲)가 되었다고 할 수 있다. 신임 감사가 도임할 때 기생이나 하급관리들이 상전(上典)에게 뇌물을 바치는 모습을 다음과 같이 소개해 본다.

한벽당 속엔 여러 관행 잇따르고,　　　寒碧堂中各官行.
현신하여 의례 물목 적은 쪽지 드리네.　現身依例帖子呈.
수결 놓고 붉은 인 찍은 뒤에,　　　　花押着成紅踏印,
엽전 석 냥으로 인연을 맺네.　　　　錢文三兩作人情.(第6曲)

감사 도임 시 뇌물을 바치는 것이 관행이니, 그 피해의 몫이 백성들에게 돌아온다. 18세기 관행은 감사가 도임할 때 교방(教坊)의 명기(名妓)들이 수청 들러 가는 장면이 호화판이라는 데 있다. 석북은 그 장면을 사실적으로 다음과 같이 나타냈다.

전라 사또 새로 부임하면,　　　　　　全羅使道上營新.
한벽당엔 별난 봄놀이가 벌어지네.　　寒碧堂中別看春.
묻노니 교방엔 누가 제일인가,　　　　借問教坊誰第一,
비단 병풍과 붉은 밀 촛불이 있는　　錦屏紅燭夜來人.(第2曲)
사또 처소로 오는 사람이네.

봄 성으로 쌍쌍이 사뿐사뿐 걸으며,　春城聯袂踏輕埃.
한벽당에 악 연습하고 돌아가네.　　　寒碧堂中習樂回.
모두 새로 나온 전주별곡을 부르며,　齊唱完山新別曲,
내일 판관 생일잔치가 열리네.　　　　判官來日壽筵開.(第4曲)

『石北文集』, 권1, 「寒碧堂十二曲」

18세기는 신감사가 부임하면 기생점고로 수청기생을 선발하는 것이 관행이었는데『춘향전』의 기생점고를 연상하게 되니, 잘못된 제도라고 할 수 있다.

「한벽당십이곡」(寒碧堂十二曲)은 널리 전파되었다고 보니, 백성들에게 위무가 되는 창이다. 뇌물수수(賂物授受)가 관행으로 이루어지는 것은 18세기 제도에서도 성행한 것이지만 백성들에게 추악(醜惡)함을 드러낸 한 장면이라 할 수 있다. 기생점고는 당시 관행이었다고 하더라도 당시 사정으로서는 너무 사치스런 풍습이다.

석북이 「한벽당십이곡」(寒碧堂十二曲)에서 많은 사람에게 뇌물수수를 알리고 호화판에 기생점고를 나타낸 것은 위정자들의 비리와 잘못된 제도를 고발한 것이니, 백성들의 우국연민(憂國憐民)을 생각한 사회시로서의 고발이었다.

석북이 「한벽당십이곡」(寒碧堂十二曲)을 짓지 않았다면 그때 일을 아무도 모를 것이다. 석북은 양반유자이면서 사회에서 일어나는 일을 시로 사실적으로 나타내 당시 제도를 알 수 있게 하였다. 대개 양반유학자들은 당시 제도에 대해 당연한 것으로 알고 비리와 나쁜 관행에 대해서 관심을 기울이지 않고 으레 그런 식으로 살아가는 것으로 인식되었다.

200년 전에는 「한벽당십이곡」(寒碧堂十二曲)에서와 같이 하급관리가 상급자에게 노골적으로 뇌물을 바치는 것을 당연시하고 호화판에 기생점고를 선발했으니, 백성들이 학정(虐政)하에서 살아왔다는 것을 증명하는 것이 된다.

요즘은 인터넷의 발달로 인해 노골적으로 뇌물을 받거나 호화판의 향응을 받으면 즉시 고발된다. 고위관리들이 뇌물수수관계는 은밀하게 이루어지지만 일단 부정비리가 탄로되면 집안과 가문의 망신을 한다.

예전에는 설사 그런 일이 일어났다고 하더라도 관리체계가 소위 오늘날 낙하산계통과 같아 처벌에 허점이 많았다.

요즘 관리들의 비리는 매스컴에 보도되어 사람들이 식상해하지만 불감증으로 국민들이 이상하게 여기지도 않는다. 그런데 200년 전에 위정자와 관리들에 비리는 상상할 수도 없었을 것이다. 다산은 감사와 관리들에 대해 큰 도둑과 좀도둑이라 하고 이런 도둑이 없어지지 않으면 백성들을 다 죽인다는 절규는 위정자가 나라를 잘못 다스린 데 있다.

오늘에는 인터넷으로 인해 관리들의 비리를 예의 주시하고 고발하고 있으니, 전보다 부정이 함부로 횡행하지는 못한다. 오늘에 부정비리는 국민들이 감시하고 부정을 신고하면 상금도 받게 되어 전과는 다르게 부정을 행할 수 없다. 위정자가 앞장을 서서 청렴하게 행하면 공직자들의 비리가 발붙이지 못하고 국민들이 정부를 믿고 서로를 믿으며 살아가면 위로가 될 것이다.

석북은 「한벽당십이곡」(寒碧堂十二曲)에서 18세기 관리들의 생활을 나타내 오늘의 위정자상을 생각해 보는 계기가 되었다.

2. 청렴결백한 공직자상: 오늘의 작가들은 청렴결백을 신조로 삼는 공

직자상에 대한 작품을 소재로 한 작품의 출현을 기대해 볼 수 있다. 작품의 내용은 부정이 심했던 지난날의 공직자 중 주인공이 청렴결백하게 살아온 과정으로 작품을 나타내도 좋을 것이다.

사람들은 주인공을 존경의 대상으로 나타내면 독자들이 본받게 되어 정의사회를 이루는 데 도움이 된다. 근래 공직자들의 비리가 4~5년 전에 행한 것이라도 적발되는 만큼 뇌물수수관계도 함부로 할 수 없으니, 세상은 점차 밝아져 가고 있다. 청렴결백한 공직자가 많아질 때 사회는 그만큼 밝아지게 된다. 좋은 현상이다.

제271사(事) 보궁(保窮: 궁함을 도움) ―『시용향악보』의 『상저가』 (相杵歌) ―

제271사(事) 보궁(保窮)이란 궁함을 돕는 일이다. 사람은 자신이 뜻을 이루지 못하면 자신의 어려움을 돕고, 뜻을 얻는 후에는 남의 어려움을 돕는 일에 나서야 한다. 세상은 자기도 살기 힘든 일인데 남의 어려움을 물질적으로 돕는 것은 너그러운 마음이 있지 않고서는 어렵다.

작가는 작중인물을 통해 남을 돕는 일을 나타내 훗날 도움을 받은 자가 은혜를 갚는 내용으로 인정간의 정을 나타내면 받아서가 아니라 독자들이 남을 돕는 일에 나설 것이다.

백결선생(百結先生)은 신라 자비왕 때 사람으로 거문고의 명수로 경주(慶州) 낭산(狼山) 기슭에 살았다. 그는 집이 가난하여 해진 옷을 100군데나 기워 입었다는 말에서 그런 이름이 불리었는데, 그에 대한 기록은『삼국사기』(三國史記) 권(卷)48 열전(列傳) 제(第)8 백결선생 조(條)에 전한다.

백결선생은 자신의 집이 가난하여 어느 해 섣달그믐날 아내가 이웃집에서 떡방아 찧는 소리를 부러워하면서 "사람들은 집집마다 떡방아를 찧는데, 우리만 홀로 못 하니, 어찌 이해를 마치고 새해를 맞으리오" 하니, 백결선생은 하늘을 우러러 탄식하기를 "부하고 귀한 것은 하늘에 달려 있으니, 그대는 어찌하여 상심하는가? 내 그대를 위하여 떡방아 찧는 소리를 냄으로써 이 슬픔을 위로할 것이다” 하고 거문고를 타서 떡방아 찧는 소리를 냈다고 전한다.

이 소리가 세상에 전하여 대악(碓樂)이라 이름 하게 되었다고 하는데, 여기에 맞추어 노래를 불렀다는 『시용향악보』(時用鄕樂譜)의 『상저가』(相杵歌=떡방아 찧는 노래)의 가사가 전하는데, 어느 정도 반영되었다고 할 수 있다.

백결선생은 자신이 극빈하게 살았으면서도 거문고 소리로 아내의 슬픔을 비롯하여 자기의 희로애락(喜怒哀樂)의 모든 심사를 거문고에 호소하여 위안을 받았으니, 본 조항의 의미를 떠올리게 한다. 본 조항의 내용을 인용하면 다음과 같다.

제271사(事) 보궁(保窮): (福 5門 34戶)(복, 5째 문, 34번째 항목)

保窮者는 不得意하면 能自保窮하고 得意하면 能保人窮이라.
非寬이면 不能者保窮이오 又不能者保人窮이라.

해석: 곤궁함을 돕는 것이란 뜻을 얻지 못하면 자신의 곤궁함을 돕고, 뜻을 얻으면 남의 곤궁함을 도움이라. 너그러움이 아니면 자신의 곤궁함을 돕지 못하고 또한 남의 곤궁함도 돕지 못하는 것이니라.

본 조항에서 남을 도울 때는 일회성에 그칠 것이 아니라 도움을 받는 자가 뜻을 이룰 때까지 돕는 것이라 했으니, 이런 사람을 만난다면 더 없는 은인이라 할 수 있다. 남을 돕는 이는 하늘의 마음을 지닌 사람이라 할 수 있으니, 이런 사람이 많을 때 사회는 아름다워지는 것이다.

위의 조항을 알기 쉽게 이해하기 위해 도표로써 나타내면 다음과 같다.

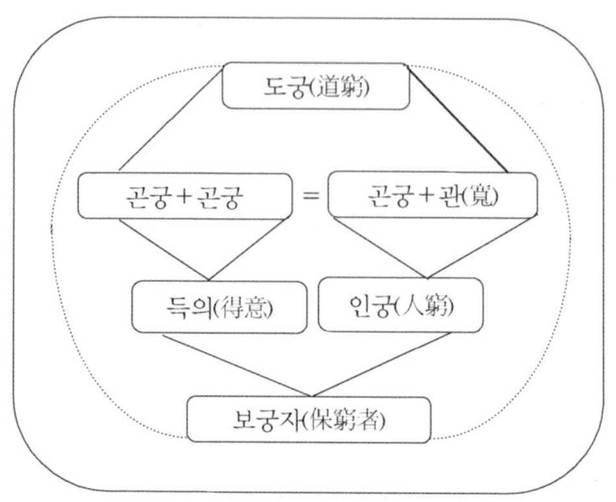

　요즘 한국사회에는 부익부(富益富) 빈익빈(貧益貧)의 양극화 현상이 심화되어 있다. 사람들은 이런 각박한 세정(世情)의 인심 속에서 곤궁한 자를 돕기란 너그러운 마음이 없으면 어려운 일이다.

　본 조항의 내용은 도움을 받는 자가 뜻을 이룰 때까지 돕는 내용이라 할 수 있으니, 홍익인간에서 우러나는 정신이다. 단군이 이상향의 환상적인 나라를 세운 것은 360여사(餘事), 즉 366사(事)를 실천한 데 있다. 이 점은 일연(一然)이 편찬한 『삼국유사』(三國遺事) 고조선 조에 실려 있는 것이니, 믿어야 할 것이다.

　한민족은 예로부터 집단적 무의식이 이어져 내려오는 만큼 홍익인간의 정신이 우리에겐 간직되어 있다. 이런 전통에 의해 한민족은 남을 돕는 일에 적극적이고 미풍양속으로 자리 잡게 되었다.

　2007년 12월 7일(금) 충남 태안 앞바다 기름 유출 사고가 발생하여 특별재난 지역이 충남 태안군·서산시·보령시·서천군·홍성군·당진군·전남 영광군·무안군·안군 등 총 9곳에 이른다. 이때 총 기름 유출량은 1만 2,547㎘ 라고 밝혀졌는데 검은 기름띠가 해안의 모래와 돌과 바위에 엉겨 붙어 방제작업에 나섰는데 2008년 3월까지 지원자가 100만 명에 이르렀다고 전한다.

　기름띠 방제작업을 할 때는 역겨운 냄새를 맡으며 전국에서 자원봉사자들이 힘을 모아 해안의 모래사장은 제거됐으나 돌이나 바위에 엉겨 붙은 검은 띠는 일일이 돌 하나마다 닦아 내야 하니, 많은 인원이 필요하다. 12월~3월은 추운 날씨임에도 전국에서 많은 자원봉사자들이 9곳에 몰려들어 기름띠 제거하는 것을 TV로 시청할 때 예로부터 홍익인간 정신이 남다르다는 것을 실감할 수 있었다.

요즘도 남모르게 경로당과 육아원을 방문하여 기부를 하는 이들이 많은가 하면 독거노인을 방문하여 수십 년 동안 이발과 목욕을 시켜 주는 이들이 많은 것도 누가 시켜서 되는 일이 아니고, 조상 때부터 내려오는 전통의식에 의한 무의식의 작용이라 할 수 있다.

남의 궁함을 돕는 것은 너그러운 마음의 소유자라 할 수 있으니, 그 마음이 어떤 사람의 권함에서도 아니고 전국에서 자발적으로 행하는 이들이 많으니, 예로부터 민족의 전통 관념이 흐르고 있는 것이다.

1. 백결선생의 위로: 신라시대 백결선생(百結先生)은 해진 옷을 100군데나 기워 입었다는 말에서 그런 칭호를 받았다고 전한다. 요즘은 해진 옷에 다른 천(피륙)을 대고 꿰매 입거나 기워 입고 다니는 사람이 없을 것이지만 일제시대에는 깁고 기운 옷을 입고 다니는 사람이 많았다. 옷 한 벌이면 백군 데가 더 될 정도로 해진 곳을 깁고 또 기워 입었다.

백결선생이 옷을 100군데가 될 정도로 기워 입고 다녔다는 것이 과장이라 하는 사람이 있을지도 모르겠으나 예전에는 물자가 태부족 상태였으니, 백결선생도 그런 옷을 입고 다녔을 것이다.

백결선생은 이웃집들이 떡방아를 찧는 소리가 들리는데 가난하여 떡방아를 찧지 못하자 아내의 슬픔을 거문고에 맞춰 떡방아 찧는 소리를 냈다고 한다.

신라시대는 말할 것도 없는 일이지만 20세기 50년대 보릿고개가 있었던 시절에는 설을 맞을 준비를 하지 못하는 사람이 많았다. 가장과 그 아내는 남과 같이 하지 못하여 설날이 도리어 서럽게만 여겨졌다.

이런 것으로 보아 신라시대인 중에는 설날에 떡국도 못 먹는 사람이 허다했을 것이라 생각하니, 백결 선생이 거문고에 맞추어 떡방아 찧는 소리로 어려운 사람을 위로하였을 것이다.

대악(碓樂)은 거문고 소리에 맞추어 떡방아 소리를 내는 것인데, 여기에 맞추어 노래를 불렀다는 『시용향악보』의 『상저가』(相杵歌＝떡방아 찧는 노래)의 가사를 인용하면 다음과 같다.

쿵더쿵 방아나 찧어 히얘/ 거친 밥이나 지어서 히얘.
부모님께 드리고 히얘/ 남으면 내가 먹으리라 히야해 히야해.

『時用鄕樂譜』

백결 선생의 거문고 소리는 오늘에 전하지 않지만 『상저가』(相杵歌)에서 어느 정도 반영되었다고 할 수 있다. 그는 자기가 극빈하게 살았으면서도 거문고를 가지고 다니면서 슬픔에 젖은 사람들에게 위로하였으니, 풍류와 낭만적인 위로를 하였다고 본다.

백결선생은 본 조항과 뜻이 통하는 행위를 하였다고 본다. 그는 남을 돕는 일을 행하였다는 데 인간미의 소유지라 할 수 있다.

우리 민족은 예로부터 홍익인간의 정신이 흘러 남을 돕는 일에 자신의 일과 같이 행했다. 오늘에도 이러한 정신이 이어져 오고 있으니 다행스러운 일이다.

2. 남을 돕는 일: 남을 돕는 일은 쉽지가 않은데 관대한 마음이 자리 잡지 않으면 실천하기 어려운 것이다. 천지와 같은 높고 넓은 마음이 아니고서는 어렵다. 한마디로 성인의 마음을 지녀야 한다.

작가는 주인공을 설정함에 있어 본 조항이나 백결선생과 같이 너그러운 마음으로 행하면 독자들이 작중인물일지라도 사숙하게 되어 남을 돕는 일에 앞장을 서는 데 도움을 줄 것이다.

오늘에는 물질주의의 경도로 이익을 앞세우는 풍조가 만연된 이때 남을 헌신적으로 돕는 것은 쉽지가 않다.

어려운 사람을 돕는 일은 작가가 한몫을 하게 되어 있으니, 작중에 기발한 착상과 아이디어로 잘 나타내면 문제가 될 것이 없다. 독자들은 작중에 나타난 주인공의 행동을 보고 실천하는 이들이 있을 것이니, 작가의 역량을 기대해 볼 만하다.

백결선생은 설을 맞아 설 준비를 하지 못하는 슬퍼하는 아내와 사람들을 위해 거문고를 치며 위로했다. 궁함을 돕는 일은 정신적인 도움도 남을 배려하는 너그러운 마음이 앞섰을 때 일어난다.

제272사(事) 용부(勇赴: 용감하게 나아감) ─고려 「처용가」─

용부(勇赴)란 '용감하게 나아감'을 뜻하니, 관대한 사람이 착한 일을 보면 용감하게 달려가 일에 동참하여 스스로 만족감을 얻는다는 것이니, 작가들이 작중에 이런 인물을 나타내면 독자들이 본받아 행할 것이다.

신라의 「처용가」(處容歌)는 『삼국유사』(三國遺事) 권(卷)2 처용랑(處容朗) 망해사(望海寺) 조(條)에 실려 있다. 이 노래는 역신(疫神)이 처용아내와 동침하는 것을 보고 처용이 노래와 춤을 행함으로써 이에 감동한 역신이 처용에게 이후부터 당신의 형상만 보이면 나타나지 않겠다고 하여 신라의 집집에는 처용화상을 문 위에 그려 붙였다.

물론 이 풍속은 역신이 무서운 마마를 퍼뜨리게 하는 나쁜 귀신을 물리치기 위해 정월보름에 연희(演戲)를 행한 것이다. 그러나 고려 「처용가」(處容歌)는 열병신(熱病神)이 처용의 화상(畵像)을 보고 그 생김새에 주눅이 들어 도망을 치기 위해 자기 종자에게 신코를 단단히 매어 달라고 하고 도망할 채비를 하고 있다.

창자(唱者)는 처용 아비에게 열병신에게 잡히면 날고기로 먹힐 것이라고 겁을 준다. 마침내 처용 아비는 열병신 앞에 나타나 잡겠다고 굳힌다. 열병신은 처용 아비에게 잡히어 멀리 도망하고 싶다는 것이 소원이라고 했다.

이 고려 「처용가」은 고려·조선조를 통하여 궁중 악으로 마마를 물리치기 위해 불린 것이다. 처용 아비는 신라 「처용가」의 역신(疫神), 고려 「처용가」의 열병신(熱病神)은 다 같이 40°의 고열로 앓는 무서운 병이다.

고려 「처용가」의 열병신(熱病神)은 처용 아비에게 잡혀 병을 전파시키지 않는다고 하면 용서를 하여 주었다고 할 수 있다.

고려 「처용가」에 나타난 처용 아비는 열병신에게 용감하게 달려가 붙잡혔으니, 본 조항의 내용과 통한다. 그런 의미에서 본 조항을 다음과 같이 인용한다.

제272사(事) 용부(勇赴): (福 5門 35戶)(복, 5째 문, 35번째 항목)

> 寬仁者는 豁如無所趑趄故로 見善則勇赴而自得其偉飽하니
> 관 인 자   활 여 무 소 자 저 고   견 선 즉 용 부 이 자 득 기 위 포
> 若風滿帳中이니라.
> 약 풍 만 장 중

해석: 너그럽고 어짊(寬仁者)이란 도량이 넓어서 머뭇거리는 바가 없음이라. 그러므로 착함을 보면 용감히 달려가 스스로 그 거룩함과 만족감을 얻나니, 장막 가운데 바람이 가득한 것 같으니라(호연지기(浩然之氣)가 넘친다).

제272사(事) 용부(勇赴)란 용감하게 나아감을 이른다. 사람들이 노동을 신성하다고 했으니, 일을 할 때는 즐거운 마음으로 힘써 행하는 것이 바람직하다.

마음이 너그러운 사람은 착한 일을 보면 용감하게 달려가 일을 처리함에 활달하고 신속하게 처리해 만족감을 얻는다. 그 만족감은 장막 속에 바람이 가득한 것같이 활기가 넘치는 기상과 같다고 했으니, 호연지기(浩然之氣)가 넘침을 이른다고 할 수 있다.

너그러운 사람은 천지와 같이 높고 넓은 마음을 지니게 되어 도량이 넓어 소아(小我)에 집착하지 않고 대아(大我)를 생각하여 큰 것을 생각하고

실천한다.

본 조항에서 너그러운 사람은 대아(大我)를 생각하는 도량이 넓은 사람이니, 일을 수행함에 있어 머뭇거림이 없이 민첩하게 처리할 뿐만 아니라, 사람들과 화합을 이루어 사회발전에 이바지한다. 본 조항에서의 너그러운 사람은 선의지(善意志)와 관련되므로 힘써 행하면 자기의 행복은 물론 사회발전을 이루는 데 도움이 될 것이다.

너그러운 인물은 천지와 같은 마음을 지닌 관계로 조화미를 이루는 것이라 할 수 있다. 이런 인물은 『인부경』(人符經)의 "천덕합덕인"(天德合德人), "지천합도인"(地天合道人)과 통한다고 할 수 있으니, 홍익인간을 할 수 있는 인물이다.

1. 고려 「처용가」에 등장하는 처용: 처용의 얼굴이나 고려 「처용가」(處容歌)를 보면 너그럽게 생겼다고 할 수 있다. 그는 너그러운 용모와 너그러운 마음씨를 지녀 많은 사람을 위해 좋은 일을 한다.

처용의 생김새가 너그럽게 생겼던 것으로 인해 악명이 높았던 악귀(熱病神)를 물리쳐 모든 사람들이 안심하게 살 수 있게 좋은 일을 한 것이다. 처용은 고려 가요 중 『처용가』의 주인공이다. 너그러운 마음으로 일에 힘쓰면 용기가 생겨 영웅심을 발휘하게 된다.

우리는 이러한 인물을 신라 「처용가」에 등장하는 처용에게서 볼 수 있다. 그는 무서운 마마(천연두)를 퍼뜨리는 역신을 너그럽게 대하여 고양이 앞에 쥐가 주눅이 들어 꼼짝 못하게 하여 사람들이 마마를 앓는 공포에서 벗어나게 했다. 고려 「처용가」은 신라의 「처용가」보다 적극적으로 역신을 쫓아가 붙잡아 어릴 때 마마를 퇴치하는 풍습이다.

마마는 어릴 때 어린이가 열이 40°로 앓는 전염병인데 고대사회에서는 무서운 병의 하나로 되어 있다. 일단 이 병에 걸리면 열이 오르고 여기에 콩만 하게 부어오른다. 이 환자 어린이는 가려워 긁어 상처가 나면 곰보 자국이 생긴다.

처용은 사람들이 마마를 퍼지게 하는 무서운 열병신을 본 조항과 같이 용감하게 달려가 도망가게 했으니, 마마를 고려에서 나타나지 않게 하여 아이를 키우는 부모들에게 마마에 대한 공포를 해방시켜 주었다.

처용은 관대한 이로 알려졌다. 그는 너그럽고 어진 마음을 지녀 사람들이 그를 금기의 대상으로 여기는 무서운 열병신을 도망가게 했다. 처용(處容)에 대해서는 앞서 신라의 「처용가」(處容歌)도 있지만, 고려 「처용가」에 대해 서술하기로 하고, 그 노래를 인용하면 다음과 같다.

> 아아, 처용 아비의 모습이여, 처용 아비의 모습이여
> 머리 가득 꽃을 꽂아 기우신 머리에
> 아아, 수명장원(壽命長遠)하시어 넓으신 이마에
> 산의 기상 같이 짙은 눈썹에
> 애인을 보시어 온전한 눈에
> 바람이 찬들에 들어 우그러진 귀에
> 오향(五香) 맡으시어 우묵하신 코에
> 아아, 천금을 머금으시어 넓으신 입에
> 백옥 유리같이 흰 이빨에
> 인찬복성(人讚福盛)하시어 내미신 턱에
> 칠보(七寶) 겨워서 숙어진 어깨에
> 길경(吉慶) 겨워서 늘어진 소매에
> 슬기 모아 유덕(有德)하신 가슴에
> 복(福)과 지(智)가 모두 넉넉하며 부르신 배에
> 붉은 가죽 띠가 겨워서 굽으신 허리에
> 동락태평(同樂太平)하여 기나긴 다리에
> 아아, 계면조에 맞추어 춤추며 돌아 넓은 발에
> 누가 세워 지었는가? 누가 만들어 세웠는가?
> 바늘도 실도 없이 바늘도 실도 없이
> 처용 아비를 누가 지어 세웠는가?
> 많고 많은 사람들이여
> 십이제국(十二諸國)이 모이어 지어 세웠으니
> 아아, 처용 아비를(지어 세운 사람이) 많고도 많은 사람들이여

처용 아비는 관대한 덕과 용모를 갖추었기에 천하에 천연두를 전파시키는 열병신(熱病神)을 꼼짝 못하게 한 것이다. 원래 열병신은 사람에게 병을 전파시키는 관계로 음양상에서의 음귀(陰鬼)에 불과하다. 이에 대해 처

용 아비는 머리에 탈을 쓴 가면은 목단(牧丹)으로 장식되고 귀고리가 복숭 아나무로 되어 있으니, 이들은 양성(陽性)의 꽃이자 나무이다. 음성(陰性)은 양성 앞에 물러나게 되어 있다. 춤 또한 신명을 돋우게 하는 것이니, 양성에 속한다. 열병신은 처용인 양에게 물러나게 되어 있다.

처용 아비는 양성을 지닌 관계로 밝은 마음을 지니고 어질게 행하므로 모든 사람들이 마마에 공포에서 벗어나 편안하게 살아가게 위해 열병을 잡은 것이다. 그의 관대한 마음은 어린 자녀를 키우는 부모로 하여금 천연두에 감염되지 않게 살아가게 했으니, 본 조항과 같이 착한 일을 용감하게 달려가 실천한 노래이다.

열병신은 처용 아비가 잡으러 달려오니, 잡히지 않기 위해 버찌·오얏· 녹이(이름)에게 신코를 조여 달라고 재촉을 한다. 처용 아비는 열병신이 당도하면 걸음아 날 살리라고 줄행랑을 치기 위해서다. 그 장면은 다음과 같다.

　　버찌야, 오얏아, 녹이야,
　　빨리 나와 나의 신코를 조여라.
　　아니 매면 나릴 것이다 흉한 말이.

열병신은 빨리 도망하기 위해 종자에게 신코를 빨리 매라고 재촉하고 행동이 굼뜨면 욕을 할 것이라고 한다. 다음 장면은 창자가 열병신이 처용 아비에게 발각되면 횟감으로 먹힐 것이라는 협박을 한다.

　　이런 때에 처용 아비가 보시면,
　　열병신 따위야 횟갓이로다.

다음 장면은 처용 아비가 열병신 앞에 이르자 열병신이 살기 위해 돈을 주고 살려 달라는 청을 창자에게 한 것으로 다음과 같이 노래한다.

　　천금을 줄까? 처용 아비여

칠보를 줄까? 처용 아비여

이때 처용 아비는 관인(寬仁)이니, 뇌물로 자신을 매수하려는 것을 단호
하게 거절하고 다음과 같이 말한다.

천금도 칠보도 다 말고
열병신을 나에게 잡아 주소서

열병신은 처용 아비의 말을 옆에서 듣고 다음과 같은 남기며 도망할 궁
리를 한다.

산이나 들이나 천리 먼 곳으로
처용 아비를 피해가고 싶다.

창자(唱者)는 다음과 같이 열병신이 소원하는 말을 하고 열병신의 청을
들어주어 도망을 치게 했다.

아아, 열병신의 소망이로다.

『樂學軌範』

처용 아비는 열병신이 천 리 먼 곳으로 도망하기를 소원했으니, 고려사
회에서 마마를 앓은 사람이 나타나지 않게 된다. 고려의 「처용가」은 신라
의 「처용가」(處容歌)에서와 같이 관대하게 대해 주었다. 신라의 처용은 역
신이 자기 아내와 동침하고 있는 장면을 목격했지만 분노하지 아니하고
역신(疫神)에게 노래를 지어 불러 준다. 이때 역신은 처용의 관대함에 감
격하여 처용의 화상(畵像)만 보아도 나타나지 않겠다는 맹세를 하고 사라
진 것이나 고려 「처용가」의 열병신의 행함이 같은 맥락임을 알 수 있다.
한마디로 처용 아비는 본 조항과 같은 관인(寬仁)의 태도와 일맥상통한다

고 볼 수 있다.

20세기에도 많은 아이들이 열병을 앓다가 고열로 세상을 떠난다. 그러나 오늘에는 서양인들이 이를 치료하는 주사액을 발명해 어린이들이 천연두를 예방하기 위해 수두주사를 맞는다. 본 조항은 홍익인간을 실천케 하는 입문이므로 관대한 마음을 가지고 착한 일을 용감하게 달려가 행함을 본받아야 하는데, 처용 아비에게서 볼 수 있다. 처용 아비는 마마를 전파하는 악귀(惡鬼)를 물리쳐 사람들이 안심하고 살아가는 역할을 연희(演戱)로써 주도했으니, 그 의의는 큰 것이다.

고려「처용가」은 고려와 조선조에 궁중의 나례(儺禮)의 양식과 맺어져 『처용무』(處容舞)와 『처용희』(處容戱)로 발전되어 왔으니, 마마가 무서운 병이라는 것을 알 수 있게 한다.

오늘에는 마마를 천연두라고 하지만 무서운 병에 이른다. 수두주사를 맞으면 자연적으로 치료가 된다. 이 병은 워낙 무서운 병이기 때문에 ‘손님’으로 대하였다. 마마는 금기어로 되어 귀한 ‘손님’으로 격상시켰다. 그렇게 예우를 해야 열병신이 찾아오지 않게 되어 마마를 앓지 않는 것으로 여겼다. 사람들은 마마를 앓을 때 마마라고 말하지 않은 것을 열병신을 노하지 않기 위함이니, 금기시하는 관념 때문이다.

2. **문학상 관인(寬仁)의 주인공**: 문학상에는 착한 일을 보면 용감히 달려가 실천하여 여기에서 스스로 만족감을 얻는 주인공도 있다. 작품상에 이런 이들을 부각시키면 사회를 아름답게 하는 역할을 할 것이다.

요즘은 독서하는 이들이 전에 비해 많이 줄었다. 4월 23일은 유네스코가 정한 ‘세계 책의 날’이다. 요즘은 『조선일보』가 2007년 3월부터 ‘거실을 서재(書齋)’로 캠페인을 시작하여 거실에서 TV와 소파를 몰아내고 책장으로 바꾸자는 것인데, 이에 동참하는 가정이 많아졌다는 것은 자녀들에게 책을 읽히게 하는 데 원인이 있다.

작가들은 이에 맞추어 자녀들이 ‘가족서재’에서 책을 읽어 건전한 생각으로 살아 인생관이 달라졌다는 내용으로 나타내면, 독서 문화운동에 참여하는 데 도움을 줄 것이다.

제273사(事) 정선(正旋: 바르게 돌아감)—심산(心山)의 『심산유고』—

정선(正旋)은 정(正)이 '바를 (정)' 자(字)이고, 선(旋)이 '돌 (선)'이므로 '바르게 돌아감'을 말한다. 관대한 사람은 바른 사람을 바른 도리에 어긋남이 없으니, 8자처럼 빙글빙글 돌아가는 인생 속에서 천리나 인도(人道)에 어긋남이 없이 살아가 작가들이 이런 사람에 대해 작중인물을 스토리텔링으로 나타내면 독자들의 호응이 있을 것이다.

심산(心山) 김창숙(金昌淑, 1879~1962)은 유학자·독립운동가·교육가·정치가로 알려졌는데 이 중에 독립운동가로 널리 알려지고 있다. 그는 14년간 옥고를 치르는 가운데 앉은뱅이가 되어 심산(心山) 외에 호를 벽옹(躄翁)이라 했다.

그는 1919년 3월 운동이 일어나자 상해로 건너가 임시정부 의정원의원, 1922년 북경에서 신채호(申采浩)와 같이 독립운동지 『천고』(天鼓)를 발간하고, 서로군정서(西路軍政署)를 조직하여 군사 선전위원장으로 활약했다.

또 그는 손문(孫文)으로부터 광복운동 기금을 원조받기도 하는 등 광복운동에 분투하다가 1927년 상해 일본 영사관원에게 체포되어 14년 형을 받고 대구형무소에서 복역 중 8·15 광복을 맞아 석방되었다.

그는 호 심산(心山)에서 보는 바와 같이 태산과 같은 마음으로 독립운동을 하였으니, 본 조항의 진철(鎭鐵＝중심쇠＝말뚝쇠)과 같이 독립운동을 한 것으로 볼 수 있다. 그는 중심점을 잃지 않고 살았으니, 본 조항의 내용을 다음과 같이 소개한다.

제273사(事) 정선(正旋): (福 5門 36戶)(복, 5째 문, 36번째 항목)

正은 正理오 旋은 旋理也라. 下石은 靜定하고 上石은 環旋하
여 不動不違者는 以鎭鐵이 居中也니라. 仁居中寬이면 環而旋
之에 無所不合規니라.

해석: 바르다 함은 바른 이치고, 돈다 함은 돌아가는 이치라. 아랫돌은 가만히 고정되어 있고, 윗돌은 둥글게 돌아 움직이지도 않고 어긋나지도 않는 것은 진철(鎭鐵=중심쇠=말뚝쇠)이 한가운데 있음이라. 사람도 어짊에 살아가는 가운데 있어 너그러우면 둥글게 돌아 법규에 맞지 않는 것이 없느니라.

제273사(事) 정선(正旋)은 바르게 돌아감을 이른다. 맷돌이 돌 때에 윗돌이 어긋나지 않고 돌게 되는 것은 아랫돌에 박혀 있는 말뚝쇠(중심쇠(鎭鐵))가 한가운데 구심점을 이루기 때문이다. 사람은 아랫돌에 말뚝쇠와 같이 중심축을 이루고 있으면 법도에 어긋나는 행위를 하지 않게 된다. 가장은 가정의 식구들을 의식주 문제를 책임지게 되므로 가장 나름대로의 중심이 서야 할 위치에 있으므로 마음의 중심이 서야 한다.

위정자 또한 나라를 책임지고 다스리는 사람이니, 말뚝쇠와 같이 중심을 이루면 국민들이 위정자를 믿고 살아갈 것이다. 위정자는 맷돌에 박혀 있는 말뚝쇠와 같이 어짊에 머물고 중심이 너그러워야 원만하게 정치를 할 수 있다.

위정자는 일반 백성들의 본을 보이기 위해 본 조항의 내용과 같이 맷돌의 아랫돌에 박힌 말뚝쇠와 같이 중심을 이루어야 한다. 마치 이는 공자(孔子)가 뭇별들이 북극성을 중심으로 선회(旋回)하는 것을 본받아 백성을 다스려야 함을 말한 것과 같다. 정치는 법률이나 규칙만으로 되는 것이 아니고 치자(治者)의 중심을 이루는 정신을 본받게 만백성의 수범을 보여야 할 것이다.

본 조항에서 맷돌의 말뚝쇠는 중심을 잃지 말라는 교훈이니, 『인부경』(人符經)의 중정인(中正人)의 마음가짐이라 한 말과 통한다. 바로 말뚝쇠의

정신은 중정인(中正人)의 정신으로 중심을 지키는 사람이라 할 수 있다. 말뚝쇠와 중정인은 주관을 확고하게 세우는 것으로 이해하면 될 것이다.

1. **독립운동가의 애국정신:** 일제강점기 독립운동가 들은 나라를 되찾기 위해 목숨을 바칠 각오로 국내외에서 독립운동을 전개했다. 그중 유림(儒林)을 대표한 심산(心山) 김창숙(金昌淑, 1879~1962)은 독립운동으로 상하이에서 체포되어 대구 형무소에서 복역하였다. 그는 복역 중 모진 고문을 당하면서도 일제에 굴복하지 않았는데, 본 조항에서의 말뚝쇠와 같은 중심을 잃지 않고 항거했다.

그의 항거는 「왜놈에게 절하지 못하노라」에서 그의 애국정신을 찾아볼 수 있다. 그는 모진 고문을 여러 차례 당하면서 굽히지 않겠다는 정신으로 끝까지 굽히지 않았으니, 본 조항과 관련하여 그의 독립운동을 조명하여 보기로 한다.

애국자는 조국을 잃었을 때 위국충정으로 중심을 이루게 된다. 심산(心山) 김창숙(金昌淑)은 일제가 가혹한 식민지 정책을 폈을 때 감옥살이를 마다하지 않고 조국의 독립을 위하여 일하다가 여러 차례 체포되었다. 그는 상하이에서 체포되어 대구형무소에서 복역 중 모진 고문을 당하면서도 굴하지 않고, 그중 고문에 후유증으로 허리가 굽고 앉은뱅이가 되었다. 그의 육신의 애국정신의 절규는 그 시 「왜놈에게 절하지 못하노라」에서 다음과 같이 읽을 수 있으니, 인용하면 다음과 같다.

> 감옥살이 병으로 누워 일곱 해가 지났으나,
> 나의 행동 근본바탕을 상하게 하지 않았네.
> 머리 숙으려 두 손 들고 엎드려 절하는 일은 힘겨워,
> 분해서 나오는 눈물 닦기도 어려워 창자를 째고 싶네.

『심산유고』(心山遺稿)(1933년(癸酉年), 대구형무소, 55세)

심산(心山)은 심장에서 우러나오는 애국충정을 숨김없이 나타낸 것이다.

그는 1927년 상해주재 일본 영사관원에게 피체(被逮)되어 대구로 압송되어 대구 형무소에 복역하게 됐다.

그가 심산(心山) 외에 벽옹(躄翁)이란 호를 사용한 것은 복역 중 1945년 8·15 광복을 맞아 석방되었으나, 앉은뱅이가 되었기 때문이다. 심산(心山)이란 호를 한자로 풀면 마음이 태산과 같이 움직이지 않는 뜻이니, 그의 호대로 독립운동을 하였다. 여기에 벽옹(躄翁)이란 한자풀이에서 앉은뱅이(벽)(躄) 자(字)를 넣어 앉은뱅이 노인이란 뜻이다. 심산(心山)이 두 가지 호를 사용한 것은 태산과 같이 마음이 움직이지 않는 마음과 그 정신으로 독립운동을 하던 중 앉은뱅이가 된 유래에서 그 호를 사용하게 된 것이다.

그는 옥살이를 가혹한 고문으로 잘 걷지 못한다는 내용이 「벽옹회상기」(躄翁回想記)에 나타나 있다. 그는 가혹한 고문을 당하면서도 일제에 굽히지 않았던 것으로 앉은뱅이가 되었다.

심산(心山)은 1945년 8·15 광복절을 맞아 석방된 후 치료를 받고 부축을 해야 다녔다. 장신의 몸이 제삼자의 도움이 있어야 출입을 하게 되니, 조국독립을 찾는 일이 목숨보다 더 중한 것을 그에게서 찾을 수 있다. 그의 중심축은 조국광복의 염원이었으니, 마음이 조금도 흔들리지 않았으니, 심산(心山)이란 호와 일치한다.

그는 유학자로서 유림을 대표한 독립운동가였으니, 이기이원론(理氣二元論)에서 이(理)로써 마음을 정하고 기(氣)로써 활동하여 그의 정신이 순수한 유교정신의 실천이었다고 할 수 있다.

그의 독립운동의 정신은 이기이원론(理氣二元論)으로 조명해 볼 수 있는 것은 이(理)로써 마음을 굳건히 지키고 중화(中和)의 기(氣)로써 일제에 대했다. 이런 기백은 『인부경』(人符經)의 중정인(中正人)과 본 조항의 맷돌의 중심축인 말뚝쇠와 같이 행했다고 할 수 있다.

위의 시에서 심산(心山)은 중정인으로 행하고, 『천부경』(天符經)에 "사람 가운데 천지가 있어 하나가 됨"이라 한 것과 같이, 천지인 삼위일체의 사상으로 독립운동을 한 것이다. 따라서 그의 독립운동의 우국충정의 미는 위엄미(威嚴美)로 일제(日帝)를 대했다.

심산(心山)·벽옹(躄翁)은 독립을 하다가 불구가 되었는데, 1950년대 성균관 대학의 학장에 있으면서 흰 두루마기를 입었으며 부축하여만 다닐 수 있었던 것을 필자가 보았다.

그는 대통령 이승만이 있는 경무대(현 청와대) 쪽을 향해 욕을 퍼부었다. 이승만은 심산이 욕을 해도 할 말이 없다고 생각한다.

이승만은 한국사회를 친일파천국을 만들었다. 그뿐인가. 이들은 부정부패로 나라를 다스려 무법천지를 만들다시피 했다. 또 그는 상해임부 시절 일제가 영미전쟁과의 승세를 타자 미국으로 건너가 편히 있다가 해방 후 돌아왔다. 그는 귀국 후 지지 기반이 없자 대통령이 되기 위해 독립운동가들을 멀리하고 친일파를 등용하고 미국을 등에 업고 나라를 다스렸으니, 심산이 울분의 분노를 경무대 쪽을 행해 여러 번 욕을 하는 것을 필자가 여러 번 목격한 바 있고, 다른 학생들도 여러 번 들었다고 했다. 심산이 욕을 한 것은 이승만 대통령이 가추악(假醜惡)으로 정치를 했기 때문이다.

심산은 옛말에 안 보는 곳에서 임금도 욕을 한다는 말과 같이 울분의 마음에서 욕을 한 것이다. 그 당시는 독재시절이라 대통령에게 욕을 하면 용서받지 못하는 시대다. 일반인들이 대통령에게 욕을 해도 문제 삼지 않은 일은 노태우 대통령 때 약간 있었고, IMF(국제통화기금)의 한파를 겪게 한 김영삼 대통령 때부터 국민들이 노골적으로 욕을 해도 형사가 체포하는 일이 없었다.

노무현 대통령은 부동산 값을 치솟게 해 서민들이 집 마련에 희망을 잃게 해 욕 이상의 말을 해도 누가 이상하게 여기지도 않는다. 대통령의 권위도 독재시절과 같은 형태는 찾아볼 수 없게 되었다.

심산은 조국광복을 위해 앉은뱅이가 될 정도로 일제에 의해 고문을 당했으니, 당시 이승만에게 욕을 하는 것은 친일파천국을 만들었기 때문이다. 하기야 나라를 지키기 위해 목숨을 내걸었는데 일제와 야합한 친일파를 각료와 관리들로 기용하고 독립운동가들을 홀대했으니, 자연발생적으로 욕이 발설되었다고 할 수 있다. 심산은 일제에 자신의 지조를 잃지 않았으니, 맷돌의 말뚝쇠와 같아 중심을 지키는 독립운동가다.

시대는 변하고 있지만 사람으로선 중심을 잃고 살아가서는 안 될 것이다. 사람은 마음의 푯대를 정하고 도의심을 중심으로 살아가면 위정자의 경우 국사(國事)가 질서정연하게, 아름답게 다스려지게 된다. 우리는 변화무상한 사회 환경 속에서 중심을 잃어서는 안 되고, 본 조항에서의 맷돌이 돌 때 빗나가지 않는 말뚝쇠(중심쇠(鎭鐵))와 같이 중심점을 생각해야 할 것이다.

2. 말뚝쇠의 교훈: 오늘의 현실은 시대가 급변하는 시대에서 살아가고 있다. 믿어야 할 사람도 믿을 수가 없다. 작품상에 주인공을 나타낼 때는 말뚝쇠와 같은 중심을 잃지 않는 이로 작품의 줄거리를 이루면 독자들이 배우는 바가 있어 사회를 바로 하는 이가 될 것이다.

우리에겐 마음의 중심을 본받을 이들이 많았다. 오늘에도 말뚝쇠와 같은 사람들은 주변에 많다. 작가들이 그 분들의 행함을 본받는 내용으로 작품 중에 주인공을 나타내면 독자들이 배울 바가 있을 것이다.

작가들은 심산(心山)에 대해서 작품을 써도 독자들이 많은 독자층을 형성할 것이라 믿는다. 그가 적극적으로 독립운동을 하게 된 동기는 1919년 3월 1일 33인 대표가 민족을 대표하여 서울 파고다공원에서 독립운동선언서를 발표하였다. 그중에는 천도교인이 가장 많았고 불교인, 기독교인의 이름이 들어 있는데 유교인은 한 사람도 없었다. 이에 심산이 이럴 수가 없다고 하여 독립운동을 적극적으로 하게 되었다고 한다.

그는 일제의 형사로부터 심한 고문을 당해 앉은뱅이가 되어 벽옹(躄翁)이라 한 것을 보더라도 유교를 대표하는 독립운동가이자 끝끝내 지조를 잃지 않고 일제에 저항한 애국자이다. 작가들은 이런 애국자를 국민들에게 본받게 하기 위해 그에 대한 일대기나 작품을 출판을 하면 좋을 것이라 믿는다.

제274사(事) 능인(能忍: 잘 참음)—이행(李荇)의 『속삼강행실도』—

제274사(事) 능인(能忍)이란 관대하게 잘 참음을 뜻하니 주체적인 결단이 따라야 한다. 참음의 미덕은 너그러운 사람이 되게 하는 데 있다. 작가는 어려운 가운데 능동적인 자세로 참아내는 내용을 작중에 보이면 사람들이 살아가는 데 인내가 필요하다는 것을 알게 될 것이다.

16세기 조선 중종 때 용재(容齋) 이행(李荇, 1478~1534)은 조선의 정치가로서 대제학 우의정 좌의정을 역임했고 문집으론 용재집(容齋集)이 전하고 『속삼강행실도』(續三綱行實圖) 「서만득어」(徐萬得魚)의 시가 전한다. 이 시에는 서만(徐萬)이 부모가 살아 계실 때 효자로 이름났고 돌아간 후 여막에서 3년간 부모가 생전 시와 같이 조석 간으로 상식을 공양한 사실과 그로 인해 조정에서 임명 소식이 있었다는 내력에 대해서 지었다.

지금으로부터 500년 전에는 부모가 돌아가면 묘 아래쪽에 여막을 짓고 3년상을 조석 간에 상식을 공양하는 일이 있어 왔지만 흔한 일은 아니었다.

대개 양반유가들이 실천했는데 일반 서민들은 여막에서 부모의 3년상을 행할 수가 없었다. 그 시대는 살기가 어려웠던 시절이니, 의식주의 걱정을 하지 않는 이들이 주로 행했다. 이 여막생활은 역사 속으로 사라졌지만 효사상을 으뜸으로 꼽았던 조선조시대에 있었던 풍습이었다고 할 수 있다.

이런 효사상을 백성에게 알리기 위해 용재 이행은 『속삼강행실도』(續三綱行實圖) 「서만득어」(徐萬得魚)에서 여막생활을 나타냈다. 부모가 돌아간 후 묘(墓) 아래 여막을 짓고 3년을 보냈다는 것은 본 조항의 능동적인 참음과 관계된다. 이를 이해하기 위해 본 조항을 인용한다.

제274사(事) 능인(能忍): (福 5門 37戶)(복, 5째 문, 37번째 항목)

忍이 有三하니 一曰因忍이며 二曰强忍이며 三曰能忍이라. 因忍은 無主決하며 强忍은 無主決而欲主決하고 獨能忍은 定有主決이니 非寬이면 不能이니라.

해석: 참는 것에는 세 가지가 있으니, 첫째는 어떤 이유로 참음이요, 둘째는 억지로 참음이요, 셋째는 능동적으로 참음이라. 어떤 이유로 참음은 주체적인 결단이 없고, 억지로 참음은 주체적인 결단이 없으면서 결단이 있고자 함이며, 홀로 능동적으로 참는 것이라야 주체적인 결단이 정해 있음이니, 너그러움이 아니면 할 수 없느니라.

제274사(事) 능인(能忍)이란 잘 참음을 이르니, 세 가지 인내 중 능동적인 참음과 관계된다. 이 인내는 어떤 영향이나 이해관계를 초월하고 너그러움에서 이루어지는 것이니, 인간 삶에서 미덕이라 할 수 있다.

이 능동적인 인내는 고대민족 간에 있어 왔던 입사식에서의 통과의례라고 할 수 있다. 단군신화에서의 곰에서 웅녀로의 환생은 셋째 번에 해당하는 참음에서 이루어진 것이다. 곰이 인간으로서의 환생은 이해득실을 떠나 너그러운 판단에서 온 것이라 생각할 수 있다. 이 교훈은 이 참음의 미덕에서 이루어진 것이다.

원래 인내는 쓴 것이지만 그 열매가 달다는 말이 있듯이 능동적인 고통을 참으면 웅녀와 같은 결과를 이룬다. 곰에서 웅녀로의 변신은 환골탈태(換骨奪胎)로의 상징적인 환생이나, 곰이 동굴생활에서 어려움을 감내하는 교훈이 없었다면 숱한 외침을 물리치지 못하고 한민족은 만주족과 같이 강대국의 속국이 되어 버렸을 것이다.

한민족이 기적적으로 5천 년의 역사로 7천만 겨레를 이룬 것은 곰이 웅녀로의 환생에서 온 교훈이 크게 작용한 것이라는 것을 잊어서는 안 된다. 외국의 역사가들은 한민족이 강대국에 흡수되지 않은 것을 기적이라 하기도 하였다.

오늘에도 중국이 동북공정이니, 일본이 독도를 자기네 영토라고 주장하고 있으니, 고대에 단군신화에서와 같은 교훈이 아니면 5천 년을 내려오는 동안 한민족이 오늘날 존재하기 어려웠을 것이다.

한민족은 능동적인 주체의식의 인내가 없이는 앞으로 살아가기 어렵다. 조상들이나 후손들이 인내로 살아가야 하니, 인내를 미덕으로 삼아야 한다.

조상들은 대가족제도하에서 사촌, 육촌이 한집안에서 살았다. 아이들이 수십 명이 한집안에서 살아가니, 싸우는 일이 자주 발생했다. 아이들뿐만 아니라 어른들 간에도 어찌 갈등이 없었겠는가. 어른들이 들려준 바로는 집안에 '참을 인(忍)' 자를 여러 곳에 써 붙였다는 것이다. 온 집안사람들이 구순하게 살아가는 데는 참는 것보다 더 좋은 것이 없기 때문이다.

1. **이행(李荇)의 효의식**: 본 조항은 능동적인 참음이 참음 중에 참음이라 했다. 수동적인 참음은 자발적이 아닌 관계로 어떤 결정을 주재할 수 없는 단점이 있다. 자신이 마음에서 우러나는 행위와 남이 시켜서 하는 일의 성과는 질적으로 차이가 나므로 상대적이다. 사람은 무슨 일에나 자발적으로 행해야 성과가 있게 되는데, 16세기 조선 중종 때 이행(李荇, 1478~1534)이 효행에 대해 쓴 시를 소개하면 다음과 같다.

살아 계실 제 정성을 돌아가실 제 슬픔을 다했도다.	生盡誠亰歿盡哀.
여막에서 3년 지내며 집에 발길 끊었네.	居廬三載絶歸來.
몸소 조석으로 상식을 공양했으며,	親調奠饌供朝夕,
별안간 벼슬 임명 소식이 초막에 이르렀네.	忽有除書到草萊.

『속삼강행실도』(續三綱行實圖) 「서만득어」(徐萬得魚)

이 한시 칠언절구는 이행(李荇)이 서만(徐萬)에 대해 지은 것인데, 그의 효의식이 『속삼강행실도』에 전한다. 이에 의하면 서만은 부모 생전에는

추운 겨울날 물고기를 얻어 봉양한 일과 사후에 여막(廬幕)에서 3년상을
마친 효자라고 사람들 간에 회자되었다. 이 말이 조정 대신에게 알려져 벼
슬을 임명하는 반가운 소식이 『속삼강행실도』(續三綱行實圖)「서만득어」
(徐萬得魚)에 전한다.

서만은 부모 생전에 효행으로 봉양했을 뿐만 아니라 여막에서 조상을
살아생전과 같이 3년간 조석으로 공양을 하여 성리학적 가치를 일상화시
킨 데서 조정에서 벼슬을 내린 것이다. 이는 서만이 본 조항에 나타난 바
와 같이 능동적인 참음에 의한 성과에서 행운이 도래되었다. 그가 행한 효
행은 하늘이 응하는 기적을 낳은 것이니, 인과응보에 의한 결과이다.

유교의식에는 부모가 돌아가면 여막에서 3년상을 치르는 일이 있었다.
예전 유교체제에선 양반들 간에 3년 동안 조석 간에 상식(上食)을 공양하
는 일이 있어 왔는데, 20여 년 전에도 이런 일이 있었음이 신문에 보도된
적이 있다. 물론 이런 풍속은 역사 속에 흘러가 묻혀 버렸지만 조선조에
있어 왔던 일이다.

오늘에는 세계화 속에 바쁘게 살아가게 되므로 돌아간 부모의 묘소 곁
에 여막을 짓고 3년간 살아갈 수 없다. 이런 제도는 공자(孔子)의 시대상이
춘추시대이고 그 후 춘추전국시대이고 보니, 살벌한 시대에 부모를 살해
하는 일이 자주 발생해 효의식을 드높이기 위해 여막에서 부모에게 효행
을 한 것으로 볼 수 있다. 이 사실은 맹자(孟子)도 이때에 실상에 대해 사
람들이 흉악하였다고 증언하고 있으니, 유교에서 효행사상을 제일로 여겼
던 것이다.

오늘에는 부모가 돌아간 기일(忌日)과 명절에 제사에 참여하면 되는데,
전 국민이 실행하고 있으니, 유교의 전통도 뿌리 깊게 한국인에게 자리 잡
고 있다.

이행(李荇)은 서만이 벼슬임명 소식이 전해진 사실에 대해 하늘이 감동
하는 이적을 낳았다는 것으로 간주해 한시를 지은 것이다. 그의 시 여운은
서만의 효행이 감천이적(感天異蹟)으로 승화되어 역학적 숭고미(das dynamisch
Erhabene Schöne)로 나타냈다고 할 수 있다.

서만은 부모의 생존과 돌아간 후 여막에서 3년간 지냈으니, 능동적인 참음에 효행을 실천했다고 본다. 앞으로 젊은이들이 본 조항의 세 가지 사항을 참고하면 좋은 것이고, 서만(徐萬)과 같이 끝까지 참고 행하면 행운이 찾아든다. 그는 능동적인 참음으로 효를 제일주의로 삼았던 조선조에 효자로 일컬어져 임금이 벼슬을 하사한 것이다. 옛말에는 참으면 미덕이 된다는 것은 오늘에도 바람직한 교훈이다.

2. **문학상의 주인공**: 참음은 미덕이 돌아온다는 것은 단군신화에 나타나는 것이지만, 작가가 작품 중에 주인공의 행함을 능동적인 인내로써 행복이 돌아온다는 것을 나타내면 독자들이 그 행동을 본받게 될 것이다.

나라나 개인이나 위정자와 가장을 잘 만나면 어려웠던 생활을 잘 살아갈 수 있게 된다. 이 모습은 과거의 역사나 오늘의 세상에서도 찾아볼 수 있는 일이다. 대개 입지전에 인물은 어려운 가운데 대성한 이들이니, 그 요체는 어려움을 슬기롭게 극복한 데 있으니 본 조항에서의 능동적인 인내력과 관계되는 것이다. 작가들은 그 비결을 작품 중에 반영시키고, 그런 인물이 된다는 것을 독자에게 주지시키면 된다.

제275사(事) 장가(藏呵: 꾸짖음을 감춤) ─ 우남(雩南)의 조사(弔詞) ─

제275사(事) 장가(藏呵)라 함은 장(藏)이 '감출 (장)' 자이고, 가(呵)는 '꾸짖을 (가)'이니, 꾸짖음을 감춤을 말한다. 작가들은 남의 허물을 꾸짖는 내용으로, 작중에 한 사회인사가 잘못을 한 사람을 여러 사람에게 소문을 낼 것이 아니라 개인적으로 너그럽게 타이르면 자기의 잘못을 인정하고 순종하는 내용이 될 것이다.

육당(六堂) 최남선(1890~1957)은 춘원(春園) 이광수(1892~?)와 함께 친일문인의 거두로 일제 식민지 정책을 합리화하는 데 힘을 다한 문인이다. 그중 우남 이승만 대통령은 육당이 1957년 10월 10일 죽었을 때 그를 칭송하는 애도의 담화문을 10월 13일에 발표했다. 독립운동가인 심산(心山) 김창숙(金昌淑, 1879~1962)은 묵과할 수 없는 일로 간주하고 우남을 꾸짖는 반박문이 심산의『심산유고』(心山遺稿)「속(讀), 이승만박사(李承晚博士), 술반민최남선조사 극기칭양(述反民崔南善弔詞, 極其稱揚)」의 자료에서 밝혀졌다. 이 반박문은 심산이 세상에 알리지 않고 경무대(현 청와대)로 보낸 것으로 되어 있다.

일제 36년간 식민지 통치로 한민족이 무수한 압박을 받아 많은 애국자들과 젊은 청년들이 피를 흘리고 희생되었다. 1957년 민족의 반역자의 우두머리인 친일파에게 조사(弔詞)를 대통령의 명의로 발표했다는 것은 애국자들에게는 눈에 거슬리는 행위이다.

심산이 아니더라도 일반 백성들의 상식으로도 민족을 배반한 친일문인 거두가 죽었을 때 조사(弔詞)를 국민에게 알렸으니, 그 정서가 좋지 않게 비치게 된다. 관대한 사람은 너그러움을 남에게 베푼다. 그러나 관대함에는 어짊이 갖춰지지 않으면 안 되니, 본 조항을 인용하면 잘못한 이들에게 너그러움을 베푸는 것을 알게 될 것이다.

제275사(事) 장가(藏呵): (福 5門 38戶)(복, 5째 문, 38번째 항목)

藏呵者는 寬和而藏隱呵也라. 弱之寬은 人不知警하고 柔之寬은 人不知惠하며 猛之寬은 人反伐之니라. 惟藏呵之寬은 人自敬服이니 仁者能之니라.

해석: 꾸지람을 감춘다(藏呵) 함은 너그러운 온화함으로 꾸지람을 감추어 숨김이라. 약한 자의 너그러움은 사람이 깨달음을 알지 못하고, 유순한 사람의 너그러움은 남이 은혜로움을 알지 못하며, 사나운 사람의 너그러움은 사람이 도리어 이를 치니라. 오직 꾸지람을 감추는 너그러움은 사람이 스스로 공경하여 굴복하나니, 어진 사람이라야 할 수 있느니라.

제275사(事) 장가(藏呵)라 함은 꾸짖음의 감춤을 말한다. 남의 잘못을 감춰 주는 이는 어진 사람이다. 남의 잘못을 감춰 주는 데는 잘못을 덮어 주는 것이 아니라 개인적으로 불러서 넌지시 알려 주어야 개과천선할 수 있는 것이다.

본 조항에 나타난 바와 같이 장가(藏呵)는 첫째, 관대하고 온화함을 지닌 사람이어야 잘못을 바로잡을 수 있다고 했다. 둘째, 조용한 곳에 따로 불러 너그럽게 잘못을 지적해 주면 잘못한 사람이 뉘우쳐 어진 사람의 본을 따른다.

사람들은 어진 사람의 말을 듣게 되므로 인간적인 정리로 잘못을 알려 주면 성과가 있을 것이다. 너그러움 도량을 지닌 사람은 남의 입장을 고려해 너그럽고 온화하게 잘못을 고칠 것을 권하면 감동어린 마음으로 깊이 뉘우쳐 존경과 복종을 하게 되리라 본다.

1. **최남선을 칭송한 조사(弔詞)와 반박문**: 육당(六堂) 최남선은 친일문인이다. 친일문인은 일제로부터 좋은 대우를 받으며 살았다. 그런데 이들은 천추만대에 이르는 민족의 반역자이자 문인이다. 그럼에도 친일문인의 거두가 죽었을 때 칭송하는 조사를 발표했다는 것은 크게 잘못된 일이다. 그 칭송한 이가 우남(雩南) 이승만 대통령이라는 데 놀랍기만 하다.

우남이 발표한 것은 육당이 1957년 10월 10일 죽었을 때 그를 칭송하는 애도의 담화문을 10월 13일 발표한 것이 문제 중 문젯거리가 되었다. 독립운동가인 심산(心山) 김창숙(金昌淑, 1879~1962)이 묵과할 수 없는 일이다. 그는 우남을 꾸짖는 반박문을 경무대(현 청와대)에 보냈다.

본고에서는 우남의 담화문에서 최남선을 추켜세운 일과 심산의 『심산유고』(心山遺稿) 「속(讀), 이승만박사(李承晩博士), 술반민최남선조사 극기칭양(述反民崔南善弔詞, 極其稱揚)」의 자료를 소개하기로 한다.

> 3·1 운동에 공헌이 많으며 우리 신문학운동에도 큰 업적을 남긴 최남선 씨가 별세한 것은 우리 다 놀라며 비상하는 바다. 우리 기미년독

립선언서를 지은 것은 그분의 여러 가지 공훈 중에 가장 빛나는 것인
바, 이 글은 그 정신과 저작이 원만해서 우리 자손에게 대대로 유전하
기에 광영을 새롭게 하는 것인 중, 미국 친구 중에서도 이 글이 독립
선언서보다 낫다고 칭찬하며, 고 최남선 씨는 한국의 토마스 제퍼슨이
라고 하는 터이니, 우리는 이분의 서거를 깊이 애도하는 바이다.

　　독립운동가인 심산(心山)은 대통령으로서 친일문인 우두머리 격인 최남
선의 죽음을 칭송하는 내용으로 조사를 발표한 데 대해 울분을 터뜨리고
가소롭다는 내용으로 반격하는 글을 경무대로 다음과 같이 지어 보내었다.

　　슬프다, 우남 늙은 박사여, 나라의 으뜸 어른이면서 어찌 하려는가.
　　그대는 예로부터 오늘에 이르기까지 거룩한 이들이 했던 일을 보고서
　　충신 역적, 선악을 밝혀 주어야 하느니라.
　　나라 다스리는 길을 참되게 알고자 하려면 먼저,
　　충신께 상을 주고 역적은 죽일 것일지니라.
　　기억하건 데, 기미년 3 · 1선언에서,
　　남선의 이름, 많은 사람들의 입에 오르내렸는데, 남선이 도리어 반역
　　자가 되어,
　　조선이 일본과 융화함이 마땅하다고 떠들어댔으니.
　　슬프다, 그 역적은 하늘에 닿도록 죄가 무거움을 온 겨레가 아는 바로다.
　　그대는 나라의 권리를 휘두르는 자리에 있으면서.
　　살아 있을 때는 구렁이 감치듯이 껴안다가,
　　마침내 방바닥에서 편안하게 죽도록 돕더니만.
　　시체가 집을 떠날 무렵에 애석하다는 글을 지어 보냈구려.
　　그대는 충신 역적 사이에서 악함과 어긋남을 즐기고 있으니,
　　나라와 겨레를 속이는 말을 어찌할 수 있음 이리요.
　　슬프다, 나라의 길이길이 부끄러움이기에,
　　박사를 위하여 한바탕 크게 울어 주노라.

　　　　『心山遺稿』, 「讀, 李承晩博士, 述反民崔南善弔詞, 極其稱揚」

　　위의 시는 심산의 충성어린 육신의 소리이다. 우남이 우두머리였던 최
남선을 칭찬한 내용으로 조사를 전국 국민 앞에 발표했다는 것을 심산과
같이 좌시할 문제가 아니다. 우남은 국가백년대계(國家百年大計)를 위해서

도 있어서는 안 될 글을 국민 앞에 발표했다.

심산(心山)은 독립운동가이므로 심산 자신의 육신의 소리이므로 보다 알기 쉽게 이해하기 위해 도표로써 나타내면 다음과 같다.

심산(心山)은 우남과 육당을 유유상종(類類相從)의 인물로 간주했으니, 대통령 자신의 체면을 극도로 손상시킨 것이나 다름없다. 이런 일은 국민 누구나가 부끄러워할 일이자 한민족의 슬픔이기도 하다.

사람은 개인이 용서치 못할 천인공노할 일을 행하면 선인들도 고을마다 향약(鄕約)이 있어 그 규약대로 다스렸다. 그럼에도 행정부에 수반인 대통령이 홍악인간(弘惡人間)에게 대해 칭찬하는 것을 발표했으니, 이런 일이 어찌 있을 수 있는가.

우남이 친일파 최남선을 추켜세운 것은 한국의 친일파를 기용하여 친일파천국을 세워 자유당정권을 세운 데 있다. 실상 우남은 일본이 우세한 입장으로 동남아 국가들을 점령하자 위기를 느껴 미국에 편안히 피해 있다가 광복 후에 왔다.

도산 안창호는 미국에 갔다가 조국의 독립을 쟁취하기 위해 다시 돌아와 감옥에서 세상을 떠났다. 사실상 우남은 자기를 지지해 주는 사람들이 없자 친일파와 손잡아 대통령이 되었다. 그로 인해 최남선과 같은 친일문인의 우두머리를 조사에서 극구 찬양한 것이다.

독립운동을 한 김구 선생은 상해에서 일본군의 수뇌부들을 제거하는 데 힘을 다하였던 관계로 해방 후 많은 사람들이 이승만보다 백범 김구 선생을 더 좋아했다. 그런데 이승만은 미국의 막대한 후광을 입고 대통령이 되었고 친일파들을 요직에 기용해 자신의 입지를 강화해 나갔다. 그 후 이승만은 친일파 천국을 만들어 이들의 비리와 폭력이 난무하여 뜻있는 사람들이 걸주(桀紂)시대라고 한탄했다.

그는 1960년 3·15 부정선거를 감행하여 4선 대통령으로 당선되었으나, 이 선거 또한 사상 유례가 없는 3인조로 서로 감시하고 뭉치게 부정선거를 실시했다. 그 투표결과는 압도적으로 승리한 당선이었다. 그러면서도 부통령 이기붕은 공명선거가 무사히 끝났다고 하여 국민들의 분노를 하늘에 치솟게 했다. 대통령 이승만은 마침내 국민들의 부정선거에 대한 분노를 진정 시키지 못하고, 60년 4월 19일 의거로 인해 실각되어 하와이로 망명하여 그곳에서 사망하였다.

우남이 친일파들을 대거 등용시킨 것은 국가민족의 장래는 전혀 생각하지 않은 처사며 자기가 대통령이 되고자 하는 야망을 이루기 위한 것밖에는 아무것도 없었다. 우남이 최남선을 찬양한 글을 발표한 것은 자신이 독립운동도 한 경력이 있는 대통령으로서 사려 깊은 행위라고 할 수 없다. 심산은 우남이 친일파 최남선의 죽음에 대한 조사(弔詞)를 애도(哀悼)한 것에 대해 반박한 시를 발표한 것은 독립운동가로의 당연한 일이었다.

2. **너그러운 용서**: 남의 잘못을 감춰 주는 것으로 행해서는 안 된다. 꾸지람을 감추어 숨기더라도 조용히 꾸짖어 반성케 해야 한다. 만약에 잘못을 너그러운 마음으로 감춰 주면 기회주의자가 되어 잘못을 일삼게 된다.

작자가 작중인물을 설정할 때는 본 조항의 내용과 같이 너그럽고 온화하게 불러서 꾸짖으면 진심어린 마음으로 뉘우쳐 새로운 사람으로 거듭나게 될 것이다. 주인공은 이중인격자가 아닌 사람으로 등장시키면 독자들이 그 주인공을 사숙하게 되어 사회를 바로잡는 이가 된다. 그 주인공의 인물됨은 관대한 지덕을 겸비한 사람이어야 바른 인도를 할 수 있다.

작가들은 천인공노할 일을 행한 자는 흉악인간으로 나타내고 이들에게 개과천선에 일도 바라서도 기대해서도 안 된다. 이들을 기회주의자이기 때문이다. 현행법과 같이 용서받을 수 없는 일을 행했을 때는 죄의 대가를 받게 하고 용서받을 수 있는 죄를 범했다면 잘못을 행한 사람에게 너그럽고 온화하게 꾸짖으면 성과를 거두게 될 것이다.

작가들은 악행을 한 자는 경중에 따라 용서를 받고 받지 못할 일이 있는 것으로 나타내면 독자들이 혼동을 하지 않게 된다. 대개 한국의 전통의 관념에 따르면 살인자와 여성의 경우 음란한 행위를 한 자는 거의 개과천선의 기회가 주어지지 않았다는 것을 알아야 하고 거의 상응하는 벌을 받았음을 참고적으로 밝힌다.

제276사(事) 엄(嚴: 엄함)—『화원악보』(花源樂譜) 650의 삶—

하늘의 도는 음양의 조화미로 천장지구(天長地久)로 영원한 생명으로 존재하고 있는 것이다. 음양조화는 거시적으로 천지조화를 이루게 되는데, 지구가 탄생한 지 수십억 년이 경과되어도 앞으로 영원히 존속하는 조화미를 형성하고 있는 데 있다.

조화는 온화한 기운을 의미하니, 여기에는 가지런하고 고요하고 엄숙함이 함축되어 있는 것이다. 사람은 천지의 조화인 세 가지 형태로 살아가면 거짓이 없는 위엄미(das Ernabenheit Schöne)를 지니며 언행일치로 살아간다. 작가가 한 주인공을 '기운의 엄숙함'과 '의리의 엄격함'과 '말의 엄정함'의 언행일치를 하는 내용으로 등장시키면 불신풍조로 살아가는 세태 속에서 독자들이 선호할 것이다.

이상화(李相和, 1900~1943)는 『빼앗긴 들에도 봄은 오는가』를 1926년『개벽』(開闢) 6월호에 발표하여 신경향파의 시인으로 알려졌는데, 이 시는 봄철에 대한 노래로서 그중 제8연은 봄날에 식물이 싱그러운 봄기운으로 자라는 기운으로 광복이 돌아온다는 확신을 나타냈다. 시적화자가 "봄 신명이 잡혔다"는 것은 자연의 기운이므로 엄숙함과 관계를 이룬다. 자연이 풍기는 기운은 천지의 조화로움으로 풍기는 엄숙한 기운이므로 이상화가 봄 기운으로 일제에 항거하는 저항의식을 나타낸 것이다.

작자 미상인 『화원악보』(花源樂譜) 650의 시조에서 거짓이 없는 자연의 순수미적인 삶을 나타냈다. 자연은 불언(不言)으로 사람에게 교훈을 주는 것이나 엄함이 들어 있어 자연의 이치대로 살아가면 위엄미를 지닌다. 자연에서의 삶은 엄숙미를 지니는 관계로 본 조항과의 관과를 이루어 그 조항을 인용한다.

제276사(事) 엄(嚴): (福 6門)(복, 6째 문)

和而整하고 肅而靜者는 氣嚴也오 不顧私하며 不私財者는 義嚴也며 主正直하며 主廉潔者는 詞嚴也니라.

해석: 온화하면서 가지런하고 엄숙하면서 고요한 것은 기운이 엄숙함이요, 사사로움을 돌아보지 않고 재물을 사사로이 하지 않는 것은 의리의 엄격함이며, 정직을 주장하고 청렴과 결백을 주장함은 말의 엄정함이라.

제276사(事) 엄(嚴)은 위엄(威嚴)을 이른다. 본 조항의 핵심적인 내용은 세 가지로 분류된다. 그 내용은 첫째, 기운의 엄함이고, 둘째, 의리의 엄함이고, 셋째, 말의 엄정함을 이른다. 이 세 가지 위엄은 언행일치를 전제로 하여 거짓이 없는 것을 말하는 것이다.

사람은 이 세 가지로 엄격함으로 살아가면 언행일치로 거짓 없이 살아가게 되어 위엄미(das Ernabenheit Schöne)를 지닌다. 이 위엄미(威嚴美)는 위정자가 지녀야 할 의식이다. 한 가정의 가장(家長)도 위엄을 지녀야 가정을 올바로 돌보게 된다. 위엄미는 위정자가 지녀야 할 필수적인 사항인데 갖춰지지 않으면 백성들이 멋대로 행하여 기강이 없어 다스려지지 않게 된다.

사람은 엄한 부모, 엄한 스승, 엄한 위정자 아래에서 교육을 받고 다스림을 겪어야 살아가는 근본을 제대로 알 수 있다. 단군이 홍익인간의 이화세계를 세운 것은 가정 사회 국가의 삼위일체가 된 합일 체계에서 교육을 잘 받고 성군의 치세를 잘 따랐기 때문에 이루어진 것이다. 상하민(上下民) 모두가 한마음 한뜻으로 뭉치고 언행일치로 살아가니, 엄한 기강이 확립되어 환상의 나라를 세운 것으로 된다.

나라의 질서가 잡히지 않고 혼란한 것은 엄한 기강이 서지 않은 데 있으니, 위의 세 가지의 엄한 것으로 기강을 세워야 나라도 잘 다스려져 모두 행복하게 살아갈 수 있는 것이다.

본 조항은 위정자가 갖추어야 할 세 가지 조항이고, 복이 들어오는 여섯 번째 대문(大門)인 위엄(威嚴)이 아래와 같이 7개의 작은 문(戶)이 있는데, 그 조항의 내용을 소개하면 아래와 같다.

엄육문(嚴六門)

엄육문＼내용	주요 내용	대상	조항
1. 병사(屛邪)	요사스런 기운을 위엄으로 제거함	엄함	제277사(事)
2. 특절(特節)	특별히 우뚝 솟은 높은 절개를 말함	엄함	제278사(事)
3. 명찰(明察)	사람을 엄히 대하고 밝게 살핌	엄함	제279사(事)
4. 강유(剛柔)	강함→은혜, 부드러움→온화하게	엄함	제280사(事)
5. 색장(色莊)	낯빛→근엄하면서 윤택하게 함	엄함	제281사(事)
6. 능훈(能訓)	위엄이 있으면→저절로 훈계가 됨	엄함	제282사(事)
7. 급거(急袪)	잘못된 것→급히 달려가 물리침	엄함	제283사(事)

이와 같이 엄(嚴)을 7개의 부문으로 나누었는데, 요사스런 기운과 잘못됨을 제거하고 급히 물리치는 것으로 되어 있다. 이 일곱 가지는 사특한 기운을 없애는 것을 전제로 하고 있으니, 위엄을 지니는 데서 이루어진다. 사람이 엄정함을 지니지 않으면 사특한 요기가 마음을 지배하게 된다. 이 것들이 고개를 들면 냉엄하게 물리쳐야 한다. 그렇기 때문에 위엄에는 기

상을 드높이기 위해 기운의 엄숙함과 의리의 굳셈을 나타내기 위해선 의리의 엄격함과 말에 위엄이 있으면 간사한 말이 입에 용납되지 않고 언행일치를 이루고 정직하고 청렴결백하게 살아간다.

이런 것으로 사람은 천지의 기운인 조화미를 지니고 있으면 위엄(威嚴, würde, dignity)을 지니게 되어 정정당당하게 살아갈 수 있다.

1. **엄숙과 엄격 · 엄정의 작품**: 본 조항의 내용은 세 가지 사항인 ① 엄숙, ② 엄격, ③ 엄정으로 나타난다. 문학과의 관계는 첫째 사항은 기운의 엄숙함이니, 자연의 이치로 나타난 문학을 이르니, 이상화의 작품『빼앗긴 들에도 봄은 오는가』중 제8연과 관계되는데, 제18사(事)에서 인용한 바 있으므로 작품을 인용하지 않기로 한다.

제8연은 봄철에 대한 노래이므로 자연의 현상으로 식물이 푸르게 자란 것에 대해 노래했다. 이 연은 싱그러운 봄기운으로 인해 광복이 돌아온다는 확신으로 일제에 대한 저항의식을 나타낸 것이다. 시적 화자가 "봄 신명이 잡혔다"는 신바람은 단군 이념의 숭고한 신바람의 기운으로 엄숙함과 관계를 이룬다.

신라 화랑은 이두문(吏讀文)으로 풍류(風流), 풍월주(風月主), 풍월도(風月道)라고 하였다 풍류(風流)에서 풍(風)이 '바람'이고, 유(流)는 '흐름, 달아날'의 뜻이다. 이 뜻을 합치면 '발달'이란 환(桓)과 관계를 이루니, 환인(桓因), 환웅(桓雄), 환검(桓儉, 檀君)으로 '발달님, 배달님'으로 이어진다. 신라의 화랑을 풍류(風流)라고 했으니, 신바람과 함께 밝음과 관계되므로 단군의 정신의 수용으로 볼 수 있는 것이다.

다음 둘째 의리의 엄격함과 셋째 말의 엄정함이란 언행일치를 실천한 작자 미상 시조에서 찾아보면 다음과 같다.

> 공명과 부귀는 세상 사람들에게 다 맡기고,
> 가다가 아무데나 산 좋고 물 좋은 명당에다
> 넓고 훌륭한 황학루 같은 집을 짓고,

벗과 더불어 주야로 논이다가 앞 내에 물이 많게 되거든
흰 술과 누른 닭으로 진탕 놀아보겠다.
내 나이 80이 넘거든 흰 구름을 탄 신선이 되어
옥경에 올라가서 옥제 옆에서 투호놀이를 하는
많은 미녀들을 벗하여 늙은 한 때를 모르고 지내리라.

『花源樂譜』 650

위의 내용은 시적화자의 경우 부귀공명의 세사를 잊고 강호지락(江湖之
樂)으로 자연과 더불어 살겠다는 염원이 담겨 있는 내용이다. 과거 조선조
에는 당쟁이 치열할 때 높은 벼슬을 버리고 또는 치사한객들이 강호에 늦
게 돌아옴을 후회하는 내용으로 시조를 짓기도 하였다. 이들이 자연에서의
즐거운 삶은 삼공(三公)의 벼슬도 부러워하지 않는 내용으로 나타냈다.

실지 세속의 풍진에서 특히 당쟁사화로 인해 이전투구식의 싸움에서의
벗어나 숨김없는 자연의 이치에 젖어 마음의 평온을 찾기 위해 신선생활
을 노래한 것이다. 이들이 강호에서의 삶은 거짓이 없는 자연의 순수미적
인 삶을 나타낸 것이니, ① 엄숙, ② 엄격, ③ 엄정함이 들어 있음을 나타
냈다.

실지 양반들은 당쟁이 치열할 때 또는 치사한객으로 강호에서 위의 시
조의 내용과 같이 자연의 생활을 즐겼다. 양반문인들 중 언행일치를 이루
는 이들은 벼슬을 사직하고 강호가도를 이루는 이들은 많았다. 이들의 삶
은 자연에서 풍기는 화기(和氣)인 기운의 엄숙함으로 첫째, 이상이 드높았
고, 둘째, 의리의 엄격으로 의리가 굳세어 지조를 지키며 살았다. 셋째, 말
은 엄정함으로 자연이 불언(不言)으로 행하는 것으로 인해 위엄미를 지니
며 살았다.

위의 세 가지는 본 조항의 내용이므로 이를 실천하면 행복하게 산다는
내용이다. 이 조항은 제6장 복(福)을 이루는 한 입문과정이니, 실천하면 홍
익인간을 이룰 수 있는 것이 된다. 순수미로서의 삶은 위엄미의 승화니,
모든 사람에게 존경과 신임을 받는다.

위의 세 가지 언행일치는 선인들이 강호에서 실천한 바니, 자연의 화기로 본받아 강호지락(江湖之樂)으로 살아가면 신선과 같은 삶이라는 것을 시조를 통해서도 그 경지를 체득할 수 있다.

사람은 의식의 걱정이 없이 풍족하고 좋은 가문에 태어나 과거에 급제하면 한때 입신양명으로 벼슬을 할 수 있다. 더구나 이들은 치사한객(致仕閑客)이 되어 자연으로 돌아와 숨김없는 자연과 함께 즐겁게 ① 엄숙, ② 엄격, ③ 엄정으로 살아 신선생활과 같이 여한이 없이 지낸다.

덧붙여 말하면 신선사상은 단군에서 시원한 것이니, 양반유자들이 단군의 사상으로 강호에서의 생활을 문학으로 나타냈다면 한국문학은 빛났을 것이다.

2. 자연에서의 삶: 21세기 오늘의 생활은 도시화로 인해 전원생활도 더구나 예전과 같이 강호에서 자연과 더불어 살아가기 어렵게 되었다. 그러나 요즘 도시생활에서 벗어나 조용한 시골로 돌아가 농사를 짓는 사람도 많아졌다.

작가들은 시골생활을 대상으로 작품을 쓰는 이도 있는데, 주인공을 자연에서 풍기는 기운을 내용으로 새로운 영농법으로 소득을 올리는 내용을 소재로 작품을 쓰는 것도 도시화로 인한 사람들에게 신선한 바람을 부여하는 것이 될 것이다.

작중 주인공이 새로운 농법을 개발한 이를 주인공으로 하여 많은 소득을 올리는 내용으로 다루면 독자들에게 좋은 꿈을 실현케 하는 계기로도 삼을 수 있다. 사람들 중 영농으로 성공하여 그 농산품을 외국으로 수출하는 이도 많으니, 그들을 대상으로 스토리텔링으로 작품을 구성하면 도시화로 인한 각박한 생활에서 청량제 구실을 하게 될 것이라 믿는다.

제277사(事) 병사(屛邪: 간사함을 물리침) — 신석정의 『대바람
소리』

제277사(事) 병사(屛邪)에서 '제거할 (병)(屛)', '간사할 (사)(邪)'의 뜻을
지니므로, 간사함을 물리치는 것이다. 사람은 천리의 마음을 지니면 간사
함이 숨어들 틈이 생기지 않을 것이니, 작가들이 작중인물을 통해 간사함
을 물리쳐 행복하게 살아간다는 내용으로 나타내면 독자들 중 실천하는
이들이 있을 것이다.

우리 문학에서 전형적인 자연시인 하면 신석정(辛夕汀, 1907~1974)을 생
각하게 된다. 그는 제1시집『촛불』, 제2시집『슬픈목가』, 제3시집『빙하』
(氷河), 제4집『산의 서곡』, 제5집『대바람 소리』(1970)에서도 자연귀의는
고수되어 있다. 여기에는 대바람 타고 들려오는 먼 거문고 소리를 듣겠다
고 한 것으로 자연의 삶으로 살겠다는 내용이다. 그는 전원에서의 삶이 제
왕의 문을 부러워하지 않는다고 했다.

대(竹)는 곧게 사시절 동안에 걸쳐 녹색을 띠면서 변하지 않는 것으로
묵화(墨畵)를 그려 집 안에 액자로 걸어 놨다.

대나무가 상징하는 이미지는 변화무쌍한 세파에 시달리면서 대쪽과 같
이 곧고 사시절 동안 변하지 않고 살아가는 것을 풍겨 지조와 절개 있는
인간으로 살아가게 하는 교훈을 준다.

속세에 안주는 사람들과 안주하며 지조를 지키지 않고 살아가게 하는
데 있으니, 본 조항과 통하는 의식이다.

이러한 관계로 신석정은 일제하에서 지조를 지켜 친일문인의 대열에
끼지 않고 전원에서 자연과 더불어 살아간 것이다. 그리고 광복 후에도 자
유당정권과 박정희 군사독재 정권에 야합하지 않고 전원에서 노장철학과
도연명의 시에 심취되어 살았다.

그는 그러한 생활관으로 인해 속세에 물들지 않는 삶으로 인해『대바람
소리』를 짓게 된 것이다.

신석정의 시상은 본 조항의 의미가 풍기므로 그 조항을 다음과 같이 인용한다.

제277사(事) 병사(屏邪): (福 6門 39戶)(복, 6째 문, 39번째 항목)

屏邪者는 去邪也라. 氣嚴則邪氣不能生하며 義嚴則邪謀不能
間하고 詞嚴則邪說不容口니라.

해석: 사악함을 물리친다(屏邪) 함은 간사함을 버리는 것이라. 기운이 엄하면 간사한 기운이 생겨나지 못하며, 의리가 엄하면 간사한 꾀가 끼어들지 못하고, 말이 엄정하면 간사한 말이 입에 용납되지 않느니라.

사람이 간사함으로 살아가면 이중성향의 인물이 나라에선 간신이고 사회에선 모사꾼이 되는데, 간사한 기운이 사람에게 끼어들지 못하게 하는데는 첫째, 기운이 엄하면→삿된 기운이, 둘째, 의리가 엄하면→간사한 꾀, 셋째, 말이 엄하면→간사한 말이 생겨나지 않게 된다. 따라서 간사함이 제거되면 음모에 연루되지 않아 살아가는 데 아무런 지장이 없다.

사람이 중화(中和)의 기운으로 살아가면 간사함이 개입될 여지가 없게 될 것이다. 중화는 천지 만물이 생육하는 기운이므로 중화의 덕을 지니면 대립, 부조화의 극복으로 조화미로 살아가게 되므로 간사함이 스스로 물러난다.

간사함은 중화의 기를 마음에 단단히 무장하면 물리칠 수 있다. 사람은 천지조화인 중화의 기운을 마음에 지니면 제276사(事) 엄(嚴)의 내용이나 본 조항의 내용에서와 같이 "기상이 드높고 의리가 굳세며 말에 위엄이 있음"으로 간사함을 물리친다.

위의 세 가지 내용은 위엄을 갖추고 살아가면 남에게 권모술수가 횡행하는 사회에서도 유혹되지 않고 사악함에 물들지 않게 된다. 사람은 천지

가 만물을 생육하는 기운인 중화의 기(氣)를 지니면 행복하게 살아갈 수
있다.

1. **신석정의 전원생활:** 우리 문학에서 전원시인 하면 신석정(1907~
1974)을 떠올린다. 그는『대바람 소리』에서 제왕의 문을 부러워하지 않고
대바람 타고 들려오는 먼 거문고 소리를 듣겠다고 한 것으로 보아 자연의
삶으로 살겠다는 뜻이다. 전원에서의 삶은 속세에 물들지 않고 순수미적
인 자연의 이치로 살겠다는 것이니, 본 조항과 통하는 의식이다.

문인 중에서 신석정은 향을 피우고 시작에 임하였는데 사특(邪慝)함을
물리치기 위한 일환이라 할 수 있다. 마음의 청정함을 유지하기 위해서는
친자연에서 이루어지게 되는데, 천지조화인 중화의 기를 마음에 집중시키
기 위한 방도이다.

더구나 신석정은 일제 강점기 사악한 친일 행위를 하지 않기 위하여 전
원에서 자연과 더불어 청렴결백한 생활을 하였다. 그뿐 아니라 그는 1960
년 박정희 군사정권에도 야합하지 않았으니, 천지의 화육(化育)에 참여하
는 중화의 기로 동참하지 않은 것으로 볼 수 있다.

> 국화 향기 흔들리는/좁은 서실(書室)을/ 무료히 거닐다/ 앉았다 누웠다/
> 잠들다 깨어 보면/
> 그저 그런 날을/ 눈에 들어오는/ 병풍(屛風)의 악지론(樂志論)을 읽어
> 도 보고 ……
> 그렇다! 아무리 쪼들리고 웅성거릴지언정/ 어찌 제왕의 문에 듦을 부
> 러워하랴
> 대 바람 타고 들려오는 머언 거문고 소리 ……

> 『대바람 소리』

신석정은 시적 화자를 통하여 전원생활에서 대바람 타고 들려오는 소
리를 거문고 소리로 나타냈으니, 제왕이나 정승벼슬에 오른 것보다 더 낫
다고 하여, 자연의 기운인 중화의 마음으로 처신하였음을 알 수 있다. 조

선조 문인들이나 정치인들이 당쟁사화와 치사한객들이 강호가도(江湖歌道)를 이룬 사람들은 삼공불환차강산(三公不換此江山)이라 하여 제왕의 삶보다 낫다고 하였다.

신석정은 속세에 물들지 않기 위해 전원생활을 한 것이다. 강호생활이나 전원생활은 속진(俗塵)을 피하기 위한 것인데, 일제와 야합하면 일제로부터 좋은 혜택으로 어려웠던 시절에 잘 살아갈 수 있다. 또 해방 후 자유당 정권에 협조하면 또한 혜택을 받으며 살아갈 수 있다. 박정희 정권 시절도 또한 마찬가지다.

그는 전원에서 천지자연의 기운으로 자신의 입지를 강화하고 속세에 풍진과는 다른 중화의 기운인 위엄을 지니며 제왕보다 더 행복하게 전원에서 살다가 한 생애를 마감한 시인이다.

사람이 지조를 지키며 사악함을 물리치기 위해서는 본 조항과 석정시의 『대바람 소리』를 참고하면 도움이 될 것이다.

2. 속세의 풍진을 떠난 주인공: 작가가 작품에서 주인공을 자연의 이치로 지조를 지키는 것으로 나타내면 이색적인 작품으로 독자들이 받아들일 것이다. 요즘은 작가들이 조용한 산골 마을에서 작품 창작에 몰두하는 사람이 많아졌다. 복잡한 도시생활에선 작품을 구상하고 창작에 임하는 데 좋지 않으므로 자연에 묻혀 창작에 몰두하는 작가도 있다. 이들 작가들은 자연을 상대하며 살아가니, 그 작가 나름의 개성을 풍길 것이다.

자연에서의 생활은 노장철학이나 도연명 신석정의 시도 떠올리게 된다. 그런데 작가들은 우주자연의 이치로 살아가면 홍익인간의 이화세계를 이룬 366사(事)를 참고하면 주인공의 삶을 한층 높은 단계로 올리게 하는 데 도움이 될 것이다. 독자들은 속세의 풍진을 떨쳐 버리는 신선한 충격을 주는 작품을 선호하고 있으니, 이색적인 작품을 쓰면 독자들이 즐겨 읽게 된다.

제278사(事) 특절(特節: 특별한 절개)―『석북문집』「관서악부」
(關西樂府)―

제278사(事) 특절(特節)이란 '특별한 절개'란 뜻이니, 영원히 변치 않을 높은 절개를 말한다. 우리 역사에는 특유의 높은 절개를 지닌 분들이 많았으니, 이들의 행적에 대해서 소개하는 것도 후세인들을 위해서 보람된 일이다.

작가들은 본 조항을 내용으로 나라를 위해 자기의 목숨을 돌보지 않은 충신열사의 기상을 사시에 푸르른 소나무와 같이 몸을 바다 위에 우뚝 솟은 바위와 같은 씩씩함을 나타내면 지조와 절개 있는 사람이 되는 데 좋은 교훈이 될 것이다.

충신 홍익한(洪翼漢, 1586－1637)은 병자호란 당시 척화신(斥和臣)으로 활약했다. 그는 모욕(侮辱)적인 조건으로 청(淸)의 사신이 왔던 관계로 홍익한을 비롯한 주전론자들이 그 사신을 죽일 것을 주장했다.

이런 역사적인 사건은 1636년(인조 14)『인조실록』권32, 14년, 2월, 21일 조(條)와『승정원일기』(承政院日記) 51책(冊) 숭정(崇禎) 9년(인조 14년) 2월 16일 조(條)에 같은 내용이 기술되어 있는데, 호란(胡亂)이 끝난 후 이들은 보복을 당해 죽음을 당한 것이다.

석북 신광수(1712～1775)는 홍익한이 평양의 서남쪽 벽지도(碧只島)에서 호인(胡人)에게 잡혀간 일에 대해 만고에 없을 정도로 충절을 지킨 홍익한(洪翼漢)에 대해 위엄미(威嚴美)로 기렸다.

석북은 홍익한의 충절을 본 조항과 비슷한 내용으로 나타냈는데 그 조항을 소개한다.

제278사(事) 특절(特節): (福 6門 40戶)(복, 6째 문, 40번째 항목)

해석: 우뚝한 절개(特節)라 함은 특별히 우뚝 솟은 높은 절개가 있는 것이라. 그 모습은 눈 속에 푸른 소나무요, 그 몸은 바다 위에 우뚝 선 바위이니라.

제278사(事) 특절(特節)이란 특유의 높은 절개이다. 사람의 목숨은 누구나 막론하고 일회성인 관계로 죽으면 끝이다. 그러나 충신들은 나라가 위난에 처했을 때 귀중한 생명을 아까워하지 않고 나라를 위하는 마음에서 스스로 버리고 세상을 떠난 이들이 많다. 이들은 나라를 구하는 충성심의 발로에서 목숨을 초개와 같이 버렸으니, 비장미를 생각하게 된다.

충신들의 비장미는 만인의 사표이며, 오늘의 위정자에게 귀감이 되고 있는데, 과연 오늘의 위정자가 나라를 바로잡거나 구하는 일념으로 목숨을 돌보지 않는 숭고한 비장한 각오를 지녔는지 생각해 볼 일이다.

본 조항과 관련하여 충신의 기상은 북풍한설(北風寒雪) 속에서 천년을 지탱하여 온 푸른 소나무와 같이 절개를 지킨 이들이다. 이들의 특유의 빛나는 기상은 선인들 중 충신들의 경우 다 이 범주에 속하였다. 또 본 조항에서와 같이 몸은 태초로부터 있어 온 바다 위에 우뚝 솟아 있는 바위와 같다고 하였으니, 나라를 구하는 일념으로 목숨을 초개와 같이 버린 충신의 삶과 밀접하게 관계된다.

충신들은 절개를 잃지 않은 분이니, 본 조항에서의 푸르른 소나나무와 망망대해에 우뚝 솟은 바위와 같이 비장한 각오와 결단력으로 나라를 구하는 버팀목과 같은 이들이라 할 수 있다.

1. **위국충절의 충신의 삶 조명:** 우리 역사에는 위국충절의 충신들이 많

았다. 그중 병자호란 때 높은 절개를 지킨 삼학사(三學士) 중 홍익한(洪翼漢, 1586~1637)의 삶을 조명해 보기로 한다. 그는 척화신(斥和臣)인 관계로 평양의 서윤(庶尹)으로 근무 중 청(淸)인에 의해 심양으로 압송되어 모진 형벌에도 굴하지 않고 위국충절을 지키다가 순절(殉節)했다.

석북 신광수(1712~1775)는 홍익한(洪翼漢)에 대해 『석북문집』(石北文集) 권(卷)10, 「관서악부」(關西樂府) 제(第) 78곡(曲)에서 위엄미(威嚴美, das Ernabenheit Schöne)를 기렸다. 병자호란 당시에 청(淸)에서 모욕(侮辱)적인 조건으로 사신이 왔다. 이 역사적 사실이 『승정원일기』(承政院日記) 51책(冊) 숭정(崇禎) 9년(인조 14년) 2월 16일 조(條)에 기술되어 있는데, 홍익한이 그 사신을 죽일 것을 주장하였다. 또 이 역사적 사건이 1636년(인조 14) 『인조실록』 권32, 14년, 2월 21일 조(條)에 보인다. 홍익한은 척화신(斥和臣)으로 주전론(主戰論)을 주장했으니, 청(淸)이 홍익한에 대해 그대로 넘어가지 않게 된다.

홍익한은 척화신(斥和臣)으로 인해 평양의 서남쪽 벽지도(碧只島)에서 압송되어 심양으로 끌려갔다. 그는 압송되어 가면서도 당당하게 충신의 기상으로 "내 어찌 죽음을 두려워하는 사람이리요, 하물며 군령의 가르침을 어기고 도망가겠느냐"(我豈是畏死者, 況君命其敎逃乎)고 충신다운 기상을 당당하게 나타냈음이 송시열(宋時烈) 『삼학사전』(三學士傳) 홍익한(洪翼漢) 조(條)에 기록되었음을 볼 수 있다.

그는 조선의 충신으로서 척화신(斥和臣)의 기상답게 적장(敵將) 용골대 앞에서도 "지난해 그대가 우리나라에 사신으로 왔을 때 그대의 목을 베라고 말한 것이 나니라"(去年汝使我國也, 講斬汝頭者, 是我也)고 말할 정도로 당당한 위국충절의 충신이었다. 그때 홍익한은 52세에 죽임을 당하였다. 이 기록이 『인조실록』 권34, 15년, 3월 15일 조(條)와 송시열(宋時烈) 『삼학사전』(三學士傳)에 전하여 후인들이 그의 충절을 기렸다. 이에 대해 문명으로 나라를 움직인 18세기 영조 때 시인(詩人) 석북(石北) 신광수(申光洙)가 그의 충절을 지나쳐 버리지 않고 다음과 같이 높이 기렸다.

강바람 건들거리고 비와 구름 흐리고
어두운데,
누른 갈대 넓고 멀리 아득하고 벽지도는
깊었네.
만고 삼한국에 홍학사,
호인이 어찌 이곳에 와 붙들어 갔던고!

江風獵獵海雲陰.

黃葦茫茫碧島深.

萬古三韓洪學士,
胡人來向此中擒.

『石北文集』, 卷10, 「關西樂府」 第78曲

홍학사는 평양의 서남쪽 벽지도(碧只島)에서 서윤(庶尹)으로 재직 시에 호인(胡人)에게 잡혀간 일에 대해 그의 충신다움에 대해서 만고 "삼한국에 홍학사, 호인이 어찌 이곳에 와 붙들었던고"라고 탄식하는 내용으로 그에 대해 기린 것이다.

더구나 석북은 가을의 정경을 슬픔 정조를 상성(商聲)으로 지었으니, 한시창으로 그의 시를 감상하면 충신의 절개를 미의식체계로 보면 비장미(悲壯美)가 나타난다.

조선은 청에 굴복했다. 당시 만고의 충신 삼학사(三學士)인 홍익한을 위시해 윤집(尹集), 오달제(吳達濟) 등이 척화신으로 끝까지 항전을 주장한 관계로 청나라에 잡혀가 굴하지 않은 관계로 모진 고문 끝에 참혹하게 죽었다.

그의 위국충절의 절개는 본 조항의 내용과 일맥상통한다. 즉 그는 석북 시에서와 같이 만고충신 홍학사라고 할 정도로 충신이다. 그는 겨울날 눈 속의 푸르른 소나무와 바다 가운데 우뚝 선 바위와 같이 위엄을 풍기었다.

홍학사를 위시해 삼학사는 대장부의 기풍으로 적지에 가서도 지조를 잃지 않았으며 죽음에 임하였을 때도 적장 용골대를 숙연케 했다. 이런 지조 있는 인간이 우리가 숭배하는 인물이다. 예전이나 오늘의 위정자들은 자기의 지조를 헌신짝같이 내던지는 이가 많았다. 이런 무리들에게 국정을 맡겨서는 안 되는데, 자신의 이익을 챙기는 부정비리를 일삼았다.

요즘 국민들이 정치인을 좋아하지 않는 이유는 지조 없이 자신의 이익만을 위해 뇌물을 받는 이들이 많기 때문에 눈엣가시로 취급하게 된다. 이런 현실상황에서 삼학사 위엄미를 생각하게 된다.

2. 국가와 민족을 생각하는 작중 주인공: 요즘 사람들은 살아가기에 바쁜 관계로 남을 위하는 일에 관심을 가지기보다는 자신을 돌보기도 어려운 것이다. 그러나 하루 24시간을 잘 활용하면 문제가 되지 않는다.

작가들 또한 작품을 쓰는 데 어려움이 많은 것인데, 예전의 조국과 민족을 위한 충신열사들의 삶을 참고로 공익을 위하는 일에 주인공을 나타내면 독자들이 관심을 가지리라 본다. 더구나 본 조항도 참고하면 주인공을 사숙하게 되리라 본다.

작가들은 척화신(斥和臣)인 주전론(主戰論)을 주장한 삼학사에 대해서 절개를 기리는 내용으로 작품을 쓰면 독자들이 병자호란 때 그런 애국지사가 있었는가 하고 그 절개를 높이 기릴 것이다.

제279사(事) 명찰(明察: 밝게 살핌) ―『진본청구영언』 249―

제279사(事) 명찰(明察)이란 밝게 살핌이란 뜻이니, 근엄한 사람은 사람을 대함에 엄하면서 시끄러운 것과 흐트러진 것을 밝히거나 살피지 않으므로 사람을 사귐에 변함이 없는 것이다.

작가들은 동양의 이상형의 철인과 같은 주인공을 작중에 나타내면, 사람의 시비선악의 문제를 시끄러움이나 흐트러짐이 없는 관계로 조용한 가운데 사람들을 살아가게 하는 데 도움을 준다.

본 조항은 철인을 대상으로 나타냈다. 철인과 같이 위엄이 있으면 소인들이 감히 넘보지 않게 되어 시끄럽지 않고 배은망덕(背恩忘德)한 사람이 없을 것이다. 그러나 사람은 철인의 인간성을 지닌 사람보다는 평범한 사람들이 많다.

대개 소인들은 은혜를 준 사람들을 대상으로 사기행각을 하는 이들이 많다. 사람들은 소인에게 속고 속았기 때문에 이들을 상대해 주지 않으니, 은인을 대상으로 배신행위를 하는 이들이 있다. 이들 소인의 인간됨은 공자(孔子)가 이른 바와 같이 교언영색(巧言令色)하는 인간이므로 대개 사람들을 속아 넘긴다.

요즘은 노인을 상대로 사기행각을 행하는 사람들이 많은데 워낙 많이 속은 관계로 피해가 많다. 조선조 중기 숙종 때 가인(歌人) 김유기(金裕器)는 『진본청구영언』(珍本靑丘永言) 249에서 장송송죽(長松松竹)으로 지조를 나타냈고, 봄날에 피는 도리화(桃李花)에 대해 고운 자태를 자랑 말라고 지은 것은 소인의 무리를 경계하기 위해 지은 것이다.

본 조항의 철인(哲人)은 사시사철 변함이 없이 위엄미(威嚴美, das Ernabenheit Schöne)로 살아가는 그 초연한 자세를 나타낸 것이므로, 본 조항의 내용을 다음과 같이 소개한다.

제279사(事) 명찰(明察): (福 6門 41戶)(복, 6째 문, 41번째 항목)

明察者는 嚴而不明囂하고 嚴而不察散이니 是以로 仁人은 無人之囂하며 無人之散이니라.

해석: 밝게 살핀다(明察) 함은 엄격하되 시끄러움을 밝히지 않으며, 엄격하되 흩어짐을 살피지 않음이니, 그러므로 인인(仁人)은 남과 시끄러움이 없으며, 남과 흐트러짐이 없게 하니라.

제279사(事) 명찰(明察)이란 밝게 살핌을 이른다. 명관(名官)의 정치는 명찰로 이어지는데 명관답게 위엄미로 드높은 기상으로 다스리면 될 것이다. 그런데 예로부터 위정자 중에는 겉으로는 위엄을 지녔으나 내심으론 이기심이 앞서 탐관오리가 되어 배성의 재물을 빼앗아 사리사욕을 챙기는 이가 많았다.

　본 조항에서는 인인(仁人)의 경우 백성의 생활을 명찰하고 시시비비(是是非非)를 엄정하고 가려 백성 간에 시끄러움이나 흐르러짐이 없이 다스렸다. 인인(仁人)의 정치는 자연의 이치에 의해 백성을 다스린다. 자연의 도는 천지의 이치를 총괄해서 말할 수 있으니, 백성을 정관(靜觀)의 이치로 대한다. 백성을 한결같은 의식으로 대하니, 선공후사가 분명하여 백성 간에 갈등을 평화스럽게 한다.

　고대인의 생활 의식은 자연에서 구했으니, 완벽한 진리체로 백성을 다스린 것이다. 자연은 거짓과 꾸밈이 없어 순수한 것이니, 인인(仁人)이 순수미로 승화시켜 백성을 다스리면 철인정치가와 같이 순박한 박미(樸美)로 살아가게 한다.

　경전에 나타난 성인의 정치는 천리에 의해 다스린 것으로 단군의 홍익인간의 이화세계의 경치도 이와 관계된다. 단군은 366사(事)에 의해 백성을 다스렸으므로 춘하추동의 이치를 농경과 관련시켜 다스렸으니, 우주자연의 질서대로 행한 것이다.

　성인은 백성을 천리에 의해 다스렸고 엄하면서도 유하게 다스렸으니, 성군들의 치적들이 자연의 이치를 본받은 내용이라 할 수 있다.

　물론 옛날의 덕치주의는 인구가 많지 않고 순박하게 살았을 때 자연의 진리에 의해 수범으로 다스리면 백성들이 순종했다. 그러나 오늘의 법치주의와는 완연히 달라 맞지 않는다.

　요즘의 정치구도는 어떠한가. 국민들은 정치를 잘하라고 선거를 통해 선출해서 위정자로서 진출한다. 그럼에도 일부 정치가들은 국민의 염원을 배은망덕(背恩忘德)으로 둔갑하는 이가 많았다. 그러한 결과로 국민들은 80~90%에 이르렀던 투표율이 절반은 고사하고 30% 전후에 이르렀다. 해방 후 위정자들은 속이고 속여 국민들이 투표율이 낮아지는 결과가 되었다. 위정자는 만백성을 태양처럼 밝게 비춰 주어야 한다는 『천부경』(天符經)의 "사람의 근본은 마음이고 태양의 근본은 밝게 비추는 데 있다"(本心本太陽昻明)라고 한 말을 재음미할 필요가 있다. 『천부경』에 대한 것은 이견이 있으나 단군이 한 말을 신지(神誌)라는 신하가 전한 것으로 되어 있다.

이렇게 선인들은 자연의 이치대로 다스려 단군이 태평천국인 홍익인간의 이화세계를 참고하면 광명천지를 세운 것을 이해하게 될 것이다.

위정자의 엄정함을 지니는 것은 여름날 무성했던 산천초목(山川草木)들이 가을에 이르러 숙살(肅殺)의 기운으로 단풍이 들게 하고 낙엽이 지는 것으로 자연력을 본받은 것으로 볼 수 있다.

인인(仁人)의 정치는 자연력·우주력으로 형상화되었음을 인지하면 좋은 교훈이 되리라 믿는다. 오늘의 정치가 법률로 다스려 사회 안정망을 이루고 있지만 덕치주의도 겸해야 엄정하면서도 온화한 정치가 이루어지는 교훈을 본 조항에서 배우게 된다.

1. **장송송죽(長松松竹)의 지조:** 조선조 중기 조선조 숙종 때 창곡가(唱曲家) 김유기(金裕器)는 『진본청구영언』(珍本靑丘永言) 249에서 장송송죽(長松松竹)으로 시조를 지었다. 자연의 도를 본받아야 되는 것이니, 본 조항과 관련하여 살펴보기로 한다.

> 춘풍(春風) 도리화(桃李花) 들아 고운 모양새를 자랑 말고,
> 장송녹죽(長松綠竹)을 세모(歲暮)에 보려 무나,
> 정정(亭亭)코 낙락(落落)한 절(節)을 그칠 줄이 있으랴.

『珍本靑丘永言』 249

작자는 도리화(桃李花)와 장송송죽(長松松竹)을 대칭으로 소인(小人)과 인인(仁人) 나타냈으니, 자연의 이치로 사람됨을 비유한 것이다. 도리화(桃李花)는 봄날에 화사함을 나타내는 데 반해서 송죽(松竹)은 사시사철 푸름을 지니고 있다. 여기에서 송죽(松竹)은 인인(仁人)의 변함없는 지조로 자연을 정관의 경지로 바라본 것이다.

이 시조는 작자가 소인배를 경계해야 되는 경각심을 환기시키기 위해, 인인(仁人)의 굳은 절개를 본받아야 함을 지은 것이니, 당시 정치 판도를 연상케 한다.

주지하는 바와 같이 송죽(松竹)은 북풍한설이 휘몰아치는 설한에도 푸름을 지니고 있어, 자연미(自然美, das Naturästhetische)에서 사람의 절개를 본받아야 함을 나타냈다. 자연미는 신의 창조물이므로 거짓된 수식이 통하지 않는다. 사람은 지조나 절개와 이간됨을 자연에서 본받아 살아가면 본 시조에 나타난 바와 같이 송죽(松竹)이 사시사철에 푸름을 간직함을 본받으면 될 것이다.

사회는 어느 사회이든지 좋은 사람이 많은 데 비해서 인간의 탈을 쓴 짐승들이 있게 마련이다. 인인(仁人)은 송죽(松竹)과 같이 초연한 생활을 하는 것으로 나타나니, 본 조항의 내용과 같이 위엄을 갖추면서 시끄러움이나 흩어짐이 없이 살아가면 행복하게 살아갈 수 있다.

2. 의인(義人)의 생활관: 우리는 많은 작품을 접하게 된다. 그중에는 자연의 이치대로 혼탁한 세상에서도 순수무구(純粹無垢)하게 살아가는 사람도 있다. 작자는 작품상에서 이러한 인간상을 소재로 주인공이나 등장인물을 설정해야 할 것이다.

작품은 주인공의 행동을 독자들이 주시하게 되니, 사회에서의 살아가는 것과는 달리 자연의 이치로 살아가는 것으로 나타내면 독자들이 새로운 시각으로 보게 된다.

작가는 사회를 정화시키는 역할을 해야 하므로 악한 행위를 일삼고 살아가는 주인공이 감화시키는 내용으로 선도하면 독자들이 주인공의 인간성을 본받아 살아가는 데 도움을 줄 것이다.

요즘은 선인들이 악인에 의해 피해를 입어 충격으로 정신과 치료와 약물치료를 받는 이들도 많은 것으로 되어 있다. 또 선량한 사람들이 악인의 인간성을 모르고 도운 일이 배은망덕하는 바람에 그 후유증으로 마음의 충격을 받는 이들이 많다.

사람 중에는 인간성이 이상한 사람이 많은데, 작가가 은혜를 배신하는 이를 작중에 등장시킬 경우 사람들이 멀리하는 내용으로 나타나야 독자들이 인간됨을 가려서 돕는 데 도움을 주게 된다.

예전에 권선징악적인 차원으로 악인을 선도하는 차원에서 개과천선하는 교훈적인 내용으로 글을 써서도 안 되고, 악인에 대해서 요주의 인물로 나타내는 작품도 있어야 하겠다.

그러나 작가는 많은 독자를 대상으로 작품을 나타내야 하므로 간혹 인간성이 이상한 사람을 상대해서 쓸 것이 아니라 대승적인 내용으로 의인에 대해서 나타내면 된다.

제280사(事) 강유(剛柔: 강함과 부드러움)―『서포집』 권2의 윤씨―

강유(剛柔)는 강직함과 유연함을 뜻한다. 사람은 강직함으로 엄함을 숭상하면 딱딱하게 살게 되어 경직되고, 유연한 사람이 엄을 숭상하면 부드럽지도 않고 엄하지도 않게 되어 부드러움이 실종된다.

작가들은 강유를 엄하게 하면 안 되니, 외유내강(外柔內剛)으로 주인공을 작중에 나타내면 교육을 받는 소녀소년들과 청소년에게 도움을 줄 것이다.

서포(西浦) 김만중(金萬重)의 모친 윤씨는 아들 형제를 훌륭히 키워 나라를 위하는 충신이 되게 했다. 그 내용은 『정경부안해평윤씨행장』(貞敬夫人海平尹氏行狀)과 『서포집』(西浦集) 권2, 「시하남자증안대정」(是何男子贈 安大靜塾)에서 찾아볼 수 있다.

이 두 글 내용에 의하면 윤씨는 두 아들을 외유내강(外柔內剛)으로 키워 큰아들 만기(萬基)를 대제학(大提學)에, 작은아들 만중(萬重)을 대사헌(大司憲)에 오르게 키웠다.

유가의 가문에서 자손을 키울 때는 대개 외유내강으로 키워 지조 있는 인간이 되었다. 그러나 유가들은 이 외유내강의 뜻을 잘못 이해하고 중용의 도로 행하지 않아 너무 엄하게 키워 자손들이 키를 펴지 못할 정도로 키운 사례가 너무 흔하였다.

그에 비해 오늘에는 자손을 하나둘 낳아 너무 부드럽게 키워 버릇이 없이 키워 또한 중용의 덕을 결한 것으로 볼 수 있다.

본 조항 또한 중용의 원칙으로 가정을 다스려야 함을 나타냈으니, 윤씨가 두 아들을 키운 것과 관련하여 밝혀 보기로 한다. 그런 의미에서 본 조항의 내용을 인용한다.

제280사(事) 강유(剛柔): (福 6門 42戶)(복, 6째 문, 42번째 항목)

性剛者尙嚴에 一家解體하고 性柔者尙嚴에 六親離心이라. 雖剛嚴이라도 必恩이오 雖柔嚴이라도 必和니 有恩有和면 無剛無柔니라.

해석: 성품이 강(剛, 굳셈)한 사람이 오히려 근엄하면 한 집안이 흩어지고, 성품이 부드러운 사람이 오히려 엄하면 육친의 마음이 떠나느니라. 비록 강(剛)하며 엄하더라도 반드시 은혜로워야 하고 비록 부드럽고 엄하더라도 반드시 온화해야 하니, (근엄한 속에) 은혜로움과 온화함이 있게 되면 강(剛)함도 없고 부드러움도 없느니라.

본 조항의 가르침은 단적으로 강유(剛柔)를 중용적인 태도로 겸해야 함을 교훈하고 있는 것이다. 흔히 가장은 자손을 엄하게 키워야 함을 일러 왔다. 우리는 유교의식하에 그렇게 키우는 가장을 수없이 보아 왔다. 그런데 문제가 되는 것은 그런 식으로 자손을 키우고 가정의 기강을 세우는 것이 보람도 있었지만 너무 완고하다는 것을 단점으로 지적하지 않을 수 없다.

유교의식의 가장은 가정식구들이 경화(硬化)된 의식으로 살아가게 되니, 딱딱한 기운이 감도는 분위기라는 데 문제가 있다. 그리고 가장이 자손을 엄하지 않고 부드럽게 대하면 버릇이 없어 사회에서 외면을 당하게 된다. 더구나 조선조에는 과부가 자식을 키울 때 모성적인 부드러움으로 키우게 되어 사회생활에서 아비 없는 홀어미자식이라고 홀대를 받게 된 것이다.

본 조항은 이런 문제를 해결해 주는 일환으로 마련되었다고 보는데, 가장이 근엄할 경우→은혜롭게, 유약한 사람이 근엄할 때→온화하게 할 것을 권유했다. 여기 내용에는 강유(剛柔)를 적절히 외유내강으로 겸해야 원만하게 화평(和平)을 누리며 살아갈 수 있음을 교훈한 것이다.

외유내강이란 말은 유학자들이 자손을 키울 때 금과옥조로 여겨 왔으나 대개 실천하지 못하고 완고함을 위주로 살았다.

완고한 집안에서 자란 사람들은 부드러운 기가 없어 딱딱한 인상을 준다. 너무 지나친 위엄은 자손들이 기를 펴고 자라지 못한 관계로 사회생활을 하는 데 많은 문제점이 있다. 너무 부드럽게 키우면 버릇이 없어 이 또한 문제가 따른다. 이 약골의 사람은 중용적인 조화를 하지 않고 위엄만을 높이면 화합이 이루어지지 않는다.

본 조항에서는 육친(六親＝父母兄弟妻子)의 마음이 떠나게 되니, 중용의 도가 바람직한 내용이라고 그 방법을 제시하고 있다고 할 수 있다. 이 외유내강은 중용의 조화로움을 실천하는 데 있는 것이니, 곧 무과불급(無過不及)으로 자손들 교육에 임하면 문제가 될 것이 없다. 중용(中庸)은 중화(中和)와 관계가 밀접하니, 알맞은 화기(和氣)로 대하면 자손을 원만하게 잘 키울 것이며, 화기애애(和氣靄靄)한 가정이 될 것이다.

1. 강유(剛柔)를 겸한 사포 김만중의 어머니: 우리는 역사적으로 여성으로서 자손에게 강유(剛柔)를 겸한 가르침으로 자손을 훌륭히 키운 이도 많을 것이다. 본고에서는 서포 김만중의 어머니 윤씨의 경우를 예로 들기로 한다. 윤씨의 교육방침은 『윤씨행장』(尹氏行狀)과 『서포집』(西浦集) 권(卷)2, 「시하남자증안대정」(是何男子贈 安大靜塾)에서 찾아볼 수 있는데 본 조항과 관련하여 살펴보기로 한다.

『윤씨행장』(尹氏行狀)은 서포가 남해에서 유배생활을 할 때 어머니 윤씨가 세상을 떠났다는 비보를 들은 후 다음 해(1690)에 쓴 것이다.

서포는 모친이 예가(禮家)의 전통을 잇는 가계답게 형 만기와 자신을 키운 내력에 대해 소개했는데, 본 조항과 일치되는 내용이라 할 수 있다.

서포의 부친 김익겸(金益兼)은 병자호란 다음 해(1637)에 정축년 난리를 만나 강화도 함락으로 순절하였다. 이때 모친은 태중의 몸으로 강화를 탈출하지 않으면 안 되는 이유 중에 하나가 주전론자(主戰論者)의 부인이라는 데 있다.

병자호란 당시 주전론자라 하면 끝까지 청과 싸울 것을 주장하는 이들이고, 적장 용골대를 죽여야 하는 이들이니, 처가 무사하지 못할 것을 알고 만삭의 몸으로 갯가로 나와 배를 타고 한양으로 돌아오던 중 배 안에서 서포를 낳았다. 서포가 『정경부인해평윤씨행장』을 지을 때 남다른 감회로 지었을 것이다.

모친은 외가에서 옷을 지어 팔아 생계를 이어 나갔으니, 그 어려운 생활에 자신이 살았던 것을 생각하고 『정경부인해평윤씨행장』을 짓게 되니, 육신의 소리를 담은 내용이라 할 수 있다.

모친은 부친 익겸에게 14세에 시집와서 17세에 형 만기를 낳고 21세에 서포를 태중에 두고 과부가 되었으니, 현비(顯妣)의 행장을 쓸 때 슬픔을 누르고 썼을 것이다.

모친에게는 액운이 설상가상으로 밀어닥쳤다고 할 수 있으니, 정묘년(1688)에 맏아들 형 만기가 이승을 하직하고 이해 가을 둘째 아들인 자신이 남해로 귀양을 가게 되니, 너무나 슬픔이 지나쳐 지병이던 담천병(痰喘病)이 깊어 향년 73세에 세상을 떠났으니, 서포가 귀양지에서 애통(哀痛)하였을 것이다.

서포는 자기를 가르칠 때 모친의 모습을 떠올렸을 것이다. 서포에게는 그 정경이 눈물겨웠던 것을 『서포집』(西浦集) 권2에서 다음과 같이 소개해 보기로 한다.

> 노래는 길게 읊어 뜻과 어울리어 희비가 엇갈리고 나무 숲 까마귀 반포의 소리는 심금을 애절하게 울리었다. 형 만기는 시체(詩體)를 낭랑하게 읊조리고 자기는 글을 배우는 어린 아이 엿을 때 어머니께서 왼쪽으로 먹을 것을 두고 오른 쪽에는 책을 놓고 우리 형제를 가르치던 고심을 생각하니 눈물이 비 오듯 하다.
>
> 『西浦集』 卷2, 「是何男子贈 安大靜塾」

서포는 생전에 모친이 형제를 가르치던 생각이 주마등같이 스쳐 눈물을 흘린 것이다. 모친이 자신을 가르쳤던 일은 두 아들이 허물이 있으면 엄히 꾸짖고, 스스로 달초(撻楚)한 후 아들을 회초리로 때렸다고 한 것은 본 조항과 뜻을 같이하는 내용이라 할 수 있다. 모친은 두 아들을 훈계할 때 남들로부터 과부의 자식이란 말을 듣지 않게 하겠다고 했던 점으로 미루어 비록 과부이지만 남의 가장 이상의 외유내강의 덕을 지닌 모성애적인 여인상을 지녔다.

서포는 이런 가르침으로 인해 두 아들이 장원급제하여 형 만기는 1653년 문과→장원→숙종의 장인→광성 부원군→병조판서→대제학을 겸임하는 영광을 누리게 된 것을 소개하고 있다.

서포 또한 1665년 문과→장원→암행어사→동부승지→예조참의→대사헌에 올랐던 모두가 모친의 외유내강의 가르침에서 이루어진 것이라 자신을 돌아보았을 것이다.

서포 자신은 모친이 남다른 모성애로 형제를 키우고 가르쳤음을 각골지통(刻骨之痛)으로 생각하였다고 할 수 있다. 이런 교육은 모성애적인 온화함으로 자손을 키웠으므로 원인을 알 수 있게 되니, 본 조항의 내용과 관계되는 가르침이다.

윤씨부인의 고행과 자손의 가르침은 한국의 어머니들이 모두 남다른 교육열을 보이는 것과 유사하나 집단무의식에 의한 단군신화에 나타난 웅녀상과 같다고 할 수 있다.

웅녀는 단군을 낳아 홀로 키웠다. 대개 신화에서의 인물은 가장이 없는 가운데 어머니들이 훌륭히 키우는 것으로 나타난다. 이런 가운데 어려움이 따르게 될 것은 너무나 분명하다. 가장이 없이 여자가 혼자 가장노릇을 하며 사는 고통을 주변에서 보면 잘 알 것이라 본다. 더구나 옛날에는 농경으로 살게 되니 육체노동으로 사는 시대다. 여자 가장이 혼자 살 때는 무거운 것을 옮기더라도 남자의 힘을 빌리게 되니, 그 애로 상황은 짐작할 수 있는 일이다.

단군도 주몽도 한국 신화상의 인물은 여자 혼자 키운 것으로 된다. 윤씨부인은 만기와 만중을 홀로 키웠다. 그 자손들이 입신출세하는 것은 집단무의식에 의한 고유의 관념이 유래된 것으로 볼 수 있다. 단군의 경우 웅녀 혼자서 키워 고조선을 홍익인간으로 다스려 동방예의지국(東方禮義之國)을 세운 것이다.

윤씨부인은 정축년 난리로 가군이 강화도에서 순절하자 집안이 가난해져 손수 옷을 짜고 수놓아 조석을 잊되 언제나 태연하여 아들에게 근심하는 빛을 보이지 않았다고 행장에서 밝히고 있다. 그러나 그녀는 아들을 사랑하는 마음이 극진하였음에도 공부를 가르칠 때는 엄격하였다.

그런 가르침으로 서포는 사헌부의 으뜸벼슬인 대사헌에 이른 것이다. 이 벼슬은 나라의 정치와 풍속을 바로잡는 관청이니, 숙종의 잘못을 권하다가 노여움으로 남해로 귀양 와 위리안치(圍籬安置)라는 가혹한 생활을 하게 되었다.

그 당시 장희빈과 그의 소생으로 세자(世子) 책봉(冊封) 문제로 숙종을 간한 것이 원인이 되어 유배를 당한 것이다. 숙종이 그의 충언을 받아들였으면 나라가 평온했을 것이나 장희빈의 인물이 뛰어남으로 인해 총애를 함으로써 충신의 말을 거역 반응으로 일으켜 귀양지에서 서포를 죽게 하여 정의(正義)로운 신하(臣下)이며 충신을 잃었다.

일설에는 서인(西人)인 서포가 귀양 온 것은 당시 송시열(宋時烈) 김수항(金壽恒)이 장희빈이 낳은 세자(후에 景宗) 책봉 문제를 반대한 것을 두둔한 것으로 남인계열로부터 미움을 사서 혹독한 귀양살이를 한 것으로 보기도 한다.

송시열과 김수한은 이로 인해 죽었으니, 서포도 살아 돌아오지 못하고 위리안치로 귀양살이를 하게 되어 남인의 보복으로 희생된 것이다.

서포는 억울하게 남해 유배지에서 세상을 떠났지만 그곳을 배경으로『구운몽』을 지어 불후의 명작을 남겼다. 이런 모든 일련의 일은 윤씨부인의 가르침이 외유내강의 중용미의 승화였다고 할 수 있으니, 오늘날의 어머니들이 자녀를 키우는 귀감으로 삼아야 할 것이다.

2. 문학의 주인공: 문학상에 여주인공은 어떻게 나타내야 하는가. 오늘에는 본 조항이나 외유내강이 통하게 되는지 여부가 문제가 되리라 본다. 더구나 한국은 출산율이 세계에서 제일 낮은데 하나를 낳는 이들이 많아 인구가 준다는 통계가 있다. 그런 관계로 요즘은 아들이건 딸이건 키울 때 왕자나 공주로 귀엽게 키운다.

작가들은 외유내강으로 키운 아이들이 의지가 강하고 성공률이 높은 것으로 작중에 나타내면 부모들이 귀염둥이와 유약함으로 키우는 방법을 고치게 될 것이다.

제281사(事) 색장(色莊: 기색(氣色)이 씩씩함)―『진본청구영언』 14―

제281사(事) 색장(色莊)이란 기색(氣色)이 씩씩한 것을 뜻한다. 사람은 안색을 근엄하면서도 윤택하게 가지면 사람들에게 생기가 있고 의욕적인 모습을 보이게 하여 일단 신임을 받아 일을 맡긴다. 작가는 작중에 의욕적인 인상을 주는, 즉 기백이 엄하면서도 기색이 씩씩함을 나타내면, 독자들이 그런 기상을 지닌 사람을 사숙하게 될 것이다.

사람은 기백이 엄숙하고 기색이 씩씩해야 사람다운 구실을 한다고 할 수 있다. 이 두 가지 중에 한 가지라도 결하면 남으로부터 인정을 받지 못하니 낯빛을 엄숙한 모습과 윤택하게 하는 것이 복을 일으키는 기틀이 된다는 것을 본 조항에서 말하고자 하였다.

실상 이 두 가지를 겸하기는 쉽지가 않다. 그러나 본 조항은 이 두 가지를 지니는 방법을 나타냈으니, 남에게 보이는 언색을 근엄하면서도 윤택하게 지녀야 남들로부터 좋은 인상을 받는다.

우리는 본 조항과 같이 행한 이로 김종서(金宗瑞, 1390~1453) 장군을 들 수 있다. 그는 문과에 급제한 후 1419년(세종 1년) 사간원우정언(司諫院右正言)이 되고 1433년 함길도 도관찰사(咸吉道 都觀察使)가 되어 6진(鎭)을 설치하여 두만강 변으로 국경선을 확정했다. 1435년 함길도 병마도절제사

(兵馬都節制使)를 겸직하여 국방임무에 충실하였다.

그는 6진을 개척하여 국경선을 확정하는 등 야인의 침범을 격퇴하여 함길도 백성들을 편히 하였다. 그는 시조 두 수(首)가 전하는데, 본 조항을 문학적으로 이해하는 데 도움을 준다. 그의 『진본청구영언』(珍本靑丘永言) 14에 나타난 「호기가」(豪氣歌)와 『진본청구영언』 13의 시조를 본 조항과 관련시켜 보기로 한다. 그런 의미에서 본 조항의 내용을 인용하면 김종서의 기백을 알 수 있다.

제281사(事) 색장(色莊): (福 6門 43戸)(복, 6째 문, 43번째 항목)

莊은 厲而潤也라. 氣嚴而不色莊이면 近於怒하고, 義嚴而不色莊이면 近於托하며, 詞嚴而不色莊이면 近於論이니, 莊은 發之機也니라.

해석: 장(莊, 씩씩할 장)이란 엄격하면서도 윤택한 것이다. 기운이 엄숙하고 기색이 씩씩하지 못하면 성내는 모습에 가깝다. 의리가 엄격하고 기색이 씩씩하지 못하면 부탁하는 것에 가깝다. 말에 위엄이 있더라도 씩씩하지 못하면 의논하는 데 가까우니, (기색이)씩씩함은 일어남의 기틀이다.

제281사(事) 색장(色莊)이란 낯빛이 씩씩한 것을 이른다. 사람은 얼굴에 의욕적인 모습을 지니면 생기가 있어 보이고 일을 잘하게 된다.

낯빛이 씩씩하면서 윤택하게 보이면 몸의 상태가 건장한 것이니, 일을 의욕적으로 해낼 수 있다. 사람이 얼굴에 씩씩한 기백이 나타나면 남 보기에 좋은 인상을 주게 된다. 단군이 환상적인 조화미의 홍익인간 이화세계를 세운 것은 씩씩한 기백이 얼굴에 넘쳐흘렀기 때문에 신하와 백성들이 그 기상을 보고 감화를 받아 힘써 행했다.

흔히 사람들은 요순(堯舜)의 정치가 이상적으로 다스려진 것은 덕이 높아 옷깃을 바로하기만 해도 나라가 저절로 다스려졌다고 말하고 있다. 이에 용안의 모습 또한 근엄하면서 윤택함을 지녔기에 무위화(無爲化)로 다스려진 것이다.

사람은 얼굴에 씩씩한 기상이 나타나 보이면 그 기상이 무언(無言) 중에 일을 맡겨도 일을 해낼 사람으로 믿어지게 된다. 성군들이 훌륭한 나라를 세운 동력은 얼굴에 그 기백이 행동으로 작용된 것으로 볼 수 있다. 따라서 얼굴빛이 씩씩함과 윤택함은 이상적인 나라를 세우는 기틀이 된 것이다.

사람은 본 조항에서와 같이 상대방으로 하여금 낯빛을 온화하면서 단정하고 근엄하면서 윤택하게 온화미를 보여야 한다. 비록 사람이 기상이 드높고, 의리가 굳세더라도 말에 위엄이 있고 낯빛이 온화미가 없으면 좋은 인상을 주지 못하게 되어 가까이하려 들지 않게 된다. 따라서 좋은 인상을 지닌 사람이 사람을 편하게 대해 주어 사이좋게 지낼 수 있다.

기색은 낯빛이며 근엄하면서도 윤택하게 지녀야 사람들이 좋은 인상이라 생각하고 좋아하게 된다. 한마디로 얼굴에 근엄함은 수양을 통해서 얻어지게 되는 것이니, 사람들에게 친연성을 맺게 하려면 좋은 인상을 지녀야 한다.

1. 씩씩한 기상의 장군 모습: 우리 문학에서 씩씩한 기상이 문학작품에 나타난 것은 절재(節齋) 김종서(金宗瑞, 1390~1453) 장군을 들 수 있다. 그가 지은 시조『진본청구영언』(珍本靑丘永言) 14에 나타난「호기가」(豪氣歌)와『진본청구영언』13의 시조를 본 조항과 관련시켜 보기로 한다.

김종서(金宗瑞)의『호기가』(豪氣歌)에는 씩씩한 기백이 나타나 있는데 그는 그 기백으로 오랑캐를 물리쳐 백성들이 안심하고 살아갈 수 있게 하였다. 그 기백은『진본청구영언』13·14작품에 잘 반영되어 있으므로 다음과 같이 소개해 본다.

> 장백산에 기를 꽂고 두만강에 말을 씻겨,
> 썩은 저 선비야 우리아니 사나이냐,

어떻다 인각화상을 먼저 하리오.

『珍本靑丘永言』14

김종서는 역사적으로 장군으로서 여진을 물리치고 함경북도 경원(慶源) 등 변방의 6곳에 육친(六鎭)을 열던 때 부르던 노래이니 씩씩한 장군다운 기개가 아롱져 있다. 그러나 그가 조정의 썩은 선비 때문에 만주벌판 회복의 대망을 이루지 못한 울분을 노래한 내용이다.

종장에서 인각화상(獜閣畵像)은 먼저 한다는 것인데, 중국 후한의 무제(武帝)가 기린을 잡을 때에 세운 누각인데, 선제(宣帝)가 공신 11인의 상을 그려 걸어 놓은 것을 인용한 것이다. 그는 공신을 기려야 함이니 썩은 신하들이 자신의 공을 알아주지 않자, 자신의 울분을 표출한 내용이다.

김종서 장군은 육진을 열어 두만강 변에 백성들을 살게 했다. 그런 공을 이뤘으면서도 조정대신들이 그에게 공을 이룬 만큼의 예의를 하지 않았다.

김종서는 본 조항의 내용과 같이 색장(色莊)의 기상으로 대장부다운 위엄을 충만한 자신감으로 육친(六鎭)을 여는 공을 세웠다. 그의 장군다운 기백은 다음 시조에서도 나타난다.

> 삭풍은 나무 끝에 불고 명월은 눈 속에 찬데,
> 만리변성에 일장검 집고 서서,
> 긴파람 큰 한 소리에 거칠 것이 없애라.

『珍本靑丘永言』13

김종서 장군은 위의 시조에서 본 조항의 내용과 같이 장군다운 기개를 나타냈다. 그는 서울에서 멀리 떨어진 함경도 북방의 6진의 성루에서 큰 칼을 짚고 서서 긴 휘파람으로 외치고 있다. 그는 그 소리 앞에 감히 거칠 것이 없는 장군다운 위엄을 보인다. 그 위엄미(威嚴美, das Ernabenheit

Schöne)는 충만한 자신감의 기백이 넘쳐흘러 자기 혼자만으로도 오랑캐 따위는 겁낼 것이 없다는 것을 나타났다. 그의 씩씩한 기백의 표출은 본 조항에서 그 일어남의 기틀로 보면 된다.

위의 시조는 김종서의 씩씩한 장군의 기상을 나타낸 것이니, 도표로써 나타내면 다음과 같다.

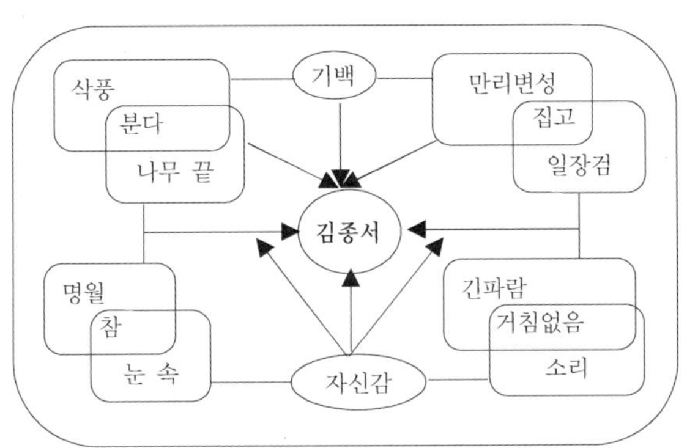

그 기틀(發之機)은 『천부경』의 태양앙명(太陽昴明, 태양처럼 밝음)이나 『삼일신고』의 제5장 발대신시(發大神機, 큰 신비로운 기틀을 발휘함)와 같은 의미가 들어 있으니, 얼굴에 기색이 온화미를 띠면서 씩씩하고 엄한 모습이 바람직한 인간상이다.

사람들의 삶은 본 조항이니 김종서 장군과 같은 기백으로 살아가려면, 남을 대할 때 특히 낯빛을 밝은 화색(和色)을 띠워야 친연관계를 맺을 수 있게 되어 인간관계를 맺을 수 있다.

2. 작품 중의 색장(色莊)을 지닌 주인공: 본 조항이나 김종서 장군은 씩씩함과 엄함과 온화미를 갖췄다. 한국인은 대체로 얼굴에 밝은 화색이 나타나지 않고 딱딱하다는 평을 외국인으로부터 듣게 되는데 앞으로는 웃는 낯으로 대해야 한다.

한국인은 얼굴에 온화미와 위엄미가 충만한 자신감으로 조화를 이루며 살아가면 외국인들로부터 좋은 인상으로 각인되어 모든 일이 잘 이루어지는 계기가 될 것이다.

작가들은 이 점을 중시하여 색장(色莊)으로 보이는 인물로 그리고 훌륭한 업적을 이루는 내용으로 나타내면 독자들로부터 호평을 받는다.

제282사(事) 능훈(能訓: 스스로 배움) — 『진본청구영언』 513 —

제282사(事) 능훈(能訓)은 '스스로 배움'을 뜻하니 스승·부형·어른들이 엄정하면 가르치지 않아도 스스로 젊은이에게 가르쳐진다는 것이다. 작가들을 스승이 강유를 겸한 내용으로 작중에 스승·부형·어른들이 젊은이에게 가르치고 교훈하면 저절로 훈도(訓導)·훈육(訓育)·훈계(訓戒)가 되는 것을 보이면, 21세기 사람들에게 도움을 주게 되므로 본 조항을 인용한다.

제282사(事) 능훈(能訓): (福 6門 44戶)(복, 6째 문, 44번째 항목)

傳嚴則不訓而門徒能自訓이오 父兄이 嚴則不訓而子弟能自訓이며 長嚴則不訓而隣里能自訓이니라.

해석: 스승이 엄하면 가르치지 않아도 제자들이 스스로 훈도(訓導)가 되고, 부형(父兄)이 엄정하면 가르치지 않아도 자제가 스스로 훈육(訓育)되며, 어른이 엄하면 가르치지 않아도 마을 사람들이 스스로 훈계(訓戒)가 될 것이니라.

제282사(事) 능훈(能訓)은 저절로 배움을 뜻한다는 것이니 여기에 스승·부형·어른들의 엄정함이 크게 좌우되는데, 곧 훈도·훈육·훈계가 저절로 된다는 것이다.

위의 내용은 엄정해야 된다는 내용인데, 오늘날 한 자녀만 낳아 키우는 관계로 부모들이 아이들을 귀엽게만 대해 준다. 부모가 스승이 어른들이 자제나 제자나 사람들이 엄정하게 대하면 저절로 가르침과 훈계가 되므로 도표로써 나타내 본다.

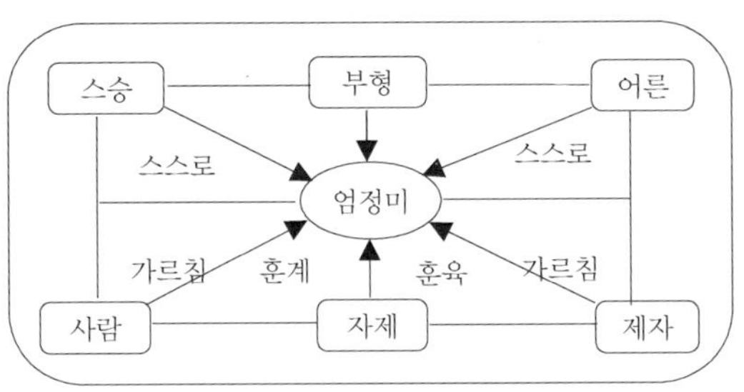

어린이나 청소년소년기에는 감수성이 예민한 관계로 어른들이 하는 일을 본받게 된다. 더구나 이 시기는 자라는 시기인 관계로 철이 없어 함부로 행한다. 이럴 때 어른들이 위엄을 보이면 철부지 행동을 자제하고 어른들의 근엄함을 부지불식간에 익히게 되어 하는 일에 집착하게 된다. 그러나 부모들은 아이들을 버릇없이 하는 대로 방치하면 그 버릇대로 어른들의 말도 듣지 않는다.

교육에서는 가정교육을 중시한다. 부모들의 교육이 높다거나 원만하면 일상생활을 그대로 배우게 되어 일부러 가르치지 않아도 익힌다. 이런 무의식적 교훈은 학교나 동리에서도 마찬가지로 적용된다. 이런 무의식적인 배움은 엄정함에서 이루어지는 것이니, 가정, 학교, 동리에서 가르침에 연장자의 입장에서 위엄을 보이면 피교육자가 감화를 무의식적으로 받는다.

이렇게 윗사람들이 자라는 아이들에게 사람됨에 배움을 인도하기 위해서는 존경의 대상이 되어야 한다. 예로부터 엄부(嚴父)가 효자로 키우듯이 스승이나 동리 어른들이 엄정하고 존경의 대상이 되었을 때 감화를 받는다.

한국전통문화의 근간은 가장, 스승, 어른들의 감화가 사람을 키우는 역할을 한 것으로 되는 만큼 본 조항의 의미를 이해하게 된다.

우리는 임금의 어진 덕과 부모가 복되게 살면 사람들이 행복하게 산다는 내용을 『진번청구영언』(珍本靑丘永言) 513에서 볼 수 있다.

1. **군사부일체(君師父一體)의 교육관과 시조의 내용:** 선인들은 군사부일체(君師父一體) — 임금이나 스승이나 아버지의 은혜가 같다 — 에 대하여 가르치고 교훈하였다. 임금은 위엄으로 어진 덕을 백성에게 베풀어야 하고, 스승이나 부형과 어른들 또한 엄하면서도 자애로 제자나 자녀를 가르쳐 저절로 배우는 기풍이 일게 되었다.

이 삼자가 공조를 이루면 스승과 제자 간은 훈도(訓導)를, 부형과 자제 간이 저절로 훈육(訓育)을, 동리에서 어른과 이웃사람들과는 스스로 훈계(訓戒)가 이루어진다. 그래서 제자, 자제, 이웃이 저절로 감화교육으로 성과를 거둔다.

이런 가르침은 인간만이 아닌 자연현상에서도 나타나는데, 태양이나 북극성이 그 좋은 예가 된다. 태양은 조금도 움직이지 않으면서 만물이 생육되는 빛을 발산해 주고, 항성이 그 주위를 돌아 중심을 이룬다. 북극성도 고정된 자리에 있으면서 뭇별들이 그 주위를 돌고 있으니, 이 또한 위대한 인물이나 위정자를 비유한다.

이 태양과 북극성은 천체의 경우이지만 지상계에서도 중심체가 되는 일을 찾아보게 되는데, 여름과 가을 사이에 태풍이 일 때 태풍의 눈이 움직이지 않는 사례가 될 것이다. 물론 이 눈은 실제로 초고속으로 돌고 있는 것이지만 육안으론 돌지 않는 것과 같이 보일 뿐이다. 이런 이치는 우주의 진리를 나타내는 도가의 무(無), 불교의 공(空), 유교의 이(理)가 현상계인 유(有), 색(色), 기(氣)의 움직임에 중심이 되는 원리와 같다.

단군은 태양과 비견되는 천인(天人)이다. 단군의 가르침은 삼상(三相) 오부(五部)의 신하들이 백성을 360여사(餘事)로 가르쳐 홍익인간을 이룬 것이다. 이에 백성들이 단군의 뜻을 받들어 힘써 행한 것으로 이화세계를 세웠다. 후세 건국신화는 단군신화를 수용한 것은 너무나 큰 업적 때문일 것이다. 단군은 춘하추동의 사시절을 본받은 360여(餘) 가지, 즉 366사(事)로 나라를 다스린 관계로 이상미라 할 수 있는 진선미의 나라를 세웠다.

이런 예는 동이족인 요순(堯舜)의 경우에도 좋은 본보기를 보이고 있는데, 솔선수범의 정치로 이상세계를 세웠다. 요순(堯舜)은 "의상(衣裳)을 움직이지 않고 드리운 채 앉아 있어도 천하가 잘 다스려졌음을 건(乾)·곤괘(坤卦)의 법칙에서 본받았기 때문이라"라고 『역경』 계사하전(繫辭下傳)에서 밝히고 있다.

요순이나 내성외왕(內聖外王)의 철인정차가의 정치는 무위지치(無爲之治)이니 덕치와 관계된다. 위에서 수범을 보이면 아랫사람들은 저절로 그 덕에 감화되게 마련되어 있는 것이다. 감화교육은 현대교육에서도 큰 성과를 이루는 일이 신문지상에 보도되어 사람들을 놀라게 했다.

사람들은 자녀들의 교육을 위해 강남 중심가에는 아파트 값이 치솟게 했는데, 이 중심가에는 학교수업 이외에 고액 과외수업을 받는 유명학원이 많아졌는데, 지방의 경우 학원도 없고 순수 학교 교사의 헌신적인 가르침으로 강남학생들 실력을 능가하는 유명대학에 진학하는 이변을 일으킨 일이 있다. 이에 따라 학부형들에게 충격을 주게 했다.

이런 성공적인 사례는 스승의 감화교육으로 이루어진 것이니, 본 조항의 의미를 재조명해 볼 필요가 있다. 이것은 학교 스승만의 가르침으로 국한한 데 있지만 가장, 스승, 이웃 어른들에게까지 삼자가 일치되면 이상적인 교육이 이루어질 것이라 예상해 본다.

다음 시조는 작자 미상이지만 윗사람이 어진 덕으로 백성을 다스리면 모든 백성들이 저절로 감화를 받는다는 내용이니, 인용하면 다음과 같다.

아마도 태평한 것은 우리군친(君親) 이 시절이야,
성주(聖主)은 유덕(有德)하사 복되고 길한 일뿐이오, 양친이 유복(有福)하니 집안에 살 걱정이 없다.
모든 백성이 해마다 풍년이 들어 흰 술 누른 닭으로 기뻐하며 같이 즐기노라.

『珍本靑丘永言』513

위의 시조는 위정자의 무의식 감화를 내용으로 밝힌 내용이니, 가장·스승·어른들의 무의식 감화보다 한층 높이는 차원의 교육형태라 할 수 있다. 본 조항의 내용은 성군의 치적을 나타낸 것이니, 위정자들이 마땅히 본받을 치세훈으로 가르치고 있음을 감안하여 도표로써 나타내 본다.

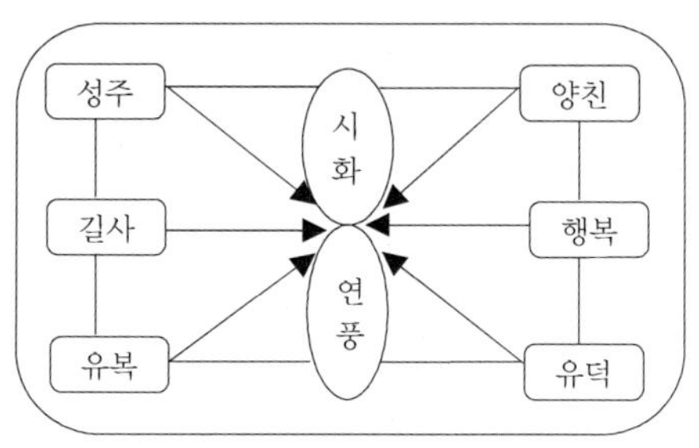

옛날이나 오늘에나 백성들의 민생문제를 슬기롭게 해결하는 것은 임금이나 대통령의 통치에 달려 있으니, 교육문제도 마찬가지다. 우리는 성군의 치적을 부형과 스승 그리고 원로 어른들에게 구전심수(口傳心授)의 담론 등으로 알게 된다. 이런 이상형의 교육은 본 조항에서와 같은 위엄미에서 오는 상관관계로 보면 될 것이다.

우리는 8·15광복 후 오늘에 이르기까지 숱한 정치가와 스승을 만났다. 이 중에는 본받을 분도 많이 있었다. 그런데 일부 정치가들은 국민들에게 수범의 위엄과는 다른 이들이 있어 온 것도 간과할 수 없는 일이다. 이들 위정자들은 법 없이도 살아가는 국민들에게 먼저 사회를 흐려 놓았다는 것도 숨길 수 없는 단점으로 지적된다.

일제시대 스승 중에는 수업 중에 은근히 민족의식을 고취시키는 스승도 있어 60여 년이 지난 오늘에도 그 스승이 떠올려진다. 그러나 많은 스승들은 일본인 스승보다 학생들에게 식민지교육을 더 날뛰며, 미영격파(米英擊破)와 내선일체(內鮮一體)를 주장했다.

해방 후 이런 비양심적인 스승들 대부분이 양심선언도 하지 않고 그대로 교직에 있었는데, 이런 전천후 스승들이 교장이 되었다.

사람의 덕은 하루아침에 이루어지지 않지만 친일파 정치인과 선생들에 겐 일인(日人)의 잔재가 가시지 않았다. 그러나 스승 중에는 해방 후 어린 학생들에게 일제시대 일본을 편든 것에 대해 사죄한다는 말을 한 양심적 인 스승도 있었다. 그때 그 스승이 60여 년이 지난 오늘에 어린 학생들에 게 들려준 이야기가 잊히지 않고 생생하게 떠오른다. 지금 그 스승이 생존 해 계신다면 찾아뵙고 싶은 생각이 든다.

앞으로는 본 조항과 같은 내용으로 삼자가 합일의 체계가 이루어지면 한국이 교육입국으로 빛날 것이다. 여기에 군사부일체에서와 같이 대통령 이 수범을 보이는 정치와 교육의 새로운 비전을 제시해 모두 실천하면 이 상적인 교육이 실현되리라 본다. 우리는 조령모개(朝令暮改)식 교육정책이 아니라 국가백년지대계(國家百年之大計)를 위해 인재를 키우는 지도자상 (指導者像)을 바라고 있다.

1. **저절로 배우게 되는 교육:** 어린이나 청소년소녀에게 배우지 않고 저 절로 되는 가르침이 있다면 이보다 더 좋은 교육의 방법이 없을 것이다. 한국의 교육은 교사만이 주입식 교육을 펴는 관계로 많은 학부모들이 자 녀를 외국에 보내어 기러기 아빠가 많다는 이야기가 무성하게 나온 지 오 래되었다.

작가들은 위정자가 수범을 보이는 정치와 교육부 장관이 무의식교육과 새로운 교육정책을 펴는 내용으로 주인공을 나타내면 독자들의 호응을 받 게 될 것이다. 나라의 미래는 교육에 있는 만큼 단군시대 홍익인간의 기저 (基底)가 되었던 366사(事)와 그중 본 조항의 내용을 작품상에 나타내면 각 급 학교에서 '왕따'를 당하는 학생이 생겨나지 않는다. 한때 학교에서는 이런 일이 수습할 수 없을 만큼 수준에 이르러 경찰이 보호하게 되었으니 심각한 적도 있었다.

'왕따'를 당한 학생은 집단적인 매를 맞고 돈을 갈취당하고 그 후유증 으로 자살하는 학생이 생기는가 하면 병원에서 치료를 받는 일이 전국에 서 일어난 적이 있다. 작가들은 주인공을 통해 홍익인간의 정신으로 나타내면 독자들의 호응이 있을 것이다.

제283사(事) 급거(急袪: 급히 물리침) ─「무오독립선언서」(戊午獨立宣言書)─

제283사(事) 급거(急袪)란 '급할 (급)' 자(字), '물리칠 (거)'이니 속히 물리침을 말한다. 용기 있는 사람은 착하지 못하고→믿지 못함→의롭지 못함을 보면 급히 달려가 물리치고 만다. 작가들은 성격이 엄하면 용기가 있다는 것이니, 작품 중에 주인공이 불의를 보면 참지 못하여 많은 사람을 바른 인간이 되게 하고, 국가사회를 바로잡는 내용으로 나타내면 좋은 일이므로 독자들이 재미있게 읽을 것이다.

우리는 독립선언서 하면 1919년 3월 1일 선포한 기미년독립선언서만 생각하는데, 1918년 「무오독립선언서」(戊午獨立宣言書)가 있다는 것을 알아야 한다. 이 선언은 애국지사들이 해외로 나가 1910년 국권이 완전히 박탈된 늑약(勒約)으로 나라를 강압적으로 뺏겨, 애국지사들이 중국 상하이로 망명하여 1918년 대일항쟁 선언서를 발표한 것이니, 본 조항과 같이 엄한 용기가 있는 행함이었다.

실상 이 선언은 1919년 3월 1일 독립만세 운동을 거국적으로 일으키는 기복제가 되었다고 할 수 있다. 3·1 운동뿐만 아니라 1920년 10월 말경에 만주 청산리에서 일본군과 싸워 세계인들을 놀라게 하였다고 할 수 있으니, 1918년에 「무오독립선언서」(戊午獨立宣言書)의 발표는 일제에 의한 항일 투쟁의 위엄미의 의식이 풍기는 거사였다.

이 선언서에 의해 국내는 물론 해외에서 일제에 거세게 항거하게 된 것이니, 본 조항의 엄한 용기에서 도래된 것이다. 그런 의미에서 본 조항을 인용하면 다음과 같다.

제283사(事) 급거(急袪): (福 6門 45戶)(복, 6째 문, 45번째 항목)

性不嚴則無勇하고 嚴則有勇이니라. 勇者는 見不善急袪하고
見不信急袪하며 見不義急袪하나니 嚴은 勇之原也니라.

해석: 성품이 엄하지 못하면 용기가 없고, 엄하면 용기가 있느니라. 용기가 있는 사람은 착하지 못함을 보면 급히 달려가 그렇게 하지 못하도록 하는 것이요, 믿지 못할 것을 보면 급히 물리치며, 의롭지 못함을 보면 급히 물리치나니, 엄함이란 용기의 근원이니라.

공자(孔子)는 용기가 있으면 어짊(仁)에 가깝다고 하였다. 용기는 엄한 성품에서 나온다 했으니, 용기의 근원이라 할 수 있다. 용기 있는 사람은 남의 잘못을 바로잡아 줄 수 있으므로, 상대자의 앞날을 위해서도 좋은 일이다. 따라서 성품이 엄하다는 것은 용기가 있다는 것을 의미하니, 매사가 용기에서 이루어진다고 할 때 큰 의의를 지닌다.

용기는 실천이 중요한 관건이 되는데 엄한 성품에서 얻어지는 것이다. 만약에 용기가 지나치면 만용(蠻勇)이 될 것이니, 지나침은 금물이다. 이런 관계로 용기의 근원은 엄숙함에서 찾아 행하면 잘못된 일이 일어나지 않는다.

실천하지 못하는 용기는 의미가 없고, 만용 또한 객기와 공염불에 불과한 것이다. 따라서 진정한 용기는 엄정한 판단하에서 실천되는 행동에서 이루어지는 것이어야 한다.

성품이 엄한 사람은 용기가 있으므로 불의를 보면 참지 못하고 바로잡는 데 있는 힘을 다한다. 일제 강제기에 애국운동은 용기 있는 행함의 실천의지를 보인 것이다. 오직 이들은 목숨과 생명을 돌보지 않고 피압박을 받으며 살아가는 일제의 만행을 바로잡고 독립을 하려는 데 있었으니, 엄한 판단이 서지 않고서는 행하기 어려운 일이다. 항일 운동 또한 본 조항과 관련되는 사항이라고 본다.

1. 대일항쟁선언(對日抗爭宣言)의 엄중한 경고 선언: 우리는 3 · 1 운동 이전에 용기 있는 항일 항쟁 선언을 한 것을 찾아볼 수 있는데, 이 사실은 널리 알려지지 않았다. 이 선언은 1918년에 「무오독립선언서」(戊午獨立宣言書)에 나타나 있다.

이 선언은 애국지사들이 해외로 나가 독립운동을 전개했다는 데 의미를 지니는데, 그 내용을 소개하면 다음과 같다.

> 희(噫 슬프다)라 일본의 무얼(武蘖 무력)이여. 소징대계(小懲大戒)가 이(爾 너희) 복이니, 도(島)는 도(島)로 복(復 돌아가고), 반도(半島)는 반도(半島)로 복(復)하고, 대륙(大陸)은 대륙(大陸)으로 복(復)할지지어다. 각기(各其) 원상(原狀)을 회복(回復)함은 아주(亞洲)의 행(幸)인 동시(同時)에 이(爾)도 행(幸)이어니와, 완미(頑迷) 불오(不悟)하면 전부(全部) 화근(禍根)이 이(爾)에 재(在)하니, 복구(復舊) 자신(自新)의 이익(利益)을 반복(反復) 효유(曉諭)하노라.

> 韓國臨時政府宣傳委員會編印, 『韓國獨立二十三週年三一節紀念特刊』, 重慶, 1942, 36~38쪽

선언서는 본 조항의 내용과 같이 일본인의 잘못을 바로잡아 강제로 이 땅을 침탈했으니, 회개하고 일본으로 돌아가라는 것이니, 본 조항에 나타난 엄정한 용기 있는 행함이라 할 수 있다.

1910년은 한일합방으로 인해 우리의 국권이 강제적으로 침탈당하여 국권이 완전히 박탈되었다. 이 늑약으로 인해 애국지사들은 중국 상하이로 망명하여 1918년 대일항쟁 선언서를 발표했다.

이 선언으로 일제는 독립운동가들에게 압박을 가하였으나 이에 굴하지 않고 1919년 3월 1일을 기해 독립만세 운동을 거국적으로 일으켰다.

독립운동가들은 1920년 10월 말경에 만주에서의 청산리대첩으로 일본인과 세계인들을 놀라게 하였다. 이러한 항일 투쟁에서의 승리는 1918년의 「무오독립선언서」(戊午獨立宣言書)가 기폭제가 되었는데, 위엄미의 의식이 풍기는 거사였다.

당시 일본은 육전으론 세계 최강이었다. 그런 군대와 접전하여 일주일 간 싸워 이겼다는 것은 놀라운 일이지만 엄한 용기의 소산에서 온 결과이다. 이 승리로 인해 중국인들뿐만 아니라 세계인들이 용기 있는 민족으로 보게 된 것이다.

화제를 돌려 국내에선 일제가 한국인이 독립운동을 전개하는 관계로 친일파들을 매수하여 독립운동가들을 괴롭혔다. 일제 강점기 경찰은 10만 명이 있었다는데, 그중에 6만 명이 일본 순사(巡査)이고 4만 명 정도가 조선인 순사이었다고 한다.

독립군을 괴롭혀 온 것은 일본 순사보다 한국인 순사였다. 독립군은 거의 한국인 순사에 의해 색출되거나 체포되었다. 친일파들은 독립운동가들을 밀고하고 가족을 괴롭혔으니, 천추만대에 한민족이 용서하지 못할 죄인이다.

국내에선 일제와 친일파들에 의해 감시망이 엄해 해외에서 일본군과 싸우게 된 것이다. 이런 엄중한 가운데 항일 투쟁 「무오독립선언서」(戊午獨立宣言書)는 위엄미가 풍긴다. 독립운동가들은 본 조항의 의미가 들어 있는 행함이라 할 수 있다. 이들은 위험한 가운데 용기백배하여 위엄을 나타냈으니, 한국인의 위엄을 용기로 나타냈다.

용기는 위엄이 승화된 위엄미에서 진가를 발휘하게 된다. 위엄미는 용기를 불러일으키게 되는데, 독립운동가들의 애국운동은 이 미(美)에서 빛을 발하게 되었다고 할 수 있다. 우리의 독립운동가들이 상하이에서 임시정부를 세우고 항일 「무오독립선언서」(戊午獨立宣言書)를 일제에 엄한 경고로 선언서를 발표했다는 것은 의의 있는 행함이다.

2. 작품 중 용기 있는 주인공: 작품에 나타난 주인공의 용기 있는 행동은 본 조항에서와 같이 성품을 엄정함을 지녀야 한다. 용기는 엄정한 성품에서 나오니, 독립운동가를 소재로 작품을 쓸 때 이를 참고하여 주인공의 활동을 나타내면 좋을 것이다.

한국인들은 예로부터 위엄과 용기 있는 민족이었다. 그런데 이 훌륭한 정신은 외국의 침략과 외세로 인해 잊혀 왔다. 앞으로 작가들이 이 정신을 살려 주인공을 나타내면 독자들에게 반응이 좋을 것이다.

단군은 나라를 홍익인간으로 다스려 이화세계를 세웠다. 환웅의 마을사회를 통일연맹국가를 탄생시킨 것은 단군이 하늘을 대신하는 위엄을 지니고 용기 있는 행함을 실천한 데 있다. 단군은 환웅이 360여사(餘事)로 교화를 베풀어 짐승과 공생하는 사회를 이룬 것을 더욱 발전시켜 치화(治化)로 홍익인간의 이화세계를 세웠다. 그 행함의 근원은 위엄을 승화시킨 위엄미에서 하면 된다는 용기를 발휘한 데 있다.

웅녀는 단군을 키울 때 하면 된다는 정신으로 가르쳐 그 강역이 8천 리에 이르는 큰 나라를 세웠다. 상해임시정부는 단군정신으로 세웠고 청산리대첩도 단군정신으로 무장해 싸운 데 있으니, 작가가 주인공의 행함을 단군정신으로 한민족의 특성을 나타내면 독자들이 국조 단군을 기리는 데 도움을 줄 것이다. 많은 국민들은 단군에 대해 부인하는 경향이 있으므로 단군을 국조로 하는 내용으로 작품을 출간하면 단군을 국조로 받들게 될 것이다.

상해임시정부는 매년 10월 3일이면 개천절행사를 행했고, 1918년의 「무오독립선언서」(戊午獨立宣言書)는 단군정신으로 독립을 쟁취하자는 내용이라 할 수 있다.

Ⅲ. 나오며

366사(事) 중 제6장 복(福)은 52사(事)로 되어 있는데 6문(門) 45호(戶)로 이루어졌으며(1＋5＋45＝52) 팔리(八理) 중에 여섯 번째로 해당하며 일명 복리훈(福理訓)이라고 한다. 복(福)은 행복하게 살아가는 것이니, 매력 있는 말이다. 사람이 행복하게 사는 것보다 더 좋은 일은 없을 것이다. 이러한 내용은 사람들의 관심사가 되니, 본 52가지의 일(52事)을 심도 있게 이해하는 데 중점을 두어야 할 것이다. 그 내용은 상상력을 발휘할 수 있도록 이해하는 방향으로 나타내면 된다. 문학도 상상력으로 나타내면 독자들이 행복감에 젖게 할 것이다.

한국문학 중 특히 설화와 고소설류에는 대체로 주인공이 어려운 생활을 한 가운데 처음에는 위기에 처하게 되나 차츰 극복해 나가는 가운데 절정장면에서 입신양명(立身揚名)하게 된다. 따라서 온 가족이 부귀영화를 70～100세까지 누리다가 천상으로 돌아가는 것으로 되어 있다.

작가들은 복(福)을 내용이 인과응보로 이루어지는 것이므로 작품 중에 복을 받아 행복하게 살아가는 내용으로 주인공을 나타내면 독자들이 행복한 생활을 하기 위해서 작가가 쓴 소설을 읽게 될 것이다.

본 장 52사(事)의 내용은 행복이 6개의 큰 문으로 들어오게 되는데, ① 어질음(仁)→② 착함(善)→③ 순응(順)→④ 조화(和)→⑤ 너그러움(寬)→⑥ 엄격(嚴)으로 구성되었는데, 여기에 45개의 작은 문으로 들어오는 과정을 실천해야 복을 누릴 수 있음을 밝혀 놓았다. 필자는 52사(事)에 관련된 내용을 설화, 고소설, 한문, 한시, 시조, 현대문학 등으로 조명하였다.

본 장의 총체적인 내용은 범인류애적인『흥부전』의 흥부를 들 수 있다. 그의 사랑은 본 장과 관련되는 것이 아니라 다른 장(章), 즉 전 8장에 관류되어 착함과 근면성실로 살아 부귀영화를 누리며 행복하게 살아가는 원천으로 작용된 것이다.

본 6장 복(福)은 일 년 중 중추(仲秋)～계추(季秋)와 관계되는데, 만추(晩秋)의 계절이니, 일 년 중 천고마비(天高馬肥)인데다가 오곡백과가 결실을 이루어 황금물결을 이루는 때이므로 풍성을 이루니, 가장 좋은 계절이다.

농경사회에서 특히 어려움이 많았던 때 결실의 계절을 맞게 되니, 이보다 더 좋은 계절은 없으니, 행복한 것이다. 더구나 이 계절은 보통 양력 9월 말과 11월 초순에 해당하니, 오곡백과가 결실을 이루고 추수가 끝난 때니, 먹을 것이 넉넉하니 행복 중 행복을 만끽하는 계절이라 할 수 있다.

본 5장 복(福)은 인생의 나이로 50세에서 59세에 이르는 나이이니, 예전의 경우 자손들도 장성하고 손자 손녀들이 집안에 많아 번성과 번영으로 풍요를 누리게 되니, 행복하게 살아가는 계절이다.

본 6장의 복은 행복 중의 행복을 누리는 가을계절이라 할 수 있는데, 오곡백과가 천지음양의 조화미로 이루어졌기 때문의 행복의 참뜻을 느끼게 된다. 이 계절의 미적 범주(Ästhetische Kategorien)는 다름 아닌 조화미와 관련되니, 인생을 행복하게 즐거움으로 살아간다. 조화미는 중용(Happy median)의 위치에서 행복이 이루어진다고 할 수 있으니, 사람이 살아가기에 알맞은 것이다. 이 알맞은 조화미는 사람의 행복을 최고도에 이르게 한다고 할 수 있다.

조화미의 알맞은 상태는 중용(moderation)에서 이루어지는데, 전제조건(Vorbedingung)으로 불편불의(不偏不倚), 무과불급(無過不及), 평상지리(平常之理)로 균형(Equilibrium) · 조화(Harmony) · 관용(Tolerance) 등이 함축되어 있어야 형성된다.

가을의 오곡백과의 결실은 여름날의 무더운 여름날과 가을의 조선간의 서늘한 기운으로 일단 성장을 멈추게 되는데, 숙살(肅殺)의 기운의 작용으로 들녘과 산에는 황금물결과 단풍이 들어 아름다운 풍경을 이르니, 계절 중의 왕이 이루어지게 된다.

가을은 조화미가 이루어지는 계절이므로 사람들이 살맛이 난다고 이구동성으로 말을 하였다. 가을은 일 년 중 음양조화가 조화를 결실을 맺게 하는 계절이므로 프랑스의 위대한 건축가인 블롱델이 미를 『조화로운 화협』(concert harmoniqui)이라 규정한 것과 관련을 맺는다.

행복론은 음양조화로움에서 이루어지는 것이므로, 불과 물의 조화 상태라고 할 수 있다. 이 조화미는 『역경』의 수화기제괘(水火旣濟卦☵☲)에서 보여 준다.

제6장은 물을 상징하는 『역경』의 감괘(坎卦☵)로 설명할 필요가 있다. 물은 불과 조화를 이루게 되니, 행복한 삶을 이룰 수 있는 것이다.

사람이 행복하게 살기 위해선 물과 불의 조화로움에서 찾아야 한다. 제6장은 물을 나타내는 것이라면 제3장이 여름날을 상징하게 되므로 불과 같은 열의가 있어야 조화가 이루어진다. 제3장은 이괘(離卦☲)인 불을 상징하니, 행복의 함수관계는 불과 물이 조화를 이루는 관계에서 그 조화는 마치 음전기와 양전기가 조화를 이루면 환한 등불이 되는 이치와 같은 것이다.

이 괘(卦)가 수화기제괘(水火旣濟卦☵☲)이다. 괘체(卦體)는 음(--)과 양(一)의 관계가 『역경』 64괘(卦) 중에서 가장 조화미로 나타나 있다.

이 괘상(卦象)은 물이 위에, 불이 아래에 있는 것이니, 밑에서 불을 때면 위의 국물이 끓게 되어 구수한 맛이 난 것으로 인생의 행복을 보면 된다.

행복은 쾌락주의자(快樂主義者)와 같은 삶이 아니고 구수한 맛과 같은 것으로 이해하면 될 것이다. 사람이 집안에서 구순하게 살기 위해선 『역경』의 수화기제괘(水火旣濟卦)와 같이 한국인 전통음식인 구수한 국 맛과 같이 살아가야 행복한 삶이라 할 수 있다. 상전(象傳)에는 "군자는 이 괘상(卦象)을 보고 환란(患亂)이 일어날 것을 경계하여 예방에 노력한다"라고 하였으니, 물과 불의 조화상태로 살아가면 된다.

이 괘(卦)는 인생이 살아가는데 물과 불의 사랑과 행복이 가정에서 충만하게 넘치는 것이므로 행복의 완전상태이며 이상적인 삶이다. 제6장의 복(福)은 풍성함에서 이루어지는 것이니, 풍요로움이 곧 생활을 윤택하고 편안한 삶을 누리게 한다.

복을 받기 위해서는 상선약수(上善若水)와 같이 착하게 살면 복경(福慶)이 지속적으로 이어지는 삶을 살게 된다. 제6장 복(福)은 제3장 애(愛)와 조화를 이루는 데 있다. 계절적으로 제3장 애(愛)는 초하(初夏)~중하(仲夏)의 절기이니, 더운 날이므로 이괘(離卦☲)인 불로, 제6장 복은 중추(仲秋)~계추(季秋)를 나타내므로 풍요를 나타내는 물인 감괘(坎卦☵)로 나타내 수화기제괘(水火旣濟卦)와 같이 완전무결한 상태의 행복을 누린다.

본 제6장은 수화기제괘(水火旣濟卦)는 제3장 애(愛)와 조화를 이루면 행복 중의 행복을 누리게 된다. 본 6장은 제3장 애(愛)와 음양조화를 이루는 과정으로 이해하면 다산성(Luxuriance)과 관계를 이루고 행복 중의 행복을 누리며 살아간다. 따라서 본 장 52사(事)는 풍요를 누리는 것과 연관해 서사문학 또한 이에 맞추어 인용하였음을 밝혔다. 또한 작가들이 이런 맥락으로 작품을 쓸 것을 나타냈다

본고에서 한국문학이 나아갈 방향을 제시한 것은 사랑과 행복이 조합된 세계로 나가는 데 진정한 의미가 주어진다고 할 수 있다. 『천부경』의 삼대(三大) 삼합(三合)으로 이루어진 6수(數)는 생성수(生成數)이다. 6수(數)는 하늘에서 해와 달이니 밝음을, 대지는 물불의 조화이므로 생성을, 사람은 남녀상합을 이룬다. 이 천지인의 6수(數)는 생산과 관계되므로 생산을 많이 해야 행복을 기할 수 있다.

본 6장(章) 복(福)은 홍익인간의 이화세계를 세우는 것이므로 한국문학 도처에 잠재되어 있으니, 이를 발굴하여 발전시키면 된다. 대표적인 예는 『흥부전』에 나타난 사랑과 홍익인간 정신과 부합된다. 흥부는 빈한하게 살았지만 착함과 사랑을 베풀었던 관계로 인과응보의 원리에 따라 부호가 되었다. 이것이 경제를 이루는 문학이 아닌가?

흥부는 천지의 이치로 근면성실과 믿음과 사랑으로 하늘의 복을 받아 부귀영화를 누리며 살았다. 그는 하늘의 진리로 살았기 때문에 그의 행복은 제6장 행복의 내용과 같이 영원한 행복(幸福美)으로 일생을 장식했다고 할 수 있다.

제6장 복(福)은 행복함으로 살아가는 내용이니, 52사(事)의 내용을 보다 심도 있게 이해할 필요가 있다. 우리는 이를 이루기 위해 상상력을 발휘하는 내용으로 실천하면 더 행복하게 살아가게 하는 데 도움을 줄 것이다. 작가는 본 조항을 내용으로 스토리텔링으로 상상력을 나타내는 작품을 쓰면 독자들은 그만큼 흥미진진하게 읽는다.

색인

윤경수(尹敬洙)

단기 4267(1934)년 경기 화성시 출생
문학박사, 문학평론가, 수필가
성균관대학교 국어국문학과 졸업
건국대학교 석사과정 수료
성균관학교 박사과정 국어국문학과 수료
성균관대학교·한성대학교 국어국문학과 강사
부산외국어대학교 대학원 일어일문학과 강사
한성대학교 국어국문학과 강사
성균관대학교 국어국문학과 교류교수
부산외국어대학교 국어국문학과 교수
現在: 世宗大王紀念事業會朝鮮王朝實錄人名事典編輯委員·古朝鮮檀君學會
우리文學會·東邦文學顧問·龍仁市民新聞 市民記者·中國北京自修大學校名譽敎授.

石北詩 研究(1984)
鄕歌·麗謠의 現代性研究(1993)
韓國文學思想의 現代性研究(1994)
圖解·韓國神話와 古典文學의 原型象徵性(1997)
圖解·朝鮮朝小說의 神話的 分析(1998)
圖解·韓國古小說의 洞窟모티프 研究(1999)
圖解·弘益人間과 敍事文學(上·下)(2003~2004)
檀君禮節敎訓366事와 弘益人間思想(上·下)(2007)
『關山戎馬』의 美學的 考察(2007)
朝鮮王朝實錄 人名事典(共著)(2011)

詩人大會 및 外國學術大會發表

1990. 5. 13~17. Malaysia, KualaLumpur, ASIAN POETS CONFERENCE, 招請 'Korean Armistice Line'發表

1992. 10. 3~4. 日本 天理大學 主催 學術大會 招請 '茶山詩 哀絶陽ついて'發表

1993. 8. 20~23. SEOUL ASIAN POTS CONFERENCE 招請 'WIND'發表

1994. 10. 1~2. 日本 天理大學 主催 學術大會 招請(第145回 朝鮮學大會) 招請 '鄕歌文學·歷史 意識包容の宇宙科學的 考察'發表

1996. 7. 21~22. 中國民間文藝家協會 延邊分會 主催 韓國과 中國朝鮮族 口碑文學 比較研究 學術大會招請 '說話에 나타난 龍의 韓中 比較'發表

새로운 스토리텔링의 모색을 중심으로

한국고대문학사상의 탐구 중

초판인쇄 | 2011년 4월 5일
초판발행 | 2011년 4월 5일

지 은 이 | 윤경수
펴 낸 이 | 채종준
펴 낸 곳 | 한국학술정보㈜
주   소 | 경기도 파주시 교하읍 문발리 파주출판문화정보산업단지 513-5
전   화 | 031) 908-3181(대표)
팩   스 | 031) 908-3189
홈페이지 | http://ebook.kstudy.com
E-mail | 출판사업부 publish@kstudy.com
등   록 | 제일산-115호(2000. 6. 19)

ISBN   978-89-268-2088-9 94810 (Paper Book)
          978-89-268-2089-6 98810 (e-Book)

          978-89-268-2084-1 94810 (Paper Book Set)
          978-89-268-2085-8 98810 (e-Book Set)

이 책은 한국학술정보(주)와 저작자의 지적 재산으로서 무단 전재와 복제를 금합니다.
책에 대한 더 나은 생각, 끊임없는 고민, 독자를 생각하는 마음으로 보다 좋은 책을 만들어갑니다.